白话《聊斋志异》（上）

勋荩臣 著
雅 芳 整理

齊魯書社
·济南·

图书在版编目（CIP）数据

白话《聊斋志异》 / 勋莯臣著；雅芳整理． -- 济南：齐鲁书社，2022.11
ISBN 978-7-5333-4632-4

Ⅰ．①白… Ⅱ．①勋… ②雅… Ⅲ．①《聊斋志异》- 小说研究 Ⅳ．①I207.419

中国版本图书馆CIP数据核字（2022）第193111号

责任编辑：王江源
责任校对：赵自环 王其宝
装帧设计：赵萌萌

白话《聊斋志异》
BAIHUA LIAOZHAIZHIYI

勋莯臣 著
雅 芳 整理

主管单位	山东出版传媒股份有限公司
出版发行	齊魯書社
社　　址	济南市市中区舜耕路517号
邮　　编	250003
网　　址	www.qlss.com.cn
电子邮箱	qilupress@126.com
营销中心	（0531）82098521　82098519　82098517
印　　刷	日照日报印务中心
开　　本	787mm × 1092mm　1/16
印　　张	63.5
插　　页	6
字　　数	1284千
版　　次	2022年11月第1版
印　　次	2022年11月第1次印刷
标准书号	ISBN 978-7-5333-4632-4
定　　价	268.00元（全二册）

前 言

吉林大学孟兆臣副教授发表的《历史上规模最大、时间最长的一次〈聊斋〉白话传播活动——报纸连载“评讲〈聊斋〉”》① 一文，介绍了清末民初北京的报纸上“诞生的一种新的《聊斋》传播形式”，即报纸连载白话《聊斋》。创始人是张智兰，创始报纸为《北京新报》，代表作家主要有张智兰、庄耀亭、尹箴明三人，其中“尹箴明影响最大”。“尹箴明，又名湛引铭，皆为笔名。”“这位隐名埋姓的旗人是谁哪?”“据我的考证，他姓勋名荩臣。”看到此，本人提笔给孟兆臣副教授写了一封信，肯定他的推断是正确的，因为勋荩臣正是本人的外祖父。

勋荩臣，本名爱新觉罗·勋锐，生于清同治七年（1868），殁于民国十四年（1925），一生经历是读书、当差、科举未果、教习、作报，于光绪三十一年（1905）前后投身报界。张智兰在1906年《京话日报》的《说评书人的好话》中提到，勋荩臣曾在其书馆对面福禄轩讲报；勋荩臣则在1925年《群强报》“讲演夜谈”专栏《尤大鼻》篇里说自己在各报上一晃混了二十余年。勋荩臣先后在《京都日报》《北京新报》《群强报》工作。他说，在几份报纸“担任的笔墨并不一样。初手儿是学做演说，后来在《京都日报》《北京新报》当了两任编辑员。自从接办《群强报》，专任这门《聊斋》”②。在二十余年的报业生涯中，他在《群强报》的工作时间最长，从1913年至1925年，有十二年之久。

清末民初，北京的报纸业如雨后春笋般迅速发展，报纸登载小说是招徕读者、增大发行量的好方法，“报纸上增添小说，不知始于何人，据北京方面说，始于《京话日报》。……各报的小说，只说什么录，既非出自心裁，又不肯直说这段故事见于某书，甚至把原事故随意增删，或将人名、地名儿改变，所为您看着新鲜。……后来《北京新报》

① 孟兆臣：《历史上规模最大、时间最长的一次〈聊斋〉白话传播活动——报纸连载“评讲〈聊斋〉”》，《蒲松龄研究》2005年第3期。

② 《申氏》开篇，《群强报》1918年6月25日。

添上白话《聊斋》，这才不巧立名目了”①。最早在《北京新报》以笔说《聊斋》的第一人是评书艺人张智兰，未写几篇，由庄耀亭接手，至此，才逐渐形成气候。

《北京新报》是一份白话小报，1908 年创刊。该报由清末民初名重一时的白话报人杨曼青主持，以“开通民智”为宗旨，“演说”“戏评”“白话《聊斋》”等为其特色专栏。约在 1909 年，张智兰开始在《北京新报》上连载白话《聊斋》，张智兰忙于他事，则由其好友庄耀亭续作，后庄耀亭又委托尹箴明代笔，连载“说《聊斋》”。故现存《北京新报》的白话《聊斋》皆为庄耀亭、尹箴明二人所作，大都残缺不全。

勋荩臣多次谈到，“说到《聊斋》登报一层，可总得属我们耀亭大哥算个头份儿”②，“我说书的缘故，因为这份报是耀亭先生从前专说《聊斋》，因为又在别处做事，所以我帮个忙儿。真是俗语说的，入行三天没力笨，总算我也借着人家的报纸，学出这们一份招说的学问来”③，“皆因他老先生首创这门玩艺儿，彼时我就跟着造魔，极力摹仿，死乞白赖，往一个味儿里追求”④。1909 年至 1912 年，勋荩臣以尹箴明的笔名，与庄耀亭在《北京新报》连载有多篇《聊斋》。1912 年末，《北京新报》易主，勋荩臣辞职，准备自谋生计。正遇新主接办《群强报》，勋荩臣因而受邀于《群强报》，在小说版专说《聊斋》，而此时“张智兰、耀亭我两位大哥……如今人家全被我气的不吃这门了，就剩我一个人在这纸篇上招说咧”⑤。勋荩臣于 1913 年至 1922 年在《群强报》所作的白话《聊斋》有部分缺失，大部分被保留下来。

《群强报》也是一份白话小报，1911 年创刊，内容除“一版”报头外，其他版面为“演说”“紧要新闻”“本京新闻”“冠盖往来”“命令”“小说”等，报缝间布满了各样广告。这份小报“由民国元年发现，起初办理之人为继堃侯君，办理未久，转归李君饮露，李君因有他事，此报乃归于陆泽民”⑥。陆泽民，即陆敬熙，笔名陆哀、瘦郎，系清末山西巡抚陆钟琦之子。其自述“记者投身报界，于兹十年矣，溯自前清光绪末季，游学东瀛，与湖南杨度君同寓，组织《中国新报》，是为投身报界之始。厥后归京，承宪政公会同人委托，组织《中央大同日报》。……觉北京社会上人民程度尚属幼稚时代，大报之销数不过三五千分而止。所谓开通民智、改良风俗等事，欲于大报中求之，诚属至难之事。因此改变方针，思组织一白话报纸。……本报出版在民国元年，李君将版权让渡鄙人，实在二年正月。当记者接办本报之时，本报销数仅四千余份。屈指一年之中，竟

---

① 《韦公子》续前，《群强报》1917 年 4 月 10 日。
② 《娇娜》十六续，《北京新报》1912 年 10 月 14 日。
③ 《小翠》开篇，《北京新报》1910 年 12 月 30 日。
④ 《娇娜》开篇，《北京新报》1912 年 9 月 22 日。
⑤ 《房文淑》开篇，《群强报》1917 年 3 月 1 日。
⑥ 杨曼青：《本报三千号赘言》，《群强报》1921 年 1 月 8 日。

达至两万余分。其销路之增加，可谓达于极点”①。陆泽民在1913年接办《群强报》之际，正逢《北京新报》易主，于是邀请已辞职的勋荩臣和杨曼青二人入职，杨曼青专事“演说”专栏，勋荩臣专事“小说”专栏。杨曼青多年在“演说”专栏写节令美文等，也是很宝贵的资料。从1913年接办，至1936年停刊，《群强报》前后“生存”二十余年，比起很多自生自灭的小报，在那个国内政局不稳定的年代，可以说“生存”时间是很长的。勋荩臣曾感慨地说：“这几年所遇的困难情形，都是普通的厄运。……敢说那一次都能制我辈于死命。幸尔大家维持，没歇一天。再说本总理当日约得我们这们几位顽固手儿，一个没散。……论报数比诸□接办□约涨五倍……真要按本报这路样儿的，虽不敢说绝无仅有，您只管调查去，好像没这们几家儿。说起来总算本总理有这分财命，报神的保佑，我们这几个借笔墨糊口的寒士该吃饱饭。”② 勋荩臣于1925年故去，杨曼青则一直任职《群强报》至1936年停刊。

勋荩臣在《群强报》工作的十二年间，一直由他一人担任该报第六版“小说”专栏主笔。他的“小说”专栏又分三个阶段。1913年初至1915年11月，以尹箴明的笔名评讲《聊斋》，其形式是先写上一段《聊斋》原文，再展开叙事。1915年12月至1922年末，以湛引铭的笔名讲演《聊斋》，这时已经不再附有原文。1922年末至1925年，勋荩臣改讲“讲演夜谈”，这一时期的《群强报》缺失很多，仅存部分篇目。但是，从刘北汜先生的《故宫旧藏近代小说手抄本》《章回小说“剪报本”》③ 等文章中可以看到，故宫博物院图书馆珍藏的81本章回小说“剪报本”，其中，“写得最多的是湛引铭”，“他以《演讲夜话》（实为‘讲演夜谈’）为总题的小说剪订成册的，即有24篇”。《群强报》上的白话《聊斋》自1913年至1922年从未间断，不重复地连载了近十年，每年连载三百天左右。在清末民初的报界，恐怕很难有第二例。

今天读到勋荩臣的白话《聊斋》，感觉他写得是比较严肃的。勋荩臣评讲《聊斋》的原则始终是尊重蒲松龄的原著。他在《北京新报》写白话《聊斋》时，就持这样的态度。他说“《聊斋》这部书，本是志异述怪的书，少半看叙事，多半看的是文笔。由本报硬发明说白话，所为给蒲留仙传传名”④，“蒲老先生这部书，既名志异，以鬼狐寓言所为讽世警人。我们既是给人绎白话，断不敢离格儿”⑤，“《聊斋》这部书有原文管着，更不得随便乱来啦”⑥。

---

① 陆哀：《本报自矢》，《群强报》1914年1月6日。

② 《姬生》五续，《群强报》1922年2月24日。

③ 刘北汜：《故宫旧藏近代小说手抄本》，《故宫秘录》，上海文化出版社1991年版；《章回小说“剪报本”》，《北京出版史志》（第1辑），北京出版社1993年版。

④ 《寄生》二十三续，《北京新报》1911年9月12日。

⑤ 《娇娜》十五续，《北京新报》1912年10月12日。

⑥ 《曾友于》三续，《群强报》1914年4月21日。

勋荩臣十几年如一日评说这部书，用他自己的话来说就是“因为《聊斋》一书，人都以鬼狐同男女苟合的事故目此书”①，殊不知蒲松龄写《聊斋》“无非隐喻劝善惩恶的本旨”②，“报纸虽时有破除迷信的演说，因为专说理由，大家多不爱瞧。故此本报演这门《聊斋》，是为有个故事可以引人兴会，又夹叙出本意，仍是破迷信而开民智的本心”③。勋荩臣借助报纸是开通民智的利器，行教化于民的责任。他说“《聊斋》一书是家喻户晓的玩艺儿。苦于文法深，仅通白话认字的看不了”④，“只有与秀才平等以上的程度才能够看得下来”⑤。我们“只能算以文话改演白话，所为供献普通社会诸君”⑥，“在下的本意，原是为借着这部书，有时可以指点指点因果，发明点儿理想。要论古人的心思，我们虽未必准见得到，只要用心，自能略有一得”⑦。

勋荩臣在评讲《聊斋》的过程中，对原著中不宜宣扬之处也做了处理。“本来《聊斋志异》原讲得是千奇百怪……故意又偏说这路小说儿，这本是自找罪受，只好是撒谎圆谎，随笔指点着，破说给诸位看，方不至导人入于迷信”⑧，“有人说，既是《聊斋志异》，为什么我们瞧了一年多的报，并不怎们异样呢？诸位想，我们如果说的太离异了，现在讲究开通民智，破除迷信……所以，无论怎样为难，那不是鬼狐的段子，也得变法子掰挣出个情理来”⑨。除了不能传播迷信，他认为“报纸有维持风化之责”⑩，“说书行，在先生一门，挣钱糊口自是当然，可不应混形容狎亵淫荡之态”⑪，“可就怕是原文是极淫亵的玩艺儿，既然评讲，我没尝过这个滋味儿，如何说得好。即便说上来，也不能这们说”⑫。从以上可以看出，勋荩臣对待《聊斋》一书和对待读者同样持一种负责任的态度。

勋荩臣还讲到，“这部《聊斋》是小说中的母子，各种小说体裁都可以搜寻得出来，可称百读不厌”⑬，“这部《聊斋》，从前说的人很少，就有我们两个宗兄在书馆敬献，一

① 《保住》开篇，《群强报》1919年12月23日。
② 《公孙夏》七续，《群强报》1917年2月21日。
③ 《娇娜》二十四续，《北京新报》1912年10月22日。
④ 《田七郎》四十二续，《群强报》1916年2月15日。
⑤ 《张鸿渐》二十三续，《群强报》1917年10月9日。
⑥ 《田七郎》十一续，《群强报》1916年1月3日。
⑦ 《梅女》开篇，《群强报》1913年11月15日。
⑧ 《巩仙》开篇，《群强报》1918年10月6日。
⑨ 《胡四娘》开篇，《北京新报》1910年11月18日。
⑩ 《曾友于》开篇，《群强报》1914年4月18日。
⑪ 《褚遂良》开篇，《群强报》1918年4月16日。
⑫ 《胭脂》开篇，《群强报》1914年12月18日。
⑬ 《保住》八续，《群强报》1920年1月5日。

是德月川，一是忠敬之……二位久已物故”①，“许多学问人全都爱听”②，“以《聊斋》这部书说，叙事的笔法真是层出不穷”③，“就连去世的忠敬之、德月川，现在的张智兰这些位……都因爱看这书，或喜文法，或喜辞藻，才越看越高兴，信笔评一评”④，“这套《聊斋》是前清成名的书，不但中国人爱看，连外洋通中国文字的都要讲讲”⑤。听母亲说，外祖父勋荩臣还曾经为在京的外国人教授汉语和讲解《聊斋》。看来，他不但向国人传播《聊斋》，也向所接触的外国人传播《聊斋》。

勋荩臣白话《聊斋》的特点是“白话夹杂北京土语”⑥，但又不是简单地将文言译成白话。正如孟兆臣副教授所说，评讲《聊斋》是把文言转为白话，但又不是文言翻译，除了疏通文义、注释个别词语，主要是用评书的技法和北京方言照原文演述故事，是一种艺术创作，比翻译更生动、更典型。⑦ 勋荩臣又说：“既说评讲，得说理由、笔法，不能像别种小说，专说故事”⑧，“这部《聊斋志异》尤其深奥，连看有时还看不透呢，何敢妄自批评。其中有些段并非记事，原是蒲老先生另有寓意做的。要是评说，似乎就得把原意表明才是。……蒲老先生是康熙时代的人，在下又无从去请教，只好据我的见解，妄测前贤，不过用圣经贤传的理，说出个道理”⑨。

在讲述《聊斋》故事内容时，勋荩臣又对书中的故事情节进行了延伸，增加了场景、人物对话、心理活动等的描摹。他本来是个京戏迷，初到《群强报》时，除了负责“小说”版，还兼顾《群强报》的“戏评”专栏。他将戏剧与小说融合，在说《聊斋》时，将京剧中现成的台词信手拈来，并加入人物对话中。对原著中的一些情节处理得也很巧妙。例如，每当遇到书中描写淫亵处，他多用舞台上入洞房的场景，“大帐子一拉，后面的事我就不知道”，得体回避。

插科打诨，借题发挥，以逗读者一笑，是勋荩臣白话《聊斋》的另一个特点。例如他在《考弊司》篇中，形容阴司的司官长相，“若问这出来的人儿怎么难看，列明公，你老不知，听着我言。但见他，一脑袋的头发打成卷，焦黄不黑把四鬓连，天灵盖冲着前，甩着胳膊把腰弯，好像四海升平的那位德寿山”⑩。“四海升平”是民国初年北京一间有

---

① 《房文淑》开篇，《群强报》1917 年 3 月 1 日。
② 《娇娜》十六续，《北京新报》1912 年 10 月 14 日。
③ 《晚霞》六续，《群强报》1914 年 7 月 20 日。
④ 《田七郎》十一续，《群强报》1916 年 1 月 3 日。
⑤ 《田七郎》四十二续，《群强报》1916 年 2 月 15 日。
⑥ 《娇娜》开篇，《群强报》1920 年 8 月 18 日。
⑦ 孟兆臣：《历史上规模最大、时间最长的一次〈聊斋〉白话传播活动——报纸连载“评讲〈聊斋〉”》，《蒲松龄研究》2005 年第 3 期。
⑧ 《胭脂》续昨，《群强报》1914 年 12 月 19 日。
⑨ 《侠女》开篇，《北京新报》1911 年 10 月 16 日。
⑩ 《考弊司》三续，《群强报》1917 年 8 月 12 日。

说唱表演的茶社，“德寿山”是清末民初著名的八角鼓演员。勋荩臣与德寿山关系一定很好，所以才敢这样调侃。一百多年前，德寿山不知是否留下过演出剧照，但勋荩臣的文字给我们勾勒出德寿山的大概形象。

勋荩臣白话《聊斋》还有一个特点，那就是在说《聊斋》时能与读者互动，对《聊斋》原著中自己不懂的地方，提出来请教读者。例如，在《王成》篇，就驯养鹌鹑一事，篇后将读者来函录出；在《青娥》篇，读者对一把铲子的处理提出异议，勋荩臣也将来函内容拿出来讨论。他说自己不能都懂，知之为知之，不知为不知，他这种评讲和治学的态度也就赢得了读者的喜爱和尊重。本人大致统计了一下，从1913年至1920年就有40余篇内容是应读者要求而讲的，“不想自本报接办以来，蒙阅报诸君赏鉴，时常来函，指定目录烦演”①，“在下这门《聊斋》，无非是报余的饶头……如果三两天不登，就有来信催的，也有打电问的，故此不敢间断”②。正因为受到读者的喜爱，勋荩臣的白话《聊斋》一口气连载了十余年。

本人“搬出”百年前的白话《聊斋》，一是因为其今天尚有可读性，二是利用其通俗易懂的特征，可让普通读者，特别是青少年对蒲松龄的《聊斋志异》有一定的了解。《聊斋志异》与中国传统“四大名著”不同，全书不是一个完整的故事，又是文言文，使得普通读者在一定程度上难以真正喜欢上本书。《聊斋志异》全书四百余段，内容极其丰富，有百姓，有官吏；有书生，有妇女；有僧道，有鬼神；有万物，有自然；有人间，有阴间；有善良，有邪恶；有隐忍，有张狂；有勇敢，有懦弱；有悲欢，有离合；有报恩，有报仇；有虚幻，有实事……蒲松龄在书中塑造了许许多多鲜活的人物，今天读起来仍不失其色，仅从本书选编的白话《聊斋》中，我们就能看到蒲松龄所塑造的如青梅、花姑子、庚娘、神女、胭脂、凤仙、阿英、仇大娘、黄英、娇娜、云翠仙等一批女性形象，她们大都美丽善良且具有坚忍的性格，是蒲松龄赞誉和欣赏的女性。

感谢首都图书馆北京地方文献研究中心王炜先生等为本人提供了该馆所藏的缩微与纸本的《北京新报》与《群强报》。目前，《北京新报》《群强报》中保存较完整的白话《聊斋》有122篇，本次选编36篇编辑成册，其中《北京新报》2篇（《青梅》《罗刹海市》），《群强报》34篇，按时间顺序录出。

需要说明的是，本书采用简体字横排，加新式标点，原稿括号内的内容，以异于正文字体形式保留。本书在整理过程中如有字迹漫漶而无法辨识者，用“□”表示。凡通假字，尽量尊重原著，一般不作改动。凡当时的习惯用法（如“他”“她”不分，“那”“哪”不分，“狠”“很”不分，“到”“倒”不分，“提”“题”不分等）而与现在用法

① 《神女》开篇，《群强报》1914年10月17日。

② 《凤仙》续昨，《群强报》1915年3月2日。

不同者，一般也不作改动。人名、字号等专用名词，可酌情保留繁体和异体字形；其余异体字、旧字形、明显错字，一律改为现在通行的规范字，不出校记。如有讹误、脱文、颠倒错乱等情况，一律改正，并出校记。校记均放入脚注中。对文本中的一些称谓，如把辛亥革命起义军等称为“乱党”“贼”等，以及“满清”等，我们是持批判态度的，但为保持文献资料的完整性与客观性，对类似上述情况的资料均照原样收录，不作改动。

另外，书中的部分词汇，如北京土话和当时社会流行语的原意随着社会的发展已有很大变化，多有难以理解之处。为了方便读者理解，本人借助权威工具书对词汇进行了注释，如参考了弥松颐《京味儿夜话》、徐世荣编《北京土语辞典》、陈刚编《北京方言词典》、齐如山《北京土话》、常锡桢编著《北京土话》等；另外，还参考了金受申《评书与戏曲》、刘叶秋等《回忆旧北京》、张次溪编著《天桥丛谈》、连阔如《江湖行当》等书。注释中如有不当之处，也请读者批评指正。

整理者 雅芳

目 录

上 册

下 册

青　梅

（开篇）1911年5月4日

报纸开通民智，闲书解闷怡情。宗旨原来本不同，勉强引人入胜。

再说《聊斋志异》，多半狐鬼精灵。倘或铺张带传情，岂非徒贻话柄。

小则见讥大雅，大则败落虚名。可怜前辈蒲留翁，文章被予断送。

有此许多不便，故改号尹箴明。爱看不看在诸公，反正不能胡哄。

几句诉苦词说过，接着说段儿《聊斋》。那位说啦，人家耀臣①先生说的好好儿的《庄原录》，你又想起什么说《聊斋》呢？别是耀臣又拾起旧锅粥来了吧。倒不是那们件事。我们这馆里的人，虽不敢说全拿得起来，可是那一样儿都要学一学，隔些天我们就换一换心思。我要说书呢，好叫我们耀臣先生做几篇演说，来两段儿戏评，人家评的也比我在行。再说，我说一段儿《聊斋》，一来为熟习熟习小说儿的笔法，二来让他也歇一歇心思。我说完这段儿，再请他说《庄原录》。我们这儿是王小儿拔麦子——俩算一个儿（可不俩打一个儿）。咱们别说费话，这就开书。今天说的这段儿目录是《青梅》，诸位要听着好，底下我还敬献一段《水杏儿》哪（《聊斋》上可没有这们个目录，您要真听，还得容我去现造魔②）！

却说白下有个程生，这个“白下”，可不是某旗白某佐领③下卸米的军家儿，却是江

① 耀臣：庄耀臣，亦名庄耀亭，均为笔名，原名庄荫棠，清末民初老报人，曾于1909年至1912年与尹箴明合作，在《北京新报》连载《说聊斋》，另在《北京新报》连载小说《庄原录》《燕市积弊》等。

② 造魔：造谣，编造谎言。

③ 佐领：清朝八旗组织基本单位名称，牛录章京的汉译。

苏一个古地名儿，即现在的江宁府江宁县，按《地理志》是上元县西北有白下故城。这位姓程的是个文生，大概也是风流人儿，性荡不羁，二十多岁还没说上家小儿呢，也不是怎么凑合上一个妇人，于是就过起来啦。过了二年，添了个小姑娘儿，起名儿叫作青梅。没事儿这个妇人就对程生说：“依我劝你，也不用再娶啦。别瞧我头胎儿生的是个丫头，这叫先开花后结果儿，过两天我还给您添个大小子哪！”程生深信其言，果然立定主意不娶。不想亲亲友友全拿程生打哈哈，从中就有人给程爷为媒，硬劝程生再娶一位，并说凑合的妇人总算不了媳妇儿，要打算正经过日子，总是花红轿儿娶（可别红白帖儿请①)，俗言说得好，露水夫妻不能久长。程生被人紧自一鼓动，未免听着也对了味儿啦。于是就说了位湖东之女，姑娘家姓王。这一来不要紧，把程生闹了个人亡家败。

（续昨）*1911年5月5日*

却说程生被亲友一劝，自己想着，这路凑合事究竟不同明媒正娶，有个人情份往，亲友总有点儿不作情，又听说王家这个姑娘长的很美，于是并没跟妇人商量就定妥啦。已经有日子要娶，不想被青梅的母亲知道啦，任什么也没说，气哼哼把青梅抱在怀中给他奶吃，一边儿奶着孩子，二目之中纷纷落泪。自己哭了半天，遂把青梅姑娘扔在程生怀里，说：“这是你们家的赔钱货（女子是赔钱货，不过通俗这们说，自然有钱的人家聘姑娘都讲多少抬嫁妆。其实要养活个溺爱不明的小子，连供给念书，带巴结他做官、学买卖，望他成人，也不定得赔多少钱呢！倘将来一事无成，专学了些个吃歆②嫖赌，岂但赔钱，真能把一份挺大家业都断送了。这么一说，还不如姑娘哪！这段书别听青梅的母亲这们说，到后来并没赔钱，足见这话是随便儿喽)，生之杀之全都由你，我何苦替人当这道奶妈子呢！”说完，站③起身来往外就走。

程生既同这位妇人是苟合成婚，自然是易合易离。况且新鲜劲儿也过去啦，如今新婚在迩，焉能还念旧情，遂对妇人说：“你打算耽误我的终身，偏不能让你破坏，要走只管去你的！”这妇人也没台阶儿，只好站起来一走儿。不必细问，大概是另就别途啦。

妇人走后，程生办喜事，等把王氏娶过来，王家还知道是初婚哪，一瞧不对，这才追问青梅是怎么回事。程爷也会撒谎掉皮，说：“前二年我从城外头回家，觉着有什么东西在腰里坠着似的，及至到了书房一抖落，出来一个妇人，长的很美，冲我直乐。我疑惑他是鬼，据他说他是狐，问我敢留下他不敢。我说：‘倘得佳人，鬼且不惧，何况于狐？’等生下这个丫头之后，他时常上山洞去修炼，如今他早就不来啦！”

---

① 红白帖儿请：办红白喜事时请亲朋用的帖子。
② 歆：通“喝”。
③ “站”，原文作“踮”，据语义改。

王氏一听，真就信啦，再瞧青梅，长的很聪明，好在已经断了奶，再说自己新来乍到，也不便犯酸，从此青梅之母也杳无音信。不想过了二年，程生一病身亡，王氏见没什么可守的，只得改嫁而去，剩下青梅归了他一个堂叔。虽说有点儿家业，可比程生荒唐的很，没有二年，家业凋零，青梅跟他就受上罪啦。程二还嫌姑娘迟累，这才起意要卖青梅。

（再续）*1911* 年 *5* 月 *6* 日

这段儿《青梅》，您要照原文对着瞧，可稍差一点儿，不过是明笔变成暗笔。因为《聊斋》一书既有“志异”俩字，若不说点儿奇奇怪怪的，未免名不副实。我们这门玩艺儿，立意开通民智，破除迷信，若要铺张狐鬼，问心实有不安。无奈这们一来，很有些段没法子变的，只好割爱，给他个一概不说。前天有位朋友说：“已后凡近于狐鬼的原文，不妨照原文一表儿，不必勉强搀作人事之中，一来饶费心思，反失原文本意。况且这部书又不在例禁之内，何必躲着原文呢。其实是因为作艺的时常往花梢里铺张，所以外间才有嫌话。如今虽然换了换名目，照旧还是那们说（如《封神》写兴周灭纣之类）。你们只要抱定劝人的宗旨，即或照着原文也未尝不可。至于淫亵等事，切不可任意铺张。若是一定全改作人事，反倒失了人家的本意。”细想我这朋友劝我，也是见到之言。咱们说完这段儿，已后咱们就试一试瞧。再说这段儿原文，前半路说青梅是狐产，蒲先生为是含着“志异”的名目，至①于因为什么叫青梅，等我说完，我必把我的见解说给诸位听听。

闲言少叙，再说青梅跟着他叔叔过了几年，约在十三四岁，他叔叔总以为这孩子是一笔好财。恰巧本处有家绅士姓王，是个两榜进士，不愿在京做官，自己却打点了个候选县正堂②。老夫妇跟前一个姑娘，名叫阿喜，生的容华绝代，旷世无双。王进士因为女儿一个人闷的荒，打算买个丫鬟服侍，十分粗笨的又瞧不上眼，听见人说青梅很机伶，不过身价大点儿，想着不如买来先拉扯着伺候姑娘，将来太太如不生育，容把女儿聘出之后，也许收房。大概王进士内柜也紧，所以蓄心试办。于是由下人一穿梭，花了几十两银子从程二手里把青梅买妥，一切写字过钱不必细说（现在禁止买卖婢妾，说出来与民智没什么益处，所以一表儿）。

等把青梅买过来，还是死门儿③，青梅无法，也只好认命。好在这个阿喜姑娘同青梅一见就投缘，真是行坐不离，一块吃一块儿睡，名虽主婢，暗是手足一般（差点儿串上

---

① “至”，原文作“致”，据语义改。

② 正堂：明清时对府县等地方官员的称呼。

③ 死门儿：旧时女子出嫁或被卖，言明断绝与娘家或卖主的关系，称为死门儿。

《法门寺》)。青梅是天生的会哄人，原文说“能以目听，以眉语”。要说“目听”，不过看见眼色就能知人的心事；要说“眉语”，可透点儿瞎聊，除了早年瑞胜和①的秃丑能用眉毛招笑儿，再说青梅出来当丫鬟，也不能满脸跑眉毛啊！不过形容他机伶就是了。从此，青梅总算暂得其所。

（三续）1911年5月7日

且说青梅在王宅，不但把姑娘、太太哄得很喜欢，就连下人们都哄得提溜儿转（通俗这们说，其实谁也不是拈捻转儿。按说无论什么人处世，也当彼此有个从容，何况是给人家支使着呢！无如关于终身名誉品行的地方，可得有个不可夺的志向才是，不然专知以顺为正，那便成了颐指气使的婢妾了）。

再说这王宅上下原没有多少人，住的到是一处大宅子。有个东院，有几间闲房，因怕闹贼，租了一家姓张的，是老公母俩，跟前一位少爷，是个秀才，号叫介受，家道贫寒，连一亩地都没有。从前张老头儿在外面处馆②，张介受给人写点儿零字什么的，别瞧这们穷，可是个孝子（虽说家贫出孝子，也得说由家庭教育而来），为人极其方正，并且最好学。

有一天，王老夫人打发青梅过东院里去取房租。那位说，做什么打发丫鬟取房租啊？皆因王老夫人怕打杂儿的抠底子③。青梅一推角门儿，说：“张老太太在家吗？”一眼瞧见张秀才一个人正坐在院子犄角儿一块捶棒石上，旁边儿有个石头臼子，原是串米的，里面有好些带糠秕子的凉粥，臼子沿儿上放着一碟儿咸菜，一双竹筷子。张秀才手里拿着个糙碗，由石臼子往外舀粥，一面舀，一面吃的挺香。

青梅也没同张生说什么，遂叫着张老太太就进了屋子啦。张老太太赶紧答应，迎了出来，说：“呦，小姑娘来啦，里屋坐吧！”青梅连说：“坐着，坐着。”遂冲着张老太太万福了万福，于是就往屋里走。见迎门一张破床，挂着个旧布帐子，掀着一半儿，撂着一半儿，就听帐子里头有人哼哼。青梅想着必是张老头儿犯了老病儿啦，也没介意。张老太太遂把青梅让进里间儿，青梅一瞧，屋里虽没多余摆设，倒是挺干净，这间屋子大概是连客厅带厨房，靠墙儿有一张桌子，桌子上搁着点儿猪肉，还有一个肘棒儿。青梅遂对着张老太太把主人打发来的事说明。张老太太一听，遂把房钱拿出来交与青梅，又说：“小姑娘轻易不过来，容我给你烧点儿茶，说会子话儿，你再过去。”正在这个当口儿，就听老头儿喊了声：“介受快来，我可有点儿不好！”

---

① 瑞胜和：清光绪年间北京的一个戏班。
② 处馆：在私塾中教书。
③ 抠底子：意为吃回扣。

（四续）1911年5月8日

张老头儿一喊介受，就听外面唯了一声，张秀才就跑进屋中。那位说，什么叫唯了一声啊？您不知道《曲礼》上说“父召勿诺，唯而起”吗？要是干答应不动身，再不来句“是啦”，又得儿干什么呀？那还成什么秀才啦！所以孝子一听父母叫，必得赶紧答应，跑到面前。

等张介受来到床前一问父亲，老头儿说：“我要出恭。”此时青梅才放了心啦，先听老头子嚷的时候，只当要眼儿猴哪，敢情他是要摆柳儿①（这是青梅心里这们说呢吗？不，是青皮②耍话玩儿哪），自己也不能出去，只好在屋里避一避吧。就见介受一伸手，由床底下拉出一个溺盆子来，过去把老头抱起，凑到床沿儿上，又用手举着盆儿接着，好让老头儿撒溺。这老爷儿俩穿的全是挺肥大的衣裳，屋里又坐着人，老头儿又是个拘谨人，怕人瞧见，自己用衣襟要挡着点儿，一扭身儿，把盆沿碰歪，一泡尿满折在介受的大襟上了。老头儿这个气可不打一处来，说：“咳，这个冤孽病，不如早早儿的死了吧！”复对介受说：“你的衣服也全脏了吧？”介受说：“没有，没有，父亲不必着急，只管慢慢儿的。”等把老头儿服侍躺下，自己遂用衣襟遮着，把溺盆儿“请”在院中（溺盆儿还请，你瞧，讲究恭敬吗），恐怕父亲看着起急，赶紧把衣裳洗了洗。

青梅见老头儿躺下，这才起身告辞，回到宅内，把房租交给老夫人手内，心说，这位张秀才实在可敬之极，就说这分孝心，直比上妙峰山③穿红衣红裤舍身还愿还强的远，那不过光图个孝顺的名儿（近年破除迷信，连这路要名的还没了呢）。古人说，唯孝子能为忠臣义夫，盖不负于所亲，庶能不负于所爱也（大概青梅也染了八股儿匠的余毒啦）。别瞧人家是个穷秀才，真比搢绅之家懂礼，这就是家贫知孝子，白屋出公卿。想我青梅，受我家小姐的大恩，正无以为报，我想，这位张秀才将来一定不凡（可不是能成仙得道），我何妨把张生的品行对我家小姐述说一遍，倘若天假以合，岂非是挺好的一段美姻缘。想到此处，这才要在阿喜跟前施展红娘的手段。

（五续）1911年5月11日

却说青梅想到这节，这才归入内阁，可不是新内阁，也不是旧内阁，就是阿喜所住的内院绣阁。就见姑娘正在那儿做鞋呢，一抬头瞧见青梅，说：“你这丫头，半天的工

① 摆柳儿：江湖隐语，小便。
② 青皮：谓态度恶劣、不通人情、不讲礼貌的人。
③ 妙峰山：北京城西北一座较高的山峰，旧时每年四月有拜山进香活动。

夫，在老夫人那儿做什么去啦？”青梅说：“太夫人派我上东院去取房钱去啦，我还调查了一件事来（八成儿够一条新闻）。”这才把张生家的事始末根由一说，倒是据实报告，决没传闻失实。阿喜说：“你报告了半天，究竟何所取义呢？”

青梅一瞧屋中没有别人，这才说：“我的姑娘，适才我细想咱们家这个住房儿的决非等闲之人。娘子不欲得良匹则已，欲得良匹，张生正是个好人。再说前次乍搬过来拜街坊的时节，不是咱们娘儿俩在套间您也看见过，不但品行孝顺，就说模样儿、岁数也很相当。”

阿喜一听，脸儿一红，好在这主仆不隔心，素日总算过私话（对，打算运动门路的大可以托他）。再说，孟子都说女子生而愿为之有家，别听嘴里不愿意，心里多是巴不能够的呢。阿喜说：“据你所说，这样贤孝才人我也敬慕，无奈你说什么良匹不良匹的，你想老爷那个脾气，不但讲究门第，还最注重财产。若说张生父子全是身列黉门①，到是为官的阶梯，也算诗书门第，到还将就的。无奈据你亲眼得见的饥咽糟糠，而且家无恒产（跟我一样，就是串房檐儿②，可不是檐蝙蝠），咱家老爷恐怕嫌他穷吧！”

青梅说：“姑娘，这话可不是这们说。虽是男女以正，婚姻以时，当以父母之命、媒妁之言为要，可是自己不妨先有个定见。这件事，大主意可得您自己各儿拿（同留胡子似的），我不过同您这们商量。您要认可，那一天得便，我偷偷儿的作为再去串门子，便中叫张老太太托媒人过来题一题亲。我想老爷必把姑娘叫过去商议商议，您就点头，这件事就算成了吗！”阿喜说：“傥若张秀才穷困终身，岂不被人耻笑呢？”青梅说：“呦，我的姑娘，您别看我没学过相法确敢信能断人终身，必无错误，外带直言无隐，概不奉承（对，还是戗盘③）。”阿喜点了点头，青梅晓得这叫默许。到了次日，才又往张家撮合。

（六续）*1911*年*5*月*12*日

却说青梅用话一订问阿喜，阿喜总算愿意了。一夜无书。到了第二天，抽了个功夫做为上张家串门子，进门儿一喊张老太太，恰巧张生没在家，老头儿大概是睡着啦。张老太太把青梅迎入房中，说：“小姑娘还是屋里坐吧！”于是进到屋中。张老太太不知青梅有什么事，想着莫非要撵搬家，不然是长房钱，不能啊，昨天才取去现月的，又不好意思的问做什么来啦，只好答讪着瞎聊。左不是④做什么活哪，吃什么饭哪，什么姑娘好

① 黉门：古代学校的门，借指学校。
② 串房檐儿：指自己无房产，只能租别人的房子居住。
③ 戗盘：指相面者。
④ 左不是：不过是。

哇。青梅也没话头儿，也得有几句铺场话儿再开正文（调侃儿就是摔铺儿，对，青梅也入了说书行啦）。

好容易话里套话，张老太太问说："你们姑娘的脾气好哇？倒不虐待你呀?"青梅说："呦，我的老太太，您可不知道，我们家的小姐待下人别题够多们有恩典啦！别说打骂，就是连句大声吓吓都没有。我们可没受过凌虐呀（许是怕登报）！并且喜得是忠臣孝子，敬的是义夫节妇，就是不能杀赃官忤逆，除土豪恶霸（那成了张桂兰①啦）。要说我们那位小姐，真得说是位贤德的女子。我想您家大相公也没成亲，何妨题一题哪！"

张老太太一听这话，连忙摇头摆手，并且吓的直吐舌头，说："小姑娘，你这话说的可太差喽！俗说娶媳嫁女总得门当户对。要是妄想爬高，可有点儿造罪，恐怕要遭恶报（那位说，张老太太怎么这们迷信哪？您瞧，原文说'媪大惊，谓其言不祥'，不说这们两句，这'不祥'二字怎么点缀得出来呢）。"

青梅说："老夫人，这话您可不是这们说。我们小姐是不爱相公韬略广，又爱他是一个贤孝郎（对，也该过一过戏瘾啦）。我瞧我们小姐很是敬慕相公贤德，我瞧出这番意思，所以才敢这们说。你何妨求个媒人，过去一提议，我同我家小姐极力一赞成，这件事也许就算表决啦（青梅大概到过议场）！就便不成，于尊府也不算憨蠢。俗语儿说得好，一家女儿百家求，一物不成，两物现在，谁也没伤什么。老夫人请想是与不是?"张老太太这才点头应允找媒人说亲。

（七续）*1911年5月14日*

且说张老太太并非是不愿意说个阔儿妇，俗语说娶财神奶奶吗，即便不贪图赔送嫁妆，人人谁不愿意巴结高枝儿啊，当时应允。青梅告辞回去，不题。

单说这位张老夫人也没跟老头儿商议，第二天想起原先给租房的是个卖花的侯老婆子，想着不如托他给穿梭穿梭。再说侯老婆子卖花这种营业原是遮掩身子的买卖，就仗着说媒拉纤儿以及买卖人口，真是"媒婆媒婆，惯把媒说；东家出来，西家进去（念客）；又挣银钱，又得吃款；开开门看，谁来找我"（对，整本大套的《金鸡岭》）。于是张老太太把侯婆子找了去一说，侯婆子也说得好："俗说天上无云不下雨，地下无媒不成婚。您既找了我来，我就得说卖艺的应行（念杭）。不过谋事在人，成事在天，这件事我说成了，您也别喜欢，说不成，您可也别恼。"张老太太说："就是这们办，你就多分心吧！"简断截说，侯婆子起身告辞，就到了王宅，见着王老夫人，一题来给姑娘说媒。王夫人说："呦，但不知你题的是那一家?"侯婆子说："回老夫人的话，就是您本院住房儿

① 张桂兰：京剧《八蜡庙》中的人物。

的张老太太。他们那位大相公再说也老大不小的啦，久仰咱们府上是官宦人家，姑娘贤淑，并且择婿论的是才德。要说人家这位大相公，除去穷一点儿，称得起文有文才，人有人才。若无人才、若无文才，敢来给老夫人您这儿的小姐题亲吗（对，还是《下河南》）！您想，既托我过来求亲，我是受人之托，必当终人之事。请夫人示下，以便回覆张家。”

王老夫人听见这话，一笑儿，说：“这件事我可不便自专，容我同老爷商量商量！”于是派人从书房把王老爷请过来，当着侯婆子把始末根由一说。王老爷是呵呵大笑，说：“你们到后面请小姐出来。”

功夫不大，侯婆子见姑娘带着青梅过来，赶紧上前万福了下拜。小姐也答礼相还，然后坐下，说：“请问父母，唤孩儿前来有何话讲？”王老爷说：“女儿你来看，今天侯妈妈是为你婚姻大事前来，所题的就是东院的张秀才，不知你可愿否？”阿喜还没答出话来呢，旁边的青梅连忙插嘴就说……

（八续） *1911 年 5 月 15 日*

却说青梅在旁，没容姑娘张嘴可就答了话啦，说：“要说这个张家，除了日月儿穷，要凭人家这位介受相公，真是个孝子。不但孝，并且最好学，将来成人，一定大贵（这点儿原文说‘女未及答，青梅亟赞其贤，决其必贵’，似乎当丫鬟不应这们多嘴，未免太没规矩。其实一来衬合王家素日待青梅之厚，二来可见青梅热心成全此事，故不揣冒昧，这才脱口而出）。”当时王夫人瞪了青梅一眼，也没拦他，跟着又问姑娘，说：“这是你一辈子的终身大事，我可早就听见说，他们家吃的是谷中膜、米上皮（王夫人要唱《吃糠》），你如果能吃得下去，我就替你应允张家这门姻事，如其不愿意，你可自己斟酌，你想怎么样？”一面说一面笑眯嘻儿的。

阿喜见母亲追问，又不好出口。青梅站在旁边用胳膊肘儿直推，把阿喜挤兑的直没法子啦。心想说了是使不的，不说又了不的；可是宁叫他使不的，可别让他了不的（这倒不错，老娘儿俩一对戏迷）。想罢，自己低垂粉颈，一转脸儿，冲着墙说：“贫富命也，倘若命厚，贫无几时，以后不贫的日子很多。倘若命薄，锦绣王孙，一展眼穷得无立锥之地的还少了去啦吗！这件事可在父母（这几句同原文差不多，不过换了几个虚字儿。因为这点儿地方，必须简明一说，要是絮絮叨叨，岂不失了小姐的身分了吗？虽是这们说，这几句话说得委宛真切，见解不惑。所说‘命’字，可不是专重迷信。末句仍推到父母身上，就是以父之命为天命，也可称为孝女。所以将来卒嫁张生）。”阿喜说完这几句，把脸羞的通红。青梅一听，心说别听话儿软，倒是顶得住，想着只要老爷、夫人一活心，自己就算大功告成。焉知晓这老公母俩跟姑娘商量，原为是给姑娘送哏①，好羞辱侯婆子一顿。及至一听姑娘的口话似有默许的意思，心里大不乐意。

王老爷说："如此说来，你想是愿嫁张家的了？"阿喜见父母面带怒色，自己也碍难出口，只好给他个一语不发。王夫人也用话一追，阿喜还是徐庶进曹营。这一来不要紧，怒恼了王老爷，这才要唱《骂女》。

（九续）1911年5月16日

无论说书唱戏，须得令人莫测才能叫人爱听爱看。比如看着应当斗哏的地方儿，偏要照原文表过去，并且前次说过的话不能再去铺张，即如这个卖花的婆子吧，前报说《邵女》时形容过一回，所以不便再去摹写。又如昨天所说王老爷要唱《骂女》，今天我张嘴就唱《千金全德》的窦公，也别管是子弟书②吧，是高腔③戏吧，未免显着太贫，莫若算我不会，咱们直接着往下说，您瞧得不得？一来这位王公不配比窦公，二来高桂英是窦公的义女，且在花烛已后勉强牵就，倒有许多不合。再说我唱死了，也唱不过我们伙计耀臣，所以莫如不唱。

且说王公一听，这个气可不打一处来，说："你这丫头太不长进，天生的贱骨头，打算提溜着筐子沿街作乞讨之妇，你岂不羞死！岂不愧死！呀，呀，呸（不得，还是要唱）！"就这们几句，登时把个阿喜姑娘羞的脸上绯红，也出不来气儿啦，直掉眼泪，抽抽达达的站④起身来，抹头回了绣阁。青梅作为搀扶姑娘，也溜场儿下啦。侯婆子更机伶，趁这娘儿俩出门，他也告辞回去，回覆张老太太，不题。

单说青梅见挺好的一件事，没能办成，也没法儿往下再说啦，只好来个老西儿⑤拉胡琴——自顾自吧，想着婚姻大事，人家有父母的得从父母之命，像我这孤身一人就得自己拿主意。再说还得长（念掌）住了眼睛，要不长住了眼睛，混着混着就许裂锅⑥。既然这儿不成，我何妨作个毛遂自荐呢。可有一样儿，谁能替我过付⑦这件事呢？又没朋友给我撮合，再者我怎们托人运动哪！于是为难了好几天，没有主意。又一想，俗言说的好，求人莫若求己，莫若一拉脸儿自己来个自由结婚，亲自去找，这件事倒许有个成儿。

---

① 哏：笑料。
② 子弟书：清代盛行于北京的一种曲艺形式，为八旗子弟所擅长。
③ 高腔：戏剧声腔，又称弋阳腔，音调高亢。
④ "站"，原文作"跕"，据语义改。
⑤ 老西儿：旧时北京人对山西人的称呼。
⑥ 裂锅：决裂。
⑦ 过付：双方交易，由中间人经手交付钱或货物。

打好了主意，偏巧这天姑娘睡的很早（懊碴儿①吗），青梅服侍姑娘躺下，自己蹑足潜踪，由后院绕过前庭，瞧了瞧屋中灯光明亮，老爷、太太全在屋中坐着哪，炸着胆子溜出垂花门。到了外院儿，见书房漆黑，遂用手一推门儿，敢情没关着。自己悄悄进了跨院儿，见上房也没点灯，见对面南屋有个灯亮儿，就听屋中高声朗诵，张生正念文章哪。屋门也没关，挂着一个草帘子。青梅用手一掀，走进屋内，倒把介受吓了一惊。

（十续） *1911年5月17日*

却说张生正念的高兴，见一掀布帘，进来一个姑娘，倒把张生吓了一跳，细一瞧，认得是房东家使女，忙说："那一女子，因何夤夜②至此？"青梅说："这个……"往下说不出来啦（原文说"词涉吞吐"）。张生一听赶紧正言厉色的说："你不必多言，快快退出！"

青梅一听，人家要查堂③啦，就得外走吧，由不得一阵为难，登时就撇啦（撇乃哭也）。自己一想，既到此处，不如把自己的心事说明，说："妾乃良家之子，并非淫奔之辈。只因慕君贤德，故愿以终身自托。"

张介受说："卿之爱我，谓我为贤者。请想昏夜这路行为，但凡有点儿仁心的人都不肯做。我若是做此行为，那还能算什么贤者吗！天下多有始乱之而终成之的，硬说是行权达变。知礼法的君子，都以为断断的不可。况且必不能成，彼此何以自处？"

青梅说："妾问君，万一能成，肯赐援拾否（这句可是原文，决不能改白话儿，大意如果我能嫁你，你要我不要？因为张生所没吐口话儿吗）？"

张生说："得人如卿，又何求！但有不可如何者三，所以不敢轻诺。"青梅一听总是愿意喽，说："妾愿闻这三不可都是什么事？"张生说："卿不能自主，则不可如何（没要求回主权来，先别订外交的合同）？这话可不过是据我揣测，究竟尊宅也许无分贵贱，人人均享平等自由的幸福（许是立宪国的人）。卿之自身，卿即有自主之权（虽有主权，其实也不过仅能辞去责任，卿的地位，也只好上说帖，俟多数议决再发表吧），奈因小生却不能自主。现在父母在堂，倘我父母不乐意，则不可如何？即或我父母也乐意，卿断不能无身价（卿无身价，岂不是身家不清，滥入仕宦了吗）！倘若价值太昂，我一介寒士，筹措不出来，则尤不可如何（那位说，这第三不可加个'尤'字，俗说是加了'更'字儿了，是什么意思？俗说钱是英雄胆，越是君子，越不能取非义之财，所以用第三不可

---

① 懊碴儿：烦闷而打不起精神的样子。

② 夤夜：深夜。

③ 查堂：旧指戏院里查票。

愈难)？卿速退，瓜李之嫌①可畏也!”

青梅一听这三不可，大有至理，而且人家又往外轰哪（下来吧，还等过去巴拉吗？那还是蹭戏②)，只好走啵。抹身方要出来，一想听他的意思总算有点儿活动口话儿，不如我再试探两句，看他如何。

（十一续）*1911* 年 *5* 月 *18* 日

却说青梅临要出来，又嘱咐了八个字，说：“君倘有意，乞共图之。”就是你如果肯要我，求你帮助着我办。“生诺梅归”，张生才答应了这们一个字。青梅往下是话没说，抹③头出来，仍由旧路回归本院（那位说，怎么不再嘱咐了？天下不轻然诺的人，只要点头答应就是万无改变。要是随便说说，就叫轻诺寡信，别听事事全应着，其实说过了就忘啦，那样儿的人就便起誓发愿，也别信他的。可是张介受如果是那一路人，青梅也决不找他了，净等春梅找他吧)，一面走着，心里直害怕。可不是怕鬼，是怕人知道。幸尔进了垂花门一瞧，上房灯也熄了，大概是歇了觉啦。

等来到后院，见屋中灯光明亮，进屋一瞧，阿喜姑娘在床上坐着呢，说：“这黑更半夜的你往那里去了？我叫了你好几声没有答应。我起来穿好衣服，正要上前院看你去。你究竟做什么去了呢?”青梅此时如果撒一套谎也能朦住姑娘，无如这件事在青梅确是居心无愧，所以倒不必造谣言，赶紧跪在姑娘面前，说：“婢子到张宅去了一荡。”姑娘一听，这气可真不打一处来，一伸手，抓起一根掸把子来，说：“你这贱婢，作出淫奔之行，玷辱我们的家声，我实难容你!”说着就要往下打。青梅抽抽答答的说：“姑娘且请息怒，婢子并不敢作什么不才之事。”这才由头至尾述说了一遍。

阿喜姑娘一听，由不得改容起敬，赞叹起来，说：“不苟合，礼也，必告父母，孝也，不轻然诺，信也。张生有此三德，天必佑之，可以不必患贫喽（张生这三德，不但阿喜羡慕，以本记者说，三德贤于四知，二人全可谓发乎情、止乎礼，并不徒慕虚誉，又非故意造作。别听往往有一路人自称有什么操守，某日某处遇着什么妇女，如何就合自己，自己如何拒绝，说得自己如圣贤一般。其实只顾自己要名，可不想置人名节于何地。张生所说的话，并非不近人情，却不出‘礼’‘理’二字。不料小说中有这样圣贤至理，《聊斋》一部书，这等事迹不可多见，在别种小说还敢说没有呢)！张生如此可敬，那们你去究竟要怎么样呢?”青梅说：“嫁之。”姑娘一听，扑嗤儿一笑。

---

① 瓜李之嫌：比喻处在被怀疑的境地。
② 蹭戏：不买票看演出。
③ 抹：转，掉转。

（十二续）1911年5月19日

却说阿喜一听青梅愿嫁张生，由不得扑嗤一笑儿，说："你这丫头说这路傻话，也不想想，你有自主之权吗？"青梅说："婢子无论如何为难，必求有济于事。如果万不能成，只好继之以死，不复生存于天地之间，这就叫匹夫不可夺志。"姑娘点了点头，说："你这点儿心愿我必赞成，总叫你达到目的（阿喜一喜欢，了①出两句新名词来）。"青梅一听，咕咚就跪下了，说："我这儿先谢谢您纳！"说罢，娘儿俩这才归着睡下。当晚无书。

一幌儿过了三四天，青梅见阿喜绝口不谈这件事啦，想着莫非我们姑娘也学会拿吐沫沾人啦？难道随便拿我开涮吗？又一想，不能啊，一来他不是这样人，二来也不能跟我过这个呀，不如我硬问一问。这才对姑娘说："前几天晚晌，咱们娘儿俩所说的那件事，您总算应了我啦！究竟您是拿婢子开心打哈哈玩儿哪，还是真要大发慈悲呢？要是真话，我们还有点儿下情，求姑娘得恩施格外！"

阿喜说："我说的本是真话，究竟你有什么下情，也不妨明说。"青梅说："张生是个穷秀才，不能备办聘金，婢子又无力可以自筹身价。如果老爷一定要索还原价，这是嫁我犹如不嫁一样。"阿喜听到这儿，沉吟了半晌，说："你说的这件事，我可不敢担责任，实在我也没这个力量。怎们说呢，就说嫁你这层，我都不敢说未必能行，再要让老爷不取原价，这件事大概大人必不应允。况且我也不敢说呀！"

青梅一听，心说敢情涮到我这儿来啦，一句话也没说，净剩下掉眼泪儿啦，掉了半天，说："没别的说的，还是得求姑娘开恩！"阿喜又沉吟了半天，说："这么办吧，我倒有个法子。我这儿这几年私自积攒了几两银子，我来个倾囊而赠，合盘托出，全都给你啵！你到是把那个箱子开开呀！"

青梅赶紧答应说："是，可有一节，不是您带着钥匙吗（对，掌印的大概没进衙门）？您到是交出来，我好开呀！"阿喜也说得好，说："你到是拿钥匙袋来呀（敢情二位全当过家）！"于是阿喜开开箱子，拿出一包散碎银两。青梅当时拜谢收领，次日这才要送往张家。

（十三续）1911年5月20日

却说青梅把姑娘的银子把②到手里，道了个谢，自己用手一颠，约有二十多两，暂时

① 了：抛，扔。
② 把：拿。

掖在床沿底下。到了第二天，自己送到张家（这点儿书原文可没题交到谁手，也没提是怎么去的，大概必是仍交给张介受了。无如用白话儿一说，势必与前次相仿。前次两个人全说的是正经话，却又都是原文有的。这次让我编那们些句，一来我没词儿，二来又像我特意跟蒲留仙打对当①似的。你们诸位上眼瞧，就凭我这个脑袋核儿，我配吗？我成吗？我敢吗？再者说句抖露底儿的话，行文之法也忌重烦。就便蒲留仙做得了，人家也不这们作。要作就得换笔法，一换就不合青梅的身分。我再一铺张，岂不成了《游园赠珠》啦！如何使得？莫如照原文“因潜告张”知四个字一表儿，又省事，又不重复，叫张介受再禀明母亲）。

张老太太一听，很喜欢，知道还欠个多一半银子。那位说，到是多少啊？您瞧，我又没拉这一纤，原文又没准数目。阿喜这一包是零碎攒的，我那儿能猜的对呀，莫如也照原文一说，“多方乞贷，共得如干数”，就是浮摘带实借，利钱、打账、印子②胡这们一抓（跟我似的），才凑成这个数儿。“藏待好音”，净听喜信儿。

可巧这天王老爷选缺③到班，选得是山西曲沃县正堂。阿喜得着这个信儿，立刻就喜欢了。这天抓了个空儿对王夫人说：“母亲，我看青梅年纪已长，正是摽梅④待嫁之期。如今咱们将赴任所，不如把他打发了吧！”

王夫人因为就是这们一个女孩儿，很是疼爱，所用的这个青梅又真机伶，恐怕他把女儿带累坏了，又怕他唱了《采花赶府》，很是为难着急，又怕女儿舍不得。如今一听姑娘都这们说，也很喜欢，说：“吾女此次提议我不但赞成，而且还极力赞成（那位说，王夫人那儿会这们些新名词呀？诸君有所不知，皆因王老爷常到议董两会走走）。”

过了两天，忽然有个本宅的老婆子，原是阿喜的看妈妈，前来请安。王夫人还只当要求把他带到任上赏碗饭吃哪，很是为难（对，连三小子都是舅爷荐的，不好辞吗）。没法子，只好叫进来啵，及至一听，敢情是给青梅来说媒的。王夫人呵呵大笑，说是：“只可耦婢子，前此何妄也。虽然如此，但有一节，恐怕他未必能办。”

（十四续）*1911* 年 *5* 月 *21* 日

阿喜一听王夫人的意思，这才知道青梅的事总算有点成儿了。又听母亲对着妈妈说：“怕张家办不到。”正要往下问，又听王夫人说：“唉，姑娘，要说青梅呢，在这儿一恍儿也是七八年了，就说连吃带穿那一年都得几十两。再加上原来的身价，总得核几百银子。

① 打对当：亦作打对光儿，谓聚在一处当面对质。

② 印子：印子钱。清朝的一种借贷方式，借贷者分次偿还，每次还款时盖一印记，故称印子钱。

③ 选缺：在官员中选择任用，为古代官员的一种任命方式。

④ 摽梅：比喻女子已到结婚年龄。

不信要一吐口话儿，把他卖给阔主儿做妾，大概足能卖得出来。就凭张介受家，拿得出这笔身价来吗？”

阿喜一听，喝，老夫人敢情是要贬卖青梅（对，过两天儿还摆果脯摊儿哪）。于是赶紧答言，说：“启禀母亲，若说青梅在咱们家固然是花的钱不少，无奈他服侍孩儿这几年，总算是有点儿微劳。若是把他卖与人家做妾，孩儿于心实有不忍，况且也与咱家的名誉有伤。虽不便把他白白放出，那不仍照原价叫张家交出来呢，以表他服侍了我这们几年的主仆情肠。再说也是二位老人家的一点儿阴功德行啊（阿喜许听惯了《红鸾禧》啦）！”

老夫人说：“那们就由着□，保佑着你将来修积个好婆家吧！”回头又对着看妈说：“这话你听明白啦？你就告诉张家，让他预备下原银就是啦！”看妈说：“是，可有一节，原银是多少数目我也不晓得呀！”老夫人说：“大概我记得是五十两。这们办，你就叫他们拿五十两来。明天把字据找出来瞧瞧，要是不到五十两，还让他剩回去，你想好不好？”看妈答应告辞，回到张家一说。第二天，张介受拿着银子过来。王老爷是忙着拜客上任，也没功夫管这些个事。于是把银子交进去，登时就把字据抽出。过两天，择了个好日子，就把青梅接出去啦。阿喜同老夫人赏了点儿衣服、首饰，青梅拜谢，不必细表，干脆就让青梅同张生成为夫妇（这点儿原文就没细说）。

单说青梅，自从到了张家，孝顺翁姑，曲折承顺，真比张介受孝顺父母还尽心呢，并且操持一切，真是勤俭，吃得是糠秕也不以为苦，张家一家子没有不敬爱青梅的。青梅托邻居的老太太揽了点子绣活，连发带卖还是挺快，绣货铺见活计真好，都争着来买。得的工价，添□过日子，倒比从前从容点儿了，并且常劝介受不必因为柴米小事耽误了用功，经理一切全是青梅担承。这一天，听说王老爷要携眷上任，这才要亲到王宅送行。

（十五续）1911 年 5 月 22 日

青梅听说王老爷定好了日子要携眷赴任，既是旧主人，自然得去送一送行。及至见了老爷、夫人，不过说几句客套。见过之后，又在阿喜屋中坐了会子。阿喜见屋中没人，拉着青梅的手，委委屈屈的说：“子得所矣，我固不如。”就是你有了准家啦，我还不如你呢。听这两句话，足见古语说的“女大不终留”同孟子所说的“女子生而愿为之有家”，全是阅历之言。青梅说：“婢子今日之得所，究竟是何人所赐，我曷敢忘？然小姐以为不如婢子，这句话未免太谦，恐促婢子的寿算（这点儿地方，按说青梅应当劝阿喜，或是颂扬颂扬将来小姐必有什么王孙公子招赘语等。殊不知，两个人的眼力不但看出介受必贵，而且纨绔子弟断不能及，所以才如此对答）。”说罢俩人彼此大哭。青梅不便久坐，于是告辞而去。

原文说“王如晋，半载”，按说这半载的工夫，应说的可多啦。王老爷应当如何安顿家中房产，如何赴京引见，然后才能领凭赴任。原文既没有，咱们也不必瞎编，就作为王老爷把房产家俱全变卖了，带赴任所。省得这分儿绝户产将来也没人擎受，您瞧，这简捷不简捷？

单说王公在曲沃任上半年，王夫人是南方生人，到了山西北方地界，不服水土，病了些天就死啦。王老爷只好备办棺木，停在庙中。王老爷自己一想，年岁也不小啦，又跟前一个大姑娘，续弦吧，又怕不合式，打算先把姑娘聘出去，也没有相当的人家儿。再说别听王老爷是进士出身，除去会做八股儿，于宦途上很是外行（不善钻营），自己大有退志，想着不如抓挠抓挠告退回家，到家把女儿一聘，自己纳上个小星①（招呼②着为难），还许老来得子呢。于是这才打算贪赃受贿（好主意）。

要说外省州县的事，满打自己精明廉节，而官亲幕友以及皂役下人还打着旗号在外使钱呢，何况老爷自己开门儿哪。其实他得一百两，大家就得分一千，统共才二年多，不料被御史参奏，闹了个解职查办。同案的人家全有门路，唯独把他一人查实，只得想法子谋求解脱，一共花了万数多银子才算办了个留省查看，以观后效。王老爷的家当儿简直就算完啦，下人一瞧这种来派③，也全不干啦。不想山西省这年大闹瘟疫，王老爷一病而亡。

（十六续） *1911* 年 *5* 月 *23* 日

却说王老爷自从奉旨留省察看，还没到省就死啦。可怜就剩下阿喜姑娘只身一人，带着一个老妈儿，自己又不能出去料理，再说钱也没有，只得把首饰、衣服折卖了几个钱，买了一口棺材，将父亲盛殓起来，暂且送在庙中同母亲停在一处，原租的房子也住不起啦，搬在隔壁一个杂院儿。谁想这个老妈子也受了点儿传染，过了没有几天，他也死啦。阿喜只得折卖了点儿东西，将老妈儿埋在义地。

剩下阿喜这份儿冰清伶仃冷就不用题啦（苦到这个分儿还上韵啦），每日只好是折卖着过。可巧本院房东有一家儿亲戚就住在隔壁，此人姓郝，都叫他郝老太太，时常过来串门子，很有怜恤阿喜的意思。这一天对阿喜说：“姑娘，我可是爱多说话，你就在这儿住会子，究竟怎么样呢？我记得同你谈过，家乡也没有什么近人。依我说，不如自己做主，找个一夫一妻的嫁出去，到是一辈子终身大事。”

阿喜说：“妈妈这话实在出于热心，无奈我这儿还有两口灵柩，要说送回原籍，葬于祖茔，道路遥远，不敢做此妄想。那不就在这个地方买几分地，把双亲埋葬了呢，我做

---

① 小星：对妾的戏称。
② 招呼：照料，照顾。
③ 来派：来势，苗头。

儿女的也就心安啦。妈妈既然题到此处，只好就求您分心，我也不论老少丑俊，只要应着能拿出点儿银子来买块地，把我父母葬埋，我就倾愿嫁他。”

郝老太太一听，连伸大拇手指头，说：“姑娘真真是个孝女，令人可敬。我瞧你大概也没有什么吃的啦，我今年地里的粮食打的不错，回头我给你送过斗粮来，你先吃着。你的亲事我必替你用心张罗。”阿喜拜谢了郝老太太。郝老太太回到家，果然量了一斗米打发人送来，阿喜收下。

一恍过了半个多月，郝老太太才来，说：“姑娘，我为你这件事直跑了这么些日子，竟无成效。你说是个穷主儿吧，拿不出钱来，不能替你营葬父母。阔主儿倒可以拿出钱来，又嫌姑娘没赔送儿。再说我们这儿的人最迷信，嫌你的命儿不好，单说这、这、这可怎么得了哇？呵，哈哈！实实难煞老身我喽，我的小姑娘（对，地道梆子腔）！”

（十七续）*1911* 年 *5* 月 *24* 日

却说郝老太太虽有这分好心，苦于没有对式的主儿，没法子，这才了出两句梆子腔来。唱完了跟着又说：“唉，姑娘，我就有一个主意，说出来恐怕姑娘你不肯。你既不肯，莫如我不说。”阿喜说：“妈妈有什么话何妨请讲当面。”郝老太太说：“我说出来，姑娘你可别多心。咱们这个邻村有个李家，李家有个李郎（这叫费话，好在不是张郎找来的），打算着要立个偏房。家里有的是银钱，打算买个体面人材。我想姑娘这个模样儿很是说得下去，倘若能叫李郎见你一面，此事必然准成，就便让他拿出个千儿八百银子发丧你的父母，他也愿意。这件事就怕姑娘你不肯屈从。”

阿喜听到要立偏房这一句，已经眼泪就在眼圈儿里转啦。即至听郝老太太说完，别不住的大放悲声，一面哭着，说：“妈妈，我乃是搢绅人家的女儿，要是给人作妾，岂不有辱父母吗？嗳呀，我的妈妈呀！”

郝老太太本是个好心眼儿的人，不过极力成全阿喜，并不是人牙子一流人物。所以一听姑娘这话，自己也觉着出言冒失，倒闹的没了词儿啦，只好陪着姑娘也掉了几个眼泪，答讪着走了，从此到不好意思的过来串门子。

阿喜住在这院里，同别家的妇女还是说不到这层心事，只好苦熬岁月，当卖着摘押。后来一天两顿饭都吃不起了，只好减去一顿，等着万一有个肯出这笔钱的呢，再打主意。一愰儿半年，简直的更支持不住了。

这一天，郝老太太又过来瞧姑娘。姑娘说：“前次承妈妈美意，是我一时糊涂，多有得罪，如今我堪堪的饿死。在我这一面儿上想，生而无益，死又值甚的。如此困顿，不如早求一死，所以没肯死的缘故，并非我恋恋苟活，因为这两口灵柩，作儿女本是一样的负责，都当生事死葬才是。倘若我自己一死，身躯委于沟壑原无足惜，无奈谁收我双亲的棺骸。连夜反覆思忖，既然单夫独妻不行，不如听上次妈妈之言，我父母还许魂安泉壤呢！”说罢，姑娘放声大哭。郝老太太说：“姑娘，你如果是情出本心，大概现在点头还算不晚。但有一节，买妾不同说亲，还得容人见面商量。”

（十八续）*1911*年*5*月*25*日

阿喜姑娘一听郝老太太所说，大概是还得叫李家看看，心里未免惭愧的慌。自己又一想，既为父母大事，总得有个通权达变。要是一定犯死心眼儿，与事无益，遂对郝老太太说：“那们我也可以从命。究竟如何看法，请道其详。”

郝老太太说：“容我先同李家说一下子，然后才能定规①。要像出相②似的，咱们可不行。不过得定个日子，甚么时候儿，你在门口儿站一站儿。我叫他由门前一过儿，略微的把合③把合（合字儿的老太太）。他如果愿意，也不用谁去出名画字，就叫他拿过白花花来办事。办完事把你接过去，还得算是两头儿大④。这可不是说，反正我得对得起姑娘，决不能让你骂我后半辈子。”阿喜一听，连忙起身万福，说：“那们就求妈妈替我办办吧！”郝老太太说：“好，你就听喜信儿。”说罢告辞去找李郎。

按说这点儿书，我要信笔儿一编，也够说个三两天的。无奈遇着爱对原文的，总不大妥协，莫如照原文表过去，就说“媪于是导李来，微窥女，大悦”，就是略瞧了瞧，很喜欢。“即出金营葬”，就是立刻拿出钱来，办理茔葬的事情。郝老太太从中一帮忙儿，“双榇具举已”，就是把两口棺材都下了葬啦。这才定了个日子，预备了点儿妆新的衣裳，套了辆山西脚儿⑤车，把阿喜接到李家，剩下点子破烂东西，也都送给房主儿啦。所有欠下的房租以及给郝老太太道乏，都是李郎拿出来的。李郎这一通儿花了足有二百多两，心说，得了这们个美人儿似的二奶奶，就算值。

敢情李家就是两口人儿，大奶奶娶了五六年并没生育，性情最妒忌，李爷敢情不大克化。再说李爷办这件事并没回明了大奶奶，当初说的是买丫头，心想只要接到家里，生米做成熟饭，难道他还楞给我卖了吗！所以直到接人的这天早起，才对太太说，说：“我前天买了个使唤丫头，趁着今天是好日子，咱们把他接过来罢！”太太做梦也想不到是这们件事，遂即满口答应。就见李郎去了工夫不大，由外面带进一个花枝招展、裙儿衫儿架弄着，仿佛像是个大姑娘。大奶奶心知有变，立刻这就红眼。

---

① 定规：经商议后做出决定。

② 出相：旧时买卖婢妾，买家要求看货，女子被看叫出相。

③ 把合：江湖隐语，看，掂量。

④ 两头儿大：指有妇之夫再娶一妻，另置外家，两妻在两处家庭各为女主人，称两头儿大。

⑤ 脚儿：指代步的交通工具。

（十九续）1911年5月26日

李大奶奶一瞧这个来头儿，心说不对，看这个方向，不像买来的丫头啊，别说是要接我的后任吧，一堵气子，坐在堂屋一语不发。李郎对阿喜说："你过来见过大娘！"阿喜一想，谁让走在人家后头哪，只好上前见个礼儿吧（可不用马大、姜海①现教），想罢连忙上前，说："大娘在上，小妹这厢有礼（这可不是阿喜自大，原是郝老太太这们穿梭的。李郎是急欲图成，未免办事荒唐）！"一边儿说着，万福了万福。

刚要跪下，大奶奶可气炸了肺啦，说："哈哈，那儿来的这样贱人，跑到我家跟我论姐妹来啦！还不快快与我滚出去！凭这个模样儿就气死我喽（不好，要改《浣花溪》）！"说着话，就把一个门闩抄在手里，说："你要不走，我是活活儿打死你这小贱人！"

阿喜心里想着，李郎必有点儿作为，谁想他们山西人是向不爱呕气，给他个鼻息不出。阿喜见大奶奶往外直轰，只得走出外间屋内。大奶奶跟着又说："嘿，我说你哪！趁早儿给我滚到远远儿的去！"说着举门闩往外就赶，好像母老虎一样，一直追出大门。当把阿喜赶出大门，然后这才进去啦。阿喜站在门口儿好生为难，走又不是，叫门也不是，头发跑散啦，只得坐在阶台石上放声恸哭。再听门里头，连哭带嚷，招了许多过路人围着门直瞧，也没个人上前问一问。

正在这个当口儿，由那边来了一个老尼姑，慈眉善目，走到阿喜跟前，说："这位女菩萨不必在此啼哭，茅庵离此不远，有什么话，何妨到庵中去说呢！"

阿喜正在进退无路的时候，再说李郎又不能保险，既有这位尼姑劝他上庙中去，只好跟着走啵。阿喜一边儿走着，说："唉，萍水相逢，怎好打搅（尼姑可不能说四海之内皆为兄弟）！"尼姑连忙说："女施主说那里话来，庵观寺院本是十方来，十方去，十方共成十方事（那是茶棚），善哉善哉，阿弥陀佛。老身与您带路，女施主您就请吧（那一位说，怎么自称老身，不称老衲呢？这可是蒲留仙后文这们说的，也许康熙年间山西省的尼僧这们自称）！"阿喜遂说："师父请。"两个人一前一后走了不远，见有一座尼庵。老尼到了门前，用手一推门，说："女施主请！"阿喜只得走进庵中，老尼把门关好。阿喜一瞧，这庙还是挺大，看那个样子□□□尼一个人儿，这才要祝发②为尼，常修净业。

（二十续）1911年5月27日

却说阿喜到了尼庵，老尼把他让进禅房以内。阿喜一想，这位李大奶奶这们厉害，

① 马大、姜海：京剧《大登殿》中的两个人物。

② 祝发：断发，剃去头发。

李大爷这们软弱，将来这凌虐决受不了，想不到自己连个为妾做小的命都没有，好在自己的心愿已了。我看这尼庵也很清静，这位老尼也很慈善。既然把我带到庙中来，大概必肯收留。不如我认他做个师父，把这头发一剃，也表我一番立志自强的意思（敢情不自强全是头发闹的）。即便李郎把大奶奶哄好了，打算再把我接回去，我已经是秃子啦，搁在屋里嫌不顺眼（搁在报馆倒许装门面），自然他也就跟我散啦。

阿喜想到此处，这才双膝跪在老尼的面前，说："师父在上，容弟子大礼参拜！并求师父大发慈悲，今天就给我落发。我情愿一领袈裟，一块蒲团，绣佛长斋，跟随师父皈依三宝（可不是路三宝①，就是南无佛法僧）。"

老尼连忙用手相搀，说："女施主请起！据老尼我想，这件事是断断使不得。你先起来，有话咱们是坐下讲。再说你先把头盘一盘，可惜我这庵中没有木梳拢子（对，用不着吗），听我慢慢的与你细说。你别瞧我是个出家人，我精通相法，善断贵贱，以这位女施主说，将来必主大贵，敢断必不能久困风尘。不过目下月令不强，我送您几句话，日后应验了，想着替我传名（这也是老尼说的吗？不，我想起小灵峰和尚来啦）。以这本庙说，破烂有几个盆子、礶子，又有施主们施舍的月米，我一个人也吃不了，就连上女施主也足够吃的。女施主但请在这儿住着，大约过个一年半载，必有好际遇。到了那时，你去你的，我断不敢收你做徒弟，行这已误而又误人的事。况且我不修今生还要修来世呢（贪心更重）！"

阿喜一听尼姑这套词儿，由不得肃然起敬，心说敢情这位尼僧比我们那地方儿的尼僧高的多，连忙又万福了万福，说："弟子实因命薄，又处于无路，事出无法，所以情愿出家。既蒙师父指教，只好遵命，暂把这缕青丝寄在头上（对，等着全剃的时候再剃不迟）。我就做您个带发的徒弟，仍请师父以弟子看待。"当时老尼点头，阿喜就住在庵中。不想没过三天，就出了一桩②祸事。

（二十一续）*1911* 年 *5* 月 *28* 日

单说李大奶奶从那天将阿喜赶出，自己把门关上，然后到了屋中寻死觅活，撒泼打滚，跟李爷这们一吵，从此不准李爷出门儿。李爷怕惹气，也就忍啦。阿喜堵着门儿一哭，招了许多瞧热闹儿的。

内中有一个叫孙闯子的，刚要过去劝阿喜，不想正遇见老尼僧当把阿喜劝走，所以没敢上前，于是暗暗跟随在后，但见老尼将姑娘带进茅庵。孙闯子也不知是怎们件事，

① 路三宝：号玉珊，清末民初著名京剧旦角艺人。
② "桩"，原文作"装"，据语义改。

这才同李宅赶车的一打听。李宅赶车的姓蔡，小名儿叫娃子，也不是好东西（这几个无赖原文可没名姓，不过不编出来说着绕嘴）。其实他也不知细底，就知道是他们坐车儿的弄了这们个人，并说大奶奶不准大爷要。

孙、蔡二人一想，这可是个便宜，有心要找尼姑跟他要人吧，也晓得这个老尼不大好惹，虽不怎么有势力，可也有几家阔门子。当时俩人一商量，说："咱们闲着也是闲着，莫若见天跟他起哄。倘或他要拿人家孩子生财哪，咱们俩就算给他顶门，这也是挺好的一个饭落儿。他要是怕哄，也许把这个人儿撒手，咱们把他架弄出来。他要顺把①更好，如其不行，把他一出手，每人闹个百儿八十两的，这不是笔好财吗！"蔡娃子说："有理，咱们这就上啊！"俩人定规好啦。孙闯子说："我先去。"于是俩人溜达到了尼庵，孙闯子上前将山门苦这们一打，打完了又往门垛子后头一映身儿。

老尼正在殿上烧香呢，听见打门，赶紧出来观看，及至开门一瞧，没人，只好再进去啵。刚到屋中，又听见堵着门儿直嚷，并且像拿砖头砸门的声音。又出来一瞧，还是一个人儿没有。一个出家人，又不能骂街，只好用好话说了几句。话言未了，有两个人蹲在门口唱唱咧咧，胡说乱道（这点儿地方，可是只能照原文"打门游语为戏"一表儿，决不能形容出来，并非在下不会形容，就说这路匪言逆语也能聊个三篇两篇。真要那们说，那不成为白话《聊斋》啦，那就成了相声儿啦。无论阅报诸君怎么爱瞧，报纸能够每天多销几万，我也不能那们招说②，谁爱瞧那路的，您就请便吧）。这下子真把老尼哄的没了法子啦，这才想起必是阿喜招的，赶紧进去对姑娘一说。阿喜听罢号啕恸哭，这才要寻短见。

（二十二续）*1911年5月29日*

昨天所说老尼被人哄的没法子，只好生闷气，遂即迈步走进禅房。阿喜说："师父，外面是什么事？因为什么这们打门？"老尼说："嗳，姑娘，你别题啦！也不是那儿来的这们俩无赖匪徒，堵着门儿胡言乱语。想我在这庵中多少年，从来没有这个样子，今天实在令人纳闷。"阿喜说："师父，这分明是弟子连累的你老人家，不如我寻个自尽，省得叫师父跟着我着急生气（寻死没有商量的）。"老尼说："姑娘，你说的这才是傻话哪！你想你要一死，我还得跟着打场儿人命官司，李家反倒跟我要人啦。况且我既打算救你，就得把你救到了儿，要是半路途中，我算怎么个人。你不必害怕，也不必寻死。咱们这本县有位吏部天官③，现在终养在家，太夫人最爱寻好。我去求一求这位老太太，转托他

① 顺把：听从调遣。
② 招说：惹人责骂。
③ 吏部天官：古代官名，吏部尚书的别称。

对大人说一说，在本县想个法子，叫他在庙门口儿添一岗才好（那时候许不行）。”阿喜说：“那们师父您可快去快来！可不知离此多远？”老尼说：“远到不远（打个电话就行啦）。容我出去先瞧一瞧，究竟这俩孩子走了没走。”于是出去一瞧，敢情早挠①啦（大概哄饿啦，得吃点儿什么去）。二返进到禅房，穿上件新袍，嘱咐阿喜外边不论谁叫也别开门，说罢自已出离茅庵。到了某宅，把话说明。这位大人到是满应满许，当时写了封信，一托新任的县台。县台有保护民生的责任，又有本县绅士的面子，第二天就发下一张告示来，大意也不过是“某庵住持素日梵修，如何守清规。近有无知匪徒骚扰情事。嗣后再有此等情形，着即送县严惩不贷，切切特示”的言词。差人交与某宅，某宅又派人转送本庙，老尼接过来赶紧贴在山门。

单说蔡娃子同孙闯子二人打了两回门，招了一顿说，恰巧真是饿啦，俩人一商量，说回去吃点儿饭再来。没想到遇见几个赌友儿，正找他们别棍儿去（对，山西耍儿②吗），几个人直耍了半夜，也觉着困啦。第二天又睡了半天儿，第三天俩人又凑在一块儿去起哄。谁知到了庙门口儿一瞧，贴上告示啦。孙闯子说：“你过去瞜瞜③，别是姑子犯了案啦吧？不然就是封了门啦！”蔡娃子说：“对，我瞧瞧。”遂即上前一瞧，只能认识一半儿（不如白话儿好懂），连念带糊④，晓得是姑子有了运动。于是二人这才另想主意。

（二十三续）1911年5月30日

话表蔡娃子对孙闯子说：“这件事要叫我瞧，打算硬插手，可怕不好到手。”孙闯子说：“那们怎么办呢？”蔡娃子说：“你且附耳过来。”低声向孙闯子说：“必须如此。”孙闯子一听，连连点头，说：“你这个主意很好，咱们今晚就如此办理！”正是二人定计二人知，莫要走露这消息。那位说，到是什么好主意？您想人家是秘密会议，我们能探访的着吗，只好等后文再宣布吧！

再说老尼自从贴上告示之后，总算消停点儿啦，究竟还是不放心。这天上完了子时殿，心想到禅房后上荡茅厕再睡觉，刚过后院，就见倏的一条黑影，一转眼踪迹不见。到把老尼吓了一跳，定睛一瞧，敢情靠茅厕临街的大墙挖了个大洞。老尼赶紧就嚷，说：“有了贼喽！”阿喜正在屋中做活呢，听老尼一嚷，赶紧拿灯满院一照，倒是没丢什么。老尼说：“怪呀，这个庙从来没闹过贼，方才这条黑影一闪就没啦，大概许是绿林朋友，碰巧了还会使薰香呢。这要是咱们师徒全在屋中，大概就许把咱们薰背过去。把我一杀，

---

① 挠：逃跑。

② 山西耍儿：指旧时山西流行的赌博游戏别棍儿。

③ “瞜瞜”：原文作“摟摟”，据语义改。

④ 糊：猜。

把你背走，你瞧这可怎们好（对，大概老尼姑会使串花，不然怎么拿着王阿喜愣当韩素秋哪？那位说，这是那儿的典故啊？您要不知道，您跟说《济公传》的打听去吧）!”阿喜说：“你我师徒也只好多加小心就是啦!”老尼说：“没别的，明天还是得求求那位施主去，就是一张告示，恐怕办不动。”一夜无词。

第二天，老尼老早的又找到吏部某宅一说，这位大人挂了倒劲，这才又给县里送信，派了几名官人来，围着尼僧庙算挂上桩①啦。

单说那夜蔡娃子同孙闯子所商议的，是打算把庙后墙挖个洞儿进去，把老尼捆上，把阿喜抢走。偏巧老尼没睡，这们一嚷，把二人惊走。第二天俩人又一商量，说：“这件事，就凭咱们俩人大概办不了，总得再约会上几个朋友。”于是什么大张、小李、王老太胡这们一约，商量着到了尼姑庙，推门硬进去一抢儿。就说老尼姑把李家的姨奶奶给拐出来啦，即便打了官司，打发出一个抱告的去也就行啦。商量已毕，大家一同前往。蔡娃子说：“那们我去叫门，你们容我们俩人进去，跟着也上。”一面说着，到了门口儿，雄赳赳②往上楞闯。不料官人一眼瞜③见，遂将他们一齐而擒。

（二十四续） *1911 年 6 月 1 日*

这两天的书说的比原文显着磨烦似的，不知这里面可有点儿下情，皆因这门白话小说不能不斗个哏凑趣儿，招个笑儿，无奈这段儿里头的张介受、青梅、阿喜都是正人君子，不能随便胡聊。爱看热闹儿的总嫌在下说的太板，故此借着这两个坏人，把他说的花稍点儿，为是瞧着热闹。可有一节，真要照这们聊下去，又未免讨厌。不如今天干脆把这段略微一说，早早儿的让人家公母三（念撒）团圆，咱们再说新鲜的，您想得不得？

那位说，不拘怎么样罢，你说书就是啦！对，那们就说官人把为首的扭获，送到县衙，每人打了一顿板子，这才安顿了（诸位瞧，这干脆不干脆？不然这俩人这场官司，您想能让他打到过节不能）。

单说阿喜在尼庵一恍儿住了一年多。这天，有位某宅的贵公子，本是本县武断乡曲④的一个绅士的少爷。这天出城踏青，闲游回头，走的饥是饥，渴是渴，摸不着一点儿凉水儿歒，遂对下人说：“来呀，来呀!”这小子也说的好，说：“我的小名儿不叫来呀来呀（得，别带《盘关》啦），您有什么事就快说吧!”贵公子说：“大爷我走的挺累，直犯渴。你瞧瞧前面有什么地方可以歇歇腿儿，歒点儿水儿哪?”小子说：“嗻（京派）！回禀

---

① 挂桩：监视。

② “赳赳”，原文作“纠纠”，据语义改。

③ “瞜”，原文作“搂”，据语义改。

④ 武断乡曲：指凭借势力在民间横行霸道。

公子的话，前面有个庙，大概可是尼姑庙。大爷您要不嫌丧气，您何妨到庙里坐座儿哪！”大爷一听，说：“如此，小子带路，尼姑庙去者！”

及至到了庙外，这小子上前叩门。功夫不大，就见老尼出来开门，合掌当胸，说：“二位敢是烧香，还是还愿的呢？”小子说：“我们是过路的客官，要到宝刹寻杯茶吃。”老尼说：“那们施主请啵！”

于是这位贵公子就往里溜达，刚到禅堂门口儿，恰巧碰见阿喜由后院过来，奔厨下去净手。不料被公子一眼□见，用眼睛撒开了①这们一钉。

老尼说：“施主倒是请啊！”贵公子此时是忘其所以啦，听老尼一让，这才迈步进了客堂，坐在禅堂不住发怔。老尼说：“施主少坐，我给您泡茶去。”说着抹头出来。到了厨下，见阿喜已经把茶沏好，这才端过来斟上两杯，说：“施主歀茶。”公子起身接过，说：“师父在此修行，不知有无伴侣？可是方才那位女娘，他是师父的何人？”

（二十五续） *1911年6月3日*

且说老尼见贵公子一问，连忙起身回答，说：“从前这庵中就是尼僧一人，在此多年。方才您所见的那个女子，乃是前任县台爷的小姐，因父母双双故在任所，身无依靠，所以寄居庵中。”贵公子说：“既是县台的小姐，一来小生是治下，二来家严从前也与本县也都有来往，说起来总算世交。就请老师父把小姐请过来，待咱家见个礼儿（虽然不唱《盘关》，高低又找补上《黄金台》啦）。”老尼说：“这件事可使不得。一则间，男女有别，您到了八则间（没这么说话的），虽与公子有通家之好，奈因在庙中许多不便。”

贵公子一听老尼不肯，心说这必是不肯白当过付，遂即由腰中掏出一锭银子来，说：“这儿有白金一锭，特意供养香资，求师父方便方便，并有下情。小生虽是娶过妻室，并未生育，堂上望孙綦②切，时常打算说个偏房（莫若来间耳房③），苦无合式的。如今听师父一说，这位小姐也算是落魄穷途，无家可归。若是师父能给成全这番美事，可谓各得其所。事成之后，小生另有厚谢！”

老尼一瞧公子这个样儿，知道不是好人，又不敢得罪，只得婉转着说：“公子虽是一番美意，奈因他是官宦家的女子，不能与人家做妾，这件事恐怕有些不行。据我想，今天也不必相见，请先回府，容我慢慢儿的用话试探他。他如果点头，我再给您送信，您想好不好？至④于公子所赐香货，老身不敢拜领！”

---

① 撒开了：打破拘束，纵性而为。
② 綦：极，甚。
③ 耳房：正房两端加盖的小房。
④ “至”，原文作“致”，据语义改。

贵公子说："那们就求师父替我们成全此事，明天我派人来听信如何？"老尼说："明日期限太迫，请您把名氏、住址①示知，好容他打听。如果有点儿成效，我必造府赴信。"贵公子点头，遂把住址②告明。原文没姓，不如就算姓贵（大概还许在旗③），这才告辞老尼，带着小子们回家。

老尼送出之后，回到禅房，见阿喜的两眼已经哭得桃儿似的啦。老尼说："姑娘，你因为什么这样痛哭？"阿喜说："师父有所不知，方才那个狗子决不是好人，师父给他送茶的时节，我在窗外窃听多时。我父丢官罢职，全因为他家的事。此日相逢，大概弟子的性命难保。"

（二十六续）*1911* 年 *6* 月 *4* 日

却说阿喜已经在窗户外头听明，知道这贵公子要把自己弄去为妾，心中一想，明明是个火坑，急的了不得。想着不如我先挑下他一两大烟，那会儿到了万不可开交的时候，用烧酒一和，把他往下一歀，俗说三寸气在千般用，给他个一旦无常万事休。对，有理呀，有理（那儿找烟照去呀？果然真有，不但阿喜万事休，就是怕调验的诸公都不用着急啦。那位说，这叫瞎聊，那时候那儿找大烟去呀？他是原文上说"女欲乳药求死"。我想前二年别的毒药买着全费事，所以我拣容易买的一说就得啦）！

想到这里，自己是又愁又烦，当日晚晌也没吃饭，头朝里就熬④啦。睡到半夜，作了一梦，梦见父亲绉着眉头说："是我不从汝志，致使你落到如此，而今后悔也无及了（为什么不早断净哪）！你千万不可想不开，但缓几天，千万别寻死，你从前的愿心还可以了哪！"阿喜一听，很喜欢，刚要再问，醒来却是大梦一场。听了听樵楼⑤上正打四更梆，自己不敢不信，又不敢深信。又一想，这个梦既是明明白白，必然有点儿意思，一夜没睡。

到了次日天明，想着既然父亲梦中指教，只得暂遵严命。遂即洗完了脸，拢了拢头。刚要做活，恰巧老尼由外边儿进来，说："阿弥陀佛，姑娘这可快好啦！"阿喜说："师父，但不知我的好在那里？"老尼说："我往常看你带着一脸滞黯，主于月令不强。今天我一瞧你，浊气尽消，所有飞灾横祸一概化除。按儒书上这是诚于中才能形于外，观人面目如见其肺肝然（这是老尼转文⑥哪吗？不，还是饿盘儿的上口哪）。姑娘，俗说好运

---

① "址"，原文作"趾"，据语义改。
② 同上。
③ 在旗：八旗是清朝军民的一种管理制度，编制在各旗的人称为在旗。
④ 熬：亦作懊，烦闷，消极而怠惰。
⑤ 樵楼：古代用以报时的楼。
⑥ 转文：指白话里夹杂着文言。

不善交，你一定要好了，千万要记着。”阿喜还没答言，就听外边直打山门，吓得姑娘颜色更变，说：“师父，大概许是贵宅的下人又来了吧！”老尼说：“别忙，我去瞧瞧。”说罢开门一瞧，果然，连忙笑容可掬的问说来意。就见这个下人可不像头天那们和气啦，说：“昨天我们家爷吩咐你的那件事，你给办的怎么样啦？你听我告诉你，可别给脸不要脸。再说这个人你还不定是怎么来的呢！”老尼一听，这才变法子用好言答对，要求贵宅展限三天。

（二十七续）*1911* 年 *6* 月 *5* 日

却说贵宅下人一听老尼要请展限三天，说：“你听我告诉你，你能够把这件事情办成啦，我们上头决不能难为了你。你要不上心给办，可是你得自己去见我们上头。”老尼说：“您先请回，容我慢慢儿设法开导，您先请回，过三天我必去赴信。”下人一听，这才走啦。

老尼关上山门，走进禅堂，把话对阿喜一说，阿喜是号啕恸哭，说：“师父，我想此事我若不去，他家必不甘心。莫若我还是一死，您叫他们把我的尸身抬了去就是啦。好在我的夙愿已了，剩下此身，将来也无人收殓，不如就手儿烦劳他们吧！”老尼说：“你年轻轻儿的不必这们想，将来你的厚福必不可限量，为什么寻死哪？”阿喜说：“师父应下他们三日赴信，我想三日您若不去，他必回来。到那时节您怎么对答他呀？”老尼说：“俗言说得好，阎王好见，小鬼难缠。那贵公子昨天的意思，并不算十分不说理。别听下人们说的这们厉害，他们那是倚官仗势，再说还许是他撺掇的呢。等到三日，我亲自去见贵公子，同他细说说情理。如果蛮不讲理，杀剐存留任凭于他，大概也决不至此。”说着话，已经到了晚间。一夜无词。

来到第二天，老尼到是谈笑自若，阿喜的心中总是害怕。早晨还是挺好的天气，不想到了晌午，忽然雷电交作，不大的功夫，雨就下起来啦，不但下得暴，还是真大。

正在这们个时候，就听门口儿人声喧杂，仿佛有人拿马鞭打门似的。这一来不要紧，又把阿喜吓惊啦，说：“师父，大概是贵家趁着雨要来抢我吧！这可怎么好？”老尼说：“你不必害怕，大概也许是避雨的，容我出去瞧一瞧。”说着话，用袍袖遮着秃脑袋往外就跑。那位说，这们个尼庵难道连把雨伞都没有吗？您想外边叫门叫的挺急，老尼还顾得找伞吗？原文所说“冒雨启关”。及至开门一瞧，车马仆从一大群。车上坐着一位官太太，旁边儿的婆子丫鬟正搀扶着下车呢，并有拉马的男仆、差官等等。老尼说：“请问众位何来？”内中有个差官说：“这是司理大人的宝眷，行至此处，赶上天气，暂避风雨。但不知你庙中那儿有洁净地方？”老尼说：“观音堂洁净。”差官说：“来呀，打坐观音堂！”说话一同走进庙内。谁知这位太太一来，这才主仆重逢。

（二十八续）1911年6月6日

却说老尼把这位官太太赶紧让进庵中，一群男女仆人自然都围随着进庙。其中也有打伞的，也有搀扶的，一齐奔上观音殿。老尼说："小庵房舍狭窄，就请夫人在此暂坐，倒还干净点儿，容我去搬座位去。"说着奔到禅房搬出一张小藤床儿来，掸扫了掸扫，放在殿中，忙着又上厨房去张罗茶水。暂且不提。

单说这位官太太，长的是绝世姿容，年纪也不过二十多岁儿，大家风范，脸上很是沉静，坐下之后，对众妇说："你们也都歇息歇息去吧！"这些人本来走的很累，再说这一伺候太太下车，也有把衣裳淋湿了的，正想躲躲儿呢，好在是尼僧庙，也没什么避讳（对，左不都是女的，所差就在这点儿头发上）。一听夫人吩咐，这就有溜到禅房去的，也有找茅厕的。单有两个仆妇进了禅房，要看看这庙中到底有多少尼僧，但见禅房外间没人，里间放着个香色布的帘子。两女仆掀开帘子一瞧，见有一个荆钗布裙绝色女子，心里纳闷儿，想着这个女子一不像施主，二不像出家的，究竟是个什么人呢？姑娘也没个招呼儿，倒把这俩仆妇闹的挺僵，只好搭讪着出来，照旧上观音殿报告夫人，直仿佛得着一件特别新闻似的，爬在太太耳朵上苦这们一嘀咕，太太也没说什么。

本来就是一阵暴雨，功夫不大也就住啦。此时老尼已经献上茶浆。太太接过来歃了两碗，说："师父，我看这庵中十分清雅，我还要随喜①随喜，并且还要瞻仰瞻仰禅房止静的所在。"老尼并不知是什么意思，说："很好，那们夫人请啵！"夫人说："请师父引路。"老尼遂把夫人带进禅房。

此时阿喜姑娘已经听明是官宦宅里的家眷来此避雨，并不与贵家相干。况且听说话的口音好像同乡似的，正要出去看看，一见老尼把这位官太太引着进了禅房，阿喜遂由内室一掀帘子出来。就见这位官太太直勾勾两只眼钉在自己的身上，上下打量，真是目不转睛。阿喜心说，这位夫人做什么这们看我呀？再看这位妇人也很面善②，从前在家好像见过似的，怎么一时想不起是谁呢？于是两个人对瞧了半天，阿喜方才辨过方向，敢情来的这位太太正是青梅。

（二十九续）1911年6月7日

这一段《聊斋》敢说真好，可不是在下说的好，是人家原文好，尤其属着这点儿节

① 随喜：佛教用语，跟随他人做功德事。
② 面善：面熟。

目警人。原文说是“夫人非他，盖青梅也”。那位说，下车的那时节你说是司理的内眷，怎么今天又改了青梅啦？再说青梅嫁的不是张秀才吗？您想，张秀才要是老了隐①，那还算什么青梅的眼力哪？那还不如烂巴达核的杏儿哪（咱们就通俗说，不必辨字眼儿）。我要不说，诸位可不能知道，我要一说，诸位全明白啦（这叫费话）！

“盖张翁病故，生起复后，连捷授司理”，就是阿喜姑娘跟着王老爷上任之后日子不多，张介受的父亲就死啦。张秀才丁了二十七个月的忧②，服满在本地中了举。第二年进京会试，又中了进士（这就叫连捷），后来授职司理。那位说，司理倒底是个什么官儿呢？按这点儿书原文就不容易明白，我不但细说，大概还得凑合着说才能合本朝的官制呢。司理就是司李，古来“理”“李”是一个字（即行李的意思，就是行人所当料理的）。皋陶③为李官，治刑狱，按推官号为司理，就如同现在的大理院卿、从前刑部正堂似的。张介受一来升的不能那们快，二来也不能上山西。再说任满三年，后来才官至侍郎，岂不是不合体制吗？他是“司理”二字，不过是个理刑狱的总名儿。张介受中进士以主事分部，国朝的时候，部主事同中书舍人都可以假监察御史衔巡按各直省，这个差叫直指巡方。差竣进京入都察院④，一等的升五品京堂⑤，不得一等的，仍回本职不直授御史。后来御史掌某道，可不巡方啦。这个差是个优差，《汉·百官表》有“绣衣直指，出讨奸滑，理大狱”。“直指”二字是说行无苟且私心的意思。蒲老先生因为有“理大狱”三个字，硬给张介受加上“司理”俩字，让我才费了这们些唇舌，其实就是诸位常听瞽人词说的钦命巡按（可不能赐上方宝剑，先斩后奏）。他们偏要那们说，所为报仇快当。

张介受这段事可不是报仇，却是报恩。再说《聊斋》不比别的书，可不能随便胡聊。话可是说明白了，这就是张介受的出身履历。张介受还是已经奉着母亲上了任啦，又派差官下人到京接眷口，所以青梅路过尼庵，这才主仆相逢。

（三十续） *1911* 年 *6* 月 *9* 日

前天这点儿书仿佛没说似的，其实比净书说还麻烦，亚赛⑥对了一道策，还得连查带问，再用理想往上凑合。不然才几年的功夫，还加上丁忧起复。按说原文这“起复后”

① 隐：指未出仕。
② 丁忧：古代对父母的守丧制度。
③ 皋陶：中国上古传说人物，舜的大臣，掌管刑狱。
④ 都察院：明清时的中央监察机构。
⑤ 京堂：明清时对各衙门长官的称呼。
⑥ 亚赛：相似，近同。

三个字又够说半天的，咱们改日再敬吧！我又不在吏部稽勋司①行走，拉那门子官事舌头呢（没让我考据古今官制异同，不过不说出来，未免就有人来问，连这么还有人说怕我为难哪）！

却说青梅看明白了是阿喜姑娘落到这等地步，由不得就哭出来了，说：“闹了半天，敢情是我家的姑娘啊！”阿喜连听语声带辨模样儿，好容易才想起是青梅来了。这点儿总得这们说才能合理。他是青梅还知道阿喜在山西跟着老爷随任哪，阿喜也万想不到青梅来到山西，所以不容易认出来。及至青梅一叫一哭（那位说，青梅哭什么呀？您瞧，酸的吗，要不就特意上山西啦！诸位别犯死凿儿，这是编就的假玩艺儿），这才认的是青梅。

阿喜这一喜，可喜大发了（可不是搭出去吧，那是在堂子②里洗大发啦），遂放声大哭，这叫乐极生悲，喜极而泣。二位也不顾得行礼啦，拉在一块儿对这们一哭，直仿佛谁家在庙里开吊③似的。阿喜哭着哭着，说：“你可想死我了，我的青……青……青春美貌的夫人哪（那位说，阿喜做什么半路改词儿呀？您想人家这个势派儿，还带着好些下人，一张嘴就叫小名儿，算是那道知古今儿他妈呢？要是那路人，决不能后来也有夫人之命，那就够八旗营房老太太的资格。无奈脱口而出叫出一个‘青’字来，又咽不回去了，所以闹了三青才圆上这个腔儿）！”

青梅说：“小姐请免悲伤，容奴家拜见！”阿喜赶紧就拦，说：“那可使不得！”此时青梅早跪下了，阿喜也连忙还礼。行礼已毕，重新叙座。这点儿可让支客④为难，阿喜是主人，青梅是奴才，此时阿喜是本家儿，青梅像来的票友儿，只得让他们叙齿吧，还得阿喜上座，这才彼此各道别后的温凉。青梅这才知道，阿喜就剩了只身独自啦。阿喜一听青梅是一步登高，回想真是贫不扎根儿，富不长苗儿，从前自己比上青梅是怎么样，如今直会大倒过儿啦！这才长叹一声，说：“今日相看，你我何啻霄壤！”

（三十一续）*1911*年*6*月*10*日

却说阿喜这一叹息，说：“今日相看，何啻霄壤！”不但羡慕青梅的厚福，并恨自己的命薄，可决不敢怨恨父母。这不但是阿喜的孝道，而且心地聪明。青梅听到这儿，由不得一笑儿，说：“幸尔娘子挫折无偶（就是受了许多折磨，还没个女婿哪），这正是天欲咱们两个人团圆完聚。倘若没有方才这阵雨，我们也决想不到上这庙里来。如此看来，

① 稽勋司：明清时期政府机构，掌管文职官员的勋级、名籍、守制、终养等事。
② 堂子：这里指澡堂子。
③ 开吊：办丧事的人家在出殡以前接待亲友来吊唁。
④ 支客：指旧时在一些场合专门安排事务的人。

这是鬼神辅助，并非人力可能为的（这几句可并非青梅迷信，不过是恰能如愿报恩，这原是喜欢到极处的话）。”回头又对仆妇们说：“你们去到外边儿把首饰匣、衣包全都拿进来。”

仆妇赶紧答应，一会儿的功夫全拿来啦。青梅说：“这也不能起吹打，就请姑娘换换衣裳，一同趱①路要紧！”阿喜一听，这分儿为难就别题了：有心不跟了去吧，一来自己没个亲人，就在姑子庙住会子，算怎们件事呢？况且贵家还直不答应；有心跟了去吧，到了张家，我算是谁哪？自己左右为难，只急得低头不语。

老尼此时已经听明白了，这才说：“姑娘，你到不必为难，赶紧收拾收拾，一同前去就是啦！”阿喜听老尼一劝，这才说：“弟子非不愿往，奈因到了任所，自己独居无偶，同居名目不顺奈何（这叫进退两难）！”

青梅听到这儿，可就答了碴儿啦，说是：“自有定分，从前是主仆名分，婢子断不敢僭越。况且姑娘待我的恩德没齿难忘，再说张郎的为人姑娘也信得及，决不致于忘恩负义。看天色已经不早，就请姑娘快快穿戴吧！”一面说，一面亲自伸手拿出凤冠就往阿喜脑袋楞戴。仆妇都莫名其妙，见太太既然这们样，于是这个拿裙子，那个就扣钮子，一会儿就把姑娘给妆扮好啦，这就吩咐外面套车。

按说阿喜还得辞别老尼，起两个叫头②，青梅也得布施点儿银钱。无奈原文既说“别尼而去，抵任，母子皆喜”，咱们也给他个不必细说，就算到了司理衙门，赶紧叫他们主仆娘儿俩下车，您瞧好不好？暂且搁下不提。

单说张介受的母亲听前站的下人回进来，已经把少夫人接到，沿路尼庵中又遇着一位王小姐，也跟随一同前来，老太太心里也很高兴。当日晚半天，果然见仆妇们由外面把二位搀扶进来，老太太赶紧往外相迎。阿喜姑娘此时倒有点儿不大得劲。

（三十二续） *1911* 年 *6* 月 *11* 日

就说阿喜此番前来，真得说是万不得已，究竟是个女孩儿家，所以不能不僵。一见张老太太迎接出来，自然没别的词儿可唱，也不能随便称呼，只好赶紧万福。老太太也能化僵，一把拉着姑娘就往屋里让。及至进到堂屋，姑娘脸儿上发红，无奈只得大礼参拜，说：“孩儿如今是无颜见母。”老太太也摸不清是怎们件事情，想着必是姑娘的境遇不佳，赶紧说：“姑娘说那儿的话哪！想开了点儿吧！天下事没有过不去的河（真正不对盖口③）。”此时青梅给婆母行完了礼，这才把阿喜的始末根由说了一遍，并对婆母把自

---

① 趱：赶。

② 叫头：戏剧术语，多用于剧中人物情绪激动时的呼号。

③ 盖口：戏剧术语，两个角色对唱或对念时，彼此衔接处称为盖口。

己情愿退居妾媵①之意说明。

老太太自然是喜欢喽，说："那们就选择个吉日良辰成此嘉礼。"此时阿喜可不能实受，得来个辞职的告白谦让谦让，于是站起身来，说："老母在上，容儿一言告禀。当儿在尼庵时，屡欲自尽，原是已经没有生路之人。若能勉强②苟活，决不肯从夫人至此。倘蒙老母念其昔日邻居之情，请赏赐我一间闲房，得容蒲团足矣。孩儿自知命薄，虽蒙老夫人阖宅恩待，断不敢枉享此等厚福。"青梅在旁一笑儿，就在老夫人的耳边嘀咕了一句。老太太说："这件事只好慢慢儿的商量吧！"

从此，阿喜跟着老太太同居，就见青梅可忙合上了，又收拾屋子，又做衣裳。过了几天，忽见青梅抱过一包袱衣裳来，到了阿喜的跟前，说："请小姐更换。今日正是良辰吉日，已将洞房收拾停当。"阿喜此时更不知怎么好啦，直仿佛新出台的票友儿怵场似的。

正在这个功夫，听外面鼓乐大作，姑娘这下儿更没主意啦。青梅率领几个仆妇丫鬟，这个就给梳头，那个就给冠戴，搭上红纱盖头，楞给搀到新房。见迎面摆设香案，张郎已经穿着蟒袍朝服，那儿预备着拜天地呢。青梅搀着新人就位，见张郎跪在香案行礼，姑娘也只好跪下磕头。原文说"见生朝服而拜，遂不觉盈盈而亦拜也"（那位说，不是搭着盖头哪吗？我说的明白，纱盖头）。拜罢天地，遂把新人搀入洞房，名为合卺③。青梅对着二位要嘱咐几句言词。

（三十三续）*1911 年 6 月 12 日*

就说这段儿书，诸位也别管是真事是假事，实在与寻常才子佳人私订终身、先成后嫁的故事差的太多。不但这三个人是一个义夫，两个是节妇，而且还是一个孝子，两个孝女。那位说，张生是孝子，阿喜是孝女，我们知道，何所见而说青梅也是孝女呢？圣人云，求忠臣必于孝子之门。青梅对于阿喜，不能不算阿喜的忠臣，似这样人，若有父母在堂，必能尽孝。再说前次私见张生的时候，说："妾良家子，非淫奔者，徒以君贤，故愿自托。"请想这四句话有多们可听，并不是爱慕张介受是个美少年，实为爱慕他是个孝子，错非羡慕其孝，即便张生怎样风流，怎么好看，也决不肯去俯就凑合。这些地方，全是怕辱没去世父母名誉的地方儿，足见是孝喽。

至于这段原文，批得就很细，这些地方儿可没有题到。再说这们好的女子，何以叫

① 妾媵：指陪嫁的女子，地位高于一般的妾。
② "强"，原文作"张"，据语义改。
③ 合卺：旧时婚俗的一种仪式，即喝交杯酒。

作青梅？据我想，梅为花中之魁，仅落青衣①之中，几误一生，幸有定见卓识，才不致青衣愈下。再者梅性最酸，言其处此青春，受无限含酸之苦，所以用“青梅”二字作名字。诸位要知道这段儿书所说的这两个女子，都算自由结婚，实与别种小说儿自由结婚不同。至于这段书的文笔真是笔笔变幻，语语奥折，字字超脱，更是没对儿。可惜一改白话儿就不容易传神啦。那位说，你别批啦，究竟你把三个人寄放在洞房里头，青梅到底要说什么话呀？对，叫我说《聊斋》，没叫我充醉雷公哪（胡批）！不过照这们批，比说书更费心思，那们我就接着往下再说。

却说青梅把新人搀入洞房，这才对阿喜说：“虚此位以待君久矣（敢情是署事哪，当初就没打算运动实缺②，好在津贴养廉，总算到手了）！”说罢，又对张介受说：“从前咱们也曾说过，妾身得属于君，君之能娶妾，全出于我家小姐的恩惠。君每恨报恩无由，如今总算趁了心愿。今夜郎君正可报从前知遇之隆，并赠金之恩，郎要好好儿的才是。没我什么事，我可要告辞了。”说罢，抹头就往外走。张介受没什么说的，阿喜倒觉着有点儿磨不开③，心说可不能让他走，赶紧一伸手，上前拉住青梅。

（三十四续） *1911* 年 *6* 月 *13* 日

却说阿喜一想，世上那儿有这们推位让国的呢？所以伸手拉着青梅的裙子，要宣布宣布自己并没有吞并人的意思（吓了我一跳，我当是也叫他消遣一段小说呢）。青梅一听是这们回事，遂一拉裙子往外就跑，说：“勿留我，此不能相代也。”这点儿事可非得你自了不行（连耀臣带耀亭都替不了）。说话一甩手，跑出洞房。

至④于洞房中二位新人怎么个神气，原文既没有，也不便多述。再说阅报的诸君，除去方外人⑤，谁没成过家呢，更无须细说。从此以后，青梅事女谨慎，莫敢当夕（大概是不上夜班，净支白啦）。这一来倒把阿喜为难的了不得，原文说“女终惭沮⑥，不自安”，央求张老夫人做个主张。于是张老太太吩咐两个人全对以夫人称呼，下人自然是敬谨遵命喽。青梅虽然奉命，在没人的地方对于阿喜仍以婢妾之礼自居。一恍儿三年，毫无懈怠的意思。

张介受这个差使大概是三年任满，照例行取入都，携眷晋京的时候，又路过那个尼庵，奉送老尼白银五百两，老尼一定不肯受。介受母子娘儿俩强说着，这才收了二百银，

① 青衣：古代地位低下者所穿的服装。婢女多穿青衣，故为婢女的代称。
② 实缺：旧指有实际职务的官职的缺额。
③ 磨不开：亦作抹不开，指难为情，羞愧。
④ “至”，原文作“致”，据语义改。
⑤ 方外人：指僧道等不涉尘世或不拘于世俗礼法的人。
⑥ “沮”，原文作“诅”，据语义改。

在庵中建了一座观音大士祠，并建王夫人碑碣一座。碑文上叙出王夫人在庵避难的缘起，并一切苦况情形。迨至进京之后，张介受留京授职，后来升任作到侍郎。程氏夫人（就是青梅）生了二子一女，王氏夫人一女四儿（这点儿是暗映上文那句“莫敢当夕”）。两位全生有子女，在张介受一家不能分出谁是嫡出，谁是庶出，可是一夫二妻实无此例，后来自己上书陈情请旨办理，奉旨将王、程二位俱封夫人。

这段儿书说到这儿就算打住。不瞒诸位说，从在下一说《聊斋》就知道这段儿好，无奈原文上全是正人，不能打哈哈，实不容易说。因为作文章的道理，代圣贤立言易，代小人立言难，说小说儿是说坏人容易醒脾，说正人容易板滞，而且原文有许多句子不敢更改，所以迟迟老没敢说。上月承我们耀亭大哥的教，谆谆叫我献丑，说的好不好诸位多包含着点儿吧。要是喜欢看热闹的，您请瞧下段。

罗刹海市

（开篇） 1911年12月5日

《聊斋》四百多段，笔法各有不同。神仙狐鬼与精灵，寓言细心方懂。

上回太原狱案，听讼不外人情。迥异俗说老包公，多仗神人指梦。

今天更换目录，《罗刹海市》为名。体裁本是两截成，忠孝廉节认定。

涉世乘风破浪，宦途花面逢迎。并非笑骂逞才能，为唤迷途幻梦。

几句谎言叙过，下接着说段儿《聊斋志异》，这一回目录叫作《罗刹海市》。原是蒲留仙先生的寓言，文字本是极细微的玩艺儿，在有学问的人自然一目了然，在仅能看得下一段白话玩艺儿的诸君，往往以假作真，仿佛确有这们一国，实有这们一件事似的。再加上随便瞎聊的诸位混往热闹里一铺张，更把本意说走啦。又搭着这段儿书，前几年有某班排过一出戏，名叫《龙马姻缘》，大致虽是取之此书，穿插意思却同《西湖主》差不了多少，与本文多不相关。好在俗语儿说的诌书离戏①，多早晚戏的场面决不能同书一样，也不能说人家排的不对。在下既是说《聊斋》，就得按着原文走。要说“改良”二字，也无非把作书人的本意指点明白了。原文说是龙女，我也不必一定牵强硬把他算了人。只不过大家可要想龙女本是异类，尚能如此，搢绅家的千金贵体更当如何。至于马生是忠孝廉节的人物，不过是个贾人之子，亲贵更当如何。大意略略一表，咱们就接着开书。

原文说“马骏，字龙媒，贾人子（既没籍贯，连句谈者忘其郡邑的话都没有，足见

① 离戏：开玩笑。

并非真事喽），美丰姿，少倜傥”，就是长的模样儿好看，脾气随和，好说好凑，喜歌舞，好唱，外带好拉身段，没有事常跟梨园行的老板们一块儿打恋恋①。虽说不是小嗓子②，好在盘儿尖③，大家以锦帕给他缠上头，美如好女，因此有个“俊人”的外号。别瞧虽是这们淘气，可没贴过清客串④，并且书念的挺好，十四岁中了府学秀才，外带真不是雇枪手、钞夹袋中的，因此远近知名。马老头儿因为上了年纪不能出外营业，这一天忽然要训子改行。

（续昨）1911年12月6日

却说马老头儿从前是买卖地儿⑤中一个商贩⑥的好手，赚得家产业就，所以才能供给马龙媒念书中秀才。这几年一年比一年见老，可就不能出外营商了，在家闲住着。这一天对马骏说：“你瞧你念了这些年的书总算不少喽，你可不想这书饥不可煮（就是不能当米煮），寒不能衣，吾儿可仍继父贾。”诸位别瞧这位老翁顽固，这些地方儿很有见解。因为一个人谋生是谋生，学问是学问，人若广有学问，不懂谋生，即便是个财主，早晚也成个穷书呆子为止。再若没有家业，父母妻子就得跟着挨冷受饿，别说秀才，举人也是他呀。况且古人讲究善继善述，老辈做什么，晚辈还得接续学什么，所以说农之子恒为农，弓冶之子恒为弓冶。老人家张口教他仍继父贾，正是教子好的地方儿。

马龙媒一听是谨遵父教，这要搁在没有家教的人家儿，还不说书内有黄金，你这老头子天生的看财奴吗！即便穷了，我来几天义务也够养家的呀（对，真有一天拿五六十块的清客串，可惜那时候没这么大行市）！由此稍稍的权子母⑦，这才懂得往买卖道儿里追求。又听人说，近年外国的货最得利，回家跟老人家一商量，打算要跟人飘洋作荡海船的买卖。

按说老头儿只有这们一个儿子，应当舍不得往外撒，再说才十几岁，娶了媳妇日子不多，还没见个孙男孙女的呢。况且彼时飘洋不但没有火轮船，连头号□太平船都没有，怎么个缘故呢？大半好船都在内地，要说飘洋过海虽然利大，究属涉险，财产、性命遇着飓风（就是从四面刮来的海风），全都难保，使船儿的多有不敢去的，怕连船带命都饶在里头。错非养船儿的另有这路熟手，或自己有些赀本才专做这路生意。这路人可另有

① 打恋恋：亦作打联恋或打连恋，谓相交亲密，经常在一起。
② 小嗓子：京剧旦角、小生等用的紧缩声带发音的唱法。
③ 盘儿尖：江湖隐语，指脸好看。
④ 清客串：票友，非职业的戏曲演员。
⑤ 买卖地儿：指商界。
⑥ “贩”，原文作“贬”，据语义改。
⑦ 权子母：指以资本经营或借贷生息。

一个迷信见解，往往特意约个有功名的人搭船同去，那不没赀本呢，都可以给他凑点儿，硬说天榜有名的人可以逢凶化吉。无奈宦途心重的谁也不肯去，一不舍命，二不耐苦，往返无定，怕误了科岁考，降革功名。

恰巧有人同马爷一说，马爷就回家同父亲一题，老头儿很是赞成。老太太同媳妇虽不愿意，也没法子。于是带了点儿盘缠以及行李等物，就下了海船啦。走了没几天，不想突遇一场飓风，只恐大家性命有些难保。

（再续） *1911 年 12 月 7 日*

却说马龙媒这一飘洋，没想到几昼夜的工夫遇着一场飓风。船趁风势，一下子撞到一个海岛崖上，船一侧反，把马爷摔到坡子上。又来了一阵逆风，把船飘得不知去向（这几句与原文微有不符，无奈真说至一都会，不题同船的人，可有点儿下不去。好在这路风没有准方向，所以能信口儿圆谎）。单说马爷已经连急带吓成了半死儿的人了，在坡上爬了半天儿，又饿又冷，好容易缓醒过来，自己别题多后怕了。虽说剩下浑身的衣裳、肚子里的干粮，只要逃得性命，总算万幸（跟我的朋友一样。那位说，你说的这位也在船上遭着这样风灾了吗？不，他老是上月往租界里搬，遇见路劫，空手儿跑回来的），坐在就地怔了会子，见这个地方虽是荒岛，远远冒烟。俗语儿说人烟人烟，有烟就有人，只好往前看一看再说。

顺着小道儿走了不大的工夫，见前面也像个镇市似的，无奈所有的人没有一个像人形儿的，都说鬼丑，一个个比鬼还丑。大家一瞧马爷往这们溜达，多有撒腿就跑的，嘴里咦哩哇啦的仿佛怕得了不得，比上那年传说南洋出了海怪大老妖似的，情形差不多。马爷心想问问道儿，大家这们一来，倒把自己也吓毛啦，可又不知什么缘故。究竟马爷是聪明人，再说怕会子也回不去，只得往前硬闯，好在谁见着谁跑，这才明白过来，大概是怕自己，于是来了个你们越害怕，我越往前欺①。

恰巧远远的有两个人坐在那儿吃饭呢，手里拿着个大黑面馒头，还有一块肉，将从饭棹上拿起来掰开往嘴里送。马爷也真饿极了，赶过去，打算寻点儿吃。敢情人家懂交情，是扔下就跑。马爷捡起来尝了尝，比家里的馒头透点儿发酸，大概是连烤带烙的。那位说，这是面包吧？不，许叫乱班（对，法国馒头）。一路大吃，居然饱啦，自己想着，这法子虽说不错，究竟抓吃抓歆不是我长干的。况且人家人多，倘或凑多了把我打死，岂不作了异乡之鬼！天哪！唉！天！想我好不命苦也（马爷要叫板②）！一着急，来

① 欺：凑近。

② 叫板：戏剧术语，演员在道白后引出唱腔。

到一处乡村，马爷才要转运。

（三续）1911年12月8日

却说马爷一想热闹地方儿揍人的太多，莫若找人少的地方儿还许好点儿，于是往清静地方儿奔去。走来走去，入了一处山村，见村里虽然人丁稀少，可是人模样儿，还同中国人不差什么，不过一个个的穷的像乞丐似的，身上连件整衣衫都没有。马爷也不便进人家的屋子，一瞧那边有一棵①树，马爷靠树一坐。

本村的人见来了这们个怪人，有心过去瞧，起心里真害怕，有心躲开，又舍不得这个希奇罕儿，远远儿的往这们瞜②一眼，又抹头跑两步儿（这路情形无可比仿，就像北京站③门子的妇女遇着熟人躲进门去，容你刚过去，他又往外探头儿似的）。

待了好半天的工夫，马爷看那意思，大概才瞧出来，这个也是同类的，大约不会吃人，这才有胆子大的稍稍往这们凑合。马爷未从说话先陪笑儿，没想到一笑又吓跑了几步远，好容易才有个凑过来的，说："你究竟是个人哪，是个妖哇？"马爷一听，虽然与中国的官话、北京的白话土话差着许多，好在马爷是个阅历人儿，大概的意思还可以听得出来。马爷这才把自己是中国的人，自己如何到了这儿，从头至尾细说了一遍。敢情这些个人到很通马爷的话，听明白了，倒很喜欢，满市井替马爷这们一传名，说："所来的这个外国人不必害怕，不但不能吃人，也决不会往井里撒药，门上抹血，取人的眼珠儿。大家有愿意开眼界的，何妨来瞧一瞧哪！"

话这们一传扬，真是围着看的比从前多了好些。马爷此时直比市场的小老婆儿还圆粘儿④哪，不大的工夫，围的风雨不透。马爷要是真窥杵⑤，碰巧了许见个三千五吊的，无奈一样儿苦，凡是靠自己近的全是穷人，模样儿可与自己差不多，长的最丑陋的，穿的全都齐整点儿，是瞧一眼就跑，没一个敢往跟前儿来的。后来有几个与中国人模样儿相仿的一商量，凑近跟前，说："大概你也没吃饭哪，莫如我给你找个住宿地方，给你预备点儿吃的。我们不修今生还修来生哪！"马爷点头认可，这才要细细追问怕自己的正当理由。

（四续）1911年12月9日

却说马爷见大家商量肯给自己饭吃，连连点头道谢。大家一面说着，就有拿吃得来

① "棵"，原文作"颗"，据语义改。
② "瞜"，原文作"搂"，据语义改。
③ "站"，原文作"踮"，据语义改。
④ 圆粘儿：聚拢观众。
⑤ 窥杵：江湖隐语，诱人掏钱。

的，还有提溜着酒瓶子来的。原文说“共罗酒浆奉焉”。马爷接过来歖了一口，可也到不甚难歖，这才说：“大家你们因为什么看见我这样的害怕？”这里头有个上了点儿年岁的说：“我们小的时候听见我家祖父说过，由此往西二万六千里有个中国，那一国人的形象诡异。虽然听见这们说，究竟不信。方才听你说是由中国来的，足见老人的话语不假。”马爷暗暗点头，心说我同此处的人比在一块儿，就是我的模样儿新鲜，怪不得人说诡异呢！这才又歖了口酒，吃了点儿菜，说：“我再请问一件事，我见贵处的人很有阔的，怎么单单的你们这些位这们艰窘呢？想是不善谋生，或是家累太重，不然是有什么吃歖嫖赌抽的外务哪？”

这群人一听，一同摆手，说：“不是，不是，你是不晓得我们国的制度。要说我们国的人打算发财，就得做官，虽说做官不在大小，只要弄钱儿就好。究竟注大梢长①，一任督抚就可以有个敌国之富，三年清知府也不过十万雪花银。”马爷点了点头，说：“那们诸位为何不谋个官儿做呢？莫非你们都不善钻营，还是大字不识呢？”这些人说：“你有所不知，我们国取士之法可是公道的很，不凭文章，专论貌像。最体面的可以为上卿，其次的作个府县，再下一等的也可以得贵人宠爱。所以能得吃得歖，养妻赡子，人家是长了好模样儿来啦。像我们这些人乍一生下来，父母都嫌丧气，往往就扔了，不然也有活埋的，也有怕绝嗣无后的，才把我们留下，其实也不过受一辈子罪。方才我们不是说不修今生修来世吗，就指着下世托生个好脸子！”

马爷说：“贵国是何国名？”大家说：“大罗刹国。此处离京都不远，往北三十里就是。”马爷说：“我打算求诸位明天带我去瞻仰瞻仰，不知行不行？”大家到肯其担任。当晚给马爷找了个住所。一夜无词。

次日鸡叫，把马爷带往都城。这一来马爷要大开眼界，瞻仰罗刹贵官的美貌。

（五续） *1911 年 12 月 10 日*

却说马爷同着几个乡下人够奔②罗刹都城，一边儿走着，一边儿心里纳闷儿，想着这块地方儿我虽没到过，好像“罗刹”国两个字却见过似的。猛然想起从前为下古场，看过《文献通考》上说“罗刹国，其人极陋，朱发黑身，兽牙鹰爪，与林邑人作市以夜，昼则掩其面。隋大业三年，还遣使到过罗刹”。如今这些人要说体面可不能说，要说以夜作市，白天不敢见人，可却不然。怪不得孟子说“尽信书则不如无书”呢，大半古人也是得自传闻或加以揣测，故此不能确实（同报纸新闻一样，好在古人不懂得来更正）。

---

① 注大梢长：投入本钱多，收入也颇丰。
② 够奔：直奔。

走了约有三小时，天光大亮，远远儿的看见前面黑漆漆的一座大城。乡人才对马爷说：“你往前看，这可快到啦！”马爷这才知道敢情这个地方儿城砖是黑的，说着说着走到城门外头一瞧，原来是黑石头城。此时天色甚早，没有多少走道儿的。

一进□见迎面好多的楼台殿阁，盖的很透讲究，外带有十丈高矮。可怪的是上面全没有琉璃瓦、筒瓦，都是小檐瓦，上面满铺的是红石的片子。几个人一块儿走着，见路北一条胡同前面的楼房已经坍塌了许多，地下扔着许多瓦□石片儿。马爷顺手捡起一块儿在手指甲上一磨，敢情这石头同红土子一样。马爷心说，这大概就是中国的俗语儿——此地无朱砂，红土子为贵喽。

穿过这条街巷，大概就是朝门之外，当差的人很多。几个乡下人在前，说：“咱们来的正好，大概是散朝啦！你瞧朝马、大轿、马车都往前凑合哪吗。我告诉你，你可别混往前挤，这些车马向例是轧死人不偿命。你瞧执事①都出来了！”马爷一瞧，果然有柄红引伞，心说这位许是知贡举（对，又想起乡场②来啦）。只听乡下人说：“你要瞧好模样儿可就是这位，真得说货高价出头，这就是我们国的大都督（可是罗刹国的），新近晋封的大丞相。”马爷听说，自然留神上眼，好在人家真不怕刺客（也搭着彼时不兴炸弹），居然坐着大玻璃窗的轿子，外带敞着轿帘儿，前呼后拥，在轿子里非常的得意（什么话哪，闯模样儿呢吗）。马爷往里一瞧，实在是绝无仅有。

（六续） *1911 年 12 月 11 日*

却说马爷听说这位就是相国，自然往轿子里一上眼，真是没见过这宗模样儿。原文说“双耳皆背生，鼻三孔，睫毛覆目如帘”（那位说，干什么你又引原文哪？您不知道，我要这们说，大家必说我嘴损。引出原文，您就晓得这是蒲老先生招说啦！分晰明白了，我再说白话儿）。马爷一瞧，虽然也是两个耳朵，外带不见甚长，所新鲜的，耳轮朝后（您就请想他怎么能听正人的好话），三个鼻子眼儿（并非说多出一口气，不过不辨香臭的意思），眼睫毛挺长，把眼睛都盖上了，仿佛帘子似的（还能看的见吗？大概新名词所说的眼帘就是这个典故）。

马爷瞧着正在纳闷，见轿子后头又有几匹马。乡下人告诉他说：“你瞧这是大夫（可不是太医院的）。”以次各指其官职，大概都是狰狞怪异，然位渐卑，丑亦渐杀（这一句就说得是位分越小的），还有点儿像个人。原文这几句由“都以黑石为墙”起，直到这一句，不过说这些人耳不聪，目不明，无非黑墙宥③其知识，红楼迷其心性，其所以为罗刹

① 执事：旧时官员出行或民间婚丧使用的仪仗。
② 乡场：古代科举的乡试考场。
③ 宥：局限。

鬼国的贵官，无非全是比喻。诸位别挑眼，大清国决定没有呕！

一会儿的工夫，朝臣皆散。乡下人说："今天你可开了眼了吧？咱们空瞧会子好脑袋，解不了饿，还是一块儿回去吧！"马爷说："就是吧！"几个人打算仍由旧道回去。

此时过路的人是多了，瞧见马爷，又喊又叫，也有撒腿就跑的，又迈不开腿，愣往前奔的，一下儿就爬下啦（原文说"噪奔跌蹶"），真像瞧见怪物啦（比庚子年遇见联军还怕的厉害）。乡下人一瞧，知道是怕马爷，赶紧百口解说，说："诸位不必害怕，这位确乎是中国人。"这时候街市上做买做卖的胆子壮点儿的，才敢远远儿的站着瞧。马爷也直提溜着心，不敢慢走，又不敢快走，好容易同着几个乡下人出了城，直至太阳平西，才照旧来到乡村儿，当晚还是村人给他预备的晚饭。

马爷进了这荡城不大要紧，直比报上登广告、满街走活商标还快哪，全都知道这村儿里来了异人（可不会传授什么），纷纷约请，所为一开眼界。

（七续） *1911 年 12 月 12 日*

却说马爷进了一荡都城，这一下儿可真传了名啦，都知道这个村儿来了个怪人，都以为不可不瞧一瞧，打发下人找到这个村儿来，讲明白了去一荡多少块钱。乡下人同马爷一商量，马爷白吃了人家好几天，也说不上不算来，说："诸位说好就好，可有一节，你们可得敢保险，倘若我要受了污辱，须赔偿我的名誉金。"乡村的人点了头，当时同阔家下人言明，到一家瞧一瞧四块钱，车钱在外，下人点头。

第二天乡下人同着马爷二返进城，到了关厢，给马爷雇了一乘轿子，一来为是保险，二来省得便宜过路儿的白瞧。马爷到此时也只好由着大家性儿造魔，反正蒙圆全了好大家吃饭。马爷坐在轿子里，乡下人带着，抬到一家门口，把轿子落地。乡下人说："你可千万别下轿，非抬到院子不成。"没想到本家儿的门公可炸①喽，说："你们这一群野人，也不打听打听，我们宅里的姑娘、太太、少奶奶称得是千金贵体，决不能让个外国人瞧了模样儿去。再说别说太太们，就连哥儿、少爷们，都不能像你们这些亡命徒似的。倘或一个吓着，谁担得起呀？只管让他门口儿下轿，那不我们派官兵静街，驱逐闲人，放雨搭呢都可以。"乡下人也说得好："只要不能让人白瞧就行，可是不容人进去，得多给加钱。"门公说："加钱就加钱，那到不要紧！"

此时过路人已经围了许多，本宅传出话来，叫官兵一路乱轰，街上才清静了点儿。大家才把马爷请下轿来。马爷一瞧路北一座府门可是掩着一扇，往里瞧不见什么，只听妇人、女子有说有笑的声音。看完仍旧上轿，又抬往一家也是如是。原文说"每至一家，

① 炸：形容大怒。

阍人①辄阖户，丈夫女子窃自门隙中窥语”，左右全是一样不咧②。

一天的工夫，竟自没有一个敢请到宅中同马爷谈一谈的。好在钱到是挣了不少，当晚仍旧抬回本村，村人打发轿钱，说明第二天还去。忽然有一人想起来一个人，要叫马爷去见此人，才引出一场富贵。

（八续）1911年12月13日

却说马爷被几个乡下人抬着满阔家这们一瞧，哈哈，这下儿真搂了不少的银钱。及至回到本村，村人是很应酬马爷，说：“今天先生可真累着啦，明天我到有个主意。我们敝国有位执戟郎曾为先王出使异国，按说执戟大概可是武职，在我们罗刹国说，可是侍郎。从前替我们国出去和过好几回约，阅历既深，自然开过眼界，似乎马先生您要去一荡，人家或者许有这特别优待（留神脑后的翎子），许不至于怕您。可不知您愿意去不愿意？”

再说马爷自从到了这个地方，虽说挣了几个钱，究竟没遇着识货的。一听有这们一个人，自然愿意去，当晚说明。第二天一早，村人一带，把马爷带到郎宅（那位说，就姓郎吗？原文虽没姓，既有执戟郎三个字，咱们何妨就给他个以官为姓呢），先把马爷隐在影壁后头，然后进到门房儿这们一回。这本宅的门公到是不要门敬，居然就给回上去啦。功夫不大，由里面跑出来，说：“我们老爷有请这位天朝大邦的贵人。”村人这才把马爷带进来。此时郎爷也迎出来啦，见面先打躬施礼。村人一瞧贵官出迎，早都吓的溜了边儿啦。

单说马爷自然也顶礼相还，一面行礼一面端相这位郎爷的像貌。好在不像那位大丞相（真要那个模样儿，大概到了那一国也不敢觐见。不过目睛突出，须卷如猬，已经成了判官啦），大约岁数有八九十岁，精神可是挺足，伸手一拉马爷，说了声“请”，把马爷拉到客厅。当中放着一张大饭台，上面铺着台布等等，四围有好几把椅子，让马爷入了座。郎爷才说：“仆幼年奉敝国王命出使到过许多国，可惜没有到过中华。今年一百二十余岁，又得见中国人物，不但是仆之幸，亦足为敝国生光。这件事不可不上闻于天子。然伏卧林下已有十数年不践朝阶（大概专充顾问大臣了）。明日一早，当为君勉力一行，不知先生愿否？”马爷是自然感谢不尽（并非犯官迷，实为借此好设法回国）。郎官说完，唤来人预备大餐，不想还是彩觞③，这才勾起马爷的戏瘾。

---

① 阍人：守门人。

② 不咧：罢了，而已。

③ 彩觞：带有歌舞表演的饮宴。

（九续）1911年12月14日

却说郎官命仆人摆饭，一会儿的工夫，真是大盘的牛肉、大瓶子的美酒摆了一台（大菜吗）。郎爷把马爷让到上座，亲自斟酒，然后各用自己的刀叉苦这么一切。款了几杯酒，又见郎爷对仆人一嘀咕。仆人点头进去，由内宅带出十几个奇形怪状的女子，手执各种乐器，一个个头上缠着白绫子，穿着拖尘扫地的红衣裳。要瞧扮像儿倒很新鲜，往脸上一瞧，类如夜叉（那位说，夜叉是怎么个模样儿呀？您问这节，在下可没见过。幼年听山左的朋友说，赶海得鱼的人常看见，是人身鱼首，口生顶上，腮有分水，这类东西能上旱岸。究竟是真是假，我不过怎么听见的怎么说。要按戏台上扮，也就是飞波岛上的鲇鱼精的扮样儿吧）。一个个来到庭前，站齐了冲定大庭一齐行了个鞠躬礼，然后就吹打起来，大概比低低搭、答答低、豆拉密发索拉希还不受听。吹打了半天，又有几个女的提溜着裙子这们一跳舞。马爷此时亚赛瞧活电影哪。跳舞完了，又有几个女的和着声儿一唱。

别瞧马爷是票友儿，敢情是头回开耳朵，漫说人家唱的什么词儿听不出来，就连板眼都一点儿不懂。马爷自然不敢混摘毛儿①，也只好是傻瞧热闹儿啵。再偷眼一瞧郎爷，乐的手舞足蹈，别题有多们爱听啦。歌舞既毕，大家照旧行个鞠躬礼退下去。

郎爷才对马龙媒说："但不知中国也有这个乐没有？"马爷说："中国有虽有，只是声音与贵国所歌的腔调大不相同就是了。"郎爷说："先生如果会唱，请仿其声唱上几句。老朽不亚如亲到贵国，也是一番幸会！"

马爷自从到了罗刹国，直没这个高兴，如今听说烦他唱，自然也很高兴。可惜没有鼓板、笛子，只好一手自己按着棹子，捡拿手活唱了一支②昆腔。

郎爷一听，连声夸赞说："异哉，声如龙鸣凤啸，真是得未曾闻（这两句虽说奉承，也是实话）。就凭先生这份儿能为，敝国王一定见喜，明天我是一定启奏荐贤。"

（十续）1911年12月15日

却说当日酒宴已毕，把马爷留在外院客厅安歇，第二天一早，郎爷上朝。这点儿要是细说，未免的显着磨烦，左不是上四个太监一吹《小开门》③，然后再上王子，黄门

① 摘毛儿：指吹毛求疵。
② "支"，原文作"只"，据语义改。
③ 《小开门》：京剧曲牌名。

官①启奏“有原任执戟郎在午门外有本启奏，候旨施行”等语，就便细说会子，也没多大的看头儿。莫若照原文一表儿，是“翼日，趋朝，荐诸国王”。

国王一听也很是喜欢，立刻下旨召见马骏。此时早有二三大臣一齐上殿，说：“启奏我主，臣等前几天听说我国来了这们一个异人，究竟是否外国的汉奸，虽不得而知，是以派人暗访，并命人把此人带到臣宅看了一看。生得奇形怪状，恐惊吾主圣体，后观动静，不甚差别。打算带来觐见，望吾主详查。”

国王一听，赶紧传谕郎爷暂行候旨。郎官只得遵旨退下。回到私宅，见了马爷，先唉声叹气，然后把上朝的事说了个大概，又说：“先生暂且在舍下多住几日，俟有机会，老朽再为设法。”

马爷也没有地方儿可去，再说瞧郎爷倒是实意儿，只得道了谢，从此就住在郎宅。郎爷真是待如上宾，每天酒饭永远是亲自陪着。一恍儿好几天，虽说有吃有歅，究竟心里懊恼，好在顿饭有酒，马爷的酒量又挺好，只好以酒消愁。

这一天同郎爷歅到半醉，一抬头瞧见大庭的柱子上挂着一把宝剑，随便摘下来瞧了瞧，说：“这们些天，我未曾献丑。今一天我串唱一出，为先生解酒。”郎爷一听，自然很喜欢。马爷是一个人连唱带做，唱了半天，说：“这们办，咱们简直的扮上唱吧！”恰巧靠大厅窗台上有只煤油灯，里面有的是烟子。马爷用手指头蘸②了点子，往脸上一抹，抹了个张飞的脸谱儿，拿里间儿门当作后台，嘴里一打急急风③，张嘴是“心中恼恨诸葛亮，作事不与某商量，怒气不息宝帐闯，可恼哇可恼，快快还我大兄王”（轻筐扎扎④）。

那位说，马爷怎么不唱“滚鼓夜战西川图”呀？您想，人家是好老，如何能会这个。郎爷一听，拍手叫好，说：“先生大概你要走官运。”

（十一续）*1911 年 12 月 16 日*

马爷这们一犯戏瘾不要紧，敢情郎爷所听乐啦，说：“先生，您来了这么些日子，我倒不理会您会阳调（就是二黄戏）。如今你一扮这个角色，真是体面的很。明天老朽请一回客，专约朝郎驸马、王公巨卿，就请先生仍扮张飞，见见敝国的宰相。宰相一喜欢，必然重用您纳（可见不认真人）。那时求大丞相作一本头，老夫作一本尾，保你在罗刹国大大的做一个官儿，你是何等不喜，那些儿不乐（那位说，郎爷会唱《审刺》吗？不，大概是受了马爷的余毒啦）！”

---

① 黄门官：古代宫门之内的官员，指太监。

② “蘸”，原文作“醮”，据语义改。

③ 急急风：戏曲打击乐的一种打法，节奏很快，多用以配合紧张、急促的动作。

④ 轻筐扎扎：模仿戏剧锣鼓的声音。

马爷一听，连忙摆手说："这件事可有点儿不行，要说游戏闹着玩儿呢还倒可以，那儿能够倚着模样儿图谋富贵功名呢（究竟中国秀才有志气，居然抗头①不干。要是外国进士，不定有这份儿强横没有哪）！"

郎爷一听，说："先生，我可不怕您恼，你这个见识未免透着太顽固，不懂通权达变。不想只要蒙上个官儿作作，将来您好回国呀！你又不是我们本国籍，难道谁还知根知底儿吗？先生，你要再思呀！哦，喝，喝，再想（对，还是那一出）！"原文说"主人固强之，马乃诺"，说白话就算点了头啦。

第二天，郎爷派下人写了点子请帖，一约各显贵午刻洁樽候叙，一面又嘱咐马爷把脸儿抹的黑黑儿的，照旧藏在里间屋，听我的信儿，等我一请，你再出来。马爷一想，人家是好意，只好怎么说怎么办啵，于是坐在屋里净等招呼儿。这可不能听锣鼓，也不等管事的催场。

功夫不大，就听大厅上直来人，一会儿来一起儿②，一会儿又来一起儿。好在人家国的规矩好，只要有约会，都是按时光临，迟早都过不了一刻（不像我们中国约会儿，明明写着午刻，三点钟才瞧见主人哪）。于是大家坐齐，就见郎爷到了里间屋，说："有请马先生。"

此时马爷别题多僵豆③啦，不像从前上场，嘴里还念着锣鼓家伙，只好臊眉搭撒眼④的扭出来啵。等马爷出场，郎爷给大家一引见。马爷是个武扮像，要作文身段，看那种样子，亚赛《青风寨》的李逵。大家一见，连说："怪道哇，怪道（对，所认准了《审刺》啦）！何其前番丑陋，如今变成个俊俏的青年？马先生请来上座，你我一同开怀畅饮！"

（十二续）*1911 年 12 月 17 日*

却说大家一见马爷，别题多喜欢啦，赶紧延之上座，说："您快来吧，久候多时了！"命下人立刻斟酒上菜。马爷无法，也只好逞着吧。少时，郎爷说："这位马先生不但近日模样儿变得俊美，外带能唱会作。所唱的玩艺儿比咱们国的曲词另有可听，大家不可不洗耳赏音。"

再说马爷僵了半天，好容易郎爷才题了这们一个话头儿，自已也十分高兴。于是出离座位，扯开了身段啦，说："我敬献一段《张飞闯帐》。"于是口中念道说："绿树阴浓

① 抗头：指不接受条件。
② 一起儿：一批，一拨。
③ 僵豆：不自在，拘束。
④ 臊眉搭撒眼：指羞愧的神态。

绕岸头，持竿要上钓鱼舟。身闲名利无关锁，醉饱悠悠笑武侯（那位说，这是《张飞闯帐》吗？不，《敬德钓鱼》）。”演毕，自己一想，砸啦！好在没人懂，咱们是得蒙就蒙，然后接着就是“俺只看秋水海声天”（那位说，这八成儿许是《张飞闯帐》啦！不，《达摩北渡》，对，反正全是黑脸）。原文说“马婆娑歌弋阳曲”，什么叫“弋阳曲”，那可得问马爷。马爷会，我可不会。要按通俗说，弋是高腔，在下虽会几出，可惜不会唱黑净①，只好让马爷闹场杂条吧。

单说大家一听马爷发腔儿，觉着真是旱香瓜儿——另一个味儿（对，跟小马五②《纺棉花》一样），也有拍掌的，也有掏出块小手巾直抖落的，一个个爱听的了不得。大家欢呼畅饮。马爷是昆乱高③一路大撮堆（比唱野台子④开搅还不讲理）。大家歆的酩酊醉饱，告辞打道回府。

当晚，郎爷同马爷说：“先生，你明天听喜信儿吧，一定必有好音。明天你可还是扮好了等着。”一夜无词。

第二天，果然交章荐马。国王大喜，立刻下旨派人召见马骏。用上宾之礼，以旌节相召。捧旨官到了郎宅，马爷也早就得着信儿啦，把脸儿抹的比每次分外的齐整，读完旨意望诏谢恩，把马爷搀在马上，引到午门，上了金殿。马爷行礼已毕，国王赐座，一问中国治安之道。马爷一想，别瞧我拿模样儿蒙了来的官，可得说点儿真的，遂把自己生平所学委曲上陈。国王大为嘉奖，吩咐摆宴离宫（那位说，离宫是什么呀？离宫就如同现在的三海⑤、颐和园似的，可不是火德星君）。马爷受此宠荣自然不敢固辞。赐了几巡酒，国王陪着也饮了几杯，然后才说：“朕听大臣传说卿善雅乐，不识可使寡人得闻之乎？”马爷一听，连忙叩头领旨，这才闹出随乡入乡。

（十三续） *1911 年 12 月 18 日*

却说罗刹国王一心要烦马龙媒演唱改良新戏。马爷心里好生为难，既不敢违旨，又不知道国王喜欢听什么，自好是来个随乡入乡儿，站起来瞎跳一回，跳了半天，然后也用白锦把头一包，闹了一段儿高腔的《卖菜》（那位说，什么叫《卖菜》呀？《卖菜》就是《无影簪》，又叫《龙凤剑》，又叫《兴周纣灭》。为什么必得说马爷唱这回哪？原文说“作靡靡之音”，靡靡是随顺的意思，这个乐是纣王时代兴的。真要让马爷逍遣段儿

---

① 黑净：戏剧花脸中的一种。
② 小马五：清末民初梆子演员。
③ 昆乱高：指昆腔、二黄腔（又称乱弹）和高腔（又称弋阳腔）。
④ 野台子：指农村中临时搭台演唱的戏。
⑤ 三海：指北京的北海、中海、南海。

《回朝》，岂不与“靡靡”两个字宗旨不同了吗？故此让他学几句《妲己卖菜》。有人说，你怎么不写出词儿来呀？实不相瞒，这回玩艺儿我实在没有那们大的造化）。要说马爷这个扮样儿是漆黑的脸谱儿，脑袋上缠着一块白锦，再一唱小嗓儿，直叫我没法比仿像那一出啦！

不想国王反倒哈哈大笑，说：“卿这番清歌妙舞，足称个大夫之职。暂且授为下大夫，以后你要常川内廷供奉，另有升赏。”马爷只得谢恩下朝，照旧住在郎宅。从此国王时常召入私宴，马爷很得宠爱，国王又赏了许多金宝，每次必唱，决不题政治兴革。马爷一想，心说我这不像在罗刹国做大夫呢，简直的哄着柴头①的票头②吃秧子③哪，就有一样儿苦，没早带晚老得拘着张飞脸儿，要打算洗一洗都得在夜间。

一恍儿又过了些天，官僚执事颇有觉着马爷是假面目的（真面目如何能作官），只不过因国王宠爱不敢冒昧启奏。有此一疑，大家也不很爱同马爷交往了，那怕大家在一处说笑哪，只要看见马爷进来，立刻全都一溜儿，不然就躲在一边儿嘀咕去。马爷势成孤立，心说可得早打主意。于是第二天递了个折子，奏请开缺，国王不许，没法子又请休沐假（对，真得大洗一洗），这才赏了三个月的假。马爷谢恩，于是辞别郎爷，雇了一辆车，拉上他在任所得的金银珠宝，照旧回奔山村（这段儿在下从前就说是骂人的假玩艺儿，其实宦海风潮也无非如此。究竟以面目图荣显，万不能久长。自知治国之道不行，就当急流勇退，不然祸不旋踵矣。此书说马爷正是示人以处世的方针，实是蒲老先生劝人的美意，并非专为骂人）。好在三十里远，功夫不大到了山村。此时的村人另是一番的酬应。

（十四续） *1911 年 12 月 19 日*

却说马爷这天回到山村，离村儿还有半里多地哪，就见村里的人一个个全都迎接出来，靠着山旁一跪，跪了好几溜④，嘴里可没嚷：“老爷回香，您戴福儿还家（那是妙峰山）！”马爷晓得大家是跪接自己哪，赶紧下了车，说：“诸位朋友请起，行这样大礼，使兄弟心内不安。况且咱们全是旧日相好，诸位又全是我的恩人，快快请起，千万不要如此！”一边儿说，一边儿用手搀，好容易才把大家搀起来，一直把车赶到从前容留自己的那家门首，把行李等等全都拿下来，然后打发了车钱。随后把银子拿出些锭儿来，按着在座的，每人一锭儿，立刻欢声雷动，仿佛领津贴似的，又像放赏哪，这一群人自然喜

① 柴头：对戏剧行当里不开窍演员的称呼。
② 票头：旧时请人赴会的帖子。
③ 吃秧子：指靠骗取外行人的钱财为生。
④ 溜：行。

欢喽。

这从中可有从前同着马爷进城的几个熟人儿，说：“从前我们就沾了你老许多的光，如今又承大夫这等厚赐，实在无以为报。明天我们赴海市，当求奇珍异宝以报大夫。”马爷说：“诸位千万别这们大夫、大夫的称谢。如今我因办理不善，已经是辞职的人了。在下倒要请教什么叫作海市？这海市究竟在什么地方儿？”村人说：“海市是海中之市，凡四海的鲛人①聚集各种珍宝在此处出卖，四方十二国的人全去贸易，其中多有神人前往游戏。市中云霞障天，波涛间作。本国的大老是千金贵体，不敢涉险前往（怕吹坏了好模样儿），所以全把金银交给我们替买。我们本国有胆量的穷人多有借此谋生的。这也出在没法子，谁让没长了好脑袋来呢，要再像人家那们娇惯，这只好活活的穷死吧！”

马爷说：“但不知何日有市？”村人说：“市期可不像赶集似的，好在这两天儿快啦！”马爷说：“究竟怎么知道呢？”村人说：“只要见海上有朱鸟来往，七天后就有海市。昨天已经见着这路鸟儿啦！”马爷说：“诸位打算那天走？何妨带小弟前去瞻仰瞻仰！”村人说：“你老是贵人，当以身子为重，何苦涉这样的风涛呢！”马爷说：“诸位说那里的话！在下原是个飘洋的，那儿能怕风涛危险（这一句不但照顾前文，并表马爷不忘出身）！”当时同大家说明。

第二天果然有许多送金银来的。大家弄了一只平底高栏的船，把金赀载上，请马爷坐在船中，一共几十人，每次十个人摇橹。马爷这一赴海市，引出一段意外的姻缘。

（十五续）*1911年12月20日*

这段儿书原是两截的文章，当初蒲老先生是按截搭题做法，前半篇全是罗刹国的事，从此才入海市的正文。文字既然两截，事迹自然也就两样儿啦，说书的一样的说，无奈瞧主儿各有各的眼光儿，各有各的心思。即如上文书说国王问马龙媒治安之道，可是虽问而不用，偏爱他的相貌并其靡靡之音，实在可称为鬼国。假如看报的人如有胸怀治安之策，又不肯用粉墨画个花脸儿的，自然心中不平。有此不平，就喜欢看这路玩艺儿，以为骂的痛快。假如一个人真以这出《卖菜》求得荣华富贵，一定沉心说我骂他呢。好在《聊斋》是康熙年作的书，在下是同治年生人，我不过就题做文。当日骂人骂的苦是姓蒲的，今天我说，不过述而不作。虽是这们说，究竟还有难处。您想这段儿书是《官场现形记》的大意，妇孺女流多不爱瞧，要是每段都是《江城》《青梅》《小翠》，官客又未必喜欢看，不用说我们这点儿白话《聊斋》，就说《红楼梦》《列国》《三

① 鲛人：中国古代神话传说中的鱼尾人身的神秘生物。

国》，还是各警一路主道呢！我们只能说什么形容什么，这叫相题作文，决不能叫人人儿都爱瞧。

瞧的诸位可要有个原谅，不但原谅，还得替我们想一想。即如今天看戏，是谭鑫培①的《失街亭》或是《阳平关》，一个是文扮像儿，一个是武扮像儿，自然各有各的身分。再说谭鑫培今天要唱《乌龙院》，就得是一个宋江才对哪，《盗魂铃》就得像八戒（八戒我不但没见过，连像儿也揣摩不好，反正畜类不是人类），说了半天，三句话离不了本行。我们做份报，卖您一个铜子儿，准见着您六成钱就是财神爷，无非以多为胜，时常来信挑眼，为这段儿《聊斋》不合眼光儿。我知道您爱瞧什么呀？您准包我们两万份，说什么我都会（可不敢说准都印在报上），要不然反正八面儿全得顾的住，要是光为尊驾爱瞧，那我们也得销的动哇！

今天这些话，仿佛冲着谁说闲话，其实本馆还没遇见这路人这路事。无非开通民智，也得说一说公理，就像本文的马爷，虽在罗刹为官，不肯用假面目，才有意外姻缘，也真是不失本来的宗旨。诸位要问这段意外姻缘，不知道的，您是明天再看。

（十六续）*1911* 年 *12* 月 *21* 日

却说马爷同着村人下了海船，十个人轮流摇橹，可称激水如箭，船行如飞，可没有停泊的地方。橹是大家换替着摇，吃东西、睡觉也全都换班儿，除去马爷坐在中间儿不动，其余全是一样受累。走了三天三夜的功夫，这天天一亮，马爷见前面水云晃漾之中隐隐现②出层层楼阁，心中想着，大概许是快到啦。又见远远的岸边有许多的船，上面都有商旗，少时自己乘的这只船也到了城下。一瞧墙上的砖都是一人多长（可不知道怎么烧的），城上敌楼高接云汉，于是大家把船靠岸，自然是抛锚下碇，然后留两个人看船，大家同着马爷上岸进城。

见街市洁净，市上所陈列的奇珍异宝光明射眼，所有的物品多人世所无（这句可是原文。据我想蒲先生这话一面儿理，只能说马龙媒没见过，不能以一个人的眼光儿概全世界）。马爷一瞧，这些珠宝摊子做买卖的虽是那儿的人都有，好在不像罗刹国的模样儿那们难瞧。自己虽说看什么都可爱，究竟也不晓得买那一样儿好。正要同村人商量，问他们是怎么个买法儿，猛听身后头有个人说："买玉器，这儿瞧吧！"又有一个人手里拿着个料③壶儿，说："两块钱要不要？"一个买主儿说："块半，多了不要（那位说，这是海市吗？不，北京门框儿胡同）！"正在这个时候儿，忽见大家纷纷躲避，就连同着马爷

---

① 谭鑫培：清末民初著名京剧演员。
② "现"，原文作"献"，据语义改。
③ 料：一种人造半透明似玉石的玻璃类物质。

的村人也都溜啦。

马爷一怔，只听大家传扬说：“快躲开吧，东阳三世子过来啦！”马爷往四下里一找，见有一群骑马的人，中间拥着一位少年，头戴束发紫金冠（就是督子头），身穿粉红绣花袍，足登宫靴，骑在马上，耀武扬威，好在没轰人。书中代表，此时这位三世子马已行到马爷的面前，瞧了马爷一眼，说：“此非异域人？你们过去问一问。”立刻有个打顶马①的下人下了马，过来说：“我们小王爷问你话哪！”马爷一听，赶紧奔到马前，作了个揖，把籍贯、姓氏略说大概。就见世子在马上拱手，说：“既蒙辱临，缘分不浅，请上马，你我同行！”

此时早有下人给马爷拉过一匹马来。马爷也顾不得村人了，于是认镫扳鞍，同出西城，方到岛岸，见这些匹马嘶跃入水，倒把马爷吓掉了真魂。

（十七续） *1911 年 12 月 22 日*

大凡一个人处世，不可没有冒险的精神，可不能作行险的事迹。即如马爷继父志飘海是冒险，万没想到有罗刹国的做大夫的事情。比如罗刹国若能用他治国，虽说由于假面目进幸，仍不失为冒险。所谓枉尺而直寻，若终久喜其靡靡之音，无论官僚百执事，已觉其面目之假，即大家不悟，也当急流勇退，奏请开缺，不可希位固宠。这正是马爷不肯行险的地方儿，才有得志的一日。

闲话少叙，却说马爷同定东阳三世子骑马出了西城，猛见马要下海，当时怕的了不得，刚要叫妈（那位说，马爷许不至于吧？原文说“生大骇失声”，可不是叫了吗），忽见海水中分屹如壁立（就是如同两堵墙似的，这话虽是瞎聊，隐寓忠孝廉节的人无论海外都能去），马爷是如履平地。走了一会儿，见前面有一处宫殿。到了进前，马爷一瞧，是玳瑁为梁，鲂鳞作瓦，四壁晶明，鉴影炫目。此时三世子已经下了坐骥，冲定马爷作了个揖，往里相让，马爷只得跟着走啵。

一进宫门，就见大殿上坐着位龙王爷（那位说，马爷怎么认识是龙王呀？您瞧，由帽子上就瞧出来啦！对，道道子多吗）。先见世子跪在丹墀②，口尊万岁，说：“臣游市廛③得见中华贤士，特来觐见大王。”马爷知道这是带引见哪，别等演礼，只好跪下啵。一瞧龙王很是喜欢，说：“先生免礼，平身赐座！孤想先生乃是文学士，必有华国文章。欲烦大笔赋一篇海市，望先生勿吝珠玉！”

马爷这才知道敢情是要殿试，赶紧稽首领命。殿旁早有人设立座位。马爷一瞧，这

---

① 顶马：旧时官员出行时仪仗前引路的骑马差役。
② 丹墀：古代宫殿前的石阶以红色涂饰，故称丹墀。
③ 市廛：街市、店铺集中的市区。

份儿文房①四宝别题多讲究啦，是水精之砚，龙鬣②之笔，纸光似雪，墨气如兰（这些物件同宫殿，无非形容皇朝富贵，就着龙宫编的词儿，千万别当真事）。马爷要是没点儿真的，可真得拉。敢情人家真成，下笔千余言，写完呈在殿上。龙王一瞧，赞美的了不得，说："先生雄才，有光水国多矣。"赶紧聚集龙族，命亲贵陪着马龙媒，大宴采霞宫，酒过数巡，龙君亲自敬酒，并要招为驸马，借成天作之合。

（十八续）*1911年12月23日*

却说龙君冲定马龙媒，手捧酒樽，说："寡人有一小女，未有良匹，愿累先生，不知先生肯俯就否?"马爷一听，自然喜不自胜，赶紧离席跪倒，又不敢固辞，只好唯唯而已。又见龙君对左右说了几句，马爷可没听见什么。功夫不大，只见出来几个宫女搀着一位美人，佩环声动，登时鼓吹暴作。此时马爷还没起来呢，只见大家把这位美人搀到马爷右边跪下，敢情是要拜天地。马爷也只好磕头吧，一面磕头一面偷眼儿一瞧，这位公主真是美如仙女。公主拜罢，众宫女仍旧搀扶入内。大家又把马爷搀起，请入上座，照旧劝饮。少时酒罢，有两个小丫鬟手提宫灯把马爷引入副宫。马爷一想，这倒不错，走了多少回局，也没演真带挂灯的《满床笏》啊！如今竟会遇着真事，就便先行君臣礼，后论夫妻情也无不可。想到此间，有心真要过去见个礼儿，又觉冒失。正然为难，只见宫娥、使女均皆退出。马爷心说，只要剩下我们俩人儿可就好办啦。

只见靠后厅挂着一架大绣花帐子，上面镶嵌八宝，上面坠着流苏，明珠有如斗大（这句话可有点儿瞎聊，八成儿是玻璃泡子，马爷瞧着耀眼增光，只当是珠子呢，简直的是没上过洋货店）。用手一掀绣幔，见公主浓妆艳抹坐在珊瑚床上，上面铺着衾褥，异常香软。马爷一瞧，都预备齐了。心想怪不得宫娥、使女都退出去了呢，只得放下帐子安歇。

您要问帐子里头都是什么好事，那您问文场③吧！我在前台，连我也摸不清（那位说，你怎么净犯戏迷呀？反正不是真事，何妨连说带刨）。

俗语儿说，欢娱嫌夜短，一会儿天就亮了。见雏女妖鬟奔入满侧，马爷一听人都进来啦，这才想起昨天晚晌我忘了关门啦（对，我就没给说上吗）！奴婢既都进来，难道还等人催起吗，只好赶紧起床（不像我，错非④把被褥取走，我不下地）。早有宫女服侍梳洗更衣。冠戴齐毕，入朝谢恩。授职驸马都尉，还要游历诸海。

---

① "房"，原文作"方"，据语义改。
② 龙鬣：龙颈上的长毛。
③ 文场：为京剧演唱伴奏的管弦乐器。
④ 错非：除非，只有。

（十九续）1911年12月24日

古人说："假作真时真亦假，无为有处有还无。"在下说书是连说带刨，意思不过替蒲老先生表明大意，劝人于忠孝廉节的关节上不可不认真，其余富贵穷通却无足轻重。就以这段儿马骏招驸马说，在下要诚心粉饰着往热闹里多说两篇原无不可，无奈没有什么意思，只好照原文一表儿，而且原文也就是叙笔，直到夫妻将别才入口气。这正是蒲先生不以富贵利达为事的意思。

闲话少说，单说龙君把马爷的这一篇"海市赋"驰传诸海，诸海龙君皆专员来贺，并且争着写请帖请驸马赴宴。马爷身穿锦绣衣裳，驾青虬呵殿而出（就是喊着道子），有武士数十骑跨着弓箭撒袋，还有打着豹尾枪的，别题多们威风啦。原文还说是"马上弹筝，车中奏玉"，大概是古礼，贵人出门沿路奏的乐，如今没有看见过，只好也一表儿。三日之间，遍历诸海，由是龙媒之名四海皆知（诸位要知道这段儿说到这儿才是马爷真正显荣，处处以龙宫比人事，言处鬼国之官，尚不如异族能够识人，故此处处与罗刹国映合比拟。以后再说的全是人情，不是幻境了）。

单说马骏同着龙女居住龙宫，朝欢暮乐。宫中没有多少树，只有一棵玉树，一个人刚搂得过来。树挺儿①好像白玻璃，中间是淡色的树心，树梢②儿约有胳臂粗细，树叶仿佛碧玉，有一个大钱③厚，细碎有浓阴，有时开得花儿同粉红栀子似的。马骏与龙女时常坐在树下作诗填词，树上的花瓣落到地上有响声儿，马爷捡起来一瞧，仿佛红玛瑙做成似的，落下花瓣也光明可爱，并且时常有叫不出名儿的一种鸟儿落在树上叫唤。这种鸟金碧色的翎毛，尾比身子还长，长的很是好看，惟独嗓④子的声音等于哀玉。马爷每一听鸟儿叫唤，就思念故乡。

这一天，龙女没在面前，马爷一个人坐在树底下直掉眼泪，对着玉树、异鸟叹了口气，然后打了个帽儿头⑤，刚要唱"马龙媒坐龙宫自思自叹"，可惜没有文场，赶紧打住，这才要设法回家。

（二十续）1911年12月25日

这段儿书比每段儿说的似乎有点儿累赘，专爱看事迹的诸君就许不大赞成。无奈这

① 树挺儿：树干。
② "梢"，原文作"稍"，据语义改。
③ 大钱：清代铜币的一种，价值十个小制钱，钱面上铸有"当十"字样。
④ "嗓"，原文作"噪"，据语义改。
⑤ 帽儿头：戏剧术语，一种伴奏的锣鼓调。

种书登在报上要仅照事迹往下叙，实在不合开通民智的宗旨，只好应说的都指点个大略，遇着要紧的原文，我就得批评批评。在下虽不敢信为说的准对，反正我要不留心细瞧，也未必能替蒲先生表出本意来。就以本文这棵玉树说吧，虽是陪衬龙宫富贵，也为指出这样坚厚的花瓣儿不久就落，可谓好景无常。所说的异鸟，不过孔雀之类，每一鸣则恻人肺腑。因为天下的人都有故土之思，每闻鸟鸣，最容易感动，这个道理很不新鲜。因为鸟是能飞的，人闻鸟鸣，想着鸟展翅可到，何以人不如鸟，岂非至理真情。

闲话少说，却说马爷坐在树下叹息了会子，恰巧公主也出来了，见了马爷，说："驸马爷，你的眼泪痕不干，想必有什么心事吧？"马爷也说的好："我的心事要是让你一猜，那岂不让你祟惑①我又犯戏迷吗，莫若我实话实说，倒觉干脆。你想，我撇离家乡一恍儿也是三载啦（大概龙宫也有时宪书②，可不知道是阴历阳历）。我家中的父母一概见不着。每一想起来，由不得就涕膺③汗背。我屡次要对你商议，从没敢冒昧开口，不知你能跟着我回家一荡不能？"

龙女一听，不住摇头，说："仙尘路隔，实在不能相依！况且妾也不忍因为夫妻鱼水之爱夺去膝下承欢之情。这件事似乎当从缓再议（总算通过了，只等再读吧）。"

马爷一听人家是不能跟了自己去，自己心里又有点儿舍不得，真是伤心的很，由不得二目之中滚滚落下泪来，心想扎挣着直会扎挣不住（那位说，这一句也是原文吗？您瞧，原文说"泣不自禁"，可不就是这们个情形吗）。公主一见，连忙解劝，一面也叹着气说："此亦势之不能两全者也（不像现在的时道④人，又要独立，又不敢得罪政府）。"当天夫妻二人全都闷闷不乐。

第二天，马爷想着出去溜达溜达（那位说，上那儿呀？大概不是上大舞台闹天夜戏，就是上文明园听出《水晶宫》）。当天从外回来，不想龙王传旨，要立刻召见。闹了半天，敢情是要打发马爷回家。

（二十一续）*1911年12月26日*

却说马龙媒这天由外面回来，听说有旨召见，马爷赶紧冠戴趋朝。龙王召入偏殿，说："寡人闻都尉有故土之思，大约明天一早启程不晚吧？"马爷一听，敢情两口子的私话，丈人已经知道啦，只好随话儿答话儿，连忙磕头谢恩，说："逆旅孤臣，过蒙优宠，衔报之诚结于肺腑。容暂归省双亲，当图复聚可耳！"龙王也没说什么，马爷只得退下，

① 祟惑：诱惑。
② 时宪书：历书的旧称。
③ 膺：胸。
④ 时道：时髦。

仍回副宫。此时天色已晚，银烛高烧，就见迎面棹子上高摆酒宴，马爷很是纳闷，就听龙女说：“驸马爷明日还乡，妾聊备薄酒一杯，与君送行。”说罢，叫宫娥看酒来。

马爷一听，公主不但不拦，反到治酒送行，真是贤德的很，赶紧接过酒来满饮一杯，谢了公主，说：“卑人不过打算暂时回家，见过父母，然后再来陪伴公主，唯此处非舟车所至。昨天公主说仙尘路隔，究竟何日何时方能与公主有后会之期，请明以教我。”

公主摆了摆手，说：“妾与君情缘已尽（此等话口，听着似觉诧异，其实人间一切生离死别又何尝不是呢）！”马爷一听，可真有点儿舍不得，由不得悲从中来，不能自已，登时眼泪就流下来喽（那位说，马爷既然思念父母，又舍不得生离龙女，究竟这两面儿那一边真，那一边假？据我说，全都出于至诚。这就是孟子所说的“人少则慕父母，知好色则慕少艾，有妻子则慕妻子，仕则慕君”，全是不失仁人之心，正是马龙媒的本色。对，说《聊斋》带讲《孟子》，知道的是尹箴明犯书瘾哪，不知道的，还当是文啙窳①显魂哪），始而泪如断线珠珍，抽抽答答，继而简直的嚎啕恸哭②啦！错非当着许多宫女，就要来个抱头啦。

公主脸上虽说也不喜欢，究竟不见十分难过，正颜厉色的说：“驸马，此番归养双亲正可见君之孝。天地间生人有聚必有散，就便百年偕老，也不过同旦暮间一样，何必作小儿女哀泣的样子呢。从此已后，妾为君守贞，君为妾守义。人虽各居一地，只要两地同心，即可谓之伉俪的真形，很不必旦夕相守，方才算是偕老。可有一节，咱们也不必起什么重誓，若是不遵这话，婚姻必不吉祥。倘虑中馈③乏人，纳婢为妾也还可以。”马爷刚要说“您可别见怪，我原有前妻”，这句还没说出来呢，只听公主接着又有嘱咐。

（二十二续）*1911 年 12 月 27 日*

却说马爷在龙宫招为驸马，虽说一恍儿二年多，究竟当日龙王就没问过马爷娶过妻室不曾，刚一谢恩，这就搀出公主行交拜礼，马爷自然也不好再往外说。既同公主相处这些日子，这层自然也就题不到啦。前天刚说出思念父母，人家居然就送行。如今又说守义的话，马爷打算趁着此时把原配说明。

刚一张嘴，就听公主又接着开了话头儿啦，说：“更有一事相嘱，自奉裳衣，似有佳朕（那位说，这两句怎么讲啊？龙女不会说白话儿，怎么你也跟着净抄原文哪？话虽如此，这路词儿一改白话儿可就未免不雅啦。大意就是自从妾为君妇，仿佛有了孕似的），烦君命名。”倒是叫什么（这句可是我说的）。

---

① 文啙窳：清末民初著名报人，博学多闻，是北京报界最早的白话文作者之一。

② “嚎啕恸哭”，原文作“嚎啕恸”，据语义改。

③ 中馈：家庭中妇女所操持的事务，引申指妻室。

马爷一听，自然也很喜欢，遂信口说："要是生个女儿，可名为龙宫，要是个男孩儿，就名为福海，不知公主以为何如?"龙女说："很好，必须有一桩物件作为信息，以便将来相认。"

马爷自从在罗刹国同着村人来游海市，所有的行李，有在船上的，还有在村子的，除去身边有些金银，并没什么贵重物品，一着急，忽然想起从前衣襟底下有个笔袋，笔袋上有一对赤玉莲花的别子。要说这个笔袋原是马爷不敢离身的物件，所以才缝在身襟底下（那位说，一个笔袋怎么这们要紧哪？诸君有所不知，皆因笔袋里面有粉笔、墨笔、油笔，全是当初在罗刹国勾脸儿用的，怕人瞧了去，所以说要紧），想罢，遂对宫人说："从前我那件衣裳襟上有个口袋，你们给我找出来。"当有宫女把笔袋找出，马爷遂把一对赤玉莲花解下来，双手递与龙女。

龙女接过来，说："三年之后，四月初八日，君当泛舟南岛，还君嗣体。"一面说着话，拿出一个鱼皮口袋，说："妾有积蓄，赠君以作记念。"当时拿出许多珠宝，装了满满儿的半口袋，递给马爷，说："请珍藏之，数世吃穿不尽。"马爷也不便客气，只得收下。当夜无话，仍在龙宫安歇。

第二天天刚一亮，龙王传旨与驸马饯行，龙王也送了许多珠宝。马爷拜别出宫，此时龙女已经候着送行哪。当有武士给马爷备了匹马，龙女坐的是白羊车。一出龙宫，转眼到了海涘①。马爷到岸上，下了马，龙女并没下车，致声珍重，回车便去。一会儿连马带车去远，剩下海水复合，马爷好生难过。

（二十三续）*1911年12月28日*

这段儿书虽是假玩艺儿，其中用个人物可也得有典故有取意，即如昨天所说的龙女乘白羊车，释典书上讲三乘，大乘白牛车，中乘白鹿车，下乘白羊车。言龙女与马生既有夫妻名义，已落下乘，并为与前文马生乘青虬②作对偶，决不能信口造魔，楞要让马爷骑狮子，龙女骑象，那不成了兔儿爷、兔儿奶奶③了吗！

闲话少说，却说马爷见海水复合，剩下一个人，别题多难过了，眼望大海，落了几点儿眼泪。复又一想，自己总算打算要回家，如今居然重履人世，很是件可喜的事。又抬头往四下里一瞧，敢情这个地方儿正是本乡（那位说，究竟是那一省啊？您不必究细儿，还是没准省分），并且连本村儿不远，于是一手提溜起鱼皮口袋，赶紧回家。一会儿的工夫就到啦，好在门户依旧，居邻未改，到了自家门首，楞往里扭。

① "涘"，原文作"埃"，据语义改。
② 虬：古代传说中的一种龙。
③ 兔儿爷、兔儿奶奶：专指兔子模样的彩色泥塑。旧时北京有中秋节家中摆一对兔子泥塑的民俗。

恰巧马老头儿正由院子往外出来，马生一见，说：“那边来的敢是老爷子么（马爷一喜欢，唱上《荷珠配》啦）？”马老头儿说：“你……你……你……敢莫是我那苦命的儿么？我只道你已死，你是人是鬼，你要从实的与我讲啊！”马爷这才紧往前凑了两步，双膝跪倒，说：“孩儿并不曾死，不过受了许多危险，如今没用本钱，居然得了许多珠宝回来，特来探望父母，但不知老人家一向康泰否？”老头儿一听，儿子不但没死，还是发财回来，更不用说多喜欢喽（对，原本是金钱主义吗）。

此时下人也都知道少大爷回来啦。老太太听见儿子回来，也往外跑。母子见面，一家骨肉重逢，真不亚如隔世。爷儿三个进到屋中，马爷重新与父母见礼，然后把这一皮口袋珠宝献上（那位说，马爷怎么不自己留下点儿呀？《曲礼》上说“父母在，不有私财”，马爷要是往自己腰里掖，还许回不来呢）。闹哄了半天，老没见着马大奶奶①，彼此把别后的事一诉说，这才知道马大奶奶敢情往前走啦（您要说往前走是什么事，大概是另搭了别班啦）。马爷这才明白，龙女守义的话敢情是有先知。

马老头儿要给马爷再说一房，马爷不肯，这才收了个丫头。唯独龙女所说的三年之约可怕忘了，写了个帖儿贴在墙上。光阴似箭，一恍儿到了这年的四月初八。

（二十四续）1911年12月29日

却说这年一进四月门儿，马爷就惦记着这一件事，于是托人给雇下了一只小划子船，言明初八日一早坐着上南岛。两个人摇橹，每人管饭，二钱银子的工钱，三五天回来可不定，使船的说：“你究竟是要找谁去呀？可有一节，听说您水里有相好的，我们可没有。倘或你到了那儿，被人留恋住，可得按日子供我们的嚼谷儿②。”马爷说：“就是吧。”当日说明，马爷就每人给了二两。

这天刚一亮，三个人下了海，飘入南岛，恰巧顺风，小船儿还是挺稳。往前摇了不远，马爷说：“你们瞧，海面上隐隐有两个小孩儿，咱们就奔那儿吧！”俩使船儿的一瞧，可不是水皮儿③上远远的像小孩儿吗，坐在水皮儿上，四只小手拍着水，还乐乐嘻嘻的呢（那位说，怎么四只小手儿哪？您瞧，俩孩子吗！对，真明白）。此时小船儿已离孩子不远，不但马爷纳闷，连使船的也说：“怪呀！怎么这孩子不动，也不沉呢（本文虽是瞎聊，其实是赤子之心不必怕孽海风波的意思）？”

到了近前，马爷一抄手，抱起一个来。这孩子也晓得用手揪马爷的胳膊，马爷趁势一揪，就扎入马爷怀中。刚要再抱那个，那个大哭，看那意思，仿佛嗔着不管他似的，

① 大奶奶：旧社会纳妾人家中的正妻被称为大奶奶。
② 嚼谷儿：指生活费用、衣食用度、日常开销等。
③ 水皮儿：水面。

赶紧也抱起来。原是一儿一女，长的都很体面，头上的帽子有赤玉莲花做为帽花儿，脊梁后有一个锦囊。马爷拆开一瞧，原来是一封书信，写的是："翁姑计各无恙。忽忽三年，红尘永隔；盈盈一水，青鸟难通。结想为梦，引领成劳；茫茫蓝蔚，有恨何如也！顾念奔月姮娥，且虚桂月；投梭织女，犹怅银河。我何人斯，而能永好？兴思及此，辄复破涕为笑！别后两月，竟得孪生（孪生者，双生也）。今已啁啾怀抱，颇解言笑；觅枣抓梨，不母可活，敬以还君。所贻赤玉莲花，饰冠作信。膝头抱儿时，犹妾在左右也。闻君克践旧盟，意愿斯慰。妾此生不二，之死靡他。奁中珍物，不蓄兰膏；镜里新妆，久辞粉黛。君似征人，妾作荡妇，即置而不御，亦何得①谓非琴瑟哉！独计翁姑亦既抱孙，曾未一觌②新妇，揆之情理，亦属缺然。岁后阿姑窀穸③，当往临穴，一尽妇职。过此以往，则龙宫无恙，不少抱握之期；福海长生，或有往还之路。伏惟珍重，不尽欲言。"诸位要问这封信怎么个讲法，咱们是明天再见。

（二十五续） *1911 年 12 月 30 日*

文话玩艺儿虽能改白话儿说，人家的原典故，不管怎么样可不能一个一批。要是那们说，那就让人看不明白了。前次我们耀亭大哥说的《胭脂判》的时候，就是抄录的原文。后来说《瑞云》的时候，细说了说云英的典故，很觉着麻烦。如今这封信也只好把本意说明，不能按句细批细讲。即便有人说我讲不下这封信来，我也决不辩论。

这篇儿信共分五大段，从"翁姑计各无恙"起，至"有恨何如"为第一段，大意是公公婆婆都好（这句是因马生是回家尽孝，自己也当注重此事），三年的工夫很快，隔断尘凡，又隔着个海，寄信真难。因为想马爷时常做梦，又因为看不见很想的荒，恨天不能两全，实在没有法子。

"顾念奔月姮娥"至"破涕为笑"是第二段，言其又一想，月中的嫦娥、天河的织女还不能与他丈夫永在天上呢，你我是什么，能够永久不散。想到这等地方，不必哭就当笑喽。

"别后两月"至"犹妾在左右也"是第三段，言与君别后过了两个月，得了这两个双生儿。如今也懂得话儿啦，也会吃果子了，不必用母亲可以活的了啦，所以给你送还。所留的赤玉莲花钉在帽子上作为信物，从此抱着孩子就如同我在你左右一样。

"闻君克践旧盟"至"亦何得谓非琴瑟哉"④ 为第四段，闻听说君果然没有续娶，很

---

① "得"，原文作"能"，据下文改。

② 觌：相见。

③ 窀穸：墓穴。

④ "亦何得谓非琴瑟哉"，原文作"亦何得非琴瑟哉"，据上文改。

合我的心。我这一生决不另嫁，现在也不用珠宝修饰，也不擦粉画眉，就如同你是出外的人，我是失迷家的人，咱们彼此就是不见面儿，也不能不算夫妻呀。

"独计翁姑亦既①抱孙"至"不尽欲言"为第五段，言其唯独公婆既抱孙子，没见过儿妇，未免不合情理。明年婆母下葬，我必去送殡，以尽做媳妇的职任。从此已后，龙宫无恙，我还可以抱一抱他，福海还可以到我这里来。千万要自己珍重，所要说的话很多，实在是一言难尽。

这封信大略这们一说，已经又多半篇啦。要是一个字一批，谁还能看得清楚是那段儿呀。

却说马爷看了一遍，还要再瞧二过儿。就见俩孩子一抱马爷的脖子，说："咱们家走吧！"马爷此时是对儿怀母，由不得就哭将起来，说："儿知道家在何处呀？"俩孩子说："回去吧，回去吧！"马爷还要磨烦，使船儿的也急啦，说："这点儿可停泊不住船，你还当是净在这儿停着哪！已经离上流好几里远啦！"马爷抬头一望，前面果然是大海茫茫。

（二十六续） *1912 年 1 月 1 日*

昨天登了一件要折，所以耽误了一天《罗刹海市》，今天的节目自应接着前天往下说。原文说"生望海中茫茫，极天无际，雾鬟人渺，烟波路穷"。这几句说的是当时的景况。诸位请想，这样的大海，当日马爷如何能去？此日两个小孩儿如何能来？并且马爷如何确认得是龙宫的福海哪？就是有这一对赤玉莲花为凭。为什么必得说赤玉莲花一对呢？因为赤玉莲花颇像人的心形，一对者，取其男女同心之象。虽是得自罗刹国，究系尘世之物，言其人抱此赤心，可以入地。马爷在罗刹国所受的富贵、所得的珠宝，全是身外之物，唯守定这个赤心才得此好际遇。

此时两个小儿泣啼，哑哑言归。马爷没法子，只得发楞。又搭着使船儿的直催，只好说："那们咱们就回去啵！"工夫不大，照旧到了上船的所在，马爷又赏了船家二两银子。把孩子抱到家，对父母说明，可没回禀老太太信上所说"临穴"的话，说了恐怕老太太焦心。

从此马爷有的是银钱，可就大修坟地，把明堂②栽了好些松柏树，凡是老太太应用的寿衣寿木全都预备妥当。老公母俩因为是儿子的一番孝心，再说岁数也都不小啦，况且又是儿子挣的钱，故此也不便深拦，诸事齐整。

一恍儿转过年儿来，到了夏天，没想到老太太可就真病啦。马爷虽然知道不好，究

① "既"，原文作"计"，据上文改。

② 明堂：这里指墓前的祭台。

竟还是得尽人事听天命，赶紧请医调治。马爷是煎汤熬药，昼夜衣不解带，并且凡是老太太想吃想歙的，不管多们难找，没有不应着心给预备下的（人子对于父母，明知是不起之症，也要尽力而为，方才称为孝子）。老太太是一天重似一天，没过多少日子就一命呜呼啦。马爷是嚎啕恸哭，一切的白事自然是从丰备办。接三①、伴宿②、僧经道经喇嘛经（可不知道那个地方儿有喇嘛庙没有）、执事、杠、铭旌等等，没有一样儿不讲究的。送殡的亲友自然是很多喽（财主吗）！沿途的路祭棚由门口顺着大街直搭到茔地，各衙门没有不应酬的（那位说，这是马宅的殡吗？呦，我只顾往热闹里说，说串了辙，想起前年那宅的殡来啦）。可惜杠后头短一顶白轿子或是方车，瞧殡的也都知道，马爷是光棍儿。殡到茔地不远，大家一瞧，不由得十分诧异。

（二十七续） *1912 年 1 月 2 日*

却说送殡的众人刚然送到坟地，觉着很是诧异。因见茔地前头跪着个年轻的女子，浑身穿了个挺白，跪在那儿不住哀泣，冲着这边儿抬来的灵柩磕了几个丧头。大家一瞧，没有不纳闷儿的。有的说：“这位别是候补马大奶奶吧？”那个就说：“多一半儿是街坊。”那个就说：“街坊能穿这们重孝吗！”那位就说：“你没听过街坊烦恼③吗？”正要追过去瞧，忽然一个劈雷，跟着风雨大作，不但抬杠的吓傻啦，就连行情④的也全吓楞啦。

马爷因在母丧，倒把这件事忘了。如今来到茔地，看见这个女子，才想起信上的话果然不虚。刚要派人过去问，经此雷雨，转眼已失所在。此时抬杠的赶紧落杠下葬，现由坑里掏水。马爷一瞧坟地所种的树敢情枯干了许多，得了这场雨，仿佛精神多了似的。下葬后，谢别亲友，回家侍奉老爷子。

再说马爷的老爷子倒是很康健，抚养两个孩子，一恍儿又过了二三年，福海也念书啦。这一天，忽然好几天没回家，大家都直着急，到是马爷想起龙女的信上说福海长生，晓得必然没什么凶险。过了几天，果然回来了，大家一问他，他说是上姥姥家去了。又问他怎么去的，他说入海也同平地一般。大家也有信的，也有不信的。惟独龙宫很信这话（龙宫就是福海的妹妹），并且以为自己是女子不能去，时常关上门恸哭。

这一天白日，忽然阴云四合，一霎时阴的挺沉。龙宫一个人正在屋中坐着哭呢，见他母亲进来，说：“吾儿何必这们哭，你将来还要自成家室（言女子终久是应嫁人家，不能倚赖父母的）。”说着话，把手中所拿的东西放在棹上，龙宫一瞧，是八尺珊瑚一树

① 接三：旧俗，人死后在第三天举行仪式，由僧道念经祭奠。
② 伴宿：旧俗，出殡的前一夜，家人不睡而为死者守灵。
③ 烦恼：旧俗，吊唁者对有丧事的人家道烦恼，以表示同情慰问。
④ 行情：亲友参加庆贺或吊唁，并送份子钱，在主人家吃饭，参加其仪式，称行人情。

（映前文的玉树），龙脑香一帖，明珠百颗，八宝嵌金合一双（喝，可馋死我啦），说："这是给你作为嫁资的。"此时马家下人有知道的，赶紧出去告诉马爷。马爷心想跑进来夫妻再见一面，等到进来，刚要拉龙女的手，眼泪就流下来啦。什么话没说，一个大雷，龙女踪迹不见，再一瞧房山塌了一坯儿。

这段儿书说到这句算完。诸位要知道，这回书一到这封信瞧完了就应当算完，已后这些事不过全是信后末一段的事，原不必细说，所以急速把他说完。至于所应指点的，已经逐段说过了，对与①不对，请大方家指教。您要爱看热闹的，咱们是明天接演。

① "与"，原文作"于"，据语义改。

柳 生

（开篇） 1913年12月9日

京师报馆林立，家家都有小说。并非专为卖钱多，谁不指他治饿。
有说外□侦探，或谈各种学科。好好歹歹乱登着，不出劝善惩恶。
本报《聊斋》评讲，无非信口造魔。假托狐鬼费搜罗，别当真事方可。
一段接着一段，每段都有不得。胡咧瞎诌带混讹，这可说的是我。

周生，顺天宦裔也，与柳生善。柳得异人传相人之术，尝谓周曰："子功名无分，万钟之赀，尚可以人谋。然尊阃薄相，恐不能佐君成业。"未几，妇果亡，家室萧条，不可聊赖，因诣柳，将以卜姻。

几句流口辙的词儿念毕，接着又写了两行原文，接着还是《聊斋志异》。今天更换目录，说段《柳生》。为什么说这段儿呢？因为自从本报今年登这门玩艺儿，所说的全是狐鬼妖仙等事，没说过一段纯乎人事的，也搭着这一部书，凡是纯乎人事的没有多少段，并有在下业经说过的好几段，下剩多是不如鬼狐热闹的。今天这段说的好歹可是没准儿，好在不甚长，即或不好，俟等下段咱们再补付。闲话打住，这就开书。

却说有个周生，原文没有名号，咱们也只好拿"生"字当他名字。就是现在这儿顺天的人氏，家中还是世代做官，真称得起"头辈爷爷作阁老，二辈爷爷作少卿，三辈父亲无官品，他是黄榜进士公"（这是周生吗？瞽人词①的套子），反正上辈做官就是啦。

① 瞽人词：指民间盲人说唱艺术。

到了周生，就中了个秀才。

同一个柳生，两个人是莫逆之交。这位柳生，经过明师指教，传授他的相法还是真高明，外带《马前神课》《祈禳方术》都有点儿真传，可是不撂地①，不做生意，时常②与周生看相，闲说话儿，说："咱们哥儿两今天做为闲谈，我送你几句话，也不跟你要什么，你也不用给我什么，这叫遇缘。我可嘴直，您可别恼。俗说'君子问祸不问福'，喜直言前来找我，爱奉承另问他人，你的这点心腹事，我说出来准让你点头砸嘴儿。"十几句啦，任什么还没说呢，这所为点着圆上粘子好馈杵。那位说，我们花一枚铜元，不听你这套。您要在街上花十枚八枚，也离不开这套，无非多买一张手纸（得，我别招说啦，还得接着说《柳生》）。

这一天，对周生说："你的功名、相貌上带着没分，可是几千石米的家当儿，你要尽点人力，可以谋得到手（可不知是挖土道吃黑档子③，是调膳去，反正现在全都没有啦）。这不过以米赀比家当儿，言其你就可以趁个富家翁。惟有一节，你的这位尊阃内助相貌太薄，恐怕不能帮助着你成家立业。"哥儿两个说完，周生半信不信的，也就不提啦。

过了没多少日子，果然周大奶奶去世。周家的日月，现在虽支着架子，内囊可是空虚啦，又办了这件白事，日子一天比一天的着急。虽然这样，可还有几个下人，两匹牲口。周生把夫人发丧出去，自己也很不高兴。

这一天，偶然想起柳生前次的话居然应验了，想必有点儿真的，趁着今天没事，找他占算一卦，问一问我打算续弦，说谁家的姑娘方能发财。

（续昨）1913年12月10日

入客舍，坐良久，柳归内不出，呼之再三，始出，曰："我日为君物色佳偶，今始得之。适在内作小术，求月老系赤绳耳。"周喜，问之。答曰："甫有一人携囊出，遇之否？"曰："遇之，褴褛若丐。"曰："此君岳翁，宜敬礼之。"周曰："缘相交好，遂谋隐密，何相戏之甚耶？仆即式微，犹是世裔，何至下婚于市侩？"

俗语儿说"穷不离卜，富不离医"，是一点儿不错。周生就是因为家道日见萧条，所以才想起找柳生占卦去。相离不远，一会儿到啦。推门而入，自己就奔了柳生的外书房，家僮跑进去一回，柳生出来见了见周生，说："我手底下有点儿事，你先一个人坐会儿，

① 撂地：指江湖艺人在庙会、集市就地表演。

② "常"，原文作"尝"，据语义改。

③ 挖土道吃黑档子：指米的来路不正。旧时粮仓内外的人相互勾结偷盗的仓米称黑档子。

回头咱们再说话儿。”说着荒荒张张跑进内院去了。

周生在书房坐着，只好随便拿本书来瞧，等着吧。好大半天的工夫，柳爷所不出来啦，周生所耗急啦，打发小僮去请了一遍，也没出来，急得自己跑到二门，直喊：“柳大哥，柳大哥，你出来！我今一天找你有点儿求你的事，要不然我早走啦！”又叫了两遍，柳爷才出来，说：“我知道你有事，你别当我给别人办事哪。我这一程子，就为你这一件事忙哪。我知道弟妹一死，你非赶紧续弦不可。要讲这件事，可不是三个大钱的饽饽、两个大钱的饼子的事（要唱《金鸡岭》），我满市井替你搜求佳人，好容易今天我才找着，所以我在里院净室之中作个小方术，替你运动月下老人拴红绳儿哪！”

周生一听，这可真称起的是知己的朋友，起心里很喜欢。至于他说什么求月下老人的话，虽透迷信，知道他夙日专好这一门，他说他的就是啦。究竟他所说的物色佳偶，我得问一问是谁家的姑娘啊，想到其间，这才说：“这们说起来，兄弟的事，敢则这样儿叫大哥分心哪！我今天上府上找大哥，也正为的是这一件事。打算求您给占算一卦，是谁家的姑娘？或是属什么的？或在那一方相宜？您既然已经有了下家儿啦，总算不能砸在手里喽（那是假票子）。到底儿姓字名谁？在那儿住呀？”

柳生说：“姓名、住址我先不用告诉你，这一件婚姻，暂且也还不能成哪。可是的，我问你一件事，你方才来的时候，有一个人手中提溜着一个口袋，你遇见了没有？”周爷说：“不错不错，我遇见了。他刚出这个门儿的时节，我正走在这门口儿，没甚留神，看那样子挺穷，好像个破老花子，我想不是捡烂纸的，就是捡煤核儿的。你提这个人作什么呀？”柳生说：“你也没跟他递个嘻和①、作个揖、请个安儿什么的。你可不该，你应该恭恭敬敬的给他行个礼儿，那不是外人，他就是你没过门大奶奶的父亲，就是你的老丈人，这你可真透点儿目无长上！”

周爷一听，所说的很不像话了，说：“皆因咱们哥儿两个至好，所以我才跟你商量。这是我的终身大事，你怎么这们拿我打哈哈呀！你想，小弟虽说家中败落，总还算个世家，无论如何，还能说个极贫贱的市侩作亲吗？老兄之言，未免差矣！”

（再续） *1913* 年 *12* 月 *11* 日

柳曰：“不然。犁牛尚有子，何害？”周问：“曾见其女耶？”曰：“未也，我素与无旧，姓名亦问讯知之。”周笑曰：“尚未知犁牛，何知其子？”柳曰：“我以数信之，其人凶而贱，然当生厚福之女。但强合之，必有大厄。容复禳之。”周既归，未肯以其言为信。诸方觅之，迄无一成。

---

① 递嘻和：有求于他人时，向他人笑脸相迎，和气说话。

却说周生先听柳大哥所说的，为自已婚姻的事如此尽心，自然是感激的了不得，不想细一问姓名，又不肯说，就说是适才出去的那一个穷老花子，就是自己的丈人。心说，你这可叫诚心开涮。当时可也不能就恼，因为是真有交情，并且知道柳大哥不是好哄的人，故此正言厉色，把家虽式微，犹是世裔，断不能下婚市侩的话对柳爷说了出来。

这点儿书，虽说形容周生是世家子弟的脾气，可隐寓有许多为难。因为素日架子支高了的人，即便打算立刻往下凑合，都有欲罢不能之势。所以往往做亲，明知某宅男儿好，或女儿怎样贤淑，只因贫富贵贱不平等，就不肯强成就，只顾择门第合式，其中又未必能才貌相当，甚至因择门第，至成怨女旷夫的不知凡几。因以不平等之害，也很误了许多男女，果然真能办到人民平等，再能均富，自然可称为享幸福啦。中国暂且既还不行，只好您先拿这话当《聊斋》吧！

闲话打住，再说柳生一听周爷这一套话，连忙折正说：“兄弟，这话你说的不对，难道你连《论语》上的‘犁牛之子骍①且角’都没念过吗（这一句，可不能不少为注解注解。当日孔子因为弟子伯牛之父不肖，其子很贤，所以说犁牛，就是耕地杂毛的牛，生得小牛犊子，纯赤颜色，犄角也周正，便可以祀天地祭山川。比喻的就是一个市井无赖，只要生个好儿子，就可以改换门楣的意思）？只要姑娘好，这也不算什么的。”周爷说：“那们大哥您必是看见他这位女儿喽？”柳生说：“没有，我同这位素不相识，姓名也是才打听着的。”周爷一笑儿，说：“你既然连犁牛还不知道哪，那儿能见过他的女儿？”

柳生说：“我是由数理上推测出来，断断可信，万不能错的。按卦爻上的占算，这个人不但相貌凶横恶劣，而且终身微贱，他的命中注定当生一个有厚福泽的女儿。君倘能得此女为继室，不难致富。但有一节，必须慢慢儿的方能成其美事，若是勉强凑合成了，将来必有一步大难，甚至有杀身之祸。我跟你既有交情，偏巧我又会这们术学，既然推测出来，决不能不替你尽心，往一处成全。其中这步灾难，又得设法替你们祈禳破解了，我才对得过你哪！兄弟，你只好多等两天儿，横竖早晚应验了，你就知道哥哥的术学有点儿真的，并不是跟你春点②啦！”

周爷的来意，本来是问婚姻，如今听柳大哥这一套，自然不必再占算了，只好告辞回家。到了家，很不以柳生的话为然，这才满亲友家托人替自己说亲，并托了许多媒婆、冰人③、月老（《六言杂字》也写上啦）。不想是高不成低不就，一家儿相当的没有。

---

① 骍：赤色马。
② 春点：旧时的人彼此联系的一种特殊手段，亦称春典、唇典、隐话、黑话。
③ 冰人：媒人。

（三续） 1913年12月12日

一日，柳忽至，曰："有一客，我已代折简矣。"问："为谁？"曰："但无问，宜速作黍。"周不喻其故，如命治具。俄客至，盖傅姓营卒也。心内不合，阳浮道与之。而柳承应甚恭。

这段儿《聊斋》，在下前天说是纯乎人事，并没迷信的地方儿，可是原文第三句，就说"柳得异人传相人之术"，又说"求月老系赤绳"。请问相人术与月老、赤绳，这不全是迷信吗？其实这些事，都另有个理由。相书一节，古人说"相由心生，福随貌传"，也是辅教化所不及的。譬如一个人，是可与为善、可与为恶的，如能信这两句，自然不敢胡为，便少作许多恶事。人人真要能奉公守法，安贫知命，全国没有犯法的人，岂不大家都得平安吗！至于月老的一件事，并无真正实在的准人儿，不过借神道设教。在下并非说不出个理由来，真要再一细说，今天就不能说书啦，好歹也得把这两行原文说了，故此暂不宣布（我可不是要敲月下老人的竹杠）。再说还有一件事得交待出来，这段文法，是两头一脚，全是伏笔之法。到后文一点，自然看出是好文法。上四篇说了一面的伏笔，今天才说第二伏笔，到后文串成一处，诸位才能看出好来，所谓文坛健①将，笔阵雄兵，前呼后应，令人莫测（那位说，你说了半天，全是评讲，我们还是瞧《聊斋》。对，那们咱们还是接着说周生）。

自从那日回家，托人一提亲，不想全不合式，只好耗着吧。这一天，正在家中，柳生忽然来到家中，见了面，彼此自然说几句客套。柳生说："有一个朋友，我打算让你们二位亲近亲近。我也没顾得同你商量，已经出你的名字，给他写了一封信去，请他今天在你家吃便饭。帖是具啦，大概一会儿准来。"

周爷一听，说："交朋友没有多余的，可是这位朋友是谁呀？"柳生说："兄弟，你就不用问名儿姓儿啦，我给你引见的，决不至有错儿。你赶紧派下人预备饭吧！"周爷心中很是纳闷儿，不知柳大哥有什么缘故。好在一顿饭，冲着柳生也得说过的着，只好叫下人预备便饭，也无非添几样儿菜，预备点儿酒。哥儿两个在书房说着话等着。

工夫不大，下人跑进来，说："门外面来了一个军人，我可看不出是那儿的大兵，说是来拜望大爷的。"周生一怔儿。柳爷在旁可就答了言儿啦，说："快请，快请！"自己就往外相迎，一会儿让到书房。周生自己是主人，也只好招呼让座。柳生给周爷一引见，

① "健"，原文作"建"，据语义改。

敢情此公姓傅，是绿营的步兵，起心里有点儿不愿意，想着就凭你个九钱七①（准够库兵还不错哪），也要跟我们哥儿们交朋友，你可透点儿不够格儿。无奈是柳大哥下帖把人家请来的，这话可不能明说，只好随便应酬了几句。再瞧柳爷这分儿嘻和蔼和带凑合，直比前半年国民党苟“孙、黄”还厉害（这是周生说的吗？不，顽固生骂人哪）。转句文说，真乃近于足恭。

（四续） *1913年12月13日*

少间，酒肴既陈，杂以恶草具进，柳起告客：“公子向慕已久，每托某代访，曩②昔始得晤。又闻不日远征，立刻相邀，可谓仓卒主人矣。”饮间，傅忧马病，不可骑，柳亦为之筹思。既而客去。

却说周爷见柳大哥这分儿应酬傅爷，所透着苟事的神情，起心里越发的不愿意，心里说，他八成儿是去年正月抢怕了，这两天又不定听了什么谣言，起心里这们发毛，瞧见人家是个大兵，就应酬老总，所为保险吧（这是周生吗？我们街坊周掌柜的）。无奈冲着柳大哥，不能不愿意。一会儿，柳爷就告诉周爷，催厨子开饭，下人赶紧往上端菜。

柳爷忙着让坐，周爷一堵气子溜出屋子，叫厨子如此若彼的另预备了两样儿东西，然后才过来。见傅爷上坐，柳大哥下首相陪。自己不愿跟傅爷一块儿坐，只好推托身子不爽快，举起酒壶，略周旋了两句，自己就坐在一边儿生暗气。柳生同傅爷到是满没理会。一会儿见厨子往上端菜，另有一小碟儿干草、麸料、高粱等类，放在桌上。

柳爷瞧了一眼，心说八成儿他们是把祭灶的日子记错了，预备好了，方才一忙，才抓过来啦。一声儿也没言语，拿起来给放在一边儿。这点儿可是这们圆全着说，待客以恶草具，就是范叔待须贾的故事，梆子开场戏《吃草》就是这个典故，在下可不能代饶《列国》。不过周爷因为不喜欢傅爷，故意把菜弄这们一样儿，所谓让柳、傅二人看出自己是不拿朋友对待就是啦。

且说柳爷又敬了傅爷一巡酒，这才站③将起来对傅爷说：“本家这位周公子是久仰芳姿，无缘亲近（不对，那是《青石山》），久仰威德，很打算要巴结着与君攀交，屡次托某替他请君一叙。咱们好多日子没见，又搭着您是差务甚勤，好容易咱们才见着。又听得说这次征南的兵荡儿派上了，你还是就要出发，所以才赶紧请您过来坐一坐儿。像这样请客，可实在草率简慢，转句文说，这就叫仓猝的主人，所以您还得多原谅！”

---

① 九钱七：清朝绿营兵每月饷银一两，被克扣后只能得九钱七。
② 曩：从前，以往。
③ “站”，原文作“踮”，据语义改。

这位傅爷是个朴实人，在座上也不懂得周旋，周爷这分儿慢待，自己也好像不知道似的，倒是真吃真喝，连气儿饮干了好几盅，忽然长叹了一口气，说："这次出兵，我打算不去才好哪，又不能辞差。因为前天领的官马，人家把好马挑走，给我剩下一匹病马，胯上的火印都烂啦，挺大肚子，一条腿连蹦都抬不起来啦（对，从前马队就是这个样儿），这如何能骑着出兵打仗？"柳生听傅爷一说心事，也直替绉眉，说："大哥您这可得打主意，这不同在营里，简直把他往马肝铺①一送，搭个马庆家，或赁着点马就行啦（柳生不但会吃金②，还是旗营的事满通）。"

傅爷喝完酒，又吃了几碗饭，起身告辞，连谢都不懂得道。柳生往外相送，周爷也只好略为周旋，一同送出街门。

（五续） *1913年12月14日*

柳让周曰："千金不能买此友，何以视之漠漠？"借马骑归，因假周命，登门持赠傅。周既知，稍稍不快，然已无如何。过岁，将江西，投臬司幕，诣柳问卜。

却说二位主人把傅爷送出去，照旧回到书房。周爷虽说心中不愿意，还不好意思发作。没想到柳生这气可不打一处来，说："你也不知道这个朋友真得说是好朋友，花上一千银子，都抢不到跟他交一交。好容易我替你约来的，你怎么这们淡淡漠漠，所瞧不起人家似的。你可真透着交朋友没有眼珠儿！"周爷因为弟兄有交情，自己也不便分争，只好不答言儿就是啦。

诸位要知道，周生是个败落家的少爷，越是这路人，越洋绉眼③。再要念过两天儿八股儿时文，尤其更厉害。若遇着个朴实不通文墨的朋友，一定起心里不爱理。殊不想孔子都说"以貌取人，失之子羽④"（孔夫子可不是因为子羽没穿洋绉），正是示人以取友之道。蒲先生这段儿也是暗寓此意，警醒世人。可怕诸位吃过这路亏的，交不着这位柳生。

闲话少说。再说柳生懊怨了周爷几句，然后说："兄弟，我还有一件事跟你商量。我这两天，两腿直痛，脚所抬不起来，可不是臁疮腿，也不是落地梅⑤（那是我的朋友）。你叫下人把你那一匹马给备上，我骑回去。"周爷一听，立刻遵命办理。一会儿把柳生送

---

① 马肝铺：旧时北京有专门收买死马死骡的铺子，称马肝铺，死肉依然煮熟出售。
② 吃金：指以相面、算卦为生。
③ 洋绉眼：指势利眼。
④ 子羽：春秋时期鲁国人，容貌丑陋。
⑤ 落地梅：梅毒引起的皮肤病。

出门去，还要派下人给牵马坠镫。因为是心腹人（那是邹老爷①），柳生直说不用，自己接过鞭子，一加鞭往前而去。周爷进去，不提。

单说柳生并没回家，鞭鞭打马，直奔傅爷的营房。到了营门一打听，恰巧傅爷刚回来。托人带进信去，说是周宅打发人送马来啦。傅爷的伙伴听说，忙替转回进去。傅爷出来，柳生编了一套词儿，无非是周老弟刚才听说您的马走不了，家中虽有匹马，奈因不好，而且鞍韂不合军营的样式，怕您不中意，打算上马店给您瞧匹好的，又怕来不及，只好打发我给您送来。如果没日出征，过日再送好的等语。傅爷当时收下，自然起心里喜欢，无非托柳生转为致谢。柳生答应，回家。

单说周爷过了几天，见柳生把马骑走，次日并没骑回来，以为他赁出了驼魂②去啦（柳爷吃金不够念③，要带吃毛毛虫）。又等了几天，才听说柳生那天没回家，就奔了营房，将马给傅爷送去啦。自己虽说不愿意（硬诈匠吗），奈因张口物儿，而且《四书》上说“贵人贱畜”，又说“有马者借人乘之，与朋友共，敝之而无憾”（听说有信尊孔，周爷故此直背《四书》。得啦，算了，不必提啦）。一幌儿转过年头，恰巧有个朋友由别处调了江西臬司，自己在家没有方向，有心投这位旧友，给他作个幕友，究竟可去不可去，未免游移两可。忽然想起柳大哥来，心说，都说他的卦真灵，我何不前去找他占算占算。

（六续） 1913年12月15日

柳言：“大吉。”周笑曰：“我意无他，但薄有所猎，当购佳妇，几幸前言之不验也，能否？”柳曰：“并如君愿。”及至江西，值大寇叛乱，三年不得归。后稍平，选日遵路，中途为土寇所掠。

却说周爷打算上江西作幕，自己心里又犯嘀咕，所以想起柳生，找他占算占算。到了柳爷那里，恰巧正在家中，把来意跟柳爷一说。柳爷说：“那们你就抽一根签子吧！或是报个时辰均可。”于是按来时起了一课，说：“你问出行，往西南方好，正是大吉之卦。”周爷一听，今天柳爷没动钢条子④，起心里头直乐（这可不怨我不编一套，谁叫原文就是“大吉”两个字呢），说：“我实告诉大哥说吧，我这几年的事由儿，真紧的难过。钱粮老是三十多天关两块钱的纸币零六十多枚铜子儿。米就是春季领啦，还是梭子⑤，才

---

① 邹老爷：这里指京剧《开山府》中的邹应龙。
② 驼魂：丧礼上举行的仪式之一。
③ 不够念：不够吃。
④ 钢条子：指口才。
⑤ 梭子：米的一种，品质较次。

卖四块多钱。你想我可怎么过呀（这是周生说的吗？那儿呀！我们旗下马甲①诉苦哪）！我这一荡上江西去，也不为别的打算（并非替李烈钧恢复去）。您想我这个岁数儿，还能打一辈子鳏过儿②吗？就为的是多少弄几个钱儿来，续上个媳妇儿，也好成一家子人家儿。到回来有了钱，也别管说吧买吧，可总得模样儿有一眼（走好了弄个双活儿）。实对你说了吧，所为叫您从前对我所说的不应验了，才可你的心哪，可不知能否办得到？”

柳生听到此处一笑儿，知道周大兄弟究属还是财主少爷的脾气，前次我跟他所说的话，八成儿心里还记着哪。此时也不便再跟他细说了，只好等事情到了，他自然就信服我不是老谣啦。于是说：“兄弟，你这一荡只管去你的吧，我准管你吉祥（倒不是顺序）。你想什么就能有什么，只好等你回来我再给你道喜吧！”

周爷一听，自然是爱听，于是辞别了柳大哥，回到家中备办盘缠，安置好下人看家，这就起身到了江西臬司衙门。虽说事由儿混的过儿，可是除去应酬花费，每日所剩无几。偏巧盗贼蜂起，又搭着连年饥馑，水旱偏灾，人民无法谋生。始而还是明火执仗③路劫，官不喜于抚绥，派兵剿办，把这些饥民简直挤到无路，只可是反了吧。真是逢州抢州，遇县抢县，堪堪杀到咱庄来了（这是《黑水国》，我是昨天上文明园现学来的）。周爷虽说手里攒下点儿，可不能说媳妇。

一幌儿耗了三年，好容易由各省调来各镇军队，才把土寇给赶散啦。其实这些人全是饿出来的见识，也并没打算占踞城池，图谋不轨，无非为抢掠就是啦。好容易平靖点儿，大家这才敢通行走路。周爷一想，虽说没挣下什么，可别紧自在这儿耗着了，真要再来个二次，我就许把这条命丧在此处。于是把馆辞了，又约会了几个人，一块儿北上，自己还找人择了个出行的黄道吉日（信这些个吗）。没想到几个人刚走出不到几站④，路过一座高山，遇着一群土寇。

（七续） *1913年12月16日*

同难七八人，皆劫其金赀，释令去，惟周被虏至巢。盗首诘其家世，因曰：“我有息女，欲奉箕帚，当即勿辞。”

这段儿书，看着纯乎人事，又好像真事似的，其实也是假玩艺儿。开篇说柳生“得

① 马甲：骑兵。
② 鳏过儿：无妻子的人。
③ “明火执仗”，原文作“明伙执杖”，据语义改。
④ “站”，原文作“跕”，据语义改。

异人传相人之术”，不过就隐寓说柳庄先生学术①。至于相书一节，您要问有什么好处，大凡列在九流之内的，一来都能自己谋生，二来能有益社会。就以相面一件事说，人的五官，实在能带出心事来。此人游移不定，花几文钱看一相。看相的据书理说一说，然后听他来意，如果不合正道，就对他说目下怎样当忍，不然必伤财惹气等语。这人果然肯信这话，岂不是有益处吗？这是说相面。占卦也是如此，并不能专算启人迷信。再说知识单简的人信了这些事，他自然有所恐惧，能少出坏事，因为怕是相貌带出来，这就隐合孟子所说“胸中正”的话，故此说全是圣道遗留下来的。无奈在街市上换钱的，可未必都有真学问。若是随便胡云，自难怪警厅取缔喽。就以本文柳生说，蒲先生把他说得如此灵验，也是深信相法术学不是冤人的。

说了半天，还得说周生同着几位同行的人，被一群贼寇给捆上了。然后有一个盗首过来，说：“搜一搜他们身上都有什么？”此时一同遭难的七八个人只好认命吧。手下的小喽啰过来按人一摸索，谁身上还不带个十头八两的吗。好在这群贼匪到是不爱杀人，把银子搜出来，连行李一并留下，然后解开绑绳，说：“去你的吧！”把这七八个都放完，这才到周爷这儿。就听这个盗首说：“把他的绑绳解开，凭他也跑不了。看样式他不是个官儿，就是个念书的，你们不可慢待于他！”小头目一听，瓢把子说他是赤子儿，恨不能立刻过去摘瓜。那位说，你说的这个我不懂。瓢把子是大头儿，赤子儿是官，摘瓜是砍下脑袋来，这些话都是江湖盗的贼侃儿②，你要学这个，不必找贼学，常听公案书就得。这点儿书是公案书的套子，都能使，无奈有原文管着，咱们只好还是一数儿吧。

简断截说。大家奉了大王之命，把周爷推推拥拥推进寨泊栅栏门，来到了分赃聚义大厅（还是要说公案）。周爷抬头一瞧那个贼头儿，在正当中虎皮交椅上坐着呢。见周生来到，说：“你们给他预备个坐位！”周爷一瞧，总算有个面子，大概不至要命，只好作揖告坐（那位说，周爷不是世家子弟脾气儿吗？怎么学的这们和气啦？越是平日气焰盛，支架子的，越见阵仗就和气。诸位不信，您就留心瞧）。就听这个贼头儿说：“先生免礼请坐！我听你说话不是此家人氏，你家住那里？姓甚名谁？不可隐瞒，你要一一的讲来（要唱）！”周爷只好实话实说，可只提籍贯三代、孤身一人上江西当幕宾的话，并没提要挣钱好说媳妇。就见这贼问完周爷，说：“我有一个女儿，尚未婚配，打算嫁你为妻，千万你可不许推辞！”

（八续） *1913 年 12 月 17 日*

周不答，盗怒，立命枭斩。周惧，思不如暂从其请，因从容而去之，遂告曰：“小生

① 柳庄先生学术：中国古代相术总称。

② 侃儿：亦作坎儿，江湖隐语，指江湖人说本行业的暗语、黑话。

所以踟躇者，以文弱不能从戎，恐益为丈人累耳。如使夫妇得相将俱去，恩莫厚焉。”盗曰：“我方忧女子累人，此何不可从也。”引入内。

却说周爷这荡上江西来，原为积攒几个钱，好说个媳妇。不想到了江西，就赶上兵荒马乱，只好把这一件事搁下吧。好容易凑合着要回北京，偏巧中途路上又被贼人抢掠进山，要把女儿许配为妻。自己一想，我姓周的虽穷，也是清白人家的子弟，如何能够跟叛党做亲。虽说本朝的刑律不能灭门九族，将来事犯当官，即便不知情同谋，还不发往新疆，给兵丁为奴吗（对，周爷总算吃了三年臬司衙门，自然行务）？自己有心明说不愿意，又怕大王爷一瞪眼，当时就得废命，心里一为难，所以没答上言儿来。

谁想这个贼头儿已经看出周爷的神情是不赞成的了（八成儿也呛过盘儿①），心说，这可真是拿着猪头寻不出庙门来啦，这小子真是给脸不要脸，登时气不打一处来，说：“看你这样吞吞吐吐，想是不认可呀！左右，与我将他绑了，推出寨门枭首示众！”众喽卒一声答应，赶上前就要上绑。周爷可傻啦，连忙说：“众位慢动手，容我商议商议！”大家说：“你一身一口，跟谁商议呀？”周爷说：“我的心跟嘴商议商议。”大家说：“那们你快打主意！”周爷自己一想，这叫武大郎服毒，吃也是死，不吃也是死。我要一定不当这个贼姑爷，立刻就作了鬼姑爷啦。有咧，咱们闹个莫基的着儿，骑着马找马，暂且应下。俟等他们不防范我了，我偷偷一挠儿，他还能进北京找姑爷去吗，就是这个主意。

想到其间，这才对贼头目深施一礼，说：“大王在上，小生并非不愿攀龙附凤。只因我有点儿下情，所以答应的迟慢点儿。因为我是个文弱无能的书生，转句文说，就叫身无缚鸡之力。我瞧这山寨之中的人，位位都有尚武的精神，具独立的能力，时时想与中央政府以武力解决（不然怎么叫叛党哪），不定那时候就得起兵北上。即便令嫒贵千金具有北伐队的资格，要叫我也抗枪上阵，我可没练过兵式体操。到那时候，岂不倒是老丈人的一个累兵吗！说句不兴头的话，倘或您一个不得手，想跑欧美东洋，有我可麻烦的多（彼时不兴这一套）。咱们爷儿两个一商量，如果您把女儿嫁给我，让我们小两口儿过两天一进北京，那您不亚如我的重生父母、再造爹娘，可就是我的恩人了！”

贼头目一听，呵呵大笑，说：“你原来不知我的心事。我所以急于要把女儿许配与人的缘故，并不是养活不起，给他找个吃饱饭的地方儿。因为倘有失败，浪人团②不愿带女的（也惦记跑哪）。你说成亲后，带了一走，正合孤意，有什么不能从的。来吧，姑老爷，你随我到后寨，你们小两口儿拜了天地即入洞房。”

---

① “呛过盘儿”，原文作“抢过盘儿”，据语义改。
② 浪人团：旧时对游荡于中国的日本武士的称呼。

（九续） *1913*年*12*月*18*日

妆女出见，年可十八九，盖天人也。当夕合卺，深过所望。细审姓氏，乃知其父即当年荷囊人也。因述柳言，为之感叹。过三四日，将送之行，忽大军掩至，全家皆就执缚。有将官三员监视，已将妇公斩讫，寻次及周。

却说贼首一听周生说是要把女儿带走，恐怕自己不愿意，所以不敢应许，遂说："这有何难！"于是又把周爷让到后寨，随后派婆子、丫环把女儿换上新妆，搀出来给周爷看一看，然后好写证书，免得女儿说是作老子的行家庭专制。周爷一瞧，大约也就在十八九岁，长的真是天仙似的（可不能所像天仙庵天仙圣母的偶像），横竖得说体面吧。周爷一瞧，模样儿总得说可心，奈因门第有点儿不相当。这位贼丈人别瞧是占山为王，落草为寇，除去不找人合婚择日，其余应当备办的礼物，到是一点儿不落场①，什么天地桌儿、火盆、马鞍、宝瓶、交杯盏，样样儿都不短（开过喜轿铺）。

一幌儿到了晚间，外面有两个小喽啰服侍周爷，里面有几个婆子、丫环，这可不能讲忌黄童、毛女、孕妇、孀妇，只要有人服侍就是啦。把两位新人换了衣服，一行合卺之礼，诸事既毕。周爷细一端详这位新人，不但可心，真比从前的原配模样儿、举止还好呢，真是万想不到，会得了这们一块俏事。无奈丈人虽问过自己的姓氏，自己并没敢问人家，几乎没给砍啦，即至应了亲事，也就不便再问了。连老丈人姓字名谁，从前是什么出身，还不知道哪，这可透着不尽亲情。如今得细问一问新娘子，于是问完姓氏，又问从前做何事业。这才知道，敢情此公就是前三四年在北京抗口袋的那一位。周爷②一听，由不得点头砸嘴儿。

新妇自然也要问一问周爷。周爷说："他老人家是我的丈人，活该是我的丈人就结啦。外带活该他妈妈，老活该（满嘴上名词）！"新妇不明白这句话（短在北京下流社会历练），细细一问，周爷这才把柳生跟自己所说的又述说了一遍。新娘一听才明白，敢情这就叫活该跟老活该。

小两口儿倒是挺和美，可称郎才女貌，一幌儿过了三四天，也不必张罗回门、接单双九③、住对月④。周爷是归心似箭，催着新娘跟丈人说告辞进京。老丈人也应了，无奈

---

① 落场：旧时指在婚丧仪式及盛大宴会上，主人的礼节偶有亏欠之处。

② "周爷"，原文作"柳爷"，据语义改。

③ 单双九：旧婚俗婚后第九日为单九，娘家人来探视；第十八日，接女儿回娘家，夫家人回拜，为双九。

④ 住对月：女子出嫁满一个月，即回娘家住一个月，谓住对月。

也得打点打点行李。刚把行李备好，贼丈人安排酒筵，要与周生夫妇送行的工夫，忽然一个小喽卒气喘唏嘘跑进山寨，说："启禀寨主，大事不好。现有各路官兵，漫山遍野而来，不下几百万。山寨些须兵卒，如何敌挡得了。已将寨门攻破，闯进寨来！"贼首一听，一怔儿，刚要说"再探"，没想到官兵已经进来，真如鹰拿燕雀一般，把全家全都捆缚带下山去。

下面有官军大营，大帅看了看，外带连问都没问，更不用宣布死刑三日，立刻就斩，登时派了三个监斩官，无非全是营官，一声令下，把一干贼寇开刀。掌刑的先拿老贼开刀，然后又把周生拉到行刑地方，这就要开刀问斩。

（十续）*1913年12月19日*

周自分已无生理。一员审视曰："此非周某耶？"盖傅卒已以军功授副将军矣。谓僚曰："此吾乡世家名士，安得为贼！"解其缚，问所从来。周诡曰："适江皋娶妇而归，不意途陷盗窟，幸蒙拯救，德戴二天。但室人离散，求借洪威，更赐瓦全。"傅命列诸俘，令其自认。

却说军营里头杀人，自要是犯了死罪，向例是连问都不必细问，拉出去就砍，比上外州县杀人省事的多。况且这处贼寇是当时抄的，还用细问吗！所以先拿周爷的老丈人开刀。此时周爷在旁，吓得魂不附体，也只好闭眼认命，知道决计的活不了喽。忽然想起柳大哥所说的敢情全是老谣，这也叫生有处死有地。此时已有兵卒把周爷推拥过来，点点名就要开刀。

帐房前头坐着三位军官，都是红顶花翎。周爷也顾不得瞧人家。兵卒刚把周爷推过来，就见上首坐的这位军官，用眼直钉自己，说："这不是顺天的那位周生吗？"周爷心中纳闷，自己没有军营的朋友，怎么认识我呢？听耳音很熟，细一上眼，才认出就是在自己家吃了顿饭的傅爷。书中代表，这三四年的工夫，傅爷已经由军功实授副将啦。周爷也不敢招呼人家，就听这位傅爷对坐上的那二位说："这位姓周的是我们顺天同乡，辈辈做官，这位是挺好的手笔，夙有名士之称。凭这样的人，如何能当贼寇，这里面必然另有隐情，我得细问一问。"

周爷一听，这可真是五行有救。再瞧那二位，大概是比傅爷爵位小，所以并不驳回。傅爷立刻吩咐兵卒，赶紧过去把周爷的绑绳解开。周爷战战兢兢，跪在三位的面前，说："谢大人不斩之恩！"傅爷连忙用手相搀，说："先生免礼，平身，请坐。"此时兵卒给搬过一个马札儿来，放在下面。傅爷说："先生不在北京，来到这江西地面做什么来了？请道其详。"

周爷此时心中已经打好主意，连忙站起来，身打一躬，说："回禀三位大人，学生因为断弦久未续娶，恰巧江西臬司与我家有年谊世交，经人保亲，把他的一个妹子许嫁于我。去年写信，让我来此就亲。因为道路不平靖，所以直耽延了一年，今春才来到江西。在这儿草草成亲，打算赶紧回京。昨天行到这座山前，被适才斩了的那个老贼率领党羽，将学生夫妻抢上山去，大概是要劝我入伙。话还没说呢，就把我先囚在一间屋子里了。不想大兵到来，见人就绑，不容分说，况且是由山中把我捆出来的，还能不疑我是贼寇的余党吗？这就是我学生已往的情实。幸遇傅大人搭救，真是重见天日之德，学生没齿难忘。但有一节，我的内人昨天被贼抢入后寨，现在不知存亡。既然蒙大人这样大恩，就求大人格外施恩，给问一问手下的兵士们，如能令学生夫妇重逢，得蒙瓦全，尤为感戴无极了！"说完又打了一躬。

就见座上的傅爷一笑儿，说："此乃小事，但所搜获的妇女甚多，焉能细审，就令兵士们全行推拥上来，请先生自行相认！"

（十一续）*1913*年*12*月*21*日

得之，饷以酒食，助以资斧，曰："曩受脱骖①之惠，旦夕不忘。但抢攘间不遑修礼，请以马二匹、金五十两，助君北旋。"又遣二骑持信矢护送之。

却说周爷一听人家是把所有的妇女全带来由自己相认，自然喜欢喽。少时，果见几个兵卒，推推拥拥，带上几个妇女来。周爷见自己的妻子就在打头（清语叫绰喝蜜），赶紧对傅爷说："打头的那个妇人就是学生的拙荆、贱内、敝房下②（喜欢的），请您给打个主意吧！"傅爷一听，赶紧吩咐兵卒，说："你们快将周太太的绑绳放开，另找一间帐房，送到那里，不得有误！"俗语儿说，兵从将令，真是一点也不错。立刻有老成兵卒预备妥当，回禀副帅。傅爷一听点了点头，说："知道了。"这才对周爷说："令正③现已安置在帐房之中，就请先生过去看一看吓着了没有。在下还有些应料理的军务，可不能奉陪。"周爷也正想跟大奶奶打打体己④，只好与三位作揖道谢，由兵卒带到帐房。

一瞧大奶奶一个人正坐着哪，迎面桌子上摆着一桌大菜。送菜的两个老军在帐房外头备差呢，见周爷进来，赶紧上前行礼，说："奉傅将军之命，伺候先生的。请您用毕，我们才能回去销差。"周爷此时也真饿啦，说："那们我就领啦，回头再过去道谢。"进到

① 脱骖：以财物助人之急。
② 拙荆、贱内、敝房下：均为对自己妻子的谦称。
③ 令正：旧时对对方正室夫人的尊称。
④ 打体己：说贴心话。

帐房，一瞧见大奶奶直掉眼泪，周爷心中明白，大概是想老丈人哪，可不能明说，因为怕老军听了去，泄漏机关，只好说："大奶奶不必害怕，你我夫妻总算遇着恩人了。有什么话，吃完了再说。"周大奶奶也只好胡乱吃了点儿，老军撤下。

一会儿工夫，就见傅爷换了便衣儿，亲自过来，并有随营当差的提溜着一个包袱，拉着两匹马。周爷晓得大概是送自己的盘缠。见了面，彼此只得对说了几句谦词话儿。就听傅爷说："从前兄弟多蒙先生赠马的恩德，在下是早晚想念您老先生的好处。本打算致信问候，可惜没有人寄。又搭着现在军务吃紧，天天得放卡子，不定往那儿开差。今天本打算留先生多住几天，奈因军营许多不便，所以给先生备了两匹马。至于夫人能否乘骑，可得将就点儿，如实在不能，只好派前站套辆敞车吧。在下并备有五十两银子，大概回家一路的盘缠，总可以凑合着够啦。"

周爷一听，只好是连连道谢，说："蒙大帅这样的厚赐，叫学生却之不恭，受之有愧。至于贱内能否骑马这一节，大帅不必过虑（山贼的女儿，决不能一来一雇轿车）。奈因有一件为难的事，您想我方走了三两站①，就遇着这个险儿。从这儿到北京，现在正是戒严时代，沿路官兵是多的，走出去三五站②，再叫人给捆了，可怕不能就这们轻易把我放啦。丢了银子、马匹是小，性命是大。您必须想个万全之策才好！"傅爷一听，哈哈大笑，说："先生不必多虑，我筹画已定，派两名军官，手持令箭，沿途护送你们夫妻二位进京。"

（十二续）*1913*年*12*月*22*日

途中，女告周曰："痴父不听忠告，母氏死之知有今日矣，所以偷旦暮者，以少时为相者所许，冀他日能收亲骨耳。其所藏窖金，可以发。"

前昨两天的书，真是一句闲话儿没说，外带连哏都不斗，敢说是按照原文所应说的全都说了，余外的话，也是全应补的。因为什么我这们傻说呢？皆因前两天有人说在下这门《聊斋》，全仗瞎诌胡咧拉篇数儿，不信净按原文，每段只能说三五天。在下故此试一试，敢情还是两三行原文，并且比从前那样说法还省事。本打算就这样说下去，奈因既是评讲，光叙事岂不有名无实，所以当加点儿评论的地方，还得指点指点。诸位只管瞧，决不至于所不说原文。再说说多说少全是玩艺儿，若是净数故事，诸位何必单瞧我的哪。即便一年能赶二百段，诸位又何必空记点子假故事。这话可是论报纸登小说的情

① "站"，原文作"踮"，据语义改。
② 同上。

理，并非给谁豁事犯闲杂儿①。

闲言少叙，却说傅爷把银、马赠与周爷，余外又派了两名亲随护勇，举着令箭，沿途护送。周爷知道傅副帅军务甚忙，也只可告辞，带着夫人，并两个护勇上路。走了一站，晚晌住在店中。店里一瞧有营兵护送，知道必然是个有势力的人，很是应酬，立刻门上贴上“周公馆”的条子。周爷夫妻占了一处单院，护勇另是三间正房。

用完晚饭，周大奶奶才跟周爷要谈一谈心，说：“我的这个傻老子，有吃有喝，心还不足，总想谋个皇上做两天儿。我母亲是苦劝不听，因此气死了。我也早知道将来不但身败名裂，必至身首异处，不得善终，如今果然落了这们个结果。我母亲一死，我彼时几次就要相从老母于地下。所以忍辱偷生的缘故，皆因我幼年间有一位相面的给我相过面，说我将来必能把双亲合葬一处，以尽孝思，所以才不肯寻死。要说我的银子，还真攒了不少，可没存到银行票庄，全都在后寨埋着呢。昨天来的时候，我打算要刨出来。因为不能往北京汇，沿途还能大车大驮运银子吗（那成了运饷走标啦），故此没敢往出起，只好仍旧在窖中存着，只得打点了点儿金珠细软，所为好拿。不想刚才打点好啦，官兵就到了，大概是全给人家分了肥吗。彼时连命都顾不了啦，还能顾金银财宝吗！及至绑到军营，更是没有指望儿喽。幸亏你遇着好朋友，你我夫妻才得了活命。可有一节，如今就这们回到北京，可不知道你手里有什么干货②没有？”

周爷一听，说：“我实告诉你说吧。这几年在江西，手中虽有几个钱带着进京，路过宝山，全教你们给留下啦。我家里但凡有么儿，还不出来做幕哪！”大奶奶听完，说：“咱们就指着这五十两，到家可怎么过呀？好在离山寨不远，不如咱们偷偷回去，把我的窖金刨了出来，不知你的意下如何？”

（十三续） *1913年12月23日*

“赎父骨，余者携归，尚足谋生。”嘱骑者候于路，两人至旧处，庐舍已烬。于灰火中取佩刀，掘尺许，果得金。尽装入橐，乃返。以百金赂骑者。

却说周爷听大奶奶一说，自然很喜欢，说：“既然有这们个想头，自然很好喽。”大奶奶说：“咱们可是这们商量，挖出银子来，头一件，可得设法把老爷子的尸骨打点赎出来（好在没过五③哪，那是我的棉裤，说串了辙啦）。可不管花多花少，也得算着，你可别到时候见钱眼红。下余剩多少，咱们带回家去，大可够咱们想个生计的，净指着各生

① 闲杂儿：亦作嫌杂儿，即闲言、闲话。

② 干货：指银钱等贵重物品。

③ 过五：原指超过当铺宽限的五天期限去赎当，后来泛指超过期限干某些事。

计会可没有准儿（那是现在我们旗人的生计）。你编个词儿，让这两名护勇在这儿等一天，大概不至于不行！”

周爷一听，赶紧到店中外院跟两名护勇说：“我们内人跟这儿一家大财主是个亲戚，打算明一天耽延一天，我们两个人去拜望拜望，就式儿可以告个帮，咱们沿途花着也富余。”两名兵出这路差使，是不限日期的，乐得多住两天，当时答应。

次日夫妻由店中骑上马，起身往回里走，好在几十里路。到了后山一瞧，所有的房子全行烧净。周大奶奶一马当先，奔到一座破房基前下马。周爷也赶到啦，下了马，又把大奶奶的马接过来。就见大奶奶把袖子挽了挽，在败灰中一搜寻，找了一把没烧坏的佩刀，放在地下，然后把地下残砖剩瓦捡了捡，随后用刀子往砖缝一塞，往上一掀，掀起一块砖来。又挖了尺数来深，这才回头对周爷说：“有啦，你到是也过来帮着点儿呀！”

周爷拉着马瞧怔啦，大奶奶一说，这才想主意，把马拴到一块烧断的石条上，跑将过来，说：“咱们怎么往回拿呀？”大奶奶说：“你把你腰里的筒儿搭包解下来就行啦！不够我腰里裤腰带也是筒儿的，也可以装点子哪！”周爷说：“你只顾了装银子，可不想不系裤子，怎么上马？”此时大奶奶用刀往起一起，不是一个元宝，就是一个中锭，再不然就是方槽，什么十足印①、松江②、首饰化儿全有，当初是抢着什么攒什么，不能挑成色，一会儿就挖了一大堆。周爷在旁瞧着，别提多乐喽。自己也不闲着，就往搭包筒儿里装着，整件零块儿全塞满了，自己还怕不停均，心想串一串，一提溜，又全从那一头儿掉出来啦。大奶奶说：“你怎么这们笨哪！”周爷心说，我不能像你们爷儿们世传口袋会，庚子门里头，全是余党。心中这们想，嘴里可没说（原文没有吗），只好另装。好容易装好，这才搭在马鞍桥下（那位说，你为什么不说周大奶奶带口袋呢？这可别怨我，原文既说“尽装入橐”，就是没底儿的口袋。这路口袋如今除去上粮市装样子，送团粉③的，轻易不见。周爷夫妻还能现唱《富春楼》吗），霎时装好，照旧上马。周爷虽喜欢，大奶奶未免有点儿伤心。一会儿回到店中，周大奶奶这才拿出两个元宝，赠送两个护勇。

（十四续）*1913年12月24日*

使瘗④翁尸，又引拜母冢，始行。至直隶界，厚赐骑者而去。

这几天的书，一个劲儿的傻说，所为赶快说到周爷夫妻团圆，并得许多金银，好叫

① 十足印：带有印记的纯度高的足银，十两一锭。
② 松江：松江府制作的银锭。
③ 团粉：淀粉。
④ 瘗：埋，埋葬。

柳生的话应验了。论文法，这才回映到前文“并如君愿”的那一句话。这段玩艺儿，把个柳生的相术说得神乎其神，细一追究，无非全是尽人事。当时柳生说出“强合之”三字，在面子上想，必然是周爷的势力大，可以强迫市侩。谁知后文偏是贼寇强周生。至于说“禳之”之数，必是烧香许愿等事，而所做的，仅在迎宾治黍，假命赠马。前文虽有“月老”二字，并不细说月老是否吴刚，仅说“求系赤绳”等语。迨后被缚列俘，彼时虽是已得贤妇，若无此傅将军，则嘉耦仍成画饼。则是月老之赤绳，即傅将军之绑绳也。傅将军因“脱骖之惠”，故对同僚极口代辩为“吾乡世家名士”，则不得不算月老徇情，其徇情仍由于得治黍赠马之惠，则是“禳之”之术，依然尽人事，并非凭告祈祷妄希幸福，所以于近迷信的地方儿，仍是破除迷信，言外劝人不可渺视人。俗语儿说交下朋友防身宝，即便自己所想着此生可以无求于人的富贵子弟，也得维持，更湏存施恩不望报之心，傥遇不测，自能逢凶化吉，遇难成祥。就以这位周爷说“杂以恶草具”“视之漠漠”，就叫眼皮子浅，不会交朋友。幸而交的这位柳爷能任劳任怨，仍是得了朋友的益处。今天我说顺了嘴儿，说了好多闲话，还得赶紧说书。

却说周爷夫妻二位用马驼着银子回到店中，两名护勇见周爷回来，早迎接出来。周爷说：“叫二位有等。”于是进了单院，把搭包的银子拿出两个元宝来，把两名护勇请进来，说：“这儿有一百两银子，要托您二位一件事，这可叫瞒上不瞒下。我想你们在军营多年，这些事儿，还能不开壳儿吗？此处这个为首的盗犯，是我们的乡亲，跟我们内人拉拢着是个老亲。如今他已然明正典刑，总算受的是国法王章。至于他的尸骨，照例应当掩埋。虽有为首当加枭示一节，有个人就可以早报人头落地。况且随营的事儿，更叫做那个事儿喽。所以打算求二位回荡大营，把他的尸骨给埋了，以尽亲情。这点儿银子，二位带着，应开发的只管开发。事完之后，你们二位另有礼相谢，重礼相谢（要唱《下河南》）！”

二位一听，这原是不要紧的点儿事情，说：“这有何难，只要不行刑，寻两活的都不要紧。”这话在二人不过是说军营的积弊，周大奶奶一听，可透点儿不合式，也不便折争，只好由二位去办吧。周爷夫妇在店中等了一天，果然二人把事办妥，回覆周爷夫妻。也得烧点儿纸，然后大奶奶又带周爷到了丈母娘的坟上烧了点儿纸。回到店中，这才一同起身。非止一日，来到直隶交界，护送的两名勇这才告辞，周爷又厚赠了好多的盘费。

（十五续）1913年12月25日

周久不归，家人谓其已死，恣意侵冒，粟帛器具，荡无所存。及闻主人归，大惧，哄然尽逃。有一妪一婢一老奴在焉。

却说周爷夫妻好容易到了直隶地面，两名护勇说："这也快到您家啦，我们也该告辞了！"周爷也不便再留，只好多送些个盘缠，并写了一封给傅将军道谢的信，打发二人回去销差，不提。

单表周爷，当初一上江西的时节，家内并没什么亲近人，无非几个下人。自到江西，也不便寄信，又搭着道路也不甚通。外省的事，照例有枝添叶，比如那一处有几个土匪，或是小小兵变，就能说占据城池。又搭着这二三年的工夫，周爷音信不通，这些个下人就楞传扬说："昨天有某纸行的人说啦，江西沿途见人就杀。某年月日，有个北京姓周的，走到什么什么地方，被人图财害命啦！"又是某处军营人说："前几个月抄拿一伙贼寇，为首的姓周，已经被官兵给杀了！"大家一传说，都信以为真，想着这是绝户家产，不拿白不拿。这个就把田地分得粮食，楞说没交，给侵吞啦；那个就浮冒开了些个花帐，所谓即便周爷回来，自己还有个站脚的地方儿（这路家人，说新名词还算稳健分子哪）。其余打杂的碎催①，一想曹操有话，先下手的为强（那位说，曹操多早晚教给过他这们一句呀？列位有所不知，打杂的宅里没事，净上市场拿蹭儿②，是听《捉放》学的），这一个就偷米，那一个就偷绸子。什么桌椅板凳，碗盏家伙，明为拿去使一使，从此就不往回头拿。没有多少日子，就给瓜分啦，仅止剩下一处房子。

这一天，忽然见周爷骑着一匹，拉着一匹（陈宣③的朋友），还有一辆轿车，回到家中。有人说，那儿的车呀？您想真要叫大奶奶在北京城还骑马，那成什么样子，无论怎么说，也得雇辆轿车。到了门口儿，周爷先下了马，把牲口拴在门口，又照应大奶奶下车。一瞧连个接的都没有，心里未免不愿意。只好让大奶奶头里走，自己拉马跟随。因为什么周爷这们不放心马呢？因为马上驼着干货哪！到了门口一瞧，好像一所空房，一直到了垂花门前，再瞧门房儿的窗户，不但没糊着纸，连槅扇都不齐全了。周爷心中纳闷，想着我走的时节，所留的这些名下人，都有嚼谷儿，可怎么会不待着了呢？书中代表，周爷下车的时候，有下人瞧见，怕是大爷回来找后帐，有病的早从后门蔫溜啦。

周爷进了二门，这才一喊说："来人哪！"就听厨房直咳嗽，有一个六十多岁的老妈子答应了一声，半天才出来，一瞧主人回来，连忙叫了声"秋菊"，说："家爷回来啦！还带着堂客哪！"此时由上房出来一个丫头，给周爷行礼。周爷说："还有谁，你把他们叫来！把马上的搭包解下来，拉到圈里去。门口还有辆车等开发车钱哪！"老妈子说："就有我们老头子，大半又在门房冲④着啦，等我叫他去。"此时丫头把大奶奶搀进，周爷一查点，所剩的人，只此一少二老。

---

① 碎催：指受人雇佣干杂活的人。

② 拿蹭儿：不买票而听戏。

③ 陈宣：京剧《洪洋洞》中的人物。

④ 冲：冲盹儿，指打瞌睡。

（十六续） 1913年12月26日

周以出死得生，不复追问。及访柳，则不知所适矣。

却说周爷回到家中一瞧，只剩了三个下人，到有一对儿老帮子①，没地方儿去的。还有一个粗丑的丫头，也是没主儿要的，所以才在这儿腻着。再一细瞧东西物件，不但值钱的没有啦，即便不值钱，但凡整齐点儿的，也都没有影儿。自己叹了一口气，说："谁叫我当初怕死来着呢，大家一吵嚷说洋兵见人就开枪，所以就挠下去了。这如今回头没事，不是我得命思财，真让人起火儿（这是周爷吗？是我们胡同的周爷，庚子逃难回头叫横②哪）。"其实本文这位周爷，虽不是逃难去了，跟这情形也差不多。自己一想，我这一荡江西，遇了两次险，都是差点儿把吃饭的家伙就请下来啦。傥或真死在那儿，还能顾这些个吗？现在既然平平安安的回来，又是媳妇，又是银子，这点破家当儿没了，满算不了一回。

到是这个老家人，气哼哼的对周爷说："大爷您这不是回来了吗，我可得告诉告诉您哪（左不是张三怎么变心，李四又如何毁害咧）！您这如今到了家，要不给他们个利害，他们也不怕。要讲打官司，咱们得是原告，您就告他。"周爷赶紧直拦，说："你就不用犯贫啦（这才把老家人的《打忘八》跟《西厢》段儿给打住啦）。他们既是拿去了，也就不必追问啦，有钱再置新的。有愿意回来的只管来，我这儿还可以用他们。"这些逃了的下人听说主人这样宽恩，也有作为请安来瞧的，也有装病还不见面儿的。周爷仍是按照从前一例看待，无非心中另有个小册子儿。

原文这十个字，诸位看着不要紧，其实是看事容易做事难。真要能跟周爷学，不但免许多口舌是③非，而且能少出许多后患。比如当时周爷一定要往回追究这些，必然得告去。衙门先得花些个钱，才能给他指传哪。传来押些天，几个穷小子也未必找得回什么来。即便有个有钱的，官也不能十分给追赃。再遇着坏心眼儿的一反恨，勾引些个无二鬼④，就许砸当子明伙，岂非一事不了又一事吗？所以遇这路事，真能不复追问是最好的。可非有点儿阅历不行，周爷这一荡外去的总算长了见识。

这一天，忽然想起来，说："我的救命的恩人，虽说是傅将军，可还得说亏了柳大哥。当日那天我还不拿人当朋友呢，我够多不长眼珠儿。细想起来，救我的命，得算柳

---

① 老帮子：称谓老年人的不敬之词。
② 叫横：争吵时言语粗暴强硬，表示不畏惧，敢作敢当。
③ "是"，原文作"事"，据语义改。
④ 无二鬼：二流子。

大哥救的。我待这些下人是以直报怨，可是还得以德报德才是。”想到其间，这才备办了点儿礼物，又封了几十两银子，备了匹马，叫一个下人跟随着，去拜望柳大哥。

本来相隔不远，一会儿到了门口儿。一瞧，大门上贴着个字帖儿，写着是“本铺被抢一空，择日开市”。心说难道他一个相面摊子，还能要求赔偿吗？一打听，敢情柳爷搬走之后，又换了一家，才改的帐局子①，前些天闹了明伙。再问柳爷，人家说不知道，只好回到家中，派下人访察柳爷的住址吧。不想访了好几天的工夫，一点儿消耗没有。

（十七续）*1913* 年 *12* 月 *27* 日

女持家逾于男子，择醇笃者，授以赀本，而均其息。

却说周爷打发下人满街市去找柳大哥，下人们是见了卦棚儿就打听，问谁谁说不知道，只好把这话回覆周爷，周爷也只可底下见着再说呶（彼时又没有报纸，不能登告白）。这点儿书，原文说“柳则不知所适”，就说是不知道上了那儿去啦，并没提是成仙是死，意在言外，就是特意不见周爷了。这点意思最好，大凡交友处事，必须自知进退。比如柳爷要是市井吃格念的②，一个中了点儿，总想吃这一辈子。殊不想相面算命，既是人家的骨格命运，看得应验了，与本人也没益处，更不是相卜的能力，何能居功。若以本文柳生说，假命赠马，真算替周爷出过力，此时果中所言，莫若从此不见面儿，到可以留个好儿。这与范蠡泛舟五湖是一个见解，决不像韩信功高震③主，不早引退，才惹出杀身之祸。古今能做事的人，都能像柳生才对哪。

闲话少说，且说周爷既见不着柳爷，自己虽说有几个钱儿，一想究竟是死水儿，傥或钱粮俸一裁，可怕还是挨饿（那是现在的旗人）。无奈要做买卖，自己当初是哥儿大爷出身，样样儿外行。打算找柳大哥去，原本也是连道乏带让他给占算占算，不想没见着，别提多不得主意啦，出来进去的，咳声叹气。

周大奶奶不知大爷什么心事，这天一问。周爷说：“我可实在穷怕啦（我是穷不怕④），我怕的是这点儿银子花完，莫非还能再刨去吗！”大奶奶说：“就是这个事呀！满没要紧。从此你把家交给我，过日子不用你管，你净擎吃擎喝还不行吗？”周爷一听，自然是很愿意喽。

过了几天一瞧，大奶奶当上家真得说井井有条。这一天，把从前家中的几个下人叫

① 帐局子：类似钱庄的银钱存放单位。

② 吃格念的：旧时指从事某种有内部机密的行当，如卖艺和某些欺骗活动。

③ “震”，原文作“镇”，据语义改。

④ 穷不怕：清末相声演员朱绍文的艺名。

过来，说：“我瞧你们这几个人到都是老实乡下人，进京在这儿跟门子，打一辈子的杂儿，还有什么起色吗？四民之中，无非落个游民，老得倚赖主人，无怪人说奴隶性根喽。你看人家外国，不是讲求实业，就是兴商立国，商家以有易无是最要紧的。那不是个小行贩呢，也总算自本自利的一个人的大掌柜的呀！”周大奶奶一开演说（八成儿要立什么演说团），大家说：“您说的虽是，我们也愿意大小作个买卖，可是做买卖得讲有形赀本。无形赀本就是精神、见识、能力，我们具有五官百骸，总算学的了，唯独有形的赀本，可不是空口说白话所能行得的（这几个下人，大概也上过宣讲所）。”大奶奶说：“我既说，就有办法，这叫真热心，不是净爱国和群嘴的空话。你们如果愿作买卖，每人就着素所熟习的事，想个营业，应用多少赀本，只管说出来，我听一听。每人借给你们赀本，或按月给利，或按日打印子均可。我可并不是要学阎王爷重利盘剥（子厚①都歇啦），实为你们生计起见。”大家一听，从此要改行去作买卖，说明按月三分，并且不用留物作质，真是印局子②一般。

（十八续） *1913 年 12 月 28 日*

每诸商会计于檐下，女垂帘听之，盘中误下一珠，辄指其讹。数年，伙商盈百，家数十巨万矣。乃遣人移亲骨，厚葬之。

却说周大奶奶因为见这些下人之中，很有些个可以改作商业的。于是按人借给赀本，也有使印子的，也有给月利的。名目全是周宅的下人，暗中是有限公司的伙计，又好像大家住□伙，本院里就带帐局子似的。这要搁在如今，报纸上早该登重利盘剥啦。其实放帐这一件事，并不能不算正当营业，借钱作赀本，也能谋生养家。不信请问各□伙使印子的就是如此。所最不好的，就是从前放钱粮包儿的，可真透害人。其实总怨借主儿。周大奶奶这个帐，是你错非营商去不借，还得择诚实的。虽不能说都能本利满贯，总不至有大伤耗。这些个下人往外一传扬，别的做买卖的也可以对保借用。每逢月头，各商家都来算帐，周爷看着，另有管帐先生，可不安帐房，就在大庭廊檐底下。

大奶奶叫人搬张八仙桌儿放在炕上，手里拿把皮鞭子，挑眉立目，在桌子上一坐。有打算不给的，就拉进去请究捆上打，不然人就管他叫阎王爷啦（这是周大奶奶吗？不，前二十年的崇子厚）。周大奶奶不过在屋里垂帘听帐，好像宝局③进堆④的掌柜的。大家

---

① 子厚：崇厚，清末内务府官员，曾因放账、诈骗等事被拘捕。
② 印局子：放贷的场所。
③ 宝局：旧时公开聚赌的场所。
④ 进堆：亦作看堆，赌场里监视输赢的人。

在外头打算盘，大奶奶连瞧都不用瞧，只要谁的算盘子儿打错了一个，大奶奶听声儿，就能指出错儿来。由此一来，这些商人都知道大奶奶是放帐中的行务、算盘上的好手，自然不敢冤他喽。从此是连利入股，没有几年的工夫，本柜的伙计跟帐户儿，足有顶百口子。这一年算了算大帐，周爷的家当，真趁几十万银子啦。

这点儿书，虽与本文柳生无关系似的，似乎可以不细说。诸位请想，开篇柳生说“犁牛有子”，又说“厚福之女”，若是周大奶奶没有点儿特别的能为，何足为佳偶呢。故此仍是回映上文柳生神相，意在言外。又当知道人若有财，也须善于营运，方能有用呢。不然净死吃死嚼，不但有个完时，即便财主大，也架不住下人坑、主人扬。就以周爷说，从前既是宦家，若能营运，不必出去作幕，也能营运得起来。如今发这样大财，虽说由大奶奶带的干货多，还得说会营运。近几年北京财主秧子①也讲放帐开买卖，所托非人，并且样样不行务，被人坑净了的在所多有，真不如周大奶奶一个山贼的女儿呦。

闲话少说，且说周爷是发了财啦，江西一带也平靖了。这一天，大奶奶对周爷说：“咱们这个家当儿，总算是由我父亲抢来的，如今他们老两口子还在那儿寄埋着呢。我打算就近置块茔地，打发几名得用的下人，把灵柩起来，春秋致祭也方便些。”周爷是谨遵台命，于是派人把灵起来，以厚礼葬之。书说至此，《柳生》已完，明天另换新题，照常评讲。

---

① 秧子：指纨绔子弟或阅历浅的青年。

姊妹易嫁

（开篇）1914年3月14日

总统重英豪，国文教尔曹。万般皆上品，都比说书高。

掖县相国毛公，家素微，其父常为人牧牛。时邑世族张姓者，有新阡在东山之阳。或经其侧，闻墓中叱咤声曰："若等速避去，勿久溷贵人宅。"张闻，亦未深信。既又频得梦警曰："汝家墓地，本是毛公佳城，何得久假？"由是家数不利。客劝徙葬吉，张听之，徙焉。一日，相国父牧出张家故墓，猝遇雨，匿身废圹中。已而雨益倾盆，潦水奔穴，崩渹①灌注，遂溺以死。

四句顽童诗念过，因为原是神童诗，在下信口一改，所以成为顽童诗。有人说，你为什么不来几句《西江月》哪？皆因本报由去岁到如今，约已说过十几段，每段一首，未免厌烦。而且各报小说都是每段或八句或十六句《西江月》，在下向例不打对当。莫若我换一换，大概瞧书的诸位也决不至于不依。再者书若是骆驼上场胡喷一回，即便多好的引场词儿，您也未必肯瞧。今天，咱们说段《姊妹易嫁》。论理说，上月有两位来函，一位烦说完《乐仲》说段《江城》，还有一位一定烦《婴宁》的，在下说那一段都得罪朋友。虽说《江城》有人说过，在下原可不论，即如《婴宁》也可以重说，奈因这两段全是寓言，同《乐仲》似的，莫若先说段人事的，俟等说完，早晚我必敬献。闲话少说，这就开书。

① 渹：水的冲击声。

却说山东掖县明季成化年间，有位谨身殿大学士，姓毛名纪，字杂之，故后谥法文简（这可是据本书原注说的，不知是否有错误，真要称人毛杂翁，未免近于玩笑。从此咱们把这位台甫①取销，就称文简，您可记清了）。从前家里很贫寒，文简之父给人放牛（大概可不会吹牛）。

此时本县有一家世家姓张的，有一处新坟地，在本县东山坡之南，葬了一两穴。这一天，有某姓人夜晚行至此处，听见坟里有人吵嚷，说："你们快躲避开，别久在贵人宅里起腻!"这人一听，心说这可是坟里的事，后来把这话告诉了姓张的。张老员外当时也不信这话，不想从此时常做梦，梦见有人对他说："你们这处新坟地本是毛姓家的好风水的地，你们不可以尽自占着。"张老头儿仍不甚信，从此张家屡屡的不顺当。有一个朋友劝他把这坟地迁移迁移，不但顺当，还可以升官发财，闹得张家没了主意，想着有的是地，另择一块作茔地也没什么要紧，财主人家说办就办。这都是前几年的话。

单说这一天，文简的父亲赶着一群牛上山去放，走到张家这处已迁徙的废茔地方儿，忽然下起雨来，把衣服淋的湿透，自己无处躲避，一瞧棺木移走，还有个没填土的个大坑，从外面看着，好像山洞儿似的。自己想着莫若暂且钻在这里头忍一会儿，俟等雨小点儿再走。想到其间，一步步下去一瞧，里面挺宽绰，有石头做的旋门子，再进去一瞧，好像一个桥洞儿似的。自己挺得意，往那儿一躺，竟自睡着。不想雨越下越大，变成倾盆大雨，往下一冲，把上面的石块冲塌，竟把位毛老先生淹死在内。

（续昨） *1914年3月15日*

相国时尚孩童。母自诣张，愿丐咫尺地掩儿父。张征知其姓氏，大异之。行视溺死所，俨然当置棺处，又益骇，乃使就故圹窆②焉，且令携若儿来。葬已，母偕儿诣张谢。张一见，辄喜。

说书、唱戏、画画儿，一样都是假玩意儿，情景有真有假。就以牧牛这一件事说，画儿上是最有趣的事，论到唱《小放牛》，更不必提有多高乐啦。您以论真事，在下从前在京西香山一带住着，据养耕牛的说是极苦的件事。春秋耕地挣钱，永久二五更；夏天放牛在山坡上，一个遇见暴雨，人就许叫山水冲了去，只能跑到山坡上，披件蓑衣或破毡子一坐。放一季，每头不过挣一吊制钱，各省大半不差什么。要真日暖风和，没事吃饱喝足，弄个短笛一过排，我早牧牛去啦，比说这门《聊斋》是个乐子。昨天所说的这

① 台甫：敬辞，旧时用于问人的表字。
② 窆：下葬。

位毛老先生，这分儿苦境全是真事，足见人谋生不易。

却说这位毛老先生是连水冲带闷，就尚飨①了。到时牛是认识家，自己下山回来。毛太夫人见自己的老伴儿一夜没家来，想着必然是在那个山洞休了，次日仍然不见踪影。此时这位文简不过几岁，到各庄农家一打听，都说不知道。有人说："张家茔地废圹中有个死尸。"毛太夫人领着文简赶紧跑到那儿一瞧，果然正是死鬼（那位说，怎么叫死鬼呀？北京城的妇人多有管死去丈夫这们称呼的，这位毛老夫人或亦未能免俗），立刻放声大哭起："天呀，天儿呀！"文简在旁，也是啼哭不止。毛太夫人哭了会子，自己是一点儿落子②没有，并且原籍不是本地人，无处葬埋。自己一想，既然死在人家陈坟地里，也不能不去见一见本家儿，莫若跟张家化一块地边儿，然后再化几个钱，弄口薄材，就算了事。想到其间，就奔到张宅。

恰巧张老员外正在门口儿闲站着呢，毛太夫人看见认识，爬在地下就磕了个丧头。张员外并不认识毛太（就知道报纸），晓得必系乡亲化官吊③的，连忙还了一揖，大略一问，才知道是他家男人死在自己废圹之中。又一问，姓毛，张员外心中纳起闷儿来，心说怪道呀怪道，莫非前次之梦应在此人身上，他既这样说，我不免跟他去看一看，死在什么地方，说："既然如此，你引我到那里看上一看。"毛太夫人只好遵命。到了那儿一瞧，所死的地方，正是当日放棺材的地方，由不得更惊异起来，说："你们家既是没有坟地，俗说生有处，死有地。既然死在此处，莫若就在这个穴里埋吧！"并嘱咐俟等完事，你把你们孩子带来我瞧一瞧。毛太夫人是异常感激，无非磕头道谢。张员外又赠了几两银子。毛老先生从前的牛主人，大家一凑又凑了几吊制钱，买了一口棺材，好在不用抬，装在材中一蓬土就下了葬啦。

过了三天圆坟④，毛太夫人果然带上文简赴张家叩谢。张老员外一见这位文简，不由得心中十分喜爱。

（再续）*1914*年*3*月*16*日

即留其家，教之读，以齿子弟行。又请以长女妻儿，母骇不敢应。张妻云："既已有言，奈何中改？"卒许之。然此女甚薄毛家，怨惭之意，形于言色。

前文的书，说是张姓茔地墓中有声，即频得梦警等语。按理说，可透迷信，其实正

---

① 尚飨：表示希望死者来享用祭品的意思，这里指死去。

② 落子：主意。

③ 化官吊：为死后无钱葬埋者集资丧葬费的举动。

④ 圆坟：死人埋葬三天后，在坟前举行的祭奠仪式。

是破人迷信。请想张氏既已下葬，既有墓逐，更有梦警，张氏不信，由此家数不利，必徙焉而乃吉。请想此地是否为吉，然若非先葬过人，断不能成为废圹，则毛封翁断不能入而避雨，亦不能丧命于此。在张氏择吉安葬迁葬，所谓采得百花成蜜后，一场辛苦为谁甜，正隐寓阴地不如心地，福地还待福人之意。至文简之贵，也未必果因乃翁得葬于吉地（参观后文便明），仍是毛封翁虽系牧竖①，必有厚德，文简又复能刻苦求学耳。原文开口纪迁葬，全为张氏见文简作引线，并示人以万勿惑于风水的大意。阅报诸君不可误会，认为墓中有声，是为迷信。闲话少说，接着还有几句叙笔才入正题。

却说张员外一见文简，起心中就很喜爱。看着虽是贫寒家的小孩儿，生得骨格清秀，一问："念书没有？"毛太夫人说："员外请想，他父亲是个放牛的，还供给得起孩子念书吗？"张员外说："老夫欲将此子留在我的家中，教他念点儿书，不知你母子可愿意否？"毛太夫人一听，自然更愿意喽，从此母子就住在张宅。

张宅原有请的专馆先生，教着好几个本家子弟，于是就把文简送到书房，从此一念书，比本家的学生全都肯用心。张老员外一瞧，知道必有起色，更是爱惜喽。这一天对自己夫人说："我看毛纪这孩子颇有进益，打算将咱的大女儿许配于他，不知夫人意下如何？"夫人也说得好："老爷说好便好，妾身敢不从命（得，老两口子道上白啦）。"员外说："夫人既然愿意，你便中可以同他母亲说说。"

这一天，果然把毛太太请到内堂，说："我们员外打算跟你作一门儿女姻亲，把我的大女儿许嫁你们相公，大概你是料无推辞的了哇？"毛太太一听，心里反到毛起来啦，想着八成儿他们与乱党有关系，打算把我的孩子也勾进他们党中作什么机关吧（这是毛太太吗？去年的毛姜老太太）。无非因贫富不敌，不敢妄想巴结高枝儿，当时吓的反答不上言儿来了。就见张太太一笑儿，说："既然我这们说出来啦，这事情可不好改悔，咱们是一言为定，也不必请大媒，从今天起，咱们彼此可就要以亲家相称啦！"毛太太一听，人家是实意儿候赏脸（决不是叫堂倌虚让让），只好谨遵台命。从此安心住在张家，家下人也都以毛亲家太太相称。

这话渐渐传到张大姑娘耳中，起心里不喜欢。因为毛爷母子在这儿白吃白喝，想着一个牧牛跟前的穷小子还有多大起色，可笑父母把自己许给人家，真是年老昏愦了，心中又怨恨又羞惭，这番意思时常的形于言色。

（三续）*1914*年*3*月*17*日

有人或道及，辄掩其耳。每向人曰："我死不从牧牛儿！"及亲迎，新郎入宴，彩舆

① 牧竖：放牧的人。

在门，而女掩袂向隅而哭。催之妆，不妆；劝之，亦不解。俄而新郎告行，鼓乐大作。女犹眼零雨而首飞蓬也。

却说张老夫妻把大女儿许配毛爷，本家子弟到没有不愿意的。唯独这位大姑娘，是起心里不愿意这位女婿，时常想起来，不是怨恨，就是羞臊，偶然有亲友下人提起姓毛的来，立刻捂着两个耳朵，抹头就跑。看那意思，就好像练过义和团，怕遇见教友似的。并且时常对大家说："我的父母虽然将我许配毛家那个小放牛儿的，无论怎么样，我是一死儿的不能嫁他！"一班亲友下人也有劝他的，也有跟着他一路神欺，顺着口风儿缕的。这话过了几年，毛爷的书念的也算不错，正是弱冠之年。

张爷一瞧，正是男大当婚、女大当嫁了，莫若让他们成就夫妻，也是一件正事。再说毛家反正没有钱，只好是连聘带娶。于是跟毛亲家太太一商量，毛太太是怎么说怎么答应。张家就在本村给腾出一所儿房子，收拾了收拾，就作为新房，两下全搭上喜棚，又讲妥轿子（原文可是花车，不过说轿子普通点儿）。这一天正是迎娶的日期，山东地方娶媳妇，从前就兴亲迎礼，如今仍旧不改，何况明季呢。亲迎原是古礼，按北京谢妆谢亲，也是新郎当日往新妇家去一次，说到亲迎，可是新郎坐着轿子去，等着新妇上轿，一同回来，就为亲迎，即便穷人家，或没有地方讲轿子，也得这样办（如今的马车，大可以返古）。

闲话打住，且说毛大爷这一天正是迎娶张氏大姑娘之期，自然全都照例喽。毛郎到了丈人家，自应先入内叩谢丈人丈母，然后由伴郎老寿星陪着到了书房，立刻预备酒宴。好在大小舅子全都与自己是同学，没什么外人儿，登时大摆筵宴。叙来叙去，他要做一朝的女皇皇帝（那是史娘娘①）。按外省多有隔着百八十里地做亲的，所以多有过夜的。毛爷好在是本村儿，不过照例在书房吃点儿，就等把轿子抬进来，新人一上轿，抬起来自己好一块儿娶走。

不想这位新姑娘从打通信过礼，起心里就不喜欢，时常啼哭。到了这一天，轿子在门外支着，新姑娘捂着脸，净剩下冲着墙犄角儿哭喽。许多婆子丫环一瞧，没了主意，赶紧回明张氏夫人。姑娘的母亲一听，还能不着急吗，连忙跑了过来，说："呀，我的女儿呀！做女儿的，都有这们一天。好孩子，你别叫妈着急，赶紧梳梳头，洗洗脸，上轿吧！别误了吉时。再说上轿时候哭，可一辈子不吉祥呀！"老夫人说破了嘴，女儿依旧是披头散发，越劝越哭。

按这亲迎礼说，虽不似谢妆磕完头就走，可也不能所不张罗着走，只要轿夫鼓手吃完饭一吹打，就得告辞。待了会子，喜轿铺伙计齐毕，从新吹打，新郎告辞。不想吹打

① 史娘娘：京剧《九莲灯》中的人物。

了个挺热闹，再瞧新娘子，仍然在那里两眼泪如雨下，把头上的发际滚的乱如飞蓬。

（四续）*1914*年*3*月*18*日

父止婿，自入劝女，女涕，若罔闻，怒而逼之，益哭失声，父无奈之。又有家人传白“新郎欲行”，父急出，言：“衣妆未竟，乞郎少停待。”即又奔入视女，往来者无停履。迁延少时，事愈急，女终无回意。父无计惆怅欲死。其次女在侧，颇非其姊。

话表张老员外把女儿许给毛爷，虽说没同本人商量，从来都是先嫁由父母。况且又是老根人家①，还能讲自由结婚吗？不想当时姑娘居然不上轿。时候已过，谁说谁劝都不行，把一位张老丈急得成了张别古②啦，一瞧新郎要走，更着急喽，连忙说：“贤婿、额驸、姑老爷，你千万别忙，脚迟马后着点儿（老丈人怎么这们说话呀，八成儿急得胡说），容老夫进去看看！”说着往里院就跑。到了大姑娘房中一瞧，披头散发，正那儿掉眼泪哪，老头儿说：“姑娘呀女儿！今天乃是你于归③之期，速速穿戴起来，好好上轿吧！”不想大姑娘仍然是涕泪交流，好像没听见似的。这一下子把老头所招恼啦，说：“丫头哇，哦哈，好个丫头！你怎么连在家从父的大礼都不懂了？似你这等威抗严命的奴才，我要你何用（张员外要说快书）？”大姑娘被父亲这一数落，索兴放起声来，闹得张员外此时又好像遇着鬼的张天师啦，一点儿法子没有，给僵到那儿了。正自为难，忽然见有个跑上房的家人进来说：“老爷子您怎么也不出去啦？姑老爷所等急了，大概要先走一步儿。”老员外一听，连忙说：“我去！我去！”一面又往外跑，说：“贤婿慢行，小女妆新的衣服还没穿戴齐毕，千万你再多待一会儿！”说罢又往里院去劝女儿。

简断截说，老员外是来回一跑，真比跑厅的还跑的荡数儿多。在毛爷这一面儿，皆因老丈人待自己有好处，又是熟人儿，可是见丈人这们着急，又不敢问，只好叫等一会儿就等一会儿（决不闹码儿④）。奈因亲迎的礼节只应一会儿就走，况且门前鼓乐喧阗，吹鼓手的胳膊也乏啦，腮帮子也酸啦，抬轿的耗得直懊怨。虽说不是赶伙⑤，已经全都等急了，还只当新姑娘真是现扎耳朵眼儿哪。这们一耽延，又有两三小时，外面没有不猜疑的。张老员外同老安人又苦劝了几回女儿，谁想这位姑娘是一死犯上死心眼儿，到底没有个回心转意。所把张老员外着急啦，站在女儿房中，说：“丫头呀丫头，你来看，为

① 老根人家：亦作老干人家，指不追求时髦的人家。
② 张别古：京剧《乌盆记》中的人物。
③ 于归：指女子出嫁。
④ 闹码儿：指演员计较演出的费用。
⑤ 赶伙：赶场。

父偌大年纪，清晨起来，我前庭跑到后院，后院跑到前庭，你想我为的是谁呀（放着做工老不唱，要改旦脚）？不过为的是我儿的终身大事。你如今这般执拗，为父的怎好出去告诉新郎与大众，岂不被人笑老夫的家教？儿呀，你分明是要……要我这一条老命！你要听我相劝，赶快梳洗穿戴起来。倘若不然，我只有一死而已。”一面说，一面掉下眼泪，想着这就是养女儿的下场头，“哦哦”（又改了小花脸啦）。老员外直这们一伤心，再瞧自己的第二女儿站在旁边撇唇咧嘴，大概是不赞成他的姊姊。

（五续） *1914*年*3*月*19*日

苦逼劝之。姊怒曰：“小妮子亦学人喋聒！尔何不从他去？”妹曰：“阿爷原不曾以妹子属毛郎，若以妹子属毛郎，更何须姊姊劝驾也？”父以其言慷爽，因与伊母窃议，以次易长。

却说张老员外苦苦劝解，女儿是百般不允，只急得要死，还是不听。此时满屋中人没有不劝大姑娘的。老员外猛然看见二姑娘站在他姐姐身旁撇唇咧嘴，八个不悦服他姐姐的样子，而且所说的话，比他母亲都锋利，不但嘴里劝，并且伸手就要给他拢①头。一下子可把位大姑娘招生了气，说：“你这个小丫头片子，论情理你是我的最亲爱的女同胞，非四万万口头禅的寻常同胞可比。如今这两个老同胞全都向着外人，要把我给个牧牛小子。你应当替我力争才是，想不到你不但不替我出力，也帮着他们这一群在我耳朵底下这们替人鼓吹，八成儿你也使了他们牛匠的机关费了吧（那是当日某某报馆，没这们两句）？我如今看你好像赞成的了不得。你这们劝我，你何不跟了他去呢！”

二姑娘听罢一笑儿，说：“阿爷（可不是张员外为旗人彼时吃香，改了满洲名字啦，这不是语辞，就是咱们爹的意思）原来没把妹子许给毛郎，要是把妹子许给毛郎，我们可不能像你似的，一来要面儿，二来要过儿。不见帖没脾气，一见帖立刻高支高抗②。进到本家，吃喝不□挑眼，本家落场挑眼，反挑眼，正挑眼，反正得挑眼，似乎这宗习气，往后改一改，或者还有人沾（那位说，这是张二姑娘劝他姐姐的话吗？我前天给人请了天票③，我们把兄直叫我受热，写到此处，我写串了辙啦）。”二姑娘说：“我们可不能像你，必得等人劝，更不必劳姐姐大驾，像我这们劝你似的。”

此时两个姑娘这们一说话，大家站在当地都听怔了。张老员外一听二姑娘所说的话，比上大姑娘又慷慨又爽快，称得起心地明白，材堪大用（这八个字颇够一等资格），并且

① “拢”，原文作“栊”，据语义改。

② 高支高抗：表示故意端起架子。

③ 天票：名票友。

被大姑娘挤对的正然没了主意，心中暗暗盘算，莫如来个冒名顶替。又一想，大姑娘既不愿意，想是嫌这位毛姑爷，万一姑娘他妈一反对，可就又是一场吵闹。再说二女儿虽然这们说，也许是故意奚落他姐姐，未必肯当枪手。我是个作父亲的，这话对他明说，一个被他驳了回，怪伤面子的。再说他要一个打上官话，一死儿往下钉我，这也不像官事，还能把他回堂奏参吗（这又是谁呀？前清某部的张员外，不是这个张员外），我莫如预先运动一下子，托个内宅的人情，只要这一位点了头，大概那一方面就不难通过了。谁叫人家老娘儿三个是同党呢！想到其间，偷偷儿的凑到张太太的身后，用手一拉袖口儿。张太太一回头，见是员外，刚才要问，员外一使眼色。这位太太也机伶，晓得老爷有私话，立刻老夫妻二位奔了套间儿，去开以次易长的秘密会议。

（六续） *1914年3月20日*

母即向女曰："迕逆婢不遵父命，欲以儿代若姊，儿肯否？"女慨然曰："父母教儿往也，即乞丐不敢辞，且何以见毛家郎便终饿莩死乎？"父母闻其言，大喜。

《聊斋》四百多段儿，每段的目录，以人名的约有一半，以地名带动物的也有三成，其中用故事作目录的没有几段儿。说书同做文似的，得讲出题、点题，如上段《乐仲》，开口就是本人名儿；前段《香玉》，多早晚露出本名儿，多早晚算到题。即或名字没露，也得把本人引出来，才能细说呢，如同戏台上本戏，必得早把正工①引出来似的。这段玩艺儿，就是以本故事□题，论戏场子是一个闺门旦的二姑娘是正脚儿，大姑娘同毛爷，无非硬里子②。开篇先说毛相国出身，所谓远脉，不能不说，又不便细说，越细说越不能点题。直到第三天才把大姑娘引出，然后点出"嫁"字儿，还是离题差的远着两三层，故此还得往前赶着说。奈因赶着说书，不能花梢斗哏儿，好容易四续上出了正脚色，故此昨天才借着官场斗了几个哏儿。从此可就入了易嫁的本题，您上眼吧，主道们（那位说，八成你要大小敬献个戏法儿。不，回禀诸位，我简直的说不好）。

闲话蠲免。却说张老员外打定主意，这才把老夫人拉到套间，把自己的意思对夫人一说。夫人原是遵守妇道规矩的人，并且如果不愿意，当初能对毛太太当面对说对讲吗，如今以次易长，只要二女儿认可，不是也一个样吗，说："那们容我说着瞧！"说完出了套间。员外可在里间忍着，就听老夫人冲着二姑娘说："你瞧你这个姐姐，不遵父命就为不孝，说顽固话就是迕逆丫头吗！这一闹，把你父亲要活活儿的急死。看你这个样子，

① 正工：戏剧中的角色，如正工老生、正工青衣等。

② 硬里子：戏剧术语，指戏班里功底深厚的配角演员。

也很替我们着急。我打算同你商量一件事，要让你替一替你的姐姐，不知道你可肯与不肯?”老夫人一面说着，一面看他脸上的神色，只要一低头，就算默许，往下就好插言儿喽。

并没想到这位二姑娘居然整着个脸儿①，大马金刀儿②的对母亲说：“嗳呀，母亲，娘啊（要起叫头），你老人家说那里话来，女儿虽然年幼，也没入过什么学堂，可还念过几本子书。记得《孟子》上说‘女子生而愿为之有家’，又说女子婚姻大事，应由父母之命③。这件事但凭父母吩嘱，如果教儿前往，莫说毛家，就是个乞丐儿，也不敢辞（这就是俗说嫁乞随乞，嫁叟随叟。可不能真嫁鸡随鸡，嫁狗随狗，嫁条扁担抱着走，那成了挑肩儿的啦）。况且这个毛郎，想必父母看中了意的，老人家的眼力一定不错，何以见得毛郎果然就是一个饿莩终身的倒卧④呢（诸位听人家姑娘这一套话，从亲命为孝，安贫贱为智，不嫌贫为义，比上来就想离婚的差的多吧)?”

再说此时老员外也在屋里听见了，连忙跑出来，说：“吾儿你……你……你……这才是我的好女儿呢!”老夫人说：“吾儿，这便才是，哈哈，啊哈哈!”

（七续） *1914 年 3 月 22 日*

即以姊妆妆女，仓猝登车而去。入门，夫妇雅敦好逑。然女素病赤鬜，稍稍介公意。久之，浸知易嫁之说，由是益以知己德女。居无何，公补博士弟子，应秋闱试，道经王舍人店。

却说张老夫妻一听二女儿所说的这一派话语，当时虽没鼓掌，可是起心里极端赞成，说：“既然你愿意应工⑤，你就快快的妆扮起来吧!”老夫人伸手就给二姑娘拢头，三梳子两抿子（可没说火了戴红顶子)。婆子丫环就有系裙子的，有给披红衫子的，一会儿的工夫就穿戴起来。然后给搭上盖头，请新人上轿。

此时毛爷连外面众人已经全耗急啦，好容易听赞礼的和⑥傧相说：“请新郎官上轿!”然后把新娘子搀出，一同上了彩轿（原文可说是登车，论理大可以说说文明婚礼，奈因这是明朝的事，而且在下听山左朋友说，该省娶亲多是用轿。至山村贫寒之家，有用骡子的，因该省不大兴坐车。然蒲先生是山左人，必有所本，既这们说，咱们莫若两含糊

---

① 整脸：面容严肃，不露笑脸。

② 大马金刀儿：形容说话直率，不留情面。

③ “父母之命”，原文作“父命之命”，据语义改。

④ 倒卧：指乞丐。

⑤ 应工：戏剧术语，演员除本角色外还会改演别的角色叫应工。

⑥ “和”，原文作“合”，据语义改。

着吧)。一会儿的工夫，到了毛宅门前，一瞧门外有许多亲友在门前伫立。毛爷赶紧一打听，才知道大家都因为工夫太大了，不知有什么缘故，所以急的（到不是专为捧下车)。

简断截说，新夫妇到了门，傧相一念，可不是“一块沉香木，雕刻玉马鞍。新人往上走，步步保平安”（那是《红鸾禧》)，念得是什么“吉日吉时成婚配，来年产生个黄鼠狼”（得，那又成了《金钱豹》啦)，也别管怎么吃了子孙饽饽、长寿面，入了洞房，睡了觉了（又唱上《打虎招亲》啦)，第二天如何参拜婆母，张家如何吃会亲酒，全都不提。

单说毛爷同张二姑娘到是挺投缘对劲的，再说新娘子长的也不憨蠢。唯有一样，这位张二姑娘小的时候长过一脑袋秃疮，后来好容易治好，虽不是亮光大秃子，头顶上的发际很稀，四鬓也有些不齐的地方儿。冠戴上凤冠，还不甚理会，要打算梳东洋髯头①，可真糟心，平常梳完头，非用墨打上四鬓不可。毛爷因为这一件，有点不大趁心，可□不好明说。

过了些天，夫妇闲谈，提起年岁，毛爷一听，怎么夫人儿会抽了岁数儿了呢？又一天，提起闲话，毛爷想打听打听小姨子有人家儿没有？不想新人一笑儿，说：“你就不用问我姐姐啦!”毛爷听了十分纳闷，自己又不能再问“为什么没挪地方儿，会改了排行”，一想不像话，莫如再打听吧。后来，又见着丈人家的下人一问，才知道有易嫁之事。这才知道怪不得亲迎的那一天，那们大的工夫呢。要不亏这位肯真顶场，前台还不炸烟吗（还是戏迷)？再说人家总算瞧得起自己，要因为人家头发不好不愿意，未免太下不去了。从此对于夫人另具一番由感激中认为知己的意思。

这且不言，一幌儿过了些天，毛爷补了博士弟子，就是秀才。正赶上乡试的年头儿，毛爷自然怀才欲试，于是打点考具赴省赶考。这一天，走在途中，天色已晚，就住在一座王家旅店。

（八续） *1914* 年 *3* 月 *23* 日

店主人先一夕梦神曰：“旦日当有毛解元②来，后且脱汝于厄。”以故，晨起，专伺东来客。及得公，甚喜，供具殊丰善，不索直。特以梦兆，厚自托。

这段儿书，题目是《姊妹易嫁》，说到昨天的“入门，夫妇雅敦好逑”，并是题目已经说完。其实不然，这路玩艺儿是讲因果警世的段子。前文毛封翁之牧牛得葬废圹是因，

---

① 髯头：晚清妇女流行的发型。

② 解元：科举制度中乡试第一名。

如今相国得妻是果；张大姑娘不愿嫁毛公是因，尚未有果；而且张二姑娘肯代其姊，深明大义，应得什么好果，也没说到。况开篇说相国毛公，昨天的书，才说秀才下乡场，并没到相国之地位。故此说以前全是造因，以过去、现在、未来三世论，本文才到“现在”，还有“未来”许多好玩艺儿。就以上文“然女素病赤鬝，稍介公意”，并道经王舍人店均是因，一个“然”字，便是渡下之笔法。闲话打住，接着就说。

却说毛生这一上省乡试（那位说，怎么先说文简，如今又说毛生呢？此时既是博士，故以生称），好在借着夫人的光儿，所有应预备的号帘、号篮、卷袋，全是丈人给买的新的，余外还有五十两路费。夫人又把体己给凑了几十两，还有两付金镯子。一则穷家富路，二则下场全是盼①中的心胜，出场后还得在省候榜。一经中式，拜座师、房师②，会同年，没个几百银子不成，所以得带这些路费，并不是为到了晓寓现雇枪的。

单说毛生到了王家老店，店主东一瞧行李有考具，赶紧笑脸迎合，分外透着和气。毛爷莫名其妙。原来这个店主人头一天晚晌做了个梦，梦见有位神仙告诉他说：“明一天，当有一位毛解元在你店中投宿。这位将来就是你的救命恩人，你要好生伺候。”店主东平日最好看个《玉匣记》《详梦全书》等类。如今醒来，记得有头有尾，一点儿不糊涂，故此更深信不疑了。皆因这个缘故，所以这一天由清早起来，就专在由东来的客身上注意，所为找毛爷将来救命，并不是侦探狼匪余党，扰害治安（那是现在各旅馆）。虽然有些过客，而且也有乡试的，全不姓毛。忽然来了这们一位，真姓毛，这分儿喜欢，不亚赛《连升三级》的店家说的话：“今天瞧见你，简直的是瞧见我爸爸了吗！”立刻预备脸水，赶着沏茶，紧跟着又把自己所用的燕窝珍珠汤双料盛做（这是王舍人吗？还是《连升三级》），反正捡本店所有的好菜，给毛生这们一预备。

毛生一瞧，起心里犯起毛咕③来，赶紧对店主说：“我要的是斤饼熬豆腐，你们这们给我预备，我可吃不起！”店主人一听，说：“我的相公，我的老爷，咱们自家爷儿们，这是小子一点儿孝心，您千万得赏小子个脸儿。您吃吧，不跟您要钱！”毛生说：“这是什么缘故啊？”店主东说：“您可是真姓毛哇（还是那一出）？您听我告诉您，我是被黄粱④子支使的。”毛生不懂，又一细追问，才知因得异兆，他预先运动钻营。

（九续） *1914 年 3 月 24 日*

公亦颇自负，私以细君发鬑鬑，虑为显者笑，富贵后，念当易之。已而晓榜既揭，

---

① “盼”，原文作“盻”，据语义改。

② 座师、房师：座师指科举考试中的主考官；房师指科举考试中荐举本人考卷的考官。

③ 毛咕：指害怕的心理状态。

④ “粱”，原文作“梁”，据语义改。

竟落孙山。咨嗟蹇步，懊惋丧志。心赧旧主人，不敢复由王舍，以他道归。后三年，再赴试，店主人延候如初。

却说店主东撒开了这一应酬毛生，把个毛生捧的，自己立刻也长了毛啦，对店家说："你如果有什么事，只管找我，决计不能含糊。就说南北衙门，大、宛两县，五城十五家，五营二十三汛①，咱们哥儿们去个二指大的条儿，他们简直的不敢不给办（这是毛文简吗？毛将吹牛哪）。"不过立时脸上透着很得意，想着梦神为我都给人托兆，我这个解元一定是手拿把稳的喽。又一想，啊哈且住，想我发了财（敢情中解元就为发财），一定得换换衣裳，买双靴子。嗳，有了银子，一定要办的，这就叫羊毛出在羊身上啊（这是毛生吗？不，大骗子）！自己登时满心欢喜。又一想，我既是解元，一定有些位同年，将来座师、房师家中有个大事小情，一定得过眷属。要说我们那一口子，论娘家的根底儿也还不错，论身量儿模样儿，也都说得下去。奈因有一节，他这一脑袋的"草色遥看近却无"的四鬓，可真透点儿不得哥儿们②。走个人情分往，单我们家打发一个似剪非剪天然剪的个堂客去，有多们叫人笑话啊！自己想到此处，一跺脚一狠心，说："莫若这们办，我如果不发达便罢，倘若得中，我可非换上一位太太不可，不然有多们泄气呀！"不过心里这们想，可并没对谁说。从此上路到省，租小寓进场。

原文既没有什么试题，莫如也一表儿。一会儿揭晓粘榜，毛爷不但解元票啦，连个副榜也没中啊。毛爷净剩下咳声叹气啦，有心走吧，真是懒得懒得懒得又把家来回，这分儿懊心堵心就别提啦，耗了两天，只得收拾行李，往回家走吧。

这一天，又走在半路，离王舍人庄不过一两站。自己一想，来的时会儿白吃了人家两顿，张嘴解元长，闭嘴解元短，人家这们称呼，悔不该我也就实受了。这如今再见着人家的面儿，我拿什么脸对人家呀，莫若多绕两步儿，别走这条道了。想到其间，也别管是坐车雇脚，一绕道，张出好几十里地去，沿途还是一点儿喜欢气没有。

这天到了掖县，回到家中，见着夫人，心中有些讨愧。至于换大奶奶这分想头，别说不敢办，简直连想都不敢啦。毛大奶奶并张老丈人是直用好话安慰，左不是什么抱屈呀，什么科名都有一定年头儿咧，况且您这是初次观光，真有跑一辈子都白去的，又什么"窗下休言命，场中莫论文"。反正是八股儿匠，那一位都听俗了的这一套。毛爷从此又在书房从新打起精神来，这们一用功，想着只好再等三年；三年不成，再等六载；六载不成，再等九春。毛爷一个人心里唱上《顶砖儿》啦。简断截说，一幌儿三年，自然收拾行李，重行赴省。这一天，来到王舍人庄王家老店，不想店主人延候如初。

---

① 汛：旧时军队驻防的地方。

② 不得哥儿们：指没人缘儿，被多数人厌恶。

（十续）1914年3月25日

公曰："尔言初不验，殊惭祗奉。"主人曰："秀才以阴欲易妻故，被冥司黜落，岂妖梦不足以践。"公愕而问故，盖别后复梦而云。

却说毛生二次乡试赴省，这一个王舍人庄，本是必由之路。毛生从前并没在那儿坑骗过人家，也犯不上所不敢照人面儿了呀，于是又到了这座王家老店。刚一进店门，就见从前的那一位店主东见了面笑容可掬的深深打了一躬，说："原来是毛解元来到敝店，小老儿未曾远迎，望乞解元老爷当面恕罪！"毛爷被店主人这们一说，才知道敢情人家是认准了自己啦，立刻脸也红啦，脖筋也紫啦，瘰的面红过耳（跟我一样。那位说，你是为什么瘰的呀？我是酒串皮），说："得啦，店主东，你别冤我啦！你上次说的话一点儿也不应验，闹得我怪对不过你的。所以回来的时候，没敢从这们走。上次蒙你给我预备的酒菜，我白白叨扰了，那一时我想起来，那一时觉着讨愧。今一天，你要打算让我这儿住，你可别那们应酬我啦。咱们是住店给房金，吃饭会饭帐。你要再解元长、解元短的，我可是立刻就走！"

店主人一听，一笑儿，说："您既然这们说，您现在是秀才，我暂时就称呼您毛秀才。要说上一科，可不怨我说的不应验，谁让你还没进场呢，你立刻就丧良心，打算要换夫人呢！你这们心眼一动不要紧，四值功曹立刻赴冥司报告，说：'毛生有意易妻，将他此科解元黜落，改换有福泽德行之人，以观后效。'这一件事，我知道的明明白白，并非是我的妖梦不足为凭，实是你一念之差，所以阴司才照例奉行的呦！"

毛生一听店主人提出"易妻"两个字，登时毛爷的毛骨悚然，周身的寒毛全都竖起来啦，汗流浃背，定了定神，又自己把天灵盖拍了一下子，大声又嗽了一声。店主人一瞧，毛爷真成了毛病儿郭①啦。刚然要问话，还没说出来呢，就见毛爷一把把自己揪住，说："你想必是个鬼了？"店主东说："嗳，我是人，怎么是鬼呀？"毛爷直摇脑袋，说："你是人吓？"店主东说："我本来是人吗！"毛爷说："你是人，往前走三步。"店主东说："哦，往前走三步，一，二，三。"毛爷说："往后退三步。"店主东说："嗳，还要退三步，三，二，一。"毛爷说："还要痰嗽一声。"店主东说："那们你听着，哽哼！"毛爷说："慢来，我还要摸上一摸。"店主东说："你就摸。"毛爷真摸了一把，这才说："不错，是人！"店主东说："你怎么一摸才知道是人了呢？"毛爷说："你身上有骨头。"店主东说："人么没有骨头，可是你这们犯毛，倒是怎么件事呀？"毛爷说："方才你说了

① 毛病儿郭：清末民初北京的唱报人，本名郭瑞，流落街头，借酒装醉，自编唱本，揭露社会黑暗。

半天阴司的话，所以我才将你当了鬼了。你既然是人，你怎么会知道阴司的事呢？你要快快的说来。”店主东一听，说：“你唱了半天的《阴阳河》，敢情就为问‘冥司’两字。秀才不必害怕，我是你走后的那一天，二次又得的这样梦兆。”

（十一续）1914年3月26日

公闻之，惕然悔惧，木立若偶。主人谓：“秀才宜自爱，终当作解首。”未几，果举贤书第一人。夫人发亦寻长，云鬟委绿，转更增媚。

昨天的这点儿书，别听在下开搅，唱了半天的《阴阳河》，您想店主人冒冒失失提出“冥司黜落”的一句话来，所以有“公愕而问故”。这个“愕”字，就是惊疑了不得的意思。您想以人而知冥司事，岂能不疑他为鬼，实与《阴阳河》的张茂深遇着张小二情景相同，故此借戏文斗了个哏儿。您要问真事，可怕不能有这样的灵梦。在原文的意思，不过引用古语，暗室亏心神目如电宗旨，此等处并非引人迷信。果然人人存相在尔室，不愧屋漏之心，不但成全多少好人，且少出多少恶事。对于读书明理人自然，若是对于下愚，一旦令其一点畏惧之心没有，更无法施治了。古人以神道设教，原亦有不得已之苦衷呦。

闲话打住，且说店主东自从那日别后，自己又做了一梦的话，从头至尾一说。毛爷一听，登时心里直打寒噤，又是后悔，又是害怕，站在那儿，直像一棵死树，又像庙中一座泥胎，是一语不发，给僵到那儿了。店主东一瞧，自己得给一个接骨丹儿①，赶紧说：“我的毛老爷，我的毛秀才，事到如今，您就不必胡思乱想瞎叨念了。从此务必束身自爱，千万别得了屋子就想炕啦！只要好好儿的照常做事，必然还能作的了解元。”这一句话，虽说是宽慰毛生的话，仍是勉人为善的意思，所谓“苦海无边，回头是岸；放下屠刀，立地成佛”。“自爱”两个字，看着很平淡无奇，殊不知人之败身丧名，无不由于不知自爱始，大而可至贻臭万年，岂特迟一科解首已也。店主东一面说，一面又叫小二照旧预备上等酒菜，登时罗列杯盘，毛爷只好照旧叨扰吧。

到了次日，照常上路赴省，一切乡场的事，不必细叙。干脆就到了揭晓之期，毛爷看了几次红录，已经到了半夜还是无名。自己想着，反正这一次我可没有什么亏心的事，即便不中，问心也算对得过天地鬼神喽。自己在小寓叨念了会子，刚要睡觉，就听门外一阵喧嚷，说：“报！报！报！捷报！解元老爷连中三元②，当朝一品喽！”毛爷一听，

① 接骨丹儿：本为中药方剂，引申为解释。

② 连中三元：也称三元及第，古代科举考试乡试、会试、殿试皆得第一名，即解元、会元、状元。

心说有边儿，八成儿是我真中了，无奈连个下人没有，只好开了门，扭将出来，果见两个报录的手执红帖在外面嚷哪。毛爷出去，店主人先道喜，说：“恭喜毛老爷，贺喜毛老爷，您中了解元啦!”毛爷还了一揖，报录人立刻叩头。毛生接过报单一瞧，果然是第一名毛纪，自己说：“中了哇，哈哈！果然中了！来，将报单贴在门外。”报录人说：“使得，您那不给半碗剩饭哪，可别跟王有道①学。”毛爷知道这是讨赏钱，立刻打发赏钱。第二天拜座师、房师，会同年，刻朱卷。几天的工夫，把各事办完，这才打点行李回家。

这一次心里别提多喜欢喽，到家进了门，早见夫人迎接出来，不但模样儿出息，而且脑袋上梳着个时样鬅头，四鬓整齐，比上从前尤增妩媚。

（十二续）1914年3月27日

姊适里中富室儿，意气颇自高。夫荡惰，家渐陵夷，空舍无烟火。闻妹为孝廉妇，弥增惭怍②。姊妹辄避路而行。又无何，良人卒，家落。顷之，公又擢进士。

昨天的书，说到毛爷中了解元，又说夫人发亦寻长，并不是毛太太的头发因为老爷中了解元，也跟着捧场，不过是个结笔。此后的文字，全是结束张大姑娘的笔法，不但毛解元不是正文，就连毛夫人也是附笔了。

闲话少说，却说当日张大姑娘因为自己起心里不愿嫁毛爷，后来妹子愿去，自己也不便拦阻。自从过门之后，姐妹两个既是宗旨不同，有时在娘家见着，虽不必反对，可也就决不能亲热了。一幌儿过了些天，恰巧本村中有一家富户的少爷断了弦，托人来说张大姑娘。老员外一想，这一家总比牧牛的毛爷有个名儿姓儿，可是莫若先跟本人商量好了，再吐口话儿吧。于是叫夫人对本人儿一提，姑娘立刻赞成的了不得。这才回覆媒人，三言五语，就算妥当啦。好在全是便当人家儿，这就定日子通信过礼，简直说就算娶过门去。

大姑娘一瞧这位新郎，人才挺风流，又一瞧真是使奴唤婢，比上娘家还阔呢，心里这一分得意，真比去年某党运动上议员还高兴哪，夫妻也颇投缘对劲。奈因这位富爷（原文没准姓，既然是富家，莫若咱们就让他姓富）终日游手好闲，吃喝嫖赌，浪荡逍遥，还学抽鸦片烟，不上半年，将万贯家财俱皆花费，只……只……只落在这乞讨之中了（那是陈大官③。原文说“夫荡惰，家渐陵夷”。诸位要知“荡惰”两个字，人若有一样儿，必得受穷。因为无论多勤的人，只要有游荡毛病，决剩不下钱。若是惰人，即便

① 王有道：京剧《御碑亭》中的人物。
② 怍：羞愧。
③ 陈大官：京剧《状元谱》中的人物。

不浪荡，家中有多少，也是死钱，早晚花净也得受穷，何况荡子没有不惰的。再说这路富家荡子，即便不惰，他也没什么事可做，所以这路人，其病虽由于荡惰，而荡惰之源，仍由于富而失教）。

简断截说，自从张大姑娘过门之后，两口子是坐吃山空，再加上这位富爷非嫖即赌，所以日月一天比一天透窘。富爷出去，时常三天五天不回家，一个大钱又不留，剩下这位大姑娘一个人在炕厢一蹲，就有断顿不起火的时候儿。娘家虽然接济，究意不能净找寻。

这一天，听大家传说妹夫毛郎中了举人，心里这分儿惭愧就不用提啦。想着当初我真是心瞎眼瞎就结啦（还不如生意人哪），想不到那个二丫头片子到有眼力儿，居然他会瞧出红来啦（过得着挂上分儿①吧）。倘若街头路脑，或是在那儿会到一块，他要犯两句闲杂儿，我可用什么话对答他呀？所以每逢走在街上，遇见二姑娘，永久是一别头。二姑娘也知道姐姐是害臊，莫若就不用招呼喽。一幌儿又过了些天，这位富大爷连穷带急，就要了命啦，只好把些破破烂烂的一折卖，才把大爷发丧出去。一个人儿苦这们一受，这一天，忽然听说牧牛家的毛爷又得中了进士。

（十三续） *1914 年 3 月 28 日*

女闻，刻骨自恨，遂忿然废身为尼。及公以宰相归，强遣女行者诣府谒问。

从来妇女最苦的事，莫过于遇人不淑，或中道居孀，即便家道饶裕，也算此生已矣，再若一个冻馁，更不用说喽。往往妇女遇着这宗事，只可委之天命。至于胡涂的妇女，不是□怨父母，就是懊怨媒人，其实也算白说啦。这可说的是由父母之命、媒妁之言成就的姻缘；若是自由结的婚，那更无可说了。若再有同胞姊妹，相形之下，则愈觉难堪矣。就以这一段玩艺儿说（那位说，你不是说这段故事是真事吗？您要知道，真故事无非人名儿是真的。故事虽有这们一件事，既是做成文字，就得穿凿附会，所以人说《三国》有三，《列国》有五。别瞧我说是真事，您就得当玩艺儿瞧。要一定犯死凿儿②，错非自己问心的事不能假，其余告诉人的，都要隐恶扬善。著书是褒忠贬佞，劝惩为怀，情理下不去，就得揣测造魔。简直的说，真的准有二三成就算不错），这一位张大姑娘，自己以为高眼，看不中毛家牧牛儿，就认得富户。没想到妹子自从嫁了毛郎，人家是平步登云。自已嫁的这个富家子弟，是个家败，一天不如一天。这话不但不能对妹妹说，

---

① 分儿：地位，身份。

② 死凿儿：指死心眼儿。

就连生身父母，求其老两口子不说，自己就很念知感。

说书是有话即长，无话即短。又过了几年，毛爷中了进士，张大姑娘一听，更不用提怎么难过喽。原文说“刻骨自恨”，就是自己把自己恨入骨髓，自己越想越没滋味，一狠心一咬牙，跑到一个尼姑庙里，落发当了姑子（原文说是“废身”，按理说尼僧除落发之外，并不算废身。唯外国女修士，有割阴净身之说，大概明朝决没有这样事。不过时移古化，彼时以剃发为废身。若以如今剪发女子说，正是打算以身作则，有为于世而言，可见蒲先生顽固喽）。正是“削发为尼实可怜，残灯一盏伴奴眠”（得，唱上《思凡》啦），绣佛长斋到也清闲自在。

这一天，忽然听说妹子的丈夫毛公，不但中了进士，而且官运亨通（可不是运动得法），居然官至谨身殿大学士之职。彼时的大学士，俗说就是入阁拜相，不但位极人臣，而且少年科第、衣锦荣归（升官图①拈的手冲）。自己越想越懊上心啦，心说剃去一头烦恼丝，什么维新守旧的，只要能照旧在民国混碗饭吃，一条小辫儿满算不了一回，谁想剪了发，依然不要（那位说，嘿嘿，你又聊到那儿去啦？对，这是各部被裁的前清司员，不是张大姑娘）。无奈这座尼僧庙，本没什么香火地，出去化个月米，恰巧本处歉收，还是照旧的吃不上穿不上，如今听说妹夫衣锦还乡，想着再绷行市也不行啦，自己真要去到毛府门前化一化缘，实在没什么脸面。为难了许久，好容易想起一条计，莫如先打发一个女行者（可不是母猴儿，也不是武二奶奶），先往毛府问候一荡。

（十四续）*1914年3月29日*

冀有所贻。比至，夫人馈以绮縠罗绢若干匹，以金纳其中，而行者不知也。携归见师，师失所望，恚曰：“与我金钱，尚可作薪米费，此等仪物，我何须尔！”遂令将回。

话表张大姑奶奶自从那年入了庙，好似吃了无心草（那是小曲儿的《下山》），心里决不能好受，又搭着缺柴短米，俗说人贫志短，是一点儿不假，如今听说妹夫锦衣还乡，有心去荡，究竟羞愧的很。万分无奈，这才想着莫若打发个小尼姑（未得衣钵之传叫做行者，所以说是小尼姑）先去一荡，到了毛府，就说我打发他去问讯问讯，这些年还都平安哪？其实心工儿②不过为妹子听说自己现在的景况，也许布施点儿银米，或是送给两个钱儿。主意打妥，这才把小尼姑叫到面前，嘱咐了些个话，说：“你可要早去早归。”小尼说：“遵法旨（要反）。”出离尼庵，一直奔毛府而来。到了门上，怎么进门房求人通

① 升官图：旧时一种骰子游戏。
② 心工儿：心计。

禀也不必细说，就一直见着夫人，把师傅打发来问候的话全都说明。就见夫人一面点头，一面赞叹说："你回去也替我问候！你大远的来了荡，先在我这儿吃点儿素斋。俟等你回去的时候儿，我送你师傅点儿裁料儿。"小尼姑答应，自有下人带至下房用斋，不提。

单说毛夫人自己开箱倒柜的收拾了半天，把绫罗、绸绢、尺头料儿打点了一包袱，又余外包了两封银子，有心交给小尼，怕的是他万一见财起意再拐走了呢？莫若不用明说，偷偷儿给他掖在裁料当口间儿，拿回去他师傅打开，还瞧不见吗？于是从新把包袱打开，将银藏好。一会儿小尼姑用斋已毕，过来告辞。夫人将包袱递给他，又说了几句问好的话。

小尼抱着这一包袱裁料回到尼庵，见着师傅，把去到毛府一切的情形回禀了师傅一遍。这位富门张氏二师傅，别瞧现在这们穷，早年在娘家是一宠子的性儿①，如今出了家，应该脾气柔和点儿才是呢，敢则不能。正是俗语说得好，山河容易改，秉性最难移。穷虽穷，性子还是挺暴。一瞧徒弟抱进个大包袱，起初以为是一包袱道胜银行的羌帖②，正金③的老头儿票④哪（彼时没有，再说毛爷这些年也挣不了成包袱的洋钱票，这是我穷急了，这们做梦哪），以为必是银子。及至听说"这是毛太太送您的绮縠罗绢"，这位二师傅立刻又火儿喽，说："他这分明是拿我取笑儿，趁早儿别打开。他如果送我个百八十两的银子，咱们可以买几担柴，籴几石米，对付着度命，好等着谋生计（那是现在的旗人）。如今送我点子官尺头卷儿、破绸片子，我一个出家人又穿不得这些东西，难道他叫我卖零裁料儿去吗？满打摆上个高摊儿，幌着个秃瓢儿，我也不会吆喝呀，真真的岂有此理！难得你还是我的亲胞妹呢，你趁早儿快快儿的给我送回去。你说这些东西，我们出家人没用处，让他留着另赏别人吧！"小尼无法，只好遵命，又到毛府璧还。

（十五续）*1914* 年 *3* 月 *31* 日

公及夫人疑之，及启视，而金具在，方悟见却之意。发金，笑曰："汝师百余金尚不能任，焉有福泽从我老尚书也。"遂以五十金付尼去，曰："将去，作尔师用度，多，恐福薄人难承荷也。"行者归，具以告师。

却说毛太太赠给姊姊许多裁料并百数两银子，此时毛相国大概可没在家。及至打发女尼走后，毛爷才回来。太太也不必瞒着，就把如何赠物的话告诉明白。毛爷此时家道

① 一宠子的性儿：任性，不听劝阻。
② 羌帖：旧时对流通于中国的俄国卢布的俗称。
③ 正金：即正金银行，清朝光绪年间由日本人在华设立的银行。
④ 老头儿票：旧时对流通于中国的日本纸币的俗称。

很趁，有限的点子东西还能不愿意吗？说是："亲故亲顾，这满算不了一回。以后再来，就说把庙宇修一修，再花上个几百子，也没要紧。"夫妻二位正然说的高兴，忽见门公跑进来，说："方才早半天来的那个尼僧，抱着个包袱又回来了，还要面见夫人。"毛爷一听，说："你就叫他进来就是啦！"门公出去，不提。

此时毛公夫妇到纳起闷儿来。一会儿，见小尼姑抱着原旧的包袱走进来，进了厅房一瞧，上首坐着一位头戴相貂、身穿紫袍金带的少年郎，知道这位必然是相爷喽，赶紧把包袱放在一个椅子上，合掌当胸打了个问讯①，说："我弥拉子，弥陀佛，我弥了个盹儿。相爷在上，我和尚问讯过喽！哼，哈哈哈（这是女尼吗？这是醉入秦相府的济颠僧，说《聊斋》带饶《串花》，不然怎么说高明哪，别招说啦）。"反正女尼见着师傅的妹丈，不能不行个礼儿吧，然后又给毛太太行礼。这才把师傅不肯收这一包袱罗绢的缘故略说了说，可不能照实话说，只好说："师傅是出家人，净穿麻布，穿不着这些，所以打发我送回。请您查点清楚，自己好回去。"

毛太太一瞧这个包袱，好像没打开似的。于是接过来，当着女尼打开，伸手一摸，里面夹着的两封银子也还照旧。这才了然姊姊的来意原为求财，自己送他裁料，他并没打开，所以又犯了他的旧脾气了。一面用手把两包银子取出，笑嘻嘻冲着女尼说："你不用替你师傅美言啦！他不定背地里怎么怨恨我呢！你瞧这是什么？"说着话，把纸包打开，往桌案一扔，只听响了一声"拍"，白花花，绕眼增光，爱死个人（这又是谁呀？《得钞傲妻》的常峙节），说："你瞧这是什么？"女尼一瞧，两大包银子，约有一百多两。自己心说，难得我拿了这们一道儿，也没觉乎出来。就听毛太太说："你师傅连这们百数银子的命都擎受不住，那儿能有福泽跟我们老尚书过日子呢！"一面说，一面把银子包上，说："你回去，把这五十两给你师傅带回去，让他添补着买点儿柴米油盐对敷着花吧。可不是我舍不得全都给他，多了恐怕他命小福薄，擎受不住。"

女尼只好答应，告辞出来，一面走，一面想着，我这位师傅就是五厘分儿的命，这一辈子决不能当独十成的老板喽（那又是谁的师傅）。自己一面走一面赞叹，转眼回到庙中，这才对他师傅从头至尾细说一遍。

（十六续）*1914 年 4 月 1 日*

默然自叹，念平生所为，辄自颠倒，美恶避就，岂由人意耶？后，店主人以人命事逮系囹圄，公为力解，释罪。

---

① 打问讯：合掌祝愿。

却说这个小尼姑出离毛府，自己一面走一面起心中赞叹。一会儿的工夫，回到庵中，见了师傅，从头至尾把话说了一遍，又把五十两银子递给师傅。这位才明白，敢情方才那包袱裁料是妹妹给的饶头，真东西在里头藏着呢。大概官场送礼，多半是用这法子，花盆里头埋银子，绍酒坛子装金子，全是遮掩大家的耳目。如今民国，决没有这些事了（对，一卷洋元票当面递了）。这位二师傅自己坐在禅床上一语不发，半天才叹了口气，一想自己这一辈子所办的事，以为是好，偏不可心；以为不好的，偏是好的。嗳，真乃是“万般皆是命，半点不由人”就结啦。

又过了几年，这一天，王舍人庄的王店东打发人到了毛府，说是店主东因为误伤人命，被历城县锁拿在衙，钉肘收监，求毛相国给拨治拨治。毛爷因当初应过人家，并且吃过两次知①，还能不算吗？立刻给县官写了封信，官司就乌里乌秃②抖绳放啦。这一笔不过圆全上文“救命”二字，我要顺笔造魔，这一场官司能让他打个十天半月的。虽说瞧着热闹，教人未免说我画蛇添足。

实告诉诸位说，这段原文可是完啦。不过还有任城孙扩图的一段按语，并吕叔清的附考，引征《掖县志》，与孙先生按语都大同小异，与《聊斋》可差得太多。大致都说这位毛文简的父亲，名叫毛敏，当年也是位孝廉公，由举人考教官，授杭州府学的教授。一共有五个儿子，这位毛文简公行五。毛敏先生寿至八十多岁，文简官至侍郎。这位毛敏翁，还生受封赠。况且茔地，自宋元以来就是一处老祖茔，不断有作官者，直至这位毛文简公卒后，才另立的新茔，坟地有碑可考。

至文简夫人一段事，毕氏《蝉雪集》中所载，亦与此不同，说不姓张姓官，大姑娘嫌文简公有文无貌，临嫁后悔，二姑娘承父母之命，替姊归于文简。文简既贵显，大姑娘一堵气子，出家当了女道士。妹妹所送的礼物一概不收，自己参修正果，清净修持，后来活的寿数很大。这位毛文简公是早年致仕，在林下优游二十余年，时常还找了这位大姨子去，在观中谈道，颇相敬重。

要按这们说，蒲留仙先生所作这段《聊斋志异》，必系传闻之误。好在毛家倒没要求更改，也没嘱登来函（那位说，《聊斋》没这一门。我这是三句话不离本行）。奈因原文怎么做，我得照着怎么说，后文按笔同附考，可又不能不替说说。不过词中本旨，本馆概不负责（又是三句话不离本行）。原文把毛文简幼年说的没准坟，这可是蒲先生传闻失实，我们转录的，并不是有意敲毛家的竹杠，更非故意诬蔑谁的名誉。毛家不答应，那就让他登鸣冤泄愤，不答应姓蒲的去吧（推了个干净，一死儿说定了行规啦）。书说这一来，明天您再瞧新鲜的吧。

---

① 吃过两次知：指被招待过两次。
② 乌里乌秃：不明不白，办事没头绪。

花姑子

（开篇）1914年5月16日

民国政体成立，转瞬已届三年。五族共和美名传，可惜人心涣散。
时在清和首夏，大风旱坏田原。米粮落价仗赈捐，不亏平粜难贱。
诸公欲消永昼，书馆胜似戏园。十丈红尘扑面前，刮得灰头土脸。
何如家中静坐，看报也可消闲。两回才合一文钱，不识求人替念。

安幼舆，陕之拔贡。为人挥霍好义，喜放生。见猎者获禽，辄不惜重直，买释之。会舅家丧葬，往助执绋①。暮归，路经华岳，迷窜山谷中。

几句流口词儿念毕，接着又写了两行《聊斋》，是《花姑子》的原文。上回说了一段《曾友于》，是昌明孔教的玩艺儿。在下因为人心不靖，多因失于孝弟根本，尝想《论语》一翻篇儿，有子就说“其为人也孝弟，而好犯上者，鲜矣；不好犯上而好作乱者，未之有也。君子务本，本立而道生。孝弟也者，其为人之本与”。现在民气发扬，固然是强国的气象，若根本不固，犯上作乱，亦所堪虞。所以借那段《聊斋》，说一说共和真解，奈因不甚花梢，有似弋戏②。昨天说完，今天换一段有花衫子③的，仍本劝人为善的宗旨往下评讲。闲言靠后，这就说书。

却说有个姓安名幼舆的，是陕西的一位拔贡，家中广有资财，尚未婚娶。别瞧是有钱的

① 执绋：旧时送葬时帮助牵引灵柩，后作为送葬的别称。
② 弋戏：弋腔戏，起源于江西弋阳，特点是一人独唱，众人帮腔。
③ 花衫子：京剧旦角类型之一，综合青衣、花旦、刀马旦的艺术特点发展而成。

老陕儿，可是既不啬吝，又好仗义，所以原文说“挥霍好义”。最喜爱放生，每遇着打猎的打着野禽兽，心里瞧着，一动恻隐之心，就想买下，把他放了，无论是多少钱都肯花。

按放生这一件事，原是古人所推恩足以及禽兽，正是仁人民胞物与之心。无如后人仅袭好善虚名，不徒无益而又害之。即如前些年，颇有这路善士，家中或有喜庆事，或是佛道日期，自行请愿放生，或在东岳庙、隆福寺、护国寺向鸟儿贩子买妥若干笼家雀，然后打开笼，瞧着他往外一飞，以为是个乐儿。论真理，若没这路善人，拉网的还不打下这们些笼，费食水养活他呢，而且都是放家雀儿，没见整笼放白翎、电颏、黄雀的（价钱贵）。以爱物之理说，岂不一样吗！足见那一路善人，多是沽名的，是爱物适足以戕物之生。

若说这一位安爷可不然，是看见什么就买着放，不但禽鸟，野兽也放。大概可也不能纵虎归山，引狼入室，所放的兽也必是不害人的。这一年舅舅家有丧事，下葬之期，安爷得亲自送殡。陕西地面，坟茔多在山中，是车马不容易到。再说送殡，古名执绋（如今挽联即此遗制），应当亲自拉着，更不能骑牲口了。及至下完葬，天色已晚，辞别本家，往回路走。这股道正是西岳华山山脉，安爷本来不惯走路，如今一个人，是越走越黑，不想走着走着，竟自失迷路径。

（续昨） *1914年5月17日*

心大恐。一矢之外，忽见灯火，趋投之。数武中，欻①见一叟，伛偻曳杖，斜径疾行。安停足，方欲致问，叟先诘谁何。安以迷途告，且言灯火处必是山村，将以投止。叟曰：“此非安乐乡。幸老夫来，可从去，茅庐可以下榻。”安大悦，从行里许，睹小村。叟扣荆扉，一妪出，曰：“郎子来耶？”叟曰：“诺。”既入，则舍宇湫隘。叟挑灯促坐，便命从事具食。又谓妪曰：“此非他，是吾恩主。婆子不能行步，可唤花姑子来酾酒②。”

却说安公子本不是久惯走山道的人，走来走去，天色已黑，所辨不出东西南北了，心中是突突乱跳，想着要是一个人在山沟儿里打一夜野盘儿③，可真有点儿不了。正然着急，猛一抬头，见远远儿有个亮儿，好像灯光，大约也就在一箭多远。安爷想着大概必然是个住家儿的，不免到在那里，陪个小心，借宿一宵，耗到明天再回去也还不迟。想到其间，脚底下加劲儿往有亮儿的地方够奔。走了几步，忽然由那旁边一股小道儿上来了一个老头儿，湾着腰儿，手中拿着条拐杖，并不拄着，用手拉着，脚底下挺快。斜叉

① 欻：忽然。
② 酾酒：斟酒。
③ 打野盘儿：到处混饭吃或随地居住。

路正是由安爷面前所过得下路而来，挺窄的山道。安爷见人家是有年岁的人，还能抢着走吗，只好当时站住，想着莫如道个借光，跟老丈打听打听，前面灯光是什么人家，或是那里有村庄旅店。

话还没说出口呢，老头儿先说了话啦，说："那一位呀？"安爷说："我姓安，我叫安幼舆，行到此处失迷路径，正要借光动问，前面那个灯火光儿，想必是个山村喽，意欲奔到那里借宿，不知那里有村店小庙儿什么的没有？"老头儿说："那个灯火之处，不是安乐之乡。幸尔老夫前来，公子可从老夫家去。茅舍离此处不远，尚还可以下榻容膝。"安爷说："只是萍水相逢，怎好打搅！"老头儿也没说"四海之内皆为兄弟"（东皋公①是里子，不愿应工），拉着拐杖，就说："请啊，老夫头前引路。"安爷只好说："这就好了啊，哈哈！"

老头儿头前引路，安爷后面跟随，走了约有一里多地，安爷见前面好像有几间小房子，也不过三两家人家的小村儿。老头儿到了一个小篱笆圈外头，拿拐杖一敲打，由小房儿里出来一个人，走得挺慢，过来把门开开。安爷这才看出是位老太太，自己不便行礼招呼，就听老太太问老头儿，说："那一位大爷来了吗？"老头儿答应了一声。老太太一闪身儿，老头儿冲着安爷一拱手，说："请呀！"安爷只好进来，老太太关篱笆门儿。三两步就是屋门，老头儿说："我先走。"安爷只好跟随。

进屋一瞧，这个房子别提有多们又窄又矮啦，而且漆漫乌黑。老头儿放下拐杖，引了个火儿，把灯点着，说："快请坐下歇息歇息吧！"此时那个老太太儿也就进了这一间屋子。就听老头儿说："你们快去给相公预备点儿酒饭去！"又冲老太太儿说："这位不是别人，是我的恩人。我瞧你这婆子手脚太迟慢，两条腿所迈不上步儿来啦。这们办啵，你把花姑子叫来，让他预备酒，还马力点儿。"老太太答应了一声，抹身出去。安爷先听"恩主"二字，心里纳闷儿，不知有何恩德，如今一听花姑子，更惊疑的默默无言。

（再续）*1914* 年 *5* 月 *18* 日

俄女郎以馔具入，立叟侧，秋波斜眄②。安视之，芳容韶齿，殆类天仙。叟顾令煨酒。房西隅有煤炉，女即入房拨火。安问："此公何人？"答云："老夫章姓，七十年，止有此女。家少婢仆，以君非他人，遂敢出妻见子，幸勿哂③之。"安问："婿家何里？"

看书这件事，总得留心细瞧，才能分得出神情意思来。如昨天老妪启关，便问："郎

① 东皋公：京剧《文昭关》中的人物。

② 眄：斜视。

③ 哂：讥笑。

子来耶?”是此妪已知安生将来，则岂不知安生有恩于我家?及至叟命具食，又谓妪曰;“此非他，是吾恩主。”这话为言明不妨唤女釃酒之意，并非告妪，这是安恩公也。这些地方不分晰明白了，就把好玩艺儿说得没意味了。开篇就说安幼舆“挥霍好义，喜放生”，足见安生有恩于人物，不只一端。追说出恩主，安生毫不记忆，是安生日日施恩，自己不过求其心之所安，不特①无望报之心，且并不以为恩，所谓无心为善。若待人稍施小惠，即苛责于人，其天性与安生为人所差奚啻天渊。

闲话少说，却说安爷听老夫妇这们说，自己也不能答言，只好听着，有心说“酒饭前途用过，老丈不必费心”，肚子真饿，早晨的柳叶汤已经消化净啦（对，送殡的预备儿吗)，只好人家给什么吃什么。老太太答应出去，工夫不大，见由外面进来一个十五六岁的大姑娘，手中托着个小木盘，盘内放着杯筷布碟、几碟菜蔬、一把酒壶，进到屋中，就放在炕桌上面，一转身儿站在老头儿的身旁，偷眼瞧了安爷两眼。安生借着灯光之下，一瞧这位姑娘，模样是很美貌，而且正在青春妙龄，虽然荆钗布裙，不啻天仙一样。又见老头儿一扭脸儿，冲着姑娘说：“你快把酒给煨的热热儿的!”姑娘答应一声，拿起酒壶进了西里间。安爷在迎门上首坐着，此时才留神一瞧，原来那间屋子西犄角上安着个煤火炉子，里面生着火。就见姑娘把火挑开，脸儿朝里筛上酒啦。老头儿由炕桌儿上把菜挪过来，放在迎门桌上，净等酒热了好斟。

安爷也不必谦逊，只好就在这客位坐了吧，只因看见这个女子，心中很是爱慕，别的话全没顾得问，冲着老头儿，指着姑娘说：“这位是您什么人哪?”老头儿说：“老夫姓章，今年整七十岁啦。跟前就有这们一个女儿，家中也没个丫头，也没个男仆。皆因郎君不比外人，所以才敢出妻见子，千万可不要笑话我!”这几句可谓所问非所答，足见安生自从进门没顾得说别的，连人家贵姓高寿都没问，瞧见人家姑娘，就问是您什么人。老头儿开口说“老夫章姓”“七十岁”，按俗话说这就是暗含着给了个轴②吃，然后又怕安爷僵了，这才跟着说“止有此女”，又说“家少婢仆”，皆因你不是外人，所以才肯“出妻见子”。这些地方都默寓规劝安生之意。无奈安生本是书呆子，又在年轻未婚，居然没听出来，顾不得说别的，还在人家姑娘身上注意，连忙问说：“那们，可不知您这位姑娘给的是什么婆家?”

（三续） *1914* 年 *5* 月 *19* 日

答云：“尚未。”安赞其慧丽，称不容口。叟方谦挹③，忽闻女郎惊号。叟奔入，则

① 不特：不但，不仅。
② 轴：这里指生硬的回答。
③ 谦挹：谦卑退让。

酒沸火腾。叟乃救止，诃曰：“老大婢，濡猛不知耶！”回首，见炉旁有薥心插紫姑未竟，又诃曰：“发蓬蓬许，裁如婴儿！”持向安曰：“贪此生涯，致酒沸腾。蒙君子奖誉，岂不羞死！”安审谛之。

话表安生此时知道是老头儿的女儿，所以跟着往下问有了人家儿没有。老头儿说：“还不曾许配人家。”安生一听，起心里越发的高兴，莫若我多夸几句，倘或老头儿见我夸好，必然问我娶过妻室没有，我再一说没有，老头儿也许把姑娘许配我。想到其间，连忙说：“您这位小姑娘生的别提多聪明啦，别提多秀气啦！真好，啧啧，真好！”老头儿说：“蒙先生夸奖了，过奖了，愧不敢当了（那儿来的这们三了，所为对那两啦）。”说了半天，到底没问安爷心里的那一句。

正在这个功夫，就听屋里姑娘直嚷：“嗳呦！”老头儿一听，连忙站起来就往里屋跑。安爷自然还得在这儿坐着，探头儿一瞧，见火苗子扑了个大高，大概是酒筛开了，扑到火上。姑娘一慌，没了主意，所以才吓得直嚷。老头儿跑到跟前，把酒壶挪开，又把酒苗儿吹灭，一手拿着酒壶，气哼哼的大声嚷着说：“这们大的丫头啦，做上点儿事，永久还是这样的冒失！连个酒一打满了，火力是最容易勾出来都不懂得，可怎么好！”说着提溜酒壶是要出外屋来，一扭头看见炉台子上搁着一个小人儿，拿起来走出屋外，借灯光之下一瞧，原来是用薥葵花心插的紫姑，还没插好哪。老头儿此时的气可更大啦，说：“你瞧你，都留满头了，这们大的丫头，还自当三岁五岁哪！”一面说着，把这个玩艺儿举到安生面前，说：“郎君请看，这丫头因为贪着做这们个东西，把火上烫的酒就忘了留神啦！方才蒙君子那们样儿的夸奖，岂不羞死！”说着气哼哼的才把这个紫姑放在桌上，用手拿起酒壶给安爷斟上一杯，自己也满上一杯，坐在主位相陪，免不掉得周旋几句“不过没有什么好酒饭，山村之中无处去买，千万将就用饱着点儿”的谦词话儿。安爷既是白吃人家，也不能不说些谦虚词儿。

这些地方儿，原文一概没有，不过不能不这们补叙。真要老头子净跟女儿生气，只顾抓起紫姑出来，这把酒壶还放在炉台上，安爷无论怎么饿，也不能跑进里屋找酒壶自斟自饮，就喝上了啊。这些地方并非说书好拉功夫，其实有时一粗心，落说一两句，真有来函指教的。您要告诉人说，当初蒲先生就没提这一句，您要问，问蒲先生去，这不是抬杠吗，所以应补的必替补一补。若有时忽略住，还得请诸位原谅。多大的做艺说书先生，也免不了有时奔瓜①，何况我是外行。再说每天这些字，无论有什么事也得写出来，并且还有别的门类呢。话是交待了，咱们说过无毒。再说安生此时肚中真饿，端起酒盅喝了一口，这才拿起这个紫姑仔细观瞧。

---

① 奔瓜：指演员在表演时忘词。

（四续）*1914年5月20日*

眉目袍服，制甚精工。赞曰："近儿戏，亦见慧心。"斟酌移时，女频来行酒，嫣然含笑，殊不羞涩。安注目情动。忽闻妪呼，叟便去。安觑无人，谓女曰："睹仙容，使我魂失。欲通媒妁，恐其不遂，如何？"女把壶向火，默若不闻，屡问不对。生渐入室，女起，厉声曰："狂郎入闼①，将何为！"

却说安公子喝下两盅酒去，自己也稍觉定了定神，这才留神细瞧桌儿上放的那个紫姑，插的极其精细，眉儿眼儿并所穿的衣服，配合没有不合式的，由不得顺口又夸赞起来，说："令嫒做的这个小人儿，虽然是个儿戏的玩艺儿，可是颇见聪明，真是心灵手巧！"老头儿也没答言，遂又让酒让菜，一会儿一壶斟完，老头儿又叫姑娘重新荡酒去。姑娘取壶进屋，在火炉上荡热取出来，在安生与老头儿面前全行斟满，又到外面取来饭菜，然后又去荡酒。来回好几次，脸上笑嘻嘻的神情，落落大方，决不像乡村儿的女子，见着个生人藏头露尾、怵场的样子。安公子越瞧越爱瞧，酒也顾不得喝，所瞧的出了神儿啦。心里盘算，这样女子就是搢绅之家都不容易寻找，我要娶他作妻，才趁心愿。无奈老头儿虽然跟我这们套近，可不拢这个碴儿，我可怎么跟人家张口说呢！自己正在为难，猛听隔屋那个老妪叫："老当家的，你这儿来呀！"老头儿答应了一声，起身出去。

外屋只剩安爷，里屋就剩姑娘。安爷此时心里这分儿喜欢，直比选上什么长还高兴。想着莫若我问一问本人儿，他赞成不赞成。若能得他同意，二人当时表决，自然妥协。虽不必当时有效，只要他不反对，那不他一语不发呢，总算默许就能通过。已后即便那二老不认可，他从中在内里运动，这件好事可成。想到其间，刚然要说，一想不得，万一老头子在窗儿外头听见呢，赶进来抢白几句，我有何颜面。这才用耳音查找二老，并无声音。知道没有人，这才把脸转得对着里屋门儿，眼望着姑娘说："自从亲眼目睹小姑娘容貌，似遇天仙一样，简直的我亚赛失了魂灵儿。我打算要托过个媒人来，跟你的父母提一提婚姻之事，又怕你家这二位老人家看不中我，或是舍不得把你出聘，你说这件事可当怎么办才好哪？"

安爷把话说完，一瞧姑娘把脸一转，冲着火炉子照常筛酒，好像没听见似的。自己一想，也许我心虚胆小，说得声音太低，姑娘没听见，于是站②起来，紧凑到老头儿所坐的那个坐上，又说了一遍。人家姑娘依然不理。只好站起身形，用手扶着门框，说：

---

① 闼：一般指妇女居住内室的门。

② "站"，原文作"跕"，据语义改。

“嘿！啊！我说你哪！我打算要托个媒人来说你为妻，怕你父母不愿意，你想这件事到了儿应该有什么好主意呀？”不想姑娘是连哼也不哼。安爷所急啦，往院子听了听，老头儿还没声音，乍着胆子，一迈步就进了屋子。姑娘一转脸，脸上透出不愿意的神色，说：“狂郎你硬闯入人家闺闼之中，不知你的意欲何为？”

（五续）1914年5月21日

生长跪哀之。女夺门欲去。安暴起要遮，狎接剧亟。女颤声疾呼，叟傯遽入门。安释手而出，殊切愧惧。女从容向父曰：“酒复涌沸，非郎君来，壶子融化矣。”安闻女言，心始安妥，益德之。魂魄颠倒，丧所怀来。于是伪醉离席，女亦遂去。叟设茵褥，阖扉乃出。安不寐。

孟子说：“食色，性也。”男女之爱情虽贤者不免，可得能“发乎情，止乎礼”，若任意纵欲，则即俗语所说色胆大如天，便成狂且不足以为人矣。大抵吾人，中人资质居多，古圣定礼，原为防微杜渐，不能因其夙好即不防闲。虽说由于男女全没教育，始有邪淫之行，而今之有教育之少年，仍不断出笑话。推其原因，学力未固，又在青年，所谓怨女旷夫各相窥伺，自不如古人所谓男女有别，防闲着点儿好。就以本文章翁说，因安生有救命之恩，以为好义者，断不至荡检逾行，故出妻见子，不想几乎将安生之命送掉，是相见何如不见呢！

闲话少说，却说姑娘见安生业经走进屋中，这可不能再不言语啦，所以疾言厉色的说：“狂郎入闼，将何为？”安爷实在没词儿，一想莫若闹个软磨儿（柔软手段），立刻一矬身儿，咕咚就跪下啦。姑娘并不答理，扭身形就要往外跑。安生在地下矮着半截儿，人家不理有多僵啊，如何肯让他走，赶紧站起来，左遮右拦，很透轻狂。姑娘一见，走是走不了，可真急啦，登时吓得颤巍巍①的声音喊嚷起来。安爷听见人家嚷上了，自己心中慌了，也没听明白嚷的是什么字儿（多半儿是捕盗拿贼）。

此时就听见院中有脚步声音，配着拐棍子的声儿，知道必是老头儿来啦，而且听着脚步声音挺乱，必是忙的，又听风门儿②一响，业已进来。安爷这一阵可就顾不得再跟人家姑娘闹了，连忙撒开手，臊眉臊脸往外屋里跑。及至出了这个小门，见老头儿果然在屋里地下站③着呢。安爷是又羞又怕，老头什么也没问，直着两只眼睛瞧了瞧安爷，又瞧了瞧女儿。安爷此时更糊涂的没有词儿啦。就听姑娘冲着老头儿，绷着个脸儿，慢条斯

① “颤巍巍”，原文作“颤微微”，据语义改。

② 风门儿：旧时屋门有两道，里面的一道向里开，外面向外开的一道叫风门儿。

③ “站”，原文作“踮”，据语义改。

理儿的说："适才一个不留神，火上的酒又扑出来了。若不亏这位郎君跑到屋内一路扑灭，大概这把酒壶已经烧化了。"老头儿是什么话也没说。

安爷一听人家孩子并没实话实说，替自己圆谎，心中这分儿感激，真是五体投地。其实姑娘所说的，必说"酒复涌沸"，是隐寓邪火的意思，可不知这酒壶所指的是什么，老头儿好在也不追问。安爷此时才定了定神儿，把方才同姑娘说的那一套话重复一想，实不像人话，可顾不得再做那些打算了，赶紧站起身形，冲着老头儿说："蒙老丈酒饭款待，小生是酒足饭饱，多有叨扰。"老头儿也没再让。此时姑娘把方才那个木盘端过来，把一切的盘碗全行收拾在内，端着走去。老头儿从那屋搬过一分铺盖给安爷铺好，说："天色不早，公子请安眠罢！"说完带上了屋门。屋中剩下公子，只好躺下，翻来覆去，越发难以安眠。

（六续）*1914年5月22日*

未曙，呼别。至家，即浼①交好者造庐求聘，终日而返，竟莫得其里居。

昨天的书，说安生明明对女子说亲，女若不闻，追其入门，厉色疾呼，此为守经②；及叟入门，从容向父代郎掩饰，此为行权③。其所以行权的原故并非私心慕安，因安有恩于老父，倘不如此掩饰，则老叟明明见安由内屋出去，不问则可，若问明入闼原因，昏夜驱遣，则使父不得报恩。再若安生果然说出意在求己为室，叟从之不可，不许亦难措辞，故不若代为掩饰之为得计。惜此女行权之苦心，安故不解，由心安妥而益德之，更错以为女子有心，不过未肯明言。所以花姑子如此行权达变，且几害安生丧命。推原祸始，仍应归罪章叟，未能远嫌。这段儿书，诸位别当艳情玩艺儿看，用意与《西厢》老夫人开宴北堂春，罪老夫人同意，正示人以处家庭当远嫌为要。本是极顽固的玩艺儿，诸君不信，请往下瞧。

闲话少说，却说老头儿见安生辞以酒醉，赶紧预备铺盖，道了安置④。人家父女三口儿是上了那间屋子去了，剩下安生一个人，翻来覆去，如何睡得着。究竟摸不清是待老头儿有什么好处，女子这分情意，是看中自己害羞不肯说，还是老头子家教严，受惯了压制，不敢自由，心中越嘀咕越睡不着。又一想，这些事情本不应当对说对讲，不如天一闪亮儿赶紧回家，求个媒人来提说，大概老儿就许愿了意啦。正然叨念，见窗纸已然

① 浼：请托，央求。
② 守经：固守常法。
③ 行权：改变常规，权宜行事。
④ 道安置：这里指就寝前的客气话。

发白，自己爬起来，穿好衣服看看屋门，一瞧果然天快亮了，站在院子叫了一声：“章老丈（可没说别古），我要趁早儿回去了！”听那屋老头儿答了句言儿，说：“做什么这们忙啊！那们就请公子给带上门，我可不送啦！”安生答应，到了篱笆门前，解开绳扣，就开开了，出门顺着昨晚来的那股小道儿走了一里多地，认上大道，此时天光大亮，也辨出东西南北了，一气往家一赶，不过一会儿已经到家。

见家中下人因为大爷一夜没回家，正不放心，在门口瞧着哪，一见主人回来，说：“您昨天住到那儿了？”安爷说：“你们不必问，快到隔壁把张老爷请来、李先生约来，就提我有要紧的话说，在书房等候。”下人奉命去约请张、李二位，一会儿来到。安爷本来年已弱冠，许多亲友给安爷说亲，安爷全不愿意，张、李二位也给说过好几家了。如今请过来一问什么事，安爷遂将自己所遇实话实说，无非昨天送殡，路遇章老头儿，见他有个姑娘长得标标致致，致致标标，今日请你前去提亲，说成之后，重礼相谢，重礼相谢（这是安公子吗？不，胡狗子①）。不过托二位去提亲，二位因为是好事，也愿意喝这一碗冬瓜汤②，又细问了问村落门户，二位说：“我们是就此前往！”安生说：“那们您就辛苦一荡吧！”二人去了一天，晚间回来，说是并没找着这个地方。

（七续）*1914年5月23日*

安遂命仆马，寻途自往。至则绝壁巉岩，竟无村落。访诸近里，则此姓绝少。失望而归，并忘食寝。由此得昏瞀之疾。

前两天这段儿书上说，有“插紫姑未竟”一句。在下因为是个极俗的老玩艺儿，而且近于迷信，又与本文无关系，所以没细说。不想这两天屡接来函，且有友人面询，故此今一天把这个典故叙一叙。这件事出在《荆楚岁时记》上，是子胥之妾，其大妇名曹姑，其姓未详，有说姓蒋的，时代也无从考查，因受大妇凌虐，于正月望日身死。世人于此夜做其形状于厕所或猪栏边迎之，祝曰：“子胥不在，曹姑亦归去，小姑可出。”岁足觉重，便是神来，设酒果供之，便觉跳跻不住，此是南方迎紫姑如是。从前老年北京也有迎紫姑之事，据说用新簸箕蒙以新布，由厕所迎接，也可以卜年凶丰，或问事亦可。俗说茅姑姑即紫姑神是也。至本文不过借此点缀花姑子为小女子所应为的玩物，并没多大用意。其实这路事在老年虽似迷信，有无并不足信，不过用意也为借此劝戒开导妇女，言紫姑虽受此凌虐，并无怨愤，终且成神。大凡迎紫姑者，老年妇人必要详详细细把紫

---

① 胡狗子：京剧《金鸡岭》中的胡伦。

② 喝冬瓜汤：做媒人。“冬”，原文作“东”，据语义改。

姑的贤德说得津津有味，令少年妇女有所效法，其实仍不离神道设教之意呦。

闲话少说，话表安生所托的张、李二位大媒去了一天，回来说并没找着这个地方儿，告辞回去。安生以为必是这二位走错道路，莫如明一天带上下人，备上两匹马，亲自去一荡，做为道谢，只要下人认明道路，再托张、李二位去说，大概也就容易喽。打定主意，次日天明，老早起来，催着开饭，然后派下人备了两匹马，说是进山道谢去，下人只得遵命。一会儿备齐，安爷上马在前，仆人后面相随，顺定前一天回来的道路往前行走。

不大的功夫，进了山口，越走道路越窄，一眼看不见个人影儿，走了足有半天儿，两面都是陡壁悬崖，别说村落，连一间小房儿也没看见。心中纳闷儿，想着我那一天好像就从那股道儿上走了回来的，怎么会找不着了呢！难道大清白昼的，我又转了向儿了不成！只在着急，后面下人问说："公子到底上那儿呀？再往前可怕骑不了牲口吧！"安爷也只好顺口答言说："怪呀！怎么我也找不着了呢！不然你下牲口，打听打听这个山里有位姓章的老头儿在那里居住。"下人答应，下了牲口一瞧，四顾无人，只好把牲口交给安爷拉着，自己爬过两个山头，好容易遇着一个打山柴的，一问这个山里，虽有三两家住家儿的，不但没有姓章的，也没有老头儿。下人只好慢慢儿回来，把樵夫的话回覆了公子，再看日色已经平西，肚中也都饥饿了，这才劝公子回去，改日再来吧。公子无法，只好垂头丧气往回路而走，到家已经天黑。安爷是又乏又困，连晚饭没顾得吃，蒙头大睡，从此得了一场大病，终日好似痴傻一般。

（八续） *1914* 年 *5* 月 *25* 日

强啖汤粥，则喠咯欲吐，溃乱中，辄呼花姑子。家人不解，但终夜环伺之，气势阽危。一夜，守者困怠并寐，生蒙瞳中，觉有人揣而抗①之。略开眸，则花姑子立床下。

却说安爷去了一天，鞍马劳顿不算，并且连一点儿影子模儿都没找着。到了家，连晚饭也没顾得吃，闹了个头朝里（本来这个行为就是头朝里②吗），昏昏沉沉睡了一夜。次日天明，打算要起床，就觉着嘴里发苦，眼睛发弩，四肢发懒，四肢发酸，坐起来周身不爱动，一翻身又躺下了。这一觉睡到快晌午了，下人把菜饭预备齐毕，所没信儿起来。这才有亲近下人到了床边去叫安爷起来，说："请您起来坐一坐，该用早饭啦！况且昨天晚晌就什么没吃。"安爷睁开眼睛瞧了瞧，摆了摆手，说："我什么也吃不下去，心里难过的很。"下人们一听，说："八成儿您有点儿感冒，如果不愿吃荤食，那不做点清

---

① 抗：摇动。

② 头朝里：多指不通人情。

淡的汤水菜，或是熬点儿稀粥哪。”安爷听他们说得有理，当时点了点头。

下人出去告诉厨房，预备了一碗香油素片儿汤，多加高醋（对，老西儿吗），做得了端上来，安爷一闻，直摇脑袋。下人端去，又端来一碗稀粥，安爷一瞧，倒是不凉不热，喝了一口稀米汤，谁知嗓子不愿往下咽，反要往上撞，赶紧把碗放下，照旧躺下，浑身发烧，一阵阵的昏迷不醒，外带直说谵语，闭着眼睛净喊“花姑子”。

下人纳闷儿的了不得，这个就问那一个，说：“昨一天大爷出门儿，说上山里给人道谢去，莫不成是上尼姑庙了吗？”那个就说：“咱们这一方没听说有尼姑啊！八成儿许是遇着姑子的孤魂，把大爷给撞客①来吧，这可总得赶紧调治。”

无奈外乡地方儿请医家不大容易，无非寻点儿丸药等类用水冲化，劝着安爷服用。安爷这是心病，俗语儿说，心病还须心药医，多好的医家都治不了，何况是些草药呢。安爷也不肯服用，当天又没起床儿，而且闭上眼睛就说胡话，总离不了“花姑子”三个字。下人急得一夜也没敢吹灯，只好换班分前后夜，在床头里看守着。病势是一天紧似一天，连一会儿明白的时候都没有了，一幌儿就是四五天。

这一天夜里，大家也都乏了，这个靠那个，那个想着有他醒着，莫如我先忍个盹②儿去，于是一个个的溜了的溜了，爬在桌上打忽的打忽。这些地方并不能说安爷家人懒惰，再说安爷是个阔人儿，虽没说都有什么人口，大概也不能一个人净带着一群下人，不过没有父母就差的远了。所以古人说“久病床前无孝子”，无论多孝顺的儿女，日子长了，再若是富贵人家，尤其厉害，反不如贫寒一家的子弟，所以又有“家贫出孝子”的古语。闲话打住，且说安爷这天夜间病的很重，朦胧之中，觉着有人摩挲，微微睁眼一瞧，正是花姑子站在床前。

（九续）*1914年5月26日*

不觉神气清醒，熟视女郎，潸潸涕堕。女倾头笑曰：“痴儿何至此耶？”乃登榻，坐安股上，以两手按太阳穴。安觉脑麝奇香，穿鼻沁骨。按数刻，忽觉汗满天庭，渐达肢体。小语曰：“室中多人，我不便住。三日当复相望。”又于绣袪中出数蒸饼，置床头，悄然遂去。

却说安爷这一场病，是外感勾起内伤，又加上是认死扣子的心病，大概再耽延个三五天，就许呜呼哀哉、伏维上飨、无常、解脱、羽化、圆寂、眼儿猴、咯儿屁、皮儿啦、

① 撞客：旧时迷信的人把一时精神迷乱而胡言乱语的人叫撞客。

② “盹”，原文作“顿”，据语义改。

吐啦、刘二哥啦（费什么话哪，简直的全是文野相杂，死了的代名词）。这一天夜间，自己正在发昏，觉着有人摩挲自己，睁眼一瞧，原来正是花姑子。安爷不由得精神一振，立刻觉着病势轻减了许多，登时精神也来啦，脸上也有了笑容儿啦，说话的声音也高啦，鼻涕眼泪也都止住啦（这是安公子吗？不，黑籍滞士①过足了烟瘾啦），反正觉着立刻长精神就是了。自己定了定神，想着也许我做梦吧，我可得细细瞧瞧，到底是真正花姑子不是，要是花和尚，可不是玩儿的。

细一端相，不错，是的，梳着抓髻，所穿的衣服还是前几天晚晌看见的那一套。自己不禁不由的眼睛直掉眼泪，反觉是话说不出来了。就见姑娘一抬头，看见自己掉眼泪，人家孩子并不陪着伤心，反倒噗哧儿的一笑儿，悄步声儿自言自语的说："傻小子，你何致如此呢！"一面说着一面就上了床榻。安爷本是仰着脸儿，盖着棉被躺着呢。姑娘一转脸就斜着身子坐到安爷的磕膝盖儿上了。安爷虽说病到这样，并不觉着压得慌，总是人家孩子身体轻。

就见他伸出两只纤纤的嫩手，十指如同春笋似的，腕子好像藕枝一般，往安爷的两太阳穴上轻轻儿的一按。安爷这才知道，大概人家所学的这套手艺有门儿，会按穴道，不是净瞧了一本《净发须知》的手艺，赶紧把眼睛一闭，就觉着有一股香味，不像花露水，也不是玫瑰皂，说是麝香，又没看见他那儿带着当门子儿②哪，简直的说，香的所透着出奇。这种香味由鼻孔穿进去，一会儿的功夫，串到四肢，由四肢串入骨髓，周身骨节全串到了，连脚指头立刻都好像抽筋似的（那位说，这是什么香味呀？真正广东煮的陆作图③），这一分儿得劲，就不用提啦。姑娘两只手一把挨着一把的按摩，并不见使劲，从上到下，又由下往上，按了约有数十遍。

无非就在几刻的功夫，安爷觉着自己的脑门子潮浸浸儿的，好似见了点儿汗似的，立刻觉着比方才轻松的多了。又一会，鼻子尖儿也觉发潮，慢慢儿串入四肢，带五心，都觉和暖。安爷刚要让姑娘歇息歇息，就见姑娘一转身儿，由安爷磕膝盖上下来，轻轻儿凑到自己耳朵根儿底下，小声儿说："这屋里人太多，我可不便多待着（柜上活忙），你好好儿的将养着，我可要走了。过三天我再来瞧你来。"安爷此时心中方才安静了点儿，也没深拦，就见姑娘由衣袖中掏出几个蒸饼，放在床头，然后抹头走出屋中。

（十续） *1914年5月27日*

安至中夜，汗已思食，扪饼啖之。不知所苞何料，甘美非常，遂尽三枚。又以衣覆

① 黑籍滞士：瘾君子，吸鸦片烟的人大多面色黝黑，被称为黑籍。

② 当门子儿：中药麝香仁。

③ 陆作图：本是广东熬制鸦片烟膏手艺极佳者，后将陆作图作为广东烟膏的代名词。

余饼，懵腾酣睡，如释重覆。三日，饼尽，精神倍爽。乃遣散家人。又虑女来不得其门而入。

昨天的这点儿书，好像拿从前飘行①先生们打卦②。其实按摩一事，原本医家一种手术，同针灸相仿，讲究推拿五积六聚，七症八瘕，水臌气臌；外治闪腰岔气，错骨拧筋。后来渐渐失传，只有江南剃发匠带这分手艺，如今一改理发，大概也就快断桩③了。可添上往脑瓜儿上打水枪啦，不然怎么说文明进化了呢。闲话蠲免，还是说书。

单说花姑子说完这一套话，抹身形走出屋去，难得这些个熬夜的下人睡了的睡了，冲着了的冲着了，直会没一个人知道。虽说连日熬的乏困，究竟是没有上心人。安爷此时浑身是凉汗，心里很透舒畅，眯了个小盹④儿，二次睁眼，才觉周身的汗落下去了。听了听远寺钟声，是上子时殿哪。肚子立刻发空，想要叫下人做点儿什么，忽然想起姑娘临走的时候，见他给我放在旁边一落蒸饼，我何不尝上一尝。伸手一摸，果然在枕头旁边放着哪，找起来咬了一口，很是好吃。不知道是混糖的，还是有什么馅子，不但甜而且喷鼻香，一口赶着一口，一会儿吃完一张，伸手又摸了一张，照旧的又吃下去，一气儿啃了三张，饿才止住。又摸了摸，还有好几个呢。想着千万可别让下人看见，往褥边底下掖了掖，用衣袖盖上，翻了翻身，借着食儿，又复睡着。这一觉睡了个挺香，醒来已经天亮。身上这分轻松，好像从前背着的重载卸下去了似的。

下人见主人已好，也有张罗让饭的，也有张罗茶水的，安爷一概不要，那一阵觉着饿，就偷偷由衣袖底下摸蒸饼吃。一幌儿三天，把饼全都吃完，立刻精神倍长，也能坐起来下地走一走了。自己一想，花姑子临走的时候儿，说过三天来瞧我来，我想他自己定的约会儿，必然不能失信。可是他那一天说，皆因这屋里人多，所以才不肯住下。现在这几个人既不熬夜，又不用他们服侍伺候，而且碍眼，莫若把他们打发开的为是。想好了主意，这才把下人叫过来，说："自从那一天进山，回头感冒风寒病了这们几天。你们大家昼夜辛苦，好不容易今一天我的病已经大好了，你们也该歇一歇儿去了。再说我这病乍好，屋里人多，觉着透乱起急，你们都躲开我，容我一个人儿静静儿再将养几天，大约也就复原了。"这些下人听主人所说的话有理，而且谁不愿偷懒闲一闲儿，登时遵命搬走。

这一所书斋，就剩安爷一个人儿，想着今一天晚晌花姑子来了，必定肯过夜喽。此

---

① 飘行：指游医或剃头匠等走街串巷的行业。
② 打卦：指取笑。
③ 断桩：失传。
④ "盹"，原文作"顿"，据语义改。

时天色不过平西，想着大晴白日决不能来，心中净盼①天黑，好容易掌上灯，安爷告诉下人们说："我可要歇着啦，千万不许吵我。"大家答应退出。安爷净等花姑子，是一等一不来，二等二不来，猛然想起，大概街门、二门全都上了闩锁，可让人家孩子从那儿进我的房门。

（十一续） *1914年5月28日*

潜出斋庭，悉脱扃②键。未几，女果至，笑曰："痴郎子！不谢巫耶？"安喜极，抱与绸缪，恩爱甚至。已而曰："妾冒险蒙垢，所以故，来报重恩耳。实不能永谐琴瑟，幸早别图。"安默默良久，乃问曰："素昧生平，何处与卿家有旧？实所不忆。"

却说安爷第三天把蒸饼吃完，居然病势轻减，想起那一天花姑子说的今天准来，人家必是交友圆信，决不能闹什么恶习，必是风雨勿阻。奈因这是黑票③，以不让人知道为妙，所以把家人支出。自己一想，他们若是前门上锁，后门上闩，难道叫他越墙而来不成！想到其间，这才偷偷儿的找着钥匙，溜出书斋，把各门的锁开开，把插棍落吊全都开了，照旧掩上，重新回到书斋。

听了听家人全都睡熟，幸喜无人知道，一个人挑灯独坐，心里正犯犹豫，猛见门帘一启，果然姑娘由外进来。笑嘻嘻的说："傻哥儿，你的病好了吧？我瞧你怎么给治病的巫医道乏？"安爷登时喜欢得什么话也顾不得说啦，上前一把就把花姑子抱上床榻。

诸位要问做什么勾当，大概就是给巫医道乏哪。所以如今这路女巫已经失传，即或有，也是并不受谢。据我想，这路谢巫医的法子，大可以改谢庸医，因为他既用虎狼药杀人，还托言存心济世，错吃药的病人幸尔没死，还能不有个相当对待吗！

闲话少说，单说安爷给花姑子道谢已毕，二位又说了会子闲话儿，真是越说越投缘（不然怎么都说医缘药债呢，大概这句话始于安爷），可称恩爱已极。姑娘这才对安爷说："妾这两次来，是冒着险、蒙着羞，可又不能不来的缘故，无非为报你从前的重恩，无奈只能来这一次，要打算成为夫妻，与君永谐琴瑟，可实在的不能。劝你可得趁早儿死了这条心，另打正经主意。"安爷方才见姑娘来了，想着必然可以常川住着不走了，即或回去，也必有个主意，过一半天再托过大媒去，向章老丈一说，本人已经认可，这件好事还能改变吗！如今听姑娘一说这套话，登时默默无言，摸不清人家是为什么不愿意拉下荡。

---

① "盼"，原文作"昐"，据语义改。
② 扃：门闩。
③ 黑票：来路不明的人。

楞了半天，自己盘算主意，忽然想起前次老头儿说，我待他家有好处，今一天他又说是来报恩。由此一说，今一天并不净是我给人家道乏，人家这两次全是给我道前次的谢呢。可是到底欠我什么情，与章姓并不认识，若说他错认了人，前次在山里头，黑夜之间，老头儿有个背晦①，这们机灵的姑娘他也这们说，到底我待他父女有什么好处？我细细的问明白了，当初是件什么事，还由那儿入手，大概就可以行了，不然过几天他不照面儿，我这病怕得是还要再犯。想到此处，这才对姑娘说："你可别恼，这可是怨我脑筋太坏，眼睛太拙。前次令尊说，我与卿家有旧。据我说想素昧平生，并没见过，这些天总算不起来。你既肯治我的病、救我的命，你何妨把我有怎么个好处对我说明。"

（十二续）*1914 年 5 月 29 日*

女不言，但云："君自思之。"生固求永好。女曰："屡屡夜奔，固不可；常谐伉俪，亦不能。"安闻言，邑邑而悲。女曰："必欲相谐，明宵请临妾家。"安乃收悲以忻，问："道路辽远，卿纤纤之步，何遂能来？"曰："妾固未归。东头聋媪我姨行，为君故，淹留至今，家中恐所疑怪。"安与同寝，但觉气息肌肤，无处不香。问曰："熏何芗泽，致侵肤骨？"女曰："妾生来便尔，非由熏饰。"安愈奇之。女早起言别。

却说安爷打算问明有什么好处，好有个着手的地方，不想连问了半天，姑娘并不肯说，所问急了，才说了一句"你自想去吧，横竖有好处"。安爷说："有好处也罢，没好处也罢，你既是肯救我的性命，你总算待我有好处。可是你能这们见天见的半夜上我家来吗？要是刮风下雨，给我个不照面儿，我有多们难过呀！况且这是背人的事，日子常了，也怕不行。你务必设个法子，想个处常的法子，咱们两个人生则同床，死则同穴，做个长久夫妻才好哪！"姑娘一听，摇了摇头，说："按着这们夜夜来，可本不是常事。可是要打算做为长②久夫妻，那可又决不能！"

安爷一听姑娘的话口儿透紧，急的直绉眉，不禁不由掉下眼泪，抽抽答答简直的哭上啦。姑娘一瞧，赶紧说："你先不必这们着急，你一定要成就这件好事，我可做不了主意。这们办，明天晚晌你上我家去，咱们慢慢儿的再设法子。"安爷一听，总算有个指望，登时破涕为笑，这才打算明一天，得由什么时候动身，什么时候可到。猛然想起我骑马走了半天儿，他可怎么来的呢？想到此处，说："我想此处离你家约有三二十里，又多半是山道，想你这样窄小的金莲，你可怎么走得了来哪？"

---

① 背晦：糊涂，昏聩。

② "长"，原文作"常"，据语义改。

姑娘说："你是不知道，我这好几天没回家了，就在咱们这个村子东头儿住的，那个聋老太太他跟我们是亲戚，我管他叫姨儿。那一天我来了，听说你病的挺重，所以来瞧一瞧你，就手儿给你把病治好，究竟见效不见效，我也不放心。皆因你病的这个缘故，我可就直耽延到今一天也没走。你算一算，一幌儿也是四五天了，我又从根儿没在外头这们连恋过，好几天不回去，家中父母恐怕要疑心见怪。今天这不是你也好了么，没有别的，明天一早，我可就要家去瞧瞧去啦！"

安爷一听这话很近情理，说："你走也得等天亮啊，此时天才半夜，也不能走。莫如咱们睡一觉，有话明天再商量。"姑娘说："我也困了。"说着一斜身，躺在床里面。安爷靠床边儿，刚一闭眼睛，就觉着姑娘鼻孔出入气儿挺香，又凑近一闻，浑身的肉皮无有一处不香的，心中诧异，说："你这周身上下①是用什么香皂香水儿熏洗的，连肉皮带骨头都这们香呀？"姑娘似睡不睡，眯缝两只眼睛，笑嘻嘻的说："我这是天生带来的，不是用什么熏的。"安爷一听，纳闷儿的了不得。俗言说欢娱嫌夜短，一会儿天光闪亮，姑娘整衣下床，告辞要走。

（十三续） *1914 年 5 月 31 日*

安虑迷途，女约相候于路。安抵暮驰去，女果伺待，偕至旧所，叟媪欢迎。酒肴无佳品，杂具藜藿。既而请客安寝。女子殊不瞻顾，颇涉疑念。

上文的书，说安与女同寝，但觉"气息肌肤，无处不香"，与安在病中，女为按太阳穴，"觉脑麝②奇香，穿鼻沁骨"，全是用"香"字点题。在文为咏物，而笔亦分两层，至后文觉甚膻腥，乃成反比例，终收至焦臭，是通篇以"香臭"二字，将花姑子与安乐乡刻画入微，文人之笔，无所不备。至女子所说寄"东头聋媪"之语，明明是假，却令人可信，均是词令妙品。

闲话少说，却说安爷与花姑子睡醒一觉，天已闪亮，姑娘起身下床，说："天色不早，我可要走啦！"安爷说："你不是说让我跟你家去吗？你到容我穿衣服呀！"姑娘说："我是趁此时回我姨家。你此时不能跟我去，你到晚半天再到我家也还不迟。"安爷一听，直摇脑袋，说："你们那个村儿实在难找。我那一荡，所偏找不着，所以回家才闹了这一场大病。再去我还是不认识，转了两个山坳，我就辨不出东西南北了，我可怎么去呢？"姑娘说："你到不必着急，回头我在我姨家多耽延会子，到家大约也得天黑。我在半道儿

① "周身上下"，原文作"周上身下"，据语义改。
② "麝"，原文作"腐"，据语义改。

上等着你，准见的着还不行吗！我若再耽延着，家人全都起来，我怎么见人哪！”安爷一听不能强留，只好又叮咛了几句，晚晌山口里准见。姑娘点头抹身出去，安爷翻身又睡了一觉，天光大亮，这才起身，浑身非常痛快。耗了半天，日色平西，换上衣服，告诉下人们说是上亲戚家有事，大约今晚不能回来。下人不知，只好答应。

安爷一个人出了街门，直奔山口，进山转了两个湾儿，天色已黑，见远远儿的石头上坐着个人，好像女子，走到相隔不远，看见果是花姑子。此时姑娘已经站起身形，说：“你来的真不晚哪！”说完彼此一笑儿。往前走了不过半里多地，有一股小道，由小道一拐弯儿，安爷影影绰绰看见前次那个篱笆墙儿，里面隐隐射出灯光儿。安爷说：“这一回我可认得啦！”说着话，已到门前。姑娘一推篱笆门，安爷并没等让，往院子就走。

老头儿听见门响，由屋内出来，看见安爷说：“原来安恩公到了。”老太太一听，也迎接出来。安爷不好称呼，只好对老夫妻各作揖行礼。老夫妻也都答礼相还，然后就往屋里让。

花姑子并没跟进来，奔了那间单间儿。老太太把安爷让到屋中，说：“天色不早，公子大约也该饿了，我给你做饭去。”说完也就出来。剩下安爷同老头儿，有心提亲，自己还是不好张口。正在这个功夫，见花姑子从外面端进一个木盘，里面有一把酒壶，两碟素菜，还有一盘菜团子，放在迎门桌上。老头儿说：“山村里头没有地方卖什么好吃的，公子请用点儿充饥就是了！”安爷本来不为开斋来的，也不嫌难吃，自斟自饮，喝了两盅，吃了点儿。老头儿照旧搬过一分铺盖，说：“公子既不用饭，就请安歇吧！”安爷一瞧，姑娘把桌上的家俱捡走，竟自连正眼儿没瞧自己，好生疑惑。

（十四续） *1914年6月1日*

更既深，女始至，曰：“父母絮絮不寝，致劳久待。”浃洽终夜，谓安曰：“此宵之会，乃百年之别。”安惊问之，答曰：“父以小村孤寂，故将远徙。与君好合，尽此夜耳。”安不忍释，俯仰悲怆。依恋之间，夜色渐曙。叟忽闯入，骂曰：“婢子玷我清门，使人愧怍欲死！”女失色，草草奔去。叟亦出，且行且詈。安惊孱①遻怯，无以自容，潜奔而归。

却说安爷到了章家，吃喝完毕，老头儿把床铺好，父女爷儿两个全都走开。剩下安爷一个人儿，越想越不是碴儿。想起今晚是姑娘把我带了来的，他应当张罗一切，方才我同他直递眼色，他做为没事人似的，莫非另有什么心思，又要变卦不成？安爷一个人

① 惊孱：惊慌窘迫。

躺在炕上，睡是睡不着，一个山沟儿里头，也听不出什么时候来。约莫足有三更多天，正在闷的难过，见有人一推屋门，花姑子从外面进来，悄步声儿的说："今晚两位老人家也不是那儿来的这些个话，说上没结没完，所不张罗睡觉。我过不来，这到让你有等。"说着话，解衣上炕，一同安眠。睡醒一觉，安爷听了听远远鸡声报晓，一听姑娘原来醒着呢。花姑子这才对安爷说："夜间我过来的时候也没顾得跟你说，今夜奴与君这番欢聚，从此再不能相会了，只可算做百年之别。"

安爷这一次来，原为设法与花姑子成为百年恩爱，如今听姑娘这们一说，惊异的了不得，连忙说："你这话从何说起呀？"姑娘说："昨晚老父说，这个山村地方过于孤单寂寞，打算另往远方迁移，究竟搬在那儿，还不一定。你想咱们两个还有再见面儿的日期吗？所以说与君好合，尽于今夜。此后千万珍重，不必以妾为念。"说完这话，披衣坐起，下炕要走。

安爷一听，如何舍得，一把手将姑娘拉住，说："那可不行，咱们总得商量个长①久的主意，不然不能让你走！"一面说一面流下眼泪，拉着姑娘的手腕，抽抽答答哭起来啦，姑娘自然也不能不陪着掉眼泪。两个人好像各有一肚子的委屈，反倒说不出什么话来了似的。姑娘一斜身，照旧躺在枕上，咳声叹气。两个人这们一磨烦，并不理会窗纸已经发了白，天光闪亮。

听院中有人咳嗽走道儿的声音，两个人一怔，就见有人一推屋门，原来是老头儿从外面闯进屋中，拉着拐杖，气哼哼的骂道："好丫头，你玷辱我的家门，岂不叫人羞死！"安爷一害怕，才把姑娘撒开手。花姑子脸上登时吓的颜色更变，也顾不得再扣钮扣，掩着怀，下地就往院子跑。老头儿连正眼也没瞧安爷，扎煞②着胡子，拄着拐杖，跟着也追出去了。老头儿一面走一面直骂，说："好丫头，你可真给我现了眼喽！"

安爷一听，人家虽没骂自己，可是比骂自己更觉难过，心里突突乱跳。知道老头子的脾气左③，姑娘脸皮儿薄，倘或老头子要了姑娘的命，或姑娘因羞自尽，这一场大祸实在不轻，即便不出是非，自己有什么脸面再见老头儿呀。想到其间，穿好衣服，闹了个不辞而别。

（十五续）*1914年6月2日*

数日徘徊，心景殆不可过。因思夜往，逾墙以观其便。叟固言有恩，即令事泄，当

① "长"，原文作"常"，据语义改。
② 扎煞：伸展，挺出。
③ 左：指性格乖僻、执拗。

无大谴。遂乘夜窜往，蹀躞①山中，迷闷不知所往。大惧。方觅归途，见谷中隐有舍宇，喜诣之。则闬闳②高壮，似是世家，重门尚未扃也。安向门者询章氏之居。

这一段儿书，是有情有理，感恩报德的好玩艺儿，与狐狸怀春不能一样的说法，可又不能不形容。其实章氏父女同安生全是好人。章老因安有救命之恩，遂敢出妻见子，正是一片诚敬。初不料安因慕女之色，病至昏瞀。此时若径行不管，则因报恩适以害恩人，固不可也。花姑子前往按摩，必系奉有严命，特心病非手术所能瘳③，故冒险蒙垢，与之绸缪，且自行说明来报重恩。迨安必求永好，花姑子万分无奈，相携至家，所以絮絮不寝者，正计画绝安生念头之策也。所以告以远徙，且必依恋至夜曙，叟始闯入，使安无以自容，自有不得不潜奔之势，是章之父女一番苦心。假令安从此断绝希望，则是章之于安，情已尽，恩亦报矣。然安生之为人，虽慕花姑子之色，并非狂且登徒之流，睹美色便逞一时之淫欲，置人终身于不顾者比，所谓始乱终弃之薄幸，这才引出下文许多层折。虽说假玩艺儿，可不同他段艳情小说，所以这一段还是真不好说。闲话打住，接着我还得造魔。

却说安爷一见这事发觉，自己又羞又臊又害怕，才闹了个不辞而别，一气儿跑回家中。家中的人谁也不知道安爷这一程子为什么这么暮去朝来，也不敢深问。安爷自从这天到家，心中非常的难过，一个人是既想花姑子，又怕人家孩子受什么委屈，不用提有多难过喽。想着倘或因此要了人家这条小命儿，我可实在对不过，可怎么打听打听去呢？想了好几天也没主意，忽然想到，莫如我今夜晚间，偷偷儿的再去到他家，跳墙进院，只要花姑子没什么凶险，明天再打主意。况且老头儿直说我待他家有恩，即便被他家看见，大约老头儿决不能把我怎样。于是越想越有理，也没告诉下人，一个人溜出大门，见太阳已然压山儿，这才直奔旧路而来。

到了山口，已经满天星斗，转过两个山头，自己又辨不出东南西北了。想着我到底奔那一方呢，倘或再遇着个狼虫虎豹，岂不白白的将性命送到此处！莫若趁早儿寻路回去，俟等明天，带上几个下人，找好了再设法儿吧。打定主意，抹头往回路走，刚出了一个山环，见前面影影绰绰有一所宅院。安爷心说，前面既有住宅，这可就好喽，不如我进那一个山环儿，到在那里打听打听。想山里没有多少住户，倘若认识章老者，托他家为媒，也是好的呦。心中这样想，脚步就往前凑，一会儿到了门前，一瞧不但房子讲究，而且门庭高大，大约是个富户，并且里外的门还不曾关锁。安爷上台阶，进大门，到了门房，道了声“借光”，要打听章家的住处。

---

① 蹀躞：小步行走。
② 闬闳：巷门。
③ 瘳：病愈。

（十六续）1914年6月3日

有青衣人出，问："昏夜何人询章氏？"安曰："是吾亲好，偶迷居向。"青衣曰："男子无问章也。此是渠妗家，花姑即今在此，容传白之。"入未几，即出邀安。才登廊舍，花姑趋出迎，谓青衣曰。

却说安爷找了半天，找不着章老头儿的篱笆院落，不想忽然看见一所大宅，想着问一问，倘或认识章老头儿，就手儿托他为媒，而且可以打听打听花姑子的下落。打定主意，这才进了大门，道声："借光，这山里有一个章老丈，您可知道他家在何处？"话刚说完，就见由里院出来一个穿青衣的女仆，说："这样黑更半夜的，什么人跑到我们这里，打听姓章的做什么呀？"安爷一听，要是张嘴儿就告诉人家是为花姑子来的，未免不像话，莫如撒个谎儿，只要打听着章家住处，或是这家有男子出来，慢慢再对敷着再说实话。打好主意，这才说："这个章老头儿跟我家是至亲，今一天我是特意前来给他老人家请安问候来了，不想越走越黑，走迷方向，才找不着他的住址了。没别得说的，你要知道，离此多远，往那一方去，求您指引指引吧！"青衣女仆说："这一位男子，据我想，你不用一定打听章老头儿啦！"安爷一听，登时一怔，心想八成儿是搬远了。刚要追问，又听青衣女仆说："你不是说跟章老头儿是至亲吗！巧咧，这儿也不是外人，这儿的主人是章家花姑子的舅母。现在花姑子正在这儿呢！你如果愿意见一见他，我可以替你传进话去。有什么话，你们见面儿对说好不好？"

安爷一听，这分儿喜欢就不用提喽，赶紧说："那们就求你言语一声儿吧！就提我姓安，是他安表兄瞧他们爷儿们来啦！"青衣女仆说："是啦，你就在这儿少微等一等儿吧！"说着话，抹身进了二门。安爷想着，万没想到有这样巧事，只要回头把我让进去，见着老太太，我就叫他舅母，要是白头发老太太，我就叫他大舅母。老太太们最喜爱奉承，我趁势托一托大舅母跟花姑子的父母说说，做个大媒，这件事不难成就。正在心中高兴，就见方才那个青衣女仆出了二门，说："花姑娘请您里边坐哪！"安爷答应了一声，迈大步上了重门①台基儿，望里院一瞧，真是雕栏华阁，迈进门槛，见院中是转脚游廊，廊下灯光照耀如同白昼。青衣头前引路，方才一拐湾儿，见正庭堂帘一掀，走出一个如花似玉的美人，脚底下挺快，转眼迎接到自己跟前，穿章极其华丽，不是泰西②缎，就是缎地儿纱。安爷一瞧，想着这位不是花姑子的舅母，不是他舅舅的姨奶奶，就是花姑子

① 重门：这里指第二道门。
② 泰西：明清时泛指西方国家。

的表姊妹或是表嫂，可为什么这大的门户专用妇女迎宾接客呢？细一端相，原来来的并非别人，正是花姑子。笑嘻嘻的瞧了安爷一眼，并没说什么，扭转身躯，冲着女仆有语开言。

（十七续）*1914* 年 6 月 4 日

“安郎奔波中夜，想已困殆，可伺床寝。”少间，携手入帏。安问：“家何别无人？”女曰：“妗他出，幸与郎遇，岂非夙缘？”然偎傍之际，觉甚膻腥，心疑有异。女抱安颈，遽以舌舐鼻孔，彻脑如刺。急欲逃脱，而身若巨绠之缚。少时，惛然不觉矣。

却说安爷因花姑子这身穿章太华丽，所以当时猛住①，及至一听说话，方才看明。奈因可不是冲自己说呢，扭项回头对青衣女仆说：“你们瞧呕，人家安大爷一个人儿跑驰了这们多半夜啦，不用说是又乏又困喽！什么也不用给他预备，赶紧扫一扫我的那分儿铺盖，撣撣帐子，让他睡一觉，歇一歇儿吧！”女仆答应，转身进了屋子。花姑子一闪身，让安爷头里走，自己一支手，按着安爷的膀子，三两步就到了庭房门口儿，笑嘻嘻的说：“不用叫老妈了，我给你打帘子吧！”说着掀起堂帘，往屋里相让。

安爷见这屋子雪洞似的挺白，极其华美，靠西里间儿有分床榻，挂着白帐子，其余屋内摆设甚多，自己多叫不上名儿来，也无心细瞧。见女仆过来，冲着花姑子说：“我给你们预备好了，就歇着吧！”说完抹头出去。花姑子一拉安爷的手，说：“你来呀，有话咱们被窝儿里说来吧！”安爷身不□己，被花姑子拉到床边，心中怕是再有别人看见，顺嘴问了一句，说：“怎么这们阔的人家儿，没有本家的主人吗？”花姑子说：“这是我舅母家，他老人家出门儿去了，接了我来给他看家。我正想你哪，偏偏儿的你就来啦，这才算是有缘呀！来吧，快脱衣衫，躺下歇息歇息。”说着就凑近安爷身旁，替安爷解钮扣儿、拉袖子。

安爷跟姑娘一对脸儿，觉着由嘴里出来一种恶味，又膻又腥，心说今晚姑娘八成儿吃的是山羊肉炖大头鱼，烧酒大蒜就多啦，不然那儿这们冲的味道呀？及至把衣衫给自己脱下，往旁边一扔，又闻见一鼻子，不但嘴里有气味②，身上尤其腥的厉害，登时纳起闷儿来，想着从前他说天生带来的香味儿，那是赚我哪，反正离不开大药房、香货店。心中虽然这样想，可没说出来。

就见花姑子用手使劲一搂自己的脖子，劲儿还是真大（八成儿这就叫外国劲），一张

---

① 猛住：谓愣住。

② “气味”，原文作“味气”，据语义改。

嘴，伸出鲜红溜尖的一根舌头，对准鼻孔使劲一舐。安爷觉着这根舌头好像上面有刺儿似的，登时扎入脑髓，疼痛难忍。此时只吓得魂飞天外，要嚷也嚷不上来了，使劲扎挣，打算挣脱了姑娘儿的胳膊，撒腿一跑儿，不想怎么挣也挣不开，好像用大扎绑绳子把周身上下给捆上了似的。

此时姑娘儿见安爷扎挣，知道他要闹滑脱，心说，小子，有你个乐子，决计让你走不了啦。可是什么话也没说，照旧用他的刺儿舌头大钻安爷的鼻孔。书中代表，登时鲜血直流，类如涌泉。人的鼻子别瞧没有用处，夙日眼睛跟嘴都不忿他，其实他为生人之始（不然就说鼻子头了），是出纳之关，没有了不但憨蠢，说话就分外难听。安爷鼻子虽不像青厂周家堂客似的，可是血流多了，登时就昏昏沉沉，什么也不知道了。诸位要问安爷的性命如何，咱们是明天再行交待。

（十八续）*1914年6月5日*

安不归，家中逐者穷人迹。或言暮遇于山径者。家人入山，则见裸死危崖下。惊怪莫察其由，舁①归。众方聚哭。

画画、唱戏、说书，都忌千人一面。就以昨天书上所说的这个假充字号的花姑子说，原文说得行迹就同真的差的多。在下替蒲先生编造，就更得有枝添叶，往细微形容。所说的虽稍近狎亵，其实正描写其害人之阴毒。如“趋出迎”“携手入帏”，又云“幸与郎遇，岂非夙缘”等语，看着似情深爱重，问其心则胥为吮血起见。明眼人不必待闻见腥膻，已当知其伪托矣。可笑安爷必待“舌舐鼻孔，彻脑如刺”，始欲逃脱，岂知“巨绠之缚”无法摆脱，迨“惛然不觉”，则固迟矣，晚矣，悔无及矣。前人批得最好，是才入安乐乡，便到黑甜乡，生为偷香之人，死作腥膻之鬼。这段书原是假玩艺儿，既无此花姑子，更无此假花姑子喽，而世间美丽佳人，其巨绠之缚、舐血彻脑之手段故有甚于此者。吾愿少年同胞，胥视与此假花姑子等方好。

闲话少说，却说安爷这一天晚间，由家中出来并没告诉往那方做什么去，次日天明并未回家，家中还能不找吗。先是往常去的亲友家打听，都说没来，然后又向不常去的地方儿找寻，找了整一天，不差什么都问到了，是并无下落，阖家的人焉有不着急的，只好见人就问。恰巧有本村一个放牛的，说：“昨天晚间，我出山口的时节，见着安公子奔了那一条小路儿，直着两只眼睛，我叫他，他也没听见，八成儿是在山里哪！”下人们一听，说：“对，上次说给人道乏没找着，回家就病了。我知道那一股道路，咱们就往那

---

① 舁：抬。

一方慢慢找寻去。”

此时天色已晚，只好预备灯笼火把、亮子油松，胆小的又怕狼虫虎豹，还要拿上棍棒刀枪。进山走了几里，分头找寻，忽听有个家人喊嚷，说：“在那里哪，你们快来啵!”大家顺着声音奔去一瞧，果然是安爷，赤身露体，在那里躺着哪，过去一摸，业经冰凉，死就多时了，举着灯笼细细一照，并没刀砍斧剁的伤痕。大家纷纷议论，这个说：“想是遇见路劫了。”那个说：“八成儿这是触电，不然就是受了炸弹绿着冰了吧（彼时满没听提）。”大家说：“无论怎样，既然找着尸首，咱们得想法子搬运回去吧。”有的说：“咱们虽有棍棒可抬，没有门板，此处又没人家，可怎么好呢？”有老人会出主意，叫大家把衣服脱下，铺在地上，把腰带接上，这才将安爷搭在衣服上一裹，用带子绕好，用棍穿上，抬着往回路走。大家一面走一面纳闷，说：“咱们家大爷，身上虽没伤痕，怎么这们面色焦黄，好像被黄鼠狼咂过血的小鸡子一样，你说他可算怎么死的呢？再说无缘无故黑天没日的往这山沟儿里来做什么？分明找死。这叫生有处、死有地，情屈命不屈呦!”大家你一言我一语，说话答理，出了山口。到了有熟人的地方，借了木板、绳杠，连夜抬回。

到家已经快天亮了，安排灵床，预备装殓衣服，停放正寝，大家这才放声大哭。

（十九续） *1914年6月6日*

一女郎来吊，自门外噭啕而入。抚尸捺鼻，涕泗滂沱，呼曰：“天乎，天乎！何愚冥至此!”痛哭声嘶，移时乃已。告家人曰：“停一七，勿殓也。”众不知何人，方将启问，含涕径出，留之不愿。尾其后，转瞬已杳。

却说众人把安公子停好，正然放声大哭，就见由街门外面走进一位姑娘来，大家都不认识，看样子好似探丧来的，从门外头就哭起，一直哭到院中，真是嚎啕痛哭，可听不出称呼什么。进门奔到灵前，拉了拉安爷的手，又摸了摸安爷的鼻子，然后一手捂着脸，自言自语的说：“天呀，天呀，你怎么这们傻呀！你上了这个样儿的当啊!”登时鼻涕眼泪流了一地，可没一个跟着一个的打哈息（那是没找着打吗啡针的），哭得不但恸，而且放开嗓音要起嘎调①。一会儿的工夫，把嗓子就哭哑了。大家干瞧着，既不认识，谁也不好过去劝。哭了会子，自己才擦了擦眼泪，坐在灵床旁边一个凳子上，冲着下人们说：“你们不用张罗棺椁，就这们停放七天，千万不可入殓。轮班看守猫犬，小心火烛，忌鼠、马、兔、鸡四相生人，亲丁不忌（这是花姑子吗？不，狗大哥批殃书②哪）。”嘱

① 嘎调：京剧术语，拔高声音唱出的音叫嘎调。

② 殃书：亦称殃榜，旧时死人须由阴阳先生写出殃书，确认死者是否正常死亡，开具死亡证明之后才允许埋葬。

咐完了，照旧坐在凳子上，直着两眼冲着安爷掉眼泪儿。

此时下人们溜到院中，彼此对议论，说：“这位八成儿是跟咱们主人翁有秘密夫妻的婚约，不过没行正式文明婚礼，不然那儿有一个姑娘探丧，这样哭天抹泪的哪?”那个说：“也许是大爷的女朋友，可是这位并不是咱们五里三村儿的，到了儿连姓都不知道，这可怎么称呼人家哪?”有个机伶家人跑到厨房，沏了一碗挺酽的白糖水，端到姑娘面前，说：“您少恸吧！喝口水儿，湆湆嗓子吧！”姑娘也并不接碗，这个下人只好端着，在灵床旁边儿站着，活像《大劈棺》的童女，自己觉着透僵。想着莫如我趁势搭讪着，问一问他姓氏排行，尊字台甫，府上什么地方，下次好送帖请他去，大概总肯走客票（那成了女票友儿啦）。刚一递嘻和，就见人家姑娘绷着个脸儿，连正眼儿都不瞧，自己所以没敢问，又把话头咽回去了。又见姑娘擦着眼泪站起香躯，款动金莲朝外就走。大家一想，人家大远的来啦，连口水儿都不喝，这才是真正茶水不扰、车笼自备①哪（还是票友儿）。有几个年老家人，实在看着本家儿太不懂情，连忙凑近姑娘跟前，说：“您做什么这样忙啊?您多歇息歇息，回头给您预备点儿便饭，吃完再走。要不打发人给您瞧辆车去吧！宅里虽然有牲口，没有车板儿，备上怕您骑不了！”姑娘摇了摇头，照旧掉着眼泪儿往外走他的。大家自然不能强拉硬拽，只好往外相送。

出离街门往东奔村口，几个下人稍微杀了杀脚步，打算慢慢儿的跟着他，到底瞧他进那一个门儿，不想姑娘脚程儿挺快，已经出村。大家追出村子，再瞧竟自踪影皆无。

（二十续） *1914年6月8日*

群疑为神，谨遵所教。夜又来，哭如昨。至七夜，安忽苏，反侧以呻。家人尽骇。女子入，相向呜咽。安举手，挥众令去。女取山草一束，燂②汤升许，即床头进之，顷刻能言。

却说安爷下人因为来的这位探丧的姑娘不肯通姓名、说住址，哭了会子，抹头就走，大家心想，到底瞧他进那个门去，不想转眼不见，大家登时纳闷儿的了不得。这个就对那个说：“八成儿这位是神仙吧！”那个就说：“对，大概是黎山老姆、金花娘娘偶在洞中打坐，一阵心血来潮，掐指一算，知道咱们家少爷有难，所以急驾祥云前来搭救。”那一个说：“你别开瞽人词，你也不怕造罪，你没瞧见人家抿着顶③哪吗?”那个说：“抿着的

① 茶水不扰、车笼自备：旧时一些票友受邀演出，不接受报酬及饮宴，甚至交通费等均由自己负担，以示高洁。

② 燂：烧热。

③ 抿着顶：旧时未婚女子的一种发型。

这就叫博士顶吗？”那个说：“不是博士顶，这叫秤勾儿顶。人家是姑娘，八成儿是位仙姑。反正是咱们公子命不该绝，所以人家才来搭救。不是说叫咱们不许入殓，停一七吗，咱们就等他一礼拜。”大家纷纷议论，测摸不出，说着话，走回家中，果然分班看守。到了天黑，点上灯烛，分好前后夜，睡觉的睡觉，坐更的坐更。

到了三更多天，坐更的就见这位姑娘从外面进来，站在安爷灵床前头，仍旧放声大哭，哭完了就走。书说简断，一幌儿就是七天。两个坐更的这个对那个说：“嘿，你瞧咱们家主儿，今一日可是七天了，可得留点儿神，看一看有什么异样事迹。”那个说：“你别听那个妞儿瞎聊，人死不能复活，他不定是怎么件事哪！”话没说完，就见安爷躺在床上忽然睁开眼睛，往起翻身，口中直哼哼。那个下人一瞧，吓得直嚷，说：“不得，八成儿这是要诈尸！”立刻张三就叫李四，王禄就喊高陞，说：“你们快来啵，你们瞧呕，这可应了俗语儿喽，死汉子说翻了身喽！”

大家正然捣乱，就见上星期来的那个吊孝的女子又从外面进来。大家一瞧，说：“得啦，别胡猜疑啦，还是听他的吧！”就见姑娘三步两步来到安爷床前，冲着安爷一句话没说，呜呜儿直哭。安爷一伤心一咧嘴，没有眼泪，大概心里明白，知道屋子里人多，姑娘儿即便心里有一肚子的话，当着人必然不能说，得趁早儿把众人哄出去，然后再细细的谈一谈，他有什么心腹话，必然就肯跟我说啦。我虽然也有一肚子的话，可惜说不出来了，想到其间，这才冲着下人们摆手儿往外指。大家正犯毛咕，一见主人让他们出去，乐得的歇一歇儿呢，于是全都溜出屋子。

此时姑娘一个人也不闲着，把安爷屋中放着的药锅拿过来，一掀衣襟，掏出一捆儿山草，折了折放在锅内，又对了点儿水。屋中原有下人炖茶的个茶炉，姑娘把锅坐上，生起火来，一会儿开了锅，容这药熬得存性，在桌上找了个大碗，倒在碗内，两手端着，奔到安爷床前。安爷心说，感情人家孩子不但会按摩，还会收膏哪，想着必是救命仙丹，这才三口两口喝下去，就觉精神倍长，少刻有语开言。

（二十一续）*1914年6月9日*

叹曰：“再杀之惟卿，再生之亦惟卿矣！”因述所遇。女曰：“此蛇精冒妾也。前迷道时，所见灯光，即是物也。”安曰：“卿何能起死人而肉白骨也？勿乃仙乎？”曰：“久欲言之，恐致惊怪。君五年前，曾于华山道上买猎獐而放之否？”曰：“然，其有之。”

却说安爷苏醒过来，见花姑子站在面前，心里本是一肚子的话，打算问一问，你那天因为什么那样加劲，而且几天的工夫没见，怎么会变成刺儿舌头了。无奈不能说话，并且打算动一动，全都不行。就见姑娘拿出一包草药，熬了多半锅，凑到床前给自己灌下去，功刻不见甚大，觉着肚中呼噜噜的乱响了一阵，打了个咯儿，放了个屁，这才说出话来。

未从要说，先叹了口气，说："真想不到就结啦！两次几乎要了我的命，原来是你，可是两次救了我的命也是你呦！更没想到，你上次的按摩见效，这一次的汤头①更来的灵验，你要行医，可称精理内外两科、男妇老幼、大小方脉。我过几天，总得给你挂块'医我再生'的匾。可是你那一天晚晌，在你舅母家，也真把我害着喽！"

花姑子说："此话何来？你到得说给我听一听！"安爷一听，他不知道，心中才明白，那一天是不对碴儿，这才把自己如何一个人进山，见着个大门，有青衣女仆让进去的话，从头至尾学说了一遍。花姑子一听，咬牙切齿的说："那一天你所遇见的并非是我，乃是多年的长虫精变化我的模样，冒充我的姓名。他做此事，大约也不止一次了。头一次你迷路山中，不是见着灯光打算要去投宿吗？这就是那个所在。老父因郎君有恩于自己，所以特地指引，把你让至我家。不想你二次自不小心，又把性命断送在他口中，你可称不知死的鬼儿喽！"

安爷一听，才知道敢则自己已经死啦，连忙问说："那们现在，我是人哪，还是鬼呢？"姑娘说："你现在总算又还了阳喽！"安爷一听，这分儿感激，尤其比前次来给按摩还深，说："这们说起来，你这医道是真能起死回生，大概你这能为，不是念本《汤头歌脉诀》的手段，八成儿你就是个活神仙、女菩萨吧？咱们两个人既是感情这样好，你何妨把你的来历对我说一说呢！你这又不是什么暗通乱党的北伐队一类，莫非你还一定守秘密吗（这是安爷说的吗？我说串了辙啦）？"

姑娘一听，摆了摆手，又回头看了看，好在屋中没有第三个人，这才悄步声儿的对安爷说："你不必这们混猜疑胡称呼我。要说仙，可是到不了，还得差好些年、好大的功夫呢。你屡次问我，我本来早已打算对你说明白了，我又怕你害怕见怪，所以屡次用言语支吾，今一天我可不能不实话实说了。我问你前五年的一件事，大概你许不至于忘记。你前五年有一次在华山山道上，看见打猎的打着一只獐子，你买下放了，是你不是？"安爷一听，说："不错，有的，有的。但不知此獐与卿有何关系？请你要对我细说一番。"

（二十二续） *1914 年 6 月 10 日*

曰："是即妾父也。前言大德，盖以此故。君前日已生西村王主政家。妾与父讼诸阎摩王，阎摩王弗善也。父愿坏道代郎死，哀七日，始得当。今之邂逅，幸耳。然君虽生，必且痿痹不仁。"

---

① 汤头：中药的配方。

古人说，有心为善，虽善不赏。因此种善必非真善，大半伪托要名起见，即或某事确系某人所为，而平日所为伪善必然不少。盖善也者，无非一念恻隐，诚中形外，不在花多少钱、破多大力，只要时时存此心，虽不必求获善报，而有时自能逢凶化吉，遇难成祥。这段儿书开篇说安“为人挥霍好义，喜放生”，所放并不止此獐，错非花姑子问起，安爷决想不到，此所谓无心之善，竟能两次死而复生。固由章之知恩报恩，仍是由安能自造因，始能结此善果也。

闲话少说，却说花姑子见安爷追问放獐与自己有什么干系，这才含羞带愧的说：“那就是我的父亲。前次相见说是大德，就为那件事的缘故。你自从那日被害，已经灵魂出壳，投生在西村王主政的家中。我父女因你为我而死，当日你有救我父命之恩，我父如何能袖手旁观，所以找了阎摩王去，叫阎摩王把你放回。谁知阎王真是铁面无私，一定不肯放你还阳。我父自行呈请，愿把已修成的道行注销，替你一死。阎摩王还是不肯通融。我父在阎王殿前哀求了七天，阎王爷在炕上放张八仙桌儿，坐在桌上，怒目横眉，说：‘你打听打听，净给利钱不归本，我姓崇①的这柜上不听这一套（那位说，这是阎王爷说的吗？是我们那个村儿的阎王，钱粮头儿上②坐殿哪，反正既说阎王，就不能善了）。’因此老父是非把阎王魔到心软了不成。直到昨天，阎王爷才有个活动话口儿，说：‘那们定先生，您给他瞧一瞧他的帐（还是那位阎王爷）。’总算阎王才答应了把你放回阳间。今一天又得与你邂逅相遇，可称万幸。”

这几句书，由花姑子正脚儿口中斗哏，这路飞卦③，似乎出规矩，凭人家那样的仙姑，能懂得这些个吗？其实您想，原文是蒲先生编出一个花姑子，又给花姑子安了这们一套假词儿。先不必说有阎王没有，就连安幼舆也并无其人。若以人事说，是安生素日喜放生，自己遇此毒蛇，便有人赠药赠方，代为疗治。书中虽说花姑子是獐女，请想此日獐仙能求阎摩王，则五年前岂不能躲避猎户？即被获亦岂不能脱身？必待安之买放呢？这无非蒲先生因晚近之世，风俗日漓④，忘恩负义之人举目皆是，所以做这一段妙文。言人若不懂报恩，不如禽兽，这是本文大意。其次劝少年人当戒非礼之色。言挥霍好义如安生，因见女色几不免一死，幸遇仙人搭救，犹必半年始行动转，而渔色无度者，其不早为瘵⑤鬼也几希。

且说花姑子说明回生的原故，然后又说：“君虽得生，可惜你两腿已成废疾，从此一

① 崇：这里指崇厚。
② 钱粮头儿上：清朝旗人发放钱粮的日子。
③ 飞卦：临场发挥的逗哏。
④ 漓：淡薄。
⑤ 瘵：病。

定是痿痹不仁。”

（二十三续） *1914* 年 *6* 月 *11* 日

“得蛇血合酒饮之，病乃可痊。”生衔恨切齿，而虑无其术可以擒之。女曰：“不难，但多残生命，累我百年不得飞升。其穴在老崖中，可于晡时①聚茅焚之，外以强弩戒备，妖物可得。”言已，别曰：“妾不能终事，实所哀惨。然为君故，业行已损其七，幸悯宥也。月来觉腹中微动，恐是孽根。男与女，岁后当相寄耳。”流涕而去。

却说花姑子把回生的缘故说完，然后又说：“你虽然复活，可是从此已成残废，两腿不用打算再走道路了。这个病症，非是草药所能疗治得愈的。要求痊愈，非用多年大蛇的血，合上烧酒饮下去不能治好。”安爷听说前日害自己的是蛇精，不但害了自己，还冒充人家的面貌、姓名，这是有意毁人名誉，实在可恨。又听说他的血能治自己的病，立刻气的咬牙切齿，说：“那一个又臊又臭的东西，我非把他除治了不甘心！可惜他挺大的门户儿，即便高等侦探，也怕不容易破获。他再随身有手枪、炸药，到不了跟前就得受伤。再者他的消息灵通，不用上外国，就在山里一藏，就让人没法儿下手（那位说，这是蛇精吗？不，破坏党）。究竟你有什么高招儿没有？”

姑娘说：“这事并不甚难。不过我不肯出主意，因为一动手，就不能只害他一个儿，必至多残生命，玉石俱焚，此事②有伤天和，又牵连我一百年不能飞升。事到如今，我也无法了。要打算擒他，总得来个堵窝儿掏，要是找不着他的窝巢可不行。他的窝巢在老山崖下，要是擒他，得在日色午刻用火攻之法。把他用烟火连带熏烤，俟等他要往外逃的时节，再用强弓硬弩，可以把他射死。这叫要擒蛇精，须用火攻，万事俱备，不借东风。”

安爷一听，心说罢了，敢情人家孩子还有一肚子改良《三国志》哪（不像我，一死儿的净啃《聊斋》）。姑娘把话说完，说：“这可没什么别的说得了，我可要走啦！”安爷一听，如何舍得，不由眼中落泪，打算扎挣着过去拉住，躺在床上是动不了。此时姑娘也直掉眼泪，说：“妾与你虽无夫妻之名分，确有夫妻之情分。奈因种族不同，不能终身事君，百年偕老，相从于地下，实是一件憾事。一旦分手，相见无期，如何能不哀惨。但君亦须替我设想，妾在深山修道，至如今亦颇不易。因为你这一场事，我十成的道行业经损失七成，再若流连，道坏尽矣。还望君可怜我，你把我放去吧！”

---

① 晡时：申时，即下午三点钟到五点钟的时间。

② “事”，原文作“时”，据语义改。

这几句书，无非描写花姑子是獐精，其实隐寓“人心惟危，道心惟微”的至理。言自己苦行修持，只因一念报恩而动七情，所以说业行已损其七，所余三成，则是三分像人。惟能不留恋，故将来尚可望有成。不可草草看过。

闲话少说，且说花姑子说完，擦着眼泪又说：“自从这个月，腹中觉着动掸，大概是你给种下了孽根。是男是女，俟等明年，我必给你送还。”一面说又流下眼泪，哭了会子，一狠心一跺脚，出离屋门，立刻踪迹不见。

（二十四续）1914年6月12日

安经宿，觉腰下尽死，爬抓无所痛痒。乃以女言告家人。家人往，如其言，炽火穴中。有巨蛇冲焰而出。数弩齐发，射杀之。火熄入洞，蛇大小数百头，皆焦臭。家人归，以蛇血进。

话表安爷听花姑子把话说明又要告辞，自己有心再挽留，奈因人家孩子是连告饶儿带央求，自然不能不让人家走喽。再说屋内又没别人，自己不能起床，也没人过去揪去，只好含着眼泪看着花姑子走出。这才叫进下人，预备粥饭，调养身体。想着过一半日，总可以对敷着坐起来啦。过了一夜，第二天，两腿还是不会动掸，自己觉着从腰往下同死尸一样，用手使劲抓搔，并不知道痛痒。这才信了花姑子的话，说虽然活了，必然萎痹不仁呢。

于是才把家中人等叫到跟前，说：“你们大家瞧我这一场病，真是死里逃生。可是如今已经成了废人，活着也无用了。总怨当日不听好话，拿着毒虫恶蟒硬做安乐乡呕！”安爷的为人，平素对待下人即有恩惠。大家一听，说：“你没问一问给你治病的那一位姑娘，他有什么好法子没有吗？”安爷说：“据花姑子说，总得喝蛇血酒才能治得好这病呢！当日害我的这条大蛇，窝巢就在你们往回抬我的那个山崖之内。要打算得他，必须如此这般，才能将他擒获，但不知你等可愿前去？”

大家一听，齐声说：“哦喝，公子，东人平日待小人恩重如山，漫说进山擒蛇，就是粉身碎骨也万死不辞（不得，又要犯戏迷）！”于是张三就问李四，说：“我见你素日会射弩箭，你约会些个朋友，预备好强弓硬弩，咱们大家就进山。”李四说：“只要把他薰出来，决不能让他跑了，可是柴草少了，可怕烧不透，总得多备干柴。”商量停妥，这就预备弩箭，又带上现钱，在山口贴上个“收买荒柴”的个字帖儿，写明每担多少钱，送至山崖下钱柴两交。山中打柴的挑到村镇才能卖钱，如今安宅在山收买，谁不愿意卖呢。简断截说，收了三两天，已经堆成柴禾垛，大家都纳闷，不知道安爷为什么要唱《烧山》。

这天把柴备好，弓弩手一个个也排列齐整，这才把火点着，一会儿烈焰飞腾，又搭着这天狂风大作，连烟带火，直往山洞里串。大家瞪着眼睛都看着山洞，果然有一条大花长虫吐着信子，冲着火焰往外飞跑。大家一见，说："射呀！"弓弩手四面一齐放弩，几弩箭就把这条大蛇射死。大家想着，必然还有余党，仍然拿弩箭等着，直到把柴草烧尽，也没见出来第二条。容火着完，有大胆的钻进山洞一瞧，里面有大小长虫好几百条，全被火烤焦，臭气难闻。大家收拾了收拾，把这条极大的用绳拴好，抬回家中，放在当院，亚赛一盘大井绳。这才找了个大碗，把蛇身用刀划了个大口子，旁边那个还说："你们千万别伤了皮，我还留着蒙胡琴鼓子哪。"一会儿蛇血流了半碗，对好烧酒，端到安爷面前，安爷一个人儿要独饮血酒。

（二十五续） *1914年6月13日*

安服三日，两股渐能转侧，半年始起。后独行谷中，遇老媪以绷席抱婴儿授之，曰："吾女致意郎君。"方欲问讯，瞥不复见。启襁视之，男也。抱归，竟不复娶。

天下事不出善恶两途，造因结果，亦复如是，人禽之理一也。此段以花姑子父女喻善人，以蛇精喻恶人，故花姑子念念报恩，业行已损其七，终可飞升；蛇精冒为美女，吮血媚人，转瞬无噍类①，而遗臭不已，且吮人之血者，其血亦被人饮之。所谓恶人自有恶人魔是也。原文不说善恶，而以香臭代之，并肖咏物体裁，实为文字巧妙处。

闲话打住，却说安爷宅中下人把蛇血对好烧酒，给安爷喝下去。安爷喝到口内，腥血难闻，可不及从前花姑子给的蒸饼好吃。奈因为病，只好狠心吃药，咕噜的咽下一大口，迷了一觉，当晚又喝了半碗。别瞧母长虫虽是咂了旁人来的，总还算肯出血。第二天又喝了半碗，喝到第三天，血也没啦，安爷的下半截儿才凑合着能够动掸了，只好再用药调治啵。直到转过了一个年头儿，才能慢慢儿的拄着棍子下地。又过了几个月，才能自己上街。

这一天，个人没有事，心中闷的难过，想往山里逛逛去。于是没带跟人，顺着大道越走越高兴。转过几个山环儿，已见悬崖陡壁，没有什么人迹了，自己方要抹身回来，猛见从远远儿的走来一个年老的妇人，怀中抱着一个包裹似的，慈眉善目，不似乡村愚蠢的妇女。看着好生面善，奈因想不起在那儿会过。转眼到了跟前，把所抱的这个包裹冲定自己怀中递过来。安爷一低头，才看出是一个小棉被褥，围裹着一个不满周岁的小孩儿。此时安爷方想起去年花姑子的话来，连忙伸手，打算接过孩子，再跟老太太细说

① 噍类：原指能吃东西的动物，这里特指活着的人。

说话儿。只听老太太说了一句，说：“我的女儿致意郎君。”安爷这才想起，这位老太太是章老头儿的媳妇、花姑子的母亲，论理得算丈母娘（这叫诚心绕螺蛳大院儿），嘴里还没叫出来呢，已经踪影皆无了。

安爷抱着孩子，一阵发怔，可是老太太没有影儿，也就无法喽。怔了会子，才想起看一看到底是妞儿小子，赶紧把棉被掀开，把裹的口子打开点儿一瞧，原来是个大小子。安爷更是喜欢喽，好在孩子并不认生，也不哭。安爷抱着回到家中，赶紧雇奶子找看妈。从此安爷既然有后，终身也不再娶了。这几句是书中的余波，映合上文“月来腹中微动”是近脉，又远引喜放生者，断不能缺嗣。盖天下唯不忍绝人嗣之人，天亦必不绝其嗣。终身不娶，所以报花姑子恩情亦云至矣。

这段儿玩艺儿，虽是以野兽比美人，可称义夫节妇的好段子，与世道人心大有裨益。比上淫狐女鬼，真得说旱香瓜儿另一个味儿。别瞧不热闹，还是不大好说，这不是说到这儿了吗？《打沙锅》的尾声儿，就是完了。要瞧热闹的，明天换题再行敬献。

瞳人语

（开篇） *1914年7月3日*

节过天中夏至，连朝大雨滂沱。沟满濠平路成河，郊外农民欢乐。

纨绔风流子弟，及时选色如何。南北清吟一曲歌，趁阴好叉麻雀。

谁晓同胞辛苦，泥泞还得拉车。枵①腹街头坐无多，只好回家挨饿。

都说自由平等，谓之五族共和。也须努力去琢磨，量力自己求活。

长安士方栋，颇有才名，而佻脱不持仪节。每陌上见游女，辄轻薄尾缀之。清明前一日，偶步郊郭，见一小车，朱茀绣幰②，青衣数辈款段以从。

几句流口词儿念毕，接着写的是《聊斋志异》第一卷第二段《瞳人语》的几句原文。因为什么我说这一段儿呢？因为本报这门《聊斋》，谬蒙阅报诸君赏鉴，这位来函嘱说这一段，那位又寄信烦演那一段。在下原无成见，反正每天这一千来字儿，说什么都是一样，然而要不分个先来后到，似乎也不合情理。前些天，有位王华清先生来函嘱说这段，并有许多恭维在下的话，在下是愧不敢当，无非本着蒲先生劝善惩恶之意，由见到之处发明发明。这一段既在第二，原意是万恶淫为首，如能勇于改过，仍不难成为好人，其实无非寓言的玩艺儿。在下上段说的《金生色》，请看董贵是怙恶不悛，故遭惨报，试问其初见金木氏，与这段儿事是一样，一则陷溺，一则忏悔，其结果就能不同。闲话少说，咱们这就开书。

① 枵：空虚。

② 朱茀绣幰：朱红的车帘，绣花的车幔。

这段儿书出在陕西，有一个念书的，姓方名栋，家住我国长安地。那位说，你怎么出门就唱《查关》哪？上段张嘴是《打沙锅》，所以这回用《查关》，可见这路玩艺儿，是专吃小花脸。这位方栋方爷，是很有才学，无奈这个人平日就是过于轻佻，不能守念书的规矩，平日没有事，就好出城绕个野湾儿。每到春风秋月，长安地方的风俗也是游女如云。方爷在外头溜达，只要看见人家少年妇女，不是嘴里说些游荡的便宜话，就跟人家挤鼻子弄眼儿（通俗说就叫耍贱骨头）。只要见人不骂，不抛砖头，不骂闲杂儿，就跟人脊梁后头跟着人家，一死儿不散，多早晚把人送到家，还得在门儿外头替人当会子门番，然后回家休息，才吃得下晚饭去哪（那位说，这路人未必有吧？您要不信，您到卖男女分座的戏园散戏时候瞧去，这路人是多的很。不信您问他作什么，他不是说等他姑姑姨儿，就是接他姐姐妹妹。这路人大概都是方爷的肯构①的肖子）。

闲话少说，但说这一天本是清明节的前一天，古名寒食，多是上坟或出城踏青的。方爷这个日子，宁可把坟不上，也得出城瞧堂客去。这才信步到了荒郊，见一辆小车，车上挂着车帘，里围子也有窗幕，跟着些男女仆人，款款而行。

（续昨） 1914年7月4日

内一婢，乘小驷，容色绝美。稍稍近觇之，见车幔洞开，内坐二八女郎，红妆艳丽，尤生平所未睹。目炫神夺，瞻恋弗舍，或先或后，从驰数里。忽闻女郎呼婢近车侧。

昨天的书，说的是方栋看见一辆朱茀绣幰的车，苦这们一当车后喘（比刀塾子、枪架子保点儿重，月事②可苦点儿）。要说这一路车，可不是现在的四轮马车，并且也不是红拖泥后挡大方车。这路车应当是古时的人力推车，由前面看，是一顶彩轿，不过没有轿杆子，后面有车把，四围是软帘幕，走着不能甚快。真要说是四轮敞棚，或双飞燕、拉小栓儿③，方栋决追不上，而且与青衣“款段以从”四个字不合，故此得说是人力车。可又不是现在的胶皮车，诸位要瞧这种车，您看画灯上所画的，全是这路。

闲话少说，单说这个方爷见车在前面走，车后所跟随的仆人都骑着马。内中有一个未留满头的小丫鬟，也骑着一匹小马，长的十分美貌，紧紧围随着车旁。方爷心说，就瞧这个侍女，车上坐的主人必然更美貌喽，又一想可也没有准儿，俗语儿常说丑夫人俊梅香。我那不看不见车上坐的美人哪，就冲这个丫鬟，跑死我都认命。心中这们想，两脚又往前一凑，恰巧见车中的美人。大概因为这是城外头地方，没有多少过路的人，而

① 肯构：比喻子能继承父业。

② 月事：指每月的官俸。

③ 双飞燕、拉小栓儿：均为古代官员所乘的车。

且又正值清明佳节，野花齐放，又是柳绿桃红，谁都想着看看。人家这一掀车帘儿不大要紧，可正合了方爷的心喽，登时把两只眼睛使足了眼光儿往车里头一钉。见车内坐的这个人，也不过就在十六岁，穿的是锦绣绸缎，模样儿这分儿体面。真是自出娘胎以来没看见过这等绝色美人，立刻两只眼睛也直啦，神魂不定，别说把生日忘了，说连姓方都许说不上来了，直勾勾的两只眼睛，真是目不转睛，一死儿钉上了。人家的车紧走，他紧跟着；人家的车慢走，他慢跟着。偶尔心里一机伶①，说别把人家瞧炸了也是麻烦，又一想，官街官道，既许他走，也许我走，我长的眼睛，还不许我瞧人吗！自己一思索，脚底下未免迟慢点儿。或是车走到宽阔处，人家快走两步，他老先生也得卖一卖力气，苦挠两步；好容易跑到头里走去了，人家的车遇着个小泥坑儿，车夫一摘道儿，他又得在前面等着去。所以原文说“或先或后”，可不能说一定紧挨着，那成了上虞备用处②啦。简断截说，是一死儿跟着人家所没瞧够。

一幌儿就走出好几里地，别瞧方爷这们出神儿，敢情人家并不理会。方爷心里更嘀咕上喽，想着我这们瞧，真会没给瞧蹿③，八成儿不但我爱瞧人家，人家车上坐的美人儿，还许爱瞧我哪吧。要能想法子过簧答话，那不能黏个沿儿，我替推车的尽点儿义务，替换替换他，也是我的造化呀。无奈不知这是谁家的宅眷，只好送到地头再询问吧。正在自己捣鬼，忽听车上坐的女郎呖呖莺声，把小丫鬟叫到车前。

（再续） *1914* 年 *7* 月 *5* 日

曰：“为我垂帘下，何处风狂儿郎，频来窥瞻！”婢乃下帘，怒顾生曰：“此芙蓉城七郎子新妇归宁，非同田舍娘子，放教秀才胡觑！”言已，掬辙土扬生。生眯目不可开。才一拭视，车马已渺。

昨天的书，说方栋见女郎为“生平所未睹”，这一句固是为红妆描其艳丽。其实这路眼馋的人，不必一定见着真正美人这样，即便常行的妇女，他都觉着比自己的妻妾体面，故此人才给这一路人起名叫桃花眼。原文又说“瞻恋弗舍，或先或后，从驰数里”，才闻女郎呼婢。这等人的心理尤其令人不解，往往他傻看人家时，人家本无心说话，或偶然一笑儿，他就能以为意中属意于他；甚至人家恼了，说闲话骂闲杂儿，他都能错会了意，以为好话。所以这一路人，每每自夸生来桃花命，正走桃花运，巧遇桃花女，对挤桃花眼，多早晚挨上桃木棍儿，打的成了烂桃，直学桃花猫叫唤，才算完事呢。

---

① 机伶：同激灵，突然一惊。

② 上虞备用处：清朝护卫皇帝外出娱乐的机构。

③ 蹿：这里指发怒呵斥，责骂。

闲话靠后，却说方栋直跟出人家好几里去，一听人家把丫鬟叫至车侧，这一下子，他总以为必有什么好信儿呢，立刻笑眯嘻的两只眼睛，弥缝的成了一道线儿，嘴里直打噜噜（那还是桃花猫），侧耳静听人家说什么话。就听这位车中女郎对丫鬟说道："你把这车帘给我放下点儿来！你瞧也不是那儿来的这们一个撒野的小子，走了一道儿，他贼眉鼠眼的净用眼胡瞧。"说着话，把脸儿微然一沉。

此时这个骑马的丫鬟听主人一呼唤，已经弃镫离鞍，把马交给旁边的人替他拉着。听主人一说，自己答应了一声，过去伸手就把车帘放下。一回头，瞧见方栋还在那儿站着，用眼往车帘儿上钉呢，这才气忿忿的说："你这种瞎眼的东西，你也不睁开眼瞧一瞧，这车上是谁！这是芙蓉城七爷新娶过门的新娘子，今一天是由婆家来，往娘家去（可没说吃在肚里、穿在身上，那是《闹松林》）。你当是五里三村儿庄稼主儿家的妇女哪！倚仗你有一顶头巾①，有个功名，人家不敢惹你，由着你这不开眼的秀才这样儿的无礼放肆胡瞧哪！"

此时方栋听小丫鬟一说，才知道八成儿人家要炸，自己并没恼意，打算跟人陪个笑脸儿，答讪两句，问一问这芙蓉城在那一方，芙蓉城的七爷又是什么样儿的人，管什么职任，好往里迈步伸腿儿。刚要开言，就见这个小丫鬟往下一毛腰，左手一拢袖子，露出黄澄澄②的镯子，右手往地上一抓。当时方爷并没看明是什么，见他一转脸儿，照定自己面门扬来，方要躲闪，不想人家手快，又搭着自己伸着挺长的脖子，往前兜着下颏儿，直勾勾净等着呢。所以不偏不歪，一把黄沙土满敬在方爷的前脸儿上啦。这才一机伶，不但眯了眼睛，嘴里也扬进不少，连忙扭头往外唾，一面又用袖子擦嘴，又用手摸两只眼睛，已经眯的难过，揉了几揉，才微然睁开一道缝儿，再看适才的车马仆从，已是踪迹不见。

（三续） *1914年7月6日*

惊疑而返，觉目终不快。倩人启睑凝视，则睛上生小翳；经宿益剧，泪簌簌不得止；翳渐大，数日厚如钱；右睛起旋螺，百药无效。懊闷欲绝，颇思自忏悔。

却说方栋方爷，冷不防被这个小丫鬟扬了这一把沙土，把两眼迷得睁不开啦。自己连忙用手又揉又摸，擦的出来点儿热眼泪一冲，方才微然能够睁开了一道缝儿。再找车马，业经踪迹不见，懊悔的了不得，想着只要他不走，别说是拿土扬我，即便就给我一

---

① 头巾：古代读书人戴的一种头巾，亦称儒巾或方巾。

② "黄澄澄"，原文作"黄登登"，据语义改。

砖头，也不要紧哪；就便打个窟窿，破伤风死啦，也算宁在花下死，做鬼也风流啊（那还风流什么呀）。又一想，方才车马不见甚快，怎么会一会儿的功夫就不见了呢！八成儿是神仙家的仙女下界，不然决没这们体面。到底他往那一方去了呢！举目留神，往四下一寻望，立刻眼珠子生疼，磨的难过，赶紧又把眼睛闭上，又直揉搓。自己垂头丧气，换替着揾着两眼，往家里走啵。别瞧方才追车的时候工夫不大，此时天色已晚，眼睛又不得力，腿也生疼，再说又没有地方雇车脚，只好慢慢儿的往家里磨吧。

快到掌灯方才到家，进门头朝里往床上一躺，咳声叹气。家中的人莫明其妙，见他两眼红肿，还以为他是上坟哭妈哭的哪，又不敢问，只好答讪着问他吃了晚饭了没有。方爷说："我还吃饭哪，你们也不瞧一瞧，我的眼睛都肿成什么样儿啦！"大家七手八脚，立刻就点蜡镫，那个就找镊子。一个人用手掰着方爷的右眼皮一瞧，说："八成儿你这是要长针眼，不然怎么会有一个小黑星儿呢？那一只可不晓得怎么样？"又把那一只掰开一瞧，大概也不差多少，疼的方爷直哼哼。外省地方可不能像北京有的是药铺，至不济也闹一盒黄连膏或是鹅翎管儿眼药，什么梁光明倭瓜把儿，都可以出去就买来。再要离正阳门方近，什么精锜药水、大学眼药，更有得是。其实彼时也没有，不过说着热闹就是啦。既然没有，只好耗着吧。

好在春夜渐短，方爷折腾了一夜也没有睡好。一幌儿天光大亮，家中的人过去一瞧，两只眼睛已经肿成桃儿似的一样（外带还是烂桃），眼睛中的热泪往外直流，流得止不住。又拨开一瞧，比上昨天晚间在灯光之下更显着大了许多，简直的是要起蒙，又像牛子似的，也只好赶紧请医调治啵。想不到越治越厚，左边这一只眼睛起的这个云翳约有制钱大小（那位说，你为什么不说大块洋圆呢？一个人也得有那们大的眼珠子呀），外带还是水上漂；右边这一只眼睛已经肿成一个大包，由眼珠子上起了一个旋螺一般的一个牛子。方爷本是便家①，焉有不着急的道理，赶紧这就往各处买药，有替请许珍儒、许渔珊②去的（彼时都没出世呢）。一乱好几天，越治越厉害，方爷更什么瞧不见喽。这一分儿懊闷，直把方爷要急死，到了如今，方才自悔从前的不是。

（四续）*1914年7月8日*

闻《光明经》能解厄，持一卷，浼人教诵。初犹烦躁，久渐自安。旦晚无事，惟趺坐③捻珠。持之一年，万缘俱净。忽闻右目中小语如蝇。

---

① 便家：指富户，不愁钱财用度之家。

② 许珍儒、许渔珊：二人均为民国初年北京著名的眼科医生。

③ 趺坐：佛教中修禅者的坐法，即盘腿端坐。

上文的书说是方栋的右睛起了个旋螺，前天因为赶扣子，故此没能细说，今一天不妨把他说一说。按旋螺字面儿说，应当就是螺蛳转儿①，眼睛上要长那种玩艺儿，嘴上还许开烧饼铺呢。此段蒲老先生所用的是《古器评》上“周虬钟铭文，磨灭不可识，作旋螺之状”的一个古典大意，也无非说同鼓上的钉儿似的。其实要据我想，大凡眼睛生蒙鼓起来，俗呼为牛子，颇像一个蜗牛的壳（就是水牛儿②皮），上面也有转文，无奈吕叔清注《聊斋》，既说旋螺是钟文，在下也不必给人胡掰文儿，反正一只眼睛上起了这们一个挡幕儿，自然不用打算看什么。好好的一个人，两只眼睛，一个乍看不见，这分儿着急还用提吗！无奈怎么着急，管保是越急越厉害。至于求医用药，无论吃、洗、点，反正浮火还能见效，要说包管准好，实在我可不信。

但说方爷因屡治不效，自己日期一多，反到于无法之中生出忏悔之心。这就是静坐常思己过，然非静可想不起来。方爷至此时方想起，无论得病的这一次，是自己的不是，就以平常说，看见人家妇女就苦跟着人家，到底有什么便宜呢？

奈因每日这们坐着实在着急，这一天忽然想起，从前常听人说，仙佛各种经卷，如能虔心持诵，都可以解除厄难，唯《光明经》治眼睛最灵，彼时并不信这些话，总说迷信，如今实在无法，何妨试验试验呢！立刻派人找来一卷，摸着打开，看不见字，可怎么念呢？于是托了一位从前的窗友教给他念。方爷本是挺聪明的人，记性颇好，教了几遍，居然背诵上来。不过这路经文，前面的话语粗俗，后面的咒语不好讲，念了几天，实在没多大意思，很是烦躁。既而一想，不念这个，难道凭自己这们个人，还能唱丝调小曲吃生意去吗！只好还是一心念啵，于是“每日五更清早起，休教睡到日头红”。那位说，那儿这们两句呀？您别瞧，这也是经文，真正大字《女儿经》。

到了晚间，睡不着觉，一觉着烦闷，就在书房床榻上盘膝打坐，右手拿着一串数珠儿，可就念开喽，什么“天上无我无昼夜，地下无我少收成”，又什么“揭谛揭谛，般若揭谛，般若僧揭谛”。那位说，这就是《光明经》吗？不，《太阳经》跟《多心经》我这儿大把儿抓呢。您要问我《光明经》头一句是什么，实不相瞒，我没看过，只好等将来我两眼也长云朦气朦、黑翳攀睛的时候儿，求人教给会了，我再念给诸位听吧。可是这们说，到那时候，您可也就不用瞧这一版《聊斋》啦。别听我说不会，其实真打听打听，也不难写上几句。奈因说玩艺儿，不许说真经正文，故此才这们胡聊。

闲话少说，再说方爷从此一心虔诵经文，一幌儿一年之久，把邪心私欲祛除，真是万缘俱静。这一天，念毕静坐，忽听右目之中好像苍蝇叫唤似的，像是说话儿呢，由不得心中十分诧异。

---

① 螺蛳转儿：旧时北京的一种面食，发面烙制，略如火烧、烧饼，但有盘旋的纹理。

② 水牛儿：蜗牛的俗称。

（五续）*1914年7月9日*

曰：“黑漆似，叵耐杀人！”左目中应曰：“可同小遨游，出此闷气。”渐觉两鼻中蠕蠕作痒，似有物出，离孔而去。久之乃返，复自鼻入眶中。又言曰：“许时不窥园亭，珍珠兰遽枯瘠死！”生素喜香兰，园中多种植，日常灌溉。自失明，久置不问。忽闻此言，遽问妻。

念经这一件事，本是为人养心神的法子，日期长了，自然有益，并非真有什么鬼神保护。况且持斋念佛的人，多半是年老的富翁，心性已经平和，又无所营求，自然有效。但以本文书上方栋说，既是一位便家公子，又在少年，忽然两目失明，如何能做这一件事，故说“初犹烦躁”，若非已盲，必不能再讽再诵。此时是无可奈何，只得作个几希之望，且以此当件消遣。又说“久之自安”，可见天下苦事，无一非积久相安，只在一入手时，道理邪正，即所谓须防一念差是也。

闲话少说，却说方爷念经已经一年之久。这一天，忽然觉着右眼睛里有人说话儿，侧耳细听，好像苍蝇叫唤似的，就听说了一句是：“这里面漆漫乌黑的，你瞧有多们别闷人哪！”方爷一机伶，侧耳找寻，想着莫非屋中另有旁人说话吗？细一辨别，实在没有这们细的嗓音，而且确是在眼睛里面哪。正自惊疑，想不到居然左眼眶子中有人答言儿，说出来的声音同右边的语声儿差不了多少，说：“谁说不是哪，既然你也烦闷了，何妨咱们两个人一块儿出来溜达溜达呢！先到福和居吃完早饭，然后劝业场喝个茶儿，打会子盘球，醉琼林闹顿番菜，第一舞台听听夜戏。散戏之后，八大胡同①找个地方打一夜麻雀。天亮再回学堂，只要不误上课钟点儿就得。没逛到的地方儿，下礼拜再去（那位说，这是方爷的瞳人儿里说的吗？前些天有位司教育的某堂长，在本馆借电话定约会儿来着，说了这们一套，我今天想起来，写串了辙啦）。”

方爷听这个说完，并没听见那一方面是否认可赞同，就觉着两个鼻孔之中直动撢，好像小虫子爬似的，又酸又痒痒，已经到了鼻翅儿，就仿佛有个什么虫儿似的由内中出来，离开鼻孔而去。此时方爷并不觉着怎么难过，想着莫非是我自已的疑心病做梦呢。自己并未睡觉，若说真事，那里有自己闹虫子还会不知道的呢！而且眼睛里长虫子，楞拿鼻子眼当路线，是谁许可的呀！好在全不甚难过，也就不便大惊小怪的告诉旁人了。倘或一个传闻失实，以讹传讹，说差了地方儿，岂不有伤名誉吗，到不如给他个见怪不怪，其怪自败的为是。想到其间，故此也没宣布，照旧闭目合睛的静坐。

① 八大胡同：北京前门外的八条胡同，旧时北京娼妓集中住区。

待了约有两三圈的工夫（还是麻雀），觉着鼻翅儿上痒痒，大概是虫儿回来啦，越痒痒越往里，又觉着眼眶子一动，果然是钻进来了。又听这一边儿对那一边儿说：“好些天没往花园子亭子那一方去游览，想不到挺好的几盆珍珠兰，也全都干枯死啦。”方爷平日最好养香兰，园中种了许多，从前都是亲自灌溉，自从眼睛看不见，自然不能管了，今日一闻此言，这才叫过大奶奶来，要追问有无其事。

（六续）*1914年7月10日*

“兰花何使憔悴死？”妻诘所自知，告之故。妻趋验之，花果槁矣，大异之。静匿房中，见有小人自生鼻内出，大不及豆，营营然竟出门去。

却说方爷听见眼珠子里说是园亭的兰花已经枯干死了。这一程子，因为闹眼睛，没有顾这一件事，也没听人提及。今天一听，立刻不由得心中起火，大嚷着说：“你们快把大奶奶给我叫来！”下人赶急跑过去。方大奶奶莫明其妙，只得过来，说：“作什么你这们着急叫我呀？”方爷这气不打一处来，说：“好的，好的，你真是好的就结啦！你不知道园中的珍珠兰是我心爱的花儿吗？不然我就肯那样的培养灌溉了，统共这才多少日子，你们全都给干死了。足见我眼睛一个看不到就不行呕！”大奶奶一听，说：“你先别生气，养花这一件事，我虽不甚懂局，至于不可缺水，总还知道。时不常儿的嘱咐他们，我虽没亲自去瞧，大概还不至于死。你如今这一套话，是听谁这们告诉你的？你瞎目合眼的，难道还有什么人给咱们两口子拢对儿①吗？你听谁告诉你的，你总得告诉我这个人儿！”

方爷一听，说：“你要问是谁说的，可也真怪！”就把方才眼睛里如何动掸，有虫子往外飞的话说了一遍。大奶奶一听，更是纳闷儿喽，说：“我到底去瞧一瞧此事的真假！”及至到了花园，见各种花草虽然照旧，唯独兰花上面都长了虱虮，叶子已经黄萎。过去一摸，盆中的土挺干，谁说不是干死了呢！心说真是怪事，想不到他两眼睛一闹虫子，就能出去调查点儿事，这要他开个报馆，就不用约访员啦（这是方大奶奶说的吗？不，我替本行缩减经费哪）！莫若我回去，含混其词的支应两句，到得细细留心，瞧一瞧他眼中是否真闹虫子。想到其间，这才往书房里来，见着方爷，说：“可不是今年的兰花不见长呢，大概还不至于死。我已经嘱咐他们，赶紧晒豆汁水哪。你就不用操心了，静静儿的养眼睛吧！”方爷虽说爱花，如今既看不见，也就不十分注意了，只好说：“死了实在可惜，只要你们多留心惦记着就得啦！”大奶奶答应了一声，假装抹身出来。一会儿又溜进书房的里间儿，时时刻刻用眼睛钉着方爷。

---

① 拢对儿：挑拨离间。

方爷此时照常手持捻珠，又“南无、般若、摩挲”的招呼上了，念着念着，由静入定，好像坐着睡了似的。方大奶奶此时直着两眼更钉上啦。一会儿的工夫，忽见由方爷鼻孔之中一边儿真钻出一个小虫儿似的，原来有胳膊有腿，五官四体俱全，扭达出来，一张胳膊，虽看不见有翅膀儿，已经飞落地下，头至脚也不过有个绿豆大小（那位说，你为什么不说像个大蚕豆呢？我怕方爷没有那们大的鼻子眼儿）。两个小人儿全都赤着身体（决不能穿大礼服，也不能朝帽花衣①），扭到地下，恰巧开着书房门，往门槛上就迈步。大奶奶由里间蹑足潜踪出来，打算要考查两个小人去路来踪。

（七续）*1914年7月11日*

渐远，遂迷所在。俄，连臂归，飞上面，如蜂蚁之投穴者。如此二三日，又闻左言曰：“隧道迂，还往非所甚便，不如自启门。”

上文说的是方爷的瞳人儿变作小人儿，居然往园亭去游逛，为什么不说看见别种物件与别的人，必要单说珍珠兰憔悴枯瘠死了呢？虽是瞎聊，也有个至理：一则这种花是方爷夙日所爱看的，看什么都得用瞳人儿，既是方爷的瞳人儿，故此必先由夙昔所惯见的上注意；二则兰花必说珍珠香兰，隐寓眼珠不亚最贵重的珍珠，瞳人即珠体也，且出入均由鼻孔，是香味由此以达之所。又用“枯瘠”二字，明言方爷目中秋水双□，已为色欲枯竭。幸赖忏悔一年之久，始由定生明而复足也。好在方爷平日所喜的是香兰，若园中粉白黛绿，住居一般妇女，吾恐方爷之瞳人，又迷而不知返矣。别瞧蒲先生随便用个字眼儿，敢说都别有匠心，只苦于我们眼光儿看不到就是啦。

闲话少说，却说方大奶奶见方爷的鼻子眼儿里出来的小人居然连飞带走，就出了书房门儿去，越走越远。本来东西儿不大，走了几步儿，方大奶奶可就看不见啦。这才抹身回来进了书房，见方爷还照旧在那儿冲盹儿呢。自己并没惊动，仍然往里间屋里一坐，净盼②大爷的瞳人儿回家。等了工夫不大，就见两个小人儿手拉着手儿，肩膀儿靠着肩膀儿，步儿走了个挺齐，好似二人竞走的游戏体操，走到方爷的床沿儿上，顺着两腿往上一蹿，已经蹿到方爷的鼻子底下，往里就钻。此时把一位贤良的方大奶奶吓的了不得，反到连大气儿不敢出啦，怕是惊了他，错钻到耳朵眼儿里吃灌肠去（那是那一个耳朵眼儿③呀），再若一个钻错了，钻到方爷的嘴里去，虽没吃着方爷的脑子，可许让方爷把两

① 朝帽花衣：清朝官服。
② “盼”，原文作“聆”，据语义改。
③ 耳朵眼儿：这里指的是旧时北京的耳朵眼儿胡同。

个小人儿都咽了底膝儿①。正在惊疑，就见两个小人儿如同马蜂、蝼蚁入窝似的钻进去了。

此时方爷才醒，方大奶奶必然也要问一问，觉着什么个滋味儿，适才小人儿出来，您知道不知道。方爷论理应当晓得，方大奶奶方才追小人儿追出回来，还在屋里偷瞧才合情理，若不然既得看见园中兰花，如何不知道这些呢。若说大奶奶见着这等怪事，净守秘密主义，也不像话。无奈原文没提到这一节，就算瞳人儿不爱说，咱们也就不用瞎替人家两口子编谎啦，只好照原文说。方爷的瞳人儿真是常来常往，说文话是出入无时，莫知其乡（那是我的心）。

一幌儿又过了两三天，这一天，方爷正然闭目合睛的静坐着，又听左边眼眶子中说了话啦，说："你瞧咱们两个人出去一荡，得绕好半天的隧道，回来的时候儿，也得如此。每一次冤屈道路，真得多走好几里（那位说，有那们远吗？您想里数由人步丈量，比豆儿小的人，步也小，故此才敢这们说），实在的好不方便，何不各自开辟新门！"

（八续） *1914年7月12日*

右应曰："我壁子厚，大不易。"左曰："我试辟，得与而俱。"遂觉左眶内隐似抓裂。有顷，开视，豁见几物。喜告妻。

这路书本是寓言的玩艺儿，只能说理，不能细描真事。按照原文，这后半篇全是瞳人与瞳人问答，别瞧也是两行原文，其实一问一答用不了多少字，就算说完。要让我有枝添叶，撒开了替方爷的瞳人儿编词儿，岂非痴人说梦。若是研究蒲先生当日用意，内中冷嘲热骂，其实全是救世劝人的苦心。在下既然看出来，应当评讲评讲。虽不敢说准合当年蒲先生心理，反正我得说出个理儿，说真话真得费心，无奈普通阅报的眼光多喜看热闹，光说这些，费力不讨好。好在这一段已经就快完了，爱看花梢的，过日我再补付。

就以本文说，方爷本是一个有才的名士，只因不持仪节，有这路眼孽，居然闹得两目不明。幸而忏悔的早，瞳人儿出躯壳，看见什么回来讲论，方爷才能由耳中输入点儿新知识，隐寓方爷是以耳代目。相书上说，眼为监察官，方爷此官不能实尽责任，原由好色所致；倘若再好音乐，将耳鼓振伤，采听官再一失用，那只能闭眼净吃喝吧。推其原因，一点之好色所误，虽有才如方栋，不过一废人而已。所以说这段书是劝人戒目淫之书。

---

① 咽底嗉儿：指吞没。

闲话少说，却说方爷这一天，听见左眼眶子中的小人儿说是出入有些不便，打算开辟新门，要跟右眼表决。就听右眼中的人儿果然答了言儿啦，说："你的主意诚然不错，虽为便利交通，也得体恤商业呀（这是方爷瞳人说的吗？不，市政公所开会哪）。无奈我这一方面的墙壁太厚，另开新门，可实在的不易！"左边的小人儿又说啦，说："你那一面既然不行，这们办，我这一面开辟开辟试一试。如果成得了，咱们两个人全由这一个门出入，你想好不好？"方爷此时心里是直害怕，想着这两个小东西子既没跟房东商量，又没呈报区署，怎么就要建筑兴修哇，可又没法子拦他。登时觉着左眼眶子里头好像用小细的手指头抠眼泡儿呢，说不出是疼是痒痒（那位说，你为什么不细形容啊？实不相瞒，我没尝过这种滋味。您要打听，您找专门眼科问去），一会儿就好像把眼泡抓裂了似的。

方爷疼痒难过，只好紧紧的闭着眼，此时既不动了，猛然一睁，想不到居然看见书房桌上所摆的花瓶果盘上面的土多厚，而且也不是去岁的原地方儿了。心中纳闷，想着莫非我这两眼好了，把左眼一闭，干瞪右眼，还是照旧漆黑。这才知道，敢情小人儿的手指头比眼药都强。又一想，我也许是瞎疑惑呢，立刻大声喊嚷，说："大奶奶快来！"

方大奶奶在里院上房听见一叫，立刻跑进来。方爷居然看见穿的衣服颜色，这才把左眼中的事从头至尾细对妻言。

（九续） *1914年7月13日*

妻审之，则脂膜破小穷，黑睛荧荧，才如破椒。越一宿，障尽消。细视，竟重瞳也，但右目旋螺如故，乃知两瞳人合居一眶矣。生虽一目眇，而较之双目者殊更了了。由是益自检束，乡中称盛德焉。

却说方爷把大奶奶叫过来，这才怎长么短的一说。大奶奶一听，也很喜欢，立刻迎着亮儿细瞧方爷的左眼泡儿上的那一块蒙子，果然破了一个小窟窿，露出里面黑荧荧的光儿，就好像秋后老花椒晒开，露着黑子儿似的。大奶奶说："这是天赐光明！"方爷一听，说："如此说来，待我谢天谢地（眼睛刚好，又要犯戏迷）！"

当日无话。又过了一夜，左眼的鱼肉也不红了，蒙子退尽，居然成了一只好眼睛，细瞧里面是两个瞳人儿。唯独那只右眼睛，还是照旧一个大牛子。这才晓得两个瞳人全搬在一个眼眶子里头来啦。方爷由这一天起，看什么不但照旧，而且比上从前的两只眼睛的时候，还得力哪。黑夜瞧书，都可以不用灯烛，每遇同朋友出门儿闲游去，人家没看清楚地方，方爷能看的见。大家都说方爷的一只眼比旁人两眼还得力，可称一目了然，群呼为了然先生（可不是李毓如①）。

这点儿书，说是方爷重瞳，这也不过这们说，按古人中重瞳的人原有，最着名的是大舜同霸王。若论真理，不过是肾水足。至今也不断有这路人，可也未必就算什么奇相。方爷的眼睛，硬说半路重瞳，诸位只好当瞎话儿听。若说较双目更了了，这个理却倒不假。不信诸位闭一目，专用一目注视，就觉这只目力好得多。看画儿多是闭上一只，用手遮着四围的光，就是比样。

再说方爷自一目复明之后，仍然是照常念经，不似从前专往妇女群儿挤挤碰碰去了，说话都处处留心阴骘②。从前五里三村都知道方爷不是好人，如今称为有道德的好人了。错非经这一年的苦难，真不定惹出什么祸事来。

这一段书，原是劝人改过自新的玩艺儿，虽说念经近于迷信，其实里面也有深意。在下于佛理虽没研究过，幼年曾听前辈老人常讲《心经》（就是“般若般罗密多”的那一部），彼时在下不走《心经》，所以没进耳朵。现在说的这一段书，内中有合《心经》的意思不少，即如经云：“无眼耳鼻舌身意，无色声香味触法，无受想行识，能除一切苦。”细想方爷何尝不是从前为眼色所误，幸而忏悔持经，念诵至万缘俱静，自能除一切苦。所念者为《光明经》，在下没有见过，据原文说“能解厄”，其实无论那一种经卷都可以，全是由静生定，由定生明，到万缘俱静而已。我愿阅报诸君，莫到学成方栋眼睛的程度，方才忏悔。须在平时，虽不能无眼过，时时要以方栋为鉴，方不负蒲先生著书苦心。书说至此，明天另换新题，照旧评演敬献。

---

① 李毓如：别号了然先生，清末民初书法家、绘画家。

② 阴骘：这里指阴德。

促 织

（开篇） *1914*年*9*月*8*日

玩物令人丧志，旅獒经训名篇。斗鸡走狗数齐燕，谬说风靡强悍。

习俗古今虽异，偏好总属一般。豪华纨绔费精研，又借寒虫鏖战。

街市大书广告，张贴秋兴可观。美名打饼亦折钱，不亚围筹①牌片。

与己身心何益，利人惯养帮闲。若改兴学或赈捐，尚博好施乐善。

宣德间，宫中尚促织之戏，岁征民间。此物故非西产。有华阴令，欲媚上官，以一头进，试使斗，而上因责常供。令以责之里正。

几句诌词儿表过，接着写的是《聊斋志异·促织》原文。因为什么说这一段儿呢？皆因今一天是阴历七月十九日，白露节令，正是促织开盆②的日子。恰巧《婴宁》已经快说完了，故此赶了两天，把那一段儿赶完。至于说得好歹，诸位多担待。上次已经声明过是孙君来函烦的，故此说了个重回儿。虽极力躲避上回所说的路子，无奈还有重复的地方儿。再说前次说的，在下就没有留着，故此说的重不重，在下都说不清。今天换的这一段儿可没有花衫子，外带还是苦条子（可不是连跟人车钱都不开发的那路啬刻九老爷，就是哀情小说的体裁），其大意正为令一班为民上者，不可有所偏好，故此引场词句说得就是这个意思。诸位好听花梢的，容这段说完，咱们再敬献，并且还有别位来函烦的好几段儿哪。

---

① 围筹：赌博的一种。

② 开盆：古代养蟋蟀的人自秋令开始将蟋蟀放入斗盆，曰开盆。

闲话少说，单说今天说的这段目录《促织》就是现在月分儿小孩子们养活的蟋蟀，俗名儿都叫蛐蛐儿（这个字通俗这们写，其实是蚯蚓），正名儿即是促织。字典引陆玑云："幽州人谓之趣织。"又里语云："趣织鸣，懒妇惊。"意思也是此虫一鸣，天气渐凉，催人织布的意思。此虫秉金气而生，性故好斗。至唐朝就有养活着当玩艺儿斗的，至宋尤甚。迨至明朝宣德年间（可就是本文书说的这一段儿故事），宫中的人最喜爱这种玩艺儿，每年秋天向民间征取这种蟋蟀①。各省把这种秋虫儿当做一种供货，若是不产此虫的地方自然也可以专折奏免。至于山陕地面虽然也有，可没好的。俗说山蛐蛐牙软，水蛐蛐虚膘儿，分量大，不善斗，所以原文说"非西产"。

单说陕西华阴县有一位县台爷，因为逢迎上官，寻了一头，由上官进奉内廷，想着试一试能斗不能斗，进上去大概还不错，从此就永着为例，每年按陕西全省多少州县，每县应进奉若干头促织。这种供货可不能抵钱粮，无非多一笔征收。从这年起留下了例，次年自然是有例不减喽。这位县台把这笔差使可就责成在各里正身上，里正们倚官仗势，从此才要苦害本县的良民。

（续昨）1914年9月9日

市中游侠儿，得佳者笼养之，昂其直，居为奇货。里胥猾黠，假此科敛丁口，每责一头，辄倾数家之产。邑有成名者，操童子业，久不售。为人迂讷，遂为滑胥报充里正役，百计营谋不能脱。不终岁，薄产累尽。会征促织，成不敢敛户口，而又无所赔偿，忧闷欲死。妻曰："死何裨益？不如自行搜觅，冀有万一之得。"成然之。

天下的事，只要有人发明一种玩艺儿，就有人跟着学，真有由此倾家败产的，也有就中取事发财升官的。所以说行行出壮运，类类有高低。在专制时代，只要内廷一喜爱什么，那一样就长行市。现在共和时代，只要阔人儿由外洋学的就好。即如斗促织这个玩艺儿，当咸同年间还有讲究的，至光绪朝，可就不□从前了。其实也借此养活许多闲人，如今人人进化，大概都不给水虫儿支使着了。

闲话少说，却说宣德年这位华阴令一开这个供奉促织的差徭，本县中有许多游手好闲的人，一到秋季，满旷野去掏。遇着一头出色的，放在盆儿里一盆，然后又排过几回，只要能咬，立刻这就胡起名号，什么五王、四帅、八大将军，反正是顺嘴儿造魔（好在不像白狼②伟人扰害治安）。又有一群贴靴圆粘儿③的一捧场，立刻就能起行市，当做宝

① "蟋蟀"，原文作"蟀蟋"，据语义改。
② 白狼：民国初年河南巨匪头目白阆斋，大众称之为白狼，率众流窜数省，长达数年，终被击毙。
③ 贴靴圆粘儿：指吸引或诱骗群众的人。

贝的一般。县中吩咐吏役向里正征取。里正这路差使本是好汉子不干、赖汉子干不来的笔差使，较真理说，还是好人少，借着这个名目，按村敛钱，买促织进贡。其中许多纤手，再加上衙门使费，每一头三千五千两不定，并非卖主儿准得十成，无非分肥的人多就是啦。

单说本县有一个姓成的，名叫成名（这个姓名也像假编造得似的，请看后文便知），从小儿念书考童生，打算要吃科举，学问好歹不提，横竖是没有取中。再说这位成爷，性情执拗，嘴头子又笨，本县的吏役知道他手里有几个钱，本年他那村中里正出缺，吏役就把成名的名字给补充了此差。成名要是会干这路事的，运动还许到不了手哪，奈因他是老实脚儿，如何充当的了。所以一听见把他补充里正，可就吓傻啦，赶紧托亲赖友，变着法子替他辞这里正的差役，花了许多的钱也没能辞掉。坏人充这路差能够敛钱生财，成爷既是不会，只好认头赔钱苦干啵。家中虽有几亩子地，□有点儿积蓄，不到一年的功夫就都陪在这差使上了。

这一年秋季，又赶上征促织的差役。人家都是按着本村户口勒捐，每大户应派若干，小户应派若干，敛到手里，然后或买促织，或在衙门打点打点，报个本村并未生出色促织也就可以完事。成爷是不忍向大家敛钱，自己也没钱购买或赴县打点，只急得忧闷要死，对着大奶奶又哭又留遗言。大奶奶说："你寻会子死有什么益处，不如破几天功夫自己去掏些头，万一有合格的也未可知。拙见如此，不知以为何如?"成爷一听，说："娘子言之有理!"

（再续）*1914 年 9 月 10 日*

早出暮归，提竹筒丝笼，于败堵丛草处探石发穴，靡计不施，迄无济。即捕得三两头，又劣弱，不中于款。宰严限追比，旬余，杖至百。两股间脓血流离，并虫亦不能行捉矣。转侧床头，惟思自尽。时村中来一驼背巫，能以神卜。成妻具赀诣问。见红女白婆填塞门户。入其舍，则密室垂帘，帘外设香几。问者爇①香于鼎。再拜。巫从旁望空代祝，唇吻翕辟，不知何词。各各竦立以听。少间，帘内掷一纸出，即道人意中事，无毫发爽。成妻纳钱案上，焚拜如前人。食顷，帘动，片纸抛落。视之，非字而画。

却说成爷因为这笔差使急得要死，成大奶奶在旁看着也是着急，才劝他自行去掏促织。成爷一听，这话很有情理，于是从第二天一早起来就出去寻找到天黑，手中提着竹筒子、铁丝罩子，左不是找些塌墙砖堆、乱草坡子地方儿去搜寻，见着石头就用草探一

① 爇：点燃。

探，见着山窟窿也用仟子挖一挖。虽然是法子全都用到，可就是掏不着，即便在草地得个三两头，都是苍蝇似的不够分量。一幌儿几天，到了应该赴县呈报的日期，亲自赴县回话。县台因他没交上，又赏了五天限，限满交不上，责打二十大板；到限还是没有，打完了再讨三天限；三天限满，又打了四十板子。简断截说，三四次的期限，约有十数天光景，促织还没掏着，成爷净板子挨了约有一百板子。衙役又都不熟，不花钱，那次全都打的不轻，两条腿已经浓血淋漓走不了道路，还怎么出去掏促织去呀。躺在床上咳声叹气，净想寻死。

恰巧本村里来了一个湾腰儿的老巫婆，在村中庙里降坛下神，替人占卦问事。成大奶奶看着丈夫这个样子，起心里着急，想着不如拿上几个香赀，到庙里求一求老神，保佑着了这一笔差使。打算已定，才对丈夫说明，成爷也没拦阻。成大奶奶出离家门，直奔村头大庙，一会儿来到，刚到山门，就见许多姑娘、老太太都在门外往里挤呢。成大奶奶慢慢随着大众进到庙中。原来并不在大殿上，殿后另有三间小房，有占卦问事的都进这屋里去，院子多是看热闹的。

成大奶奶进了屋子，见另有一间里间，挂着个香色布单帘子。帘子外面摆设着一张香几，上面有个香炉。问事的自己焚上香，然后跪在香几前头行礼，心中祷告问什么事。这个老巫婆站在一旁替问事人祷告，就见他两片薄嘴唇直动掸，一开一翕，好像蛤蟆吸气儿似的，听不见他说得什么词儿。在这屋子里全是问卜的，那一个也不许言语，也不许喧哗，全都规规矩矩的站在那儿听着。一会儿帘子一动，由帘内扔出一张字纸，上面写的就是所问的心事。问事的全点头咂嘴儿，信服的了不得。

成大奶奶见人问完，自己把卦礼钱放在桌上，也跪下叩了三个头，等了约有一顿饭的功夫，由帘内扔出一张纸片儿。大奶奶接过一看，原来是一张画篇。

（三续）*1914年9月11日*

中绘殿阁，类兰若①。后小山下，怪石卧，针针丛棘，青麻头伏焉。旁一蟆，若将跃舞。展玩不可晓。然睹促织，隐中胸怀。折藏之，归以示成。成反复自念，得无教我猎虫所耶？细瞻景状，与村东大佛阁相似。乃强起扶杖，执图诣寺后。

昨一天的书，净原文写了五行，仿佛我没日子说了似的。论理还是真热闹，一段是公堂，一段是问卜。无论怎么不能说，也够四段书，可就是不能那们说。没别的缘故，因为热闹死了也不是本题，既是宾主的笔法，所以只能一叙儿。多早晚说到促织见了面

① 兰若：寺院。

儿，咱们再慢慢儿细说。

闲话打住，却说成大奶奶至至诚诚的跪在帘子外头，净等老神指示迷途，跪了半天，忽然香色布帘一掀，由帘内飞出一个字帖儿。成大奶奶连忙捡起来一瞧，上面好在不是什么四方干支数目那些八面锋儿①的字眼儿，原来是一张糙画儿。上面画着一个大房子，也看不清是宫殿是楼阁，大略猜着像个佛寺的大殿。殿后有个小山子，山子下面有几块怪石，一片荆棘棵子，旁边隐隐有一个小虫子。八成儿是一头促织，黑忽忽的，多半儿是个青麻头。荆棘那一边蹲着一个大蛤蟆，好像鼓着肚子，瞪着眼睛，要往前蹦的意思。大略看了看，一点解不开，只好磕了个头，爬起来站②在一旁，又端详了会子，还是不明白是怎么件事。可是为促织来问卜，偏偏上面这个虫儿就像促织，必然有点儿灵验。立刻折叠好了，辞别香头，往回路走。

一会儿到了家，刚进街门，就听成大爷在屋里哼哼着嚷："儿娃子哪？"赶紧进了屋子一瞧，成爷在床上爬着，大概是要起来，腿疼得难过，所以闹气骂孩子。一见大奶奶回来，说："你可回来啦！你求的老神，老神说什么来着？"大奶奶把巫婆卖卜的规矩说了一遍，一面说着一面从衣兜儿里往出掏那一张小画儿，说："你瞧这是老神批的，我可看不透。难得你说老神怎么就会知道我是去问促织的事呢？"成爷一听，登时也信服的了不得，接过画儿来一瞧，上面影影绰绰的可不是一头大促织吗，上面还有蛤蟆、棘针棵子、山石、大殿，又是怎么件事呢？看了一遍不明白，翻来覆去的闷了会子，忽然心中一动，多半是老神指示我掏促织的地方儿吧，有理呀，嗳哟哟，有理哟（这是什么腔儿呀？只顾一高兴，碰了杖伤啦）。此时大奶奶自去张罗饭菜，不提。成爷一个人儿爬在床上细瞧这张画图，虽说老神指示的地点，无奈这个月分遍地都是棘针棵子，那儿都有蛤蟆，可叫我那里去寻，那里去找。单说这、这、这（屁股刚不疼了，又要犯梆子腔迷），细看这佛殿的样式跟村东大佛阁相似，对，一定是大佛阁，不如赶紧去一荡，勉强由床上爬起来，提溜上掏促织的家俱，无奈迈不开腿，只好找了一根棍子，一手拄着，一手提着家俱并那一副画图，哼哼嗳哟，龇③牙咧嘴的来到庙后。

（四续）*1914*年*9*月*13*日

有古陵蔚起，循陵而走，见蹲石鳞鳞，俨然类画。遂于蒿莱中侧听徐行，似寻针芥。而心目耳力俱穷，绝无踪响。冥搜未已，一癞头蟆猝然跃去。成益愕，急逐趁之，蟆入草间。蹑迹披求，见有虫伏荆根，遽扑之，入石穴中。掭以尖草，不出；以筒水灌之，

① 八面锋儿：形容措词圆滑，模棱两可，无论从哪方面讲都说得通。

② "站"，原文作"踮"，据语义改。

③ "龇"，原文作"滋"，据语义改。

始出。状极俊健，逐而得之。

却说成爷一手拄着棍子，一手提溜着掏促织的家俱并那张画图，龇①牙咧嘴的出了村口，离大佛阁不远。这庙本是破落古刹，群墙业经倒塌。成爷直奔庙后，见有一个大土堆，也不知是多年荒冢，还是坍塌的什么遗迹。成爷绕着这个土堆走了一个弯儿，见一块块的全是碎石头片子，参差不齐。成爷一瞧，果然同画上的小山石堆相似，八成儿就是老神指示的地方儿，止于靠着石头全是蒿草，并没什么棘榛。连忙把棍子放下，把画图放在就地，用石片压上，一手提着仟子、罩子，又把竹筒子掖在腰带上，侧耳静听，并没虫鸣之声，一步步的往前蹑足行走，好像寻花针芥子似的，真把心、目、耳三样的力量全行用尽。约有半顿饭的工夫，偏偏一个促织影儿也没有，只好一手用仟子拨着蒿草往各处细细搜寻。

猛见有个癞蛤蟆往起一蹦，把成爷吓了一跳，越发的动心。想着既有蛤蟆，必有促织，赶紧追蛤蟆，可别让他跑啦。蛤蟆此时已蹦到乱草丛中了，成爷跟着往草里迈腿，顾不得杖伤疼痛，又怕扎了脚，只好轻轻的试着步儿往前搜寻。迈进两步，见那个蛤蟆还在一旁鼓着肚子蹲着哪。成爷并没敢惊动他，顺着蛤蟆往四下里一瞧，果然有一头促织，正靠着荆条根儿底下藏着呢。

成爷一见十分高兴，举着铁丝罩子往下一扣，促织往前一蹦，眼瞧着进了石头缝儿啦。成爷急劲儿往前一凑，只听“呱儿”② 的一声，成爷一机伶，才知道没留神把蛤蟆给□啦。此时不顾再管蛤蟆，迈腿进了荆棘棵子，认准了方才促织进入的那个石缝儿，往里瞧了瞧，漆黑的见不着踪影，大概必是里面另有窟窿。顺手揪了一根兔儿草，把草穗掳净了，右手举着罩子，左手用草往石缝儿一探，不见出来，又紧探了几下子，还是不行。只得把草穗子扔下，把铁丝罩子把儿衔在口中（那位说，为什么不顶在脑袋上呢？那不成了朱光祖③啦吗），连忙由腰带子上把别着的竹筒子摘下来，里头原灌着有水，用布塞着筒口儿。右手将布塞打开，仍旧举着罩子，左手将竹筒子举到石头缝子边儿上，往里一倒，只听“咕嘟、咕嘟”的几下子，水流进不少，也有顺着石头流下来的，才见这头促织由里往外爬出石缝。成爷赶紧细一端详，个头足有八九厘，腿儿挺高，腰身挺长，真是全须全尾挺好的一头促织。成爷此时不敢下罩子，怕是再进石缝儿，连忙把竹筒塞儿堵上，掖在腰中，然后用罩子一扣，促织跳在就地。好在须翅着水不能远蹦，才被成爷罩子扣住，得在手中。

---

① “龇”，原文作“滋”，据语义改。
② “呱儿”，原文作“瓜儿”，据语义改。
③ 朱光祖：京剧《连环套》中的人物。

（五续）1914年9月14日

审视，巨身修尾，青项金翅。大喜，笼归，举家庆贺。虽连城拱璧不啻也。上于盆而养之，蟹白栗黄，备极护爱。留待限期，以塞官责。成有子九岁，窥父不在，窃发盆。

昨天这点原文，形容掏促织很是细致，所为叙出不易得的意思。其实北京掏促织卖钱的所受的苦难尤甚于此，仅就在下所知的大略说说。北京人出城掏促织，都是三五个人一帮儿，带上家俱，并用字号纸、苇子杆做成小旗子。到了乡村，找个茶馆小店儿把行李存下。吃完晚饭，约在定更①前后，出门儿各拿一捆旗子，顺着小道儿一面听一面走，只要听着声音好，就插下旗子。约到三更多天，旗子插完，回来睡一觉。次日天光一亮，拿上仟子、罩子、竹筒、亮子②往原道再掏去（可没听说用水灌的）。掏到手，然后好的入竹筒，劣的往亮子一装，旗子起回，明晚再用。出去一荡，三五天不定，反正得得几条出色的才肯回来。要是净一亮子老虎③，那连盘缠都找不出来。到家换好礶子，然后再找贩子往外出手。黑更半夜，遇着蛇蝎狼豹都是常事。这就是俗语儿所说的“不将辛苦易，难挣世间财”喽。

说到本文的成名，并非为卖钱，因为交差，而且并不行务，故此越发不容易。好容易才用罩子扣住，促织上了罩子，用手托着罩底儿，挟着仟子，细细一瞧，真是长腰身，长尾儿，青脖领，金翅膀，别提多喜欢了。没敢往筒子里装，就这们托着罩子，一步一步的走出荆棘棵子。到了放画图的地方，把石片扔开，就用这张纸盖着罩口，手拿着棍子同仟子等物，也不顾得两腿疼痛，连忙往家里走。

刚到街门口儿就喊：“儿娃子他妈，你快快预备礶子吧，我这得了一头好的来！”成大奶奶把礶子给放在当院，又把一切东西接过来。成爷蹲在当院，把画图掀开，罩子扣在盆儿上，吹了口气，促织这才下了礶儿，赶紧盖好，笑嘻嘻的说：“老神保佑，全家死里逃生，全仗着这个宝贝促织了哇，哈哈，啊嗳呦呦（那位说，又碰了杖伤了吧。不是，裤腿儿上挂着个大棘针，一拍手扎进肉里去了）！”两手托着不知道放在那儿好啦。进屋坐了一坐，又嫌礶子小，换了个大点儿的盆子，想着这促织可别受了屈，常听人说，养促织得喂螃蟹夹子、栗子饷儿，可得赶紧给他预备，连忙催着大奶奶去买。

其实成爷是外行，不过听人说怎样养活，他就如法遵办，不然原文就说性情迂拘啦。只因现在这两天知县因期公出，所以期限展缓了几天。成爷只好等到限期把这头促织交

① 定更：旧时晚上八点前后，打鼓报告初更开始，称为定更。
② 亮子：铁纱做的笼子。
③ 老虎：这里指旧时北京蟋蟀集市上将多只不好的蟋蟀一起卖，称抓老虎。

上去，想着就可以搪得了这笔差使喽。当天无书。第二天早起，觉着两腿轻松，不用拄棍儿了，上街绕个弯儿去，带上几个钱，就便上街打听养促织还得买什么，出门自去，不提。

单提成爷跟前的这个儿娃子，本年九岁，正在淘气的时候，趁着他爹没在家，才要偷看促织。

（六续） 1914年9月15日

虫跃掷径出，迅不可捉。及扑入手，已股落腹裂，斯须就毙。儿惧，啼告母。母闻之，面色灰死，大惊曰："业根，死期至矣！而翁归，自与汝覆算耳！"儿涕而去。未几而成归，闻妻言，如被冰雪。怒索儿，儿渺然不知弗往。既而得其尸于井，因而化怒为悲，呼抢欲绝。夫妻向隅，茅舍无烟，相对默然，不复聊赖。日将暮，取儿藁葬①。近抚之，气息惙然。喜置榻上，半夜复苏。

却说促织这种虫儿，阔人儿未必全爱喜，可是小孩子没有不爱这路玩艺儿的。论物理是成人声色货利，嗜好不同；小孩天真与草虫天然本性，其中暗含有至理。咱们可不能细讲性理，不过大略说一说。

单说成家这个儿娃子，趁着他父亲没在家中，打算偷着看一看这头促织什么样儿。趁他母亲也没在院里，轻手蹑足凑到礶子跟前，两只小手儿把礶子盖往起一掀，这头促织往前一蹦，已经蹦在地上。儿娃子一见，连忙把礶子盖儿撒了手，用小手儿往地下一按，并没按着，促织又连往前连爬带蹦。这一下子，儿娃子可急了，又往前紧凑一步，用小手儿使劲一按。按虽按住，奈因使的劲儿大了，抓到手里一瞧，大腿已经碰掉，肚子流了绿水，净剩下登那一条腿儿啦。儿娃子九岁，已明人事，知道这个乱子惹的不小，登时吓得大哭起来，一面哭一面直喊："妈呦，我的亲妈呦！"

成大奶奶在屋里张罗做活，听孩子叫，说："好好儿的玩儿，哭什么呀？"儿娃子说："我把我爹得的那一头促织给弄坏了！"大奶奶一听，登时吓得面如死灰，怔了会子，说："你这个业冤，你不用想活着啦！等你父亲回来再跟你算帐吧！"儿娃子一听母亲说，吓得更哭起来啦，一面哭着走出院子。大奶奶此时出了屋子才见死促织在地下扔着，礶子盖扔在一边儿，赶紧收拾收拾，只好等丈夫回来再设法啵。一个人进到屋中坐在那儿发怔。

正在这个功夫，听院子里有脚步声音，正是成爷回来了。大奶奶赶紧追出屋子，把

① 藁葬：用藁草裹尸。

儿娃子偷看促织给按死的话据实一说。成爷此时好似冰水浇头一般。评书论说，就是万丈高楼失脚，扬子江心翻船。登时无名烈火发动，说是："好一个儿娃子，他往那里去啦?"大奶奶说："八成儿跑出街上去啦!"成爷气哼哼的出门一喊，喊了半天也没影儿。大奶奶拿上柳罐上井台儿打水，一眼看见儿娃子在井里扑跳哪，连忙扔下柳罐，跑回来一喊成爷。两口子到了井上，好在井水不深，成爷急劲儿，爬在井口一伸手拉出井来，原来已经身死。此时把气化作悲啼，两口子放声大哭。大奶奶抱着死孩子进了家门，只好暂且放在院内。两口子进了屋子坐着对哭，也不顾得烧火吃饭，哭完了对叹气。

一会儿日色平西，成爷想着莫如先把儿娃子挖个坑埋了吧。走出院外，父子天性，由不得直掉眼泪，走进跟前一摸，有了出入气息。成爷一喜欢，把孩子抱进屋中，放在榻上，天到半夜居然复活。

（七续）*1914 年 9 月 16 日*

夫妻心稍慰，但儿神气痴木，奄奄思睡。成顾蟋蟀笼虚，则气断声吞，亦不复以儿为念。自昏达曙，目不交睫。东曦既驾，僵卧长愁。忽闻门外虫鸣，惊起觇视，虫宛然尚在。喜而捕之，一鸣辄跃去，行且速。覆之以掌，虚若无物；手裁举，则又超忽而跃；急趋之，折过墙隅，迷其所往。徘徊四顾，见虫伏壁上。审谛之，短小，黑赤色，顿非前物。成以其小，劣之。惟彷徨瞻顾，寻所逐者。壁上小虫忽跃落衿袖间。

俗语儿说"天下无不疼儿女的父母"，成名此时虽是恨儿娃子，万没料到这孩子跳在井内，及至打捞上来，扔在院子半天儿，哭了会子，想着只好用点儿草把他包裹上挖个坑儿掩埋了吧。不想过去一摸，有了出入气息，身上的水气已被土拓干，连忙抱在屋中，放在床上，两口子此时心才少微舒服了点儿。大奶奶凑到床前叫了两声，见儿娃子把眼略睁了睁，又复闭上，好像睡着了的一般。成爷看着，心中闷倦。此时日色已将昏黑，成爷出了屋子，一抬头，看见院子扔着的那个促织盆子，不由得想起死的促织，到了期限，拿什么交差，少不得还得挨板子去。有此一想，可就顾不得再管儿娃子的死活了。进到屋中，大奶奶已经点上油镫，对坐着也没什么说的，一对一声儿的叹气。一天没有吃饭，全把饿也忘了。简断截说，一夜的功夫全都没闭一闭眼睛。

一会儿天光大亮，东方已有日光。成爷是心里不痛快，往床那边儿一躺，还是发愁叹气，猛听屋门外头有促织叫唤的声音，"得儿，得儿"的叫了两声。成爷心一动，连忙爬起来，下床出了屋门要看一看，果然影影绰绰的有头促织在地下蹲着哪。往前一伸手，想着把促织捉到手中，就听促织又叫了一声，蹦了挺高。不但跳的挺高，而且挺快。成爷也顾不得去拿罩子，往前跟了一步，用手往下一捂，好像任什么没有似的，想着莫非没有按着，连忙把手一举，原来没出成爷的手心儿，顺着手掌儿又跳起来，连蹿带跳的从眼前经过，一晃儿蹦过墙垛子去了。成爷既然看见促织，自然舍不得不捉住他，连忙随着转过墙犄角儿，把眼睛揉了揉，仔细往地下寻找，并无踪迹，又往四下找寻了找寻，忽见有一头促织在墙上爬伏着呢。用眼细细一瞧，腰身极短小，是个黑中带赤的颜色，并不像方才追出屋门看见的那一头。暗想这样一头小促织，论分量不过五厘，即便把他得到手中，也没什么用处啊，莫如不用瞎费这个劲了，可是方才那一头大约也蹦不了多远，还是赶紧寻捉那一头去要紧。蹑足潜踪，吸着气儿，蹲在地下，往前凑着，往四面寻找，除了这头爬墙子的小促织之外，连个促织影儿都没有哇。正然纳闷，就见墙上的那一头促织，由上面往下一跳，正跳在成爷的衣袖之间。

（八续）*1914 年 9 月 17 日*

视之，形若土狗，梅花翅，方首长胫，意似良。喜而收之。将献公堂，惴惴恐不当意，思试之斗以觇之。村中少年好事者，驯养一虫，自名“蟹壳青”，日与子弟角，无不胜；欲居之以为利，而高其直，亦无售者。径造庐访成，视成所蓄，掩口胡卢而笑。因出己虫，纳比笼中。

却说成爷因为这头促织个头儿太小，所以不打算得着养活，故此并没捉他，不想促织反落在衣衿之上。成爷这才又上眼细瞧，个头儿虽然不大，按照谱上说，好像土狗梅花翅的形状，别瞧脑袋小，到是四方的，两条后腿颇长。看他意思，颇能斗一气，登时喜不自禁，莫如把这一头收在礶子里，下次限期交上去，万一能了这笔差使也未可知。想到其间，用手一捂，虚拢到手中，凑在院子所放的那一个礶子，往里一放，促织跳入礶内，赶紧盖上礶盖儿。进到屋中，见大奶奶坐在儿娃子一旁也睡着了。自己虽然凑巧得了一头促织，奈因分量太小，恐怕不能交得了差使，自己还犯游疑，想着谁要养着促织，找他去斗斗一试，大概能咬不能咬，总就可以见出来喽。

暂且不提成爷，单说本村有一个少年，原文就没名少姓，咱们莫如也管他叫作少年，素日游手好闲，没有正当营业。本年秋季一高兴，也不知由那儿掏了一头促织来。据他说这促织名为蟹壳青，本处因为县台有交促织这笔差役，多有养促织的。这少年每□找了大家去，谁有促织，他就张罗同人斗一斗。一半排①促织，一半借人家的促织给自己这头蟹壳青传名，再者也赌个小彩儿，时常闹个酒钱儿饭钱的。斗了几次，这头蟹壳青总是赢盆儿，少年想着，这头促织本年的贡货一定得用他的，可是价儿小了决不肯出手，

① 排：演练，排练。

虽不能指着他典房子、买地、娶媳妇，总觉着值个三头五百银子。大家也都晓得他这分儿意思，因此买促织的谁也不去问价儿。一群促织贩子，他既不去联合人家，谁也没人理他。这头蟹壳青就成了傻三儿的窝窝——剩下啦。

这一天，听说成爷得了一头促织，想着找他去比较比较。打好主意，把自己的这一头蟹壳青换在小礶里，用手巾兜上直奔成爷家来。到了门口儿一喊“成大哥”，成爷出门一瞧，素日虽没来往，彼此有个认识。问其来意，少年就把自己“听说你得了头好促织，特意前来要见识见识”的话一说。成爷说：“那们你就请进来啵!”把少年让在院子，从屋中搬出一条板凳，让少年坐下，然后才把促织盆子端在凳儿上。少年把他提溜的蟹壳青放在地下，蹲在板凳前头，轻轻掀开成爷这个促织礶子盖儿，瞧了一瞧，连忙盖上，捂着嘴哧噗儿的一笑儿，是话没说，连忙把手巾解开，要请成爷看他这头蟹壳青的促织。

（九续） *1914 年 9 月 19 日*

成视之，庞然修伟，自增惭怍，不敢与较。少年固强之。顾念蓄劣物，终无所用，不如拼博一笑。因合纳斗盆。小虫伏不动，蠢若木鸡，少年又大笑。试以猪鬣撩拨，仍不动。少年又笑。屡撩之，虫暴怒，直奔，遂相腾击，振奋作声。俄见小虫跃起，张尾伸须，直龁①敌领。少年大骇，急解令休止。虫翘然矜鸣，似报主知。成大喜。方共瞻玩，一鸡瞥来，径进以啄。

却说这个少年看了一看成爷的促织，是话没说，噗哧的一笑儿。成爷也没敢问，看那意思，必然是瞧着不入眼。连忙把自己所带来的那一个促织礶子打开，递给成爷，说：“成大哥，你瞧一瞧咱们这一头，比你养活的怎么样?”成爷赶紧接过来一瞧，真是挺大的个头儿，挺长的腰身，抱爪后腿都很足壮，与自己所养的一比，人家的好像马蜂，自己的好像蝼蚁，脸上觉着羞惭讨愧的了不得，连忙说：“你这一头实在太好，我的实在比不过你的呦!”少年说：“何妨找个斗盆儿，咱们斗着试试哪!”成爷连连摆手说：“不行，不行，斗不过你的。算了吧，算了吧!”少年说：“成大哥你养的这头促织莫非为听叫儿的吗?一辈子不入斗盆，多早晚也不中用，何妨白斗着瞧一瞧呢!”成爷被少年撺掇的没话可说，自己一想，养活会子这路乏货也没用处，好在不赌什么，何妨作为解闷儿试验试验。想到其间，颤巍巍②的声音说：“可不赌什么呀！你可别笑话我这个虫儿小。”一面说着，从南墙根搬来一个斗盆儿放在就地，先把自己的促织下到盆内，少年也把礶

① 龁：咬。

② “颤巍巍”，原文作“颤微微”，据语义改。

子打开，将促织放入。这一件事成爷还是外行，只好由着少年料理，自己在一旁看热闹儿吧。

就见少年的促织直着须往前按劲，再瞧自己的促织到在那儿，居然还在那儿站着纹丝不动，好像一只木头小鸡子似的。少年呵呵大笑，说："成大哥，你这头促织八成儿近视眼吧！"成爷也不敢还言。就见少年顺着手巾包儿拿出一根猪鬣来，顺着盆边儿递下去，将猪鬣一拈，正拨小促织的两根须，拨了几下子仍然不动。少年说："罢了，你是老实人养活老实虫儿，这到不错！"说着又哈哈大笑，一堵气子用手把猪鬣乱拈。此时那一头大促织是斗过好多次的，已然扑了过来。就见这头小促织把头一抬，张开牙，一蹬后腿，直奔蟹壳青而来。蟹壳青自然也不容，用抱爪儿往前一扑，两头促织拧在一处，乱咬乱滚，振得瓦盆都有声音。又见小虫猛往起一跳，成爷心说，八成儿要割地求和，小名儿叫跑了不丢人儿吧。就见他把后尾一张，一理双须，一嘴咬住蟹壳青的脖领儿，简直是要揭开盖儿，瞧一瞧黄肥不肥吗。少年一瞧，小促织着儿真阴，赶紧说："我的促织要输！"这才用猪鬣拨转蟹壳青后尾（既然认输只好掉过脸儿去吧）。小促织伸着脖领儿"得儿得儿"的拉着长声一叫，好像对成爷报功似的，成爷是非常高兴。两个人看的正在出神，不想由门外跑进一只公鸡，照定小促织就是一嘴。

（十续） *1914年9月20日*

成骇立愕呼。幸啄不中，虫跃去尺有咫。鸡健进，逐逼之，虫已在爪下矣。成仓猝莫知所救，顿足失色。旋见鸡伸颈摆扑，临视，则虫集冠上，力叮不释。成益惊喜，掇置笼中。翼日进宰。

这部书的名儿《聊斋》是蒲先生的书斋名称，连上"志异"二字才对，奈因都嫌说着绕嘴，所以仅说前两个字。因为书的笔法真好，所以人人儿心目中都有这部书。二则蒲先生一生心血就著了这们一部书，比如像袁子才的《随园》三十种，自己著作倒有二十四种，说起那一种，自然就得说全了名儿。这部既是志异书，若非新奇故事，自然蒲先生就不能往上志喽。照这们说，无论多半是寓言编造的，就便有几成真事，也不断有附会穿凿的地方儿。可是虽由意想，也得有点真理。即如本文说成大奶奶向神巫问卜，成爷居然得了一头促织，也是理之或有。又偏不由这一头促织交差，故意说儿娃子把他按死。这些地方看着是迷信，其实正是破除迷信、劝人不可依赖神鬼的意思。至于昨一天的书，说的少年蟹壳青促织十分厉害，屡斗皆胜，已成骄兵。古语云"兵骄必败"，成爷的小促织屡拨不动，有如木鸡，所谓木鸡养到坚壁不动，难于撼山，故能一跃而直龁敌领，出其不意，攻其不备，故易成功。别瞧说的是草虫儿，推之于兵法，亦莫不如此。

不想忽然过来一只大公鸡，照定小促织就是一嘴，这一下子把成爷吓的站起来“嗳呦”的一声。幸而公鸡冠子挡眼，没有□着，眼看着这头小促织往起一蹦，跳出盆儿约有一尺多高，落在当地。公鸡一见，咕咕了一声，一抿膀儿，低着头儿往前一扑，促织三蹦两蹦已经到了鸡爪子底下。成爷此时是傻在那儿成了木鸡啦，少年也是干瞅着。成爷急的一跺脚，说：“哼，这下子可坏了醋①喽！”一眨眼的功夫，再找促织，踪迹不见。再瞧这只大公鸡，伸着挺长的脖子，直摇头幌脑（那还幌什么呀），很好的一身公鸡翎儿算白长啦，嘴里直打嘟噜儿，好像要翻鸡话，小名儿那叫发愁哪。成爷不知是怎么件事，凑近一瞧，敢情促织吃蟹盖儿吃饱了，要闹点新鲜鸡血汤，爬在鸡冠子上，张着铁钳子似的两个牙，使足劲儿在那儿拧他哪。成爷看着是又惊又爱，嘴里说：“我的妈呀，我的亲妈呀！”这才抓起铁丝罩子往鸡冠子上一扣，促织趁势跳进罩子。

成爷把他放在盆中。少年在一旁直吐舌头，说：“喝，可吓死我啦，从根儿没见过这样斗虫儿！”一面说一面把自己的蟹壳青折在小罐儿盖好，用手巾兜上。再瞧大公鸡还站在那儿，跷着一只脚，扨冠子哪，头上已经见了红血，看那意思，还要等个场面②。成爷此时眷下手来，堵气子抓过那一天拄的那根棍子要打，公鸡见事不祥，连飞带蹦才逃蹿而出。少年也告辞自去，不提。剩下成爷喜欢的了不得，连忙换上好礶子，预备到了限期，好前去进贡交差。

（十一续）*1914* 年 *9* 月 *22* 日

宰见其小，怒诃成。成述其异，宰不信。试与他虫斗，虫尽靡。又试之鸡，果如成言，乃赏成。

却说成爷见这头小促织不但斗败蟹壳青，还能跟公鸡急斗一嘴，实在想不到，连忙换好礶子，预备栗黄蟹白，又什么豆芽菜拧汁儿，羊肝砸毛豆，抄大蚊子挤血，凡是调养促织的法子全都想到。儿娃子照常在床上昏昏沉沉的呆睡，也不顾得过去看一看。好在大奶奶没事，到了饭熟了，把儿娃子推醒，给他吃他就吃点儿，给他喝他就喝点儿，一天不管他，他傻睡一天，好像丢了魂儿似的。虽然心烦，好在这头促织交得了差，也略为宽了点儿心。

这一天，到了交差的期限，成爷杖伤也好了，吃完早饭，提溜□礶子进城直奔县衙。到了班房挂了号，此时各县里正交差的也有不少。知县坐在公位听衙役报告，“某村某里

① 坏了醋：谓事情办糟。
② 场面：戏剧用语，戏曲里所用各种伴奏乐器的总称。

正交促织一头，名红麻头，重八厘，合格”，放在一旁，又“某村某人交促织一头，名金丝额，重七厘五，合格”，放在一旁，“俱皆销差”。到了成爷这儿，衙役没打礶子盖儿，先撇了两撇嘴，故意把盆举到公案桌上，说：“请太爷点验成家村里正成名的贡虫!”成爷在旁很是纳闷，想着莫非他们晓得我这头促织有特别的能为吗？就见县台接过来一掀礶盖儿，就照旧盖上，把礶子往公案桌子一摔，说：“好个大胆的成名，屡次抗不交差，今天到了限期，捉了头苍蝇大的促织来搪塞差使，实属泯不畏法、玩视圣旨的刁民。你难道就没见人家交的贡虫吗？来呀，把他夹起来，问一问他眼睛里还有皇上吗？这话又说回来啦，没有皇上，你还有本县吗（那位说，知县要学刘瑾吧？不，替赵廉①挣口袋②哪）?”

此时成爷心中有老底儿，连忙跪倒磕头，说：“父母老太爷，暂息雷霆之怒！童生有细情回禀。”县台气哼哼的说：“你既充里正差役，不用拿八股匠吓吓我，你说你这促织莫非是金的吗?”成爷不慌不忙，就把得着这个促织之后，如何与少年的蟹壳青试斗，又如何斗败公鸡的话从头至尾实话实说。县台一听，摆着纱帽翅儿（摇头儿哪），沉着底气，说：“好，成名，你分明是巧言搪塞！那里能有这样的异虫？本县要当面试验！如果虚言，定要夹折尔的狗腿（一死儿要往戏铺儿里巴结）!”成爷此时也说不上不算来了，说：“请太爷当面试验!”

登时找了一个小瓦盆儿，往公案桌儿上一摆，叫衙役把别人交的促织挑好的呈上几头来，放在桌子上。先把成名的小促织下到盆儿里，然后又下一头。别听某村里正交的都是八厘、七厘五，其实全是花销说好，怎么报怎么交，论分量实在不够，一连几头全被小促织咬败，后来一入斗盆就爬墙子。知县一瞧有边儿，赶紧派差役出衙门抓了一只鸡来。小促织见过局面，益发不怕。知县见成名所说的不假，这才赏了二两纹银。

（十二续）*1914年9月23日*

献诸抚军，抚军大悦。以金笼进上，细疏其能。既入宫中，举天下所贡蝴蝶、螳螂、油利挞、青丝额……一切异状，遍试之，无出其右者。每闻琴瑟之声，则应节而舞，益奇之。上大嘉悦，诏赐抚臣名马衣缎。

中国的公事历代相沿，是沾上“公”字就不能说公。即如昨天的献促织一段儿书，原文虽没有，在下可不能不略为补叙补叙，真要细说，管保三五天都说不完。这一路事，

① 刘瑾、赵廉：京剧《法门寺》中的人物。
② 挣口袋：为犯错的人开脱或帮别人争取利益。

并非县台故意给衙役支使着。因为多精明的贤宰官，也不能事事都亲身去办理，只要一有人经手，就出毛病。所以古人说清官难脱滑吏手，即便不用吏役，委之官亲幕友，也难免人家暗中勾手。就像呈交促织这路事很多，知县既不能全懂，只好凭官役呈报。成名是个迂拘之人，而且又没钱打点，即便合格的贡货，都能叫他交不上；至于别人的，只要花销说妥，不交也能完事。这路事所望贤有司留心，才不枉民之父母呢。

闲话少说，却说这位华阴县的县太爷，见成名所献的促织实在能与鸡斗，可称天产奇虫，当时赏了成名二两银子。成爷本年的差使算是了结，喜喜欢欢的回家，不提。

单说县台把各村的促织选了几头，无非常行的贡品，单把成名的这一头小促织另放在一边，叫幕友写了一张禀呈，详到抚台衙门。抚台一听本省出了特别的奇虫，知道必有好处，也喜欢的了不得，于是把华阴县的禀帖做为奏折底稿，叙在夹篇儿里，又把这头促织换了一个金礶子，用夫役抬着，按站进京交贡。简断截说，这头促织既是特别入奏的，到了内廷自然人人都要注意。

这一天，把他放在斗盆儿，捡选各省所进来的贡虫，什么蝴蝶、螳螂、油利挞、青丝额……入谱的上等促织，试着一斗，无论那次都是成名的这一头赢，所有本年的贡品，简直的没有一头胜过的。这还不足为奇，宫中有一次奏乐，正在鼓瑟鼓琴，恰有一名宫娥给这一头促织换盆添食水。就见这头促织随着琴瑟的声音抬爪理须鼓翅，好像在金礶儿里面扭呢。宫娥看着纳罕，连忙启奏妃嫔。妃嫔贵人主位大家来一瞧，实在不假，于是奏闻圣上。宣宗亲自御览，果有此事，龙颜大悦，当时下了一道旨意，说："陕西巡抚某所献促织，实为天生奇虫，足征国家祥瑞。且该抚能督率所属各州县搜罗于深山大泽，实为精明强干，更可卜野无遗贤之庆。先行赐该抚名马几匹、彩缎若干匹。"诏旨下后，大概也由官马司选择名马，缎匹库预备缎匹，外赏锦衣一袭。若在前清，大概就是黄马褂子喽。承宣官接旨之后，照例把赏赐备齐，还得钦派一官员，赍着供品，捧定圣旨，按站驰驿。

到了陕西抚台衙门，抚台听说圣旨到，赶紧预备香桌迎接。钦差大臣到了衙门，开大门，闪仪门，然后才说："圣旨下，跪听宣读，诏曰……"

（十三续）*1914* 年 *9* 月 *24* 日

抚军不忘所自，无何，宰以"卓异"闻。宰悦，免成役。又嘱学使，俾入邑庠。

说书是玩艺儿，决不能当真事瞧。就以昨天书说的促织能闻琴瑟之声，应节而舞，这话只好算说着玩儿。其实促织之斗也是被人调动的，也不能见天见着促织就拼命的咬。怎么说是被人调动的呢？君子之斗每因耻，小人之斗每因夺，促织一介草虫，何能懂得名利，无非同小人争食夺色而已。所以斗促织必在白露节以后者，因天气渐寒，已经入窝与三尾儿①同穴之故。养促织的人到斗期前一二日下上三尾儿，斗期前一晚撤走。次日两头促织下在一个盆里，彼此对疑忌是被他占去，故此拼命的狠争。及至一个败去，此虫必然长鸣者是唤三尾儿，并非真报主知。别听我们杨曼青先生九号的演说，楞说促织报功，那是趣谈。真要那样，促织还成了忠臣了哪。所以孟子说“人之所以异于禽兽者几希”，就在这利义上的分别。那位说，你是开演说还是说书呀？对，差一点儿串了辙，只管说闲话儿，还寄放着钦差跟陕西巡抚呢。咱们赶紧说书要紧。

却说钦差开读圣旨已毕，抚臣望诏谢恩，把御赐衣马收下，然后分宾主对坐。抚臣说：“钦差大人远路而来，多有劳乏，请后堂摆宴！”钦差必得说“不敢久停，还要回朝交旨”等语，左不是这路套子（可是戏台上这们办，真正官事可不能这们简便，那还吃什么呀），钦差告辞，不提。

单说巡抚归到签押房②，自己十分高兴，心说想不到我这番荣耀全亏了一头草虫，若非华阴县令能办事，焉能得这样奇品的促织，不可壅于上闻，以为各有司劝，必须保奏的才是。当日修了一道奏折，次日专差拜发。过了些天，旨意下：“华阴县一等‘卓异’，记名府道，在任候升。”这旨意到了陕西华阴县，县令到抚院赏了栽培，喜喜欢欢的回衙理事。自己想着总是祖□的阴功、父母的德行、坟地的风水、本人的造化才遇此恩德的上司代为启奏，圣上见喜，嗳呀，可喜呀可贺。又一想，俗语儿说的好，吃水别忘了掏井的，总是成名办事有功。前次我打了他两次，打屈了他了。况且听他谈吐不俗，是个念书的人。他既能捉此异虫，暗中必有神助，福田造化，将来不可限量。我若不提拔他一下子，日后他若得地报复前仇，那还了得（那位说，原文并没这些事，你何苦多说费话呢？您想这路逢迎小人，只有私心，并无公道，所以他做好事也得给他宣布出私心来）。想到其间，赶紧打发差役把成名传来，当面把他这里正的差役豁免，又问了问考过几次童生。成名是据实回上。县台说：“学使是我的熟人，你写个名字，我替你运动一个秀才不难！”成爷当面谢过县台，回到家中，进门一见儿娃子还是傻子的一样，未免不大高兴。

（十四续） *1914* 年 *9* 月 *25* 日

后岁余，成子精神复旧，自言身化促织，轻捷善斗，今始苏耳。抚军亦厚赉成。不数岁，田百顷，楼阁万椽，牛羊蹄躈③各千计，一出门，裘马过世家焉。

---

① 三尾儿：雌虫。

② 签押房：旧时官府中长官的办公场所。

③ 躈：牲畜的肛门。

却说成爷自从交了促织之后，本年的差使虽说了结，究竟还得谋生计，只好在本村儿立了个学馆。大秋后学生都要念念书，又加上大奶奶勤俭，会过日子，尚还不至冻馁之虞。惟独儿娃子傻不傻呆不呆的看着糟心，也没法子。

这一天，衙役到村把他传去，大奶奶是提心吊胆，不知又是什么祸事，后半天回来一问，皆因所献的促织甚属出奇，从此免役，又应着给他运动秀才，这才放了心。成爷自是也喜欢，奈因见儿娃子不言不语的，未免叹了口气。说书是有话即长，无话即短。过了新年，儿娃子才一天比一天见明白，又到冬季才复旧如初。据他说，自从那天把促织按死之后，惧父责打，情急投井，后来觉着自己的身体变了一头促织，身体非常灵便善斗，到今天才明白过来，糊里糊涂的也不知什么缘故。成爷一听，很是喜欢，从此本村儿传为一件新闻。这话慢慢儿的传到抚台耳朵里，才知道那头促织是有童子灵魂附体，无怪这样出奇，于是赏了成名几百两银子。成爷领到手，把从前典卖的田地该赎的赎回，当买的买回，又赶上年头儿丰收，不上几年，置了约有一百顷地，盖了好些房子，真是高楼大厦，驴马牛羊，那一样都有千余。成爷一出门，乘肥马，衣轻裘，赛过世家子弟，都说是由促织成名之家。

这段书据王渔洋先生说，宣德治世，宣宗令主，其时台阁大臣中有三杨①、蹇夏②诸先生，似乎不能因草虫微物这样的殃民。想蒲先生或有传闻之异。然据我们想，在上者每因一物之微，稍有嗜好，有司逢迎恐后，推其极流毒无已。每至催科征役，儿号女哭，鸡犬不安，至于茅舍无烟，鬻妻卖子，借此饱其私囊，而内廷并未之闻也。即如禁烟一案本是善举，日前枪毙的霸县知事刘鼎锡，于本年二月由王治馨委任霸县知事，初九日到任，到判决不过半年，枉法数案，赃款四千余元，全系利用职权敲诈来的。经大理院澈底根究，宣告判决。是禁烟本是善政，该县知事竟借此殃民，此是已经发觉者，如未经发觉，各省尚不知其凡几。若在上者一有嗜欲，则更不能计及于此。幸而大总统来自田间，历官中外，洞悉此等苞苴③，故能烛照隐微。取鉴前朝，特于日前申令各县知事，言之谆谆，又于本年寿辰，对于张广建④所呈方物，一律发还，所为以身作则。假若明宣德对于华阴县初次进促织亦能若此，则成名何至倾家荡产，惟其不能，又赏以名马、衣缎，是实开此苛敛之端，而抚臣县宰胥由此赤子冤魂成名，可谓并受促织恩荫。蒲先生讽世之心深矣。但愿贤有司体大总统之申令，以此段为鉴，才是国利民福。书说至此，明天另换新题。

---

① 三杨：指明朝官员杨士奇、杨荣、杨溥。

② 蹇夏：明朝仁宗、宣宗时期的两位重臣蹇义、夏原吉。

③ 苞苴：指贿赂。

④ 张广建：民国时期军阀，袁世凯的心腹。

庚　娘

（开篇）1914年9月26日

一部《聊斋志异》，层层俱有精神。文笔曲折意渊深，阅者浅尝莫尽。
当日月川德氏①，首创评讲之门。口才巧妙语翻新，座客欢迎无任。
在下师其成法，逐篇录有原文。诸君若肯细搜寻，亦可匠心独运。
听说天津《旭报》，大书释义惊人。不才方幸遇知音，检阅原来翻印。

金大用，中州旧家子。聘尤太守女，字庚娘，丽而贤，逑好甚敦。以流寇之乱，家人离逖②。金携家南窜，途遇少年，亦偕妻以逃者。自言广陵王十八，愿为前驱。金喜，行止与俱。至河上，女隐告金曰："勿与少年同舟。彼屡顾我，目动而色变，中叵测也。"

几句诌词儿念毕，接着写的是《庚娘》的原文。这一段书，从前《北京新报》耀亭先生说过，后来贾洪林、王瑶卿还排了一出戏，可惜没唱开。在下因耀亭既然说过，珠玉在前，可以不必再评讲。不想有一位缪良臣先生连来两次信，词意很是恭维，单烦在下说这一段《庚娘》。烦玩艺儿不说，迹近票习③拿乔④。报纸有改良风气的天职，必须以身作则，断不敢蹈此恶习（别招说啦）。好在耀亭先生我们弟兄从前对段造这个孽，可称知己的好友，不至因这个犯心。那们咱们就说这一回。

---

① 月川德氏：德月川，清朝末年皇室宗族子弟，是书场说书《聊斋》的第一人。
② "逖"，原文作"遏"，据语义改。
③ 票习：指一些票友摆架子。
④ 拿乔：指故作难色以自抬身价。

却说有位姓金名大用的，是河南中州的旧家子弟，父母双全，聘定尤太守的闺女，小名儿庚娘，长的又美貌又贤良，过门之后夫妻很是投缘。这年正赶上流寇作乱，家中下人多半告辞。金大用禀明父母，想往南省没流贼的地方暂避兵荒。商量好了，把家中的金珠细软打点上个小包裹，托人看家。彼时也无处雇车，只好老少四口儿一同逃难，往南行走，每天不过走个三五十里道路。这一天行至中途，遇见一个二十余岁的少年，带着一个少妇，长的也有几分姿色。沿路走着说闲话儿，才知道也是逃难的。彼此对说名姓，据少年说，他是广陵人氏，姓王行十八，从前在河北贸易，因为变乱，携妻回籍。一问金爷也是要往江苏地方避灾去的，连忙说："呕呀，原来你老兄是要奔上海租界地点去的，可称老同志喽（那位说，彼时王十八怎么就会说新名词呀？您是不知道，不然就都说南省风气开通了么）！小弟总有地主之谊，似乎比诸你老哥么，熟悉一点儿风土人情。如不疵嫌，小弟于行旅一事略有经验，情愿与先生作个前导，不知老兄愿否？"金大用本来没出过门儿，一听王十八愿意搭伴同行，自然极其乐意，从此打尖打店都听王十八的调遣。

这天到了淮河，商量搭船过渡。王十八与船家讲价儿去了，王十八奶奶也没在跟前。庚娘偷偷儿的对金爷说："据妾愚见，千万不要与那少年同舟。我见他贼眉鼠眼，屡次瞧我，恐怕他没安着好心。"

（续昨）*1914* 年 *9* 月 *27* 日

金诺之。王殷勤觅巨舟，代金运装，劬劳①臻至，金不忍却。又念其携有少妇，应亦无他。妇与庚娘同居，意度亦颇温婉。王坐船头，与橹人倾语，似甚熟识戚好。未几，日落，水程迢递，漫漫不辨南北。金四顾幽险，颇涉疑怪。

孟子曰："存乎人者，莫良于眸子，眸子不能掩其恶。"只要留心，不必什么有学问的人，即妇人女子亦看得出来，此等人离不开财色两途。即如本文庚娘对丈夫所说的"彼屡顾我"，便断定其为色鬼；"目动而色变"，便能定其为财迷。此等人虽未必准为贼盗，讲求交友之道，这路人总是远着他为是。

闲话少说，却说金爷一听大奶奶所说的话近乎情理，连连点头称是。话方说完，就见王十八笑嘻嘻跑了回来，说："呕呀，老兄，你是好造化呀！小弟因为你老哥携带宝眷，又有老亲，从前是财主人家，一定得寻一只干净大官船方才合宜。不似小弟我么贸

① 劬劳：劳苦，劳累。

易的人，省几个钱，搭个后舱就行得了的。方才到了河上，幸尔有一只满江红①，而且是回头脚②，不拘把给他几两银子，他是决计不争论的。但求老兄将我夫妻携带过渡，船价平出，大约金仁兄必不疵嫌的了哇，哈哈！”

金爷方要说“两便”，无奈这话实在拉不下脸来出口。此时王十八把手一招，果然见河边泊着的那一只船，梢工已搭上跳板，举着篙预备搭扶手呢。王十八一伸手，就把金爷的行李抄起来，说：“小弟代老兄运包裹，你老兄搀扶老伯，千万慢慢才好。至于老伯母与嫂夫人么，有贱内可以效劳的。”金爷见王十八这样殷勤，实在不能推辞。又想着他也带有妻小，断不至有什么意外，登时点头。

大家上了船，金爷见船舱不过两间房子大小，还要分内外舱。自己爷儿四个同居未免觉着不便当，莫如让母亲、庚娘住中舱，自己与父亲住前舱，把后梢小舱让与王家夫妇。当时一说，王十八是百依百随。王十八奶奶一手搀着庚娘，说：“娘子如怕在婆母面前拘束，不妨在后舱与奴家一同住了吧！”庚娘说：“俟等安置好了，必过去谈会子。”即至说起话儿，见他虽是小家女子，意思态度倒也颇温柔婉顺，两个人真是越说越投缘对劲。

金爷开发了船钱，坐在中舱，开着舱窗，望四外一瞧，白浪滔滔，好在没风，尚还平稳，猛望船头一瞧，见王十八靠着桅杆坐着，低言悄语与摇橹的打上乡谈了，而且透着挺熟识，不是沾亲就是带故样子，只是所说的话金爷多半听不见，即或听见一半句，也不明白说的是些什么。船往前开的甚快，一会儿的功夫，红日衔山。金爷是初次走水路，见往来并没什么船只，除去白茫茫的大水之外，就是靠岸远远有些芦苇。船行过了几个河汊，金爷已经辨不出南北东西，再往四外一看，十分幽险。自己心中盘算，这是淮河大路，为什么这样的幽僻，莫非此处也是流贼闹的么？怪道哇，怪道！

（再续）*1914*年*9*月*28*日

顷之，皎月初升，见弥望皆芦苇。既泊，王邀金父子出户一豁，乃乘间挤金入水。金父见之欲号，舟人以篙筑之，亦溺。生母闻声出窥，又筑溺之。王始喊救。母出时，庚娘在后，已微窥之。既闻一家尽溺，即亦不惊，但哭曰：“翁姑俱没，我安适归！”王入，劝：“娘子无忧，请从我至金陵。家中田庐，颇足赡给，保无虞也。”女收涕曰：“得如此，愿亦足矣。”王大悦。

① 满江红：旧时江河中一种船体涂成红色带舱的渡船。
② 回头脚：返程船。

却说金爷坐在前舱，靠着舱窗，越瞧越害怕纳闷，想着无怪人说在家千日好，出外一时难。此时天色昏黑，看父亲坐在一边盹睡，只好关上舱窗，自己也闭上眼睛养息精神，无奈总睡不着。一会儿的功夫，见东面隐隐月光升出，金爷由舱门往外一瞧，一片皆是芦苇。船已渐渐拢岸，心中暗想，既是泊船，为什么不找个码头地方儿呢？这半天并没见王十八，大半是睡在后舱了。掀开中舱窗帘，见庚娘陪着母亲坐着说闲话呢。

正在这个当口儿，听王十八在船头说："唔呀，好月色，好景致，金仁兄坐在舱中岂不闷杀哉！何妨搀扶老伯到船头望望月色，也好耍子哉！"金老头儿本是要出去小解，趁王十八叫，顺口答应说："我正要出去看看呢！"金爷一听，赶紧也往舱外奔，口中说："父亲慢着！"此时金老头儿已在船面上了。金爷想过去要搀扶着点儿，就见王十八往近凑，自己方要说"不劳王兄"，话还没说出来，十八到了自己跟前，用膀子使劲一靠，金爷头重脚轻一歪身，十八又一挤，噗咚一声，金大用已掉下船去。金老头子一瞧儿子落水，方要喊嚷救人，原来船家执着篙在舱窗外影着呢，没容老头子嚷出来，把篙一拨，老头子也掉下河去。这船本不是真正大船，上面几个人一用力，已经摇摆上了。内舱金老太太觉着不得劲，又听舱前噗咚的两声，不知什么事，掀起帘子往外舱来。刚往上一迈步，拿着篙的水手把篙早已预备得是地方儿了，趁势一拨，把个金老太太也拨在河内，噗咚一声，顺水飘流而去。

此时王十八见金家三口全行下去，这才低声喊叫说："唔呀，可不得了喽！金先生全家失足落水啦，你们快救人唷！"此处本是河汊子，没有来往船只，这不过是为叫庚娘听呢。

单说庚娘适才见婆母往舱外奔，自己要拦，话还没说出来，就见婆母被篙一拨，拨下河去，还不知公公、丈夫性命如何呢。及至听王十八说全家失足，心中已经明白，反做出不害怕的样子，坐在舱内呜呜的哭起来，一面哭一面口中说："翁姑全行丧命，剩奴一人，可投奔谁去！嗳呀，奴家好不命苦也！"此时王十八本在外舱门影着哪，一听庚娘话里有因，连忙三步两步进了内舱，说："小娘子不必烦恼，如果无处投奔，跟我到金陵。不才家中也颇有田产，保你吃着不缺的！"庚娘一听，立刻擦干眼泪，说："但得如此，奴家也就别无他念了！"王十八一听，登时满面堆欢。

（三续）*1914年9月29日*

给奉良殷。既暮，曳女求欢，女托体姅①，王乃就妇宿。初更既尽，夫妇喧竞，不知何由。但闻妇曰："若所为，雷霆碎汝颅矣！"王乃挞妇。妇呼云："便死休，诚不愿为杀

① 姅：女子月经期。

人贼妇！”王吼怒，捽妇出。便闻骨董一声，遂哗言妇溺矣。

却说这个王十八，本是南京的拐子手①，专在淮河一带给贼船揽私买卖。本是重在得财，偏巧遇着庚娘容颜貌美，小子未免起了色心。虽然把金大用父子三口儿都推在河内，倘若庚娘拼命喊闹，那也只好趁着没人，连船家帮着捆绑上扔在河内，把所得的金珠细软按分儿平分喽。不想庚娘哭着说的话并没提别的，只说自己无依无靠，小子是正中心怀，所以才用好话商量，打算把庚娘带到他家去。庚娘也趁势做事，点头应允。这一下子把个王十八直乐得去了十字儿，成了王八二挣②了，连忙说：“娘子既然肯依从小子，千万不要哭坏了身子。大概肚中也该饥饿了，我有预备的好酒菜，请娘子用些。如果喜爱什么，只管言语，包在吾的身上。”庚娘摆手说：“一概不用。”王十八这才溜出外舱，一找金大用的包裹，原来在舱内放着呢，笑嘻嘻的抱到外面，把水手梢公叫到面前，打开大家分了分。及至分完，天光已亮，收拾开船。一会儿预备好茶饭，王十八亲自与庚娘送进来，语言之间露出献勤的意思。

此时船在河中，来往也有行船，小子到不敢十分无礼。庚娘忍着眼泪强吃了点儿。一天并没见着王十八之妻。书中代表，是被十八给关在后舱里了。到了天黑，今天既不害人，所以不必找幽僻之处停泊，无非靠水浅的河湾儿就行啦。一会儿点上灯烛，王十八进了船舱，笑眯嘻的说：“娘子如果怜爱小子，今晚你我一处安眠，成就鱼水之欢，大约娘子你是料无推辞的了！”说着话，用手就扯庚娘的袖子。庚娘一听，连忙摆手，说：“妾身本当侍奉，只是这两日月正行经，身体污秽，不便的很。请君少待数日（只好下礼拜见吧）。”王十八这小子虽然不愿意，奈因是在船上，倘或一个闹紧了，喊叫起来，可不同昨天夜间好办，只好叮咛两句，又嘱咐船家小心代为看守，这才够奔后舱。

单说中舱内剩下庚娘一个人，独对孤灯，自己盘算主意。听岸上远远有梆锣之声，交了初鼓③，阖船静悄悄的。料着船家是与恶贼一定同谋，有心寻死，不论死不了，即便一死，怎报阖家冤仇。翻来覆去，约莫有一个更次，就听后舱有男女吵嚷声音，细听语声，是恶贼夫妇，可不知为什么。只听妇人说：“像你这路行为，恐怕天打雷劈，五雷轰顶！”就听王十八好像打这个妇人呢。又听妇人说：“我就是死了，也不愿意做你这杀人的贼妇！”又听王十八呕呕的怪叫，好像往舱外拉妇人呢。心说，怎么水手们也不管劝劝，莫非都睡了么！正在这个当口儿，只听“骨董”一声，又听水手嚷说：“可了不得喽，十八奶奶为什么竟自投河？”

---

① 拐子手：专事拐骗妇女、儿童的人。

② 王八二挣：不正派的人。

③ 初鼓：晚上八点前后，击鼓报告初更开始。

（四续）1914 年 9 月 30 日

未几，抵金陵，导庚娘至家，登堂见媪。媪讶非故妇。王言：“妇堕水死，新娶此耳。”归房，又欲犯之。庚娘笑曰：“三十许男子，尚未经人道也？市儿初合卺，亦须一杯薄浆酒，汝沃饶，当亦不难。清醒相对，是何体段？”王喜，具酒对酌。

昨天这点儿书在文法叫做暗笔，只能一叙，不许铺张。怎么说是暗笔呢？皆因原文是庚娘耳中听见的，并非由王十八夫妇这一面写的，故此不能细说。

闲话打住，却说庚娘在中舱听得明白，越想这恶贼越可恶，又听水手们吵嚷了几句，也没人张罗下河去救，大概必是顺水漂流喽。庚娘闭好舱门，自己睡下，一会儿天光大亮，也没见十八过来。天到正午，见船泊在码头。十八上岸，雇来小轿两乘，催着庚娘上轿，庚娘才知道已到金陵。十八抱着包裹行囊坐着轿前面引路，走了不远，到在一家门首。十八先下来，打发轿子钱，然后也让庚娘下轿。庚娘是安心报仇，故此百依百随，跟着十八进了院中。

见一处小房也颇齐整，三间上房，东西配房，房后有个大水池子，大约是沤麻、放鸭子的。十八把庚娘带到上房。见房中有一个老妇人，约有六十多岁，生的也还不甚恶劣，就是龙钟的很。十八说：“你见一见，这是咱的母亲。”庚娘连忙万福了万福。就见老妇对十八说：“这位娘子不是你的妻子唐氏，这是何人哪？”十八说：“母亲就不用打听啦！你那儿媳他失足落水死了。这是我新续的。”说完又问十九做什么去了。老婆子说：“方才出去了。”十八把庚娘带到西里间儿，打开箱子收好包裹，然后出外屋叫老帮子给预备做饭。庚娘进屋一看，床帐摆设到是个小康之家，靠窗桌上也有文房四宝。心中盘算好主意。见十八笑嘻嘻的进来，说：“你瞧天也不早啦，吃点儿饭，咱们今儿个可就是今儿个了。”

庚娘一听，假意含笑说：“难为你也活了三十多岁，你连点儿人公道理都不懂得！你也不想一想，街市上一个做小买卖儿的人，成亲的日子也得预备一分交杯盏儿，打上几文钱的水酒，对喝一气。凭尊驾这们个财主，有得是地亩财产，花上几两子，大概算不了什么。要就这们清醒白醒的，有什么趣味！是什么新婚的样子呀？”王十八一听，连忙点首说：“原来娘子喜欢与吾吃酒，小子遵命预备就是！”说着话，拿上银子出去。

庚娘搭讪着出到院中，见东房大概是厨房，老婆子正在那儿烧火呢。庚娘凑过去，假意劝：“母亲歇着去吧，待奴家替你料理吧！”老婆子说：“你新来乍到的，过一半天再动手不迟。咳，偏偏你小叔子也不回来了！”庚娘看好厨房放家俱的地方才回到上房，趁房内没人，拿笔写了一张冤状带在身旁。

方才写完，见王十八这小子笑嘻嘻从外面进来，提着酒瓶子，还有些鱼肉熟菜等类，进院就奔厨房，帮着他母亲连炒带做。及至做熟，已经天黑。端到上房，要与庚娘同饮交杯。

（五续） *1914年10月1日*

庚娘执爵，劝酬殷恳。王渐醉，不饮。庚娘引巨椀，强媚劝之。王不忍拒，又饮之。于是酣醉，裸脱促寝。庚娘撤器灭烛，托言溲溺，出房，以刀入。暗中以手索王项，王犹捉臂作昵声。庚娘力切之，不死，号而起，又挥之，始殪①。媪仿佛有闻，趋问之，女亦杀之。

却说王十八这小子遵照庚娘的命令，出门去买了很多鱼肉酒菜，一齐摆放西里间儿内，连他母亲让也不让。庚娘也帮着下厨房，预备杯筷布碟，余外找了一个头号大碗，全拿到屋来。此时天已昏黑，点上灯烛，庚娘把酒满斟一杯，举到王十八面前，说："请郎君满饮此杯!"十八这小子连忙接过来一气饮干。庚娘又斟二盏，说："郎君再饮这杯成双酒!"十八又一口饮尽。庚娘又斟三盏，又给他布了块鱼。十八是乐不可支，酒到杯干，一连喝了十几杯，眼睛也有点儿乜斜啦，说："唔呀，娘子，不要光劝卑人，你也饮一杯哟！卑人的酒么，是吃不下的了!"庚娘一听，说："那可不行！久仰官人量如沧海，想是嫌小杯吃着不尽兴，待奴换大盏奉敬!"说着找起预备好的那个大酒碗，斟得满满的，举在十八的嘴边儿上，说："官人千万赏奴这个薄面，饮此大杯!"说着故做媚态。

王十八这小子虽说酒吃得已经不少，如今见庚娘这样殷勤，情不可却，只好把嘴就着庚娘的手强喝下去，立刻觉着天旋地转，周身发起烧来，说："娘子，吾是不喝酒的了，吾要脱衣困觉哉!"说着话，把衣服连扯连撕的脱下，说："娘子，你也陪吾安歇了吧!"庚娘说："官人少待，容奴收拾收拾!"说着话，把盘盏撤下，送到堂屋。二次进来，把灯熄灭。王十八已经脱得赤体精光，还喃喃的絮语，问庚娘为什么还不睡下。庚娘说："容我出去小解小解就来陪你!"说着话，溜到厨房，把切菜刀摸到手中，蹑足回上房来。见西房有个灯光，大概是十九的屋子，进到堂屋，听东里间儿老婆子咳嗽呢。庚娘定了定神，想事到如今，正好下手，但愿公婆、丈夫阴灵保佑，早得成功。

轻轻进了屋子，把写的冤状放在窗台上，挽了挽袖子，凑在床边去摸十八的脖项。十八并没睡着，一手摸着庚娘的腕子，说："美人，你还不来，真要了吾的命了呕!"庚娘左手摸准恶贼的脖项，右手举起切菜刀往下就切。一个菜刀又不同砍人的用法，如何

---

① 殪：死。

切得死。这小子一疼，呕儿的一声，挣命就往起爬。庚娘如何能容，双手把刀举起往下一剁，这小子才一命呜呼。

单说东屋老帮子，先听西屋说话儿，后来听见鬼号似的一声，又有劈猪头似的声音，不知什么缘故，连忙往这屋里来，一面走一面问说："你们做什么呢?"庚娘举着刀，影在门旁，并不答言。容老帮子到了西屋门，刚往进迈腿，庚娘趁势一刀，老帮子糊里糊涂也被庚娘当时杀死。

（六续） *1914年10月2日*

王弟十九觉焉。庚娘知不免，急自刎，刀钝不可入。启户而奔，十九逐之，已投池中矣。呼告居人，救之已死，丽如生。共验王尸，见窗上一函，开视。

这一段儿书本是纪事小说，没有多少可评讲的地方儿，奈因文笔改作白话，其中应补叙的很多，落下那一样儿，后来突如其来的一提，未免透着不像话。真要全细细垫好，诸位对着原文瞧，真若一篇没有一句原文也下不去。所以一面补垫，还得让大家看着不离原文才合情理。这可并非在下自夸其得，卖弄笔墨，因为怕阅报的一定好对着原文细抠，故此略微表表。话是交待明白了，接着往热闹里说。

却说庚娘一刀杀死王十八母子，按因果说是杀人一家，人亦杀其全家。论道理说，十八也并非生来贼种，不过幼年没受好教育，以至其老母跟着遭此惨报。这可并不是迷信。那位说，这到不错，你不交待文法了，又要开演说，莫非舍不得说原文吗？那们咱们打住闲话。

但说王十八的兄弟王十九到是一个老实人，他哥哥在外面作这路事他并不知道。今天回来听母亲说，哥哥回来又带了一个嫂子来，也没人给他引见，他也不便赶过来追问。方才脱衣睡下，及至听母亲在上房问话，并没听有人答言，又听"咕咚"一声。暗中代表就是老帮子被刺，尸身倒在外屋声音。十九不知什么事，由不得在西厢房问了一句："母亲，什么事呀?"庚娘一听，知道十九一过来，免不得喊乡约地保，自己虽是全家被害，奈因尸身均系落水，又没证人证物，有司如何能凭一面之辞判断，幸喜大仇已报，不如一死，早见翁姑、丈夫于地下，也算了此一生心愿。想到其间，把心一横，拿着把切菜刀往粉颈上一横，打算自刎，不想抹了一脖子血，连个口儿都没有。屋中没有灯烛，用手一摸，才知道刀已用钝，只得扔下刀，撒腿往院子跑。

十九在西屋见母亲、兄长都不答言，不知什么事，又听门响，披着衣服追了出来。庚娘一想，决跑不了，眼前就是那个水池，猛力往下一扑，投入池中。王十九不知所以，赶紧喊叫东邻家西舍家："可了不得喽，有人投了水池子啦!"喊了几声，只听水内噗嗵，这是庚娘口中灌了水挣命呢。

本巷的街坊素日跟十九对劲的听见喊嚷，这才有过来的。无奈黑夜之间看不明白，十九从西屋点出灯火。南方地面会水的多，并且池子不深，这才有两个下去，一路乱摸，把庚娘揪了上来，打开头发控在就地。十九这才举灯凑到切近一看，是个挺体面的妇人，并不认识，过去一摸，心口已凉。不知这妇人是谁，才想起问一问母亲、哥哥去。刚进上房，就见母亲死在当地，又进西屋，见哥哥赤身露体死于床上，当地扔着把刀。十九一见，怕的了不得。救人的邻居也跟进来，都不知是怎么个缘故。猛听十九说："这里有一封字柬，何不大家观看一番。"

（七续） *1914年10月3日*

则女备述其冤状。群以为烈，谋敛赀作殡。天明，集视者数千人，见其容，皆朝拜之。终日间，得百金，于是葬诸南郊。好事者，为之珠冠袍服，瘗藏丰备焉。

却说众邻舍跟着王十九进了屋子，见王婆子死在就地，十八赤身露体死在床上。不但大家不明白怎么件事，就连十九也不知所以然。十九此时手吓得直哆嗦，好容易将灯放在窗台上，往那儿一搁，这才看见窗台儿上有一封字柬，赶紧拿过来一瞧，偏巧十九不认识字，只好问那一位识字，念出来大家也明白明白。有一位年老的把字柬接过来，从头至尾念了一遍。这才晓得王十八如何在淮河害了金氏全家，庚娘志在报仇，故此忍辱相从等语。这位念完，冲着十九说："你瞧你这块哥哥简直的不是人行！"旁边就有嘴快的说："简直的不是王十八，分明是王八女孩儿养的吗！"骂得十九敢怒不敢言，说："诸位别生气，如今我院中屋里一共三口死尸，我可怎么办呢？"这个年老的说："事到如今，不能怨你，这一件事好在你并不知情。再说事出仓猝，无从防范，到可以免其置议。可是报官是要紧的事。至于你的母亲并你的哥哥，我们可管不着，人家这位烈女实在令人可敬。咱们都是近邻，而且捞救了会子，可称见闻确详，没什么说的，报官相验的时候，我们可以替你打个质对，说几句好话儿，大概你可以没什么余罪，无非候照抬埋罢咧。你们家这两口死尸，你爱怎么葬埋我们不干预。至于这位金夫人，我们大家凑个公议儿，要好好的发丧发丧，也给本处妇女做个榜样，不知诸位意下如何？"大家一听，异口同音都说赞成。当由这位年老人做为代表。

十九把乡约找来报官相验，好在没有什么特别勒索，又有众位近邻极力一保，算是十九不知情，从宽免究，尸首准其抬埋。十九如何办白事，不必细表。

但说这几位把庚娘这件事在本村这们一鼓吹，金陵原是繁华地方，天一亮儿，来瞧热闹的人已经很多。这几位凑了几两银子，置了一套装殓衣服，又从家内把妇女找来给庚娘换好，停在堂屋。十九也不敢争论，只好把他母亲、哥哥停在院中。此时瞧看热闹的人见着庚娘的尸首，没有不大礼参拜的，代表的见人人是起心里敬服，于是对大家一开演说，打算凑凑分赀，好买棺材等物。大家一听，这个说我捐三两，那个说我认五两，穷苦也有一吊八百制钱的，妇女也有从头上摘下一支①簪子的。半天的功夫，凑了约有一百两银子。又举出几位去买棺木，看了一口上好的建昌花板，不过几十两银子。剩下的银钱，大家有主持念经的；有的说莫如全置了装裹，到是本人儿带到土里去，总算得了去啦。大家议好，于是置了一顶垂珠凤冠、一件霞帔，全给庚娘穿戴上。远远一瞧，分明像位眼光娘娘②。然后抬到南郊义地，打坑下葬。此事大家一传扬，都说庚娘有感应，才得这样的好收缘结果。

（八续）*1914年10月4日*

初，金生之溺也，浮片板上，得不死。将晚，至淮上，为小舟所救。盖富民尹翁，专设以拯溺者。金既苏，诣翁申谢。翁优厚之，留教其子。金以不知亲耗，将往探访，故不决。俄白：“捞得死叟及媪。”金疑是父母，奔验果然。翁代营棺木。生方哀痛，又白：“拯一溺妇，自言金生其夫。”生挥涕惊出，女子已至。

昨天这段书是形容公道自在人心，只要好人，大家都敬慕，并没什么深意。至于验尸报官，原文没有，所以也不便细说。赶着把庚娘杀贼报仇说完，今天好翻回头来再说金大用遇救，省得大节下的诸位心里不痛快。

却说那一天金大用被王十八挤下水去，恰巧船上的跳板也掉下河去了。金爷一手抱住，爬在上面，水势紧急，往下流冲走。虽然没死，金爷可吓得昏昏沉沉，抬头瞧了瞧，并无来往船只，想要往靠岸水浅的地方儿奔，又由不了自己。到了次日晚半天才飘到淮河关口，金爷业经昏迷不醒了。

但说淮河有几只小船，是本处一位财主姓尹的预备的救生船，专为搭救落水的。水手正在船头瞭望，见冲来一个人，赶紧跳下去，一揪金爷的发际，□着水皮儿奔到小船儿。旁有伙计一搭手，把金爷扯上船来。一瞧虽是昏过去了，好在没喝水，也不用支锅控水③。把金爷放在船板上，给他脱下湿衣服，慢慢儿的叫了几声，金爷这才苏醒过来。船家把湿衣服给他烘干，让金爷穿好。金爷给水手道谢活命之恩。水手说：“相公到不必谢我们，少时你见见我们尹善人，还能周济你盘费呢！”金大用一听，说：“此地既有这

① “支”，原文作“只”，据语义改。

② 眼光娘娘：道教女神，专职负责医治民众眼疾。

③ 支锅控水：旧时民间一种救溺水者的方法。

样好人，学生即刻就去！”当时由水手带着上岸。

走了不远，到了一家门首，通禀进去，少时里面传出话来，说请书房坐，水手自去。下人把金爷带进书房，见一位年过半百的员外，金爷赶忙施礼，说些感谢的话。员外到是很谦和，搀起金爷分宾主坐定，这才细问姓名并落水的原因。金爷是实话实说。老员外一听，说：“相公既是逃兵荒，又没一定去所，老朽家中缺一位教读小儿的先生，相公如肯俯就，到是一举两得！”金爷连忙站起，说：“蒙员外收留，理当效命！奈晚生的双亲不知下落，必须访查明白才敢定规。奈因水面之贼，可怕不易探听。”

正在这个功夫，下人进来说：“善船水手求见员外！”员外吩咐把他唤进来。水手进到书房，说：“回禀员外，方才我们先后又在河内打捞上年老男妇两个，如法救治，死已多时，请示员外如何办理？”员外还没分派呢，金爷早坐不住了，说：“呀，怪呀！莫非是晚生的双亲么？待我前去看看。”员外说：“老朽也一同前去。”说着话，水手领路到了船上。金爷一瞧，果是自己的父母，赶过去抚尸大哭。尹员外劝了会子，又给预备两口棺材。水手帮着盛殓起来，停放河边小庙内。金爷虽是感念，仍止不住痛哭流涕。忽听那边有个水手，跑到尹员外面前，说：“河内又打捞上一个溺水的少妇，自称姓金的是他丈夫。”大用听得明白，擦着眼泪跑至庙外一瞧，果然有一个女子也奔小庙而来。

（九续）1914年10月6日

殊非庚娘，乃王十八妇也。向金大哭，请勿相弃。金曰：“我方寸已乱，何暇谋人妇？”益悲。尹审得其故，喜为天报，劝金纳妇。金以居丧为辞，且将复仇，惧细弱作累。妇曰：“如君言，脱庚娘犹在，将以报仇居丧去之耶？”翁以其言善，暂代收养，金乃许之。

前日十月四号，本年佳节第三。工人循例歇一天，愚下借此托懒。
所说庚娘小传，原文尚有半篇。明笔暗笔紧接连，还得照常接演。

几句诌词表过，接着还是说书。却说金大用幸尔得了活命，又遇着这们一位尹善人极力周济，就连父母的衣衾棺木都是人家送的。一来是到处都有好心人，二来金爷的相貌文雅，尹翁十分敬慕。当时停在河边一个小龙王庙里，正在收拾完毕，忽然又有水手前来禀报，说：“救生船又救上一个少妇来，口称姓金。”大用一听，想着必是庚娘也被王十八给推下河来，幸尔遇救，连忙往庙外飞跑，打算出来夫妻相会。谁想出庙一瞧，由那旁走来这个少妇，不是庚娘，正是王十八之妻，方才要问“娘子，你因何冒充金姓”，话还没说出来，十八奶奶已经扑到大用的面前放声大哭，说：“相公，你既活着呢，我恰巧也没死，这可没什么说的，我是跟定了你啦！你答应也得答应，不点头也得点头！”金爷一听，身子往后直退，说：“娘子此言差矣！你想小生此时阖家被你丈夫谋害，我方寸已经乱了，还有什么闲心图谋人家有夫之妇哇！”一面说一面放声恸哭起来。

尹老员外听说姓金，以为必是金大奶奶，及至听金爷这一套话，心中纳闷，想着凭金爷这么个人儿，还能有什么外事吗！及至问起妇人落水的原因，妇人这才把王十八如何要霸占庚娘，推下金家三口儿，自己看不过劝他来着，被他打了一顿，自己投在河内的话一说。尹翁一听，说：“这才是现世现报呢！谁说没有神意呀！阿弥陀佛（善人吗）。”连忙又转过身来劝解金爷，说：“先生，我劝你也不必过于拘执了，据我想到有是天意循环，该当如是哟！”金爷连忙摆手说：“恩公有所不知，晚生父母亲丧未满三日，如何敢要妻子。况且父母之仇不共戴天，晚生俟将双亲停好，即刻去找王十八这小子，见了他一场官司，或将他刺死，方解心头之恨。恩人请想，我带着一个妇人有多们累赘呀！”尹善人一听，金爷的话是大义纲常，登时就没有词儿了。

不想十八奶奶在旁直撇小嘴儿，说：“相公，你说的话，自己以为有理的了不得。那们我请教请教，比如今一天救上来的就是你们那位堂客，你的仇就不报了哇？还是因为报仇跟居丧，把人家休回娘家去呢？”尹员外在旁说着：“哇，娘子此言有理，莫如老朽有一个两全其美的主意。这位娘子暂寄在老朽家内替你养活着，俟等你把两件心愿办完再行正式婚礼，不知先生、娘子意下如何？”金生无奈，这才点头应允。

（十续） *1914* 年 *10* 月 *7* 日

卜葬翁媪，妇缞绖①哭泣，如丧翁姑。既葬，金怀刃托钵，将赴广陵。妇止之曰：“妾唐氏，祖居金陵，与豺子同乡。前言广陵者，诈也。且江湖水寇，半伊同党，仇不能复，只取祸耳。”金徘徊不知所谋。忽传女子诛仇事。

却说这位尹善人极力替两人成全，应许下管替金爷养活着。金爷无法，这才点头。十八奶奶说：“这位老爷子，没什么说的，你只好多费点儿饭吧！我先谢谢你老人家救命之恩！”说着话，爬在地下就磕了个大头。尹善人赶紧还了一揖说：“这倒没什么，但愿你们夫妇早谐鱼水之欢。”说着又对金爷说：“老朽尚有一事要与先生商议。”金爷赶紧请教。尹爷说：“我想先生原籍是一时回不去的了，这两口灵停会子，少不得也得葬埋。俗说屯灵如屯兵，死者以入土为安，这们停放着没什么益处。依老朽之见，庙外有得是闲地，择个好日子，先将令尊堂一同并了葬，不知先生以为何如？”金爷一听，自是起心里

① 缞绖：古代麻制丧服。

愿意。好在本庙就有一位教书的先生，就会合婚地理，尹善人托这位给点了块穴，然后说："丁是丁，卯是卯，明天日子就很好，赶紧打坑吧！"本处有的是长工，把坑打好。金爷已经穿戴上麻冠丧服。尹爷一瞧，十八奶奶还没孝衣哪，赶紧打发下人从家中找了一身来。十八奶奶也穿戴上，在灵头里一跪。本庙由尹善人发起，大家凑了个公议儿。作为伴宿，十八奶奶见人磕头道谢，到了晚间辞灵，跪在灵前号啕痛哭，真跟死了公婆的一样。次日抬到庙后下葬，金爷又给大众磕头道谢。

诸事已毕，尹善人才把金爷同十八奶奶全让到自己家中，仍旧到在那座书房。金爷是千恩万谢，说："晚生蒙恩公之德，可称起死人而肉白骨。但是昨天说过，父母之仇不共戴天。晚生预备下一把利刃，沿途乞讨也要上荡广陵，与那王十八贼子是誓不两立！"这话原是对尹善人说呢，不想十八奶奶在旁搭了言儿啦，说："你上那儿找他去吧？你听我告诉你，我娘家姓唐，祖居南京，跟那个狼心的小子是一个村儿。你听他前次告诉你说他是扬州人氏，那是假话。尊驾真是书呆子吗！做贼的那儿有准住址、姓名呀！再者你也不打听打听，这一方的水寇贼船全都跟他有联络，你报不了仇，碰巧啦连性命都许饶上。话我是告诉明白你啦，既打算跟你一块儿混吗，准得说是好心眼儿，听不听可在尊驾了！"金爷一听，急得直搓手，说："这……这……这……这便怎么处？难道这父母的冤仇就罢了不成么？这……这……这……"尹善人在旁看不过了，说："先生，你听娘子之言甚是有理。俗语儿说，君子报仇十年不晚。不如你们暂在老朽家内住着，俟等探听准了王十八的下落，准备好了再去不迟。"金爷只好当时遵命。

隔了两天，听人传说金陵出了一件新闻，正是庚娘诛仇一事。

（十一续） *1914 年 10 月 8 日*

洋溢河渠，姓名甚悉。金闻之一快，然益悲。辞妇曰："幸不污辱。家有烈妇如此，何忍负心再娶？"妇以业有成说，不肯中离，愿自居于媵妾。会有副将军袁公，与尹有旧，适将西发。过尹，见生，大相知爱，请为记室。

俗语儿常说，好事不出门，恶事传千里。这话乍听有理，其实却不尽然。因为人间好事虽多，未必能做到惊天动地。唯有做坏事，真能搜索枯肠，穷形尽相。人人又有好奇喜新之心，所以传扬得快些。若果忠孝节义做到极处，公道自在人心，虽未必流芳百世，也必能轰动一时。即如本文庚娘忍辱报仇、从容就义一事，真是奇特之事，所以没有几天的功夫传遍淮河一带。人人说起来，都羡慕金家庚娘。

这话传到金爷耳朵里，不由得十分痛快，说："我万想不到，凭他一个妇人，居然能手刃仇人，而且连他母亲一并杀死，实在难得的很，总算替金家门儿争气！"又一想，他当日屈身从贼，不知受了多少苦楚才能报此冤仇，虽然冤仇已报，可怜同归于尽，再不能夫妻团圆了，实在令人可惨。想到此间，益发悲恸起来。哭了会子，赶紧对尹翁说，求把十八奶奶叫出来，自己要声明离婚。尹翁立刻命人由内院把十八奶奶请出来。原来庚娘这一件事，十八奶奶也听见说，早已打就主意，所以尹翁打发人一叫，就连忙出来，站在金爷面前，说："丈夫呼唤妾身，不知有何见谕？"金爷就把听人传言庚娘如何报仇的话说了一遍，然后才说："我家幸尔家门有德，妻子未受污辱，总可称个节妇。他既如此节烈，我何忍负心再娶他人之妻，所以打算跟你说明，你只好另投门路吧！"十八奶奶一听，噙着眼泪，瞧着尹老头儿，说："老爷子，您听见他这一套词儿了没有？世界之上买骡子买马都不许打落①，何况我们妇道人家投奔了他会子，出口容易闭口难。再说他的老家儿②，我们陪灵守孝总算对得起他吧，如今他叫我另搭别班，那可不行！"说着用绢子一捂脸哭起来了。

尹善人本来心软，赶紧解劝。十八奶奶一面哭着一面说："只顾他说的出口来，可不管我们妇道人家心里怎么受呕！那不他怕对不起他们那一口子，不把我们当正娶的呢，好歹别把我取销，我还有个站脚梁儿呀！"尹翁一听十八奶奶真是处处让退，可称谦谦君子，从中也跟着苦一调停。金爷这才无法，只好点头，俟等服阕，再行纳为侧室。金爷也无事可做，只好就在尹宅教给尹翁的少爷念书。十八奶奶照旧在尹家住闲。虽不能算仆妇，倒也勤俭，不吃闲饭。

说书的嘴，无话即短。过了几天，本处有一位副将姓袁的，与尹翁本是世交，恰巧调往山西防流寇去。既跟尹爷是熟人儿，自然要来辞一辞行。见了尹翁，谈了会子，尹翁设席款待，当时没有陪客，于是把金大用让在一处。金爷本来人品相貌出众，袁公一见投缘，这才要请金爷做个随营的幕府西宾③。

（十二续） *1914年10月9日*

无何，流寇犯顺，袁有大勋。金以参机务，叙劳，授游击以归。夫妇始成合卺之礼。居数日，携妇诣金陵，将以展庚娘之墓。暂过镇江，欲登金山。漾舟中流，欻④一艇过，中有一妪及少妇，颇类庚娘。舟疾过，妇自窗中窥金，神情益肖。

天时人事全是否极泰来，物极必返，一定之理，说书唱戏也是本着天理人情排演出

① 打落：只是问问价钱，无诚意购买。
② 老家儿：老辈，多指父母。
③ 西宾：或称西席，古代对家庭教师或幕友的敬称。
④ 欻：忽然。

来的，实在出不了这些范围。就以本文这段书说，金大用本是苦到极处了，到此才是苦尽甘来，渐入佳境。不过书目录既是《庚娘》，金爷这一面儿是宾，不便细说。照原文一表儿，好让庚娘露面儿，夫妻团圆。

闲话少说，却说尹员外这位朋友袁公，虽是武职官儿，不但善于用兵，而且目中识人。一见金大用，就很器重，所以极力劝金爷随入自己军营参赞一切。金爷一想，自己当一辈子穷教书匠也没多大起色，况且贼盗四起时代，正当投笔从戎，恰巧有这机会，断不愿错过，当时点头向尹爷告辞。尹爷给预备点儿行李，从此入营随同袁军赴任。还没到山西本任，就听传闻流寇有犯北直顺属①的消息。袁爷说："北直乃辇毂之下，如何能容这班草寇猖獗！"立刻带兵北上，到处得胜，把流寇赶散。当由兵部保奏袁爷总督北方军务，袁爷因金大用所筹的方略颇有出奇制胜之处，保举各员中，将金大用也保以随营劳绩班，授以游击之职，尽先补用。过了些天，军务稍定，金爷在袁军门前请假数月，说明往淮安拜谢尹翁去。袁军门也不便相拦，金爷这才回到淮安，仍到了尹翁家中。

尹翁一见，很是喜欢，这才商量让金爷与十八奶奶成为夫妻。金爷因为人家居然等了这们些天，再说自己总算大小有个前程了，还能再固执吗，当时点头。金爷此时手里有了银钱，一切是自己备办。十八奶奶这一面，全是尹员外给预备的妆奁，并且给收拾出一所房子，做为洞房。简断截说，就算娶过门来。两口子到是挺投缘，在尹翁家住了几天，想起庚娘来，起心里难过。二位一商量，打算带上盘缠，前往金陵，打听打听庚娘被害之后到底被什么人给埋葬的，葬在何处，咱们也应该到他坟墓上给他烧张纸去呀。金大奶奶说："丈夫说好便好！"立刻雇妥船只，夫妻上船。

这一天，船过镇江，金爷本来没到过金陵，这一次有的是钱与闲功夫，沿路还要游山玩景。这一天告诉船家把船驶往金山，恰巧天气清和，船在中流，清波荡漾。金爷靠着舱窗玩赏江景，见往来游船甚多，金爷也不甚留心。忽然见有一只小船儿紧靠金爷所乘的大船而来，由面前经过。金爷飘了一眼，见小船上坐着一位老太太，慈眉善目，约有六十多岁，还是宦家的模样，穿戴很是不俗。老太太身旁站立着个少妇，不是老太太儿媳就是女儿，生的模样儿同庚娘一样。金爷心中一动。小船趁着下水，轻而且快。这船上的少妇猛一抬头，隔着船窗同金爷一对眼光，果然与庚娘的神情一般无二。

（十三续） *1914 年 10 月 12 日*

惊疑不敢追问，急呼曰："看群鸭儿飞上天也！"少妇闻之，亦呼云："馋猧②儿欲吃

① 北直顺属：指旧时直隶、顺天府一带。

② 猧：小狗。

猫子腥耶！”盖当年闺中之隐谑也。金大惊，反棹近之，真庚娘也。青衣扶过舟，相抱哀哭，伤感行旅。唐氏以嫡礼见庚娘。庚娘惊问，金始备述其由。庚娘执手曰：“同舟一话，心常不忘，不图吴越一家矣。蒙代葬翁姑，所当首谢，何以此礼相向？”乃以齿序，唐少庚娘一岁，妹之。

却说金大用听人传言庚娘报仇诛寇之事，虽说是道路传闻，可是说的不止一两个人，决不能没有这们件事。今天所见的这个少妇，不但模样儿一样，而且举止动作的神情都一般无二，当时惊疑不止。有心叫船家拨转船头，追上这一只小船儿问个明白，倘或不是，那还了得，真就不管不问，心里又撇不下。急中生巧，猛然说：“快看群鸭儿飞上天了！”此时那一只小船儿方才过去，就听船中妇人答了一句言儿，说：“馋猧儿要吃猫子腥耶！”这两句话，据蒲先生说是金爷同庚娘当日在闺阁中的隐谑。据理想，当日必然说这句话的时节，有见景生情的隐意；不然就是河南中州的土语。在下是北京生人，而且相隔三百多年，诸位要问这话有什么意味，您只好请问明末的中州人士去，我可不敢混揣测。

闲话少说，却说金爷一听，人家船上的妇女回答上这个下句儿来啦，登时更觉惊疑，连忙吩咐水手：“快快回船，追那一只小船儿！”船家只好搬舵支篙，及至掉转船头，小船儿已经过去好远的了，只得追着那只船尾儿往前驶。一会儿到了一个码头，见那只船已经停泊，金爷的船方才赶上，见那少妇也正在舱外立着往那一边儿看呢。金爷凑近一看，果然正是庚娘。

但说金爷吩咐掉船时节，唐氏也听见了，丫鬟们搀扶着来到前舱，要问金爷跟谁打乡谈哪。及至出来，见靠岸那只小船儿是庚娘，赶紧打发丫鬟过那只船去把庚娘搀过来。金爷一见庚娘，由不得彼此大放悲声，哭了个很恸。此时各船上的人虽莫名其妙，见一男一女这样抱头恸哭，大家猜疑着一定是别离失散的亲丁，在旁也都跟着伤心。二位哭了会子，唐氏连拉带劝才把庚娘劝住，然后爬在地下就给庚娘磕头，说：“贱妾唐氏拜见！”庚娘过船的时节并没理会唐氏，此时见他与自己行礼，这才想起他是王十八的女人，不知怎们跟金爷混到一块儿了。一问金爷，金爷就把这些天的事从头至尾略说了个大概。庚娘一听，连忙拉住唐氏的手儿，说：“从前同舟说话，咱们就投缘对劲。我如今并没忘下，想不到吴越世仇之家，如今成了一家子啦！蒙你替奴葬埋翁姑，奴也当磕头叩谢，何敢论什么嫡庶！极好是咱们姊妹相称，序齿的好！”唐氏一听，心里十分感激。当面稿明岁数，唐氏比庚娘小一岁，从此姊妹相称。诸位要问庚娘是怎么活了的，咱们是明天再演。

（十四续）1914年10月13日

先自庚娘既葬，自不知几历春秋。忽一人呼曰："庚娘，汝夫不死，尚当重圆。"遂如梦醒。扪之，四面皆壁，始悟己身已葬，只觉闷闷，亦无所苦。有恶少年，窥其葬具丰美，发冢破棺，方将搜括，见庚娘犹活。

昨天的书，忽然说出金爷与庚娘相见，究竟庚娘是怎么活了的，必须有段倒笔，或由庚娘自己叙出。无奈这段书，上文金爷遇救就是倒笔，此处再用，未免重复。若由庚娘口中往外叙，彼时已经葬在地下，毫无知觉，不能开嘴儿用倒笔。事处两难，所以蒲先生用先倒后叙之笔，也是出于无法。话是替蒲先生交待明白了，咱们接着就说书。

却说庚娘自那日被大家葬在南郊，虽说挺丰富，奈因没有亲丁，故此棺材盖钉的不十分严。南方地土最薄，坑也打的不深，一群土工不过蓬上土完事一散儿，谁也不细追求。所以棺材犄角儿有一处仅蒙着一点儿浮土，被风一扬，此处透得进风去。庚娘当日投池之后，水气已经控净，无非七窍不通，故没有呼吸，如今被风一吹，才渐苏苏过来。自己觉着睡了一大觉似的，也不晓得有多少日子了。忽然好像有一个人叫着他说："庚娘，你的丈夫现在并未曾死，你们夫妻还有团圆的日期哪！"庚娘此时在棺中躺着，如同闭蛰虫儿一样，也不知是梦境，是什么人说的，听到丈夫不死这句，心中一机灵，这才如梦方醒。伸手一摸，四面全是木头板子，这才明白自己已经身死，不知什么人将自己葬埋了。即便喊叫，大概也没人听得见，好在虽然闷的慌点儿，还不至十分难过。这且不言。

但说王十八的邻居，有一个无名少姓的恶少年，埋葬庚娘这一笔事，他也帮着料理一切来着，无非图赚几个钱儿，偏偏没得手。眼看着挺好的珠冠霞帔全都往土里一埋，他起心里心疼的了不得，又搭着这几天赌输了，天气也渐觉寒凉，该当换一换衣服才好，奈因摘借无门，急的难过。忽然想起那天埋葬庚娘的事来，好在这是没主儿的坟冢，不如约会上两个同志，到在南郊，也不用铁指甲，给他个大做大搿，磕煤模儿①，怎么着每人也闹个三二十两银子。打好主意，立刻出去一约会，左不是猫三狗四，一群无赖之徒。找了几件镢头、铁锨，趁着黑天来到南郊，三个人说："咱们着档儿②呀！"那个就说："这个庚娘倘或他丈夫不死，这一下子，他们还可以团圆一回哪！"本是一句瞎话，大概庚娘听得就是这句。此时三个人虽知道是没主儿的坟墓，究竟贼人胆虚，得防备过路行

① 磕煤模儿：把某物底朝天倒出来。
② 着档儿：档儿意为就业、工作，这里指开工。

人同村中寻更下夜的，所以不敢大挖大刨，刨了半夜，把土刨净。三个人说："咱们撬棺材盖，摸真东西要紧，可留神别碰了珠冠！"三个人这才把铁锨往棺材盖底下一塞，用力一撬，居然掀下来，伸手过去要摸珠冠，不想庚娘趁势坐起，才知道原来并未曾死。

（十五续）*1914 年 10 月 14 日*

相共骇惧。庚娘恐其害己，哀之曰："幸汝辈来，使我得睹天日。头上簪珥，悉将去。愿鬻我为尼，更可少得直。我亦不泄也。"盗稽首曰："娘子贞烈，神人共钦。小人辈不过贫乏无计，作此不仁。但无漏言，幸矣，何敢鬻作尼！"庚娘曰："此我自乐之。"又一盗曰："镇江耿夫人，寡而无子，若见娘子，必大喜。"庚娘谢之。

说书本是玩艺儿，既然按照真事说，可就免不掉得往人事上牵就。即如昨天所说的那点儿原文，本来近乎玄虚，即如"自不知几历春秋"一句，姑无论尸首已腐，即便再活，也就朽烂腐臭了。莫如说庚娘埋的时候就没埋严，急早苏醒过来，好让这几个盗墓的前来，这都是不能不变换着说的地方儿。

闲话少说，却说这三个人一路下手，把棺材盖撬开，庚娘正闷的难过，恰巧有人打开，所以趁势坐起来。这三个人并不是久惯盗墓的人，不知是诈尸，还是庚娘成了什么圣母、什么娘娘显了灵应了呢，登时吓得直哆嗦，有心要跑，腿好像钉在地下似的，反迈不开步啦。狗四拄着铁锨说："你是神是鬼，快说快说！"

庚娘此时方才明白，他们这几个是盗墓贼寇，反到害起怕来，想着万一他们怕我声张，给我一下子，岂不又有性命之忧，赶紧说："你们大家千万不必害怕，我原不曾死，本来是人。只因埋在土里不能出来，幸亏你们前来，叫我重见天日，我是感恩不尽的了。我身上的簪环首饰，你们大家摘下去，分散分散，做为我给你们道这开棺之乏①，并且还得求你们三位，那位知道某处尼姑收买弟子，你们把我带到庙中，将我出手一卖，虽说值不了许多，大概每位总可以得几两，彩一彩儿②，我决计不能给你们泄露这些秘密。"

恶少一听庚娘所说的这一篇子话全是仁义道德，两腿一软，立刻就跪下了。猫三狗四也陪着跪在一旁，赶紧磕头，说："娘子乃是三贞九烈之人，神人都没有不钦佩敬服的。我们两个人本不敢冲撞娘子，实在因贫寒起见，穷的一点儿落子没有。知道您棺材殉葬有真东西，故此行此不仁之事。这可并不是我的主意，是他找的我们两个人。我但

① 道乏：指事后向帮助自家办事的亲友专门致谢与问候。
② 彩一彩儿：指意外收入。

凡有一点儿生路，决不敢做这伤天害理之事，就求您不给我们宣布出来就算万幸的很喽！再把您出手卖在尼庵，那我们三个小子具有天良？是断乎不敢，断乎不敢！”

庚娘说：“我所说为尼这一层，本出于我自己情愿，就求你们三位把我带了去吧！”此时狗四在旁可就答了言儿啦，说：“小人是镇江人氏，因做小本经营，好赌钱，流落在这金陵城中回不了家乡。我们镇江有位耿老太太，是个老孀妇，没儿没女，一个人儿，打算认个干女儿，早早晚晚给他老人家做个伴儿。要凭娘子这样品貌，一见面必然喜欢，岂不胜似为尼！不过道路远一点儿，娘子若肯前去，小子情愿效劳！”庚娘一听，连忙坐在棺中深深万福，说：“奴家就此谢谢三位大恩！”

（十六续）1914年10月15日

自拔珠饰，悉付盗。盗不敢受，固与之，乃共拜受。遂载去。

却说庚娘一听镇江有位耿夫人打算要收个干女儿，正合心意，所以赶紧给三个人道谢，说：“三位快些起来，好搀奴出棺！”一面说一面由头上把珠冠摘将下来，递与恶少，说：“你们三位先替我拿一拿！”恶少赶紧接过来，双手捧着。庚娘又把押发簪子等物全行摘下来，递给猫三狗四。二人不知什么缘故，也恭恭敬敬的用手捧着。庚娘慢慢儿将霞帔解开，摸了摸贴身小袄儿裙子，好在不至甚冷，才把霞帔也递与二人。再瞧恶少还跪在就地举着这顶珠冠呢（小子要唱《双官诰》），庚娘说：“三位快些请起！你们把所有的这点儿东西分散分散，做为救我的酬谢吧！”三个一听，赶紧说：“娘子不怪罪我们，我们就很感念的了，如何敢要娘子的珠冠首饰！”庚娘说：“一则三位恩人是因穷所迫，得此珠饰，可以过度；二则奴留此无用。况且穿戴着这样殉葬的衣服，如何走得了路！你们三位不必推辞，快些分散了，咱们早离此地才好！”

三个人一想，庚娘说得有理（没有满街上跑眼光娘娘的），况且倘或被人看见，三个人跑到坟地里当跟包的，有多们形迹可疑呀。恶少领头说：“既是娘子这样恩典我们，那们我们就谢一谢您啦！”说着话，就磕了三个头。庚娘也还了一福，这才用手扶着棺材帮迈出腿来，好在坑不深，也不必人搀扶着，到了平地，坐下提了提鞋，试了试，还能以穿着走路。此时狗四对恶少说：“你把珠冠霞帔愿意当卖，我全不管了。我把这首饰留下两件，俟等天明变卖了银钱，雇船送娘子赴镇江，你想好不好？”恶少说：“那们你就多辛苦吧！”狗四说：“你们哥儿两个想着把棺材照旧蓬上土，别竟惦记着珠冠霞帔，忘下铁锨镢头。”两个人说：“倘或忘下，丢零碎儿是小事，犯案是大哟。如此，咱们两便了吧！”不提恶少、猫三如何把土蓬好，抗回家伙，卖珠冠霞帔。

单说狗四对庚娘说：“娘子由此处奔镇江须要走水路才好。此处离码头不远，天光也渐渐发晓，咱们到了码头也就可以雇船了。请问还是娘子自去，还是用小子送去?”庚娘说：“奴家并未到过镇江，况且耿宅在什么街什么巷奴家也不易寻觅，就求恩公行好积德，将奴送到那里。如果船价不够，方才想起耳上还有一付耳环呢!”说着话，往下就摘。狗四说：“娘子不必了，小子手中金钗少时变卖了足够船价!”说着话，已到江边，说：“请娘子在此暂坐，容小子前去雇个包舱，小子在后梢也就行了!”庚娘说：“但凭恩公!”狗四去不多时，将舱包妥，请庚娘上船，自己在码头金珠店把首饰兑了银钱，给了船价，又买些食物送进舱内。工夫不大，船上搭客已满，这才启锚扬帆。

（十七续） *1914 年 10 月 16 日*

至耿夫人家，托言船风所迷。耿夫人巨家，寡媪自度。见庚娘大喜，以为己出。适母子自金山归也。庚娘缅述其故。金乃登舟拜母，母款之若婿。邀至其家，留数日始归。后往来不绝焉。

昨一天的书，在下没在书外说闲话儿，统共说了五句原文。真要按那样说，今一天“至耿夫人家”一句，也够说一篇的。这事与原书本没什么意思，而且在倒笔之内，莫如干脆一表儿。今天把这一段赶完，明天另换新题，诸位想好不好。

闲话少说，却说这个狗四带领庚娘乘着搭船一路赴镇江而来，水面路程顺风就快，当天就到了。狗四下船雇了一乘小轿，一直把庚娘抬到耿宅门前。狗四同耿宅的下人原有认识，说是“有一位坐船的娘子遭了逆风，一家子失散。这位娘子被善船救上岸来，无处投奔。久闻此处耿夫人慈善，所以投在此处，望祈收留，日后阖家团圆，感恩不浅”等语。这话本是狗四在船上与庚娘商议好了的，回进去功夫不大，有仆人出来把庚娘请进去。狗四开发小轿钱，在门外要听一听喜信儿，领点儿赏，一想万一庚娘实话实说，我可是围棋扭羊头——吃不了兜着走，莫如溜场儿下吧，狗四自去，不提。

单说庚娘跟随仆妇进了耿宅，见着夫人，果然是一所大宅子。耿老太太就是一个人儿，见面就爱惜庚娘，当时认为干女儿。从此庚娘住在耿宅，老夫人还是真疼，如同自己生养的一样。老太太最好烧香，这一天正是往金山还愿回头，走在此处，不想遇着金爷，真是合该团圆。庚娘把自己所遇的往事对金爷说明，金爷自然也很喜欢，说：“娘子请先过去，把咱们夫妻相会的原因对夫人说明，卑人也当过去叩谢叩谢人家大德才是!”庚娘过去一说，金爷过来拜见耿夫人，认为岳母。老夫人也以门婿之礼款待，一定约到家里住几天，这才连唐氏的事全都表明，归在小船儿同赴耿宅。住了几天，三口子拜辞耿夫人，同回淮安尹宅。从此金耿两家彼此当作亲戚，每年不断来往。

这一段书，看着是一段贞节烈女传，原是人事的事，其中也有附会穿凿的地方儿。

姑无论实有此事没有，即便有，也未便能这样的恰巧，仍是多一半编造的。大意不过是天道福善祸淫，杀人之夫与其亲而夺人妇，不料自己之亲与命亦为人所手刃，而己妇且为他人妇矣。不必庚娘果活、夫妻重逢，庚娘已足传千古，王十八骂名已万载矣。一定要把庚娘说活，这就是著书人恐怕阅者不痛快，其实近于画蛇添足。因天下事，只求有令名传于后世，不必顾血肉之躯，而身体幸能保得存在固好，即不存在，只要留得名在，亦可无憾矣。即如前清戊戌六君子、日前见诸本报的京口副都统载穆①死事情形，宣付清史馆立传诸君，即不必至今仍存在者也。书说至此，明天另换新题。

① 载穆：爱新觉罗·载穆，清末将领，镇江副都统，后降于起义军而自杀身死。

神 女

（开篇） 1914年10月17日

浏览《聊斋》全部，半多无稽之谈。说狐说鬼说神仙，假以卮言①惩劝。
在下谬称评讲，言之每觉汗颜。幸蒙各界肯包涵，惭愧方家夸赞。
本月《庚娘》初演，即接数位来函。嘱说《胭脂》《神女》篇，又烦《画皮》一段。
收信原分先后，事故亦须变迁。诸君暂且按天看，早晚全都敬献。

米生者，闽人，传者忘其名字、郡邑。偶入郡，醉过市廛，闻高门中箫鼓如雷。问之居人，云："是开寿筵者。"然门庭亦殊清寂。听之，笙歌繁响。醉中雅爱乐之，并不问其何家，即街头市祝仪，投晚生刺焉。或见其衣冠朴陋，便问："君系此翁何亲？"答言："无之。"或言："此流寓者侨居于此，不审何官，甚贵倨也。既非亲属，将何求？"生闻而悔之，而刺已入矣。

几句流口词儿念毕，接着说的是《神女》原文。在下这门玩艺儿，那一段都是一样的造魔，并没什么奇特的地方儿。不想自本报接办以来，蒙阅报诸君赏鉴，时常来函，指定目录烦演。在下原无成见，做艺的有话，有题目文章好做，故此接信后，赶紧就说。谁想本月《庚娘》方才登出，连接好几封信，都写着是俟等《庚娘》演毕，说段什么什么，在下闹得反到无所适从了。莫如不论先后，咱们换着笔路儿，反正早晚都敬献。就先说这一段《神女》。

① 卮言：自然随意之言，常用于对自己著作的谦辞。

却说有一个姓米的，本是福建省城人。说这一件事的人，就没说出此人叫什么名字，是福建那一府那一县的人，咱们就把米生当个姓名。是个秀才，平日好酒好交朋友。这一天赴省城有事，酒已喝得够了分量，打算回寓所。走在一条街上，听见一个大门里面吹吹打打，箫鼓声音十分热闹，跟过路人一打听，说这一家是办寿辰唱戏哪。米爷瞧了瞧，门外并没什么车马。自己越听院内吹打的越热闹，不觉勾起戏瘾来，有心进去听一听，可怎么好空着手儿呢，乘着酒兴，莫若不用问他是什么人家儿，预备一分寿礼，就进去拜寿，人家还能不收吗！打好主意，找了个铺子，买了酒烛桃面四色水礼①，写了个“晚生米生谨具”的礼单，回到这家门口。上了台阶，门房有下人迎接过来，把帖子与礼物接过来，说：“请您暂候一候！”下人执帖往里而去。

此时门房儿又出来两个人，一个用眼上下打量了米爷半天，见米爷穿的是粗布衣服，信嘴问了一句，说：“尊驾是这儿老太爷的什么亲戚呀？”米生看出这人是瞧不起自己的意思，顺口还了句：“并不沾亲！”就听那个说：“这位老爷，本不是此处人，也不知做过什么大官，很是瞧不起人。尊驾既非亲非故，不知有何来意？”米生一听这话，十分后悔，奈帖已递进，只好等等儿再说。

（续昨）*1914年10月19日*

无何，两少年出迎客，华裳眩目，丰采都雅，揖生入。见一叟南向坐，东西列数筵，客六七人，皆似贵胄；见生至，尽起为礼，叟亦杖而起。生久立，待与周旋，而叟殊不离席。两少年致词曰：“家君衰迈，起拜良艰。予兄弟代谢高贤之见枉也。”生逊谢而罢。遂增一筵于上，与叟接席。未几，女乐作于下。座后设琉璃屏，以幛内眷。鼓吹大作，座客不复可以倾谈。筵将终，两少年起，各以巨杯劝客，杯可容三斗，生有难色。

这一段书原是形容贞介廉士报恩神女的好玩艺儿，无如起笔太缓，必须往后看，方见得出好来。起首形容米生少年恃酒孟浪，而即因酒受害的一段原委，并没多大意味。若是细细形容着说，足够好几天说的。在下因为与正题无关，所以赶着说过去，并非我发卖原文。话是交待完了，接着可就说书。

却说米生此时听门房外的人一说这些话，自己一想，本来素不相识，这个人情行的实在莽撞；有心走了吧，名帖又递进去了。正自为难，功夫不大，由里面出来两位年轻的公子，迎到自己面前。米生一瞧，穿戴的全是华丽衣冠，真是耀眼增光，再瞧二人品貌，却也不俗。赶到米生前深施一礼，说：“请里面坐吧！”米生见二位很和蔼，心中稍

---

① 水礼：指酒食等普通物品。

为痛快点儿，赶紧答礼相还。

跟随二位进了重门，上了大厅，见迎面坐着一位白须老叟，面南坐着，东西摆列几桌酒筵，每位一桌，约有六七位。看这几位，都是王孙贵客的样子，见米生进来，全都站起身来拱手相让。米生虽不认识，只可略为周旋。此时正坐儿的老叟一手扶着拐杖，也站起身来。米生一瞧，知道这位必是老寿星喽，只好恭恭敬敬站立面前，俟等老翁一施礼，自己好上前去见礼。谁想这位老头儿站在那儿一点儿不动，米生也不便过去巴结。对僵了会子，这两位少年才对米生说："家父年高，身体衰败，起拜很是费事。我们弟兄替家父谢谢高贤枉驾的盛意吧！"说着就要行礼。米生连忙谦逊，彼此虚让几句做为完事。

此时有下人立刻就摆了一桌酒席，跟老叟的主席相隔不远，二位少年立刻让米生请坐。米生见这局面，既是主人安定坐位，自己也不便再谦逊，只好就座而已。方才坐下，就见有一班女乐在廊下吹打起来。米生一回头，见老叟身后有一架玻璃围屏，大概围屏后必是女眷，不过往内里却看不清楚。此时女乐箫鼓笙簧连吹带打，十分热闹，比在门外听着还好听。自己一瞧，两旁没有一个熟人儿，有心搭讪着同在座的叙谈叙谈，大概吹打不完，一定听不见，只好闷坐着。本是借酒劲儿来的，此时的酒越发上来了，只好吃点儿水果等物，再看各桌上的宾客大概都快吃完了。又见两位少年站起身来，叫下人："快看大杯，我们弟兄每客要亲敬三杯！"下人答应预备过来。米生一瞧，这杯可容三斗酒，心说八成儿今天我要现眼。

（再续） *1914*年*10*月*20*日

然见客受，亦受。顷刻四顾，主客尽釂①，生不得已，亦强尽之。少年复斟，生觉惫甚，起而告退。少年强挽其裾。生大醉，逿②地，但觉有人以冷水洒面，恍然若寤。起视，宾客尽散。惟一少年捉臂送之，遂别而归。后再过其门，已迁去矣。自郡归，偶适市，一人自肆中出，招之饮。视之，不识，姑从之入，则座上先有里人鲍庄在焉。问其人，乃诸姓，市中磨镜者人。问："何相识？"曰："前日上寿者，君识之否？"生言："不识。"诸言："予出入其门最稔。"

却说米生见少年命下人预备大杯伺候，自己偷眼一瞧，这套劝杯盛酒太多。自己心说，今天我可要现眼，无奈素日好酒，又不好首先逃席破坐，只得强扎挣坐着，想只要

① 釂：饮尽杯中酒。
② 逿：跌倒。

人人都能喝，大概我也可以喝得了。

二少年由西面首席敬起，一会儿每席三杯，全是一饮而尽。这才到了米爷面前，米爷虽然怕醉，也不便推辞，只得端起杯来，一气饮干。少年连忙又斟三杯。米爷此时觉着天旋地转，身体难过的很，连忙说：“学生酒已够了，蒙主人盛意，奈因量窄，我是喝不下的了，就此告辞！”少年一听，说：“那如何□得！”一把手拉住米爷，那一位举着杯子又让。米爷自己喝不喝此时都说不上来了，周身酥软，觉着好似坐在就地，人事不知了，又觉着有一个人冲定自己喷了一口凉水似的，这才一睁眼苏醒过来。揉揉眼睛再一瞧，一位宾客没有了，就剩本家一位少年在旁搀扶着自己呢，此时酒并没十分醒，也顾不得说什么谦词话语、行什么礼节，只好幌幌悠悠往门外走。少年搀着他一气儿出了大门，彼此哈了个腰儿。人家进去了，米爷只得顺着道路回归自己的寓所。

过了几天，又从这个门前经过，见关闭着大门，看那样式，大概是搬走了。米爷也不必询问。又过了几天，米生把城里的事情办完，回到家中。

这一天上街，走在一家酒馆的门前，恰巧由里面出来一个人，一见米爷，说：“米先生，想不到今天幸会！来，来，来，咱们可得喝会子！”米爷见人呼出自己姓名，而且听着很熟，抬头一瞧，素不相识，自己又不好推辞，只得顺嘴说：“好，我也正想与老兄喝会子哪！”进了酒铺，见座上没有多少人，只有本村一位熟人叫鲍庄的在座。米生搭讪着同鲍庄说了几句话，趁势才问让自的这位是谁。鲍庄说：“这位姓诸，是个磨镜子为生的。”米生素日不以行业为是，也就坐在一桌，要酒要菜。奈因摸不清这位姓诸的怎么认识自己，一面喝着酒，说：“学生眼拙，记不清你老兄从前在那儿与我相识？”就见这位姓诸的一笑儿，说：“我问米先生一件事，你那一天在城中给那一家做寿，你同那家怎么认识呀？”米生说：“学生并不相熟。一时孟浪，行了这们件事。”姓诸的说：“米先生要提这一家，我在他家最熟，到可以略知一二。”

（三续） *1914年10月22日*

“翁，傅姓，但不知其何籍、何官。先生上寿时，我方在墀下，故识之也。”日暮，饮散。鲍庄夜死于途。鲍父不识诸，执名讼生。检得鲍庄体有重伤，生以谋杀论死，备历械梏。以诸未获，罪无由证，讼系之。年余，直指巡方，廉知其冤，出之。家中田产荡尽，而衣巾革褫，冀其可以辩复，于是携囊入郡。

却说米生一听这个姓诸的说出那一天上寿的事来，自己也正好随便打听打听，虽说不打算自己有事打人一砖头，到底将来说出名姓来，也总算多一位朋友哇。想到此间，连忙说：“那们我请教请教，那一家到是姓什么呀？”诸爷说：“听说那个老头姓傅，至于他是那一省的人，从前做过什么官，我可摸不清。那一天，人家让您喝酒的时候，您是没留神，我正在台阶底下站着来着，故此知道这一件事，并且见您真是好酒量儿，真敢大碗的招呼。今一天，想同您亲近亲近。”说着话，就劝鲍庄同米生，重行要酒要菜。米生本来酒量很好，素日什么人都可以坐得到一块儿，于是三个人又喝了会子。姓诸的要会钱，米生一定不肯，谦让了半天，算是扰了米生。

此时日头已经衔山，鲍庄说有事先走，姓诸的也告辞走了。米爷一个人儿回到家中，已经天黑。书中代表，这一天夜间，鲍庄不知被什么人杀死。鲍庄的父亲听人说他儿子白天同两个人喝酒来着，一个是米生，那一个不知道是谁。想着他儿子必是这两个人用酒将他灌醉给害死的。即便不是他们，也许知情，于是就把米生告了下来。县官因为是弃凶的案子，尸亲既然指告，还能不赶紧捕拿吗。米生第二天还不知道呢，就被差役锁到县中，然后押赴尸场。检验得已死鲍庄，遍体金刃伤数处，委系生前被殴身死，填了尸格，把原、被带到衙门。知县坐堂一审讯，米生极口呼冤。县台如何肯听，立刻鞭子也是打来，拶子也是夹（要唱什么呀），简直的说无非一味刑求。米生也供的好，说：“那一天我们三个人一同喝酒，为什么不拿姓诸的？如果把他也拿到，他再供出是我杀的，我就认罪！”县官派人到处寻访，到底也没拿住。衙门办事，讲的是尸伤病物踪，说如今的名词，米生无非是个嫌疑犯。可是一无凶手，二无见证（要唱《法门寺》），既有个米生，拿不着正凶，自然不能发落（照前清公事说，就叫打了个待质），圈禁在监一年有余。

恰巧有一位巡按审阅案卷，知道米生不像杀人凶犯，批了个暂行取保，饬差另缉正凶，这才把米生放出来。米生回到家中一瞧，所有的财产，除打点官私、被人骗去之外，是什么也没有了（原文就没说米生有什么人，咱们莫如也就算他一身一口）。自己这顶秀才头巾，并没见官事褫革，可必须打点打点，才能乡试。于是凑了几个钱的盘缠，打算晋省恢复功名。

（四续）*1914年10月23日*

日将暮，步履颇殆，休于路侧。遥见小车来，二青衣夹随之。既过，忽命停舆。车中不知何言，俄一青衣问生：“君非米姓乎？”生惊起诺之。问：“何贫窭至此？”生告以故。又问：“安之？”又告之。青衣去向车中语。俄，复返，请生至车前。车中以纤手褰帘，微睨之，绝代佳人也。谓生曰：“君不幸得无妄之祸，闻之太息。今日学使署中，非白手可以出入者，途中无可解赠。”乃于髻上摘珠花一朵。

这段儿书说到今天，已经四续了，并没见个旦脚儿。这还是赶着说，要故意铺叙，十天也完不了，其实与原文并没多大关系。然据我想，蒲先生必叙这一节的原故，无非戒少年人不可卤莽做事，尤不可滥交匪人。细想所以这们滥与人同饮的缘故，莫非由于嗜酒，既与自己身体有伤，且几乎性命不保。此等人枉送了性命，还蒙凶恶之名，说起来亦甚可怜可悯（即如近二年私通党匪被枪毙命的，不知凡几）。

闲话少说，却说米生好容易把官司摘掳出来，才知道此时身无所有，而且头巾未复，不能科举，此生更无发迹之日，故此把家中破烂折变几个钱，进省设法去开复功名。一个人走来走去，天色已经昏黑，两腿迈不开步，透着乏累的很，此处离城还有好远的呢，只好坐在路旁一块石台上歇息歇息。此时也无多过往行人，猛见远远来了一辆小车儿，放着车帘儿，旁有两个丫鬟拥扈着。米生晓得车内必是贵宅的内眷，自己原没留心管这些闲事。一会儿车由面前过去，走了几步儿，听车中妇女声音，叫车夫站①住。两个青衣掀着车帘儿与车中人说了两句话，米生也没留神听人家说些什么。

一会儿就见有一个丫鬟奔到自己面前，说："请问这位先生，你可是姓米吗？"米生从来不认识人家，如今人家居然知道自己的姓，不由得吃了一惊，可是又不便隐瞒。只得站起身来，说："不错，小生姓米。"方要问人怎么认识自家，话没说出来，就听丫鬟跟着说："米先生你怎么会穷到这步田地了呢？"米生就把遭人命官司的事，大略提叙了提叙。丫鬟又问："那们先生要往什么地方儿去呢？"米生又把自己打算进省谋覆衣巾的话说了一遍。丫鬟说："先生少待！"自己奔到车前，一手掀着车帘儿，向坐车的去学说了一遍。一会儿转过脸儿，又到米生面前，说："米先生，请您亲赴车前，我家主人有话对先生面谈。"米生莫名其妙，然而也不便推托，只得随定丫鬟三两步到了车前，就见车帘儿一掀，露出一只纤纤女手。米生见是少妇，只得低着头，微然一抬眼皮儿，原来是一位绝色的佳人。自己并不相识，也不好见礼，只好在车前垂手侍立。就听车上佳人对米生说："君不幸遇见这一场飞灾横祸。听你说起来，令人好生叹息。听说先生要开复秀才，如今学院衙门非空手所能办得了的。今一天中途相遇，又没什么可赠送先生的，这可怎么办！"说着话，由头上摘下一朵珠花，真是耀眼光明。

（五续） *1914 年 10 月 24 日*

授生曰："此物可以鬻百金，请缄藏之。"生下拜，欲问官阀，车行甚疾，其去已远。不解何人，执花谛视，上缀明珠，非凡物也。珍藏而行。至郡，投状，上下勒索甚苦。出花展视，不忍置去，遂归。归而无家，依于兄嫂。幸兄贤，为经纪，贫不废读。过岁，赴郡应童子试，误入深山。

① "站"，原文作"踮"，据语义改。

却说米生见这位佳人由头上摘下一支珠花，真是耀眼光明。虽不知道是什么成色，大概决不像玻璃泡子，就递与米生。米爷是个楞劲儿，不得不接过来。就听佳人说："这支珠花，总可以卖个百数两银子，请君好生收藏着吧！"米生此时既接到手内，不好再推辞，只好闹个长虫吃扁担——直受儿吧。可是无端接人堂客的东西，未免拉不下脸来，只好跪在车辙，给人下了个大参，说："那们我就谢一谢啦！"刚要问一问娘子家住何处，日后好登门叩谢。人家把花递给自己之后，已经把车帘放下，车是走了个飞快。及至米生起来，车已去远，到底不知道是谁。一低头细看这朵花儿，上面有好几颗大珠子，真是紧皮光亮，虽不能说是无价之宝，可也不是寻常人家有的。见人已走啦，只好把珠花用手巾包好，收在怀中。此时天已昏黑，还是进城要紧。到了城内，找寓所住下。一夜无书。

第二天，自己写了一张呈状，奔到学院衙门，找着门斗，求他给递这张呈子。门斗先要了一分门包①，这才收下，说明第二天听信。米爷次日到门斗家一打听，据门斗说，这一件非一百银子不行。米爷心想花个三头五两的，如今一听，心说怪不得那位娘子说呢，敢情人家知道行市（不但能开揉儿铺②，还能倒买秀才），自己只得推托说："容我几天功夫，设法凑办着瞧③！"

告辞回到寓所，趁着没人，打开手巾包儿，瞧了瞧这支珠花，想着拿到街上金珠店换换试一试。又一想，使不得，这位小娘子素④不相识，居然赠给我这样值钱的珍宝，如今为打点功名，把人家这样好东西居然一文不值半文的卖了，是使不得的，是断断使不得的呦！这个穷秀才，我破出去不要了，俟等下次再考。万一侥幸，也对得起这一位小娘子。我就是这个主意，今一天我就回去，用功要紧。打好主意，辞别寓所主人，来到本村儿，一想所有的破烂儿全叫我折变了，回去也无非挨饿。幸而有一个叔伯哥哥，莫如我投奔他去。

简断截说，这位米大爷夫妻二人，虽不宽绰，也还凑合着有饭吃。这位米大奶奶很是贤德，就把米爷收留下，又给成立了一个学馆。米爷一面用功，一面教读糊口，凑合着也算行啦。

说书是无话即短，过了一年，正是科考的年头儿，米爷自从断酒戒交游之后，埋头一用功，学业大进，换了个假名儿，赴府先投考童生去。到了城内一打听，还得几天开棚呢，只好住在寓所，又怕有旧日一班朋友来，不得用功，莫如找一个山村，一来省嚼

① 门包：指拜见上级或同级官吏而赠予门房仆人的小费。
② 揉儿铺：收买金银珠翠首饰的旧货店。
③ "容我几天功夫，设法凑办着瞧"，原文作"容我几天功设，夫法凑办着瞧"，据语义改。
④ "素"，原文作"夙"，据语义改。

用，二来好用功。这天进了一座山，越走越远，不想又遇着一件意外的奇缘。

（六续）1914年10月25日

会清明节，游人甚众。有数女骑来，内一女郎，即曩年车中人也。见生停骖，问其何往。生具以对。女惊曰："君衣顶尚未复耶？"生惭然，于衣下出珠花，曰："不忍弃此，故犹童子也。"女郎晕红上颊，既嘱："坐待路隅。"款段而去。久之，一婢驰马来，以裹物授生，曰："娘子言：'今日学使之门如市，赠白金二百，为进取之资。'"生辞曰："娘子惠我多矣！自分掇芹非难，重金所不敢受。但告以姓名，绘以小像，焚香供之，足矣。"婢不顾，委地而去。

却说米生在城内住了两天，考期没信，所以想找一个山村儿住上几天。这才信步进了一座深山，越走越远，见过往男女甚多。米生忽然想起，今一天正是清明佳节，大半有上坟的，有踏青的。米生并不留心这些人，仍是信步游行，走着走着，见迎面来了五六匹牲口，往马上一看，很是纳闷。原来全是女子，看那样子有主有婢。米生因为女子骑马新鲜，未免多看了一眼，有一位女子看着面善，当时想不起在那里会过似的，定了定神儿，才想起原来就是年前赠珠花的那一位佳人，又怕万一错了，所以犹豫没敢招呼。

此时人家的马匹已到米生面前，用纤手勒住丝缰，说："米先生，你上那儿去呀？"米生见人问，自己只好实话实说，说是赴省考秀才来了。这位佳人听着一怔儿，说："怎么说你这一顶秀才头巾，还没运动回来哪？"此时那几匹马已经过去好几步了。米生见问，脸上透着有点儿惭愧，赶紧一掀衣襟，从兜儿里把那一个珠花包儿掏了出来，双手打开，冲佳人举着，说："小生因为舍不得抛弃这件好宝贝，所以照旧还是一个童生呕！"姑娘在马上一听，立刻面红过耳，反到一句话没有了，怔了一怔，说："没别的说的，请君在此少待！"说着话，一放辔头，那马缓缓追下前面马匹而去。

米生一想，人家叫我等着，大概必是另有什么事，自己自言自语说："我是不走的了，我是不走的了哦（要学莫稽）！"见路旁有一块青石，往①上一坐，心中纳闷，凭这位姑娘，人家真是车马人儿②，既有这样珠子，必然也有红绿货儿③喽，素不相识，到底因为什么跟我套定了拉拢了呢？等了会子，此时日已平西，过往人都少了，自己并不敢起急。

① "往"，原文作"望"，据语义改。
② 车马人儿：原指官府的车马仆从，这里指讲排场。
③ 红绿货儿：市场上卖的珠宝。

忽见远远儿有一女子骑着马往这里来，米生知道必是跟那一位姑娘的，赶紧恭恭敬敬站①立起来。此时女子骑的马已到面前，弃镫下来。米生这才看见咯肢窝夹着一个花包袱呢。一手拉马，把包袱举到米生面前，说："娘子说：'如今学院的门口儿大发大卖的秀才，这儿有二百银子，送给你做进取之资的，你就拿去吧！'"米生一听，说："娘子待我的恩惠实在不小，求你转达娘子，考个秀才大概不难，这些银子，小生不敢再受，就求你把娘子姓名告诉小生，我画一个小像，朝夕供奉着，心愿也就足了！"这个丫鬟并没答言儿，把包袱放在就地，扳鞍上马，竟自扬长而去②。

（七续） *1914 年 10 月 27 日*

生由此用度颇充，然终不屑夤缘。后入邑庠第一。金授兄，兄善居积，三年旧业尽复。适闽中巡抚为生祖门人，优恤甚厚，兄弟称巨家矣。然生素清鲠，虽属大僚通家，而未尝有所干谒。一日，有客裘马至门，都无识者。出视，则傅公子也。揖而入，各道间阔。治具相款。

却说这个丫鬟，见米生不接银子，一定要问娘子的名姓、住址，自己不便跟他磨烦，把包裹放在就地，扳鞍上马走下去了。剩下米爷一个人儿，楞了会子，只好把包裹捡起来吧。自己一想，倘若真用这银子打点秀才，一个犯了事，行贿受贿，罪名一般大，学院③成了王治馨，自己也同岳魁④差不了多少（这是米生说的吗？我这们比喻给诸位听哪），有这些银子拿回家去，垫补着过日子，也是好的呀。打好主意，回到寓所，总算吃喝可以放点儿心喽。住了几天，考了府考，取的挺高，到底一点儿人情没托，也算行啦。又过几天，学院下马，居然考取了案首。米生应当花的无非略为应酬，好在大家都知道他是穷秀才，所以没甚勒索，统共用了不到一百银子，欢欢喜喜回到家中，把所剩的银子交给大哥，想个生利的法子。米爷这位大哥还是真能调度，二三年的功夫，居然把从前所去的产业又都置回来了。

这一年，本福建省巡抚出缺，新放下来的这一位抚台是米生祖父的门生，米生弟兄是人家的老世侄。到任之后，米生论理得去拜谒拜谒才是，居然没理。这位新任抚台，先来拜了米生，米生这才去回拜。这位抚台知道米生是个寒士，送了好些银子。米生是却之不恭，受之有愧，既是长者所赐，又不应辞，只好亲去谢了一谢。这一来，弟兄两

① "站"，原文作"踮"，据语义改。
② "扬长而去"，原文作"扬场而去"，据语义改。
③ 学院：亦称学政，清雍正年间始设，每省一人，按期至所属各府、厅考试童生及生员。
④ 岳魁：民国初年北京昌平县知事，因向顺天府尹王治馨买官，被判徒刑。

个又修理修理房子，又置了点儿地，雇了几名仆妇，从此成了本处的一位巨家绅士了。按说米生是个秀才，又有这们一个与抚台是世谊的门路，这要是搁在别的刁绅劣监身上，不定怎么倚官仗势哪。敢情这位米爷到底是他书呆子的脾气儿，从来没求过抚台一件事，即或有运动家找了米生来，米生是一概不应。大家都知道他不管，这才慢慢儿的死了心啦。

过了好些天，这一天是冬季，天气很冷，米生在书房用功。下人进来回禀，说："外面有一位豪华的贵公子在门口儿下马，打听米相公宅，说有事面会。又不肯自通名姓，门上的人也没有人认识，请相公出去看一看，是否熟人。"米生一听，心中纳闷，想自己没有这们阔的亲友呀，随着下人出离书房，到了门口一瞧，果是一位阔公子，穿着狐裘，有下人在后面拉定马匹。定睛一看，原来就是当年拜寿敬酒的那位公子，究竟准姓傅不姓傅，还说不清。今天见面，可不能问，只好赶紧作揖，说："请吧，请吧！"这位公子也顶礼相还，跟随米生进了大门，到了书房，彼此落座。米生只好说："久违，久违了！"这位公子也说："真是许久了。"米生虽不知有什么事，既然人家来拜自己，就不能不置酒款待，赶紧吩咐下人，叫厨役预备酒菜。

（八续）*1914年10月28日*

客辞以冗，然亦不竟言去。已而，肴酒既陈，公子起而请间。相将入内，拜伏于地。生惊问何事，凄然曰："家君适罹大祸，欲有求于抚台，非兄不可。"生辞曰："渠虽世谊，而以私干人，生平所不为也。"公子伏地哀泣。生厉色曰："小人与公子，一饮之知交耳，何遂以丧节强人！"公子大惭，起而别去。

这两天的书，所说赠珠赠金以一素不相识之人，男女私相授受，好似不知远嫌，不然女子便是另有私心。细观两次所说的，一则曰："学使署中，非白手可以出入。"再则曰："学使之门如市。"虽并无此段真事，蒲先生是前清鼎盛时代之人，而科举一途，即有此弊，代代相沿，焉能不越来越坏，这不过文外之意。若以本文说，悯米生无妄之灾，赠以开复之资，光明磊落，不贪答报，堪称惠我无私。不必论是否为真神女，而行迹已神乎其神矣，故名为神女。闲话蠲免。

却说米生既给人家行过一回人情，如今公子来到自己家中，还能不预备酒饭吗，这才吩咐下人，叫厨役预备酒饭，为的是一会儿一嚷开饭，公子好挠道儿（那是那儿呀）。公子一听，连忙拦阻，说："不必费心，在下事忙，实不得闲！"米爷说："兄台大远的前来，一定要痛饮一番！"公子嘴里虽说坐不住，可又耗着不走。米宅此时已是阔家，下人们吩咐了厨役，虽不能十分讲究，比平常饭多添几样菜蔬总还容易。一会儿下人擦抹桌案，摆好酒盅布碟，押桌冷荤。米爷站起来让座。公子说："小弟今天实在无暇叨扰，因有一句话说，请问兄台，有僻静所在没有？"米爷这所书房本是里外间儿，公子说这话时候，眼睛看着套间儿。米爷心中会意，无奈不知他有什么心意，想着他这们阔，别是拉我入什么党吧（那是前年我遇见这们一位），只好说："请里间屋坐，就很僻净。"

说着话，二位掀软帘进了里屋。米爷方在上首让公子，公子已经双膝跪倒，先磕了一个大头。这一来，米爷更摸不清什么事了，赶紧用手往起搀，说："兄台有话起来讲，起来讲！"公子此时脸上透出要哭的神情，一定不肯起来，说："家父现在身遭大祸，打算得求抚台大人搭救搭救。无奈没有门路，知道这件事非求仁兄为为力不可！"米爷一听，赶紧说："若说本省抚台，虽与小弟是个世交，奈小弟平生的性情，若为私事去求人，我是自有生以来不肯做这路事。请兄台另请别位吧！"公子一听米爷不管，爬伏地下，抽抽答答的哭起来了。米爷一瞧这个样子，是犯磨坨①了，再说不知道是什么大事，起心里越发不耐烦起来，脸上的神色也不似方才和蔼了，大声说："小人与公子不过是喝过一次酒的交情，为什么以丧节操的事来苦苦强迫我呢？"米爷一说这话，公子见大略再说也是不行，登时满面羞惭，站起身形告辞而去。

（九续）*1914年10月29日*

越日，方独坐，有青衣入，视之，即山中赠金者。生乃惊起，青衣曰："君忘珠花否？"生曰："唯唯，不敢忘。"曰："昨公子即娘子胞兄也。"生闻之，窃喜，伪曰："此难相信。若得娘子亲见一言，则油鼎可蹈耳。不然，不敢奉命。"青衣出，驰马而去。更尽复返，扣扉入曰："娘子来矣。"

古人说"上山擒虎易，开口告人难"，实在一点儿不错。就以这位傅公子说，自己来求米生，并非不知出于冒失，所以先不肯说，又不能不说，这才"请间入内，拜伏于地"。错非出于万难，是一定不肯来的。果然被米生这们一干，才闹得满面羞惭，只好告辞吧。此等处看着似米生薄情，然为其如是，所以才称"清鲠"。对公子所说的"以私干谒，生平不为"，实是诚中形外之言，即所为引起下文的报恩来。闲话少说，还是接着说书要紧。

却说公子见米生不管此事，只得告辞。米生也不强留，送出门外，公子乘马自去。米生进了书房，独自用过酒饭。当日无词。

第二天午后，自己一个人儿坐在书房，下人们全都没在家。忽见帘板一掀，走进一

① 磨坨：纠缠不已，使人腻烦。

个青衣的婢女。米生一怔儿，抬头一看，就是上一次在山里给姑娘送银子的那一位，赶紧站起来，说："原来是丫鬟姐姐！"就见这个女婢冲着自己说："我问你一件事，赠你珠花的那一件事，你还记得不记得了？"米生一听，赶紧连声答应，说："小生并不敢忘！"婢女说："既没忘就好！昨一天来的那位公子就是那位娘子的胞兄。"米生一听，心里暗中欢喜，喜得是借此可以以德报德，无奈不能立刻就应下，再说到底还不知道求抚台是什么事呢。想到其间，假做出不信的样子来，说："据你所说，小生不能凭信，只要得亲见娘子，当时吩咐一句话，叫小生扑油锅去，全都行得了。若其不然，我可不能遵你的命！"青衣女婢听米生这话，是非娘子本人来求不行，也不必再磨烦，说："就是吧！"抹头往外就走。米爷有心拦住，让他歇息歇息，话没说出来，已经出了书房。米爷只好跟在身后，送出大门，才知道门房儿也没有人。

见门外小树儿上拴着一骑马，鞍屉下掖着鞭子。青衣女婢到了树下，一拉丝缰扣儿，抽出鞭子，扳鞍上马，斜眼瞅了米生一眼，连句"请回"没说，加了一鞭，那马如飞而去，把个米爷给木在门口儿外头了。自己纳闷，心说凭这丫头马上这们灵便，要是男子，挑个马队总算绰绰有余喽。转眼之间，已经看不见了。米生只好一个人儿照旧进了书房，坐在椅子上心中盘算，看这意思，这丫头是气愤着走的，见着娘子不定怎么搬动是①非呢；如果事情真急，娘子一会儿也许亲自前来，下人们看见问起来，彼此都有嫌疑，不如找个事儿把下人支走。打定主意，把下人叫来，全派了点儿当天回不来的事故。

一幌儿天黑，起了更鼓，米生亲自出去，关好大门，又在书房等了会子。一更三点，听外面扣门，米生出去，隔门一问，原来正是那个青衣，口称："娘子亲自前来！"

（十续） 1914年11月3日

言未已，女郎惨然入，向壁而哭，不作一语。生拜曰："小生非卿，无以有今日。但有驱策，敢不惟命！"女曰："受人求者常骄人，求人者常畏人。中夜奔波，生平何解此苦。只以畏人故耳，亦复何言！"生慰之曰："小生所以不遽诺者，恐过此一见为难耳。使卿夙夜蒙露，吾知罪矣！"因挽其袪，隐抑搔之。女曰："子诚敝人也！不念畴昔之义，而欲乘人之危。予过矣，予过矣！"忿然而出，登车欲去。生追出，谢过。

这两天因为登立法院议员选举法，在下借此偷懒，歇了两天，把个"神女"给搁在门儿外头，这可不怨我。今天别说闲话儿，接连赶紧说书。实告诉诸位说，这段《神女》，是缓脉的玩艺儿，好像多年的陈绍，越咂滋味儿越有劲儿。由此往下，一天比一天

① "是"，原文作"事"，据语义改。

可瞧，诸位您就上眼吧。

却说米爷听外面轻轻叫门，连忙跑到院内，就听隔门女子声音说："娘子来了。"米生赶紧把门开开。此时娘子进了门，青衣赶到前面，把书房软帘掀起，娘子没容人让，进到屋中。米生此时也跟着进来，见娘子脸上的神气凄惨，脸儿冲着墙一坐，一语不发。看这番意思，是透着生气哪。米生自从人家给银子，是初次见面，而且大远的来到自己家中，于是赶紧过去，深施一礼，说："小人若非卿，焉能复有今日。您有什么用我的地方儿，只管吩咐，我还敢不遵您的命令吗?"姑娘一听，气忿忿的说："我常听人说，受人请求时候的人，常常可以任意骄傲；求人的人，常怕人家。就以我说，黑天半夜跑出这们老远的来，我们从小儿没尝过这宗滋味。因为是怕人家，求着人家喽！我如今是话也就不必说了。"

米爷一听这套闲杂儿，知道姑娘儿是动了真气啦，赶紧用话解释开导着说："娘子休要见怪！小生（由小人改为小生，一步一步的试着长分儿，总算会拿乔的好老①）所以没敢就应的缘故，因为恐其过了这个时候，再想要见娘子一面儿，就怕不容易了，所以我说必须娘子亲口儿吩咐，使卿黑夜之间受此奔波实在是我的不是喽!"说着话，用手一拉姑娘的衣袖，姑娘并没甩手。米生一瞧，知道是气儿消下点儿了，顺手往袖口一伸，用指头偷偷儿的抓了姑娘的胳膊腕儿一下儿。就见姑娘一甩胳膊，把脸一整，说："你这人，原来真不是好人！你不想从前待你好的地方儿，打算要乘着人家患难的时候不安好意!"说着叹了口气，跟着说："什么话也不用说了，总是我的不是喽，总是我的不是喽。"气忿忿的站起身来，什么话也没说，也不用青衣搀扶，往外就走。青衣只好跟在身后，出了屋门。

米生站在屋中，又不敢跟着，恐怕人家是要方便方便去。用眼往外一瞧，敢情奔了大门了，米生才知道是要走，这才忙着赶出大门，原来车正在门口儿等着呢。此时姑娘已经上了车了，是实意儿候的要走。米生这才连忙追出，赶紧赔礼认错。

（十一续）*1914*年*11*月*4*日

长跪而要遮之。青衣亦为缓颊，女意稍解。就车中谓生曰："实告君，妾非人，乃神女也。家君为南岳都司理，偶失礼于地官，将达帝庭。非本地都人官印信，不可解也。君如不忘旧义，以黄纸一幅，为妾求之。"言已，车发遂去。生归，悚惧不已。乃假驱祟②，言于巡抚。巡抚谓其事近巫蛊，不许。

① 好老：京剧界称前辈名演员为好老。

② "祟"，原文作"崇"，据语义改。

昨一天这点儿书，说“受人求者常骄人，求人者常畏人”，说尽世情冷热。偏由女子口中说出，不但合口吻，正见其为神女也。晚近之世，人心愈薄，甚至有受惠者对于有恩义者下井投石者矣，岂但骄而已哉。米生挽袪、抑搔，虽近乘人之危，尚不忘旧，神女可称知人。窃愿吾人于受人求之时，不特不可骄人，且常思求人时畏人之苦，庶几近恕道矣。

却说米生追出，见姑娘已然上车要走，知道是自己的不是，赶紧跪在车前头，说：“今天无论怎么说，也不能让您这们一走儿。到底您是为什么事来的，您还没告诉我哪！您有什么事，到是吩咐下呀！”这个丫鬟知道主人的脾气骄傲，怕没接骨丹儿，在一旁也直替米爷说好话儿。姑娘的气才少微消了点儿，可并没下车，坐在车上说：“实告诉君吧，妾非人，乃是神女。我的家父是南岳都司理，日前对于地官有点儿失礼的地方儿。这位地官要将这件事奏闻上帝。必须有本省抚台的印信，才能解此处分。君如不忘旧义，预备一张黄纸，替妾求一求抚台，打张空白，就可以救了我们的全家啦！”说完这话，自己伸手□下车帘，车夫推着车，青衣拥护着，如飞而去。

这一套话，近于迷信，据在下揣测，也许是蒲先生的寓言。南岳都司理，似是福建有土地之责的官员，得罪了户部某权要，有奏参的消息，用本省印文可以保荐豁免。彼时专制时代，功令森严。蒲先生恐与人官事无益，或笔存忠厚，才如此托言也是有的。若一定要按神道设教说，不过神不应失礼于地官，是三界皆不外乎五常。此话虽无足考，诸君，试征之五洲各国，大凡真文明的国，下之于上，没有不服从命令的，亦没有下对于尊长不敬重的。若是那样无礼无义，何以立国。我国自武昌事起，动言独立，谬称平权，要不赶紧收拾，即无强邻虎视，仍是闭关自守时代，亦不足以为国。近日大总统屡次申令，实为立本之言。那位说，你说了半天，这是原文吗？不，臭文！

闲话打住，再说米生跪在车辙，听姑娘这一套话，登时吓得哆嗦上了，连头都没敢抬，半天见车已去远，这才起身进来，关好大门，回到书房。自己一个人打主意，想天明怎么求抚台给打这颗空白的印呢，倘若明说，未必肯行。好在要的是黄纸，俗语传说官印避邪，不如明日备上张黄蜡纸，去见抚台，就说为避邪祟①，大约不至不成。

打好主意，第二天如法备妥，面见抚台。谁想这位抚台因为事近迷信不肯给打，这一来，活活的要急坏了米生。

（十二续）*1914* 年 *11* 月 *5* 日

生以厚金赂其心腹，诺之，而未得其便也。及归，青衣候门，生具告之，默然遂去，

① “祟”，原文作“崇”，据语义改。

意似怨其不忠。生追送之曰："归语娘子，如事不谐，我以身命殉之！"既归，终夜辗转，不知计之所出。

却说米生受神女嘱托的事，看着似不甚要紧，可是真不容易说。自己虽同抚台是世交，这件事既不能明说，况且俗语儿说的，私凭文约官凭印。先不必提抚台的印，就以买卖铺里的水印儿都轻易不肯打，如今楞要求人印一张空白，所以搜索枯肠，方想出个辟邪驱祟的主意来。不意到了抚台衙门，面见巡抚一说，抚台不肯给打，说："这是迷信，你不必听信什么瞧香①的那路人的蛊惑！"米生虽同抚台是自己爷儿们，奈因这印不是私物件，是有关系的，自然也就不敢再说喽，坐了坐儿，告辞出来，恰巧遇着抚台衙门的三爷、勇爷、二爷（可不是抚台的兄弟，三爷者，姑爷、舅爷、少爷也；勇爷者，姨奶奶的弟兄，因为这个字像形，似舅非舅，写出来比舅字儿窄点儿；二爷者，老爷太太各有用项的红人儿）。

素日好在米爷的人缘儿好，所以这些位见了面儿，还有个不错，都招呼说话儿。米爷一想这件事自己碰了，错非运动这些位办不成。于是把几位要紧的人物约到饭店（可不是六国饭店），自己做东，请大家吃了一顿大餐，然后每位又送了点儿干货。大家一问米爷什么事，米爷这才把黄纸交给这几位，可还说的是辟邪的那一套词儿。大家一听，说："这一件事可不容易，老官那个干艮脾气儿，况且你当面碰了，我们说也怕不成。印在姨奶奶屋里箱子锁着，钥匙在官儿手里哪。只好等那一天用印的时候，我们设法给你办一办。成了别喜欢，不成可也别恼。好在不是什么忙事不咧！"米爷虽然心里着急，也没法子，只好说："那们就求诸位老爷儿们、老哥儿们分心吧！我回去一半天听信就是啦！"说着话，告辞回家。

到了门口儿一瞧，远远站着一个人，走近一瞧，正是前次那个送银子的丫鬟。见面问说："米先生，你把我家主人托咐的事给办成了没有？"米生脸上有点发讪，只得实话实说。这丫鬟连鼻气没哼，说："那们我就照你这套话回覆娘子吧！"嘴里虽没抱②怨出来，米生看他的意思，脸上的神情儿，好像嗔着自己不给为力似的。丫鬟说完，抹头就走，米生在身后就追，说："你先慢走，我送你两步儿。你回去千万替我回覆娘子，就说这件事我一定要给办成。如果办不成，我破出这一条命去，不活着了，还对不过你们娘儿们吗！"丫鬟走的飞快，也没答言儿，转眼之间去远。

米生怔了一怔，只好奔家，心说今天在家睡一夜，明一天多带银子，进城再设法啵。于是进了家门，一个人儿坐在书房咳声叹气。米爷的兄嫂也不知他有什么心事，下人更

① 瞧香：巫婆。
② "抱"，原文作"报"，据语义改。

莫名其妙。米生翻来覆去，辗转床头，一夜的功夫仍是茫然无计。

（十三续）*1914* 年 *11* 月 *6* 日

适院署有宠姬购珠，乃以珠花献之。姬大悦，窃印为之钤之。

昨天这点儿书，看着有点故意骂人，其实在下并不肯十分形容。若是细描写，无论一部《官场现形记》，可写的地方儿很多。就以鄙人所耳闻目睹的实事，夹叙出来，管保两版排不下。与《神女》原文无干，故此一表儿。将来在下还要演一段《梦狼》或《续黄粱》，我再招说。可又不能不说一说，因昨天原文中有“心腹”二字，诸君试思，所谓心腹者，必是官亲幕友世仆等类喽，与米生并没有什么瓜葛，米生许以重赂，居然就敢应，是明为自己的心腹者，断不可靠。此等事不必此位闽抚如是，官途中已成惯例。吾愿政治家务必躬亲其事，莫以心腹而投靠。虽不能断绝这路事，庶乎可以好点儿。

闲话少说，却说米生一个人折腾了一夜，想不出个主意来，只好次日一早带上银两、值钱的贵物，照旧进城。可不能再去见抚台，只好在衙门左近等候抚台这些位心腹人，托他们设法从速办一下子。

恰巧遇着一个俊俏小跟班儿的，米生虽然也认识，可不知他是抚台太太、姨太太那屋里的，见了面彼此招呼。米生说：“今天我等署中几位朋友有话说，你何不也凑吧会子呢？”这位跟公一听，说：“实不相瞒，我今天可实在不得功夫。因为我们姨奶奶（这个称呼已成公共之物了）昨夜偷偷儿交给我一打子银票，要买一只珠花。价钱多少不论，可要上好的珍珠，比老太太戴的那只还得成色好、分量重。所以我这们早出来，先到金珠店找一找去，故此不得闲儿。米先生要是赏饭吃，咱们改日吧！”

米生一听，正合心意，说：“这可凑巧，你这里来！”说着话，把他拉在一条僻静巷子，把银包打开，把那只珠花拿出来，说：“你瞧一瞧，我这儿有一只怎么样？”跟公接过来一瞧，说：“米先生，你这一只珠花可真不错！是谁托你卖的呀？还是你的哪？”米生说：“此花是我家传的，不想卖钱。如果姨奶奶戴着合心，我可以孝敬了。但是我有一件相求的事，务必从速办成才好！”跟公说：“你是什么事呢？”米生又把驱祟的话说了一遍。这跟公说：“大概姨奶奶许可以办得到！”米生一听，赶紧上纸店又买了一张黄毛边纸，连珠花一并交付这位跟公。二人就定下在衙门后身一个小饭馆听准信。

这位跟公跑回衙中，恰巧这位姨奶奶方才起来梳头，抚台在帐子睡的正香哪。姨奶奶见跟公进来，不知什么事，轻手蹑脚迎出来。跟公就把珠花拿出来，姨奶奶接过来一瞧，爱的了不得，说：“不管他要卖多少，我留下啦！”跟公说：“价钱并不甚大，这是我一个朋友，因为他家里闹邪祟，打算求咱们给打一张印，不知你肯行这件好事不肯？”姨奶奶说："如果有现成的纸，打一颗也不算什么呀!"跟公把纸奉上，这个美姬跑到抚台身边，摸出钥匙，立刻手到成功。

（十四续）1914年11月8日

怀归，青衣适至。笑曰："幸不辱命。然数年贫贱乞食所不忍鬻者，今还为主人弃之矣!"因告以情。且曰："黄金抛置，我都不惜，寄语娘子，珠花须要偿也。"逾数日，傅公子登堂申谢，纳黄金百两。生作色曰："所以然者，为令妹之惠我无私耳。不然，即万金岂足以易名节哉!"再强之，生色益厉。

却说这位跟公同姨奶奶一嘀咕，这件事就算办成啦。跟公拿着，笑嘻嘻的往外走。姨奶奶说："珠花到是多少银子呀?"跟公说："你交给我的那银票大概够啦!如果不够，我给垫上，晚晌咱们两再算帐!"说着如飞而去。姨奶奶如何送还钥匙，不在本文之内，一概不提。

单说这位跟公（那位说，你从昨天的书一句一个跟公，是什么缘故呀?您不知道，我怕二爷比怕三爷还厉害哪，所以才这们称呼）拿着这张黄纸，跑到衙门后身①饭馆，见米生在那儿都等急了，说："有等有等!"米生赶紧站起来让座，见他夹着黄纸，想着必然成了，连忙说："怎么样?"跟班的说："你瞧瞧脆②不脆?"说着话，递给米生。米生接过来一瞧，果然是印着一颗印，赶紧作揖，说："实在劳驾的很!"连忙折叠起来，揣在怀中。要酒要菜，请了跟班的一顿饭。珠花这件事并没提价，这笔银子就算中饱啦。

吃完，米爷会了饭帐，告辞回家。到家这分儿喜欢就不用提了，把银包收好，印纸仍在怀里揣着，坐在书房静等神女来取。

一会儿的功夫，丫鬟进了书房。米生笑嘻嘻的没容人家问，就说："幸不辱命，总算我给娘子办成了。可有一节，这们几年我穷到没吃没喝，都没舍得变卖了的东西，如今可还是为主人弃去了。"说完，这才把有印的黄纸由怀中取出。

这个丫鬟一面接过来，这才问说："先生，方才你这话从何说起哪?"米生这才把如何费事才运动到姨奶奶手里，孝敬了那只珠花的事说了一遍。丫鬟这才明白，告辞要走。米生说："你回去可千万替我说，这件事花多少金银，虽然白扔了，我都不心疼。千万上覆娘子，这一只珠花可务必要赔我的!"丫鬟只得答应，告辞出门。

一幌儿过了几天，这天米生正在书房闲坐，下人进来回禀，说："前次那位穿裘乘马

① 后身：一座大型建筑物的后墙一带叫后身。
② 脆：敏捷，迅速。

的公子又来拜会，您见不见？”米爷一听，说：“有请！”一会儿进来，见手中提溜着个包袱。彼此施礼，让进书房。公子跪下要给米生行礼，米生如何肯受，拉起来分宾主坐下。公子亲手捧定这个包袱，对米爷说：“这是一百两黄金，小弟孝敬先生的，望乞笑纳！”米爷一听，送的是金子，立刻脸上透出不愿意的神情来，说：“怎么着，拿金子给我道乏来啦！我所以给您府上办这一件事情的缘故，因为是令妹待我有恩惠，并没图我什么。可称惠我无私，我才如此图报于万一。若是不然，就是万两黄金，也不能丧我的名节。请您原物拿回！”公子又对敷着一说。米生所嚷起来啦，说：“不要不要，我是一定的不要！”

（十五续）*1914*年*11*月*9*日

公子惭而去，曰：“此事殊未了！”翌日，青衣奉女郎命，进明珠百颗，曰：“此足以偿珠花耶！”生曰：“重花者，非贵珠也。设当日赠我万镒[1]之宝，直须卖作富家翁耳。什袭而甘贫贱，何为乎？娘子神人，小生何敢他望，幸得报洪恩于万一，死无憾矣！”青衣置珠案间，生朝拜而后却之。

俗言说的黄金有价情无价，只要讲买卖就好办，最怕的就是没准价的人情。就以本文说，傅公子送来黄金百两，论数目实在不少。奈因米爷一定不收，到闹得这位傅公子一点接骨丹儿没有，只好含羞带愧的把金子包袱拿上，告辞而去。米生也得照例送客。傅公子一面走着，一面自言自语的说：“这一件事，这们看起来，我是了不了喽（那只好再求有头有脸的老妹子吧）！”米生也不答言儿，送出大门，哈了个腰儿，就进来了。公子怎么乘马，一概不管。当日无书。

第二天，米生正在书房坐着，见门帘一掀，还是前次取印文的那个丫鬟，笑嘻嘻的进来，手中抱着一个锦匣，放在当地八仙桌儿上。米生知道必是好东西，赶紧站起来让座。青衣把匣盖打开，冲定米爷说：“婢子奉我家娘子之命，送先生明珠一百颗，作为偿还前次的那只珠花，大概总可以够了吧？”说着话，把匣盖扣上，要往米爷手里递。米爷一垂手，说：“上次所说的珠花须要偿还的话，虽是贵重那只花儿，可并非舍不得那几颗珠子。假如当日赠花之时，给我值几万的一件宝物，我若把他折卖了，岂不立刻陡然而富，成个富家翁了么？这珠花所值，虽不及万镒，可也总值几百子。彼时我一定收藏着，甘心受那样贫贱，是为什么呢？小生也知娘子是神女，我也断不敢胡思乱想有意外的希望。只是待我那样恩德，若能使我得报大恩于万分之一，虽死在九泉之下，也是不后悔

---

[1] 镒：古代重量单位，一镒合二十两（一说二十四两）。

的喽！”

青衣举着珠匣，见他并不肯接过来，所说的话不伦不类，又不好直问他到底是另有什么意思，只好给他个不用费话，把珠子匣子放在桌子上，告辞要走。米生说：“丫鬟姐姐，千万不要忙！”说着话，就冲着珠匣子恭恭敬敬的跪倒当地，闹了个三跪九叩，好像领受御赐物品似的。行完礼，双手把匣子举起，冲着丫鬟说：“没别得说的，就求你仍把原物交回，小生断不敢领！”这青衣见米生是执意不要，还能扔下就走吗，怔了会子，知道米生是个死心眼儿的人，大料着自已费些个话，他也未必肯收，只得把匣子接过来，说：“既然先生一定不受，只好原物替你交还就是啦！”说着话，拿着匣子抹头就走。

米生照旧送出门外，只见青衣夹着匣子走了个挺快，已经到了大门，米生也不便再往外远送喽，转眼走去。剩下米生一个人，心说到底瞧一瞧这位娘子，将来到是怎样酬谢这一番我打印的功劳。

（十六续）*1914年11月10日*

越数日，公子又至。生命治肴酒。公子使从人入厨下，自行烹调。相对纵饮，欢若一家。有客馈苦糯，公子饮而美之，引尽百盏，面颊微赪①。乃谓生曰：“君贞介士，愚兄弟不能早知君，有愧裙钗多矣。家君感大德，无以相报，欲以妹子附为婚姻，恐以幽明见嫌也。”生喜惧非常，不知所对。

昨一天这点儿书看着不要紧，在当日蒲老先生替米生编这一套词儿的时节，真不易着手。请想上次明说为珠花，如今人家送来的珠子大约十倍原数，在自己一定居功，是说不下理去。故此反说人家待自家有洪恩，欲答报于万一，虽死无憾，然后又恭敬朝拜，使青衣无法，只得替他回覆，实在是最好的法子（那位说啦，将来我遇着这样神女托我事的时候，我也这们办。你呀，你也得遇得见哪）。闲话少说，还得赶紧接着说书，人家米爷还不定怎么着急哪。

却说米爷见青衣去后，想着决不能就这们不照面儿啦，可是第二天并没见有人过来，一幌儿耗了好几天。这一天，傅公子又来了，不但来了，还带着好几名下人，自己不用门房通报就进了书房。见着米爷，说：“没什么说的，今一天小弟无事，特意找您来，咱们哥儿两个非足喝一气，划一气不可！”米爷一听，说：“好极啦，兄弟自从前次在府上喝了个人事不醒，已经把酒戒了。今天既是您高兴，小弟奉陪就是啦！”说着话，便叫下人赶紧预备菜蔬。又告诉下人说：“前次有某先生送来的那一坛苦糯酒，我因为不喝，如

① 赪：红色。

今大概总捐①的够了年头儿啦。你们快抬过来!”下人答应前去抬酒。

傅公子说:“我瞧府上的贵价②,透点儿忙不过来,今天我带的这几名小价,到是有会当厨役的,何不让他帮一帮忙儿哪?”米生这个人向例不拘这些小节,说:“可以可以。”登时下人遵命,也都脱衣系围裙,到了厨下。好在厨房有的是现成的作料儿,立刻做起来,真是煎烤烹炒,说话就得。本家儿的下人只好帮着往上端菜烫酒。傅公子自居客位,米生在主位相陪,也不用谦让,这就一对一杯的喝起活儿来,直仿佛自己弟兄似的。

傅公子一面喝,一面说:“好酒,好酒。”米生说:“本来这酒是我一个朋友自造的,知道我好喝,所以送了这们几坛子。我近日不喝,又捐了这些天,故此越发显着有点劲儿。你既喜欢喝,咱们可总得喝个尽量!”傅公子说:“那自然得喝。”说着自斟自饮,一会儿喝了约有一百盏,脸上微然透着有点儿红朦朦儿的,冲着米爷说:“您是个贞介的儒士,我们弟兄从前不知道,实在眼力不及小妹高喽!家父感念先生的大恩大德,无以为报,打算要把小妹附君以为婚姻。又恐怕幽明相隔,先生不愿意,故此不敢启齿。”米生一听,正中下怀,登时闹了个“父母之年,不可不知”(就是“一则以喜,一则以惧”),有心对答,反到透点儿没词儿。

(十七续)*1914年11月12日*

公子辞而出,曰:“明夜七月初九,新月钩辰,天孙有少女下嫁,吉期也,可备青庐。”次夕,果送女郎至,一切无异常人。三日后,女自兄嫂以及婢仆,大小皆有馈赏。又最贤,事嫂如姑。数年不育。

前天的书,公子说米生“君贞介士”,这四个字是一面点题,一面收束前文开寿筵时,琉璃屏所幛内眷中有识贞介士之裙钗,以后即另引不贞介者之结果,是文法中要紧的过渡。若在事实上论,米生虽云贞介,不过不肯以金钱博功名、干谒权门耳。然终以报赠珠赐金之私恩易名节,虽因以德报德起见,而必亲见娘子,是久慕少艾之心,已不啻尽情吐露矣。则是即贞介如米生,亦难逃财色二字,吾人可不畏哉。

闲话打住,却说傅公子酒后说出愿附婚姻的话来。米生一听,反到答不上言儿来啦。这正是喜欢到了极处,故此应对失其常度。又怕公子是酒后乱命,醒酒后再不认帐,所以才说“一则以喜,一则以惧”。公子一见这个情形,知道是料无推辞的了,这才站起身

① 捐:封闭。

② 价:贴身仆人,尊价、贵价、盛价为对对方仆人的尊称,称自己的仆人为小价。

来，说：“小弟今天酒已过量，就此告辞！”米生此时心中难过的很，又不敢追问，又不敢强留。就听公子说：“明一天是七月初九（决定是阴历），新月钩辰之期，按晨星钩月，主年丰国泰（这是傅公子按的吗？不，《天文志》的注儿），天孙有位少女下嫁，是上好的黄道吉日。你就赶紧收拾洞房，趁此良辰，合卺交杯，大吉。忌黄童、毛女、孕妇、嫠妇（大舅子会择日子，先省一分《通书》钱），你就赶紧预备吧！”说着走出。此时一群下人也跟随主人而去。

米生一个人进到书房，越想越高兴。奈因日期紧迫点儿，只好爱亲做亲儿吧（那位说，什么叫爱亲做亲儿呀？就是要麻儿没麻儿吗），赶紧跑到里院，把这件事大概对哥嫂一提。米大爷夫妇也喜欢的了不得，家中有的是银子，应置办的，叫下人连夜进城一预备，就把这外院书房做为喜房。原文说“备青庐”，就是用青布幔为屋，于此交拜成礼，并非用黑纸把屋里满裱糊上（那是要开照像馆带安电影儿）。

第二天忙合了一天，居然诸事齐毕。到了晚间，果然听见吹吹打打的从远方而来。一会儿花轿到门，也有送亲的仆妇。米大奶奶带着本家女仆帮着请新人，入洞房，同卧鸳鸯帐，颠鸾倒凤闹风狂，睡个七八年，我也不下炕（这是米生吗？熊虎员外①）。一切的礼节同平常人一样，送亲的回去，不提。

一幌儿到了三朝，新娘子拜见兄嫂，分大小，开开箱子，从米大爷起，直到丫鬟男仆，每人都有一分儿馈送。至于是什么好东西，原文没有，我也不必替抱粗腿。再说这位新娘子，不但模样儿美貌，而且性情贤慧，侍奉嫂子，真如同婆母似的。米大奶奶本来人亦贤德，又知道这位弟妇娘家硬正，也不敢错敬啦。从此米宅四口儿，夫唱妇随，过了个挺好。可惜一样儿，几年的功夫，新娘子并没开怀儿育女生男。

（十八续）*1914 年 11 月 13 日*

劝纳侧室，生不肯。适兄贾于江淮，为买小姬而归。姬，顾姓，小字博士，貌亦清婉，夫妇皆喜。见髻上插珠花，甚似当年故物，摘视，果然。异而诘之。

却说米生自从神女过门之后，夫妻非常和睦，一幌儿过了几年，日月是一天比一天充裕（本来娶了活财神奶奶来了吗，死财神奶奶，可没主儿要，费香供海灯油）。又搭着这位米大爷真勤俭，并不依赖兄弟在家白吃闲饭，春秋两季，在地里照应庄稼，冬季总要带上银子，往各处贩卖货物，做个营业。米生是照旧念书，可是因宦场没什么意味，也就无意功名了，总算富而不贱的位造化人儿。

---

① 熊虎员外：京剧《斩熊虎》中的人物。

可惜有一样儿不满意，神女这几年并不生育。神女因为米生已是应当立子的年头儿了，自己既不生育，所以常劝米爷买个侍妾，免得将来乏嗣无后。米生说："那可不能。你别瞧你此时这们说，将来日久天长，免不掉有个言差语错。到了那个时候，我可为不了那一分儿难。虽然你的这贤慧名儿是大家公认，也怕这路小老婆子欺侮你，那可就成了人能容我我难容了（这都是米生说的吗？我替爱找这种罪的人说法哪）！"简直的说，米爷是一定不认可，神女也不同他紧自费话了。

这一天，米大爷又要上淮安贩货去，神女偷偷儿告诉嫂子，说："大伯此番往江淮地面去，全是出人材的省分。沿路上不论什么地方，若有十五六岁美貌女子，买一个来，只要人品相貌好，花多花少到不在乎。教调些天，给您兄弟做妾。别听他此时不要，只要买来，大概他也就无法了。"大奶奶点头，把这话转告诉了自己的丈夫，米大爷也很愿意，从此上路。

去了几个月，果然买了一个女子，到家先叫他与大家见礼。米大爷自然得把话跟兄弟交待交待，说："这个女子姓顾，小名儿叫博士，是他姨母出手卖的。这个小名儿可透着新鲜，博士是官名，不知他父母是当日犯了官迷这们起的呀，还是闯名儿①的时候，遇见个博士起的呢！将来你们爱给他起什么名字，再更名吧（好在不用呈报该管衙门）！"米生一瞧这个女子，生的挺清秀，知道这件事是夫人的原动力发起人，大哥是赞成干事，既都是好意，也就不能说不要喽。神女一瞧也很喜欢，想着大伯的眼力儿不错，不但会做买卖，大概改行贩少都有财（留神打了拐案）。米生不过看着爱喜，也不能立刻收房。

神女一面看这博士，一面用眼睛直往脑袋上注目，大家都没介意。惟独这个博士有点儿发毛咕，不知道这位夫人是什么意思，又不敢问，只好低下头。神女往前一凑，由博士头上摘下一只珠花，笑嘻嘻的冲着米爷说："相公请看（那位说，作什么这们称呼呀？好跟博士是一套儿）！我见这只珠花，好像当年我那一只。摘下一瞧，果然不错，你说怪不怪？"米爷一听，也很纳闷，这才要追问此花的来历，是从何而得。

（十九续）*1914 年 11 月 14 日*

答云："昔有巡抚妾死，其婢盗出，鬻于市，先人廉其直，买而归。妾爱之。先人无子，生妾一人，故所求无不得。后，父死家落，妾寄养于顾媪之家。顾妾姨行，见珠，屡欲售去。妾投井觅死，故至今犹存也。"夫妇叹曰："十年之物，复归故主，岂非数哉。"女另出珠花一朵，曰："此物久无偶矣！"因并赐之。

① 闯名儿：旧时民间为刚出生的孩子起名的一种习俗。

古人说“玩人丧德，玩物丧志”，诚然不错。因大凡心爱之物，虽然不值钱的，有时失落了，心里总惦念着；若再嗜好成癖，更能抛弃正事，所以说丧志。这等事是世俗移人，贤者不免。就以米生、神女说，米生对于这只珠花没有用处，当年重在赠花人之感情，故不忍弃，如今已成夫妇，便不十分想念了。至于神女虽能爱物不泥于物，可是早年所簪玩的，如今触入眼帘，心中一动，故此才摘视，则是仍不能忘情于故物也。既然看明不错，自然不能不问一问，这个博士从那里得来的。

就见博士规规矩矩的站立在米生夫妇面前，说：“这一只珠花是前几年，有一位某省的巡抚，有一位得宠的姨奶奶死在任所。大概装殓的时候，他手下有一个亲近的丫鬟，趁忙乱之际偷到手中。后来巡抚把这丫鬟放回家去，他拿在街上卖这只珠花。妾之先父正在那一省做买卖，因为便宜，用了几两银子买到手中，带回原籍，本打算趁行情再出手，听说总值几百两银子。彼时被我看见，一定要留着自己戴。先父没有儿子，就生我一人，所以养活的由性儿，我要什么，没有不给的。不料过了不多日子，先父去世，连发丧带还帐，日月一天比一天败落。我母相继而亡，将我送到我的姨娘顾姓家中抚养。这个顾姨娘虽与妾母是亲姊妹，爱财如命，把我的东西全折卖了。这一天看见这只珠花，一定要叫我摘下来，说拿到什么揉儿铺，也不是按多少换，可以合多少银子，做为他老的棺材本儿，下剩的又说什么给我打镯子吧，买衣裳吧。是我不肯，从此为这一只珠花可就受上凌虐了。隔不了几日，就跟我要这珠花。我不给，就非打则骂。我是一定不撒手。因为这只珠花，受气不过，我还投了一次井，幸经大家救活。从此邻居知道了，我姨娘才不闹这一只珠花，不想又勾引人贩子，将我卖在米大老爷手中，所以这只珠花，到如今没失落。这就是已往从前之事，不知夫人因何问起？”

神女听到这儿，冲着米爷说：“相公可听见了么？”夫妇一齐叹了口气，说：“真想不到，十年的功夫，这一桩物件又归还原主，这才是天数使然呀！”人家夫妇说这话，不但博士莫名其妙，就连米大爷夫妻也不知其所以，当时也没追问（省得我替说车载辘话）。就见神女站①起身形，奔到自己卧房，一会儿取来一朵珠花，说：“我这儿这一只，剩了单只儿这们些年了，如今又配成一对儿，一并赏给与你！”

（二十续）*1914* 年 *11* 月 *16* 日

亲为簪于髻上。姬退，问女郎家世甚悉，家人皆讳言之。阴语生曰：“妾视娘子，非人间人也，其眉目间有神气。昨簪花时得近视，其美丽出于肌里，非若凡人，以黑白中位置见长耳。”生笑之。

---

① “站”，原文作“踮”，据语义改。

前天所说的玩物丧志的话，不过说是贤者；若到愚夫愚妇，真能倾家毁命。故此古人才有“匹夫无罪，怀璧其罪”的话，正是警惕人不必苦爱无用的珠宝死物。试观顾博士自己所述的话，为这一只珠花，投井觅死，岂非把性命看得轻于此珠了么。细想不但此姬，即巡抚妾与婢，并博士之父、顾媪等人，都为这只珠花闹得颠颠倒倒。足见凡能称为宝物的，有时饥不能食，寒不能衣，大则能戕人生命，小则使人丧品败德，是名之为宝，而所害尤甚于所利也。

闲话打住，却说神女自己又拿出一只珠花来，珠子成色分量，真是一样。不但大家没见过，就连米爷也是初次看见。听他一面说着话，凑近博士身旁，说：“你低下点儿头，容我给你簪在髻上！这花儿必须戴成对儿的才是样儿哪！”博士见夫人初次见面就这们开通，赶紧行礼拜谢。神女吩咐仆妇丫鬟把他带到厢房，赶紧给他做合体的衣服，挑选吉日，以便侍寝。

单说这个博士，跟随仆妇丫鬟到了厢房，大家知道这是主人的姨奶奶，谁还不分外的巴结呀（比应酬正太太有便宜）。这个张罗沏茶，那个就张罗开饭。博士被卖在米大爷手里，自己提心吊胆的走了一路，如今一瞧这几位，才放了心。惟独这位太太，实在与寻常人不同，不知娘家是什么人家，想着便中跟这些下人们爬一爬底，于是因话提话问这些人。大家异口同音说：“不知道。自从过门，就没住过娘家。有一位舅老爷，从前没做亲时候来过两荡，如今久已没来走亲戚了。”博士听见这话，越发纳闷。

过了一天，正是吉日，命他与米生侍寝，彼此很是和睦。晚间偷偷的向米爷说：“妾见娘子，大概不是人世间的俗人！”米生说：“你由那儿看出来的呢？”博士说：“妾看娘子，眉目之间带有一股神气！昨天给我往头上簪花的时节，妾得近视一番（可不是近视眼，那找吒力克配眼镜儿去吧，别戴珠花啦），见娘子之美丽，是出于肉皮儿里头。不像寻常妇人，三分人材，七分修饰，离不开描眉打鬓，楞把眉毛抹成一个大三角儿，配上一脸的粉，黑的真黑，白的真白，反正对了分儿①，就可以不至大荒盘儿②（这也是博士说的吗？镇局的评棋分儿哪）。妾见过多少人，大约称为美丽，虽未必尽皆如此，总也离不了修饰就是啦。唯有咱家这位娘子不然，所以才知道一定是位神女！”

米生一听，心说怪不得他叫博士呢，敢情有点博学，大概够博士资格。又一想，不对，不对，必是他探讯我的口锋儿呢，这孩子使得是呛牌的法子，江湖道假话问真事，你如何能行。想到其间，连鼻气没哼，微然一笑。

---

① 对分儿：指水平相当的棋友。

② 荒盘儿：亦作光盘儿，指棋盘中被对方吃掉很多子。

（二十一续）1914年11月17日

姬曰：“勿言，妾将试之。如其神，但有所须，无人处焚香以求，彼当自知。”女郎绣袜精工，博士爱之，而未敢言，乃即闺中焚香祝之。女早起，忽检箧中，出袜，遣婢赠博士。生见之而笑。女问故，以实告。

却说这位博士，虽然未必看过什么《麻衣》《柳庄》《水镜集》相书，可是能断人一生富贵贫贱，善看少中老三步大运，直言无隐，概不奉承（那成了江湖道呛牌的了）。张嘴别拿人斗哏儿，咱们还是赶紧说书。

且说米爷听了博士这一套，当时笑而不言，意思中想着他这叫拍点迷魂掌（又回来啦），不管怎么说，横竖不能让你一个新收子套了实话去。谁知这个博士更机伶，已经看出米爷是别有意会，赶紧说：“方才妾所说的这一套话，望老爷千万要守秘密，别对夫人提说出来。妾有一个试验神仙的法子，大凡真果是神，必然有求必应。遇有什么大急大难，向东南方磕三个头，大呼三声，能遇难成祥，逢凶化吉（这是博士说的吗？不，替广泽王爷①捧场的善虫子②说的）。如果要求什么事，在无人之处焚上一炉香，虔心默叩，神必能够知道。若说一定能遂心不遂心，可得分事情大小、邪正。不必一定准成，神仙能知道你的来意就是啦，不然就说诚则灵了么！我早晚求一回试验着瞧，您就知道我不是闹迷信了。但只一件，说破就不灵了（博士还会唱《黄鹤楼》哪）。”米爷也只好当时答应了他，不给他宣布，可也不负别的责任。从此博士侍奉一家大小，都很遵规矩。

这一天，神女穿着一双绣花儿的袜子，上面的花儿绣得好，样儿也好，只是颜色有些不正（得，我也犯上戏迷啦）。绣袜一事，不过原文这们说，可也不知这位神女是旗装、蛮装，多大尺码。至于妇人穿绣花的袜子，实不相瞒，在下还真没看见过。从前旗门妇人冠戴，到有配厚底皂鞋，穿绣花红绿彩缎袜子的，如今随补褂珠钿③取销已久。至于近日配上海皂，虽是各色有花，可是织花，也不是绣的。原文既如此说，您就将就着点儿瞧吧。闲话少说，单说神女这一双袜子一定是出类拔萃。博士早起伺候太太穿衣裳，一眼看见，起心里爱的了不得，于是跟着连钉了好几眼，可没敢启齿跟神女要，也没敢夸赞。

当晚在自己屋里找了一个香炉，把手洗净，上上香，叩完头，跪在当地，心中默默的祝告一遍，要求夫人照样赏赐他一双绣袜，然后才安歇睡觉。这夜晚间，米爷住在神

---

① 广泽王爷：清末流传的一种迷信活动，向东南方向拜广泽王爷，有求必应。

② 善虫子：以办慈善事业为名，从中渔利者。

③ 补褂珠钿：清朝官员的官服。

女房中。第二天，神女老早的起来，开开自己的箱子，拿出一个包袱来，打开找出一双绣袜，叫丫鬟过来，说："你把这双袜子送到姨奶奶房中去，就说我给他穿的！"丫鬟接过来，拿着往外走。

此时米爷方才坐起来，一听这话，知道必是博士祷告来着，由不得噗哧儿的一笑。神女不知米生笑的是什么，细一追问，米生这才宣泄秘密。

（二十二续）*1914 年 11 月 18 日*

女曰："黠哉婢乎！"因其慧，益怜爱之。然博士益恭，昧爽时，必熏沐以朝。后博士一举两男，两人分字之。生年八十，女貌犹如处子。生抱病，女鸠匠为材，令宽大倍于寻常。既死，女不哭。男女他适，则女已入材中死矣。因并葬之，至今传为"大材冢"云。

却说神女见米生坐在被窝之中，因为自己找袜子，招的他这们笑，笑得令人可疑，及至一追问笑的缘故，米生才把头一天的话据实述说了一遍。神女说："这个丫头片子真鬼透啦！"因为他如此的聪明，所以从此更疼爱他。可是这个博士也越发的敬重神女。这点儿书原文是这们说的。据在下想，不过蒲先生故意以神道设教。若论本义，似乎神女因头一天博士看自己的绣袜时候，口中虽没敢说，他既多瞧了两眼，想必他爱上了，不必等他说出来，神女迎合他的意思，今天如愿以偿的赐给他一双，这也是联络的意思。及至听米生一学说，他如何闹迷信，烧香祷告，不由得又可怜他，究竟小孩儿的见识，从此爱他，正是免得他不服自己。紧接"博士益恭"这一句，面子是形容博士畏敬神女，仍形容小儿女信神之痴，愈见神女之神。

闲话少说，却说博士从这一天起，是天光一闪亮儿就起来，必得熏沐盥洗，去朝见神女（这句是写"益恭"的"益"字儿）。后来过了些天，博士怀了身孕。日子不多，很见显怀。到了十月满足，产生了一对双孪儿，神女也很喜欢，于是各给起了个名字，就作为各生产一个似的。

说书的嘴是说快就快，一幌儿的功夫，米生八十岁了，大概米大爷夫妻也都不在了。博士生的这两个小子已经都快五十岁了，不但已娶妻室，也跟前有了子女。米生虽说康健，可是老头儿的样式。唯独这位神女并不见老，还仿佛大姑娘似的。

这话也不过这们说，所为足这个"神"字儿。其实真有这路事也难看，老公母两位坐在一块儿，来个生人一瞧，不说是爷爷带着孙女儿，也说是老头儿的老生子女孩儿。细想实不如古人所说"偕老"二字得体。

单说这一天，米生忽然犯了老病儿，一天比一天沉重。神女也不张罗请医调治，打发下人叫了几名棺材匠来，然后又一卸料。底下人都纳闷，不知做什么要两三料材料，想着也许太太自己也就手儿闹个寿材，剩下标皮①，做得了出手，好预备办白事。俗语儿说事随主办，也不敢问。及至开好了板，神女开出个尺寸单子来。棺材匠一瞧，真比套材椁都大，可也不能讲什么叫够不够六尺六，十三圆②满见木心喽，照尺寸做成。隔了两天，果然米生就死了，博士率领子媳恸哭，唯独神女并不掉个眼泪，大家也不知道怎么件事。大家张罗米生入殓，正忙的功夫，忽然见神女没有影儿了，一路寻找，才知自己穿好衣服，入棺而死。于是将米生也装在棺中，一同埋葬。过了许多年，这座坟墓有个俗名儿，叫大材冢。说至此处，明天另换新题。

① 标皮：木材外表带着树皮、纵向锯成的板片。

② 十三圆：杉木十三圆，一种较高级的棺材，由十三根粗杉木合成。

胭　脂

（开篇）1914年12月18日

一部《聊斋志异》，奇文妙义环生。黄粱续梦孝廉曾，可谓宦途人镜。
分段略加评讲，管窥蠡测相同。幸蒙赏鉴在诸公，今天换题献敬。
东鲁怀春有女，无端心许目成。涉想差池陷狱中，岌乎冤杀数命。
听讼临民须慎，曲折勿逞聪明。堂前审案必持平，遗判至今传诵。

东昌卞氏，业牛医者，有小女字胭脂，才姿慧丽。父宝爱之，欲占凤于清门，而世族鄙其寒贱，不屑缔盟，以故及笄未字。对户龚姓之妻王氏，佻脱善谑，女闺中谈友也。

几句流口辙的词儿念过，接着还是《聊斋志异》。本报是评讲的门类，与白话说书有难有易。因按白话说，不妨略加添改，只要不大离格儿就行。有时按原文，无理可讲，一定当真事朦人，未免说不下去，急到无法，还得引证原文。评讲先说明是蒲先生造的谣言，并且有原文在前边摆着，如有不讲理的地方儿，那您上山东找蒲先生去，本报不负责任（来函体例）。可就怕是原文是极淫亵的玩艺儿，既然评讲，我没尝过这个滋味儿，如何说得好。即便说上来，也不能这们说，这是评讲难的地方儿。这段《胭脂》是去年就有人烦过，前两月又有位袁仲三来函嘱说，故此不敢推托。咱们先敬献这段，别位烦的，在下早晚都挨班敬献。

却说山东东昌府有个姓卞的，做的生意可是医业，并不治人，专治牛病，大概与兽医桩子差的多。因为兽医写善治骡马大证，没写治牛。这位卞先生，八成儿连吹病了的牛都有绝方子，故此才算专门。

老夫妻两位就跟前一个姑娘，小名儿叫胭脂，天性聪明，模样儿也好看，不但机伶，而且秀气。卞老头儿自然别题有多们爱惜喽，真是宝贝儿似的，打算给个书香门第、做官为宦的人家儿。山东地面风俗，牛医这个行当儿很不大吃香，所以邻近的世族大家都不作情卞老头子。虽有知道胭脂模样儿好的，一听他父亲这个行业，就不肯倩人提亲。这就是俗语儿常说“高门不成，低门不就”，直到十五岁留满了头还没有婆家呢。这位姑娘既然这们聪明，自然会哄人儿，对于亲戚接房都有个人缘儿，虽然不招年青的小伙子，可是接房的大姐姐、二妹子不断有串门子，找姑娘说话儿的。

近对门住着有一家姓龚的，龚大爷可不知做何生理，常不在家。这位龚大奶奶年纪二十多岁，生来不大稳重，好说好笑，好打哈哈，时常过卞家这院儿来与胭脂闲谈。姐儿两个还过小俚嬉儿，时常一聊就是半版（那是本报的《聊斋》)，就是半天儿。这天过来说了半天话儿，告辞要走，才引出一桩意外的奇缘。

（续昨） *1914 年 12 月 19 日*

昨一天的书，前面占了几行《西江月》，又两行原文，跟着几行铺场话儿，不理会就是十三四行，赶紧得把这段书的家门报清了，找个扣子就算一回了。这玩艺儿有篇幅管着，不能拐五七版①。不像在场上摔评②，前三回回头儿大着点儿，后五回座儿一多，立刻缩短点儿回头儿，可得加欢（就是往花梢有精神里说）。其实并非前几回不好好的应候诸位，一则乍开书座位不齐，得伺候先来的，候着未到的，步步引人入胜，说到正热闹了一散儿，这是规矩。再按两月一转说（不像我死地)，开书时不能十分热闹，越说越人多，赶到转儿底，是全部的人也全了，书也极可听了，就该换人换书了。这个情理，同戏铺儿的规矩③一样，前三是开场，中三是单边儿④，压靠大轴儿⑤都是硬活，算一台戏。在下这门《聊斋》，是一人班（可不打梆子带磕头)，也得有个规模。每年春季，如同开场，到了这冬三月，就如同开大轴子时候似的，得说两段热闹的，好赶到年底，停刊歇工。所以这两回，得掂配热闹的说。

至于诸位来函，一定烦那段儿，在这个时候，断难遵命。因为只顾您一个人爱瞧了，大家都把报退了，我们送报的苦伙友，怎么跟您讨节赏酒贵呀！反正我得掂配着敬献，并非高支高抗，大梨糕⑥，甩客（我不但没有客，连朋友都没有)。我因什么说这话呢？

---

① 五七版：作者的“评讲《聊斋》”与“讲演《聊斋》”，一直登在《群强报》的第六版上。
② 摔评：说评书。
③ “矩”，原文作“短”，据语义改。
④ 单边儿：独角戏。
⑤ 大轴儿：最后一出戏叫大轴儿，大轴儿之前为压轴儿。
⑥ 大梨糕：本是一种糕点，这里比喻没有文化，却说大话、不靠谱的人。

因为时常有人来函指教，有的真令我佩服如师的；也有混挑眼的；还有蛮骂的，我们决不走心经。可得说明白了，大凡骂的，多是我斗的哏儿道着隐病，羞恼成怒；不然恰巧所说的这段儿书上事迹对了心病，又不好明说，只好借词儿挑眼，瞋着说的不好了。另有一路，是说在下好说闲话儿，说的书少；又什么某处不应一表儿了；或因什么今天不登了。揣其意思，到是爱看。今天容在下把理由声说明白，就知道我的苦衷了。《聊斋》是假玩艺儿，既说评讲，得说理由、笔法，不能像别种小说，专说故事，自然得有闲话儿。您要当真事听，江湖道有做艺的先生，您到书馆，烦这回，或找一本看不明白，求位朋友讲一讲，您先了然了故事，然后再瞧我的，免得您着急。

至有时不登的缘故，并非在下托懒。因报纸登小说，名为报余，是把演说、要闻、京闻登完，登这们一段，所为引人兴趣。好比这篇报纸是个公共集会的所在，咱们每日聚在一处，先尽要紧的话说，然后再聊天儿，如有要件、呈批，是国民不可不知道的。我们登在六版，正是应尽的天职，并非在下偷油儿①。再说诸位无论怎么爱看，瞧着可心，全不是真事。至于所登的要件，全是中华民国这几天与国民有关系的，即便看着堵心，也没法子，谁让赶上这个年月呢！这就是在下的苦衷，话今一天交待明白了。别瞧一句书没说，也全是我一个字一个字写的底子。我们的版上的字，依然还是这们些行，并且还没原文。话总算说明了，要看《胭脂》，明天补付着敬献！

（续前）1914年12月20日

一日，送至门，见一少年过，白服裙帽，丰采甚都。女意似动，秋波萦转之。少年俯其首，趋而去。去既远，女犹凝眺。王窥其意，戏之曰："以娘子才貌，得配若人，庶可无憾。"女晕红上颊。

羊羔虽美，众口难调，遇见胎里素②一定不吃。昨一天，我这们一诉苦，闹得一句书没说。其实原可以少说两句儿，来几句书，既而一想到没精神，故此诓了诸位的眼光，今一天多补付。

闲话少说，却说这位卞家胭脂姑娘，以才色论，足可以匹配个世家子弟，因限于门户，好人家不要，赖的老卞又不肯给，才耽延到这们大。对门这位龚大奶奶，是个风流小堂客儿，跟姑娘住接房多年，姑嫂相称，还过个小俚嘻儿，闲着总要过来。这一天，又说了会子话儿，告辞回去，姑娘往外送。按说接房串门子，一个姑娘人家，不送到大

① 偷油儿：干活偷懒。
② 胎里素：指生来就不吃荤腥。

门也行了，皆因一面说着笑着，故此龚大奶奶也没拦。再说一个外县小胡同子，也没多少过往人，姑娘到门口儿原也不算什么（比劝业场三层楼上保险）。龚大奶奶开门出来，胭脂随后也就出来了。

一抬头，见正由门外走过一个少年，穿的是一件白衣服，系着白裙子（就是一道），头上戴着一顶白儒冠。脸上也真生得白净，配着漆黑的两道重眉毛，越显得玉人儿相似。要连头发带眉毛全白，那成了冰灯啦！原文这们说，可又说是前清的事，男子穿裙子，大概是这位少年还穿的是明朝制服。在下说不清，您将就着瞧吧。真是俗语儿说“人要俏，一身儿孝”（也得分什么脸子），这位少年，不但衣服穿的漂亮，再往脸上一瞧，模样儿也透标致，举止动作很是文雅。胭脂心中一动，想什么我可不知道，皆因蒲先生没说。立刻两只水盈盈的杏眼，加着劲儿往少年身上这们一钉。这位少年走到这家门口儿，见人家出来人，无意中飘了一眼，见是少妇与一位姑娘，不能紧自瞧，可是与姑娘四只眼光一对，彼此瞧了个十足劲儿。少年一低脑袋，往前走了个飞快。这个神情，皆因人家是老诚君子（不会闹成像我遇见打印子①的堂客时候，没钱似的像儿了），一会儿的功夫，走出老远的去了。

胭脂此时看的出了神儿，两只眼珠儿还钉着人家后影儿呢。此时街上并没一个过路儿的人，就是王氏一人。他见两个人一对眼光儿，人家走去，他也没理会，及至见胭脂瞧怔了，他一声儿也不言语，笑眯嘻儿的瞧着姑娘，心说这个丫头片子必是搂上是件俏货，这们上眼，要成这一号买卖（那是赶晚市的），我到瞧他瞧到那儿算一站。一会儿少年已出巷口，胭脂才一眨眼珠儿，见龚大奶奶笑嘻嘻的瞧着自己，在一旁笑呢，此时有点不得劲儿，又不好立刻进去，闹得透着没词儿，僵在门儿外头啦。王氏见没有人，才跟他闹着玩儿，说：“凭姑娘你这样才貌双全，要配这们个女婿，管保趁了小心眼儿了吧？”这句话，正说在胭脂的心病上，立刻小脸蛋儿一红，真像多擦了胭脂了似的，又好像歀私酒的人上了脸一般。

（三续） *1914年12月21日*

脉脉不作一语。王问：“识此郎否？”答云：“不识。”王曰：“此南巷鄂秀才秋隼，故孝廉之子。妾向与同里，故识之。世间男子，无其温婉。今衣素，以妻服未阕也。娘子如有意，当寄语委冰焉。”女无言，王笑而去，数日无耗。

古人说察言观色是一点儿不错。别瞧挺机伶的个人儿，遇着动心的事，立刻就能显形

① 打印子：旧社会放高利贷的用语，指每月付给利息时在借据上加盖戳记。

儿，若真说喜怒不形于色，除非真正的奸雄，其余的人还真不多见。就以本文的胭脂说，见着这个白衣少年，登时都把眼睛瞧直了，直到人家走远，方才看见龚大嫂子瞧自己笑呢。本就有点儿发讪，又经王氏这们一问，说着心病，所以立刻感动羞恶之心，不由得小脸儿绯红，更不能答言儿了，把头一低，脸上可透着趁心，就是嘴里不好意思的对人说。

王氏是久经大敌的老手，知道人家孩子害臊，也不便深分往下赶虏人家，自己一笑儿。胭脂也趁势拾了一个笑儿，刚搭讪着要进去，龚大奶奶是个好说好笑的人，趁势问姑娘说："嘿，你这们直瞧人家，你到是认识他不认识呀？"胭脂见问，只得照实话实说："呦，我们那儿认识他呀！"王氏噗哧儿一笑，说："你不是不认识吗，他的家乡、住处、姓氏、台甫，我全托底。他就住在咱们这南街上，此人姓鄂，是个黉门秀才，号叫秋隼。人家是世代书香门第，他的父亲是咱们本县的一位老举人，作古已经多年了。从前我没出闺的时候，我们是陈接房，不然就知道得这们详细了吗。你可别听人家是念书的人儿，从来不犯穷酸臭美，脾气儿可就柔和着的呢，比上大妞儿还温柔哪！要说我们陈接房，方近的小伙儿，属着他好啦。前二年成的家，这个娘子没造化，过门就闹病，听说死了日子不多。你瞧他不是穿着一身白吗！可不是老理门儿①，他是给他们娘子穿孝哪。现在提亲的主儿不少，还没有续上。姑娘你要看着中意，你只管告诉嫂子我，咱们姐儿两个不隔心，还有什么不肯说的话！你只要点了头，那一头儿我可以给你捎个信儿，叫他托过人来跟下大妈一说，大概就可以成了。愿意不愿意，我就听你一句话啦！"

胭脂的心中虽是满心里认可，无奈人家孩子没生在开通时代，即便亲嫂子问，都不好意思的往外说，何况王氏素日嘴头子厉害，倘或他给一传扬，女儿人家有多们叫人瞧不起呀。于是把头一低，还是一句话儿没有。王氏心说，罢了，这个丫头片子，总算心里有准儿就结啦，再拿话钉他，他也是还不肯说。笑了一笑儿，抹头回转自己的家门。胭脂也回了自己的绣户，到了晚晌，一个人在屋子里掂夺，想着明天一早，大概龚大嫂子一定找鄂秀才去，就是当天不来人，第二天必然有个喜信儿。谁知过了几天，居然杳无音耗。

（四续）*1914年12月22日*

心疑王氏未暇即往，又疑宦裔不肯俯拾。邑邑徘徊，萦念颇苦，渐废饮食，寝疾惙顿。王氏适来省视，研诘病因。答言："自亦不知，但尔日别后，即觉忽忽不快，延命假息，朝暮人也。"

古人说受人之托，必当终人之事，就是曾氏所谓三省之功，替人谋事，断不可以冤

① 理门儿：旧时北京一种禁烟酒的民间社会组织。

人。可得分说话的是什么人，若是给个棒棰就认针，一定上当。即如本文的这个王氏，本是一时高兴，跟胭脂开涮。胭脂是未出闺阁的幼女，如何晓得这些。所以从王氏回家，自己进了屋子就盼①起。其实王氏说完，早就扔到脖子后头去啦。胭脂等了几天，一点音信没有，自己也不能过去催人家，越不见回信儿，越发起急，自己想着必是龚大嫂子这两天活计忙，没能上鄂家去；不然就是跟人家说了，人家是念书的人家儿，不肯跟我们这小门小户儿的人家儿做亲。若果如此，龚大嫂子探听出点儿口话儿来，就该过来明告诉我，我们也就死了心啦。如今这们干耗着，实在教人纳闷儿。因此心中不舒服，时刻把这一件事挂在心上。到了吃饭的时候，一碗也饱啦，半碗也够啦。到了夜间，是吹灯躺下睡不着，及至披衣坐起，又觉着困，闭上眼睛还是睡不着。一幌儿约有七八天。

这一天，听院子龚大奶奶同母亲笑着说："卞大妈，怎么这两天总没见着我大妹子呀？我今天有点儿闲空儿，特地来瞧一瞧他。"胭脂一骨碌身子坐起来，心说八成儿有点儿喜信儿。就见龚大奶奶一掀帘子进到屋内，胭脂勉强扎挣站起身形，说："呦，大嫂子，你来啦，请坐！"龚大奶奶说："坐着坐着，呦，我的妹子，几天没见面儿，你怎么病到这个样儿啦？"说着赶过来，拉住胭脂的手，一同坐在床沿儿上，又用手摸了摸胭脂的脑门儿，说："到不发烧，八成儿不是停食着凉。饮食怎么样？大小便如何？月经调不调（王氏要研究医学的望闻问切，所以跟着来这套词儿）？"胭脂摇了摇脑袋，说："我不是外感内伤，究竟怎么个病儿，自己也说不来，也不晓得怎么得的。"

说着话又爬到王氏耳朵根前说："你瞧我这病，就从那一天你走后，就觉着心里恍恍忽忽，说不上来是怎么不好，大概是入了痨证，耗日子呢！看这个样子，大概紧七慢八，十三月到了家，都到不了。我这是一百天的紧痨（那位说，胭脂那儿会这一套哇？人家孩子也是医道后裔，虽说治牛，羊马比君子，还能不懂得点儿吗！不过不能挂世传的牌子就是啦），这宗冤孽病，八成儿是好不了的了，我是有今儿没明儿人了。"说着话一酸心，眼泪珠儿就掉下几滴儿来。

王氏一瞧，心中明白，人家孩子是那一天得了一点想不开的病，还得自己用话婉转开导要紧。

（五续） *1914* 年 *12* 月 *23* 日

王小语曰："我家男子，负贩未归，尚无人致声鄂郎。芳体违和，非为此否？"女赪颜良久。王戏之曰："果为此者，病已至是，尚何顾忌？先令夜来一聚，彼岂不肯？"女叹息曰："事至此，已不能收。但渠不嫌寒贱，即遣媒来，疾当愈。若私约，则断断不

① "盼"，原文作"眄"，据语义改。

可。”王颔之，遂去。

却说王氏想到其间，偷眼往院子里瞧了一眼，虽然卞老夫妇都没在外边儿，可也不能大嚷着说，一则应守秘密，二则也算通党机关。这才往前凑了凑，也凑到胭脂耳朵根前，悄步声儿的说：“妹子，你是不晓得，我们那一口子，这一程子买卖很忙，一幌儿走了好些天啦。按说前两天，应当回来，也不是怎么这次耽延住了，所以闹的我也不放心，又没功夫过来。前次咱们姐儿两个提的鄂家的那一件事，你想我是个妇道，怎么好去找人家去。心想等我们那口子来，让他给捎这个信儿。他既没回来，我也不能跟外人说呀！你现在的病，既说由那一天得的，八成儿就是中了那件心病了吧？嘿，我说是不是呀？”

胭脂被王氏说着心病，立刻小脸儿又红啦，不好答言儿，仍旧把头一低，半天的功夫一语不发。王氏看他这宗神情儿，是又可怜又可笑，心说，傻丫头片子好想不开，趁此我再耍戏耍戏他，说：“嘿，我说你到底是这们件事不是呀？要果然是这们件事，你的病已第到了这个样儿了，就不必再逞着啦，也不必害臊啦。即便带了信去，这也不是一天半天能成全得了的事。我到有个救急万应方（可跟孙文说的差的多），我先给鄂秀才捎个信儿去，叫他夜里找了你来，你们先会一下子，大概他决不至于不点头。你想这个主意高不高？”说着话，又噗哧儿的一笑儿。

胭脂此时木了半天，一听王氏这一套词儿，先叹了一口气，说：“嫂子，你这话可不是这们说。这件事情，既已到了这个身分儿上，好比一碗水，泼出去是收不回来啦。只要他不嫌我们家道贫寒，你就叫他趁早儿托过个大媒来，那不内中我设法给他运动一下子呢，总算名正言顺。见过谕旨，外人也就没话可说啦，这叫盖得过场面去（这是胭脂说的吗？前清拉官纤的）。要是打算私约通融，一来官事不好交待，我的这一头儿声名也要紧。况且树上开花①的事，到了时候，言不应点②，倒叫朋友当中间儿为难。这可不是兄弟不做情阁下，俗语儿说的，前人撒沙子，迷后人的眼。好哥哥的话啦，兄弟因为从前好交，肯任肩儿，闹得我在老官儿面前都有点不是劲儿啦（那位说，这又是那儿的话儿呀？还是那一套。我在金店后柜都听俗了，故此又串了辙啦）。若是打算私约这一件事，是断乎不可，断断的不可！”

王氏一听，心说想不到这孩子到底是顽固（不能像自己，专取开放主义），究竟人家孩子阅历浅呀。可是听他说了个挺干③，自己也不能往下再说了，只可点头告辞，回转自己的家门。

---

① 树上开花：三十六计之一，比喻以本求利，另有所获。

② 应点：指实现诺言。

③ 干：指用生硬的语言回答。

（六续）1914年12月25日

王幼时与邻生宿介通，既嫁，宿侦夫他出，辄寻宿好。是夜宿适来，因述女言为笑，戏嘱致意鄂生。

《易》曰："妇子嘻嘻，吝道也。"《曲礼》曰："外言不入于阃，内言不出于阃。"①足见闺阃之地，古人严防家庭断不可有佻脱善谑之谈友，因即俗所谓"不怕没好事，就怕没好人"。这段儿书原是公案体裁，究其实受祸之始，就坏在佻脱善谑之谈友身上。比诸三姑六婆②其害稍轻，而尤不易防。愿阅报有女之家，以此为戒才好。

闲话少说，却说这个龚王氏在娘家的时候，有一个近邻接房，姓宿名介，也是东昌地面一个秀才，时常往王家串门子，可就同王氏有些拉拢。后来王氏嫁到龚家，龚大爷是老实买卖地儿，又一身一口，自从安了家，照旧还得时常出门儿去做买卖。这位宿介余情未断，想起从前跟王大妞儿是真正有个好儿，如今他虽出了门子，好在是本城。又听说龚老大爷常不在家，没有多少人口，自己何妨去勾勾场。于是没事就往龚家门口儿走走，过来过去，唱唱咧咧。

这一天，恰巧王氏在门口儿买绒线儿，两个人见着，彼此一招呼。王氏称呼宿大哥，宿介称呼王氏姑奶奶，这才让在家中。二位既是以资热手，凑到一块儿，分外比从前更透着亲密。两个人当时商量好啦，只要龚大爷不在家，宿介就可以随便前来续旧。街邻道坊不知宿介与龚王氏有甚么瓜葛，反正他是内亲，必是舅爷一分子，所以也没什么疑惑。这是从前的倒笔，不在本文之内。

单说龚王氏这一天由胭脂院中过来，吃过晚饭，刚要出去关街门，就见宿介笑嘻嘻由外面走进来。见了王氏，说："我白天来了一荡，见这儿倒锁门儿，你往那儿去啦？"王氏说："咱们这这地方儿，既没市场，也没男女分座的戏园，我还能往远处去吗！左右串个门子。你既来了，很好，不是你不回去了吗，容回头慢慢儿的我再告诉你，有个挺可笑的笑话儿呢（比《聊斋》可听）！"说着话出去，到了外面把街门上好。

一会儿掌上灯烛，王氏预备了点儿酒菜让宿介喝，自己坐在一旁打牙撂嘴儿③。宿介一面喝着酒，一面想起王氏说有笑话儿的话来，这才问说："嘿，你白天到底是那儿去啦？你说有好笑话儿，你何妨说给我听一听呢！"王氏笑眯嘻的说："你要问，听我慢慢儿的告诉你。咱们对门住的那个牛医老卞，跟前一个姑娘，叫胭脂，你总该知道吧！"宿

① "外言不入于阃，内言不出于阃"，原文作"外言入于于阃，内言不出不阃"，据语义改。

② 三姑六婆：旧时中国社会上各式市井女性。

③ 打牙撂嘴儿：闲聊，互相调侃。

介说："不错，不错，我在门口儿见过两次，模样儿不错。胭脂他怎么样呢？"王氏遂把前次同胭脂在街门外头看见鄂秋隼的话说了一遍，又把当天怎么过去，见他病的怎么厉害，并自己所对他耍戏的话，由头至尾细说一遍，说完又噗哧儿的一笑儿，说："你瞧这个丫头片子，总算眼力儿挺高喽！你何妨行点儿好事，便中跟小鄂儿给提说提说，也是一件好事！"

（七续）*1914 年 12 月 26 日*

宿久知女美，闻之窃喜，幸其机之可乘也。将与妇谋，又恐其妒，乃假无心之词，问女家闺闼甚悉。次夜，逾垣入。

却说龚大奶奶一面打着哈哈，跟宿介这们一瞎聊，又替胭脂一托嘱宿介。宿介一听，当时没还上言儿来，心里可闹上油①啦。心说，想不到卞家这个大妞儿也要暗通匪党，恰巧又有这们一个作机关的。要说人家孩子可比这一口子强的多，这可是合该。无如小鄂儿虽说漂亮，他可不是干这个的，我要趁此入了股分，到是很好的机会。可是我应当怎么办呢？有心要托王氏给自己运动，一想不得，我要托他给我说，一来人家卞家不定作情我不作情。再说王氏听说我惦记上胭脂，必是要抛弃他这阳高粉（老宿虽不是好人，好在还懂得维持国货），他一犯酸劲儿，不准我登这个门儿，岂不是鸡飞蛋打么。自己心中这们盘算，王氏坐在一旁，不知道他有什么心腹事发起怔来了，笑嘻嘻推了宿介一把，说："你端着酒盅儿不喝，莫非有什么心事吗？"宿介赶紧用话掩饰着说："那儿呀，我是想起前天，到是同秋隼在学中见着了，还提起他续弦的事来。他说有人提着呢，我可想不起他说提的是那一家来了，故此发怔。我说酒也凉啦，你也喝一盅儿，咱们也该睡觉了吧！"龚王氏见说，连忙收拾，铺床扫被。宿介坐在这儿，还是自己暗暗研究进行的手续（很好的名词，可惜叫他用糟啦）。一会儿躺在床上，同王氏说："你说要给胭脂同鄂秋隼为媒，你是真心哪，还是连他带我一齐涮哪？"龚王氏这个人虽说不正派，可是口直心快，说："吆，你没听俗语儿说吗，人要给人说三回媒，死后阎王爷见了你都欠一欠屁股。要说胭脂这个妹子，白天我过去看他去，见他病的怪可怜见儿的。本来岁数不小了么，虽是老卞挑剔的厉害，也是这孩子的婚姻迟，短给月下老人挂线（整套儿的迷信）。你要能给捎这个信儿，咱们两个人当这们一回大媒，也是一点儿阴功德行呀（要唱《红鸾禧》）！"

宿介假装点头，说："既是你这们赞成，我也可以效点儿劳。可有一节，就说老卞，我虽与他有个点头哈腰儿的交情，我可没上他家去过。就凭他这个买卖，有多大进项呀！

① 闹油：指心里有事，坐立不安。

他家都有什么人？住着几间房子？你告诉告诉我，我明天见着鄂秋隼，也得说个大略。要是一间屋子，都杂在一铺炕上，或是大杂院儿，可怕秋隼不肯要。人家虽说续弦，掐朵花儿，也得下得去。人家总是世代书香门第哪！"

王氏不知宿介没怀着好意，于是就把胭脂住的是两间厢房，卞老夫妇住上房东间儿，堂屋是客厅，东厢房是厨房，还有两间牛棚（大概给包治预备的），别瞧人家行业微，家里也很款式。宿介把话问明，这才说："天也不早啦，有话明天再说吧！"这才吹灯躺下。一夜无词。到了次日，宿介早起回家，打定主意，晚间要赴卞家跳墙。

（八续） *1914年12月27日*

直达女所，以指叩窗。内问："谁何？"答以："鄂生。"女曰："妾所以念君者，为百年，不为一夕。郎果爱妾，但宜速倩冰人。若言私合，不敢从命。"宿姑诺之，苦求一握纤腕为信。女不忍过拒，力疾启扉。

古人说"万恶淫为首"，其原因就在一念差池，故此能惹杀身大祸，即所谓奸近杀也。即如本文的宿介与王氏，虽属暧昧苟且，尚出于两情相愿，即便事犯当官，和奸罪名，仅止杖徒。如今听说胭脂爱慕鄂秋隼，自己一念之差，越想越入魔，闹到极处，就成了俗说"色胆大如天"了。到后来与自己毫无益处，送了两条性命，几乎屈杀好人。自己也几乎把性命饶上，请想有多们可怕。

闲话少说，却说宿介打定主意，到了晚间，耗得没有过路行人，这才跳进卞家院墙（那位说，跳墙这点儿书你为什么不形容着细说一说呢？一来记得从前耀亭说的很详细，可称珠玉在前；二来在下是两条寒腿，上炕都得搬梯子，我没干过，决说不好，莫若藏拙不说的为是）。到了院中一瞧，各屋皆熄灭灯烛。自己好在知道西厢房是胭脂的绣户，这才蹑足潜踪奔到窗根底下，手按窗台，将耳朵爬伏在窗纸外，细听屋中的动静。两只眼睛往四下里张望，手衔大指，怕人听见有出入的气息，伸手要向百宝囊掏薰香盒子，这才想起来的时候慌疏，落在店里头了（有人说，你这一套，不是评书论的采花淫贼吗？谁说不是呢！您想要按宿介这路行为，别听他自居念书的，行的本是采花淫贼的事，故此才拿他斗哏）。听了听胭脂屋中没有别人，只有一个女子哼嗳的声音，一定必是胭脂。

这小子复反直起腰来，用两个手指头轻轻的弹了弹窗纸。就听屋中莺声燕语的问说："谁呀？"宿介说："子生鄂秋隼！"听屋内胭脂说："呦，你做什么来啦？妾所以想念你的缘故，在百年之好，并不图一夕之欢。郎君如果爱妾，趁早儿回去，请出个媒人来，向妾父母名正言顺的提亲。若要打算苟且私合，妾不敢从命！"宿介一听人家孩子隔着窗户说的这一套，真是令人可敬。无奈我来了会子，漫说我不是鄂秋隼，即便我是真鄂秋隼，远水不解近渴，我也等不得呀，只好答应着说："姑娘吩咐倩媒人的话，小生自然遵命，但有一个提前的办法，还望姑娘疼爱我才好。我也不是什么非礼之行，听说各国以握手为定婚礼。咱们两个人何妨学点儿文明的毛皮，你把门开开一扇儿，先跟我拉一拉手儿，那不出袖儿不算①哪，也算我不是白打落呀（还是赶晚市儿的）。"宿介这话虽是冤胭脂，在他心里总以为胭脂是没办过这路外交，拉不下脸来，故此按条约打官话，只要扣头说好，也没个办不了的。不想胭脂依然不肯，宿介是在窗外苦磨。胭脂又怕叫父母知道，而且鄂郎头一次来，不好意思十分拒绝，一动慈心，这才扎挣着过来开门。

（九续） *1914 年 12 月 28 日*

宿遽入，即抱求欢。女无力撑拒，仆地上，气息不续。宿急曳之。女曰："何来恶少，必非鄂郎，其人温驯，知妾病由，当相怜恤，何遂狂暴如此。若复尔尔，便当鸣呼，品行亏损，两无所益。"宿恐假迹败露，不敢复强，但请后会。

却说宿介这小子，在窗户外头用花言巧语跟姑娘这们一说。胭脂是个小女子，如何晓得什么叫握手为信，想着这也不要紧，要说我们家这个行当儿，摸腕子还要摸钱呢，何况人家没提要钱呢（胭脂大概好请义务大夫）。于是扎挣着摸着门框，抽去上下仟棍儿，已经喘作一团。

此时宿介在窗外，听见撤仟棍儿的声音，心说有边儿，他总算看着面子卖放喽。一步赶到门前，用手使力的一推，吱喽喽门分左右，往屋里就迈腿。及至进来，见漆漫乌黑，还不如院子哪，见眼前站②着一个人，过去拦腰一抱，说："咱们两个人可见着面儿啦！彼此应该对开个欢迎会才是哪！"不想宿介是急劲儿，用力过猛，往前一扑。胭脂本来素日身体袅娜，这一程子，没正经吃东西儿，再说一听鄂秋隼来啦，心要跳出嗓子眼来，被宿介一扑，自己一躲，要扎挣也没有气力了，咕咚栽倒地上，立刻觉着喘不过气息来啦。宿介一瞧，知道自己莽撞（本来野蛮吗），倘或摔死，没穿着褡裢，得按人命官司打（那是善扑营③）。自己连忙往起搀扶，说："快起来，你没碰着那儿呀？"

胭脂此时可透出不悦意来，说："你是那里来的这样恶少年？你大概不是鄂郎。要说鄂郎那个人，看他长得俊秀，性情也必温柔驯良。况且他既前来，必然是知道妾害病的缘由是因为想念他得的。见了面儿，他疼爱还疼不过来呢，如何行得出这样狂暴无礼的举动来呢！我可告诉你，你可不许跟我这们胡闹！你要按这们着，可别说我要嚷啦（胭

① 出袖不算：旧时有些交易双方习用"袖内拉手"的议价方式，出袖不谈。

② "站"，原文作"踮"，据语义改。

③ 善扑营：清朝时设立的专为皇室演习摔跤、射箭等技艺的军营。

脂此时仍料着必是鄂秋隼，因为他急于求欢，故此才用这话吓他。殊不想既知鄂郎温驯，如何能作跳墙的行为？这些地方，究属小女子的见识。而其所以也坏在自己前对王氏所说‘渠不弃寒贱，遣媒来，疾当愈’等语。万一真喊叫起来，事犯到官，自己也有勾引人的话，所谓物必自腐，然后虫生。而且仍慕鄂郎才貌，所以才仅用话吓吓于他）。你想我若一喊叫，被我父母知道，将你扭获。夤夜入人家，非奸即盗，这个名声传扬出去，不但亏损你的名誉，与君无益，就是我们家也没什么体面哪，可称两下无益（不如开当铺到是两益）！”

宿介一听，姑娘是一死儿犯死凿儿，不肯通融活便；再者自己本是假充字号，冒充鄂家的子孙，好在屋里没有灯烛，要让胭脂瞧明白了，他早就喊巡警啦。别管人家姑娘与姓鄂的怎么件事，与我不相干，千万别胡闹了，他真喊了人来，我也对不起王氏呀。只好说：“那们由着你，今一天暂且不必开会，我可得同你要个准日子，咱们两个人到底是那一天再行欢会？”

（十续）1914年12月29日

女以亲迎为期。宿以为远，又请之。女厌纠缠，约待病愈。宿求信物，女不许。宿捉足解绣履而去。女呼之返，曰：“身已许君，复何吝惜？但恐画虎成犬，致贻污谤。今亵物已入君手，料不可反。君如负心，但有一死。”宿既出，又投宿王所。既卧，心不忘履，阴揣衣袂，竟已乌有。

却说宿介冒充鄂秋隼把门赚开，本打算窃玉偷香。谁想胭脂守身如玉，自己一来心虚，二来到底念过几天的书，晓得怀刑畏法，所以只好罢论。可还要趁此拉个下荡儿，说：“你总得定个日子，咱们两个人会合会合，你只要有准日子，风雨勿阻，决计我必到，你就快说吧！”胭脂说：“方才我对你说让你去请媒人，说定了早些娶。那一天过门，不是那一天就是准约会儿吗！”宿介一听，心说即便有那们一天，那是跟姓鄂的，没我什么事，赶紧说：“我可等不了，务必提前才行哪！你不说近着点儿，我不走，咱们对耗着！”胭脂躺在地上，心中噗噗的乱跳。又被他缠绕的没有法子，一面扎挣往起爬。这才说：“不管怎么样，你也得容我这冤孽病好一好儿，那不你再来呢！”宿介听着胭脂直喘，想着他决不是托病偷懒（那是差使油子），只得说：“既是说等你好一好儿也行啦，你可不许说了不算！你得给我一点儿什么物件作为纪念信物，将来免得你不认帐！”胭脂一听，他这分明是非分的要求，说：“奴家没有什么物件可做表记的，况且你来不是我带信约你来的。你如不走，我可要喊我的父母了！”

宿介一听也是害怕，又见姑娘已经坐在地上，于是顺手一摸，恰巧摸着姑娘的莲足，上面套的软底儿的睡鞋，趁势一爬，到在手中，说：“我就拿这一只鞋做个信物吧。那一天病好了，可准见！”说着话，刚走出屋门，就听姑娘说：“你回来（这是《胭脂》吗？《背凳》）！”宿介只当有活动口话儿了呢，连忙转身。见胭脂手扶着窗台儿，一手推着门，隔窗说：“妾之此身，既已许君，你拿一只破小鞋子去，还算得了什么。但恐怕好事难成，画虎不成反类犬，把这朽名传扬出去，所以才不给你东西。如今这样肮脏的东西既然落到你的手里，我若同你往回里要，大概你是决不肯再给我喽。可有一节，千万还是乘早儿托媒人前来说亲！你要是变心，拿我打哈哈，我也没别的，就是这一条命，也不过有死而已。话说完了，以后但凭于你！”

宿介站在窗外，直没答上言儿来，见胭脂把话说完，门已关好。自己一想，我乘早儿挠之乎也吧。这才又奔到东犄角牛棚，登着墙砖爬上去，慢慢上了墙头儿，跳到当街。见没有过路行人，再看对门龚王氏的门，还虚掩着呢。想着天这早晚了，还在他这儿借宿一宵吧。打好主意，往院里就走。王氏听见，一问是宿介要打连台，两个人喜喜欢欢关门铺床睡觉，方才躺下，宿介猛然想起绣鞋，往衣袖一摸，已经踪影皆无。由此才勾起许多的是非。

（十一续） *1915* 年 *1* 月 *4* 日

急起篝灯，振衣冥索。诘之不应，疑妇藏匿。妇笑以疑之，宿不能隐，实以情告。

阳历新年元旦，今朝已过三天。虽然属九正严寒，只要多穿就暖。

都说金融艰窘，市街不断银钱。自强努力莫偷闲，凑合也能挣饭。

最忌生来依赖，一心白啃万年。嫖赌吃喝鸦片烟，样样宗宗全干。

张口报怨没赏，钱粮不见提前。即便真果见天关，也有穷人现眼。

几句流口辙的词儿念毕，接着还是《聊斋》。今一天是咱们中华民国四年，一月四号，本报借着阳历的光儿歇了四天的工。在下这版《聊斋》多歇了一天，并非我们这行是五天的行规，皆因这几天学、商、军界都放假，必要听听戏。本报七版的戏单子是各戏园按月的告白，不能不给人家登上。所以末一天，借了一天的六版，在下沾了点告白的光儿。今一天是头一天出版，不便张嘴就啃《胭脂》（那是贾宝玉），应当说几句吉祥话儿，道道新禧。实不相瞒，在下歇这几天的工，在我们西北城地方儿，活受了几天的罪。谁见着我，谁抱怨穷，所以我才拿这件事做了几句词儿。虽说所说的是实在情形，可是自己要不想法子自强，再若嗜好甚深，早晚也得受穷。今天这几句话就当吉祥话儿，但愿明年诸位比在下强。别像我苦啃《聊斋》（这是间接生利的奢侈品，算不得正当行业），就不枉您花这一枚铜圆。话是交待明白了，接着还得说这段《胭脂》。

诸位要晓得《胭脂》这段故事是明末清初年代的事，彼时没人提倡改良天足，所以胭脂是缠足。不但是缠足，而且是极小的两只缠足，这一程子又闹病，身体减瘦，所以鞋也大啦，才被宿介爬下一只去。人家孩子要像我这两只踢土儿①似的，宿介也就不爬了（全盛双脸②，足尺码重八③），这就是缠足的坏处。比如当日胭脂早维新，穿双东洋木屐，也没这个事。宿介如果爱，可以上澡堂子寻去。闲话打住，还得说书。

单说宿介躺在王氏的屋中，猛然想起胭脂的这一只鞋来。自己虽怕王氏知道，不敢明拿出来瞧一瞧，心里究竟惦记着，趁着盖衣衫的时候，偷偷儿的摸了一摸，敢则已经没有啦。这一下子，人家孩子心里可打上鼓啦，一骨碌身子扒将起来，忙着说："快快点灯！"王氏说："你要作什么呀？"宿介说："不得，我丢了东西啦！"说着话就登裤子。光着脚，站在当地，一抖搂衣服。王氏说："你丢了什么？明天再找还不行吗？"宿介说："这可是要紧的物件，我总得找去！"王氏说："到底是什么呀？八成儿是你出洋卒业的文凭吧？"宿介说："那满算不了一回，即便丢了，破几百块还能再补一张。这一件物件关乎着好几条性命哪，比祖坟的地契都要紧！"王氏听他说得可笑，不由得一笑儿。王氏这一笑不要紧，宿介只当被他藏起去了呢，这才央求王氏要鞋，闹了个不打自招。

（十二续）*1915年1月6日*

言已，遍烛门外，竟不可得。懊恨归寝，窃幸深夜无人，遗落当在途也。早起寻之，亦复杳然。先是，巷中有毛大者，游手无籍。尝挑王氏不得，知宿与洽，思掩执以胁之。是夜，过其门，推之未扃，潜入。方至窗外，踏一物，软若絮帛，拾视，则巾裹女舄。伏听之。

昨一天因补年内的命令，不得已停了一天的《聊斋》。因为报纸应以命令为主体，连新闻都得在次，何况是报余的小说儿呢。今天免去闲话，多说书补付补付诸位。

却说宿介在满屋地上一找，没有这一只鞋，又被王氏这们一笑，疑惑是被王氏给偷着藏起来了呢，故此不敢隐瞒，才把如何跳下家的墙，冒充鄂秋隼，扒了胭脂一只鞋来的话，从头至尾说了一遍。又对王氏说："你要如果藏起来，你快赏给我吧！这一件事，关乎两方面的名誉，别叫我着急喽！"王氏瞪了宿介一眼，说："你这一件事，瞒了我个很结实。我那儿知道你带着这样的好东西哪。别打哈哈，趁早儿找才好。这里面也牵连

① 踢土儿：江湖隐语，鞋。
② 全盛双脸：旧时北京全盛斋鞋铺制作的男鞋鞋面前端缝有皮条，将鞋面一分为二，故称为双脸。
③ 重八：八八，八寸八分，属于当时的中号鞋。

着我在其内哪!”宿介掩着怀，赶急举着灯，开了屋门，毛着腰，一步儿一步儿的由屋门口照到街门，才见街门虚掩着，开开门又到门口儿外头，还是踪影皆无。垂头丧气的进了街门，把门关好，进了屋子。王氏问说：“找着了没有?”宿介摇了摇脑袋，上床脱衣睡觉。王氏也没抱①怨他，想着他只要没有信物，断不敢再去啦。宿介躺在床上，可睡不安静，心里想着，好在这样黑更半夜的，也许丢不了，明天一亮儿我再找去还不行吗。王氏究竟有点儿醋意，也不大爱理他，所以两个人谁没理谁，胡乱睡了一夜。第二天起来，又找了一遍，还是没有。宿介自己回家，暂且不提。

单说龚王氏住的这一条胡同儿，有一个姓毛的，没有名字，都叫他毛大，素日游手好闲，是个泥腿光棍，时常在街上见着王氏没话找话儿，打算要跟王氏勾搭勾搭。王氏虽不正经，如何瞧得上这路人，永不爱理他，这小子也不敢犯野蛮。从此留心一调查，见宿介时常来往，多半是夜聚明散。后来跑到王氏娘家那一溜儿②细一寻问，才知道两个人是多年秘密。想着早晚宿介住在王氏家中，我把他们两个人一齐拿住，大概王氏就不敢再跟我那们扛头啦。

恰巧这天晚晌，路过王氏的门前，一推门并没关着，小子蹑足潜踪往里就走，打算到窗根底下听一听。正赶上宿介点灯，说找要紧的东西。毛大心说，今天总算被我等着啦，多忖一忖儿，容他们睡了，我踹门先抢裤子。正在打算，觉着脚底下□着什么似的，软软儿，好像个绸子包儿，想着这许是宿介给王氏的上炕礼儿（山东哥们回家的规矩）。一毛腰捡起来一摸，果是一块娟子包儿，包着一只女鞋。小子反觉诧异，爬在窗外，要窃听分明。

（十三续）*1915年1月7日*

闻宿介自述甚悉，喜极，抽身而出。逾数夕，越墙入女家，门户不悉，误诣翁舍。翁窥窗，见男子，察其音迹，知为女来者。心忿怒，操刀直出。

却说毛大本打算拿住宿介与王氏的奸情，所以蹓进院中。正要等二人睡熟，再踹屋门进去，不想一扒窗台儿，觉着脚底下有什么东西似的。捡起一摸，是个绸娟子包儿，包着一只女舄。心里正然纳闷儿，想着这一只鞋，不像王氏的，而且尺码太小（王氏也没穿过重八的全盛双脸），所以才想细听一听。此时可就正赶上宿介那儿回堂的时候儿（就是王氏可不是堂官，皆因这不是公事），自己听了个清清楚楚，明明白白，登时这分儿喜欢（比得了储蓄票大彩还高兴哪）。自己一想，要说胭脂的小模样子，可比王氏强的

① “抱”，原文作“报”，据语义改。
② 一溜儿：附近之地，附近一带。

多，况且宿介也不是什么好惹的，即便他们两个人有秘密，我与龚老大一不沾亲二不带故，我也管不着。莫若我拿上胭脂这一只鞋，先回家忍两天儿，俟等他稍好一好儿，我找胭脂去，闹个明替暗接（那位说，什么叫明替暗接呀？就是宿介冒充鄂秋隼，毛大又冒充宿介假充鄂秋隼）。今一天晚晌，我也不必伤这个面子啦。想到此处，自己一抹身出了王氏街门，照旧把门替他们对好，回家（这可全在宿介拿着灯满院子寻找以前的事）。自己在家盘算，不知道胭脂好了没有。

耗了几天，这一天夜间，拾掇力落紧衬，袖口儿褪上这一只绣鞋，此时约在初更前后，出了自己门首，直奔卞家。既是本胡同儿，不过隔几个门儿，自然转眼就到。走到门前推了一把，已经关严。毛大这小子虽说不是好人，可也不会高来高去①，围着卞家院墙绕了个湾儿，见靠南墙角儿下有一块石头，自己登着往上一爬，没能爬住，一下子闹了个坐墩儿，摔的小子直咧嘴。没法子满街上一找，捡了一块羊骨头，顺着墙缝儿插进去，再上了石头，脚登着骨头，往上一挺身儿，这才爬住墙头儿。再往上使力一扒，才上了墙头，顺过腿儿来，轻轻跳在院中。站②在当院一瞧，东西上房全都漆漫乌黑，不知胭脂在那屋居住。惟独上房东耳间儿，影影绰绰有一个灯亮儿，自己想着也许胭脂等鄂秋隼呢，我不如过去瞧一瞧。一面想一面往前凑合，到了窗户外头，登台基一长身儿，爬住窗台，往上一探头儿。

书中代表，这可正是老卞的卧室。老卞正坐在屋中查牛马经的方子哪，猛见窗纸上一个人头的影儿，是个男子，连忙奔窗户，想要瞧一瞧是谁，自己方到窗前往外要瞧。毛大因一爬头儿见是白头老叟，自己知道不对，赶紧下来，往满院瞧看。老卞一瞧，穿着长衣服，不像久惯做贼的。本来自己女儿这一程子的病自己就纳闷儿，如今一见此人，想着怕是与女儿有什么瓜葛，登时怒从心上起，恶向胆边生，抓起一把刀来，开开屋门追了出来。

（十四续） *1915年1月9日*

毛大骇，反走。方欲扳垣而下，追已近，急无所逃，反身夺刀。媪起大呼，毛不得脱，因而杀之。女稍痊，闻喧始起。共烛之，翁脑裂不能复言，俄顷已绝。于墙下得绣履，媪视之，胭脂物也。逼问女。

却说毛大一扒窗户见是个老头儿，一头的白发，心说这是胭脂吗，成了没染的棉花胭脂饼儿啦，必是老卞无疑。街邻道坊的全是熟盘儿③，一个被他瞧明白了，明天他点名

---

① 高来高去：指攀垣越屋的武技。

② “站”，原文作“踮”，据语义改。

③ 熟盘儿：脸熟。

儿一告，虽说官司打不到那儿，究竟不大好见人。此时也不顾得再找胭脂啦，抹头要跑。

老卞是个气劲儿，顺手抓起切药的一把刀来，一面开屋门，一面口中喊嚷，说："你这小子，分明做死。楞敢上我这儿跳墙来，你今儿个不用打算走啦！"嚷着到了院中。

毛大一急，只好还是奔方才跳进来的那个地方儿。一来院子地脚深，二来毛大跳墙不行务，奔到墙根儿底下，尽命劲儿往高一蹿，两手扒着墙头儿又一加劲儿，方才迈上一条脚去。

老卞是腿脚迟慢，不然毛大还上不去呢。此时已经追到墙根切近了，举刀照毛大的拐子就剁。毛大是真急了，一扭身，由老卞手中把刀夺过。老卞一急，抱住一条毛腿儿往下就抻。

再说胭脂的母亲刚才躺下，并没睡着，见老头子抓刀开门，不知什么事，方才要问，老卞已经出了屋子，在院中喊骂。又听脚步声音，自己以为是贼，爬将起来，说："了不得喽，有了贼喽！"

毛大听老婆子一喊，心中着忙，老卞揪着腿又硬往下抻。顺手一刀，想着只要老卞一躲，自己就可以跳出墙儿逃走了，没想这一刀正砍在老卞的头上。只听咕咚一声，老卞没嚷二声，倒在地下。毛大把刀扔在地下，迈过那一条腿，跳在当街。好在外省胡同夜晚没有什么人，抖抖土儿，心还直跳，又怕老卞家中有人追出来，不敢耽延，连忙跑回家去，不提。

但说胭脂的病本是心病，只因那一天被宿介爬了鞋子去，想着大概这两天必然托媒人过来说亲了，所以病一天比一天渐觉轻松。到了夜间，也能脱衣睡觉了（跟我一样，那位说，你也是想鄂秋隼想的吗？我是这两天儿喘的安静了点儿）。这时候方才睡着，听见院子有人跑，又听父亲喊叫的声音。自己赶紧坐起来，点上灯烛，穿好衣服，下地开门，举着灯往院子里瞧，见母亲也一面叫着自己也往外走。胭脂答应，过去搀着母亲，满院一照，见西南墙根儿底下躺着一个人，凑近一瞧，正是父亲，满脸血渍，登时吓得要哭，举灯一照，不但脑袋有血，还有花红脑髓，连叫了两三声，见父亲已经说不出话来了，净剩下蹬腿儿啦。胭脂的母亲还打算往起搀，哆哩哆嗦的往起一扶，只见又一蹬腿儿，已经全魂气断了。老婆子坐在地下放声大哭，胭脂也哭的气尽声嘶，泪人儿一般。老婆子想着那里来的这路狠心的恶贼，究竟因为什么起见呢？猛一抬头，见墙根儿底下有一只绣鞋，捡起一瞧，正是女儿的亵物，这才要追问姑娘。

（十五续）1915年1月10日

女哭而实告之，但不忍贻累王氏，言鄂生自至而已。天明，讼①于邑，邑宰拘鄂。

① "讼"，原文作"送"，据语义改。

这两天的书，诸位看着好似说的磨烦，其实不能不这们说。即如毛大跳墙这一节，不能不说他是力笨儿①，真要把他说成飞檐走壁采花淫贼一路，老卞也决计追不上，开门出来早就跳墙跑啦。况且毛大这路人，虽不是东西，还有点儿羞恶之心。如果老卞不追紧了，也断不敢行凶，这就应了穷寇莫追的俗语儿啦。

闲话少说，却说卞老太太见地下扔着的一只鞋，过去毛腰捡起来一瞧，认得是女儿的物件。胭脂此时才瞧见，登时又羞又瘭，想着一定鄂秋隼将父亲杀死。古人说父母之仇不共戴天，此时把鄂生恨入骨髓，咬牙切齿暗骂。卞老婆子气忿忿的说："既然这个凶人拿着你的绣鞋，必是你这丫头作下什么不才之事，勾串人来，将你父杀死，你还不实说吗?"胭脂听母亲这样一问，不觉放声大哭，才把那一天晚间，如何有个鄂秋隼隔窗要与自已苟合，是儿不肯，所以他才爬去这一只鞋的话说了一遍。可并没肯提这里面有王氏带信的事，因为人命关天，不便牵连外人，故此就说鄂秋隼自已来的。卞老婆子一听，说："那们明一天见着县台，你可也实话实说。"这一闹慌，天光已经大亮。

卞老婆子出去，叫来乡约地保，立刻有官人用席将老卞盖上，写了禀呈，带上胭脂母女二人，并钢刀一把，绣鞋一只（这点地方儿，可不能唱《法门寺》）。好在是本城里头，一会儿就到了衙门。县官见报呈是弃凶的案子，不能耽延，立刻升堂一问。胭脂仍按家中对母亲说的那一套一回。县官一听，既有这只绣鞋，总算有点线头儿，立刻出签拿鄂秋隼，到堂问话。

差役遇着这路案子，不必嘱咐，自然赶紧办去。奈因原告儿没指出鄂秋隼的住址，好在他是秀才，教官的门斗可以知道他的住址。于是找了门斗一问，知道住的不远，立刻到了鄂家门外。堵着门儿一喊："鄂秀才在家吗?"鄂家没有多少下人，就有一个老苍头②，开门出来一瞧，见是两个公差，登时吓傻了，哆哩哆嗦的说："上差到此，不知有何贵干?"差役说："有个鄂秀才可在此处居住哇？你快快把他唤出来!"苍头说："有请相公!"鄂秋隼听儿外面有人找，正往外走，又听见苍头请，出门一瞧。公差说："你是鄂秋隼?"鄂生说："小生正是鄂秋隼。"差役一抖铁链③，就把鄂秋隼锁上，拉着就走。剩下老苍头，说："嗳呀，为何两个公差不容分说，将我家东人锁走？待我赶上前去，问个明白。吧嗒苍（这倒不错，虽然没唱《法门寺》，可唱上《九更天》啦）。"不言苍头（原文本没有吗），单说两个公差拉着铁链④一直奔赴县衙，一会儿带到衙门，先赴差房报到。县台立刻升堂，要追问鄂生因奸杀命的情由。

---

① 力笨儿：不懂业务的人，外行人。

② 老苍头：老仆人。

③ "链"，原文作"练"，据语义改。

④ 同上。

（十六续）1915年1月11日

鄂为人谨讷，年十九岁，见客羞涩如童子。被执，骇绝。上堂不知置词，惟有战栗。宰益信其情真，横加梏械。书生不堪痛楚，以是诬服。既解郡，敲扑如邑。

昨天说锁拿鄂秋隼，虽是近于斗哏，其实早年外法司黑暗的事很多很多。况且又是人命案子，故此并没等斥革秀才，居然就把鄂秋隼锁到当堂。偏巧鄂生平日为人谨慎，口头子又笨，这年十九岁了，见着个生人立刻就害臊发讪，仿佛几岁小孩儿怕生人似的。猛孤丁的被两名差役见面不容分说给锁上拉到衙门，自己还不知什么事呢。见县官坐在堂上，两边许多衙役，两旁列着鞭子、板子、夹棍、拶子。差役上堂跪禀，说："凶犯鄂秋隼拿到！"县台吩咐当堂撤刑。衙役过去，摘下项锁，口中嚷说："跪下！跪下！"

论理鄂秋隼既是秀才，上堂应当打躬，自称"生员"。奈因鄂秋隼是傻学生，一被拿，已经吓糊涂了。又听说凶犯，自己更说不上话来了。官人叫他跪下，他就双膝跪倒，一句话也没有，浑身体似筛糠，哆哆的乱战。县官在公座上一瞧，这一定是真情实犯，决不屈冤了，这才一拍惊堂木，说："好个大胆的鄂秋隼，你为何黉夜入人家，杀死卞牛医，弃凶逃走，还不与我从实招来！"鄂秋隼并不知道这是那儿的事，战兢兢的说："生员不知，请父台大人饶恕！"县官一听，说："这是卞牛医之女胭脂供的，你还不实说吗？"鄂秋隼又回了一句："生员不知！"县官一听，说："抄手问案①，谅你不肯招认。来呀，与我重责四十！"鄂秋隼口中直嚷，说："老父台，生员不敢！"吓的真哭，好像小学生背不过书来，遇见严恶先生似的。

衙役不容分说，过去把鄂秋隼按倒，用板子苦一招呼。鄂生如何受的这样刑具。打完，县台问说："你招不招？如果不招，看大刑伺候！"鄂秋隼一想，究竟招什么呢？有心说不招，实在怕再打。只好说："生员受刑不过，愿招！"当时县台立刻叫书班，按着原告胭脂的供词，叙了一套供，念给他听了听。然后叫他画了个押，印上斗记，钉肘收监。这才行文学院，斥革鄂秋隼秀才。又派差役仵作，押着胭脂母女，赴尸场相验，委系一刀砍破囟门致命身死。当时把胭脂母女取保，听候详府覆勘。自己坐轿回衙，立刻办理解文，解赴东昌府。

次日文书备齐，由监中把鄂秋隼提出，上了囚车；胭脂母女是原告儿，自己备车，一路同行。简断截说，到了府衙，把一干人证带上去，知府照例点完名，由书班们一念亲供，只要不翻供，就照例收监。鄂秋隼在县里既画了供，这就是俗语儿说的递来文书

① 抄手问案：双臂交叉于胸前，不动手审讯，意为轻松问案犯人是不会招供的。

如桶箍。鄂秋隼以为知府衙门必然比本县讲公理，念完供词，冲定知府叩头，说："生员一概不知!"知府一瞧，这是打算翻供，耽延日子，如何能容，说："你分明这是胡说，来呀，与我重打四十!"鄂生一瞧，才知道与县衙是一样的说话就打。

（十七续） *1915 年 1 月 12 日*

生冤气填塞，每欲与女面相质，及相遭，女辄诟詈，遂结舌不能自伸，由是论死。往来覆讯，经数官，无异词。后委济南府复案。时吴公南岱守济南，一见鄂生，疑不类杀人者，阴使人从容问之，俾得尽其词。公以是知鄂生冤。筹思数日，始鞫之。先问胭脂。

昨天这点儿书，说是鄂秋隼屈打成招，虽由于鄂生不能自辩，也坏在县台有了成见，故此才用刑拷问，于此可见停止刑讯实为善政之一端。比如当日不用刑讯，自然得慢慢的聆音察理，即便糊涂县官也可以知道被告的屈抑。就说受了贿赂，都有个办不了。这是说停止刑讯的好处。虽说遇着久惯打官司的讼棍，因不动刑便不招，不过少数。况且身为民之父母，就得看得出人来。至于鄂生因谨讷而诬服，又可见如今律师亦为善政之一端。比如一个好人，本是他有理，遇着泥腿光棍故意陷害，自己有冤无处诉，或见官说不出话来的老百姓，若有律师作为代表，自然也免许多冤抑。虽说律师程度不齐，究竟还得说案打实情。今天这些话，请顽固诸君细细的想想。

闲话少说，却说鄂秋隼到了详府的时候打算翻供，谁知照旧是一说就打，心中这点儿冤气真是无处申诉。想着那一时见着胭脂，我总得问一问他，素日无怨无仇，因为什么一定告我，问明白了我死后也甘心。有时遇见，胭脂不容分说，开口就骂，自己不能还言细说，糊里糊涂，受刑不过，只好认命画供。府台按刑律一科，杀人偿命，除黉夜入人家调奸轻罪不议外，已科为斩监候罪名，秋后实情处决了。虽然因供词与原行有些不符的地方，可是每次提审鄂秋隼，鄂生怕打，人家怎么问，他就怎么应。历任的官员，因为他自己不十分辩白，谁肯细问。

这一天，又委济南府复讯这案。恰巧这位府台姓吴名公岱，是江南武进县一位进士，素日精明干练。一见这个案子，及至把鄂秋隼提上来一瞧，不像杀人的凶犯。再细阅案繇，越觉可疑，想着内中必定另有什么隐情。当时照例问了一堂，就吩咐带下去，想着必须有一个特别的问法，才能无枉无纵。打定主意，才把靠近的下人叫过两个来，说明自己是怎么个意思。把下人也放在监中，作为打官司的，同鄂生收在一块儿，好随便说闲话儿，先问个明明白白，即便他不肯实话实说，只要有些句与堂上的口供不同的地方儿，自然就有下手办法了。

这点儿书，可不便细形容，因为编着一说，就未免离了原文，咱们只好做暗场子一表儿。下人把鄂生问了个明白，这才进内衙回明吴公。吴公知道实在是鄂秋隼冤枉，可是这路官司，虽然知道，也得想个入手的办法才能提审，自己为难了好几天。这一天，打定主意，想着必须如此如此，方能不冤好人。于是升堂，先提审原告胭脂姑娘。

（十八续）1915年1月13日

“订约后，有知者否？”答：“无之”。“遇鄂生时，别有人否？”亦答：“无之”。乃唤生上，温语慰之。生自言：“曾过其门，但见旧邻王氏与一少女出，某即趋避，过此并无一言。”吴公叱女曰：“适言别无他人，何以有邻妇也？”欲刑之。女惧曰：“虽有王氏，与彼实无关涉。”公罢质，命拘王氏，数日已至。又禁不与女通，立刻出审。便问王：“杀人者谁？”

却说这位吴府台，虽由下人在监中探出鄂生并没与胭脂有私约的事来，可是上堂不能替他辩护，自得设法问出胭脂的破绽，再行追究。于是这一天升堂，把胭脂先提上堂来，问说：“你控告鄂秋隼杀死你父，你是亲眼得见么？”胭脂说：“虽不是民女亲眼得见，有订约绣鞋为证！”吴公说：“那们你与他订约后，除你两个人之外，还有别人知道没有？”胭脂说：“这一件事，连民女的父母都不晓得。”吴公说：“你与鄂生，是由何时初次见的面儿呢？”胭脂说：“有一天，民女在门外，他从门前经过，看了民女两眼。过了两天，夜间他就跳墙入院，弹窗与民女定约，爬去的绣鞋。”吴公说：“你那日在门前见着鄂生，他是一个人儿呀，还是有过往行人？”胭脂说：“街前没有行人。”吴公问到此处，吩咐衙役带鄂秋隼，并不叫胭脂下堂。衙役答应，一会儿提上堂来，跪倒与府台叩头。吴公脸上故意和颜悦色的说：“我看你这一案诸多不符，今一天，本府要准情度理的悉心细问，不必害怕，千万实话实说，不许撒谎。你与胭脂几时订的私约？”鄂秋隼听见吴公这样问，才跪爬半步，说：“生员并不曾与胭脂订过什么私约。有一天，生员由他家门前经过，见生员陈邻居王氏同定一个少女，由这个门儿出来。生员因人家是少妇长女，我就赶紧走过去了，并不知他叫胭脂，也不曾同他交言，安有跳墙定约之事，望老父台详察！”吴公一听，立刻冲定胭脂说：“方才你说没有别人看见，如今据鄂生所供，有邻妇王氏，你因何隐瞒不说实话？其中你一定另有隐情。你如不实说，本府先要掌嘴了！”胭脂一听，吓得直哆嗦，说：“大人不必动怒，当日确是有个邻妇王氏来串门子。他临走的时候，我们两个人一面说着话才来到门前。不过这一件事，当日虽有他，至于鄂秋隼跳墙订约，全都与他不相干，故此民女才说没有别人，望大人详察！”说完，嗓音透着直颤。吴公一听，有了别人，这案子就有头绪了。于是吩咐衙役把鄂秋隼照旧掐监，把胭脂收入女待质所。嘱咐官媒好生看待，然后退堂。

到了内衙，另备一套公文，派两名差役，申到该县，速将卞牛医对门龚王氏传府候讯。差役领公文，怎么去投，不必细表。过了五六天，就把王氏拿到。吴公预先吩咐，不许他与胭脂见面。差役一回进去，吴公立刻升堂。差役带上王氏，吴公一瞧，与胭脂不同，是个浪荡妇人，见面必须用话诈吓于他，说："龚王氏，你对门卞牛医被谁杀死，还不从实的快说！"

（十九续） *1915年1月14日*

王对："不知。"公诈之曰："胭脂供言，杀卞某汝悉知之，胡得隐匿。"妇呼曰："冤哉！淫婢自思男子，我虽有媒合之言，特戏之耳。彼自引奸夫入院，我何知焉？"公细诘之，始述其前后相戏之词。公呼女上，怒曰："汝言彼不知情，今何以自供撮合哉？"女流涕曰："自己不肖，致父惨死，结讼不知何年，又累他人，诚不忍耳。"公问王氏："既戏后，曾语何人？"

片言可以折狱者，其由也与，足见听讼这一件事，不是是个人就办得了的。就以前清说，别的衙门有由各处保的，惟独刑部，由各处保送签分①的，可不能派他问案，足见是一门学问。即如这位吴公，虽是进士出身，可于刑名这一件事，肯悉心研究，就能得其梗概，不过坏在还稍有成见就是啦。此是后话，暂且不提。

单说吴公这一天传到王氏，赶紧升堂，见面先用诈语拍他，可不能用刑，必得看出他内中确有不肯明说的意思来，才能刑求哪，这正是问案的要诀。不想王氏听府台问他知道卞牛医何人所杀，自己连忙冲上叩头，说："呦，我的青天大老爷呦，这一件事情，我们可不知道呕，您哪，还是问他吧（王氏是《绒花计》串《寿山会》，会的玩艺儿真多）。"吴公把脸一整，说："据胭脂供称，杀卞某之人，你知情，你还不从实招上来！知情隐匿，是有罪名的。"王氏一听，可真急啦，大嚷着说："呦，可真冤屈死了我们喽！这个下流丫头片子，他自己想汉子，他们对说对讲，做出这样事来。我虽有一句替他们做媒的话，那不过是句嘴边儿上的打哈哈的话儿。信儿还没带到呢，他就把个奸夫勾引到他家里去啦，我们可那儿知道是谁呀？"吴公一听，既有相戏做媒之言，其中总又有点儿头绪，必须从此细细的追问，连忙说："你说与他们做媒的话，是几时说的？还有什么情形，你一一的讲来！"王氏也不敢隐瞒，可就把那一天如何串门子，胭脂如何送出自己，鄂秋隼如何从此经过，自己见胭脂瞧的入扣子（可是鄂秋隼，不是书扣子），所以拿他取笑儿，说要给他提亲的事，重覆说了一遍。

---

① 签分：清朝一种官员抽签安排职务的制度。

吴公一听，王氏总算知道。他不往下再问了，吩咐把胭脂带上堂来，当面质对。差役答应，一会儿的工夫，把胭脂提上来。吴公一见面，故作怒容，一拍惊堂木，说："好个贱婢，你说他不知情，方才他亲口供认，有替你与鄂秋隼做媒的话，如何能算不知情！你必有回护，若不实说，本府可就要刑讯了！"胭脂此时是又羞又怕，抽抽答答的就哭起来啦，说："这一件事，总是民女自己的不肖，以致老父惨死。这一件无头的案子，不知何日方能了结。无端又连累邻居，民女心实不忍，故此未曾供这一节。此是实情，望大人开恩！"吴公明知这事一定在王氏身上，所以又不问胭脂了，冲定王氏说："那们你与胭脂别后，这些话可对谁说过，你要从实的说来！"

（二十续）1915年1月15日

王供："无之。"公怒曰："夫妻在床，应无不言者，何得云无？"王供："丈夫久客未归。"公曰："虽然，凡戏人者，皆笑人之愚，以炫己之慧，更不向一人言，将谁欺？"命梏十指。妇不得已，实供："曾与宿言。"公于是释鄂拘宿。宿至。

却说吴公一听王氏自认有撮合之语，知道必然是王氏对别人说了，这人假充鄂秋隼，跳墙爬鞋无疑。所以才往下追问龚王氏，戏耍胭脂之后，把这话都对何人提说过，速招上来，以便捉拿真凶。王氏跪在公案前，说："呦，我的大老爷，小妇人因为跟胭脂是对门近邻，我们小姐儿两个素日投缘对劲，无话不说，所以才拿这话跟他打个哈哈。至于外人，我能告诉他们谁呀！况且这是守秘密的事，关乎人家姑娘的名誉，小妇人并不是那样嘴短舌长的人哪！"吴公一听，心中动怒，说："你说不对外人说，或者是有的。可是俗语儿说的，至近莫过夫妻，况且在夜间同床共枕的时候儿，难免不提到这一节。你要说没对你丈夫说过，令人难信！"王氏一听，说："您敢情不知道呀，小妇人的丈夫是个买卖地儿（好在原文就没说吃那一行），这次出外有好多日子啦。他没在家，我们还能为这点儿事给他打电报吗（彼时也没有哇）？"吴公一听人家的男人没在家，自然不能硬说对他丈夫说了，登时急中生巧，说："不然，这话可不是这样说，大凡好拿人打哈哈的主儿，必然是笑话人家傻，所为逞自己的聪明。你要一定说没对一个人儿说过，这话你只好哄别人。究竟对谁说来着，快快从实的招来！"吴公察言观色，已经看出王氏必不是好人，所以才这样的问。

王氏已经颜色更变。吴公这才吩咐差役，说："快把王氏与我拶起来！"差役一听，立刻拿过拶子，把王氏的十指套上。胭脂跪在一旁吓的直哭。吴公在座上问王氏："有招无招？"王氏咬定牙关，说："没什么招的。"吴公吩咐一声收，差役用了不过五分劲儿，又用棒儿一敲绳子，俗语儿说十指连心，王氏疼的连哭连嚷，说："小妇人受刑不过，有招！”吴公吩咐撤去刑具，冲定王氏说：“快快招来！究竟对谁说过？”王氏料难隐瞒，这才羞羞答答说：“小妇人就是对我们陈接房宿介宿相公说过一回。”吴公说：“宿介是你什么人？”王氏供出实话，只好说：“宿介与小妇人是奴在娘家常来往，一到婆家不登门儿（王氏那能有心肠唱呢）。后来因我丈夫出外，他又时常往来。那一天又找了我来，睡到半夜，说闲话儿，提起胭脂托我替他给鄂秋隼带信的话来。除他之外，实在没对别人说过，望大人开恩！”吴公一听，命差役暂将胭脂、王氏全行带下，交女待质所收管，又吩咐把鄂秋隼取保开释，立刻备公文速提宿介到府听审。这可也不能当天传到，过了两天传来，吴公升堂，这才追问宿介杀人的案情。

（二十一续） *1915 年 1 月 16 日*

自供：“不知。”公曰：“宿妓者必无良士。”严械之。宿自供：“赚女是真。自失履后，未敢复往，杀人实不知情。”公怒曰：“逾墙者何所不至。”又械之。宿不任凌籍，遂以自承。招成报上，无不称吴公之神。

听讼这一件事，全得揆情度理，既不可有私心，尤不可有成见。即如这位吴公，能疑到王氏断不能不对外人说，就是一个“戏”字推测出来的。大凡的戏理，不外炫己之智。一有自炫之心，便不能再守秘密。果然由此问出与宿介有染，这是吴公的高明处。无如原文说立刻“释鄂拘宿”，可透着点儿不像官事。您想既然鄂秋隼已经问成死罪，即便事有可疑，也不能就先放了鄂生，再拿宿介。倘若拿到后，问不出什么来，应当怎么办呢？而且前文说拘王氏数日始至，拿宿介自然也得耽延两天，故此不能不替原文辩正着说。

闲话靠后，单说这一天，把宿介锁拿到了东昌府。吴公升堂，差役把宿介带上，冲定吴公打躬，口称：“老父台在上，生员宿介有礼，小生夙无不法行为，不知因何将小生锁拿到治下？”吴公说：“龚王氏供称，你与龚王氏通奸，已犯法律。因何又贪图胭脂的姿色，杀死伊父卞牛医，还不与我从实的讲来！”宿介一听，说：“龚王氏与生员是幼年密友，通奸是早就有的。至于杀死卞牛医的事，生员实不知情！”吴公一听，一拍惊堂木，说：“大凡眠花宿柳的人，断没什么好人，你分明这是枝梧，左右与我将他夹起来（原文说‘械’，无非是刑具，可没提一定说夹棍，要说鞭板等类全可。既然上文用拶子，莫如咱们说夹棍，可以通俗）。”简断截说，宿介受了这一通儿，本来也是书生派儿，又好荒唐，身子骨儿很虚，如何能挺的住。宿介连忙说：“生员受刑不过，有招！”吴公吩咐暂且停刑，叫宿介快快讲来。

宿介自己这才供称那一天如何因听王氏说胭脂爱慕鄂秋隼，自己并没对王氏说明心事，次日晚间，跳入卞家，赚开胭脂的屋门，爬下一只绣鞋。虽与胭脂订有俟他病好再行相会的话，不知什么时候，把这一只鞋失落，无从寻觅。自己从这一天起就不敢再去啦。至于何人持此绣鞋，跳墙进院，杀死卞牛医，生员实没这样胆量。吴公一听，满脸怒容，说："跳墙私入人家，决计不是什么好人。既能做这路事，杀人一定是你无疑。左右快与我把他夹起来！"衙役一听，不敢怠慢，照旧又把宿介的两腿套上，一收绳儿，这回是十成劲儿，疼的个宿介狼嚎怪叫，说："生员受刑不过，招认就是啦！"吴公吩咐撤刑，还是由书班给叙了一套供，无非"意欲跳墙图奸，不期被卞牛医知觉，持刀追赶，越墙不得，情急夺刀杀死"等语。叙完命宿介画了供，立刻申文该县，斥革秀才，将全案叙成文书，详于臬司衙门。鄂秋隼无辜，开复斥革秀才衣巾。胭脂、王氏，俟回文另行发落。这套文书一详上去，群称吴公断案如神。

（二十二续）*1915 年 1 月 17 日*

铁案如山，宿遂延颈以待秋决矣。然宿虽放纵无行，故东国名士，闻学使施公贤能称最，又有怜才恤士之德，因以一词，控其冤枉，语言怆恻。公讨其招供，反覆凝思之，拍案曰："此生冤也。"遂请于院司，移案再鞫。问宿生："鞋遗何所？"供言："忘之，但叩妇门时，犹在袖中。"转诘王氏："宿介之外，奸夫有几？"

这一件案子，从打卞牛医死后，除去毛大一个人知道是怎么杀的，其余没有第二个人。宿介的事，可全在这小子心里呢。可怜的就是鄂秋隼，并没有提胭脂为继室之心，更何知盗鞋杀命，只因原告有成见，自己不能辩白，几乎冤死。吴公审情度理，审出宿介，释放了鄂生。其实宿介，还不是真凶，奈因跳墙盗鞋，即便这鞋不丢，过日再去，被卞牛医知道，用刀追急，也未必做不出杀人的事来。所以古人说奸近杀，就是这个道理。吴公居然从胭脂身上问出王氏，由王氏问出宿介，所以大家都说吴公断案如神。谁也不能再说不是宿介啦，这就是铁案如山。可怜宿介提心吊胆跳墙，仅与胭脂说了几句话，惹出这场官司，足见荒唐鬼没什么好处，只好说情屈命不屈，伸着脖子等秋后处决吧。话是这们说，屈死的人，虽那个时候都有，都因没遇着明于断案的。

宿介这个人虽不是好人，论文学可是一把好手，山东省的秀才中数得着的。在监中，有一天听说学使施愚山①先生在本府下马岁考，这位学台不但文学好，而且最精明，并怜才恤士，各省学院都应受理民词。宿介于是在监中细细写了一张呈状，带回家去，遣人赴学院台前控诉冤枉。这一张呈词写的极其可怜，施学使接了呈词，又申文东昌府，调取宿介招认的原供来，翻来覆去的瞧，又仔细寻思，越想这一案，宿介初次既能盗鞋，

① 施愚山：清朝初年进士，诗人，蒲松龄的老师。

老卞不知道，何至二次惊动老卞。想来行凶另是一人，宿介冤枉了。于是自己申文抚台衙门并臬司，调取全案证人赴学院衙门审讯这件案子。既是学台亲题，大家不敢怠慢，赶紧由府到县，把全案人全行传到。

学台坐堂，吩咐衙役先带宿介。宿介是只要能重提，心中就知道有信儿死不了啦。及至提上堂来，自己打定主意，是一句不瞒，学台必有主意，追问真凶。上堂先与学台叩头，口称："冤枉，望恩师大人超生！"施公在座上说："据你前供说'自失履后，未敢复往'，你可想得起这一只鞋，到底失落在什么所在了呢？"宿介连忙叩头，说："生员可说不清。就记得由胭脂院中跳出墙来，还在袖子里头来着。到了龚王氏门外，用手推门的时候也还有呢。及至躺在床上一摸，才没有了。赶紧起来，屋子、院子直到街上找遍了，没有。生员很是后悔，实不知失落何所！"施公一听，便不往下再问，这才吩咐带王氏。一会儿差役带上来，跪在堂口，说："小妇人与大人叩头。"施公说："王氏，你除去宿介之外，还有几个奸夫，从实说来！"

（二十三续）*1915年1月18日*

供言："无之。"公曰："淫乱之人，岂得专私一人？"供言："身与宿介，稚齿交合，故未能谢绝。后非无见挑者，身实未敢相从。"因使指其人以实之。供云："同里毛大，屡挑而屡拒之矣。"公曰："何忽贞白如此？"命搒之。妇顿首出血，力辩无有。

却说这位施学使看出王氏是个淫荡妇人，想着一定是他另有奸夫，必与宿介不睦，所以盗鞋杀死卞牛医，为是故意害宿介。故此带上王氏，先问他有几个奸夫。王氏战兢兢的说："回禀大老爷，小妇人有一个已经不少，那儿还有第二个呀！"施公说："大凡淫乱之人，都是贪多无厌。若说专专抱定一个主儿，你是有夫之妇，早就连宿介也谢绝啦。你这话本院不信！"王氏一听，冲上叩头，说："回禀大人，若说小妇人也不是那水性杨花的人儿呦！提起我的娘家，也有个名儿姓儿。因为同宿介从小儿是近邻，一块儿玩耍，他比小妇人大两岁，才上了他的当了。后来我父母不肯给他家，怕落言语，所以才嫁到龚家。我丈夫时常不在家，他屡次来探望我，我想这是熟事儿，不敢不顺从他。倘若真决裂了，他给我满街市一宣布，我还有什么脸面活着呀。这是小妇人不能谢绝宿介的真情实话。至于我嫁到龚家之后，我们那一条胡同不是什么安静地方儿，有好几个土包①、虚子②、浪荡恶少来调戏小妇人，小妇人想着一则为过，再则为恶，所以才抱定宗旨，不

① 土包：无正业而又为非作歹的人。
② 虚子：指好打扮、讲排场的人。

为所动。我们除却宿介之外，并无第二，那儿能几个几个的呀！”施公说：“你既说近邻有调戏你的，你说出名姓，到底都是谁，待本院核夺施行。”王氏说：“要讲我们胡同最涎脸的就属毛大，只要小妇人在门前买针线，他就赶过来跟我没话儿找话儿，胡说混扯。有时挤鼻子弄眼儿，装醉套玩笑，不是一两次了。小妇人总同他正颜厉色，不拾渣儿，可也没吵闹过，反正不能由着他就是喽！”

施公一听，心中略一沉吟，想着听他这篇言词，虽有几分可信，可是这个妇人口齿伶俐，恐其他是挟嫌扳扯无辜，也不可不防，还须设法推敲的才是。想到此处，故意嘿嘿儿的一冷笑，说：“王氏，据你这样说来，你可称得起是个贞节烈妇了！无如你既不能对于宿介从一而终，嫁到龚门，又不能抱昨是今非的主意，不再勾惹宿介，你忽然这样贞白，这话有些令人难信。你不说实话，本院要重责你了！”吩咐左右：“与我打！”大凡审案不能专用刑求，可不能不用话吓唬。早年善于听讼的有司，决不能一来一打，多半用手段威吓，甘言引诱。即如施公问王氏，口中说要打，并不说是掌嘴、是拶起来，分明是吓吓他。差役也晓得，在旁把各样刑具往他身边一放，一振堂威。衙役说：“快说实话，大人恩典你！”王氏上次受过一次刑，怕在心里，急得跪在堂口咕咚咕咚磕了两个响头，说：“小妇人实在没有第二奸夫。”

（二十四续）*1915年1月20日*

乃释之。又诘：“汝夫远出，宁无托故而来者？”曰：“有之。某甲、某乙，皆以借贷馈赠一二次，入小人家。”盖甲、乙皆荡子，有心于妇，而未发者也。公悉籍其名，并拘之。既集，公赴城隍庙，使尽伏案前。

语云：如得其情，则哀矜而勿喜。听讼须后如此，方能无枉无纵。盖时存哀矜，则唯恐一有不慎，若心中一喜，则便自居得意，不再细细研鞫，难免似是而非。即如本文的吴公，既能追出宿介盗鞋，若再由宿介失鞋之后，也可以追出真凶。乃因失其哀矜之心，又经人称其神明，则自己一喜，便只问了一半。听讼一事，可不慎哉！

闲话靠后，却说施公用手段一威吓王氏，见他实在情急，料想即便用刑也问不出来，莫如说“如此暂免动刑，本院还有话问你”。王氏又叩了一个头，答应了一声“是”。施公说：“你的丈夫时常远出，不在家中。有假托什么事故，时常赴你家不怀好意的人无有？”王氏说：“嗳呦，我的老大人哟，要说这路人可有好几个哪，房后头某甲，左邻右舍的某乙，三天两头儿的，不是这个过来借钱借当，就是那一个给我买点儿吃食点心送到我家，坐在家里跟我拉不断、扯不断的苦聊。小妇人也不好往外撵人家，这都是已往的实情，望大人做主！”

书中代表，王氏所说的甲、乙，全是荒唐鬼儿，不过比毛大胆子小，顾惜名誉。其实上龚家来，也是惦记着王氏，想着趁他们爷们不在家，借事入腿。万一打进门子去，以后说私话，没个不成的。不过还顾得住交情面子，即便发觉，不能问成行贿受贿。这几个人，比上毛大程度，自然高着几年（这点儿书是原文的一个补笔，故此不能串着说）。

俗说施公听王氏所供，暗暗记下，然后又让他重叙了一遍，人名儿不错。这才叫书班录了一套供，画上十字，印了斗箕（那位说，你做什么这样磨烦哪？要不这们办，倘若这几个人不认，王氏再跟着一翻供，也不认他告的了，施公也得打个擅拘无辜。故此原文虽没这一套供，咱们可不能给人家忘下）。

简断截说，施公按照官事套子把供录完，赶紧备文书，赴该县添传龚王氏邻居某甲、某乙、毛大的一干人赴府问话，不准不到。为此传知（这是施公吗？宗人府的传牌）东昌府。衙役奉了学台亲提的文书，即刻起身。到了该县，该县不敢怠慢，立刻派本县得力的快班，赴龚王氏住的那一条胡同去挨门指传。一会儿传到，连毛大一名不落。这是上交的案子，不敢做私弊，立刻预备了一辆大车，把几个人装在车上，赴府审讯。可也不能当天就到，过了一半天，到了东昌府报到。施公一听，说："今日不便审讯，暂行看押。明天将一干人证，均带赴城隍庙。本院借神道设教，来个诚则灵。"大家莫名其妙。

次日，果然一齐带赴庙中。施公这才坐在神座之前，要判断真凶。

（二十五续）1915年1月21日

便谓："曩梦神人相告，杀人者不出汝等四五人。今对神明，不得有妄言。如肯自首，尚得原宥；虚者，廉得无赦！"同声言："无杀人之事。"公以三木置地，将并加之。括发裸身，齐鸣冤苦。公命释之，谓曰："既不自招，当令鬼神指之。"

却说施公把龚王氏所供的一干人证提到，并不升堂审讯，吩咐暂行看押，明日带赴城隍庙听审。不但甲、乙、毛大等人不知什么缘故，就连衙役三班也都纳闷儿，只好连夜预备，把公案放在配殿内，鞭、板、锁、棍也都拿来，把几名犯人寄在廊下。收拾已毕，天光大亮，见施公坐着大轿，衙役喝道，进了庙中下了轿。这先生转过云堂①扑大殿，老道躬身把施主来迎（这是施公吗？胡迪②），自然得先上殿拈香，然后满殿上瞧了瞧，这才到配殿入公座。门斗喊了升堂，差役预备停妥。施公吩咐带甲、乙、毛大，一

① 云堂：寺庙里僧众议事的大堂。
② 胡迪：京剧《胡迪骂阎》中的人物。

会儿带上来，跪在案前报名，与施公叩头。施公吩咐长起面来，恶狠狠的瞧了毛大等一眼，说："本院奉旨典学东省，有代理民词之责。前接宿介控状，知卞牛医一案，内中宿介冤枉。幸蒙神人指教，说杀人者不出你等四五个人所为。今天将你等拘来，有神明在上，不得屈心妄扳诬赖。要知暗室亏心，神目如电（那位说，施公还念过《名贤集》吗？庙里墙上贴着哪）。你们那一个杀死卞牛医，从实招上来。本院援自首之例，本部堂做一本头，请众位大人做一本尾，保你在晋朝大大做一官儿，你是何等不喜，那些儿不乐（这是施公吗？闵觉①）。可以设法原谅，开脱你们的死罪。如有半句虚言，少时被神人指点出来，从严治罪，定斩不饶。你们那一个是杀人凶犯，还不与我快讲！"

当堂跪着的几个人一齐往上叩头，说："回禀大人，我们是小本经营，安善良民，多早晚有杀人的事呦！况且跟卞家都是好接房。远日无怨，近日无仇，我们实不知道！"施公说："你待怎讲？"大家一齐说："我实没杀过人！"施公一拍惊堂木，说："哇！在朝中比不得荒野小县，本部堂岂容尔流口胡言（还是那一出）！"施公装出满脸怒容，说："你等不招，看大刑伺候！"

衙役们答应，把夹棍往堂口一放。过来几名皂役，一揪几个人的发簪②，那个就从身上给他们把衣裳脱下。这几个人不知这是什么事，吓得狼嚎怪叫的山嚷，说："冤死我喽，可冤屈死了我喽！"

几个人这们一喊冤，施公冲定皂班一摆手儿，大家自然就撒手听信儿喽。施公说："本院这样问你们，你们一定不肯招认。本院若动刑拷问，是专以刑求，难以折服尔等之心。本院既蒙神人指示，神人焉能不知是你们那一个所为。我求神人把你们杀人的罪恶明证出来，自然也就口服心服了。"冲定衙役说："暂将他们几个人带下去，不准穿衣服！"又一回头，吩咐自己带来的下人快上大殿，预备一切，好凭神明指证真凶。

（二十六续） *1915 年 1 月 22 日*

使人以毡褥悉幛殿窗，令无少隙；袒诸囚背，驱入暗中，始授盆水，一一令自盥讫。系诸壁下，戒令"面壁勿动，杀人者，当有神书其背"。少间，唤出验视，指毛曰："此真杀人贼也！"

说书唱戏，全是假玩艺儿，讲究做假成真（可不是琉璃料货）。其实审案，也不外乎真真假假、虚虚实实。这就是"民可使由之，不可使知之"的道理。这段是公案小说，

---

① 闵觉：京剧《六部大审》中的人物。

② "簪"，原文作"纂"，据语义改。

讲得是究情问事，与侦探小说上设法拿贼不同。可是前半段满是公案，唯独到了昨一天的书，可透着悬虚。在下前几天按照公案说，也没敢斗哏。昨天因为这案问法新奇，所以才打了几卦，一来诸位看着醒脾，二来我的笔也借此撒个花儿。话是交待明白了，诸位主道你就上眼吧！手前手后，查清楚了，看明白啦，没什么夹带藏掖（那位说，你是说书哇，是要变戏法呀？他是施公要变戏法儿，故此我也犯上贫啦）！闲话打住，还得说书。

却说这位施公，原来一来的时候，早吩咐自己的下人预备好了许多东西。一听“预备”二字，大家答应，把带来的毡子、褥子搬到城隍殿内。窗台上上去两个人，拿着钉锤、绳子，连钉带拴。这个就说：“你可拴结实啦，大人吩咐，千万别露光！”此时毛大等并衙役们没有不纳闷儿的，心说这位大人审案来啦，还是要开照像馆，预备上板的黑屋子呢？八成儿是用什么法术，无如没人敢问，就是施公带的人，也不知怎么件事。一会儿收拾好了，关上殿门试一试，真是一点儿不透光，决闪不了板（还是照像），这才回明了施公。施公亲自进来瞧了一遍，然后吩咐把一干人全带进殿来。一个个光着脊梁，进来一瞧，漆漫乌黑。施公叫差役把几个带到墙根底下，城隍庙原塑有牛头马面、判官小鬼，把人都轰在这些从身后面。然后吩咐下人，拿进水盆儿来，叫他们一个一个的都把手洗得干干净净的，不可冲撞了神明。差役端着盆，摸着黑儿，送到各人面前。大家摸着洗了两三把，可不给手巾擦。一会儿洗完，把盆端开。施公站在城隍神座之前，说：“你们几个人一定不肯招认。你们务必与我脸儿冲墙一跪，不可乱动。少时之间，神人亲自下来，验明你们那一个是杀人的正凶，用朱笔在你们那一个身后，必给你们写个明明白白。到了那时候，就知神道有灵，并不是我故意迷信了。”

吩咐已毕，施公走出殿外，几个下人衙役也全出来，把门带好。施公到配殿少微歇息了歇息，然后命人把座位搭在大殿廊檐之下坐好，这才吩咐衙役把殿门推开，说：“此时神人已将杀人的正凶脊背书写完毕了，将他们带将出来，当众验看。”此时不但当差的惦记着瞧一瞧神人怎么写字，就连被案的某甲、某乙也惦记瞧一瞧。衙役遵命，叫着名字，往外就带，都从施公旁一过。施公手指毛大说：“毛大，你是杀人的真凶，脊背写的明白，还不快些招来！”

（二十七续） *1915年1月23日*

盖公先使人以灰涂壁，又以烟煤濯其手。杀人者恐神来书，故匿背于壁，而有灰色；临出，以手护背，而有烟色也。公固疑是毛，至此益信。施以毒刑，尽吐其实。

昨天的书，说是施公坐在殿外把几个人叫出来，见了某甲、某乙，并没说什么，单单指定毛大，说："此人正是杀人的正凶，不信你们大家瞧，写上不改（那是明善功①）。"此时毛大透着发起毛来，心说，我怕写怕写的，怎么还给我了上啦（大概有账底儿）？那可不行，还是给他个不认账，硬说神人讹我（赖账的老手）。刚要强辩，施公一拍惊堂木，吓得赶紧跪下。此时殿外的人，没有不往毛大脊梁上上眼的，就连某甲、某乙，也在一旁指指戳戳的嘀咕上啦。好在毛大这小子既敢行这宗事，就不怕人家戳脊梁骨，跪在地下，现打主意。那们究竟是怎么个法子呢？要不说出来，是人人纳闷儿，一说破了，稀松平常。

皆因施公是个学使，不能像臬司专管问案，有理刑专责，更不应专以刑求。再说即便用刑，所有皂隶衙役全是府县预备来的，若是不肯使力，施公未必看得出来。莫如来个戏法儿，叫大家信服（那位说，这戏法儿是怎么个门子，你到是说不说呀？原文写着呢，我焉能不说）。他是施公把毛大等传案的时节，就想起本处城隍庙前些日子新募缘修了一修，无非刷浆题色的工程。好在是白墙，故此头天晚晌，又派了两个人，把石灰墙上又撢了一次白灰面儿。当天把窗户纸全部挡严，所为不露白灰。把几个人带进去之后，每人叫他们洗一洗手。这盆水可不是净水，是煤烟子用开水沏了，每人在盆里一涮，立刻两只黑手。某甲、某乙心中无愧，叫他脸儿冲墙，他就冲墙，知道神人不能写花账。像毛大这小子一心的鬼胎，不知这位学台怎们跟城隍至靠，所以不敢脸儿朝里，一坐下他就把脊梁往后直委，觉着冰凉挺硬，好在没叫毛烘烘的笔道儿划拉上，心里以为很讨俏哪。及至往外叫的时候，心中想着万一搭拉着胳膊往外走的时候，脊梁骨上了一下子，也是麻烦，莫若给自己捂着点儿到可以保险。所以倒背着两只手往外走，手上的煤烟子蹭了十个指头印儿，配上白灰，小子成了花脊梁盖儿了。这就是施公变的这个戏法儿。

其实施公一见毛大，就约摸着有九成是他杀的，如今几个人之内，惟独他亏心，自然更不用疑惑别人喽。这才一拍惊堂木，说："毛大，你还不从实把杀死卞牛医的案子实说了吗！你看一看谁的脊梁像你似的？"毛大乍着胆子说："回禀大人，小子不敢杀人！"施公说："你既不杀人，因何心屈护背？"毛大说："我是犯了痒痒啦，蹭墙来着！"施公说："不动大刑，谅尔不招，左右与我夹起来！"此时衙役也佩服施公，于是把刑具给他上上。这小子受刑不过，才把拾鞋杀命的案子从头至尾据实招认。

（二十八续）*1915年1月24日*

判曰："宿介：蹈盆成括杀身之道，成登徒子好色之名。只缘两小无猜，遂野鹜如家鸡之恋；为因一言有漏，致得陇兴望蜀之心。将仲子而逾墙，便如鸟堕；冒刘郎而入洞，

① 明善功：一种相面的方法。

竟赚门开。感帨惊庬，鼠有皮胡若此？扳花折树，士无行其谓何！幸而听病燕之娇啼，犹为玉惜；怜弱柳之憔悴，未似莺狂。而释幺凤于罗中，尚有文人之意；乃劫香盟于袜底，宁非无赖之尤！蝴蝶过墙，隔窗有耳；莲花卸瓣，堕地无踪。假中之假以生，冤外之冤谁信？天降祸起，梏械至于垂亡；自作孽盈，断头几于不续。彼逾墙钻隙，固有玷夫儒冠；而僵李代桃，诚难消其冤气。是宜稍宽笞扑，折其已受之刑；姑降青衣，开彼自新之路。

若毛大者：刁猾无籍，市井凶徒。被邻女之投梭，淫心不死；伺狂童之入巷，贼智忽生。开户迎风，喜得履张生之迹；求浆值酒，妄思偷韩掾之香。何意魄夺自天，魂摄于鬼。浪乘槎①木，直入广寒之宫；径泛渔舟，错认桃源之路。遂使情火息焰，欲海生波。刀横直前，投鼠无他顾之意；寇穷安往，急兔起反噬之心。穴壁入人家，止期张有冠而李借；夺兵遗绣履，遂教鱼脱网而鸿离。风流道乃生此恶魔，温柔乡何有此鬼蜮哉！即断首领，以快人心。

胭脂：身犹未字，岁已及笄。以月殿之仙人，自应有郎似玉；原霓裳之旧队，何愁贮屋无金？而乃感关雎而念好逑，竟绕春婆之梦；怨摽梅而思吉士，遂离倩女之魂。为因一线缠萦，致使群魔交至。争妇女之颜色，恐失'胭脂'；惹鸷鸟之纷飞，并名'秋隼'。莲钩摘去，难保一瓣之香；铁限敲来，几破连城之玉。嵌红豆于骰子，相思骨竟作厉阶；丧乔木于斧斤，可憎才真成祸水！葳蕤②自守，幸白璧之无瑕；缧绁③苦争，喜锦衾之可覆。嘉其入门之拒，犹洁白之情人；遂其掷果之心，亦风流之雅事。仰彼邑令，作尔冰人。"案既结，遐迩传诵焉。

今一天这一大段原文，可就是人人都夸赞他这个《胭脂判》判词。因为什么大家都夸赞呢？皆因是对仗工稳，典故用的花梢（可惜没有新名词）。要问为什么必得用这路判，这里面可有个道理。因为学使都是甲班出身，到了某省下马，观风④的告示都讲四六排偶，甚至有镶用全省县名儿的。原没什么用处，所为让本省的秀才一瞧，学院有才情。施公断这一案，所做的这一套判词，无非也是这们件事，一来逞自家的笔路，二来这全案，除毛大之外，宿介、秋隼全是名士，故此才用这宗四六的判词。其实多是原案的事迹，无非引出几个古典。所判的罪名，仅止三四处，如宿介革去秀才；毛大按杀人偿命；胭脂与鄂秋隼仰该县做媒，成为夫妇就算全完；至于内中还有某甲、某乙，自应释放；王氏系有夫之妇犯奸，也应折责收赎，原判可没有提，这也只好是说书这们办。到了审

---

① 槎：用竹木编成的筏。
② 葳蕤：形容枝叶繁密的样子。
③ 缧绁：捆绑犯人的绳索，引申为囚禁。
④ 观风：清朝学政及地方官到任时命题课士，称观风。

判厅，可不像官事。单说此判传出之后，远近各处，无不佩服施公。

（二十九续）1915年1月25日

自吴公鞫后，女始知鄂生冤。堂下相遇，腼然含涕，似有痛惜之词，而未可言也。生感其眷恋之情，爱慕殊切；而又念其出身微，且日登公堂，为千人所窥指，恐娶之为人姗笑，日夜萦回，无以自主。判牒既下，意始安帖。邑令为之委禽，送鼓吹焉。

这一篇判词，人人都爱看，论理应当都说一说，奈因一共四十多个典故，要是一天说几个，约得十天半个月的，叫大家看着，成了"白话类腋"，又像"小说丛书"了，怎么能算评讲《聊斋》呢？故此不便注解，诸位要爱搜求这些典故，您可以找一本有批的查查，也就行啦。或把智兰张先生约到您府上，请他给您说一说。这报纸上说《聊斋》，实在不能批典，千万包涵。话是交待明白了，赶紧把这段说完，咱们紧接着敬献一段热闹的。

却说自从吴公一审这案，胭脂才知道自己从前告鄂秋隼盗鞋杀命，那儿知道全是宿介这小子假充字号，人家姓鄂的敢情并不知道我有意嫁他，都是王氏的不好。那一天下堂，见了鄂生，小脸儿上发讪，有心过去安慰人家几句好话，什么对不住、对不住的，自己又没那路口音（南方老认错），只好是两目注视，含着无限的神情。鄂秋隼一瞧姑娘同自己这番神色，知道人家孩子是上了外人的当了，而且因父仇情切，也难十分怪他。再说看他这分神情是扑定了自己啦，论模样儿，与自己堪为继配，有心托个媒人赴卞家提亲，大概一说必成（内中有人给运动吗）。无奈他父亲是个牛医，出身微贱，即便说娶媳妇掐朵花儿，偏偏这一场人命官司是因他所起，谁听见都要多上两眼，而且被人指指戳戳，谁不认识他呀。要是托人把他说过来，从此一传扬，被学界同人有多们耻笑呀。自己昼夜筹思，总想不起个好主意来，是托人去说不好，不托人去说又舍不得。

这一天，忽然得着施公这道判词，是由施公判案主的婚，起心里十分痛快。恰巧过了几天，县令亲身来拜，鄂生赶紧迎接出来，躬揖到地，请问因何到此。县台把奉学使判词前来提亲的话交待明白。鄂生本是正可心的事，无非说了几句面子话，自己把人情送到县台身上，点头应允。县台又赴卞家跟卞老太太一说，卞老太太听说是奉学台的命来说媒的，自然不敢不遵，只好应允。县台这是奉学院的差遣，更是格外要好，立刻叫人择日子，又请了一班鼓手，然后又把自己的轿子赁了一个红轿围子，预备停妥，全打发到鄂秋隼家中。鄂秋隼也很喜欢，一来省钱，二来又是个体面，于是择定吉时发轿。一会儿抬过门来，夫妻行合卺之礼。至于二位怎么和气，原文没有，想必不能不对劲吧。书说至此，这一段《胭脂》就算完结，说的好不好，是朋友烦的。诸位爱看这一门《聊斋》，明天咱们是另换新题。

凤 仙

（开篇） 1915年3月1日

才过旧历元旦，又是佳节灯宵。虽然市面透萧条，游人依旧热闹。

厂甸①准开半月，古玩图书画稿。撂地玩艺赶天桥，耍货②摊儿不少。

西便③白云道观，遗迹出自元朝。跑车走马逞英豪，贩子能把钱找。

德外④觉生古庙，钟楼好几丈高。各处风景俱堪瞧，没钱可逛不了。

刘赤水，平乐人，少颖秀。十五入县庠。父母早亡，遂以游荡自废。家不中赀，而性好修饰，衾枕皆精美。一夕，被人招饮，忘灭烛而去。酒数行，始忆之，急返。闻室中小语，伏窥之，见少年拥丽者眠榻上。

几句流口词儿念毕，接着写的是《聊斋·凤仙》几句原文。这一段还是旧年春天友人来信烦的，在下没能敬献。这可并非在下拿乔，因为说这门玩艺儿得掂配着办。比如这段说狐，下段就得说鬼，然后说段人事。一来看主儿透新鲜，二来我也好敬献，所以说这一段。别位烦的，在下必然挨帮儿敬献。话儿不必紧自交代，这就开书。

却说有一位姓刘的，号叫赤水，是广西平乐府首县平乐县人，从小儿很聪明，长得也秀气，十五岁就中了秀才。父母双亡，剩下一个人儿，终日习于游荡，以致把学业荒

① 厂甸：旧时北京春节期间在琉璃厂周边举办的庙会。
② 耍货：指出售的儿童玩具。
③ 西便：指北京的西便门。
④ 德外：指北京的德胜门外。

废。家业本来不是什么阔家，可是天生来的好修饰打扮，不但衣裳讲究，就连铺盖褥子都很讲究，真是闪缎棉被、什锦褥子、莲花绫枕（那成了寿衣啦），左不全是好的就是了。

这一天晚晌，才点上灯，有邻近的朋友来请歘酒。刘爷不好推辞，只好随着朋友走啵，一忙可就忘了吹灯了。到了朋友家坐下一稿酒，歘了几盅，划了几拳，忽然想起来时荒疏，忘了吹灯，未免不放心，赶紧跟大家说："我告一会儿便就来。"大家以为他是要解手儿，自然不好拦。刘爷出了门儿，真是三步当作两步走，两步当作一步行（要说大本儿书），跑回自己门首。

街门照旧掩着，推开门到了院中，见屋内灯光闪烁。方到屋门外头，就听屋内有男女又说又笑的声音，喽喽噔噔，可听不出说的是什么话来。自己一想，这件事可透点儿诧异，莫如偷眼儿瞧一瞧是什么人。这才奔到窗台儿外边，把窗纸戳了一个窟窿，屈一目往里一瞧，敢情是一个二十多岁的俏皮小伙儿，跟一个年轻美貌的女子在自己榻上。把铺盖铺好，躺①在床上，又说又笑，可倒不认生，好像自己家中一样。可惜就看见两个脑袋在外面露着，全是五分面儿②。但见女子梳的是时样儿的头，刘爷也叫不上名儿来。至于那个男的，露着四鬓，看不见当顶，大概必是拢发包巾（彼时还不兴博士顶③哪）。刘爷瞧了个逼真，人家正在高兴，居然没理会。此时刘爷站在窗外，已经猜着八九。

（续昨）*1915年3月2日*

宅临贵家废第，恒多怪异，心知其狐，即亦不恐。入而叱曰："卧榻岂容鼾睡！"二人惶遽，抱衣赤身遁去。遗紫纨绔一，带上系针囊。大悦，恐窃去，藏衾中而抱之。俄一蓬头婢自门罅入，向刘郎索取。刘笑要偿。

在下这门《聊斋》，无非是报余的饶头，谬蒙阅报诸君赏识，如果三两天不登，就有来信催的，也有打电问的，故此不敢间断。自从年前腊月，我这们一病病歪歪的（病病好治，歪歪可不好拨正），所以间断了好几天。今年稍见痊愈，在下勉强敬献，俟等大好了再补付诸位吧！

闲话少说，却说刘赤水回到家中，见屋内有男女二位寻休儿④的，心中想着，这决不是人。因为这处宅子近邻是一处阔家的宅院，年久没人住了，时常有怪异的事。这必是

① "躺"，原文作"踹"，据语义改。
② 五分面儿：指脸的侧面。
③ 博士顶：民国初期流行的一种发型。
④ 寻休儿：亦作寻宿儿，即借宿或找个临时睡觉的地方。

一个公狐狸招了一个母狐狸，跑到我屋里作这苟且之事，真所谓禽兽之行，要是人断做不出这样的事来。自己想到这儿，搭着平素胆子正，故此也不害怕，于是一推屋门，并没关着，大声嚷着说："喝，这倒不错，我的床榻上，岂容你们在此睡觉！"这二人此时可透着有点儿又怕又害臊，一骨碌身子爬将起来，谁也不顾得穿衣裳，各人抱着衣裳往外就跑。刘爷在当地站①着，也不便追赶，一男一女夺门而出。刘爷心说，这要出门遇见人，一定说是澡堂子着火啦。

自己一想，朋友家也不便去啦，莫如收拾收拾铺盖吧。这才把灯挪近床边一张桌儿上。把被褥打开，抓笤帚要扫一扫。方才一掀，就见靠褥子犄角儿扔着一条裤子，是玫瑰紫的颜色。拿过来一瞧，是条绸子的，约有八成新，心说这必是女的。又一抖露，还有一条裤腰带，上面拴着一个绣花儿的针囊。打开瞧了瞧，里面大小有几个针。心说这倒不错，盖盖被褥，落下一条裤子。这要见天来，我多做几分铺盖，比出赁三新棉被还有找项②哪。自己很是喜欢。又一想，俗说精灵精灵，狐精这路野畜，善能摄取物件，一个失神，必然被他偷了去。有咧，我给他个瞎子放驴——不松手。打定主意，这才一手夹着裤子，一手去把屋门关好。然后把铺盖扫了扫，铺好了自己钻入被窝儿，把这一条紫裤子往怀里一抱，并不吹灯，脸朝外一躺，净等瞧到底有什么动静。过三天没人找，才能卖哪（那是从前的白钱③）。

功夫不大，忽然见一个没梳盘头的丫头由门缝挤进来了，大概是扁着身子进来的。刘爷瞧见装做没看见，也不理他。这丫头凑近刘爷床沿儿，笑嘻嘻的说："方才我们姑娘落在你床上一条裤子，您又穿不的，打发我来取来啦。没什么说的，您赏给我啵！"刘爷一听，也一笑儿，说："你说的倒不错，我这屋子又不赁小房子儿④，他们没问房东就搬来啦。如今落下裤子，倒是有的，可不能白拿走，得送给我点麻儿，才能换得回去。"

（再续）*1915* 年 *3* 月 *3* 日

婢请还以酒，不应；赠以金，又不应。婢笑而去，旋反，曰："大姑言，如赐还，当以佳耦为报。"刘问："伊谁？"曰："吾家皮姓，大姑小字八仙，共卧者胡郎也；二姑水仙，适富川丁官人；三姑凤仙，较两姑尤美，无不当意者。"刘恐失信。

却说刘爷抱着一条裤子，躺在被窝儿里，故意拿小丫鬟儿开心，说："你要打算要你

① "站"，原文作"踮"，据语义改。
② 找项：指额外收入。
③ 白钱：亦作白潜，指白昼行窃的贼。
④ 小房子儿：江湖隐语，指私通者幽会的隐秘场所。

们姑奶奶的裤子，容易，可不能这们一说儿就白拿了走，得给我点儿什么换回去才行哪，这叫货换货两头儿乐。给什么换裤子，我就净听你的啦！”小丫鬟说：“我瞧您脸上红朴朴扑儿的，大概您必好歅一盅儿。要讲究酒，我们可有好的，真有四十年的陈绍；要讲洋酒，有自运的波兰地。您要喜欢那样酒，可以给您抬两坛子来，准比这条裤子值钱，您想怎么样？”刘爷说：“要说歅酒，我是永久白骗着歅。你们送了酒来，我倒得赔菜请客。我不要酒，趁早儿想别的吧！”小丫鬟说：“要不您是缺钱花，我回去告诉我家姑娘，叫他给您拿过个百八十两的，想什么您自己买什么好不好？”刘爷说：“你也太把我瞧小啦！我也不是那样爱财的人。况且一条裤子，要你们那些银子，比新货局子、估衣①棚子还讹人！那不是穷疯了吗，钱我是不要的，不要的！”

这丫鬟一听，抿嘴一笑儿，心说这件事要不做脸②，本家就打算破这个数儿，如今全递过去了，没口缝儿，八成是诚心打落吧（这是丫鬟吗？跑合儿的③纤手）？只好回覆本家儿去吧，再给别的，我再来商议。想好主意，也没对刘爷说，一转身仍从门缝儿出去。刘爷不知道他掏换什么高着儿去了，可也不便拦他，只好听之而已。

一会儿的功夫，这小丫鬟照旧回来，说：“我回去把您这分死凿儿，难买难卖，对我家大姑娘说啦。我家大姑娘打发我来跟您再说一说，你也别犯死心眼儿，千万活动活动，两下一凑合，成一号儿，开个张儿（这还是拉纤的吗？不，带口的生意买卖）。说我们大姑娘说啦，这裤子被您这们留下，真怪栽的荒的。如果赏还我们，给您说一个好媳妇儿做为酬谢，您想可心不可心？”刘爷是二十多岁，挺鞭式小光棍儿。一听这一句，透点儿可心，可没想拿什么养活（杂合面都四百一斤哪），赶紧说：“你说给我个媳妇儿，到底是谁家的呀？”小丫鬟说：“您既愿意，容我再慢慢儿告诉您呀！我们家姓皮，老员外跟前三位姑娘，都以仙字命名。大姑娘叫八仙（跟我一样。那位说，你也叫八仙吗？不，我叫□柜儿），就是裤子主儿，方才跟他一块儿睡觉的姓胡，是胡姑爷；我们二姑娘叫水仙，嫁给富川丁官人；三姑娘叫凤仙，比这姊妹两个都长的好看，正没婆家哪。您要一见，决没个挑剔！我把话都告诉明白了您啦，您就把裤子给我吧！”刘爷躺在枕头上，把头一摇，说：“空口无凭，我怕你们跟我说了不算！”

（三续）*1915* 年 *3* 月 *4* 日

请坐待好音。婢去，久之复返曰：“大姑寄语官人，好事岂能猝合？适与之言，方遭诟厉。但缓时日以待之，吾家非轻诺寡信者。”刘付之。过数日，渺无信息。薄暮，自外

① 估衣：旧衣服。
② 做脸：指能够争得荣誉，争光。
③ 跑合儿的：中间人。

归，闭门甫坐。忽双扉自启，两人以被承女郎，手捉四角而入，曰：“送新人至矣。”笑置榻上而去。

却说刘爷一听人家许的这个量儿虽然可心，奈因怕狐精说话说了不算，把裤子诓了去，从此不照面儿，可上那儿找去呀。所以才说：“你跟我说了个挺好，到是那一天，我上那儿娶去呀？你总得让你家姑娘给我一个准信儿，我才能给他裤子哪！”丫鬟一听，只好回去再问去啵，于是抹头仍由门缝儿出去。刘爷头一次看着新鲜，敢则瞧俗了也就不理会啦（看人钻营也是一样）。自己还是脸儿朝外一躺，呆呆往外瞧着。这一次可比前一次功夫大的多，耗了约有一个多更次①，才见这丫鬟回来，说：“我家大姑娘给您带了来的话，他说这件事，可不是三钱儿饽饽、两钱饼子的事，伸手就能拿来。您想这也关系着我家三姑娘一辈子的终身大事哪，总得说得似水相合才行呢。方才您一定立刻要听回信儿，我回去跟我们大姑娘一说，我们大姑娘就找了三姑娘去了，当面跟他一提，那儿知道可就把他招翻②喽！跟大姑娘又嚷又闹，我们大姑娘只好暂且不提了。所以把我叫到没人的地方儿告诉我说，这一件事，只要多耽延几天，一定替您办成。您只管放心，我们家并不是说了不算的人家儿，叫您只管把裤子先给我，决不食言！”

刘爷一想，三番两次，这丫鬟来回跑了个齐开，总是有个面子。一条裤子，满打不给人家，自己还能穿这路颜色吗，要是改帽罩子，也没那们戴的呀。莫如来个大仁大义给了他，留这们个好儿，将来也许不至涮我。想到此处，说：“既然你这们说，咱们是君子一言，快马一鞭。冲着你跑了半夜，把裤子给你，说的话应点不应点，全瞧你们娘儿们的啦！”说着话由被窝儿里伸出手来，递给丫鬟。丫鬟笑嘻嘻的接过来一瞧，裹了一个卷儿，用带子捆着，针囊在上边儿掖着（不包纸可不管大叠），外带揾了个挺热（在被窝儿抱了半夜了吗），接过来并没说什么，扭身而去。剩下刘爷一个人儿，此时也没什么可惦记着的了，爬起来吹灭灯烛，沉沉睡去，一觉已经天光大亮。

过了几天，一点消息没有，自己也并不介意，还是照常做事。约有六七天（如今说一礼拜），这天回来的早一点儿，无非刚落太阳。回到书房，把屋门对好，想着耗一会儿再点灯，自己靠椅子静坐，想养一养神思，点上灯再看书写字。正在这们个功夫，忽然见两扇屋门自己开了，进来两个人（原文没说男女，咱们就说是两个大脚丫鬟吧），抻着一个被褥，每人提着两个被褥犄角儿，说：“我们给您送新人来啦！”笑嘻嘻的放在刘爷床榻之上，抹头就走。

---

① 更次：古时夜间敲梆子报时，约两小时为一更次。

② 招翻：招惹。

（四续）1915年3月6日

近视酣睡未醒，酒气犹芳，赪颜醉态，倾绝人寰。喜极，为之捉足解袜，抱体缓裳。而女已微醒，开目见刘，四肢不能自主，但恨曰："八仙淫婢卖我矣！"刘狎抱之。

这段儿书本是假玩艺儿，可并非艳情体裁，其中很有讽世讥人的地方儿。别瞧说八仙、水仙、凤仙，说是狐精，并不涉于淫乱，俱是从一而终。其中唯八仙与胡郎，有借榻苟合一节，所以说两个全不是人。至于水仙无非陪衬脚色，无甚深意。唯凤仙后文佐夫成名，经理家政，实为不可多得之贤内助。不得以异类视之，这就是孟子所说的"人之所以异于禽兽者几希"，以其存心也。君子以仁存心，人若不行人事，便与禽兽无异；异类若存仁心，即谓之人也，亦无不可。就以这两天本文说，丫鬟说"吾家非轻诺寡信者"，是以一狐女犹不肯失信于人，若人而无信，其何以行之哉！此段可评的地方儿很多，咱们零碎批着说，今天暂且打住。

却说刘赤水正在屋中，见两个丫鬟用被子兜进一个女子来，说是送新人来啦，说完抹头就走。刘爷此时也顾不得再叫住问他们了，赶紧关好屋门，凑近床边儿一瞧，这个美人睡的正香。心说凭这们好的模样，心血会这们足（不像我整夜睡不着），睡觉这样的死，可透着悬点儿。又凑近往脸上一瞧，觉着由鼻子嘴里冒出一股子酒味儿，挺香。再瞧脸上，红膜膜儿的，乜斜两只杏眼。刘爷这才明白，敢情不是困大，是便宜酒支使的（不怎么这一程子我断酒哪）。趁着这番醉态，分外的显出，真是天上少有、地下绝无的一个绝色美人（可不是鱼氏夫人①）。刘爷这分儿喜欢，直乐得要飞，心说，我看娘子醉到这样，如何能顾得再脱衣服。真要这们穿着睡，倘或一个呕吐起来，脏了衣服未免可惜。即便没有还席②的毛病儿，穿着也裹的慌啊，而且冻着也不是玩儿的（以我说，咳嗽从去年到今儿个还没好哪，可惜没人管我），我得尽点儿义务，替他脱脱吧，谁让人家孩子醉到这步田③地了呢。

想到其间，先奔到脚底下一瞧，没穿着绣鞋，只有里面的衬袜。先轻轻给爬下来，这才要给他脱衣裳。先解开钮扣，把上面的袖子褪下来，奈因底下还压着呢。刘爷一抄咯支窝，往起一抱，才把那只袖子褪出。敢情款醉了的人，别瞧睡的香，最怕有人动（打睡虎子④的都不敢惹醉鬼）。此时姑娘已经醒啦，略微睁了睁眼睛，瞧了刘爷一眼，

① 鱼氏夫人：京剧《浣花溪》中的人物。
② 还席：旧时酒宴上饮酒过量而当场呕吐的讳称。
③ "田"，原文作"天"，据语义改。
④ 睡虎子：指贪睡的人。

身子往后一歪，好像四肢瘫软，醉的没有气力扎挣似的，一咬银牙，说："八仙这个淫婢，想不到他把我卖喽！"看脸上的神情，并没跟刘爷犯酒脾气。刘爷这个功夫忙成一处，又得抓被褥，放枕头，又怕姑娘滚下床去。自己又得解带宽衣，好容易忙完，这才陪着美人同入香衾，要谐鱼水之欢。

（五续） *1915* 年 *3* 月 *7* 日

女嫌肤冰，微笑曰："今夕何夕，见此凉人！"刘曰："子兮子兮，如此凉人何！"遂相欢爱。既而曰："婢子无耻，玷人床寝，而以妾换裤耶，必小报之！"

俗语儿说，上轿的姑娘哭是笑（这滋味儿我可没尝过），落第举子笑是哭（前三十年正受这路罪呢，所以我很信这话有阅历）。为什么今天说这两句话呢？说书这门玩艺儿，得由书上没写出来的地方儿用心搜求，就知道笔法好歹啦。如八仙与凤仙初提姻事而"遭诟厉"，及醉后被人强行送来，说是沉醉酣睡，真不知道，也许有的。追捉足抱体，而"微醒，开目见刘"，原文虽说"四肢不能自主"，诸位请想是否真假。而其所以能令凤仙心肯的地方儿，就在刘爷"性好修饰"的一句上。此处特用"开目见刘"，一个"见"字，就是笔法巧妙的地方儿。然此仍不失女子之常态，为人情所当有的。为什么紧自说这些呢？皆因这段儿书，别瞧净花衫子，内中隐寓知耻守信，好多有益世道人心的地方儿。诸位不可贪看花梢，方不枉报纸登这门玩艺的苦心。

闲话少说，却说刘爷又顾了给美人脱衣裳，又忙着自己脱衣裳，全脱完了，把被褥给美人盖好。刚要躺下，才瞧见自己还没脱鞋呢，赶紧下地，又脱下鞋袜。这再上床钻被窝儿，往里一钻，觉着美人身上挺热（酒闹的发烧哪），往近一挨身儿，见美人往后直躲，幸亏后面是墙，不然掉在地下了。刘爷看那意思是嫌自己身体凉。就见美人一笑儿，说："今夕何夕，见此凉人！"刘爷一听，说："罢了，敢则你是旧学儿，真懂得读经。要说我也不是学堂出身，就念过几本教科书。"赶紧接着说："子兮子兮，如此凉人何！"这点儿可不能不略微说说。原文两句是《诗经》新婚的故事，可是良善的"良"字，如今借着刘爷身上冰凉，凤仙改这个"凉"字儿，大意就是今天晚晌是什么日期，我见着这们个冰凉的人。刘爷说"子兮"是指凤仙说，你呀你呀，还能把这个冰凉的人怎么样哪。照这们说，二位的口才总算都可以（可不会说《聊斋》），已经有个意思。其实这是浅一层说，这个"凉"字，当没德行讲。凤仙之意，惟恐遇人不淑，而且楞敢收留人家女子，算不得什么好人，惟恐将来有凉德之行。刘爷信口答的下句，说你既遇着这种凉人，可怎么样呢。言外见女子虽有规正丈夫之则，如果遇人不淑，也只好认命而已，这是深一层。诸位不信，您看后文书就知道不是二位故意用《四书》句斗牙钳子哪。说了几句话，此时凤仙也知道这就叫生米做成熟饭，当晚与刘爷成为夫妇，还是一见如故，真跟亲的一个样（这是夫妻吗？朋友，我说串了辙啦）。待了会子，凤仙说："这个无耻的婢子，他把人床榻脏了，又把裤子落下，怎么着拿我换了裤子啦！不拘早晚，我一定得给他一手，报一报换裤之仇！"

（六续） 1915年3月8日

从此靡夕不至，绸缪甚殷。袖中出金钏一枚，曰："此八仙物也。"又数日，怀绣履一双来，珠嵌金绣，工巧殊绝，且嘱刘暴扬之。刘出夸示亲宾。

却说凤仙恨他姐姐八仙，说拿自己的身体换了裤子。刘爷在旁也无非干听着，不能答言儿，一来是自己的恩公（媒人的别名儿），二来人家是脚□肩背儿下来的（可不知下狐狸是这们样儿不是），又叫一个包袱抖露出来的（可不是九龙闹海①），无非通俗说亲姊妹都这们说。所以刘爷有此一想，自己如果也跟着一搭言儿，反到许得罪两面儿，故此才慎重着点儿为是。

当时凤仙把话说完，又说了会子闲话儿，天光已经快亮了，凤仙起床，穿衣告辞。刘爷说："你等天亮走不好吗？"凤仙说："不行，我没穿鞋，光着袜底儿，大清早晨有多难看哪！"刘爷只好说："那们晚晌可来呀，别给我个面儿不照！你这被褥还拿回去吗？"凤仙摇头，说："盖完了一块算吧（这是凤仙说的吗？不，被褥局子掌柜的）。"刘爷又叮咛晚晌，凤仙应下一准早到。按原文简断截说，从此没一天不来的。同刘爷一天比一天熟和，小两口儿别提多们对劲啦。

这一天晚晌又来了，说了几句话儿，从袖口儿里头掏了半天，掏出一只黄镯子来递给刘爷。刘爷接过来，可不能说灯下不收首饰（那是当刘），真是黄澄澄②的透着体沉，掂了掂约有五两，说："你这是做什么呀？莫非真是说的什么爬下镯子给我当，品品心眼儿平平天良吗？那是句米汤话儿③，只要你不跟我要什么（清门儿④），我要再拿你的东西，那可实在的对不过，对不过了！"说着已经褪在袖口之内（马上的时道人儿，全是两个对不过就铡⑤了去啦，不信您就品去）。就见凤仙一笑儿，说："这镯子并不是我的，这是八仙的！你只管上揉儿铺，按行市换了花着。"刘爷一听，好在是大姨子的，不算要

① 九龙闹海：变戏法节目的名称。
② "黄澄澄"，原文作"黄登登"，据语义改。
③ 米汤话儿：虚话。
④ 清门儿：指旧时演唱者以娱乐为目的而唱，名为清门儿；为做生意而唱，名为浑门儿。
⑤ 铡：指凭借势力勒索财物。

紧，说："那们我就谢谢啦！"凤仙说："套着喂①吧！"那位说，不像人话（好在原文也没说凤仙是人）。当日无书。

又过了几天，这天晚晌凤仙又来了，进门坐下，把手伸到衣裳兜儿里直掏。刘爷也不好问。掏了会子，从兜儿掏出一双小鞋子，递给刘爷，说："你瞧这一双鞋好不好？"刘爷赶紧接过来一瞧，敢情是一双镶着珍珠的花鞋，真是紧皮光亮，比宝素珠、洋泡子不同，上面绣着许多的花儿，全是真金线的。刘爷越瞧越爱，说："真是花儿也好，样儿也好（这是刘爷吗？刘爷瞧的高了兴要学宋爷②，可有什么法子哪），真是实在好的很！"刘爷要问："是托我寄卖呀，还是要合伙开坤鞋庄（那是刘伯敏）？"凤仙说："这也是八仙的，你要瞧着好，大可以替传一传名（不如登报来个感谢）！见了你的相好至厚的，给他们瞧一瞧。"刘爷一听，以为人家是为提倡绣工呢，说："这事容易。"果然见着亲朋，就跟人摆鞋。

（七续）1915年3月9日

来观者皆以贳酒为贽，由此奇货居之。女夜来，忽作别语。怪问之，答云："姊以履故恨妾，欲携家远去，隔绝我好。"

在下本没吃过评书行，前五年在《北京新报》帮朋友说了两段。谬蒙阅报诸君赞赏，所以从那年起，每年总说几段儿。较起真儿是偷学儿来的，不能说准好，不过偶然斗个哏儿，诸位出其不意，呕斗一笑儿，能解闷消愁。后来本报出版，蒙本报总理约说这门《聊斋》。彼时《北京新报》换了主任，在下又不便跟人打对仗，所以添上原文，加些评论，改为"评讲《聊斋》"，仍旧不能不斗哏儿。从共和成立，人人当以国事为家事，在下很想少斗哏，多说有益世道人心的话。无奈朋友多有因看着嫌古板的，或当面指教，或来函赐教。皆爱护本报之心，所以这一段往花梢说一说，一来勉副友人美意，二来以阴历说，乍过年，大家可以醒醒脾③，暂免愁烦。其中可有一节，只要斗哏，就得刻薄，总有得罪人的地方儿。通俗说"理儿不歪，笑儿不来"，无论那行那界，都许信口儿打个卦，这内中就有多心的（也无非来封匿名信一骂而已）。诸位要知道，做报一事，原没成见，说这门玩艺儿，更如逢场做戏，诸位不可多心，在下并非有意揭谁的短处，同谁上脸④。话是交待明白啦，谁也别计较谁，接着还是往热闹里说。

① 套着喂：旧时北京的一句客气话，谢与卸同音，当别人谢谢时，回答"别卸了，套着喂"。
② 宋爷：这里指京剧《乌龙院》中的宋江。
③ 醒脾：指消遣解闷。
④ 上脸：指小辈对老一辈开玩笑。

却说刘爷同凤仙本是夜聚明散。刘爷白天没事，谨遵阃命，给大姨子提倡绣履。起初有朋友来，因话提话，拿出一只来给他瞧一瞧。敢情广西是偏僻省分，这些人真没见过这们好的鞋。于是朋友代为吹嘘，这一下子，比登报、撒传单不在以下。有跟刘爷有交情的，自己能来了白瞧一瞧；有跟刘爷素日不认识的，人家又不是绣鞋陈列所，也没入场买票，而且又不是要卖的，如何楞拍门瞧鞋；有给刘爷封个封儿，写菲敬的，或做为是门敬小费的；或送几斤酒的，开张酒票的。原文说"貰酒为贽"，无非做个引见之礼，可不是为鞋拜门。刘爷本是寒士，自己苦架弄，好在这个坤角儿是茶水不扰，专走灯局①的清票。饶这们着，刘爷晚晌苦应酬（怕挑眼拿乔），白天没精神做事，已经快赔垫不起啦。忽然得了这们一双鞋，每天在家坐着，就见个十两八两的，真比开坤鞋庄强的多。从此拿这一双鞋当做一件好物件、好宝贝（又要犯戏瘾），真能够吃的喝的。

有一天晚晌凤仙又来了，说了两句闲话儿。凤仙说："我今天告诉你一件事，从此咱们两个人可不能这们见天在一块腻啦！我大约明天就许不能来啦！"刘爷一听，吓了一怔儿，不知人家姑娘为什么犯了小性儿挑了眼了，赶紧说："这是什么缘故？我没敢得罪您呢呀！也没拿您斗过哏儿呀！因什么要跟我决裂！请您提出条件，我无不谨遵。可就是别那们着才好（也不是怎们着）！"凤仙说："我姐姐因为绣鞋的缘故恨上了我，要往远处搬家。所为隔绝咱两个人的爱情，故此不能再来。"

（八续）1915年3月10日

刘惧，愿还之。女云："不必。彼方以此挟妾，如还之，中其机矣。"刘问："何不独留？"曰："父母远去，一家十余口，俱托胡郎经纪，若不从去，恐长舌妇造黑白也。"从此不复至。逾二年，思念綦切。偶在途，遇女郎骑款段马，老仆控之，摩肩过。

昨天的书，所说的这一双绣鞋，刘爷不能真指着他吃饭过日子，不过是文法的引线。这段儿书，不但情节好、故事好，线索也好。开篇说刘爷"衾枕皆精美"，由衾枕引出八仙的纨绔，又陪衬上一个针囊；及至凤仙②赠刘爷这双绣鞋，又先陪衬一枚金钏；此皆文法的好处，以下这双绣鞋直贯串到篇末，仍随手加陪衬的物件，所以说这鞋是文法的线索。可是若非有人传扬着瞧，八仙断不至如此着恼。故此说刘爷"夸示亲宾"，也是引笔。

闲话少说，却说刘爷一听大姨子为鞋恼啦，要搬家，所为让凤仙离远了不能来，起

① 灯局：指在晚上演出。
② "凤仙"，原文作"八仙"，据语义改。

心里舍不得，害起怕来（那位说，怕什么呀？诸位没听古人常说“因爱生畏”吗？怕就是爱，所以原文用“惧”字儿），赶紧说：“那们咱们别招他生气，我这用纸包着，一点儿也不脏，你赶紧给还回去还不行吗？”凤仙一摇脑袋，说：“那到不必！他也不过拿着搬家挟制我。其实把鞋还了他，依旧不能在这儿久住。还了他，正中了他的机关，反算白饶一面儿①。”刘爷说：“咱们两个人这一程子腻得别提多恋合啦。你真狠心，舍得扔下我这们一走儿吗！况且咱们两个人虽是自由结婚，好在你姐姐主的婚。就说没证书签字，也算成为夫妇了，你为什么不就跟着我在这儿不走呢？”

凤仙说：“你是不晓得，我的父母并没在此处，离此道路很远。一家十几口子，全托胡郎经理这个过度，此是父母之命。他们如今要走，我要不跟了他们去，他们在我父母之前不定给我造作什么坏话呢。八仙天生的嘴短舌长，善会捏造黑白，恐惹老人家生气。再若传扬出去，与我的名誉有碍，我上那儿来函辩正去呀（这是凤仙说的吗？做报的三句话不离本行，写串了笔啦）？”说完照旧留宿。

刘爷与凤仙这一夜都不高兴，可也没说准那一天起程。次日仍是天光不亮凤仙就走啦，当夜就没来，次夜仍复如是。简断截说，从此凤仙就如同小砖头儿打水，把刘爷大扔大撂啦。刘爷本是送上门儿的俏事，如今人家不来了，也没地方儿去找去，过了些天，也只好丢开，把被褥、镯子好好儿的收起。这双绣鞋，好瞧的已经瞧过了，没人看重回儿。刘爷还随身带在身上，所为遇见个主顾，谁知连个问主儿也没有了，只好自谋生计吧。

一幌儿过了两个年头儿，刘爷还没说上媳妇儿，那时那刻想起凤仙，就眼泪泡着心。这一天出城闲游，走在半路途中，见迎面来了匹马，上面骑着一位堂客，有个老苍头拉着马缓缓而行。恰巧是个窄道儿，这马与刘爷擦肩而过②，这才引出夫妇重逢。

（九续）*1915年3月12日*

反启障纱相窥，丰姿艳绝。顷，一少年后至，曰：“女子何人？似颇佳丽。”刘极赞之。少年拱手笑曰：“太过奖矣！此即山荆③也。”刘惶愧谢过。少年曰：“此何妨，但南阳三葛，君得其龙，区区者又何足道！”刘疑其言。少年曰：“君不认窃眠卧榻者耶？”刘始悟为胡，叙僚婿之谊。

前一天的书，说是刘爷这天出城，迎面来了一个妇女，骑着匹马。有个老仆人拉着

---

① 白饶一面儿：指为人排难解纷而无效果，或向别人请求而无结果。
② “擦肩而过”，原文作“搽肩而过”，据语义改。
③ 山荆：旧时对自己妻子的谦称。

马嚼环子，走得挺慢，由窄道儿擦着肩背过去。这件事要搁在北京城，可是个希奇罕儿（那位说，我在前门里外时常遇见，并不希奇。有可是有，不过全是满头金丝发、穿皮靴子的。要说中国妇女可没有，东洋妇女也没见过骑马的呀）。刘爷是广西人，彼处偶尔虽有（因为山路多，没车），故此看着还不透新奇。及至走到临近，这位堂客脸上蒙着块绢子，大概是纱的，其实往外看，很看得见。不过刘爷可看不明白堂客的模样儿，就见这妇人用手一掀这块纱巾，好像因为瞧不清刘爷，所以才揭起来细瞧似的。刘爷趁势用眼一钉，这位堂客模样别提多体面啦，可称天上少有，地下绝无。此时马虽走的慢，可也过去啦，刘爷不能追着瞧二本。再说堂客也把挡子撂下来啦，早来的看完了，晚来的瞧下回（那是西湖景①）。刘爷见人揭起绢子瞧了自己一眼，自己钉了人家三眼（倒贴两眼），先还以为熟人儿呢，及至钉了半天，还是不认识。自己也不能问人家去，心里未免犯犹豫。

猛一抬头，见迎面又来了一个少年男子，不大功夫，走至跟前，刘爷自己不理会，大概必是看见他看人讨厌，故此反凑到跟前，跟他凑合着说话儿，说："你瞧这个小娘儿们，也不是谁家的！瞧着大概很有一眼！"刘爷一听，心说这位必是同志，他不定由那儿跟下来的。自己跟着随话答话，说："好，真好！我是极端赞成。你的眼力儿不差！我自有生以来，真没见过这们好的美人儿呢！"少年容刘爷夸完了，拱了拱手儿，说："你老先生夸的太过火啦！这位不是外人，正是我们内人。"刘爷一听，登时吓了一身冷汗，心说这个小伙子可透点儿阴，幸尔我没说错话，这要跟他胡聊，还不定他怎么诈呢！连忙做了个揖，说："方才失言失言，并不知是贵宝眷。要早知道，我如何敢混下考语哪！"少年听罢一笑儿，说："这原没什么，即便说别的都不要紧，好在不是外人！"刘爷心说，难道还能算公共的内人吗！又听少年说："但是一件，你到瞧过《三国》呀？南阳三个诸葛，君得的是卧龙，我们这虎狗，又何足挂齿！"刘爷一听，心说八成儿知道我姓刘，特意跟我拉典哪。又不好问，我多早晚得罪过卧龙先生呀，未免一怔。刚要细问，就听少年说："敢则你老先生不认识我啦？你可曾记得有人偷借你卧榻寻休的那个人儿呀？"刘爷一听，也想起马上是八仙，这位就是胡爷，连忙说："如此说来，你我是姻娅兄弟，全是至亲，还望恕我眼拙！"

（十续）*1915年3月13日*

嘲谑甚欢。少年曰："岳新归，将一省觐，可同行否？"刘喜从，入萦山。山上故有

① 西湖景：旧时将染色风景照片置于特制木柜内，外置凸透镜，对镜观看，风景被放大而有立体感。

邑人避难之宅，女下马入。少间，数人出望，曰：“刘官人亦来矣。”入门谒见翁媪。又一少年先在，靴袍炫富。

人在社会上处世，说话第一得留神。即如本文的刘爷，看人家堂客，偏巧这个胡爷诚心要笑他，先故意斗他的话。刘爷撒开了一夸，人家说出是人家的夫人儿，刘爷有多僵。这就是少年不能谨言的地方儿。幸尔提出是亲戚来，刘爷这才想起，说：“这们说，咱们有个偷铺铺盖的交情（刘爷一喜欢，说话要螺蛳住）！又蒙您的尊阃令正给我为媒，成为至亲，可称又亲又友。你见面儿你不说明白了，跟我说定了《三国》啦，还不如说《聊斋》哪（那位说，这是谁呀？您打听去吧，没准主儿）！这可诚心透着吵，你乖乖儿的给我被褥钱吧！”胡爷嘴里也不老实。两个人说完，哈哈一笑儿。

原文说“嘲谑甚欢”，是彼此初次见面就开上玩笑了。在下可不能编着细形容（我是整脸子，一急就动刀，不会这一门）。这点儿书，必要这们编，内中有个情理。胡爷认识刘爷，刘爷不认识人家。胡爷前次借铺盖睡觉，自己也晓得与道德有亏（狐都知耻，所以说文明玩艺儿）。倘或先认了亲，刘爷带口之言儿的一提裤子案，自己脸上无光，莫如先往戏攒子①的道儿上带他，故意叫他失言，然后一开玩笑，就不至于磨不开啦。这是胡爷机伶的地方儿。正是文法巧妙，形容狐之诈伪，真比瞎打混儿高明。

闲话少说，却说二位斗了会子牙钳子，胡爷才说：“咱们老丈人由外洋新返国（比由青岛回来还远），住居离此不远。我们是瞧亲戚去，您怎么样，一同走一荡好不好？”刘爷一听，找了二年，没有凤仙下落，如今有人带去，这可是巧机会，连忙说：“去，去，一块儿去！”两个人说着话儿往前行走。再瞧八仙的马，离着约有一里多远了。前面已是萦山山嘴儿，马进了山口，越发走的慢了。胡、刘二位都有脚程儿，说话答理儿的堪堪赶上。

见半山有一所宅子，刘爷知道这处房是本县一位大绅士那一年为避难盖的，现在又搬回县城去了，大概就有几个下人看着。就见八仙到了这个门口儿，弃镫离鞍，老仆搀着下了马，并没回头瞧胡爷就进去了。此时二人相离不过一两箭远，二人还没到门口呢，又见由门内出来好几个人，好像门房下人打扮，出来一瞧，说：“呦，胡爷把刘爷也给同来啦（这不又是那儿的事），快请快请吧！”刘爷是初次来会亲，全没见过，只好由胡爷带路谒见。进门先奔大庭，见正面坐着老夫妇。胡爷行礼，称呼岳父母大人，刘爷也就随着磕头拜见。老夫妻受礼让坐。刘爷又见上面客位上坐着一个少年，穿着缎靴绸袍，透着很讲究，大概是个财主，不由得心中乱跳，不知此位是谁。

① 攒子：江湖隐语，扒窃贼。

（十一续）*1915年3月16日*

翁曰："此富川丁婿。"并揖即坐。少时酒炙纷纶，谈笑颇洽。翁曰："三婿并临，可称佳集。又无他人，可唤儿辈来，作一团圞之会。"俄，姊妹俱出，翁命设坐，各傍其婿。八仙见刘，惟掩口而笑；凤仙辄与嘲弄；水仙貌少亚，而沉重温克，满座倾谈，惟把酒含笑而已。于是履舄交错，兰麝熏人。

却说刘爷是初次拜见泰山泰水①（本来从前没谢亲吗），自己也不知都有什么人。如今见上首客座上坐着一位少年，穿的是靴其帽、袍其套，必是位官僚派的人物。自己想着，这位可比我有银钱势力呀！倘若老丈人把我们那一口子楞再聘出去，我可透着僵豆，故此前天说心中乱跳。

就见老丈人指着这位少年对刘爷说："这是富川丁二姑爷！"刘爷这才想起，对呀，还有位二姑娘水仙哪，因为闻名，没会过面，所以一时忽略了，这才赶紧给丁爷作了个揖。丁爷别瞧穿章儿②阔，到是不酸不大，赶紧也作揖还礼，又跟胡爷彼此也对作了一个揖，然后三位这才坐下，序齿说话儿。门房儿的下人进来问老头儿，说："客齐了，摆着吧？"老头儿点首。下人调开桌椅，摆了个大圆桌，跟着这就摆酒盅布碟儿，往上端菜。三位是尽子婿之礼，不能上坐。正面还是老夫妇，然后三位门婿序齿坐下，通共五位，很透着宽绰。三位说话到是一见如故，很对劲儿。

就听老头儿说："今一天三位贵婿一并光临，可称最好的一个佳会。好在一个外人儿没有。来呀，你们到后面，把他们姊妹三个也都叫过来，作个团圆之会，大家畅饮一番！"此时刘爷分外高兴，只当回门来了。下人答应，告诉丫鬟。功刻不大，听见环珮丁当，三位从庭房后慢慢儿的扭了出来。八仙、水仙都是当天来的，穿得衣服都讲究，凤仙是家常打扮。刘爷出门是绕野湾儿，并没打算瞧亲戚，也是一身旧衣服，透着窘点儿。好在是一样的亲戚，不能论衣服。

就听老头儿说："来呀，你们再搬三个坐位，叫他们姊妹三个跟他母亲一样，各人挨着各人的女婿！"下人领命，把坐儿设好。刘爷心说，这到不错，老少四对，这们一来，自然除老夫妇之外是胡爷首座，八仙第二；丁爷与水仙三四座；刘爷应坐五座，凤仙末一位喽。刘爷自然算跟八仙大姨子紧挨着。

八仙见着刘爷，不好意思说什么，捂③着嘴儿嘿儿嘿儿的直乐。紧挨着刘爷这一边儿

---

① 泰山泰水：岳父母的尊称。

② 穿章儿：指穿着的衣服。

③ "捂"，原文作"握"，据语义改。

是凤仙，夫妻分离虽说二年多了，可不能见面叙家务谈心。凤仙见大姐姐冲着刘爷乐，借着这个可就跟姐姐起上哄了。刘爷虽是风流人，此时透着不得劲儿，不能答碴儿，又不好拦，只好扭头一瞧二大姨子。水仙模样虽也体面，可比不上这姐儿两个，可是天生的沉稳。大家这们又说又笑，水仙端着酒盅儿无非拾笑而已。一会儿酒过数巡，刘爷张罗跟胡爷稿三拳，彼此下位一乱敬酒，乱一串串。刘爷再闻人家姐儿三个身上香味扑鼻，大约全是老丈人从外国带来的地道芝兰香水。

（十二续） *1915年3月17日*

饮酒乐甚。刘视床头，乐具毕备，遂取玉笛，请为翁寿。翁喜，命善者各执一艺，因而合座争取。惟丁与凤仙不取。八仙曰："丁郎不谙可也，汝宁屈指不伸者？"

这书虽然评讲着说，无非本着书中大意，有时也不能准按字面儿细抠。即如昨天原文说"履舄交错"，是男女的鞋坐在席上还能乱跑吗？故此借说稿酒，下位一乱敬酒，虽没露字面儿，总算有一句。如果细把字面加入，也无不可，不过得多绕几句。真要一句一句的，按□论典故那们讲，在下到省事，诸位看着就不成个玩艺儿了。此等地方儿不差什么，那天都有，今天指点出来，以免有人挑眼。

闲话少说，却说大家这一痛饮，不但刘爷心中喜欢，全桌八位没有不高兴的。刘爷一进门儿就同大家周旋，又被大家敬酒敬菜的一路乱稿，并没有顾得细看这所庭房。此时酒已八成儿尽量了，也有还划拳的（大概忌"八仙"两字，因为有大姑娘小名儿），也有散座等菜的，刘爷这才站①起来满屋走一走，见东间靠后墙有一架铁床，挂着白帐子，帐钩吊着帘子。刘爷想随便歪一歪儿才好，刚要坐下，一瞧床上满是乐器（可没洋鼓、洋号、风琴），无非鼓板、笛子等类，大概唱昆乱满够用的。刘爷心说，这儿敢则是男女合演的票房儿②，可惜不卖，随意逍遣。自己从前虽没坐过科③，也拿得起几样儿来。一伸手拿起一支④笛子，一瞧是枝玉笛，上面也有笛末儿，吹了吹挺合口。于是凑到原位上，说："小婿不才献丑，吹一只曲词，作为给岳父大人祝寿，诸位休要见笑！"说完就吹起来（那位说，到是吹的是什么呀？您要问我，只好就让刘爷来两句"雨顺风调万民欢乐"吧。皆因在下不会这门，您要打听，找我们耀亭大哥去吧）。刘爷领头儿一开场（还是《赐福》），座上的老头儿别提多喜欢啦，说："你们就别拿乔啦，打算安完了就蹓

---

① "站"，原文作"踮"，据语义改。
② 票房儿：旧时业余京剧爱好者的组织，经常排练，学习演唱。
③ 坐科：在科班学习曲艺。
④ "支"，原文作"枝"，据语义改。

可不行！底下谁还请啊（这是老头儿说的吗？票房执事的那一套）？谁会什么都别藏私，捡掏心窝子的敬献。好在都不是外人，真是自己家里随便高乐。要是不好好儿的唱，下次有家局，不给他打知①，净让他走中台（还是老票训②）！”大家一听，全是自己爷儿们，真也不敢跟人家闹脾气，只好认命。于是会什么拿什么，有抓弦子的，有找琵琶的，有找胡琴的（那是五音大鼓）。反正原文也没说是唱戏唱曲儿，故此两说着热闹点儿。大家拿到手里，有弦的试一试弦儿高矮，有孔儿的也得吹一吹，锣鼓可不能先动。大家一乱伸手，每人拿起一件，惟丁爷同三姑娘凤仙没拿什么。刘爷心说，我们这一口子是净走外会不唱的，我到知道，大概这位丁爷是柴头，别瞧火口，就为朦事。此时就见八仙笑嘻嘻的奔过来，说：“人家丁二姐夫不会什么可以，你是六场通透③，如今不动一动指头，分明这是拿乔！”

（十三续） 1915年3月18日

因以拍板掷凤仙怀中，便串繁响。翁悦曰：“家人之乐极矣！儿辈俱能歌舞，何不各进所长？”八仙起，捉水仙曰：“凤仙从来金玉其音，不敢相劳，我两人可歌‘洛妃’一曲。”二人歌舞方已，适婢以金盘进果，都不知何名。

却说八仙见凤仙坐在那儿苦当票听，连场面都不帮，这才说：“你这可真是拿乔！”顺手抓起一副鼓板，说：“你给拍着点儿板还不行吗！大概不能不会吧！”说着话，把板扔在凤仙怀中。自己抓起大小锣儿，一打筛糠儿④（成了耍傀儡子的啦）。大家一听不是味儿，这才各拿乐器，打了个通儿⑤。老头儿在座位上喜欢的了不得，说：“咱们这一家子样样儿够手（就不用请客票，邀外串啦），实在可算高乐的很啦！我知道你们全有个技艺儿，不但会唱，而且能拉身段（走过上场票）。谁要嗓子好，谁就唱！谁要夯头子念作，谁就拉拉身段，那怕来两个小翻，拧几十旋子哪，也都可瞧（屋里没有那们大的地方儿）！只要按前三天打炮⑥似的卖力气，捡拿手活使就行！”老头子一死儿要往内行巴结。

这点儿地方，您别瞧我瞎聊，无非斗哏凑热闹儿（我是地道外行）。真要说歌舞，如今全算失传。唱戏唱曲不能算歌，武把子更不能算舞。在下就没看过舞，如何说得上来。

---

① 打知：旧时宴客或集会，受邀者须在邀请函上签“知”字表示承诺。
② 老票训：老资格的票友。
③ 六场通透：戏剧术语，指乐队的六种乐器样样精通的多面手。
④ 打筛糠儿：这里指敲锣。
⑤ 打通儿：戏曲术语，旧时戏剧多在乡间野台演出，开场前先用锣鼓和唢呐演奏，借以招徕观众。
⑥ 打炮：指艺人到新的演出场地，演出自己拿手剧目以扩大影响。

据朋友说，现在连歌带舞的戏，如《花鼓》《连香》《小放牛》，有几成相似；《杨妃醉酒》扮像近于舞妆，可都加唱儿。要说歌如什不闲①，虽名《凤阳歌》，是有名无实，舞更没人会了。故此在下只好一路瞎聊，真没见过，那可不敢戳腔②，诸位还得原谅。

闲话少说，还是得聊着。且说通儿打完了，八仙见老爷子高兴，把家伙放下，跑到水仙跟前，拉住他的腕子，说："凤仙从来是最好拿乔，不肯赏音，直好像他那嗓子是金的玉的似的，咱们不必碰他的钉子。好妹妹，你是素日不犯票习的好老，咱们双唱一支，你想好不好？"水仙也真听话，说："姐姐说好便好！但不知歌什么曲词相宜？"八仙说："捡你可心的来，你我歌'洛妃'一曲怎么样？"水仙点头，当时地上铺上毡毯，二位就是随身的衣服，不必换行③头（大衣箱押啦），站④在毡子上连歌带舞，身段调门别提多严了，可惜没家伙手儿。凤仙一拿乔，带累的刘爷也不好伸手啦，再说就偷学了个小三杂儿，也不敢逞能，怕好老跺⑤脚，只好也跟丁爷似的，傻当票听吧。姐儿两个把一阕"洛妃"曲子歌完，老头儿直拍巴掌（人家是乐的，并非犯文明习气）。刘爷是外行，也跟着夸好，说："难得二位一句没马⑥，会一齐住声儿，有多新鲜（跟我一样，花脖子⑦吗）！"二位照旧入座，要歃盅酒，饮一饮场。

就见从外面进来一个丫鬟，手中托着个盘子，耀眼增光。刘爷心说，这八成是金的，不是电镀。里面盛着一盘果品，放在桌上。大家一瞧，不知是什么果子，一齐要向老人家请教。

（十四续）*1915* 年 *3* 月 *19* 日

翁曰："此自真腊携来，所谓'田婆罗'也。"因掬数枚送丁前。凤仙不悦曰："婿岂以贫富为爱憎耶？"翁微哂未言。八仙曰："阿爹以丁郎异县故，是客耳。若论长幼，岂独凤妹妹有拳大酸婿也？"凤仙终不快，解华妆，以鼓拍授婢。

这一段儿书，前半文字多是伏线，直到刘赤水与凤仙二次重会，好似才入正文。可也不过是借狐都有炎凉世态，规劝人不可不自立的意思。别瞧原文说的有名有姓，全是借字面儿寓言。即如刘爷名赤水，言其乃赤贫如洗的一个人；富川丁郎，即富家儿郎也，

---

① 什不闲：旧时一种曲艺形式。
② 戳腔：摆出傲慢态度。
③ "行"，原文作"形"，据语义改。
④ "站"，原文作"踮"，据语义改。
⑤ "跺"，原文作"躲"，据语义改。
⑥ 马：戏剧术语，省略，删掉。
⑦ 花脖子：指假充内行的人。

后文亦说为大贾之子。至姊妹三人全是花名，八仙之花颜色鲜艳，故做事风流，能歌能舞；水仙沉静有香，惟仅白色，故云貌少亚；凤仙色艳，而子名“急性子”，寓其性情。此不过略说大概，诸位要究细儿，您再自己悟理去。昨天所说的金盘进果，一则形容翁之富贵，一则因果衬花，是陪衬烘托的文法。

闲话少说，却说大家一瞧这盘果子，全都叫不上名儿来。方才要问，就听老头儿说：“这果子道路可不近呢！这是我从真腊国带来的，名叫田婆罗。”这点儿书，原注上说，真腊国在林邑之南，是扶风属国。大半是古名儿，如今改为那省那县可不容易查。又《北史》上说，真腊国多奇树，有婆田罗树，花、叶、实都像枣儿。本文说叫田婆罗，上两个字颠倒着，是一是二，无从考查。也许老头儿这句外国话记串啦，好在与正文无关系，您就当作藏枣儿听吧。

老翁说完，大家这才认识，可还不知道什么味儿。就见老头儿随手抓了几枚，送到丁二官人的面前（可不是双侠兆蕙①）。此时凤仙的脸上立刻透出不喜欢的样子，气哼哼的向老头儿说：“怎么着，全都是一样的女婿，还能皆因谁穷谁阔就有偏有向吗?”老头儿一瞧，知道三姑奶奶性情傲，嘴不容人，要一辩白，更招上他没结没完啦。好在是亲生的女儿，何妨让一半句呢，当时一乐儿，什么话没说。

八仙一瞧，见妹子要犯小性儿，赶紧想替老爷子解释这件事，说：“三妹妹，你又想左啦，老爷子决不能那们势力眼，瞧见丁郎儿阔啦，是嘉靖状元②（那是那个丁郎），才敬果子。皆因人家是隔着县分来瞧亲戚，跟你们那一口子，还有我们这一口子，全是守家在地的不同。人家是客，所以应当开果子（朋友可不伺候）。你知道啦，就别错怪老人家啦！况且咱们姐儿三个也得论个长幼。就说咱们三个人吧，你当就是你有这们个拳大的酸婿呢！”这四个字很新鲜，话里带刺儿（可没说刘爷是小身量儿的老西儿），就是在下前半篇所说的赤水的意思，人穷则说赤手空拳，又说穷酸，南省人管秀才叫穷措大，都是这个意思。八仙说了半天，凤仙的脸子越发撂的难看，连哼都不哼。此时这盘果子谁到不好动了。就见凤仙出离座位，把外面的衣服脱了，露出内衬的青衫，抓起鼓板，递与丫鬟，大概要唱《击掌》《算粮》。

（十五续）1915年3月20日

唱《破窑》一折，声泪俱下，既阕，拂袖径出，一座为之不欢。八仙曰：“婢子乔性犹昔。”乃追之，不知所往。刘无颜，亦辞而归。至半路，见凤仙坐路旁。

---

① 双侠兆蕙：《三侠五义》中有丁氏双侠，哥哥名丁兆兰，弟弟名丁兆蕙。

② 嘉靖状元：《丁郎寻父》中的丁郎儿。

俗语儿说，穷人心多，是一点儿也不错。而且心多的穷人，多是廉介之士，不肯苟取于人，因为怕人瞧不起才心多。若是无志气的人，什么气都受，那就是穷斯滥矣的小人了。吾人处世，对于不如自己的穷亲友，遇着好挑眼的，当多留意。即如本文凤仙就是这路傲性人，然正是人品高的地方儿。蒲留仙借狐说事，吾人当莫见笑于狐，才够人格儿呢。

昨天的书，说凤仙大概要唱《击掌》《算粮》，无非在下做个引笔。您要讲薛八出①的玩艺儿，仅多编了不过七八十年（蒲先生没听过）。在下记事的时候，常听高腔的《彩楼记》，就不是王宝川，是《蒙正接彩》，可就是凤仙唱的这一本（那位说，凤仙到底唱什么来着？对，我还没说哪）。

却说凤仙脱下衣服，把鼓板交给丫鬟，自己站②在当地唱了一折《破窑》。这玩艺儿本没身段（那位说，你为什么不写上两句呢？我就会《赶斋》），一面唱着，自己的眼泪可就流下来啦。把一支③曲子唱完，一甩袖子，抹头就出去啦。满座中的人本来高高兴兴，被凤仙这段儿苦条子一闹，谁都不喜欢了，也有要陪着掉眼泪的（比戏台底下还愚）。座中唯有八仙机灵，说："这个丫头片子，他这宗拿乔的习气，还跟从前一样，一点儿没改。多半是给扔下俏啦！"说着站起来往外就追，追到后院见没有，又追到街门外头瞧了瞧，不知往那条道路而去，只好照旧回来，一面走一面懊怨妹子不是好脾气。

此时刘爷脸上可透着挂不住（没出分赀净去挑眼的，本来太难吗），连忙站起身来，冲着老丈人说："小婿既醉且饱，馆里没有人，《聊斋》也没预备哪，我得赶紧回去（这是刘爷吗？我的心腹事）！再说山路崎岖，道路不近，就此告辞！"大家也瞧出刘爷透僵，不便深留，大家送到屋门口儿。

刘爷出来，门房也没理会。自己一面走着，心说我们这一口子老是好挑眼，可惜没尝着田婆罗什么味儿（这分儿嘴馋），也不知道他到底往那儿去了，也许回家了吧！我真得快去瞧瞧。想到其间，往前紧走，转了两个山湾儿。来的时候是同着胡爷说说笑笑，不理会远，如今一个人走着，道路又生，再抬头一看，已经斜阳在山，心说到家总得掌灯。走来走去，好容易才绕出这个山口，再瞧太阳已经落下。想要歇一歇，又没地方可坐，只好仍旧赶着走吧。

又走了不到半里，见离方才遇见八仙的那个地方儿不远了，想着这可快到家啦。猛抬头见前面有一块石头，石头上坐着一穿青衫的妇人，正往这边儿瞧哪。及至临近一看，原来正是凤仙。

---

① 薛八出：京剧剧目，以薛平贵、王宝钏为主线的八出戏。
② "站"，原文作"踮"，据语义改。
③ "支"，原文作"只"，据语义改。

（十六续）1915年3月21日

呼与并坐，曰："君一丈夫，不能为床头人吐气耶！黄金屋自在书中，愿好为之。"举足云："出门匆遽，棘刺破复履矣，所赠物在身边否？"刘出之，女取而易之。刘乞其敝者。辴①然曰："君亦无赖矣，几见自己衾枕之物，亦要护藏者？如相见爱，一物可以相赠。"出一镜付之。

却说刘爷一个人儿出了山口，紧跑慢跑，好容易走到遇着胡爷的那个道儿上。见石头上坐着一个妇人，正往这们瞧呢，心里疑惑是凤仙，及至临近，果然不错。就听凤仙说："你还来了哪！我当你跟他们又走客票去了呢（凤仙也犯上票训啦）！来吧，你坐下，咱们两个人有话说。你瞧凭你这们一个男子汉大丈夫，不能替家里的堂客争气，每天就这们游手好闲，不好用功，把从前的学业抛荒，有多可惜！你就没听古人说过吗，书中自有黄金屋，这话并不假。不过是自己要不发奋，可不能行。你从此打算争气，可就趁早儿求学吧！"

刘爷此时坐在一旁，不敢犟②嘴，只好答应着。人家孩子一则是怕夫人儿犯了他的小性儿不跟着回去，二来见方才他父母、姐姐都不敢拦他，自己更不便在气头子上碰他硬钉子喽。

凤仙说完，一抬自己的小脚儿。刘爷这才瞧见，穿的是一双破靴子（可不是破靴党③），不知什么意思，还是得听他说。就听凤仙说："我出门的时候，气肚儿上走了个挺忙，又搭着抄小道儿，深一脚浅一脚的，净是荆棘棵子。你瞧，不但把这双靴子扎的这个样儿，就连里头套的睡鞋也都破啦，这可走不上来了。前次我送给你的那一双小鞋子，你在身上带着呢没有？"刘爷一听，连忙说："有，有，有，这比契约文凭我还当事哪！知道那一阵儿碰见花钱的主道们哪（还是没忘了犯财迷）！"说着话，褪进手儿去掏摸了半天，大概是在裤腰带上拴着哪。好容易才掏出一个手巾包儿，放在石头上。打开包儿，举着说："你瞧珠子一颗没丢，花儿颜色也不旧，难为我收这二年吧。你问这个做什么呀？"

凤仙将手巾接过来，放在身旁，把自己裤腿解开，把穿的靴鞋全脱下来，换上八仙这一双。然后把裤腿子系好，又把这两只裹了裹，刚要往腰里掖。刘爷说："没别的，好的你要了去啦，你把这个破的赏给我吧！"凤仙抿嘴一笑儿，斜瞅了刘爷一眼，说："你

---

① 辴：笑貌。

② "犟"，原文作"糨"，据语义改。

③ 破靴党：指破落无赖的团伙。

这个人哪，简直的是无赖子的行为。你也不想一想，我是你的女人，我的物件就跟你的一个样。况且这本不是什么见得起人的好东西，应该老在被褥底下藏着（坤鞋庄在玻璃罩儿里摆着，兴了没多少年。从前除串下处①有卖的，其余如香货店、绒线铺，都是后柜藏着卖）。把一宗见不起人的东西，你这们当宝贝儿似的，你不用要这个。你如果真心跟我好，我送给你一样东西，不但说得讲得，姑娘小学生瞧得（那是西湖景），还能与你大大的有益！”说着话，从腰掏出一面小镜子（大概可是铜的），双手递与刘爷。

（十七续）*1915* 年 *3* 月 *22* 日

“欲见妾，当于书卷中觅知；不然，相见无期矣。”言已，不见。怊惆②自归。视镜，则凤仙背立其中，如望去人于百步之外者。因念所嘱，谢客下帷。一日，见镜中人忽现正面，盈盈欲笑。

却说凤仙由身旁取出一面镜子，原文可没说是铜的，在下昨天说了个活动话儿。因为玻璃镜子大概清初的时代虽有，可是很少，而且也不容易往身上带。铜镜子多半有柄儿，可有一节，要照，时常得洗。凤仙这柄镜子，刘爷直瞧了二年多，没法子洗，未免又不大合题。莫如咱们还是古事今说，做为镜子是洋玻璃的，彼时虽不轻易见，好在人家凤仙的父亲新由外洋返国，还许带分儿撮影具呢。

闲话少说，再说凤仙把镜子递与刘爷，刘爷此时听凤仙的话口儿，大概是不能跟着引渡（那是入外国籍的罪犯），给这们一件纪念品。自己接过镜子，也顾不得瞧了，打算要求跟自己回家，那不住上个三五天哪、一半日呢（刘爷要唱《翠屏山》）。话还没说出来，敢情凤仙还有吩派，说：“你要打算见着我的面儿，也不难。你从此回去好好儿的用功，你在书本儿上就见着我啦。你要不肯念书，咱们这辈子可就不用打算团圆得了啦！”说着话眼圈儿一红，掉下几点眼泪。刘爷刚要解劝，凤仙站起来，一转身儿，踪迹不见。刘爷有许多的话要问，谁想到凤仙就这们挠下去啦，这一分儿堵心就别提了。再想瞧这面镜子，此时天已昏黑，看不清上面有什么，自己离家还有好几里路呢，只好快走啵。这才站③起身形，冲着这块石头点了点头，好像要掉眼泪，一狠心走回家去。

到家开开书馆的门，忙着点灯，为是好瞧镜子。把灯点好，在灯光之下一瞧，上面影影绰绰有一个小人儿，还是后影儿。细瞧头儿脚儿，敢则是凤仙的小像。可惜一则是后影儿，而且不大的尺寸，就如同带景儿的影像篇子，离着好似有百步之外的一样。自

① 下处：一般指旅途中的临时住处，这里指妓院。
② 怊惆：悲伤，失意。
③ “站”，原文作“跕”，据语义改。

己瞧了半天，猛然想起凤仙给镜子的时候儿嘱咐的话，说是叫我在书本儿上找他（登报可没效力），必然是劝我好好儿的用功，他还可以来。这们办，咱们这就念哪。一想还没吃晚饭哪，而且又乏又困，胡乱吃了点儿，睡了一夜。

次日，清晨起来，顾不得穿衣裳，先抓镜子，还同昨晚灯下一样。只好起来穿衣裳，这就找《五经》《四书》《天崇墨选》《明文传薪》，把镜子放在书案一旁，坐在屋里把门倒关上，高声朗诵的苦这们一念。刘爷这个人平日专好交朋友，那一天都有人来找（跟我一样，自己没事永不断穷忙）。从这一天起，是人来找，一概不见，甚至朋友坐着，他老先生就念上文章了，朋友也只好走吧。一幌儿几天，这一天，忽然见镜子中的凤仙转了正脸儿，外带颇有笑容。

（十八续） *1915* 年 *3* 月 *23* 日

益爱重之，无人时，辄以共对。月余，锐志渐衰，游恒忘返。归见镜，惨然若涕。隔日再视，则背立如初矣。始悟为己之废学也。乃闭户研读，昼夜不辍。月余，则影复向外。自此验之，每有事荒废，则其容戚；数日攻苦，则其容笑。如是朝夕悬之，如对师保。如此二年，一举而捷。

却说刘爷因为凤仙赠给自己一面镜子，虽不如那一双鞋有找项，究竟是文明玩艺儿，可以在书案上摆得了。所不满意的就是个背脸儿，不想自己苦一用功，居然镜子上的人儿会转过脸儿来啦。从此更拿这镜子当事了，比行乐图都当事。这一转过脸儿来不大要紧，刘爷可舍不得在大面儿上摆着啦，永远收在箱子里锁着（好像热人送的像篇儿），净等没人来的时候拿出来瞧会子；或摆在书案上，冲着他高声朗诵的念诵一回，又抓起来瞧一会子，甚至对着说句趣话儿。

一个多月，刘爷的念功儿又透着厌烦起来，时常一出去就是一天，有时就同朋友在外边连恋着过了夜。好在只要跑回家来，连饭顾不得吃，必要先抓起这面镜子瞧一瞧。这天回来，又一拿镜子，一瞧上面的凤仙绉着眉头，好像在镜子里面哭。刘爷说：“哎呀，我的妻呀，每天回来欢天喜地，今天为何愁眉不展（一个人儿过上《双钉记》啦）？”说着话，收起镜子睡觉。第二天再瞧，镜子中的凤仙影儿，居然掉过脸儿去了。这一下子刘爷可急啦，把镜子放下，站起来直给镜子作揖，说：“你这可不对啦！有什么不痛快只管明说。咱们两个人不是不过私话的交情，你怎么立刻也跟我掉脸哪？”

说了两句，镜子上的人儿并不答言儿（真是官事官办）。刘爷怔了怔，才又想起当日赠镜子的时候儿曾说不然相见无期。人家孩子是为我不好好用功，我要再这样荒废学业，连这点影子模儿还许都瞧不见了呢。不必费话捣鬼，给他好好的念，立刻把屋门倒关上，有朋友来，以为没在家，自然就走啦。自己坐在屋里是张嘴儿“子曰”、闭嘴儿“子曰”，至到上茅厕还会“子曰”哪（这是刘爷吗？《文章会》的相公）。不但白天念，晚晌点上灯还念多半夜。苦念了这们一个多月，镜子反倒不大瞧了。

这天又一瞧，镜子里的人影儿居然又转过脸儿来了。从此刘爷可不敢逃学喽，照旧用功，又留心一考查，每遇有两天真有推不开的要紧事没能用功，镜子上的凤仙就脸上透着不喜欢；要是自己苦用几天的功，镜子上的凤仙就透出有笑容儿似的。刘爷心说，罢了，你真比我的大师哥还能管理我哪（如今改称班长了）！从此把镜子挂在书案前头，每天冲他一用功，直比小学生儿怕什么剥皮的教书匠还厉害。说书是有话即长，无话即短，一幌儿二年。这年正是乡试年头儿，刘爷赴考，居然一举成名。

（十九续）*1915 年 3 月 24 日*

喜曰：“今可以对我凤仙矣！”揽镜视之，见画黛弯长，瓠犀微露，喜容可掬，宛然在目前。爱极，停睇不已。忽镜中人笑曰：“‘影里情郎，画中爱宠’，今之谓矣。”惊喜四顾，则凤仙已在座后。

这点儿书本是假玩艺儿，可是劝少年人努力求学的至意。其事虽无，其理确有。因为大凡有嗜好的青年子弟，都是有聪明的人，只因为外诱所迁引，便不能专心致志的求学。此时纵有明师益友，父兄责善，往往都不能规正的过来，遇着投其所好的人（如名妓名伶）代为激劝，多有成名的。这些事古人中确有几位。这个道理，一则由于艳情感动，一则由于此等心坎人的说话容易入耳，反比正颜厉色说的主儿能够收效果。被劝的少年正在青年，若能移其聪明于正途，便无不成。无奈能如凤仙知大体的甚少，结发且然，更何责于姬妾。这段儿书，说凤仙是狐，对于婿不如人，能挂这宗火。俗说一勤天下无难事，何况刘爷本是聪明人，故二年的功夫便能一成成名。愿妇女们不可以凤仙当狐看，就当个相夫贤内助之模范看，免得人说妇女是要货儿、分利的嫌言。

闲话打住，却说刘爷这一中举，这天接着报录，起心里别提多喜欢喽，说：“这如今我可总算对得起我们凤仙喽！我快瞧一瞧，今一天的镜子变成什么样儿了吧！”把镜子拿过来一瞧，眉儿眼儿的比前些日子真着多了，弯弯的两道双眉好似远山，呲着牙儿，冲着自己笑眯嘻儿的乐呢。虽然尺寸不大，同缩照的像篇儿一样，十分真切，简直的是在眼前站着呢。刘爷一面瞧，一面想念，从前在一块怎么投缘对劲，怎么好，越想越瞧，越瞧越出神儿，拿着这柄镜子，直仿佛自己的魂儿也进了镜子似的，通俗说是瞧傻了。

正在这个功夫，就见镜子里的凤仙乐着答了言儿啦，说：“‘影里情郎，画中爱宠’，可就应验在今天咱们两个人的身上啦！”这两句话古人常说，其实并没实在的人。大意不过劝人不可把虚假作真的意思，又有聊慰寂寥的意思。比如少年鳏居，可以对画中美人做个侍妾，比上活的，一来省心，二来省饭，外带还免得生气担心（那位说，担什么心哪？怕身子骨儿不结实，死啦）。这两句话，记得《西厢记》上用过，“他做了影里情郎，我做了画中爱宠”，这是张生说的。如今由凤仙嘴里翻着一说，文法便巧妙。不信这两句要出在刘赤水的口中就没多大滋味，这都是文法巧妙的地方儿。瞎聊了半天，还得接着说。

却说刘爷拿着镜子正然出神，忽听镜子假人会背《西厢》（比说话的电影儿又新鲜啦），吓了一跳，可是更喜欢啦。又一想，不对，这们一点儿的小嘴儿，那能有这样的夯头子（又犯上票训啦）。抬头满屋一找，敢情这声浪（那位说，刘爷怎么有新名词啦？一则是举人，二来受过狐妇的传授）出在座后。一回头，见凤仙笑着由身后转将过来。

（二十续）1915年3月25日

握手问翁媪起居，曰：“妾别后，不曾归家。伏处岩穴，聊与君分苦耳。”刘赴宴郡中，女请与俱。共乘而往，人对面不相窥。既而将归，阴与刘谋，伪为娶于郡也者。女既归，始出见客，经理家政。人皆惊其美，而不知其狐也。

前天说刘爷猛听镜子中的人儿既然答言儿，能背《西厢记》（不像我，就能在纸篇儿上说《聊斋》），真是又惊又喜。及至一回头，敢则是凤仙在身后头站着呢，赶紧站①起来，拉住凤仙，说：“罢了，我学生要不亏你这个身后的人儿，我如何中得了举，也亏了道上办的严密（那位说，这是那儿的事呀？前些年举场）。”拉住凤仙，说：“你从娘家来吧，家内的老爷子老太太都好哇？”凤仙一听，脸上透出凄惨的神色，说：“你那里知道，那一天妾与君别后，既是负气走的，如何有脸再回去。我不过找个山洞一藏，净等你有了功名，好替我争这一口气。幸喜郎君肯用心攻苦上进，才名登虎榜。你虽说不容易，我受的苦楚比你也不在小处。因你我是分甘共苦的好夫妻，所以理当如是！”

刘爷说：“不是呀，你一来一要脸子，两来一打掉脸儿，我不敢不好好的念唏！这幸尔是镜子，要是在一个屋里，你还不定怎么犯闲杂儿哪！”说完彼此一笑，这才撒开手。刘爷说：“你这不是来了吗，很好，我可得托你给我看两天的家。你想中举之后，一来得拜座师、房师，会同年，大家总要聚会几天，这是正事，不能不到。我又舍不得你，你可有什么好法子没有？”

凤仙一听，说：“这有何难，你不是因公晋省吗，巧咧，我也跟你一块儿去！”刘爷

① “站”，原文作“踮”，据语义改。

说："不行，会同年，连条子①都不能叫，那儿有携眷的呀？"凤仙说："不是那们着，你这如今进城还能步下走吗，一定得雇车。你坐在车外头，我坐在车厢儿里（要坐个蹭车儿），一块儿到了城中，你住在那儿，夜里我给你作伴儿不好吗？"刘爷说："好，那们雇车的时候儿告诉明白人家，是两个坐儿（坐惯了跑海②的车啦）。"凤仙说："那也不必，横竖他们瞧不见我！"刘爷这才放心，说："那们常见一个人坐车跨辕儿的，大概都是这们件事。"简断截说，到了省城，刘爷把一切事情全都办完，一半天就要回家了。

这一天晚晌，凤仙对刘爷说："你家里又没人，大家知道你是鳏居，你这一中举，短不了有给你提亲的，我想你还能另娶吗，再说我虽有法术隐身，这们永不见人也不是常法。莫如你明天把我带回家去，就说是在省城新娶的夫人，你想好不好？"刘爷说："你既肯跟我明混，那我更喜欢喽（不像官话）！"商量妥当，次日坐车回家。刘爷夙日好交朋友，有来拜访的，刘爷都给大家见一见。凤仙不但能应酬，并且所有过日子的规矩还是真不含糊。大家一瞧，没有不夸赞的，都说刘爷娶了个体面媳妇，并没一个知根儿的知道凤仙是狐精出身。

（二十一续） 1915年3月26日

刘属富川令门人，往谒之。遇丁，殷殷邀至其家，款礼优渥，言："岳父母近又他徙。内人归宁，将复。当寄信往，并诣申贺。"

前天的书，说凤仙跟着刘爷上省，居然没人看得见。这点儿书，可是地道瞎聊。蒲先生故意这们说，因为前文既说凤仙是狐，又二年多住在山洞，时常来在书房，在镜子里亮像儿；如今不这们说，未免圆不上谎，这正是文笔周到的地方儿。若说寓意，言其正式夫妻须有三媒六证③。刘爷这一方面虽没有父母弟兄，可不能没亲戚朋友。要说没有个娘家，也没娶的日子，一定人说是插帮车，朋友们瞧不起刘大奶奶，刘爷自然也脸上无光。足见出身一差，巴结就费了劲啦。那位说，这又是那儿的事呀？前清官场的资格，好在如今可不讲这些啦。闲话打住，说书要紧。

却说现在刘爷是举人公了，此时凤仙也是孝廉夫人了。这们一过日子，可没提那儿来的钱。刘爷进省拜房师，偏巧这位房师是富川县的知县。乡闱一完，因公事要紧，就回了本任了。刘爷没见着，自己应当去一荡才对。好在是邻县不远，预备好贽敬盘缠，

---

① 条子：旧时男人聚会，各人请自己相好的妓女来作陪，妓女前来叫出条子或走条子。

② 跑海：指一种专在郊区运货或搭载乘客的骡马车或人力车。

③ 三媒六证：三媒指男女双方各请的媒人和为双方牵线的媒人；六证为斗、尺、秤、算盘、剪子、镜子。

告诉明白凤仙大奶奶。这位大奶奶可不能走到那儿跟到那儿，就是刘爷一个人儿去。简断截说，就算到啦。

拜完房师，出了县衙，打算打店住下。见迎面来了一个人儿，看着眼熟，及至临近，才瞧出原来是丁二官人。丁爷老远的就作揖，说："想不到三妹夫居然来到鄗县，这可没什么说的，今一天晚晌住在我家吧！"刘爷既跟人家是亲戚，不好推辞。想着大约也许住的是房子，要是山洞，能让我去吗，只好说："兄弟今日初到贵县，来拜房师，正打算给二姊夫请安去呢，如此甚好！"

二人携手同行，过了一条巷子，见一所大宅院，广梁大门。丁爷请刘爷先走，彼此谦逊几句，丁爷只好头前引路。刚进大门，门房有好些下人都迎接出来，立刻让刘爷单跨院。有三间书房，收拾的干净，陈设古玩字画，无一不讲究。进来分宾主落坐，家人献茶，立刻这就吩咐下人摆酒。刘爷一瞧，好像便家。一会儿摆齐，真是山珍海错。丁爷敬了一巡酒，彼此这才说闲话儿。

丁爷自然先问了问场中的文章，又恭维了些句，刘爷也只好恭维着应酬了几句。丁爷这才说："你老先生大概不知道吧，咱们的岳父老大人，他新近又搬了家啦！"刘爷说："不是又搬到青岛去啦？就是有钱吧，也不犯一死儿便宜外人哪（这又是谁呀？你自己打听吧，我不敢说名姓儿）！"连忙说："那们他老人家搬的地方儿您总知道喽，过日我好去拜一荡。"丁爷说："我还没得温居①去呢。我们内人他在家里住着哪，大约一半日就回来，必有人送，我带个信儿去，还要凑在一处给您道喜去哪！"刘爷赶紧说："不敢当。"一面说着话，要深询丁爷到底是人是狐。

（二十二续）1915年3月27日

刘初疑丁亦狐，及细审邦族，始知富川大贾子也。初，丁自别业暮归，遇水仙独步，见其美，微睨之。女请附骥以行，丁喜，载至斋，与同寝处。棂隙可入，始知为狐。言："郎勿见疑，妾以君诚笃，故愿托之。"丁嬖之，竟不复娶。刘归。

古人说："方以类聚，物以群分。"通俗说就是挨金似金，挨玉似玉，交朋友总得八两半斤；又道是鸟随鸾凤飞腾远，人伴贤良品格高。我的哥哥（这是《聊斋》吗？相声场子圆粘儿哪）！并非在下故意拉天数儿（那是大夫出马②），因为昨天的书说到刘爷疑惑丁爷是狐，这也是情理中应有的，错非刘爷中举，丁爷还许疑惑刘爷也是一个哪（狐

① 温居：旧时指前往亲友新居贺喜。
② 出马：指医生出诊。

狸）。刘爷此时虽说心里犹豫，可不敢明问。奈因瞧这个派头儿不像是变化的，而且夙日耳目中也有这们个富川丁家。于是一面畝着酒，刘爷因话提话儿，说起富川丁家从前有名有姓的几位老前辈来。丁爷说："那是我的叔伯祖，那一支儿是奔宦途的。我们这一支儿，从我的曾祖就研究实业生利的法子，后来接续入了商界。本省有几座买卖，各省也有几处连号①。"

刘爷一听，方知道丁爷敢情是商界中的一位阔少爷，这就怪不得老丈人那天一犯势力眼，我们那一口子才蹿了沿子了呢（不是举人公的口气）。于是又因话提话，慢慢儿先问丁爷知道自己同凤仙是怎么结的亲不知道。丁爷说："也听见内人说过大略。若说起兄弟与我们那一口子，也没成过正式的婚礼。皆因当初一日，我从城外头庄子上回家，骑着匹马，一个人走到旷野荒郊，天可就要落太阳了。见前面有一个大姑娘，可喜'庞儿浅淡妆，穿一套缟素衣裳'（那位说，丁爷怎么也背上《西厢》啦？受了小姨子的传染了吗），不像乡村的妇女，可又一个人儿在地下走着。是我心里一动，未免多瞧了一眼，见生的很美貌，就见他冲我一笑儿，我还当是熟人哪，自然也不好不点点头儿。就听他说：'这位郎君，你瞧我要进城，天到这般时候，一个人心里有点儿害怕，外带两脚走的生疼，可怕赶不进城去了。你要肯行好事，你的性口慢着点儿，给我作个伴儿，咱们一块走好不好？'彼时我一想，这也是好事，立刻下马，说：'这们办，你要有当口儿，骑我这一匹马，那不封上点儿镫呢（这是丁爷吗？拴马的张罗军政哪）。'简断截说，他就依实了，骑在马上，我跟着进了城。问他那儿住，他说不认识家了，是我把他驼到家来，就一同住在这外书房了。半夜见他起来，我只当解②手儿呢，一转脸，踪迹不见。正在纳闷，见他由窗棂进来，我才疑惑他是母狐精。一盘问他，他说：'你不用害怕，我因为你是诚实君子，所以愿意跟你过日子。'我因他异类都讲诚实，故此把他就算为嫡室，并没另娶。这是我们两口子的一段历史。"

刘爷这才明白，当时酒足饭饱，住了一夜，告辞回家。到家之后，净等丈人前来认亲。

（二十三续） *1915* 年 *3* 月 *28* 日

假贵宅广第，备客燕寝，汜扫光洁，而苦无供帐。隔夜视之，则陈设焕然矣。过数日，果有三十余人，赍旗采酒礼而至，舆马缤纷，填溢街巷。

---

① 连号：分店，连锁店。

② "解"，原文作"接"，据语义改。

前天这点儿书与原文稍有不合，原文载丁爷与水仙成为夫妇是一段叙笔，在下硬由丁爷口中自己说出，这叫述笔。一则透着传神，二则反比照原文省话。其中所隐寓的虽清高如水仙之“沉重温克”，其初亦不免现色相身，亦女子生而愿为之有家之意。惜家长不知早为之计，以至自行择配，故亦不免入于狐媚一流。蒲先生警世之意深矣。至“棂隙可入”，不过与凤仙之隐身术一样，全是点缀的笔法，没什么深思大意。

闲话少说，却说刘爷次日同丁爷告辞，回到家中，把一切的话告诉明白了凤仙。凤仙听说父母、姐姐全都要来认亲，自然也喜欢。无奈房屋窄小，来了没有地方儿住，给举人公泄气。刘爷说：“不要紧，咱们隔壁这一处房子闲了这们几年了，我跟他们说一说，大概不敢不借给咱们（刚中举就倚势力吹上啦，这是从前科举时代的通病）!”立刻给本宅写了封信，说是某日请客会同年，借这宅子摆摆座儿。人家是闲房，乐得做人情呢，打发下人把各门开开。刘爷找来几个人，把屋子、院子泼上水，打扫干净。刘爷过去一瞧，干净倒是干净，可就是四隔阑儿空。虽说人家爷儿们住过山洞，到了亲戚家，可得按人待承。要说用点儿桌椅条凳，虽没地方儿赁去，还可以借点儿，就是床榻、帐子不容易找。自己起心里着急，只好过一半天再打主意。

回家来睡了一夜，第二天过去打算瞧瞧地势，好预备。及至一进门子，喝！不但有了床榻、幔帐，连铺垫、被褥也无所不有。桌椅条凳不算，桌子上真有木钟、盆景儿、铜炉子、炭盆，外带煤球儿、火炭，都预备了个挺齐全（这可是瞎聊，反正为刘爷省事不咧。假玩艺儿，您将就着听吧）。刘爷心说这可真罢了的，过几天亲戚走啦，拍卖勾钢都够过些天的（刘爷不懂这些话）。从此刘爷跟凤仙一商量，莫如把自己这院内房子的家俱全搬过去，立刻雇了几个下人，见天净等丈人、岳母、大姨子来。等了几天，没有信儿，自己反到直着急，不知怎么还不到。

这一天，忽然来了有三四十男仆人，也有挑着圆笼的，也有抬着酒坛子的，还有好些喜幛等类。到了门口儿，刘宅的下人替回进来，并呈递上礼单。刘爷开发赏钱，问了问，把礼物收受。这些人也全进来叩头，给姑老爷、姑太太道喜。刘爷又问了问，说一会儿全到，把一干下人让在下房儿。功夫不大，就听门口儿车响、马打响鼻儿的声音。下人回进来，刘爷同凤仙接将出去，见来的车马轿子很多，把本胡同儿全都□满。

（二十四续） *1915年3月29日*

刘揖翁及丁、胡入客舍，凤仙逆妪及两姨入内寝。八仙曰：“婢子今贵，不怨冰人矣？钏履犹存否？”女搜付之，曰：“履则犹是也，而被千人看破矣。”八仙以履击背，曰：“挞汝寄于刘郎。”乃投诸火。

却说刘爷等了好几天，忽然这一天来了许多下人，抬着好些贺礼。刘爷收下一问，说是少时么礼到人也到（宋江的朋友），刘爷自然很喜欢。一会儿下人回进来，说是已到门外，刘爷赶紧往外迎接，此时凤仙也迎接出来（怕人说举人太太自大）。刘爷出门一瞧，街门外头可真热闹的多喽，什么四轮双马车、单马敞篷车，还有电车（那位说，彼时有吗？一则刘爷的丈人是由外洋回华，二来既是狐精，搬运什么不行啊）。刘爷此时可忙不过来了，先招呼那一位都不合式，赶紧给老丈人做了个揖，说："好你个老丈人的（没这们一句）。"然后又跟丁爷、胡爷彼此对作揖问候，往大门里相让。一会儿进了客厅，分宾主落坐，下人献茶，茶罢搁盏。这一句多交代，多早晚也不能揣到怀里。皆因评书行通俗都有这一句，所以我也别落下。

闲话少说，再说凤仙在门外头见母亲同着两个姐姐都在门口儿下车，自己赶过去相搀。八仙、水仙本是跟老太太一块儿来的，自然也得围随着。进了大门，穿过厅直奔后堂（可不卖吊儿①）。进到屋中，凤仙请母亲上座，然后磕头拜见。礼毕又要给两位姐姐行礼，二位不肯，各行常礼，然后这才入座。那位说，原文并没这些礼节，你做什么给添呢？在下因为凤仙虽是狐精，今既托名是娶来的，对于新雇的下人，也得把这些俗礼交待过去，才能遮人眼目哪。

却说八仙一瞧，屋子收拾的很透讲究，迎门大炭盆□着兽炭，真是满屋中温暖，笑嘻嘻的冲着妹子说："你这如今总算比我们姐儿们高贵多喽！大概你这可就不懊怨我当初给你作的媒不好了吧！你瞧你从前那股子劲儿，把我的镯子也偷出来给你们那一口子。我皆因钱财细故，没较量过这些个。你还不出气，又把我的鞋也偷了来给他，必是因珠子行情好，好上揉儿铺。如今这些东西还有没有啦？"凤仙也一笑儿，站起来开开箱子找了半天，把那一双鞋搜寻出来，说："镯子我一时找不着，明天你爱什么花样的，我给你上文华楼定打去（广西的文华楼，观音寺这一家没开市哪）。你要这一双鞋，我并没动你的珠子，也没有穿破，趁早儿拿去，迟误你穿。可惜就是一样儿，原物虽没损坏，同从前一样，无奈那一程子，这个也瞧一瞧，那个也闻一闻，已经被千儿八百的人都瞧得快破啦，你还提他个什么劲儿呀！"

凤仙这们一说，八仙立刻紫啦（成了金漆八仙），有点害臊。一个妹妹，又不好真急，斜着眼睛瞪了凤仙一眼，笑举着这一双鞋，在凤仙脊梁上打了一下儿，说："打你就如同打你们刘郎呢！"凤仙一闪身，八仙趁势把鞋扔在炭盆之内，登时化为灰烬。

（二十五续）*1915年3月30日*

祝曰："新时如花开，旧时如花谢。珍重不曾着，姮娥来相借。"水仙亦代祝曰："曾

---

① 卖吊儿：卖票。

经笼玉笋，着出万人称。若使姮娥见，应怜太瘦生。”凤仙拨灰曰：“夜夜上青天，一朝去所欢。留得纤纤影，遍与世人看。”遂以灰捻柈①中，堆作十余分，望见刘来，托赠之。但见绣履满柈，悉如故款。

前天的书说八仙把这一双绣鞋顺手扔在炭盆内，立时化为灰烬。诸位别替刘爷舍不得，这不过是这篇文字起用纨绔引出绣履，言必为纨绔之人而始贪此淫亵物的意思。如今刘赤水既已成名，则可以随便束住，既不能说要回去，又不能不提，故借火化了之。就好像秘密的信函，有“阅后赴诸丙丁”的字柬一样。

闲话少说，却说八仙别瞧是个狐精，敢情还会作诗哪，一面嘴里说出四句祝词，可不是“绣鞋万岁万万岁”，祝得是：“新时如花开，旧时如花谢。珍重不曾着，姮娥来相借。”这三首诗，虽文理不深，可不能不大略批批。言其这双鞋新的时候如同一朵鲜花乍开，人人都爱，一穿旧了，就如同谢了的花瓣相似。如今并没怎么穿坏，是妹夫、妹妹直替保存了这们几年。如今一烧，就如同借给月殿嫦娥仙子穿了去似的。

水仙一听姐姐的祝词，有心拍掌赞成，又怕他们不懂，莫如也跟着替念上四句祝词，说得是：“曾经笼玉笋，着出万人称。若便姮娥见，应怜太瘦生。”这四句说这一双鞋当初做出来的时候，原为收笼两只小脚儿的（玉笋就是小脚儿，玉笋行卖的可不是），做得了一穿出去，人人称赞，说样儿怎么好，活计怎么好。如果真被月中姮娥瞧见，他还许嫌瘦呢。这个“生”字，用在此处，是助语的虚字儿，可别当人口儿讲。

凤仙一听，心里有点儿不大悦服，说：“就凭这们两只臭小脚子上的一件东西，叫他们两个人夸得好像天上少有，地下难寻喽。人家姐儿两个如今来在我家，我可也别紧自跟人反对，莫如也来四句祝词儿，暗中贬他一下子！”跟着也念得是：“夜夜上青天，一朝去所欢。留得纤纤影，遍与世人看。”这头一句说是这鞋夜夜上青天，那位说，谁见鞋上过天哪？大概八仙时常拿大顶睡觉。今一天忽然送到火里头，就有心爱的人儿想瞧也就不容易啦。好在灰中还有这们个极瘦小的个影子，所为让世上人都可以全瞧得见。

凤仙说完祝词，八仙一笑儿，也没敢驳他。此时凤仙赶紧找起丫鬟送茶的木头盘子，把炭盆边儿上的冷灰捻出一把儿来，用手一分，分了十几堆儿，大家也不晓得他要作什么。此时刘爷在外院客厅把丁、胡并老丈人让好了座，自己想进来应酬应酬岳母跟大姨子。刚进屋门儿，凤仙已经站②起身来，手里托着这一盘子灰，说：“你瞧大姐姐送你的！”刘爷不知什么好物件，一瞧一盘子全是绣鞋，正与从前那一双一般一样。

---

① 柈：盘。

② “站”，原文作“跕”，据语义改。

（二十六续）*1915* 年 *3* 月 *31* 日

八仙急出，推柈堕地上，犹有一二只存者，又伏吹之，其踪始灭。次日，丁以道远，夫妇先归。八仙贪与妹戏，翁及胡督促之，亭午始出，与众俱去。初来，仪从过盛，观者如市。有两寇窥见丽人，魂魄丧失。

昨天的书，把三首祝词及用火烧鞋的大略已经说明。隐寓天下之物，无论如何贵重，境过情迁，即如灰烬之意，并不止此鞋而已。

却说刘爷打算进内厅来周旋周旋岳母，刚进屋门，见凤仙托着一木盘绣鞋送了过来，自己此时反倒有点儿羞愧。皆因前二年没咬儿①，吃过些天这一门，如今想是人家姊妹故意奚落自己呢，故此不好赶过去直接。此时八仙也赶紧站起身来，追到妹子身后，用手一推，把个木盘子口折在地下，洒了一地的炭灰。还有一两只是鞋子样儿的，八仙爬伏就地，用嘴使劲儿一吹，吹成飞灰，才全都散没了。此时刘爷只好在地下僵着，好容易八仙把鞋弄完，照旧入座，姊妹三个彼此的嬉笑了一阵。刘爷趁这个当口儿，才搭讪着过来跟岳母说了几句客套。又跟八仙也说了几句，嘱咐既来了，千万多住几天，说完这才退出，上前厅跟丁、胡一同吃酒去了。全是至亲，彼此不拘形迹。爷儿四个直吃到点上灯烛，这才酒足饭饱。里院老娘儿四个也是一样。当夜无书。

次日天明起来，梳洗已毕，喝茶摆酒摆饭，喝着酒，丁爷说："兄弟家内没人照料，况且出来好几天了，今日我们可得先走一步儿，大约还可以赶得到家！"刘爷留了会子，才知道老丁又出外照应买卖去了，丁爷并不能分身，皆因强被丈人约着来的，只可不必强留了。一会儿饭毕，就吩咐仆人先套丁宅的车。此时水仙也用毕酒饭，同妹子告辞。刘爷夫妇送至门外，看着上了车，然后进来。

刘爷同胡爷初次见面儿就套上玩笑了，今一天是彼此对拘着呢。丁爷一走，二位又开上搅啦。里院八仙本是好说好笑的人，此次见妹夫不但是人，还是举人公了，从此托个人情儿，禁止打枪跟穿狐皮的，早晚准许办的到。所以跟妹妹分外透着亲热，说会子凑会子并不提告辞回去。

老头儿歇了一觉，一瞧天色已经快晌午了，这才跟大姑爷说："咱们也该套车了吧！"胡爷吩咐了下人，又进去催了一荡。八仙还说："不忙，早晚到家还不行吗！"一会儿车马备齐，老爷儿四个告辞出门，坐上车辆，前扈后拥。此时的车马半天才出巷子，因为本处的人头一天就见有这一群车马来拜刘宅，看热闹的人就有不少，也有没赶上的，还

① 咬儿：生财之道。

直后悔，净等走的时候再瞧。谁知人家全住下了，第二天越聚人越多，故此这们热闹。

单说头一天有两个江洋大盗，是从邻省来的，到了平乐地面，结合本处的毛贼很作了几案。头一天骑马要走，正走在刘宅门前，看见八仙、水仙下车，不由得魄散魂飞。

（二十七续） 1915年4月1日

因谋劫诸途。侦其离村，尾之而去。相隔不盈一矢，马极奔，不能及。至一处，两崖夹道，舆行稍缓，追及之，持刀吼咤，人众都奔。下马启帘，则老妪坐焉。

昨天的书，说有两个贼寇。这两个贼不但是贼，而且到处墩包头、放响箭、绑票儿、抢人勒赎，无所不为，有时高来高去，点薰香采花。因北五省作的案子过多，躲藏不住，这才来到广西。先住在店里，然后上赌局一耍钱，勾引上本处的毛贼，无非扯旗瞭望，得财到手，分给他们点儿。风儿一紧，自己一扯呼①，拿这些傻小子白填馅。

这一天本打算要另换个省分做买卖去，恰巧走在刘宅门口，正见八仙下车。此时胡同儿的车马把道路塞满，也不容易过去了。两匹马只好暂且找个高坡儿上瞧着，这个就对那个说："嘿，你把合把合，这两个裹什头②，真是快坚钢③！"那个说："看这意思，一定是赤子儿④，咱们浑天⑤入窑儿⑥好不好？"那个说："你别调侃儿了，招呼人家是说《施公案》的发财回家，咱们有什么话，回店再说吧！"于是两个人就近打了一座店住下，叫小二把马喂上。两个人要酒要菜，依这个的意思，是趁黑夜之间，背插单力，撬门入户（那位说，你怎么不说侃儿了呢？我不会说《施公案》，记得的已经妙已⑦啦）。那个一听，连忙摇手，说："傥或被那颠僧算出来，还是走不开（这是《聊斋》吗？《济公传》别名《串花》）。"这个说："入室采花，无非片刻之欢。据我瞧，本家迎出来，一定是瞧亲戚的。大约一半天必走，咱们莫如扫听明白了，半道儿劫下，驼在马上，连夜逃到别处，每人一个，成为长久夫妻，你意下如何？"那个说："就是！"

于是两个人出去一扫听，才知道果然是瞧亲戚的。当夜商量妥协，次日一早，算还店帐，骑上马照旧到了刘宅门口，打了个巡儿。此时丁爷已经走了，两个人见车马迎门，没看出来。究竟贼人胆虚，不便在门口儿瞧着，只好在巷口外头下了马，坐着等他们离

① 扯呼：江湖隐语，逃跑。
② 裹什头：江湖隐语，妇人。
③ 快坚钢：江湖隐语，漂亮，标致。
④ 赤子儿：江湖隐语，官员。
⑤ 浑天：江湖隐语，天黑，黑夜。
⑥ 入窑儿：江湖隐语，入室盗窃。
⑦ 妙已：江湖隐语，没有了。

开这村儿再跟着啵。下马坐了一会儿，见人马前呼后拥出了村口儿。两个人赶紧飞身上马，一加鞭儿，相隔不过有一箭远，可就是追不上。只好当口儿按劲，加鞭打马，马是放圆了的跑，到底总追不上（那位说，这是什么缘故呀？不然上文我就说人家坐的是汽车啦）。两个贼在马上，心里全都纳闷儿，他们这车马怎么这们快？可没功夫说话儿，追来追去，一抬头见前面有两座土山，当中是一个夹沟子，此时前面的车马进了这个山崖，未免透着慢了点儿。两个贼唏嘘带喘，马也累得浑身是汗。有一个贼透出真急，顾不得喘气儿，一按坐骥赶到临近，由身上拉出佩刀，大声喊叫，就见顶马、跟马撒腿就跑，连赶车的也没有影儿啦。这贼心中欣喜，跳下马，奔到车前，想着掀车帘挟起来就走。谁知一打车帘，是一个年老的婆婆。

（二十八续）*1915年4月2日*

方疑误掠其母。才他顾，而兵伤右臂，顷已被缚。凝视之，崖并非崖，乃平乐城门也。舆中人则李进士母，自乡中归耳。一寇后至，亦断马足而絷之。门丁执讯太守。

却说两个贼人骑的马匹腿底下有快有慢，而且道路是一个夹沟子，所以这一个先跑下去，手执单力，高声吓喊，把众仆人吓跑。这贼跳下马，过去一掀车帘儿，见车上坐的是个白头发的老太太。这个贼一怔儿，心里说，想必是忙中有错，我从村儿外头跟了一道儿，不错呀，怎么会变成这们个棺材穰子①了呢？又一想，不错，昨天下车的时候儿，有这们一个大了②似的老客马③，八成儿是小娘儿们的母亲。他先在头里探道哪，年轻的车落在后头了。

想到其间，回头要往别处寻找，觉着胳膊一疼，手中拿的单刀当啷撒下扔在就地，右臂已经抬不起来啦，左手还拉着马呢。就见过来两个鹰爪孙④（到了儿没忘了贼言贼语），一揪胳膊，不由得把缰绳撒手，那一边的那一个一揪右胳膊，掏出连儿绳就给捆上啦。此时这贼再想扎挣要跑，也来不及啦。就听官人说："好大胆子，朋友，你打啦吧！"这路贼是久经大敌的，知道央告无非白饶一面儿，总得透阳暴，说："合该你们哥儿们做脸，我该栽就结啦！没别的，老哥儿们，多含怜着点儿吧！"此时彼此一换口说话，心里好像才明白过来，敢情并不是山沟儿，所来的这个地方儿是平乐县的城门洞儿。自己瞧着当了夹沟子了，自言自语的说："我这可真是暑迷就结啦！"此时官兵推推拥拥，把他

---

① 棺材穰子：骂老人的词语。
② 大了：指妓院中的主事人，多为男性。
③ 老客马：本指母马，后引申为对小老婆的蔑称。
④ 鹰爪孙：江湖隐语，官府差人。

先拉近官厅儿，有人把马也拉到门厅儿外头。官兵一瞧这个贼，案□必然够打的，不敢难为他，由值班的老爷先应酬他，张罗沏茶、买点心。这贼说："我既认了头，决不叫你们老爷们为难！可有一节，我得打听打听，这个坐车儿的老帮子姓什么？是什么人家儿的呀？"官兵说："你敢情不知道吗？这是本县头一家大绅士，李进士宅的老太夫人。时常下乡住园子去。今一天大概是又下乡去，刚进城。"这贼可不能问人家还带着少妇没有，蹲在官厅中，不提。

单说那一个见伙伴儿的马快开下去了，起心里着急，说："这一下子，那一个好模样儿的可要叫他挑了去，我无非落个摘手货①。"自己一打马，马直打巡儿，使劲一催，见前面的车马停在山崖不走了，自己想着必是伙伴儿已经得手了。再说这些官兵得着一股儿，想着必有余党。屋里有看差使的，也有站②在门洞儿往大道瞧的。一瞧这个骑马的两眼直勾勾的，穿□打扮儿跟那一个一样，必是同□。几个兵一努嘴儿，抄起两根钩杆子，蹲在靠墙儿，见他正□身上往外掏刀呢。这兵把钩杆子□着一扫，马腿一软，把这贼由马上要下来啦，过去硬掏胳膊、腿，也给捆上了，推进官厅□□。李宅下人已经把太夫人送回家去，把所遇的事回明李进士。登时派人到门厅，着将贼寇送至太守衙门，严行审讯。

（二十九续） *1915 年 4 月 3 日*

一讯而伏。时有大盗未获，诘之，即其人也。明春，刘及第。凤仙亦恐招祸，故悉辞内戚之贺。刘亦更不他娶。及为郎官，纳妾，生二子。

却说这位李进士，本是此地有名的绅士，又是甲班。家中的太夫人进城，居然在城门洞儿遇见贼寇，幸而当时将两名贼寇全行拿获。这要一个得不着，本处这位县台一定得奏参革职。如今把太夫人送回宅去，李进士一听可就气傻啦，立刻片送太守衙。按说这案也应当由县详府，皆因平乐县是首县，大概与府台同城，李进士同太守又是同年，所以才这们办。本县也不敢不遵，立刻将两名贼寇由门厅儿上的官兵叫来车辆，带好上下手儿，有营汛的兵押解着到了知府衙门。府台升堂一问，这两个贼就把如何头一天要走，皆因在刘举人门口儿看见有妇人下车，怎么看中了意，打算抢走，所以今天尾随追将下来。明明看着是那一辆车，及至追进一座山崖，没想到竟自变成城门，这必是刘赤水的亲戚有什么妖术邪法，请太爷详察。

---

① 摘手货：指挑出来的次货。

② "站"，原文作"跕"，据语义改。

知府一听贼的这套供词，分明是希图狡展，有意诬扳。本来一位进士这案就够办的了，再勾上一股儿新科举人，这不是更麻烦了吗。又一想，这贼总算应了持刀威吓、抢夺妇女了，可是错非异端邪术迷惑住，断不敢在城门洞儿动手。况且察言观色，不像诳言，也许这位刘举人的内眷是什么邪教，只好暂且别追究，案后再访察吧。又想起本处近日很有几家阔家儿失盗的，全都尚未弋获，何不趁此追问追问呢。想到其间，一拍惊堂木，说："分明胡说！你们抢人虽算未成，既已持刀动手，罪名就在生死之间。你们如果不扳好人，本府还可以恩典你们！"两个贼被府台用话一诱，连连叩头，说："就求老爷积德吧！"府台说："你们先把供画了，本府从轻办理就是了！"

此时刑名先生已把草供录好，两个贼画了十字儿，印了斗记。府台又一问两个贼寇的原籍，来到此处做什么，住在什么地方儿，不用三言五语，又把本县的盗案也都诱出来是他二人所做的了。二罪归一，抢人轻罪不计，按盗计赃逾贯，定为斩监候，这案就算了结。这不过大略一说，论这段公堂够说三篇儿的，其中没多大意味。不过这段书的起笔是冶容诲淫①，收笔仍应有余波的意思。

到了第二年，刘赤水进京会试，连捷中了进士，可惜没点词林，以部员用了。凤仙知道头一年母亲带姐姐来贺喜几乎惹出大乱子来，所以预先声明概不受贺（可没见登报）。刘爷既然亏了这位贤内助，此时中了进士，也不敢以异类看待，所以并不再娶。可惜凤仙不能生育（怕养出是个孩子狐儿来），刘爷每以后嗣为忧。这一年补了员外郎，在京纳了一个侧室，后来生了两位少爷。刘赤水从前是个光身汉，如今妻财子禄皆出狐妻之赐。至此这段才完，明天换题再行敬献。

---

① "淫"，原文作"谣"，据语义改。

阿　英

（开篇）1915年4月13日

全部《聊斋志异》，奇文各有可观。除却小段一天完，其余都可讲演。

鄙等接办此报，转瞬已过二年。上回说的是《凤仙》，约在三十余段。

有位仰云姓溥，日前曾致一函。嘱说《阿英》或《翩翩》，足见此君赏鉴。

俗云烦曲不唱，透着票习刁难。免去碎语与闲言，赶紧照题敬献。

甘玉，字璧人，庐陵人。父母早丧。遗弟珏，字双璧。始五岁，从兄鞠养。玉性友爱，抚弟如子。后珏渐长，丰姿秀出，又慧能文。玉益爱之，每曰："吾弟表表，不可以无良匹。"然简拔过刻，姻卒不就。适读书匡山僧寺，夜初就枕，闻窗外有女子声，窥之。

几句流口词儿念过，接着写的是《聊斋·阿英》上的两行原文。在下因为什么说这一段呢？皆因从出版还没说过以鸟喻人的段子。这段书是《诗经》上的赋而比也之体，言禽能守信，可以人而不如鸟乎的大意。恰巧有位溥仰云来函，烦了两段，一段是《翩翩》。前年正月，鄙等接办此报的头一段说的就是《翩翩》。彼时销路也就五千，现在多逾四五倍，所以多有没见过的，无奈不能演重回儿。所烦的《阿英》在下去夏也曾要说这段，后因来函烦的别段，所以没说，今天就说这一回（可不是我怕黄带子①）。闲话少说，这就开书。

① 黄带子：清朝宗室成员腰系黄带子作为身份的标志。

却说有一位姓甘名玉，号叫璧人的，是江西庐陵县的人。父母早已死了，留下一个兄弟，名字叫珏，号叫双璧，彼时才五岁，跟着哥哥、嫂子抚养着。这位甘玉生来的性情友爱，对待胞弟就如同自己的儿女似的（这可是以爱情言，可不是像继父、继母那们样的毒打）。过了几年，甘珏一年比一年见出长，模样儿出落得很秀气，外带真聪明，笔底下的文字也做得挺好。甘大爷因为兄弟这们有出息，自然起心里更疼爱喽，时常对着亲戚朋友们夸赞着说："凭我这个兄弟，这样一表人材，可总得好好的说一个好媳妇儿。要是笨拙愚顽的、平等姿色的姑娘，可配不过去！"话是这们说，本来这位甘家是本处一家财主，而且弟兄们全是念书的，甘二爷又长的人材出众，本处有姑娘的多有托嘱媒人上赶着要给甘二爷的，媒人也愿意歃这碗冬瓜汤。应许女家，到了甘家对甘大爷一提，大爷一问女家是什么人家儿，可就挑剔上啦，穷主儿嫌穷，阔主儿又嫌暴发户儿，白丁儿庄农人家不要，有功名的庶出不要，甚至属虎属羊的全不愿意。媒人碰走许多，所以老没停当，后来直没人敢管闲事了。

这一年春天，甘大爷因家中烦闷，搬到匡山寺和尚庙中去念书。这一天晚晌，方才睡下，听见后墙外头有女子的声音，心中好生纳闷，想着一个山沟儿怎么会有人声儿呢！这才站①起身形，要爬窗户偷偷儿的观看。

（续昨）*1915年4月14日*

见三四女郎席地坐，数婢陈肴酒，皆殊色也。一女曰："秦娘子，秦娘子，阿英何不来？"下座者曰："昨自函谷来，被恶人伤其右臂，不能同游，方用恨恨。"一女曰："前宵一梦大恶，今犹汗悸。"下座者摇手曰："莫道，莫道！今夕姊妹欢会，言之吓人不快。"女笑曰："婢子胆怯尔尔，便有虎狼衔去耶？若要勿言，须歌一曲，为娘行侑酒②。"

这段儿书纯乎是假玩艺儿，以鸟寓言，正形容弟兄友爱之情，因鸟之天性是最喜合群的，如《诗》之鹡鸰莺鸣求友皆是。可是观其弟兄之姓名，已可见决非真事。如甘玉之弟名珏、兄字璧人、弟字双璧，无非言兄似玉人，其弟乃双料玉人也；又必姓甘，所谓乃兄甘心以美女璧诸其弟，正形容其笃于友爱也。昨天的书，说简拔良匹过刻，并非故意苛求，因爱弟情深，故不觉也。然此等事出于父兄，具有同情，有时适足误其终身，原其心胥由过爱起见，为父兄者须求适可而止。闲话儿打住，还是说书要紧。

却说甘璧人一个人在僧寺房中方才睡下，听见墙外头有女子笑语的声音，心中纳闷，

---

① "站"，原文作"踮"，据语义改。

② 侑酒：劝酒，为饮酒者助兴。

不由得站起身形，登着床榻，爬窗往外一瞧。好在月色明亮，见有三四个大姑娘在山坡儿上席地而坐。旁边还有几个站着服侍伺候的，大约必是丫鬟婢子。地下放着酒壶、酒盅子，还有各样菜蔬，可看不见是什么。望脸上一瞧，一个一个的都生得绝世容颜。

就听见座中有一个女子说："秦娘子，秦娘子，我问你一件事，阿英他怎么今天会不来呢？"就听下首坐的一个女子答言儿说："咳，你还提哪，昨一天他从函谷来，半路途中遇见一个强暴的恶人，也不是怎么把他的右膀臂给弄伤了，疼痛难忍，在家里养伤哪。所以今一晚这样的胜会，可惜他不能来。我想着也实在可惜！"说完大家又斟酒布菜。

屋中的甘爷越听心里越诧异，更舍不得下来了，一定要瞧一个水落石出。此时又听座中有一个女子嗓音更娇嫩，柔声细气儿的说："前一天的夜里，我做了一个恶梦（调侃儿黄粱子），别提有多们怕得荒了！直到这一阵儿，我想起这梦来，心内还是突突的跳，立刻就出冷汗。不信容妹子说给你们大家听听可怕不可怕。"话才说完，就见挨着要说梦的这个女子下首坐的一个连忙摆手儿，说："你快别说，快别说！你瞧今一天晚间，咱们姊妹们好容易聚在一处，大家有多们兴会。你一说你害怕的梦境，既然你都怕到那个样儿，我们姊妹几个谁的胆量都不如你。你一说出来，再铺张上点子瞎话（那是各种小说儿），我们姊妹听着谁都不痛快。好姐姐，趁早儿千万别说啦！"就听这个女子噗哧儿的一笑儿，说："你瞧你这丫头片子，敢则这们胆子小啊！我说出来，难道还真有狼虫虎豹把你衔了去吗！你要不许我说，可也到行，你必须好好儿拣拿手的曲儿唱上一只，替大家侑酒方行！"

（再续） 1915年4月15日

女低吟曰："闲阶桃花取次开，昨日踏青小约未应乖。嘱咐东邻女伴少待莫相催，着得凤头鞋子即当来。"吟罢，一座无不叹赏。谈笑间，忽一伟丈夫岸然自外入，鹘睛荧荧，其貌狞丑。众哗曰："妖至矣！"仓猝哄然，殆如鸟散。惟歌者婀娜不前，被执哀啼，强与支撑。丈夫吼怒，龁手断指，就便嚼食。女即踣①地若死。玉怜不可复忍，乃急抽剑拔关出，挥之。

这点儿书的前文，无非引笔，由女子口中提出"阿英"两个字来。阿英并不在座，正为引后文两番途中相遇，这就是文法挪展之法。在下说这点儿还有点儿不合原文的地方儿。原文说这几个女子就在庙内院中，在下说在后墙外头，并非擅改前贤妙文。因甘爷方躺下，屋内必有灯烛。若居然就在窗外，未免不合身分。况且次日甘爷必要追问僧

① 踣：向前摔倒。

人，黑夜之间如何容留女眷。若说在墙外，则近村邻女，便无从查询了。这些地方儿，稍一变换，不但合点儿情理，且能省笔，尚希阅者谅之。

却说女子听说叫他唱曲儿，也并不推辞，于是小声儿唱了一只儿，唱得是："闲阶桃花取次开，昨日踏青小约未应乖。嘱咐东邻女伴少待莫相催，着得凤头鞋子即当来。"这一只曲词儿没什么费解的，不过是春日女子踏青的情景。可是恰合女儿口气，末句必用凤头鞋，也是文法中映趁之法。这个曲儿唱完，在座的也有鼓掌的，也有赞美的，也有叫好的。甘爷隔着窗户也听着比"春季儿里，天交一更儿里"都文雅点儿（甘爷全没听过），心中纳闷，这许是什么学堂的唱歌本子上的吧！自己不敢言语，偷偷儿瞧着，净盼再有人烦，或另换一位消遣一场，就见几个女子又说又笑。

正在这个当口儿，顺着山坡儿过来一个身量高大的男子，挺着胸脯子，顺山道进来。甘爷隔着窗户看的很是真切，两只眼睛努着挺高，黄眼珠子直放贼光，鹰鼻子、尖嘴儿，脚底下飞快。甘爷心中纳闷，莫非这是女子的家长？看这东西，决非善类！就听这几个女子也嚷起来了，说："了不得喽！妖精来啦！"立刻站①起身形，东奔西逃。丫鬟们把酒壶家俱收拾收拾，兜起来就跑。一会儿的功夫，就如同咱们院子落着一群家雀儿，见人一路乱飞似的。内中就单剩下方才唱曲儿的那个女子，站②起身来，来回两幌荡，好像迈不开步儿似的。甘爷隔着窗户直着急，心说八成儿是今天局多，喝大发啦，不然就是跑的道儿多了，脚都磨得起了泡啦（走局吗）。心里虽着急，可不便喊嚷。就见这个男子往前一扑，这女子就像被他揪住似的，柔细的声音又像哭又像号，勉强扎挣着与这男子支架。又见这个男子好像犯了野性似的，两眼一瞪，吼了一声，往前一伸嘴，就把女子的手上咬了一口，咬下一个小拇指儿来，嚼了嚼，大概是咽下去啦。女子倒在地下，好像疼死过去了。

此时甘爷一心疼，忍耐不住，抽出宝剑，开后门出去，用剑就砍。

（三续）*1915年4月17日*

中股，股落，负痛逃去。扶女入室，面如尘土，血淋襟袖。验其右拇断矣，裂帛代裹之。女始呻曰："拯命之德，将何以报？"玉自初窥时，已隐为弟谋，因告以意。女曰："狼疾之人，不能操箕帚矣，当别为贤仲图之。"诘其姓氏，答言："秦氏。"玉乃展衾，俾暂休养，自乃襆被他所。

---

① "站"，原文作"踮"，据语义改。
② 同上。

却说这位甘爷，虽是念书的人儿，可不像那些一步三摇的人。况且既敢一个人儿住在山上庙里的，多是有体育的人。古人都说琴剑书箱，剑并不是摆样子的。今一天甘爷是激于义忿，不管这东西是人是妖，开后门跑出去就是一剑。这丈夫冷不防，剑就到了，一下子好像砍在腿上，见他立刻瘸啦，大概是把腿砍掉下来了。这东西一瘸一拐的逃走，可是仍然挺快。甘爷本是为救女子，如今他既逃走，是一个人怕了一个人也就是了，何必苦苦的追赶（甘大爷要排武生），莫若任凭他去。

这才凑到女子跟前，见女子已然坐在地下。甘爷说："这位姑娘受惊，何妨到我屋中将息将息呢！你如果走不动，待我搀起你来！"说着一伸左手（右手拿着剑哪）。女子扎挣起来，可还说不上话来。甘爷搀着进了后门儿，到了屋中，借灯光之下一瞧，脸上的颜色跟尘土一样，也不知是吓的，还是在地下挣命时候扬的土，也顾不得细问，先把宝剑入鞘，挂在床前。此时姑娘已经坐在一张椅子上，闭目合睛的。甘爷往身上一瞧，大襟同右边袖子上全有血渍。用灯一照，方看出右手小拇指头折断了一节儿，赶紧把自己一块绸子手帕取出来，撕下一条子，说："我先把你这手指头给裹上点儿吧！"这女子就把手伸出来，甘爷一会儿裹好。此时姑娘这才哼哼出来，说："救命的这番恩德，我可怎么报答您哪呀！"甘爷也没答言儿。

书中代表，甘爷自从一爬窗户的时节，瞧见这几个女子一位比一位的美貌，想着万想不到一个山里头会有这样的女子。及至一听这个女子唱出来的曲儿分外的雅道，心里就打算着要给兄弟提一提亲。于是一面把手指给裹完，一面答讪着说："姑娘还没婆家呢吧？我们舍弟同你岁数很相仿。过日我还要托人造府请安去呢！"这个女子一听，叹了口气，说："妾现在是已成残废之人，不能再为人侍奉箕帚。您说的这一件事到不要紧，容过几天，我别处替令弟打算一家吧！"甘爷听这话口儿，也许害羞，说不出了口来，此时也不便再追问，这才随便问了问姑娘贵姓。姑娘说："姓秦。"

此时天已半夜，甘爷见女子还是手疼，有点儿扎挣不住，连忙把自己的铺盖卷起来，又把一床闲被褥放开，扫了扫，说："姑娘，何妨在这屋里躺躺儿，养一养神呢！"女子好似拘泥。自己也觉着不便，赶紧一面把自己那一分铺盖挟起来，说："我上前院闲房睡去，安歇！"

（四续） *1915年4月18日*

晓而视之，则床上已空，意其自归。而访察近村，殊少此姓。广托戚朋，并无确耗。归与弟言，悔恨若失。珏一日偶游涂野，遇一二八女郎，资致娟娟，顾之微笑，似将有言。因以秋波四顾而后问曰："君甘家二郎耶？"曰："然。"

却说甘大爷见女子受的伤虽不致命，可是脸上的神情透着可怜。有心留他住在庙里，又不便同住，所以才挟着自己的铺盖，说："明一天再说话儿吧！"好在庙里有的是闲房，搬过去睡下。夜里心中暗暗盘算，明天一早，我把这位秦姑娘送回家去，见着他父兄，就便给兄弟提亲，大概不至于不愿意。打定主意，一觉睡醒，见天光大亮，赶紧起来穿好衣服，想过去瞧一瞧去，又怕姑娘还没起呢。搭讪着咳嗽了两声，又到后门儿外头解了解手儿。见后门虚掩着，才想起昨天晚晌搀姑娘进来的时候儿并未曾关，可怎么又对着呢？又到院内，见屋门已经开着，连忙过来一瞧，见被褥折叠起来，床上并没有人。这才知道，大概这位姑娘是趁清早回家转啦，好在没把铺盖被贼偷走，真要丢了，岂不误而难明吗（寻休儿偷被褥，大概那一阵儿还没发明这宗行为哪）！只好过一半天再说吧。照常念书用功。

到了后半天，跟和尚闲说话儿，提起这方近的村子那儿有姓秦的。和尚说："没听见有这一姓，想是新搬来的。"相公问他为何，甘爷不便细说，说："我不过闲打听打听。"说完又说了几句闲话儿，想着和尚也许不知道，自己步出庙外，到了村中。村里住的人家也有几位同甘大爷素日相好的，于是见着熟人就打听姓秦的在那一村子居住。问了几位，全说邻近各村没有这们一姓。甘大爷是死心眼儿，一定要寻问着才好。从这天见人就托给打听，不想异口同音都不知道，甘爷也没法子啦。这一天回到家中，跟兄弟说起那一天晚晌怎么救了个女子，生的怎么美貌，可惜打听不着住址了，想起来后悔的了不得。甘二爷反到劝解了哥哥几句，这且不言。

过了几天，甘二爷因读书烦闷，想着到村外蹓一蹓去，信步游行，越走越高兴。走到旷野荒郊，见前面有一个女子，由对面树林中走了出来。甘爷一看，不是村姑邻妇的样子，又一人独行，未免一怔儿。这女子脚程儿挺快，已经到了面前。甘二爷细一打量，这位姑娘不过十六七岁，生的十分秀气，冲着自己微然一笑儿。看他的意思，好像要打听什么似的。甘二爷虽领会这番意思，可不能先发言问人家，只好站①住瞧着。又见这位姑娘转着眼珠儿往四下里瞧了瞧，好在这地方儿是一个过路人儿没有，这才燕语莺声的问说："这位郎君，你是甘家的二爷不是呀？"甘二爷一听，敢情人家知道自己的姓氏排行，又故意问一问，大概是怕认错了的意思。甘二爷赶紧答言儿说是："然也！"

（五续）*1915*年*4*月*19*日

曰："君家尊曾与妾有昏姻之约，何今日欲背前盟，另定秦家？"珏曰："小生幼孤，夙好都不曾闻。请言族阀，归当问兄。"女曰："无须细道，但得一言，妾当自至。"珏以

① "站"，原文作"踮"，据语义改。

未禀兄命为辞。女笑曰："骇郎君，遂如此怕哥子耶！既如此，妾陆氏，山东山望村。三日内，当候玉音。"乃别而去。珏归，述诸兄嫂。兄曰："大谬语。"

却说这位甘二爷年纪虽快到二十岁啦，可是个书呆子。见人家姑娘称呼出自己的姓氏排行，很是纳闷儿，赶紧说："不错呀！"刚要问"你怎么知道，问我有什么事"，一想透干，莫如还听他的。就听姑娘说："你们家中老人家从前曾与妾有昏姻之约，怎么如今听说你们打算背弃前盟，又要给你说秦家的姑娘呢？"甘二爷一听，原来这女子是自己先父给说定的妻室，自己没听哥哥提过，自己也不敢再追问，赶紧说："小生是自幼丧父，所有许多世谊旧好，多有没会过的。请姑娘说明贵族住址，容我回家问明兄长，一定托人赴府上送一回音！"姑娘听着一笑儿，说："据我想，不必费这些事，也不必细说。只要郎君认可，有意不背老人家的前言，妾也不必一定再等择吉纳采，我就可以自己过去。"甘二爷一听，怕是冒冒失失答应下，到家中哥哥不肯收留，岂不是糟事，连忙说："姑娘不必如此性急！不管怎么说，家中的事全是家兄主持一切。因为有父从父，无父从兄，是伦常大礼。既然没禀明我的家兄，小生断不敢就应许此事！"姑娘一听，又一笑儿，说："你这个呆子，怎么这们怕哥哥呀？你既是这样，也罢，我把姓名、住址告诉你就是了。妾身姓陆，乃山东山望村的人氏（这点儿书，女子自言姓陆，据在下想是'绿'字的借音，因这姓不在百家姓之内，故此不必表出来。又说山东东望村，据在下想，也不是山东省。如果是山东省，一来得说明那府那县，而且说话舌根儿挺硬，甘爷也就听出来啦。所说的山东，大概就指的是本县的东山之内，村名山望村。这些地方，并非我独出己见。因这路鸟儿，山东并不出产，出在西南省分，故此说是江西，而且上文又有自函谷来的话。那位说，到底是什么鸟儿呀？诸位别忙，瞧到那儿，您自然就知道啦）。你回去对哥嫂说来，我过三天听你回信儿！"说完也不留恋，一转脸儿顺着小道儿仍奔那座树林而去，转眼已经不见。

甘二爷见女子走后，自己想着，这女子不但模样儿生得美艳，并且举止大方，可是我不记事儿，他怎么会晓得呢？想必他记事儿比我早，不然也许是戳腔朦事，有什么话，回家问哥哥去。打定主意，自己往回路走。到了家内，恰巧哥哥正在屋里跟嫂子说话儿哪。甘二爷是小孩儿似的，凑近跟前，就把途中所遇的女子所说的话说了一遍。甘大爷一听，连嚷："这个女子分明是一派的诳语，实在荒谬可笑！"

（六续）1915年4月22日

"父殁时，我二十余岁，倘有是说，那得不闻？"又以其独行旷野，遂与男儿交语，愈益鄙之。因问其貌，珏红彻面颈，不出一言。嫂笑曰："想是佳人。"玉曰："童子何辨妍媸？纵美，必不及秦。待秦氏不谐，图之未晚。”珏默而退。逾数日，玉在途，见一女子，零涕前行。

却说甘二爷把途中遇着的女子所说的话大略的一提，不想甘大爷把头摇了两摇，说：“这话可真透着荒唐老谣！他这们对你说行啦，分明欺负你年轻。你想父亲老的时候儿，你虽然五岁，我可是二十多啦。亲友家如果有老人家看中意的姑娘，还能不对我说吗！再者你说的这个女子一个人步下走着，连个跟人都没有，必然不是什么阔人家儿姑娘。即便咱们不图陪送嫁妆，也得求个品行端方的呀！一个人走在旷野荒郊，路遇一个男子，自己就稿上旧日的交情了，必不是什么有规矩的女子。想是看中你人有人才，文有文才，才这们哭着喊着、扑着赶着的套近乎，这样的女子可称无耻之辈！”

这点儿书，原文这们说，在下故此也这们叙，内中的情理微有不符。据甘二爷遇着的女子，自言“君家尊曾与妾有昏姻之约”，甘二爷要不是书呆子，一定得刨根儿，问姑娘贵庚。若以上文说“二八”，彼时还许没投胎降世哪。甘二爷因爱慕颜色，所以没想到这一层。若把话这样告诉哥哥，甘大爷可就更不信啦，必是没容细说，大爷就打了驳回，好像才合情理。故此今天头一句，我才说“大略一提”。这都是说书的应替著书的补叙的地方儿。

闲话少说，再说甘大爷说完这话，才想起还没问兄弟这个女子是怎么个模样儿。这才跟着又说：“那们你瞧这个女子长的好不好呢？”二爷被哥哥这们一问，反到为了难啦，有心说不好，真透屈心；有心夸好，又怕哥哥疑惑自己有什么暧昧。立刻脸是绯红，连脖筋都紫了，一句话也没有啦（这点儿书，是形容甘双璧是书呆子学生，可不是说酒串皮的醉鬼）。

甘大奶奶先见弟兄们说的是正事，不便搀言，如今见小叔子僵的难过，可不能不给一个台基儿，在旁边拾了个笑儿，说：“您就不用细问啦！想来必是一位美貌佳人喽！”甘大爷一想，这话也有情理，况且兄弟本是该定亲的年纪了，可惜婚姻迟，并非做哥哥的不办正事，接着就说：“咳，他一个小孩子人家，分别得出什么好歹来。即便就好，也赶不上那一天我见的秦家的那一位。我这两天务必得访着秦家的女子下落。如果所不能成就，再说这一家的也还不晚！”二爷趁这个当口儿，一句话没说，才退到书房。

一幌儿过了几天，甘大爷想着往远村访一访秦家这个女子，立刻命下人备了一匹马，带上个仆人出离本村。走了不远儿，路遇一个女子，落泪而行，不由好生纳闷。

（七续） *1915年4月23日*

垂鞭按辔，而微睨之，人世殆无其匹。使仆诘焉，答曰：“我旧许甘家二郎，因家贫远徙，遂绝耗问。近方归，复闻郎家二三其德，背弃前盟。往问伯伯甘璧人，焉置妾也？”玉惊喜曰：“甘璧人，即我是也。先人曩约，实所不知。去家不远，请即归谋。”乃下骑授辔，步御以归。

这段儿书是一段友于故事，虽是假玩艺儿，可不能由性儿斗哏。按戏场子说，甘璧人应是三髯①老生，双璧是小生，大奶奶是青衫子，阿英是闺门旦，才合身分。而且真是兄友弟恭，即如昨天的书说，甘璧人说“父殁时，我二十余岁”，并非派老腔儿②，正迴映“抚弟如子”的一句。“愈益鄙之”，纯是为弟得佳妇起见，并非怕兄弟有子嗣，将来分争家产。又因“简拔过刻”，恐兄弟迫不及待，才说“待秦氏不谐，图之未晚”等语。至“珏默而退”的四个字，内中含有许多神情，可决无含怨的意思，方合上文“未禀兄命”，“怕哥子”的神情，所以说是兄友弟恭的好人。彼此全出于天性友爱，才能有这等好事。若是各怀私心，互相欺诈，阿英也就早背前盟了。

闲话少说，欲说甘大爷骑马带仆人出离本村，走了不远，见迎面来了一位女子，愁容苦脸，直掉眼泪。自己不由得把马鞭子搭拉着，慢抖丝缰，看了一眼，自己好生纳罕，好像从有生以来没见过这们样美貌女子似的，都说天仙，大概比天仙不在以下（那位说，天仙什么样儿呀？我也没见过。原文既说人世上没有对儿，我只好这们替造魔啵）。立刻停住马蹄儿，一回头，冲定带的仆人说：“你过去问一问这个姑娘，为什么这们掉眼泪。”这个下人奉了主人之命，过去一问，甘大爷在马上就听见女子娇嫩的声音回答说：“我是从小儿许给这个村儿里的甘家二相公了（可不是张家的二相公）。我们家日月儿窄③，在这儿住不起啦，可就搬远了，从此音信不通。新近方搬回来，听说我这个丈夫家坏了心田，把从前的话满都不算啦。大概可不出于甘二相公的本心，都是我大伯伯一个人的主意，要说别人家的女子。我去问一问这个甘璧人，他打算把我撇了呀，还是把我也娶过门呢？”

甘大爷皆因看着女子长的好看，才命仆人去问。如今在马上听了这一套，不由得心里一机伶，又一喜欢，不必等仆人再传话喽，说：“原来这位姑娘是要找甘璧人去的，这到巧极了，甘璧人就是我，我就是甘璧人（一句话两说着，并不是图热闹。大爷是喜欢的，足见好脸子到处吃香）！至于所说我欲背前盟的这一句话，想是先父与尊大人缔有旧约，鄙人实没听见说过。此处离寒舍不远，就请到家面商一切。姑娘大概谅无推辞！”说着话，甩镫离鞍下马，把马扯手递与女子，说：“就请上马，一同前往！”姑娘并不推辞，飞身上马，当口儿还真不错。甘大爷带着下人在后面跟随，转眼到了家内。

---

① 三髯：戏剧中老生戴的三绺胡子。
② 派老腔儿：指言语上卖弄老资格。
③ 日月儿窄：生活不宽裕。

（八续） 1915年4月24日

女自言："小字阿英，家无昆季，惟外姊秦氏同居。"始悟丽者所言，即其人也。玉欲告诸其家，女固止之。窃喜弟得佳妇，然恐其佻达招议。久之，女殊矜庄，又娇婉善言。母事嫂，嫂亦雅爱慕之。值中秋，夫妻方狎宴，嫂苦招之。

却说甘大爷一瞧这个女子生得十分美丽，比上秦家姑娘真是有过之无不及，心中暗暗佩服兄弟的眼力儿不错。况且人家是奉先父之命所说定的，如今找上门来，还能硬不认账吗，无奈他又是一个人来的。再说这些事，也不是当街上三言五语就能了结的事（那是蹬鞋□袜子），故此把马让与女子乘骑，自己带仆人跟随。到了家门，姑娘下了坐骥，仆人拉马赴马圈，不提。甘大爷让姑娘先走，姑娘也不推辞，直入内室。

甘大奶奶见丈夫带来一个美貌佳人，想着许是姓秦的，赶紧迎接出来，携手进房。甘大爷只好也跟随进来，让茶叙坐。甘大爷不好问姓氏，大奶奶凑近跟前，说着话问了一问。这位姑娘说："妹子名叫阿英，生来上无三兄，下无四弟，父母全都去世，就跟着外祖母秦家。我有一个表姊，我们姊妹们从小儿就对劲。"甘大爷听到这儿，才知道上次秦家姑娘所说"当为别图"的话，大概就是这一位，兄弟前次在途中遇见的也是这一位。自己可不便问这一节，只好答讪着说："姑娘既大远的来了，就在舍下多住些天。要是怕令外姊家不放心，可以把住址告诉愚下，我或自去一趟，或派人送个信去，免得不放心！"姑娘一听，连忙摆手说："隔着老远的送信可以不必，早晚他也许来呢！"甘爷此时想起那一天兄弟说是山东东望村，自己还真不认识，莫如不去送信也好。周旋了几句，自己告退，奔了书房，心里是非常的痛快，想不到兄弟居然会得了这们一位美貌的妻室。自己又一想，怕这女子从小儿没有父母，又是一个人儿，没有教育，见天净讲走走逛逛，未免与甘家的名誉有碍，莫如瞧两天再说。

当晚自己与兄弟都住在书房，就把遇着阿英、如今带到家中的事说了一遍。甘二爷仍是害臊，莫赞一词，起心里可是真高兴（熟盘儿）。再说甘大奶奶陪着这位姑娘一块吃饭睡觉，细心一调查，这位姑娘别提有多们举止端方喽，而且生得娇艳婉丽，最会说个话儿，一天到晚把嫂子叫得震心，敬奉嫂子就如同母亲似的，把这位甘大奶奶哄得是无可无不可，直跟大爷跟前一给说好话。

甘大爷过了几天，也看出姑娘不错，莫如不必送回娘家，就择个好日期，收拾出一处喜房，请了请亲友，与兄弟行合卺之礼。简断截说，就算过门。新夫妇自然是很投缘对劲儿喽。一幌儿这一天已是中秋佳节，阖家吃完团圆酒，甘二爷分外高兴，又叫下人在自己房中预备了酒筵，方才要款个重回，不想甘大奶奶打发仆妇，又过来一定请二奶奶过去歆酒。

（九续）1915年4月25日

珏意怅惘。女遣招者先行，约以继至；而端坐笑言，良久殊无去意。珏恐嫂待，故促之。女但笑，卒不复去。质旦，晨妆甫竟，嫂自来抚问："夜来相对，何尔怏怏？"女微哂之，珏觉有异。

昨天这点儿书，不过按原文略补几句，就把甘双璧与阿英新婚说完，决不敢胡铺张怎么洞房花烛，故此直赶到庆赏中秋。按中秋请客这一件事，可得分人分事。比如这个朋友是只身一人，或是客居此处，有交情的朋友应当约请过来，以慰其异乡异客的离怀。从前买卖铺户每到中秋晚间，打上字号灯笼，往邻近的铺家彼此对请一次，那无非是空话（现在改良，连这空话都免啦）。至于真过得着的亲友，也得分事情。比如这位正在燕尔新婚，一定把他约来，灌他个大醉，那必是另有心工儿，不然实在是没有心眼儿。

就以本文甘大奶奶说，就透着一面儿理。大概甘大爷是先睡了，自己闷的慌，又跟小婶儿对劲，所以才打发仆妇去请。甘二爷小两口儿刚端酒盅儿，仆妇过来一说，甘二爷把一团高兴登时打消，脸上透出不喜欢的神色，可又不好替辞，就盼着仆妇先去，自己嘱咐二奶奶去去就来才好。不想这仆妇说完话不走，站在当地，等一块儿同行。阿英看出这个意思，说："你先头里走着，我换上件衣裳就过去！"仆妇这才答应，出离这院。甘二爷有心要说心腹话，奈因本屋里也有仆妇丫鬟，说出来怕人笑话，只好容他去的时候儿再辩别着说吧。

就见阿英举起酒盅让酒，又说又笑，半天的功夫，并没张罗这一件事。二爷纳闷儿，心里说八成儿他是忘啦，嫂子请了会子，不去未免不合式，这才说："嘿！你不是说就到吗？你招呼大奶奶等急啦！人家实指开场，您又没告来迟，快去吧（这两句也是甘二爷说的吗？承头①催票友儿哪）！"就见阿英坐在对面眯嘻眯嘻的乐，也不说去，也不打发人过去回覆，来了个硬撂台。甘二爷心说，像他这种票习，以后少给他打知吧，实在对不过请事家儿那一分帖。况且这又不是中台，那儿还约不出来他这样儿的呀（这是甘二爷吗？还是承头。那位说，你做什么直说这个呀？我是替请局②伤了心啦，故此劝劝票友老爷们。好在如今也没有这路事了，可不是票友改良，是本家预备不起啦）！俗说欢娱嫌夜短，一幌儿的功夫，天有夜半。甘二爷酒已够了，大概大奶奶屋里也许睡了，这才撤

---

① 承头：指领头的人。

② 请局：筹备演出事宜。

去酒席，收拾安歇。

一觉到了天明，甘二爷刚起来，见阿英洗完了脸，对镜梳头呢。二爷一瞧，今天自己比往日起晚了好些，正要换衣衫出门，就听院子有笑语的声音，原来是嫂子来啦。一进门儿就说："二妹子，你早班儿呀！头脸都收拾完啦？你昨天夜里过来好哇？没不舒服呀？我见你无精打采①的，很不放心。"阿英一笑儿，把一位甘二爷听得好生诧异。

（十续）*1915年4月26日*

质对参差，嫂大骇："苟非妖物，何得有分身术？"玉亦惧，隔帘而告之曰："家世积德，曾无怨仇。如其妖也，请速行。幸勿杀吾弟！"女腼然曰："妾本非人，只以阿翁夙盟，故秦家姊以此劝驾。自分不能育男女，尝欲辞去，所似恋恋，为兄嫂待我不薄耳。今既见疑，请从此诀。"转眼化为鹦鹉，翩然逝矣。

大凡吾人处事，决不能所不说假话，可要有取意，或与事有益。若非万不得已，故意说假话，被人考察出来，虽不肯明明指破，已后人就不相信了。推其用意，无非逞才弄聪明，以为人断不知道。其实是假事，总有人知根儿。这点儿书就是劝人以信实为本的意思。即如本文的阿英，若是昨晚过大奶奶屋里去一会，甘二爷断不至如此诧异。原其初心，不过为两方面周到，尚非专为逞才，追质对起来，即无地自容，以致离异。究竟鸟之智出于人下也。

闲话少说，却说甘二爷听嫂子说的话透着诧异，连忙答言儿说："昨晚他没再过去呀！我还怕您等急了呢，催着他不动掸，我还很纳闷儿。您怎么说他过去不高兴呢?"甘大奶奶说："明明昨晚在我屋里坐了会子，我见他神思恍惚，以为他不舒服，方劝他回来睡觉。你怎么说他没动窝儿呢，这是那里说起?"一转脸儿，指着阿英说："你别是妖怪吧（大奶奶要唱《五花洞》）？错非妖魔鬼怪，那儿能会分身术哪!"阿英坐在一旁也不辩别。甘二爷也吓傻啦。此时有下人嘴快，出去把这话告诉了甘大爷。

大爷一听也害了怕啦，赶紧跑到这院儿里，可不好进来，隔着门帘子先咳嗽一声，说："想我们甘家，敢说从先辈积德行仁，与谁家没怨没仇，不应有妖孽前来作祟。你如果是妖，快找那有怨的报怨去，找那有仇的报仇去！你……你……你千万不要伤害我那好兄弟呀（要起哭头）!"

此时满屋的人谁也不敢答言儿了，就见阿英脸上透点儿发讪，站起身形，冲着院子甘大爷说："妾本来不是人，原不敢与人配偶。只皆因去世的老人家屡次订盟，所以我那

① "无精打采"，原文作"无精打彩"，据语义改。

秦家姐姐才一定劝我莫负前言，来此了这段姻缘。妾身自知不能为甘门生男育女，又不敢令甘氏门中断绝香烟，常想着要呈请辞职，到底总没说。并非贪图别的，就因为哥哥、嫂嫂待我的意思很厚。如今你们既然疑惑我是妖来祸害你家来啦，我可就不便久待啦，咱们莫如从此永诀！”阿英一说这一套话，不但甘大爷夫妻听怔了，就连屋内的下人也都发起毛来，谁也不敢过去问“你到底是什么妖怪，你回那座名山古洞”，只好干瞧着。

就见阿英一甩两只袖子，大家一眨①眼的功夫，居然变了一个绿鹦□儿。甘二爷一见，怕他要飞，想赶过去关屋门，往前一跑，把帘子推开，就见这只鹦鹉顺着门缝飞到院内，展翅摇翎，转眼间踪迹不见。

（十一续）*1915* 年 *4* 月 *27* 日

初，甘翁在时，蓄一鹦鹉甚慧，尝自投饵。珏时四五岁，问：“饲鸟何为？”父戏曰：“将以为汝妇。”间虑鹦鹉乏食，则呼珏云：“不将饵去，饿死媳妇矣！”家人亦皆以此相戏。后断锁亡去。始悟旧约即此也。然珏明知非人，而思之不置。嫂悬情尤切，旦夕啜泣。玉悔之而无如何。

这段儿书，本来全是寓言，说俗话儿就是瞎聊，惟有这点儿，聊得尤其没边儿。鹦鹉能变女子，且会分身术，这不是妖吗！可是内中隐寓着妖由人兴的理。试想甘璧人为弟求妇，简拔过刻，必是人世上没有中意的了。及至在匡山寺中睹秦氏，隐为弟谋，且唯恐不成，广托戚朋，访察确耗，是自欲引禽入室。故阿英两番假父命来见昆仲，甘璧人引至家中，并不详求其家氏，岂非大谬？若原其初心，仍不失为悌弟的美意。如今一闻是妖，唯恐因爱弟而反害弟，故此正言责之。阿英本因不能生育，早欲告辞。如今趁此时机振翼而飞，可称见机而作，知其所止。这些地方，全是以假话说真理。若一定当真事，便毫无意味了。可是说了半天，究竟还没说甘翁所约昏姻一节。这如今可不能不安个倒笔，咱们把闲话儿暂且打住，说这个倒笔。

皆因从前甘老头儿在世的时节，养活过一架鹦鹉。这鹦鹉非常的伶俐，甘老头儿没事时，常自己喂食。彼时甘双璧不到五岁，也很聪明。有一天，问父亲说：“您见天喂食这个鸟儿，究竟有什么用处呢？”老头儿因小孩儿问的可笑，可就说趣话儿哄他，说：“这鸟儿，我所为将来给你做媳妇！”双璧是小孩子，当时也就信了。偶尔一天，老头儿怕鹦鹉缺食，就喊甘珏说：“你快给鹦鹉预备食吧，不然招呼你媳妇就快饿死啦！”老头

① “眨”，原文作“贬”，据语义改。

儿这们常说，因此家中的下人也拿这话斗甘二爷玩耍。后来有一天，锁链①子折了，这鹦鹉飞去。转过年来，甘翁去世，甘二爷也就上学念书去了。甘大爷料理家务，也不好禽鸟儿。如今十余年的事，大家全提不到这儿了。如今阿英化为鹦鹉一飞，甘大爷站在院子，登时想起来，说："呦！怪不得他说去世老人家定下的哪，敢则就是他呀！"

此时甘双璧也想起小时节的事情来，不错，是那个鹦鹉。虽然不是人，一块儿过了这们些天，同自己是相亲相爱。我们是恩爱夫妻，难以割舍（可不是要满台上耍丈人）。况且一个人坐在屋中，眼看着镜妆奁具，透点儿睹物怀人。此时甘大爷早溜到书房去了。大奶奶劝了小叔子几句，也过自己屋子去料理家务。一家子早饭都没顾得吃，饿了拿剩月饼当的饭（那位说，什么吃不的呀？这天是八月十六，趁新鲜吃，省得糟踏）。不但甘二爷想念，就说甘大奶奶自从这个小婶儿进门，把自己哄了个无可无不可，而且又能帮着做事，如今一飞，如何能不想，从此茶饭懒餐，早晚净掉眼泪。甘大爷一见，很是后悔，不该那样莽撞，此时已无可奈何。

（十二续） *1915* 年 *4* 月 *28* 日

后二年，为弟聘姜氏女，意终不自得。有表兄为粤司李，玉往省之，久不归。适土寇为乱，近村里落半为邱墟。珏大惧，挈家避难山谷上。男女颇杂，都不知其谁何。忽闻女子小语，绝类英，嫂促珏近验之，果英。

天下最难处的事莫过于家庭，因为只能言情，不能言理。若是野蛮人一味专制，还容易一些儿，越是要顾全得周到，越难办。在下虽没尝过这种滋味儿，见亲友中弟兄们真和睦的很少很少，即便不抬杠辩嘴，也多是面子情儿，其实已漓友爱的天性，所以孔子说："惟孝，友于兄弟，施于有政，是亦为政。"今天在下这几句话并非闲话儿，因对于上文的书有所感触而言。怎么说呢？即如甘璧人听见这位弟妇是妖，因爱护兄弟，跑来隔帘一发话，阿英腾空而去。如今见兄弟思之不置，大奶奶也旦夕啜泣，后悔也无可如何了，未尝不自怨莽撞。这点儿书虽是假事，可是家庭中时有因一半句话不忍，闹到兄弟参商②，夫妻反目，到后悔无及的事很多。阅书人当以甘璧人做个榜样。

闲话打住，却说甘大爷见兄弟终日无精打采③的，恐怕想出病来，这才托人给兄弟张罗续娶。一幌儿二年，才说着一位姓姜的姑娘，论人材也颇不错。这一天娶过门来，与甘双璧也颇班配。无奈甘双璧总以为不如阿英，仍是朝思暮想。这且不言。

---

① "链"，原文作"练"，据语义改。
② 参商：指参星与商星在空中此出彼没，比喻亲友彼此对立，不能相见。
③ "无精打采"，原文作"无精打彩"，据语义改。

单说甘家有一门子表亲，在广东地面当理刑的推官。甘大爷这一天想去探望亲戚，好在家中便当，带上盘缠、下人，将一切家务交给兄弟经理着，自己起身就走了。到了那里，留恋住了好多日子。

恰巧这一年，各处土匪蜂起，官兵弹压不了，真是逢州抢州、遇县抢县，堪堪快到甘家这个村来。这群贼寇不但抢掠财物，还放火烧房、奸淫妇女。甘家邻近的各村已经烧毁的不成样儿了。甘家又是个财主，甘双璧是书呆子的阔少，再加上大家一有枝添叶造谣言，甘二爷更傻下来喽，赶紧把值钱的细软收拾起来，其余埋的埋、藏的藏，带上嫂子并妻子姜氏，还有几个得力的家人，前往深山避难。

至于怎么走路费劲，不用我细说，你就想想庚子那年的老碴儿就知道了。好在没遇见贼，平平安安的到了山上。一瞧，喝！真是各村的男女都有，也有认识的，也有不知是那里来的。一个空山都显出有人了，足见真是不少喽，好在多是有钱的，也有房屋被贼烧净的、财物被贼抢去的，还有失散亲丁携男抱女哭哭啼啼的。这宗滋味儿不但甘家妯娌二位没经过，甘二爷也是初次，只好打听那山村儿有闲房，好租赁着住些天，谁知并没□家儿。

正然着急，忽听人群丛中有个女子的声音，嗓子比别人娇细，好像阿英。甘大奶奶先听见了，说："二爷你听，说话的这女子好耳熟，别是他吧！你何妨过去瞧瞧。"甘二爷也有此意，凑近一瞧，果然正是阿英。

（十三续） *1915 年 4 月 30 日*

珏喜，捉臂不释。女乃谓同行者曰："姊且去，我望嫂嫂来。"既至，嫂望见悲哽，女慰劝再三。又谓："此非乐土。"因劝令归。众惧寇至，女固言："不妨。"乃相将俱归。女撮土拦户，嘱安居勿出。坐数语，反身欲去。

却说甘大奶奶听说话的女子耳音很熟，所以叫甘二爷过去瞧一瞧是阿英不是。甘二爷心里本来愿意，碍于当着姜氏的面儿，而且这是出来逃难，还能有这些闲心吗。及至嫂子一说，自己想着瞧一瞧也没什么要紧的，于是顺着声音找到邻近，果然有两个女子在那儿说闲话儿呢，内中这个细嗓儿的正是阿英。

甘二爷此时这分儿喜欢，直比得了储蓄票的大彩还高兴哪，三步两步赶到跟前，不容分说，先揪住一只胳膊，说："想不到咱们两个居然会又见着面儿了！没别的，你跟我去见嫂子去吧！"阿英说："你撒开我，我去就是啦！"双璧说："那可不行！"刚要说："我怕你飞啦。"一想说不的，连忙改口，说："你别费话，快走吧！"就见阿英对同行的那个女子说："姐姐您暂走您的吧！我去见见我嫂子去。"就见那女子并没答言，点了点头儿，往前走去。此时甘二爷一把拉着阿英往这边儿走。甘大奶奶一瞧，二爷拉着来的正是阿英，这一喜欢，不禁不由得流下眼泪，哽哽咽咽的哭泣起来，一肚子的话要说，反到想不起说那一句好啦。阿英连忙说："你到是撒开我呀！"甘二爷此时也不好再拉拉扯扯的了，只得撒开。阿英赶到嫂子面前，万福行礼，说："嫂嫂不必如此，诸事总往开通里想，留神自己的身体要紧！"劝了半天，才把大奶奶的哭泣劝得止住。大奶奶要问"你从那儿来"也不好问。就听阿英说："嫂嫂你们逃到这山里头，以为可以安然无恙，拿此地当作乐土，那里晓得，还不如在家不逃哪。依我劝，还是趁早回家的为是！"此时不但大奶奶答言儿，就连姜氏并下人都说："呦，你是不知道呕，但凡家里住得住，谁愿意抛家失业的出来受这个罪呀！他是这群贼寇真杀人放火的闹吗，咱们刚到家，他一个来啦，那可怎么好哇！"阿英一笑儿，摆了摆手儿，说："我既然是劝你们回去，你们只管听我的话，决没有凶险。如果不放心，我跟大奶奶先去，给你们保险去，还不行吗？"甘二爷此时吩嘱姜氏与下人们前后脚儿走着，半天儿的功夫，陆续到家。

就见阿英从一进门可就没闲着，打发下人去撮了一簸箕土来，这儿堆了一堆，那儿又抓了一把。甘二爷在旁瞧着很纳闷儿，心说二年多没见，想不到他会吃上沙土行啦。就见他往街门口儿外头堆了几堆，又嘱咐嫂子说："勿论有什么动静，你们只管屋里坐着，千万不要开门，自然保你们没事！"说完话，告辞抹头就走。

（十四续） *1915* 年 *5* 月 *1* 日

嫂急握其腕，又令两婢捉左右足，女不得已，止焉，然不甚归私室。珏订之三四，始为之一往。嫂每谓新妇不能当叔意。女遂早起，为姜理妆，梳竟，细匀铅黄，人视之，艳增数倍。

却说阿英把土堆好，跟嫂子告辞要走。甘大奶奶素日跟他对劲，上次冷不防他飞啦，因为他摇身化成鹦鹉，无从防备。这次他一告辞，大奶奶怕他再变，一把手就揪住他一只胳膊，又叫："春梅、腊探快来（那位说，春梅必是丫鬟，腊探是什么呀？皆因这个丫鬟长的黑，所以起了这们个名儿，并非是探敬①的银子买来的）！"两个丫鬟跑到面前，大奶奶说："你们快揪住原任二奶奶，别叫他飞啦（不像官话）！"这两个丫头本是从小儿买的陈人儿②，很是机伶，于是一齐蹲在就地，每人抱住阿英一条腿（抱粗腿、捧臭腿的俗语儿，大概就出在这个典故）。大奶奶还是拉着手儿，说："好妹妹，你是我的亲妹

① 探敬：清朝流行的官场弊病，探访官员时敬献的银两。
② 陈人儿：指多年在某一处从事工作的人员。

妹，你可别走啦！咱们家里的事，我还有好些口得跟你商量的哪！”阿英说：“既然承嫂嫂这般美意，奴非草木，岂能无情。要叫我不走，可得由着我一件事。”大奶奶说：“你就说吧！”阿英说：“好在大伯现不在家。我若在此，我就跟嫂子住在一块儿。”大奶奶说：“那更好啦！”这才撒手阿英，两名丫鬟也站起身形立在一旁。

一家子都愿意，唯独甘二爷想跟阿英谈一谈心，他连那院子都不过去，可怎么办呢？只好趁着姜氏不在面前，跟阿英嘀咕两句，无非请他过去一荡的话。阿英不是推辞不去，就是空答应着，订了三四回约会，阿英所推不开啦，才过去一次，无非说几句话儿，就照旧过来。大奶奶一瞧这个意思，知道小叔子是恋着阿英，阿英大概忌了这一门啦，自己不好明说。到了晚间，妯娌两个说闲话儿，说是：“自从你撇下我们二爷，想你真要想死。你大伯没有法子，才说了这位新妇。其实也到不错，可是二爷总瞧着不入眼，说赶不上你，反到让我们糟心。你走的时候，但凡有回来的话口儿，大爷也决不给他提这一位。再者二爷也决计不要哇！”

阿英说：“男子心性多半注重颜色，这位姜氏妹子是不会修饰。俗语儿说，三分人材，七分打扮（跟三分嗓子、七分丝弦儿差不多，好脸子还得好扮像儿，也是一理）。明天早起我过去给他修容去（这是要当梳头匣子，并非当理发师）。”大奶奶一听也很喜欢，亲自过去把话告诉明白二爷与姜氏。一夜无词。

第二天一早，阿英起来梳洗已毕，要亲自过去。大奶奶并丫鬟们也惦①记学一学高着儿，于是全都奔到甘二爷卧室，挤了半屋子的人。姜氏方洗完脸，净等阿英呢。阿英过来，抓起木梳，三拢两拢，说：“你瞧这叫博士顶，大概比平头好看的多吧（还是理发师）。”梳完又给扑上脂粉，大家一瞧，姜氏今天的扮像儿，真比往常胜强数倍。

（十五续） *1915* 年 *5* 月 *2* 日

居然丽人，嫂奇之。因言：“我又无子，欲购一妾，姑未遑暇。不知婢辈可涂泽否？”女曰：“无人不可转移，但质美者易为力耳。”遂遍相诸婢，惟一黑丑者有宜男相。乃唤与洗濯，已而以浓粉杂药末涂之。如是三日，面色渐黄，四七后，脂泽沁入肌理，居然可观。日惟闭门作笑，并不计及兵火。一夜，噪声四起，举家不知所谋。

却说阿英到了姜氏房中，摊开片子②，刮上鹿茸（不对，还是梳头匣子），反正是一打扮姜氏。大家一瞧，居然是个绝色的美人儿。甘大奶奶站在旁边，纳闷的了不得，说：

① “惦”，原文作“掂”，据语义改。
② 片子：头发制成的光片，用于戏剧旦角化妆，贴于两鬓、前额。

“这可真怪啦，怎么你一伸手，就这们好看了呢！好妹妹，你到我屋里，我还有跟你研究的哪！”阿英只当嫂子也要往时妆的打扮哪，只好跟随到了嫂子屋内。

大奶奶说：“你瞧我今年已经快四十了，自从娶到甘家门来，并没生儿养女，如今咱们甘家还都乏嗣无后哪。我早有意打算给大爷立一房妾，皆因所没有对式的。又赶上这荒荒乱乱的年头儿，也没有这心肠了。家里有些个丫头，一个个都这们烧糊了卷子①似的，瞧不上眼儿，可不知道这些丫头们，你也能把他们给打扮好了不能？”阿英说：“只要是一个人，没有不能改变容颜的，错非一只眼、没有牙，那得找补牙补眼的去。要讲模样儿，全有法儿改换，所差的是有省事、费事的分别。原来模样儿体面的，容易一点儿就是啦。既是为生育，总要挑身体坚壮，没病的才好！”大奶奶一听，说：“那们咱们家里这些丫头们，你费心给相一个吧！”

阿英也不推辞，说：“您就把他们都传了来吧！”大奶奶赶紧叫婆子一知会大家。大家莫名其妙，以为要查空头哪，立刻全都跑进来，挤了一屋子。阿英略微一过眼儿，就叫退下去，唯独到了一个又黑又丑的丫头跟前，对大奶奶说：“据我瞧，这内中唯有这腊探有宜男之相。如果收房，三年二载准保添个大小子！”大家一听，才知道白巴结啦，只好退去。

阿英单把腊探留下，立刻叫婆子们打脸水。就见他也不知往脸盆里对了点儿什么，居然一盆水全变成粉红颜色了（花颜水大概是由这年兴的）。叫他自己洗了脸，然后又把粉礶拿过来，又掏出一包面子药来，跟粉和在一块儿，黄花绿末的半礶子。找了一只破笔，往这丫头脸上一涂，一会儿的功夫，抹成一个花脸。猛一瞧，比打下手的小妖儿还难看，大家没有不抿嘴儿乐的。见天阿英早起给扮一回，到了三天，大家再瞧这个腊探，可不像从前那们黑啦，脸上一天比一天的黄，好像黄蜡它儿似的，连眼珠子也是黄的（那成了黄病啦）。又过了四个礼拜，再瞧脸上，居然粉桃花儿似的，真是似红不红（可不八点儿就赢②），横竖瞧得过儿了吧，大奶奶也纳闷儿。阿英见天就拿这打扮丫头当一件功课，坐在家中又说又笑。

本村传说，贼匪已经抢到这村儿来了，阿英好像没听见一样。这一天夜内，听见左邻右舍连哭带喊，吓的甘家众人茫无计策。

（十六续） *1915* 年 *5* 月 *3* 日

俄闻门外人马鸣动，纷纷俱去。既明，始知村中焚掠殆尽。盗纵群队穷搜，凡伏匿

① 烧糊了卷子：形容面貌又黑又丑。
② 八点儿就赢：赌博时的一句俗语。

岩穴者，悉被杀掳。遂益德女，目之以神。

却说阿英每天这们一打扮腊探丫头，一幌儿□是四个礼拜，□会变成美人儿似的了，大家也把闹贼寇的这件事卸松下来了。忽然□□□晚晌，见村东北亮，好像柴禾垛着了似的，甘家下人要出去救火。就听阿英说："你们千万不许开门，自然没事！"大家不敢不遵。一会儿，听隔墙儿齐声喊嚷，说："烧哇！杀呀！着□（这是《聊斋》吗？庚子年的拳匪）！"大家听着害怕，谁也不敢开门瞧，怕拉到坛上焚表去（还是大师兄）。就听街门外面人声嘈杂，马打响鼻儿的声音，都由门前经过，闹了多半夜才安静啦，□唬得甘家上上下下都一夜没敢睡觉。好容易盼到天光大亮，有两个胆子大的下人开开大门，出去一瞧，才知道很丰富的一个村子，房子烧得七零八落；也有房子没动，被抢一空的，好在门上没贴着帖儿（也搭着没人应许抚恤赔偿）；又见携男抱女，哭哭啼啼往回路跑的。跟人一打听，才知道贼把村子烧□完啦，又带着队进了山啦，按着山洞全一搜寻。多有村中富户带着细软金银藏在里边的，不但财物被贼抢去，还有男子被他们拿去当苦力去的；也有不肯给贼财帛，被杀死的。大家把性命财物白白送□山内这才甘心，回来一瞧，甘家门户照旧。这还有多嘴的说："您没逃哇？没逃到好！八成□□还□着了点儿吧？"还有庚子那一年的那一套。那位说，你直想这个老碴儿，八成儿你□着□□（不错，让人家）。在下并非拿这些话斗哏勾烦，诸位请想，近十数年，北京所遭的境□□□□□全是自相残害。再若不改改心眼儿，转句文说，恐无噍类矣。

闲话打住，□□□□下□□□□逃难的这一套，连忙往院子跑，把这一套话对甘二爷一学说。此时吵嚷得□□□□□□□□□□□□，出了街门一瞧，可不是吗，唯独甘家一点儿损失没受，这才知道□□阿英□□□□□□国公司保险（□□成□），并且人一点儿罪孽没受。大家纳闷儿，□□□群贼□□□□□□□？还是甘二爷心里明白，说："八成儿那一天他堆的几堆浮土，是套的武侯八阵图的成□（□是阿英套八阵图，这是蒲先生这们隐用的，我这叫变戏法儿，卖门子哪），大概他这全是《奇门遁甲》上学了来的。"甘大奶奶同一群下人，自然要感念阿英喽，立刻胡这们一捧场。这个说："必是阿英仙子勾来的六丁六甲①保护着哪，分明是活神仙吗！"甘大奶奶这才进到屋中，说："有请活神仙（这是甘大奶奶吗？《群英会》的鲁肃）。"请出来要细说此事。

（十七续）*1915* 年 *5* 月 *4* 日

女忽谓嫂曰："妾此来，徒以嫂义难忘，聊分离乱之忧。阿伯行至，妾在此，如谚所

① 六丁六甲：道教中的神仙。

云，非李非柰，可笑人也。我姑去，当乘闲一相望耳。”嫂问：“行人无恙乎?”曰：“途中有大难，此无与他人事。秦家姊受恩奢，意必报之，固当无妨。”嫂挽之过宿，未明已去。

却说甘爷本村遭了这样一场大乱，居然一点儿没受伤。大家都感念阿英，以为是活神仙。唯独甘大奶奶心里另有惦记着的事，所以要找阿英问一问去。刚一进上房，就见阿英没容人说，先冲着嫂子说：“您瞧我一幌儿在这儿住了快两个月啦，我这一荡来，并不冲着别人，就因为嫂子从前待我有好处，我们不能忘下，所以来在这儿为替您分一分这离乱之忧。这如今贼匪已去，决不再来啦。大概过不了几天，大伯也该回家了。我在这儿如同俗语儿说的非李非柰，岂不令人笑话（这两句俗谚，北京可不兴，大概是山东俗语儿。诸位别听说的是庐陵事迹，蒲留仙未必到过江西。即或去过，也不能各省的俗语儿都听见说过。不过由某省人嘴里说的话，多半是某省的俗语儿多就是了）！趁着大伯还没来，我先走啦。如果有闲功夫儿，我再给嫂子请安来！”

甘大奶奶一听，连忙说：“你先别忙，我正有话要问你呢。你大伯上这一荡广东，本来去的胡闹。据我想咱们这儿闹土匪，那一省还许平安。如今听你这们说，想必你知道他现在在什么地方儿哪。你既说他快回来啦，想必离家三五站了，这要一个行在中途路上，遇着贼匪，还能不受害吗！伤点儿财是小事，你大伯平日脾气最傲，他那剑法无非摆样子朦事（就会吓吓大鸟）。况且贼兵是多的，保不齐有意外的事情吧！你既知道，你占算占算怕不怕?”

阿英说：“您也不用瞎担心，大伯行至中途，有一步大难，还是真险。幸尔东南方有贵人作合，可以逢凶化吉，遇难成祥，应验了给我传名（这是阿英说的吗？吃金的条子）。这一件事，您不必罣心。当日我秦家姊受过大伯救命的恩德，他并没答报，此时早在中途路上给大伯保了险啦！您只管把心放的敞敞开开的，决计没错儿!”甘大奶奶起初听他说中途有难，很是着急，及至他说出秦家女子来，自己也晓得这一件事。况且人家阿英说到那儿应到那儿（人而无信，不如扁毛畜生），他既敢保没有妨碍，自己才放了点儿心。可是一时盼大爷回来，又不愿意他回来，皆因知道阿英要不照他的面儿。想到其间，这才带笑说：“好妹妹，你何必这们忙啊！你既说大爷过几天才来，你何妨再住上个三两天、一半日（大奶奶也要排花旦）。你瞧天也不早啦，这时候你还回得去吗？难道你不雀朦眼吗（不像话）？别管怎么说，也得再屈尊你两天!”阿英也不好执意不肯，说：“既然如此，我就明天再走吧!”

当日无事，晚间照旧住在大奶奶屋里，姊妹说了半夜的话儿。天交四更，大奶奶说着话不觉睡去。及至醒来，睁眼一瞧，阿英的踪迹不见。

（十八续） 1915年5月5日

玉自东粤归，闻乱，兼程进。途遇寇，主仆弃马，各以金束腰间，潜身丛棘中。一秦吉了飞集棘上，展翼覆之。视其足，缺一指，心异之。俄而群盗四合，绕莽寻之殆遍，二人气不敢息。盗既散，鸟始翔去，既归。

昨天这点儿书必要说阿英告辞这一笔，并非说阿英拿乔，皆因阿英走的时节，既毫无留恋，此时何必重来呢？故借感嫂之义，聊分离乱之忧解释出来，由离乱引起大奶奶想起丈夫，由阿英口中叙出秦氏意必报恩。在文法是回映前文，有如一线穿成的妙处。可又是虚笔，紧接着再实叙出来。

却说甘大爷自从往广东探亲，到在那里，流连约有半年。虽说家中的事托靠兄弟，究竟甘二爷岁数年轻，有些不放心，屡次告辞，这位表亲总舍不得叫他走。这一天，听人传言江西地面土匪闹得很厉害，这才赶紧告辞。走得是旱路，带着仆人，彼此骑马赶着路一走。这一天，离家不过三二百地，进了一处山口，猛见前面尘沙荡漾，土雨纷飞。主仆有点儿害怕，赶紧下马，找了一个高坡儿，上去一瞧，影影绰绰的见前面有许多人，各持刀枪棍棒，也有骑马的，也有步行的，多半是黑绸裤褂、薄底快靴，或土黄步裤褂、大掖拔搬尖洒鞋，俱是花布手巾缠头。甘大爷一瞧这个扮像儿，大料不是安善良民（所以说披着恶人皮哪）。自己可摸不清准是贼不是，皆因没会过，就听评书套子上这们说（跟我一块趸来的），连忙冲定下人说："你瞧这多一半是贼，你我可别往前走啦，赶紧快把马上捎的钞包解下来，各人围在腰里。把马拴在树林儿内，找个荆棘棵子里忍一会儿，等他们过去再走吧！"这个仆人也没经过这路事，只好把马拉进树林儿。主仆把钞包围好，找了一片荆棘棵子，刚往里一迈步，又扎脚，又挂衣裳，只好用马鞭子拨着，到了中间，往下一蹲，真扎大腿。再听马蹄儿的声音也奔了这块地方儿前来，甘大爷心说要糟，他们要骑马蹚进来，连跑也不用打算啦，只好闭眼认命吧。

正在这个当口儿，见远远儿的飞来一只大黑鸟儿，甘爷一瞧，是一个秦吉了，个儿可大的多，一展翅落在甘爷主仆蹲的这个地方儿的荆棘之上，一展翅膀儿，居然把甘爷遮住。甘爷往上一翻眼皮，心说，你可别给我一嘴。见他离头顶约有二尺高，下面露着双足，缺少一个小指，心说这鸟儿可真别致。此时听荆棘外面人喊马嘶的声音，说："怎么净有两匹空马？人莫非越山坡跑了么？"有一个说："别忙，咱们围着这片荆棘棵子绕湾儿找一找！"甘大爷一听，心里哆嗦上啦。好在是步下的，绕了两个湾儿，有一个说："真撕衣裳，莫若闹两匹马彩一彩儿吧。"那一个说是："有理！"再听脚步声音越走越远，就见秦吉了儿也展翅飞去。又蹲了半天，甘大爷才站①起来，顺着荆棘空儿一瞧，贼人已去。这才告诉仆人说："咱们快出来吧！大概马是丢啦，只好徒步而行。"幸喜沿路平安，来到家下。

（十九续）*1915*年*5*月*6*日

各道所见，始知秦吉了，即所救丽者也。后值玉他出不归，英必暮至。计玉将归蚤去。珏或会于嫂所，固邀之，则诺而不赴。一夕，玉他往，珏意英必至，潜伏候之。未几，英果来，暴起，要遮而归于室。女曰："妾与君情缘已尽，强合之，恐为造物所忌。少留有余，时作一面之会，何如？"珏不听，卒与狎。天明，诣嫂，嫂怪之。

却说甘大爷带着下人往家内行走，一面走着，越发惦记着家了，不知道房屋、财产还有没有，连忙跑到家门口儿一瞧，好在是门庭未改，心中稍微放了点儿心。此时下人见大爷回来，早有腿快的下人往里飞跑，报与甘二爷与甘大奶奶。叔嫂一听，连忙迎接出来。大爷一看，知道大概没受意外的损失。可是本村房屋也有烧毁的，究竟有谁给保险来着，不能不细问一问。大奶奶才把逃到山中遇着阿英的事说了一遍。二爷也问了问大爷沿路的情形，大爷从头至尾一说，大奶奶又把阿英所说的秦姊意必报之的话一说。大爷才知道，那天那一头秦吉了就是从前在匡山寺所救的那个美女。这点儿书，全是找补上文，并没多少意思，所以一表儿。

再说甘大爷这一荡广东，除去丢了两匹马，任什么没丢。奈因去了这些日子，亲友家不能不探望探望去，有时候也三五天不回家。可是只要甘大爷不在家，阿英到掌灯已后必来瞧嫂子；算计大爷明天回家，头天晚晌或当天起早儿就走啦。唯独对于甘二爷可是淡淡儿，带理不理儿似的。甘二爷起心理难忘夙好，有时候同他在嫂子屋里定约会儿，他无非答应着，可不过去。

这一天，恰巧姜氏也没在家，甘大爷又有事走啦。二爷心说，这可巧极啦，今一天晚晌阿英必来。我在门房儿等他，见面儿拉拉扯扯，把他拉到我们屋里去，大概他也不好意思驳我的面子。打好主意，这才到了门房儿把下人支走，苦这们一等。等到掌灯时分，就听大门洞儿好似妇女行走的声音。甘二爷探头一瞧，果然是阿英来啦，心说别听你会算卦，今天我这一卦比你算的还准哪（敢则是别上吃金的啦）。三步两步溜出门房儿，猛孤丁往前一扑，赶过去揪住阿英。阿英冷不防吓了一跳，细一辨别，才瞧出是甘二爷，说："你做什么这样冒失呀？"甘二爷说："有什么话咱们那院里说去！"说着就往

① "站"，原文作"踮"，据语义改。

自己院里强拉硬扯。阿英讲劲头儿一定不是个儿，只好有什么话到屋里再说啵。

一会儿到了屋内，阿英说："你这可撒开我吧！"二爷说："不行，得容我把屋门关上，不然我怕你那手儿高着儿！"阿英说："妾与你情缘期限已满，强要再好，恐老天爷见怪。据我想，不如留这们个有余不尽，到还可以作一个一面之缘，你想好不好？"甘二爷说："我今天不听这一套。你来得，你就去不得（要唱《铡美案》）！"阿英无法，只好听其所为。一夜无词。到了次日，阿英才去见嫂嫂，大奶奶好生诧异。

（二十续） 1915年5月7日

女笑云："中途为强寇所劫，劳嫂悬望矣。"数语趋出。居无何，巨猫衔鹦鹉经寝门过，嫂骇绝，固疑是英。时方沐，辍洗急号。群起噪击，始得之。左翼沾血，奄存余息。抱置膝头，抚摩良久，始渐醒。自以喙理其翼，少选，飞绕室中，呼曰："嫂嫂，别矣！吾怨珏也！"振翼遂去，不复来。

昨天这点儿书，说甘二爷一定要与阿英重修旧好，无非回映前文的情字儿。阿英所说的是天理之常，在下一表儿。因为这段儿书说到此处全是束笔，按说原可以再铺叙几天，连日来函烦了有好段儿，莫如赶完，换新鲜的。

闲话少说，却说甘大奶奶这天一早刚起来叫腊探打水，要洗洗澡。猛见阿英由二爷院子过来，想着怪呀，怎么他又应了在那院子上夜的差使了呢（许是替班儿。那位说，这是那一项呀？您自己打听去吧），不好直问，只好说："二妹妹，你是昨天来的吗？"阿英脸儿一红，噗哧一笑儿，说："咳，您别提啦，半道上遇见强梁的贼寇给劫夺了，有劳嫂嫂罣念！"说完这两句话，抹头往外就走。甘大奶奶当时一怔，半天才想起来，敢情小婶儿暗含着占了我个小便宜儿，他真嘴儿巧就结咧（阿英借大伯抓了个飞卦，无非点鹦鹉舌巧之意）！大概他许不走哪，回头我得问一问他。

此时丫鬟已把净盆的水打好，大奶奶进里间宽衣解带去洗澡，好在大爷没在家，男下人无故不能入内，故此不用关门。方洗了两把，就见里屋门外有一头大猫，嘴里叼着一个绿鹦□儿，从门前经过，这下子可把大奶奶吓傻啦，顾不得穿裤子，站起来嚷着说："快瞧猫呕！叼着什么啰！"大奶奶屋中几个丫头婆子也都看见了，接着声儿说："追！"猫才撒嘴跑了。大奶奶胡乱擦了擦身上的水，登上裤子，把鹦鹉抱起来一瞧，左翼已经出血（可没右翼的事），好在还有气儿。于是放在磕膝盖上，用手摩挲他的胸脯儿，约有二三刻钟功夫才缓醒过来。站在大奶奶磕膝盖上，用嘴理了理双翅，又定了定神儿，飞起来在屋里打了个盘儿，说："嫂嫂我可走啦，从此一别，可不能再来啦。我不怨别人，就怨这个甘珏（与'干诀'二字音同字异）。"说完一展翅，飞出屋子，从此就没见回头。

这点儿书，论理无论怎么赶也应分两天说①。头篇到大奶奶见猫衔鹦鹉，第二天再接着说救下来，管保是都惦记着看。在下因为看书人普通心理，都瞧到这些地方儿心里未免不痛快，莫如一天赶完，省得彼此受罪（说得是阿英跟猫，没我什么事）。再说这原是假玩艺儿，阅者要知道，这无非阿英障眼法儿。因他既能为全家防贼寇，岂不能自己防猫？不过借此以绝阖家希望。然弱肉强食，虽慧如鹦鹉，终不敌一猫，此亦物理之常也。书说这一来，这段《阿英》演完，有赞成本报这们《聊斋》的诸君，过一半天换题，再行敬献。

① “两天说”，原文作“两说天”，据语义改。

陈云栖

（开篇）1915年5月23日

自从共和成立，可称困难万分。强邻倚势要瓜分，步步要求逼紧。
当局外交总长，本应代表争论。如何退让等愚人，比之前清尤甚。
吾辈就时论事，也宜略迹原心。熟思利害返诸身，又愁民气不振。
幸尔绅商各界，公愤一旦同伸。开会筹备救国金，愿作军粮后盾。

真毓生，楚夷陵人，孝廉之子。能文，美风姿，弱冠知名。儿时，相者曰："后当娶女道士为妻。"父母共以为笑。而为之论婚，低昂苦不能就。生母臧夫人，祖居黄冈，生以故诣外祖母。闻时人语曰："黄州'四云'，少者无伦。"盖郡有吕祖庵，庵中女道士皆美，故云。庵去臧氏村仅十余里，生因窃往。扣其关，果有女道士四人。

几句时事词儿表过，紧接着写了几行《陈云栖》的原文。在下这一门《聊斋》，无非是个小说儿的变像。这一程子，本报既有我们曼青先生的《益世丛谈》，又有朋友赠了本报一部译述的侦探小说《钻石案》，实在可瞧。鄙人原打算把这门《聊斋》多歇两天儿，现在《益世丛谈》既要歇两天儿，在下只好照旧献丑。咱们敬献一段《陈云栖》，这也是去年有人烦的。闲话打住，就听我造魔。

却说有一位姓真的，名字叫毓生，是湖北荆州地面古夷陵的人。真毓生的父亲是个举人，真毓生是书香门第子孙，自然也会做文字，生的风流俊俏，别提有多们美貌（又要唱），到了二十岁中了秀才。当年小的时候儿，有一个相面的说他日后当娶个女道士为妻。真生的父母听着很可笑，起心里头不信这话。偏巧这几年张罗亲事，总是高门不成，低门不就，所没相当的。

真生的母亲臧氏老太太娘家祖居黄冈，这一年，真生因为有点儿事情上外祖母家去，到了那儿，住了几天，就听本处有人传言说“黄州‘四云’，少者无伦”。真生不懂是怎么件事，跟人一打听，才知道敢则黄州这个地方儿女道姑庙最多。本处有一个吕祖庵，庵中有四个女道士，属着最小的体面，所以本处才有这一套口歌儿。真生本是年轻的阔少，听人这们说，心里一高兴，想去瞧一瞧，又一打听，这个吕祖庵离着臧家村不过就在十几里地儿。真生可不能告诉舅舅家，偷偷儿的就奔了去啦。

到了那儿，远远儿就看见有两竖大旗杆。走近一瞧，可不是八字粉墙、黑漆门楼（那是葛登云①的府门），朱红山门紧闭。真生到了门前，用手一推，里面关的挺严，连忙扣了两下门环。就听院中嘻嘻笑笑的声音，有人出来开门，一会儿门分左右，果然是四个女道士打着稽首，口念“无量寿佛”。

（续昨）*1915年5月24日*

谦喜承迎，度皆雅洁。中一最少者，旷世真无其俦，心好而目注之。以手支颐，但他顾。诸女冠觅盏烹茶，生乘间问姓名，答云：“云栖，姓陈。”生戏曰：“奇矣！小生适姓潘。”陈赪颜发颊，低头不语，起而去。

说小说儿，虽是假玩艺儿，可也最忌雷同，叫人说是千人一面。即如这段儿《陈云栖》，从前《北京新报》在下替说过半段儿。如今应躲着说的，必得躲一躲，不过大致不能差就是啦。

闲话靠后，却说真毓生一扣打山门，见有女道士出来开门，把真生让进客堂。这一分谦恭和蔼，应酬周到，就不用细提了。真生细一端相这四位女修持，举止也颇文雅，身上所穿的布衲道袍也很透干净。果然有一个年纪不到二十岁的小道姑儿，长的透着鞭式的多。在真生眼里，好像自己自从有生以来，在尘世上没有见过这们美貌的人儿似的，起心里一爱，不由得两只眼睛直勾勾的冲着这个人儿往肉里头苦钉。此时这个年幼的女道姑见真生瞧的出神儿，自己也不好拦，用手托着香腮，故意的扭着脸儿，答讪往旁处里瞧，一句话儿也没有。

那三个女道姑分外透出殷勤的样子，这个就对那一个说：“这一位施主大远的来啦，想必口渴，你去给沏茶去。买包好茶叶，赁把瓷壶瓷缸子来，钱零儿就不用找给他老啦（这是女道姑吗？戏园子卖座儿的伙计）！”这三个一路忙合，惟独年幼的这一位淡淡儿的

---

① 葛登云：京剧《琼林宴》中的人物。

坐着不动。真生一瞧，这倒是挺好的机会，悄步声儿的冲着这位年幼道姑说：“请问仙姑道号，俗家姓氏（那位说，怎么这们个称呼呀？普通称老道为仙长爷，人家是姑娘，我没别的法子，只好让真爷这们问吧）？”这位道姑一听人家问姓氏道号，是正经话，不能不理人家，只好回答说：“我道号云栖，姓陈。”真爷一听，心说这件事可巧极了，从前我看过《古今女史》，有一段陈妙常的故事，他跟潘法成自由结婚，后人用这段事迹编了一本《玉簪记》的戏文。大概这位女道士，既能念经，必然看得下来各种小说。即便他不知道女贞观的典故，难道说这们一出俗透了的《琴挑》还没听过吗！我不免就着他这个姓，我也改一下子良，试一试他怎么样（那位说，为打一句哈哈改姓，真生未免不对。诸位上花界①打听去，普通游客不敢说准姓的多着的哪）。

打好主意，噗哧一笑儿，冲定云栖说：“哟，这可怪得很，小生我恰巧姓潘！”陈云栖一听，立刻小脸儿一红，两个孤拐似带雨桃花。再待一会儿，眼一乜斜，大概脖筋也就快紫啦（那是走皮经的酒歀对了分量啦），又不好说“你这是诚心试试我懂昆腔不懂”，可是人家说是姓潘，还能故意的往潘家门子巴结吗，想必是姓潘。只好把粉颈一低，一句词儿没有，由着笛子性儿吹啵（戳腔的昆老），一转脸站起香躯，抹头往外就走。

（再续）*1915年5月25日*

少间，瀹茗，进酒果。道姓字：一，白云深，年三十许；一，盛云眠，二十已来；一，梁云栋，约二十有四五，却为弟。而云栖不至。生殊怅惘，因问之。白曰：“此婢惧生人。”生乃起别，白力挽之，不留而出。白曰：“如欲见云栖，明日可复来。”生归，思恋綦切。

却说真毓生问明人家姓陈，自己趁势抓了一个飞卦，心想云栖要是好说好凑的人儿也一还言，从此套上个小玩笑儿，已后可就好办了。谁想人家脸皮儿薄，一句儿没说，面红过耳，讪讪儿的站②起香躯就出去啦。真爷也莫名其妙，不知道是恼啦，还是有什么功课没做完呢，只好一个人儿默坐着吧。用眼满屋一瞧，这房内也有些古董玩器、名人字画，可没什么经卷法器等物，心说八成儿这几位不应酬佛事。

正在这个工夫，听院子嘻笑声音，原来是那三位女道士，一个托着茶盘子，里面有茶壶茶碗；那一个托着方盘，里面四碟鲜果子、四碟瓜子干果等类；那一个提溜着一把酒素子，由院外进来，放在迎门桌上，说：“请施主先歀碗茶，然后就开果子吧！好在时

---

① 花界：旧指娼妓业。

② “站”，原文作“踮”，据语义改。

候儿甚早，您要赏脸来长啦，给什么不给什么的，给您写上也行了（那位说，什么呀？缘簿）。”此时真爷不懂人家的规矩（清规），闹得反答不上言儿啦，这才按位一请教道号。先由年长的问起，原来姓白，号叫云深，看面目，大概过了三十岁啦，可是通俗说道不言寿，真爷也不便碰这路钉子；又一位姓盛，号叫云眠，也就在二十三四；还有一位姓梁，号叫云栋，看着好像比云眠大个三两岁，可又管云眠叫师哥。真爷也不知道是他长的老苍，还是有什么先进门、后进门的分别。三个人围随着真爷，这个就让茶，那个就斟酒，闹得真爷反不知道先歃什么好啦，歃了口茶，又歃了口酒，直比醋不在以下，想要吃点儿果子，一瞧都是烂的，只好抓几个瓜子吧。

真爷一心想着陈云栖，偏偏的他不照面儿了，未免起心里不高兴，又坐了一坐儿，这才问说："你们那位老四这半天做什么去啦？"白云深一听，赶紧答言儿，说："那个孩子，向例他怕见生客，多半一朝面儿就扎到屋里去啦。有我们三个应酬施主，您还何必一定见他哪！"真爷一听，大概人家是红人儿（道姑庙的红人儿），就像自己这路流水施主达不到他眼睛里，连忙站①起身躯，说："小生搅扰多时，改日再来，我要告辞回去啦！"白师傅一听，说："那可不行，无论怎样说，也不能让你这们空空儿的出去（八成儿要摆斋）！"真生说："小生今一天不成敬意，改日再会吧！"说着话就往外走。白师傅因真爷是初次来，不好拉拉扯扯，只好随着往外送，刚出院子，凑到真爷耳旁，说："你要见云栖，明一天再来，管保你见的着就是啦！"真爷点头答应，告辞出门。又回到舅舅家中，一夜之间，翻来覆去，总想这个陈家的云栖。

（三续）*1915年5月27日*

次日，又诣之。诸道士俱在，独少云栖，未便遽问。诸女冠治具留餐。生力辞，不听。白折饼授箸，劝进良殷。既问："云栖何在？"答云："自至。"

这段儿书近于艳情小说，并非真事。即便有这们一件事，也不过是个影子模儿，内中也有许多假托的地方。诸位不信，请在这些姓名上留心。好像真毓生，确有其人，可未必姓真，不是别号，就是另有扣字的用意。至后文的京氏，也并不像真姓氏。诸位就拿着当段编造的瞽词野史瞧就是啦。然而这篇玩艺儿在文法是笔笔变幻，可称离合悲欢全有，令人猜摸不透。诸位就上眼吧，高得多着的哪（可是蒲留仙的原文）。

闲话靠后，却说真爷是看中了陈云栖，偏偏人家孩子是露水闪一幌儿，从此给了个面儿不照，所以白扰了人家一个酒儿，就走定了。白云深也知道，自己警不动这位阔少，

① “站”，原文作“踮”，据语义改。

所以临送出来才说："如欲见云栖，明日可复来。"这一句话。可就暗含着把真爷给定下啦。真爷回到舅舅家中，连晚饭都没顾得吃就张罗睡觉，一夜翻来覆去，所睡不着。夜里打主意，想我明一天再去，如果见着云栖，大概就熟和了。一夜无词。

次日天明，果然仍由旧路奔到观中。一进门儿，见三位女道士迎接出客堂，可就没有云栖，自己也不好就问。白云深既然年长，自然有当家的资格（也同商家主任人一样，故此庙里都称当家的），连忙笑语迎合，高打帘栊，往里相让。此时真生只好进屋落坐，无非搭讪着说一说昨天如何叨扰等语。白云深听着一笑儿，说："只要施主肯赏脸，您就敞开儿来，我们巴结还巴结不上呢！今一天您来的这们早，大概今一天您还没吃饭哪吧？今天在我们这儿开个施主饭吧（不像话）。"一回头，冲定云眠、云栋说："二位师弟，快预备去！"真爷一听，连忙摆手，说："我方才用过斋了，再要叫我沾造化，我可受用不了啦！"

三位是实意儿待客，不听这一套。云深陪着真爷，二位下了厨房。一会儿的工夫端进方盘，里面有几样可口的菜蔬，匙箸布碟儿，几张家常饼（这点儿书，原文这们说，咱们可不便细说。并非在下没吃过饼，要一磨烦，那成了饿不死的《济公传》啦）。白云深说："家常素斋，请施主多虔诚多修福吧（茶棚的老词儿）！"说着抓过一张饼来，撕成四落儿（勤行①的规矩），亲手把饼与筷箸递到真爷手内，说："施主尝一尝，我们铛（音称）上的师傅手艺怎么样？你到是就点儿菜呀！"此时真爷见当家这们让，自己不好意思不随喜，再说走了十几里地，也真饿啦，连忙接过来，就吃了一块。云深也陪着吃了两牙儿②（暗含着过上团圆佳节啦）。真生一面吃，这才问说："今一天怎么三位仙姑全见着了，陈仙长往那儿云游去了呢？"云深一笑儿，说："他使着手哪（烙饼呢），一会儿歇了火，一定过来。"

（四续）*1915年5月28日*

久之，日势已晚，生欲归。白捉腕留之，曰："姑止此，我捉婢子来见。"生乃止。俄，挑镫具酒，云眠亦去。酒数行，生辞以醉。白曰："饮三觥，则云栖出矣。"生果饮如数。梁亦以此挟劝之，生又尽之，覆盏告醉。白顾梁曰："吾等面薄，不能劝饮，汝往曳陈婢来，便道潘郎待妙客已久。"梁去，少时而返，具言："云栖不至。"生欲去，而夜已深，乃佯醉仰卧。两人代裸之，迭就淫焉，终夜不堪其扰。

---

① 勤行：厨师行业。

② 两牙儿：旧时指将圆形饼对半几次切成锥形，两片称为两牙儿。

却说真爷二次至观，为得是专访云栖，不想从进门儿直到吃了午饭，竟自没有照面儿。问云深，老说待一会儿就来，只好等着啵。又瞎聊了会子，已经日色衔山。真爷一想，离臧家村还有十几里哪，莫若告辞走吧。于是站起身形，作了个揖，说："谢谢师傅的盛馔，我要回去啦！"白云深抢进一步，一伸手把真爷的腕子得住，说："那可不能！您暂且坐一坐儿。您为云栖来的，到底还没见您的面儿，如何能让您走！您坐着，我去给您把他捉来还不行吗！"真爷一想，如果见着，也不枉我辛苦这一荡，只好说："那们我就再坐一会儿。"云深说："您可别走哇！"说着出了客堂，一会儿从外面拿来盏灯，还有酒菜等类。云眠趁这功夫走出屋子。云深、云栋把酒菜摆好，让真爷上座。真爷见人家既预备来啦，也只好依实，每人斟了两巡。真爷心说少喝吧，赶紧站起身来，说："谢师傅们的美意，小生量窄，已经歛多了。"白云深说："那可不行，我得敬三杯，您要肯连气歛啦，我把云栖立刻给您叫出来！"真爷一听，只好点头歛了他三大杯。方才放下酒盏，云栋也举壶过来，说："没别的，您也得赏我个脸儿，一样的出家人，难道那个手里有蜜吗（那是手黏①的出家人）？"真爷一想，真要不遵命，人家援照利益均沾的公法说，自己未免输理，只好又歛了三大杯。云深又要敬二轮，真爷说："咱家的酒量，不如从前了，实在吃不得啦（要唱《赶三关》）！"说着把酒盏扣在桌上。按说这一手儿叫不懂交情，居然二位住持没恼。

云深笑着眼望云栋说："你瞧咱们这个脸子，不够敬酒的资格，就别尽自讨没脸啦，你趁早儿到后院儿把陈家那个丫头片子给施主叫来。你千万可把话告诉明白他，你就说昨天来的那一位潘爷早就来啦，竟等妙师傅呢，等的都不耐烦啦，莫非他也总得电灯亮了再露吗（那是北京的某老板）！"梁云栋笑着答应了一声，出了客堂。真爷心想，这一回一定必来，只好耐着性儿等着。云深是又说又凑。

一会儿云栋回来，说："云栖这丫头，我怎么说，他也不来（今天只好写个因病告假吧）！"真爷一听，这可死了心啦，有心再告辞，听观外已有更梆之声，大概赶不回去了，莫如倚酒装醉，胡乱合衣而卧，忍到天亮再走啵。打定主意，奔上禅床，一仰身就躺下了。白、梁二位说："施主，这们睡不舒服，脱了衣服好！"真爷也不理。两个人凑过去，替真爷解钮扣、脱靴、拉袜，换替着一上功，把个真爷搅得一夜没能睡好。

（五续） *1915* 年 *5* 月 *29* 日

天既明，不辞而别。数日不敢复往，而心念云栖不忘也，但不时于近侧探侦之。一日，既暮，白出门，与少年去。生喜，不甚畏梁，急往扣关，云眠出应门。问之，则梁

① 手黏：品行不端、小偷小摸的人。

亦他适。因问云栖，盛导去。

昨一天的书，多说了几行原文，并非诚心马前赶着说完有什么好主意，皆因文法有宾主，说玩艺儿得把宾主分清。即如这段儿书，名为《陈云栖》，不但云深、云栋、云眠是宾，就连真毓生也是宾。既然两天云栖没露了，故此不能不快着点儿把云栖“赶”出来。若是借着云深苦捣乱，不但有伤风化，而且喧宾夺主，就不合文法了。所以今天无论怎么样，得把云栖说到露面儿。至于昨天末两句，说云深、云栋“迭就淫焉”，虽不能细形容，可要把这个情理说一说。自古道“有天地便有男女，有男女便有情欲”，僧尼这一件事，并非好事。在古时多是自愿出家皈依三宝三清，后来一兴奶地出家①，赶到这人到了二三十岁，情窦一开，实在不易遏制。再遇着真毓生这样美男子，无怪二位女道士不肯放过啦。这就是《西厢记·拷红》所说的“怨女旷夫，各相窥伺”。古人云“男女有别”的话，虽近于固执，实是杜渐防微的意思。

闲话打住，却说真毓生被云深、云栋鬼混了多半夜，自己有点儿支持不住，好容易听远远鸡鸣五更，云深、云栋才溜出客堂，大概是张罗上殿去啦。真爷这才抓起自己的衣服，一件件儿的穿好，想着莫若趁他们没在面前，我快挠道儿吧。于是连句话儿也没留，出了客堂。到了山门一瞧，幸喜已经开了，这才溜出来。到了街上一瞧，已有路行人。真爷一气儿跑回臧家村儿，到了舅舅家，下人们也没人追问这些事。真爷胡乱用了早饭，睡了一大觉，一幌儿好几天没敢再上观里去，无如心心念念总忘不下云栖。

这一天想着，莫如我还是见天去，到了寺的左右，找个僻静地方儿一蹲，或是云栖出来，我把我这番心意对他说一说，或是打听着云深不在观中，我再进去。打定主意，腰中带上点儿盘缠，可就又去了。从此无非在庙前、庙后、庙左、庙右的打巡儿，饿了找个茶馆儿，吃点儿什么，到了天晚，再赶回臧家村儿，一气儿侦探了这们好几天。

这一天，日色已经落了，自己打算要走，远远儿的见山门大开，白云深同着一个年轻的俏皮小伙儿说说笑笑的走了出来，把门带上，拐过庙墙走去。真爷一瞧，大概这早晚出门，八成儿不回来了，我不免进去，大概大当家的不在家，剩下那三位师傅，云栋还好惹点儿，莫如我看势做事，过去打听打听。想到其间，到了山门外头一扣打门环，听里面有人答应。及至一开门，原来是二师傅云眠，手打稽首，口尊：“潘施主，今天来的不凑巧，云深、云栋全都没有在观。”真爷说：“小生今一天是特来拜访令师弟陈云栖而来！”云眠说：“既然如此，随贫道进来！”真爷说：“如此有劳师傅引路！”

---

① 奶地出家：旧时指一些笃信佛教的家庭将未成年孩子送进寺庙。

（六续）1915年5月30日

又入一院，呼曰："云栖！客至矣。"但见室门闟然而合。盛笑曰："闭扉矣。"生立窗外，似将有言，盛乃去。云栖隔窗曰："人皆以妾为饵，钓君也，频来则身命殆矣。妾不能终守清规，亦不敢遂乖廉耻，欲得如潘郎者而事之耳。"生乃以白头相约。云栖曰："妾师抚养，亦非易。果相见爱，当以二十金赎妾身。妾候君三年。如望为桑中之约，所不能也。"生诺之。

男女的爱情虽说出于私心，可是不能免掉，老年有阅历尚且如此，何况少年。不过要当慎始，不可入魔；且须专一，不可务广。即如本文的真毓生，已是入了魔境，好在是专一，所以时时刻刻不忘云栖。姑无论云深、云栋不如云栖，即便共相伯仲，在真生眼中也以为差得远。这件事，一由于有"少者无论"四个字的成见，一由于云深等轻薄自荐而已。

闲话少说，却说真毓生耗了这们几天，好容易见云深出门，这才敢来叫门，足见那一天把人家孩子给揍怕喽。恰巧是云眠开门，一打听云栋也没在庙，这才说明来意。云眠说："那们就请潘先生随我来！"进了山门，由客堂穿过一个夹道儿，另是一个小院落。进了这个小门儿，见有两间单屋儿。云眠到了小门儿门口，叫了声："云栖，你的客来啦！"真爷刚往前一迈步，就听见屋门"闟"的一声从里面关上啦，连着响了两声，大概是关上下插棍儿呢。云眠一乐儿，说："你来得不恰巧，正赶上关门的时候！"此时真爷已经来到窗外，怔怔儿站着，好像有什么话说似的。云眠一想，也许二位有什么秘密协商，当着外人，故意做为决裂似的，莫若我躲一躲儿，一抹身，走出小院儿。

真生照旧不动。大概云栖也爬窗往外瞧哪，见云眠出去，这才隔着窗纸说："我们这儿的人多是拿我当钓鱼的香饵，特为钓你。你要是不醒悟，时常的往这儿跑，你的命可就快没啦。你要知道我的宗旨跟他们不一样。我原也不是打算当一辈子的道姑，守定清规，誓不嫁人。可是若教我跟他们似的，做那无耻的勾当，我也办不了。我心中实在愿意得你这们一个貌比潘安的郎君成为夫妻，以终身事之，这才是我的心愿呢！"真爷一听，说："对劲儿，不错，要说就这们临时苟合，好一会儿，我也不愿意。情愿与你做个白头到老的夫妻。"云栖说："你我既然同心，何愁不夫荣妻贵。但有一节，妾是从幼小的时候进到庙内，我们是有师傅的（我这门玩艺儿可没门没户儿）。他抚养了我这们几年，也很不容易。如果你真心愿意要我，你预备二十两银子，作为给我谢师，送给他也就行啦！其余请知①等事，就随你办吧（那一行啊，您自己打听吧）！你如果手底下没

① 请知：旧时书馆与演员约定演出事宜，须请全体演员吃饭，称请知。

钱，也不要紧，我等你三年都行。要是打算做那濮上桑间苟合之事，我可不能应！”真生一听，暗伸大指，说：“如此咱们是一言为定，小生遵命就是！”

（七续）*1915年5月31日*

方欲自陈，而盛复至，从与俱出，遂别而归。中心惆怅，思欲委曲夤缘，再一亲其娇范，适有家人报父病，遂星夜而还。无何，孝廉卒。夫人庭训最严，心事不敢使知，但刻减金赀，日积之。有议婚者，辄以服阕为辞。母不听。生婉告曰：“曩在黄冈，外祖母欲以儿婚陈氏，诚心所愿。今遭大故，音耗遂梗，久不如黄省问。旦夕一往，如不果谐，从母所命。”夫人许之。乃携所积而去。

却说真毓生听云栖所说的这一套话，起心里佩服的很，而且以三十六个月为满，是怕自己手里周转不开，真称得是裕国便民喽（那位说，这是真爷吗？我想起庚子前陈当家的来啦）！无奈自己有好些句话要说：第一，是没告诉人家准姓；其次，自己不是黄冈的人，况且老人家不容易说话。刚要打算细说说，只听外面云眠鞋底响①，原来是云眠又进来啦。真爷当着云眠不好再说，只得说：“有劳师傅，您把我带出去吧！”云眠淡淡儿的，也没往客堂里让（不接不送，不参不拜，老都管派头儿）。真爷说：“小生就此告别！”云眠这才开了山门。真爷出门一瞧，天色已经昏黑，这才赶回臧家村。

从这一天起，心里别提有多们不痛快啦，想着过个一半天再去一荡，只要白、梁两个人不在观内，变着法儿，那不再见云栖一面儿呢，好把我这一肚子的难处对他说一说呀！究竟怎么能见得着，还没想出什么好主意来。

这一天，方才起来，见家中的老家人跑进门来，说：“我的大爷，您怎么这们些天不回去啦？老员外现在病了，夫人打发我来，叫您回去呢！”真爷一想，这一次在老老家可实在住的日期不少了，赶紧告明舅舅，连夜赶回家中。见父亲果然病势沉重，自然张罗调治。不想服下药去，总不见效，没有几天，真孝廉寿终正寝。一切丧礼从丰，不必细表，干脆说出殡。

过了两个年头儿，老夫人从前管束的最严，真爷心里虽是惦记着陈云栖，可不敢把心腹话告诉老太太。再说银子也没有，只好背着母亲省吃俭用的积攒。此时真爷母子带着几个下人过日子，老太太很是费心。再者儿子已经不小了，应当张罗说亲了，于是托了几位靠近的亲友。真爷本来是挺好的学生，亲友都愿意当这个大媒，这位来说，那位也提，现在真爷既然这们大了，不差什么，都跟他本人儿商量一商量。真爷总说：“现在

---

① “云眠鞋底响”，原文作“云鞋底响”，据语义改。

才脱白孝，说妥也不能娶呢，莫如过二年再提吧！”这话老夫人听着不以为然，就要硬做主。真爷一想，这可不好。这一天绕着湾儿告诉老太太说：“孩儿前次在我外祖母家，我外祖母给我说了一家儿姓陈的姑娘，孩儿听着很对式。只因我父亲这一病，所以孩儿也没顾得回禀母亲。这些日子音信不通，孩儿打算早晚上荡黄冈，再提一提。如果不成，那时任凭母亲作主。”老夫人一听是娘家给保亲，一定错不了，当时点头应允。次日真爷带上积攒的银两，够奔黄州，重访云栖。

（八续）*1915年6月2日*

至黄，诣庵中，则院宇荒凉，大异畴昔。渐入之，惟一老尼炊灶下，因就问讯。尼曰：“前年老道士死，‘四云’星散矣。”问：“何之？”曰：“云深、云栋，从恶少遁去。向闻云栖寓居郡北。云眠消息不知也。”生闻之，悲叹。命驾，即诣郡北，遇观辄询，并少迹绪。

却说真毓生既是诗书门弟的子孙，就不能不遵庭训，何况臧老夫人持家有法。虽然满心中惦念云栖，可不敢明说，这才苦支了一年多的工夫，现在所推不过去啦，才只好用老老支桩①。臧氏夫人说：“既然有这样相当的亲事，你为什么不早说呢，那就趁早去荡吧！”真爷奉了母命，带上攒的银子，约有三四十两（那位说，多的做什么用哇？除去二十两之外，还得交膳费哪。这是道姑庵吗？济良所领人的章程），可也不能步辇儿②，无非雇脚搭船。

这天到了黄冈，顾不得上臧家村，就先奔吕祖庵。到了山门外面一瞧，山门开着，短了一扇，旗杆也倒啦。真爷心中诧异，迈步进了山门，见院子荒草多高，客堂屋中连窗户都没有了，与从前大不相同。猛然想起云栖所住的那个单院儿，是由客堂夹道儿穿过去就是，自己只好往进走啵。穿过夹道儿，索兴连房子都拆没啦，只好出来，往后院儿蹓达。见后院大殿东掖间儿有烟筒冒烟，真爷赶紧往那儿奔。到了屋门儿一瞧，有一个老尼僧蹲在那儿烧火煮饭哪。真爷连忙凑进一步，打了个问讯，说：“请教师傅，这庵中的‘四云’都往那里去了？”老尼抬头一瞧，是一位贵公子，也连忙站③起身形，打了个问讯，说：“施主，大半是老没来了吧？这庙原是女道姑住持。自从前年老道士羽化，他四个徒弟全都分散了，不在庵中，把庙托我照管着呢！”

真爷一听，心里又惊又喜，惊的是怕见不着云栖，喜的是二十两可以省下啦，赶紧

① 支桩：找借口。
② 步辇儿：指步行。
③ “站”，原文作“踮”，据语义改。

说："那们他们都搬到什么地方儿去了哪？"老尼说："咳，施主，你别提啦！云深、云栋从前就不守清规，老道士也管不住，时常勾引些年轻的恶少昼夜嬉笑，所以把位老观主气死啦，他们两个就跟着他的相好的一块儿过日子去啦。在什么地方儿居住，我可说不上来。听说那个最小的云栖在州城北边儿什么庙里住着呢。云眠的消息，老衲不曾听说，不敢胡说。你要找他，你自己别处打听吧！"说完照旧蹲下烧火。

真爷听了这一套，自己不由得眼圈儿一红，要掉眼泪。一想当着尼姑哭道姑，未免不合式，而且云栖没死，不过没准地名儿，不大好找，只好叹了两口气，说："借光了，老师傅，在下就此告辞！"老尼也不挽留。真爷出了庙门一想，老尼既说云栖在郡北，我不如就奔城北打听打听去。于是连臧家村儿没去，就直奔州城北门。顺着关厢，见着老道庙就进去寻问有陈女道士没有。虽然道士庙不少，可是男道士居多，问了好几座庙，不但没有陈云栖，连个云字儿的道姑都没问着，只好够奔臧家村住下，明天再访云栖。

（九续） *1915* 年 *6* 月 *3* 日

怅恨而返。伪告母曰："舅言，陈翁如岳州，待其归，当遣伻①来。"逾半年，夫人归宁，以事问母，母殊茫然。夫人怒子诳，媪疑甥与舅谋，而未以闻也。幸舅远出，莫从稽其妄。夫人以香愿登莲峰，斋宿山下。既卧，逆旅主人扣扉，送一女道士寄宿同舍，自言："陈云栖。"

人最不痛快的事莫过于找人见不着，再搭着没有准地方儿住，或是姓名说不清楚，尤其难啦（连寻人告白都不好登）。即如本文的真毓生，只听老尼说陈云栖在郡北，也没说明是住尼庵道观，还是人家儿，只好瞎扑着问啵，见庙就问，别说没有陈云栖，连陈云涛②都没打听着。这才垂头丧气奔了臧家村，第二天再去访察，还是没有。住了两天，也不能托嘱谁，只好回家再想主意。

沿路走着，很不高兴，到家见了母亲。臧夫人很惦念这一件事，见儿子回来，赶紧就问亲事怎么样啦。真爷不敢实说，只得说："母亲不必着急，孩儿到了我外祖母家，见了我舅舅，提起这件事来。我舅舅说：'那位陈老翁现在没在家，上岳州有事去了。'大约过个三五个月总可以回来。这件事等陈翁那天回来，我舅舅就去提亲。一面打发家人给孩儿送信来。"臧氏夫人一听，当时信以为真。

一幌儿又过了半年，可也音信不见。夫人因想念自己的母亲，趁着家中没事，要回

---

① 伻：使者。

② 陈云涛：民国初年在京演出的著名秦腔演员。

荡娘家，把家务事交付儿子并得力的老家人，带上仆人就回到臧家村。母女见面，这些事不必细表。叙完别后的事，夫人可就想起儿子的亲事来啦，一问臧老太太，老太太说："没听说咱们这儿有姓陈的呀！说亲这一件事，老身满没听提（卫口老太太）。"臧夫人一听，气往上撞，说："想必这孩子学坏了，流言流语，造谣言哪！"臧老太太说："姑奶奶别生气呀！外孙儿来到这儿，竟跟他舅舅在一块儿，也许是他们爷儿两个说的话没告诉我，你等问你哥哥吧！"夫人说："今天女儿到家，怎么还没见着我兄长呢？"老太太说："他上南非洲去了好些天啦（那位说，这是真爷的舅舅吗？贾大舅。原文说远出，没有地名儿，可不越远越好吗）！"皆因老太太这们一说，夫人听着有理，当时才不生气啦。这件事只好等臧大舅啵。

夫人住了两天，想起前年因为丈夫病了，自己许下亲赴卧莲峰烧香还愿，总没能来。次日带上自己下人，雇上抬子，到了山下，远远就听有人嚷，说："香客住下吧！热炕大被褥，好清净，有单间儿，姑娘老娘儿们一块儿睡（这是五祖山吗？妙峰山涧沟）！"臧夫人见天色已晚，当天不能朝顶，只好找房住下，吃了点儿素斋，下人另在一间屋里。夫人想趁早歇息着，明天早早儿进香，方才躺下，还没吹灯，听门外说话。一会儿房主人叫门，说："老夫人开门，你瞧这位女道姑没有地方儿住，打算搅扰你一夜。你老人家是慈善人，大概不至于不修福吧！"老夫人说："这到不要紧！"

一会儿进来，与夫人稽首，自言："女衲陈氏云栖。"

（十续）*1915年6月4日*

闻夫人家夷陵，移榻就坐，告诉坎坷，词旨悲恻。末言："有表兄潘生，与夫人同籍，烦嘱子侄辈一传口语，但道其暂寄栖鹤观师叔王道成所，朝夕厄苦，度日如岁。令早一临存，恐过此以往，未可知也。"夫人审潘名字，即又不知，但云："既在学宫，秀才辈想无不闻也。"未明早别，殷勤再嘱。夫人既归，向生言及，生长跪。

却说臧氏夫人听说是女道士寄宿，知道是出家人，必然也是烧香还愿的，住在官客一块儿，未免不方便，只好开门，把他让进来。及至一见，是一位年轻的女道姑，自称："陈云栖有礼！"手打稽首，口尊："施主，贫衲多有打搅！"夫人也答礼相还，可没问他那座名山洞府出家。这位云栖见夫人慈眉善目，又听不是本地人，赶紧请教乡贯。夫人说："是夷陵人。"云栖一听很是喜①欢，连忙把座位往前挪了一挪，说："夫人哪，您瞧

① "喜"，原文作"善"，据语义改。

我们出家人别提多们苦喽！”说着话，眼圈儿一红，直掉眼泪。臧夫人心说，我听过带白①的《思凡下山》，可没听过道姑儿的，又想着据他所说的也是实情，谁让他吃这行呢，只好顺口儿开导了两句。

又听云栖说：“夫人既是夷陵人氏，这可好啦！我有一个表兄姓潘，他也是夷陵人。没别的，你老人家那一天戴福还家的时节，有劳您的少爷们给我表兄捎个口信，就说他表妹陈云栖，现时在栖鹤观师叔王道成庙里寻休儿哪，现在比从前苦得多喽！过一天亚赛一年，就盼②他早发慈心，到黄冈来一荡。可别以为不要紧，真是早来三天，还得相见；晚来三天，不得团圆。他要不来，过些日子可怕就见不着了！”臧氏夫人听他说的怪可怜的，当时点头，说：“一句空话不咧，带一带没什么要紧。可有一节，你的这位令表兄，就知道姓潘，到底住在什么村儿？大号叫什么？学名儿叫什么呀？你告诉明白了我，我转告诉他们，自然就没错儿了。”

云栖一听，怔了一怔儿，不好说自己不知道，说：“您老人家的子侄必然也是进学的喽，我这表兄也是秀才，他们还短得了一块儿会考吗。您老人家只要提说姓潘，大概就可以知道！”臧氏夫人一想，也许他心中惦记着经卷，不留心亲戚谱，或者光知道乳名儿，不肯明说，所以只说姓潘，连忙点头说：“是了，待老身回去，必然把话告诉他们。你看天色不早，你我明早还要赶路，不如安眠了吧！”云栖说：“夫人请尊便吧！”这才挪开坐位，靠墙打坐，闭目合睛的养神。夫人依旧睡下，也无非和衣而卧，一觉睡醒，咳嗽了两声。此时见道姑已然站起身形，说：“女施主，多有打搅！昨晚弟子所托的事件，千万在意，我要先走一步了！”夫人周旋了两句，仍旧翻身又睡了一觉。一会儿天明，朝顶进香，诚献云马钱粮，回香到臧家村，打了中伙③，次日回到家中，才把所遇云栖之事，对儿子从头至尾的一说。真爷一听，双膝跪倒，这才要述说已往的情形。

（十一续）1915年6月5日

曰：“实告母，所谓潘生，即儿也。”夫人诘知其故，怒曰：“不肖儿，宣淫寺观，以道士为妇，何颜见亲宾乎！”生垂头，不敢出词。会生以赴试入郡，窃命舟访王道成。至，则云栖半月前出游不返。既归，邑邑而病。

却说真毓生这一程子虽然在家看家，心中时时刻刻不忘云栖，本盼着母亲回家之后，自己再往黄冈重访云栖，如今听母亲一说，云栖有了下落，也许他把跟潘生所订的约会

① 带白：指一出戏唱与道白间杂。
② “盼”，原文作“盻”，据语义改。
③ 中伙：旅途中午休用饭。

儿也对母亲说了。此时不便隐瞒，莫若也说了吧，又怕母亲生气，这才双膝跪倒，说："回禀母亲，他所说的这个潘生就是孩儿！"夫人一听，莫名奇妙，说："你这孩子，什么功夫改的姓啊？人家找的是他的表兄，咱们家也没这们一门子亲戚呀？"真生这才把前次赴黄州，遇着"四云"，云栖同自己如何订婚的话实说了一遍。臧夫人越听越鼓肚子，听完了，气的成了蛤蟆啦，说："好一个不肖的畜生，你怎么跑到人家老道庙作这等事去了！这还不算，你还要弄到家里来做媳妇，是你也算入了道教哇，还是叫道士还俗呢？你这样无耻的畜生，有什么脸面去见亲亲友友！"真生一瞧，母亲动了真气，可就不敢分争了，只好低头不语。夫人骂了会子，自己没台阶儿，气哼哼退入后堂。真爷回到书房，盘算主意。

好在本年是岁考的年头儿，过了几天，预备行李，赴州去考。到了州中，学院还没下马，赶紧把行李寄在同考的学友寓所，自己说要去看看外祖母去。由这儿奔黄州也相离不远，无非一水之隔，赶紧雇了一只船，直奔黄州。下船登岸，跟人打听郡北栖鹤观。有人说："栖鹤观不在郡北，在西便门外头（那是白云观），在正西哪！"真生才知道，必是那个老尼姑传闻失实（这也无须更正），莫若赶紧往西找去啵。到了西关不远，跟人一打听，果然有座栖鹤观。到了观外一瞧，是一座不大的小庙儿，一层殿，两间群房，已经破烂不堪了。真爷扣打山门，一会儿出来一个老道姑，问真爷找谁。真爷说："请问仙长，此观可是王道成栖鹤之所么？"这老道姑手打稽首，口念"无量寿佛"，说："贫道姓王，道号就叫道成。但不知施主有何见谕？"真爷赶紧做了个揖，说："小生姓真，与令师侄陈云栖有一面之识。他有一个表兄姓潘，与学生同在学官，他托我寄来一信，所以亲来投递。"这位王道姑一听，说："原来施主是访云栖的，可惜你来的不凑巧，他从半月之前出去云游去了，直到今天，音信没有。"真爷说："那们上那一方去了呢？"王道成说："出家人云游，那有一定呢！"真生一听，这荡又白来啦，只好道了个"惊动老师傅"，照旧雇船回荆州，预备岁考。到了考期，真生是无精打采①。对敷完了卷，连忙赶回家中，进门就嚷不舒服，夫人以为他是累的病了呢。谁知真爷茶饭懒餐，一天比一天病势沉重。

（十二续） *1915*年*6*月*7*日

适臧媪卒，夫人往奔丧，殡后迷途，至京氏家。问之，则族妹也，相便邀入。见有少女在室，年可十八九，姿容曼妙，目所未睹。夫人每思得一佳妇，俾子不怼，心动，因诘生平。妹云："此王氏，京氏甥也。怙恃俱失，暂寄此耳。"问："婿家谁？"曰：

① "无精打采"，原文作"无精打彩"，据语义改。

“无之。”把手与语，意致娇婉。母大悦，为之过宿，私以已意告妹。

却说真毓生考罢回到家中，茶饭懒餐，一天比一天的减精神。臧氏夫人想不到孩子有心病，只好请医调治。奈因总不见效，好在也不至加重。

这一天，忽然臧家村派人来接夫人，说是老太太□了个暴病儿，过去了。臧夫人一听，放声恸哭，把家中的事交给下人，连忙回到娘家。一切白□的事不必细表，干脆出殡。臧氏夫人因为儿子病着，很不放心，所以也不便留连，由茔地就告辞回家（怕是回丧家，又得耽延三天）。

这一股道，本是绕道走，下人们都不认识，越走越迷惑。到了一个村儿一问，原来叫京庄儿。这一家的人一问臧夫人，才知道是给臧家送殡的，说：“提起来都是亲戚，我们这儿的夫人也是臧家的姑奶奶。天色不早，今天不必回去啦！”臧夫人这才想起，不错，有这们一位叔伯妹妹给到京家，皆因隔的远，所以总没来往。既然到了人家门口儿，还能漫着门儿过去吗，况且人家又直往里让，臧氏夫人只好顺口答言，说：“正要来瞧亲戚。”进了门儿，京太太迎接出来，姊妹相见，自然另有一番亲热。

臧氏夫人一进上房，见有一个十八九岁、梳盘头的大姑娘，长得容颜出众，好像从来没见过这们体面的美人似的。臧氏夫人这几年的功夫留心相看一个绝色女子，想给儿子说定了，省得对不住孩子，招得他净找道姑儿去。因为没对式的，所以没法儿。如今一瞧，心里别提多爱喽。知道这位京家妹妹没有女儿，不知这姑娘是谁，这才一问。

京太太说：“姐姐有所不知，这个姑娘姓王，是我们的外甥女儿，说起来是个苦孩子，从小儿父母双亡。在我们这儿，也不过是闲住着（那只好对式托人举荐个地方儿吧）。”臧氏夫人说：“那们给的什么样儿的婆家呢？”京太太说：“人家这们好的孩子，可惜高不成，低不就，总是年头儿不济，人浮于事呕（那还是住闲的）。也许婚姻迟钝，所以这们大，还没有婆家哪！”说着话才对这位姑娘说：“你见一见，这是你亲家两姨娘儿（这路亲戚谱，直要把我绕死）。”这位姑娘赶紧过来万福行礼。臧氏夫人连忙一把拉住，说：“咱们娘儿两个是初次会，总是亲戚走得疏远的过失。”一面说着一面瞧，从头上看到脚下，没有一样儿不可爱的。看这意思，养活的挺娇惯，臧夫人是越瞧越爱。

此时天已不早，既是亲戚也不便就走。此时京家已把晚饭备齐，夫人又有心事在怀，所以也就依实。到了晚间，没了外人，这才把要给真生提亲之事，对妹子细说一番。

（十三续）1915年6月8日

妹曰：“良佳。但其人高自位置，不然，胡蹉跎至今也。容商之。”夫人招与同榻，谈笑甚欢，自愿母夫人。夫人悦，请同归荆州，女益喜。次日，同舟而还。既至，则生疾未起。母欲慰其沉疴，使婢阴告曰："夫人为公子载丽人至矣。"生未信，伏窗窥之，较云栖尤艳绝也。

这段儿书，净丧事就办两回，连臧夫人两次住娘家，要是按照《红楼梦》的说法儿，足够说半年的。诸位看着一来絮烦，二来与陈云栖不相干。再说在下也说不好，即便我把妙玉的那些地方全偷了来，也与评讲《聊斋》宗旨不合。所以只好一表儿，并非我不会放长儿。

闲话儿打住，却说臧氏夫人看中这个王姑娘，趁着晚晌同妹妹一商量。京太太一听，说："哟，敢则甥男也没定亲哪！这到是一件很相当的事情。可有一节，我们这个外甥女儿，他是挺高的一个眼界。他舅舅给他说了两家，他总不愿意，所以还没有人家儿。错非他自己挑拣的厉害，焉能耽误到这们大呀。这件事容我得便，跟他商量好啦，再给你回信儿吧！"臧氏夫人一听，妹妹这话口儿是不大做主，自己因儿子病着，急于回家，不能多待日期，而且道路又不近，往返送信也费事。

怔了会子，恰巧这位姑娘也凑过这屋来。臧氏夫人说："姑娘你瞧，咱们娘儿两个真是一见如故。你就住在这屋里吧，咱们娘儿两个睡在一个榻上，得说话儿，你想好不好？"姑娘一听，说："只要你老人家不嫌疵，孩儿巴结还巴结不上呢！咱们论亲戚，倒显着不亲热，莫如你老人家就算我干娘好不好？"臧氏夫人本是另有用意，一听正合心，说："姑娘如果愿意，咱们娘儿两个还要多亲近哪，从此咱们就母女相称了。你明一天上我们家住几天，你想好不好？你也可以逛逛荆州的古迹儿。"姑娘一听，也很高兴，当夜娘儿两个说了半夜的话儿。

次日一早，才把认干女儿的事告诉明白京家太太。又说要带姑娘去住些天，京家也都愿意，立刻又添雇了一乘小轿儿。到了江边，包了一只小船，干脆到了真家门口。看家的下人们听太太回来，迎接出来。夫人一瞧，儿子并没出来，一问下人，才知道在书房躺着，还没起来呢。

夫人带着姑娘刚要进来，自己想着，莫若我拿王家姑娘开导开导他这病症，偷偷儿把一个得力的使唤丫头叫到跟前，说："你到书房，告诉你家大爷，就说我回来啦。不但回来，还给他带来一个花丢丢①的婆娘（这是臧夫人吗？高老爷②），给公子带来一位绝色的美人儿回来。"这丫鬟素日机伶，他明白老夫人的意思，这才往里飞跑。到书房把话一告诉真爷，真爷这病本是心病，听见这话，心里不敢深信，有心出去，真走不了，这才顺着床榻爬着窗台往外偷眼儿观瞧。此时夫人带着这位姑娘往院里走，真生一瞧，比

---

① 花丢丢：京剧《牧虎关》中高旺的台词，指对女子的赞美。

② 高老爷：京剧《牧虎关》中的高旺。

上云栖尤其艳丽。

（十四续）1915年6月9日

因念：三年之约已过，出游不返，则玉容必已有主。得此佳丽，心颇慰。于是輾然动色，病亦寻瘳。母乃招两人相拜见。生出，夫人谓女："亦知我同归之意乎?"女微笑曰："妾已知之。但妾所以同归之初志，母不知也。妾少字夷陵潘氏，音耗阔绝，必已另有良匹。果尔，则为母也妇；不尔，则终为母也女，报母有日也。"

儿娶女嫁是家家有的俗事（通俗都说娶儿嫁妇，在下实在不解），可是一件最难心的事，做父母的都愿意对得住儿女，必要求全责备，不自量力，多有把孩子耽误终身的。若是随便了草，也容易误事。即如本文的臧氏夫人，不愿意儿子说女道士为妻，固是正理。因儿子的病想必是心病，所以又不能不着急。好容易遇着这们一位如花似玉的美人，所以变着方法把他带到家中，又打发丫鬟暗地告诉儿子，足见父母爱子之心无微不至喽。却说这位真爷爬窗一瞧，母亲带来这个姑娘比云栖还体面许多（难得母子全是假高眼），自己心中犯了掂夺。想着当日云栖言明三十六个月为满，又没人给通个信儿，人家还能留月儿吗（还是陈当家的）？如今连闰月一算，已经过了好几个月啦。再者那一次，我虽找着王道成，他又出去云游，没时会儿回来，安知不是已然有了下家儿呢（早封①出去了，还是我那一票）。今天母亲带来这个美人，要是成为夫妻，也算可了心啦，脸上立刻也有了笑容儿啦。此时母亲带着姑娘穿过过庭奔上房去了，自己也不好追过去，只好依旧睡下。

一会儿，臧氏夫人赶到书房来看儿子，问了问走后的病况。真爷说："由今天稍见轻松，母亲不必罣怀！"又提了提臧家村儿的事。当晚，真爷吃饭就觉着香。过了一两天，居然能出院子了。

这一天，臧氏夫人把儿子叫到上房，又把这位姑娘也叫出来，说："我给你们两个人见一见。论亲戚是两姨亲家兄妹，我嫌绕嘴，莫如都是我的儿女吧！"姑娘连忙万福了万福，真爷作了个揖，彼此听老太太这句大拢意儿的话口儿，自然都明白了。真生不便紧自待着，仍回书房。老夫人这才跟姑娘说（必等此时才说，所为让姑娘照一水②，比空说有点儿准头）："姑娘，那一天见面儿，我极力劝你同我一块儿来，我心里有个意见，可不知道你晓得不晓得?"姑娘一笑儿，说："妾早已知道（此处用妾字自称，不称孩儿，所谓避干兄妹的嫌疑）。但是妾也有用意，所以才跟随母亲来到夷陵。孩儿的心思，老太

---

① 封：分，送。

② 照一水：照面，见一见。

太您大概可不晓得。我从小许给夷陵潘家，如今音信不通，也许人家另说了好的啦。若果如此，可以遵母命为您的儿妇。不然，我还是您的干女儿。母亲待我的恩德，只好另图报答！”

（十五续）*1915*年*6*月*10*日

夫人曰：“既有成约，即亦不强。但前在五祖山时，有女冠问潘氏，今又潘氏，固知夷陵世族无此姓也。”女惊曰：“卧莲峰下者，即母耶？询潘氏者，即我是也。”母始恍然悟，笑曰：“若然，则潘生固在此矣。”女问：“何在？”夫人令婢导去问生。生惊曰：“卿云栖耶？”女问：“何知？”生言其情，始知以潘郎为戏。

却说臧氏夫人本意打算把人家姑娘冤到家中，拿儿子一幌，必然有个成儿，所以见完之后，才有此一问。谁知敢情人家孩子也是另有心事，所为到了夷陵再说。夫人既认为义女，人家又说得在情理，夫人自然不能强迫喽，说：“既然吾儿从前与潘家有了成约，那为娘的也不能相强，令你另许他姓。奈因有一件事很是诧异。前些日子，为娘往五祖山烧香还愿，遇见一个女道士，他同老身打听姓潘的；方才吾儿所说，你当日许配的夫家又是姓潘的。若说老身在夷陵地方住了不是一半年儿了，又道是祖居三十载，无有不亲朋（臧夫人要唱《摔琴》），确乎知道这个地方儿没有这们一姓人家儿。”

姑娘一听，也很诧异，站起身形，细钉了夫人两眼，说：“怎么说，前次在卧莲峰下，租民房住下了的那位烧香的老太太就是母亲么？打听姓潘的那个女道士，就是孩儿！”臧夫人这才知道，原先儿子对自己所说，愿意娶的那个女道士，叫什么陈云栖的，原来就是他。最可笑是自己孩儿为跑道姑庙改姓，怎么偏巧他也改了姓了呢！有心要细对他说，自己孩儿假冒姓潘，自己又不知道当日他改姓是什么取意。倘或这孩子不信，自己又说不完全，莫如有什么话，让他们对稿吧，比包纸包写透着露面子（那是拉纤的）。自己想到其间，噗哧一笑儿，说：“你若这们说，不错，有这们一个潘生，我不但晓得，还是近在咫尺！”姑娘一听，很是喜欢，连忙说：“请问母亲，既是知道，他到底是在什么地方儿呀？”

老夫人手下那个得力的丫鬟恰巧正由外面进来，夫人一使眼色，说：“你带姑娘到书房问一问，潘生在什么地方儿，大爷必然知道！”这丫鬟也机伶，说：“姑娘随我来。”

姑娘此时万想不到就是真毓生，连忙跟随丫鬟出离上房，直奔书房。到门外打起帘栊，真爷正看书呢。一见干妹妹过来，赶紧起身让坐。丫鬟嘴快，说：“夫人打发我带姑娘过来跟您打听人来啦！”真生莫明其妙，连忙说：“贤妹，原来是要找名问姓，有名便知，无名不晓。”姑娘说：“兄长，母亲适才对我言说，此处有一位姓潘的秀才，兄长与他熟识，不知可有没有?”真生一听，一机伶，再留神一辨别面庞儿，果像云栖，不过梳上盘头，同从前挽着道冠儿两样，所以看不清楚，连忙说：“卿莫非你就是陈云栖吗?”

姑娘还俗之后，想着此处没人晓得道号，如今听他说出来，以为必是姓潘的嘴不严，告诉他了。这才说：“兄长怎么知道我是云栖?”真生这才细说假姓相戏的一段真情。

（十六续） 1915年6月11日

女知为生，羞与终谈，急返告母。母问其：“何复姓王?”答云：“妾本姓王，道师见爱，遂以为女，故从其姓耳。”夫人亦喜，涓吉为之成礼。先是，女与云眠俱依王道成，道成居隘，云眠遂去之汉口。女娇痴不能做苦，又羞出操道士业，道成颇不善之。会舅京氏如黄冈，女遇之，流涕，因与俱去，俾改女子装。将论婚士族，故讳其曾隶女冠籍。而问名者，女终不愿。舅及妗皆不知其意向，心颇嫌之。是日，从夫人归，得所托，如释重负焉。和卺后，各述所遭，喜极而泣。

却说丫鬟把云栖带着见了真生，一说找姓潘的，人家居然说出自己是云栖，这一下子，好比乱党被侦探认出来似的。赶紧一问，才知道真生本不姓潘，原是借戏词儿斗哏来着，登时脸也红啦，当着丫鬟，不好一答一和的说陈话儿，心里说，呦，敢情是我们那口子他呀。往下不必问啦，抹头一掀帘子跑回上房，这才把从前当女道士，如何与假潘生订的约会儿等三年的话说了一遍。现在虽然三年已过，皆因没见准信，不便取销前议，所以要访个水落石出。既然真生尚未定亲，总算天缘凑巧，孩儿愿遵母命就是了。

臧夫人说：“我们那孩子没出息，流言流语，随便改姓可以。可是姑娘，你怎么也会改了姓王了呢?”云栖说：“孩儿本来姓王，皆因拜的老道师傅姓陈，最疼爱我，拿徒儿当女儿看待（可是女师傅），暗中把我算他的女儿一样，所以大家都说我姓陈，我也就无从分辩了。”臧夫人这才明白，敢情人家这是归宗，同现找汉姓图升官发财是两路事。

臧夫人同云栖住了两天，见他颇不带习气（出家人的习气），而且又是儿子自己看中了的。并且这们三年多的工夫，两个孩子都不容易，还能打销前议吗，于是把得力的下人唤进来，请先生拣选吉日良辰，预备洞房一切物件。

简断截说，就成为夫妇。入帐交杯之后，真生就把自己如何趁岁考赴黄冈的事，补叙了一遍，再问云栖怎么又跑到京大舅家还了俗。云栖说：“皆因师傅羽化，白、梁二人太不安分，才同云眠投奔师叔王道成去。道成的这座栖鹤观没多少闲房，云眠住了一夜，就上汉口去了。栖鹤观里是师叔一个人烧火做饭，自己不能帮着。再说自己也不愿意应酬施主，净白吃人家，道成故此不喜欢。恰巧京大舅到了黄冈，爷儿两个遇见哭诉苦情，京大舅才把带回家去，改换女装，所为好说人家儿，又不便说是还俗的女道士，这才归宗姓王。京家亲友有给提亲的，同本人一商量，多不认可。老夫妻不知道有前约，也很不乐意。幸尔臧氏夫人认为义女，才算卸肩。”这点儿原文是叙笔，故此咱们也赶着问完。当晚，夫妻把别后情形各述大略。

（十七续）*1915年6月13日*

女孝谨，夫人雅怜爱之。而弹琴好奕，不知理家人生业，夫人颇以为忧。积月余，母遣两人如京氏，留数日而归。泛舟江流，欻一舟过，中一女冠，近之，则云眠也。云眠独与女善。女喜，招与同舟。

前天的书，因赶着说这段儿倒笔，所以直叙了四五行原文，皆因若是隔断开，一则没有法儿留扣子，二则不同用嘴说，可以大点儿回头儿。反正是二十几行，今天说明这个原故，并不是我海下去啦。

却说这位真大奶奶过门之后，别瞧人家是修行了道的人，倒很知道孝顺婆母，说话做事，样样儿谨慎。臧氏夫人因为他没有娘家，起心里很是疼爱，又搭着人家孩子能冲着婆母心眼儿行事，故此夫人越发喜欢。外带抚得一手好琴，也会摆着围棋，每天不是一个人抚琴，就是同真爷打个棋楼①（可不知赌什么彩）。至于过日子的米盐杂务，他是满不往心里去。

过了几天，老夫人一瞧，心说这可是活糟，自己儿子是书呆子，如今娶个媳妇，所为是个内助，想不到够个清客的派头儿，一切家务还得自己操心，这便如何是好。俗语儿常说，宁娶大家奴，不说小家女。言其大家奴吃过见过，对于家务能以料理。这话似乎有理，可得分什么年头儿、什么日月儿。像现在这样年月，小家女虽说摆不出去（也没有往外胡摆的），到还可以持家。若是大家女，一味好吃懒做，一点省俭不知道，更是要命。在下因目睹亲友家说媳妇多中此病的，很是发愁。恰巧真家这位大奶奶就是如此，所以今天才顺笔的说说。

闲话儿打住，且说真大奶奶一幌儿过了对月，也没人接接请请。臧氏夫人一想，当初总算由京家带来的干女儿，如今成了儿妇了。虽然他们有前言，人家并不知道。莫如打发他夫妻二人去一荡，说明又续了新亲，到底总还算有个娘家啊。于是告诉明白这番意思，真爷夫妻雇觅船轿。简断截说，到了京庄儿。京大舅一瞧，称得起是郎才女貌，也很喜欢，留下住了几天。

这天夫妻二人告辞回家，包了一只小船儿，是日恰巧风平浪静，真大奶奶坐在舱外

① 打棋楼：用棋子玩的一种游戏，带赌博性质。

观玩江景。船行到江汉子，来往船颇多，也有停驶的，也有才摇出来的，真是官绅俱有。正在观看，见从后面飘来一叶小舟，船头上坐着一位女道士。真爷一瞧，想起当日云栖也是这样，用手指给大奶奶观瞧。此时小船驶了个飞快，转眼追到了面前，见船上的女道士也直往这边瞧。大奶奶说："原来不是别人，正是我盛师兄！"云眠说："船上莫非是陈师……""弟"字没说出来，一瞧改了扮像儿，连忙改口，说："潘陈施主么？"云栖说："正是小弟（乱七八糟），但不知师兄仙驾意欲何往？何不过舟一谈！"此时两船相凑，恰正靠住。云眠一耸身跳上真爷这只船，说："想不到，咱们两个人素日投缘，今天又有此奇逢，可谓三生有幸！"云栖说："师兄何妨一同而行！"

（十八续） *1915年6月15日*

相对酸辛。问："将何之？"盛云："久切悬念，远至栖鹤观，则闻依京舅矣，故将诣黄冈，一奉探耳。竟不知意中人已得相聚。今视之如仙，剩此漂泊人，不知何时已矣！"因而欷歔。女设一谋：令易道装，伪作姊，携伴夫人，徐择佳偶。盛从之，即归。

他乡遇故知是人间四喜之一事。即如云栖、云眠两个人素日投缘对劲，而且是本门本户儿，一个庙里排的①（什么呀？道姑行），如今云栖归本还原，只因云眠远赴汉口，不能见面，心里也未免的想念。如今无意遇着，让过船来，彼此想起从前的旧事，反觉着现出一种心酸情态，对掉了几滴眼泪。此时真生在旁，是劝也不好，不劝也不好，只好躲到外面去了。

陈、盛二位擦干眼泪，云栖才问云眠："是几时由汉口回来，又要往那一方云游去？"云眠叹了一口气，说："自从别后，我时刻想念师弟，所以大远的又赶回来。到了栖鹤观，打算跟你在一块儿腻着。好容易回来，才听师叔说，你已经跟京大舅去啦。所以我是特意□黄冈去瞧你去，没想到你跟你的心上的人儿你们已经团圆了。据我瞧着，你现在不但比当上掌印的强（道教掌印的），真比成了活神仙还是个乐儿呢！也是你的福田造化好，像我这样儿的剩下孤身一人，连个准庙都没有（只好上常住挂□吧），究竟到多早晚是个撂手，一点儿准谱儿没有，你说有多们可怜。"说着话，眼圈儿一红，抽抽答答，又哭起来啦。

云栖一想，现在自己总算是有了准饭碗子啦，要是一步登高，不认识老乡亲，岂不被人说没良心吗，不念同种同胞，也得念同门同道呀。有心给他谋个位置的法子，自己也不好插手，想了半天，这才偷着到了舱外，同真生商量商量。

---

① 一个庙里排的：指技艺、爱好、习惯等相同。

好在真爷是言听计从，不打驳回。云栖这才又进了舱，说：“小妹有一事替你打算，可不知师兄愿意不愿意？”云眠说：“只要你瞧我办得了的，我是无不从命！”云栖说：“也没别的，我劝师兄你也换换服色（好在不必剪发），把道冠撤下来，梳上盘头。你我从此姐妹相称，就作为是我姐姐。我把你带到家里去，先作为住闲。要嫌不方便，同我们老太太一块儿还不行吗。俟等有好事（不对，有好人家儿），再给你察对着。”

云眠一想，当会子道姑还能成得了仙吗，无奈还俗，也没准地方儿。如今一听，起心里喜欢，说：“贤妹这番美意，愚兄……”“兄”字说了半截儿，赶紧改嘴，说：“愚姊感恩非浅！但是我到你家住闲，妹夫看着旧日的面子还许能容留。怕是亲家娘嫌费饭，不愿意走这路亲戚，岂不教你跟着我为难吗！”云栖说：“师兄只管放心！到了家里，我自有办法。趁着舱上清闲，你趁早儿改换装束，省得我叫姐姐不像，叫师兄也不合式。”云眠点头，立刻关了舱门，云栖拿出自己的衣服并簪环、首饰，替云眠改好。一路无词。次日到了真家。

（十九续）1915年6月16日

女先入，白夫人，盛乃入。举止大家，谈笑间，练达世故。母既寡，苦寂，得盛良欢，惟恐其去。盛早起，代母劬劳，不自作客。母益喜，阴思纳女姊，以掩女冠之名，而未敢言也。一日，忘某事未作，急问之，则盛代备已久。因谓女曰：“画中人不能作家，亦复何为？新妇若大姊者，吾无忧也。”不知女存心已久，但惧母嗔，闻母言，笑对曰：“母既爱之，新妇欲效英、皇，如何？”

却说真爷夫妻同定云眠这天到了自己门外。云栖已把主意打定，说：“姐姐，你不必一同入内，容妹子先进去，把话对婆母说明。就说咱们是亲姊妹，正要来认亲，中途路上遇着了，婆母断没不愿意的！”云眠点头，真爷也赞成同意，不过由着大奶奶提议，自己不破坏就是了。说完了，真大奶奶进到上房，把编的这一套谎一回禀臧氏夫人。这位老太太一听，说：“快请进来！”二返打发丫鬟出去，云眠这才进来，也不用等云栖给引见，连忙万福行礼，老夫人赶紧相搀。夫人一瞧这个亲家女儿举止大方，说话不贫不厌，一见面儿就投缘对劲儿。然后让坐让茶，叙起话儿来。虽是女子，不但知道爱国，而且颇通社会的情形，虽不敢说周知欧美大局，本国的利弊说得很透切（那位说，这是女道士吗？新界的女志士）。臧老夫人自从居孀，样样儿操心费力，好容易给儿子说上媳妇儿，无奈新妇是同儿子作伴的时候儿居多（嫌老人家顽固），时常剩下一个人，很是寂寞。这如今有这们一位住在家里，很可以解闷，又不知道他有人家没有，愿意留下他，这话又不好张嘴，起心里怕他告辞就是了。

第二天，云眠是不等老夫人起来就老早起来（上惯了殿啦），梳洗已毕，然后应当有什么吩咐下人的，或代办的，样样儿做到头里，决不自居是住闲的闹客气。老夫人一瞧，分外的喜欢喽，自己想着，我这个儿妇虽说是黄州的女道士，倒了一回京庄，恐怕还有人知根儿，未免与真姓的名誉不好。若能把他这位姐姐也说过来，这个总是在家女儿，不但我可以有个作伴儿的，也就把儿子娶女道士的这一件事遮掩住了。有心要同本人儿说，碍难出口；有心同儿妇商议，又怕儿妇不认可，只好耗些天再说啵。

这一天，有一件要紧的事，老夫人所忘死了，没有办理。忽然想起来，一问儿妇，敢情亲家女儿已经早预备好啦。老夫人一喜欢，同儿妇说："你别瞧你这们好模样儿，亚赛画儿上画的美人儿似的。要讲居家过日子，你可差得远，你要能像你大姐姐似的这们帮助我操持家务，我可就放了心啦！"老夫人原是夸赞云眠，没想到人家姐儿两个早有密约，打算把师兄也引进来，又怕夫人生气，说自己植党援引私人。如今一听婆母这话口儿，是也表同情，赶紧带笑开言，说："母亲既然喜爱我这姐姐，孩儿欲效娥皇、女英的故事，不知母亲以为如何？"

（二十续） *1915 年 6 月 17 日*

母不言，亦辗然笑。女退，告生曰："老母首肯矣。"乃另洁一室。告盛曰："昔在观中共枕时，姊言：'但得一能知亲爱之人，我两人当共事之。'犹忆之否？"盛不觉双眦荧荧，曰："妾所谓亲爱者，非他。如日日经营，曾无一人知其甘苦。数日来，略有微劳，即烦老母恤念，则心中冷暖顿殊矣。若不下逐客令，俾得长伴老母，于愿斯足，亦不望前言之践也。"女告母。

昨天的书，说到云栖回禀婆母自己欲效娥皇、女英的故事，恰巧是个回头儿，没能细说。今一天可不能不略说一说。据《烈女传》上载的，有虞就是大舜，二妃是帝尧之女，长女娥皇，次女英皇，事舜于畎亩之中。那位说，这个极俗的典故，人人知道，你又何必细批呢？我怕诸位记错了，拿这二位当了俄国同英国的皇帝，所以才说一说。

却说云栖一拉典，所为天长不续书（那位说，你哪？我是替蒲先生当翻译的，不会那一门）。臧氏夫人一听，起心里很高兴，当时又不好答言儿，噗哧儿的一笑儿。云栖一瞧，这一方面总算有成效，奈因□一面没有通过，万一云眠同丈夫谁再抗头，也是不成。莫如也别忙哪，于是说了几句闲话儿，退出上房，到了自己屋内，恰巧真爷正在屋里坐着哪。大奶奶笑嘻嘻的说："前次我对你说，要请大师哥在咱们这儿朋伙①，总没敢跟老

① 朋伙：合伙。

掌柜的提，方才我探出有活动话口儿了，你要愿意，我再穿插去（有人问说，什么生意呀？反正不是报馆）。”真爷也没说什么。大奶奶当天叫下人把西院儿的三间闲房收拾出来。

云眠不知他要做什么，过去一问，恰巧屋里没人儿。云栖拉着云眠说：“当日咱们两个人在观中住着，睡这一个榻上。姐姐你不是说过吗，但凡谁要能得着个知疼着热的人儿，咱们两个人就跟他一块儿过日子。这话是你说的，可不知道你还记得不记得？”云眠一听，触动旧日的心事，心里一酸，眼圈儿一红，往下直掉眼泪，说：“你是不明白，彼时我说话的意思，我所说的亲爱，并不是专指夫妻爱情而言。皆因咱们跟着师傅门儿里，师傅不认人，由着白、梁两个横反。我见天上殿烧香，应酬施主，是累活儿都是我一个人儿的事。不但没人知情，连句好话儿都没落出来。只有你我对劲，所以才说那话。要说咱们师傅可不像这儿这位老太太知道人家的辛苦甘苦。这几天，我在这儿白吃闲住着，随便伸把手儿，就蒙老太太时时体恤我，足见人心不一样，真有凉血动物，有热血热心的。只要老夫人同你们二位不疵嫌，不往外撵我，我这一辈子，得伺候服事这位老太太，我就算心满意足。我也就不求什么一定要践前言啦！”云栖一听，他这是愿意，无非谦辞着说呢，赶紧说：“咱们是前言后不改，出过家的人，不准打诳语，你交给我办就是啦！”于是又到上房回禀婆母。谁知老太太另有个高明办法。

（二十一续）*1915年6月19日*

母令姊妹焚香，各矢无悔词，乃使生与行夫妇礼。将寝，告生曰：“妾乃二十三岁老处女也。”生犹未信，既而落红殷褥，始奇之。

上文的书说云栖回禀婆母，儿欲效英、皇。老夫人既喜爱云眠，又知道他们是亲姊妹，为什么一笑儿，不主张这们办呢？敢则人家老夫人有阅历，一则儿妇与儿子全在年轻，又在燕尔之际。别听一时高兴，赞成共和（三口子共和），好像都有揖让之风似的。一个实行了，一个要把持权衡，一个自居发起，也要利益均沾。真大爷再若耳软心活，调度不好，从此这家日子就不用打算安静过啦，故此不赞成，也不破坏。及至儿妇已把新房收拾妥帖，又回禀老夫人。夫人说：“这可是你们彼此愿意，此时告诉我，我也不好再拦阻你们了。但只一件，日子比树叶儿长着的哪，我还能跟你们一辈子吗。我到有个办法，你们虽是亲姊妹，后来一个道家，一个俗家，并非一块儿同居长起来的。好在都是信神，全都烧香。趁着他们没行结婚礼以前，你们姊妹先在神前焚上一炉香，彼此重重儿的发个誓愿，他日车笠相逢，有渝此盟，神天共鉴（这是老夫人说的吗？前些天我替人写的兰谱①)。这些事虽透迷信，别说咱们寻常人家儿，现在军界还要设誓词呢（老夫人没赶上这一件事)。”总而言之，既举过一束草香，三个头磕在地下，已后自然就不隔心啦（又是那儿的事呀？您自己打听吧)。

真大奶奶听婆母所说，是怕将来受懊怨，自己点头，又把话对云眠一说。云眠也愿意有这们个拦门槛儿，立刻就在洞房摆设香案，写了一个英、皇牌位，当着老夫人，各烧了一股香，说的是什么誓词，原文没有，我也不敢替人家胡起誓。宣誓已毕，老夫人说：“今日正是吉日良辰，也不必另选好日子了。”立刻撤去英、皇牌位，请了一分天地马儿②供好，就让自己的儿子跟王大姑娘行夫妇合卺交杯之礼。

此时云栖可忙不过来啦，又当娶亲太太，又当送亲太太，又帮老蛮③。老夫人因为是孀居，嫌不吉祥，反到躲到上房去了。云栖忙着预备子孙饽饽、长寿面，先得冠戴上头，恰巧云眠头发挺多又乱，抹了好些双妹牌的生发油，也梳不开（挽惯了道冠儿啦)，只好胡乱挽上吧。忙完天色已晚，自己才回房安歇。仆妇丫鬟也有伺候老夫人去的，也有偷懒儿溜了的。

真大爷只好在新房陪伴着新娘子，听了听天交二鼓，真爷说：“娘子，咱们安眠了吧!”云眠说：“妾今得侍君子，也算三生有幸。但妾今年二十三岁，仍是个老处女呢!”真爷也没细问，他是什么处（大概是黑杵④的别名儿)。睡了一夜，次日见落红殷褥，才知道果然是真正清官⑤，不由得心中奇异。

（二十二续） *1915 年 6 月 20 日*

盛曰：“妾所以乐得良人者，非不能甘岑寂也。诚以闺阁之身，靦然酬应如勾栏，所不堪耳。借此一度，挂名君籍，当为君奉事老母，作内纪纲。若房闱之乐，请别与人探之。”三日后，襆被从母，遣之不去。女早之母所。

昨天的书，好容易才把三口子说团圆啦，大概瞧书的诸位也喜欢了，皆因愿天下有情人都成眷属，这是人之常情。应当接着把这段儿赶完，好换新鲜的。但是既说评讲，逐句逐字都得说出来，才名副其实。可惜在下也有不懂得的，只好胡诌两句，如不对，深愿高明指教。即如昨天所说的，原文有“落红殷褥”四个字，在下就不解。常见近日

① 兰谱：旧时异性结为兄弟，要彼此交换写有姓名、生辰、家族谱系等内容的字帖，称兰谱。
② 天地马儿：旧时婚礼拜祭天地用的印有神佛图像的纸制品。
③ 老蛮：指旧时婚礼中的司仪。
④ 黑杵：旧时京剧界的票友演唱一般不收费，但偶有不公开而暗中收费的，称黑杵。
⑤ 清官：这里指卖艺不卖身。

剪博士顶的诸位，多讲究擦红色生发油，不但枕头上有红色，随便往褥子上一躺，再铺的是水色洋呢铺垫，染到头发上，还不闹一褥子吗（故尔我一律推光）？我想人家新娘子头不能不用头油，一定是这们染的，诸位爱信不信。所以今天我劝好用生发油的诸位，留神“落红殷褥”。闲话打住，咱们还是说书要紧。

却说真大爷同盛道爷成为夫妇，洞房花烛，自然又是一番得意。那位说，你怎么不说什么滋味呀？我没跟出过家的堂客打过连恋，故此不敢揣测。次日天明，云眠才对丈夫说：“妾既当了道士，如今又要脱籍还俗，并非没一定宗旨，也不是受不得出家的清规寂寞。皆因自己本是女身，就应当深居闺阁之中才是正理。即便入庙修持，也当把一切的财利看淡。这如今，出家人专以能应酬施主为不二法门。比如僧道应酬施主还好说，惟独我们这庙，又是女修持，由白、梁两个开的例，男功德□也能应酬。他们办不过来的时候，还叫我也跟着一路神欺，把一座清净的道院闹的成了勾栏院啦，我实在办不了，所以起意还俗。如今既嫁到君家，借此一度（那位说，什么叫一度哇？我就懂得押五度①灯谜儿，一度没耍过，您问真爷吧），总算是你名下的人啦。我替你伺候母亲，做为是你一个内管事的下人，准比那些串百家门儿的②有好心眼儿。若说到闺房之内夫妻之乐，我们可不能常应酬。好在你也另有人，你去找别人去！”真爷听这一套，以为这是盛氏乍进门谦词话儿，也不便深拦他。次日，又在新房过了一夜。

第二天晚晌，云眠告诉丫鬟，叫把铺盖给搬到上房里去，丫鬟不敢不遵。老夫人正在那儿念佛哪，见丫鬟搬进铺盖来，一会儿新大奶奶也过来啦。老夫人心中纳闷，一问他，说特意来给婆母作伴来啦。夫人说：“俗论儿说头一个月不空房，你即便孝顺我，那不白天在这屋里一天呢，晚晌总是过那院去的为是！”云眠说：“孩儿执意不去，一定不去，就让天伦说破舌尖，违亲命的孩儿，我是生死也不从（这是盛云眠吗？《碰碑》的杨六郎）！”老夫人无法，只好由他来吧。真爷当晚住在云栖屋里，夫妻一商量，莫如分班伺候母亲。到了次晚，云栖才往上房进班。

（二十三续） *1915* 年 *6* 月 *22* 日

占其床寝，不得已，乃从生去。由是三两日辄一更代，习为常。夫人故善奕，自寡居，不暇为之。自得盛，经理井井，昼日无事，辄与女奕。挑灯瀹茗，听两妇弹琴，夜分始散。每语人曰：“儿父在时，亦未能有此乐也。”盛司出纳，每记籍报母。母疑曰：“儿辈常言幼孤，作字弹棋，谁教之？”女笑以实告母。

---

① 押五度：旧时一种游戏。

② 串百家门儿的：指旧时三姑六婆、算命者等人。

却说云眠过门三朝之后，就把自己的铺盖搬到婆母房中去了。过了两天，云栖一想不对，自己同盛师兄虽是异姓，真如姊妹一般。如今同嫁真爷，并不能分嫡庶大小（这叫真正的两头儿大），人家可是有尽有让，自己也不能紧自霸占场面儿。所以这天晚晌，不容云眠放铺盖，自己老早的就打发丫鬟把铺盖搬到他睡的那个床上，把他的铺盖送到新房去。到了该睡觉的时候，云眠没有法子，只好仍回新房陪伴真爷去了。从此三两天一换班儿，谁也不当班虎①，又好像打十湖似的，老有一位消忙的（那位说，你哪？我如今竟爬城②哪），从此习以为常，到是住了个挺和美。有人说，人家公母三个睡觉，本是不要紧的俗事，做什么蒲先生也这们细叙？你也这们细批呢？诸位别以为不要紧，常见挺好的人家儿，被公母三闹得轻者家庭不安，重者能出人命。所以我劝诸公，但凡没有，不必找这个罪孽。如果已经如是，堂客虽不能学“二云”，当真爷的，可得有个调度。

闲话儿打住，再说这位臧氏夫人本是一盘高棋儿（可没给人镇过棚），从前与真孝廉常摆棋逍遣，自从孝廉故去，可就没工夫再摆棋了。如今儿子又娶了这们一位二房，把家中的大小事情经理得有条有款儿的，用不着自己分心。两个儿妇虽说都不是什么高棋儿，好在摆大路，让个先儿，全凑合着摆得了。于是老夫人白天没事，就同儿妇每人摆两盘，然后吃晚饭，点上灯，老夫人嫌费精神，可就不摆了。

从前真孝廉有一张古琴，泡上一壶茶，两位儿妇每人总弹几支曲子，弹到二更多天才散。反正一个服侍自己，一个陪伴真爷，老夫人很是喜欢。时常对亲友说：“老身在真家门儿这们些年，有我们孩子他爹在世的时候儿，我都没能有这们个乐儿！”常见亲友家老太太们多是丈夫去世，娶了儿妇，每天反不喜欢，总以为不如丈夫在世好。这可实是作儿媳的不能体贴亲心所致，越闹越成仇，甚至分了家，抛下老太太的所在多有，实不足谓为孝子贤妇。观于“二云”，能无愧乎！

再说盛云眠本是自任的管账，真是年有年总，月有月报，决算预算，办理的得法。每次把开销办好，呈到老夫人面前。夫人一瞧，四柱分明，连个小零儿不错，心中纳闷，不知这孩子他跟谁学的，大概足够个钱谷师爷。这一天，老夫人心说，我调查调查他的出身，说：“我听你从前说过，你是从小儿父母双亡，你这写算琴棋都是谁这们交给你的呀？”云眠一笑儿，这才把自己的出身回禀婆母。

（二十四续）*1915 年 6 月 23 日*

母亦笑曰：“我初不欲为儿娶一道士，今竟得两矣。”忽忆童时所卜，始信数定不可

---

① 班虎：指坚守岗位的人。

② 爬城：一种两人玩的赌博游戏。

逃也。生再试不第。夫人曰："吾家虽不丰，薄田三百亩，幸得云眠经理，日益温饱。儿但在膝下，率两妇与老身共乐，不愿汝求富贵也。"生从之。后云眠生男女各一，云栖女一男三。母八十余岁而终。孙皆入泮；长孙，云眠所出，已中乡选矣。

却说臧氏夫人，皆因云眠不但能弹琴着棋，并且把家中的地亩清册、常年经费都算的挺清楚。老夫人所以才纳闷儿，问他当日跟谁学的。云眠想着趁此时莫如实对婆母说了，大约也没要紧了。这才说："婆母那里知晓，我同云栖本是师兄弟（全是云字的，双家门儿的）。"这才把已往之事对婆母说明。老夫人一听也乐啦，说："想不到当日我们孩子要娶一个女道士为妻，我不认可，他闹了一场大病。我跟着着了好些日子的急。如今不但那个是女道士，敢情你也是女道士。这就怪不得我们孩子小的时候儿，有人说他将来娶女道士为妻，我们都不信，足见前因造定的天数，人是逃不开的呦！"说完彼此一笑儿。

这年是乡试年头儿，真爷进省去考，及至揭晓，并没中举，又耗了三年，又去赴考，还是没中，真爷到是很烦。老夫人说："你不用为功名发愁。你瞧咱们家虽不算怎么阔，要说这三顷来地儿，又有盛氏媳妇会经理，日子是一天比一天宽绰，足可以不至冻着饿着了。你也不必奔什么功名了，你就在家里带着两个媳妇，侍奉我多乐二年，我就很知足，比求那什么大富大贵都强！"真爷听母亲之言，从此果然不去考啦。后来云眠生了一男一女，云栖生了一个女孩儿三个小子。臧氏夫人活了八十多岁方才寿终。四个孙子不但都进了学，头大的是云眠生的，已然中了举人啦。

这段儿书，从前在下说是隐着真事，皆因由姓氏揣度的。如真毓生姓真，言其真有这们一个娶两位女道士为妻的人。两个一名云栖，好像云妻的别字，一名云眠，好像云眠别字。云深、云栋，姓白姓梁，不是好人，大约是白鼻梁儿①的脚色，咱们不能细形容人家。老夫人娘家臧氏，臧者藏也，其叔、姊妹京氏，惊人之事也，又好似京中有这们一件事，还是搢绅世族之家的事，不便直说，故此把姓氏、地名隐藏起来。究其实不足为训，所以夫人是真臧氏，即真门中的肮脏事，这可纯以礼教而言。若说陈、盛二道姑，以一弱女子寄身道院，又没有好师兄，居然能守身如玉，可谓出淤泥而不染者也。与真生一语能终守三年之约，比起轻诺寡信的男子强着许多。若探源而论，年少出家便不是好事，女子尤其不可。听人传说南省地方却有这路道姑庙，并且还是真乱，足见寄身空门之害。这段儿书，好在并不淫邪，说到今天二十五天，也不必拉长儿了。明天另换新题，敬献诸公。

---

① 白鼻梁儿：戏剧中的丑角。

梦　狼

（开篇） 1915年6月25日

《聊斋》四百余段，假托幻事寓言。戒淫惩恶警痴贪，笔法逐篇变换。

州县群黎父母，与民痛痒相关。但能洁己做清官，百姓感恩非浅。

更得严防胥吏，遇事生风诈钱。幕友官亲互为奸，都会借端科敛。

若谓小民易虐，难欺不顾青天。请君冷眼去参观，报应临头早晚。

白翁，直隶人。长子甲，筮仕①南服，二年，道远苦无耗。适有瓜葛丁姓造谒，翁以其久不至，款之。丁素走无常。谈次，翁辄问以冥事。丁对语涉幻，翁不深信，但微哂之。既别，后数日，翁方卧，见丁复来，邀与同游，从之去。

几句流口词儿念毕，余不多表，接着写了两行《梦狼》的原文。这几天本馆连接许多烦《聊斋》的信件，多是烦花梢的，闹得我也不知道说那一段好啦。恰巧有位朋友，由本省某县回来，说起该处县署黑暗甚于前清，一定嘱说这段《梦狼》。在下连日见大总统申令，并今年处以枪毙的某知事先生，足征此言不假。因而有感，莫如就先说这一段。诸位烦的，反正不能一块儿敬献，早晚必补付。闲话少叙，咱们就说这一段儿。

却说有一位姓白的老头儿，是直隶人，他的大少爷叫白甲（可不知在那儿领饷），在南服县做官儿。南服县在那一省，在下可不知道，莫如不必考察，就说他南省服官就是啦。上任去了二年，皆因道路遥远，彼时又没火车、轮船、邮政、电报，交通那们便利，

① 筮仕：古人出外做官，先占卦问吉凶。

所以连封空信没往家里捎（其实是不惦记着，所以俗语儿说，一步登高，不认识老乡亲；过了良乡县，住了丧心店。就连爸爸不理的，多得很哪）。白老头儿很不放心，常惦念着。

恰巧这一天，有一位拉胳膊扯腿①的亲戚姓丁的，前来拜访。白翁因为是不常来的远亲，立刻备酒款待。乡间的规矩，待客酒饭是不必推辞的。这位丁爷，亲友平日都知道他会过阴，是阎王爷的属员，一面歔着酒，说起话儿来。白翁说："你还当着哪？"丁爷说："什么呀？"白翁说："阎王爷那儿的差使呀（这句不像白翁的口气，我要唱《探亲》）！我同你打听打听，阴间的阎王爷比阳间的君主公道不公道？"丁爷说："现在阴司虽不立宪，可是五殿阎罗天子铁面无私。在宋朝昼断阳、夜断阴，定远县断乌盆②，到如今把阳间的事（也要唱）呈请辞职，黑夜白日净整顿阴司哪，又是怎么铡判官③咧！"说得十分离奇。

白翁一听，近于瞎聊（要瞧真的，戏台上也有），不过不好说不信，只好一笑儿。彼此用毕酒饭，丁爷告辞，白翁也没留。又过了几天，白翁一个人要睡觉，方才躺下，迷迷忽忽的见丁爷又来拜会，并且说要同自己蹓达蹓达去。自己一想，也到可以，站起身形，跟随他出离自己的家门。

（续昨）*1915年6月26日*

入一城阙。移时，丁指一门曰："此家君家甥也。"时翁有姊子为晋令，讶曰："乌在此？"丁曰："倘不为信，入便知之。"翁入，果见甥，蝉冠豸绣坐堂上，戟幢横列，无人可通。丁曳之出，曰："公子衙署，去此不远，得无亦愿见之否？"

这段儿书，本是蒲先生借书讽世，纯乎是假的。就以白翁说，起根儿就没有这们个人，何况他做的梦呢。可必令其子名甲，言其甲班之人，一旦筮仕，反不如白丁之良心，尚不至泯灭的意思。丁走无常，丁欲质诸鬼神而无疑也。这不过略微指点指点，诸位愿意细批，咱们再为面议（这是《聊斋》吗？八字儿）。

却说白翁躺在床上，忽见丁爷来约会逛去，自己一时高兴，并不推辞。出了自己家门，丁爷在前，走了个挺快，自己后面跟随，顾不得闲谈。一会儿到了一座城门，丁爷就先进了城啦。白翁一瞧，并不是本处县城，只好也跟着进去。走了半条大街，丁爷忽然站住，白翁紧走了几步这才赶上，方才要问"这是那州县的城池"，就见丁爷用手一

---

① 拉胳膊扯腿：指交情不深。
② 断乌盆：《三侠五义》中包公断案乌盆的故事。
③ 铡判官：《三侠五义》中包公断判官私改生死簿案。

指，白翁顺手一瞧，路北一座衙门，好像县署相似。就听丁爷说："这衙门中的这位官长，是君家的外甥。"书中代表，这位白翁有一位出阁的胞姐，跟前有一位少爷，现任是山西某县的知县。自己是亲娘舅，很惦念着，如今听丁爷一说，很惊讶的了不得，说："你这可透点儿胡说。他在山西，隔着省分哪。即便坐飞艇，也不能这们快呀！咱们两个人用腿走，如何到得了哇？你若说他调了省，我又没见公事，这话我不信！"丁爷说："你如果不信，你只管进去瞧去，你就知道我不冤人了。"

白翁一想，他既这们说，还能赚我吗？于是进了大门，此时丁爷也在身后相随。果然见大堂之上坐着一位官员，正是自己的外甥。就有一样儿怪事，所穿的服制不但不是顶翎袍褂，也不是乌纱红袍，头戴蝉冠，身穿豸绣。那位说："什么叫蝉冠呀？"在下没见过，不敢妄说。据汉官仪制，侍中惠文冠附蝉为文，必是帽子上有蝉文的花样，取其清高饮露不食的意思，可不能顶着蝉蜕（那是没变好哪）。若说豸绣，在下虽没见过这路袍褂，可见过这路补服。前清御史是文职，补子上可不是飞禽，有个一只犄角的兽，名叫獬豸，取其一角善能驱邪。后来御史有旷职守的，大家呼为哑叭吉鸟儿，能钻营的，把补服变成帽子了，所以现在一律取消。

闲话打住，却说白翁一瞧外甥的服制新鲜，不知这是谁订的制度。再瞧堂上并没有黑红帽子，皂役三班，有许多幢幡画戟，横三竖四的支架着，把位外甥大爷给围严啦。除去官儿之外，连个门子没有，自己又不敢上公座前去认亲。正在纳闷儿，丁爷过来，一把手拉住自己，三两步拉到衙外，说："你瞧明白了，是你外甥不是？"白翁点头，刚要问"这是什么衙门，这们许进许出"，又听丁爷说："令公子的衙署也离此不远。不知你可愿往一见？"

（再续） *1915 年 6 月 27 日*

翁诺。少间，至一第。丁曰："入之。"窥其门，见一巨狼当道，大惧，不敢进。丁又曰："入之。"又入一门，见堂上堂下，坐者卧者皆狼也。又视墀中白骨如山，益惧。丁乃以身翼翁而进。公子甲方自内出。

俗语儿说梦是心头想，一点儿也不错。即如这位白翁，心中最关切者，第一自然是少爷，其次得是至亲。若是时常通信，还不至于胡思乱想，越没音信，越惦念着。所以吾人一步得地，对于老亲或至戚，断不可不理，别净等托事方寄信才好。要知越是老年人，越盼望好音。

却说这位白翁方要问丁爷"为什么外甥这路扮像儿，究竟这是什么地方儿"，还没说出来呢，丁爷又说："令郎大少爷也在此处，愿意见一见不愿意？"白翁因为信音不通，正不放心，焉有不愿意的道理，可就顾不得再打听外甥的事啦，说：“去，去！由那儿走？您就头先引路！”丁爷说：“你跟我来。”

顺着大街又走了会子，见有一座衙门，门外大影壁上画着《指日高升》，门洞儿两边有板凳，门内西面砖墙，铁门墙上堆着榛棘。里面是二门，门内有土地祠（这好像宛平县）。丁爷一推白翁，说：“你到是进去呀！”白翁心里很高兴，又怕给少爷招出是非来，想着爬头儿瞧一瞧，往里一探头儿，这一下子，吓了一跳。敢则正当中口路上爬着一条大狼，真是挺尖的嘴儿，立着两只耳朵，抬着鼻子往四下里闻哪。白翁一瞧，说：“嗳呀，可吓死我啦！这要一迈脚，还不喂了他呀，我可不敢进去啦！”丁爷说：“你不必害怕！只管大大方方儿的走着！”

白翁见儿子的心盛，只好蹓着东墙根儿奔了二门，好在狼没往前扑。到了二门，刚一迈门槛儿，一瞧，可了不得喽，堂上堂下，也有坐着的，也有卧着的，原来全都是狼。个个儿嘴头子挺尖（可不会斗哏打卦），也有白鼻梁的；也有腿儿挺细，跑上必快的；也有耳朵挺尖，善能寻风的；还有几个蹲在就地，呲着牙的（想必谁把他喂肥啦），反正一个人也没有。白翁心说，这是衙门吗？怎么成了狼窝儿了呢？

又一低头，见大堂前头有月台，月台之下有丹墀，丹墀之内全是雪白的骨头，堆了好大一堆。白翁心中纳闷，莫非这衙门还代某国收买骨殖，附设公司吗？还是化磷做什么料呢（白翁没赶上这些事，我招说哪）？又一想，这些骨头，想必全是人骨。对，既有这们一群狼，还能不凑到一块吃人吗！我可别进去，招呼也喂了狼，我还留着老命喝粥哪。想到其间，抹头要往外走。丁爷是紧在旁边，一把手拉住，说：“你毛的是什么？他们这一群，还能狼到你这儿吗（足够啬刻九老爷的资格）？你只管往里走！来，我挡着你点儿，咱们一同进去！”白翁一想，人家一样是人，干！到底瞧一瞧，怎么样，哆嗦两腿，往前迈步。进重门过了丹墀，直奔大堂。迎面是围屏，方才一转围屏，只听围屏后面“恩喷”一声，正是白大少爷，红袍玉带扭将出来。

（三续） *1915年6月29日*

见父及丁良喜。少坐，唤侍者治肴蔌①。忽一巨狼，衔死人入。翁战栗而起，曰：“此胡为者？”甲曰：“聊充庖厨。”翁急止之。心怔忡不宁，辞欲出。

著书是假玩艺儿，我们瞧着，可得举一反三，替人设想。虽不必准合著书人心理，只要于天理人情说得下去，与世道人心有点儿裨益，就可以这们说。即如本文的白翁，

① 蔌：蔬菜的总称。

说他是直隶人，并不说京都人，有什么缘故呢？皆因京都虽然有狼，可不多见，可是狼行为的人多，别听满嘴里净骂要怎么养活狼的，真要见着狼，还许把他当狗哪。好在狼虽不是善兽，苦于一样儿，还不会同狗一路神气的摆尾儿，故此狼也轻易不能到北京来。所最可怕的就是人狼，问其居心，比虎豹还狠；看其面目，比狗还会哄人（那位说，这路人什么样儿呀？我没会过。您跟养活过他的主儿打听去吧），实在不易辨别。本文说白翁直隶人，必是北省乡下人，虽然短见识人狼，可不断见真狼，故此到了衙门就看得出来，总算比我高眼。

闲话儿少说，却说白翁同着丁爷奔了大堂，转过围屏，恰巧儿子大爷由后面扭将出来。一抬头见他父亲来了，倒还不怎么样，又一瞧人家是有朋友给同了来的，立刻脸上变了一副笑容儿，没笑强笑，说："呀，原来是丁爷把父亲给同来啦，快请里院儿直门儿屋里坐吧！"连二堂叫不上来（那位说，你怎么不说行什么礼呀？原文连脱帽鞠躬都没写着，我那儿敢胡给县太爷出主意呀。诸位将就着瞧吧）。

此时丁爷、白翁同定白甲够奔后院上房，进屋落坐。县太爷冲着院子，沉住了底气，说："来呀！"外面一声答应，进来一个下人，垂手侍立站在一旁，净等吩派。白甲说："开客饭！"下人答应退出。此时白翁心中透着不高兴起来，想着我大远的来了一荡，并没跟我说一句体己话儿，他只当做爸爸的就为这点儿嘴头子食来的哪！继而一想，也许等朋友吃饱了走后，单跟我咬个耳朵（打两回体己，就成了卖剩下的兔儿爷啦），只好默坐一旁。一来当着丁爷不敢问，二来乡下老儿乍入官署怕露口，僵的好生难过。

正在这个当儿，忽见一条大狼□外面一掀软帘儿扭到屋中，嘴里叼着一个死人，放在当地。白翁一瞧这条大狼，已经吓的了不得，口中又叼着死尸，立刻更怕了，登时上牙打下牙，周身的鸡皮疙疸有黄米粒大小（跟我一样。那位说，你也做这路梦来着吗？我是疟子班儿）。心里一害怕，不由得站起身来，冲定儿子大爷说："你这是要奏麻呀（地道直隶口）？"白甲见他父亲这路毛腾腾沉不住气儿的样子，心里很以为泄气，勉强带点儿笑容儿，说："这不过给厨房添点儿调货①！"白翁说："不行，趁早儿免了吧！我没吃过人肉，怕不受用。"说着话，心已跳到嗓子眼儿似的，自己告辞，往外就走。

（四续）*1915年6月30日*

而群狼当道，进退方无所主。忽见诸狼纷然嗥避，或窜床下，或伏几底。错愕不解其故。俄有两金甲猛士，努目入，出黑索索甲。甲扑地化为虎，牙齿巉巉。

---

① 调货：指厨师做菜用的材料。

却说白翁一见大狼口衔死人，少爷说是给厨房预备的调货，连忙说："快别费心，我这两天吃斋哪!"此时也顾不得周旋丁爷啦，一掀帘子，打算挠道儿。刚迈出一条腿来，再瞧这院里的狼，不知怎么，比大堂前头还多：甬路两傍蹲着的也有；卧着的也有；外带窗根底下有直立着耳朵，爬窗台儿站着的，好像窃听什么公事呢；还有头枕门槛装睡的；院内靠东西配房外头，还有许多小狼羔子、狼崽子，看那样式，好像程度资格尚浅，一时还上不了前儿呢。这一下子，可把一位白翁给为难住啦，有心要跑，大料跑不出去；有心告诉众狼说"我是你们这儿的老太爷"，又怕他们一个个横骨碴心①，不懂好话；有心要央求儿子大爷放了自己，又怕他瞪眼，说这是有尺寸的官所地方儿，不能由着性儿出入。

正在不得主意的这们个工夫，猛然见道儿上卧着的狼站起来，连蹿带跳，往里飞跑，大堂前头的狼转过围屏，也往这院儿乱跑，一面跑着，嘴里呕呕儿的直嚎（那位说，什么韵调儿呀？实不相瞒诸位说，在下没听见过。据我揣度，比山票友儿②喊嗓子还没准调门儿，反正好听不了。不然俗语儿就说狼嚎儿怪叫啦）。

起初，白翁还当是他们跟官儿打官话，或是报什么喜呢。不过人有人言，兽有兽语，自己初到此处，听不出来，细一留神，个个夹着尾巴往里乱蹿，好像迷了眼似的，此时腿快的已经跑进大堂。白翁赶紧靠墙一贴身儿，就见这狼跑进来，往床底下就钻。原在屋里衔死人的那一个狼，一瞧床底下藏不下他啦，靠墙有一张条案，他也钻进去啦。院子大狼、小狼有往东西房跑的，有往后面逃的，有挤到二堂里，藏到茶几儿底下一团伏的。大概这路东西，别瞧个儿挺大，多半骨头不硬，所以能屈能弯。白翁起初是怕狼吃了自己，如今见群狼这们一毛，想必这个乱子不小，可也不能同谁打听。

正在怔□□的，见由外面进来两个穿着金甲的武士，好像一对门神，瞪着眼睛，往里飞跑，手里没见有什么兵器。白翁心说，既是打狼，怎么会连一根麻秸棍儿都没拿呢？此时已进二堂，一个往腰里一伸手，掏出一条黑绳子来，哗啦一抖，原来是一条铁链③，扑了白甲而去。白甲方才闪身要跑，已经被锁链④套上，并没听见稀哩、哗啦、嘎吧、本儿（要唱《扫松》），往前一带，白甲闹了个嘴啃地，已经爬下了。白翁再瞧，并不是方才乌纱玉带的县太爷了，周身黄色，脑门子上有个"王"字儿，虽没见有毛没毛，已成了一只斑斓的猛虎，露着两对儿大虎牙，溜尖挺柰，实在怕人。

---

① 横骨碴心：亦作成横骨插心，指牲畜等不能说话，是因横骨插心，心窍不通，自然丧失语言能力。
② 山票友儿：对不入门的戏曲爱好者的挖苦。
③ "链"，原文作"练"，据语义改。
④ 同上。

（五续）1915年7月1日

一人出利剑，欲枭其首。一人曰："且勿！且勿！此明年四月间事，不如姑敲齿去。"乃出巨锤锤齿，齿零落坠地。虎大吼，声震山岳。翁大惧，忽醒，乃知其梦。心异之，遣人招丁。

却说这位白翁本是要走，忽见进来两位金甲猛士，把群狼吓的抱头鼠窜，藏的藏，躲的躲。这点儿书，虽然形容狼这种畜类不懂拥扈上官，平日为虎作伥，鱼肉百姓，一遇祸害，纷纷逃避。虽说不义气，总还比勾串外人把官儿送了礼，他从中做好人儿，人面兽心的东西还强呢。

闲话少说，再说白翁见金甲猛士用铁索索住白甲，往前一拉，儿子居然变为一只老虎。此时自己比一见面儿时候儿更怕了，真是上天无路，入地无门，前怕狼，后怕虎，左也难，右也难，三斤酒不够哥儿五个喝的（这是白翁吗？白吃猴①），起心里害怕，不敢动窝儿，只好靠门一站，净瞧打虎的。

就见那一个金甲猛士，趁着这一位锁住猛虎，他把右手往腰中一伸，掏出一柄小刺刀儿似的宝剑来，左手一按王字儿（也要抹下子老虎头），举定利剑，往下就抹。此时拉锁链②的那个连忙摆手，说："别忙，别忙！瞧两宝③再说吧（还是要上局上找找去）。千万不可动手！这件事此时发表太早，必须明年四月才办得到呢！"这个拿宝剑的说："若到那时候，还不定他们这群畜生要害多少好人哪。如何容得！"就听拉锁的说："既是如此，咱们给他先小小儿的留个记号。他平素仗他的口齿厉害，先把他的牙给他敲下两个来，咱们拿走好不好？"拿剑的这个点了点头，把剑插入皮鞘，掖在腰中，又向胯间一摸，掏出一个大铁锤来，冲定老虎的门牙往前一砸。白翁在旁瞧着，一闭眼，心说这两个人成了凿齿党的干事员吧（白翁没听过这路名词）。睁眼再瞧，虎的大牙已经掉在地下，流了好些血渍。看那意思，老虎是疼痛难忍，不知他的威风都往那里去了，连尾儿都没见他往起撅，就地扫了两扫，"唔儿"的一声，震人耳朵，好似山崩地裂的一般。

白翁心里一害怕，忽然从梦中惊醒，吓了一身冷汗，连忙坐起来，揉了揉眼睛，见依然睡在自己的书房榻上，才知道原来是一场恶梦。听了听院内静悄悄的，远远更梆锣声，正交三鼓，大概阖家全歇了觉啦。自己定了定神，思想起方才这个梦，透着有点儿异样，可是上了年岁的人不便黑更半夜大惊小怪的叫人圆梦，只好照旧躺下。无奈翻来

① 白吃猴：指专爱吃白食的人。
② "链"，原文作"练"，据语义改。
③ 瞧两宝：此处借用赌博的话，意思是等等瞧。

覆去怎么睡也睡不着，越想这个梦越后怕。忽然想起那一天老丁来，我同他打听过阴司的事，他所说阴司的话也许是有的。皆因我半信半疑的，也许被他看出我的意思来。今夜晚间故意前来，把我的真魂勾出了躯壳，所为让我见识见识，以后好信服他不是瞎聊也是有的。这一件事，我必须明天打发人把他请来，问一问他，便知分晓。打定主意，净等天亮，好容易听鸡鸣三唱，家人才都起来。白翁赶紧吩咐人，去请老丁前来证梦。

（六续）*1915年7月2日*

丁辞不至。翁乃志其梦，使次子诣甲，函戒哀切。既至，见兄门齿尽豁，骇而问之。

做梦这一件事，俗语儿说的好，是人做得，不是人办得；对人说得，叫人瞧不得（连说书带破闷儿①，这玩艺儿有多高明）。可是真不能由着人性，想梦什么就梦什么。有时至诚通神，真也有应验的时候，大约也是巧劲儿。即如少年人往往多梦，一则心血足，贪心盛，越不得意，越胡思乱想，日有所思，便夜有所梦，所以孔子都说“梦周公”。老年人心气平和，非分之想自然淡漠了，梦也便少了，所以孔子也说“甚矣吾衰也”。这路梦都说是真梦，若非分之想，便是幻梦。吾人无分外妄想，自然就能梦稳神清，反正不关乎什么。

闲话儿靠后，却说这位白翁本是盼子心切，恰巧夜里做了这一场恶梦，这才想起请丁爷来印证梦境。好在相离不远，早起打发家人去了，赶紧吩咐家下人杀猪宰羊，预备款待（要学吕伯奢②）。及至预备妥协，家人回来，说是：“到了丁家，见着丁爷，他说：‘夜里差使忙，今天有事不能来，有话过日再谈吧！’”白翁一听，心里越发的纳起闷儿来。心说他八成儿是故意不到，一定这梦是他支使我做的，或者跟我家有点儿亲情，不便明说，所为让我警戒警戒我那孩子，我是宁可信其有，不可信其无。于是拿了张纸，把某日夜间所梦见的事写将出来，有心送到信局子去，一想不定那时才能捎到呢，莫如打发二儿子亲自去荡。自己恳恳切切的又写了一封信，好在是便家，预备些盘缠，把二少爷叫到面前，先把自己夜间做梦的事对二爷说明，又说如何不放心，故此打发你去瞧瞧你哥哥去。

二爷谨遵父命，带上书信、盘缠，起早坐车，遇水乘船，真是饥餐渴饮，晓行夜宿，在路行程，非止一日。这一天到了该县（那位说，你怎么也用上评书套子啦？我这门玩艺儿，头一个字也是“评”字儿，故此不能不沾点儿余毒）。简断截说，到了衙门外头，

---

① 破闷儿：猜谜语。

② 吕伯奢：《三国演义》中的人物。

恰巧有跟着大爷去的一个心腹跟班的正由里面出来，一见白二爷，赶紧赶过来请安行礼，说："原来是二老爷到啦，你老请吧！"白二爷说："如此带路（也要叫板）！"进了大门，穿过大堂，过了二堂，便是私宅。此时又有别的下人也都赶过来请安，一面往里回禀，说："请书房坐！"

白二爷到了书房一瞧，哥哥正同着几位师爷幕友说话儿呢，赶紧上前行礼。白大爷说："兄弟到了，咱家可都平安？"二爷说："都好（大概怕有信丁忧）！"此时几位师爷也过来见了见，周旋了几句，站起来告辞出去。哥儿两个落坐，二爷听哥哥说话，嘴里有点儿不兜风，抬头一瞧，原来上下门牙全都掉了，由不得好生诧异，这才细问根源。

（七续）*1915 年 7 月 4 日*

则醉中坠马所折。考其时，则父梦之日也。益骇。出父书，甲读之，变色为间曰："此幻梦之适符耳，何足怪？"

这段儿书，原是两截的文法，前虚后实，用一梦串成。与在下年前所说的《续黄粱》不同，那一段说到□梦，用旁笔一点，即是结笔。此段说到"五续"白翁醒梦，《梦狼》原题已完，此后全是由白甲事实上印证翁梦，所以说笔法另是一路。然而叙这路书，处处得能刻划上文，回映原题才对。在下说得好，说不好，还在两可之间，诸位包涵着瞧吧。

却说白二爷到了乃兄任所，让到书房，见哥哥没了门牙，不由好生诧异，连忙问说："兄长，你的牙怎么会掉啦？"白甲说："前两个月，有某山绅士请我去商量矿务，到在他庄子上，酒款的大发啦点儿。回头赶上大风，飞沙走石（虎行有风吗），此处是山道，不能乘轿。我骑的是匹劣马，我急欲赶回衙来，行在山沟之内，这马一蹶，将我跌落石头棱子上，单单把牙砸折。好容易到了平川路，才换轿回来。次日有本县绅士都来压惊，他们大家说：'现在西洋有镶金牙的法子，已经派人去请这路牙医生去了。俟等镶上，你就看不出来啦！'"白二爷说："此事有多少日期了？"白甲说："好像是五月初七日。皆因本处绅士前次还商议，明年此日要给我开个什么没齿纪念会来着。禀呈已具上来，我就力辞啦！怕起交涉，所以记得日期。"

白二爷一听，正是由家中起程的头一天，由不得浑身直出冷汗，有心要告诉哥哥父亲的恶梦，夙日知道他脾气不好，爱瞪两只酸枣儿眼（那位说，难道白二爷还怕他哥哥，也□他青红不分吗？不是那们件事。我皆因白甲是虎，酸枣儿的别名不是老虎眼吗），不如把父亲书信呈上，总比自己说强一点儿。想到其间，这才由怀中把父亲写的那一封信取将出来，说："老人家皆因头一天做了一场梦，很不放心，所以打发我来，瞧一瞧你任上是否平安。兄长请看，这里有家信在此。”说着话，把这一封信双手呈上。按规矩说，白甲应当双手接过来，供在桌子上，先磕三个头，然后还应当让贤弟请拆。二爷得说：“兄长请拆。”然后大爷说：“你我弟兄一同拆看。”这才叫板（那位说，这是《聊斋》吗？《樊城》的场子）。虽然不能费这们些事，可也不应大咧咧的，说：“你拿得儿过来吧！”接在手中，拆开了细瞧（怕打了眼①）。

二爷此时坐在一旁，偷瞧大爷的神色。就见先瞧前文，还不怎么样，后来越瞧越拧眉毛，把三才纹②快拧到了一块儿了（自来长儿的“王”字儿），立刻焦黄的颜色变成傻白啦。二爷从旁瞧着，大爷透点儿发毛，可也不敢问。就见他把信瞧完，又转了两转眼珠儿，定了定神色，把书信放在桌上，说：“想不到老爷子越活越回来了，又顽固又迷信，吃多了撑的。做个梦，也值当这样大惊小怪！”

（八续）*1915年7月5日*

时方贿当路者，得首荐，故不以妖梦为意。弟居数日，见其蠹役满堂，纳贿关说者中夜不绝，流涕谏止之。

昨天的书，说白甲看见父亲的亲笔书信，立刻颜色更变，这正是孟子所说的“羞恶之心③，人皆有之”。无论多坏的人，也有个天理良心。有时明知道这件事对不过人，为什么这么行呢！皆因必是与自己有利益，可就不能讲公理了，所谓利令智昏就在这等地方儿。即如这个白甲，起初也知道对不过本处老百姓，及至因为能弄钱，才无所不为。忽然见老人家来信，说有此一梦，自己自然有点儿紧毛④。奈因当着兄弟，不能不透出比父亲、兄弟机伶，所以说老人家顽固迷信，并且本年有个好机会，正是大计卓异的年头儿。

这位白县太爷，从头一年就给京都某尚侍写信，孝敬冰敬、炭敬。外省大小官员多是给京都冰桶炉子⑤支使着呢，此风由来已久。又把本省的首府同督、抚、藩、臬、道都应酬了个很周到，本年的一等已是手拿把稳的。只要奏折到京，或交军机，或交部议，一定都得看在冰桶炉子的分上，从优议叙。白爷因为得着很的确的信，所以才以为老人家的梦是反梦。

---

① 打眼：指在买东西时失于观察，上了当。
② 三才纹：指额头上的皱纹。
③ “羞恶之心”，原文作“羞恶人心”，据语义改。
④ 紧毛：紧张。
⑤ 京都冰桶炉子：指京官。

白二爷见兄长不信，也不敢深说，只好进内衙去见了见嫂子，然后就在内书房住下。有衙内的下人陪着出去，游逛本地的名胜。此处是个荒僻的县分儿，又搭着语言不通，白二爷逛了两天，也没什么可逛的，便推辞不去。本处的乡绅听说县太爷的亲胞弟来了，谁都想巴结着交一交。又有本衙门的幕友师爷，也冲着本官儿的面子，这个请饭局，那个请花酒。偏巧这位白二爷不像哥哥能应酬，一概辞谢不领，又搭着白甲皆因兄弟是由乡间上来的，也怕他出去露口，所以极力都替他辞谢。

二爷没事就在书房一住，这天正同哥哥说话儿，就见大班儿上红头进来说："回老爷，前次王家庄儿群殴那一案锁押的地保，他原应的孝敬老爷二十串，皆因实在凑不出来，昨天把女儿卖了三十吊老钱，又典了几亩地，暂且凑来一半，打算先求老爷恩典他，他先取保出去，再给凑去。"白甲点了点头说："既然你进来说，只要他跑不了，你就办去吧！"大班头答应出去。又见进来一个尖嘴猴腮、几根小胡子、一脸黑蝴蝶斑、鼻梁骨上有块白癜风的先生，不用人通禀，自己扭将进来。白甲一见，连忙赶紧招呼让座。只见这位由袖口中掏出一个红封套儿来，又是一个白禀①，说："这是书班的舍亲有这们一件事，请老爷么，恩典他一下子。这点儿小意思，是他孝敬哥儿们买点糙点心的，这是一百两。"白甲打开白禀瞧了瞧，是某山矿务要同某外人合办的事，说："郎先生，这件你应漏了。既然你拿进来，只好碰他们的造化吧！"白二爷一瞧，敢情这衙门全是大卖不赊，不但白昼如此，晚间来办这路事的更多，虽然弄钱，实在有伤天理。这才趁着没人的时候，要苦口劝谏兄长一番。

（九续）*1915年7月6日*

甲曰："弟日居衡茅，故不知仕途之关窍耳。黜陟之权在上台，不在百姓。上台喜，便是好官；爱百姓，何术复令上台喜也？"弟知不可劝止，遂归，悉以告翁。

昨天的书，说白二爷见该县"蠹役满堂，纳贿关说者中夜不绝"，在下并非不能细说，即如《官场现形记》颇有可钞袭的。再说各种小说公案书写刁绅、劣监、猾吏的故事，全可以改头换面，叙在上面。无奈这门玩艺儿既是《聊斋》，不能给人家蒲先生招骂。可是若所不说一说，又好像我没听过半回蹭书似的②。事处两难，故此略微形容了几句。其实这件事，不但白甲任上如此，即便多好的州县，也免不了这些弊病，总算这位白二爷少见多怪就是啦。我说这话，诸位不信，您就定一分《政府公报》，见天瞧那一省

① 白禀：用白纸写的呈文。

② "又好像我没听过半回蹭书似的"，原文作"又好我像没听过半回蹭书似的"，据语义改。

被弹劾的知事先生，真是什么怪现像都有。这还是已经发觉的，其余未发觉的还不知凡几呢！招说的话，暂且蠲免，还是照原文造谣言吧！

却说白二爷一瞧兄长任上的事情实比虎狼尤甚，所以趁着没人的时候，要劝一劝兄长，皆因是亲手足，所以痛哭流涕的一直言奉谏。不想大爷颇不以为然，说："罢了，兄弟，你真是乡下脑颏就结啦！就知道耕种锄刨的那点儿事情，那儿知道吃官场的这一碗饭，里面有许多的诀窍儿。一层管一层儿；一层比一层儿高；一层比一层儿大；一层比一层儿赚的钱多，可是伤耗也大（那位说，什么呀？八月节您打听去就知道啦）。皆因什么头一层儿的有这们大的权利哪？因为属下的升迁调转都凭他一句话。到了列保案的时候，上司说你好才行哪！你要打算待百姓好，不应酬上司可是不行！只要你能把上司应酬得喜喜欢欢儿的，你就是好官！你要死守住书句子上说的，什么"民之所好好之，民之所恶恶之"的那些句老词儿，一心想叫百姓夸你好，你想一想，那可还怎么能叫上司喜欢你呀！要是不能让上司喜欢，你想官还做得长远的了吗！就说今年这保案，不亏了京里省里我运动的好，就能这们从优保举到我这儿啦。这个诀窍儿，本是上不传父母、下不传妻子的，错非你是我亲兄弟，又大远的来了会子，我还不肯告诉你哪！"说完很透着得意的了不得。

白二爷一听哥哥这一套，知道他是被利欲薰心，天良已经灭尽，即便怎么劝，也劝不过来。况且父亲的话他都不肯信，自己即便说破了嘴唇，也无非白饶，反伤了弟兄们的和气，莫如趁早儿告辞，由他性儿糟去就是啦。想到其间，只好顺情说好话，说："还是兄长高明。只要任上平安，我回去对父亲说知，老人家也就放心啦。莫若事不宜迟，明一天我就回去吧！"白甲点头，当时给兄弟预备了点儿路费，又有本衙门的幕友等人也送了些土物。白二爷辞别兄嫂。一路无词。回到家中，把兄长任上的情形从实回禀父亲。

（十续）*1915年7月7日*

翁闻之大哭，无可如何，惟捐家济贫，日祷于神，但求逆子之报，不累妻孥。次年，报甲以荐举作吏部，贺客盈门。翁惟欷歔，伏枕托疾不见一客。未几，闻子归，途遇寇，主仆殒命。翁乃起。

大凡能谄上者，必能骄下，此为一定之理，即如本文白甲对兄弟所说"上台喜，便是好官；爱百姓，何术复令上台喜也"。这些事固由于这路有司不好，究竟也是上台有以启之，始于一二贪黩上台收受陋规，渐至相习成风，不如是即不能厕身宦途。迨至民怨沸腾，好百姓逼成盗贼，倾覆邦家，未尝不由于此。观于列代兴亡，令人何胜浩叹。大则一国如是，推而至于一家及一商家，若是领事的专一味迎合东家的眼光儿，把一切伙友如老百姓看待，闹得人心涣散，未有不立见失败的，此等人即如白甲□流。诸位不信，屈指算算，近年很兴旺的买卖，多有门面还新鲜着就关了张的，未尝不由于用人不当呕！

闲话少说，却说白二爷回到家中，把兄长任所的事情对白翁一提，老头子本是顽固党，一听少爷所做所为实在不是人行，很后悔不该巴结他做官。这一下子，真能惹出灭门的乱子来，净坟裂了恐怕不止，由不得放声大哭。有心再写信，或亲自去荡，大约也是劝不过来，只好想个暗中消灭的法子。立刻在家开了一座粥厂，有贫穷人就设法周济，每天烧香祷告，不求别的，就求逆子报应，就应在他一人身上，别连累他的妻子老婆孩儿才好（按说白甲这们钻营运动，其实也□他的妻子，可不如白翁有效验。这点儿地方近于迷信，其实正是悖入悖出①的天理）。

一幌儿转过一个年头儿，白家接着喜报子，白甲奉该省督抚明保，着以吏部内用，特旨来京引见（原文没说是那一司的司员，咱们也就含混着一说儿吧，省得有人多心）。白家村的亲友皆因白甲的差使升腾的比拈升官图还②快，总算是干员，到部再当个一年半载的京察一等，就是道台；遇有督抚缺出，就能护理署任，总算官运亨通。这路人儿，谁不想巴结巴结呀，立刻有送喜幛的，有送靴帽票的，有送尺头裁料的。

白翁从打一报喜就哭起，大家越来贺喜，老头子更哭的厉害，所来的朋友一概不见，往自己屋里一躺，谁问就说病的起不来炕儿了，由白二爷代为应酬。亲友心中纳闷，以为白翁没造化，不应有这样少爷，才折受的闹病呢。白翁也不分辩。过了几天，接到少爷来信，已将该县公事交代完毕，定于某日赴京。白翁也没给写回信。又过了几天，有人由该省来，传言说奉旨进京引见的白县台爷行至中途，遇见一伙强盗，连官儿带下人全被贼给杀了，家眷不知下落，宦囊行李必是全被贼寇抢去了。这个信儿，起初还不敢告诉白翁，怕老头儿不喜欢，还是白二爷知道老人家的心理，从头至尾一回禀父亲。白翁一听，这才出屋子，口中念佛，叩谢天地神明。

（十一续）*1915* 年 *7* 月 *8* 日

谓人曰："鬼神之怒，止及其身，祐我家者，不可谓不厚也。"因焚香而报谢之。慰藉翁者，咸以为道路之讹，而翁殊深信不疑。刻日为之营兆，而甲固未死。

---

① 悖入悖出：意思是用不正当的手段得来的财物，也会被别人用不正当的手段拿去。

② "还"，原文作"这"，据语义改。

“好事不出门，恶事传千里”，不但从前交通不便的地方有这路事，即如现在，火车、轮船朝发夕至，也不断有谣传。况且专制时代，虽然处处有盗贼，真说杀官夺印的事总还不多见，何况白甲是奉旨进京引见的官员，必然是大帮的车船轿马、童男童女（可没有黄幡宝盖、盆花雪柳），按站顺官道虽没驰驿的明文，沿路总不断有人保护，居然遇着路劫，被人杀死，真乃一件奇案。所以没几天的功夫，也不用电报新闻纸，就有人把这件事传到白家村儿了。别人还不好意思告诉老头儿，不过对白二爷提了一个荒信儿。二爷总是弟兄连心，把这些话转告诉了父亲。

白翁本是见天在家里不见外人，如今听见这个信儿，跳着脚儿的喜欢，跑出院子，见人就说：“罢了，罢了！真是老天爷睁眼睛，穿蓝袍子的瞧得真就结咧（阴天长云彩，天可就穿上花衣啦）！要说我们这个大小子他所做所为，上干天怒，鬼神全都忌恨着他，论理说是灭门之祸。如今就死了他这一个儿，总算我们白家门儿有德行，老天爷嘉护，可怜我们全家的性命，我就很念知感！”说着话儿，就打问讯，立刻满斗焚香，许下俟秋后搭台唱戏，杀猪还愿。见人就是说这一套。

大家一瞧，老头子这宗闹法儿，好像疯子一样，不是中了佛魔，就是被儿子大爷的职分给折受的。夙日有同老头儿对劲的，就来劝解老头儿，说：“你别这们听见风儿就是雨儿的。大爷如今是原任的县台，未到任的吏部官员，沿路上绝没这样儿大胆子的贼。咱们乡下人儿，不定那儿听了两回《施公案》，就当真事儿，说得有眉有眼儿。你听书听戏，净施公、彭公，连被人抢上山寨，遇着行刺的，那天都有，其实没死过一回。你不用听这些话，即便有这们点儿由头，也不定是那一省的卸任的州县官儿遇着的事，再不然也许大爷得罪了谁，故意的造这路谣言，惑乱人心，这些话还不定是那一党人说得呢！俗语儿说，眼见是实，耳听是虚，多早晚见了奏折，那才能算真事哪！”说话的这位，一来是好心，怕老年人伤心，二来所说的话，也未尝没点儿阅历。

不想老头儿一听这套，倒不高兴，说：“你是不知道那孩子近日的所做所为，但凡下得去，我还能这们咒他吗！这件事的确准有，大约过些日子可也就得着准信儿了。不过他既是我家的孩子，虽然做了外乡鬼，他这把尸灵骨，可不能叫他抛在外头。明一天，我打发第二个的，给他把坟地预备妥当了，等他那时候尸身一到，就下葬就是啦！”大家见老头儿执意如此，也只好由他办吧，无非半信半疑。

书中代表，白甲并不曾死，不过另有一段奇异的情形。

（十二续）*1915年7月10日*

先是四月间，甲解任，甫离境，即遇寇，甲倾装以献之。诸寇曰：“我等之来，为一邑之民泄冤愤耳，宁专为此哉！”遂抉其首。又问家人：“有司大成者谁是？”司故甲心腹，助桀为虐者，家人共指之，贼亦抉之。更有蠹役四人，甲聚敛臣也，贼亦抉之。将携入都，并搜抉讫。

却说白翁以为儿子大爷死信的确，究竟有无其事，这点儿书，用的是倒笔补叙的，咱们先得替说一说。

单说这位白大老爷在任所把一切交代清楚，已是四月的时令。原任的缺，由该督抚派署。白甲摇车大辆，也没雇保标的，出离本省的交界，虽是官道，边远的省分，也有走半天儿不见人烟的时候。这天行在一个山夹沟子里，见前面山坡上一片树林，日色已经衔山。猛见由迎面山口内跑过四匹马来，马上的人都是短衣衿小打扮，腰里掖着刺刀，撒马往这们飞跑。从白甲的车旁开过去，绕在车后，口中一打胡哨，一圈马，迎面又来了四匹马，手中举着单刀，直奔白甲车头而来。赶车的一听胡哨，就把车停住。

此时白甲一瞧，这个来头不善，心说这八匹马八成儿要揍我这个快发财的吧（没忘了应酬）？心中已然哆嗦上了，可不能问谁。就听前面骑马来的这个人说："快下车吧，我们弟兄久候多时啦（跑到这儿捧来啦）！"白甲一听，知道这是要买路金钱的老抢儿。自己一想，可别买贵的，凭我一瞪眼此时死了，也是白饶。赶紧下了车，脸上强装出一副笑容儿，如同见着上司似的，紧走了两步，跪倒面前，说："好汉爷爷，下官久有意孝敬众位些须金银，皆因没准地方儿给汇，所以短礼，对不过！今天既是诸位遇见下官，就任凭众位用多少拿多少，即便一点儿不给我留，只要饶恕我们几条草命，就感恩非浅！"

前后八个贼寇把马一围，一齐哈哈大笑，说："赃官哪，赃官，你当我们哥儿们就为你的金钱来的呢。我们久仰你在任上所做所为，闹得民不聊生，怨声载道（贼也会下八个字的考语，可称文明强盗）。特为替本县黎民百姓抱冤泄愤，我们并不专为金钱主意呦！"

白甲一听，这是真要革命，有心要跑，贼在马上用刀一砍，已经把白爷的脑袋给削在地上，死尸腔倒在一旁。这下子白甲的夫人同带的长随全吓傻啦。又听马上一个短胡子装出天津口音说："你们这内中，有个姓司号大成的吗？我们久仰是把好手，快出来！我们今一天要见识见识你！"这个姓司的本是白甲的心腹人，夙日专能狗着老官儿出主意，算计同衙门的上下。白宅家人不敢惹他，如今听说贼指名要他，正好借水行舟，连忙指着司大成说："司先生，人家可问您哪！"此时这个司大成急得直哆脚（好像挠沙哪）。众贼一听往外指他，赶近前一刀，也把头颅砍下来。众贼又问大众说："你们衙门的四个大班头甲、乙、丙、丁，原来吃州县吃俗了，也要运动内用，这可是活该！"说着话，一刀一个，全行杀死。

（十三续）1915年7月11日

始分赀入囊，骛驰而去。甲魂伏道旁。

却说这八名贼寇把白甲杀死，然后点着地儿要司大成。这小子夙日得罪苦了人啦，所以才把他指出来。此时姓司的现改姓也不终用了，也被贼一刀杀死。又把四个衙役头目也全杀死。此时别的下人同白大奶奶坐在车上，自好只擎一死吧。

忽见为首的那个骑马的奔到车前，说："你这妇人不必害怕，我不要你们的性命。可是赃官的金银财宝在那一辆车上哪？趁早儿献出来，别容我们费事搜去！"白大奶奶战兢兢的说："是在我们管事的手里哪，就连我们官□要用钱都得由他手里讨！"众人才明白，怪不得他叫司大成呢，原来大分儿是他的，县台不过给他做傀儡□。不然怎么说名叫白甲哪，言其即便你是甲班出身，也无非全给司大成这路东西奔去。

那位说，这如今的知事由考取保荐，大概都是有阅历的先生，这路司大成似乎没有饭了吧？我说现在这路男司大成可是差事了，然而内司大成，同花界女司大成，更是厉害。闲话少说，咱们还得把白爷说活了，好应"甲固未死"的那一句要紧。

再说众人一听，到了那一辆车前下了马，从车褥子底下搜出一个枕头箱儿。拧开锁一瞧，全是珍珠、钻石、猫儿眼、红绿货，并钞票、汇票等类。大概是为到京孝敬各府的，不想全孝敬了这八大家儿啦。又从褥子底下搜出一个大口袋来，里面全是整宝①化锭儿。还有一捆金条，大家一瞧，约值几万。又把别的车上的皮箱全都打开，瞧了瞧，无非衣服、首饰等类，也就不必要了。把口袋里的金银倒在就地，分了八分，又把皮箱珠宝也分了八分（白甲此时反不在八分之内啦。有人说，你必得说白甲用口袋装金银，做什么呀？诸位不知道，装满了银子，倒出去之后，还可以装骂哪），然后都用包袱包好，杀在马鞍桥下，一扬鞭儿，扬长而去②。

此时白大奶奶连吓带心疼金银，已然昏死过去了。其余的下人并司大成的□小子一瞧，官儿既然死啦，也没别的想儿喽，莫如趁着自己还有随身的盘缠，人家八位□□□□□□□，趁早儿自谋生路吧。这才把地下抛的衣服拣好的挑了几件，装在车上，同赶□□□□□□□□头，另雇车再走，把式们也都认可。简断截说，一摇鞭也都走下去，不提。只剩□□□□□□□□白大奶奶还昏着呢。还有两个家内带来的男仆、丫鬟等人，围随着白大奶奶□□□□□□□□□还醒过来，只好搀着找了一个小山村儿人家，

---

① 整宝：银元宝，一般重五十两。

② "扬长而去"，原文作"扬场而去"，据语义改。

暂且住下，再赴县报盗。

单说□□□□□□□□□□贼杀死之后，并不能扑奔什么封神望乡等台，只在道旁蹲伏。

（十四续）1915年7月12日

见一宰官过，问："杀者何人？"前驱者曰："某县白知县也。"宰官曰："此白某之子，不宜使老后见此凶惨，宜续其头。"即有一人掇头置腔上，曰："邪人不宜使正，以肩乘颔可也。"遂去。移时复苏。妻子往收其尸。

却说这位白甲一灵真魂蹲伏道旁，动也不敢动，比见上司还小心，不是怕得处分，真要一阵风，就不定吹到那一国去。通俗说依草依木，又说怕风闻得，大概就是这宗情形。此时不但顾不了功名富贵，就连妻妾儿女，也无非都是身外之物了。

正在这个当口儿，见远远儿的有几匹马，还有衙役等人往这们来，后面有一乘大轿，看样式分儿比藩臬都大。自己心中欢喜，莫非是某省的督抚由此经过，待我过去一禀见，求他老人家转奏朝廷，说我奉旨进京，途次遇寇，可称殁于王事，从优保奖，照阵亡例议恤。再运动一下子，大概除子弟难荫之外，还有几千两恤金呢。方才要过去，一想不成，此时脑袋都没了，还钻营个什么劲儿呀？

白甲心中正在难过，这乘轿子已到面前。白爷觉着不像阳世的官员，头上戴着相貂，身穿红蟒，腰围玉带，大概是位前朝的宰辅。白甲心说，看这样式，好似冥间的城隍，我从前没应酬过这路扮像儿的上司，此时连门包也都没有，怎么敢过去禀见呀，莫如趁早儿回避了吧。

此时这宰官在轿中已经看见白甲的尸身躺在就地，头颅放在一旁（好像从前监毙后戮尸的罪犯），可就问手下的从人，说："被杀的是什么人？"此时这位官儿前面的顶马赶紧下马，凑到轿前，说："这是某县的白知县。"宰官点了点头说："论白某夙日所为，本应于今年今月今日今时丧于此地。奈因他是白某之子，那位老翁一生行善，近日更广积阴功。如今衰老之年，目睹儿子遭此惨亡，未免伤心。咱们看在老白的分上，把他的头给他续上吧！"

白甲一听，心里别提多喜欢喽，想不到没托人情，人家就给办了个留养，这要有好模样儿的，贴换一个还更好哪（这是白甲说的吗？我替荒唐鬼设想呢）！就见这位的跟人答应了一声，过来约有三四个人，先有两个人把腔子①扶起来，另有一个把头颅捡起来，

① 腔子：指人或大的兽类头部以下的躯体。

大概是有手艺的大师傅，两手捧着就往上安。又听轿内的宰官说："慢来！白甲夙日所为，无一不是邪的。邪人的头颅，不可与正人无可分别，令人邪正不分。你把肩头对着下巴颏儿给他安上就是啦！"捧头的答应了一声，故意的一扭，觉着居然长上了一般。扶着的两位一撒手儿，白甲照旧仰卧就地，可是一个耳朵朝地。白甲心中一迷惑，又不知所以啦，及至再睁开眼睛，轿马已经去远。自己虽说复活，可怜若是没个过路人搭救，还是不能复活，空着急也是无法。

忽听远远有车响的声音，又有妇女说话儿。说书人代表，正是白大奶奶找了个山村，恰巧村内庙里有口空棺材，白大奶奶买妥，用车拉着，特地前来盛殓白甲的尸身。

（十五续）*1915* 年 *7* 月 *13* 日

见有余息，载之以行。从容灌之，亦受饮。但寄旅邸，贫不能归。半年许，翁始得确耗，遣次子致之而归。甲虽复生，而目能自顾其背，不复齿人数矣。翁姊子有政声，是年行取为御史，悉符所梦。

昨天说这位白大奶奶到了山村，买了一口棺材，带着人到了这儿，本打算盛殓起来，或停放一个地方儿，或浮厝①起来，俟等再来启灵。这点儿书，不过我略为这们圆一圆谎，要是真当真事说，前后不符的地方儿极多。若不写原文还好办点儿，反正往圆全里诌着说，也可删改点子。如今既有原文，一句不能丢，真要苦圆全，就得添许多色泽，未免也下不去。故此您就包涵着瞧吧。

闲话打住，却说白大奶奶一面哭着奔到跟前，一瞧自己的丈夫好在脑袋并没跟腔子分家，过来摸了摸，还有出入气息，才知道是没死，很后悔不该预备了棺材来。只好把他扶到拉棺材的车上，自己在身后招呼着回了山村，想着先灌点稀粥米汤，把碗举到跟前，找不着嘴，又不敢硬搬，只好扶着后面肩膀儿往嘴里灌啵（新发明的灌法儿）。一会儿的功夫，居然灌下多半碗去，立刻气息大了点儿，这才又到本县城内租赁了几间店房。所剩的几名女仆，见官儿钱是丢净啦，有张罗告假的，有另谋新事的。简断截说，只剩下白甲夫妻二人。不过在该管地面报了盗案，本官究属没死，可是已成废人。本地面儿应着给拿贼，那还拿得着吗，一幌儿耗了半年多，白甲夫妻所没落子了，想回家也没盘缠，只好饿死认命啵。

再说白翁自从把坟地修好，净等白甲的灵柩，不想居然没有音信。于是细一访察，才知道确在某县地方住着呢。这才拿出些银子，打发二少爷赴该县把他接了回来。白甲

① 浮厝：暂时不入土埋葬。

弟兄重逢，悲喜交集，自不必说。这位白大爷虽然重活，就有一样儿特别，眼睛能看得见自己的脊梁骨，谁想在背后戳他的可不成。还有一件好处，饭碗子决计摔不了，有宽肩膀儿接着哪。可惜不够人样子，所以才没人把他当人类看待。

白翁的外甥在山西做知县，真是爱民如子，奉旨授为内帘①御史之职，与白翁前次所做的梦境，好像一点儿不差似的。

这段儿书，题目是《梦狼》，不但明说是假事，还是假中之梦，其中离奇的地方，诸位只当自己做了这们一个梦，您还能上那儿不答应去吗。至于其中所说像白甲，从前各州县不无此梦行为。即如现在民国成立，应当没这些事喽！您瞧前几天大总统的申令，什么“假公济私、病国殃民”等语，也难保不无其人。所以这段《聊斋》，诸位看着，只好当玩艺儿，作为蒲先生造魔。若是一旦事权在手，千万可别学这位白甲，闹得不像个人样子，归齐②也瞎给人家奔才好吧。书说至此，这段《梦狼》已经说完，明天另换新题，照常敬演。

① 内帘：科举考试的试官。为防止舞弊，试官在帘内阅卷。

② 归齐：最后。

仇 大 娘

（开篇）1915年8月4日

本报《聊斋》评讲，为占六版闲篇。谬蒙诸位当奇观，令我实然捋汗。

幸尔告白踊跃，挪在附张里边。每月多歇三五天，并非故意托懒。

上回《画皮》小段，原是友人所烦。登出屡又见来函，嘱说仇家公案。

虽然事同一律，接信须分后先。信笔篇篇都一般，只好挨班敬献。

仇仲，晋人，忘其郡邑。值大乱，为寇俘去。二子福、禄俱幼。继室邵氏，抚双孤，遗业幸能温饱，而岁屡祲，豪强者复凌藉之，遂至食息不保。仲叔尚廉，利其嫁，屡劝嫁，而邵氏矢志不摇。

几句即事的流口词儿念毕，接着说的是《仇大娘》的两行原文。在下这门《聊斋》登在报纸上，原算不了什么《一更鼓儿天》，不过是报余引阅者兴会的玩艺儿。菜马飞是个配搭儿，潮银子①搭个戥儿②，六枝儿③抓痒痒儿是个搭手儿，骆驼的下颏儿，搭拉嘴儿（这是《聊斋》吗？引场大鼓犯频哪）。在下原打算每月多歇几天，好在附张上准有一篇小说儿就行啦。无奈屡接来函，有烦真故事儿的，有烦寓言的，有烦讽世讥刺的。诸位心理不同，在下可得有个办法，一来得除去我不会说的，还得真假玩艺儿搀杂着说，比如说完狐狸，不能还接狐故事。这段《仇大娘》近于点儿苦条子，可与世道人心有益。

---

① 潮银子：指成色不好的白银。
② 戥儿：戥子，称量金银、药品的小秤。
③ 六枝儿：六指，大多为小指骈生。

前两月有朋友来函烦说的，咱们就先敬献这段儿。闲话儿打住，劳动他们几位，把丝弦儿调理起来（还是海哄①），这就开书。

却说有一位姓仇的，名叫仇仲，是位山西人，可不记得是那一府那一县啦。原文也没提朝代，大约总是明朝时代的事。这一年山西大乱，这位仇仲被贼寇掳走，不知生死去向。跟前两个儿子，一个叫仇福，一个叫仇禄，岁数都不大。仇福是前妻留下的，仇禄是继娶的邵氏生的。这邵氏不过将二十来岁，拉扯着两个孩子很不容易，好在仇家的产业还凑合着够穿衣吃饭的。偏偏的年景不好，一年旱，二年涝，三年闹蝗虫，所种的地亩打不出多少粮食来。本处有些强梁霸道的人因为仇家没有当家人，又苦这们一侵占。这一下子，母子娘儿三个（这是一句话，北京通俗都这们说吗）可就渐渐儿的穿不上吃不上了。

仇仲有一个当族的叔叔，名叫尚廉，心里总盼着邵氏一个守不住，另嫁了别人，剩下福儿、禄儿两个小孩子归到自己手里，撒开了一搓磨，用不了多少天，准管能给凌虐死，家私可就全是他的啦。因此时不常儿到仇仲家里来，应名儿②是来照应侄媳孙子。邵氏也没法子拦阻。到在这儿，话言话语的总劝着邵氏趁着岁数儿年轻，早早儿另打主意，不必守这个节。不想邵氏是一位有教育人家的女子，守定从一而终的志愿，决不另嫁他人。

（续昨）*1915* 年 *8* 月 *5* 日

廉阴券于大姓，欲强夺之。关说已成，而他人不之知也。里人魏名，夙狡狯，与仲家积不相能，事事思中伤之。因邵寡，伪造浮言以相败辱。大姓闻之，恶其不德而止。久之，廉之阴谋与外之飞语，邵渐闻知，冤绝胸怀，朝夕陨涕，四体渐以不仁，委身床榻。

这段儿书，有八成儿近乎是真事，不过原文上的玩艺儿颇有与各种闲书或瞽人词相仿的。时常有人问在下，到底谁在先谁在后？这些事无从考证，那一位信谁的就算谁在先；谁说得圆全就算谁的对。即如本报的《聊斋》与书场儿的诸位先生说的就不一样，您爱听爱瞧，您自己拿主意。要准问谁对谁不对，连蒲先生也是听见人传说，信口一编造，就编出一段儿来。您要当真事，说句俗语儿，那您是空子③。这两年多所说的各段也无非如此，反正我得对于阅报的诸君变着方法儿叫您爱瞧（以不掉报为凭），就算我没白分掌柜的利。

闲话儿打住，却说这个尚廉屡次劝邵氏，不论用什么花言巧语，架不住邵氏一死儿

① 海哄：旧时管唱大鼓的行当叫海哄。
② 应名儿：徒有其名，与实际不符。
③ 空子：江湖隐语，外行人。

不听。这小子一想，净用柔软的法子有点儿不行，莫如我硬把他出手，找个有势力的人家，我多少使点儿财礼，只要人家要了，那怕他不点头，凭抢也抢了去啦。于是一托他的狐群狗党，果然就有一家肯要的。讲明尚廉出名写字儿①，定日期过银子，人财两交。事情已经说到八成儿了，外人知道这一件事的很少。

单说本村有一个姓魏叫魏名的，小名儿叫虎儿，夙日狡狯无比。从前跟仇仲不对劲，可又没法子祸害人家，时时想着破坏仇家的事。尚廉出卖邵氏的这一件事，偏巧传扬到他耳朵里头啦。这小子皆因邵氏年轻寡居，可就撒开了一胡造做②，不过说邵氏与某人有染，怎怎么么的不稳重，说了个活眼儿见。在他的本意，想着这一来，必然人家就不要喽。自己这们一造谣言，也可以解一解恨。果然不几天这话就传到这家大姓耳朵里头，一听这些话，颇近情理，况且是一样儿的花银钱，何苦惹这宗气。打发下人回覆尚廉，说是别处买着好人儿啦，所提的这个邵氏作为勿庸议吧。尚廉也不知怎么件事，可是人家不要，也没法子，只好另找主儿吧。又提了几家儿，也有知道仇仲没下落，不定那天还许回来。虽说他叔公出卖字儿，究竟是麻烦，也有听了魏虎这一套儿不愿意要的，一耽延约有半年多。

俗语儿的话，没有不透风的墙；铁裤子放屁，三年还出味哪（我可没穿过）。日子一长了，尚廉偷卖邵氏这件事，跟魏虎造的谣言，就有跟邵氏相好嘴快的人，可就传到邵氏耳中了。邵氏一听，究竟妇人心窄，自己所受的这分儿活罪孽本就难过，想不到反招出这些飞言，心里越发堵的慌喽，可又没什么法子出气，不过一天到晚眼泪泡着心。妇女肝郁，积久渐成肝风，从此四肢拘挛，日重一日，委身床榻，已经不能动转。

（再续）*1915* 年 *8* 月 *6* 日

福甫十六岁，因缝纫无人，遂为毕婚。妇，姜秀才屺瞻之女，颇称贤能，百事赖以经纪。由此，用渐裕，乃使禄从师读。魏忌嫉之，而阳与善，频招福饮。福倚为心腹之交。魏乘间告曰："尊堂病废，不能理家人生产，弟坐食，一无所操作，贤夫妇何为作马牛哉！且弟买妇，将大耗金钱。为君计，不如早析，则贫在弟而富在君也。"福归，谋诸妇。

居家过日子，无论贫富，离不开妇人。常见有一个极穷妇人带着小孩子过发迹了的，不见有鳏居男子带着孩子成一家人家的。然而妇人如果是个病包儿，也是糟糕，又搭着妇女心窄，容易有病。就以这位邵氏说，虽说这样贞节，因为被浮言败辱，居然病得成

① 写字儿：指订立合同或书写买卖契约。
② 造做：指做出某种表情、动作。

了废人，又搭着没人调理将养，故此更不容易见好。

这一年，仇福方才十六岁，原可以不必忙着定亲，可是真不早早儿娶上媳妇，缝褳补绽又实在无人。邵氏赶紧托人给仇福张罗亲事。恰巧有一位姜屺瞻秀才有个姑娘，因仇家门第相当，有人给一提说，三言五语就停当了。仇家急于娶过门来，好料理家务，姜家也没什么不认可的。简断截说，就算过了门。这位新妇姜氏性情贤德，颇能料理，从此一天比一天用度也有点儿敷余了。此时仇禄已经快十岁啦，也该念书了，姜氏主张把小叔子送到学房。仇禄也颇聪明，书念的还是挺好。

单说那个魏名，前次造谣言破坏了邵氏的事，如今一瞧邵氏反保住贞节，仇家小哥儿两个颇有起色，心里越发的嫉妒起来。自己一想，我要不设法子害他个家败人亡，我怎么对得起我们唐朝的三代的宗亲哪（还是魏虎①）。我总得跟仇福套着交交朋友，破点儿钞，时常请仇福歀个酒儿，走走逛逛，好趁便儿行事。打好主意，从此扑着仇福一交往。仇福是乍出蒙儿②的小孩子，看得出什么好人歹人来，朝思③暮恋的腻了几天，仇福喜欢什么，魏名就投其所好的一应酬，自然仇福更拿魏名当好人喽。

这一天，两个人又在酒铺儿里喝了个酒儿。魏名话里套话儿的说："兄弟，你听我告诉你，错非咱们哥儿两个真有交情，我可不能说这话。我瞧你们家可真糟糕。就以你们令堂老太太说，现在病的什么事情做不了，还得人服侍着。你们二爷坐在家里白吃，每月花钱念书，下了学一点儿事也不能操作。这一家子人家，全仗着你们公母两个。据我想，这不是白做马牛苦拽吗？"一面说着，一面偷眼瞧仇福，好像很愿意听。这才跟着又说："况且我瞧你们二爷也该说家小啦。凭咱们这山西地方儿，你这样人家，财礼还少花得了吗！这一通儿，不定得花费多少银钱哪。要据我替你打算，不如早早儿的把家一分，谁混好了，谁别管谁。自然老二不行，你的财产可就保住喽！"仇福越听越有理，这才回到家中，跟姜氏商量分家的办法。

（三续）*1915年8月7日*

妇咄之。奈魏日以微言相渐渍，福惑焉，直以己意告母。母怒，诟骂之。福益恚，辄视金粟为他人之物也者，而委弃之。魏乘机诱与博赌，仓粟渐空，妇知而未敢言。既至粮绝，母骇问，始以实告。母愤怒而无如何，遂析之。

却说仇福听了魏名的一派坏话，以为真是交着知己的好朋友了呢，这才欢欢喜喜的

① 魏虎：京剧《武家坡》中的人物。
② 乍出蒙儿：指刚刚接触社会，一切不熟悉、不老练。
③ "思"，原文作"斯"，据语义改。

回到家中。打算先把自己的宗旨同大奶奶计较好啦，俟等提出议案的时候儿，好有个同党赞成。这要遇着个不明大义的女子，不是求之不得事吗！谁想姜氏一听，照着仇福啐了一口吐津，说："呸！你这也不是听了那个破坏党的蛊惑啦，打算要铁蚕豆大把儿抓，那可不行（那位说，什么叫铁蚕豆大把儿抓呀？就是娶了媳妇儿不要妈么。这是姜氏说的吗？我们街坊姜疙疸儿他们家辩嘴的话，我写串了辙啦）！"

仇大爷一听，连自己的人都不肯附和，想必这件事办不得，这才略把念头打销了几分。可是总拿魏名当好人，时不常儿还是在一处起腻。魏名虽是小人，做事到有点儿坚忍的毅力，架不住他见天拿话提倡，比游行演说布道团有耐性儿。俗语儿说，一天听一句，日子一长①，仇福又听上瘾了，越想越对，莫若别听妇人的话了，还是好朋友有见解。

这一天，自己就把要分家另过的话对母亲说出口来，还是要求必须点头认可，好在没限钟点答覆。邵氏受尽多少困难，好容易才熬到说上儿媳，一听儿子人大心大要变心，焉有不生气的，说："嗳呀，福儿，好孩子呀！俗语儿说，早养儿子早得继，早娶媳妇早生气（这是仇福他妈么？成了曹庄②他妈了）。这如今改良的年头儿，是早养儿子早着急，早娶媳妇早过继（这又是那一出哇？这是半班戏③的新词儿）。"反正生气没有好词儿，把仇福儿臭骂了一顿。仇福噘④着嘴跑到媳妇屋里，自言自语的叨叨了几句，头朝里就睡啦。

从这一天起，仇福可就不高兴，不好好儿的过日子了，拿着家中的钱米好像外人家似的，丢了糟蹋了一点儿不知道心疼。魏名一瞧，心说罢了，总算有点儿效果，越发跟仇福套近套拉拢。先劝他解闷儿，斗个小牌儿，耍个窝囊洞儿⑤，然后带他又上明堂⑥宝局。仇福输了钱，没有现梢⑦，魏名给他出主意，趁一黑早儿，由仓房里整口袋往外抗粮食，卖了做赌本。今天抗一石，明天抗两石，不到两三个月，把仓里的粮米可就给盗空啦。姜氏虽然知道，又不敢明拦丈夫，只好婉言相劝，又不好禀告婆母，怕老太太是病身子生气。

这一天又要打米，已经颗粒无存了。邵氏诧异的了不得，想着凭我这们个人家儿还能有调膳的吗？一问儿媳，姜氏知道隐瞒不住，这才从实的一回禀婆母。老太太也看出这番意思，若是不分家，早晚必得跟他挨饿。无可奈何，只好分居另过。

---

① "长"，原文作"常"，据语义改。
② 曹庄：戏剧《杀狗劝妻》中的人物。
③ 半班戏：指民间剧团演唱的戏。
④ "噘"，原文作"撅"，据语义改。
⑤ 窝囊洞儿：指赌场。
⑥ 明堂：即公开的大赌场。
⑦ "梢"，原文作"捎"，据语义改。

（四续） 1915 年 8 月 8 日

幸姜女贤，旦夕为母执炊，奉事一如平日。福既析，益无顾忌，大肆淫赌。数月间，田产悉偿戏债。而母与妻皆不及知。福赀既罄，无所为计，因券妻贷赀，而苦无受者。

昨天这点儿书虽是假玩艺儿，内中可有警戒人的地方儿。中国向以九世同居为美德，无论弟兄妯娌怎么不和美，谁要一提倡分居，谁就好像是这一家不肖子弟似的。常见有挺阔的诗礼之家，名为同居，谁也不把阖家祖产当事，就知道往自己手里搂，弟兄各有私财，甚至有三五天不见面儿的。此等事还不如分家，彼此试一试过日子怎么难，反能挤出点儿自强的能力来。即如本文的仇福，虽是听了小人谗言，若邵氏早把他分出去，或者仇福还不至荒唐到这个样儿，必等到东西也糟蹋了许多，嫖赌也学全啦，这才闹到没了法子，已成不可收拾之势，岂非迟了么！

闲话儿打住，却说邵氏见所没法子，这才把财产分给仇福一半，一时可没地方搬家，不过把院子隔开，算是同居各爨。这一来，邵氏本是病身子，好容易熬着娶上儿妇，如今一分了家，复反还得自己操劳，又得服侍仇禄，十分难受。幸尔这位大奶奶是诗书门第的女子，秉性贤淑，见婆母是病身子，每天早晚过来，先替婆母做菜做饭。诸事完毕，然后再过自己屋里做饭，饭毕还是过这院里来，什么洗洗做做全都张罗到头里，就如同不曾分居的时候一个样。

这且不提，单说仇福本是年轻无知的人，从前没分家，虽说荒唐，到底还怕母亲兄弟几分。如今产业是自己名下的，可就更没有个怕惧儿喽。又由魏大哥撒开一给引荐嫖友、赌友，每天除去嫖娼便是聚赌。大凡赌钱一事，赢了钱决不想置房买地，无非胡抡混花。即便置了田地，将来也无非输出去，何况仇福是不懂事的人呢。至于输给人家钱，总得立刻充帐，而且仇爷赢的时候儿甚少。今天卖三亩，明天典五亩，过几天再找几个钱，换成卖字儿，分两次使钱，自家反得的少。可有一节，中人的花销可得花两分儿，就说写字儿、吃饭、定约会儿，都得多花。简断截说，没有几个月的工夫，把自己名下的田产就全典净啦。

这件事不但邵氏不知道，就连姜氏也没想到。及至钱已花完，仇福这才着上急啦，再想法子挣钱，除去赌钱，没有别的能为。即便说羊群里丢了羊群里找，也得注大梢①长才行哪。再说从前大家知道他有产业，迟迟欠欠还可以行。如今都知道他都花净啦，更

① “梢”，原文作“捎”，据语义改。

是非现梢①不能要啦。自己一想，除去姜氏是自己名下的个吃货儿，凭岁数、模样儿还值个三头五百两的，真要出手卖，未免又舍不得。不如指着姜氏当抵押品，大大的借一笔外债，做为赌本，俟等赢了钱再赎，无非花点利息。打定主意，这才托人借债。谁想放债的人一听，全都不肯点头。

（五续）*1915年8月9日*

邑人赵阎罗，原漏网之巨盗，武断一乡，固不畏福言之食也，慨然假赀。福持去，数日一空。意踟蹰，将背券盟。赵横目相加。福大惧，赚妻付之。魏闻窃喜，急奔告姜，实将倾败仇也。

古人本天尊地卑之说，将男子之权一味尊重起来。又兼外省聘妻，用财礼地方居多，所以把女子当做牲畜一类，可以随便价买。一由女子无自食其力的能为，未尝不是由重男轻女之风所致。即如本文的姜氏，本是贤淑女子，只知出外从夫，不想遇人不淑，才几至身命不保。中国数千年这路事不知凡几，言之令人浩叹。

闲话少说，却说仇福打算把媳妇典给人家做为赌本，问了几处，没人肯要。本县有一个土棍，姓赵，外号人称赵阎罗，从前在外省当过响马，后来犯事逃回家乡。彼时交通不便，官事日久也就懈松啦。他把抢的金银财宝在本乡开了一个印子局，重利盘剥，又开宝局，又买卖人口，同衙门皂班书吏都有个交往，手下养着许多打手。本处的好人不借他的钱，谁也不犯惹他。若是胡嫖滥赌的人借了他的钱，要想不还，文啦武啦，都惹不起他。

这一天，他听说仇福要指着媳妇借银子，大家都不敢放给他，心说凭一个乍出猛儿的孩子，他还敢不还吗！他要到我柜上来，我就借给他。恰巧仇福碰了几处，有人告诉叫他找赵阎罗去。仇福是赌浑了心的人，想着只要有梢②，管保能捞回原本（宝魔全是这路心理），再还他钱，难道还不行吗！于是找到赵家一说，赵阎罗并不驳回，借给他一百银子，也不用保人，写了一张字据，印上手模脚印。仇福拿着银子到了局上，进门闯红③，压了几宝，好在有输有赢，到写了幺儿，连水钱④无非伤耗个三二十两银子。仇福第二天又找了一处宝局，还是如此。也有这家赢几两，又送到那一家去的。反正是越要

---

① “梢”，原文作“捎”，据语义改。
② 同上。
③ 闯红：赌博术语，押宝的牌上“幺”“四”为红，红为赢者。
④ 水钱：赌局的抽头。

梢①越小，注越大，越火儿越不能赢。几天的工夫，把一百银子输了个罄净（有人说，你做什么这们说呀？原文既说“数日”，我要叫福仇当天来个大哈腰，未免圆全不上。莫如叫他见天闹个小哈腰儿，好不走原文）。

仇福见银子又全输了，这才后悔着急，想着真要把媳妇折给人家，又未免舍不得。这才没法子，只好找了赵阎罗去，说俟等某处有一笔银子进来，加利奉还。赵阎罗如何肯听这一套，说：“你那天借钱，指姜氏为抵押品。如今有钱给钱都不行，何况你还叫我等日子呢，乖乖儿的把人给我送来没事！”一面说着，就拍桌子瞪眼睛。仇福从小儿没见过这路阵仗儿，吓得屁滚尿流，只好应许赶紧送了来。回到家无非对姜氏流言流语，左不过新交了个阔朋友，家中有喜庆事，得过过堂客。姜氏是以顺为正，只好跟他到了赵家。仇福没敢进门就蹓回去啦。

暂且不提赵氏，单说这件事传到魏名耳朵之内，想着这可是个好机会，赶紧到姜秀才家前去送信，必然能把仇家闹个家败人亡。

（六续）*1915年8月10日*

姜怒，讼兴。福惧甚，亡去。姜女至赵家，始知为婿所卖，大哭，但欲觅死。赵初慰谕之，不听；既威逼之，愈骂；大怒，鞭挞之，终不肯服。因拔笄自刺其喉。急救，已透食管，血溢出。赵急以帛束其项，犹冀从容而折挫焉。明日，牒已至。

却说魏名这小子使心用计，赔钱受累，所为是破坏仇家。好容易听说仇福把媳妇送到赵阎罗家中去的一个信息，这才又打听了个清清楚楚，明明白白（嘎杂子②的程度），赶紧给姜秀才前去送信。到了姜家，一片嘴两片舌（通俗都这们说，可不知那位这们个长像儿），反正搬动是非不咧，到了小人嘴里，还能说不圆全吗。姜秀才一听，登时气往上撞。好在外省有功名的人打官司总有便宜，立刻写了一张呈词，可不能专供赵阎罗，无非说“女婿仇福不肖，结交恶霸赵阎罗，现因欠债，不知如何被赵阎罗将生员之女骗去，祈县尊提案审讯等情”。呈词方递上去，也不知谁把这信儿又传到仇福耳朵里了。仇福一听，是两头儿害怕，莫若闹个三十六着，走为上计，趁早儿开腿逃走，不提。

单说姜氏被丈夫带到赵家，有赵家仆妇迎接出来。及至进去，就带他拜见本家儿的大爷。姜氏一听，很是诧异，连忙追问，说：“我丈夫打发上你们家来行情，又不跟你们谁拜把子，那儿见什么大爷呀？况且我就听说有位赵第老的③，没听见过这位赵大爷（这

---

① “梢”，原文作“捎”，据语义改。
② 嘎杂子：指不务正业、心术不正的人。
③ 赵第老的：赵奎顺，清末著名的莲花落艺人，俗名抓髻赵。

两句也是姜氏说的吗？我们邹氏说的）。”老婆子才把仇福如何将你卖在赵家，有你丈夫亲笔字据为凭等语一说。姜氏一听，立刻放声大哭。赵阎罗一想，一百银子总算花出去啦，伤财不便惹气，况且好人家的妇女，必然不能进门顺把，这才派心腹仆妇把姜氏请到一间屋里用好言相劝，左不是什么从下我们大爷，享不尽荣华、受不尽富贵的话。谁想姜氏人家不听这一套（评书套子瞧俗啦）。赵阎罗一想，这一招儿既没使上，只好还用领家的①手段吧，无非鞭子、板子、夹棍、拶子（这是领家的吗？前清州县官），没有夹棍、拶子，无非先用话威吓。姜氏是横了心，把死生置之度外，还是一定不认可。赵阎罗既然摆列出许多刑具，还能说说算了吗，这才抓起懒驴愁②来，蘸了点水，照定姜氏就是几鞭子。

姜氏一闪没躲开，还是抽上了，幸尔没人揪着。姜氏此时一急，把头上的一只银簪子拔出来，照定哽嗓咽喉，只听克支一声响，咕咚摔倒地流平③，面儿朝南，脑瓢儿冲着北，小金莲儿乱踹带着胡登（还登个什么劲儿呀？那位说，这是《聊斋》吗？《升仙传》的《刺目》），立刻鲜血直流。别听说赵阎罗厉害，真见了血，敢则也有点儿紧毛，赶紧扔下鞭子，凑到姜氏面前一瞧，已经扎破血管，血流如注。赵阎罗赶紧抓起一条绸巾，把银簪抽出来，用绸巾给他裹好，叫仆妇搭到下房，俟等伤好了再说。不想方到次日，本县的传票已到。

（七续）*1915年8月11日*

赵行行殊不置意。官验女伤重，命笞之。隶相顾，无敢用刑。官久闻其横暴，至此益信。大怒，唤家人出，立毙之。姜遂舁女归。自姜之讼也，邵氏始知福不肖状，一号几绝，冥然大惭。

却说外州府县的举监生员，总都比平民有个名望，所以姜秀才一递上这张呈词，县台一瞧，又是关于买良为贱、酿成重伤的案子，自然不敢耽延，故此赶紧出票，传赵阎罗到堂听审（凭这个绰号，就足够徒流以上的罪名）。又吩咐差役，如果能将姜氏抬到堂上，验明审讯更好，一则免得被告狡展，且可免隐藏灭迹，再酿出意外之虞。差役答应，拿票到了赵家。赵阎罗与差役虽有个熟脸儿，无非怕好儿④，又搭着这是重案，所以不敢徇私。立刻把赵阎罗叫出来，又派地方保甲找了一幅木板绳杠，到里面把姜氏搭出来，

---

① 领家的：收买穷人家的姑娘、媳妇，或送往娼窑，或自立门户为妓，以此赚钱者称为领家的。
② 懒驴愁：抽打牲口的粗短皮鞭。
③ 流平：指地上。
④ 怕好儿：指双方关系表面看来似乎不错，但实际是由于其中一方畏惧另一方，维持着表面和好。

一同赴县。

赵阎罗是久打官司的油子手儿，以为有仇福亲笔字据为凭，而且姜氏是自行伤，况且一并带县，更以为不要紧喽，所以很阳暴。一会儿到了县衙，班房传进话去，县台一听，立刻升堂。先验姜氏伤痕，一瞧果然很重，好在仅伤食管，又要稳婆看了看，浑身青紫数处，系皮鞭打伤。县官略问了姜氏几句，与姜秀才所供相同，录成草供，抬放堂下。这才吩咐带赵阎罗。

刚一上堂，县台见这小子生得凶眉恶眼，天生的就是嘴巴架子。县官说："你就叫赵阎罗呀？"小子答应说："小的姓赵，不叫阎罗，都是姜秀才给我安的匪号！"县台一冷笑，说："你只要姓赵，就不屈你。来呀，先打他四十！"县台这样吩咐下来，不想两个皂隶全是赵家的债户儿，有心真打他，又怕再借钱他不借；有心不真打，又怕县官不依，两个人急得对瞧着，不肯动手。这位县台是急性子，再说从到任以来，耳朵里久有这们个匪徒，知道他不好惹，奈因没人告发，也不能办，今天由这们一考察，果然阎罗之名不假喽，登时气往上撞，说："你们到内宅把打杂儿的叫两个来！"此时堂上众人都不知县官要做什么，只好传进话去。两个打杂儿的赶紧跑出来，请示老爷有何吩咐。县官说："这人名叫赵阎罗，衙役们不敢打他，老爷叫你们打，你们可敢？"打杂儿的说："老爷吩咐小人们，小人们就敢打！"说着话，抄起板子，也不用人报数，什么叫屁股，那叫大腿，用足了劲，苦这们一招呼。打了没有几十板子，已经全魂气断。

县台一瞧，也有点儿发毛，只好把姜秀才唤上堂来，叫他先把女儿接回家去养伤，俟等缉获到仇福时，再传你到堂问话。赵阎罗尸身饬家属领回。至于如何行文交待公事，反正官事各有办法，不必细表。

单说邵氏这一天见儿媳没过这院来，以为是住娘家去了，又耗了两天，才知道姜秀才状告仇福一切情形，连急带气，放声恸哭，又心疼儿子，又觉着对不起贤德的媳妇，只哭得旧病复发。

（八续）*1915年8月12日*

禄时年十五，茕茕无以自主。先是，仲有前室女大娘，嫁于远郡，性刚猛，每归宁，馈赠不满其意，辄迕父母，往往以愤去，仲以是怒恶之。又因道远，遂数载不一存问。邵氏垂危，魏欲招之来，而启其争。适有贸贩者与大娘同里，便托寄语大娘，且歆①以家之可图。数日，大娘果与少子至。

---

① 歆：羡慕，这里引申为引诱。

昨天这点儿书，按照原文是这们个大意，要论官事，可说不下去。谁都知道被伤不到案，无论什么凶犯，没有口供，刑求毙命，有司就得有罪名。真要按这们说①，我先得跟蒲先生反对，那还说个什么大劲儿呀！虽然原文没有县台叫衙役将姜氏一并带案的话，可又没提亲自赴赵家，或委员验伤。若是一更改，不但画蛇添足，而且多耽延日期，莫如拣省事的办，好早渡到正文，点出仇大娘来，咱们再慢慢儿细说。这段儿书，在下今天说了九篇，这件事可有八九年啦。

这年仇禄已经十五岁了，念的书还是真不错。自从与兄长分家之后，每天除去上学之外，别的事一概不懂。操持家务，全仗母亲，并嫂嫂帮助经理。如今母亲一病，自己好像无依无靠的一般，又得做菜做饭，又得服侍病人，一个书呆子，焉能办得了。暂且不言。

单说仇爷早先跟前有位嫡室留下的女儿（就是本段正题这位仇大娘），比上仇福约大十几岁，出阁已有十几年啦，给的婆家是隔县的人家儿。这位大姑娘从小儿就是一个暴性子，说话就爱瞪眼睛，可是里儿表儿分的很清楚。有时候住荡娘家，临走的时候跟仇爷要这样拿那样，仇爷同邵氏送的东西，一个不合他的心，立刻闲话颇奚②的论套，时常一堵气子，叨唠着就走啦。仇爷因为这个，起心里不喜欢他。自从仇爷被贼掳去之后，仇福、仇禄是小孩子，相隔一百多里地，有好几年就叫音信不通啦。这如今邵氏病到垂危，魏名想着趁这个时会，要是给大娘送个信儿，把他邀来，到了娘家横挑鼻子竖挑眼的一闹，拣着值钱的一拿走，仇禄如何惹得了，从此仇家这分家业可就算完啦，自己的怨气也就出啦。

主意打好，一想相离这们远，谁能去给送这个信儿去呢？有心写一封信，贴三分邮票（彼时也得懂得呀！这些地方，足见交通进化，不能说新政不好）。正自为难，恰巧在本村茶馆喝油茶（山西地方儿吗），遇见一个素日有认识的小买卖人儿，由本处贩货回家。魏名想起他跟大娘他们是一个村儿，于是凑过去，撒开一套近。先说怎么跟仇家是老接坊，同大娘是发孩儿，跟着又说："仇家现在如何遭了事，不久家业便宜旁人。大娘头大的姑奶奶，如果此时能来，也可以替娘家争论争论。即便争到他手里，谁还能说个不字儿吗？你如果到家，把这信儿给捎了去才好。"这位买卖地儿当时点头而去。

过了没几天，果然大娘带着他的小儿子，居然来住娘家。

（九续） *1915* 年 *8* 月 *13* 日

入门，见幼弟侍病母，景象惨淡，不觉怆恻，因问弟福。禄备告之。大娘闻之，忿

① "真要按这们说"，原文作"真要按们说"，据语义改。

② 奚：这里指奚落。

气塞吭，曰："家无成人，遂任人蹂躏至此！吾家田产，诸贼何得赚去！"因入厨下，爇火炊糜，先供母，而后呼弟及子共啖之。啖已，忿出，诣邑投状。

这一段儿书，虽是玩艺儿，可是一篇《女孝友传》，所以不可随便乱聊。皆因世风不古，天性日漓，诗礼之家，叔季相争，何责女子，又何况外省乡间的女子呢。蒲先生作这一篇，可以补《孝友传》不足，故此题目取名《仇大娘》。无如叙笔，不由仇大娘起，先叙仇仲继室姓邵，并不叙嫡室姓什么，自然也不便再叙他生有子女喽。这要按编戏场子说，头一场报家门，得把大娘提出来；若当故事说，似乎也得先说出这一笔来才好。偏偏蒲先生这段书居然没那们叙，直到此处才入正文。在下既有原文管着，也就得跟着这们说。论说玩艺儿的规矩，没说出正角色，不许胡铺张。事处两难，故此才每天总赶三四行原文。直到昨天，才把位仇大娘"请"出来，以后才算正传，并非故意赶着马前，有什么想头，实是文法使然。话儿交代明白了，还是赶紧说书。

却说这位大娘现已居孀，带着个小儿子，也就在十二三岁。来到仇家，一进门见一个小孩儿正煮得粥，盛了一碗，端着要进上房。见着大娘，都不认识啦。大娘揣度着必是仇禄，连忙说："你是禄儿吗?"仇禄听这口气，才想起必是大姐姐来啦，连忙把碗放下，作了个揖，说："莫非是姐姐么?"大娘点头说："母亲现在何处?"仇禄说："在上房床上躺着哪。"大娘也不客气，也不用通禀，进了上房。一瞧，桌上尘土多厚，瓢朝天，碗朝地，母亲正躺在床上哼哼哪。大娘凑近床前，叫了声母亲。邵氏睁眼瞧了瞧，咧嘴要哭都哭不上来啦。此时仇禄也跟进屋中，把粥端到床前让母亲歆。

邵氏摇了摇头，说："为娘吞吃不下哟（又要上口①）。"仇禄放在桌上。大娘把自己的孩子叫过来，见了见外婆与二舅。自己坐在床边上，又细瞧了一瞧，回想前些年住娘家的时候，本是挺体统的一家子人家儿，谁想落到这般景况，不由得眼圈儿一红，要掉眼泪，又问仇禄说："你哥哥是怎么件事呀?"仇禄这才把已往的情形述说了一遍。大娘越听越生气，气的真打饱嗝儿，说："岂有哇岂有！想不到一家子没有成丁的人，就被这一群小人如此的祸害。咱们仇姓的田产，这一群的无赖的贼子，如何能算做他们的！"

说着气哼哼的站起身形，走近桌前一瞧，仇禄熬的粥是半生不熟，无怪病人不能吃，就是自己也不能用。这才把长大衣服脱下，把簪环首饰摘下来放在屋中，就奔了厨房，瞧了瞧还有半口袋小米子，这才把柴草烧着，先把锅碗刷净，然后添水淘米，熬了一锅粥。一会儿熬得，先盛一碗进奉母亲。邵氏闻着喷香，歆了几口，说："不用了。"大娘然后把仇禄与自己的孩子叫过来，同桌饱餐了一顿。吃完气忿忿的出门，直奔县衙前去告状。

---

① 上口：指要开始说唱。

（十续）1915年8月14日

讼诸博徒。众惧，敛金赂大娘。大娘受其金，而仍讼之。

却说大娘把粥喝饱，也并没告诉仇禄与自己的孩子，走出门去，直奔县衙官代书①房，见着先生，把状纸写好就递了上去，呈状大意不过说“本处赌徒某某，设赌引诱兄弟仇福倾家败产，恳恩追究”等语。呈状递上之后，书班先生一瞧，所指的局家儿②多是有认识的，而且还有县内的伙计，又知道本任官儿办事认真，再说仇家也有个名望，不敢压下，一面给递进去，一面就把认识的局家儿找来，说：“现在仇福他们姑奶奶出头，把你们几位全刷③下来啦。据我想，可得趁早掰他的手，不然官司一天不完，就得多叠一天，就说嚼谷儿也得赔呀！”大家一听，都知道仇大娘不好惹，而且总是犯法的买卖。于是张三就跟李四说：“兄弟，你听毛先生说得有理，咱们只好撕掳撕掳去吧！”说着话，出了衙门，找了个茶馆儿，又把呈状上所有的人全都约在一处，也算开了个会议。大家都赞成把官司揉了好，一想可叫谁去呢？忽然想起魏名跟大娘熟识，莫若托他。于是把魏名请来，托他去见大娘。

呈状递上去三天，大娘见没传原告儿，想要补一张呈子。这天正往衙门来，恰巧魏名来了这件事。一见大娘，先做揖，然后把姑奶奶叫的震心，一定要约到茶馆儿坐一坐儿。大娘不知什么事，只好跟进来听听吧。魏名又给众人一引见，然后说：“他们哥儿几个的话，今天是托我出来，要见一见姑奶奶。要说前次大兄弟的话，糟蹋了几个钱儿，总是他自己手头儿背，无非大家赢大家，局家儿落不下什么。况且是棒赌，决没腥的。今一天，先把这情理跟姑奶奶说明白了。您净打会子官司，还当得了什么吗！要说您大远的住荡娘家，乍一听未免的生气。这可得怨您兄弟，并不是我们哥儿们谁拢统了他啦。您要回去没盘缠的话，他们哥儿几个到可以有个小意思儿，必让您过的去，我的老姐姐！”

大娘一听，心说有边儿，先点头答应了，弄几个钱，够跑衙门的盘缠再说。打好主意，赶紧带笑开言，说：“好众位哥哥兄弟的话，要说我们妇道人家，本不愿意出头露面的打官司。奈因众位都是老街旧邻，实在欺负苦了我那傻兄弟啦！今一天，弟兄们既然赏脸，拿我当个人儿似的，我还能难买难卖吗？有什么话，老哥儿们画个道儿我就走！”

大家一听，事情可了，这才张三叫李四，某甲叫某乙，另找了一间雅座儿，一嘀咕。然后又把魏爷请来，当时一凑合，有一两八钱的，有三千五吊的，统共凑了约有十数两

---

① 官代书：古代由衙门认可的专门为诉讼人写状子的人。

② 局家儿：设赌局的人。

③ 刷：检举，告发。

银子，封了个封儿①，做为送大娘的程仪②，由魏爷递给大娘。大娘说："既然众位赏脸，我也不敢固辞。官事销案，可是你们的事。"大家点头。大娘辞了众人，出离茶馆，仍赴衙门去补催呈。

（十一续） *1915年8月15日*

邑令拘甲、乙等，各加杖责，田产殊置不问。大娘不已，率子赴郡。

昨天这点儿书说的可透出规矩，好像把位仇大娘说成北京的女混混儿似的。无论仇大娘不会说这一套，就是当年那一群设赌局的赌徒，也不能说这一套词儿。有人说，既然不对，你为什么不往对里说呢？实不相瞒，在下不但说不上来，外带听见，都不懂得人家说的是什么。列位不信，您就到山西屋子听人打乡谈去，管保您不能明白。故此我只好古事今说，按照前几年北京宝局了事的谱儿形容一形容。这位大娘既能毛一状，又能把财拢到手再翻脸，足够女混混儿的资格，所以才这们形容几句。反正假玩艺儿，不能较真儿。

闲话靠后，却说仇大娘把银子接到手中，仍奔县衙补了一张催呈。县台接着呈状，因为这件事是有赵阎罗底案，恐怕还有人命，姜氏如果因伤殒命，就得麻烦，推原祸始，总得是因赌局而起喽，所以不敢耽延，立刻升堂。过了原告一个单篇儿，大娘上堂是据实的一说，就没提受人银子的事。县台立刻标签出票，拿一干人赴堂听审。差人出来，恰巧走到茶馆门前，正赶上这一群人了完事，吃了个公议饭儿，又商量再搁局③的事。方才要散，差役一瞧，这到不错，说："你们哥儿几个全在这儿哪，这可巧啦，没别的，跟我们到荡衙门吧！"魏名见势不祥，早溜之乎也啦。差役见没他的名字，所以也不拦。大家一问，才知道大娘又补了催呈儿啦，此时说不上不算，只好跟着走啵。

一会儿到了县衙，见县台正发放别的官司哪。差役回上去，县台立刻叫带上来，问了问设赌的情形。众人有心不认，不知大娘是怎么供的，况且有行贿的现赃在人手里哪，不过说从前与仇福在亲友家行情解闷儿，耍过个一两回是有的（报红棚容易打）。县台一听，这几个既然应了，不能不擦一擦脸④，给原告儿出一出气，说："你们这一群无赖的游民，竟敢聚赌耍钱。来呀，每人打他们五板，以后再犯，从重治罪！"这几个人一听，

---

① 封儿：小费或红包。
② 程仪：旧指送给出行者的财物。
③ 搁局：设赌局。
④ 擦脸：指打嘴巴。

这到不错，银钱花了，买了个开锅儿烂①。俗说官法如炉，别管你多大的虚子，此时也得乖乖儿爬下（可是挨板子）。

皂班儿素日跟这些位都有个熟脸儿，而且县官也无非盖面儿②，还能真给搁上吗？左不是“一咧、二咧”的一嚷。爬着的嚷：“嗳哟，老爷恩典！”一会儿打完，县台说：“滚下去，具安分结，讨保听传。”把甲、乙打完，然后又把大娘叫上来，说：“他们这一群人，本县已经杖责释放。你也下堂去吧！”

大娘说：“回禀老爷，小妇人并非与他们有什么仇衅，皆因骗去我仇门中的血产，尚祈青天大老爷追还！”县台说：“田产必另有契据，与聚赌无干！况系仇姓名下，你究属是亲戚。俟仇福到案，再行审理！”大娘一听，只好说：“老爷如果不管，民妇可要上诉了！”县台不理，吩咐退堂。大娘气忿忿回到仇家，带上幼子，赴府上诉。

（十二续） *1915年8月16日*

郡守最恶博者。大娘力陈孤苦及诸恶局骗之状，情词慷慨。守为之动，判令邑宰追田给主，仍惩仇福，以儆不肖。既归，邑宰奉令敲比，于是故产尽反。

却说这位大娘，本为把仇家田产争回来才告状。至于惩办赌徒的事，一则是官事，不便干预；二则也与所抱的宗旨不合。谁想县台把几个人叫上去，薄责一顿，从轻发落，就算完案。自己一堵气子出离衙门，回到仇家，告诉明白母亲与仇禄，自己得上荡府城，又想着把儿子扔在娘家未免不合式，又不是一半天准回得来，总是带上的为是（好在盘缠是有人几凑够啦）。简断截说，就算来到了府城，托人写了一张呈词，无非说“该县办事因循，袒护赌徒，伙同骗财”等语。

书中代表，恰巧这位府台平生最恼人要钱，接了呈状，这气就不打一处来，立刻升堂，唤上大娘，从头至尾的一说。先把父亲仇仲如何被贼掳走，撇下福、禄年幼，继母害病的话说完，再说这些搁局的人怎么勾串伙骗的情形。不但说得很详细，外带很合情理。府台先听到仇家寡母孤儿觉着很凄惨，后来听到仇福被这群赌徒设局坑骗的话，气往上撞，立刻亲自提笔写了一套判词。先叙“据仇氏所控赌徒伙骗母家田产一案，情殊可悯，此等赌风断不可长。仰该县按照该氏指控各赌徒即行提案，严追仇福名下田产，给还原主。倘有匿名寄顿等情，若经仇氏重行告发，定为该县是问。惟仇福虽系年幼无知，被匪引诱，究属不务正业，咎由自取，一并严传到案重责。以为不肖子弟轻弃祖业

① 开锅儿烂：意为重重责打。

② 盖面儿：指打官腔。

者戒”等语。判完之后，又把大娘叫上堂来嘱咐一番，然后另派差役驰送该县。大娘是千恩万谢，下得堂来，带着小儿子住店歇了一夜，心中是非常的高兴，想着总是仇氏祖先有灵，才遇着这样的恩官。

第二天雇车仍回仇家来，三两天工夫到了家内。见禄儿笑嘻嘻的说：“姐姐，你老回来啦！昨天后半天县衙中来了两名官人传我哥哥，说去领房契田契。我说他在逃无踪。又让我同母亲赴县，母亲是行走不动，我一个人也不认识，正盼姐姐回来哪！”大娘一听，知道府中的差人必是先到了，于是歇了一歇儿，叫小儿子跟着外婆看家，自己带着仇禄够奔县衙，一会儿到了班房报到。书班皂隶都知道这位堂客，称得起是不戴帽儿的爷们（如今新界的堂客，都顶着一顶洋头绳儿的帽子，大概是不爱听这一句），大家都连一句错话不敢说，把姊弟二人让到屋中，立刻切茶到西瓜，打发小伙计挑烟去（彼时有吗？这不过说有照应就是啦）。书班回进内衙，县台立刻升堂，把大娘同仇禄叫上来，先说：“本县奉上司交派，追给田产，这是仇福的典卖字据，你点一点，还短不短？”大娘照分单一查，一点儿不错。县台命仇禄具了一张承领的甘结。仇禄忙给县台磕头。县台又问了问仇福去向，既然无踪，只好缉获另结。

（十三续）*1915* 年 *8* 月 *18* 日

大娘时已久寡，乃遣少子归，且嘱从兄务业，勿得复来。大娘由此止母家，养母教弟，内外有条。母大慰，病渐瘥①，家务悉委大娘。里中豪强，少见凌暴，辄操刀登门，侃侃争论，罔不屈服。居年余，田产日增。时市药饵珍肴，馈遗姜女。又见禄渐长成，频嘱媒为之觅姻。魏告人曰：“仇家产业，悉属大娘，恐将来不可复返矣。”

却说大娘把所有仇福输出去的产业全都收了回来。大娘本来居孀也好几年啦，跟前的大少爷业经不小啦，这个小儿子住会子老老家，一来妨碍他读书务农的正业，并且还得沾嫌疑，自己有心回去，一切的事没有办理完善也扔不下。为难了两天，这天把孩子叫到跟前，说：“你也不小啦，也该学点儿实业啦。你赶紧回去，跟你哥哥应当做什么做点儿什么，可别跟你大舅学。不必惦记为娘，大远的道路，没有事不必常来。俟等我把你外祖母家的事料理清楚我就回去。”大娘嘱咐完毕，给孩子雇了一个熟脚，把他送去。从此大娘就在娘家一住，可是决不以为是住娘家呢，每天起早睡晚服侍母亲，催着仇禄仍旧上学，老早的给他预备饭食，到了晚间，还要考验考验所念的书是否读熟；家里的事料理清楚，抽出工夫来到了地里张罗庄稼，那一块地该种麦子，那一块该留春地，到

---

① 瘥：病愈。

了打下粮食，该囤该粜的样样儿行务，真得说办理的有条不紊。

邵氏本是连累带着急生气，所以旧病复发，自经有大娘替这们一料理，起心里自然痛快喽，一痛快病儿自然一天比一天的见轻松，居然也能自己下地了。可是一切的家务既有大娘肯帮着操劳，自己的病稍好一点儿，也不必打听，莫如全托他掌管，自己倒落的轻松。

单说本处这一群要钱儿的，自然都知道大娘不好惹喽。可是与仇家房连檐地连边的，总不断有不讲理的土豪恶霸，又知道仇家没有主事的人，耕地的时候多占个三陇五陇的，仇家做活的一争论，那家的下人不服，因此起了冲突，反正各自回去，各说各的理。本处的财主听了下人的话，要倚势欺负仇家。大娘一听，这分明是欺负我们，立刻拿把刀，跑到豪强的门口儿拍门，把当家的请出来，把理由说个原原本本。俗语儿说嘴强争一半，又说好马出在腿上，好人出在嘴上，真是不错，即或理由欠点儿，只要能说，都朦一气（同本报这门《聊斋》似的），再若十分有理，别人自然驳不动喽。所以大娘到了那家儿一争论，这家的主人翁没有不认错的。大娘给整理了一年多的工夫，又赶上丰收的年景，又添了几亩地，也积攒了几个钱。大娘时常托人赴省购买药料食品，打发人给姜秀才家送去，又因仇禄已渐成人，时常托媒人给仇禄张罗亲事。不想这话传到魏名耳朵之内，又想破坏，这才到处对人说："仇家产业将来俱属大娘，恐复非仇家所有。"

（十四续）1915年8月19日

人咸信之，故无肯与论婚者。有范公子子文，家中名园，为晋第一。园中名花夹路，直通内室。或不知而误入知，值公子私宴，怒执为盗，杖几死。会清明，禄自塾中归，魏引与游遨，遂至园所。

却说大娘因为仇禄年已十五六岁，正该定亲事的年头儿啦，而且家内没人，打算早些给仇禄说上个媳妇，一来服侍母亲，二来自己也好抽身回家。谁想托了几位媒人，全被魏名暗中给破坏了，所说的词儿还是近乎情理。无如人不细心考察，大娘如果有那路心机，只有不愿意给仇禄说亲的，如何反急于托人张罗呢。苦于人想不到这一层，而且所冲的是仇家的家业，至于人品、学问反都不甚注意，足见该处养女人家明理的少喽。一听魏名这一套话，不是媒人不管了，就是媒人一提就碰钉子，说了几处，全是如此，大娘自然也无法了，这且不言。

单说本处有一家姓范的，是本县的一家阔绅士，这位公子号叫子文，论家业在山西全省虽不能说是头一家富户，可也属得着第二第三，唯独家中这所花园，可称全省第一：第一地势宽大，外带着有自来活水，又经名人点缀的山石、修造的楼台；而且由范公子上辈就好养活花草，到了这位子文，不乐仕进，也酷爱花木，常用有几名花匠，随时由外省购来的奇花异草栽满园中，真得说“四时有不卸之花，八节多长青之草”。从一进园门就栽种成行，直通内室。既然有这样好花园子，没事的闲在人儿在外面看着一爱，就有要进去溜达溜达的。若是光在园子外面绕个弯儿，范公子也未必知道，即便知道，也不嗔怪，就有楞头楞脑的越看越爱看，傻往里走，就许走到内院里去。要赶上公子带着妻妾做乐玩赏，忽然见进来个不认识的人，自然追究。这人再一害怕，说什么不像什么，范公子就以为是贼蹓进门儿要偷东西，也不必送县，叫过几名下人拉住打一顿，就许给打个半死不活。这话也无非这们说，其实不过有这们一两次，要说时常这们办也未必然。可是这话可就传遍本处啦，自然谁都不敢再进去了，即或想逛，也总有范家的人带着，或趁公子不在家的日子进去瞻仰瞻仰。这件事情不想魏名听到心里，想着早晚我把仇禄儿送了忤逆就结咧。

恰巧这一天正是清明佳节，时逢春令，花草自然是正好啦。仇禄儿午后由学馆回家，因这一天上坟的人家多，所以先生放半天的假。仇禄高高兴兴，打算到家禀明母亲、姐姐，也去散逛散逛。谁想刚出学馆门儿，就见老魏由那边儿走来，说：“二兄弟，今天这样踏青佳节，你也不逛一逛去吗?”仇禄说：“弟原有此心。”魏名说：“巧极啦！我一个人要上范家花园儿，又懒怠去，咱们一块逛逛，好不好?”仇禄说：“人家让进去吗?”魏名说：“咱们有相好的朋友哇!”仇禄是小孩子性质，如何知道防范，笑嘻嘻的跟着来到花园。

（十五续） 1915年8月20日

魏故与园丁有旧，放令入，周历亭榭。俄至一处，溪水汹汹，有画桥朱槛，通一漆门；遥望门内，繁花如锦，盖即公子内斋也。魏给①之曰：“君请先入，我适欲私焉。”禄信步寻桥入户。

却说魏名这小子既然安心要害仇禄，无论仇禄是个乍出猛儿的傻学生，即便久经大敌的老手，遇见魏名这样心肠的人，你再不早堤防着他点儿，早晚也得受害。堤防也没别的法子，只有一个疏远少亲近，决计没错儿，这叫惹不起怕得起。

闲话少说，单说仇禄本来也久闻范公子宅内的花园景致最好，正要去逛，又不得其门，如今听魏名说认识人，登时高高兴兴，说：“那们您能带我瞻仰瞻仰，那可好极啦!”魏名说：“二兄弟，你跟哥哥走吧，决没错儿!”两个人说话管理儿的到了范家花园。范

① 给：欺哄，欺骗。

公子既然是这样豪富，家里下人是多的，内中有一个跟魏名相熟的，魏名到门口儿一找，恰巧这个人正在门内坐着呢。魏名一见直递嬉和儿，说："大哥，您在宅很好啦！我有个自已弟兄要进花园儿逛逛去，怎么样？行不行？"这位一瞧魏名同着是个学生，又知道魏名认识园中路径，连忙说："可以，可以，请吧！"魏名带着仇禄这才进来。那人说："我可不奉陪啦！"魏名说："请便，请便！"

两个人又进了一重门，见满院花木，无非海棠、桃、杏之类，迎面有一座假山，转过山石是一座亭子。二人到亭子上一瞧，下面有个荷花池，此时方有点溪荷钱。池子上面有一座水榭，二人又到水榭上看了一遍。仇禄一面走一面想，人都说魏名不是好人，净好说瞎话，这们看起来，敢则不然，错非有朋友，如①何能这们熟呀（足见坏人也得有点儿真地儿，净吹不行）。下了水榭，一转湾儿到了一个所在，正是这荷池的来源。挺宽的一道清溪，大约下面有泉源，虽说水也颇清，往下看也不甚深，可是绿波滚滚，水性挺狂。上面搭着是木板桥，彩画的十分鲜明，两面全是红油漆的阑干，配着岸旁绿柳，分外可瞧。桥北边有个砖门儿，露着两扇朱红漆门，虽无金钉兽环，颇似王府侯第。再隔着门往里院一瞧，好像院里的花草比外院还好看的多，分不清都是什么，只见嫣红姹紫相间，如同锦绣相似。

书中代表，魏名带着仇禄走的本是一股背道②，如今绕到这个地方，却是通外门的一条大路。进了这座正门，就是范公子的内宅。此时魏名故意指给仇禄瞧，说："兄弟，你看好不好？"仇禄越发高兴，说："妙哇！"魏名又故意的一按肚子，说："嗳呦，不得，我要拉！这个地方可不行，兄弟，你前面先走着，在门儿里头等一等我。我上山石背后解一解手就来！"仇禄焉知是计，连忙说："是啦！"魏名转身而去。仇禄一个人信步过桥，扭进朱门，不亚如入了龙潭虎穴。

（十六续）*1915 年 8 月 21 日*

至一院落，闻女子笑声。方停步间，一婢出，窥见，旋踵即返。禄始骇奔。无何，公子出，叱家人绾索逐之。禄大窘，自投溪中。

昨天的这点儿书，说得是仇禄逛花园儿，不过略微一表。按原文既说"周历亭榭"，应当叫两个人多逛会子。在下抖个胆说，可并非我不会，用书套子，现成的《大观园》；用戏场子，现成的《法门寺》；仇禄用大太监的词儿，魏名用贾贵的词儿，又容易斗哏

---

① "如"，原文作"知"，据语义改。

② 背道：寂静无人的道路。

儿，又透火炽。不过我拉不下这宗人脸来，还是那句话，做文章不能忘了本题。目录既说《仇大娘》，又把人蹲到后台永不照面儿，有其改名《仇家传》好不好呢？无如事迹太多，一两篇不见，是出于无法，只好赶紧说下去，才合规矩。

闲话少说（已经又不少啦），却说仇禄本是年轻无知的学生，既贪看院内的花草，又因为魏大哥一会儿就来不咧，自己先逛着，又怕什么，于是信步过了画桥，进了朱门。见另是一个大院落，一进门见两大池牡丹，什么魏紫、姚黄、葛巾、玉版全有，配着木香、蔷薇、荼蘼架，分外可观。院内迎面有三间带抱厦①的花厅儿，两边抄手游廊②，都是什锦的窗户。仇禄一面瞧着花儿，想奔穿廊上阑干坐一坐儿，等魏大哥来，一块儿上花厅儿。

方要转身，听见有女子的笑语声音，可没听明白说的什么言语。自己心中一机伶，连忙煞住脚步，一抬头见由花厅儿旁面的游廊走出一个十五六岁的女子，好似丫鬟模样。看那意思，是冷不防看见有人，很是诧异，才一抹头又回去啦。

仇禄此时才想起，这必是已到范公子的内宅啦，自己同人家素不相识，又没魏大哥同着，人家要问，可说什么呀？再者范公子的势力大，平日也有个耳闻，无故入人家，自己又越理，想着这可怎么好哇，登时急的满头是汗。忽然想起，趁着没有人儿，我就别紧自磨烦啦（让尹箴明磨烦吧），还不快跑，等什么呀？打好主意，这才迈大步往外□。敢则一面瞧着花儿，绕着牡丹池，不理会已经离门老远的了，又搭着花园子的道路不能像操场似的那们可以开跑步，还得曲曲折折的绕着走。好容易走了有半箭远，这个工夫就听后面有男子的声音。自己一回头，见一位四十上下岁的个人，穿的挺阔，站在花厅儿台基儿上头，说："来呀，别叫这小子跑啦！你们拿上绳子快追，追上就把他绑来见我。"

仇禄一听，人家要用绳子拴，想着八成儿我要打刑事犯，寻常罚三五角的案子，不能这们厉害（这是仇禄说的吗？通乱党的留学生说的），此时不走，更待何时？别瞧他想着走，敢则盖不由已，两条腿反哆嗦上啦，又听有几名下人答应了一声，又有铁链③子的声音扑了自己而来。仇禄才跑到砖门，又一回头，见不但几个凶恶的仆人追来，连那位大爷也跟出来啦。自己方才到桥，众人已经赶到。仇禄料想跑不开，莫如投水一死，想到其间，望着碧澄澄的清水，一扎头跳将下去。

（十七续）1915年8月22日

公子反怒为笑，命诸仆引出。见其容裳都雅，便令易其衣履，曳入一亭。

---

① 抱厦：指旧时在原建筑之前或之后的小房子。

② 抄手游廊：指左右环抱的走廊。

③ "链"，原文作"练"，据语义改。

却说仇禄误入范公子的内宅，这件事即便被范公子家人拿获，也罪不至死。况且自己也有的解说，一来是魏名带进来的，二来有本宅下人放进来的，即便有罪，也得三人同坐。皆因年轻想不开，又被人这们一吓唬，所以抹头跑出来，急劲儿一扎头跳入溪中，真要是长江大河，没人解救，岂不白送了一条小命儿。推原祸始，固由小人陷害，仍由自己好贪玩耍，这叫一失足成千古恨，岂不可惜。在下这段话并非费话，皆因少年蒙憧，因贪逛受险的所在多有（不必皆误入闺阃，涉足花丛，也可做个比例）。闲话少说，省得叫人家孩子尽自在水里泡着，趁早儿说书要紧。

却说这位公子，蓦然听丫鬟说有人偷窥花园，本是出来瞧一瞧是什么人，见他抹头往外跑，更以为不是好人喽，所以喊家人用绳索快拿。方追出来，不想这人跳入溪中。公子一见，反到噗哧一笑儿，说："这是那里的事，你们快设法把他救上来吧！"家人一听，过来两个人，好在手中拿着现成的绳子，说："学生不用害怕，我把绳子仍下去，你揪着绳儿上来吧！"仇禄爬在水内听的明白，可不能睁眼张嘴说话。有一个下人揪着绳头儿跑过桥去，两个人把绳子放在溪中一兜。恰巧仇禄两手正找河泥哪，一把抓住绳子，才直起腰来。岸上的下人说："你可揪住啦！"这边的人一松手，那个人用力一扨，几把就把仇禄拉到溪旁。此时这边下人也绕过桥去，大家一用力，才把位仇禄揪了上来（那位说，你说这救投河的有多们费事呀？何妨说有个下人跟着跳下去，一攥头发，顺水性一推，就牵到水浅之处。还能打两个嘴巴①，迷信家说叫打水鬼，行家说所为引他吐水，又可疏通筋脉，不但透行务，也与救生有益呀！实不瞒诸位说，我也打算那们说，可惜原文没说下河救去，只说引出来。再者范公子家里又不养活水手，只好照"引出"二字变着法儿说啵）。

仇禄上了岸，虽没喝水，浑身已经乱颤，颜色都吓绿啦。范公子此时也绕过画桥，凑到仇禄面前，上下一打量，见是一个十六七岁的小学生，一脸的书气（没挂上青苔，所以看得出来），穿着挺长的蓝衫②，顺着衣衿直往下流水儿；一双蝠字履鞋，已被河泥染的看不出颜色了。公子一瞧，这样文雅人决不是歹人喽，赶紧回头说："你们上内宅，给拿一套裤褂鞋袜来！"下人答应。仇禄心才止住跳，低头一瞧，又害起臊来，复返低下头，一语不发。

下人一会儿由里院拿出两件衣衫、一双鞋袜来，说："你先换上吧！可怕长点儿。"仇禄扭过脸儿去，把湿衣的钮扣解开，背着人脱下来，拧了拧裤子，擦了两把，登时换好。范公子一手拉住仇禄，直奔那一座山亭。

---

① "巴"，原文作"吧"，据语义改。
② 蓝衫：明清时期生员的标准服装。

（十八续）1915年8月23日

诘其姓氏，蔼容温语，意甚亲昵。俄趋入内，旋出，笑握禄手，过桥，渐达曩所。禄不解其意，逡巡不敢入。公子强曳入之，见花篱内隐隐有美人窥伺。既坐，则群婢行酒。禄辞曰："童子无知，误践闺闼，得蒙赦宥，已出非望。但愿释令早归，受恩非浅。"公子不听。

却说范公子见仇禄脱湿衣服的时节忸忸怩怩，很是羞臊的样子，只好也扭过脸儿，假做往别处瞧。容他把衣服换好，才过来一拉仇禄，说："公子请啊！"拉着直奔亭子。仇禄踢跶踢跶的只好跟随着走啵（鞋袜不可脚吗）。此时下人把仇禄的湿衣服给搭在桥翅儿上晾着，不提。单说公子带仇禄上了亭子，说："公子请坐！但不知贵姓高名？仙乡何处？"仇禄连忙站起身来，说："学生姓仇名禄，排行在二，乃前面仇家村人氏。"一面说着话，一面偷眼儿瞧这位公子，生得一团和气，说话满面春风，知道必是位慈善之人，并且跟自己很透亲爱的了不得似的。公子问完姓名，并没问因何至此，仇禄自然也就不必提魏名喽。才要告辞，一想穿着人家的衣服可怎么走哇。正在着急，就见范公子站起身来，说："公子请暂坐一坐！"说罢转身下了亭子，走了个飞快，又进了那座朱门。

仇禄此时见魏名没影儿，才想起大概他不是好心，可是此时只好一个人傻坐着啵。工夫不大，见范公子由门内出来上了亭子，仇禄赶紧站起来。范公子一拉仇禄手，说："请里院坐吧！"仇禄不敢推辞，只好仍趿拉着两只大鞋，跟着走啵。一会儿过了画桥，又顺着正道儿够奔花厅儿。走了不远儿，可就到了自己方才看见丫鬟的那个地方儿了。仇禄心说，方才我刚走到这儿，就说上绑，再往前走，大概就得枪毙喽（那还是乱党），不知人家安着什么心，由不得朝后倒退。范公子说："你到是走哇！"仇禄无法，只好假装提了提鞋，一横心，心说俗语儿说是福不是祸，是祸脱不过，既到了这儿，我到瞧一瞧还有什么景致，登时把胆子放开。

一抬头，见花厅外面还有一层绿花杖儿，上面已经有木香、金银藤绕满架上，过篱门上了花厅儿，原来是三间抱厦，前后三层，勾连搭①的一座花厅儿。屋里的摆设不便细说，迎面八仙桌、太师椅。公子要强让仇禄上座，仇禄谦让不敢，只坐了个下座儿。正在谦让的工夫，听见花杖儿外面有人小声儿的说话儿，仇禄用眼往外一飘，影影绰绰，好像是妇女们隔着花杖儿往里偷瞧哪。此时范公子又说："公子请上座！"自己才要让，见有几名丫鬟由厅外进来，有托着木盘的，有提着酒素子的，登时擦抹桌案，放好杯筷

① 勾连搭：旧时的一种平房建筑结构。

布碟儿，又摆上八个冷荤，然后提壶的把酒斟满。范公子说："公子请喝一杯，赶一赶寒气儿吧！"仇禄一听，连忙立起身来，说："学生是小孩子无知，误入公子内宅。既蒙前辈不加罪责，已属非分。但愿早些放我回家，受恩非浅！"范公子不听这套，还是一定让他吃酒。

（十九续）*1915年8月24日*

俄顷，酒炙纷纭。禄又起，辞以醉饱。公子捺坐，笑曰："仆有一乐拍名，若能对之，即放君行。"禄唯唯请教。公子云："拍名'浑不似'。"禄默思良久，对曰："银成'没奈何'。"公子大笑曰："真石崇①也！"禄殊不解。盖公子有女名蕙娘，美而知书，日择良耦。夜梦一人告之曰："石崇，汝婿也。"问："何在？"曰："明日落水矣。"早告父，共以为异。禄适符梦兆，故邀入内舍，使夫人女辈共觇之也。公子闻对而喜。

却说范公子把仇禄让在花厅，不放他走，一会儿有两名小丫鬟，一个手托方盘，里面是四碟冷荤、四碟鲜果，摆在桌上，然后放下匙箸、酒盅、布碟，又有一个丫鬟，手持银壶，把酒斟上。范公子举杯相让，说："公子既到寒舍，焉有空去之理，请便酌一叙！"仇禄一想，俗语儿说将酒敬人并无恶意，不好再辞，只好道了个谢，然后举杯喝了一口。公子让菜，也只好随便夹了一箸子。此时丫鬟又斟二杯。就见进来一名仆妇高打帘栊，又是一名仆妇托着方盘，进来放在一边。两名丫鬟往上端菜，真是整尾的八宝烧猪，整只的焖炉鸭子，大方的烧肉、烧糊肘儿（那位说，那怎么吃呀？原文说"炙"，是烧肉。反正范公子有钱，莫如拣我爱吃的说吧）。

仇禄一瞧，人家这是上了大菜啦，自己既没带封儿，就别紧自绷着啦，连忙站将起来，说："蒙前辈这样盛设，学生既醉以酒，既饱以德，就此告辞！"范公子一乐儿，站起身形，一按仇禄的肩膀儿，说："公子何必太谦，请坐下，我还有话说呢！公子既在学堂（可没提那一等），想必能做文做诗喽！仆有一个乐拍名的对字，要讨教个下联，如果对得工恰，就放君行！"仇禄此时也不便说不会，也不敢夸嘴，只好说："如此，即请前辈赐教！"公子说："拍名'浑不似'。"仇禄一听，虽是五个字，奈因"浑不似"是拍子的名儿，又是虚字眼儿，说容易颇不容易，说难也不甚难，无非还得想个虚字的物名儿就是啦。搜索了会子，想起类书上有大锭的银子融化成一方块，贼偷不了去，叫做"没奈何"，颇可对的上，信嘴说："对'银成"没奈何"'，不知可使得？"公子一听，哈哈大笑，说："真乃是个石崇。"这一句话，可把仇禄说楞了，心说莫非嫌平仄不调么！大

① 石崇：西晋时期的大富豪。

概晋时石崇对对不讲平仄，又不好问，只得楞着，看公子的神情儿。

这点儿书，我可得替补叙出来。皆因范子文跟前有一位姑娘，名叫蕙娘，生得美貌，也念过两天的书，正择人家儿呢，总不相当。头天夜里做了一梦，有人告诉他说："石崇是你丈夫。"姑娘一听，是个阔人儿，嫁得过儿，连忙问说："在那儿哪？"这人说："明一天落在水里头的就是。"姑娘一纳闷儿，醒啦，早起把话对父母一提，范公子一听，也愿意（爷儿两个全势力眼）。恰巧仇禄跳河，与梦兆相合，所以带进花厅，为是叫太太与女眷们瞧一瞧过水儿的石崇。叙笔说完。再说公子连夸"妙对"，这才要学拜杆儿的金松①。

（二十续） *1915年8月25日*

乃曰："拍名乃小女所拟，屡思而无其偶，今得属对，亦有天缘。仆欲以息女奉箕帚，寒舍不乏宅第，更无烦亲迎耳。"禄惶然逊谢，且以母病不能入赘为辞。公子姑令归谋，遂遣圉人②负湿衣，送之以马。

昨天这点儿书虽是个补叙笔，内中另有个情理。诸位请想，为什么必说梦石崇呢？因为石崇是晋朝有名的富翁，远近女孺皆知，所以蕙娘做梦，梦见以为新奇，才能对父母言讲。不信梦见范丹、原宪③，大概醒来啐几口，决不肯告诉旁人，足见古今有钱的名姓吃香。恰巧仇禄惊跳入河内，又正碰上那个碴儿（可是石崇，不是什么薛丁山④）。至于这个对字，"浑不似"与"没奈何"都是俗语儿有的，原可对的上，若于平仄不调，既是成语，还可将就。上联第二"名"字，本是活字眼儿，仇禄为什么偏对平声呢？据我想他是归家的心急，蓦然想起"没奈何"三字，信嘴儿带出"银成"二字。不想一提"银"字儿，这位范公子更以为是石崇啦，所以也无暇再推敲平仄，并非不懂局，在下可不不能替二位圆全上。

闲话打住，却说范公子一听，仇禄对的对字起心里高兴，说："我实对你说了吧，这个上联并非我拟的，是小女因有这个拍名，偶成上联，屡想寻个下联，大家替想了会子，全没想好。如今蒙公子脱口而出，配的很恰当，想必天赐的良缘，不可错过。仆有意将此女许配足下，以奉箕帚，大概是料无推辞的了。再者你不必花什么钱，你瞧我这儿有的是房子，收拾出一所儿来就可以住，连娶都不用轿子，闹个倒踏门，做个儿婿两当，

---

① 金松：京剧《红鸾禧》中的人物。
② 圉人：养马人，马夫。
③ 范丹、原宪：范丹，汉朝名士，一生穷苦；原宪，春秋时期人，孔子弟子，出身贫寒，一生清苦。
④ 薛丁山：京剧《马上缘》中的人物。

不知相公意下如何（到了儿找补上原词儿啦）?”

仇禄一听，因范公子家道太阔，自己不班配，连忙站起身形，说道：“蒙前辈见爱，学生乃一介小子，何敢高攀！况且还有下情，学生家兄在逃，存亡莫卜。家内只有老母，现在染病在床，晨昏定省，全系学生一人。当应的子职，断不能抛弃老母，入赘岳家。这件事，尤其断难从命（诸位瞧这个仇禄有多顽固。如今新人物居然有改姓媳妇家那一姓的，可称开通的多。有人说，比如你是仇禄儿，当怎么样呢？我成了仇口儿啦，也得遇的见哪）!”

范公子一听仇禄这套词儿，称得起义正词严，自然也不能再说喽，连忙说：“这件事，今天不过是随便立个草约，况且公子既有令亲在堂，当遵父母之命！俟回到府上，先把我这意见通过，过日我另遣大媒造府也就是了。公子你看酒寒菜冷，请再用些儿吧!”仇禄站起来，做了个揖，说：“学生酒饭已经用足，大约我那衣服也干啦，请即赐还，容我换下来，学生也该回去了，不然恐老母悬念!”范公子一听，哈哈大笑，说：“何必换衣服呢！既然公子执意要回去，来呀！叫圈里备一匹马，把仇公子的衣服包上，就派圈头牵着马，送公子回府去吧!”仇禄只好趿拉着一双大鞋，甩着肥袖子告辞而行。

（二十一续）*1915* 年 *8* 月 *26* 日

既归告母，母惊为不祥。如是始知魏氏险，然因凶得吉，亦置不仇，但戒子远绝而已。逾数日，公子又使人致意母，母终不敢应。大娘应之，即倩双媒纳采焉。未几，禄赘入公子家。年余游泮，才名籍甚。

却说仇禄本是很爱念书的学生，从来没逃学旷工的毛病，邵氏同大娘都很放心。忽然今一天到了下学吃饭的时候儿，竟自没回来，邵氏未免不放心。正在着急，忽听门口儿有马啼的声音，又听说“公子把衣服拿好，我就回去啦”，又听仇禄的声音，说了声“劳驾”。

书中代表，正是仇禄回来，一进门就喊：“娘呀，您大概不放心了吧!”邵氏躺在床上说：“吾儿，今日下学为何甚迟?”此时大娘正在厨下收拾好晚饭，因为等兄弟，所以还没吃呢，一听兄弟回来，连忙也跑过来，一瞧仇禄穿的衣服并不是出门时那一套了，肩上抗着一捆旧衣服。方才要问，见仇禄已进了上房，把衣服放下。邵氏见大娘也跟进屋中，仇禄这才把今天遇魏名的话从头至尾述说了一遍。邵氏先听着有气，后听着着急害怕，只听到范公子有意结亲，连忙摇了摇头，说：“嗳呀，险哪！好在仇氏门中有德，才逢凶化吉，遇难成祥。但有一节，范公子家中的势力太大，吾儿说这样阔媳妇可不是好事。魏名这小子这样坏心术，好在你既没受了他的害，也不必跟小人做对，从今后远着他就是了！”大娘在一旁听母亲教训兄弟的话很有情理，不必搀言，趁空儿把一包湿衣服打开，见衣服已经半干，鞋袜可还湿着呢，从新又给他用水刷洗晾上。问了问他已经吃了晚饭，只好伺候母亲毕，自己也吃饭安眠。仇禄次日照旧上学用功，不提。

过了几天，果然范家打发两个婆子做为瞧仇老太太，跟着又提起这件亲事。邵氏还是犯死凿，一定推辞，不敢答应。大娘在旁想着，人家既是上赶着的事，又且已经对仇禄亲口说出来的，一定执拗，未免得罪人，这才连忙对婆子答言儿说："既蒙贵上抬爱我兄弟，你们回去替我致意，就说我替答应啦，过一半天择个好日子，我请两位全福人做为下定。至于或娶过门或入赘，到是后话，反正是定规了就是啦！”两个婆子听这位姑奶奶说话儿干脆，又久闻大娘的名望，知道能够做主，告辞回覆范公子，不提。

所有这件喜事不必细表。过了些天，仇禄还是入赘范公子家，夫妻很是和美。范公子家有的是银钱，又请了一位老师，同范公子的一位少爷同窗用功，这位老夫子手笔也好，又搭着仇禄肯用功，一幌儿又是一年的光景，正赶上科考。仇禄由范公子代为报考，居然中了秀才，虽然不是案首，可是仇禄的文章本县全都夸赞。

（二十二续）*1915 年 8 月 27 日*

妻弟长成，敬少弛。禄怒，携妇而归。母已杖而能行，频岁赖大娘经纪，宅第亦颇完好。新妇既归，婢仆如云，宛然有大家风焉。魏又见绝，嫉妒益深，恨无瑕之可蹈，时有巨盗事发，远窜，乃诬禄寄赀。

这段儿书既然为仇大娘作传，所以关于旁人全是宾，不能细说。昨天把仇禄入赘、入泮全都一表儿。诸位别听我说的这们快，大约事迹也有三二年的光景了。

单说仇禄的文章是一天比一天的见长，一来由于自己天分高，二来自己是苦念书的，自能用心。从前一到岳家，与小舅子同学，彼时因为都年纪小，郎舅也很投缘；如今舅爷渐长成人，犯点儿财主的脾气，总以为仇禄是倚赖性成，不亏了姓范的，他也配中秀才，未免有些慢待。仇禄一瞧这个来派，将来丈人一死，还不成他们家碎催呀，于是这天同蕙娘一商议，打算回家。蕙娘总是知诗达礼的妇女，晓得从一而终之义，当时点头。仇禄既把内人运动好了，再向丈人提议，可也不能说因为跟舅爷犯心，无非说母亲时常想念，又兼家务全仗胞姊一人料理，未免操劳，打算携令爱回去住些天。范公子起初因为女儿岁数小，舍不得远离，如今又长大了三两岁啦，究竟是仇家门的人，故此才不能深拦。不过把女儿所有的嫁妆、衣服、首饰全都让他带走，足拉了有几十车，还有陪房丫鬟几名。

再说仇禄到家，一瞧母亲的病也比从前好多了，虽不能做事，已经拄着根棍子能自已出门儿了。这几年家中的田亩又赶上丰收，亏了大娘会调度，又添盖了一层房，把旧房也修理了修理。恰巧仇禄把媳妇带来，就把这所新房让给他住，居然使奴唤婢，颇称个世家的样子。诸位别瞧这两天净说仇禄的事，没提大娘，此处用笔一点，隐然仍说的是大娘。简短截说，仇禄此时好比拉洋车的上马路——抖起来啦，夙日跟仇家好的老街旧邻、公道好人，多有喜欢的，一般妒嫉小人可瞧着生气。

唯独魏名这小子，从那一天借着拉屎蹓在山子后面，见仇禄□进范家内宅，自己不敢久待，怕被仇禄扳出来，赶紧跑出去，蹲在门外听信儿，耗了半天，也没信儿。直到天色快黑，见仇禄骑马出来，自己只好躲开。过了几天一打听，才知道已经跟范家做了新亲。有心要再跟仇禄套交情，见过两次面儿，仇禄居然不理自己啦。后来入赘进学，一天比一天发达，心里越发的不痛快，想着我使心用计这们几年，要是达不到目的，我怎么能算破坏党中的干事呢！必须另想好主意。这一天进城，遇见衙门中的捕役，提起闲话，才知道本县里背了一宗盗案，明火路劫，还有几条人命。官人下去抄办，已经远扬无踪。魏名一想，他们是正着急呢，我要说仇禄是巨盗，未免不像。他如今这们阔，若说他窝赃，大概县台准信。这才报告了官人，县台立刻锁拿仇禄到官。

（二十三续） *1915* 年 *8* 月 *28* 日

禄依令徙口外。范公子上下贿托，仅以蕙娘免行，田产尽没入官。幸大娘执析产书，锐身告理，新增良沃如干顷，悉罣福名，母女始得安居。禄自分不反，遂书离婚字付岳家，伶仃自去。行数日，至北都，饭于旅肆。有丐子怔营户外，貌绝类兄。

却说魏名到县一报告，说仇禄的家财是倚仗他是秀才，在家中替大盗窝赃。本县的官役既跟大娘有前碴儿，而且官事正着急呢，如今既有魏名指告，不如实回县台，将他传案审讯，登时回上去。县台一听，立刻将仇禄锁拿到县。仇禄是个傻学生，如何见过这个阵仗儿，吓得净剩哆嗦啦。县台是一味刑求威吓，仇禄惧刑，屈打成招，将秀才开革，财产入官，定了个发遣口外①、给将军为奴的罪名（这点儿书，可是一表儿，真要按官事说，这段公堂，这篇就写不下，怎么能合原文呢）。

单说范公子，明知道女婿这官司冤屈，奈因他既然应了，铁案如山，也就无法了。按例这路发遣应当携带妻孥同赴配所，范公子如何舍得，花了好些银钱，上上下下一打点，方把蕙娘留下。

当日又有衙门官人按照仇家的地下税册一查点，所有仇家的田亩共若干，应当全行

① 口外：指长城关隘以北地区。

入官。大娘一听，吓得魂不附体，想着自己好不容易给仇家经营的这些田产，一旦被官府讹了去，将来母亲怎么过活呀。幸尔新置得几顷好地，当日写的字据，因为仇福居长，所以写的是他的名下。又把当日弟兄分产业的时候的分单找出来，把名字改了改，好在差不多，改好了亲身去至县衙补了一张呈词，大意不过“仇福惧罪远逃，所有田产应作伊母邵氏养赡。弟兄久已分居，与仇禄名下无干”等语。县台一瞧这位能事的妇人又来啦，有心不准，又怕他再来个上诉，只要自己的公事交待的下去，也就不深究了。这们糊里糊涂的把好地好房全留在仇福名下啦，邵氏同大娘足够过度的，其余仇家老契纸的地亩作为入官，较真儿不到一半。

这些事办理完竣，详上之后，仇禄可就该起解啦。自己一想，这一荡不定十年八载，遇赦或可回来，若是命短就许死在外边。与蕙娘本是恩爱夫妻，伉俪不过三载，耽误他的青春，如何使得。自己亲笔写了一张离婚书，无非说“任凭蕙娘另行改嫁，自己即便他年回来，决不争论”等语，写完印上手模，送到范家。至于范公子应当怎么告诉蕙娘，蕙娘哭的死去活来，又怎么追到十里长亭，饯别盟誓，按情理都应当说，原文没有，咱们也就□暗场子吧。外带还是没提有长解①、短解，简直的就是仇禄一个人儿带着盘缠、公文走下去啦。

晓行夜宿，走了几天。这一天来到北京，天色傍晚，肚中饥饿，见有一座小店儿，前面是饭铺儿，所卖的无非糙吃喝。自己要了点儿饼面，方才要吃，见门口儿有个乞丐，好像哥哥的模样。

（二十四续）1915年8月29日

近致讯诘，果兄，兄弟悲惨。禄解复衣，分数金，嘱令归，福泣受而别。禄至关外，寄将军帐下为卒。因禄文弱，俾主文籍，与诸仆同栖止。

却说仇禄到了这座小饭铺儿，要了点儿配口的菜饭，方才要吃，见铺子外面站着一个乞丐，大概是等座儿上吃完了折汤儿的。有心进来，又怕柜外轰他，故此偷眼往里瞧。仇禄一瞧，这人好生面善，好像胞兄仇福的模样。自己有心把他唤进来，一个错认了，未免费话，莫如站起身来，往门外凑，越凑越近，可还辨别不出来，只好说：“那一乞汉，你是那里人氏？姓甚名谁？”

这乞丐见问，用眼直瞧仇禄，可一点儿不认识了（一则这们几年，仇禄长了挺高，二则万想不到兄弟遭这事，并不是仇老大眼力不如二弟），想着既问我，必有个认识，连

① 解：这里指解差，旧时押送犯人的差役。

忙说："小子姓仇，我是山西陕西山陕西，西北嘎哩小老西（那位说，仇福要唱《打沙锅》吗？混到这样儿，净火锅不定打了多少啦。这也并非我斗哏，因为原文只说晋人，没准府县，此时不说，不合情理，楞添地名，又得罪人，莫如这们说就含混过去啦）。"仇禄一听，果是兄长，说："原来正是兄长，你快些请进来吧！"仇福一听是兄弟，说："呀，兄弟呀，你作什么上京来啦？"仇禄一瞧这儿挺乱，连忙对跑堂的说："后面找个单间儿，给一块银子，明天店饭钱一齐再算，把要的菜饭也端到后面。"

此时哥儿两个谁也不顾得饿啦，各诉别后离情。仇福的事，原文没有，不必代表。仇禄的事，由自己口中对哥哥一说，彼此越听越伤心，越听伤恸情，伤伤心，恸恸情（要排《荡湖船》），对哭了会子。还是仇禄先止住眼泪，说："事已如此，不必再提了。哥哥呀，你这身上有多们冷啊！"说着话解开钮子，把自己外套的一件大布衫脱了下来，说："你先穿上这件。"然后弟兄又添了点儿饼面，饱餐了一顿。天已昏黑，关上门睡了多半夜。天光将亮，仇禄坐起来将哥哥唤醒，把包裹打开，拿出几两碎银子，递与仇福，说："哥哥，你在北京当会子乞丐，全不想老母倚门而望。你拿这银子作为路费，赶紧回家去吧！"仇福一手接银子，一手擦眼泪，说："这也是我好赌钱的人么受的罪孽，没喂了狗，还算祖上有德。那们咱们哥儿两个就分手吧！"说着一同到了柜上算清账目，找了几十制钱，也叫仇福带着。出了店门，弟兄依依不舍，不必细述。

单说仇禄一个人到了关外，真是黄沙漠漠，白草含烟，好一派凄凉景况也，睹目凄凉，旷野迷离心惨伤（我别挨骂啦，满打会唱，谁又听啊）。到了台站，把文书投到该管的一位将军帐下。将军叫上仇禄一瞧，是个念书儿的人，武职官儿最喜爱认字儿的，想着铡草、喂马，他决没这力气，莫如派他写个出入帐目，就同自己下人住在一处。谁想这一来，才能父子相逢。

（二十五续） *1915* 年 *8* 月 *30* 日

仆辈研问家世，禄悉告之。内一人惊曰："是吾儿也。"盖仇仲初为寇家牧马，后寇逃窜，仲遂流徙关外，为将军仆。向禄缅述，始知真为父子，抱首悲哀，一室为之酸辛。居无何，将军获巨盗数十，中有一人，即曩时魏所诬禄之盗魁也，既具供状，父子咸泣告将军。

昨天所说的仇禄赴口外，这点儿书，实不相瞒，在下真不会说。因为我知道窝赃的案子，重至军流的虽有，并非官犯，似乎不能自行投至将军帐下，而且原文也没说是什么关外，只好糊涂着一表儿，反正玩艺儿不咧。

却说仇禄蒙将军把自己拨在账房儿，自然得见一见什么管事的、厨役头目等人。仇禄乍到此处，诸事都仰仗众人指教，而且年纪又小，自然得以和气为本，见面都作揖，称呼叔叔大爷。这些人一瞧新到的配军是个文弱书生，不像为非作恶的人。问了问是盗案牵连，又一问姓名籍贯，仇禄是直言无隐。内中有一个老院子①，看年纪约有五十多岁，先听说姓仇，就很注意，及至听他说，他父名仲，怎么被贼虏走的话，这一人机伶，说："如此说来，你……你……你……你是我的儿了！"此时仇禄也不敢说是，也不敢说不是，这才一问这个老头儿，正是姓仇名仲。

据说当日山西闹流贼，被贼虏去，给他们铡草、喂马，想要逃跑，一来跑不了，即便跑出去，遇见官兵，也当贼寇给拿去，反到送了性命，只好忍气吞声，在贼队里混皴。后来官军大队来剿，这群贼见众寡难敌，可就逃到关外头来啦，仇仲自然还得跟着。出关之后，自己这才投到这位将军帐下。蒙将军收录，作为仆人，并把从前离家的时候娶了邵氏几年，并福儿几岁、禄儿几岁的话，都说得一点儿不错。仇禄一听，才晓得却是父亲，由不得放声大哭，赶上前跪倒仇仲膝前。仇仲是意想不到父子重逢，似乎应当喜欢才是，被仇禄这一哭，不由勾起这些年在外面所受的罪孽来。又因为儿子是无辜犯罪，更是心疼，所以也放声一哭。同伴的人全是离乡在外居多，谁都有点儿心事，一瞧仇爷父子这番情景，也有擦眼泪的，也有哭着解劝的。从此仇爷爷儿两个白天各作各事，晚间住在一个屋内。

说书的嘴是有话即长，无话即短。过了几个月，这一天将军手下的官弁拿获了好几十名大盗，已经都赃证俱明，应请将军审讯录供后，恭请王命处决的。仇禄既是司帐的先生，这路公文也可以随便瞧一瞧，打开文书，见上面是河东水西的人都有。另有一名在山西地面为首的大盗，仇禄调出案繇一瞧，所做的案件，正是本县地方的事。自己好生欢喜，想着如今既有正贼，可就洗出自己并非是窝主喽，把话暗暗告诉明白父亲。

一会儿的功夫，将军擂鼓升帐，发放各路军务，然后才能提讯这些盗案。一会儿把这名盗首提上去，不过如同过法②似的，念一念供，方才要往下带，仇仲父子齐喊冤枉，跪在将军座前。

（二十六续）1915 年 8 月 31 日

将军为之昭雪。上闻，命地方官赎业归仇，父子各喜。禄细问家口，为赎身计，乃知仲投将军有年，两易配而无所出，时方鳏也。禄遂治任返。初，福别弟归，蒲伏自投，大娘奉母坐堂上。

---

① 老院子：京剧中对上年纪的老管家称为老院子。

② 过法：走过场。

却说仇禄既然证明此案为首的人与自己素①不相识，冤枉自然不辩自明了。这件事可非由将军专折奏闻不能释回，所以对父亲说明，爷儿两个把被屈的情形诉明将军。将军本来看着仇禄不像通贼的匪人，这才晓得内地州县有司如此黑暗，无怪人说屈死旁人笑死贼喽，登时颇生怜悯之心，说："既然你是无辜的赤子良民，待本爵修成折本，替你伸冤昭雪就是了。"仇仲同仇禄爷儿两个跪倒座前，叩谢将军，然后退下，照常服役，不提。至于这些贼寇怎么处决，将军怎么递奏折，也都不必细表。

单说奏折到了朝中，皇上亲自批阅，龙颜大怒，说："仇禄被屈，实该省地方官疏忽。即着将原抄的仇禄财产给还本主。如该县已将此产变价充公，罚令备价赎回，以为草率问案者戒。"这道旨意，可是由京都先交到山西，然后再由该省备文知照将军，仇家父子才能晓得哪。这天接到文书，将军把仇禄叫上去一说，就算奉旨特赦的人犯，命其不必耽延，急速启程。仇禄遵命退下，见了父亲一说，父子是非常之喜，许多同伴伙友也都给他父子道喜。

仇禄有心哀求将军把父亲一并放回，一来与自己不是一件事，再者将军帐下的奴才是有册籍的，必须备价收赎。这一程子，父子并没提到关外地方还有什么亲属没有，如今有心要走，只好问明白了，好有个办法。这才知道仇仲到关外，在将军帐下已经快十年了，在关外说了个家小，不到二年就死了，又续了一个，也活了几年就死了，此时正在鳏居。仇禄本打算把手内积攒的体己并父子的衣服折卖折卖，献与将军。到是仇仲摇头，说："吾儿不必如此！你是特赦的人，你先回去你的。俟到家安置妥当，你再汇点儿银子来，我再回去。一则省得你耽延日期，二来此处有我经手的事件，一时也料理不清。"仇禄一听，父亲说得有理，无奈天性至亲，反舍不得走啦。仇仲连劝带催，又给他预备好衣包褥套，写了贯市李②一乘驮轿③（彼时可不知道有没有哪），父子洒泪而别。仇禄往回里按站走着，暂且不提。

再说仇福自从那天与兄弟分手，穿着个大布褂，按站步行走着，好在这点儿银子足够吃饭、住店的了，晓行夜宿。这天好容易到了自己的本村儿，沿路也没遇见熟人，有心进去，自己反透着不愿意迈步儿似的，游疑了会子，只好低着脑袋进了大门，瞧了瞧，静悄悄的，并没一人。这才奔到上房，轻手蹑脚一掀帘子，见母亲正在堂屋拄着拐杖坐着呢。仇福心一酸，含羞带愧，咕咚跪在就地，爬到母亲膝前，一面哭，一面诉说已往的罪恶。大娘听见，由里间出来，要替母亲管教仇福。

① "素"，原文作"夙"，据语义改。
② 贯市李：旧时北京昌平贯市村李姓，专以经营马车等交通工具为业。
③ 驮轿：驮在骡马背上的轿子。

（二十七续）1915年9月1日

操杖问之："汝愿受扑责，便可姑留；不然，汝田产既尽，亦无汝啖饭之所，请仍去。"福涕泣伏地，愿受笞。大娘投杖曰："卖妇之人，亦不足惩。但宿案未消，再犯首官可耳。"即使人往告姜。

却说仇福羞羞惭惭回到家中，一见母亲，赶紧爬伏在地，说："娘啊，想杀孩儿了！"说着话，眼泪滴搭下来。那位说，昨天你说的同这几句差不多，做什么今天又重复一遍呢？皆因仇福后文真能自悔，所以才替他这们细说。若是口是心非的投诚，别听怎样设誓，也靠不住。

闲话少说，单说大娘一见进来的人是仇福，自己可不能出去就讲瞪眼，只好也来到外间屋，心想老太太必要做情一下子。谁知母亲见着仇福，又恨又疼，反到一句话说不上来啦。仇福见是大姐姐，更吓傻喽，连忙叩头，叫了声："姐姐。"大娘一见，要是不示法立其初，可怕他从此效尤，登时把母亲的拐杖拿在手中，说："你今天既回到家中，你可晓得从前你所做的事么？现有母亲在堂，这里有家法在此，你要愿受责打，打完了还可留你住在家中。若是不受责打，当日你所分的田产，你已经全自己折卖净了，这家里也没有你吃饭的所在，你做什么，还做什么去吧！"仇福一听，连羞带愧，爬伏就地，由不得眼泪直流，扪心自问，实在也对不过，说："母亲，现有家法在此，打儿一下，如同十下，打儿十下，如同百下。又道是打在儿身，疼在娘心（这话可是仇福说的，尹箴明替写的，并非谁听了半出儿《机房训》唏）。"

大娘一瞧，仇福是实意儿候要挨几棍子，以赎前愆。自己要真再打他几下子，以后到不好办啦，莫若记着这个碴儿，故意把拐棍子往地下一扔，说："像你这样的人，连媳妇都肯出手，我即便打你一顿，你还放在心上吗！莫如我也不必费这些个气力了。可有一节，因为你卖你媳妇，惹出姜氏刺喉、赵阎罗刑下毙命的重案。如今你可是缉获另结的人犯，你知道不知道呀？莫如今一天，我也不必替母亲责打于你。你如果那一时再有不法的事情，我奉母命把你送到当官，任凭官法处治也就是了。你要知道，官法如炉，到彼时后悔，可就晚啦（仇福总算没入过炉的，所以用这话吓唬他）！"

仇福见姐姐既不肯真打，连忙给姐姐磕头。大娘说："这是我替母亲代理执行的，你要谢过母亲才是！"仇福又赶紧给母亲磕头。此时邵氏只好任凭大娘发落，自己也无话可说了。仇福磕头，站在一旁。大娘说："你瞧你这个样子，还不到厨房打点儿脸水，洗一洗这一脸的鼻涕去吗！"仇福只得找了个脸盆，到厨房洗脸，不提。

再说大娘把母亲搀到里屋，拐棍儿还在地下扔着呢，自有下人进来替捡起，不提。

大娘立刻唤进一个婆子，说："我派你去到姜家，与大奶奶道喜，就说他丈夫现在已经回来。"

（二十八续）*1915 年 9 月 2 日*

姜女骂曰："我是仇氏何人，而相告也！"大娘频述告福而揶揄之。福惭愧，不敢出气。居半年，大娘虽给奉周备，而役同厮养。福操作无怨词，托以金钱，辄不苟。大娘察其无他，乃白母，求姜女复归。母意其不可复挽。

昨天的书，说到仇福回家，大娘与仇福各人有各人的心理。您对原文，虽然没这们说，在下可不能不略为补叙①，这也是他们说书人应有的规矩哟（又要犯戏瘾）。至于前些天说大娘"时市药饵珍肴，馈遗姜女"，看着好似不要紧，其实正为如今仇福回来的线索，足见蒲先生的文笔精细。

闲话少说，却说大娘发落完仇福已毕，立刻就打发人到姜秀才家去送信。去的婆子到了姜家，自然先见一见姜秀才夫妇，然后又请见姜大姑奶奶，告诉女仆说："我家姑奶奶打发我来，要见你们家的姑奶奶（比《恶虎村》的丁三巴不在以下）。"姜氏一听是大娘打发来的，只好把他叫进来。这婆子见面儿万福问好。姜氏也问："你家老夫人与姑奶奶可好？"婆子说："呦，告诉你老说吧，俺们老太太扶着棍儿，现在也能出门儿了。今天是我们姑奶奶特意打发我来，给你老送个喜信儿，今天我们大爷家来啦！"姜氏一听，立刻把脸儿一整，说："你家姑奶奶实在不对，我是仇家什么人？姓仇的回来与不回来，来告诉我做什么？"说着话，一甩袖子，进里间屋去了，把个婆子给僵到这儿了。幸有姜家的女仆把这婆子请到下房坐了一坐儿，这才告辞回来。

见了大娘，脸上未免不喜欢，说："姑奶奶，您瞧每回我去送吃的，大奶奶说也有，笑也有。今天去了，一提大爷回来，立刻把我给轰出来啦。以后这路美差，您少派我吧！"说着话走开。大娘立刻把仇福叫到屋中，把自己怎么派婆子去、婆子怎样懊怨的话对他说了一遍，说："可惜你这作丈夫的，你的结发夫妻都伤到这个样儿，足见尊驾的人缘儿喽！"数落的位仇大爷满面惭愧，连大气都不敢出了。大娘还把这话当做口头语儿，时常想起来就是这一套，仇福只好忍受而已。

一幌儿约有半年，每遇天寒，应穿的衣服，应用的物件，大娘样样儿张罗在头里，可是家中所有的累活儿，大娘也派他同长工下人一样的操做。仇福背前面后真连个懊怨星儿没有。又怕他还是好赌钱，遇有赶集上市的事，特意的交给他银钱，打发他去，赶

① "在下可不能不略为补叙"，原文作"在下可不能略为补叙"，据语义改。

到回来一算账，真连一个小钱儿都不错。大娘品了数次，知道他决不至再有错儿了。这一天回禀邵氏，说："女儿有一件事，久已想同母亲商议。因我兄弟令人不放心，所以没敢说。女儿屡次试探他，如今果然改恶向善，打算把我弟妇接回咱家，一则他夫妻完聚，二则早晚也有人服侍娘亲。"邵氏一听，直掉眼泪，说："怕我那贤德的媳妇不肯吧！"大娘一听，说出一段情由，咱们是明天再表。

（二十九续）1915年9月3日

大娘曰："不然。渠如肯事二主，楚毒岂肯自罹？要不能不有此忿耳。"遂率弟躬往负荆。岳父母诮让①良切。大娘叱使长跪，然后请见姜女。请之再四，坚避不出。

却说邵氏从前与儿媳本来和美，就是把他分出去也是因万不得已。不想仇福把一家暗中出卖，幸亏能守贞节，才不落在赵阎罗手内，时常想起姜氏，总以为对不过。所以一听大娘说要接姜氏回来，虽然起心里愿意，可怕办不到，连忙说："你说的虽好，可怕人家不肯回来吧！"大娘说："母亲有所不知，要说我那姜氏弟媳，实是三贞九烈，称得起好马不备双鞍鞯，烈女不嫁二夫郎（大娘真念过《名贤集》）。他要是贪图旁人富贵，岂肯以身殉节，受那样的疼痛？不过我兄弟所行的事，实在下不去，难免人家心里有气呦。女儿既回明母亲，您就听我办吧！"邵氏说："吾儿说好便好！"大娘这才换上衣服，一面把仇福叫来，说："今一天我同你上姜家去陪罪去，到了那里，你可不许再闹姑爷脾气！"仇福心说，我还闹脾气，我都成了《丁甲山》的李逵啦，谁教我当□好赌钱呢，只好连声答应，说："任凭姐姐吩咐！"

大娘□定仇福出离家门，直奔姜家。原文没说多远儿，大约也不过几里地，一会儿可就到啦。进了大门，也不用人通禀，大娘在前，仇福在后，直奔上房。姜家老夫妻正在上房坐着，冷不防见大娘把仇福带来。大娘一见面先与老夫妻万福行礼。此时姜秀才一见仇福，这气可不打一处来，气的直甩胡子，说："好畜生，你……你……你……你今日还敢来见我！"姜老太太一见面儿，气哼哼的说："你今天又做什么来了？"仇福含羞带愧，低着个脑袋一语不发。大娘说："仇福，你还不跪了！"仇福一听，赶紧双膝跪在当地，任凭丈人、岳母数落吧。大娘站在一旁，也只好旁听啵（没设一旁听席）。

容姜老夫妇数落了会子，气也少微消了点儿啦，词儿也没什么可说的啦，这才搭讪着凑近姜老太太面前，说："亲（念庆）娘，您消一消气儿吧！招呼气着，不是玩儿的。我今天把他带来，来给你们二位老人家请一请安。再者，打算把我大妹妹也请出来，有

① 诮让：谴责。

什么话，让他们彼此说说，究竟还是夫妻。不知老人家肯替我请一请不肯?”姜老夫妇虽说仇福不好，自己女儿既许给他，又没正式离婚，不能另嫁，自己养活会子，也不是长法。这一程子也暗中打听，仇福这次到家，已经改过前非，可称真心悔过投诚（那是党人），也极愿意他们夫妻团圆。不过这件事不好由这一方面提议，如今就着大娘这个台基儿倒也很好，心里虽然这样想，可不能明说，只好对大娘说：“姑奶奶，咱们娘儿们虽然短亲近，可是见面投缘。若说要见你妹子，也没什么使不得的。你先请坐，容我打发人叫他去。”一面拉着大娘坐下，一面叫婆子：“去请你家姑娘!”谁想婆子去了三四次，姜氏一定不肯出来。

（三十续） *1915* 年 *9* 月 *4* 日

大娘搜捉以出，女乃指福唾骂，福惭汗无以自容。姜母始曳令起。大娘请问归期，女曰：“尚受姊惠綦多，今承尊命，岂复有异言？但恐不能保其不再卖也。且恩义已绝，更何颜与黑心无赖子共生活哉！请别营一室，妾往奉事老母，较胜披削足矣。”大娘代白其悔，为翌日之约而别。

却说大娘央求姜老太太把姜氏请出来，所为给他们夫妻拉个面儿，谁想婆子进去三四荡，一定不肯出来。仇福在堂屋跪着，自然也不敢起来。大娘对姜老太太说：“怎么着，我说了会子，大妹子不赏脸，那可不行！不管怎么说，我也得把他请出来!”说着话，自己就奔了里间儿，进去一找没有，四下一瞧，才看见由钻山另有个门，通着后院儿。大娘也不用婆子引路，亲自开开这个门儿，原来是直通后院一个跨院儿，另有三间小房儿。大娘奔到这院子，果然是姜氏的卧房，一个人坐在屋里正擦眼泪呢。大娘一见，说：“妹妹，你真懂交情就结啦！我带着请事家亲自跪门，你都不见面儿，票习总算不小呕（这是大娘说的吗？搂揽太①请局哪)!”说着话，一手拉住姜氏，说：“你快来吧，老爷子、老太太叫你哪!”姜氏无法，只好跟随大娘到了前院厅房。

刚一出里间屋门，见当地跪的正是自己的丈夫，这气登时撞将上来，恶狠狠啐了一口唾沫，又有方才哭的鼻涕，满招呼在仇大爷脸上啦。一面用手指着，开口大骂，也无非畜生、恶贼等类的词儿，决不能破米糟糠。此时仇福动也不敢动，擦也不擦，连急带臊，顺着脑门子往下直掳热汗，恨不能有个地缝儿钻进去才好。

姜老太太一瞧，这点儿地方没人能劝，再说上年岁的人，究竟心慈面软。俗语儿说的杀人不过头点地，人家孩子此时成了东岳庙的秦桧啦。又在自己家内，还能不给个台

---

① 搂揽太：兜揽事情的能人。

基儿吗（姜老太太纯乎还是丈母娘疼女婿，并不是要跟秦桧交朋友）！这才站起身躯，赶过去一拉仇福，仇福趁势起来。老太太又对女儿说："得啦，算了吧，不瞧他还瞧你大姐姐哪！"大娘趁这当儿也把姜氏拉到里间屋里，说："妹妹，你消一消气儿，有什么话，咱们屋里来说！"说着话，二人进到屋内。大娘说："今天我是特意前来请你。你趁早儿归着归着，那一天我来接你回家。要没什么要紧的，咱们姐儿两个一块儿回去吧！"

姜氏一听，连忙摇头说："自从这几年妹子在家住着，屡次蒙姐姐赐药赏吃食，我心中甚为感念。今天既承姐姐尊命，妹子安敢推辞。但只一节，我若回去，保不齐他不再卖我呦！况且我与他恩义已绝，还有什么脸面与这样黑心无赖子在一块过日子呢！姐姐一定叫我回去，请您给我收拾出一间单屋，我去服侍婆母，较比我出家为尼好的多喽！"

大娘一听，有了活动口话儿，这才替仇福说了些已经改悔的好话，定明过日来接，又叮嘱几句，带着仇福回转家门。

（三十一续）1915年9月5日

次朝，以乘舆取归，母逆于门而跪拜之。女伏地大哭。大娘劝止，置酒为欢。命福坐案侧，乃执爵而言。

却说大娘既听姜氏有肯回家的活动话儿，自然就不便紧自耽延着了，这才向父女爷儿三个告辞，带着仇福出了姜家村，回到仇家。见了母亲，把姜家的事从头细说了一遍。邵氏一听，自己也很喜欢，说："但不知我那贤德的儿媳那一天可以回来呢（大娘一听，老太太又要上口，八成儿是乐的）？"大娘说："这件事，据女儿想，是急不如快。明一天套个车，把他接回来也就是了！"一夜无词。

次日天明，大娘起来叫长工把骡子别拉到庄稼地做活去，又跟本村借了一辆西脚儿坐车（那位说，这个麻烦。要是现成，为什么昨天的书偏说大娘走着呢），又派了个得力的老婆子，嘱咐好了他坐上车直奔姜家，到了那儿，催着姜氏辞告父母，坐车回来。

老太太坐在屋里，心里直游疑。忽听门口儿有车站住，大娘赶紧往外迎，就听二门外说："姐姐昨天回来好哇？"老太太一听，儿媳妇真来啦，也不用人搀，拄着拐棍子也往外迎。刚出屋门儿，果然见大娘与儿媳一同进来。老太太想着总是儿子对不住人家，自己都有些见不起他，登时把拐棍儿撒手，咕咚跪在当地就要磕头。姜氏一见，说："母亲为何如此？不孝儿媳罪该万死了！"说着跪在地下放声大哭，一面说："娘啊，想杀儿媳了，呜呜……"大娘一瞧，婆媳全都哭了，自己也不由掉下几滴眼泪，连忙用手往起拉姜氏，又说："母亲，今天正是大喜的日子，快不必如此！"此时仇福也搭讪着出来，赶过去把母亲搀了起来，接姜氏的老婆子趁势把老太太的拐棍儿捡起来。姜氏搀着婆母进了屋子，婆媳全是哭中带笑（《阳平关》的曹操），几年没有见面儿，反不知道说什么好啦。大娘冲着仇福说："你就不用在这儿傻耗着啦（有了新上工的了）！你赶紧到厨房，预备几样儿肉菜，打上二斤汾酒（山西的事吗），咱们大家团团围桌，开个家宴，并且我还有话说哪！"

仇福是不敢违拗，跑到厨房告诉厨子，然后忙着打酒，烫热了拿到上屋，赶紧搬桌子，挪椅子，设了三个座位。大娘说："今天这桌饭可得有你，不过你不能上坐就是了（得让新上工的）。"仇福连忙拉了个凳儿放在下首。一会老婆子把菜端上来，姜氏也帮着往上摆。不用人让，第一座自然是老太太喽。次座大娘让姜氏，姜氏一定不肯，大娘坐了二座。姜氏有心要自居末座，大娘说："好妹妹，你就不用再让啦！"姜氏果然没理仇福，坐了三座儿（可没得四旗）。仇福按位把酒斟上，就见大娘站起身形，一手举起酒杯，不慌不忙，细述自己的来意，并且告辞要走。

（三十二续） *1915* 年 *9* 月 *6* 日

曰："我苦争者，非自利也。今弟悔过，贞妇复还。我以一身来，仍以一身去耳。"夫妇皆兴席改容，罗拜哀泣，大娘乃止。居无何，昭雪之命下，不数日，田宅悉还故主。魏大骇。

却说仇福忙合了半天儿，以为是大娘给自己跟姜氏摆和息呢。当日总算我对不起人家，只要有人一调停，再罚我给他斟个盅儿，不也就一天云雾散了吗，于是把酒按位斟好。

就见大娘站起身形，说："我这一次住娘家，一幌儿好几年的工夫了。为仇家的家业，打官司告状得罪许多小人。不知道的，全以为我是为自己谋私利，趁势夺娘家寡母孤儿的财产，争到手就算做我的了，殊不知我决没这样意思。当初又不能对谁表明，幸尔如今兄弟改过前非，贞节的弟妇又复团圆，仍是一家子人家儿。我当日是一个人来的，我这如今还是一个人一走儿。所有的田产地亩全有帐籍，兄弟也都知道，就不用我多交待啦！"大娘这些日子的心事，不但仇福不知道，就连邵氏也没看透。如今大娘一说要走，邵氏心里由感念发出一股子伤心泪来，坐在上面有许多的话，一句反到说不上来了。

仇福一听，姐姐这样大仁大义，使心用计，敢则全为的是自己，如今要走，那如何使得（要是把事情办好了，生心把人算计出去的人，人格便还不如仇福了），脸上立刻肃然起敬，可就坐不住喽，站起来咕咚跪在大娘面前。姜氏这几年虽在娘家住着，大娘所办的事也早有个耳闻，很是佩服的，这番回来，还打算自己要格外孝敬这位大姑子些年，好报答人家为仇氏门中受的累；再说倘若自己丈夫有个靠不住，还得仗着姐姐管教他呢，听说今天就要告辞，那如何肯让人家走，连忙也站起来，赶到大娘面前，陪着丈夫也跪下来啦（大娘好像受了个二次双礼）。夫妻两个人对跪着，一阵伤心，掉下了伤心泪，异口同音说："不论怎么说，我们也不能让您走！您要是答应下，我们才起来呢！"大娘一瞧这个情形，当时决走不了，只好说："你们都起来，暂时我不走就是啦！"邵氏在上坐，本来都听傻啦，好容易听到大娘说不走的话，跟着也答了句言儿，说："姑奶奶既成全我们家，务必成全到底。况且你二兄弟的事，还得仗着你多分心哪！"大娘说："今天咱们都不必提陈事了，暂且还是喝酒吃饭。吃完饭把前院东所的房子收拾收拾，你们夫妻住在那院儿也得照应。"姜氏也就不敢再推辞了。

过了几天，本县接到省城公事，仇禄确系无辜良民，即日赦回，所有已抄没的田产，着仇家亲属先行领回等语。这是奉特旨交下来的公事，该县如何敢迟误，也不知仇家有什么运动，故此赶紧来传人去领，仍由大娘出头领回。这件事哄动全省，本县更当稀罕事喽。别人全不走心经，惟独魏名因仇禄的官司是他害的，如今人家昭雪明白，自己好生害怕。

（三十三续）*1915*年*9*月*7*日

不知其故，自恨无术可以复施。适西邻有回禄之变，魏托救焚而往，暗以编菅爇禄第。风又暴作，延烧几尽。

却说魏名这小子忽然听说仇禄的官司奉旨昭雪，从前所抄的田产也全行领回了，这下子可把小子吓傻啦，心说罢了，罢了，总算他们这姓仇的能运动。又一想，不对，要说有人情，为什么当日不早撕掳呢？这个缘故，只好慢慢儿的再打听吧。可恨我这几年使尽心力，打算闹他个家败人亡，想不到竟自达不到目的。我要再勾引仇福，也怕他不上当了，若是□从此改变方针，不再破坏他们的事，我算那一道人物呢！想了半天，怎么也没有好主意，只好叹了口气，说："有咧，我给他个长长的工夫，耐耐□性儿，大概早晚总得有棱缝儿，这叫没有十里地碰不见个秃子的（如今可许一天见不着一个有辫子的）。"

不想这一天晚晌，魏名刚要睡觉，听见人声鼎沸，照得窗纸通红，赶紧起来，出院子一瞧，原来是本村着起火来，看方向好像仇家，自己这分儿喜欢就不必问啦，说："我出去打听打听，要是他们一家子全都烧死，那才可心哪！"及至出来一瞧，又好像离仇家稍远一点儿，自己一气儿跑到失火的门口儿一瞧，正是仇家的西接房。本村的人，还有地方保甲都在那儿救火呢。魏名说："都是本村儿的老街坊，这是怎么□的，快泼水！"老魏在这本村虽说不是好人，可是说话□嘻和，也有个人缘儿，大家也有跟他对劲的（这就是俗语儿说的，秦桧也有几个朋友吗），连忙说："魏大哥，你既来了，快帮一帮忙儿吧!”魏名赶紧把长大衣服脱下，放在大家衣服堆儿里，跑进去，帮着本家儿往门外头抢东西，往返搬运了两三荡，连口带累，热得顺着脑门子往下流汗。

这一处房子忽然落下架来，魏名趁大家口乱，转到后院一瞧，正是仇家的西院儿。书中代表，这院房子本是仇禄住的，此时他没在家，倒锁着门，他无非堆着些木器等类，后院有一堆柴禾，正靠这边墙儿。魏名爬墙一瞧，别提多高兴啦，说:“想不到，这可是天从人愿。”满院里一找，这后院有几捆苇子。魏名隔墙把苇子接到柴禾垛上，又拿了一捆，溜在火塘一引，往墙那边儿一扔，连忙往前飞跑，跑过前边儿来，抓起衣裳，说:“既然房子落了架，大约也不致再延烧了，诸位多辛苦，我可要歇歇儿去啦!”大家也没人拦他，魏名又溜到墙后边。恰巧西北起了一个大旋风，飞沙走石。仇禄这一堆柴禾上面既引上火种，一会儿火借风力，风趁火威，口喇喇延烧起来，被风一扑，把仇禄的住房引着。俗语说水火无情，遇着风实在不易施救。烧了多半夜，已经延烧了十之八九。

（三十四续） *1915年9月8日*

止余福居两三屋，举家依聚其中。未几，禄至，相见悲喜。

昨天的这点儿书是魏名救火又放火，说的不在行，诸位多担待着点儿，在下没放过，可有什么法子哪，只好照原文编造着说。但只一件，仇家既是紧邻，大娘又是个精细人儿，一点儿不防备，论理可说不下去。若有防备，何至受魏名的这一手儿害。这玩艺儿，比如没有原文，咱们就有主意说，不信我造回谣言您听。却说仇福在院子一见西邻起火，吓得嚷着往屋里跑，说:“可了不得喽，着了火喽!”邵氏老太太本是病身子，这一程子又想小儿子，又犯陈病根儿，正爬在枕头上哼哼哪。大娘坐在一边给老太太捶腰，冒猛仇福一嚷，大娘站起来，想出屋子瞧一瞧去。刚到门口儿，仇福整着就闯进来啦，彼此躲闪不及，把大娘闯了个仰面朝天，仇福爬在身上啦。邵氏在床上一起身，背过气去，也骨碌下来。姜氏听见上房嚷，由东院跑过来，这才搀大娘。仇福爬起来，过去揪母亲，连撅带叫，用草纸薰。大娘被仇福把腿砸瘸，也不顾疼痛，只好叫婆子预备开水，灌母亲药。因这们着，所以没顾上防火，一会儿连到这院，才往外跑。您听管保圆全，可惜带原文说就不许这们办，咱们只好做为大娘这回露空①吧。

闲话少说，却说仇家这一家西邻，本是个小户人家，几间房子一会儿烧净，好在没多少东西，大家帮着抢出好些东西。单说仇家这把火，正赶上大风，迷人眼睛，所以那些位救火的也无法施救，只好等烧净了再说啵。一幌儿天亮，风势稍息，就剩下前院东

① 露空：照顾不周。

所仇福新收拾出来的三两间，亲丁娘儿四个只好暂且在这房子忍着吧。男下人与长工在院子搭窝棚，女仆借别人家寻休儿。过了几天，邵氏的病才好了一点儿。

这天忽然仇禄坐着驼轿回到家中，到门口儿一瞧，都认不出迹址了，烧成一遍瓦砾场似的。仇福正在门口儿捡砖头儿摆院墙哪，见驼轿中坐的正是兄弟，好生喜欢。仇禄此时也下了轿，弟兄在门外抱头恸哭。哭了会子，驼轿夫在旁边直嚷，说："你跑到了家啦，有什么话，你们家里去说！赶紧把轿子上东西拿下来，给我酒钱，我还得赶下站住连号去哪！"仇福一听有理，只顾我们捣乱，人家跟着白饶工夫，说不下去。仇福赶紧由身上取出一张口上①的银票给了驼夫，驼夫还直争竞（不然人就说车船店脚牙，无罪就可杀了吗），仇禄又给添了一块碎银子，这才不争。此时仇福帮着赶轿的把二爷的行李取下来，驼轿夫告辞，不提。单说仇福抗上行李直奔东跨②院儿，仇禄只好跟着。一进门儿，就见母亲正在堂屋坐着呢。仇禄连忙□行了几步，说："母亲，娘啊，想杀为儿的了！"

（三十五续）1915年9月9日

初，范公子得离书，持商蕙娘。蕙娘痛哭，碎而投诸地。父从其志，不复强。禄归，闻其未嫁，喜如岳所。公子知其屋灾，欲留之，禄不可，遂辞而退。

上文书说的是仇禄回家转，一家骨肉庆团圆，悲喜交集相见面，彼此把离怀诉一番；仇家的事儿挨靠在后，列明公，听我另说书半篇；书中代表那一个，挤回来再说公子范生员。那位说，你这也叫评讲吗？"梨花片儿"③，因为什么这们造魔哪？皆因这段书，玩艺儿虽然不错，就是倒笔太多。蒲先生一个"初"字，我就得倒回来说半篇，说的实在絮烦了，所以改一改笔调儿，并非是要拜谢大玉④那一门（人家也得要哇）。

闲话打住，却说当日仇禄启程的时节，不是给了蕙娘一封离婚书，任凭改嫁，免误青春吗。范公子见了这张离婚书，自己不能做主，再说仇禄这件事，本也没时候回来，只好拿着给女儿，说："这是你丈夫给你写下的字据，你如果愿意，有对式的就另给你提一提。"蕙娘一听，放声大哭，说："因为什么他把我休啦！那可不行，就凭这一张纸，算得了什么执据（八成儿因没贴印花）！"一面哭，哧儿哧儿的撕了个粉碎，扔在就地。范公子一瞧，连忙又替仇禄遮说，说："这也是姑爷的一片美意，怕是回不来，所以留个字儿（比说着明白点儿）。按说两口子可过不着这个，他说他的，你既不愿意，有个一死

① 口上：指长城关隘处的一些镇市。
② "跨"，原文作"夸"，据语义改。
③ 梨花片儿：以铁片或铜片为伴奏乐器的一种说唱曲艺，也叫梨花大鼓。
④ 谢大玉：民国初年著名梨花大鼓女演员。

儿不嫁人，等他回来还不行吗！况且咱们家也不至于养活不起你，得啦，别哭啦！”蕙娘见父亲肯从自己的志愿，也就不便再磨烦了。这可是全是当日仇禄走后时节的事，不过今天才说出来。一幌儿这们几年，如今仇禄回到家中，见阖家俱都团圆，惟独自己的妻子不知是否另嫁，这才跟姐姐一打听，敢则人家为自己守嫁立志呢（好似王宝川①)，心中别提多高兴喽，连忙擦了把脸，连饭都没顾得吃，告诉明白母亲、姐姐，说自己要到丈人家请一请安去。邵氏一听，说：“我本打算叫你去荡呢，你到了那儿替我问好。”仇禄答应，出离本村，直奔范宅。

一会儿到了门口儿，有几名老仆人见是姑老爷，赶紧过来，说：“请姑老爷安（许是崔八儿②)。”连忙就往里让。到了厅房，范公子在屋内看见，赶紧迎出来，仇禄上前行礼。此时范夫人也听见了，带着女儿、儿妇出离后堂，直奔腰拴儿③（不对，那是茶馆儿)，直奔前厅。彼此见面，各诉离情。蕙娘与仇爷当着父母、弟媳不便谈心，坐了一坐儿，仍回后面去了。范爷说：“前些天，听说你家中失火，还是烧的很苦。今一天，本当把小女送回，让你们夫妻团圆。奈因你家没地方儿住，如何是好？不如你就在我家暂住些天，俟等盖好了再搬回去，不知贤婿意下如何？”仇禄说：“启禀岳父，小婿与我母亲、兄嫂一别数年，今天必须回去，团聚些天。至接令嫒一事，俟修妥房屋，也还不迟。”说完告辞回来，这才与大娘商议建筑新房。

（三十六续） *1915 年 9 月 10 日*

大娘幸有藏金，出葺败堵。福负锸④营业，掘见窖镪。

昨天的书，说是范公子要留仇禄，自是意中之事。原文可没说出理由来，在下不能不替仇禄略表一表。所以说“乍回到家，应当侍奉母亲些天，以尽人子之职”，这话固是实情，其实仇禄是另有心意。因从前在丈人家的时节与内弟既然不和美了，才赶紧告辞。如今自己又是遇罪新回来的，而且被火烧的无处存身，若是住了丈人家，更难免人下眼看待啦，故此决意不住下。可又不能对丈人明说，只得以奉母为辞，范公子自不能再强留了。这正是仇二爷善于处事的圆到处。吾人对于亲友，这些地方都要留心才是。

闲话靠后，却说仇禄回到家中，同大娘商议房子应当怎么修理。大娘说：“这件事你到不必着急。我因你走后，你弟兄没有音信，倘或母亲有个山高水远，没什么发丧，陆

---

① 王宝川：京剧《武家坡》中的人物。
② 崔八儿：京剧《绒花计》中的人物。
③ 腰拴儿：指茶馆大厅的中部座位。
④ 锸：一种掘土工具。

续攒了百十两银□。后来你兄长回家，我信不及的他果能改悔前非不能，所以也没敢叫他知道，还在后院坛子里藏着呢。你去把他拿出来平一平，满照原旧盖可怕不够，糙糙儿的修几间总还办得了。”哥儿两个一听，喜欢的了不得，趁着没人，把银子拿到屋内（这点儿并非我故意磨烦，要是细说大娘的藏金，就好像自己带走的似的了，咱们不能诬蔑好人，这都是最要紧的地方儿）。

仇福欢欢喜喜的对兄弟说：“明一天你歇一歇，你去买木料砖瓦，我还是先清理地盘儿，带手预备齐了材料，咱们再找瓦木匠。”仇禄说：“兄长也得节劳才是！”仇福说：“当日我在北京也做过泥水活，连两顿饱饭混不上。如今为自己家的事，又没人催，闲着也是闲着，兄弟你就不用管啦！”仇禄见哥哥能时时追想前非，果然是悔过的好人了（能悔过便不怙过），只好由他办去吧。

第二天一早，姜氏忙着做饭，吃完，仇禄带上银子赶集去买木料。大爷抗上铁锨，先把临街的墙上土往上堆了一堆，把砖捡到一块儿。做了两天，临街的活做完，又在院内清理房根基。靠大房前头，一面有一个泄水的暗渗沟，仇爷撮到这儿，见沟盖上花砖被火烧酥，不撮又怕堵住水道，撮到此处，手劲大了一点儿，连砖带土全塌下去。自己连忙把铁锨放在一边儿，找了个端筐，想把碎砖搬运开，捡了两筐，又捧了两筐浮土，往下就应当看见水道，或有破坛子、没底的缸什么的才是，不想里面却是一块石板。仇爷心说，这可怎么往下泄水呢？我不免撬开瞧一瞧。想到其间，找来一把镐头，照定石板犄角儿使劲往起一掀，敢则不是水沟，是个石板砌成的银子窖，里面满是老宝①。自己一想，莫如别动，暂且盖好，再瞧那一边儿去。到了那儿，把那旧砖起开②，此处是个真渗沟，于是也不顾再挖啦，净等二爷回来商量商量，趁着黑夜没人好往外搬运老亲人。

（三十七续）*1915* 年 *9* 月 *11* 日

夜与弟共发之，石池盈丈，满中皆不动尊也。由是鸠工大作，楼舍矗起，壮丽拟于世胄。

却说仇福用铁锨把石盖掀起一点犄角儿，见全是老亲人。那位说，你这个贫。诸位有所不知，我真见过有一路人，见了银子连命都不顾的，岂但拿银子当亲人呢（到是当什么呀？你不知道，不是当宝贝□吗）。登时两只手反哆嗦上啦，心也直跳，说：“罢了，想不到这儿有这些好东西。我要一吵嚷，就应当入官。不如先盖上，俟等夜里没人，再

① 老宝：大元宝。
② “把那旧砖起开”，原文作“那旧把砖起开”，据语义改。

跟兄弟商量往外运吧。”打定主意，照旧盖好，也不再作工了。到了屋内，悄步声儿的把话告诉大娘。大娘一听，自然也很喜欢，净等仇禄。

仇二爷这两天忙着预备材料，外乡地方不能说要盖房就上生料厂号料去，各集去了两次才凑合买妥，所以这天回来的晚了。到家见哥哥笑嘻嘻的迎接出来，说：“兄弟，你可回来啦！你先别进屋子，跟我瞧宝贝儿去！”二爷不知哥哥今天有什么毛病，只好跟着。见他抗着铁锹直奔大房西面台基儿前头，到了那儿，用手一指，说：“兄弟，你瞧！”二爷一瞧，有石板，心里明白八九，赶紧低声说：“此时天色还早，咱们先进屋子，吃了晚饭，等着阖村关门睡觉再往外运也还不迟。”大爷说：“咱们不如先把石板掀起来，到瞧有多少，再虚掩上。一来回□省事，二则也好预备藏的地方儿呀。”仇禄听哥哥说的有理，连忙也把衣服脱下来，跑到屋里，找来一根铁通条。此时仇福已把石板犄角儿撬开了个缝儿，仇禄也帮着把通条下进去一掀，见这个窖不过三尺见方，往下看不见底，里面的老宝，全都挂了黑黝儿啦（不然原文就说是“不动尊”啦，足见短过风儿）。

哥儿两个看明白了，这才到屋中吃完饭，歇了歇，打算睡个盹儿，反到睡不着了。好容易听天交三鼓，哥儿两个拾缀利落紧沉，可不是穿夜行衣靠。大爷提溜着筐子，大娘张罗要点灯笼。二爷说：“姐姐，您瞧外面有月色，足以行得了。”哥儿两个一前一后出离东院儿，到了原地方儿。大爷低言悄语说：“慢着点儿。”这才把石板掀开，一个一个的往筐子里捡，捡了二十个。大爷说：“别捡了，多了端不动。你这儿看着，我先往屋里搬一荡去！”简断截说，半夜的工夫，所运到屋里放在床底下的都堆不下了。再瞧这石头池子方才露底，约有八九尺深。仇禄站在池子里，都往上递不上来了。还是大爷有主意，递下几块破砖头去，仇禄登着往上送。到了下两层，另有两捆炉条，仇二爷听人说过，那叫金条（不然就说石祟啦）。及至满运上来，天光将发晓，不但大娘同姜氏跟着忙了一夜，就连邵氏老太太虽是病身子，也一夜没合眼（那位说，为看银子吗？不是，也□□床呀）。堆完之后，弟兄们这才商量说：“现在既有这些银子，咱们就不必小做啦。天光一亮，咱们就找几个木厂子商人，先画成图样，按照京师世家修盖楼房，必须要在这山西省盖一所独一无二的房舍。”

（三十八续）*1915 年 9 月 12 日*

禄感将军义，备千金往赎父。福请行，因遣健仆辅之以去。禄乃迎蕙娘归。未几，父兄同归。

却说仇氏弟兄既把真东西运到屋内，自然有了胆子了。要照旧再埋起来，岂不是看财奴吗！也不便因陋就简，于是找了两家木厂子，先画成图，一半参照范公子的花园，一半按照金谷园①的样式。真是有钱办得趁心事，不多日子，全盖起来了。虽然不能真像晋朝石崇的住宅，已经大有可观喽。弟兄两个每天也不能消停，及至工程告竣，交了活，仇禄一瞧，摆设还是不行。第一宗先短个老爷子，要来个新亲友，一定要拜见，能告诉人家说“在口外某将军帐下为奴”哪吗。别管置买什么，全都得往后搁一搁儿，先赎爸爸要紧（不像人话）。可是凭良心自问，自己要不亏□位将军，如何能昭雪这场官司，为人也要知恩报恩才是。况且银子是倘□之物，白得来的。这才对母亲、姐姐说明，要预备一千两银子送与将军，余外带点儿盘费，自己再出荡关，把父亲迎接回来，以符当日之言。邵氏同大娘一听，知道这是他的孝心，自不能拦阻，不过舍不得他又受风霜之苦。

此时仇福在一旁可就答了言儿啦，说：“兄弟，你这一荡不必亲自去了。父亲是咱们两个人的，如今你在家里歇着，料理一切。你恳恳切切的给将军写一个禀帖，大概我去也是一样！”仇禄一听兄长所说的话也甚有理，连忙点头，说：“兄长愿去，也无不可。不过兄长没出过关，道路不熟。”此时大娘也在旁答了言儿啦，说：“既是你兄长愿去，也到很好。一则以尽他人子之情，二来你还有许多的事呢。第一先得把弟妹接回来，还得上学台处递呈子，好开复你的生员头巾。至于你怕大爷没到过关外，并且又有许多银子，这事我到有个主意，派两名得力的长工伙计，备上他三匹牲口，就作为出外营商去。谁也不知有银子没有，自然也就没事了！”仇福一听，自己更愿意，一来有人仗胆子，倘若有了疏失，也有人打质对（不是仇福安着什么心，是怕人不放心自己，足见从前失足处的人，处处得留心才对）。当时商量好啦，立刻置褥套，又买了两匹牲口，挑了个出行的日子。仇禄禀帖已经写妥，仇福带好，拜辞母亲、姐姐，带仆人出关，不提。仇禄送到村外，这才回来，第二天忙着添置床帐桌椅，不几天收拾好了。

仇禄又亲自到了范公子家中，言说现在房子已然修妥，打算迎蕙娘回去。范公子也不知道仇禄这些银钱是刨出来的，还以是有存项呢。从前蕙娘带去的妆奁也都烧啦，现在家里手使的东西又派下人给抬了好些个去。仇禄因是丈人疼女儿的，也不便拦。这天蕙娘辞别母亲回到家来，先给母亲、姐姐行礼，然后大娘才给他引见姜氏嫂嫂，阖家团圆，别提多高兴啦。过了没有多少日子，这一天，来了四匹性口，正是仇仲与仇福回转家门。

（三十九续）*1915年9月13日*

一门欢腾。

① 金谷园：西晋石崇的住宅。

却说这一天，仇禄正在家中，忽然家人由外面跑进来，说："大爷迎接老太爷已经回来了，在门外下马哪！"仇禄一听，连忙起身往外相迎。刚出二门，见父亲在前，哥哥在后，有一个下人提溜着褥套行李已经进来啦。说书人代表，那一名在门外照应牲口哪。仇禄一见，抢行几步，赶上前跪倒磕头。仇老头儿是悲喜交加，说："吾儿起来，为父的想不到竟有今日！"仇禄又与哥哥行礼，说："兄长一路多有辛苦！"说着话，爷儿三个直奔庭房。进了二门，邵氏、大娘率领姜氏、蕙娘全迎接出来，这姐儿三个先与老人家万福，容进了屋子再行大礼。惟独邵氏老太太好僵的难过，一肚子的委屈，见了老头子的面儿，惹得人哭也不是来笑也不是（要唱《探病》），只好□了□："老爷一向平安。"仇老头儿从前没见过这样局式，只好点了点头（怕盖口不严，反砸词儿），起心里一酸，眼圈都红啦。大娘一瞧，彼此再一动心，在当院子老两口子真来个抱头痛哭，不但叫下人看着泄气，让儿媳妇瞧着也笑话呀（普通书套子，都爱说彼此见面抱头痛哭。我要也这们说，诸位想情，老两口子一要这宗老骨头，大概有点儿观之不雅吧）。大娘在一旁赶紧说："多年离别，一旦骨肉团圆，都不必伤心了，有话屋里说吧！"仇仲这才进来，坐在上座儿。大娘先行礼，然后告诉父亲："这是您大儿媳姜氏，二儿媳范氏。"姐儿两个都是初次拜见公公，人家爷儿四个在正面见礼，仇福也与母亲行礼，然后又给姐姐行礼。大娘又给蕙娘引见大伯子，净带领引见，大娘所忙合不过来啦。

这书按这们说，诸位瞧着好像透絮烦似的，其实比上南词①还简略着好些呢。到南词本子上，一个人行礼，还得有一套词儿，受礼的也得有一套词儿。在下并非不会那们说，真要那们办，这段儿《仇大娘》足够吃到阴历年底的，谁还瞧哇！今天我略说一点儿，咱们接着干脆一表儿，您瞧得不得。

大家行礼已毕，仇禄自然问一问将军虎驾安否，并沿途的事。此时大娘已率领下人把行李安置好了，立刻吩咐厨役杀猪宰羊，大摆筵宴，与他们父子摆酒接风。那位说，你做什么又说费话呀？我怕诸位忘了，人家总算刨着啦，如再说烩碗酸黄菜，煮一锅鱼儿钻沙②，我替仇家门子当那一道伏地看财奴呢，叫厨子也懊怨我呀。真是堂上一呼，阶下百诺。一会儿调开桌椅，来了个团桌儿，一共③七口儿，亲三对儿，大娘好像胡头④（我又要上啦）。此时不但一家子欢天喜地，开怀畅饮，就连阖家的男女仆妇、丫鬟也没一个不高兴的，心里惦记着，开完这一桌，每人至少还不赏二两子吗（你瞧你这个贫，什么话哪！比我马甲钱粮还多哪）。直吃到天色将晚，各自归房安歇，这一天可称一门欢腾。

---

① 南词：流行于江南地区的曲艺品种，清以后多指弹词。

② 鱼儿钻沙：旧时指面条与小米混合煮成的食物。

③ "共"，原文作"供"，据语义改。

④ 胡头：麻将牌术语。

（四十续） *1915*年*9*月*14*日

大娘自居母家，禁子省视，恐人议其私也。父既归，坚辞欲去，兄弟不忍。父乃析产而三之，子得二，女得一也。大娘固辞。

昨一天的书，说了一句原文，好像故意拉天儿似的（那是大夫），真要净赶原文，又怕人说我没日子说啦。反正事处两难，所以只好调换着办。今天咱们别说闲话儿，还得说个补笔。

却说大娘自从到了娘家，一幌儿四五年的工夫，不但一荡家没回去过，自从把小儿子打发回去，叫他跟着哥哥好好儿的念书，千万不必惦记着，就连大儿子逢年按节都不许前来瞧看。自己好像把自己卖了个死门儿似的，难道说心里就不想吗？这内中有个情理。当日婆家的日月儿本不如娘家宽绰，魏名捎信儿的时候，说是有财，倘若真为霸占娘家财产而来，早就拢到手里一走儿啦，还管继母弟兄的死活吗。自己本意既来给办理家务来了，就得办个手不沾面，面不沾盆，净手拈香①，心明眼亮。要是今一天大儿子来瞧一荡，明天小儿子又在老老家住几天，一来荒废他的学业，二来无私有弊，自己也落嫌疑。虽说身正不怕影儿斜，究竟处大事的人总以不让人说出话来为是，所以临来的时候已经嘱咐明白了儿子。及至打发小儿子回去的时节，又嘱咐了一遍，说是："你们如果不遵母训，就为不孝。必须等我把仇家的事情办到有了眉目，我自己回去之后，才许你们来呢！"大娘平日家教很严，所以两个少爷虽都想念，真不敢违抗慈命，只好时常寄封问安的信来，或托人捎个问好的空话来就是了。

好容易前次仇福夫妻团圆，想要告辞一走儿，偏偏他们又不放，只好再等些天，又赶上着火烧房，事情没结没完。好容易盼到今一天，这叫骨肉团圆，自己的心愿已了。第二天告诉母亲，说是："女儿在家住了这们几年，办的敢说不错，今天我还是那句话，以一身来，仍以一身去，谁再留我，可也不行啦，究竟我是仇家门儿嫁出去的外姓人了！"仇仲这几年虽没在家，可是大娘所做的事光明正大，已经听见两个儿子都这们说，况且家业是女儿给料理的这样兴旺，如何肯让他空回去。自己方才要留，仇福、仇禄哥儿两个一听姐姐要告辞，也是不肯，说："咱们这分家业，若不亏姐姐这几年苦争恶战，早便宜了外人了，焉有今日。好容易阖家团圆，您不跟这儿享点儿幸福，就这们一走儿，只顾您落个功成身退、洁己无亏的好名誉，岂不被人耻笑我们弟兄无情么！"说着话，一齐落泪。此时连邵氏老太太并姜氏、蕙娘也都一齐挽留。

---

① 净手拈香：比喻未获取任何利益。

仇仲一瞧，女儿是一定要走，连忙说：“你们不必费唇舌，我到有个办法。你们全是我的儿女，此时我活着，家业还得是我名下的，我分给谁，大概谁也不能争。你们把家财与田产按三股均分，仇福、仇禄得两分，给你姐姐一分做为酬劳。咱们还是就写分单，按财产赠与的新例报官注册。”仇福弟兄听父亲言之有理，是起心里愿意。大娘一听，摆手摇头，还是不受。

（四十一续）*1915年9月15日*

兄弟泣告曰：“吾等非姊，焉有今日。”大娘乃安之。遣人招子，移家共居焉。或问大娘：“异母兄弟，何遂关切如此？”大娘曰：“知有母而不知有父者，惟禽兽如此耳，岂以人而效之！”福、禄闻之，皆流涕，使工人治其第，皆与己等。

却说仇老头儿把所有的家财按照三一三十一、三二六十二，把财物分做三分，要给大娘一分。大娘一定不要，言说：“女儿既已嫁出去的人，收受娘家财产是不体面的事。”仇福、仇禄哥两个见姐姐这样洁己自好，又回想当日为田产的难处，不由感动至性，流出泪来，说：“姐姐不要这样说！我们弟兄若不亏有这们个好姐姐，如何能有今日。就便这家业满算了姐姐的，我们也倾心愿意的。再若推辞，我等心中愈觉难安了！”大娘见弟兄出于至诚，而且又有父命，这才点头，说：“既弟兄们如此说，我收下也就是了。好在我家没有多少地亩，不如把我家的田产捐作族中的公产。我写一封信，打发两个人套上辆车，把你两个外甥叫到这儿来。家中所有的物件，拣可要的拉点儿来，粗笨的送与本族寒苦的子侄也就是了，也免得彼此心悬两地。”

仇氏弟兄一听，起心里更愿意喽，连忙催大娘写信，又派人预备车辆，又张罗收拾出一所□房子。大娘的大儿子已然成亲，跟前还没有小孩儿，二儿子还没定亲，连大娘四口人，有个单院足以够住得了。把信寄去之后，过了四五天，果然全都搬来。母子见面，自有一番各诉离怀。至于外孙子、外孙子媳妇怎样见外公、外婆、舅舅、舅母，如何见礼，这路事虽是书中应有的，我可不能替细稿这些家常，您将就着瞧吧。

大娘住了这们几年，本处的邻居没有不对劲的。这一天，有一位快嘴的二大妈同大娘说闲话儿，提到大娘这几年为仇家的事真不容易。这位老太太说：“姑奶奶，我同你打听一件事，你不是同仇福、仇禄是隔母的弟兄们吗？我常听说，很阔的人家儿要有个三房五妾，各人生的孩子就各成一党（可不知有什么党证）。要是前房留下的子女，后续的继母再生下几个小兄弟，也多是彼此各抱一把儿①（可不知什么灯字②）。因此俗语儿都

① 一把儿：一束。
② 灯字：这里指灯谜。

说前一窝儿后一块儿过不好日子。我见你同他们哥儿两个真跟一母所生的一样，你是怎么个缘故呢？姑奶奶你把这个理由儿说出来我也明白明白，叫大家也都明白明白！”大娘听到这儿一笑儿，说：“二大妈请想，我与他们弟兄虽是隔母，可是一个父亲。大凡对于异母弟兄不能和美的人，多是就知道尊重母亲，不知尊重父亲①，所以才自树党援。这路人的心思同禽兽一样，禽兽就知道有母，不知有父。既是个人，如何能跟畜类学呢！”这位老太太听着点头咂嘴儿很是赞叹，这才明白。过了没几天，有人把这话传到福、禄弟兄们耳朵之内②，才知姐姐见识正大，自己弟兄不如他。感动热心，弟兄们商量要给大娘另修一所住宅，同这院的要一般不二。

（四十二续） *1915 年 9 月 16 日*

魏自计十余年，祸之而益以福之，深自愧悔。又仰其富，思交欢之，因以贺仲进阶，备物而往。

这段儿书，说到昨天共是四十二天，我还真没敢细撕掳着说。诸位要问这段书的好处，就在仇大娘这几句话上，真见解的不错。诸位不信，请想古今社会的人处于家庭，准能知有母不知有父的不知凡几。所以有个老笑话儿说，或有人以某杀母问某君，此人为何如人。某君曰：“此人禽兽不如，何足言人。”或问其故，某君曰：“禽兽惟知有母，此人杀母，故曰并禽兽不如。禽兽中惟枭獍③杀母，所以逆伦重犯，呼为枭獍，示与良禽善兽有别。”话虽如此说，往往搢绅诗礼之家，真能视异母弟兄不分畛域④的颇不多见⑤，更何责于女流，并已嫁守孀，复有亲子之乡间女流。大娘能见到此处，可称女子中不易多见之人。在下今天细说一说，所为阅报诸位要在这几句话上注意。不但女界应学大娘，吾辈男子也得效法才是。闲话打住，还得赶紧接着说书。反正头节把这段赶完，过节再敬献新鲜的。好在已后就是收束老魏的事故，既不算正文，咱们也不必细说啦。

却说仇氏弟兄把西隔壁烧毁了的一片火场底儿，用钱买过来，按照这院样式一修盖，然后另修一座大门，卜名儿就叫一门三所儿，都是一样。可不能都有花园子，无非主房、客舍、配房一样就是啦。所为请大娘母子居住，大娘拦之再三，弟兄们出于本心，一定要盖，也就不好再拦了。盖完又添置器皿家俱，大娘有分的银子，自己也置了好些，不

① “不知尊重父亲”，原文作“不尊知重父亲”，据语义改。

② “有人把这话传到福、禄弟兄们耳朵之内”，原文作“把这话有人传到福、禄弟兄们耳朵之内”，据语义改。

③ 枭獍：传说枭是食母的恶鸟，獍是食父的恶兽，比喻凶恶忘恩的人。

④ 畛域：界限。

⑤ “颇不多见”，原文作“不颇多见”，据语义改。

然四壁空空，成了看房的啦。无如这些事不必细表，反正全是刨着的。修盖好了，也有许多亲友来给大娘温居贺喜，婆家、娘家的亲友都有。

单说那个魏名，自从仇禄昭雪官司回来，自己又放了把火，恐怕人报复前仇，逃到外面躲了些日子（贼人胆虚）。后来一打听①，人家照样又盖上了，比从前还阔，这才偷偷回来。心中很纳闷儿，仇家那□有这些银子，又听风言风语传说，是在旧房基底下刨着的，要不亏自己放火，他们也决不想刨房基儿；不亏自己用计把仇禄发到关外，也不能父子团圆，兄弟相见。按说他们家还真得说样样桩桩欠我个情，无奈可不敢去亮情②，只好暗中纳闷儿，想我这十几年的工夫，破坏力量敢说不容易，想不到样样儿他反得益，真是君子乐得为君子，像我这小人枉自做小人喽，由不得天良发现，是又羞愧又后悔。如今自己也上了点儿年岁，家里的事体儿比从前透着艰难。再瞧仇家，比前阔了许多倍，要打算再祸害人家，大约也没什么新鲜着数了，莫如跟他套一套交情，一来赎一赎从前的罪孽，二来倘或遇到点儿上，免得人家下手。奈因不得其门，后来听说仇仲回来，也不敢拜望去。这天遇着仇仲，在街上答讪说了几句话，说是要给您请安去，见仇仲没深拦，这才预备了几桩物品，亲自到门，做为接风。

（四十三续）*1915年9月17日*

福欲却之，仲不忍拂，受鸡酒焉。

这一程子的书总没提到魏名，因为这段书，老魏原是宾，不过是个边角儿，想不到他也另有个人缘儿。前天我遇着两位朋友，都打听这段儿书上的这个老魏将来遭什么恶报。在阅书的意思，好像必得把他杀了发魂，腔子抗枷，脑袋顶城门，才解恨似的（瞧瞧人家多们有人缘儿）。殊不知无论是假玩艺儿，即便确有其人，这位魏爷虽不能算好人，可是比起现在的坏人还高着几倍呢。在下并非魏党，诸位不信，容我说给大家听一听。魏名，名叫魏名，就是“为名”的意思，因与仇家有嫌隙，遂以破坏党自居，这些年并不为利，甚至有赔钱下本的时候。再说真破辛苦陪小心，顶着诬良、反坐、放火的罪名这样傻干，即便功成，全是损人不利己的勾当。不似今时坏人，吃谁恨谁破坏谁，只为一已的私利，面子上还说为大家求利益，这路人诸位细算算，岂不比魏名还可剐吗！话是这们说，魏名这路人，即所谓古之愚也直，如今的坏人，就是今之愚也诈而已矣。通篇的书，直到昨天才有一句“深自愧悔，又仰其富，思交欢之”，稍微名实不符，所为

① “后来一打听”，原文作“后来一听打”，据语义改。
② 亮情：让对方知情。

半途改了宗旨。正言其无论什么样小人，终不能有恒，而天道报施之巧，亦因之为其反对，又特由魏名一面叙出祸之亦以福之来，可见天之恶恶人，亦云深矣。

闲话靠后，却说魏名因为怕好儿，才备了几样水礼，连忙到了仇仲门房，把礼单呈进去。正赶仇家爷儿三个在厅房说闲话儿呢。下人把单子拿进来，说："本村魏名孝敬老爷的。"仇福一听，赶紧说："快璧回①，就说咱们家不敢领，这小子又不定安着什么心来啦！"仇禄还没答言儿，仇仲说："且慢（要唱《定军山》）！咱们与魏名本是老村邻，这些年，他虽说屡次祸害你们弟兄，究竟是你们年轻不晓事务，而且反亏他给你禁了赌，又说了一房好媳妇。至于发遣一事，未必是他办的。昨天他在街上见着我，脸上很透讨愧。即便是他的不是，俗语儿说冤仇宜解不宜结。宁可得罪君子，不可得罪小人。他既送来礼物，必为将来酬报的地位已经下来本钱。倘若全行璧回，伤了人家的面子，怪不好看的。依我说，拣不要紧的留他两样儿，过日加倍补还他，这叫官儿不打送礼的，不知你们弟兄以为如何？"

福、禄弟兄听父亲如此说，而且有一分福的人，度量必然大一分，连忙说："父亲所见甚是！"老头儿说："请进来！"下人出去把魏名请进来。仇氏弟兄彼此说了几句套言，然后仇仲说："老贤侄肯来与老朽谈谈，原无不可。如此破钞，反令我心不安。你既费了会子心，我留一瓶酒、一只鸡也就是了。所备的各色厚礼，千万另送别位吧！"老魏说："这是小侄儿一点儿孝心，老伯赏收才好！"仇仲一定不肯，再说老魏全是赊的，既受了两样，余者还可退回，只好答应，把礼拿走。谁想这只鸡几乎又惹出大祸。

（四十四续）*1915年9月18日*

鸡以布缕缚足，逸入灶，灶火然布，往栖积薪，僮婢见之，而未顾也。俄而薪焚灾舍，一家惶骇。幸手指众多，一时扑灭，而厨中百物皆空矣。

却说魏名见仇仲收了两样礼物，欢天喜地，告辞要走。仇氏弟兄把他送到门外，告辞而去，不提。仇仲此时虽是一位老富家翁的资格，因受了这些年的苦楚，不但对于人不酸不大，而且在家也样样照应的周到。见魏名去后，喊下人把老魏送的酒倒在坛子里，把小鸡子脚上的绳子解开，撒到后院儿，俟等有客来或过节再杀。下人们听老当家的分派，不敢怠慢，倒酒的倒酒。

有一个小做活儿的，不过在十四五岁，很是淘气顽皮，把小鸡子提溜到了后院儿，一瞧是一只隔年的老红公鸡，两条腿用布缕条子捆了个挺结实，打算解开，小鸡子直扇

① 璧回：辞谢赠礼或退还原物。

膀子，直着脖子直叫唤。这孩子越解，绳扣越解不开，急得不耐烦了，跑到厨房找了一把刀，把布缕条子剁开，小鸡爪子上的布条儿就没顾得再解下来。这只鸡捆了半天儿没有吃食儿，早飞在当院嗙食吃去了。仇家虽也养着小鸡儿，与老魏所送的当天不能和群儿，只好等晚晌再往鸡栅子里撒吧。这只鸡带着布条儿满地找食儿吃，嗙来嗙去，到了厨房外头柴灶底下，嗙淘剩下的米粒儿。灶火中的余火把布然着，小鸡带布条又飞到烧剩下的柴禾垛上找草子儿去。此时有个跑上房的小小子正忙着往仇二爷屋里开饭，看见了一眼，小孩儿不懂事，以为一会儿还不就灭了吗，不但没管，也没告诉旁人。俗语儿说星星之火，可以燎原。大家都在前院，一会儿柴禾垛上的草根子被布引着一堆，小鸡子觉着腿底下烫了，自然走开。此时天色将要掌灯，偏巧起了一阵风，火被风一刮，嗯嗯的着将起来，由柴火垛引着厨房的窗纸，厨房的木料多是有油的，立刻连柱子带椽子一齐□外冒火。

仇大爷是吃完晚饭，到院子照应照应，一出门儿，就闻见这股子油味儿，又见后院厨房院子黑烟冒了个挺高。大爷经过一回着火，不由得嚷起来，说："可了不得喽，你们快到后院子瞧一瞧去啵！"这些下人吃完晚饭，没事都在门房儿闲坐着，有长工、月工在外院场院房□躺着聊天儿的，还有哼哼唧唧唱梆子腔的。一听大当家的直嚷，连忙都往正所儿后院儿飞跑。此时邵氏老太太同姜、范二位少奶奶也哆嗦上啦。仇仲、仇禄也忙成一处，可不知用什么好法子，跪在院子央求火神爷保佑保佑多保佑。这段书不是我愿意细说，原文既有一句"举家惶骇"的字样，就例应让人家见一见场。

不言仇姓本家儿捣乱，再说这一群人已经到了后院，恰巧厨房院内有一眼水井，还有几口太平水缸。于是打水的打水，泼救的泼救。好在这厨房四不靠，厨房烧净，没连别的房子。此时大娘住在隔壁，带领孩子跑来，要问起火的原因，跑过来一瞧，已经烧了个干干净净。

（四十五续）*1915*年*9*月*19*日

兄弟皆谓其物不祥。后值父寿，魏复馈牵羊。却之不得，系羊庭树。夜有僮被仆殴。

却说大娘跑到这院一瞧，见厨房烧了个罄净，好在没连上前院儿，总算万幸。一问起火的根由，仇福噘①着嘴说："都是魏名这小子，今天又来给老爷子接风来了，他送的一只鸡，也不知怎么鸡腿上的布缕条子把柴禾引着了。方才他一送来，我直说不要，父

① "噘"，原文作"撅"，据语义改。

亲脸善①，一定要留他的吗。瞧一瞧他的东西，有多们丧气！”仇禄在一旁也跟着这们说。还是大娘说：“这也不过是赶巧啦，不必说啦！一来得罪人，二来父亲的主意，何必招老人家不爱听。总是自不小心，你们没听俗语儿说朝朝防火吗！”说完大娘带孩子仍归那院。下人们连泼水带收拾，一夜也没睡觉。

过了几天，恰赶上是仇老头儿的寿辰，本年又是六十整寿，亲友都来拜寿。魏名听见说了，自己买了一只羊，亲自拉着，也没写礼单，到了门房儿，说：“那位给言语一声儿，您就说我魏名特来给老爷子拜寿来啦！”门房人不敢不给回。仇老头儿听说，见没他的礼单，以为他是空手儿来，要化一顿饭吃呢，说：“请进来吧！”

魏名得着一个“请”字儿，喜之不禁，想要三步五步就进来才好。这只羊没进过垂花门，往后直退。下人不知他是送礼的，也不敢拦他。进了院子一瞧，挺干净的院子，可往那儿拴呢？靠墙根有一棵树，奔了树根下，把羊拴好，然后跑进厅房，跪倒就行大礼。仇老头儿往起相搀，说：“老贤侄免礼，不敢当！”魏名说：“老爷子，我这不是应当的吗！侄儿也没别的可孝敬您的，这两天羊肉正可吃啦，您炮着烤着涮着全是味儿。小侄儿特意定了一只西口②大喂羊来，孝敬你老人家！”仇老头儿说：“讨礼本就不当，再送礼物，益发使不得，老朽断不敢领！”魏名一听，说：“老伯要是不赏脸收下，您简直的是不拿我当人看待。我跪着不起来，你多早晚说赏收，我才起来呢！”

此时福、禄弟兄在一旁相搀。老魏说：“二位兄弟，你们到是替我在老爷子跟前说句好话儿呀！要是不管，那简直的是把我看成畜类了！”哥儿两个一听，老魏直起关门子誓③，也不好再答言儿了。仇老头儿却不过面子，只好说：“老贤侄既然这样至意，快请起，我收下就是了！”老魏说：“那还不可，您不拘吩咐他们弟兄们谁把羊牵到您后院儿去，那才是真赏侄儿脸了呢！”仇仲没有法子，这才告诉下人，把羊牵到后边去就是了。跑上房的小僮儿只好把羊拉着奔到后院，找了一棵树拴好。老魏这才起来。此时又来了几位亲友，一同入座，由仇氏弟兄张罗酒席，罗列杯盘，大家开怀畅饮，到晚告辞，不提。

单说这只羊拴在后院，有一个老家人黑灯影儿误走在羊的身旁，被羊撞了一羊头，不由怒气冲冲，说：“谁拴的这羊？”这小僮儿不知什么事，答言儿说：“我拴的，怎么啦？”老家人一听，揪着孩子就是两拳。

（四十六续）1915年9月20日

忿趋树下，解羊索自经死。兄弟叹曰：“其福之不如其祸之也！”自是，魏虽殷勤，

① 脸善：好面子。

② 西口：旧指内蒙古中部地区，因位于张家口以西，故称西口。

③ 关门子誓：说绝了的不留余地的话。

竟不敢受其寸缕，宁厚酬之而已。后魏老，贫而作丐，每周以布粟而德报之。

却说仇家这个小僮儿被老家人打了几下子，幸尔有别的下人知道了，赶过来劝开，一问情由，小僮儿哭哭啼啼也说不出所以来。这个老家人倚仗他在这门年代陈，还直不答应。大家自然苟着他，把小僮儿又数说了一顿，将老家人劝到前院儿去了。这些事仇家爷儿三个可是一概不知。

单说这个小僮儿，一个人坐在后院儿越想越生气，想着大家欺负他一个人儿，实在生不如死。又趁着朦朦的月色，一瞧羊还在树底下拴着呢，过去把这根绳子解开，爬上树去，拴了个套儿，自言自语的说："这也是我为奴才的下场儿呕（不得，又要开铺子活①）！"真要这们说，这篇只好说到挂，下回众家人知道解救，然后回禀家主报官，这段儿准能磨到节下，不能说不是应说的事，莫如一表儿，干脆提偶儿了、土啦②。

第二天早起大家才知道，回禀大爷、二爷。哥儿两个一瞧，说："想不到魏名送的这只羊，又出了一条人命，还不如他从前那样祸害咱们家的时候儿，害一次到有一次的兴旺。"至于如何发送这孩子，不必细表。从此弟兄都怕在心里，不论魏名怎么样递嘻和，苟着够着，摆小尾巴儿，决不再受他一根布缕条儿。只要他来一荡，就打发下人出去问他有什么事，借银子借钱，如数全给他预备下，叫他不用还啦，反正让他白沾光就是了。

老魏虽说变了好心眼儿了，不想反到直倒年子③，一年比一年见老，一天比一天的事由儿不遂心。又过了不到二年，小子顶了皮子④啦，在本村儿住不了啦，搬在村外小庙儿山门外头去睡觉。时常在仇家门口儿一蹲，净等老爷儿三个出来寻两个钱，每次来决不叫他空过，或给他点布，或给他点米，反拿他当做受过他恩德似的那们待承。

这点儿书，无非是"其福之不如其祸之"的那一句。其实处事待人应当以直报怨、以德报德才是正理，若真以德报怨，不但难填小人的欲壑，且令人说恩怨不明。君子人决不沾你，小人看出这种便宜来，你真无法应酬。古今因宽厚坏事的人也颇不少，就坏在这上头啦。这段书原文后面有一段评，惟末几句所说的甚好，是"不有疾风，焉知劲草；不至岁寒，焉识松柏。故吾谓能复仇氏之业者，全赖大娘；而能成大娘之名者，则全赖魏名也"。照这意思说，这个魏名是为捧仇大娘才生出来的，也颇有理。可是意在言外，当年仇仲在家时候，大娘回到娘家，馈赠不满其意，辄迕父母，必是老仇专疼儿子，不疼女儿，想不到后来反亏了女儿。这就是养女也得济，作父母的待儿女要一例公道才是。书说至此，这段儿才完，明天给您另换一段儿。

---

① 铺子活：指成套的说辞。

② 提偶儿了、土啦：均是死了的意思。

③ 倒年子：不走运。

④ 顶了皮子：指处于赤贫状态。

劳山道士

（开篇）1915年9月25日

一部《聊斋志异》，共有数十万言。口诛笔伐当薪传，专为人人浏览。
见闻随时抄录，金石义耐寻玩。玉匣牙签舌粲莲，连篇隐含月旦①。

邑有王生，行七，故家子。少慕道，闻劳山多仙人，负笈往游。登一顶，有观宇，甚幽。一道士坐蒲团上，素发垂领，而神观爽迈。

逐日《聊斋志异》，上回说的《种梨》。虽然事故透离奇，警戒啬吝而已。
并无深思奥义，谈来亦颇解颐。莫笑乡人忒痴愚，自问能居何地。
今天更换目录，不必强求他题。诸君烦函捡不齐，远征莫如近取。
本卷前篇之次，亦非鬼魅狐狸。说出可以与为师，莫学劳山道士。

顶针续麻儿②的八句藏头诗表过，接着写了两行《劳山道士》的原文，又诌了十六句流口词儿，这也算不了什么，不过文野相间，取其雅俗共赏。好吧歹吧，管保不是估衣活（那位说，什么叫估衣活哪？就是剪子货），全得老座子的哏——现抓；卖耘豆不出堆儿——现抓还得热乎。就说这门玩艺儿，不是我跟诸位表功，每天好歹敬献千数来字儿，十几多位，我才挣您一个黄磅子，值不值您个人瞧去。这不是节也过了么，总算没

① 月旦：这里指品评人物。
② 顶针续麻儿：首尾相连的一种文字游戏，这里作者的每句首字取前句尾字的一部分。

急死，帐可都留到那边儿了（钱粮没下来么）。有这口气，就得照旧拽，多早晚天鼓一响①，再给您换别位。今年大概不至于了，交秋分八月节，雷始收声了么。那位说，你怎么胡聊，不说书呢？过节头一天出版，张嘴就又替蒲先生圆谎，诸位疑惑我没日子说啦，说几句闲话儿，斗个哏儿，所为拢一拢神。

闲话靠后，却说蒲先生他们那个淄川县，有一位姓王的，是个念书的人。原文没提名号，此人排行在七，是个老干人家的子孙。家私不能说阔，可也不至于见天现奔饭吃，家里没多余人口，就是一位夫人儿。书念的半通不通，从幼小儿的时候儿好习道教，没事弄本子《黄庭经》《参同契》瞎瞧着顽儿。听人说离本县不远儿有座劳山，劳山多有仙人栖鹤。这位王七爷这一天预备了一副行李，拿上点儿干粮，跟七奶奶说明白了，要逛山去，背上小包袱（原文说“负笈”，古人说负笈从师，笈是筐子一类，我要就说王七背上筐子，那成了卖闻香果的了，莫如说包裹还顺点儿耳），直奔山脚，顺着盘道往上盘。走了多半天儿，越走越没人儿，饿了吃干粮，渴了喝点儿山泉，天气不冷不热的，也还不甚累，拣着最高山的顶儿往上奔。到了山顶儿一瞧，有一座小庙儿，开着山门，信步进去一瞧，很是幽雅。三间正殿，东西配房，西房是鹤轩②。王七爷进来鹤轩，也没人问他，见地上坐着一位老道，闭目合睛在蒲团上打坐呢。一脑袋的白头发往下披散着，盖着脖项，往面上看，神清气爽，大概必是位有道的仙翁。

（续昨）*1915年9月26日*

叩而与语，理甚元妙，请师之。道士曰：“恐娇惰不能作苦。”答言：“能之。”其门人甚众，薄暮毕集。王俱与稽首，遂留观中。凌晨，道士呼王去，授以斧，使随众采樵。

却说这位王七先生，本是少年，没大学问、定见的人，要说他慕道，其实他老先生并连道之本义还不了然呢。《中庸》云：“率性之谓道……道也者，不可须臾离也，可离非道也。”儒教所说的这个“道”字，□是真道、正道，并非虚无寂灭。当日孔子问礼于老聃，若是与孔子宗旨差得太远，孔子决不赞同，不过同源异流就是了。所以古人说□“红莲白藕青荷花，三教原来是一家”即是此意。道教后来故神其说，又习于幻术，便越久越失真意了。本文这位王生所慕的道，就是这路事。因居劳山左近，守着道庙近，听人说老道有什么呼风唤雨、移山倒海之能，所以他才羡慕，并非羡慕真道。是其本旨已非，故后来所行辄阻，并非道误人，实彼自误耳。

---

① 天鼓响：京剧《斩黄袍》中郑恩唱词，意为人将死。

② 鹤轩：指道士居住的房间。

闲话少说，单说这位王生进入鹤轩，见这位打坐的老道士相貌清奇，心中以为是真仙。道士见进来生人，也不能不微睁睁眼（也怕折脱儿①）。王七爷连忙打了个稽首，老道点了点头儿。王七爷说：“喝，我的老仙爷，今天我可访着您啦！”道士说：“访贫道何为？”王七说：“弟子生平慕道，苦于不得其门而入。”道士说：“大道在目前，循途而进，自造其极。”王七一听，佩服的了不得，说：“老仙爷说理甚透，弟子情愿拜在您的门下，不知肯收录否？”

这点儿书，原文说“理甚元妙”，在下要是查一查《归元镜》《参同契》《道德经》《南华经》，也能诌点儿，不过没人爱瞧。况且老道见王七这宗样子，也未必肯费那些话，不过②说两句门面话。王七因不懂，觉着高兴的了不得，立刻就要拜门。就如同前些年官场中人，自己连一套《四书》没念完，就要拜个甲班老师似的，都是一样的理。

老道一听，说：“看居士是念书的人，平日娇生惯养，要修持第一得能受苦，作累事，只怕你不能吧？”王七说：“行，行！只要老师肯收录，无论什么累活儿我都做的了！”老道说：“既然如是，贫道是往者不追，来者不拒③。”王七一听，赶紧就给老道磕了三个头。老道说：“你先上东屋休息休息去吧！”王七连忙答应，抗着铺盖到了院中一瞧，日色已经衔山。刚到东屋，见由门外进来几个道士，肩上担着山柴。王七是新入门，也不必等老道给引见，赶紧迎出来打稽首，全赶着叫师兄（自己后进的门儿吗）。一会儿又回来几个，王七也都行礼，然后把自己的来意一说，大家才明白，原来是师父新收的师弟。也有张罗让他吃饭的，大家七手八脚烧水做饭，王七也不能闲着。一会儿做熟饭，每人一分儿，及至用完，天色已黑。王七就在东屋同众师兄住在一处。一夜无词。次日天光刚闪亮儿，见大家都起来忙着做饭，老道士把王七叫到西鹤轩，说：“你用完斋，给你这柄斧子，跟随你众师兄砍柴去吧！”

（再续）*1915年9月27日*

王谨受教。过月余，手足重茧，不堪其苦，阴有归志。一夕归，见二人与师共酌，日已暮，尚无灯烛。师乃剪纸如镜，粘壁间。俄顷，月明辉壁，光鉴毫芒。

却说王七爷在观中住了一夜，次日天将黎明，老道把他叫过去，说：“这里有斧子一柄，你带在身旁，少时用毕斋饭，随你师兄们砍柴去吧！”王七爷虽是没干过这路活儿，既是要跟人学道法，可不敢推辞，连忙答应，接过斧子，仍奔东屋用斋。一会儿用完，

---

① 折脱儿：江湖隐语，丢东西。
② “过”，原文作“道”，据语义改。
③ “往者不追，来者不拒”，原文作“往者不拒，来者不追”，据语义改。

大家前后脚出离观门，各寻山路。王七爷一面走，听大师兄唱起词儿来，什么“天上斗朗朗稀，休笑贫人穿破衣。山中树木有长短，河内荷花有高低。来此已是，待我用起功来!”王七爷心说，这不是那一出（跟我一样，就听过“我本是一穷儒”那几句）。见师兄举斧子砍上柴了，自己只好也找了个山坡，掏出斧子，一把一把的砍□几下，凑成一把儿捆好。到了后半天，也无非就在半担儿，用绳子捆上，往回路背着走。心说，想不到我上这儿□学起朱买臣①来了，这不是劳山，成了烂柯山②啦。一会儿回到观中，见别人的柴都比自己多，好在老道也不问。再说王七爷也没敢偷懒儿（头一天就不正经干，那谁要哇），皆因平日没作过这种事，分外觉着累得很。第二天众师兄还是砍柴，师父没派做别事，只好也得去。

说书是有话即长，无话即短。王七在观中住了一个多月，把两只手脚磨的都起了泡，无论多砍少砍，反正得砍去，这个累真受不了。老道并不提教给自己点儿什么法术，轻易连句话都不对大家说。自己心说，这个老道八成儿是没真能为，净指我们这一群傻小子给他白曳③，到时候他卖山柴，他这叫靠山的烧柴。我白吃两顿素小米子饭，可真卖不着。有心同众师兄向老道要求点儿利益，自己是晚来的，又不敢当发起，心中后悔，说过两天要还是这们苦办，我不管别人，我一定跟他告辞。

这一天晚间，回到观中，刚放下柴担，听鹤轩有人说话儿，过去瞧了瞧，敢则师父今天有朋友来了。云床④上面坐着二位全是道装，师父在下首相陪。当中放着桌子，罗列杯盘，还有一壶酒，每人面前一个酒杯。师父同这二人说的挺高兴，既没给自己引见，也不敢过去，只好退到东屋吃饭。吃完想过去听他们都说些什么，打定主意，胡乱吃了半碗，扔下碗奔西屋。此时天已昏黑，大家都在东屋用斋，没人张罗点灯，自己也不便多手。

就见师父站起来，在云床席底下拿出一把剪子，一张白纸折成四方形，把纸边剪去。放下剪子，把纸打开，用嘴唇湿了湿纸边儿，贴在墙上。王七心说，这要做什么呀（搁到前些年，是要开烟馆）？这纸又是白纸，屋里又黑，见纸上有一层白光儿，好像银箔纸似的。正然纳闷儿，就见这纸一会儿比一会儿放光，转眼好似月亮一般，照得满屋的人头发、寒毛都瞧的逼真，胜似水月电灯。

（三续）*1915* 年 *9* 月 *29* 日

诸门人环听奔走。一客曰：“良宵胜景，不可不同。”乃于案上取壶酒，分赉诸徒，

① 朱买臣：西汉时大臣，出身贫寒，年轻时以砍柴为生。
② 烂柯山：中国古代传说晋代樵夫王质砍柴遇仙处。
③ 曳：比喻劳苦地干活。
④ 云床：僧道的座榻。

且嘱尽醉。王自思，七八人，壶酒何能遍给？遂各觅盎盂，竟饮先釂，惟恐樽尽。

却说王七爷见老师在墙上所贴的白纸，一会儿比一会儿发现光华，照得满屋子大亮。心说八成儿这是要圆老人光，可不知道我上光不上光，到得在这儿看个水落石出。不但王七不肯动了，就连那几位师兄，一个个的也都在门外，或靠墙站着，都往墙上傻瞧着，做为伺候师父，谁也不走啦。老道又吩咐去拿碗盏家伙。徒弟们由当地一走，活像电影篇子，也到有个看头儿。

三个人坐在那儿是传杯换盏，足这们一喝。就见上首坐的那位朋友说："今一天可称是良宵胜景，须当大家一齐开怀畅饮一番才是，断不可咱们三个人独乐！"老师也没说什么。就见这位老道把案上的这把酒壶举在手中，说："你们大家张罗了会子，来吧，全喝几盅吧，快找酒杯去！要是量大的，也可以使大碗，千万不可屈量！天到这早晚也没有功课了，即便喝醉了，不过一睡觉，只要别摔碟子就得（这是老道庙吗？前两天节下，我们馆里总理嘱咐伙友哪）！"

王七爷夙日在家是个酒头鬼儿，量虽不大，要讲老东苦清①，一顿儿也喝个三五斤，这一程子为学道法，在山上连个酒挑儿见不着，他没地方喝去。再说平日也没见老师喝酒，不知道庙里许动烟酒不许（那成了理门儿庙啦），只好瘾着。今天才知道，敢则老师也是大酒量儿，可不敢过去说也要喝点儿。一见这朋友举着酒壶让大家都喝，还得喝个尽量，心说这个老帮子真把人太瞧的不能喝啦，就以现在这儿的人算数儿，也有七八位哪，凭这一壶，我举起来一扬脖儿就都挡净啦，还有别人喝的分儿吗！不然也许这酒是上高的白波兰的（王七爷可没见过这宗洋货）。自己既是师弟儿，也不敢过去抢酒壶。

就见年长的那位师兄儿赶过去把壶接到手中，说："你们快拿杯碗去，也给我带个大海②来！"王七爷一听，撤身就往东屋跑，去抓大碗。敢则这几位道友全跟王七爷一样的下坡子酒③，得着这句话，谁肯让谁呀。除去执壶的大师兄是买准了这一壶啦，在那儿一死儿的不动窝儿，其余全奔了东屋喽，也有拿中碗的，也有抓大碗的。王七爷先跑过来，抓起个大海来一瞧，是个破的，不但有锯子，还包着铜叶儿，滴着锡蜡，有心再找，一瞧就属这个又深又大，能够多盛点儿，莫如破的也将就了吧。又一想不行，我大师哥他还要找这个老海哪，我只好让给他吧。此时那几位道友已经把大些的碗全都抓走，自己一着急，抄起一个淘米的盆子来，擦了一擦，挟着往西屋跑，真比教堂打粥还热闹。及至过来，把大海放下，说："师兄，你先斟，给我倒在盆子里就得啦！"此时众老道各举杯碗，全都抢着先斟，好像都怕喝不着似的，大家挤在一堆。

---

① 老东苦清：指山东人酿的苦味黄酒。

② 大海：大海碗。

③ 下坡子酒：贪酒之人。

（四续）1915年9月30日

而往复挹注①，竟不少减，心奇之。俄一客曰："蒙赐月明之照，乃尔寂饮。何不呼嫦娥来?"乃以箸掷月中。见一美人，自光中出。初不盈尺，至地遂与人等。纤腰秀项，翩翩作"霓裳舞"。

却说众老道一路抢酒，各人都怕喝不着，所以这们忙。好容易王七爷把酒壶得在手中，往盆子里一斟，一会斟了满满的一盆，觉着还有多半壶似的，端起来往嘴里灌；使中碗的那位师兄儿已经喝完，又斟了一碗；端老海的大师兄也稿了个重回儿。王七爷此时已把那半盆都润下去，又斟了一盆。简断截说，七八个人巡壶一斟，也有多喝的，也有少喝的，喝了半天，掂着这酒壶还是那们大的分量。王七爷心里所纳上闷儿啦，暗想这是彩②壶，是外洋水法，管子可在那儿呢？按这样的壶，同自来水龙头差不多了。凭这一手儿，这位必是活神仙。可不知道那位二座儿有什么高明道法，八成也有独门儿的玩艺儿，一会儿必也得献一手儿。

正在心中胡叨念，就听这位在座位上说："蒙道兄施大法力，使黑暗世界大放光明，真是月明如昼，普照万方（上过大酒缸），大家这们喝会子哑酒儿③，没有多大意思，何不把月殿嫦娥叫下来，请他清歌妙舞一番，以助雅兴!"

王七爷一听，比别位尤其高兴喽，说："想不到这位能转人叫条子，可不知道谁开发车钱（这块贫骨头）。"老师同请喝酒的那位都没答言儿，就见这位把手中拿的筷箸举起来，冲定这个月光儿往里一扔，立刻月光中就有个小人影儿，滴溜一转身，又一亮像儿，原来是个美人儿。不过就有现在瓷器店摆的瓷美人儿大小，胳膊儿、腿儿也能动掸，比托偶人儿透着活动的多。从月光中往下一跳，已经跳在当地，一眨眼的工夫，就跟真人儿一边高矮。

三间鹤轩地方不大，这几位师兄弟自然都得往后退，退到北墙根儿站着瞧。惟独王七爷机伶，一见美人下来，自己堵屋门一站，所为比别人都得听得瞧，因此不靠大墙，用眼睛使足了劲一钉。

这个美人儿真是挺细的腰，精细的脖项，还没看清前脸儿哪，已然魂飞魄散。有心叫个好儿，自己都找不着调门儿啦，心说嗳呦，我的妈呀，八成儿这个不是刘喜奎，就

---

① 挹注：把酒从一个容器舀出来，倒入另一个容器。

② 彩：变戏法。

③ 哑酒儿：亦称闷酒，指不声不响地喝酒。

是鲜灵芝①吧（那位说，这是王七说的吗？我缺德造魔哪。有人说现在坤角很多，何必单提倡这两个呢？诸位有所不知，现在像王七这宗心思的人，北京约有几万。其实您要问这两个角色究竟怎么好，不过重脸子。在下断不敢干犯众怒，闹个颠倒美恶，淆乱听闻，那就快罚停刊啦）！故此也人云亦云的捧着说，诸位包涵着瞧吧！

闲话打住，不言王七爷心中胡猜想，就见这个美人儿站在当地并没周旋三位，慢拖长袖，轻舒细腰，耍了三个翻身儿。吃亏没有捡场②的给预备风琴，这要按③个一半只儿，更得要命喽（还是那两个）。并没张嘴儿，先来了一回美人跳舞。

（五续）1915年10月1日

已而歌曰："仙仙乎，而还乎，而幽我于广寒乎！"其声清越，烈如箫管。歌毕，盘旋而起，跃登几上。惊顾之间，已复为箸。三人大笑。又一客曰："今宵最乐，然不胜酒力矣。其饯我于月宫可乎？"三人移席，渐入月中饮，须眉毕见，如影之在镜中。移时，月渐暗。

却说王七爷见从月光中出来的这个美人，真是生平目所未睹，而且一路跳舞，并没风琴配和，大概也有一定的节奏。虽然有个看头儿，既没锣鼓场面，又不知道许开弦儿不许，要是空跳会子，只能算一个人儿天然戏吧。跳舞已毕，敢则不用请师傅，人家孩子就唱起来啦，唱得是（可不是小蜡梅跪在丹墀，学上一辈古人）："仙仙乎，而还乎，而幽我于广寒乎。"干脆大三句（不带出身履历），可是腔儿挺长，外带这三个"乎"字儿，两个"而"字儿一趁合，真比昆腔难懂。要讲嗓筒儿、膛音儿、调门儿，就别提有多好听啦。别说没丝弦，即便有乐器，也随不好人家的嗓子，就跟笙管笛箫一样。唱完之后，又甩着袖子跳舞起来，三两个转身，居然跳上凳子。

王七爷心说，怎么还有软硬工夫哪？他又没带跟包的，桌腿儿倘或一活动，人家坤角儿必是小脚儿，一定站不稳，蹭点儿油皮儿④，老道怎么对人家大人哪？你就别玩飘儿⑤啦，我的小妈儿呀！登时看的目定眼呆，张着大嘴，连气儿都不敢出啦。有心赶过去替招呼着点儿桌子，一来怕老道不答应，自己心也直跳，脑袋也直晕，一抬腿儿，身子就要幌（那位说，这是什么缘故呀？您都忘啦，人家孩子不是就口条⑥的便宜酒支使的

① 刘喜奎、鲜灵芝：民国初年活跃在北京地区的两位河北梆子女演员。
② 捡场：戏剧演出时在舞台搬运道具的人。
③ 按：弹。
④ 油皮儿：指皮肤表层。
⑤ 玩飘儿：指卖弄敏捷身手，做出惊险动作。
⑥ 口条：本指熟制的猪舌、牛舌，这里指光喝酒却没菜，"配"自己的舌头。

吗），急的一闭眼。再瞧美人在桌子上一会儿比一会儿缩小，转眼一倒，瓜打一声，原来还是那一根筷箸。王七爷更瞧傻啦。

就听座上的三位哈哈大笑，又听让大家喝酒的那一位老仙爷可就又说啦，说："今天晚晌，咱们这个乐子总算不小啦！大概大家的酒已然尽量饮足，再喝就醉啦。就以我自己说，已然不胜酒力，不能再喝啦！"说着话，三人都站起身形。这位冲着自己师傅说："你何不把我们送往月宫，作为给我们饯行呢！"就见师傅点了点头儿，说："如此咱们就搭桌！"三个人把桌子搭起，好似往上一蹿，连人带酒席果然就搬到月光儿里去啦。王七爷站在把门儿，更瞧楞喽，说："那不派我给他们搬一搬桌子呢，我也到这月宫里头蹓达一荡，我就跟唐明皇①一样啦。可惜他们不用人，想必怕我跟他们那里的美人儿过簧说话。"心里越胡思乱想，自然越要细瞧。就见这三位又举着酒杯，你一杯我一盏的又喝上喽。不但看的清楚三人的道服道冠，就连胡子、眉毛都看的逼真，真亚赛自己拿着红毛玻璃的镜子，照自己影儿似的那们真切。此时王七爷心说，我到瞧天亮你们是什么样子，心中一动，见这月光忽然一阵发昏，立刻透了白色，好似浮云遮着的一样，变了一层暗光。

（六续） *1915 年 10 月 2 日*

门人然烛来，则道士独坐，而客杳矣。几上肴核尚存。壁上月，纸圆如镜而已。道士问众："饮足乎？"曰："足矣。""足宜早寝，勿误樵苏。"众诺而退。王窃忻慕，归念遂息。

这两天的书真口《聊斋》，可称聊得没有边儿啦。在下顺着原文一加花头，再一斗哏儿，更仿佛相声儿了。在戏场子里，这叫开搅；到评书行说，名为加欢。要是永久这们说，诸位即便不挑眼，喜欢瞧，愚下实拉不下这宗人脸来。要据我细想，蒲先生也不能无所取义，我瞎琢磨了点儿意思，不定对不对，说出来还请方家指教是幸。原文说"师剪纸如镜"，"俄顷，月明辉壁"，此纸师所授之大道也。吾人从学，前不见古人，后不见来者，所赖以绍薪传者纸而已矣。其所言均系正大光明，故曰"光鉴毫芒"。诸门人环听奔走者，莫不欲明此道也。一客曰"良宵胜乐，不可不同"，正大道无私，尽人可得而乐者也。壶酒"赉诸徒，且嘱尽醉"，示取之不尽，用之不竭者，壶中日月长者，惟此道也。一客曰"呼嫦娥侑酒"，所谓现色相也。歌舞毕，仍复为箸，示以色即是空之意。三人大笑，笑王生之痴迷，望道而未之见者也。通篇这两段，就是飞羽觞而醉月、坐琼筵以看花的意思。至饯于月中，移席渐入，如影之在镜中。所谓光明大道，即在目前，胥当由此道往来，方为大道，自非左道异端所可比拟。惜乎王生见不及此，谨慕异端，且

① 唐明皇：这里指京剧《唐明皇游月宫》。

欲攻之，自然斯害也已。说的这样热闹，全是寓言。因原文是从王生一面写的，所以在下先拿他斗够了哏儿，再评讲几句。闲话暂且打住，还得接着造谣言。

却说王七爷见月光一会比一会儿透暗（好月不长圆），此时早有别位师兄由东屋点过一盏灯来。王七爷再瞧，原来就剩下师父一人儿啦，那客同朋友也不知道是怎么走的。自己晕头大脑的纳起闷儿来，想着八成儿我是做梦撒呓症哪，连忙把两只眼睛揉了揉，一瞧桌子上还有吃剩下的酒菜儿与梨核、枣核儿，往墙上瞧那月光，还是师父剪的那张白纸，好像镜子一般（比我师父的剪子强，不招更正信），心里越发犹豫起来，又不敢向师父请教，也不敢同师兄们嘀咕（怕当乱党给绑了去）。就听师父在座位上冲定大众说："你们都喝够了吗？"大家赶紧答言儿说："够啦，够啦！"老道点了点头，说："既然饮足了，早些儿归着歇息去吧！不要误了明一天砍柴的正事。"大家一听，齐声答应了一声"是"，这才出了西鹤轩，仍奔东屋，也有打坐的，也有放铺盖的。

惟独王七爷这□儿欢喜，直比我前天上天乐园①还高兴（我也白瞧活动电影儿，又听唱儿，可惜没人管酒，所以不如王七爷）。心里想着，多早晚我也学会由月光里往外转人儿，然后还能追了他去，要和他坐一辆马车走，那才更高呢，我是不走的了，我是不走的了哦，哦哦！

（七续） 1915年10月4日

又一月，苦不可忍，而道士并不传教一术。心不能待，辞曰："弟子在家，未谙此苦。"道士笑曰："我固谓不能作苦，今果然。明早当遣汝行。"王曰："操作多日，师略授小技，此来不为负也。"道士问："何术之求？"

却说王七爷在庙中住了一个多月，老师一点儿什么也没教给自己，净学了打山柴啦，故此要走，还没向师傅告辞。忽然这天晚晌又瞧真了活电影儿，又听唱儿，又喝酒，就是没就什么，恨不能师傅把这些样儿法术都教会自己才好。师傅又说："明天别误了砍柴去。"大家全答应退下。王七爷心里一高兴，才唱上《鸿鸾禧》啦。

到了第二天，仍然出去砍柴。一幌儿又过了一个月，天也一天比一天渐冷了，穿少了山风一吹，寒气入骨；穿多了抬不起胳膊来，往回路背柴的时候，又累的出汗。再说七八十天没见着七奶奶了，又被老道弄个美人一幌，心里也透着想家。自己心说，这个老道，虽说有几手儿绝技，八成儿他是上不传父母，下不传妻子，说出来暑迷一辈子，也没打听打听道号是什么，大概许叫来柴，他要是净指变戏法儿换柴禾烧，我跟他一辈

① 天乐园：旧时北京前门外的一所剧院。

子也偷不了什么门子去，莫如我别傻在这儿耗着啦。

这天晚晌打柴回头，吃完晚斋，自己打定告辞主意，拿起那柄斧子，奔到西鹤轩，说："弟子今一天要跟师傅告辞！您想我抛家失业，出来这们几百里地来，跟您这神仙师傅前来受业，本打算要求个长生不老的仙术，即便您那高明着儿舍不得轻易教给我，那不您把那眼目前的小三杂儿教给我点儿，我们练习着，亦不枉我千行百里，大远的来给您磕了会子头呀！您也不算一算，我在您庙里住了两个多月，已经快三个月啦，见天是早出而暮归，净打山柴。您别瞧我虽不是什么世家子弟，要说我在家里可没干过这路累活儿呦！"

老道一听，敢则人家孩子是受不了啦，这要叫访员听了去，说我虐待学徒，本段巡警拿着，报一传，找□区，就许罚两块（这是老道说哪吗？我们拐弯儿的庙里作坊头儿掌柜的犯闲杂儿哪，我写串了辙啦）。老道听王七爷一懊怨，噗哧一笑儿，说："尊驾那一天来的时候，我就说你受不了这宗苦、这分累。你瞧应了我的话了没有？今日天已昏黑，山道难行，再说你还有原行包裹（那是石秀①）也得收拾收拾。没别的，再屈尊一晚晌，明天一早我打发你家走就是啦。"

王七爷一听，老道这个碴儿真老②，敢则两顿小米子饭，打一天山柴，比抗长活都苦哇，这可得要求要求，说："回禀老师，弟子给你老人家磕了会子头，又给您累了这们些日子，就让我这们空空儿的走吗？您那不教给我一两手能为，也不枉我给您当了会子徒弟呀！"道士一听，说："原来你要学道术，可不知你愿学那一样儿？"

（八续）1915年10月5日

王曰："每见师行处，墙壁所不能隔，但得此法足矣。"道士笑而允之。乃传以诀，令自咒毕。呼曰："入之！"王面墙不敢入。又曰："试入之！"王果从容入，及墙而阻。道士曰："俯首骤入，勿逡巡。"王果去墙数步，奔而入。

这段儿书，目录是《劳山道士》，原是寓言假玩艺儿，可是那个山都有老道。以山东说，得属泰山最出名，为什么不说泰山道士呢？蒲老先生就为借用这个"劳"字儿。《齐乘》说"登之者劳"，足见不容易上。其实上那座山也没有走平道舒服，天下事行远必自迩，登高必自卑。俗语儿常说，没有过不去的山，可得循途渐进，不能躐等而几循途就得耐劳，且得受苦。登山如是，求道亦如是。孟子曰："斯天降大任于是人也，必先苦其

① 石秀：京剧《翠屏山》中的人物。

② 碴儿老：老碴儿，指有手段、沉着老练的人。

心志，劳其筋骨。”也是以“劳苦”二字当先。所以王七爷一见老道，老道就说：“恐娇惰不堪作苦”。王七爷一定说能，这才聊以采樵试之，使其习劳。若说真苦，他还没有受呢，月余便生退志。老道施法力，示以大道即在目前，自诚而明，即可进行无阻。王七爷并不求所以，仅慕酒色幻境，则是不足教诲之人，只可仍使之采薪而已。又一月，便不能耐，决意告辞，始终不到百日。其实道士已于王七到山之日，便知其有今日了。

闲话打住，却说王七爷同老道要求传教一样法术，老道才问他愿学那一样儿。王七爷一听，总算有活动话口儿，赶紧说：“弟子常见师傅出来进去不必一定走门（可也不走窗户），眼前是墙，随便就能过得去。这着儿法术，弟子羡慕的很。您要肯把这法儿教给弟子，我就足以够啦！”道士一听，抿嘴儿一笑，点了点头儿，说：“可以吧！你过来，你左手这们掐诀，右手往前一指，口中念道着什么什么，急急如律令敕（那位说，什么什么，到是什么呀？您别挤对我，原文没写，我不能造谣言。再说那位要爱学这一门，您买一部《万法归宗》查去，《符咒诀》上面都有。我没读过这部书，不敢戳腔）。”教了两遍，王七爷才背念上来。

老道又看了看他的诀，说：“你可自己悄步声儿的念着呀！”王七爷果然念了一遍。就听师傅说：“上前进步！”自己赶紧开了两个正步，本来鹤轩房子不大，已经离南墙不到半尺了，心中游疑，前进无路呀，只好冲着大墙一站，好像喊“咦咦”的票友儿，就是不能往前进。老道说：“你只管试着步儿往前进呀！”王七爷一闭眼，往前又凑了半步，脑门子已然顶了南墙了，觉着冰凉挺硬（那位说，你怎么知道呀？我想庙在山上，山墙一定是虎皮石的，又在深秋月分，所以说冰凉，这不过揣测着说，真滋味儿我可没尝过。谁说不对，来信我再给您更正吧）。王七爷还是不敢往里硬钻，怕碰了鼻子，急的直要捞汗。就听师傅说：“你游疑什么呀？你把脑袋一低，一按劲，马力快劲儿，别迟迟等等儿的，得脆劲儿才好哪！”王七爷一听，反倒回好几步来，从新又掐好诀，又念了一遍咒，冲墙就往前硬走，觉着眼睛一黑，耳朵一响，好似进去一般。

（九续）1915年10月6日

及墙，虚若无物；回视，果在墙外矣。大喜，入谢。道士曰：“归宜洁持，否则不验。”遂资斧遣之归。抵家，自诩遇仙，坚壁所不能阻。妻不信。

却说王七爷听师傅说不可游疑，得往墙上硬撞，自然就过去了。于是倒退了三两步，一咬牙，一闭眼，往前一跑，觉着好像撞到墙里似的，并不觉怎么气闷，不过眼睛一黑，忽然又一亮，赶紧再一睁眼，墙会没啦，回头一瞧，可不是在墙外院子站着哪吗。这分儿喜欢，比官迷打进那部总长的门子还高兴，连忙进入鹤轩，跪倒在地，口称：“恩师在上，弟子这儿给您行礼啦！”老道说：“罢了，起来吧！但有一节，我的道术可是传给你了。你此番下山，遇见薛丁山（不对，那是樊梨花①)。此番下山，回到家中，必洁已修持，方能有效。如果不洁净，可就不灵验啦，你可千万记下了！”说着话又从席底下拿出一串制钱儿来，说：“你拿上这钱，明天你好做盘缠，道路上吃顿饭喝个茶全都够了。天色已然不早，你上东屋歇息去吧，明天还要赶路呢！”

王七爷接过钱来，喜喜欢欢奔了东屋，见众位师兄也有坐着的，也有睡了的，也没人问自己做什么去了，连忙把钱放在铺盖底下，脱衣睡觉。闭上眼睛反睡不着了，净想方才撞墙的这个碴儿，真有个意思，这要上那儿去，不用奔城门走，多抄近儿呀。又一想，不行不行，护城河有水，还得走桥。好在一样，天晚了不必忙着赶城，比骑匹马又近又省劲儿。就凭这手儿，不枉我这些天的功夫，可别忘了咒脑袋儿，也别忘了诀，躺在炕上，指头所没闲着，净练掐诀哪。心中越胡思乱想越睡不着，折腾到天光发晓，心里一迷糊，反到睡着。

及至醒来，红日上窗，众师兄都把饭煮熟。王七爷赶紧爬起来打点行李，把钱带在腰中。到了西屋，见了见师傅，然后过来同众位师兄告辞。大家一问，才知道他跟师父告了长假要下山，张罗让他吃了早斋，彼此说了些谦虚话儿，大家仍去砍柴。王七爷背上行礼，履顺盘道，走了个飞快。一来是下坡路好走，二来王七爷这两个月爬山越岭，总算练长了好些。多半天儿，已到山脚下，有卖吃食的，吃了顿饭，然后又走了几十里平川道路，更不理会喽。天将落太阳，已到家中。

进了街门，正赶上王七奶奶在院子烧火。一见丈夫回来，自然喜欢，说：“嗳呀，丈夫你回来了！但不知你这些天往那座名山洞府云游去了（这是王七奶奶吗？《蝴蝶梦》的田氏）？”王七爷进了屋子，放下包裹，说：“我去了这两个多月，会神仙去啦！”七奶奶说：“那们会着了没有？”王七爷笑眯嘻儿的把嘴一撇，说：“那能白跑了这些天呢！不但遇见神仙，我还拜了门了呢，现在我也是半仙之体啦！就说这墙，我一掐诀念咒，就能过的去！”七奶奶一听，摇了摇脑袋，说：“为妻我却不信（又要念白），八成儿你说的这叫《聊斋》！”

（十续） *1915年10月8日*

王效其作为，去墙数尺，奔而入，头触坚壁，蓦然而踣。妻扶视之，额上坟起，如巨卵焉。妻揶揄之。王惭忿，骂老道士无良已。

① 樊梨花：京剧《马上缘》中的人物。

却说王七爷回到家中，对七奶奶要夸夸口，显白①显白这手儿绝技（现上的货现卖，总算真新鲜的）。这位七奶奶若是有涵养的，应当捧场，说：“您岂但半仙，简直的就是活神仙，我信啦！”如果这们一说，王七爷可就不至于进家门就栽跟头喽（其实这着儿更阴，外头栽大跟头去）。不想这位七奶奶实心眼儿，一听他所说的云山雾罩，聊得没有边儿，故此摇着脑袋八个不信。

王七爷这一下子所挂了火儿喽，说：“你们这妇道人家没见过仙家大法术，就以为全是老谣迷信。今天不叫你瞧个真章儿，你总说我胡聊。咱们还是这就施展法力，你瞧新鲜玩艺儿吧！”说着就往院里跑，掳胳膊挽袖子，瞪着两只眼睛，左手掐好诀，右手也做为剑诀的样子，口中念念有词，大踏步的往南就走，心里想着师傅嘱咐的话千万可别忘啦，得比那一回还脆才行哪。心中一叨念这个，把咒又差过去了，赶紧又念了个重回儿。此时离南墙不过三五步，又回头瞧了瞧七奶奶，果然在那儿瞧着哪。紧跑了两步，一闭眼，往前一低头，心想必然过去啦，没想到正撞在一块平面石头上，登时一晕，往后一个僵身儿，连腰没下，就摔躺下啦。

七奶奶先说不行的时节，原是句随便的话，及至见他往院里跑，又掐诀又念咒，心里以为必是长了真能为啦。心想不枉我跟他夫妻一场，先白瞧他一回蹭戏法儿，然后他挣下来，还能均点儿楚哪（这是王七奶奶吗？跟韩敬文②勾着的那一位）。及至见他把脑袋真往前一撞，七奶奶会吓的一闭眼，只听“克登”一声，咕咚就躺下啦。这下子真急了，连忙跑近跟前，扶着坐在地下。一瞧好在没破，不过起了一个大包，约有鸭蛋大小。

王七爷乍一撞，心里一迷昏，等七奶奶扶起来的工夫已然苏醒过来，又哼哼，又嗳呦。七奶奶听丈夫出了声儿，才把心放下来（没起倒板③，场面省事），说：“呦，敢则尊驾走了两三个月，就把《碰碑》末场学来啦（《天雷报》也用的上）！”王七爷又羞又气，说：“好一个牛鼻子老道，真没良心就结啦！”此时七奶奶把丈夫搀到屋中，也不敢再打趣他啦。王七爷口中不干不净的还是骂老道。

这段儿书，蒲先生原是劝年轻的人求学，不可专骛④虚名的意思，所以开篇说“少慕道”，一个“慕”字，便是说王生并不知道之本旨的意思。《论语》说：“知之者不如好之者，好之者不如乐知者。”又说：“不学面墙。”王生如果真乐道，一意进德修业，自然没有过不去的地方儿，并非真撞出墙去。不过天下事理，没有看不透的就是了，以墙作个比喻。王生见不及此，岂非自找碰钉子，撞到南墙为止吗！这段儿书到此已完，明天另换新鲜目录，照常评讲。

---

① 显白：炫耀。

② 韩敬文：清末民初著名魔术大师。

③ 倒板：戏曲板式，通常列在一个唱段的开始。

④ “骛”，原文作“鹜”，据语义改。

黄 英

（开篇） *1915年10月9日*

时届残秋九月，连朝冷雨凄风。近畿一带闹蝗虫，可谓农家不幸。
自古民□邦本，四民得食则生。保护治安有司公，曾否以斯为重。
上段《劳山道士》，到了十续而终。今天目录换新名，还得照常献敬。
有心要说《狼》《象》，太短实在不行。莫如接着讲《黄英》，到也应时对景。

马子才，顺天人。世好菊，至才尤甚。闻有佳种必购之，千里不惮。一日，有金陵客寓其家，自言其中表亲有一二种，为北方所无。马欣动，即刻治装，从客至金陵。

流口辙的《百字令儿》念毕，接着写了两行《黄英》的原文。这一段玩艺儿，是前年秋天同《香玉》都是一位朋友烦的，在下应酬了一段《香玉》，这段《黄英》没能说。要论这段书，是《聊斋》里最有意味的，奈因在下说不好，而且不热闹，也不容易斗哏儿。可是既说评讲，那一段都得会说，就如《野狗》《义犬》《狼》三则，都也可说，外带容易讨俏卖钱。别瞧小段儿，也是咏物体裁，说到狗，我可不会摆尾儿；要说狼，我也没养活过；说到犬略知一二，因他还稍有点儿人性，不但比狗强，比狼还好的多，就是嘴尖点儿（嘴不尖的是哈巴儿狗）。听说狼不可把他喂肥了，一吃肥了，他见人就要呲牙。我既不愿跟这路畜生打交道，也就不必提他啦。在下所说的这段《黄英》是菊花妖精。蒲先生取菊有黄华，又菊为隐逸者也的意思。诸位爱瞧不爱瞧，咱们就说这段儿。

却说有位姓马，大号叫子才的，是直隶顺天府的人。从老前辈就爱养活菊花，到了马子才这一辈，尤其爱菊，听说谁家有好新秧儿，总得买到手里，无论千儿八百里，都破的了辛苦，并不嫌远。这一天，有位南京的朋友往北省有事，住在马子才家里，看见马家菊花很好，随便闲说话儿，提到他有一家姑表亲家有一二种，据说这菊花是北五省没有的。这位马子才一听，心里别提多羡慕啦，恨不能立刻就把这菊秧儿讨换来才好呢。

恰巧南京这位朋友也把事办完，告辞要回去。马大爷说："要走咱们哥儿两个一同走，我跟您到金陵，您给我把这菊花种儿讨换几棵行不行？只要能行，或买或寻①全都可以。"这位既说了，也不能不算，再说想着也不要紧，说："既是你爱，咱们就一块儿去荡，你就打点行李吧！"马大爷家里就是夫妻二人，素日又不怕受累，又是春暖的月分，南方暖和，不必多带行李，带点儿盘缠，就同这位朋友走下去啦。旱路乘车，水路搭船，非止一日，这天到了金陵，住在这位朋友家中。第二天这位去给马爷讨换菊花，谁想这家不肯给人。

（续昨） *1915年10月10日*

客多方为之营求，得两芽。

看书明知是假话，总要审查著书人的心理。那一个字，那一句话，是为什么用的，看明白了，就如同找着线索似的，自然就越瞧越有意思，然后再说出来，就能高超。不然如囫囵吞梨，连皮带核儿一齐嚼，实没滋味儿。即如这篇《黄英》，说一个人好菊，"闻有佳种"，"千里不惮"，就为赴金陵伏根儿②。昨天在下的末一句，说这一家不肯给人，原文并没这一句，在下就为接今天"多方营求"伏根儿。蒲先生必要说这们费事，又是什么意思呢？是为表明是佳种，实为北方所无的意思。要是说马爷到了金陵跟人一寻，就寻了几十棵，则是在那一家无足重轻之物，必是不贵重了，处处都有，人人可得，马爷不必亲赴金陵也买得到手，何足为佳。

闲话打住，却说马子才这位朋友把马爷带到家里住下，第二天去给寻花，不想人家不肯给人，要说买更不敢提啦。这位很是后悔，那一天不该有嘴无心的信口许愿。如今人家大远的来啦，让人赔盘缠空手儿回去，实在对不过，一个想反了，还当我是冤人家呢，急的直冒汗，只好回来，告诉马爷说："菊花主人没在家，问了问，大约还得过几天才能分盆呢，您多等个三五天吧！"马爷是求人的事，也不敢说着急，不过惦记着家里的菊秧子，怕长荒了。

不言马爷的心事，但说这位金陵客，暗地备办了几样北京的土物，又预备了二两银

① 寻：旧时北京人向别人要东西，不直接说"要"，而说"寻"。
② 伏根儿：分根儿。

子，次一天，又去拜望这家亲戚。到了门上，说特意来瞧姑奶奶来啦。既是至亲，人家还能不让吗！见了表姊，先说北京现在市面怎么艰窘，又说这一程子蝗虫怎么厉害（这是金陵客吗？我的心腹事），提到上了荡北京，带了点儿土物来，又说："到北京，住在朋友姓马的家里，人家怎么待我好。这位姓马的就爱菊花，听说您府上有好菊花，他要寻一两个芽儿，是我答应了他，不想他立刻就同我为这件事到金陵来啦。您不管怎么样，得给我圆一圆脸①，别让人说南京骗子没准舌头才好哪！"这位堂客一想，这也不要紧，告诉下人，叫花匠给分两棵新鲜的秧儿。金陵客答讪着说："我也瞧一瞧您的菊圃去！"跟着下人到了花园子，又跟花匠递了个嘻和儿，说："你千万拣咱们这儿上好的给分两棵，也不枉我这朋友大远的来了会子，净盘缠也得七十块哪（那是现在的来回火车票价），再说也给咱们家传名啊！没别的，我这儿有点儿小意思！"说着把银子递给花匠。花匠养花，讲的是手艺，并不以种儿为是，又是主人的内亲来寻，况且还有银子，说："是啦，准保叫您做脸就是啦！"这才挑了两种足壮的新秧儿，起出盆来，另栽了两个竹筒子之内，递给舅爷。这位金陵客喜喜欢欢告辞，拿回家中交与子才。

（再续）*1915年10月12日*

裹藏如宝。归致中途，遇一少年，跨蹇从油碧车，丰姿洒落。渐近与语。少年自言："陶姓。"谈言骚雅。因问马所自来，实告之。少年曰："种无不佳，培溉在人。"

前天的书，原文说"客多方为之营求"，足见很不容易。在下照"多"字、"营求"字，说到得到手中。要连编带纂，应当说怎样想了个方法，人家不给；又设了个什么主意，还是不行；至少说到三层，才合"多"字的神情。那一来，您就不用看原文啦。所以糙糙儿的一表儿，已经占了一版。今天少说闲话，赶来啦热闹地方儿说。

却说马爷这位朋友把花秧得在手中，喜喜欢欢的回到家内。马爷见真拿着□，连忙接过来，也看不出是什么颜色（没放叶儿呢吗），说："实在叫您费心，明一天我可要回去啦！"这位朋友还要留马爷多住几天，马爷怕花芽子受伤，而且家中的花也不放心，决意告辞。这位也就不能强留了。

第二天把竹筒子用手巾裹好，告辞出来，两手替换拿着，虽说没分量，可得多留神，怕碰了花芽子，直比拿着什么轻巧的珠玉玩物还得加小心。雇车得把这包儿抱在怀里，搭船也不敢扔下。到了晚间，放在店里床□上又怕冻啦，要带在被窝儿里，又怕热坏了；再说一个睡沉了，万一把芽儿碰折了呢，可怎么好，只好整夜瞪眼看着吧（这是《黄英》

① 圆脸：找回面子。

吗？大鹰)！反正得当宝贝似的，留神就是了。离金陵走出几站地，才想了个主意，买了个捎马子①，把菊秧裹好，抗在肩上，走着还方便点，就是雇脚驴也行啦。

又走了两天，这一天，雇了个站驴②骑着，顺着大道走到一个山村外头。见前面有个年轻的人骑着匹小驴儿，驴前头有一辆推车，卖力气的是个老头子，车上是油绿布围子。这路车北京可没有，我就在画儿上看见过，不信您瞧《三国》灯上，画的《回荆州》的孙夫人或是诸葛武侯都坐这路车，推车的多半是精壮的军卒。要是妇女坐，虽是在身后头隔着围子，可是上车下车总是上点儿年纪才合式。不但这路车没有，就连这路颜色的车围子全都罕见。前几年宣武门大街常见一辆绿围子车，是江亢虎③的，如今王府方顶车也不见了。要瞧这路油碧推车，大概南省也见不着啦。

闲话打住，却说马爷的驴比这少年的驴稍快点儿，几步儿就赶上啦。一瞧这个人，学生儿似的，长的很透秀气，神情举止，全都不俗。马爷走在长路上好几天，也觉闷的很，沿路没什么人可说话儿，今天遇见这位少年，一见投缘，可就随便的要说个闲话儿，说："这位先生，贵姓啊？"少年说："在下姓陶。"马爷一听，不但举动文雅，言谈也不俗。这位也问马爷，说："不知老先生贵姓？仙乡何处？从那道而来？要往那道而去？身背何物（那是《黑风帕》)？肩抗何物？"马爷就把跟朋友到金陵来寻菊花的话，从头至尾说了一遍。少年听完一乐儿，说："据小弟说，菊花的种儿全是好的，可得在乎人能培植灌溉才行。"

（三续） *1915 年 10 月 13 日*

因论艺菊之法。

却说马子才提到是为寻菊秧由金陵回北京的话，这位陶爷说出"种无不佳，培溉在人"的八个字来。马爷一听，说的在行，心说八成儿这位许懂局，不免问他一问，这才说："据您这们说，想必也会养活菊花儿喽？既然同有菊癖，不妨互相研究研究！"陶爷说："可以，如此你我并驴而行！"马爷把驴往前一催，不想这驴不懂平行儿做事，往前一蹿，跟着三蹦儿，跑到头里好远的。马爷赶紧勒住，等了会儿，陶爷的驴方才赶上。马爷叫陶爷催驴，陶爷把驴一催，又跑到头里去了。反正老得尾顶尾儿，不能像马性顺良。马爷说一句，陶爷得扭回头来答一句，马爷未免不过意，说："还是我在头里走吧！"加了一鞭子，驴又蹦了两蹦，蹿出多远。马爷从新勒驴等陶爷，好容易陶爷的驴赶上了，

① 捎马子：旧时的一种口袋。
② 站驴：有固定路线、按站走的驴。
③ 江亢虎：清末民初社会活动家，曾任京师大学堂教习。

二位又说了没几句，马爷的脖子也扭酸啦。

再瞧推车的老头子早喘上啦，说："你们二位别拿哑叭畜生跟我呕腻儿。二位不知道，驴这路畜生万不会平权，不晓得什么叫平等自由，多早晚也是服从性质，惯爱在人家屁股后头哼哼。你们爱说话儿，那只好下来牵着走吧。好在这路长站，对槽驴性情还不大犯野蛮，你们要是挤对急了他，也许拿起顶①来，把你摔下去。你用鞭子苦一抽，第二回骑上，不但拿顶，再掉个噎脖子，就把你砸到底下啦。"陶、马二位一听，老头子说得有理，细一想，果然没见过并肩走驴的。马爷说："如果不乏，咱们下驴牵着走，到得说话儿，也叫老头子喘喘气儿。"

陶爷本怕老头子一忙，摔了他们家堂客，赶紧下驴，一手牵着。下驴的这一件事，马爷也有个心理，是怕驴真再打蹦儿，自己裆一软，真要下来，虽然离地不高，摔不到那儿，捎马子的菊秧儿可娇嫩的多，一个碰折了，怎么对得住朋友哇。如今见陶爷下驴，赶紧也甩镫离鞍，一手按着捎马子，一手牵着驴。

谁想这路站驴见人不骑他了，他就以为是到了站头了，要扎窝子。马爷一手往别扯着驴缰绳，一面跟陶爷讲究种菊花的事。过路人一瞧，好像赶脚的讲买卖哪，又配着这个捎马子，八成儿要容口绣的活儿②。好在马爷不理会，这才说："你方才所说培溉在人，要说菊花，我是真爱养活，多少种总不能全。越是细秧儿，越不爱活，越爱瞎头③。到春天不出芽，或是不吃蒿根儿④。无论怎么经心用意，常把种儿断了，真如同养活儿女似的。越缺越不爱活，总算捐弄的不到家。只要老札子分得不苦，春天水勤，夏天连阴雨的月分，根子不受热蒸死，到了秋分已后，到没有开不好的。至于常说的'三分四掐头，五六水长流，七八多受露，九十拨花头'的话，也不能全都可靠。这是北省的通论，可不知你们南京养菊另有什么妙法，还是你另有传授？"

（四续） *1915 年 10 月 14 日*

马大悦，问："将何往？"

却说马子才既然爱菊，见着有同好的人分外高兴，好讲究。其实说了半天，都是人说馊了、听腻了的俗词儿，他还当新鲜的朦人哪。大凡越不高的人，越好逞才，显白他是行家，这就叫整瓶子不动，半瓶子摇。马爷虽说"世好菊"，苦于不能发明新种法，无

① 拿顶：不听话，对着干。
② 容活儿：江湖隐语，偷学手艺。
③ 瞎头：不长花蕾。
④ 不吃蒿根儿：指将菊花嫁接在蒿子根上不成活。

非是个肯花钱的冤大脑袋，并不能算善培溉的人。好在一听陶爷说，立刻就要讨教，如此虚心，所以菊精也不必吝教喽。

闲话少说，再说马爷说完这套，无非引斗陶爷，好跟着讨换着儿。不想陶爷一笑儿，说："尊驾说了半天，全说的是根儿上的法子。这如人后天之学，没有多大变化，不能巧夺天工。我说的种无不佳，是种菊要在种儿上留心，是先天之学，变化无穷。至于培溉两件事，可得其性情，所谓得之则生，弗得则死。若不得性情，即便不死，也开不好，或有花无叶，或高矮不齐，都不能算于培溉。本来别种花草多是仗天工，惟独菊花是多半人工，少半天工，还得得地利。因其喜晒喜秋风，所以南方菊花不如北省开的好。您要喜欢种好，就得自己研究培溉之法，劣种也能变成佳种。若是空慕名儿，或一味贪多求全，便不能算真好菊的了！"

马爷听人家这们一说，真好似开了窍儿了，说："对，对，怎么一样的花儿，到了人家花儿匠手里就开的早，朵儿大呢！不错，必是另有个诀窍儿。这们说起来，您必是养活的好。那们您瞧一瞧，我新得的这两个芽子是什么花头儿？叫什么名儿？应该怎么培溉才开得好呢？"说着话可就把驴缰绳撒了手啦，由捎马子往外掏菊花。这驴见人撒开他，撒腿往回路跑，可比骑着人跑得快的多。那位说，这是长站的对槽驴吗？这驴是从前由前门到顺治门、城根儿的荡子驴①改业的，所以永改不了旧习气。

这下子马爷所忙不过来了，赶紧把捎马子放在地上，撒腿追驴，又喊过路儿的给截一截。驴一想不对，从前不过跑三四个垛口就扎了窝子，这出来好几十里地了，一气跑回去，更累得慌，若如跟他往下站去吧。那位说，驴的心腹事你怎么也知道呀？反正悟理。再说原文就说陶爷骑驴，没提马爷是骑驴是坐车。可是南京到北京好几千里，马爷断不能脚踏地。若说由家里备上马，马爷家里又不趁，即便同亲友借匹马，路上又得过江过河，多不方便。所以我的主意，叫马爷随便搭脚儿。陶爷的驴也没提有赶驴的，后文也没个交待，只好算他也是同车都是雇的，或是变化的。无如人家骑驴，马爷走着，决不能追着驴上的人说话儿，这就是我叫马爷雇驴的大意。好不好全是造谣言，您爱瞧就包涵着点儿吧。

且说马爷跑了不远儿，把驴揪住，牵回原处，把捎马子再抗上，说："俟等到店里您再瞧吧！但不知您这车上坐的是什么人？您要往那一方去？咱们可能够一路而行？"

（五续）1915年10月15日

答云："姊厌金陵，欲卜居于河朔耳。"马欣然曰："仆虽固贫，茅庐可以寄榻。不嫌

① 荡子驴：在固定线路上往返的供人租骑的驴。

荒陋，无烦他适。”陶趋车前，向姊咨禀。车中人推帘语，乃二十许绝世美人也。顾弟言：“屋不厌卑，而院宜得广。”马代诺之。

却说马子才一见陶爷就投缘对劲，又听他所说的养菊方法儿高明，怕是走不到一路，不能盘桓研究，况且人家又带着家眷，这才想问一问：“您要往那一方去?”陶爷说：“车上坐的是我家姊。小弟原籍本是金陵人氏，家姊因近年金陵一天比一天繁盛，而且地势潮湿，怕招一身疥（这句也是陶爷说的吗？新近我的朋友由南京回来这们说的，我写串了辙啦），打算要往北省搬一搬家，想要奔直隶住几年去!”马爷一听，心说这可巧极啦，我要能把他约到我家里，早晚给我拾掇拾掇菊花儿，才是好帮手呢？连忙说：“这可好啦，咱们哥儿两个真是一见如故。你别瞧我没有什么，家里还有几亩子地，有几间破房子。你们老姐弟两个到了直隶还得现找房子。现在北省又是无形的戒严，凭你这口音，到了那儿举目无亲，遇见贪功的侦探就许把令姊当了北伐队，还以为唐群英①嫁了黄兴，改了姓了呢（这也是马爷说的吗？我犯贫②哪）。再说外乡人找房，接房未必合式。只要不疵嫌，你就住在我家就得啦，但不知尊意如何?”

陶爷一听，看意思很是赞成，说：“小弟原是无可无不可的性情，只要家姊肯去，咱们就一言为定!”马爷说：“那们你就商议商议去好不好？来，你把你的驴交给我牵着!”陶爷真把缰绳递给马爷，紧走了两步，告诉推车的：“站一站，我有句话说!”大概马爷所说的话，车里好像都听明白了似的。陶爷到了车前头，说：“姐姐，方才与咱们同行的这位马大哥，约咱们上他家去住，不知你想怎么样?”

此时马爷心里怕姑娘不知道自己是怎么个人儿，万一不肯去呢，再说倘若问都是什么房，陶爷说不上来，自己好答言儿。于是拉着两匹驴，紧走了两步，已经到了陶爷的脊梁的后头。恰巧陶爷说完这话，就见车帘一掀，露出一只纤□的玉手，嫣然一笑。马爷同这位一对眼光儿，瞧面上比怀里小点儿（那是大秤），看面庞儿也就在刚过二十岁，长的别提有多们美貌啦，不擦脂粉，梳的是东洋蓬头，也没有一头的金首饰，不过一只乌犀角横簪别头，戴一只小珠花，身穿一件绿色绸夹袄，这分儿雅淡梳妆分外透着素净。马爷看了个闷真③，可不能跟人换口说话。

就见这位美人儿冲着陶爷说：“你告诉这位，不论房子大小，可就是得有一块大院子才好哪!”马爷一听，正对式，等不得陶爷再传话喽，赶紧答言儿，说：“是啦，您去瞧一瞧，管保可心！不能叫您白跑，况且这中间又不隔几个人，两茶一房，没别的花销，

① 唐群英：清末民主革命家。

② “贫”，原文作“频”，据语义改。

③ 闷真：心里清楚，但闷在心里不表达出来。

谁叫我都紧靠山根儿①哪（不对，这还是纤手）。”马爷一一答应，就算当时表决。

（六续）1915年10月17日

遂与俱归。第南有荒圃，仅小室三四椽，陶喜，居之。

却说马子才一听这位陶大姑娘所说的房子样式，是只要有大院子就成，不必一定住什么洋楼大庭房，这可正对式。所以不等陶爷再转问，就答了言儿啦，说：“我们北方全是大院子，俟等到了家，您拣样挑着住行不行？”陶姑娘点头，从此一路同行。早晚打尖住店，总是陶姑娘住里间，马爷同陶爷住外屋或另找个单间儿，可是马爷会账的时候儿多。至于或坐车或雇牲口，原文可就囗提啦，我也不便当正文说，反正是逢山开路，遇水叠桥（不对，那是先行官），总离不开车船轿马。

简断截说，这一天到了马爷家中。马爷家内原有两个下人，平常也会帮着收拾菊花，此时已近端阳，春阡都已栽齐，净盼主人回来。恰巧今天到家，赶紧迎出来，接过捎马子。又见主人不但运了花秧儿来，还带了一男一女回来，也不敢问。马爷把姐儿两个先让到书房，叫下人出去打发了车脚。此时马大奶奶听说丈夫同了一位姑娘来，不知什么事，也迎到书房。马爷给陶爷引见了引见，说：“这是你吕氏嫂子。”人家陶姑娘不必再等说话，赶紧也万福行礼。大奶奶一见，也彼此投缘，又一问来意，敢则是由南省往这儿租房来的。大奶奶一听口音吃香，就极力赞成（那是前二年，这如今不如中州韵②吃香），立刻预备茶水酒饭。马爷说：“兄弟，你瞧我这院子，南边就是菊圃，这菊圃南边还另有一大块荒地。早先是拆活底儿③，就有三四间土房儿，有一个人租了去要种菜园子，后来也没种好就走了，现在闲着呢。你过去瞧一瞧，如果愿意，住那院子，不怕短什么家俱，这院全都现成。”陶爷一听，说：“既有这们好的院子，咱们先去瞧瞧！”马爷说：“等歇一歇儿再去也不迟呀！”陶姑娘说：“先过去瞧瞧，还得收拾打扫哪！”

南院原是一个下人晚晌过去睡觉，白天是倒锁门。马爷叫这下人拿上钥匙，过去把门开开。然后马家夫妇同定陶家姊弟两个出离大门，往南顺墙根儿走了不远儿，果见一段土墙，另有个篱笆门儿。下人已经开开锁，四位一同进入院中，见靠西北犄角儿有两间小正房儿，是拆剩下的耳房；又有两间西平台，平台南面是一眼水井，大概从前是井院儿，就是蒿草已经有三四寸高啦；从前还有废畦埂儿，也都分不清了。陶爷一瞧，说：“这院子就很好，就累管家把我们那点儿行李给搬过来吧！再带把笤帚来，我扫一扫，糊

① 山根儿：房屋买卖中出卖房屋者。
② 中州韵：以北方中原地区话为基础的音韵。
③ 拆活底儿：原有建筑拆去以后的空地。

一糊窗户。姐姐住西房，我住北房很对式。但是手使的家伙还得您暂借我们用用，等我们慢慢儿的添置吧！”马爷说：“我既把你们老姐儿两个请来，就如同一家子一样，叫下人们给收拾着，咱们还是过那院去，大概菜饭已齐！”

（七续）1915年10月18日

日过北院，为马治菊。菊已枯，拔根再植之，无不活。然家清贫，陶日与马共食饮，而察其家，似不举火。马妻吕，亦爱陶姊，不时以升斗馈恤之。陶姊小字黄英。

说书是假玩艺儿，应当当真事说得一点儿不差，才算玩艺儿。无非也有一层难处，絮烦点儿。即如这陶爷姐儿两个从金陵到顺天举目无亲，硬要来安家过日子，得带多少钱哪。幸尔遇见马爷，借了几间房子，居家所用的物件一样儿也没有，可怎么过呀！虽说陶爷是花妖，会变化，还得遮挡的住马爷的眼睛才行，说到这些地方儿，说不用不行，要是按过日子细说，管保谁也说不全，这就是难的地方。其实真说全了，也没多大意思，只好像戏台上捡场似的，拣应有用，这是照我想得起来的说，落下什么，可得诸位包涵着瞧。我要真叫陶爷从水坛子置起，直到碟碗刀杓，满打真写全了，诸位也不爱瞧，只好说用什么没有的，上北院借去吧。闲话交待完了，还得造新谣言。

却说马爷仍把陶爷姐弟二人同过去预备酒饭，一面吩咐下人把南院四间房子给打扫裱糊，铺好炕席（北省不讲睡床吗），应用的物件，也拣要紧的给预备下。到了晚晌，又把姐弟两个送过去安歇。

不提陶爷，单说马爷把捎马子的竹筒子劈开，把菊秧儿起在盆子里头，浇上点水，搬在受风露之处培养着，然后收拾安歇，一夜无词。第二天一早起来，过自己南院看一看，今年的菊秧儿这两个伙计给分的好不好。陶爷也过来啦，同着过去一瞧。陶爷说：“您这们种，已经很好了，怎么还有缺苗的地方儿呀？必是您只要看着叶子一蔫，或一不见长就拔了。其实菊为寿客①，没有活不了的菊花。”于是指着畦内几棵干叶儿的说：“您瞧我把这几棵给您收拾收拾！”说着话，拿起花铲就起出一棵来，把土抖了抖，又换了个地方儿从新栽上，随手又起出一棵来，也这们如法的栽上。

马爷当时半信半疑，到了第二天一瞧，果然陶爷所载的叶子真缓过来啦，外带只要经过陶爷手的，没有不分外精神的。马爷见日陪着陶爷学习，总见陶爷不张罗花个钱，想着他必是没有，所以到吃饭喝酒的时候就留他这院里吃，陶爷也不甚推辞。不过是喝几盅儿就可当饭，菜不菜的全不讲究。马爷一想，可不知他家做饭不做饭，于是暗地打

① 寿客：菊花的别名，亦指菊花虽是草本植物，但是根多年不死，年年开花。

发下人过去，做为给姑娘送点儿菜去。姑娘留下，就放在一边儿了。下人看那意思，好像从不起火做饭似的，心中纳闷儿，心说莫非他们姐儿们净叫锅贴铺吗（那年还没发明这宗食品哪）？又不好问，只得把话回明主人。

再说马大奶奶吕氏是个病身子，又得操持家务，轻易不能出门儿。自从那天见了陶姑娘，别提多爱惜啦。看出陶爷没项儿①，时常打发下人给送点儿米面或是食品，也常约陶大姑娘这院来吃，真同亲姊妹似的。这一天因话提话，才知道姑娘的小名儿就叫黄英。

（八续） *1915年10月19日*

雅善谈，辄过吕所，共纫绩。陶一日谓马曰："君家固不丰，仆日以口腹累知交，胡可为常。为今计，卖菊亦足谋生。"马素介，闻陶言，甚鄙之，曰："仆以君风流高士，当能安贫，今作是论，则以东篱为市井，有辱黄花矣！"

这段儿书目录是《黄英》，自然黄英是重要人物，说了七八天，没说出是谁来，好像下不去。其实蒲先生也有难处，如说马子才遇见陶爷，陶爷断不能一见面就把姐姐的小名儿告诉人，非得同马大奶奶所熟识了，然后闺中姊妹，或者才提得到这一层。原文虽是叙出来的，我想不如由这们说，分外圆到，这就是与原文稍不符的地方儿，反正得往有情理上想着说。

闲话少说，却说这位陶大姑娘不但模样儿好，外带口齿伶俐，能说会道（可不像我净爱犯贫②嘴），时常早半天倒锁门过这院来，赶上马大奶奶忙针线活，抓起来就替做成，或是织布纺线也帮着动手。马大奶奶自然分外的喜欢喽，说："想不到大妹妹你这们个人儿还这们勤俭！"黄英一笑儿，说："哟，我的老姐姐，我们要是好吃嘴，懒做活，那成了什么人儿啦（那是腊梅③，不是黄英）。"从此习以为常，反正晚晌过去睡觉去。

陶爷也是如此，把圃内的菊花收拾的比每年强的多。这一天哥儿两个可就提到物力艰难，过分日子怎么不容易的话来。陶爷说："大哥，我从前不知道您府上有多大家当儿。自从咱们哥儿两个这一程子耳鬓斯磨，朝夕相恋，我才瞧出来，敢则您也是个空儿事，无非把式④打得圆全就是啦，并非真正殷实的绅士。可是自从小弟搬来，不但白住您的房，我在您这院吃饭的时候儿多，您暗含着又添上两口家累。这件事要是我们三五天就走也不要紧，要说一年三百六十天（不是阴历，也不是阳历，俗话儿就都这们说吗），

① 项儿：职业。
② "贫"，原文作"频"，据语义改。
③ 腊梅：周腊梅，京剧《打面缸》中的人物。
④ 把式：打把式，摆空架子，炫耀自己。

我净白吃您家，这也不是常事。要以现在您家说，谋求生计是一件要紧的事了。无奈为农您没多少地；为工没手艺；为商没资本；为兵年岁已过，而且没力气；为官哥哥您更差得远，打头没长那骨头。再说两只眼睛，净交我们这一群穷小子，如何办得到？据我替您眼前打算，莫若您就以卖菊做生理，不知兄台意下如何？”

马爷本是顽固人儿，从前见陶爷收拾的菊花出色，很是喜欢，想着我们马家从此也可以显一显名。今天听见陶爷这句话，起心里好不喜欢，心说怪不的这孩子黑夜白天这们下功夫呢，敢则玩不起啦，别主意下黑工夫，惦记着挑哪（什么呀？菊花儿呀）！由不得一撇嘴儿，说：“我当你们这路高明人儿不见钱眼开，能守得穷耐得福呢，敢则你更扎挣不住啦，所以才想换钱。你可不思思想想，菊花这路物品有多们清高（真正清门儿），从来没换过钱。你如今要把东篱隐士拿出去卖钱，你真是菊部①罪人！”

（九续）*1915年10月20日*

陶笑曰：“自食其力不为贪，贩花为业不为俗。人固不可苟求富，然亦不必务求贫也。”马不语，陶起而出。自是，马所弃残枝劣种，陶悉掇拾而去。由此不复就马寝食，招之始一至。未几，菊开，闻其门，嚣喧如市。怪之，过而窥焉，见市人买花者，车载肩负，道相属也。其花皆异种，目所未睹。

却说马子才听陶爷说要拿种菊花谋生，起心中好不乐意，所以替菊花直争论。陶爷并不起急，一笑儿，说：“大哥，我说卖菊这件事，并不是白要谁的钱，总得破工夫，卖力气，才养活得好。这是自己卖力气挣饭吃，并不算非分之贪。比如一样的卖力气，贩卖什么祸害人家的物品，即便有赚儿，这等下贱的俗事，凭咱们弟兄也做不到。要讲种花，总是雅道事情，而且菊花分外清雅。据我想卖花这路买卖是同高人打交道的事，实在不俗。一个人在世上，要是看见有财就往前伸脑袋，好财不顾脸，是为苟且求富，决计使不得的。可是可以挣得出钱来，又没人笑话的事偏不肯做，这叫枕着饼挨饿。把很好的物品都抛弃了，岂不是诚心找穷，似乎也不对吧！”

陶爷说了半天，想着马大哥如果听进滋味儿去，这买卖一定能见发达，谁想马爷一语不发。陶爷一瞧，马爷是认定受穷认命的死扣子啦，再解说反到不合式了，莫如暂且不必说了，站起身形，也没告辞就走啦。一幌儿好几天没过来，马爷想着他是小兄弟儿，犯点儿小性儿也不要紧。自己仍照每年收拾菊花，奈因本年分的畦里所种不下了，只好早上伏盆儿吧，带领两个下人忙着见天栽花儿，瞧着不见长的或是太多的糙秧儿，就扔

① 菊部：戏剧行业，称梨园行，又称菊部。

到畦埂子上不栽他啦。

陶爷有时过来，就把马爷所栽剩下的全都拿走，马爷本是不要的东西，也不便问他拿了去有什么用处。从此每天总不在这院里吃饭了。马爷因这一程子忙的也顾不得同陶爷喝酒说话儿，好容易把菊花上了盆子，有点儿闲工夫。

这一天，打发人把陶爷约过来，哥儿两个照常喝酒说话儿，到晚晌过去。简断截说，是非约不过来。马爷又忙着起伏阡秋阡①，先上盆的，张罗用马兰拴，还得摘花骨朵，打水花儿②，由七月就忙的了不得，好容易破了镜儿③，透了色儿，很是高兴。

这一天，早晨起来在院中看花儿，听南院门口吵吵嚷嚷，好似赶集的一样，心里纳起闷儿来。心说那院的人可是做什么的呢？这几天我这们忙，陶家兄弟怎么也不来帮忙儿来了呢？一面想，一面往街门外头蹓达。刚到街门，就见好些人，有小车子，有花杖子，还有敞车，有好些人都从篱笆门儿往外搬花儿。马爷顾不得进院子，弯下腰儿细瞧这些人，所挑的菊花儿也有半开的，也有才吐瓣儿的，不但托盆儿的叶子花头多是三岔九顶，再想看一看都是什么名色，就听旁边人说："不怪卖的贵，真是新秧儿吗！"马爷一瞧，果然没有见过。

（十续） *1915 年 10 月 21 日*

心厌其贪，欲与绝。而又恨其私秘佳本，遂款其扉，将就诮让。陶出，握手曳入。见荒庭半亩皆菊畦，数椽之外无旷土。劚去者，则折别枝插补之，其蓓蕾在畦者，罔不佳妙。而细认之，皆向所拔弃也。陶入屋，出酒馔，设席畦侧。

却说马子才这一程子因为忙菊花，所以总没同陶爷在一块儿，并非有心疏远朋友。忽然今天听隔壁有人吵嚷，不知什么事，及至跑出门去一瞧，原来全是买花儿的，其中贩子也有，玩主儿也有，人人夸赞花儿真好。马爷低头一瞧，全叫不出名色来，登时这气可真不小，说："怪不得人说南方老啬吝，见钱就伸脑袋。由这们一考察，别瞧姓陶的这个小伙子平日白吃白喝，溜杆格念④，锄子不掉⑤，他真黑得过儿就结啦！分明把我当大脑袋，瞧我不懂得什么，似乎这路冤家痞的朋友我可真得远着他点儿。即谁不认识谁，又算老几！"可是越瞧他的花儿越爱，心说这孩子到了儿由那儿讨换来的这些新秧儿呢？

---

① 伏阡秋阡：指入伏后将菊花挖出移栽到花盆里，入秋后进行菊花嫁接。

② 打水花儿：剔除不好的花头。

③ 破镜儿：此处指花蕾微微张开。

④ 溜杆格念：江湖隐语，没钱。

⑤ 锄子不掉：江湖隐语，不花一钱，形容小气者。

我们两个人在一块儿这们小半年子了，从根没有露过，我真就会不知道，他要私藏点子炸弹，我更得失察喽！没什么说的，今天我所得调查调查他。想到其间，用手过去一推门，原来从里面关着呢。心说八成儿有私货，我总得把他叫出来讲究讲究，要有意外的情形，我好叫巡警（还是乱党）。

谁想马爷推门的工夫，陶爷大约已经隔着篱笆门儿看见了，只听吱喽一声，已经把门开开。马爷一瞧，正是老陶。陶爷说："大哥，您今天早哇，请进来吧！"说着话，用手拉住马爷就往院里走。马爷一瞧，喝，可着一个院子，敢情他全开了菊畦啦，除去四间房子之外，一点儿闲地没有，地下放着一个筐子，里面全是折下来的菊花枝儿，旁边放着一把花铲。敢则陶爷的菊花秧儿是随起随补新的。此时马爷顾不得说话儿喽，低着脑袋，直着两只眼睛，细瞧菊花儿。就听陶爷说："容我阡上这点儿，咱们哥儿两个再说话儿。"马爷直顾不得答言儿啦。

又瞧花头儿，又瞧叶子，又想瞧陶爷怎么种法儿。心说这都几时啦，他还插秋阡儿呢！天气寒了，可怎么扎水根儿呀？就见陶爷比插伏阡还快，用花铲一阡，就栽一棵。不大一会儿，把所起出去的全都补齐。马爷再仔细低头细辨别，透颜色的全没有新鲜的，这才想起全是前些天栽不下扔到畦埂子上的糙秧儿，外带也没有多少样儿，不过一棵有一棵的神情意思，看那一棵，爱那一棵，觉着比自己院里的胜强好几倍，这才明白，敢则人家是手艺好。

此时陶爷见马大哥看花儿所瞧傻啦，也不周旋他，把花铲同筐子拿进西屋，又拿出把笤帚，把畦边的浮土扫了扫。然后由屋里拉出一领炕席铺上，又搬了一张小桌儿，登时拿出酒壶、酒盅儿、筷箸①、调羹，又是七碟八碗的摆了一桌，摆齐了才说："请马大哥坐下吃酒！"

（十一续）*1915年10月22日*

曰："仆贫不能守清戒，连朝幸得微赀，颇足供醉。"少间，房中呼"三郎"，陶诺而去。俄，献佳肴，烹饪良精。因问："贵姊胡以不字？"

上文书说马爷细认之，"皆向所拔弃者也"。这句话并不是形容陶爷真把菊花收拾的好，实在形容人喜新厌故的恒情。鄙人从前有位老友，很有阅历，他说："看花儿是在花厂子好，看兔儿爷是在摊子上的好，看像姑②是在戏台上好，看妓女是在下处好。"那位

① "筷箸"，原文作"筷著"，据语义改。
② 像姑：旧时对年轻男旦演员的称呼。

说，看报哪？是在报馆不好。什么缘故呢？皆因馆里除去草稿儿就是剪子活，所以不如登出来好瞧。我这朋友所说的话，看着不要紧，确是有阅历之言。这原故就是俗语儿常说的，媳妇总看着人家好，孩子可总是自家好的道理，因天下人只要对于玩物就爱新奇的。有人说，你哪？我起心里虽爱古玩，苦于置不起，所以也只好拿洋货壮门面吧。闲话少说，还得说书要紧。

却说马子才只顾了看菊花儿，敢则人家陶爷已经把酒席预备停妥，说："大哥轻易不过来，您今天没别的，喝盅儿吧！"马爷一想，哥儿两个也过得着，自然不便推辞，也无须谦①让就坐在席上。陶爷先给斟了一盅，然后自己也满上，说："大哥，您可别笑话我，我的话不能像您似的挨饿认命。这一程子，要说花儿卖的实在不错。再说这路买卖，什么叫本儿，全是利儿，无非人工儿是真的。要说我这些天，虽不能说使着啦，可是卖项儿不错，白捡了几个钱儿，足够咱们哥儿两个喝酒的了。反正不是亲钱，大哥您敞开儿乐，喝着吧！"

马爷本来也是酒头鬼儿，对着菊畦分外高兴，于是端起盅子一饮而尽。彼此喝了两三杯，马爷才想起要就点儿菜，一低头见无非全是家常菜，不对就酒，好在素日不甚讲究，也不甚理会。正在这个当项儿②，就听屋里细声细气儿说："三儿呀，你到这屋里来！"陶爷赶紧答应一声，站起来往屋里就跑。马爷心说，敢情他就排三哪，不知有什么事，只好一个人自斟自饮等着吧。

一会儿见陶爷笑眯嘻儿的从屋里端出一个大油盘来，放在席上。马爷一瞧，敢则是八个炒菜，真是红烧翅子，清蒸燕窝、江瑶柱、银鱼等类，至不济的都是虾仁儿、鱼片。那位说，这也是原文吗？原文虽没有，既说"佳肴"，反正拣我爱吃的说，我要说两个炒肉，我先吃不服，未免小瞧了金陵朋友啦，莫如拣值钱的说，这就叫热闹热闹嘴吗！可是您也不必犯死凿儿，我说我的，您就当可吃的瞧吧。但说马爷一瞧，知道这是人家姑娘亲自动手做的，况且瞧着就好，必定得试一试杓口儿。连忙帮着陶爷端到桌儿上，用筷箸一夹，真是样样儿得味儿，不但比口子上③做的强，就连大馆子的庖师也不过如此。心中纳闷，不知他在那儿喝茶（还是口子上），又想着不知这位姑娘怎么还不给人家儿。

（十二续）*1915 年 10 月 24 日*

答云："时未至。"问："何时？"曰："四十三月。"又诘："何说？"但笑不言。尽欢

① "谦"，原文作"误"，据语义改。
② 当项儿：指时机，关头。
③ 口子上：指同行业者的聚集接头处。

始散。过宿，又诣之，新插者已盈尺矣。大奇之，苦求其术。陶曰：“此固非可以言传，且君不以谋生，焉用此？”

却说马爷一叫门的时候儿，原是一脑门子的丧气，别着同陶爷讲究讲究。及至人家出来，和容悦色的往里让，只好进院瞧明白了再说吧，所谓人有见面之情。又细一瞧花儿，并听陶爷说的话儿柔和，自己一想，全是我不要的废物，人家捡了来，收拾卖钱，这也不算什么，再说人家也是两口人的日子哪，即便是我花钱雇的花儿把式，也拦不住他分秧儿插阡儿卖钱。只好趁着陶爷让酒，就依实喝吧。

不想陶大姑娘又精心用意的做了几巡儿可口儿的好菜，马爷吃那样儿，那一样儿得味儿，心说这要来个菊花锅子，或来碗真玉笋长的菊花羹，才更高哪。

此时到不能谈花儿的事了，这才趁陶爷让菜的工夫，说：“兄弟，咱们哥儿两个一幌儿亲近了这些日子，净研究菊花儿啦，总没谈过家务。我瞧令姊年岁大概过二十啦，怎么还不提人家儿呀？”陶爷一听，说：“你问的着，你问的着（陶爷也要唱《义侠记》)！”说是：“没到给人家儿的时候儿呢吗？”马爷说：“但不知还得多少日期？”陶爷掐了掐指头儿，说：“四十三月。”马爷一听，错会了意，说：“兄弟，我这可不是拍①你。要说我总比你大几岁，再说又是北京根生土长的人，你不用冤我，从我一记事儿就知道三十六个月为满，还得连闰月算。即便托个熟人儿，也无非再留个三五个月。你说四十三月，是那儿的事呀？”陶爷一听，好像满不懂似的，本来不懂吗（有人说，这到底什么事？我的棉袄的心事)！好在也不斟问，不过一笑儿。

此时哥儿两个的酒饭已经用足，彼此都觉着今一天很是高兴。马爷吃完，容陶爷把残席撤到屋去，又坐了一会儿，这才告辞回北院。到了家又细端相自己所种的菊花，总觉不如陶爷种的好似的，又纳闷儿，到底他这时候还插阡儿有什么用处，过一半天，我再过去，到要瞧一瞧是怎么件事。

过了一天又到南院，做为找陶爷打听事去。进门儿先留神，找前一天他所插的花阡，不但枝叶鲜明，而且已经有顶尺高啦，外带掐尖分岔，上了骨朵。这下子更把马爷朦住啦，说：“这可真怪，怎么到他手就这们见长呢？”赶紧回头问陶爷，说：“你这菊花到底怎么长得这们快？你必有绝妙法子。凭你我这交情，你还瞒我可就不对啦，你总得把这点儿诀窍告诉我！”陶爷听说一乐儿，说：“并没什么，不过这件事只可意会不可言传。况且我们养活得这们见长，所为卖钱挣饭吃，自然得求速成。您既然不为谋生，无非是养着玩儿，学了也没用处，何必一定追问！”

---

① 拍：吓唬。

（十三续） 1915 年 10 月 25 日

又数日，门庭略寂，陶乃以蒲席包菊，捆载数车而去。逾岁，春将半，始载南中异卉而归，于都中设花肆，十日尽售，复归艺菊。

却说马子才见陶爷新插阡的菊花儿长的挺高，过一半天就能起出卖钱，所以追问有什么诀窍儿。陶爷说："不可言传！"马爷一听，也是实话，必然得自己实验功夫到了才行，故此就不再往下追问了，只好自己再下心啵，说了会子话儿，听门外叫门，又来了买花儿的了，马爷因人家直忙，只好回了北院。见天听门口儿有买花儿的，有运花儿的，直乱哄了好几天才略微消停了点儿。

这天马爷又过南院去一瞧，见陶爷带着两个伙计把畦里卖剩下的都起出来，打去泥坨儿，用芍药包包裹好了，然后用草绳儿打上捆儿，好像要发外庄①似的。方才要问，见陶爷笑嘻嘻的说："大哥，您既过来，好极啦，不然我也要过北院托嘱您去呢！我这些卖不了的全得发庄，我还得亲自走一荡。家里留这两个伙计帮着家姊照应着。没别的，您早晚多分心吧！"马爷说："兄弟，你既瞧得起我，再说也没有多少日子不咧，你就治工②吧！咱们哥儿两个回头见。"马爷见陶爷忙着打包，也不便细问了，告辞出门。敢则此时街上来了好几辆大车等着载货哪。就见陶爷指点伙计把蒲包子往外抬运，赶车的也帮着装载，只好回家吧。

第二天又过去一问，敢则陶爷已经走啦，就剩下姑娘了。过一两天，陶姑娘也过来串门子做为回拜。从此虽有来往，与吕氏姐儿两个都离不开家，所以也不能常聚会了。

说书是有话即长，无话即短。陶爷是九月中旬走的，到了年底还没回来，马爷很是纳闷儿。直到过了残年，交了春分节，这天听门口儿有车马喧阗的声音，出门一瞧，正是陶爷回来。照旧还是那些辆敞车，拉着许多叫不上名儿来的花卉。也有认得的，无非栀子、茉莉，各种的兰花。陶爷见了马子才，连忙做揖，说："大哥，您看家啦！"马爷说："好说好说，照应不到。你怎么才回来呀？你弄点子这细花儿，咱们这北方养活得好吗？"陶爷说："小弟是贩来卖的。"马爷一听，摇了摇脑袋，说："咱们这儿卖给谁呀？"陶爷说："小弟已经在城里头租了一个花厂子，不过卸在这儿，零碎发卖。或者有合式的行贩，我就倒出去，好不误我收拾菊花儿。"

---

① 发庄：大商号发货。

② 治工：应为"治公"，客气话。旧时访友时，受访者正有事，可以简单地洽谈后，说"您治公"，而后告辞。

马爷一听，真是向家儿①，想着必然有利。此时连陶爷的伙计都出来忙着卸载。马爷也不好紧同人家说闲话儿了，一会儿卸完，陶爷又坐车走啦。从此门口儿见天有车拉运，一幌儿十天。这天陶爷过来看马爷，又送了几盆南花儿。马爷一问，说："你那花儿怎么样啦?"陶爷说："连卖带发，全扬出去啦。好在行市不错，其实自己看着卖，还可以多赚个三五千两，不过还得费嚼谷儿。这所为省心。"马子才于商业不留心，自然不爱细问。陶爷坐了会儿，仍回南院，忙着栽蒿子，分老杈儿，照常的艺菊。

（十四续） *1915年10月26日*

问之去年买花者，留其根，次年尽变而劣，乃复购于陶。陶由此日富，一年增舍，二年起厦屋。兴作从心，更不谋诸主人。渐而旧日花畦，尽为廊舍。更买田一区，筑墉四周，悉种菊。

却说陶爷十数天的工夫，把所运来的南花全都卖完，回到家中，又雇添了一个伙计，把从前的菊畦平高垫低，从新拉好畦埂子，开好龙沟，放了一遍水，这就忙着出去挖白蒿，栽蒿子，然后分老杈儿，插春阡儿，赶晴天截蒿头，开刀就接。本年所栽的比去年多着一倍，马子才心中纳闷，想着都卖得了吗！没有几天，就有好养菊花的找来买秧子。马爷也是捐弄主儿，同这些人也有个认识，说："去年你们买过这姓陶的花儿没有哇?"有一位说："我们一家儿就买了二百块钱的（这是买陶爷的吗？今年徐菊人②买伊遇舫③的）。花儿是真新鲜，总算收拾的得法，就是不出芽子。今年怕是买不到手，所以要早些定下。"马爷这才知道，不但陶爷会养菊，而且能卖。

一幌儿上盆的上盆，分畦的分畦，见天带着三个伙计，一天到晚净打辘轳，改口子，忙个不了。好容易盼见了伏雨，又怕根子蒸死；一瞧阴天，就忙着往苇棚底下搬，倒盆子；所淋透了的，起出来晾泥坨子，剪草纸铺盆；上虱子的，用灰撒，掸鱼腥水引蚁，赶紧又用水冲。简断截说，从春分所没闲工夫，这才到了秋天，长了骨朵。去年买花的主顾仍来照顾，说起话儿来，都问陶爷："怎么我们买去留下的根儿就不能长得这们好呢?"陶爷仍以"不可言传"四个字回答。马爷虽是时常过来，所为偷学着数儿，见陶爷所办的这些法子同自己会的也差不多，可就是养得花儿总赶不上他的，这才知道他说的"不可言传"是实话（天底下的事，要是都一瞧就会，那谁还下工夫）。

但说陶爷本年的花儿虽种的很多，可是又卖缺了，赚的钱就更多喽，从此一天比一

① 向家儿：有眼力的人。

② 徐菊人：即民国总统徐世昌，号菊人。

③ 伊遇舫：民国初年北京万升花厂主人，以种植菊花出名。

天的有钱。到把菊花起了之后，这就找木厂子盖了三间大房，把西配房拆了，配着盖了三东三西。马爷本是闲院子，想着由他盖去，反正地皮是我的呀。转眼到了春间，陶爷在南面儿收拾菊花，又叫木厂子在大房前头盖了三间大庭，连东西房都出廊子，拐角穿廊，前头是垂花门，可就没盖大门（原文就没提这句吗）。马爷心说，真是年轻的人，一旦发财，不知怎么好啦，连个知字儿没打，弄这冤孽产。反正他没有红契，决不至于卖，由他盖吧，到底瞧他将来跟我说什么不说。

第二年又到秋天，又把本年所种菊花畦的地也盖上了花厅儿游廊。马爷心说，我瞧他明年还种花不种了。马爷这天听人说，陶爷在村儿外头置了几十亩旱地，忙着打墙挖井，是要开园子。这一天去瞧了一瞧，敢则陶爷不为卖菜，这所园子仍然满开菊畦。

（十五续）*1915年10月27日*

至秋，载花去，春尽不归。而马妻病卒。意属黄英，微使人风示之。黄英微笑，意似允许，惟专候陶归而已。年余，陶竟不至。黄英课仆种菊，一如陶。

这两天的书所说的陶爷艺菊的事，全是鄙人前二十余年亲身经验过的，真有不可言传的地方儿。自庚子后我就捐弄不起了，再说也没闲工夫、好地势。如今再谈起种菊来，我就说不会。这段儿书偶然说到这件事，所以尽我所知所会的写在纸上，可是当日我一学的时候，也不能一伸手就好，碰了五六年，才稍有点儿把握。您要照我说的办，未必准成，就是孟子所说的“大匠能与人以规矩，不能使人巧”的至理。闲话靠后，如今我既是说《聊斋》，不必再提当日课菊的事，咱们还是替蒲先生造谣言要紧。

却说这位陶爷这年把房盖好，也不能不添置些桌椅摆设，反正得按合样办，又忙着收拾村外的菊圃，到秋后有没卖净的，陶爷仍旧打成蒲包儿，用车拉走。临行之时，并没到马爷院来，马爷也不能挑眼。

转眼又过新年，马大奶奶是病身子，这回从立春就犯病，一天比一天的沉重，交了清明节，就落了炕啦。马爷年底下虽不至于没钱，苦于不能分身去办，这才想起陶爷是个精明人儿，不免把他找过来，烦他替我跑跑。赶紧打发人过去一问，下人回来说：“陶大姑娘说啦，他们三爷不但没回来，连家信也没捎。这院里有什么事，只管言语，用人用钱用房子，全都现成！”马爷一听，也只好另找别人吧。

简断截说，这位马大奶奶没耗到立夏就寿终内寝啦。马宅怎么发丧办事，全都不必细表。出殡之后，剩下马爷带着几个下人实在不成，再说跟前也有儿女，这就有亲友张罗劝马爷续弦。马爷说：“一来夫妇一场，骨肉未寒，焉能这们办；二来如今俸是好几季儿没放啦，米也没有信儿。方才对敷着发送了一口子，还没项儿了帐哪，还敢再掏帐吗，只好缓一缓再说吧（那位说，这是马爷吗？现在旗籍的世职官）！”马爷是乡下人，决不至于这样，口中无非推辞，其实心里另有打算。想着陶家大姑娘彼此总算谁都知道谁，他们姐弟两个在此举目无亲，同自己一样，如要续过来，彼此岂不都有照应。陶爷既不回来，可跟谁去提哪！

这天托街邻的一位老太太过去给探一探姑娘本人的话口儿，黄英一笑儿。据这位老太太一瞧，似乎认可，无非既不是明说的，也不能苦订问本人儿，只好照问答的情形过来回覆了马爷。马爷一听，也想着八九成可成，只好等陶爷回来再说吧，想着即便迟误，到菊花季儿，他也必回来。谁想本年秋天，陶爷竟自没来。马爷想着他村外菊花本年莫非雇掌班种菜了么？不然就是由伙计收拾的，到那里一瞧，开的挺好，卖项儿也同往年一样。细一调查，才知道全是姑娘黄英带领伙计栽养的菊花。

（十六续）*1915年10月29日*

得金益合商贾，村外治膏田二十顷，甲第益壮。忽有客自东粤来，寄陶函信，发之，则嘱姊归马。考其寄书之日，即妻死之日。回忆园中之饮，适四十三月也，大奇之。以书示英，请问：“致聘何所？”

却说马爷虽晓得陶爷有了菊圃，见陶爷本年既没回家，想着必没人会种啦，及至一打听，原来本年栽的更多，外带又卖缺了，全是姑娘督率着做长活的收拾的，把银子卖到手里，这就有本处的铺家，领他资本做买卖。真是财命好，没一样儿不赚钱的。又在村外置了一块旱地，约有二十多顷，又把从前的房子大加修饰，又盖了好些房子，这所宅院修盖的不亚如王侯府第一般。马子才见陶爷渺无音信，也不知他上什么地方儿去啦。

这一天，有马爷的一个相熟的朋友，好几年没见，这天来到马家，说是新由广东回来的。在广东遇见位姓陶的，是江苏口音。他听我说是北京人，要回家，他问我认识您不认识，我说咱们是老交情了。他说他家现在也同您住在一处，就手儿托我带封家信来，叫我交给您替转送过去就行啦，说着话将信取出。马爷好容易听见陶爷有了下落，是非常欢喜，以后到是准有个通信处就好办啦，连忙接过来一瞧，正面写着“平安家信”四个字。此时也不能拆看，暂放桌上，说：“回头我打发人给他送过去就是了！”忙叫下人张罗给这位朋友预备酒饭。这位说：“我还要看几家亲友呢！”坐了一会儿，告辞而去。

马爷送客回来，拿起这封信来想要送去，见下面并没由某处寄的地址，一送过去，自己还不能知道往那处儿给陶爷通信。再说也不知道他在广东做什么呢！莫如我偷偷儿的把这封信拆开瞧一瞧，万一他要嘱咐姐姐做什么扰乱治安的事，我好有个防范（这说的是陶黄英吗？成了唐群英啦）。想到其间，用酒盅儿斟了半盅烧酒，把信封刷湿，然后用小刀儿慢慢儿的一挑就打开了，撤出来一瞧，里面并没有多少话，无非说“现在马大嫂子已故，弟想马兄必欲同吾姊续姻，门户到称相当，小弟极端赞成”云云。马爷一瞧，敢则所寄来的信正是自己的心事，就别提多高兴喽，又想倒他怎么消息这们灵通呢，必是北京有机关处（还是乱党），我再调查调查，是那一天寄来的，一瞧下面有个暗码儿，“是季春咸”。马爷一想，这是去年三月十五，正是大奶奶死的那一天，越发纳起闷儿来，又回想大前年，同他在那院菊畦饮酒的那一天，说他姐姐的婚姻还得四十三月，掐指一算，到如今正是四十三月。心中想着，原来彼时他就晓得他姐姐候补到班的日期，真是神乎其神，比上吏部各司都有把握。这件事他既认可，陶姑娘大约也没有驳回，一定就职，可是得把书送去才是，于是又封上口儿，打发一个婆子送过去，并说：“我们大爷也接着陶爷的信，嘱咐做这门子亲。请问姑娘，我家怎样的下定？将来何处迎亲？”

（十七续）*1915 年 10 月 30 日*

英辞不受采。又以故居陋，欲使就南第居，若赘焉。马不可，择日行亲迎礼。黄英既适马，于壁间开扉通南第。

却说马爷偷看书信已毕，立刻封好，打发婆子送去，可不能不造个谣言，说是陶爷也给这院有信，应许了这件亲事。婆子到那院见了陶姑娘，自可是把话对本人一说。黄英一听，也不做害羞的样子，说：“这件事我们既是两方面同意，如今做事须要尚实，袪除繁文缛节才是。况且两家都没人，什么放定①通信咧，一概俗例免掉。那无非图热闹夸富，给下人们赶网儿②。即便放定多少抬，过礼多少抬，早晚也得还回去。至于女家应备的嫁妆，也得花钱置新的。据我想，他那院的房子虽然门户不错，无如年久失修，业已糟朽③不堪。既然办喜事，还能不收拾收拾吗，一来费钱，二来还得耽延日期。这院的房全是新盖的，一切床榻桌椅也是新置的，莫如就择好日子，请你们老爷上这院就亲来好不好？这样办法同倒踏门仿佛，不过没有岳父母就是啦！”

婆子一听，这位姑娘是打算连鞭递④的主意，很替主人喜欢，说：“既是您这们说，我回去对我们主人说就是了！”笑嘻嘻的回到宅中，见着马爷，把姑娘的话一学说，并且直夸赞那院房子怎么好，摆设怎么全是洋式（不对，新式花样），“你老人家这门亲事可

---

① 放定：旧俗订婚之日，由男方给女方送来金银首饰之类的订婚礼品。

② 赶网儿：指尽力巴结，竭力奉迎。

③ “糟朽”，原文作“槽圬”，据语义改。

④ 连鞭递：旧时赶车人路遇劫匪，车夫连鞭子都交出去了，这样车、马、货物全归了劫匪，故叫“连鞭递”。

做着喽!”

马子才一听，直摇脑袋，说：“朱夫子格言说得好，娶媳求淑女，勿计厚奁。而且我是马家门中顶门立户的主人翁，续过位大奶奶来，所为操持家务。若是我过南院去，被亲友们看着，好像有什么情节似的。再说被人传扬出去，说我过继给媳妇啦，如何使得!他既是南方人，我不妨用南礼亲迎奠雁①，寿星、伴姑、伴嫂、老蛮，咱们全约的出来。反正还得挑好日子放定，那不同过礼一天儿呢。这不是新发明的吗（彼时还没有这路简便办法呢）。你明天再过去一荡，你就提我一定还是得用花红轿儿娶过来，不能撒红白帖儿请来（也没那们请的呀！不能用洋式马车拉来）。”婆子一听，老爷是又犯上顽固啦，也不敢深拦，只好次一日又过去，把话对黄英学说了个大概。

姑娘听说一笑儿，心说他这才是真顽固不化哪，只好等慢慢儿陶镕吧，当时点头，说：“既是如此，由你们宅怎么办怎么好，不过多耗费钱就是啦!”婆子又回来，说明女家点头。马爷立刻就忙上啦，先收拾房子，做装新的铺盖；讲通信过礼鹅笼酒海食盒；然后讲三顶轿子，一想怕没送亲太太，只好用一顶满天星、一乘绿轿吧；金灯执事全是新的，鼓衣子平金定绣。简断截说，这天娶过门来，夫妻和美自不必细言。过了四天，也没回门（没人接吗），又过了几天，新马大奶奶对丈夫说：“我看南院没人照管，不如将墙拆通，砌个门儿，作为南北统一，不知丈夫能否赞同?”

（十八续） *1915 年 10 月 31 日*

日过课其仆。马耻以妻富，恒嘱黄英作南北籍，以防淆乱。而家所须，黄英辄取诸南第。不半岁，家中触类皆陶家物。马立遣人一一赍还之，戒勿复取。

昨天的书说到马大爷把黄英娶过门来，不过是古事今谈，替古人造谣言，不能细表，可又不能不点缀点缀。至于原文说姑娘姓陶，一取陶朱致富之意，一借渊明爱菊，形容马爷是隐士身分；取名黄英，是菊秉士德，蕴其精华，为金之精，所以取名黄英，通篇是咏物体裁。这点儿说了这些天，总没批讲批讲，今天无非略指点指点，紧接着还得拿谣言当真事说。

却说马大奶奶这一天对丈夫，打算把南墙开个门儿，过来过去好方便点儿。马爷一想，陶爷是没信回来，黄英一过门，净扔下些个下人，难免有偷窃赌钱的情事，即便是朋友托嘱，还得替照应照应哪，既是骨肉至亲，焉有不管的理，只好点头应允。马大奶奶立刻叫人找瓦匠动工，不到三两天门已盖好。从此马大奶奶白天在南院的时候儿多，

① 奠雁：中国古代新郎到女家迎亲，献雁为贽礼，称“奠雁”。

经管一切财帛。那院仆人是多的，管着马子才夫妻也称呼老爷、太太。马爷一想，说："这可不对啦，要说南院全是姓陶的挣的，应归陶姓名下。不但房产地亩我沾不上，就是一草一木也得说人家愿意赔送姑奶奶，才能算这院的哪。如今闹得一家不一家，两家不两家的，好像自己贪图人家有钱，才说了这们位财神奶奶，岂不玷染了我马子才的名姓！"时常对大奶奶说："你要替舅爷照应家私，我也不能拦你，咱们可得闹个心明眼亮！那院有什么，趁早儿立一本帐，样样儿东西，能留记号的，留个记号。不必往这院抓挠，省得将来争竞。"

马大奶奶一笑儿，说："你就不用操心啦，反正你爱菊花，你就张罗养你的花儿吧！"马子才总是分斤播两，争论你的我的，好在大奶奶也不理他，在北院用什么物件，就派人过南院拿去，用银钱也由南院支使。一幌儿过了三四个月，这天马爷又想起这个碴儿来啦，说："怎么又把两家的东西全搀杂到一块儿啦？咱们这院从根儿没有洋货，都是陈家伙。你瞧现在净新瓷花盆有多少，全不是这院的了。并且这院多早晚有这路南漆马桶啊？我没说是南院的不准往这院拿吗！"说着话立刻把下人叫过来，说："你们赶紧给我把南院的这些东西物件全送过去！我亲自给他立一本账，都存在一所房子里，我替他封锁上，从此可就不许再动啦！"

这群下人一听老爷分派，只好搬吧，也有一个人能拿的，也有得抬的，还有用筐抬的。黄英瞧着直乐，真比抢当铺还忙合，又像抄产充公呢（可不知黄英见过这路事没见过）。马爷指一样儿，下人拿一样儿，把位马爷累得腰酸腿疼，好容易再都搬过去，又看着全收起来，说："从今已后，千万可不许再往这院里混抓，谁要不听，给我搬铺盖下工！"

（十九续） *1915 年 11 月 1 日*

未浃旬，又杂之。凡数更，马不胜烦。黄英笑曰："陈仲子①毋乃劳乎？"马惭，不复稽，一切听诸黄英。鸠工庀料②，土木大作，马不能禁。经数月，楼舍连亘，两第竟合为一，不分疆界矣。然遵马教，不复业菊，而享用过于世家。

却说马爷本是廉介性情，虽然续娶上这一位阔大奶奶（可不逛西顶③），自己总不愿沾陶家的，所以督催着下人们全给搬回去。这一下子，大家直忙了两三天。本来不是一块儿搬过来的，一齐搬走，未免就显多啦。第二天，大奶奶一瞧，所有的好家伙全收在

---

① 陈仲子：战国时期的思想家、隐士。
② 鸠工庀料：招集工匠，准备材料。
③ 逛西顶：指曲文《阔大奶奶逛西顶》。

那院去了，这院剩下的全是破烂不堪的老物件。大奶奶说：“这些物件我可使不惯，你们还是给我上那院拿去吧！”下人说：“老爷有话，不叫拿呢！”大奶奶一笑儿，说：“他说他的，我使我的钱买的物件，我的事他管不了！”下人们一听，既是太太有话，大概比老爷还硬气，只好照旧又从那院屋一样一样的往北院搬。一幌儿七八天，把所使的物件又抓的分别不清啦。

这一天，马爷瞧见，立刻又督催着全搬回去。几天又抓乱了，马爷实在没有法子，见天为这件事起急。黄英瞧他这宗忙合劲儿，起心里可笑，这一天，对马爷说：“我瞧你简直的是要学战国的陈仲子，不肯沾惹他哥哥似的，你也不怕累得慌！”马爷一听大奶奶不是拉《列国》典哪，这叫挖苦人哪，陈仲子是不沾哥哥的，我同他是两口子，怪不得人都说媳妇儿哥呢。自已也实察考不来啦，只好由他性儿办去吧。

这天马大奶奶又把木子厂叫来，拿着五尺子，可着院子丈量了会子，然后讲明做法，这就开做法单子，讲价儿。马大奶奶还是挺行家，当日就定规了。没有几天，就有敞车运来大木料，真是楠木柁，黄松檩柱，卸了一街。这就有土工刨槽打夯，大锯匠开料，平地起盖了一所四合房儿。大家都搬过去，然后又把这院子的老房儿从新拆去，盖了一层楼房。马爷既不是亲钱，也拦不住，只好由他盖吧。一气就是好几个月，真是楼台殿阁，收拾得很好的一所大宅子。从街上一瞧，同南院连成一处，并看不出是一门三所儿了，又添置家俱，雇用仆从。

马爷这天说：“你把这南院儿全盖了房子，我的菊花是没地方儿栽啦！可有一节，你要这们做阔，今年你们那园子可就别再种菊花儿啦，交给下人们收拾不好，你要见天再下园子种花儿去，岂不被人笑话！”大奶奶一听丈夫的意思，是起心里怕人拿花儿做买卖，落个吃花界当养家儿的名目，只好把园子租给别人，改了菜园子，让人家种菜卖吧。新置得二十多顷旱地，马爷原也有几顷地，又都离家不远儿，到了秋天，也有收租子的，也有分粮的，全不用庄头、佃户，都是马大奶奶亲派管事的经理。恰巧又赶上丰收，所收的粮并租项，马宅一家上下全花不了，真是陡然而富，从此吃喝穿戴堪比王侯世家。

（二十续）*1915*年*11*月*2*日

马不自安，曰：“仆三十年清德，为卿所累。今视息人间，徒依裙带而食，真无一毫丈夫气矣。人皆祝富，我但祝穷耳！”黄英曰：“妾非贪鄙，但不少致丰盈，遂令千载下，谓渊明贫贱骨，百世不能发迹，故聊为我家彭泽①解嘲耳。然贫者愿富，为难；富者求贫，固亦甚易。床头金任君挥去之，妾不靳也。”

① 彭泽：指东晋诗人陶渊明，其曾做过彭泽县令。

却说马爷夫妇带着一群奴仆丫鬟一过这宽绰日月儿，这要搁在没志气的男子身上，还不乐的要飞吗（那位说，要是你哪？我没这造化，早折受死啦）！您猜人家马爷怎么样，见天咳声叹气，愁眉不展，心里总不痛快。黄英还当他得了什么病哪，这一天一问他，马爷说：“你虽进门日子浅，总也知道，要说我，敢说是个甘于清贫的好人也这们三十多年了。想不到续过你来，你这们一做阔，把我从前的清德给带累坏啦。虽说吃好的穿好的，并非虽不愿意，但是得好小子能挣能花才是呢。现在咱们家的银钱都是你由陶家门儿带过来的，我就这们白吃白喝，可没敢白挑眼（那是票训）。叫外人笑话我，说净过媳妇娘家的日子，我算那一道男子汉、大丈夫哪！见天我这们不喜欢，就因为这件事。别人都盼望着发财，惟独我现在不是这们阔吗，我烧香念佛儿的盼着马力受了穷才好哪！”

黄英说：“我听你这话口儿，总是嗔着我好谋生计（可惜筹办八旗生计处没约此公），好像贪财的鄙夫似的。我并非不能受穷认命。我原是赌一口气，所以才用这生利的法子把家业治个小康。这离大财主差得多着的哪！我一定这们办，皆因后世人眼皮子浅，总说我们前辈渊明先生就是天生的穷骨头，当年做了一任知事，连五斗米都擎受不住，只要是姓陶的这一姓，再过一百辈子也发迹不了。我因为这个，所以治一治家人生产。要知道大富由天、小富由人，人只要勤就能生利，再若能调度，财上生财，利上生利，更容易啦。我这们办，原为得是替陶氏家族挣这口气，免得人瞧不起我们这一姓。如今总算房子、地都有啦，讲现银子，也有个万儿八千的。穷不瞒人，本处都有个耳目昭彰，可全是奉公守法、凭能为艺业换来的。这点儿资财，你如今不是嫌有钱吗？我们妇道人家应当嫁夫从夫，以顺为正才合妇道。我想要是一个穷人，谁都愿意发财，可是多有不成的，甚至亏折了资本，足见求富也不容易。要是挺大的家业，想要受穷，据我想决不是什么难事，反正任性一挥霍，撒开了一扬，多少银钱也能立刻化为乌有。我既把银钱弄到家里了，你不是嫌这宗物件有累你的清德吗？这们办，我把这宗倘来之物，决不放在眼里头，你只管由着你的性儿，爱怎么花怎么花，爱怎么扬怎么扬，自然就可以用完，我决不看着着急！”

（二十一续）1915年11月3日

马曰：“捐他人之金，抑亦良丑。”黄英曰：“君不愿富，妾亦不能贫也。无已，析君居，清者自清，浊者自浊，何害？”乃于园中筑茅茨，择美婢往侍马，马安之。然过数日，苦念黄英。

却说黄英把自己生利的本意说明，然后又说："你既不愿意要，爱怎么扔怎么扬，随你的便儿吧！"马爷听这话，分明这是打趣我不会生利、就会分利的意思（那是纨绔子弟哥儿大爷），连忙说："你按这们说，可把我太当作不是人喽！我扬人家陶家银钱，我算是陶家门子那一道败家子儿呢！那宗样儿的憨蠢事，我姓马的办不出来！"黄英听完一笑儿，说："银钱既挣到手里了，你又不肯胡花，你又不愿意存着，你是不愿意有钱的人，我是穷怕了的人。你要一定让我过艰窘日月，我也受不了。按这们说，咱们两个人可所过不到一块儿喽，咱们也不用赴审判厅呈请离婚，又立什么析产证书。就给你盖几间小房儿，就请您住小房子儿去吧（五块钱足用）。你当你的清倌，我当我的浊人。咱们从此两便，谁不干预谁的事，还不行吗？"

马爷一想，人家并不是要迟累谁，也说不上不算了，心说按这们说，这就叫游僧撵住持呀！他把我的房子、院子样样儿给换个样儿，所为暗含销灭我的原基址儿呀！又一想，他跟我是两口子，也许不能那们狠心，我倒瞧他怎么安置我。打定主意，这才说："你既出这主意，我也不能不赞成，可是你到底要把我安插在什么地方儿去呢？"黄英说："那只好请你住园子去吧！从前我住你家的园子，现在全盖了房子了，不能再给你修盖隐士的房舍，只好上村外菜园子给你盖几间土房儿。你搬过去住着，你喜欢谁，我就给你拨过去服侍你。所有的费用，全由这院里开，你想怎么样？"

马爷这一程子被这群下人闹得很心不静，说："很好！很好！"黄英立刻叫上两个下人到菜园子北头儿向阳之处采了一块平地，安了三间土房儿，又用土四周围打上半截板墙，上面安黍楷顶子，督催工人越快越好。俗话儿说，有钱办的趁心事，没有几天，把这所房子盖好。黄英亲自去瞧了瞧，又给点缀点儿鸡埘豕圈、左碾右磨，所有的摆设也全是现置的。这天收拾得了，说："老爷你有意享清福，安贫乐道，你就请尊便吧！究竟你爱喜欢带谁服侍您，你还能同做长活的一炕上滚去吗！"马爷一想，这一手儿可透受不了，只好说："你拨谁，我就要谁！"黄英也早看出马大爷所喜欢的丫头就是秋菊，说："不如就叫秋菊过去给你铺床叠被去吧！"马大爷一听，也很合心，说："我谨遵阃命就是啦！"立刻这就搬铺盖。马爷过去一瞧，很有意思，真果另有一番景致，不想过了几天，起心里想念黄英。

（二十二续）*1915年11月5日*

招之，不肯至，不得已，反就之。隔宿辄至，以为常。黄英笑曰："东食西宿，廉者当不如是。"马亦自笑，无以对，遂复合居如初。

在下前些天也曾说过，这段书是咏物体裁，而且纯是化工之笔，是花妖中最高超的文字，最妙的笔法，精神全在这几天的书上。因为各种花都易形容，其逞娇斗艳，惟菊花无此态度，故有隐逸之名，所谓人澹如菊也。然既为□品，便应比诸美人。此等美人，最难合其身分，故以愿富形容其并非娇情傲物，而所求得之方，纯由天时地利，与苟求不同。有此求显荣之心，方不失花之本性。析君居自浊，犹是隐逸之品，决无附就之念，又所谓草木本无情也。错非蒲先生的妙笔灵思形容不出来。在下不过略举一二，可不能每篇净说这个，不过所不引证点儿，又不算评讲。愿细读《聊斋》文字的诸君，举一反三也可。

闲话打住，却说马大爷本是廉介安贫之士，自己本无求富之心，忽然这一阔，反透着不大乐意。及至搬到菜园子一住，仍是与当年相仿，所以很喜欢。晚间虽有美婢陪伴，可总觉着不如黄英（俗语说妻不如妾，那是形容喜新厌故的俗人。这点儿书，一来言美婢虽美，犹凡卉也，故离黄英相差远甚。又须兼顾马子才之爱菊，有至性真情，反正都是一笔做两三笔写的妙文）。

这天又到了晚间，打发秋菊说："你到家里把大奶奶请来，你就说我有话说。"秋菊奉命而去，一会儿回来，说："我们大奶奶说啦，有什么话，请您回家去说吧！他不肯过来。"马爷一听，心说大概这叫抗头吧，可又不能改嘴说没事，只好说："也可以吧！"自己出离菜园子，回到家中，见了黄英，只好没话找话儿的说了半天。天色一会儿比一会儿昏黑，也舍不得张罗着走，大奶奶也不撵。耗了会子，马子才说："要不我住下吧！"黄英一笑儿，说："这是你的家，你当是外家哪？"招的大家没有不乐的，只好张□铺盖，一夜无词。

第二天一早，马爷起来吃完早饭，仍旧蹓达到园子。到了晚晌，不好意思的仍找黄英，只好在这儿懊了一夜。到了次日晚晌，仍去找黄英。从这儿起，永久是隔一天一上班，每逢一三五七九准到（这是马子才回家吗？马二巴赶南苑营市集哪）。从此是隔一天就回家住一宿，一幌儿又是一个月。这一天马子才起来又要走，黄英说："大概必是后一天见吧？"马子才一听，这是祟惑人，只好一笑儿。黄英也一笑儿，说："你可真应了俗语儿说的东村吃饭、西村睡觉的老笑话儿啦！当日这话，是拿乡间女儿比方两不舍的贪人。我想像您这们样自居清廉的世外高人，不应当这们做事吧！"马子才心说，大奶奶这分嘴损，比尹箴明还能招骂（没这一句），比当年□策还刻薄，只好拉了个大皮子①，嘿儿嘿儿的一路傻乐，说真理儿，也是没词儿。只好趁着这个劲儿勾场，说明从此我永不住园。

① 拉大皮子：指厚着脸皮，不怕难为情。

（二十三续）*1915* 年 *11* 月 *6* 日

会马以事客金陵，适逢菊秋。早过花肆，见肆中盆列甚烦，款朵佳胜，心动，疑类陶制。

却说马子才被大奶奶损得哑巴无言，这才只好说："得啦，从此我再不住园子去就是啦！再有园子的摆设可以不必搬回来，就是这个秋菊，必须另安置个地方儿才好。不然通俗都说姨奶奶是屋里人，要是住在菜园子里，那不成了菜□班了吗！"黄英虽说与马爷是恩爱夫妻，并不争床笫细事。马爷也不是昏于女色之辈，所以决不至因此犯心。简断截说，就把个秋菊归到家里了。

这一天马子才忽然接了一封信，是前次那位金陵客寄来的。信上写的大意不过是"自从别后，渴知殊深，现有要事，必须面议一切，奈刻下不能分身北上，望兄见信早临南京，不胜切盼"等语。马爷一瞧这封信，是不好推辞不去。况且现在有这位大奶奶，比从前吕氏能料理，而且现在有许多仆人，外带骡马成群，有的是盘费，去一荡借此逛逛也到不错。这才把这话对大奶奶说明，定于次日起身，带上盘缠，两个跟人，主仆三人□备了三匹马。

这天起身，正是七月中旬，不冷不热，按站①前行，无非"晓行夜宿，饥餐渴饮"八个字一表儿，不能按"瞽人词"安路途段儿，也不便按"石韵书"来个秋景赞儿②，干脆说这天到了金陵。马爷从前在人家住过，知道这位朋友家没有多少房子，要是连人带马都去，实在没有地方儿。再说南京城里多是旅馆，没有宽敞大店，莫如就在北门外头打下客店，留下人看着行李，自己一个人儿进城去找朋友。

哥儿两个见面儿，是好几年阔别了，必得把各人别后的境遇彼此谈了谈，然后又把所办的事说妥（那位说，到底什么事呀？我知道啊！原文既说"以事"两个字，想必蒲先生没调查明白哪。再说也许守秘密的事，您就不用打听了）。简截说，事情商量好啦。

马爷上次到金陵来专为访菊，是个春景天，没可逛的，再说手头儿也窘。如今有钱有下人，不妨多耽延些日子。此时才进九月，即便过两个月起身，误不了回家过年就是了。于是有时同这位朋友游山玩景，有时一个人吃个大餐，瞧个马戏，坐上马车兜个圈子，逛个夜花园（彼时全都不兴哪！这不过我因为马爷有钱，替人瞎开发哪）。

这一天早晨，由朋友家出来，顺着大街闲绕弯，就见一条街上全是花厂子，门外墙

---

① "站"，原文作"跕"，据语义改。
② 赞儿：旧时对人或物进行描绘或赞美的口头文艺小品。

上写着“包种树木，四季鲜花，专做松狮、松亭、松牌楼、花圈儿”（还是没有哪），往里一瞧，多是茉莉、桂花，并有叫不出名色的花儿。马爷并不在意，忽见当院有一座菊花山子，并有许多盆新奇的菊花，收拾得很好，开的特别，心中一动，想着莫非我的小舅子他在这儿养菊花儿卖呢？可又不敢说出来（怕人归着），错非陶三，谁也未必能养的这们好，不由得好生迟疑。

（二十四续）1915年11月7日

少间，主人出，果陶也。喜极，具道契阔，遂止宿。马要之归。陶曰：“金陵，吾故土，将昏于是。积有薄赀，烦寄吾姊。我岁杪当暂去。”马不听。

且说马子才一见这花厂子里摆着菊花，一定就要上眼瞧。这就是俗语儿说的，好酒的懒入茶坊，又道是好走东的啦不走西，好吃萝卜的不吃梨，好养活胡伯劳的不养活猫（这套频口，足够一小车子啦）。简直的说吧，爱瞧，说得可是马爷爱菊花儿，并非爱看我这《聊斋》。越瞧越疑惑是老陶的手艺，不但不能问这个卖菊花儿的是我们舅爷不是，就连“陶”字儿都不敢提（人家的买卖，那儿有硬给冠姓的）。正在出神，就听柜房儿后边有人说：“这几个懒伙计，怎么还不打水花儿呀？”马子才一听，必是花儿把式，无奈耳音很熟，虽是苏口①，颇带北京官话的味儿，通俗说这叫南腔北调。

说着已经出来，马爷一瞧，谁说不是三爷哪（陶三爷）！这一喜欢，所以不知道要说什么了。陶爷见了姊夫，此时先不能稿亲戚，连忙跑过来作了一个揖。马爷说：“罢了罢了，想不到呕，想不到呕（这是说话儿哪吗？成了探丧啦）！敢情你真是个向儿，称得起吃遍南北二京（可没学白降红升②）。你怎么就所不惦记着家啦？我可真想死你啦！”陶爷听姊丈之言，所透点儿语无伦次（马爷是见着小舅子乐的，才这们胡说。那位说，那们你是怎么啦？我是账主子赶擄的，这两天才说什么不像什么），连忙说：“你既大远的来了，请屋里坐吧！”说着话，拉着马爷往里就走。马爷跟他转过柜房，见一层洞子，靠西头儿有两间小平台儿，写着“奇菊”两个字。马爷也不顾得问这匾是谁的，陶爷已经掀开帘子，说：“您就请吧！”马子才进屋一瞧，并没什么摆设，无非有两本帐，两个水牌③，一个皮箱。这才知道，陶爷并不是奇菊园主人，他是借居的。

陶爷立刻叫伙计沏茶摆酒（可不能探烟枪）。“装个锅子④吧。咱们哥儿两个如今是

① 苏口：京剧中以苏州方言为基础的道白。

② 白降红升：白降丹和红升丹，中医的两种外用药。

③ 水牌：旧时商店所用的一种临时记账的牌子。

④ 锅子：指烟袋锅子。

又亲又友了，总得多亲近亲近。您就不用别处寻休儿住店了，就在这儿住几天吧！”马子才是他乡遇故知，喜欢的所没词儿啦（我可得替说），说：“今天我是一定不走，要扰你个饭儿！”一会儿伙计摆上酒菜，哥儿两个今天才算吃会亲酒。好在马子才不像吃回门饭那们僵，哥儿两个只吃得醉醺醺的。天已过午，这才撤去杯盘，从新沏了一壶菊花，哥儿两个喝着，说着话到了晚间，马爷就住下啦。

哥儿两个睡到半夜，马爷说：“要讲咱们两个，总算真好喽！有其你跟我家去过日子去好不好？”陶爷说：“你可不知道哇，俗言有句话，故土难移。我是南方根生土养，我还要在这儿说媳妇成家立业哪！既是见着你，我托你件事。我这一程子混的挺好（卖花儿赚的），积攒了点儿体已，你带去先交给我姐姐。大约年底，我可以回家过年去！”马爷一听，说：“那可不能由你！”

（二十五续）*1915年11月8日*

请之益苦。且曰：“家幸充盈，但可坐享，无须复贾。”坐肆中，使仆代论价，廉其直，数日尽售。逼促囊装，赁舟遂北。入门，则姊已除舍，床榻裀褥皆设，若预知弟也归者。

却说马子才劝陶爷同回北京，陶爷说出一片理由，并且支到年底。马爷想着他这可是犯小性儿（小舅子吗），只好容让他一步儿，连忙说：“你无论怎么说，你跟我总是先友后亲。你就有一个胞姊，一幌儿好几年没见啦，他也时常想念你。你无论怎么样也得跟我回去。况且我告诉你一件放心的事，现在咱们家可不像前些年啦，敢说有碗粥喝啦，不是由昨天起的吗（那是我，打粥的粥厂）？你从此也不必受这累，做这卖花翁啦。即便不用亲自浇水培土，也得张罗主顾呀！你早早把这些花儿发出去，咱们就一同起身。盘缠全有我哪！”陶爷见姊丈是实意往家约，登时点头，说明把花儿卖完准走。

马爷是急性子，赶紧回店，把下人叫来，叫两个人看着菊花，言明本主人因有急事赴北省，所有菊花减价出售。本处的玩花儿主儿谁都喜爱陶爷的菊花儿，因为价值太大，两棵雪青牡丹真敢要十两银子（那是德五爷），因嫌贵所以没人敢问，如今听见落价儿，买主儿还真不少。马爷主张，不必同陶爷商量，只要给价儿就卖。行贩一听有利儿，也都争着摊价儿，包下一倒出去，就能剩银子。简断截说，没有几天就全卖净啦，也有钱也有银子，一共约有上千的数儿。

马爷督率下人，全点明白了，包起来，装在被套之内，又买了些南京土物儿，一来送人，二来所为应酬太太。哥儿两个说：“咱们莫若定水路，省得马匹不够。再者坐到船上，哥儿两个也得说话儿。虽说多花点儿路费，既然有钱，就不必打算盘了。”当天包了一支满江红的大船，牲口也得载上。哥儿两个住中舱，要紧的行李也都放在舱内（有干货吗）。坐在船上，别提马爷多高兴啦。到了河北，舍舟登岸，又走了两天，这一天到了家内。马爷让陶爷先走，陶爷执意不肯，说："还是兄长先行！"磨了半天，还是马爷说："如此你我弟兄一同挽手而行，请！请！请（这又是那一出呀）！"简直的说，马爷在前带路，陶爷后面跟随，进大门过垂花门，绕穿廊奔游廊，走过厅□过书房，这才来到住房（那位说，你做什么这们费话呀？您想自从改建之后，人家陶爷不是头一次来吗？所为怕诸位不留神这一节，故此才这们费话）。

跟去的下人由车房子已经先穿到这院，禀明太太说："老爷回来啦！"这就张罗往里院搬行李。此时马大奶奶迎接出来，姊弟相见，彼此也没诉什么离怀。夫妻见面，马爷刚要把怎么费话才把陶爷约来的事提一提，黄英说："我已算定，这两天必然是你们哥儿两个一块儿来，已经都预备出屋子，莫如就叫他住园子。所有你从前的床榻铺盖，我全叫下人预备好了。"马爷一听，心中纳闷，不知他的预算如何这样高明。

（二十六续）*1915年11月9日*

陶自归，解装课役，大修园亭。惟日与马共棋酒，更不复结一客。为之择昏，辞不愿。姊遣两婢侍其寝处，居三四年，生一女。陶饮素豪，从不见其沉醉。有友人曾生，量亦无对。适过马，马使与陶相较饮。

却说马子才好容易把小舅子圈弄回来，好在两家子共总才三口人，家赀约有巨万。即便两家平分，那一姓都在万元以上的不动产（全够选民资格），彼此又都不计较谁是谁的。

单说陶爷自到家之后，又把南院的后面圈过一大段来，另修了一座花圈子，真比农事试验场①不在以下（那位说，不能吧！人家有钱，蒲先生既都说"大修"，咱们莫如越阔越好，还费着我什么吗），左右有水阁凉亭（比七星对筒容易），池沼台榭。好多日子的功夫，方才收工。没事的时候，就同马爷在一处，不是著棋，就是喝酒，可从不懂得出门儿交个朋友。本处的富户、绅□多有赶着亲近老陶的，陶爷也不应酬。

这天马爷忽然想起，那天他说要在金陵说媳妇，论岁数也小三十了，如今来到北省，人家孩子是孤户，我得出头，给他提个门当户对的亲事，也不必求大奶奶同意，这天先探一探本人的口话儿。陶爷一听，满不赞成，说："并非小弟与北省人有什么意见，要说与这方的人结亲，小弟实不中意！"

---

① 农事试验场：清末北京在西直门外建此场，即今北京动物园的前身。

马爷碰了这们个钉子，也不好再问他有什么心理，只好暗暗揣测，以为他必然嫌北地胭脂不如南朝金粉①，再不然就同那个北伐队女子有什么秘约。问他也必不肯说，莫如还由他姐姐主持吧。打定主意，到夜里把要给小舅子说亲的话对黄英一提。大奶奶也直拦，说是："你不必管，我自有办法。我手底下这们些个丫头，大的秋菊，你收了房啦，还有万寿菊、九月菊（可不是唱小花脸的这个）颇有宜男之相，岁数也当择配了，莫如送给他随房使用，俟等生有子女再说！"马爷原不是亲钱买的使女，只好说："既是你有这意思，早办才好！"

第二天，黄英拿出些段尺头，给两个人做了些套四季衣服，又打了些簪环首饰（留着买会②都够啦），至到铺盖褥子都是闪缎的。预备齐毕，择了个黄道吉日送了过去。陶爷也不推辞，就留在南院儿了。哥儿两个白天仍在一处。

光阴荏苒，日月穿梭。又过了三四年，万寿菊添了一个小妞儿，陶爷也不怎么在意，还是没事就喝酒。马爷虽然也能喝，比上陶爷，酒量可差的远。陶爷能从早晨喝起，喝到半夜，永久没有醉的时候儿，称得起海量。这个名声儿一传扬出去，就有不信的。

马爷有一位世交的朋友姓曾，也是朋友家的子弟，光棍人家的后（那是宝玉儿诉功），是个诗书门第的子弟。本身中了个秀才，家业很大，不愿为官，素日也是出名的能饮。这天一早来找马爷，马爷留吃便饭，忽然想起陶爷的酒量，不知谁到底量大，这才请过陶爷，让二位稿上一稿。

（二十七续）*1915年11月11日*

二人纵饮甚欢，恨相得晚。自辰以迄四漏，计各尽百壶。曾烂醉如泥，沉睡坐间。陶起归寝，出门践菊畦，玉山颓倒，委衣于侧，即地化为菊。高如人，花十余朵，皆大于拳。

古人说酒能合欢，所以称为欢伯。交朋友都说喝酒喝厚啦，耍钱耍薄啦，但有一节，可得人能自量，就是孔夫子所说的"惟酒无量，不及乱"，必须如量而止才好。若是量本不大，又好逞能胡稿，可就不如戒断了为是，不然真有性命之忧。

闲话靠后，却说马爷把陶爷约来，一给执手儿，说："这是我的舅爷，这位是曾大哥，你们哥儿两个多亲多近！"陶爷赶紧说："没别的，远啦近啦的，您多牵连着点儿吧（陶爷是南方佬，大概不会交待这套，我替土虚子犯频哪）！"此时下人已把酒筵摆在花厅

① 北地胭脂、南朝金粉：旧时南北方妇女的代称，因北方妇女浓妆艳抹，南方妇女淡雅装束。
② 买会：赌博的一种形式。

（要唱《艳阳楼》）。马爷说："你们二位都是大酒量儿，今天又没事，到得稿个高低。这不是才交八点钟吗，离吃饭还早哪，只管慢慢儿的喝！"曾、陶二位听见喝酒，都不辞住儿①，说："只要本家舍得酒，咱们是尽醉方休！"曾爷说："据我想，咱们哥儿两个得另换喝法儿。要是打在一壶里，有嘴快有嘴慢的，未免不公道。莫如用两把酒壶，派个下人，谁喝完给谁再打，记上数儿，好不好？"陶爷一听，说："这才公道呢！"曾爷也说："咱们哥儿两真是一见如故，就对心眼儿。知道你这们似海，我早就找你来喝一喝啦！"马爷也陪着喝了一壶。两个人各把一壶，一会儿喝完就打，菜不菜的都不在乎，更不提饭啦。

简断截说，从早八点直喝到掌上灯烛还是没喝够，又喝了些壶，看酒的下人熬得都困啦，还得记着数儿。一会儿听远方交了四鼓，陶爷坐着，还是要打酒。曾爷可喝的顺嘴直流唾沫，眼睛也睁不开啦，瘫软在座上。马爷又不好拦，过去偷瞧了瞧记的数目，每位都整喝了一百壶。这点儿书，原文说"百壶"，据我想，蒲先生必不甚能喝酒，而且没说什么酒。论理陶爷是南方老，应当喝陈绍，可又不说斤数，用壶盛酒，也还许说。要说每喝完一壶就把壶蹲在一边儿，马爷虽是阔家，也不犯打下那们些把，大概常行的饭庄饭馆都不见得有二百把一律的酒素子。我因蒲先生说的透着老外，才改了改，并没别的成见。话说明啦，还得接着说书。

再说曾爷此时不但透醉像儿，而且直打呼噜（不然喝醉了就都叫醉猫啦）。陶爷一瞧，也不便再叫阵啦，自言自语的说："你睡啦，我也歇着去啦！要□咱们明天接演二本。"说着出离花厅儿的门。马爷见他也透点儿醉啦，起心里疼他，有点儿不放心，想着跟他两步儿。陶爷出了院子，一拐湾儿就是菊花畦，脚底下一拌蒜，身子两幌，就躺下啦。马爷听屋内下人忙着收拾壶碗，自己不便叫下人，不如亲自过去把他搀回去就得啦，趁着朦朦残月，到了畦边儿上一瞧，净剩下一套空衣服，陶爷踪迹不见。旁边暴长出一棵菊花，约有四五尺高，上面的花头有十几朵，都在拳头大小。

（二十八续）*1915年11月12日*

马骇绝，告黄英。英急往，拔置地上，曰："胡醉至此？"覆以衣，要马俱去，戒勿视。既明而往，则陶卧畦边。马乃悟姊弟菊精也，益爱敬之。

却说马子才跟到菊畦一瞧，舅爷的衣裳抛在一旁，人是踪迹不见了，旁边暴长出一棵大菊花儿，比十样锦还高，顾不得看什么颜色，已经吓傻啦，可又不敢声张，连忙撒

① 不辞住儿：不推辞。

腿往自己院里跑。到屋一瞧，大奶奶已经摘了头①要睡觉了，女仆也都蹓出去一边打盹儿去了，全没在跟前。马爷就把小舅子的事告诉了大奶奶一遍。黄英一听，站起身形，说："你千万别嚷，不必害怕，你就在这屋等着，我瞧一瞧去！"说完三步两步出离北院。

马爷不放心，也在后面跟随。到了南院花厅儿一拐弯儿，黄英已到畦边，嘴里自言自语的说："少歒点儿好不好！你瞧你今天怎么醉到这个样儿啦？"说着话就把这棵高菊花儿连根拔出来，放在就地，说："你可真醉得狠啦！"又把地上的衣服抓起来，盖在这棵菊花儿上面，一回头才看见马爷也追来了，连忙说："得啦，咱们睡觉去吧，你就别在这儿傻看着了！倘若下人们见不着你我，找到这儿，可不合式。"马爷此时也不敢问，也顾不得再周旋曾生，只好跟大奶奶回去，一会儿天亮再说啵。到了屋里，告诉下人，张罗关门睡觉。大奶奶到是照常一样，马爷躺在床上，心里直犯嘀咕，连衣服也没顾得脱，闹了个和衣而卧，闭上眼睛，就想起小舅子不知是死是活，翻来覆去睡不着，又不敢瞧去。

好容易听远方鸡鸣了四遍（秋季天儿吗），一会儿窗纸发白。听大奶奶睡得挺香，想着这我偷偷儿过去瞧一瞧总行了吧。想到其间，这才轻手蹑脚儿下地，开了屋门，蹓到院子，见阖院下人都没起来，连忙穿角门儿奔到南院菊畦旁边一瞧，陶爷在那儿睡的挺香。心中纳闷，说："莫非昨夜晚间我困胡涂了眼离啦？"又一想，不能，明明是棵菊花儿吗！再瞧旁边，还有一堆浮土，这才知道，大概陶爷不是老乡亲，必是菊仙喽（不姓孙②吗）！心中又纳闷儿，不但他是，大概我们那一口子既跟他是亲姊弟，全是菊精了。对，不错！如今被我瞧破了，还怕他们要告辞呢，莫若我别说破才好。赶紧又跑回来，见黄英仍然没醒，这才又躺下睡了个二本，心里一放心，反到睡得熟了。一觉醒来，睁眼再瞧，天已快晌午啦，大奶奶已经梳头洗脸，自己也不便再提前事，坐起来揉着眼睛奔南院一瞧，曾爷也醒啦。马爷也不好问，只好说："早起来啦？"曾爷说："昨天少微大发了点儿，又犯秋乏，所以坐着冲着了，搅扰了一夜，明天见吧！"说着话告辞。马爷又让到北院，留吃早饭，也没肯扰，这才出去。

又到南院，见陶爷仍照常一样（大概醉了不算，就是他兴的）。马爷待小舅子，从此更加敬重。

（二十九续）*1915 年 11 月 13 日*

而陶自露迹，饮益放，恒自折柬招曾，因与莫逆。值花朝，曾来造访，以两仆舁药

① 摘了头：摘掉头上的首饰。

② 孙：指孙菊仙，清末民初著名的京剧演员，工老生，艺名"老乡亲"。

浸白酒一坛，约与共尽。坛将竭，二人犹未甚醉。

昨天这点儿书说着可透玄虚。一个人醉了，变成菊花，拔出来又变为人，似乎太不讲理。其实蒲先生的意思不过说，人与草木同秉天地精华而成，人能履地，而不能□地，比诸植物在地，而不能行地不同，故曰万物之灵。又说马爷悟姊弟为菊精，益敬爱之，不以异类相看待，这正是说马爷爱菊的真精神，所谓以精神相感格。左氏①云“妖不自作”，又说“妖由人兴”，也是这个理由。闲话少说，还得接着把这点儿谣言造完，好换新鲜的。

却说马子才自从知道陶爷是菊精，反分外说话留神，决不提那一天的事情。陶爷心里也明白，自己的出身是被姊丈瞧了去啦，人家既是分外优待，心中自然也益发感激。又因从前总还怕皮匠栽跟头（露了楦儿），喝酒也不敢尽量，如今既是他知道了，更可以肆无忌惮喽。又有这们位曾爷，算得知己的酒友，想着早晚到得常喝一喝。于是自己也不用马爷介绍，时常写个说帖儿，打发下人去请曾爷。曾爷是只要提喝酒就高兴，多是见帖就到，反正那一次也都喝个半酣，左不有个醉大发了，一睡挡着呢不咧，第二天再喝新鲜的（这位是睡着了不算的发起人）。

一幌儿过了一冬，腊尽春回。过完年，出了正月，这天正是花朝的佳节。陶爷起来，正想派人去请曾生，午后来喝一喝。门上回进来，说：“曾爷带着下人拜造，并且有下人抬着一坛子酒。”陶爷一听，别提多喜欢啦，赶紧说：“快请！快请！”说着就往外迎。曾爷既是常来，已经进了客厅。陶爷说：“怎么你今天抬了坛子来啦吗？”曾爷说：“咱们哥儿两个这一程子净喝绍兴啦，喝得我腿都肿啦。我有家藏的一坛子烧酒，是茵陈、人参泡的，圈了好几年啦，大概你也敢喝吧！今天所以抬来，咱们把子才也约过来，庆此良辰，不知贤弟意下如何？”陶爷说：“很好，很好。那们你们就请姑老爷去！”下人答应着过北院去。此时陶爷又吩咐人预备酒菜儿，马爷听说也就过来啦。当院搭过火炉子，把坛子放在旁边，所为烫酒就近。三位分宾主坐定。

马爷说：“那有在我们这儿倒喝你的酒的呢？”曾爷说：“自己弟兄，何分你我。可有一节，咱们哥儿三个今天不必拘数儿，把这一坛子喝满啦为止！”马爷说：“我可不算数儿，无非是个意思儿。”曾爷说：“你的酒量我知道，差得太远，谁跟你稿哪！”说着话，下人已把酒烫好，大家喝了几巡。到了午刻，马爷说：“我可足啦，你们哥儿两个喝吧！我还有点儿事，到那院瞧一瞧去呢！”站起身形，到了院中，打开坛子一瞧，喝下多一半儿去了。看座上二位的神情，离醉差得太远。

---

① 左氏：指《左氏春秋》的作者左丘明。

（三十续） 1915年11月15日

马潜以瓶续入之，二人又尽之。曾醉已惫，诸仆负之以去。陶卧地，又化为菊。马见惯不惊。

却说马子才因为自己的酒已经喝足，再瞧陶爷，同没喝什么似的。曾爷两只眼睛透点儿乜斜（比姑苏还窄①），笑眯嘻儿的，两个孤拐②红膜膜儿的，颇含春意。那位说，这是怎么啦？这就是有点儿醉态吗！有人说，我见不喝酒的也有这种样儿的，那是怎么啦？大概发财求着顺事喜欢的（别混疑惑）。马爷也是酒后发狂，到院子一瞧，酒剩少半坛儿啦，越着凭他们二位都招呼完啦还许不尽兴，我今天索兴瞧个热闹儿。自己过年的时节串了十个单五儿的（那位说，你八成儿喝惯私料子啦，也让马爷喝私酒，你说两罐不成吗？人家没在京里住，是由烧锅灌的，所以用尿泡装，并非我不会喝店酒），到在瓶的还有二十多斤呢，何不给他们续上呢。于是回到北院，叫下人提溜着倒了花厅前边，一指坛子，看酒的下人早已会意，把坛子打开，灌在里面。

曾、陶二位在屋里正喝得高兴，也没听见，一壶一壶的催着烫酒，拿上去照旧的喝，也分不出换了味儿的。一来是二位的酒喝得快醉了，二来好在还有药酒底子，所以不知道。其实喝酒的都有这宗毛病儿，从前肉市“碎胡卢”同现在“都一处”，不信您问药酒有多少种，他敢说七八十样儿，起得出名色就卖得了钱。你要拣③样儿都喝一壶，先打两盅，后由一盅半变成一盅，再说酒不够十样儿，反正来回倒，越喝管保越不重，醉了为止不咧。别给人豁事啦，反正酒以合欢，如量而止才好。

闲话少说，再说曾爷这一坛子酒约有五六十斤，再加上马爷给续的，一共约有八十斤。二位喝到日色平西，居然全喝净啦。马爷进屋一瞧，曾爷醉的比上次还难瞧，幌幌悠悠的坐不住啦，爬在桌子上又不老实，脑筋直跳，嘴唇儿是黑的，指甲盖是青的（这是喝酒喝的吗？不，喝了大烟啦）。简直的说，醉得所不成啦。劝他躺一躺儿，他一定不肯，喊人套车，说总得回家，八成儿怕上什么当。马爷留不住，陶爷还说：“咱们再稿两拳！”

曾家的下人一瞧，实在走不了，可又不敢不依着他。好在抬酒的下人有力气，把绳、杠、坛子全寄放这儿，说：“我们换替着把他背回去就是啦！”马爷说：“也好（少缠一个，轻松点儿）。”只好任凭他们主仆所为吧，跟着送出大门。

---

① 比姑苏还窄：中国戏曲押韵十三辙中，乜斜辙、姑苏辙收音不够响亮，故称为窄辙。
② 孤拐：指面颊。
③ “拣”，原文作“栋”，据语义改。

进来见陶爷也出了花厅儿，舌头也透不利落啦，说："我今天也喝足啦，我也迷个盹儿去。我迷拉子、弥陀佛，咿，哈，哈（这是《串花》吧？不，《醒世金箴》）。"一蹓歪邪，脚步张狂，踢他踢他（一死要学济公）。马爷瞧着不放心，又不敢叫人过去搀，只好后面跟随。又走到菊畦旁边儿，见他身子一歪，马爷一眨眼，再瞧又没有啦，地下一堆衣服，旁边一棵菊花，可没花头儿。马爷见过一次，就不害怕了，这才赶过去要显一显手艺，包治醉鬼。

（三十一续） 1915年11月16日

如法拔之，守其旁以观其变。久之，叶益憔悴。大惧，始告黄英。英闻骇曰："杀吾弟矣！"奔视之，根株已枯，痛绝。掐其梗，埋盆中，携入闺中，日灌溉之。

古人说，角酒不止，终必至醉，所以酒之一物，断不可过量，宁可稍欠几分，故古人说酒到半酣，花到半开，均为恰好之时，可谓善于赏花、酌酒者矣。本文这段书是咏物体裁，描写菊为逸品，有狂放之气，遇知己则放浪形骸之意，并无劝人戒酒本旨。说书的宗旨，应当有益于人，登在报纸上的小说，更当如是，所以节外生枝的多说这们几句，也不必长篇大论，尽提这些，还得说书。

却说马爷把曾生主仆送走，自己不放心舅爷，果然见他倒在畦边，又变了一棵菊花儿。自己见过一次，也就习为故常了，三步两步奔去，按照前次黄英的办法，拔出来放在旁边，也把衣裳给他盖上。此时正是春天日色平西的时候，怕下人们看见地上抛着衣服给拿了走，又不好明嘱咐说："你们别动，我这儿栽小舅子哪！"莫若我看着点儿，他们要过来问我，就说陶爷上后院晒疥去啦，把衣服脱在这儿啦。再说心里的话，上次我没瞧明白，他怎么半天的工夫就又会变成人了，反正问他们姐儿两个，谁也不能卖门子①，烧过香吗（那是变戏法儿的），我这儿闹个老虎吃鹿——死等儿，到瞧得多大时候才变的出来。打好主意，就坐在一旁，瞪着两眼瞧着这堆衣服。谁想这天天气暴暖，连地气蒸，带太阳晒，热得马爷直流汗，心里着急，还舍不得离开。又待了会子，见地上的这棵菊花儿上面的嫩叶儿，一会比一会儿透蔫，花尖儿也要往下卷。这一下子可把马爷吓毛啦，说："他一会儿比一会儿支楞好办，怎么要不得呀！况且我是掇猛儿的手艺，可别闹坏啦。我别紧自耗着啦，这还是找行家去吧！"站起身形，由角门穿过北院儿，直奔上屋。

见大奶奶正闲坐着呢，这才把舅爷又怎么喝醉了，自己怎么动手收拾的话从头至尾

① 卖门子：泄露秘密。

一说。就见黄英眉头紧绉，脸上颜色更变，说："你把我兄弟的命要喽！我快瞧一瞧吧！"迈开大步，直奔南院。马爷一听更急喽，随后就追。到了畦边，见这棵花儿不但透蔫，简直的叶儿全都干啦。黄英噙着眼泪，点了点头儿，好像有无限的伤心。马爷在旁瞧着，也一阵心酸，陪着掉眼泪。黄英被马爷一招，可忍不住了，坐在地下放声恸哭起来。马爷也不好劝，自己提溜着心，怕让赔兄弟。

见黄英哭了会子，把衣服掀开，顺根掐了掐，把下半截的老梗子掐折，扔在地下，留着上半截嫩尖儿，奔到畦边儿上，搬过一个坯子盆儿来，把浮土用手爬开，把掐下来的这枝菊梗儿斜插着埋在盆中，两手端着，回奔北院。马爷只好把衣服夹起来，后面跟随。夫妻二人到了屋内，见黄英把这花盆放在自己的床边儿，用花儿浇盛了半提净水，顺盆边轻轻儿灌溉。

（三十二续） *1915 年 11 月 17 日*

马悔恨未绝，甚恶曾。越数日，闻曾已醉死矣。盆中花渐萌，九月即开，短干粉朵，嗅之有酒香，名之"醉陶"，浇以酒则茂。后女长成，嫁于世家。黄英终老，亦无他异。

这段儿书，原是瞎聊的玩艺儿，不过全按种菊的法子说的。古人说，菊为寿客，似乎永久不死，其实不然。人生一世，草木一秋，不过菊花根种相续，如善培植，可以不至灭种，与别种花木不同就是了，说陶爷醉死于花朝，正是春阡的时候，况且菊花浇酒，须用黄酒，借谷之精华，培养元气的意思。此次既说药浸白酒，即北地高粱烧酒，人多饮且能戕生，何况草质。是菊之死，实死于自误，于马何尤。

闲话暂且少说，却说马爷因陶爷一死，心里别提多们后悔啦。既不该昨天续酒，又不该给他引荐这个姓曾的，如今我的亲戚被他给灌死了，我也少跟他来往吧。

一幌儿过了三天，这天门房儿回进来，说："曾宅报丧来了。曾爷从那天背回去，到家没醒过酒儿来，简直的醉死了。"马爷也就不便再忌恨人家喽。每天想起陶爷来，就奔花盆瞧一瞧，少微透干，就跟夫人儿商量浇水不浇水，果然一天比一天见长。一幌儿到了九月，长了几个岔子，上面有几个□骨朵，棵儿□高。马爷净盼破镜儿吐蕊，好瞧一瞧什么颜色的。好容易这天开了一朵，是浅粉颜色。马爷一瞧，真是异种的新样儿，凑到花儿头上闻了一闻，不但真香，而且带点酒味儿。马爷笑嘻嘻的对大奶奶说："咱们这棵舅爷菊，我送他个外号儿，叫他'醉陶'好不好?"大奶奶也认可这个名目。马爷又说："别样菊花都可以浇点儿黄酒，他从前好喝，大概也可以浇点儿吧?"于是浇了半杯。第二天再瞧，分外的渐长。

此时陶爷的这个女儿不过三四岁，后来到了十七八岁，马爷给提了个门第相当的人家儿。这点儿书可是一表儿，大意言其留根于人间的意思，不必当真事说。您要实在当真事儿说，陶爷一死，人家两位小姨奶奶生不见人，死不见尸，是另嫁人，是守寡？论理也得有个交待儿才是。原文既没说，在下也不便替人苦圆全。其实辨别着说，也未尝不可叫他像真事，不但不合原文，且近于画蛇添足，故此咱们也就不必啦！

却说马子才既得了位好内助，比请花儿把式强（人家总算是玩主儿），又从此家业富豪。过了些年，黄英也老啦，也没什么奇怪的事迹。

这段儿书，大意是咏物，在下也曾略说梗概。其实正是蒲先生自负，以菊自比，所隐寓的是别看自己终身没发迹，有如陶靖节先生似的，并非没有求富贵利达的能力。若肯为市井之行，则富不难立致耳。处处说菊精，却处处是人，自己即是马子才，得菊花为友为妻，于愿斯足的意思，他老先生做了这们一篇文字。今天原文已完，明天另换新题，按日敬献。

田 七 郎

（开篇）1915年12月20日

民国成立四载，光阴转瞬之间。内忧外患甚纷然，言之令人浩叹。
因此各界代表，一致欲复君权。开会表决共推袁，请求速为改建。
幸蒙皇帝俯允，愈见盛德深渊。创造宏基政殷繁，须俟统筹完善。
连农工商士庶，提灯庆贺三天。嵩封齐祝万斯年，从此光华复旦。

信口而成的“百字令”表过，讲演一段白话《聊斋》，说的是第六卷的《田七郎》。那位说，人家尹箴明评讲得好好端端的，因什么又换了你了哪？昨天本报登有声明，在下还得略为说说。鄙人与尹箴明是一块儿长起来的，真比亲弟兄还亲热。自从我不在报界，一幌儿已经这们六七年啦。前两天，尹箴明赴京西清理地亩，托嘱我代说一两段《聊斋》，我并不知道他那段还没说完。据说已经写出末一续来，可不知怎么找不着了，本馆只好把原文替登出来。在下另换一段，说得好不好，诸位多包涵。我是好几年没做这路玩艺儿啦，并且我还想另改一个样儿，不必先把原文满写在前头，一来可以省几行字，多说点儿书；二来我有不懂得的，借此可以藏拙。拣着要紧的原文夹叙句下，这个办法儿好不好？咱们就说一回试办试办。

且说关东辽阳地方，有一家大富户，姓武名承休，称得起家赀豪富，奴仆成行，真是侠义结交。何为侠义结交呢？（一句书没说哪，别唱《落马湖》）。原文说“喜交游，所与皆知名士”，就是最好交朋友。人家武爷既是位大财主，大概同他交往得上的，可多半不是绅□，定是富户；不是举监，便是生员。即便不在士农工商四界之内的，也多是人物字号，外场的好朋友。总而言之，交朋友都讲八两半斤，彼此不差什么就是啦。

这且不言，单说武爷这一天夜里做了一个梦，梦见有一个人对自己说："子交游遍海内，皆滥交耳。惟一人可共患难，何反不识?"你这个人称得起好交朋友喽，真得说山南的、海北的、河东的、水西的，各省都有。无如你所交的这些人并算不了什么真朋友，全是些酒肉宾朋、势力之辈，一旦遇着有点儿什么患难之处，管保就全见不着面儿啦，本处只有一个可共患□的人，你怎么反不跟他套一套交情，结识结识呢? 武爷一听，连忙追问，说："你说的这个可共患难的人是谁呀?"这人答说："不就是那个田七郎吗!"武爷还要再问，忽然醒来，才知道是做了这们一梦。闭眼细想，历历如在目前，话语不多，必是真梦。心中纳闷儿，不知有这们个人没有，深更半夜，也没处打听去。一夜无书。次日天明起来，还惦记着问询问询。武爷家内那一天都人来客去的，于是见着朋友就打听这个七郎。

(续昨) *1915 年 12 月 21 日*

昨朝话表武大爷醒梦之后，见着朋友就打听谁认识田七郎，问了几个富贵功名人，全都说："咱们这一方没听提有这们个姓田的。要说以郎相称，八成儿是由东洋游学回来的吧，您只好另打听新人物去吧!"武爷无法。这天门客之中有个外场人，武爷知道他眼皮儿杂项①，又想再问一问。这位说："你要问姓田行七的，我到认识一个，可没人叫他郎呀!"武爷一听，连忙追问，说："只要姓氏排行对，就许是此人，就请你指给我他的住所吧!"这位门客说："咱们东村住着一个打猎的，就是田七，不知你问他是要做什么?"武爷不便说破是梦境中听来的，顺口答音儿的说："前几天有朋友闲提话儿，说有这们一个人，我也不过闲打听，并没什么要紧的事情!"说完这位门客告辞而去。

武爷第二天想着，梦神的话不可不信，我今天又没事，何不去访一访此人。打定主意，腰中带上些银两钞票，唤从人备了三匹马，自己骑一匹，两个跟人各骑一匹。倘若见着此人，若果能请来盘桓盘桓，省得又费周折，可不能对下人说明。这才出门上了坐骥，前面一个顶马，后面一个跟人，武爷吩嘱顶马奔东村，拜往田七郎去。跟仆人答应，挟着名片护书，主仆三人，马上加鞭。

西村到东村相隔约在五六里，一会儿到了村口儿。引马凑近武爷跟前，说："老爷，认识门户吗?"武爷说："我是慕名来拜此人，并不认识。听说是个打猎为生的。你跟本村人打听打听吧!"仆人只得下马一问。有本村人说："猎户田七在村后街东头路北那个破门儿住。"仆人道了个"借光劳驾"，骑上马，主仆奔到后街。远远儿孤另另一个破门，极矮的土墙，院落到是不小，有几间破房子。转眼到了门前，仆人下马，刚要喊回事。

① 眼皮儿杂项：谓交际广。

武爷说："不用你们闹这种官派!"说着话，甩镫离鞍下马。仆人只好接过马匹，武爷手里提着鞭子，说："你们就在这房后头等我吧!"仆人连说："嗻，是。"拉马走开，不提。

单说武爷提着鞭子到了门口儿，咳嗽了一声，听院内很清净，有心叩打门环，一瞧两扇破门并没门环子，里面关得挺严，只好用鞭子打了几下儿。功夫不大，只听院中有脚步声音，到了门内，掣开阡关，支吽吽门分左右。武爷一瞧，是位二十多岁的壮士，生得体致雄壮。原文说"貙①目蜂腰"，就是两只极有精神的眼睛，细腰扎臂膀；"着腻帢"，头戴一顶缺四角的帽子；"衣皂犊鼻，多白补缀"，穿着一件旧衣服，上面套着一件青布油裙，上面补着几块白布。开门见着武爷，彼此并不认识，抱拳拱手说："这位贵公子从何处而来？贵姓高名？有何见教?"武爷一瞧，此人品貌不凡，赶紧说："小可住此邻村，姓武名承休。路过宝宅，身体有些不爽快。久闻贵宅是位交朋友的人，久要拜访，今日不成敬意，要到府上打搅歇息歇息，不知壮士肯不肯?"说着，这才问说："这儿不是田七郎的家吗?"这人说："我就是姓田行七，尊公赏光就请进来坐坐!"

（再续） *1915 年 12 月 22 日*

这两天的书，说这位武爷做了一梦，就心心念念的要访田七郎，好像好贤似的。若据我说，还不能算真懂得交朋友，夙日跟一班名士一块儿起腻，已觉出没什么益处，恰巧梦中有人说出"可共患难"的话来，所以才一时高兴，想访一访。幸而见着投缘，才越交越近。

通篇说，武承休不脱哥儿派②。好在田七郎虽说脾气不迎合，还不至于倔口，说话就得罪人。原文写七郎朴质处，正为形容其拙于言语的地位。武爷虽然以富家子家趋意承迎武夫，似乎是个虚心礼贤之人，其实若无梦中"共患难"之语，决想不到这层。但有一节，武承休虽然是纨绔子弟，可比现在一味喜捧事、受架弄的小哥儿还高出一筹咧!

闲话打住，且说武爷既是见着七郎，人家又肯往家里让，自己暗暗欢喜，说："这可实在冒昧打扰啦!"连忙迈步跨进门槛，七郎头前引路。武爷一面走着，见三间破北房，两间小西屋儿，上房是虎皮石墙，上盖儿可是草的；西房是土坯墙，稍小点儿。一宾一主到了上房门外，见窗纸都不整齐了。武爷在院子，隔着破窗户就看见是漏天的房子，屋门是开着呢。到了门前，七郎说："公子请这屋坐吧!"武爷一迈步，见迎门斜顶着一根叉子棍儿，支着靠墙的房柁，进深又小又矮。

① 貙：似狸的野兽。
② 哥儿派：指公子哥的派头。

武爷进了屋子，七郎得大低头方才进得来。武爷进屋抬头一瞧，别瞧房子不济，敢则壁衣①很讲究，全是直毛儿的，这一面是几张虎皮，那一边儿是几张狼皮，都是没熟过的，屋中臭味难闻。武爷心说，这到不错，我拜访到标本室来啦！一低头见屋内不但没有桌椅，就连一个大小板凳儿都没有，只好站着吧。

田七郎早从墙上摘下一块虎皮来，连忙铺在迎门地上，说："公子就请坐吧！"武爷心说这到不错，大远的来啦，想不到巴结了个兄弟媳妇儿（地坐儿②吗）。奈因是自己叫门要进来的，不敢挑眼，说："好，好，蹲着也可以歇乏儿（那还不如就在街上哪）！"一面说着，坐在虎皮以上，这才跟田七郎答讪着说话儿。七郎是有问必答，不过语言简截，不会咬文嚼字，是个朴实的好人。武爷心说，我这梦做的有边儿，大凡花言巧语，能用吐沫沾人的，决是有意拢统人的。看此人言词朴质，将来遇有急难之处，或者可当个膀臂，不然连黄粱子就都给他吹嘘啦（那位说，武爷怎么也会这个呀？朋友既多，就许内中有内行）！说了几句，自己到觉着没有词儿，有心要说皮子行市，是真不懂得（跟我一样，没穿过）。想了一想，莫若我拿钱幌他一下子，随便由兜囊之中掏出一锭元宝来，说："咱们哥儿两个一见如故，我说话嘴直，看你这个样式，大概就是专以打猎为生喽？这个事儿总不算望长久远的生计。我这儿这锭银子，你拿着做个将本图利的小经纪，如果不够，我还可以再多供你，不怕用多用少，全都不要紧！"七郎站当地，一见银子，摆手摇头说："尊公趁早儿收起来，小人断不敢领！"

（三续）*1915 年 12 月 23 日*

且说武承休同田七郎说了几句话儿，见七郎是有一句说一句（跟我一样，离不了原文。俗语说灶王爷上天，有一句说一句，这话我信不及，恐怕没那们些功夫），说得全是老实脚儿的大实话，一定是个诚实好人。又见他家中贫寒，所以拿出银子来，劝他做个生意。这件事在武爷虽是好意，究竟是财大气粗的哥儿派，这要遇见打算狼③他的可就行啦。所以有钱人交朋友，也不可专以财藐视人。七郎是断不能要。谁想武爷是个一宠子的性儿，说："我既说出来，还能再收回去吗？你千万别叫我磨不开，你只管留下吧！"七郎没有法子，接在手内，说："这件事，小人有老母在堂，不敢擅专，容我回禀回禀老母去！"说着话站起来，出了屋子，就扔下武爷一个人儿。

抬头一瞧，除去虎豹豺狼皮子之外，还挂着几分弓弩，两杆火枪。武爷于这些事本是外行，并不留心。一会儿见七郎由外面进来，双手捧着这锭银子，凑到武爷面前，往

---

① 壁衣：装饰墙壁的织物。
② 地坐儿：席地（媳弟）而坐。
③ 狼：指诈骗，敲诈。

地下一蹲（成了黑猴儿①啦），说："我留公子的银子没有用处，请你原物收回吧！"武爷不知什么原故，连忙说："我是真心跟你交朋友，你只管留下吧！"七郎摇着脑袋说："小人一定不敢要！"武爷还是死乞白赖的要给他。

正在这个功夫，就听院中有拐杖的声音。一会儿到了屋前，是一位老太太，并没进屋门儿，站在当院，气哼哼的整着脸子，说："老身止有这们一个儿子，我不愿意他出去伺候贵公子去！"武爷登时闹得脸上很不得劲儿，也没人引见，不好称呼，方要站②起来，七郎见母亲生气，把银子一撒手，正掉在武爷的兜内。武爷只好用手接住，揣在怀中，及至站起来，老太太业已扭走去。自己一想，好没意味，再瞧七郎脸上也透出不喜欢的意思。武爷心说，我这到不错，真应一俗语儿啦，"拿着猪头寻不出庙门了"，拿着整锭儿的银子，白给人家都不要。再瞧人家这分儿劲儿味儿的，实不拿朋友待我（谁叫你见面就拿银子恍人呢），再紧坐着还许招出人家别的话来呢，莫如趁早挠道儿吧。想到此处，这才站起身躯，拿上鞭子，说："我一时冒昧，多有搅扰！乏我也歇过来啦，我就此告辞。过一半天，我还打发人请你来呢！俗语儿说得好，一遭生两遭熟，哥儿两个总得多亲近亲近。"七郎也不挽留，也没答言儿，武爷更透僵得慌，说着话到了街门，七郎送到门内，连腰儿没哈，就关门进去了。

武爷知道七郎是朴实人，不懂这些虚文，心里也不能恼人家，只好转过土墙，打算叫下人拉马过来，骑上回去，一瞧连人带马，都没有了。这才顺墙根儿绕至房后，见一个拉着两匹马，一个站在房后头系裤子，大概是才解完手儿。及至见主人来了，赶紧跑过来，刚要嚷"下来啦"，一想我这算告诉谁哪，不如别嚷啦，凑到跟前，说："咱们还上那儿哪？"武爷是乘兴而来，败兴而返，说："我那儿也不去了，咱们是仍由旧路回家！"

（四续）*1915年12月24日*

且说武承休一个人□眉搭眼的辞别七郎。两个下人赶到面前，说："咱们是回宅呀，您还是上别处去哪？"武爷说："不上那儿了。"打顶马的这个把三匹牲口缰绳分开，那个跟班的系好带子，也把马牵过来，要搀扶武爷上马。武爷说："我坐了半天，腿脚不舒服，咱们蹓达着走两步儿再骑牲口吧！"跟班的答应了一声"是"，把两匹马牵着，跟随在武爷身后，仍顺旧路出离村口儿。武爷乍见七郎的时候很是高兴，及至被人干出门来，心里好不痛快。出了村子，倒背着手儿，一手提着鞭子，低着脑袋，绉着眉头，一语不

① 黑猴儿：这里指旧时北京前门外"黑猴儿"帽店门前摆的一只手捧金元宝的猴子木雕。
② "站"，原文作"踮"，据语义改。

发。心里纳闷儿，想这个碴儿，不知这位老太太怎么这们又倔又□。

跟班的名叫林儿，平日说话语甜，心眼儿也快。再说方才他解手儿的时候儿，已经听了个清清楚楚、明明白白，想着不如趁势探听探听主人的口话儿。要是为跟这个姓田的一死儿认□要好儿，人家是撇定了你啦，一时想不开，就许得了相思病，几天的工夫，还能要了小命儿哪（那位说，这是田七郎吗？前些年有这们位姓田的，我可说不清是谁，您自己打听去吧）！这才答讪着说："喝，我的傻老爷子，你走了一道儿，净这们咳声叹气的，闹了我一身的毛病（这到不错，没唱《落马湖》，又改了《恶虎村》啦）！您八成儿是没得着这位姓田的好面子吧！"武爷一听，所说的正对心病，斜着眼瞧了林儿一眼，说："你怎们知道我的心事呢？"林儿说："方才您不是入了铂①了吗？我一阵儿肚子疼，好像要出恭。每天蹲下，走动的很一快，今天大肠发燥，大概是新烟土烧的，干着急，走动不出来。我刚站起来，顺着那个破房山，听屋里那个田爷正跟老太太说话儿哪！"武爷说："啊，那们你听见说什么来着？"林儿说："田爷说：'来的这位武爷，赠孩儿一锭银子，让我谋个生计，孩儿不敢自专，特来回禀母亲。'就听那位老太太说：'你可要不得呀！方才这位公子进门的时节，我由破窗户瞧了瞧，此人脸上气色有些不正（可不是为那一捧雪②而来），脸上有一道晦纹，恐怕早晚必有一步大难。'老爷子，您可别恼，这是那个老太太这们说的，并非小的诬造蜚言。咱们也不知道这个老帮子看过什么相书，有什么传授？"

武爷说："君子问祸不问福，你只管说你的呀！"林儿一乐儿，说："老爷子，您这是怎么啦？我会跟班儿，不会呛盘儿（赶车的到有改行吃金的）。老帮子说：'老身常听古人说得好，受人知者分人忧，受人恩者急人难；富人报人以财，贫人报人以义。无故而得重赂不祥，恐将取死报于子矣。'老帮子咬文嚼字儿的说了这们一套，又有个年轻的妇人还答了句言儿，说：'母亲真说得是。'又听田爷答应了一声就出了厢房啦。这几句虽然话儿挺顽固，据小的想，到是受穷认命、不爱小便宜的好人。无奈可透一面儿理，不懂交情，忒不给咱们爷儿们留面子啦！依我说，您何必这们慕名交这路不通情理的朋友！"

（五续） 1915 年 12 月 25 日

且说武承休虽为纨绔子弟，阔少爷的派儿，听了林儿转述田老太太与七郎母子背地所谈的话，心里更佩服人家母子必是好人，而且老太太许是高眼③（外带不是假高眼）。

---

① 入了铂：入了窍，入了迷。

② 一捧雪：京剧《审头刺汤》中的玉杯名。

③ 高眼：指有眼力，能鉴别物品优劣真伪的行家。

至于林儿再说别的话，也不用着耳朵听啦。往前行走，自己心里叨念着田老太太这几句教子的词儿（并不是王春蛾①的那一套），真是越想越有理，越咂摹越有滋味儿。所说的“受人知者分人忧”，就是自己遇见个知己了，赶着我要交往，平日人家没事，自己还不要紧，倘然人家一旦有点儿什么祸患，就当替人分忧解愁才是。要是受过人的恩惠，人家有什么灾难，就得自己赴汤投火的去解救。有钱的人报答人家可以用钱财，贫寒人没有别的，只好出个人力儿。无缘无故的，人家白给好多的钱花，俗言说，使人钱财，与人消灾，若是无功受禄，那就叫横财，揆之天道，是最不吉祥的，恐怕将来能要了你的性命。这几句话真可补入古人格言之内，有理呀，哦，喝，喝，有理！登时点头咂嘴儿，外带哼哼。

林儿一瞧，心说这倒不错，这位爷所中了七郎的迷啦（那是走在当街，净哼唧叫鬼卒，你们驾阴风的那位大爷）。自己又不敢深劝，只好说：“老爷，您一气儿走了二三里啦，大概也乏了吧，何不骑两步儿呢！”武爷被林儿一提醒儿，果然觉着有点儿累得慌啦。这才说：“也好，如此你就与我带马（还是戏迷）！”林儿搀扶武爷上马，自己与那个打顶马的也都上了坐骥。武爷在前，两个人后面相随，履顺大路走了三二里，已到自己的村口儿。武爷是交朋友的人儿，本村老街旧邻是多的，不便骑到家门口儿，到梢门外就下了马。林儿等自然也下来接过马去。主仆走了几步，到了路北广梁大门，门口儿有拴马桩，有马牢子②把马接过来拴在桩上。林儿跟随主人到了门前，见板凳上坐着的打杂儿的全都垂手侍立的站将起来。林儿不容武爷进门，先迈进腿去，飞跑到垂花门外头，喊了一声：“什么什么回来啦（那位说，到是什么回来了呀？您同吃长安路③的饭儿的明公打听去，我永久没听出真字儿来。再说必得喊这一嗓子，究竟是给什么人打知，我也说不清，您自己揣摩吧）！”

武爷刚进垂花门，就听客厅帘板儿响。武爷进了院子，就见客厅门口儿迎出好几位来，左不是这个“斋”、那个“亭”的，一位位衣帽整齐，赶着说：“呀，老兄拜客去了，小弟等在此久候多时哩！”武爷一瞧，全是常来的熟人儿，赶紧说：“兄弟赴了一荡东村，访个朋友，一步来迟，多有简慢，诸位请吧，请吧！”这几位都异口同音的说：“不客气，老兄请先行！”林儿赶过来，打起帘子，武爷与这几位朋友一同进了客厅。原来几位因等武爷没回来，先打上麻雀啦。武爷见这几位这分儿和气，回想方才那位田七郎那分儿直倔□□，虽说不懂交情，可另是一种诚实可敬。再听田老太太的话，并追思梦神之言，益发倾慕七郎。

---

① 王春蛾：京剧《三娘教子》中的人物。

② 马牢子：打理马圈、负责遛马的人。

③ 长安路：江湖隐语，即官吏的跟班儿。

（六续）1915年12月26日

在下昨天所说的这点儿书，是田七郎受贤母的教训，固然难得。这位武爷能虚贤礼士，也不容易多见。盖天下那一时都有高人贤士，苦于不能遇知己，宁可湮没终身，决不能取怜献媚，向权门奔走。一班阔人儿，谁也愿意得几个真心跟自己好的人，苦于没眼珠儿，又不能虚心。所肯巴结自己的，多是一味逢迎谄媚，到了急难之处，抖手一走儿，不下井投石、乘势取事，已经就算高等的了。所以交友一事，也是很不容易的喽！闲话打住，还得说书。

且说武承休陪着众人说着话，自己心里还是咂摩着田老太太的这一套，并梦境中的话语，对于众人好似无精打采，不高兴似的。众人都是架弄阔大爷的人儿，决不能闹脾气挑眼，见他这个样子，以为必是有什么心事，谁也不敢问，只好起了会子哄，一轰而散。武爷也并不深留，送走大家，回入内宅，还是不喜欢。武大奶奶也不敢问。武爷暗中打算，想着我既是今天见着田七郎了，一定总得巴结着跟他交一交。明天我给他下个全帖①，也不用定什么居楼园馆，就把他请到家中，预备一桌上等的酒席。他只要肯来，我陪着小心应酬着他，然后瞧他喜爱什么，我就用什么拢统②他，大概没什么不行的。

打好主意，第二天清早起来，就吩咐门房儿预备好请帖。又把昨天打顶马的仆人叫进来，说："你把这帖送到东村田七老爷那里去，就说我后天务必请他到咱家便酌一叙。"这仆人答应，拿帖刚要走。武爷说："如果见不着七老爷，交给老太太也可以。千万可把话说圆到着点儿。"仆人答应出去。天光不到巳牌③，手里还举着那一分帖从外面进来。武爷正在内书房坐着，见他进来，说："怎么你还没有去吗？"仆人说："小人奉了老爷之命，赶紧到圈里备了一匹快马，揣上请帖，一气儿跑到东村田七老爷门口儿。刚要叫门，恰巧田七爷由里面出来，抗着一杆火枪，还有弓弩等类，大概是上山打猎去。我把帖交给了他老，又把老爷所吩咐我的话照样学说了一遍。这位田七老爷不肯接帖，是我说至再三，他才叫我在门外头等一等儿，容他回禀回禀老太太去。小人只好坐在门口儿等着吧。进院不大的工夫，照旧出来，还是那一套话。并且说：'今天进山，不定三天五天才能回家。你家主人赏饭吃，实在没工夫领，你替道谢就是啦！'小人又说了半天，到了儿不接帖，实在没法子，故此回来。老爷您要请，只好您另派别人吧！"说着把帖放在桌上，抹身出去。

武爷也不能甚分不答应这个送帖的，心想着怪不得古人说"治酒容易请客难"，可就

---

① 全帖：旧时请帖的一种，表示恭敬。

② 拢统：笼络。

③ 巳牌：上午九点到十一点。

应在今天啦。你说送银子不要，请吃饭不扰，这可有什么着儿呢，难道罢了不成！当天也没主意。过了一两天，这天忽然心生一计，说："这个老七，这们甩我，必是嫌我拿钱幌了他，要闹个穷豪横。莫如我一半天变个法子，先白扰他点儿什么去，再试试如何？"

（七续）*1915年12月28日*

且说武大爷本是至诚敬意的打发下人去请田七郎，不想人家不肯扰，这才无奈之何，要改变个法子，想着他不扰我，莫如我去扰他去。他要是一定不交朋友，那可没法子了，只好再打新鲜主意。只要我准能扰他个饭儿，慢慢儿的再套着还席①，一来二去，就可以入进步去了。打好主意，又耗了一两天。这天用毕早饭，穿着家常的便服，一个下人不带，连马也不骑，一个人出离家门，直奔东村。走了约有两小时，因为不常走路，又搭着武爷脸皮宽②，认识的人多，不断沿路遇着朋友，所以才走得这们慢。简断截说，约有未牌③时候才到了田七郎的门口儿。

见门并未关闭，武爷一想，我若叫门，他许打发七奶奶出来，告诉我上山还没回来呢，岂不白跑一荡。有咧，上次来过一回，我闹个不熟假充熟，自己劲儿，给他个硬往院子蹓达。打定主意，往里就走，迎门儿有个破影壁，武爷一拐影壁就嚷，说："七弟在家里没有？"恰巧田七郎正在院中翻腾晾的皮子，见武爷进来，只好迎了过来，说："呀，原来是贵客到了，小人有失远迎！"说着作了个揖。武爷也还了一辑，说："老七呀，你这就不对啦！咱们是交朋友，你别拿我当客呀！我比你痴长几岁，你叫我哥哥就是啦！"田七郎说："小人怎敢高攀，且请进家里坐着！"武爷说："正要家里坐着！"唱着《玉玲珑》就进了屋子啦。

当地铺着一块破席头儿，上面是一落皮子。武爷不等让，一屁股就坐下啦。见七郎在地上站着，武爷说："兄弟，你坐下，咱们哥儿两个好得说话儿呀！"七郎说："公子请暂坐，容我烹点儿茶来！"武爷说："正要喝茶（还是那一出）！"七郎转身出去，屋里剩下武爷一个人，盘算回头怎么说（跟我这书似的，没准谱儿）。又瞧了瞧墙上挂着一个大皮酒葫卢，心说，有咧，他这不是让我喝茶吗，回头我索兴扰他个酒儿，什么菜不菜的，可得将就着点儿。

此时七郎右手托着个木盘儿，里面有一碗热茶，从外进来，送到武爷面前。武爷赶紧欠身接过来，尝了一口，是山里枣叶儿茶，很是好喝。七郎提溜着木盘儿，还是当地站着。武爷说："兄弟，你到是坐下呀！我今天来意，你知道不知道？"七郎说："我不晓

---

① 还席：这里指回请。
② 脸皮宽：交友多，面子广。
③ 未牌：下午一点到三点。

得！”武爷说：“前次我无故的搅扰你会子，我很不过意。第二天我打发人请你到我家吃个便饭儿，所为哥儿两个喝会子，说会子话儿，你怎么头上末下①的给我上下不来？没别的，今天哥哥到你家里来，我要罚你个酒儿，你愿意请我喝二两不愿意？可得出于你的本心（这是武大爷吗？卖野药儿窥杵的门子）！”七郎是朴实人，说：“尊兄一定要与小弟结交，只要不疵嫌，喝酒倒是有的！”武爷说：“咱们可是一块喝呀！你别回头说你有什么拦门墙儿。”七郎说：“小弟打猎的人，全仗酒御寒壮胆。”此时武爷早把半碗茶喝完，七郎接碗出去，一会儿由厢房搬进一张白木头的小炕桌儿，摆在当地，从墙上摘下胡卢，出院子亲去烫酒。

（八续） *1915年12月29日*

且说武爷见七郎都是亲自动手，自己心里好不过意，又不能帮助着。见他提酒胡卢出去，一会儿托着木盘进来，盘子里有两个酒盅子，两份筷箸，还有一盘子肉脯儿，两碟儿咸菜，一样样儿的放在桌子上。又复出去，从外面提进一把旧锡酒素子来，恭恭敬敬的给武爷满斟了一杯，然后自己也满上。武爷端起来一气饮干，巴达着嘴说：“好酒！”七郎说：“多年的老白干儿吗（一死儿像要唱《落马湖》似的）！”书中代表，武爷了不了这路私料子的暴酒，赶紧抓起筷箸，要就点儿菜，又不知道这肉脯儿是什么的，答讪着说：“今年猫行市怎么样呀？”七郎说：“俺这肉脯是鹿肉的，我不打山猫。”武爷心说，只要不是假马肉，我就吃着，一伸筷箸，夹了一块尝了尝，到是挺香，不过硬点儿。瞧了田爷一眼，好在没在板儿上打钱②（田七郎不卖瞪眼子食③）。此时田七郎见武爷酒杯已空，连忙又斟二盏。

武爷这次可不敢那们大口的喝了，慢慢滋润着，答讪跟七郎套话，问了问老太太高寿，弟兄几位，有无妻妾，儿女几个，要说实话（这是武爷吗？念语子④唅金）。田七郎是直率性情，说话有规矩，并不暴躁⑤，真是有问必答。武爷这才晓得七奶奶是个病身子，跟前就有一个小孩儿，才三岁，并没地亩，净指打猎为生。武爷虽是没话儿找话儿，可全记在心里啦，又喝了一盅酒，这才推杯不饮。田七郎也不深让，自己饮尽杯中酒，把家口连桌子都搬在一旁。武爷有心要张罗见一见老太太，又怕讨不出好脸儿来，莫若

---

① 头上末下：谓初来乍到，头一回。

② 板上打钱：旧时卖瞪眼子食的小贩自备些许制钱为码，瞪眼盯住食客的筷子，食客夹一块，他便在旁边锅盖上打一个码，即作者说的板上打钱。

③ 瞪眼子食：旧时北京有一种路旁摆设的饭摊子，顾客坐下就吃，吃完算账。因为摊子只由一人照料，卖者常用眼盯住顾客所用菜饭种类，记住数量，以便算账。这种饭食叫瞪眼子食。

④ 念语子：江湖隐语，哑巴。

⑤ “躁”，原文作“燥”，据语义改。

告辞走吧。

打好主意，说：“兄弟，愚兄实在叨扰啦，千万你那天有工夫，到我家喝会子去!”七郎说：“兄长说那里的话来，实在简慢不当。俺们这山野的人，除去野味，没有什么适口的好吃食哟!”说完哈哈大笑。武爷站起身来就往外走，七郎随后相送。来到门前，彼此哈腰□做别。七郎关门进去，不提。

单说武爷一个人往回路走着，真是幌当当往前行，嗳哟（要唱《醉归》）！想着这个姓田的真是天真□缦的好人，过一半天，我再请他做为还席，试试他扰不扰。如果还不扰，我想法儿孝敬老太太点儿什么，或给孩子送点儿什么玩物，反正上赶着交朋友，心里就不能起急。念念叨叨出了村子，越走腿底下越懒，想着方才我该派下人备马，在半道儿等我就好啦，如今只好蹭到什么时候是什么时候儿吧。沿路上歇了好几歇儿，好容易才来到本村儿，日色已经沾山。

见下人们正在村外瞭望哪，一眼见着武爷，忙跑过来，说：“喝，老爷子，您一个人走了这们一天，往那儿去啦?”武爷说：“我随便蹓了蹓。”下人跟着到了家门。客厅上来的朋友都散净啦。武爷回归内室，吃晚饭安歇，不提。

第二天早起，就吩咐厨役做一桌上好的便席，又把林儿叫过来，说：“你今天赶早儿到东村去请田七郎。你就说我今天是洁樽候教，专为请他，千万赏脸赐光!”林儿奉命够奔东村，不知能否请来。

（九续）*1915年12月30日*

上文书说武爷派林儿去请田七郎。原文有这们件事，可没提派谁去。在下因为林儿是武爷的心腹人，后文有许多事迹，所以顺笔叙出此人来。今天按说应叙林儿到了东村，见七郎都说什么，七郎才肯来的，这是说书替古人饶舌的规矩。无如原文就是“武邀酬之乃至”六个字，没多大意味。只要叙就得一版，莫若咱们闹个门神挂钱①——买对子瞧颜色儿（那位说，这是那儿的话呀？您忘了这不是年下了吗），赶紧照年货似的蹿②着卖，好赶热闹节目。话是交待完啦，接着这就说书。

且说武爷听说七郎到门很是喜欢，赶紧迎出门来，往客厅相让。田七郎穿的是一件粗布衣服，上罩鹿皮坎肩，鹿皮套裤（自家园儿的皮子可称利不外溢）。比上武宅门房的下人不如，自己并不觉着僵，坦坦然然，大摇大摆扭进客厅。武宅仆人献茶，茶罢搁盏。武爷立刻吩咐从人看酒宴伺候。七郎说：“到此就要叨扰了，哈哈!”武爷把盏，敬了三

① 挂钱：旧时手工雕刻的以有孔铜钱图案为主的镂空花纹纸。

② 蹿：指蹿年、蹿节，谓货物生产赶在年前或节前完成，以便销售。

杯。七郎真是大酒量儿，口到杯干。武爷一瞧，吩咐人快换大杯吧。又喝了会子，七郎酒到半酣，高谈阔论起来，所说的虽没有《四书》句儿，也没新名词，到全是爱种和群的交友的好话。武爷越听越对劲儿，越恨相见之晚。

恰巧这天平日在这儿起腻的□班朋友全都没来，一宾一主，披肝沥胆，毫无拘束。一会儿七郎酒已尽量，武爷是早陪不了啦，也不便强让，吩咐下人备上饭来。七郎食量儿也大，风卷残云一般，把这一桌菜啃了足有多一半。武爷在旁看着很是喜欢。端菜的下人心说，喝，我们饭东也不是从那儿找来的这们个酒囊饭袋，几天没吃饭了，跑到这儿开斋来啦。这要是流水分子①，趁早儿可别请他呀！

武爷见七郎用毕酒饭，张罗要留七郎住几天。七郎说："小弟乃山野之人，在家便觉闷得难过，因尊兄美意，屡次相邀，不好固辞。小弟酒饭已足，就此告别！"说着站起来就往外走。

武爷一手拉住，说："贤弟慢着，愚兄还有一点儿小事，你少坐片时。"说着话跑进内院，一会儿拿出两包银子来，说："贤弟，你今天大远的来了荡，愚兄无以为敬，这儿有点儿银子，你添补做件衣服吧！"七郎一听，连忙摆手，说："小弟不奉母命，不敢擅专，请兄长收回，小弟断不敢领！"武爷一听，心说，别再说咧，莫若我另想个说章儿②吧，连忙说："兄弟你既然又说遵母命，我也不能再强送你啦！有一件事，我托你办一办，行不行？"七郎说："只要小弟办得了的，就可以遵命。"武爷说："你瞧我这屋子，冬天没有皮铺垫，打算托你给买几张虎皮行不行？"七郎说："兄长若说买皮子，小弟家中有些。"武爷说："我也不管是你的，是你转买去，你把这两包银子带上，可行了吧！"七郎只好点头，揣在怀中，这才告辞出③门。武爷送到门外，说："兄弟，你早来一天，你我弟兄早得相见（成了宋朝的武大爷④啦）。"七郎到门外一抱拳，扭转彪躯，大踏步回家，给武爷预备皮货。

（十续）*1915 年 12 月 31 日*

且说田七郎辞别武爷，出离西村，大踏步往回路够奔。要说十里八里的路程，久走山路的人，那还搂人家走□，眨眼之间已到家中（那位说，太快啦，鸟儿飞也不能眨眼就到啊！横竖快就是啦）。进门就喊："娘啊，吃了饭了没有？"此时田七郎的小孩儿听见父亲语声儿，连忙跑出来，拉着七郎进到屋中。七郎见母亲正收拾晚饭，妻子在炕上躺

① 流水分子：客人随到随吃随走的宴席，来参加宴会的客人都有随礼。

② 说章儿：指条件。

③ "出"，原文作"来"，据语义改。

④ 武大爷：这里指《水浒传》中的武大郎。

着呢，连忙问说："为何母亲操劳，反让你儿媳这般的歇着？"老太太说："你妻子前两天就有些不舒服，今天更伏枕不起了。幸喜为娘康健，就是操劳些个么，也还不甚要紧！"七郎心里很觉不安，说："待儿替母亲收拾了吧！"老太太说："这到不必！"七郎赶紧从怀中把两包银子掏出来，放在桌上，然后又把今一天到了武宅的事从头至尾述说了一遍。老太太听明这是人家要买皮子的，到也没说什么，就说："既然如此，你可就赶紧给人预备皮货吧！"

七郎答应，出离厢房，到上房里间打开一只破箱子，把虎皮数了数，共有六张，又连挂着的两张算，也才八张。论物质所值，不过在七八十两银子。如今人家给的是五十两一封，两封，要是就把这点儿送去，实在对不起人家。要想外面给武爷去买，一时还想不起谁手里有虎皮。银子是接了人家的了，自己好不后悔。

一会儿老太太把晚饭预备停妥，母子二人带着孩子饱餐了一顿（七奶奶大概是不拿食儿啦），然后帮着母亲收拾碗盏家伙完毕。

自己心中盘算武爷买皮子的这一件事，想着我必须给他寻一张上好的虎皮来，才对得过人家。打猎这件事，本是没有一定把握的，万一得着上好的别样野兽，白送给他，岂不更做脸了吗。打定主意，才去回禀母亲。老太太一听，说："吾儿所见不差！"田七郎这才把窝弓整顿好了，把弩箭上好了药，又把一切应用的物件收拾停妥，烙出几张饼来做为干粮，次日天光没亮，抗上火枪，带上家伙，就进山去了。

自己想要打大虫，必须后山才有，于是爬山越岭，过了几个山头，是人迹罕到之处，平日自己也轻易到不了的地方儿，然后安排好窝弓、毒弩，找个石洞藏身。饿了吃些自带的干粮，渴了寻找山泉，用椰瓢□些儿止渴，冷来仗着随身的皮服，实在赶上风雪，也只好用烧酒御寒，说不尽的苦处。俗语儿说"不将辛苦易，难赚世间财"，谁都知道打猎是没本钱的营生，其实是豁命的买卖。

这点儿书，无非按《聊斋》这们说。在下并不会打虎（我岁数过了景①啦），可常听猎户讲究过，一个人办不了，必须一个人放火枪，一个用花枪保护着，还得知己连心的人，所以古人才有"打虎亲兄弟"的俗语儿。若稍一退缩，两命俱废。这段儿书是捧田七郎，故此不搭伙计。

书说简断，一幌儿耗了三天，连个野猫没照面儿。七郎的干粮也净啦，只好收拾家俱暂且回家。诸位要知后事如何，咱们是过完新年再说。

（十一续）*1916年1月3日*

过年头天出版，躬逢帝国改元。申令公布为提前，从此皇图始建。

① 过景：年岁渐老，已不适合做某事。

本报歇工二日，无非少卖些钱。同享幸福在眼前，别信谣言捣乱。

今天是中华帝国洪宪元年第三天，恰正是阳历一月三号，本报同人借着过年的光儿，歇了两天的工。今一天是从新开张，乍在纸篇儿上与诸位说话儿，故此不能开篇儿就说书，先得说几句吉祥话儿，作为给阅报的诸公道个新禧。报纸上又不能请安、做揖、磕头、脱帽、鞠躬。那位说，你那儿这们些个礼呀？他是国号有啦，年号也有啦，就是没订定拜年的礼制呢。所以我只好把新旧礼儿全说上，省得得罪人。再说反正空话不咧，话不是这们说吗！要讲今年这个年，比上前几年可实在的可喜可贺呀！怎么说哪？由没有皇上，又熬到有了皇上啦。所以在下很喜欢，不但我喜欢，大概阅报的诸君那位也没有不悦服的吧。不但咱们中国二十二行省，汉、满、蒙、回、藏的五族同胞喜欢，就连环球五大洲，邻邦各强国，听说也没有不赞成的。再往前二千多年上说，咱们子曰行儿①的那位祖师爷孔夫子若是在世，也喜欢的了不得。有人说咧，你怎么知道？你没听《孟子》上说“三月无君则吊”，又说“三月无君则皇皇如也”。一幌儿是好几年没听提“皇上万岁”的字眼儿了，好容易这个字又发生出来，所以我知道孔夫子若是生于这个时代，一定也必喜欢的了不得。

在下说这门《聊斋》，躬逢其盛。这一程子，可是净傻说书来着，并不叙什么闲话儿，也没瞎批评。按规矩说，“讲演”与“评讲”应当有点儿分别，不过既有“讲”字儿，没别的，就有时驳正出个理儿来。其实是我顺笔胡诌，对不对实不敢说。无如当日蒲留仙先生做这部书的时节，不但想不到如今出了我这们一个湛引铭，替尹箴明拿他老先生文字瞎诌胡咧的混饭儿吃，就连去世的忠敬之②、德月川，现在的张智兰这些位，拿这套书当饭碗子，也想不到。再往前说，有王贻上③、但云湖④、吕叔清诸大文豪家评注，也非意料所及呦！这不过都因爱看这书，或喜文法，或喜辞藻，才越看越高兴，信笔评一评。论王渔阳、但云湖，人家够个“评”字，无如是文笔。至到德月川同我等之辈，只能算以文话改演白话，所为供献普通社会诸君，原不敢以“评”字自居。不过真把说鬼说狐的段子，就按真故事儿似的那们说，岂不是引人迷信吗！再说如同老太太儿没有事儿，哄小孩儿似的说鬼笑话儿，那谁瞧哇！即便您肯瞧，我也拉不下这宗人脸来。好在这段《田七郎》纯是人事，故此不用瞎批，就当故事儿说也就行啦。那位说，你到是说书呀！对，我只顾说闲话儿啦，还没说书呢，那们咱们赶紧就说书。

---

① 子曰行儿：指教书人或教育界。
② 忠敬之：与德月川均为作者的宗兄。
③ 王贻上：王渔洋。
④ 但云湖：又名但明伦，曾为《聊斋志异》作序。

且说田七郎打算打虎，进山三天，别说老虎，连个虎皮豆儿①的猫都没见着。干粮已尽，只好回家。一进街门，好不扫兴。

（十二续） *1916 年 1 月 4 日*

昨天的书，可称真正《聊斋》（净聊天儿来着吗）。在下并非不愿意说书，反正字数儿一般多，只有多费心思的。那位说，那们因为什么不说书，说闲话呢？这件事我不说明白了，诸位也纳闷儿。皆因昨天是本报过完年头天出版，恰巧书中的节目太不吉祥。我张嘴接着就说田七奶奶病到垂危，跟着就说□丧办白事，有多们丧气呀！莫如多说点儿闲话儿，省得阅报诸位心里不痛快。今天接着赶紧多说，咱们还是干脆一表儿（别吃白棚），您想好不好？

且说田七郎抗着火枪，提溜着弓弩来到自己家门，进门叫声："娘啊！"老太太说："你回来啦很好，你瞧瞧你的妻子病势沉重的紧！"田七郎把猎具放下，进屋见母亲在炕沿上坐着，正服侍七奶奶喝水呢。孩子站在当地，眼泪汪汪的。七郎说："母亲歇息歇息吧！"老太太说："你的妻子这次病势来得厉害，必须赶紧请医调理才是！"七郎答应出去。

此处本是山村儿，请医家这件事是不容易的，只好到药铺把病势对主方的先生说说，先抓了剂药来到家，不敢劳累母亲，只好亲自煎浓，让七奶奶服下头煎去。自己又张罗着收拾菜饭。老太太还得替招护着孙子。第二天病势益发沉重，老太太主张由邻村请了位半开眼②的大夫来，诊了诊脉，也说不出病源来。开完方子，先得预备酒饭，虽说不要马钱③，可是开的方子不过几味草药，得由他指定的药铺去抓药去，价儿很贵，先生照例有提成儿。七奶奶这病本是血亏日久成了干血痨病了，这路医家同这路药吃下去如何能见功效。既是老太太主持，七郎虽不信服，也叫没有法子。况且七奶奶平日也甚贤德，同自己很是恩爱，明知治不了，也得尽心□治。

从由山里回来的第一天起，七郎真是白日出去请医抓药，夜晚服侍病人，还能顾得了打猎去吗。书要简断，七奶奶的病一天重似一天，一幌儿就是十天。这天七奶奶有息无气的堪堪说不出话来啦，老太太同七郎商量，只好预备衣衾棺木吧。七郎是个猎户，指身为业，家里存着点儿皮子，也不能立刻就有买主儿，好在有武爷托买虎皮的银子，只好先拿出来备办吧。虽不必十分讲究，既要发丧一口人，又加上医药费、这些天的嚼谷儿，已经花去了多一半啦。这天七奶奶大限终，无常到，一命归阴。老太太是哭得很

① 虎皮豆儿：形容小。
② 半开眼：指半内行。
③ 马钱：指医生出诊费。

恸，孩子见母亲一死，更是大放悲声。七郎由不得也暗中落泪，好容易劝止住母亲的悲声，又得凑和着哄孩子。至于搭什么样儿的棚，念什么经，辽阳地方的风俗，在下没到过，不必瞎铺张。反正随乡入乡，各处都有土俗，就连本处的州县官，只要无害于社会人群，也不能禁止。七郎原是外场人，不能说不懂交朋友，然而俗语儿说“同类为朋”，反正猎户居多，其余也不过左邻右舍。也不知是谁，把七郎家中的白事告诉武爷，武爷这才赶着来行人情。

（十三续）*1916年1月5日*

且说田七奶奶一死，田七郎心中很是难过。虽然俗语儿说的好，贫儿不可富葬；又道是钱出急家门，婚丧大事，无论怎么样，别管掏吧借吧，也要尽力而为。恰巧有武爷托买皮子的一项银子，还有多一半，自然衣衾棺木都要稍好一点儿。这一下子，可就把这一百银子开发得不差什么啦。要说撒网请分子，彼时流水分子还不至于赔钱。奈因田七郎可没多少这路朋友，除去至亲，无非就是几位夙日同业靠近的，其余浮面皮儿的朋友，大可以不知会。至于田七郎同武爷不过一饭之交，实在不能报丧。

也不是谁嘴快，把这件事传到武爷耳朵里头了。武爷一听，心里别提多喜欢啦（人家死媳妇，他喜欢，不知是何居心）。心说，趁这个当项儿，可是入步迈腿的好时会儿呀，立刻就去探丧，跟手儿就销祭轴，定饽饽桌子①带墩子，定好花盆、松活②，又糊了一辆四轮马车（那位说，这武爷吗？时道人儿应酬财主哪）。原文说“礼仪优渥”，原是无尽无休，所以我才顺嘴儿这们聊得没边儿啦。闲话打住，但说这日到了发引③之期，武爷搭了座路祭④（又来啦，反正送个殡就是啦）。简断截说，至到登坑、下葬、抖绳儿散，人家姓武的是一点儿场面不落，不过不能帮着田少庐墓就是啦。送殡回家，净等本家道乏，这且不言。

翻回来还得说田七郎（对，别忘了目录）把妻子葬埋之后，好在不该谁的，不欠谁的。至于应办的事暂且往后挨一挨儿，还得打虎要紧。于是把话回明母亲，此次可不能像从前那们带全分的猎具了，不过背上弩弓药箭，每天从五更起身，投奔山林。想着只要是虎就打，这就是俗语儿说的“明知山有虎，偏向虎山行”，所为早些得个三只两只的，好把武爷这个场儿圆上。谁想到偏偏儿遇见偏偏儿，小名儿叫不做脸，没有倒运的老虎，可有什么法子呀，一幌儿又是七八天。

---

① 饽饽桌子：旧时的一种桌子。

② 松活：用松枝扎成的祭品。

③ 发引：旧时出殡时将灵柩抬出家门叫发引。

④ 路祭：路祭棚。

武爷对于田七奶奶这们尽心，完事这们几天，没见七爷来荡，心说莫不成他是想媳妇儿想病了吗？不能啊，我这个兄弟不至于那们不开招①，八成儿怕是老太太连心痛儿媳，又照应孙子，累着了，所以七弟离不开身儿。是与不是，明天我打发人问一问去。打定主意，次日叫下人到东村去一问，才知道是又入山打猎去了。下人探听明白，把话回明武爷，这才知道他必是为使了自己的银子没能交货，所以磨不开来见我。赶紧第二天又派下人去说："前次托七爷买虎皮的事，现在用不着，即便有也铺不着呢，千万请七爷抓工夫去一荡，有话面谈。"下人去了好几次，也有见着七郎的时候儿，也有把话回禀老太太时候儿，七郎是到底不肯往武宅来。武爷一想，我这朋友他是又犯上死凿儿了，我即便再说，也不终用，我必须如此这般，或可把他约来。

（十四续）1916年1月7日

且说武爷因为田七郎不肯来，知道他必是脸热磨不开，所以打发下人带话，千万请他来荡。谁想七郎犯死凿儿，照旧给了个面儿不照。这天武爷所急啦，心生一计，打发林儿到田七郎家中去，就说："我家主人，知道您家中存着有许多的皮子，不必一定虎皮，即便狼皮、豹皮也都可以。您有多少，尽其所有，只要拿来就得！"林儿奉命到了田家，见着七郎，把话说明，并且还直嘱咐七郎："不管怎么样，您千万到我们宅里，不然好像我没来似的。"七郎是直心眼儿的好人，信以为真，说："既然如此，你且进来，待俺先把皮子给你找出几张来，带回家去，你家主人自然就不能说你没来了。"林儿说："那也使得。不过我们家主人的意思是为请您去荡，说会子话儿，不专为要皮子。您既这样说，我拿回去先做为个信息，也到使得。"七郎说："你就随我来。"说着话带领林儿进了上房。

七郎忙进里屋，打开破箱子一瞧，咳了一声，赶紧把皮子挟到院中一抖落，整片儿的往下掉毛。原来这皮子本是生的，总得勤抖晾。前些天正是飞柳絮的时候儿，恰赶上七奶奶闹病，七郎连服侍老太太，带伺候病人，又看孩子，忙得顾不过来，又搭上阴了几天，所以生了虫儿，闹成虫吃大片，光板无毛啦。到没有油旧破孔，撕烧欠钮，老羊皮套（那是昨天我当的那一件），急得七郎直跺脚，说："这便怎么处！"

林儿一瞧，在旁也咂着嘴儿，替七郎心疼的了不得，说："这怎么会说的，挺好的东西，全糟踏啦，可惜，可惜！这一下子，连贯一②拉不上啦（林儿许吃过当行）。"连忙又解劝七郎，说："我的七爷，您也不用着急啦，俗言说人有生死，物有损坏，搁着这个碴儿，请您早晚到我们宅里就是啦，只要您老哥儿俩见了面儿全好说。没别的话，少陪啦，

① 不开招：不开眼，不开窍。

② 贯一：当铺术语，百分之十。

我跟您告假啦!”七郎说:“你去上覆你家主人,早晚俺必给你们送去,断不失信!”林儿说:“是啦,我先替您说,您要是赏脸的话,总是去的为是!”说完笑嘻嘻的回到西村。

到家见了武爷,就把适才田七郎与自己所说的话学说了一遍。武爷一听,说:“既然如此,大概七郎今天不能进山了。来,快备两匹马,你跟我再到田家去荡!”林儿答应,出书房奔马圈,一面走着,心里□念,真是俗语儿说得好,谁少欠谁的,也真难说,凭这们个黑大个儿,会把我们这个家主儿所给迷惑住啦,这大概就是时兴的黑脸吃白脸儿吧!□念着到了圈内,喊:“大李呀,老爷叫你备两匹马哪!”大李答应,由槽上拉过两匹马,刷了刷,把鞍韂备齐。此时武爷连衣服不换,仍旧家常打扮,已经出了大门。大李同林儿各牵一匹。武爷登着上马石,认上镫,一骗腿,扳鞍上去。林儿递过扯手鞭子,自己也扳鞍上马。武爷在前一撒马,主仆二人出离西村儿。几里地,一会儿就到田家门前。武爷吩咐林儿拉马门外等候,自己推门直奔上房。

(十五续) *1916*年*1*月*8*日

且说武爷进了田家大门,一拐影壁,就见七郎的小孩儿正在院子蹲着玩耍呢。一眼看见武爷,就喊说:“爹呀,有人来啦!”武爷是自己劲儿,又知道七郎家没有少妇长女,所以更不必等传达了。此时七郎已经听见,由屋中出来,见着武爷,做了个揖,说:“不知兄长驾到,有失远迎,请吧!”嘴里这样说,脸上透着发讪,本是黑脸膛儿,这下子成了茄花色啦。武爷知道七郎是该不惯账的人,反怕他难过(若是赊借如白捡的,可就喝了蜜①啦),一把手拉住七郎,说:“兄弟,你这一向可好?老伯母康健?我皆因弟妹去世,怕你心里不痛快,屡次派人来请,你到我家解解闷儿,开开心,你怎么这们拘泥呀?”七郎说:“小弟实在对不过,屡承盛意,愧不敢当。况且有负兄长委任,所以越发无颜去见。”武爷说:“你瞧你又来啦不是!前次我托你买虎皮,原告诉你冬天做铺垫用的,这如今还没换葛布的哪,再过半年也不迟呀。我因为知道你是这宗脾气儿,又听上次你说家里有几张,所以才打发林儿来的。你把□货给我就是啦!”

七郎说:“兄长有所不知,只因丧妻,未能晒晾,把存的几张皮子都糟踏了!”武爷说:“你拿来我瞧一瞧!”七郎只好由里屋拿将出来。武爷打开一瞧,哈哈大笑,说:“想不到,净有这样巧事。我买皮子本是两样用法,听人传说虎皮垫身体可以不受潮湿,不闹臁疮腿。无奈春秋儿的时候儿,铺着毛烘烘的皮褥子睡觉,一来太热,二来也有气味。总得按鹿皮似的,把毛儿全剃净了,铺在床榻上才解潮呢。谁都舍不得那们办,而且刮板儿这路手艺,咱们东省还雇不出来,这不是现成成儿的,虫子都给蛀了去啦吗,真对

① 喝了蜜:谓得到丰厚的利益。

劲儿，我还省了工钱了呢！没别的，兄弟，你就把这皮板儿匀给我吧，这虫子闹得别提我多可心啦（武爷上赶着交朋友，挤得所没词儿啦）！”说话之间，亲自动手，就把几张皮子全都卷上，说：“兄弟，我也不管你卖得着、卖不着，还有谁要，我全拿走，就足够我铺床的啦！如果值的多，你只管言语，我照数儿给你找补银子！”

七郎说：“兄长说那里话来，此皮已成废物，如果适用，小弟情愿奉送，不能做价！”武爷说：“兄弟，你又来啦不是，你这也是生计，还得说上养老下养小哪。得啦，就这们办，咱们彼此两不找啦！可有一件事，我得累恳①一累恳你，你帮着我拿回家去行不行呀？”七郎一想，人家是阔人儿，断不能抗着一捆皮子走，再说这皮子往下直掉毛，武爷这一抖擞，又落了一地，恰巧穿的是件毡子大夹口，已经沾了一身了，说：“既如此，请兄长放下，小弟亲自送去就是！”于是又用绳子捆了一捆。武爷说：“那们咱们哥儿两个就走吧！”说着话，站起身形，七郎抗着皮子后面相送。一到门前，才看见武爷有马、有下人，这才摆手摇头，当天不愿同往。

（十六续）*1916* 年 *1* 月 *9* 日

且说武爷费了许多的话，所为把田七郎给同了走。好在是往自己家里让，又没图什么，所以不背疑忌。谁想一出街门儿，七郎这才看见，并不是武爷一个人儿来的，又是下人，又是马匹，这才连忙说：“兄长，既有牲口伴当，尽可把这点儿废皮子带回去，何必小弟同去！况且你我既为知己之交，小弟上有六旬余老母，下有不知事务的乳子，断难离身。不如将这皮子交尊价携回，俟小弟得暇，再赴府问候也就是了！”武爷一听，连忙解释说：“兄弟，这话不是这们说，我约你同了去，原为咱们哥儿两个多凑吧会子。我家里又没外人。至于这点皮子，今天不拿回去，也没有什么要紧，还是你跟我走着吧！”七郎说：“这件事小弟断然不敢领命！”说着话，把皮子放在门外，说：“恕小弟不恭了！”看这意思，大概是要关街门进去。

武爷此时反后②悔不该带林儿，又骑着马来的，连忙说：“那们兄弟，你今儿个不赏脸，你到底是还去不去呀？你要打算掰我们，你可得告诉我个话儿，我也得知道知道，到是那一样得罪了你啦？是给你应酬错了那路朋友啦（这是武承休吗？成了武林阁啦）？”田七郎人家直不知道武爷这是那儿来的这路词儿（连我也不知道我这是跟谁学的），也不分辩，哈了个腰儿，连“候乘”两个字都不懂得交待，已经进门去了。

武爷反透着有点儿僵的慌，怔了会子，这才说：“林儿，没别的，你给我挟着吧！”

---

① 累恳：指请人帮助，向人表示感谢的词。

② “后”，原文作“回”，据语义改。

林儿一个人拉着两匹马，气愤愤的心里说，想不到我们骑着马，还让我挟这路毛烘烘的东西，嘴里又不敢辩别说出来，怕武大爷瞪眼，没法子，俗语儿说得好，受惯了压制的人还能说什么公理吗！只好答应了几个“嗻、嗻、是、是”，赶紧把马牵过来，搀扶武爷上了马，递过韁绳鞭子。武爷是头里走下去啦。

这个林儿本是鸡裆①，又搭着夙日在宅里不大得人儿，传话的时候儿并没提主人上那儿去。圈头大李听说备马，只好拣好的备。再说这一程子，武爷没大出门儿，牲口的草料是足的，林儿这匹跟马儿别提多闹手啦。他又挟着一捆虎皮，别瞧是死虎，究竟是兽中之王，马天生的带几分龙性（可不像闹脾气的黄带子似的），今一天一死儿的不服这没毛儿的虎。林儿又没裆口儿，骑不了这马，所以一认镫，马跟他一撂蹶子，一转绕儿，把个林儿急得满头是汗。嘴里不言语，心说，这们好差使地儿，我实在干不了，还不如递了②，开步走哪。骑了会子，所骑不上，再瞧主人，已经绕过村头，离着约有半里之遥啦。自己又不能对头儿喊脚迟③，又不能打门把田七郎叫出来帮一帮忙儿，好挟皮上马，只好一只胳膊挟虎皮，一手提着鞭子带拉马，往前撒腿跑着追饭东。偏巧武爷连头都不回，往前直走，累得林儿两腿疼痛，周身是汗，好容易才看见西村。

（十七续）*1916 年 1 月 10 日*

昨朝话表武大爷亲自去请田七郎，居然没请了来，就别提多扫兴啦。林儿这两蕩跑的尤其是敢怒而不敢言，好容易盼到本宅门口儿，有圈中马牢子接马，林儿把皮子拿进去。武爷究竟要这皮板儿有什么用处，原文上没叙着，咱们不必赘叙，暂且言讲不着武宅的事。评书套子有云，一张嘴难说两下里的事；又道是花开两朵，各表一枝。

但说田七郎把武爷送出门去，自己关门进来，越想越对不起人家，这点儿皮子就说没坏都值不了那些银子，何况已成废物呢。于是把这件事禀明母亲，并且说：“孩儿意欲一半日仍就进山，必须打一只虎给武爷送去，方才可心。只是母亲年迈，无人侍奉，又有这个孩子，还得母亲服事，叫孩儿如何放心得下！”老太太说：“吾儿说那里的话，既然使了人家的银两，就应当早给人货物才是。况且你既以打猎为生，就应当终日前去，所谓不入虎穴，焉得虎子，难道你从此就在家亲操井臼不成！为娘虽老，尚还康健，明天你仍去打猎的为是！”田七郎听母亲说一句，自己答应一声。容老太太把话说完，这才说：“孩儿谨尊母训，明天进山就是了。好在孩儿看了看柴米还都不缺。”老太太说：“那更好了，如此吾儿你就收拾去吧！”七郎答应出来，还是先得预备干粮，无非还是烙些饼

① 鸡裆：夹裆，指骑马技术不高。

② 递了：递了鞭。

③ “自己又不能对头儿喊脚迟”，原文作“自己又不能喊头对儿脚迟”，据语义改。

并肉干等类，又把应用的猎具也都收拾齐毕。自己一想，莫如连夜上山，这才又禀知母亲，抗上猎具，就走下去啦。

要说打虎这件事，还是那句话，我是外行，一定叫我说，也没什么不行的，反正“五才子①”上有三段儿呢，拆改着也能说圆全了，不过没多大意思，而且与《田七郎》本文没什么关切。《聊斋》原文既说“裹粮入山，数夜，得一虎”，这不是干脆一表儿吗，我也不必替蒲先生瞎造魔，就算七郎把虎打着。过去一瞧，又肥又大，心里别提多高兴了。这才把猎具收拾起来，肩头上抗着这只虎，蹿山跳涧，连夜下山。到家天光大亮，老太太业已起来烧火做饭了。七郎推开街门，把虎放在院内，把猎具也都放下，然后与母亲行礼。老太太一瞧，也很喜欢，这才张罗给七郎父子把饭备齐。

七郎饭毕，把脸洗了洗，换了件衣服，说：“孩儿打算把这只虎不必剖解，一并送给武爷，连皮带骨大概约值几十两银子，可以不至亏欠许多了！”老太太说：“吾儿言之有理，宁可让咱们吃亏，不可沾人便益。如果不足，已后还要偿补才是！”七郎见老太太认可，说：“既如此，孩儿就给他家送去吧！”说着抗起老虎，出离家门，直奔西村。这虎活软新鲜的，头至尾约有七八尺，论分量大概数百斤，满街抗着一走，谁都多瞧两眼，没人不夸赞的，有同七郎相识的都要打听打听。七郎又穿着件长衣服，几里路程，反走了个挺累。

一会儿到了武宅门前，恰巧林儿正在门前，一眼看见，忙跑进去回禀家爷。

（十八续）*1916年1月11日*

且说林儿正在门前跟打杂儿的玩笑起哄呢，一眼看见七郎抗着老虎来啦，有心献勤儿，过去接一接，自己知道没那们大膂力，招呼②叫死老虎压死，莫如别理他，快进去给家爷报信去吧。想到其间，抹头往里飞跑。

这天武爷正在厅房同着金矿局的委员，采买仁参、鹿茸的商人一处会议哪。林儿笑嘻嘻的进来，说：“老爷子，您那个心上的朋友来啦，外带给您送货来啦！”武爷说：“莫非我那七弟到了么？快快有请！”客厅这几位都不知是什么阔人儿，方要动问，武爷一掀堂帘，出到院外，林儿后面相随。一会儿见一个梢长③大汉肩头上抗着一只死老虎前面走，武爷、林儿在后相随，到了客厅廊檐底下。这人说：“依小弟之见，就放在这廊下吧！”屋里的客人起初见进来的这人，还以为是武爷朋友的家丁哪，及至一听这宗口锋儿，才知道这一位就是武爷的朋友。又听武爷说：“贤弟，你快放下，歇息歇息吧！”田

---

① 五才子：指《水浒传》。《水浒传》被金圣叹誉为第五才子书。

② “呼”，原文作“护”，据语义改。

③ 梢长：身形细高。

七郎把虎放下，这才给武爷做了个揖。武爷顶礼相还，然后携手揽腕往客厅里让。林儿赶紧说：“我给七爷打帘子（田七爷居然混丢了姓啦，总算交得到了身分儿啦）!”赶紧高打帘栊，二人一同进来。

客厅上的朋友见武爷这样尊敬，又见此人身体魁伟，神威凛凛，不由得肃然起敬，全都起身让坐。武爷一手拉着七郎，这才对众人说：“我给诸位见见，这是我七兄弟，他才是我的好兄弟哪！错非他，谁能会打虎哪（武爷一死儿要拉宋朝典故）!”大家只得赶着做揖。七郎也忙着还礼。此时武爷指着这些位说：“这是赵什么斋，这是钱什么亭，又孙什么轩，李什么楼。”七郎也无心细听。大家虽都见过礼，就知道这个打虎的排行了，并不知道姓武不姓武（林儿只顾说着透亲热，田七郎差点儿改了姓。所以给朋友执手儿，千万还是带姓引见要紧）。再瞧七郎，并不谦逊，昂然上坐。

武爷此时所顾不得周旋那几位啦，连忙说：“兄弟，前次我没说吗，虎皮是不等着用的，你这是从那里得来的?”七郎说：“小弟昨在后山用药弩射死此兽，特将全体献与兄长，聊以塞责。但不知府上有人能否剖解？如果无人，少时小弟也可效劳!”大家一听，才知道他是猎户带屠户。这就有捧场的说：“这位七先生真是神力无敌，咱们到要瞻仰瞻仰!”武爷也趁势替朋友吹嘘，说：“何妨大家瞧一瞧哪!”此时赵、钱、孙、李四位都起身出离客厅，见虎在地下放着哪，彼此转着绕儿观看，都夸赞说：“好大老虎!”武爷同七郎也跟着出来。武爷吩咐下人把虎抬起来，支他坐着得瞧。林儿说：“喝，这家伙，大概非四个人弄不动。我叫他们拿绳杠去!”七郎说：“何必如此!”过去一搬，如同摆弄死狗相似。坐在廊下，大家一瞧，只有一只虎眼流出血渍，其余一点儿伤没有。武爷连忙告诉林儿，赶紧吩咐厨役预备酒席，与我这兄弟痛饮一番。

（十九续） *1916* 年 *1* 月 *12* 日

且说武爷吩咐林儿备酒，与七郎叙一叙阔别之情，又请众人做陪。林儿答应，才要出门，七郎早站起身形，说：“启禀兄长，小弟如今可不能像前次那样留恋了，家中老母无人侍奉，还要赶紧回去。所赐盛馔，断不敢领，就此告辞了吧!”说着就要走。武爷一把手拉住七郎，说：“兄弟，你这可就不对啦！自己弟兄，你怎么这样外道起来啦？今天我简直的不许你走！你至少也得住个三天五日的。”回头又对林儿说：“你就快告诉厨房去吧!”林儿夺门而出。七郎说：“兄长，无论怎样挽留，小弟如今不敢从命，实在家中没人。”武爷说：“兄弟，你这们说，我可罚你。咱哥儿两个这样的交情，你怎么改啦?拿老人家支上桩啦。你张嘴儿说老太太得人服侍伺候，那们你进山打猎，一去就是好几夜，怎么又不顾老太太了呢?”七郎说：“兄长此言差矣，那是小弟谋生的职务，得些野兽，换来柴米，好供养老娘。如今小弟在兄长府中宴乐，使老母倚门而望，未免于心不安。小弟还是告辞，俟禀明母亲再来叨扰吧！”说着一夺腕子，几乎把武爷没带爬下。

此时林儿已经分派好厨房，又过来问开几桌。一瞧田七郎要走，赶紧堵住屋门，说：“七爷，今天这们不赏脸，难道谁得罪了您啦吗！”武爷隔帘看见林儿很是喜欢，说：“你把垂花门关上点儿，上好闩，多加一道锁，今天咱们谁也不用想走。你们端菜，由后庭打穿儿走就行啦！”赵、钱、孙、李四位一听，这到不错，想不到今一天一共四股儿，陪着这个排七的，会一块儿打了拘留啦。好在都是为趋奉武爷来的，故此也不敢说什么，只好替武爷跟七郎说好话儿，说：“这不是主人翁这们说吗，足见人家是诚心待客，只好从命吧，小弟等情愿奉陪！”田七郎一瞧这宗景况，今天大约是走不脱了，只好说：“如此俺就叨扰了！”说完仍旧大家归座。

此时武宅下人已把桌椅调开，武爷让坐安席，连赵、钱、孙、李与田爷一共五位。这个首席，大家见主人这分意思，自然谁也不敢强占，都要尽让七郎。七郎是天真囗缦的好人，并不会这些繁文缛节的应酬，大摇大摆就奔了首席坐下，然后这四位彼此逊让。武爷说：“诸位不必客套啦，只好遵百家姓吧！”大家全是来巴结武爷的，谁不敢不遵，惟独赵爷因为是前朝的宗室，心里稍有点儿不愿意，又不便说出来，想了个变通词儿，说：“俗语儿说得好，八仙座儿没上没下，既然主人这样分派的，只好是恭敬不如从命吧！再说人家是为给这位打虎的壮士摆酒接风，咱们全是陪酒的，就不必闹这些客套啦，省得主人着急。即便那位不痛快，反正想逃席是不用打算的（对，锁着门哪，谁也不能由人家内宅打穿儿）！”大家一听，言之有理，赶紧抢席而坐，武爷自然是主席相陪。一会儿坐好，厨役上菜，武爷敬酒，彼此才畅饮开怀。

（二十续）*1916 年 1 月 13 日*

且说武爷把众人让至上座，这才吩咐厨役上菜。下人答应一声，真是山中走兽云中雁，水底游鱼海底鲜，虽无烹龙与宰凤，肉山酒海一样般（这是《聊斋》原文吗？瞽人词的套子）。书中单言田七郎坐在首席，由着大家敬酒布菜，真是酒到杯干，不亚赛狼餐虎咽一般，并不懂谦逊回敬众人。赵、钱、孙、李四位心说，武爷也不是怎么被这个打虎将给吓麻住了，像这路酒囊饭袋的粗卤人，怎么配跟我们坐得到一块儿呢！有心要逃席，一来大家没用完呢，二来重门锁着哪，也走不了。陪着吃又吃不下去，四人暗瞧七郎，吃得正香哪。武爷是全副精神这们一恭维他，四位一递眼色，有答讪着喝茶的，有假装要吸烟的，奔到一边，低言悄语的对讲究开了，都说武大爷交朋友交的太滥，怎么越来越下三①了呢？无如人家财主脾气儿，谁也管不了。又说了会子官场商界的通例，再

① 下三：下三烂的简语。

瞧武爷还让七郎换大杯痛饮呢。厨役又上了几道菜，见七郎用手擦着嘴，说："小弟酒饭已足，不奉陪诸位了！"大家也周旋了两句，一瞧今天大概要办什么事，武爷是决顾不得了，莫如告辞吧。这才对武爷说："今天天色不早了，我们还有点儿别的事呢，您把重门开开，放我们一块儿走吧！"

七郎说："小弟也要告辞回去了！"武爷说："兄弟，这话不是这们说，他们几位是时不常儿的在我这儿起腻，你是轻易不来。再说他们几位要走，许是上别处还有应酬，你不是就回去吗，忙的是什么的？再说你送我的这只老虎，我们厨役可没剥过，还得你指示指示呢！不然可就臭在院里啦！"七郎是直心肠儿的人，一听信以为真，说："既如此，小弟可以略效微劳，只是没带小弟的佩刀。"武爷说："要刀，厨房现有，不必贤弟动手，不过你支个嘴儿就是啦！"

那四位说："你们有什么话，到是把重门开开呀，容我们走后，你们再商量吧！"武爷这才喊林儿拿钥匙开门，又对赵、钱、孙、李四位说："咱们过一半天见，我可不送啦！"四位异口同音说："不客气，不客气！"又冲七郎点了点头儿，出离客厅。

七郎说："兄长命人拿刀来，容小弟将虎皮与你剥解下来，我好回去呀！"武爷说："兄弟你别忙啊，依我说，今天你也累乏了，明天再办，大概也坏不了吧！"七郎说："还是从速动手的为妙！"武爷说："你既一定愿意受累，我想在这院儿不大方便，不如搭到西花园儿花厅儿外边去收拾，你想怎么样？"七郎说："但凭兄长。"武爷立刻吩咐下人抬虎的抬虎，磨刀的磨刀。一会儿说是齐备了，武爷才同七郎由客厅西钻山奔角门儿，引到一所花厅。七郎见院□并不甚大，栽着许多花卉，有一段太湖石假山倒颇幽雅。虎是地下放着呢。武爷说："兄弟，你这儿受累，脱了大衣服好不好？"七郎一想，说得有理，这才脱衣，伸手拿刀去剥虎皮。

（二十一续）*1916 年 1 月 14 日*

且说田七郎见这花厅院中没有外人，于是才脱去长大衣服。林儿接过来，放在屋内。七郎要过一把刀来，把虎放仰卧着，由肚腹豁开，慢慢儿的又把四肢挑开；一会儿连虎头带虎爪，全都剥开。简断截说，剥成一张整皮子，一点儿都不能伤损。武爷在旁瞧着，点头咂嘴儿，夸赞的了不得。又说："兄弟，你先屋里歇一歇儿好不好？"七郎说："兄长请便，容小弟与你收拾好了，把虎骨也剔出来，熬膏药是最妙的！"武爷一听，说："那们就劳驾吧！俗语说得好，一事不烦二主。"说着自己进了花厅，把七郎这件大衫提溜起来瞧了瞧，已然要破啦，上面微有血渍，量了量尺寸，与自己穿的也到差不多。忽然想起自己新做的一件山东茧的绸衫颇对七郎穿。武爷也没吩咐人，亲自到内院把衣服取来。恰巧七郎已把虎皮剥好，虎骨也剔完，虎肉、心肝五脏都放在一处。武爷说："兄弟，可真累着了你啦，来吧，你们快给七爷打洗脸水！”下人答应，有过来帮着收拾虎皮的，有用筐盛虎骨的，忙成一处，不提。

但说七郎把手洗了洗，又把脸擦了两把，进了花厅，要穿衣服，一瞧没有了。武爷说：“兄弟，没别的，你瞧我可不成敬意。前两天做了这们一件绸衫，又长又肥，穿不起来。我刚瞧了瞧，正对你穿，兄弟我就送给你吧，你穿起来试一试！”七郎说：“兄长的衣服所多是绸的，小弟山野村夫，穿着无用，请兄长另送他人吧，小弟断不敢领！天色已然不早，将小弟的衣服给我，我也就要告辞了！”武爷说：“你瞧又来了不是！我方才叫他们把你的衣服藏起来，就怕你这一手儿！你不管怎么样，今一天总得屈尊你一宿，要走明天再说。来呀，你们快备酒，咱们哥儿两个所得喝他半夜。就在这院儿，你想好不好？”七郎虽不愿意，奈因大衣服是被武爷藏起来啦，不能穿着短衣服往外院跑。况且武爷是至诚敬意的请自己，也不好十分固执，说：“兄长今晚一定留俺，只怕老母放心不下。”武爷说：“兄弟，你这话我可该罚你三杯。你到我家来送老虎，老太太知道不知道？”七郎说：“原是禀过老母的。”武爷说：“却又来，要说在我家，老太太不放心，莫非我这家比你在山里还险吗！你是敢入虎穴的人，你要这们说，你想你把我家比成什么窝啦（狮子窝、挑蜜桃①去吧）？”田七郎一听，连忙遮饰，说：“兄长取笑了，如此你就看酒来！”武爷说：“来呀，你们将酒宴摆在花厅！”可没说把女子放在艳阳楼上，交与小可怜②劝解（那就《艳阳楼》跟《锁五龙》插在一块儿啦）。下人答应，登时杯盘罗列。

二位饮了会子，天色已黑，又将银烛高烧，重新再喝。武爷问了会子这虎怎样打得的，七郎是实话实说。俗语说欢愉嫌夜短，已经天到半夜。虽说酒入欢肠，究竟也有量儿管着。武爷已经喝醉，七郎也至半酣，下人撤席，安排衾枕，七郎是头一次在武宅过夜。

（二十二续） *1916年1月15日*

且说武爷与田爷都同入醉乡。武爷道了安置，自入内宅。七郎是连日劳乏，又借着酒劲儿，在花厅沉沉睡去。此时已是暮春节令，昼长夜短，一会儿醒来，见天光大亮，红日东升，再瞧昨晚所脱的小汗褂也没有啦，旁边放的也是一件新的。七郎一见，知道必是武爷乘自己睡着了，吩咐下人们办的，只好穿起来坐着吧（可并非为给腾个箱口儿③）。这才喊过下人一问，武爷还没起哪。下人给备得脸水、漱口水，七郎盥梳已毕，武爷这才由里院出来，已把酒饭备齐，劝七郎痛饮。七郎说：“小弟昨晚贪杯误事，竟不

---

① 狮子窝、挑蜜桃：这里指的是京剧《狮子楼》和《艳阳楼》。

② 小可怜：京剧《艳阳楼》中的人物。

③ 箱口儿：公共澡堂里的存衣箱。

晓得什么时候衣服都被你们换去。大约又是兄长一定要赐与我的，再推辞也不终用了，只好当面领谢就是啦！”武爷哈哈大笑，说：“兄弟，你这们个精细人儿，昨儿总算酒后失神。这要是打虎去，可留神叫虎咬着吧！”七郎也只好一笑儿。一会儿酒足饭饱，七郎还是执意告辞。武爷见挽留不住，仍命下人把那件新绸衫与七郎拿出来，七郎只好依实换上，告辞出门。武爷千叮咛万嘱咐，千万没事可来，七郎答应。武爷送出大门，七郎分手而去。

武爷进了院子，越想越喜欢，七郎是个诚实的好人，口中念叨着：“好朋友哇，好朋友（武爷要唱《卖马》）！”一会儿又有朋友来看望武爷，大家正在花厅上高谈阔论。下人进来回禀说：“田七郎到来！”武爷说：“快请！”一会儿见七郎大踏步进来，手中提着个包袱，自己另换了一件旧衣服。武爷连忙让座。七郎说：“兄长，小弟适才回去，将我兄赐衣之事回禀母亲，母亲言说不许小弟穿这浮华物件，命小弟赶紧送还兄长，望兄长仍把小弟的旧衣服赐还我吧！”说着要打包袱，武爷一把手抢过来，说：“兄弟，你太小心眼儿啦，一件绸衫又值几何！我既送你穿啦，我决不再要啦！你不是说老人家叫你来取你的旧衣服来了吗？你回去就说，我这儿你嫂子手快，昨天晚晌全拆了填了底布儿①啦。你将就穿我这两件吧！”七郎还要再说，武爷说：“你不用费话，你要一定不穿，我是一个……”七郎说：“什么呀？”武爷说：“你净让我着急吗（武爷要改排开口跳②）！”七郎一想，再说也不行，只好提溜起包袱，告辞回去。从此好几天没来。

这天托他接房送来两只野猫；又过了几天，托一块儿打猎的伙友送来一只梅花鹿。都是到门房儿交了就回去，没见过武爷的面儿。武爷连次打发下人去请七郎，不是老太太出来说没在家，上山打猎去了，就是说有事去啦。即便见着七郎本人儿，七郎也推辞说没工夫。说书是无话即短，一幌儿两三个月，七郎又打发人送了几次礼物，仍是礼到人不到（成了张三郎③啦）。武爷是起心里想念七郎，这一天想着，我这个兄弟他这可是诚心甩我，我必须亲自登门前去请他。

（二十三续）*1916* 年 *1* 月 *16* 日

说书原是假玩艺儿，只要近于眼前社会的情理就算是行啦。惟独我们这门《聊斋》，有时候蒲先生硬山搁檩，叫人没法儿替他圆谎，只好稍改变改变原文。即如昨天的书，原文是“其子奉媪命，返新衣”，应当是田七郎少爷把衣服送回来的。诸位请想，这孩子不大，由东村到西村，一个人如何能来。再说即便有人送了他来，他也说不明白。那位

① 底布儿：用旧布做的鞋底子。
② 开口跳：戏剧行当中武丑俗称开口跳。
③ 张三郎：这里指京剧《乌龙院》中的张文远。

说，你不会把这孩子说大着点儿吗？大概十三四岁也就行啦！况且原文没叙孩子多大了，你一定说五六岁，不知事务，是你说砸啦。这话乍听似乎有理，一说的时节，我也想到这一层。无如孩子虽没岁数儿，田七郎可有岁数儿，武爷乍见的时候，说“年二十余”，外乡山野的人都生得面老，往往看着三十多岁，您一问才二十四五，按这们说决计不到三十。老年人娶妻都在二十以后，若财主家也有早娶妻的。七郎指身为业的猎户，又是练身子骨儿的人，娶妻不能甚早，有这些理由，所以我不能给田少爷多报岁数。如今按原文只是三两个月的事迹，又不能让孩子暴长岁数。若不说明了，又怕有人来函挑眼，所以我把“其子”两个字仍按“七郎”叙，是对于“媪”字而言，似乎还说得下去。那位若一定挑这些小过节儿，您就替说来。话是交待啦，以后对于挑疵的信，鄙人必领，决不辩护，咱们这就开书。

且说武爷这一程子，今天见门房提溜进一只鹿，明天又收了一对猫，怎么请七郎总不肯到，武爷这才想要亲去拜访。打定主意，这天起了个早儿，怕是田七郎走啦，白扑个空，仍然不骑牲口，不带下人，一个人够奔东村。一会儿到了村头，远远看见田七郎家紧闭着两扇白板街门，心说八成儿没在家吧（要唱《庆顶珠》）！七郎不是关着门过日子的手儿，一来不怕谁欺负，二来没什么丢的，心中叨念着来到门前，用手一推，由里面顶着一块石头，既没门环子，也不能咕咚门，只好高声喊说：“田七郎在家么?”连叫了两声，才听院中是老太太的声音，说：“从昨天进山打猎去了，没有回来。那一位，有什么话留下就是啦!”武爷一听，这荡是白跑了，可也不能抹头就走，只好等老太太出来，要把自己让进去坐一会儿，孝顺老太太点儿什么也不要紧，只好规规矩矩的退下台阶儿，垂手侍立的站着。

就听里面开门的声音，左不是搬石头，撤插关，门分左右，正是这位白发龙钟的田老太太。武爷连忙做了个揖，说：“老伯母一向康健?”刚要自通姓名，并陈说来意，不想老太太居然不还礼，把门推上一扇儿，一手扶着门框，绷着个老脸子，绉纹儿都要裂缝儿，气忿忿的说：“这位公子，再休来引诱我那孩儿，分明你没怀好意!”武爷一听，老太太原认准了我啦。自己因七郎不在家，不好说什么，只好恭恭敬敬的答应了个“是”，含羞带愧哈腰儿告辞，闹得是有兴而来，无兴而去。

（二十四续）*1916年1月17日*

朋友两个字，是同类为朋，同志为友，俗语儿说得八两半斤。虽不必一定以贫富论，可是品行、职业得相仿，才交得长久。后世趋炎附势之徒，多上赶着富贵人交往，富贵人时常以白眼相加。若似武爷这路富贵人一定赶着个粗卤猎户这们交往的，如今实在没这路人。请想头次一见面，老太太就说“公子必罹奇祸”，虽说老太太高眼，可是以情理想，身分既差得多，交不到一块儿，他必然有什么希冀，所以嘱咐七郎一派话，正是田母见解高明处。七郎有此贤母，自然能为孝子，所以屡次不肯趋附武爷。武爷越因七郎有孝行，不苟取财，越敬礼母子。虽因梦中警语，也自是虚心礼贤的好人。今天被田母当面抢白了几句，真是从来没受过的事，无法，只好告辞而退。老太太关门进去，不提。

但说武爷一个人瘪眉搭眼的，想着我今一天才是自找这不自在呢。又一想，这不能怨人，原是我找上人家门儿来的，还能堵门儿跟人家老太太犯闲杂儿吗！好在这东村没熟人儿，再说下人们也不知道我来，莫如马四远的□货儿，忍了吧。抹头往回路蹓达，垂头丧气的到了家门，已经天交巳牌。进到大厅，业已有朋友等着呢。一问武爷，武爷说："今天随便蹓了个早湾儿。"这才张罗预备酒饭。自己心想，过一半天也许田七郎还来一荡，或再送什么礼物的时节，我打听准他在家的日子再去一荡。可不是给人家老太太告诉去，无非表明我是仰慕你家贤母孝子，并没怀别的歹意。这是武爷心里的话，并没对一个人提。

不想从这一天起，田七郎不但没登门儿，连□儿音信没有，武爷也不好再去啦。一幌儿半年多，已是初冬的月分，这天武爷饭后无事，在书房闲坐，见林儿笑嘻嘻的从外面进来给武爷请了个安。武爷才想起他告了两天假，回家去了，点了点头儿，说："你家都好哇？"林儿说："嗻，承老爷惦念着，到是都好！小的今天回来的时节，还打听来一件新闻！"武爷说："我不当编辑员，你告诉我也不管登，你告诉访员去吧（这是武爷吗？我这叫三句话不离本行）！"武爷说："有什么新奇的故事，你何妨说给我听一听哪！"林儿说："您今年新交的那位田七郎啊，遭了官司啦，听说是人命案！"武爷一听，连忙站起身形，说："但不知此话当真？"林儿说："当真！"武爷说："果然？"林儿说："果然！"这一下子，武爷差点儿来了个气椅儿①，赶着追问，说："但不知我的七弟，他因何故与什么人呕气？现在怎样？他现在何处？"林儿说："老爷子，您别犯毛姜，您到是听我报告给您听啊！听说田七郎前两天在山上打了一只金钱豹，弩箭药力小点儿，这豹带箭而逃。被一个同业的猎户得着，硬说他打的，不给田爷。田爷堵气子将这猎户打了一顿，登时身死。已被县中锁到当官，大概不久就要抵偿对命。"

（二十五续）*1916 年 1 月 19 日*

且说林儿把话对武爷一说，武爷想着，这正是我结识七郎的好机会，连忙对林儿说："既然如此，你告诉圈里给我备匹快马！"林儿答应出去。武爷进了内宅，换了换衣服，又带了些整碎的银两，还有些张杂货铺开的现钱帖子，赶紧穿宅过院，直奔马圈。大李

① 气椅儿：戏剧表演动作，剧中人物因吃惊或气愤而昏厥，向后仰倒于椅子上。

已然把马备好，真是鞍韂鲜明。下人又问："您带人不带？"武爷摇了摇脑袋，这才扳鞍上马，由圈中出来，一加鞭子，眨眼之间已到辽阳县城。

武爷虽是绅士，平日并不走动官府，不过田产是多的。外省地方儿，谁家是财主，州县官都有个耳闻。至于县衙的各房各科，不差什么也都知道。再一说武爷又是个好交朋友的人，比上乡间一道槛儿的土财主自然脸皮儿宽。一会儿到了县衙门前，有个羊肉馆儿，下了马。此时茶馆门口儿的碎催虽不认识武爷，一瞧是财主，赶紧过来接牲口，说："老爷才来呀？交我给您蹓蹓吧！饮不饮哪？您怎么没带人吗？"武爷说："拴在桩上就是了！"

自己进了羊肉馆，直奔后堂雅座儿，找了个单间儿。跑堂的笑嘻嘻的说："来了吗？大太爷是请客呀，是有约会儿呀？"武爷说："我要找衙门几位头儿打听一件事，你先泡壶茶来！"跑堂儿的说："是，您没带叶子吧？"武爷说："没有。"跑堂儿立刻吆喝："拿包叶子，要好的！"前柜答应，一会儿一手拿茶叶，提着开壶，一手拿着把蓝瓷筒子壶、四个茶碗，放在桌上，把茶叶给放到壶中沏上水，又由肩头上取下代手①，擦了擦白碴儿的八仙桌子，又一笑儿，说："您擦擦脸不擦？未领教贵姓？从那儿来呀？"武爷通了名姓、住址，也问问大师傅贵姓。跑堂的说："我姓何呀，您哪！"武爷说："原来是何巴儿（比哈巴儿会做买卖）！"跑堂的回答说："岂敢您哪！您多照应点儿，我不在教②，吃两面儿饭您哪！您找衙门那位头儿，那位先生呀？"武爷说："不知这衙门几位头儿，那位今天值日？"跑堂的说："咱们这衙门是八班儿头目，就是赵大、王二、孙三、李四、张五、刘六、耿七、马八。"武爷说："为何排行这样的凑巧？"何伙计说："不是恰巧这们排行，皆因是都在一个衙门口儿里混，这哥儿八个是一盟把兄弟，叙齿论岁数这们排的。再说赵爷就是头班儿，大家也都这们说顺了嘴儿啦。就如同您听《龙图公案》，说张龙、赵虎、王朝、马汉的一样。"武爷说："敢则你也离不开评书论哪！"老何一乐儿。武爷说："那们今一天那位值日？我有个朋友遭了点儿事，你把值日的头儿约来，我有话说，少时我多给小菜钱。"老何说："不要紧的，今天是八号，就是马八头儿。您坐一坐儿，我打发伙计瞧一瞧去，只要堂上没事就行。"武爷说："那们有劳了！"

老何出去，工夫不见甚大，一会儿同进一个二十上下岁的大班儿来，给武爷一引见。武爷这才把自己与田七郎是朋友，听说遭官司，自己赶来探望的话，从头至尾细说一番。

（二十六续） ***1916 年 1 月 20 日***

昨朝话表武爷见跑堂的何伙计带进马八头儿，赶紧起身让座，各通姓名。何伙计说：

---

① 代手：指饭馆服务员的抹布。

② 不在教：这里指不在清真教，即不是回民。

“您二位先喝着。”又打开壶瞧了瞧，还满着呢，这才一转身儿出离单间儿，一伸手把半截儿蓝布单帘儿给放下来。马八头儿这才低声问说：“武老爷找我，不知有什么事？”武爷说：“我有个朋友，听说遭了点儿事，不知道确不确。刚才同这柜上何伙计提起来，才知道是八头儿值日，所以请过来讨一讨教。”马八说：“什么事，您就说吧！”

武爷说：“东村有个猎户田七郎，为打豹跟人打架，可是有的吗？”马八一听，转了转眼珠儿，说：“这件事，不是我手里的事。大概是前一两天，是我们六爷、七爷值日的事。我恍惚听说有这们件案子，大约是殴伤身死了吧。听说这位田七郎到是好朋友，自行投首打的官司。本官儿因这两天公事忙，还没下乡验尸哪。所以我们不知细情。奈因人命关天，嗳呀，可不大好办哪！您今一天叫了我来，不用说，必跟姓田的靠喽！您是白打听打听哪，还是有什么来意哪？”

武爷一听，知道衙门口儿的人说句话就叫事，总得分钱，自己原不怕花钱，所以也不必犯贫，连忙由钞包中掏出一锭松江锭儿来，说：“八头儿，我这儿有这们点儿小意思儿，是送你买鞋穿的。就求你一件事，说话别同我这们藏头露尾的行不行！至于衙门里头那件事应当怎么办，应当怎么花，我全听你一句话，决不让你为难！过日再另给你道乏，你想怎么样？”

马八一瞧，这是宣家儿①，赶紧说：“我的武老爷，您这就不是啦，您要说支使我的话，不是应当的吗！再说田七爷，素日我也知道是好朋友，哥儿们都有个不错。不过案打实情，谁叫这是人命案哪，这话是不是？至于您为打听打听，我知道的已经全对您说啦，您这就给我钱。衙门口儿里头人，虽说认钱不认人，也得分个交情，不能一面儿黑。今天这点儿小事儿满算不了什么，已后我求您照应的事多着的哪！您做什么必得给我钱哪？”武爷说：“不必客气，八头儿如果不要，我到不好相求了，想是嫌少不成？”马八一听，赶紧拿起这一锭银子，说：“武老爷，您要这们说，我到得暂且拿着了。至于这件案子，虽说重大，可也在乎人办。不过是本官儿的嗓子眼儿大一点儿，只要本官儿那儿您安得住，苦主②那头儿松一松口供，没个办不到的。至于衙门上上下下，先生伙计们指的就是这个，都有一定的开发儿，那可就分谁办啦。官儿同苦主，您有人见去更好，不然我可得给您转托朋友去，可不敢□您哪！底面儿的话，您将来听我一笔账，决计不能叫您多花。外带我是急性子，这们办，我就同您先瞧瞧您这位朋友好不好？”武爷一听，很是喜欢，这才叫过老何，要给茶钱。何伙计说：“回头再说好不好？”二人这才一同奔县衙前去探监。

① 宣家儿：旧时遇有解决不了的问题，当事人就会请出调解人，此人称宣家儿。
② 苦主：命案中被害人的家属。

（二十七续）1916年1月21日

且说马八头儿同着武爷刚出羊肉馆儿，蹓马的一见，赶紧凑过来。武爷说：“我暂且不走呢，你多照应会儿吧！”说完二人够奔县衙。进了大门，马八直奔班房儿，回头对武爷说：“您在这儿候一候儿我！”说着进了屋子，一会儿又同出个人来，说：“武老爷，给您见一见，这是原办头儿，我们刘六哥。”武爷一瞧，不错（那位说，武爷怎么会认识呢？他不是小辫儿①为记吗），赶紧递了个嘻和儿，说：“没别的，咱们彼此都是为朋友，多关照吧！”刘六一听，说：“喝，那儿的话哪，我的武老爷，这不是有您出来了吗，诸所的全好办啦！咱们是一见如故，往后您慢慢儿的品，就知道我是怎么个人性啦！方才我们第老的②（可说得是马第老的）跟我一提，有您在头里的话，田老七的事必然逢凶化吉，遇难成祥，真得说八个字儿造定的，有贵人就结啦。论理我应当先请您屋里坐一坐儿，我跟门上的现班儿答个碴儿，再见一见所儿里的掌柜的。既有朋友出来，脸面值千金，反正这点儿小意思，即便您答白③的话，我还可以巴结的了。咱们干脆走着，我把您同进去，你们哥儿两个朝个面儿，细细儿的说一说，该怎么办的话怎么办，还有您不圣明④的吗？至于田爷后事的话，只要人头儿托的真着，反正是顾活的不顾死的，席头儿⑤盖还有个了哪，您想是不是，我的武老爷！”

武爷一听，这分明叫拉后勾儿要钱，赶紧说：“方才我已与马八爷言说过了，只要我那田七弟罪名从轻，一切全在我身上就是了！”刘六一乐儿，说：“这话不是这们说，您把我们小哥儿两个错搁了地方儿啦，我说的是堂上的话。至于底面的话，将来您不论怎么分派，不是一句话的事吗！”武爷说：“既然如此，你跟我一句正经的不说，净聊这些旁插花⑥，你可瞧我不懂什么，说到那句正文，趁早儿说真果的吧（我连武大爷都磨急啦，那们咱们就马前吧）！”刘六一笑儿，说：“您是为您的朋友田七爷不放心，要见一见，这也不是跟您送空头人情，套交情。要说我们哥儿两个的话，还是联盟呢。至于跟老八，他们哥儿们全不隔心。来吧，我此时全算费话，您见真章儿就知道啦。你们哥儿两个跟我来！”

武爷明白，反正多稿几句，无非为钱起见（跟我一样，所差的是我越换着段儿说省事，越在一个目录说，越得费心。这话只在看主儿眼光儿了），连忙说：“一切我全托了

---

① 小辫儿：指童谣《小辫儿刘》。

② 第老的：兄弟或姊妹中排行最小的。

③ 答白：应答，回答。

④ 圣明：恭维人的话，高明、聪明的意思。

⑤ 席头儿：指破旧不整的芦席。

⑥ 旁插花：旧时指一件事正进行中，又插入另一件事，不能不办，因而使原来的工作受到影响。

马头儿啦，咱们就此前往吧！”刘六说：“得，一句话啦！”说着头前引路，武爷在后，马八也后面跟随。一会儿转过大堂，又往西一拐，有个角门儿。刘六紧走了两步，说：“我同个朋友来，瞧一瞧田七郎，诸所在我身上！”门上人点头说：“是啦！”

刘六、马八这才同定武爷直奔监口，站在门口儿，有人把话传将进去。一会儿只听唏哩哗啦荡镣的声音，正是七郎，见着武爷，这才托嘱照应老娘。

（二十八续）1916年1月22日

且说武爷见田七郎带着上下手儿，大瓣项锁，唏哩哗啦的出来。马八说：“七哥，有朋友来瞧你来啦，有什么该说的话、该带的话，你只管说说！”七郎一抬头，见是武爷，脸上现出一种含羞带愧的样子，眼眶子一酸，可没掉眼泪，张嘴说：“承兄长盛情，此乃小弟不孝。此后烦恤老母，弟别无所嘱！”武爷一听，心里头一酸，差点儿掉下眼泪来。有心再说，愈觉难受，自已一横心，悲悲切切的说：“全有我呢，你只管放心吧！”有心要问问细情，一想一来当着官人不便说，二来倒勾他的伤心，莫如不必细说，趁早儿出去打主意吧，说：“既如此，我也不久待啦！”刘六趁势答言儿，说：“这不是老哥儿两个见了面儿了吗，大概也就彼此都放了心啦。咱们班房坐好不好？”武爷点头，三人才一同出来，到了角门儿。刘六冲着一个人说：“腾出来啦？”那人答应了个“是”，这才到了班房，让武爷进去。武爷说：“莫若咱们还上羊肉馆儿吧。”马八、刘六说：“也好。”这才又同到茶馆儿。老何照旧打帘子，又另沏了一壶茶。武爷冲二人说：“咱们要酒吧！”至于怎么吃饭、喝酒，不便细说，要那们絮烦，您瞧《串花》去好不好？

简断截说，三个人一会儿酒足饭饱，刘、马二人直抢着写账，武爷如何能扰，开付了饭钱，然后这才说：“这场官司要叫我一样儿一样儿的亲自去办，我也办不好。莫若还是方才那句话，就全托你们二位了。只要我兄弟没事，花多花少，全都听你们一句话。”刘六一听，刚要张嘴儿交待。马八说：“六哥，就不用再稿啦，武老爷方才全对我说明白了。不过有一件事，官儿这一面，要归咱们说可也不是不行。奈因他这个船家不打过河钱①的毛病，你说咱们怎么对武老爷说哪？”

武爷是救友的心急，说：“大约今天现付多少，就可以救出我那兄弟呢？”刘六一撇嘴儿，说：“喝，老爷子，你这们急性子，谁可也办不了。不是还没相验哪吗！总是先说定了口钱，再见好尸亲，松了嘴，串好了供，才能有眉眼儿哪！这是命案，得详上宪候批文才能发落哪。反正七爷的话，横竖一点屈受不着就是了。要想立刻抖绳儿散，您哪运动特赦的恩诏去还得容工夫呢！”武爷一听，连忙掏出两个大宝，说：“你们拿这个先

① 船家不打过河钱：谚语，意为先交钱，后办事。

垫办着用，究竟欠多少，那天用那天现成，怎么样，二位还能不放心吗？”

两个人一瞧银子露了苗儿啦，连忙说：“您这银子我们得给您托科房先生、刑名师爷去。至于官儿，大概可得个千儿八百的。就有一节，尸亲若由我们给了，您可就得多花了，再说也担声气①，您到是另湾转个人儿的为是。”武爷一听，想起家中有个下人是东村人，只好依言而行。这才说：“既如此，你们二位多在心吧！”刘、马二人拿上银子，先出羊肉馆儿。武爷送出来，就手儿给了蹓牲口的一张帖子，这才扳鞍上马，回家派人去买嘱尸亲。

（二十九续） *1916* 年 *1* 月 *23* 日

昨天的书，说到是武爷回家派人去找尸亲。今天论理应当接着往下造魔，配出个张三、李四的这□一穿插，然后再挤回来，说刘六、马八怎样见先生、师爷，再搀上位官亲，一穿插才合情理。真按这们说，这个月您就不用打算田七郎出狱啦。要按原文，就是“急以重金赂邑宰，又以百金赂仇主”十几个字。其实这两天所说的，无非是前半路，并没说怎样见官与尸亲，已经就好几篇啦。再连尸场带判结，大约非十天八日的不能完。据我想忠臣孝子人人不愿他遭难，看书人全同此心理，我何必招这路怨，莫如早早儿让田七郎完案好不好？那位说，就那们办啦（可也不是那位说的）！这不是您的主意吗，我自当遵命。奈因可也得有个收束，咱们这就接着一表儿，反正得合官事套子。

且说武爷给了尸亲一百两银子，买嘱了个由着田七郎怎们说怎们合供；县官那儿花了一千银子，答应着由原被告儿性儿说，决不挑剔。已经都说好啦，这才下乡验尸。田七郎供的是“与某猎户夙日相好，同伙打猎，是日同打一豹，二人一同抬回，行至中途，因细故口角起来，某猎户动武，欲打自己，小人躲闪不及，用手一推，致某猎户跌倒，被抬杠砸落身上致命处，登时气绝。委系自伤身死”等语。又问了问尸亲，尸亲供略相同，且“是日系在中途，并未目睹，请县台检验。不敢诬赖田某打死”等语。当场取具甘结②，带回县衙。又过了一堂，两造画供。科房先生按供一叙“系属过失杀，查律载杖六十、徒一年。又因田七郎自首，减一等；亲老丁单，准其留养，免执徒刑”等语，办成文书，转详上宪。尸亲取保听传。七郎在监净等回文，每天是好吃好喝，连脖锁都不用带，这可全是武爷给花钱买的。俗语儿说递来文书如桶箍，府里与臬司的刑名先生都跟州县的先生是一家人，没人究情，乐得的做人情。不过一个多月，已奉到回批，依该县所详办理。这才由监中提出田七郎，把他当堂释放。就这们一说儿，这场官司就算了

① 声气：声誉，声望。
② 甘结：旧时交给官府的一种画押字据。

结。至于田七郎怎么辞别难友儿，马八如何嘱咐给谁谁道乏的事，书要往简略说，就不便再絮烦啦。

但说田七郎从县中出来，自己别提多喜欢啦，万想不到这们便宜，赶紧回家，见了母亲，母子抱头恸哭。田少爷又怎么样的依恋七郎，不必细说。七郎就见老太太一面擦着眼泪，仰天叹了一口气，说："嗳呀，儿，我的儿（这是田老太太吗？老旦叫板哪），从今以后你要知道，你的这条性命全是人家武家公子把你保全下的，不是老身所能爱惜得了的喽！你只盼那武家公子无灾无难，平安过此一生，就是我儿的幸福。"田七郎一听，说："孩儿正要回禀母亲，如今母亲既知此事，待儿赶紧去叩谢那武家公子去吧！"谁想老太太一听，敢则另有新词。

（三十续）1916年1月24日

且说田七郎回禀老太太，说是要去叩谢武爷。老太太说："你要去，只管前去，但是到在那里，千万不必说什么道谢的话！"田七郎听了一怔儿，刚然要问，又听老太太说："俗言说小恩可谢，大恩不可谢。武公子待你可称恩重如山，不是一两句空话就答报了人家的哟！"如今世界，专以吐沫沾人，无论欠你多大的情，当面说怎么报答不了，其实全是钢条子，一转脸不算的都算不错，甚至反说你怎么欠他的情，这路人对于田母，能无愧死。闲话少说，但说田七郎听了母亲训教之言，连忙答应了几个"是"，说："武家公子既是为孩儿花钱饶舌，跑前跑后的出力，据孩儿想，还得速去一荡，也免人家惦念，不知母亲以为何如？"田老太太说："老身适才已经言过，去么，一定是要去的，只是不必道谢，吾儿须要记下的为是！"七郎立刻换了件衣服，直奔西村。

到了武宅门房，大家都知道是主人的心上人，赶忙进去回禀。武爷一听田七郎来啦，连忙说："有请，有请！"下人出来，武爷也跟到外院。七郎一见武爷，有心大礼参拜，一想母亲适才家中的教训，未免不合式，莫如仍行常礼吧，这才身施一礼。武爷赶过来，一把拉住七郎，说："兄弟，兄弟，你可实在受惊啦！这也是前世的冤孽，如今既拨治过来啦，还算不错。你这一程子可实在受屈喽！"七郎此时闹得反答不上言儿了，只好随口答应了几个"是"。

武爷拉着七郎直奔客厅。这天时候尚早，武爷的朋友还都没来呢，无非几个得意的下人哄着武爷打牌玩儿哪。见了七郎，这个也请安问好，那个也道受惊。七郎并不回答，也没说武爷怎么待自己好处的话，大家也不好提这个碴儿了。

林儿领头，同大家一挤眼儿，说："咱们收起来吧，好让人家老哥儿两个说说话儿。"大家答应，收牌的收牌，搭桌的搭桌，一面忙着，侧耳听，七郎并没提官司的事，武爷问一句说一句，可是连一句"让您惦记挂心"的话都没肯说。把个林儿气的了不得，一转身出去。那两个也跟到外面，林儿气愤愤的把嘴冲着屋里一努，说："哼，狼崽子我到看见过，就没见过这路白眼儿的。要说这个冰糖万儿①排七的，他可太没良心。凭咱们饭东为他这场事，真得说不容易啦。你瞧他这宗劲儿味儿的，好像搁在脖子后头似的，他可过于不懂情理啦，怎么连个岂有此理的话儿都没有哪！"有的说："他也许嘴笨，谁叫财主脾气儿好受这个哪！"

不言众下人，但说武爷见七郎绝口没提怎样欠情的话，心里并不嗔怪，想着他是乡下人，不晓说什么好了，所以反说不出来了。这到跟我是自家，诚实劲儿，心中决不恼他。哥儿两个说了会子，立刻吩咐摆酒，七郎也不推辞，当天没走，从此时常就在武家住宿。

（三十一续）*1916年1月25日*

且说田七郎自从官司完结之后，可与从前大不相同了，不但时常到武宅来，外带来了一留就住下，武爷给什么要什么，连句推辞话儿不说，连句谢谢武大爷的话儿也没有，真是穿衣裳、打首饰，由着性儿乐。好在还没挑花样儿尺寸不可心，分两金水不好就是啦（那是那个排七的呀），更没听说过句"将来我有了好事，送给你点儿什么，报答报答你"的话。武宅家人与他的朋友都见武爷是个认头的冤家痞，谁也不便多嘴。

一幌儿又过了好些天，这天正是九月初旬，武爷的寿诞之期。武爷这一年是四十整寿，武爷打算要办个生辰。头几天就告诉七郎，说："千万你可不必花钱，前两日务必早来，帮我张罗张罗。"七郎答应回去，果然前一天就来了，备了点儿寿礼，无非野味之类。自己换了件新衣服，腰中配着一口刀，真是雄赳赳，气昂昂，人材出众，像貌超群。见了武爷，把寿礼献上，然后推金山倒玉柱②，给武爷行礼拜寿。武爷因为是自家兄弟，也不便推辞，受了他全礼，然后答以一揖，这才拉住七郎，说："兄弟，你可得多帮我几天！"七郎连连答应。

当日帮着张罗一切，次日天光一亮，就有送寿幛寿屏的，也有送刘宝全③大鼓的，也有送醒俗社改良八角鼓儿的（这是武宅吗？文宅），什么这家儿八盒儿，那家儿两架食盒，反正有来往的，都有分礼物。武宅又叫来些名厨役，预备好酒席。真是从天光一亮就有来的，一会儿比一会儿人多，武爷自己张罗不过来，还请出赵、钱、孙、李四位当支客（那位说，为什么不请张、王、李、赵、崔呢？那不是谁也不认识谁吗）。一会儿客厅都坐满啦，又往书房让。也有亲戚家过女眷的，也来了不少。俗说男客男待，女客女

① 冰糖万儿：旧时指田姓，因冰糖味甜，谐音田，故称。

② 推金山倒玉柱：形容男子郑重其事地行跪拜之礼。

③ 刘宝全：清末民初著名的京韵大鼓演员。

待，眷客老娘儿们自然由武大奶奶同少大奶奶们让至后庭房款待。您说这们大的事派儿，决不能叫个话匣子（彼时也得有哇）。辽阳地方有什么玩艺儿，我也说不清，咱们就说搭台唱戏，总还说得下去。

这一天的功夫，真是胜友如云（可不是宣武门外两个书馆儿），外带来的都是富户绅□，谁都不能一个人儿来，都讲究带几个下人，又一听戏，□了摆完晚席，全贪热闹儿不肯走。也有同武爷至有交情，不好意思不帮着张罗的。武爷虽然平日能应酬，架不住从前两天就忙，那一位不得费几句话，从早晨到掌灯，连坐一坐儿都不得消停，累的腰酸腿疼。心想那不找一间下房儿打个盹儿呢，到那间屋子一瞧，都是满人儿，再瞧田七郎佩着刀在棚中站着，好像预备官差似的，自己好不过意。

猛然想起马圈后院儿有一间小屋儿时常堆草，也搁鞍鞯，莫如我拉上七弟到那屋躲一躲儿。此时客全在棚里哪，不应酬也可以喽。想到其间，这才过去一拉田七郎，说："兄弟，你这里来！"哥儿两个直奔斗室，好似避难藏身。

（三十二续）1916 年 1 月 26 日

且说武爷一拉田七郎，低声说："兄弟，你跟我这儿来！"七郎不知什么事，这才跟定武爷穿宅过院到了马圈后院这间小屋儿。见屋内也有灯光，武爷知道必是自家的仆人，外人到不了此地。及至一开屋门，见林儿同圈头大李，还有个跑上房的小三儿，三个人坐在这儿打牙犯嘴儿起哄呢，见主人同七郎进来，连忙站起来。林儿说："老爷子，您不在客厅听戏，跑到这儿做什么来啦？"武爷说："你们瞧，各屋全满啦，连一个坐着地方儿没有。又搭着天气暴冷，想歇息歇息，所没点儿地方儿。我想这儿必然清净，敢则你们先蹓到这儿自由来啦！"林儿一乐儿，说："您喝茶不喝？要喝我给您闹壶来！"武爷说："那到不必了！"说着又对七郎说："兄弟今一天可把你累着了，你也歇歇儿吧！"七郎说："兄长请尊便，小弟并不觉乏呢！"武爷说："你来吧，那不咱哥儿两个说话儿呢，到比在花厅强的多！"七郎答应，赶紧把身带的佩刀摘将下来，挂在墙上，又把带子解开。武爷也脱靴解带。这屋只是一铺小床儿，哥儿两个和衣而卧躺下，无非讲究白天的事情。这三个仆人因为院子冷，别处也没地方儿，林儿出主意，支使小三儿把车房子的草帘子摘了来，又抱来一捆刍秸铺在小屋儿当地，说："得，咱们就打地摊儿吧，只当坐更儿哪！"三人躺下。

但说七郎是坚强身体，气血充足，歪倒床上，已经眯着，三个下人捣乱铺草搭铺的事满没听见。武爷本打算睡一会儿，没想到累大发了，反闭不上眼睛啦，翻来覆去的折腾上了。听了听地下的三个仆人打起鼾声，又听了听七郎好似醒着哪，这才说："兄弟，你也没睡着吗？"七郎说："小弟方才打了个盹儿。我们打猎之人睡觉最警醒的，坐在树林子闭一闭眼，养一养神，就算一夜（要不警醒儿就喂了狼啦）。况且今天并不甚累，现在业已歇息过来。兄长到是睡一觉吧，明天还得应酬亲友呢！”武爷说：“你瞧，我本打算闹一觉，简直的闭不上眼睛啦。一个人躺着很起急，你要不困，咱们哥儿两个闭着眼睛说话答理儿的，一面歇着乏，到许就睡着啦。”七郎说：“也好。”武爷左不是问一问打猎的事，七郎随说随答。

武爷翻了个身，脸儿冲墙，猛见光华夺目，好像打了一个闪似的，跟着就听“呛啷啷”的声音，虽不甚大，可是寒气逼人，令人毛发皆竖。武爷一机灵，连忙坐起，揉了揉眼睛，一细瞧，原来是七郎的那柄佩刀挂在墙上，不知怎么出了鞘，约有三四寸，又搭着屋内灯光不大亮，越显得这刀闪烁如电。自己心中一纳罕，不由说了句“好刀”！再说七郎，说着话又□困倦，猛听自己的刀出匣的声音，一骨碌身爬起来，说：“怪道哇怪道！”方要下地，才看见地上躺着三个人，连忙问武爷，说：“兄长床下卧者何人？”武爷说：“都是咱家的仆人。”七郎说：“内中一定必有恶人！”

（三十三续）*1916* 年 *1* 月 *28* 日

且说田七郎方要起床，一见地下三个人，所以问武爷是谁。武爷说：“兄弟，你不必多心，不是外人，都是自家的下人！”再听这三人，真是鼾声如雷，睡了个挺香。七郎说：“这内中必有恶人！”武爷说：“兄弟，你怎么见得呢？”七郎说：“兄长有所不知，小弟此刀乃是宝刀。当年听说是从外国买来的，此乃折透了的孩儿铁①，真称得起是杀人不沾血。至于通俗说的什么能切玉断金，小弟未试验过，不敢妄谈。”武爷有心要说：“你为什么不试着瞧一瞧呢？”一想通俗说宝刀的好处都是这套词儿，其实细想，谁有这宗物件，谁也不这们试验，倘然有个崩口卷刃，后悔不是晚了么，所以只好干听着。又听田七郎说：“况且此刀是小弟传家之宝，乃是我曾祖手中遗留下的。至小弟这辈，已经佩带三世。当年小弟曾祖与祖父均在营伍，传说此刀杀过千余名的首级，并不用磨，不信兄长请看，与新开口的刀还是一样。”说着过去要摘将下来给武爷瞧。武爷是直摆手，说：“得啦，我信啦，您趁早儿好好儿的插入鞘内吧。再待一会儿，还许锋芒儿的光照瞎了我的眼睛哪！方才你没说什么剁铜铁如泥的那套口，要说杀过千数多人，就说砍锁子骨也早卷刃啦，何况在军营打仗，连往大腿棒子骨上碰呢。你不用夸啦，我信服你这口刀准是宝刀，还不行吗！”

七郎也不深于辩白，这才站起身形，从墙上把刀摘下，撤出来，吹了吹浮土，从新插入鞘内。武爷见七郎往外拔刀，吓得一闭眼，听他又插入鞘内，这才睁开眼，说：“兄

① 孩儿铁：指旧时一种优质钢材。

弟，你就别紧鼓动显白啦，咱们还是躺下说话儿吧!”七郎把刀鞘子也吹了吹，又用袖子掸了掸，仍旧挂好，坐在床上，仰天长叹了一口气，又低下头去，好像心里有无限心事似的。武爷说：“得啦，兄弟你睡吧!”七郎说：“兄长有所不知，此刀另有一种异处，每逢见着恶人，他便自鸣，跃出匣鞘，不久便要杀人。”武爷刚要说：“兄弟你别吹啦，你杀过几个，打死一个，花了我千数银子。”又一想这话说不得，那们一说，这不是揭挑朋友吗，只好由他性儿说吧（不像我，别管怎么样，也得跟蒲先生原文柳着①）。又听七郎说：“公子呀，公子，从今已后，须要亲君子，远小人!”武爷心说，八成儿他要背《出师表》，见七郎是郑重其词的这们说，也不好岔话，还是听着。七郎说：“公子如果办得到，或者可免除灾难。然而这也不过是万分之一的指望了!”

武爷听这话，是处世良方的好话，连连点头，说：“兄弟，你这是好话，我听你的就是啦!”七郎又一回头，武爷见七郎脸上很透凄惨，好像要哭似的，一歪身躯照旧躺下。武爷也没敢问，待了会子，听七郎翻来覆去所睡不着啦，不住的咳声叹气。武爷可实在绷不住啦，说：“兄弟，可不是我迷信，俗言说是福不是祸，是祸脱不过，你何必这样的忧愁?”

（三十四续）*1916年1月29日*

且说武爷所说的“灾祥数耳，何忧之深”这八个字，无非为解释七郎。谁想七郎一听，又叹了口气，说：“兄长，小弟并非贪生怕死，只因我有老母在堂，所以才如此的回护!”武爷说：“得啦，兄弟，你今天晚晌是怎么啦？你这们胡思乱想的所不想好事，那儿就能又闹出什么人命关天的事情来呢！咱们睡觉吧，你别胡闹啦!”七郎又叹了口气，说：“但愿没有才好!”武爷也没答言儿，七郎以为武爷困了，也就不便再说啦，自己闭目合睛的养神，一会儿又入梦乡。武爷闭上眼睛也想要睡一觉，一听七郎是着啦，地下的三个也睡了个挺香，莫若自己也眯着吧。

我可不能陪他们睡，我要也睡，谁替我说这个倒笔呀！只好醒着，不但替蒲先生圆谎，自己还能保险（贼偷不了被褥去）。

原文此处有一段倒笔，都是什么呢？就说的是地下睡的这三个仆人，一个是林儿，诸位虽然都知道，可没说过他的根柢儿。据蒲先生说，他是一个“老弥子”。您要问什么叫老弥子，我不瞒诸位说，我不会讲，好容易连跟人讨教带查书，才说得上点儿来，可是全近情理。至于那个说儿对，只好全说出来，请诸位再细同别位讨论。一位朋友说，老弥子就是和尚庙迎门供的那位大肚子弥勒佛的儿子。至于弥勒佛是个什么角色，我虽

① 柳着：缕着，顺着。

奉佛教，可没查着哪！这是听朋友指教的。至于我查书，记得《列国》上，卫国有个弥子瑕，是个御前的红差使，跟国君吃喝不分，连一个桃儿都对咬着吃。您要问他们国君怎么这们大的感情，我可不摸底。你若在犯死心眼儿，爱打听这件事，我指给您一个朋友，您写信问他去，他准告诉您，皆因他们是襟兄弟至亲。那位说，到是谁呀？提起此人，大大的有名，就是圣门好勇的子路吗！那位又说咧，你不是周朝人，你怎么会知道他们这门子亲戚呢？可我没说吗，孟夫子告诉我的呀（别招说啦，还是说书要紧）。

却说这个林儿，夙日跟武爷很投缘对劲，又是陈人儿（隔年的兔儿爷），通俗说爷儿两个不截心。还有一个跑上房的小三儿，是打杂儿大三儿跟前的，他母亲是武宅的丫头，这是家生子儿①，今年有十二三岁。武爷每逢做足②的时候儿用他，小名儿叫烟袋砼□儿。那一个就是圈头大李，是个外乡人，说话又撅又□，不但对于伙伴儿们说话一来就瞪眼，讲拿毛滚蛋③，时不常儿的为一句不要紧的话，跟武爷也讪囔怪叫的，一步儿不让（赶车的习气吗），再喝二两烧刀子，眼睛一红，更不由他啦。武爷平常不大待见他，因他实诚，又是陈人儿，所以凑合着。以上这点儿书，可是倒笔。接着再说武爷见七郎与三仆均皆睡着，自己越想七郎不是这路大惊小怪的人，又听他说的宝刀必有灵验，这才翻覆细想地下的三个，恶人一定必是李应。

（三十五续） *1916 年 1 月 30 日*

且说武爷听七郎与三个仆人全都睡了个挺香，一掂夺这三个人之内，唯独李应这小子夙日蛮横，好像捣乱党的性质，必然不怀好意，早晚就许图谋不轨，不然他就能外号叫扑天雕了吗（那是“五才子”上的李应④）！对，一定他是恶人，明天我就把他散了，大概就没事啦。可是怎么个词儿呢？还得别叫他抓住我才好。有心要跟七郎商议，一来听他又睡了，再者当着这个本人儿也不好说。于是自己编了一套词儿，想着很周到，好容易编好了，天光已然东方渐白。自己又迷了一迷儿，及至再睁眼，见七郎已经坐起，三个仆人除林儿还没醒，李应与小三儿已经出去，连忙爬起来，说：“想不到，我又着啦！”一面揉着眼睛，说：“兄弟，你只管多歇一歇儿，我到那院瞧一瞧去。”七郎说：“兄长请便，小弟随后也就过去。”武爷站起来，直奔正厅儿花厅，原来戏是早打住啦，亲友有天亮走了的，也有在厅房打铺，正睡得挺香的。

又进到内院也绕弯儿看了看，听说堂客没走的全不曾起来呢，武爷就不便进屋去了。

---

① 家生子儿：家中奴仆所生的后代。

② 做足：指安静、踏实地享受。

③ 拿毛滚蛋：找茬儿打架。

④ 李应：《水浒传》中的人物，绰号扑天雕。

自己一想，莫如我先办李应这件事要紧。打好主意，自己跑到账房儿要了二两银子。此时小三儿已然把小书房儿收拾干净。武爷说：“你不用告诉别人，你把大李给我叫来，你可不许跟过来，我同他有话说。”

小三儿答应，他是小孩子，不叫他跟来，乐得跑着玩儿去呢。跑到马圈，见大李正收拾车上小家伙儿哪。小三儿说：“李大爷，老爷叫哪！”李应纳闷儿，说：“我收拾完了再去还晚哪！”小三儿说：“李大爷，叫你快去哪！”大李说：“是了罢。”披上大衣服要走，又一想，不知老爷在那屋呢，这才问小三儿，说：“老爷在内宅，是在客厅呀？”小三儿说：“在小书房儿哪！”

大李一面扣着钮子，一面穿宅过院，一会儿来到，有心就进去，一想不合式。站在窗外问了一声，说：“老爷，叫我吗？”武爷说：“大李呀，你进来吧！”大李进来一瞧，就是武爷一个人儿。武爷和容悦色的说：“大李呀，你坐下，听我告诉你。咱们爷儿两个混了这们几年，彼此到是怪不错的。奈因我现在事由儿不好，打算去几匹牲口，裁几个人。我想你一幌儿也好几年没家走啦，你趁着这个月分，回家歇个冬三月，那不明年春天我的事由儿好，再写信叫你哪，你想怎么样？没别的，这点儿小意思儿，你吃饭不饱，喝酒不醉（要学潘老丈①），你带着做个茶钱儿吧！”说着把银子递给大李。李应不知什么缘故，只好说：“这就不必啦！”武爷说：“我既给你，还能不算了吗！”李应这才接过来，谢了一谢，回到圈中，打点行李，同伙伴告辞。阖宅的人都不知怎们件事。

武爷又应酬众亲友多半天儿才都走净，田七郎也告辞回家。武爷以为从此除去祸根，又谁知以面貌、语言取人是不中用的，后来闹得几乎家败人亡。诸位要看这段热闹节目，俗语有话，过了来年到罢春，我再接着敬献。

（三十六续） *1916* 年 *2* 月 *7* 日

今朝二月七号，不能再算新年。立春大吉是前天，生意瀛洲普遍。

本报歇工期满，笔耕墨耨依然。但愿人人都有钱，胜似喜歌空念。

本报借着庆贺春节的光儿，我们歇了七天的工，今的照常出版，说旧话儿今天都叫破五儿（也不知那位手重，没留神，留的这们句话柄儿）。新春节也罢，旧元旦也罢，饭是一顿一顿的吃，报是一版一版的做，钱是一枚一枚卖（真明白）。就以今天说，总算新出报，论理应当说几句，一顺百顺（好像两个什么买卖的字号）的俗话儿。据我瞧，这几天北京地面颇有比去年这个月兴隆的气象，就苦在钱紧点儿，小买卖人儿都不大获利

① 潘老丈：京剧《翠屏山》中的人物。

（我们可也不是大买卖人，不过混得住）。所以张嘴儿没说书，说了八句流口词儿，当吉祥话儿。真要人人有钱，自然没有盗娼，没个办不了的事，所以说富是强的根源。孔子适卫，也说加富于既庶，加教于既富；又说足食在足兵之先。这们看起来，这个“穷”字儿，是连俎豆千秋①的圣人也怕这一手儿事喽！那位说，你是说《聊斋》呀，是讲《论语》呀？对，咱们把闲言打住，还得接着说《田七郎》。

且说武承休大办了一次生日，真是高朋满座，胜友如云。次日亲友告辞，连七郎也要走（没工夫不能帮着打扫杂合菜）。武爷挽留不住，直嘱咐说：“闲着来，慢待！”七郎点头答应，这才带上宝刀，告辞出门。武爷亲自送至门外，七郎大踏步直奔东村而去。

上文书说到这点儿节目停下的，这底下接着的可是武家一段叙笔，不过不能不勾一勾上文，不然好像不接连似的。叙笔是什么呢？上文没说武承休家中有什么人，如今蒲先生半途中叙出来，我所以才替交待一下子。

但说武大爷的大少爷名叫武绅，年纪约在二十上下，娶的是本县王家的姑娘，过门不到一年。武宅既然这们阔，仆妇丫鬟成群，还能公公儿、媳妇一间屋里滚吗？武爷朋友又多，时常在外书房住着，轻易翁媳不见面儿。武爷办完生日，这天想着要出去给亲友谢一谢步②。家中还有许多的事没办清呢，交给少爷，是摸不清头绪。莫若把林儿留在家中，一来爷儿两个不隔心，二来所有武爷的亲友他都相熟，看家这事，派他比别人终用。打定主意，这才分派好了，叫圈里备两匹牲口，自己带上一个下人，出门而去。

再说这位王氏少大奶奶，前两天公公寿辰，见有东篱小隐③送的几盆菊花，真是特别新秧儿，看着特别，有心要掐朵儿，穿花针儿戴。皆因在外书房摆着，生人多不能去掐，而且也怕公公不愿意。今天恰巧知道武爷走啦，想着外书房院内八成儿是一个人儿没有，莫若不必告诉婆子丫鬟，一个人儿出去，拣心爱的花朵儿，鲜明颜色的掐一两朵来，大概没人知晓。想到其间，才穿宅过院，由书房后角门儿进来。焉知晓遇着一桩岔事。

（三十七续）*1916* 年 *2* 月 *8* 日

昨天的书，说到武少奶奶奔外书房跨院儿去掐菊花。到了院中一瞧，甚是清净，称得起鸦雀无闻。自己低着脑袋一盆一盆的瞧，瞧那朵爱那朵。

但说林儿这小子从打进武宅，钱没少挣，好吃好穿，一个钱也没积攒下，本年已经快三十岁了，连个家小没说上。这小子有了钱也嫖娼，也往不正经家的妇女身上苦去报效。这天武爷走后，他在书房里胡翻腾，从桌子底下找出半瓶子波兰的来（彼时可不定

① 俎豆千秋：受世人代代供奉。
② 谢步：旧时对前来参加庆吊的亲友回拜道谢。
③ 东篱小隐：种菊花的人。

有没有，反正好酒就是啦)，打开一闻，扑鼻子的香，笑嘻嘻的自言自语的说："想不到，我有这们点儿口头福儿。"又一瞧果盘里，有橘子、橙子、苹果，这小子一个人儿就开①上果子啦！越喝越爱喝，一会儿把半瓶子全搬运完啦。微含春意，想着躺一躺儿。又一想，使不得，主人临走派我的差事，我一睡着，可怕误事，莫如我上院子走走蹓蹓去。

方才要奔屋门，听院子有妇女走道儿的声音。那位说，怎么会听呀？王氏穿的是里高底儿②（不是东洋木屐儿)，所以听得出来。这小子错会了意，只当少奶奶特意找他来了呢，一掀帘子，笑眯嘻儿的出来，说："呦，您来掐花儿吗？来，我给您挑朵儿好的戴上，好不好？"

王氏冷不防吓了一怔，抬头一瞧是林儿，听自己丈夫说过，这小子没有好骨头（准有脆骨就不错)，皆因老爷喜爱他，所以没法子辞。今天瞧他明明是不怀好意，也不好骂他，把脸一沉，抹头就要往后跑。林儿这小子是酒后色胆大如天，只当是少奶奶害臊呢，幌幌荡荡往前就追，嘴里说："这个样儿的花儿，你是爱不爱？你进来罢，进来吧（八成儿排过这一档子。那位说，莫非你也排过吗？我是蹭听赵星垣的就记了这们两句)！"王氏一听，更不像话了，越往前急跑。妇道人家，金莲窄小，越抬不起脚来（这是缠足的害处)，这院子轻易不过来，道路又生，应奔东北是角门儿，一迷糊奔了西北。林儿这小子在后面就追，三步五步已然赶上，一把手揪住王氏的胳膊腕儿，说："屋里来吧！"连拉带扯就奔书房过庭。王氏被林儿一揪，登时连哭带喊，用力往外夺腕子，嚷着说："你要做什么呀？你不撒手，我可不要命啦！"脸上的颜色吓得好像一张纸似的，嚷的声音都岔啦。

林儿是事到如今，莫若一不做二不休，把他拉进屋来，找块手巾堵上他的嘴，再把双手给他捆上，闹个遂心所欲。事完之后，大概再苦央求他，他关于本身的名誉也许不声张啦（那位说，你这点儿书，岂不把林儿说成强盗了吗？您不知道吗，当日他就受过人家这手儿，所以借着酒劲儿要施展故技。再说原文既说"强挟入室"，我也不能给人擅改原文)。

说书是无巧不成书，但说武少爷从书房下学，要换衣裳，进来见不着妻室，一问婆子，说上西跨院儿了。武少爷亲自要去叫，正在这个工夫，听王氏在那院儿哪，不知什么缘故，撒腿飞跑过来，要细问个端详。

（三十八续）*1916* 年 *2* 月 *9* 日

且说武绅猛听西跨院中有妇女哭喊的声音，细听正是自己的妻子，连忙飞跑过来。

---

① 开：这里指狼吞虎咽，大吃大嚼。

② 里高底儿：旧时妇女穿的一种跟处高起的厚底鞋。

林儿已将王氏拉上台阶儿，抬头见少大爷跑进跨院儿，这小子见势不好，赶紧把王氏撒手，跑进过庭，穿外院儿逃出街门。王氏此时吓得浑身乱颤。武绅说："你还不快走过去，等什么呀？"王氏一来怕丈夫嗔怪，二来又羞又气，低垂粉颈，奔东北角门儿。王氏这一嚷，婆子们也有听见的，又见少大爷追过来，赶紧都往这院跑，到角门见少奶奶过来，连忙说："少奶奶怎么件事呀？"王氏也不好说，摆了摆手，婆子也不好再问了，只好把少奶奶搀到屋中，头发也披散下一绺儿来，袖子也撕了，大家张罗让他梳洗换衣服，不提。

但说武绅看见林儿这种情形，知道必是他要行强未成，自己妻子不从，所以才这们嚷闹。有心喊下人把林儿捆缚起来，又怕父亲回来不愿意，莫若等父亲回来再做道理就是了。打定主意，又到了自己屋中问了问王氏的情形，然后仍奔外书房一坐，想着碴儿生气。

天到日平西，武大爷才拜客回家，进了外书房，见武绅气哼哼的噘着嘴，一个人儿坐着哪。见了父亲，连忙站起身形。武爷不知什么事，以为许是小夫妻有个抬杠辩嘴的，总以不听的为是。不想武绅凑到自己跟前，说："父亲回来了，孩儿有一件事要回禀父亲！"武爷说："什么事你说吧！"武绅就把适才的事一五一十从头至尾说了一遍。武爷一听，气往上撞，说："想不到这孩子会做出这样无法无天的事来！你既在家，为什么不叫人把他捆上见我呢？"武绅说："孩儿由后面跑进来，这小子就往前院跑去。况且孩儿也没准打听明白是怎么件事，如何能冒昧行事！"武爷听完，一叠连声的嚷起来，说："可恼哇，可恼！你到外面把打杂儿的叫来，我有吩咐！"武绅到外面叫了两个到了外书房。武大爷说："你们可晓得林儿这小子他在那屋里藏着呢？如果谁知道，趁早儿把他交出来。谁要隐匿着他，我一并重办！"打杂儿的说："今日后半天就没见着他，许是回家了吧！"武爷说："你们多去几个人，无论他在那儿，务必给我捆了来，我重重的有赏！"打杂儿的答应出去，大家可不知道为什么事老爷同他这们生气。

这小子素日倚仗他在主人跟前是个红人儿，阖宅的仆人都不敢惹他（怕他说坏话豁事）。今天老爷炸了，谁不就棍打腿①的报报仇呀。大家到了马号，同圈里的一说，又叫了两个打更的满处一搜，没有在宅内藏着。他的铺盖还有一只皮箱，可到还在小书房的耳房中放着没动。大家说："这小子必是又跑到那儿嫖去了吧！"于是众人有知道他常去的地方儿的，去了一找他，也都说没见。当日天晚，回明武爷。武爷说："既然如是，明天还得上紧的去找！"众人答应，次日仍无下落。到第三天，才有人告诉说这小子找着好事。

---

① 就棍打腿：借甲之棍打甲之腿的意思，谓趁机行事。

（三十九续）1916年2月12日

且说武大爷本是财主脾气，又正在气肚儿上，所以非找着林儿不行。家中的仆人夙日恨这小子，再说穿青衣就得抱墨柱①，有跟林儿怕好儿的，知道他都有什么手眼，这才到他常去的地方儿一访察，才知道他那天一害怕，就跑进县城某御史宅去啦。

这位御史，原文没姓，说是“某”，更没提是满宅汉宅，咱们这们说某某的，未免绕嘴，据我想“某”字是古之“梅”字，莫若叫他姓梅，诸位也好记，我也好说，即便梅御史也不能挑眼（本来现在没御史吗）。这位御史的差事当的挺勤，察的紧，可就没察到自己家务。原是在京供职，家中一切的事情全交给兄弟梅二先生办理。林儿早先在这宅里混过些天，因为跟伙伴不和，才上了武宅，时不常儿进城，总要到梅宅给二先生请请安。梅爷让这小子哄得挺喜欢。

那天被武少爷追出来，自己把酒吓醒，越想越害怕，真是忙忙如丧家之犬，急急似漏网之鱼，由过厅跑出大门，一想错非找个㚘儿硬正的宅门子，了不了武宅的势力。只顾一时酒后无德，好叫人悔之晚矣（又要叫板）！一面走一面打主意，想了几处，全同武爷靠，恐怕人不肯收留。真是这里也不好，那里也不妙，可让我往那里去躲逃（混到唱上开场啦）？忽然想起梅二先生来，这才一气儿跑去。

到了梅宅，恰巧梅二先生的跟班儿的告假走啦，自己可不能实说他自已的不好，无非说：“现在武宅里又有几个得力的人直往下顶自己。奈因老爷爱喜我，不想他们生主意血口喷人，小子担架不起，疏不间亲，又不敢深辩。一个被主人送交当官，小子是干受其苦，望求二老爷开恩，容留小子几天。俟等主人气消一消儿，我再走。”一路花说柳说②，反正没准稿子（更没原文管着了），把位梅二先生哄信，说：“是啦，你就在我这儿，赏你碗饭吃，你也不用回去啦。不过早晚你把铺盖拉出来就是啦（对，叫人扣了铺盖，底下可就没人用啦）！”林儿赶紧请安，这就张罗给梅先生打烟。这点儿书可也算个小倒笔。

但说武宅的打杂儿的打听了两天，居然打听着个清清楚楚，明明白白，于是回到宅中，在主人台前这们一献勤儿，不禁不由的又给加上几句言儿，无非“错非是我，那门口儿里的事打听不出来。要讲梅宅，在咱们本城势力可真大呀”。武爷一听，把嘴一撇，说：“你说的这家儿同咱们宅是世谊。从前我奔功名的时候儿常同梅老大一块儿盘桓，彼时这个老二他才念书。就说凭他那门户，吓吓别人行啦，虎咱们爷儿们可不行！我写一

---

① 穿青衣抱墨柱：比喻各向其主。

② 花说柳说：指花言巧语。

封信去，他乖乖儿得把小子给我送回来。你们别走，我写完就派你们去！”打杂儿的答应，一旁站立。武爷抽出花笺，研得墨浓，添得笔饱，写了一个大说帖儿，用套封好，派二人送去。到晚回来，说梅二先生收到信并不答覆，论官事调儿就叫相应不理可也。

（四十续）*1916年2月13日*

前文书说是武爷听打杂儿的回来一说，林儿是在梅御史家藏着哪，倚仗自己是本处头等绅士，凭他家一个穷京官，不敢不把人给交出来，所以信口开合的一吹，立刻写了封信。谁想人家并没答覆，把去的人给干回来啦。这就是财主脾气，哥儿派的人，做事不留忖量的害处。如今总算碰了个钉子，是气恼交加，说：“罢了！罢了！这二小子，真可以。他哥哥在家，别说不敢，大概□不好意思的。我要不让他知道知道这辽阳城我就不用混啦！反正糟踏几个钱儿不咧，我总得顺过这口气儿来！”当日天色已晚，叫打杂儿的退下。当晚在书房亲身写了一张呈词，无非是“仆人林儿如何逃跑，在梅御史宅中隐匿不献，乞传案”等语，并没什么牵连御史的恶话。

第二天起来，自己带上银两，叫下人备上马，一个人进城奔县衙，仍到那个羊肉馆儿，找着值班的头儿说明白了，把呈词递上去。头儿出来告诉说：“呈子县太爷已然收下了，叫武爷先回去，俟等传了被告儿来再传过堂。”武爷是气不出，催着让县官急速出签下票。头儿也说得好：“好武老爷的话，咱们是一遭生，两遭熟（拉下主顾了）。上次您为朋友那样人命案，我们都给您办到了，如今这点小事儿，还能让您不做脸吗！但只一节，没您不圣明的，俗言说得好，吏不举官不究，准了呈子，官儿不过告诉先生们办去，这又不是人命盗案，您想先生们就肯这们给您白支使着了吗？”武爷一听，说：“头儿你别往下稿啦，反正还为的钱，对不对？”说着掏出一包银子交给他，让他找先生说去，总得立刻下票。头儿笑嘻嘻接过来，说：“那们您再候一候儿！您听我个脆报儿吧！反正叫您买个前脸儿①就是啦（差点儿连后头都卖了拆货）。”说着话出去。

武爷一个人儿在羊肉馆儿吃了顿饭，耗到日色平西，才见头儿跑回来，说：“我已经跟先生说好啦，先生把票写好，还得等官儿标朱哪。少时就派人下去给您拿人去。没别的，伙计们辛辛苦苦的，还得求老爷赏双鞋穿（那位说，这是《聊斋》吗？我想起从前宅门送看坟的那套频口来啦，写串了辙了）！”武爷也说：“得，好，你们只要给我拿来，花钱听你一句话，你就别紧磨烦啦（武爷都急啦）！”头儿又去了一荡，一会儿带着两个班头，八个伙计，手里拿着票，提溜着锁链②子，都进来见了见武爷。值班头儿又亮了会

---

① 前脸儿：一般指铺户的门面和门前，这里指有面子。

② “链”，原文作“练”，据语义改。

子情，武爷又给了一包银子。头儿们才说："我们可是这就去，连夜给您拿人。依我们说，老爷今天先请回，消一消气儿，跟他一个下人何必这们动怒。您明天遣个抱告的家人还不行吗！您跟他同堂他也不配呀！"武爷一听，也到有理，又嘱咐班头几句话，这才回家。到县城已经快关城了。

第二天派人到县抱告，一打听并没拿到。又耗了一天，仍然没信，武爷这才又递催呈。

（四十一续） 1916年2月14日

且说武爷耗了两三天，不但没传自己抱告的过堂，细打听连林儿并没给传，这才又见班头一问。据班头回来说："人家梅宅说啦，没这们个人。伙计们白跑了一荡。"武爷是半信半疑，又不能亲自带衙役赴梅宅去搜，只好回家，又写了一张催呈儿，无非"请县官急速访拿恶仆"的话。催呈递上去，又耗了两天，还是一点儿消息没有。

书中代表，这位县太爷不但爱钱，外带怕官，尤其怕御史（私弊多，怕风奏①）。当日接了武爷的呈词一瞧，一来是本处有名的大绅董，二来前次使过人家的。这次呈控逃仆，不能不收呈子，奈因见他所告的牵连着梅宅，可不好办。有心打算不给他传人，偏偏武爷把先生托好了，一定出票催传。县官把亲信的班头唤入内宅，说："这个案子，两家都是绅士，素日又都有交情，这必是为什么犯了心，咱们不必给一头儿支使着。过一半天，彼此消了气儿，再有朋友一穿插，就和息了，咱们何必闹个里外不是人儿。你们应着给他拿，反正不用去，事冷则懈就完啦。本县这个着数儿，还是跟宛平县老前辈学来的哪（足见常说得宛平县的官司，乌秃着，这话概有年矣喽）！"班头们连连答应，这才退出来。所以见着武爷，老爷长，老爷短的，说了那们一套，把位武爷支使回去。人家并没出城，告状的这件事，不但梅宅不知道，连林儿也满没听提。武爷暗含着是一面儿官司，又像醉闹没对儿似的，武爷越发火上浇油的一般。

这天早起，本打算吃了早饭上县去面见县官，叫他非给拿人不可。正打主意，恰巧门房儿人进来，说："田七爷来啦！"武爷赶紧说："请。"一会儿进来，弟兄好几天没见，田七郎与武爷行礼，武爷搀起，也顾不得周旋说闲话儿，说："兄弟呀，你前次夜间对愚兄所说的家有恶人的话，如今已然应验了！"七郎听着就是一怔儿，说："兄长，但不知应验在什么人身上？"武爷就把林儿这件事从头至尾的细说了一遍，又说梅家如今怎么不讲交情，县官怎么偏向一头儿。"愚兄若不把这恶奴处治了，实无脸面在这方混了。兄弟你想，这真是祸从天降呕！"武爷说话是越说越生气，声音越来越高。

---

① 风奏：风言奏事，依传言便可向皇帝奏报。

一瞧田爷，是越听越绉眉，越低头，脸上现出一种凄惶颜色，好像要哭似的，也不说长，也不道短，连句劝解的话儿也没有。武爷知道七郎夙日嘴笨，也倒没恼，张罗让他喝酒吃饭。七郎说："小弟还有要事，不能久待，就此告辞！"武爷还要留他，恰又有武爷夙日常来的几个人来看望武爷，七郎趁这工夫竟自走去。武爷本是好胜的性情，这回没找出场面来，不愿意朋友打听。大家见他不提，也不敢问，坐了会子，也就走啦。武爷一想，自己再上县也怕还是不理，我想这件事必须把林儿得着方能出气，不如把家中仆人叫来，派他们设法与我拿人。

（四十二续）1916年2月15日

说书虽是玩艺儿，真说会也真不易。即如书中说个大概，我们就得用心揣摩这个情理，怎么才能像件真事，就说无巧不成书吧，也不能说有这们一个人又馋又饿，一打哈欠，恰巧由天上往下掉馅儿饼。若是穿裙子的活，也还好办。那位说，什么叫穿裙子的活呀？就是在各书摊上买几本冷书，然后换地名儿、人名儿，再有不合式的地方儿一拆改，做为自己独出心裁的玩艺儿，那就叫裙子活（穿裙子朦人，就是这年留下的）。这套《聊斋》是前清成名的书，不但中国人爱看，连外洋通中国文字的都要讲讲（在下处过外国馆，教过这一门，所以才敢说），足见《聊斋》一书是家喻户晓的玩艺儿。苦于文法深，仅通白话认字的看不了，而且是寓言笔，即便叙事的段子，蒲先生是文豪家，只顾笔路文气，不顾情理。论到我们替人家圆谎，可就得费心思了。未从说到那一句，先得编谎，饶这们用心，有时还招质问信呢。其实真是自己说砸了的时候也有，实没法子。替圆谎的也有，这就是说出书名儿来的难处。《胭脂虎》有话，吃上这碗子饭（摔评饭），也就叫做说不来啦。在下说这些话，是因何而起呢？就是上文的书，原文并没那样叙，在下必得说县官那们办，并非拉荡儿（那是医家老先生），也不为马后（那是戏铺儿好老），就为圆全这点儿书。诸位想，武爷若是不赴县告状，就派人拿林儿，也许拿得着。若是县官真出票，在梅宅挂了桩，武爷也不必派人访拿了，林儿也决不敢回来啦，后文反更不好说了。所以前几天先虚一笔，说梅二爷叫林儿去取铺盖。

林儿这小子在梅宅藏了几天，见武宅并没动静，一想自己跟武爷爷儿两个好了不是一半天儿了，真得说掰不开的交情（朋友可没有那们交的，所以林儿这路人，通俗才说他不够朋友），也许我那一天是我犯毛，老头儿不知道。再说我到梅宅来，原不是抗铺盖上的工，伙伴儿都瞧不起我，都说我让人栽了铺盖，必是长支①不清（还是买卖地儿）。我也得找一找场面，那不半夜里我去见一见老头儿，央给央给他，我们爷儿两个也留个

① 长支：旧时店员向店主借支款项，年终结算，叫长支。

好儿，这也不算我栽。打好主意，这天晚间，告诉梅二老爷说去拉铺盖，梅二先生也没拦他，说："你可别过夜，我在书房等你（那位说，什么事呀？反正不是贩私土，就是打吗啡针，不然就不说明了吗）！"

林儿是连连答应，自己提心吊胆出离梅家，已然日色衔山。蹓出城门，天色昏黑，又到熟识的地方儿说了会子闲话儿，净等武宅要上大门的时节再蹓进门来，找人先打听打听主人是什么动静，只要见着就好商量了。这书是从林儿那面儿说。

但说武宅的下人奉了主人之命，正是预备窝弓降猛兽，安排香饵钓金鳌。林儿这一来，正撞在网儿上了。刚到大门，就被打更的看见，过去按到揪翻，绳拴二膊，推着去见武爷。

（四十三续）*1916年2月16日*

昨朝话表，林儿这小子趁着夜晚昏黑蹓进武宅大门，打算见了老爷一央求，也许就完啦，即或见不着，托一托管事的替转求一求老爷，把铺盖搬出去，也就从此另吃梅宅吧。万没想到，武宅的打更的同打杂儿的分前后夜别着他呢，容他进了大门，刚往西跨院走，人家就由门房出去一个人，把大门关啦。又赶过两个来，说："小林哪（可不开洋行），你回来啦？"林儿一瞧，是更夫二李，说："李二哥，今晚你的前夜吗？"二李也没理他，过去一拧胳膊，由腰中掏出一根连儿绳就捆。林儿说："嘿，别呀！咱们是好朋友，你又没得侦探，怎么就要先拿我送礼呀？"还有两个打杂儿的说："你不用费话，我们是奉老爷交派，晚晌谁进来捆谁。有什么话，你见老爷说去吧！"林儿一听见老爷，反到壮起胆子来，说："就是吧，见着老爷，老爷还不定听谁的哪！"打杂儿往里飞跑，一面走着说："老爷大概在小书房儿哪！"书中代表，武爷这几天净为这件事生气，有朋友来，也不愿意见，终日咳声叹气。

武爷有个胞叔名叫武恒，八十多岁了，就是老夫妻二人，跟前并没儿女，幼年帮着武爷的父亲操持家务，也没奔着功名。武宅家业，还多一半是这位老人家给整理起来的呢。如今上了年岁，单在东院有一所房子住着，轻易也不管武爷的事。这两天武大奶奶因丈夫净闹气，白天过去求这位老叔公替开导开导。白天老头儿嫌他这院子乱杂，耗到晚晌，扶着个小僮儿，由外院过小书房儿来。武爷见叔父过来，赶紧迎出来让坐。老头儿不能张嘴儿就说这个，无非先问一问，现在过了大秋啦，某项地打的粮多，那个庄子交的租项好，武爷一一回答。

爷儿两个正说到高兴，就听外院儿一阵喧嚷。打杂儿的跑进来，说："回禀老爷的话，小人拿着犯夜的啦（那位说，武宅怎么使唤戏迷吗？这小子是喜欢的，才这们胡说）。"武爷一听，追出院子，刚要接盖口（还是要唱《黄金台》），就见连打更的带打杂儿的七八个人推着林儿进了过厅。武爷一见，这气不打一处来，说："好小子，你好大胆子（这两好，可不能拼成一好），你还敢来哪！你们抄家伙，先溜他一顿。"几个下人都是乡下浑愣儿，夙日净受林儿的气，今天见主人跟他翻了脸，谁不狐假虎威的乐一乐手儿呀，说："是啦，老爷有话，你老就把他交给我们吧！"说着话，跑出两个人，由更房挟进几个霸道棍儿、钩杆子来，往当院一扔。又有两个人把林儿放倒。林儿一瞧，一个向着自己的没有，谁叫夙日不维持哪，想央给也是白饶，莫如一横心，说："你们这群东西，莫不成还要瞧瞧我吗！"武爷一听，说："呦，你大概还是要充朋友道叫①道叫！"林儿说："那是呀，你别当你是财主，我就怕你哪！"武爷说："你不怕我，今天就叫你尝尝。来呀，你们打他！"

此时武老头儿一瞧，好生害怕，这才要追出解劝。

（四十四续） *1916年2月17日*

且说武老太爷本是忠厚老实的乡民，又加着上了年岁，俗语儿说人到中年万事和，就不能再火性暴怒的了。况且过这院来，就为解劝侄儿来啦，还没容分说呢，就赶上众仆人把林儿捆进来，武爷喝令打他，自己还能不出头吗。连忙出到院中，说："你们先慢动手，全听我的招呼！"众下人一瞧东院老太爷出来啦，自然也就不敢打啦。武恒一拉武大爷，说："一个下人，你何必跟他生这们大气。你进屋来，我有话跟你说！"

武爷也不敢违背老人家的话，这才跟进书房。老头儿说："林儿这孩子本不是好东西，倚仗咱家门的势力无所不为。我虽不管闲事，也有个耳闻，这也都是你纵容的他，才越来越无法无天了。今天把你气急了，你要打他。我想打轻了，他是不怕，打重了，成了残废，咱们还得养活他。再说这群浑愣儿小子们真把他打死，还得给他偿命，有多不值呀！依我说莫若不用打他，把他交到县里头，自有官法处治他，你想好不好？"

武爷是阔家公子性情，既好交朋友，幼年也奔过功名的人，自然与不经事的纨绔子弟不同，更不能像土豪恶霸一类。既然叔父这样说，又想前两次田七郎所说的话，也怕真闹出人命来，连连点头，说："既然叔父这样分派，把他送县就是啦！"武恒说："天到这早晚儿啦，也关着城哪，有什么话明天再说就是啦！"武爷答么，老头儿又把下人叫过来，叫把林儿带到下房儿去。武爷说："你们可看着他，他要半夜里跑啦，我可朝你们要人！"大家齐声答应。打更的说："你老把他交给我吧！那时候要吃肉脯儿，现包皮（那位说，那不成了关东货了吗？您忘啦，这就是辽阳的事吗）。"推推搡搡，把他捆在马棚柱子上头。武老头儿又劝解了侄儿几句，说："你也歇着吧，我也要睡觉去了！"说完扶

① 道叫：指大声说话，以表明自己的姓名、身世及要求等。

着小僮儿回东院，不提。武爷也回内宅，一夜无词。

次日天明，武爷梳洗已毕，吃了点儿饭，这才吩嘱下人备牲口，又派打更的把林儿捆着解送县衙。打更的答应，到了马棚，把林儿解下来，说："你是自己走哇，还是我们挑着你哪?"林儿说："你们怎么不给我套车呀?"打更的说："你也配坐车！回头闹一车板儿夜明沙①，你要不好好的走，我可就要挑着你啦!"旁边打杂儿的答言儿说："挑这东西，那有单只儿的呀！小林哪，你辛苦两步儿吧！咱们先说下，你可慢慢儿的走，别拿出你蹦麦陇儿的能为来，那我们可是拿棒儿打你后腿儿!"林儿此时不敢答言，怕人多势众，当时揍他。

大家连拉带扯，由车房子把他带出村子。武爷骑马，已经在前，这群人后赶儿，一会儿到了关厢。这天又是集场，过路儿的一瞧绑着个人，一个便衣骑马的押送着，不知什么事，有好热闹儿的就追着瞧看打听。一会儿到了衙前，招的人很多啦。武爷下马，从人接过。此时县台并没升堂，班房也很清静。武爷才到班房要面见县官。

（四十五续） 1916 年 2 月 18 日

这两天的书，有急性子的人看着嫌费话。其实说书，无非是话里找话儿，假玩艺儿说得像真事似的，就是个玩艺儿。即如昨天说的，打更的奚落林儿，这些地方虽似费话，古人说"君子当权积福，小人越理欺人"，大凡小人稍得点儿宠，总是给人豁事坏事；一朝微失脚，同他程度相等的人必是就棍打腿，下井投石；已后循环报复②，越来仇越深。所以吾人处世，在得志时，有势不可使尽；遇失意人，要生怜悯心，不必结怨于他。若不甘己事，招点子空心毒，尤其合不着了。又如昨天的书，必得说送县时沿路招许多看热闹儿的人，原文虽没这们说，也并非我故意说闲话儿，所为梅御史家知道这个信，好救林儿来，不能算闲笔。话是交待完啦，还得赶紧接着说。

且说班房儿值日的头儿见人家推进一个人来，武爷也跟着，连忙出去。武爷把前次自己告的逃仆林儿的事说了一遍，又说"他昨晚黄夜又蹓回宅去，不知存什么心，所以将他捆上，请县太爷查照前案，澈底根究主使并隐匿之人"的话说了说。班头一听，说："是啦!"又冲着打更的说："你们给他解开吧!"打更的这才解绳扣儿。一夜的工夫，勒得挺紧，好容易才解开。值班的头儿说："我们老爷还没起哪。武老爷您先茶馆喝会子，把他交给我。容我找先生给你回进去，再打发小伙计上对过请您去好不好?"武爷点头，这才带着仆人出了衙门，还奔羊肉馆儿。自己在雅座儿到了个茶，这几个也在走桌③上到

① 夜明沙：干燥的蝙蝠粪便，此处借指屎。
② "复"，原文作"负"，据语义改。
③ 走桌：长方形的高脚桌子，供来来往往的临时过客使用。

下茶。马有人接去蹓着，不提。

一张嘴难说两家的话，但说林儿这小子天生的有人缘儿，别瞧到了梅宅三天半的工夫，把位梅二先生真给哄了个挺好，晚晌连姨奶奶屋都不愿意过去啦，净在书房跟这小子起腻，皆因他打的烟受抽（彼时有吗？关东杆儿①，您别当是清水棒儿②哪）。这小子说是告一会儿的假去取铺盖，不想一夜没回来，很是惦念。恰巧厨子买早菜，看见这个热闹儿，回到宅里一吵嚷，也有心疼他的，也有趁愿③的（才三天半就有趁愿的，足见小子的人缘啦）。大家一吵嚷，一会儿的工夫，已经吵嚷到梅二先生耳朵里头啦，一来心疼林儿，二来他昨晚是由这宅里去的，分明这是抓我的脸，所以也很不愿意，立刻拿了一个名片，打发下人去到县衙把林儿要出来。下人奉命赴县，不提。

但说县官正在内宅，忽然先生拿着公事进来，说："武承休前次呈控逃仆林儿一案，现伊本宅将此人拿获，扭送县来，请老爷发落！"县官一听，只好吩咐升堂，打算先问问武爷，然后再发落林儿。皂役立刻喊："站堂！"此时值日班头已把武爷请来在班房暂坐，把林儿带出来，院子蹲着。县官方升公座，就见从外面进来一个人，手拿名片，直入公堂，给县官请了个安，说："奉梅二老爷谕，来要林儿！"县台一听，赶紧吩咐将林儿带去，与我打鼓退堂。

（四十六续） 1916年2月19日

且说武爷以为一个呈送家人的事很不要紧，坐在班房儿里净等过堂。不想梅宅来了个下人见县官一说，知县就叫来人把林儿带走，自己连忙退堂（那位说，这像官事吗？原文这们说，我可没法子）。林儿乍进衙门的时节，心中有点儿忐忑，怕得是闹个俄罗斯打官司——一点儿照应儿没有（现在可比中国人有照应的多），想着俗语儿说得官法如炉，这要一入炉，虽不能崩焦酥脆，还不闹个开锅儿烂吗？谁想县官才坐堂，梅老爷就打发人拿名片来要自己，县官是当堂释放。这小子这分儿得意就提不尽啦。

出了衙门门口，看热闹儿的围着不少。瞧他出来了，有同他有个认识的，方才一别头，如今赶上前去，没话找话儿的瞎聊，反正什么"受惊咧，被屈咧，我们本打算容您过下堂来，□手再了的，究竟是为什么呀"。林儿这小子倚仗梅宅的势力，说："你们众位要问这件事，我跟姓武的宅里原本是说一不二，皆因咱们内里有人。你们别瞧武大爷这们朋友似的，他做不了武大奶奶的主意，武大奶奶又做不了我的主意。前两天也不是怎么被他知道啦，诚心抓碴儿找寻我，我心想躲两天就完咧。他们堂客又捎书带信儿的

---

① 关东杆儿：旧时抽叶子烟的大烟袋。

② 清水棒儿：指鸦片烟。

③ 趁愿：谓幸灾乐祸。

请我。昨天我刚到街门，就把我捆啦。要说凭我打个和奸有夫之妇，满算不了一回事。他不敢往真地儿上说，打算口大口小，叫咱们打一面儿官司。现在有知根底儿的护着咱们，只好后会有期吧！”林儿这小子在衙门门口儿不亚如开了演说似的，越说越得意（小人得志，大抵如斯）。

此时武爷坐在班房儿，要出来问知县这叫什么官事。几个班头直劝武爷先回去。林儿这篇子话，有听见的，也有没听见的，又要追出去同他打架，官人又都拉着。几个打杂儿的坐在羊肉馆，隔窗户听了个真切，想着必是这小子在堂上胡这们一拉，武爷嫌憨蠢，所以才不订啦！要说他们爷儿两个从前那宗好法儿，也实在好得不像，未免半信半疑。内中有说：“这话是他恨怨才这们说，凭咱们宅里大奶奶，人很正派，断不是这路人！”纷纷议论。班房儿的伙计怕是武爷追出去酿出事来，赶紧出去了一个，嘱咐梅宅要林儿的下人把他劝走。武爷坐在班房儿见不着知县，空嚷了会子，人家不管。又由班头们把他劝出来，仍奔羊肉馆，又嘱咐武爷的仆人把主人先劝回去。大家拉马的拉马，往上搀的往上搀，人多嘴杂，无非全说得是浮面皮儿的好话。武爷是气得眼都直啦，只好暂且回家。

一会儿到了书房，武恒也等着呢，问了问武爷。武爷把县官的情形一说。武恒说：“依我说，算了就算了吧！”武爷说：“此事大概全是梅御史纵容着他呢，知县是怕梅家的势力，我一定与姓梅的不能善罢干休！”

（四十七续）1916年2月20日

且说武爷回到家中，越想越生气，武恒开导了会子，武爷也不肯依从，气得当日连晚饭都没吃，和衣而卧的躺在书房，闭上眼睛也睡不着，好像得了怔忡①似的，闹了一夜。第二天，一个人儿老早的起来，想着莫若我找这个姓梅的去，到了他家门口儿，堵着门儿一骂。凭他讲打，打不过我。只要他一出来，我抓住他跟他毛一蛋②，与他打个地套儿③，反正有朋友出来再了，先出一出气，比跟林儿值得多。打定主意，直奔梅御史宅门。

武爷家中的人可是都没理会，皆因武爷生了一夜的气，别出这们个毛闹儿④的着儿来。走在街上，直勾勾的两只眼睛。武爷平日虽然朋友多，因天色甚早，多没出街门儿呢。武爷一会儿的工夫到了梅宅门口儿，门前也冷清清的。武爷对着大门高声喊叫，说：

---

① 怔忡：中医病名。
② 毛一蛋：打架。
③ 地套儿：满地滚。
④ 毛闹儿：瞎胡闹。

“姓梅的，你在家，趁早儿给我滚出来！咱们文啦武啦的所得走一圈瞧一瞧，分个公儿母儿，见个上下高低。姓武的要让你这们赶罗回去，我就白混啦！”越骂越生气，喊的所接不上气儿了，弯一弯腰儿，然后又往起一打蹦儿，嘴里是破米糟糠，反正没好词儿。

偏巧梅二先生这天没住在家里。林儿在书房一听是武爷的声音，可有点儿发怵，把脑袋在被窝儿里一扎，鼻气都不敢出。梅宅的下人出来探头，一瞧是武爷，知道也有势力，再说必是为林儿争风，谁也不便出头。

但说梅宅的左右邻一听隔壁有人堵着门儿叫着名儿姓儿的骂哪，还能不出来劝解劝解吗。一瞧是武爷，夙日也有半熟脸儿，连忙凑近跟前，说：“呦，我当是谁哪，敢则是你老人家呀，这是怎么会说的呢！您跟梅家夙日都是老乡亲（可不是孙菊仙），还有什么说不开的事吗！大概梅爷的话也许没在家，如果在家，必然出来了。见了面彼此说知啦，也就完咧。您这们一来，反伤了和气啦，明天到不好见面儿啦！依我说，有什么话，您先请回宅去，是怎么件事，您对我说一说，我们小哥儿几个既出来啦，必给您问清楚啦。然后两下里都要讨个脸儿，大概没什么过不去的事！”武爷骂了会子，见梅家没出来人，又有几位接房直说好话，自然就不能再骂啦。这才对大家说：“你们几位不知道，梅二他撅①透了我啦，我跟他没完！”大家说：“有什么话，您消一消气儿再说也不迟呀！”说着这几位就过来，拉着武爷，说：“您先请回。”此时也有武爷的朋友听说赶来的，连梅家的邻舍，才把武爷劝回去。

武爷到了自己家，把大众让至书房，把林儿这小子的事从头至尾的对大众说了一遍。大家一听，知道梅二先生好这一门，一定因这事犯的心，大家都不管，这才说：“您消一消气儿，容我们见着梅二爷，给您问明白了，必然叫您过得去！”说完大众告辞，从这儿就都不照面儿了。武爷还是不出气。过了两天，仆人由外面跑进来，说：“回禀老爷，林儿这小子遭惨报而死！”

（四十八续） *1916年2月21日*

且说武爷被大众劝回家，耗了两天，并没人管，自己还是不出气，可又不好再骂个重回儿去啦，无非干鼓肚子别主意。这天忽然打更的由外面跑进来，说：“老爷，方才我得着一个信儿，林儿这小子，昨天夜里也不知被什么人给杀啦！胳膊腿儿都剁下来咧，外带把膛也开啦。听说小子的心是黑的，都在梅家村子西口外圹野荒郊扔着哪！”武爷一听，心中很是惊讶，说：“想不到这个坏小子也有今日，真是活该哟！有人替我出了气喽！这就叫人容天不容来吧，□□□（武爷一喜欢，唱上《双摇会》儿啦）！我再瞧姓梅

① 撅：此处指当面使人难堪。

的护着你不护着你啦!”自己很是高兴，又派人到所说的这个地方去瞧了瞧，已由地方报县候验，暂行用席盖上。有人看着，怕是被狼叼了去，或是狗嚼了，官事不好交待，也不容易找这路好骨头去啦。仆人回来一说，武爷这才信实，想着慢慢儿的再探询，是因什么被谁杀的，这们可我的心眼儿。

正自□念，门房儿进来说：“回老爷的话，现有县衙官人皂班手持签票，说梅御史家将您同咱家老太爷全给告下来啦！是什么案繇儿，可不晓得，请您前去过堂!”武爷说：“我算计着他也不扰这一场。这到巧咧，他不告我，我还要告他哪。你出去告诉官人，就说我知道啦。一会儿我们叔侄就到，让他们头里先走着吧，你由账房儿每人给他们二两银子。”下人答应出去，如何告诉官人，不提。

但说武爷想着姓梅的告我，堵着他门口儿骂他许是有的，为什么又牵涉老太爷呢?他必是有赖词儿，据我想，若是不去，反透情虚理亏，若到当堂，先问他为什么有意株连好人。反正我们爷儿们理直气壮，再说凭名儿姓儿，还能把我们怎么样吗！这才打发下人，到东院把武老头儿请过来，从头至尾的一说。武恒虽是乡下人，也是历练人儿，并不怯官，又怕侄儿年轻，冲撞父母官，反到将事弄僵，连忙说：“既然他把咱们告下来了，俗语儿说得好，事大如天，见官就完。又说案打实情，无论怎么赖，也得事之本有，事之本无。我跟你去一荡，到听听他是什么词儿。”武爷说：“叔父所见不差，侄儿也是这样想。”

于是吩咐圈里套车，自己备了一匹马，叫小三儿书僮儿跟着老太爷跨车辕儿。一会儿车马备齐，武爷穿上官服，武恒是老乡民，自好是青衣小帽。爷儿两个带仆人由车房上了车马，直奔县衙。工夫不大，已到衙前，下了车马。武爷头前引路。刚进门儿，就见班房儿的头儿们迎接出来，说：“武老爷真快呀！县太爷正坐二堂哪。您屋里坐一坐，容我给您去报到!”武爷说：“就是吧!”爷儿两个进屋刚坐下，就听大堂后面喊：“站堂!”传出话来，单带武恒上堂。小三儿搀着，由照壁转过去。就见这位县台当中坐着，过来两个衙役，把小三儿给轰出来，把武恒带到堂口。武恒是遵法律的人，口尊：“县太爷，草民与县太爷叩头!”县官不容分说，说：“来呀，先与我重打四十!”

（四十九续） *1916* 年 *2* 月 *22* 日

且说武恒方一上堂，县官什么话不问，就说给我打他四十。此时武爷可还在班房里坐着哪，见小三儿张惶失色的跑过来，武爷就知道不好。自己也不用等叫啦，站起身形，出离班房，直奔大堂，绕照壁过去一瞧，见几个皂役已将武恒按倒在地。武爷可真急啦，一面往前跑着，大声喊嚷，说：“因为什么擅用非刑要打我的叔父？我们又不是杀人的凶犯，即便有人那样诬告，也得尸伤证物踪，样样相符，才能追问哪！我们爷儿们没做这样事，县官不可听凭一面之词。若说辱骂搢绅这件事，确是我一人所为，我叔父并不知道，若要办就当办我，不可责打我的老人家！”武爷嚷着，已到堂口，见知县戴着大墨镜，抬头瞧了武爷一眼，并不叫上来问一问，好像没听见的一样，冲定衙役说：“你们给我到是打呀！给我加着劲儿的打！”

武爷两只眼睛全都气直，不管什么法堂不法堂的，奔过去总得跟他讲一讲理，往前一跑。站堂的衙役过来，说：“你站住吧，这是皇上家大堂，你当是你们家的呢！老爷没叫呢，你就敢愣闯二堂，你好大胆子（大概瞧准了是双①的啦），把他拉出去！”堂上的衙役已将武恒的中衣②拉下，知县在签筒中把签撤出一把来，往下一扔。武爷看着是心胆俱碎，无奈被人揪着，连推带搡，推过大堂照壁前头，把过道儿一叉，武爷是干着急过不去，又听后面，一来二来的板子的声音。书中代表，就是打武恒呢（多明白）。

这几个衙役全受了梅二的运动，只要把武恒打死，就算给林儿抵偿对命啦，有什么乱子，全有他呢，这几个狗腿子有不加劲儿打的吗（通俗多半管衙门口儿的人叫狗腿子，其实不然，俗云公门之内正好修行，内中颇有积阴功的好人，唯独像打武恒的这路皂役，才是真正狗腿子哪。况且这点儿书，就把这位辽阳县的县台爷说得还不如戏上的山阳县③哪，有这路老爷，自然就有这路衙役。外带您别以为是假话哪，还是真有，所以前些年官逼民反的事多由此等狗官酿出来的事呦！板子好像雨点儿一般，什么一来二来的，那全是假事，瞎吆喝）。

但说这个武恒本是老实乡民，从小儿没受过刑罚，如今上了年纪，血气既衰，况且自问居心无愧，硬被县官按倒就打，已经气得半死儿啦。这群皂役又这们一加劲儿，打了不过十几板子，已然闭过气去，两腿发挺，眼皮也翻上去啦。按着的衙役一瞧，连忙冲掌刑的一摆手，举板子的就擎住手啦。这皂役说：“回禀老爷的话，太师爷气绝啦（那位说，这不成了《清官册》了吗？您想这路衙门，官儿胡稿，衙役还不开扰吗）！”县台一听，吩咐住刑，自己亲自下位一瞧，武恒可不是有出气没入气儿了吗，这才说：“快与我拉出大门！”吩咐衙役，快快儿的打鼓退堂。

（五十续） *1916* 年 *2* 月 *23* 日

且说武爷站在大堂前面急的直打蹦儿，衙役不容过去，耳中听得打板子的声音，心如刀绞。一会儿打退堂鼓，皂役出来，另有两个碎催把武恒连拉带抬的给拉过大堂，往院子一放，就全溜场儿下啦。院中剩下武爷与小三儿，武爷连忙奔过去一瞧，见老人家

① 双：这里指双簧，因二人上堂，借此调侃。
② 中衣：贴身内衣。
③ 山阳县：这里指京剧《窦娥冤》中山阳县丑县官。

气息奄奄，闭着眼睛，微有哼哼的声音。武爷一瞧，虽然没死，已经是快不行啦，骨血相关，由不得放声恸哭，一面哭一面骂。不但县台不理，就连个衙役也没有上前儿的（那位说，这像官事吗？不像官事，可像《九更天》的戏场子。原文就这们说的，您较真儿，我可没法子，您问蒲留仙去吧）。武爷是越哭越恸，越骂声音越高，骂了半天，连个落儿①没有。再瞧小三儿，吓得蹲在一旁直哭。自己一想，即便再闹会子，叔父死在堂前，岂不于孝道有亏，莫如先将老人家搬运回家，设法调治，自己慢慢儿再想主意报仇，反正得出这口恶气。

这才对小三儿说："你到外边，把赶车的老崔叫进来！"小三儿答应出去。一会儿老崔进来，知道老人家受了刑，由不得直掉眼泪。此时班房儿里又出来两个碎催，要在武爷跟前讨好儿，说："我们帮着把老人家搀回府去吧。他老人家可真受了屈啦。这也没法子，俗说官打民不羞，必是老人家在堂口订得厉害，把我们官儿的气招上来啦。其实并没真打重，总是上了年岁喽！"武爷也不便同这群人费话，回头对老崔说："你把车套好，咱们把老太爷搀扶回去，有什么话，我们只好后会有期，到了算吧！"大家见武爷是在气头儿上，谁也不敢多嘴。老崔说："车到是套着哪，这们办，我把他老人家背出去好不好？"武爷点头，老崔蹲下，小三儿帮着把武恒扶起来，嘴里是哼咳不止。武爷搀着，扶在老崔肩膀儿上。老崔说："老爷子，你老可爬住了！"武恒点了点头，小三儿在后面托着，老崔在起一长身儿，武恒是龇②牙咧嘴。这群碎催见没有想儿，也就不便紧围随着了。

出了县衙，武爷的车马是羊肉馆儿门口儿的人给照应着哪。武爷对老崔说："你可慢着点儿！"又叫小三儿先坐到车厢儿里头，然后轻轻儿的把武恒放在车上，慢慢儿的送进去，两腿已然打肿，坐不下了，只好半躺半坐的靠在小三儿的身上。然后老崔开发了厂子钱、蹓钱，自己不敢跨辕儿，举鞭杆儿脚打地往回路走。武爷扳鞍认镫骑在马上，后面跟随。

出离县城，走了好几小时方到西村。刚到门外，就有下人在门口儿瞭望哪，赶紧迎上前来。武爷下马，下人接过去，吩咐快进去叫人去，把车仍赶到车房子。打杂儿的过来一瞧，知道事不祥，也不敢问，仍由老崔背进东院去。阖宅的眷属，自己都过来打听打听。武爷叫人赶紧预备糖水，然后又叫烫老酒，找三黄宝蜡、九分散，把老人家服侍睡下。武爷回到书房，又悲伤又生气，无奈是一点儿主意没有。

（五十一续） *1916年2月24日*

这段儿书，按原文说，武爷是个好交朋友的人，怎么会一点儿主意没有呢？这就是

① 落儿：指落头，引申为主意的意思。

② "龇"，原文作"呲"，据语义改。

俗语儿说的“见事则迷”。

耗了一天，见叔父伤痕虽不甚重，可是自己这跟头栽不了，无论怎么说，也得治这一口气，那不家产净绝呢，也说不上不算来了。可就是当时不知道这件事怎么下手，方能解恨。想了会子，一想夙日常来的这个斋，那个亭的，虽说有交情，这几天全不照面儿啦。再说即便请来商议，也全是墙头儿上的草随风倒，那一边的风硬往那一边跑。至多无非约会点子人，给我跟姓梅的解和，县官这一方面决办不出个四六加开①来。忽然想起前次自己所做的梦来，说“交游遍海内，皆是滥交”的话诚然不错。

又想起说田七郎可共患难，我们两个人这一年多的工夫，也见出他是个朴实好人。而且前次夜里所说的恶人之言，已经应验在林儿的身上了。这件事若是跟他商量，他许有个主意。但只一节，他自从我告林儿，县里不管传的那一天，他来了一荡，我对他一说，他也没说什么就走啦。直到今一天，并没照我的面儿。要说他所不知道这件事，辽阳县都吵嚷动啦，他决计不能没听人传说，怎么他竟自会不闻不问，连打听打听的浮面儿都没来荡哪？虽说君子施恩不望报，要讲姓武的待他，敢说交朋友也就算是啦，怎么他也同旁人一样哪？莫非丧良心，把良心丧了吗？又一想不对，别错怪了好人。要说林儿这小子死的真怪，错非行侠作义，有飞檐走壁夜行人的功夫决办不了，也下不去手，也没那们大的胆子。瞧他平日虽没露过，他有这路能为，可是多半侠义人不能让人瞧出来，对，是他气不平。那天听林儿秽言污蔑主人，他心中一恼，背插宝刀，昏天越井字儿②，入窑儿（那位说，武爷怎么会这个呀？跟我一样，评书场儿蹭听来的，不然就说不全了吗），把林儿这小子不知怎么弄死，给扔在旷野荒郊，又大卸了八块，还开膛摘心。错非是我这个好兄弟，谁替我这们报仇雪恨哪（一死儿要往宋朝的武二爷③上巴结）。又一想，也许不是，如果是他，他必预先告诉我一声儿，莫不成他怕我害怕吗？那也不能呀！事前不说，办完了他也该来一荡，少微露点口风儿呀！又想着还得是他，别瞧人家不说，大凡有一点好儿就晾情的人决不够朋友；能做大事的朋友多半不喜让人知情，问着他，还不肯认呢。可是凭我们两个人的交情，问问他或者许告诉我，与其我这们瞎捣鬼，何妨问问他本人儿呢。即便他不来，我打发个人到他家去，就说我有点要紧的事，请他急速来荡，还好意思的不来吗！对，就这们办。

这才叫进仆人，吩咐去请田七郎。一会儿回来，说田家现在倒锁门，不知是搬了家，还是因□在逃，打听左邻右舍，俱各全然不知。

① 四六加开：指清楚明确地做出决定。

② 越井字儿：逾墙。

③ 武二爷：这里指《水浒传》中的武松。

（五十二续） 1916年2月25日

且说武爷疑惑林儿是田七郎所杀，可又所没见他来，自己好生纳闷，这才叫过一个下人来，打发他到东村去请。谁想去了半天的工夫，回来禀报说："小人奉老爷之命到了东村，见田七郎的街门是由外面倒锁着哪，里面又顶着石头，推了推，简直的推不动。又同他们本村的人打听了打听，全说不知道。见他们这门锁了有三四天了，是在家没在家，并不知道。你要实在的找他，只好你自己跳墙进院去瞧吧，小人不敢混跳墙，再说我也不会。您要一定找，只好另派别人吧！"武爷一听，也就没法子了，说："你且退下，容过一半天再访察吧！"下人答应退去，不提。武爷可就越发疑惑是田七郎，必是杀了林儿畏罪潜逃喽。暂且不提武爷。

但说这一天，梅二爷因县官责打了武恒一顿，自己总算做了脸啦。无奈心上的这个林儿被人杀死，凶手无踪，起心里不愿意。想着必然还是武宅使出来的人，必须叫知县给访察出正凶，方解心头之恨。这天早半天儿叫人套车到衙门，要面嘱县台。到了衙门下车，不用人通禀，穿大堂直奔内宅县官的书房。县台方才起来，听说梅二老爷来啦，赶紧迎过来。梅二爷还没进屋子呢，彼此见面在院子行礼，县里小厮打帘子，对谦让着往屋里走。

就在这个时候儿，正是早晨，有往院里抬水的，有挑①柴禾的，吵吵嚷嚷挺乱，县官并没理会。梅二爷刚上台阶儿，听有人嚷，猛一回头，就见抬水的身后有个挑柴的，身量高大，汉仗魁伟，头戴草笠，看不清模样儿，脚底下飞跑，直奔书房门口而来，把柴草往台阶下一放。梅二爷一怔的工夫，此人用手把草笠一掀，由草中掣出明晃晃的一柄刀来，直奔自己身后而来。小厮吓得把帘板儿撒手，嚷了声："我的妈呀！"已经由台阶上滚将下来。梅二一瞧，也吓傻啦，一抹身想开腿跑，正与樵夫对了面儿。这樵夫举定钢刀，斜肩带背的砍将下来。梅二爷一害怕，一着急，用右胳膊一搪，一歪身子，冷气森森，一片寒光正碰在腕子上，砍落当地。梅二爷疼的一晕，樵夫一扁腕子，跟着一刀，噗咚咚，人头落地。这点儿书可是评书套子的话，说时迟，那时快。

再说县台见樵夫扑奔梅二爷要砍，自己是文官，可不敢过去动手，好在夙日能钻门子，生就两条能跑的小细腿儿，今天真用着啦，撒腿往里院就跑。小厮爬起来是往外跑，一面跑，一面口中喊嚷，说："了不得喽！宅里有了行刺的喽！杀了人喽！"一气儿跑出二堂。此时班房的衙役们一听有刺客，大家各抄短棍、铁尺、钩杆子，齐声喊嚷说："拿呀，别叫刺客跑了哇！"有出主意的，说："咱们先关门要紧，凭这们些道门，他还跑得

① "挑"，原文作"逃"，据语义改。

了吗!”及至大家拥进内宅院里来，见这樵夫还在书房前站着往四下里看呢。大家嚷:“拿呀!”可是谁也不肯上前。就见这樵夫把刀往项上一横，已经自刎身死，尸腔栽倒在地。

(五十三续) 1916 年 2 月 26 日

且说众衙役一路苦毛，把衙门全关上门，及至见着刺客，谁又不敢上前，不过瞎嚷。就见这人用刀向脖项一横，咕咚栽倒在地。吓得小头儿一闭眼睛，说:“呦，八成儿是自刎啦吧?”那个就说:“招呼①这是□彩儿，可得防备着点儿!”还是赵大胆子大，手持铁尺，往前凑了几步，说:“你们不用瞎怕啦，你们瞧，流了一身的血啦!”大家一听，这才全跑过来一瞧，咬着牙瞪着眼睛在地上躺着，纹丝儿不动，可不是死了吗。这八个头儿可就议论开啦，说:“咱们谁亮②他，趁早儿说出来，好追究主谋的，大概官儿必然还有赏哪!”

此时众人准知道刺客死了才都敢围着瞧。到是马八年轻，眼力儿高，说:“不用说啦，我亮他，这不是那个田七郎吗!”大家一听，说:“对。”赵大也说:“对，他跟姓武的至靠，称得起是过命的交情(可也过财)。姓武的跟姓梅的是仇口儿，要讲势力，姓梅的有咱们官儿照应，姓武的干不过他，所以买嘱他来行刺梅二爷。又怕有人认得他，所以扮作樵夫的模样。今天必是由梅宅就跟下来了，把姓梅的杀了，又怕连累姓武的，才畏罪自刎，你们想对不对?”大家一齐说:“还是头儿圣明。可是咱们瞎议论会子，办不了官事，老爷到是往那儿去啦?”赵大出主意，先把各门开开，两个人往前边去找先生，又到内宅的垂花门外头，喊:“请老爷升堂，刺客已经死啦!”

书中代表，这位县太爷见梅二被杀，自己跑进垂花门，不敢进屋子，奔了后院儿，在厕③所一蹲，还不放心。恰巧前两天下雨，有一柄破雨伞，县台抓起来支开，在伞儿底下一猥，净剩哆嗦啦。衙役一喊，内宅下人听说刺客死啦，这才放心，满院一找老爷。县官也听说死啦，才由后院往前□，两腿直颤，拄着这柄伞儿出了垂花门，远远儿的就瞧见两个死尸，一个有脑袋的，一个没脑袋的，这才放了点儿心。此时众衙役们都跑过来，说:“老爷受惊，小的们失于防范，罪该万死!”县台刚得了活命，顾不得同下役作威，颤巍巍④的声音说:“你们可认识他是谁吗?”马八赶紧过来说:“这人就是前次打死猎户的田七郎。”县台说:“呕，是喽!你们叫先生，传仵作，先填个草尸格儿，再打

① “呼”，原文作“护”，据语义改。
② 亮：此处为认识的意思。
③ “厕”，原文作“厮”，据语义改。
④ “颤巍巍”，原文作“颤微微”，据语义改。

主意!"

先生同仵作全在外边预备着呢，没叫不敢进内宅。这位县台听说田七郎，心中一想，我也见过这人哪，我先过去瞧瞧去，往前一迈步，闻着一股热血味儿又腥又臭。那位说，凭这样好人，血能臭吗？那是梅二先生泛的味儿。县台一扭脸，想起这柄伞有用处了，连忙支开，所为遮挡着点儿，又一迈步，见田七郎咬牙瞪眼的手里还拿着原行儿①哪，脸上身上全有血渍，脖项有一道刀口偏左。县台一手举伞，一毛腰，想细辨认辨认凶手的模样儿，不想死尸□然站将起来，照定县台就是一刀。这位县太爷居然应了投军的《安泰得胜》的歌词，就是好糟的脖子掉了脑颗。

（五十四续） 1916年2月28日

《聊斋志异》这部书名儿，"聊斋"是蒲留仙老先生的书斋，"志"是记载，"异"是奇怪的事，无异小志，所以那一段都有点儿近于荒唐的地方儿，也有真事，也有假编的。即如这段《田七郎》，就好像真事，全都不甚离奇。惟独昨天所说的死尸杀人，可透怪诞。按古之忠臣义士有临难殉身、尸僵不到之说。因此人寸心不死，所以有能复斩仇敌的，理尚可信。这点儿书，原文说田七郎尸身"僵卧血泊中"，及县官"停盖审视"，"尸忽崛然跃起，竟决宰首"，比僵尸倒还透怪异。蒲先生这们说，我替人家圆谎，可不能不谄出个理儿来。人人都知道死人有诈尸之说，是活人的电气与死人的电气相吸，忽然站起来，所以人要越跑，他越追，就全是电气吸引的力量。这点□书，诸位要一定看着玄虚，就可以以此理证之。如田七郎以死报知己，为武爷报仇，自然必将梅□、县台全行杀死，方才甘心。偏偏单跑了个知县，又恐连累武爷，故用刀自刎。又赶上知县过来歪下身子细瞧，自己的电力引上七郎的热血力，又有这柄雨伞鼓动凉风，所以跟着站起身来。这柄刀又是宝刀，这位县台爷又是个长脖子，正伸了个挺长，所以才碰到一块儿，一下子闹了个误伤。按这们说，虽透玄儿，可还不大离格儿。唯原文上"停盖审视"四个字实在费解。如州县出外验尸，例有引伞，这件事在仓卒之间，况又在衙门的内衙，并没提设公座，那能专预备这柄伞。若说当盖藏讲，似乎也可以说，无如官人还没回明县官，不能就在内廨用席遮盖，只好还得说伞。在下没法子，只好这们圆全，既没丢原文，似乎还说得下去吧！那位说，你细批会子，还是卖一枚铜元一张，不能挣四两十元的礼金，还是当得了纸落价儿吗？对，那们咱们还是接着说书。

且说知县一毛腰，要细瞧凶手。头儿们到得往后一撤身儿，怕说有什么情弊（官事

① 原行儿：原有的东西，此处指刀。

谱儿吗）。谁想田七郎烧喇嘛①的朋友，站起来啦。这一下子，把大众吓得滚的滚，爬的爬（那位说，这群人莫非没长腿吗？他是见七郎一起来，全吓酥啦，不约而同的就全爬下了，还想逃命，故此才这们说），一回头，见七郎手起刀落，大家一闭眼，只听噗哧的一声，县台人头落地。那位说，怎么这个声儿呀（骨头差儿）？又咕咚咕咚的两声，当郎一声，两个死尸先后栽倒就地。“当郎”是这柄刀才撒了手。

此时马八年轻，腰腿灵便，已经爬到内宅门内，刚往起一站，恰巧小伙计带着先生仵作正往这院里来。先生在前头，又是近视眼，手举纸笔，低着脑袋。马八往起一站，先生一抬腿，正踢在马八脑门子上，一害怕一疼，又爬下啦。俗语儿说，闹了个马爬，不能以人比畜，这典故就出在这点儿书上（别招说啦）。先生连快扶起八头儿，一问情形，原来一步来迟，县台爷出了缺啦。大伙一商议，只好请县丞暂行代理。

（五十五续）1916 年 2 月 29 日

且说先生一听梅二爷被刺、田七郎自刎身死，县台传带仵作去验，填写尸格，所以赶紧往内宅跑来。又听马八说县台也被田七郎杀啦，先生直摇脑袋，说：“这事可办不下去，你们几位头儿请想，这文书怎么往上详啊？”众头儿们说：“你别跟我们研究官事套子，县台一死，就得请二衙或四衙②带行文护印。县丞离着远，咱们就请四衙吧（到是多两衙呀）！”先生说：“无论怎么说，还是非县丞来不行！”于是一面派人去请，一面给梅宅送信，又给内宅的县太太报丧。

内宅这位县官太太方起床就听前面嚷：“刺客死啦，请老爷！”及至老爷出去，又说：“被刺客杀啦！”直摸不清是有多少刺客，还是另有什么危险物。这才叫进衙役一问。衙役只好实说：“是死田七郎杀死的活知县。”县官太太一听，放声恸哭，由婆子搀着出了外院一瞧，两个死尸脑袋都在一边儿扔着，不敢过去抚尸恸哭，怕认错啦，有心要抱脑袋，见鲜血淋漓的好生害怕，爬在地下，夫呀夫呀的嚎哭起来。

但说梅宅的车夫见坐车儿的进去了，自已知道没信儿走呢，扬辕大卸，拉牲口上茶馆喝茶去。忽听说县衙有了刺客，想着必是刺杀知县的，大概坐车的必下来的快，刚到上茶，就没敢喝，连忙过来把车套好。又听内衙人声喧嚷，自己也没处打听去。一会儿出来一个小头儿，说：“那辆是梅二老爷的车？”赶车的赶紧答言儿，说：“这儿哪，套齐啦！”头儿说：“巴式，劳你的驾，回去吧！就说你们二老爷回不去啦！”赶车的说：“莫非也受了伤了吗？”头儿说：“梅二老爷的腔子跟脑袋分了家啦！”赶车的倚仗主人势力，

① 烧喇嘛：旧时有“烧喇嘛——站起来了”的歇后语。
② 二衙、四衙：二衙系县丞的别称；四衙是县尉的俗称。

一听，说："好可恶的刺客，拿住了没有？"头儿说："刺客自刎啦！"赶车的说："罢了，有你们县官一个乐儿，他这纱帽不用想戴啦！"头儿说："岂但纱帽不戴了呢，连脑袋也不在腔子上啦！"赶车的说："那们是这个刺客将一宾一主一块杀死喽？"头儿不□细告诉，说："你就快回宅吧！"赶车的这才赶着空车，摇鞭往回路报丧。到宅怎么说的，与本文无关，不必细表。

但说这位二衙得着信，起心里很喜欢（即便不能实授这缺，署理几天，也是好的），赶紧吩咐打道赴衙。此时班房里的人，连先生、仵作俱都预备着呢。到大堂前一落小轿儿，一问情繇，头儿们一口同音，全说"刺客是跟下梅二老爷来的，趁二人见面行礼时节，先杀死梅二爷，然后杀死县太爷。下役闻声赶来，他畏罪自刎的。事出仓卒，又在内衙，实属猝不及防"等语。县丞点了点头，问问四老爷已经来啦，尸亲全在内书房等着呢。县丞往里走，四衙迎过来，彼此一同过二堂，进内宅门一瞧，就看见三具死尸，赶紧设公案，由仵作过去喝报，先生□笔填写"梅二爷生前被凶手砍□左手，又一刀身首异处；本县太爷，生前一刀，身首异处（比戮尸马力□儿）；凶手田七郎畏罪，一刀自刎，割断食管，气管未断"等语。县丞一听，这才追问怎么晓得他的姓氏、排行。

（五十六续）1916年3月1日

昨朝话表，这位辽阳县县丞老爷虽是佐杂，到是个吏员出身，平日县台做事，也不敢十分瞒他。此公援吃肉喝汤之例，又有象疯象拿的手段（那位说，什么叫象疯象拿呢？通俗的说象疯了还象拿，这话在下虽听人这们传扬，记得长安街闹疯象的那一次，可没应验。如今见县台已死，又是件无头的案子，真有两个没脑袋的吗），一听见信，就心里打主意，要在上峰面前露一手儿，所以一进门儿就聆音察理的想法子要给办清楚了。县里这群人也是提防着他呢，不想仵作顺口说出"田七郎"三个字来，这位县丞可就□着线头儿了，立刻变脸，一拍惊堂木，说："你既能说出他的姓氏、排行，想来你必认识他喽？此事那□同谋，那个主谋，必然你全知道，照实招上来，免得三推六问！如果不招，丞相赐得幺二三，我可要打你的眼儿猴①了（这是县丞吗？《打平》的柴爷，您别瞧人吏员出身，多半是高腔老排底，今天官事一高兴，所以犯了老迷）。"

仵作一听这位二老爷敢则朝自己来啦，连忙跪倒，说："回老爷，这个人姓田行七，阖署的人全认识他！"县丞说："莫非他也是县里的差役吗？"仵作说："他到不是。去年冬天打死过人，在衙门监里圈了小半年子。后来你们爷们施恩，开脱了他的死罪。这件事大概老爷也不能不记得！"县丞翻了翻眼睛（查底帐哪），连忙点了点头，说："呕，是

① 眼儿猴：死去的意思。

喽，不过我不认识他。你且起来，站在一旁！”仵作起来，这位县丞眉头一绉，冲着先生一点手儿，说：“你且附耳过来！”先生一毛腰，凑在公案桌前。县丞悄步声儿的说：“方才据仵作说这田七郎是阖衙人全认识，先生想必也知道喽？”先生点头说：“不错，书班么也晓得的。”县丞说：“想必这个人夙日是无恶不作的匪棍喽？被你们大老爷尽法惩治过他，所以他怀恨在心，前来行刺。怎么这内中又将梅二老爷也刺杀了呢？这件事虽然正凶已死，我想梅宅的势力可大，别说是我，就是你们大老爷，也了不了。况且我同你们大老爷不念同寅，得念同僚。一刀重伤二命，我既忝列此地，即系平民，也当为小民伸冤，以慰屈魂。千万别容梅宅有什么举动，咱们就得办出个四六加开才是。先生你想，我这话是不是？”先生说：“是极，是极，二老爷圣明！请示二老爷，怎么办法儿呢？”

县丞说：“此人既在监里拘禁过，大概你们必晓得他的窝巢在何处，还有多少余党，有什么人口吧！”先生摇着头说：“这个么，书班不晓得，不敢混说他有无通党证据。若说他的住址，从前在东村，他们头儿们都认识。听说他到是很孝母，跟前有个孩子。”县丞一听，说：“只要他有家口就好办啦！”立刻标签票，密谕：“赵大、王二、孙三、李四四个人预备铁链①家俱，迅速赴东村，会同该村里正保甲，将田七郎的母亲、儿子一并锁拿前来见我。如敢卖放，一定打折尔等的狗腿！”

（五十七续） *1916年3月2日*

且说县丞吩咐完四个头目，又冲着四衙说：“寅兄请想这件事是这们办不是？”四衙点头。四个头目领了签票前去办案，不提。

但说梅二太太同知县太太都在书房坐着呢，隔窗听县丞办的得法，赶紧由书房出来，哭哭啼啼的来到公案桌前。两位官儿赶紧站起来，二位太太都万福行礼，县丞等答礼相还。二位太太哭着说：“我家老爷死得太苦，务必请老爷与他们报仇！”县丞说：“不用太太嘱咐，下官是当尽的责任！已经派人去拿凶手的家属去了。请示二位太太，此案确证为生前一刀杀死，身首异处的，大概没什么难明之处，可以无须覆验了吧？”二位太太说：“那是自然！”县丞说：“既然这样，就请各具一套供，请二位画了押，赶紧备棺木，把我们长官与梅老爷盛殓起来，停放在寺院，请僧道超度亡灵。如果将来上宪有什么另行派验之处，只要有二位亲自拦验，也就完啦。这不过是官事这么说，其实是断乎不能的哟！”

二位夫人点头，这才各派家人出去置办衣衾棺木。各家尸身全由衣服辨认，脑袋还抓不错，单有一只腕子，那是梅二爷的。有心要找人把脑袋给缝一缝，可惜东省的地方

---

① “链”，原文作“练”，据语义改。

儿没这路好手艺的侩子手，只好浮摆上，用草纸两边一塞吧。

县丞又吩咐把田七郎的死尸暂行拉出县衙，靠墙用席盖上，俟等将尸亲拿到，认明再行抬埋。原行刀暂行□案，俟详文批回，再行入库。县丞吩咐已毕，自己可不能就走，得暂行护印，暂住在这内衙的书房。两家尸亲各带家中的仆人收拾完毕，可还不见派出锁拿田七郎的母亲、儿子的四个官人回来。县丞很是疑心，又把张五、刘六、耿七、马八全都叫上来，嘱咐务必的上紧帮同拿来。

直到后半天，八名班头带伙计才跑回来。县丞也不便升堂，叫进书房一问，赵大同张五进来，跪倒叩头，口尊："二老爷，下役奉谕，到了东村田七郎门前，见门是由外面锁着哪，里边顶着大石头，这才找着东村的里正保甲。下役们跳墙进院一瞧，是一所空房。赶紧开开门，把大家放进院中，细细查点，有粗重器俱一概不短，就连猎具、皮□、破衣服等物也全有，并无银钱。又看了看柴灶上尘土多厚，是好几天没生火的样子。又问了问左邻右舍，都说见他家锁着门好几天了。临走的时候也没托咐谁，大概田七郎必是趁昏夜将他母亲、儿子运走。至于藏匿何处，实不知情。由里正保甲率邻右具有切结，老爷如不凭信，再行传案。这是下役奉命前往的实情，祈老爷详察！"县丞一听，这家人必是藏了，大概远不了，把八个头目从新叫上来，限三天，所有本县界内所属的地方派人密密查访严拿，务将田七郎之母拿获有赏，否则重责不贷。班头答应下来。尸亲两家听见这信，暂时也就无法了。

但说武爷得着此信，立刻不顾吉凶，要来恸哭七郎。

（五十八续） *1916 年 3 月 3 日*

这段儿书目录是《田七郎》，自以七郎为主，武承休为宾。田七郎是孝子，是义士，此等奇男子，诚不易觏①。然若非武承休虚心礼贤下士，也交不到这等分际上。常见气度小、眼光短的人，待人稍有小惠，便责备人不酬报，张口就说某人没良心，要知施恩不望报，方是君子。若对于人，则当以受人点水之恩，答以涌泉之报为怀，方是丈夫之行为。武爷这个人自是高尚一路的人格。当日圣门子张②问"崇德、修慝③、辨惑"，子告以"笃行其志，攻其恶，无攻人之恶；一朝之忿忘其身，以及其亲"等语。武爷所犯的就是不能修慝辨惑，然有梦境中惟田七郎"可共患难"一语，真能笃行不倦，便遇此等以身相殉之友。并借此良友，亦传诸千古。此等事固武、田二人之不幸，然方诸君子疾没世而名不称之义，正二人之幸也。这段书说了五十多天，多是照评书路子说的。如今

---

① 觏：遇见

② 子张：春秋时孔子的弟子。

③ 慝：恶念，邪恶。

田七郎已死，不得不稍加评论评论。咱们赶紧接着一半天把这段说完，好换新鲜目录。

闲话打住，且说武爷自那天派人去请田七郎，下人回覆说锁着门呢。自己无法，连日服侍叔父，幸而伤痕渐痊，有心要进京去告梅家并知县，也离不开身，只好在家干生气。这天下人进来说知县衙门怎样闹刺客，连梅二一并杀死，凶手自刎，并且是田七郎的话一说。武爷一听，又痛快，又伤感，赶紧叫人备马，说要打听打听去。这个下人说："现在县里正追究主使的人呢，老爷恐怕去不得！"武爷说："田七郎此举是我要办办不到的。我虽不知道，即便将我拿获，算我主使，我都是愿意的。你等不必多言，我自有办法！"下人无非说到了的在，也不敢多言，给备好马。武爷扳鞍认镫，一加鞭儿，进了县城。

此时阖县的人业经吵嚷动了，田七郎的尸身被县中衙役拉出衙外，用席头儿一盖，旁边有两个小伙计看尸。武爷到了衙前，还把马交给羊肉馆的门外的人，到馆里一打听，这个跑堂的见是熟主顾，所以到还肯说，真是知无不言，言无不尽。武爷一听，田七郎在县衙外头盖着呢。自己出了茶馆，奔到席头旁边，放声恸哭起来。把两个小伙计吓的直吐舌头，悄步声儿的说："这位不是姓武的吗？咱们过去，硬把他拿住，回明二老爷，就许有赏！"那个说："你别莽撞，人家也是辽阳的首户绅士哪！这们办，你看着，别叫他把尸身盗走。我到前边问一问先生们去！"那个说："有理。"武爷此时心如刀绞，只哭得泪尽声嘶，也没有一个人劝，所以看尸的两个人捣乱，并不知道。那一个进了衙门，找着头儿与先生一说，大家全不做主，又回禀县丞，这位县丞是官事娴熟的主儿，又没准见证，也不敢冒失，又打发人请示知县太太同梅宅去。武爷哭了一场，这才照旧骑马回家。及至两家都把武某主使的供递上来，武爷已经走远。梅家把这事告诉家中，梅御史一听，要据闻上奏。

（五十九续） *1916* 年 *3* 月 *4* 日

且说武爷回到家中，此时县里既有两家尸亲控告武承休主使田七郎行刺的呈词，官役这才敢到武家来指传。武爷是理直气壮，跟着就去过堂，见了县丞，问有什么见证。县丞说："无非这是据两家尸亲这样控告的，阖县的人也都晓得你跟田七郎相好，并且前次你在衙外哭尸，所以令人可疑。你如果能将田七郎之母说出藏匿的地方儿来，他若说不是你，自然就不涉嫌疑了。"武爷说："我与田七郎是口皮货的主顾，因听他死得可怜，所以哭是有的。至于他母亲的下落，我不知道。"县丞平素也晓得武爷的势力，不敢刑求，也不能拘禁，自己又是护理县印的官，不敢得罪大绅士，无非据武爷的供，再回覆两家尸亲。

没有几天，上司派署新任知县到署，县丞交待公事，前任县官眷属就得搬出衙外。

再说梅宅的信寄到□中，梅御史听说兄弟被刺，自是伤感的了不得，家信上说“本县的知县也同时被刺，疑系田七郎被武成休主使”等语。这位御史把家人叫进来，细问了问，见证也没有，只好递了个封奏，不过说“辽阳县知县被刺，恐有本处汉奸图谋不轨”等语，“并闻该县有劣绅武承休招聚亡命情事”等语。折子递上去，奉旨有该省大吏查办。此时武爷因梅家一告，也防范梅御史下毒手，早先进省打点安置好了，花了好些银子。及至折子到省，并没十分查，就以“查无实据”回奏上去。

这点儿书，按原文说，“咸谓其主使七郎，武破产賷缘当路，始得免”几个字，我若撕开了说，可又够十天八天的。与其您瞧我的，莫若您瞧《官场现形记》好不好？故此一表儿，就可以赶完。

且说田七郎的母亲既没拿着，新官到任，嫌衙外的死尸有碍卫生，这才吩咐人抬出城去。好在是冷天，衙役打开一瞧，尸身已经冻僵，可怜连领芦席没有，就那样给搭到旷野一扔，扔了二十多天，也没人管。武爷这天由省回家，知道这个信，自己去瞧了瞧，见死尸如生，旁边虽有老鹳、野狗，可都不敢近前。好在此处没人管，武爷连夜派人抬来一口棺木，盛殓上，埋葬起来，大哭了一场。都说官事冷则懈，一点儿不错。梅家停了些天灵，也只好下葬，县台夫人扶柩回籍。这件案子，就算完结。

再说田七郎当日把母亲同孩子送到外县地方，后来田老太太死去。这个田少投奔山东登州，改姓为佟，在军营效力当差，得了几个保举，保了个实缺参将，□□将衔。想起父亲惨亡，骸骨无存，心中就十分悲恸。这年地方安靖，告了三个月的假，来到辽阳县城打听武承休，虽然八十多岁了，还在着呢。于是到武宅一拜望。武爷请进来，见了并不认识。这位田少以伯父相呼，武爷是直谦逊，一会儿屏退左右，把真姓说出。武爷是十分伤感，这才给他指明他父埋骨之处。田少恸哭了一场，仍回原任。这段书到此已完，明天另换新题。

白话《聊斋志异》（下）

勋莣臣 著
雅 芳 整理

齊鲁書社
·济南·

齐天大圣

（开篇）1916年3月27日

一部《聊斋志异》，文情意致缠绵。说狐说鬼说神仙，不过谣言全传。
本报按天讲演，变换总求新鲜。《公孙九娘》已说完，在下毫无成见。
转瞬阳历四月，储蓄彩票开签。恭贺诸君好财源，获利奚啻千万。
自古善人是富，福田须仗心田。友爱刚方圣恤怜，不失劝人为善。

流口辙的百字□儿念毕，余不多表，接着还是《聊斋志异》。这次说个新鲜□儿的，虽是迷信，仍不失劝人为善的本旨。这段儿书目录是《齐天大圣》，要说这位圣人，可没奉明谕升入大祀，可称地道土圣人。别瞧这们样儿，人家的名头比起孔夫子不在以下，妇孺皆知。前些年，小孩儿们比在下记得的全，皆因什么缘故呢？从前有个恒永通①，在甬路边儿上，书场子里，放个渔鼓，带卖沉香佛手饼，连说带学，听得小学生儿们全□了毛病，五官挪位。再加上戏台上有许多出扮出来的，所以大家脑筋中更记得真切了。我说的这一段，《西游记》上可没有，戏上也没这一出，还是得按《聊斋》上往下说。

且说有个姓许的，名叫许盛，是山东兖州府人氏，从小儿习学贸易，出外经商。跟随兄长，名叫许成。这年乘船赴福建去做买卖，这路商贩都讲的是来回荡儿，把所贩来的货发出去，然后再由本地装载土货，到了家乡，那一样儿也得赚个对合子利儿②。这哥儿两个到了福建，偏巧所运来的货没有行市，有心出手，是找不出嚼谷儿来；有心不卖，又不知将来的价钱还要跌落几倍，所以很是着急。古人说雁飞不到处，人被利名牵，真

① 恒永通：清末北京著名的说书艺人，以说《西游记》见长。
② 对合子利儿：与成本相等的利钱。

是一点儿不错。许氏弟兄二人住在客店，各省的商贩都有。此时恰巧赶上客货云集，货船到得既多，大家都不容易得利。

内中有一个贩货的客人，对大众说："咱们这次财气不大兴旺，皆因没烧香许愿。要讲福建这个地方儿，属着大圣神祠灵应。明天咱们何不到庙去烧股香儿，祷告祷告呢！"这位这们一提倡，大众异口同音都说："对，得去，得去，一定是要去的！"这位许老二不知道大圣是什么神圣，既然听大众这样说，想着跟哥哥去一荡，随个众儿，这也不甚要紧，说："既然这样，咱何必等明天，大家一块堆儿就此前往好不好？"大家都是发财的心盛，一齐说："今天去，也还不迟，咱们就去呀！"这个就到柜房儿同店主东说明，求他照应行囊货物，那个就张罗锁门，有说请股高香的，有说来封速定香①，带一分钱粮的。大家各带赀财，笑嘻嘻出离店门。许老二不认识道路，后面跟随众人，拐湾抹角，来至一座大庙。

（续昨） *1916年3月28日*

且说许老二跟随大众出了店中，大家说说笑笑，并不觉远，也无非三二里地，远远就看见有过街大牌楼。过西牌楼，路北三座山门，往南瞧是个绿琉璃瓦砖牌坊，那是神路街。进头道山门，过二道门，东西有跨院行宫，进三道仪门，顺着御路丹墀，直看到迎面的大殿。东西有配殿，四围全是转角廊子，是七十二司②（那位说，这是齐天大圣祠吗？东岳天齐庙。以今天说，离开庙不过二十来天，所以我想起来啦。您要叫我按福建大圣祠说，我没到过，怎么个样儿，您同别位打听去吧），殿座儿挺高，往后连着佛阁，画栋雕梁，修盖的别提多庄严啦。

这天原□是朔望③，烧香的都络绎不绝，一位位的举着一股香，一秉虔诚，前来瞻礼。不言大众，但说许老二心中纳闷儿，不知这位大圣是怎样的金身，想要先瞻仰瞻仰圣容，然后再读碑志。这先生才转过云堂扑大殿（得，还是天齐庙），许老二趁大家都忙着烧香的功夫，溜进殿门。抬头一瞧，正中供的大圣神像，披着黄云缎神袍，头戴黄缎罗帽，上有月牙金箍，双翅子插雉尾，后披狐裘，往面上一看，火眼金睛，两腮无肉，原来是照戏台上《金刀阵》《水帘洞》扮出来的齐天大圣孙悟空。许老二不由□噗哧儿的一乐儿，再往外一瞧，大众一个个顶礼参拜，连大气儿都不敢出，这分□恭敬，实在出于至诚。

许老二是个糨牛筋的脾气，书也看过不少，心说人都说中国人迷信最深，南方尤甚，

---

① 速定香：亦称速香，即黄熟香。

② 七十二司：传说幽冥地府中的众多办事机构。

③ 朔望：朔日、望日，农历每月初一为朔，十五为望。

别听吵嚷怎样文明，那是中了洋毒的，其余还是信神教的人多。想不到今天我们所来的这些个人，怎么全都叫这个孙猴儿给迷住了呢！这香我可不能给他烧！

再瞧大众，全跪在殿里殿外，一个个打着问讯，闭着眼睛，口中各自呢喃的祷告，可听不清是什么词儿，连自己的哥哥也在其内。自己有心要过去把大爷拉起来，一想当着众人未免不合式，莫如我先走一步儿，有什么话，回店再说吧。于是拿着这股香出了大殿，顺甬路直出庙门，履顺旧路，先回到店中。

再说大家伙儿祷告已毕，磕头起来，有焚黄钱元宝的，有撂香钱的，陆续往外走，单单不见许老二。一问许成，也说没看见。内中有在殿中的一位说："我见他不曾烧香就走了，相许请什么供献去啦。咱们到庙外找找他吧！"及至出庙，踪迹不见，只好一同顺旧路而回。到了店中，许大爷见他沏上一壶茶正喝呢，香在桌上放着。许大爷说："怎么你没烧香就回来啦？也不怕大圣怪罪！"许老二说："喝，敢则大圣祠供的就是《西游记》上的孙悟空呀，这是那里说起！这套书是咱山东老前辈邱翁寓言，说着玩儿的，你们大家当做真有其人，外带真爬在地下磕大头，你们这分儿至诚，实是迷信。如果有这神仙，刀子棍子，他就雇了雷来，我也不二楞①他。想叫我给孙猴儿磕头，我是决计的不能！"

（再续） *1916年3月29日*

山左人的性质多半刚强，皆因其地多山，人秉石质而生的缘故，做事好凿四方窟窿儿②，宁折不弯（对，石性儿吗），总不失为好人，外带口直心快，有点儿不愿意就要说出来。再若念过几天书的，口中多有辩才。就以昨天书所说的这位许老二就是这路人儿，由庙中回店，心里本就不悦服，哥哥又一说他，登时挂了火儿喽，说："那有这们一个孙猴儿，我到要斗一斗他。别说他，连唐僧出来，我都把他蒸着吃啦，为的是长生不老（这是许盛吗？《西游记》的妖精）。"

许老二信口开合的一吵嚷，嚷到店主东耳中。先见二爷回来，还不理会，及至听哥儿两个对嚷起来，不知道为什么，想过来解劝解劝。刚一进门儿，听老二正孙猴儿长、悟空短咧那儿说哪，吓得冲着老二直摆手儿，脸上颜色更变，悄步声儿的说："二先生别说啦，招呼大圣听见，怪罪下来，那还了得！"许老二正说得高兴，见店主东过来这宗神情，益发可笑，立刻又长了长调门儿，足够奎派③宽亮的夯头儿（这是许老二吗？前些年

---

① 二楞：害怕。
② 凿四方窟窿儿：死心眼的意思。
③ 奎派：清朝同治、光绪年间著名京剧老生演员卢胜奎，其表演自成一派，被誉为奎派。

的许荫棠①）。再说众位烧香的客人，有进了屋子的，有在院子掸土的，听许老二这们嚷，也追过来要问一问。二爷见人多，更逞起能来啦，说："你们大家不必害怕，我是塑泥匠不拜佛，老底儿在我心里头哪！不信我索兴把孙悟空的历史给抖露抖露！"大家一听，他直道圣讳，不知敬避，吓得两手堵着耳朵，抹头各往各屋里跑。店主东缩着脖颈，吐着舌头，趁乱蹓回柜房儿，心说八成儿这小子是叫金钱豹②附了体了，不然就一死儿的要跟大圣耍叉了吗？

屋中剩下许氏弟兄二人，许大爷为人忠厚老实，嘴头儿又笨，并且晓得兄弟有个人来疯的毛病，不理他也就完啦，立刻一语不发。许老二见没人答言儿，自然也就不能往下再说啦。天色已到掌灯，张罗吃饭睡觉。弟兄二人心里都不痛快，气的气，恼的恼，自然没多少可说的，对噘着嘴。放下铺盖，许老二一朦脑袋，鼾声如雷的睡了个挺香。大爷因贩来的货不得利，心中盘算是怎么出手才好，翻来覆去，约有一个多更次还没睡着。就听兄弟哼哼嗳哟起来，以为他是睡沉了，魇魅③着了呢，连忙披衣坐起来，过去推了他两把，说："你醒醒儿吧！第二的。"二爷哼哼着说："俺的哥哥，我是有点儿头疼，八成儿是风吹啦，明天发点儿汗就好啦！"大爷一听，放了点儿心，自己这才躺好。许老二还是痛的止不住直哼哼。简断截说，弟兄二人全都一夜没好生睡觉。

好容易盼到天亮，大爷先穿衣起来，二爷扎挣坐起来，觉着天旋地转，四肢无力，自己总以为受了风，用手巾把头勒上，还是不好。大爷出店，到药铺买了两贴太阳膏给他贴上，越发厉害。此时同店的客人都知道了，过来瞧，有说是受风的，有说是火的。一会儿比一会儿沉重，疼得满炕上打滚儿。大家异口同音都说分明是大圣怪罪。

（三续）*1916年3月30日*

且说店中众人一瞧许老二这病证来得甚怪，大家更信服是头一天许老二得罪了大圣，大圣拿④他头疼，把这话对大爷一说。大爷说："可不是吗，我也想到是这们个碴口儿。奈因我这个第二个的，天生的就是这们个脾性儿，外人若劝他还好点儿，我要劝他，更反对。烦劳那位替我劝劝他才好。"内中有一位同乡，同老二夙日对劲儿，说："交给我说去！"一会儿连大爷都蹓出屋子。这位做为又来瞧他来啦，进门儿说："二兄弟，这阵儿疼得好点儿了没有？别着急，瓜熟自落，咬着点儿牙，别闹早啦，招呼让人家笑话（这是说二兄弟哪吗？二大妈告诉二弟妹临盆的那一套，全串了辙啦）。"许老二勉强抬起

---

① 许荫棠：清末著名京剧演员，工老生。
② 金钱豹：京剧《金钱豹》中的妖怪。
③ 魇魅：这里指的是魇寐，即睡眠中惊叫、不能转动身体等，俗称魇着了。
④ 拿：要挟，刁难。

头来，说："也不知怎么，一阵紧似一阵的难过（还是要临盆）。也不知是风是火，据我想决计不是阴虚。皆因咱们乡亲夙日都好得①大葱，自然受不了寒。"这位说："老二呀，你说了半天，全都不在根儿上。你是不懂，俗语儿常说，当方土地当方灵，一处一个乡风儿。外乡人到了一处，就得随喜一处的土俗，就连咱家老圣人还说'入国问禁，入境问俗'呢！这个场儿最尊敬大圣祠，你昨天不该提名道姓的得罪他老人家。依我说，你赶紧去烧股香儿，也给他老人家转一转面子，这也不算你栽！"

许老二本是一心的心火，一听，立刻把眼瞪圆，说："不行，不行，简直的是不能行！我脑袋疼，找孙悟空，我要屁股疼，还找猪八戒哪，没那些个事！"这位本是好意相劝，他一定的不信，自然不便再往下费话啦，答讪了两句，回覆了许大爷。众人见他还是不信，谁也不肯上前儿啦。

许老二疼的一天也没吃什么，到了晚半天，觉着轻松了点儿，叫大爷给他熬了点儿稀粥，躺下睡了多半夜，及至醒来，抬起头试了一试，不大甚晕了，又用手揉了揉太阳穴，少微有点儿疼，不大理会啦。心说，头疼脑热，这不是常事吗？可笑这群傻人，疑为大圣见怪，他们简直的没看过《西游真诠》《西游原旨》悟真子、悟一子的批注就结啦。想到其间，翻了个身。刚然要睡，觉着左大腿根儿好像刀子挖得似的直疼。心说，这点地场儿是怎么啦？是筋拘？是痰湿？也不是怎么抻了下子。又翻过身来，想要忍着，一会儿比一会儿躺不住，又哼哼起来。大爷只当他还是脑袋疼呢，也没问他，一夜无词。

天光刚亮，许老二再想抬腿，所就抬不起来啦，用手一摸，左腿肿成柳罐相似，脚也胖啦。原来大腿根儿上生了一个大疙疸，红中透紫，紫中透黑，可没有头儿，是个大疖子，通俗说就叫无名肿毒。大爷看了看，也没主意，把个许老二疼的"呦呦"了一天，水米不进。到了夜间，还是重赴鹿鸣（那位说什么叫重赴鹿鸣呀？您忘了《诗经》三本头篇了吗？重赴鹿鸣，就是照旧的呦呦）。许大爷是手足情切，看着焉有不动心的，次日清晨起来，瞒着老二，要亲往大圣祠替兄弟祷告陪罪。

（四续）*1916年3月31日*

且说许大爷因见兄弟的疮疸闹得寝食俱废，手足之情，焉有不动心的，想着莫如自己去到大圣祠，去祷告祷告，神圣可怜饶恕也未可知。于是亲身请了一股香，到了祠中，恭恭敬敬的把香烧上，跪□供桌前面，口中暗暗祝念，说："大圣呀，大圣，弟子许成，因兄弟许盛前日得罪你老人家，实在是他糊涂，望求大圣看在弟子的分上，饶恕了他吧！俟他病体全愈，我再劝他来给您老人家烧香赔礼。"祷告完毕，又磕了三个头，这才回

① 得：吃。

店，见兄弟仍然昏昏沉沉的哼咳不止，又过了一夜，再瞧肿得更厉害啦。

大爷心说，怎么不见效验哪？自己又到别的客人屋中，说起昨天替去祷告的话。有位大迷信家说："大爷，你怎么这们不明理呀？俗言说得好，公修的公得，婆修的婆得，婆儿烧香，当不了老公许愿。再说得罪神仙的事，神仙既降他罪，你去求情，那不是白饶吗！你总还是劝他自己祷告祷告，那不就在店里望空烧股香呢，心到神知，也就行啦！"

大爷听着也有理，回到屋中，对二爷先把自己昨天去烧香的话述说了一遍，然后又劝他，也自己讨个饶儿。许老二是心火正旺着呢，说："要叫我给别位神圣磕头烧香那还可以，他这大圣，不是载在祀典之中的，这就叫淫祀。咱家老圣人说，淫祀无福，我就是不能给他烧香！"大爷见兄弟执意不听，自然也就无法了，只好给他买了几贴拔毒膏、独角莲等类的贴上。过了两天，果然拔出了头儿，坚硬的地方变成疮口，流出许多脓血，腿的肿儿也渐渐消下去了。许老二可以吃点稀粥烂饭的了，拄着根棍子，也可以出荡院子。

俗言说，说书的嘴，在我这们说着是几句话，这事情可就过了一个多月了。同店住的客人，也有把货卖完先回去的，也有新到的客货。单单许氏弟兄这一耽搁，也不顾打听行情了，凭店主东给他发出些个去，至于应当再批什么，此时走不了，只好再说。

这一天，许老二的腿上疮痕已然快收口儿了，弟兄说闲话儿。二爷说："俺的哥，他看怎么样，俺这病并没烧香许愿，也居然好啦。其实要是在咱山东家里，请位好外科的先生，早把疙疸开啦，还许不至闹这们些天呢！"大爷说："你说这路外科，咱离乡在外，可知道这个场儿有没有呢？"哥儿两个这不过闲谈，谁想睡到半夜，二爷又哼咳嗳哟的叫唤起来。大爷一问他，他说："俺的哥呀，俺这腿刚好，怎么这胯①骨上头又刀儿挖着似的这们疼呀，你点灯给俺看看吧！"大爷赶紧起来点灯一照，青肿了一大块，好像冬瓜皮相似，用手一按，这个疖子比那个还坚硬。大爷一看，说："好家伙，实实在在的好家伙啦。这可得赶紧的扎裹才好！"许老二疼的又闹了一夜。大爷次日找店家一问，恰巧前院新到来一位摇虎铃子②拉骆驼的外科先生，招幌上写着"包治疔毒恶疮"。大爷一听，连忙烦店家前去请医。

（五续）1916年4月2日

前天的书，说许大爷托店家请医。请医的店家应该是老黄，这出戏是《拜月亭》的

① "胯"，原文作"跨"，据语义改。
② 虎铃子：别名串铃，用铜或铁做成的环，是游医郎中行医的响器。

昆本子，由当年保身堂①刘赶三②唱□了的。除去那套药名儿的念白同诊脉的数子是原本子有的，其余出场的唱儿，所走的一条道路，并抓的药名，全是外造添魔。彼时前台真重，一则扮像儿好，二则出场唱儿，总得真唱几嗓子，所以讨俏。抡到后来，大家摹仿，既没真嗓筒儿，外带死哏儿不变换，前台久听戏的，都背上来了，谁还能乐。再若小孩儿扮像宛如托偶人子，更难瞧啦。那位说，你是说《聊斋》呀，是做戏评呀？呦，我是报料儿搀了堆了，所以全大把抓啦！闲话打住，还得说书。

且说许大爷一听说此处有外科先生，别提多喜欢啦，赶紧托店家去请。原文没有名姓，我可不敢混称呼人家刘高手。好在就是店中的前院儿，也免走粮食店儿（还是那出）。一会儿过来，店家一给引见，这位先生学着半套苏口，说："当得效劳，请老兄掀起被子，我们应看一看在什么穴道，便晓得由那经发现的。只要不犯条款，就容易见功。长痈疽这宗证候，最忌的是有名目（没有也能现诌，才好开杵门子③）。"

许老二见着外科先生如同见了亲丁，连忙爬在炕头上，说："老先生，你老行好吧！"大爷把被子掀开。这位先生摘下大墨晶眼圈，觑着近视眼看了一看，又用右手二指轻轻了一按，故意绉了绉眉头，说："虽然症候危险，还可以□法□。兄弟所配的药，是祖传独门的妙药，同药肆所售的红升白降大不相同。按成方加减，得用真正地道材料，而且炼得火候也有诀窍（还是那两样儿，俗说学会白降红升，吃遍南北二京）！不过专仗药力可是慢功儿，若要求速效，动动刀子可比下药捻子快得多，只怕这位二先生晕刀！"

许老二本是刚强脾气，说："先生，你只管开东村④，俺不怕刀子！"先生点了点头，照旧叫大爷先盖上被子，然后坐下，说："咱们总都是出门在外的人，本不应提什么。但只一节，兄弟的手术是□效劳，割完之后，还得用药水冲洗，然后敷药，排脓拔毒。这些药品离不得珍珠、琥珀贵重之品，兄弟可施舍不起！"大爷一听，知道这是要价儿哪，连忙说："只要先生把俺弟儿的病证治好，多少药资，听先生一句话！"这位先生说："既然如此，多了也不必，大概有个十头八两的银子也就行啦！"许老二躺着就答了言儿啦，说："既是老先生这们说，俺就送先生十两，只要保好就得！"先生听弟兄说话痛快，说："论理包治，是没定价的。不过得分谁跟谁，咱们一句话啦，我先取药同家伙去。大先生预备一块干洗白布，找个破碗，咱们这就动手！"说着先生回他住屋把家伙取来。许大爷也把东西备好。店中的人多是南方老，胆子小，怕这手儿，所以没见过，一听说开疙疸，跟进好几位来，站在当地，做为帮忙儿。大爷掀开被子，先生拿刀过来要开疙疸。

---

① 保身堂：清末著名京剧演员刘赶三在北京的寓所名。
② 刘赶三："刘赶三"，原文作"刘赶云"。刘赶三，清末著名京剧演员刘保山的俗名，擅演彩旦。
③ 杵门子：指用以赚钱的窍门。
④ 开东村：表示动作干脆而不顾及后果。

（六续） *1916年4月3日*

且说这位外科先生虽是江湖道搂局卖档①的，可是没有点儿真能为也不敢出来开外穴子②，常行的小三灾儿③总得有点拿手，拔礶子、扎针、开疔毒恶疮，全是手术，只要有真传授，病人体质足壮，没有不见功的，比上自称“精理男妇老幼、内外两科、大小方脉”的大夫，反不容易朦事。当时店中住的客人也有知道许老二是得罪了大圣的，想着凭医生决计治不了，所以赶过来瞧一瞧，屋中当地挤着好几位。此时这位先生当着众人越发要显一显手段，为是好趁势点住几个（人家也得有病呀）。先把眼圈摘下来，挽了挽大宽袖子，把大爷预备的白布铺在许老二腿根儿底下，把盆放在床边儿上。一转脸，背着许老二，由自己包儿里抽出一柄锋霜快的东洋刀子，用纸片先擦了擦，回头答讪着冲着病人说：“二先生你可要忍！”许老二说：“嘿，先生你要狠（唱上《打嵩》啦）！”这位先生并不下手，先冲着大家说：“要讲这个疙疸，可是不轻松，不过大丈夫不能畏刀避剑。当年关夫子刮骨疗毒，面不更色，美名流于千古，那才是大英雄大豪杰哪（那位说，治病作什么还拉典哪？你不信到戳黑儿④的摊子上听去，每遇开瘤子，都说这一套）！”嘴里一面说，手可也不闲着，特意先把四围按一按，越按越加劲儿，说话的声音越高，冷不防把刀尖儿在疮口上一挖。许老二疼的一咧嘴，刚要嚷，一想方才他说关夫子刮骨疗毒，人家不但不嚷疼，还要摆棋喝酒哪，我可别嚷，我可是别嚷（许二爷不但记得《西游》，《三国》也熟，不像我净啃准了《聊斋》啦）。

此时顺着刀口，紫血可就流下来啦。这位先生也是瞧势做事，一瞧许老二真横，总算小山东儿真不含胡。这才把刀子顺着已溃烂的皮肉一转儿，割下这个疖子，约有馒首大小，登时鲜血直流。先生抓起碗来接着，用纸片在四周围一按，这一挤，比起割的时候儿还疼，嘴里说：“罢了，二先生别瞧身子骨儿不怎么足壮，真是起心里横，我信服你啦！”

此时大爷在一旁瞧着，吓得直出冷汗，又心疼兄弟。当地站的几个看热闹儿的，胆子小的，吓得舌头伸出来缩不回去，也有用手挡着脸，闭上眼睛，不敢瞧的。先生把血口完，把盆儿放在一边儿，说：“你们诸位看一看，血都是青紫色啦。这要容他套着烂，还不把这条腿烂掉了哇。这如今见了鲜血，毒总算都出净了，决不能再溃烂啦！”叫大爷给打来点儿净水，用吸水器冲了冲，然后用油纸摊膏子药给贴上，反正起不来，暂时不

---

① 搂局卖档：做买卖的。
② 外穴子：指本地演员到外地走穴。
③ 小三灾儿：小灾小病。
④ 戳黑儿：旧时管点痣的人叫戳黑儿。

必用棉花白布扎裹。收拾完毕，然后又把自己的家伙擦净，收起来，洗了洗手，回归自己住屋。

此时看热闹的也有跟着蹓走的，也有过来问一问许老二怎么样的。许老二咬着牙说："□有点儿疼，俺到不理会！"从此先生按日给敷药，一幌儿又是一个多月，这条腿才算治好。不想许大爷连急带累，也病倒在床。

（七续）*1916年4月4日*

这两天的书，按原文说，就是"医来，以刀割腐肉，血溢盈碗，恐人神其词，故忍而不呻"。在下这们说，并非为拉荡儿，皆因说书是假玩艺儿，可要把他形容的像件真事似的，就得有枝添叶儿，话里找话儿的说。无论那件事，也得知道点儿，见过真事，才造得上这套谣言来呢！要讲往详细里说，唯独外科这件事，在下□是真不戳腔。无非有两宗难处，不好意思的再往下豁事。一则本道中我有许多朋友，我把他们薰①急啦，那一天我走单啦，遇着他们，怕把我带出城去，找个没人的地方儿，硬给我拔礶子（那位说，你什么病呀？他们硬说我是阴寒）。我怕这手儿，所以不敢往下说了。二则我有个至好的朋友蔡友梅②，前几年他作了一部社会小说，名叫《小额》，久已脍炙人口。后半部有个大鼓锣架，还有个金针刘，说得无微不至。在下所说的，得躲着他说过的，故此略微的表一表，点到而已就是啦！话不是交待明白了吗，还是紧接着招说。

且说许老二将养了一个多月，疮疽才渐就平复，送了这位外科十两银子，人家又给了点儿药，彼此没事。但说许大爷这一程子，连伺候病人带着急郁闷，一心的心火。这一天，许老二刚好了点儿，大爷觉着脑袋疼，嘴里发苦，眼睛发弩，头朝里睡了半天儿，到了夜里，发起烧来，哼哼着对老二说："俺的兄弟呀，你这不是好了吗，俺可是要遭罪！"老二说："怎么说，哥哥你病不了哇，你有大圣老爷保佑着你哪！信神的人就不该闹病儿。他若是不管，或是管不了，可见得俺的病与孙悟空是毫不相干！"

许大爷一听这套词儿，本是他因为得罪了大圣才得的病，这如今稍好点儿，又说这话，登时无名火起，说："嘁，你真是倔，倔到了底儿的人就结啦！你是我亲弟兄，可叫我说你什么哪！你是那里知道，那一天大圣老爷因为你不给他老人家烧香，你还直呼圣名，所以才拿你头疼，又叫你长疮生疽。谁想你到底是不信服他老人家，才冲冲大怒，说你这不敬神圣，按刑律载在十大恶③之内，叫做大不敬。不但治你的罪，还得连坐。这

① 薰：此处为惹的意思。

② 蔡友梅：清末民初北京的报人，代表作《小额》。

③ 十大恶：中国古代法律规定的不可赦免的重大罪名，即谋反、谋大逆、谋叛、谋恶逆、不道、大不敬、不孝、不睦、不义、内乱。

个场儿，只有你我。俺□你亲哥哥，焉能饶恕的了！你要是有弟兄手足的情肠，你趁早儿请股香儿，到大圣祠去陪个罪儿，俺这病立刻就管保就能好啦！”

许老二起初是嫌哥哥过于迷信，所以为破说①他听，不想反招了大爷这们一套话，还是信大圣，并责备自己不知疼兄爱弟，由不得也挂了点儿气儿，说：“俺的哥，这话不是这们说！要说咱哥儿两个本是亲弟兄，虽说弟兄如手足，可也得分什么事。前日俺的腿烂到那个样儿，俺不肯祷告，如今为手足，焉能改了节操！若说请医生先生给你扎裹，我是必请去。想求猴儿，那是不行的！”说完，第二天到店中前院又把那位外科请来，立刻诊脉开方抓药。服下头煎，工刻不大，许大爷绝气身亡。

（八续）*1916年4月5日*

且说许老二因为哥哥得病，懊怨自己不肯替求大圣。次日把店中的外科先生请来，开了个方子，抓来一剂药。刚才吃下头煎去，许大爷登了登腿儿，咧了咧嘴儿（又要唱什么呀），无常到，万事休，一命归阴，闹了个《洪洋洞》的气椅儿（那位说，人家死丧在地的，你怎么还开搅哪？诸位别着急，还活得了哪！要不然可不许这们打哈哈）。许老二一瞧，知道必是药□投簧②，放声大哭。此时店内的人全听见了，这位外科先生一害怕，一面□点褥套，一面心中盘算，说：“倘或许老二过来跟我要他哥哥，可怎么办哪！”想了半天，心说，有咧，他要见他哥哥，让他吃下二煎去，哥儿两个准能见面儿。这还是薰医的老条子。实不相瞒诸位说，就以这路笑话儿，除《笑林广记》《一见哈哈笑》等书之外，八角鼓老票友已故连竹亭、现在的常茂亭所斗的《弗生堂》三指定阴阳的那几套，我满背得上来。若□由许大爷得病一换大夫，满加的□。无如人家的好玩艺儿当不了我独出心裁的东西，并且题目是《齐天大圣》，好大半天把猴儿蹲起来也下不去（那成了黑猴儿啦），咱们相声场子有话，该您半套俗哏，接着还说《聊斋》吧。

但说许老二见哥哥一死，手足情肠，焉能不动心，放声恸哭，说：“我的哥哥，喊，你老人家有灵有圣，待小弟杀尽八卦教，拿住吴恩③，与你报仇雪恨，俺的□大哥呀（这是《聊斋》吗？《永庆升平》，反正是哭吧）！”阖店住的人也无不叹息，店主东过来相劝。二爷哭了会子，想着在店中不便久停，这才拿上银子，□外面去买棺材。因这个地方儿没棺材铺，必得集场上才有，现做好的，一来赶不及，二来好杉木板也缺。许老二没法子，只好买了几块薄板儿，叫了个木匠，钉了一个大火匣子④。花的钱□不少，可惜

① 破说：破解。
② 投簧：比喻方法等切合实际，能收到成效。
③ 吴恩：《永庆升平》中的人物。
④ 火匣子：此处指旧时一种装殓儿童的小棺材，用薄木板钉成，制作简陋。

买不出好东西来。这个棺材盖，正在亡□头上有一个木疖子，二爷是痛兄情切，也没看出来。及□钉好，店中朋友帮着入了殓，搭在马棚院停好，许老二越发的伤感。木匠把盖盖上，一路胡钉，把疖子震下来，露出个大窟窿，大家也没理会。装殓完毕，许老二给大众磕头道劳驾，大家散去。

□爷□悲转怒，想着这个齐天大圣好生可恼，俺不免找了他去，向他要我哥哥。打定主意，蹓出店门，直奔大圣神祠，一面走，一面口中喊嚷，说："好大圣呀，好你个齐天大圣，好你个猴儿崽子！你不该□□□灭一清。今日仙长爷与你势不两立，一定分个强存弱死，真存假亡，招法宝（这是《聊斋》吗？还是《西游》）！"反正此时许老二是中了神经病，疯子一般，直勾勾的两只眼睛，嘴里没准词儿。一会儿到了庙中，扑奔大殿，恰巧老道没在庙（八成儿上花果山赎当去啦）。许老二站在殿外，指着圣像，咬牙切齿，愤恨难当，不亚如高三上坟①的一般，一面骂着猴儿崽子孙悟空，一面要跟齐天大圣讲理，简直的是要唱《谤阎》。

（九续） *1916* 年 *4* 月 *6* 日

且说许老二进了大圣神祠，来至殿外，用手指着圣像说："孙大圣啊，你且听了，俺前者得罪于你，是一点儿不假。想不到俺哥也病了，他可没得罪过你吧？他一死儿的说是你皆因同我呕气，又治病俺哥。他病重的时候儿，硬说你迁怒于他，我怎样分辩他也不信。想不到一病就死啦，俺这个冤哪，称得起是不白之冤。咱两个今天这们说，你如果有灵有圣，你让俺哥复旧如初的活过来，俺就给你磕头，拜你为师，这辈子不敢再糟踏你老。你若是不能，你从前怎么毁害三清道教来着，俺是怎么收拾你，到底叫俺那死去的哥哥看一看你有什么能为。我说你可听见了没有？"许老二站在殿外这们一犯疯，越说声音越高。惊动看庙的老道，由后面跑出来一听，是个山东儿在这正叨唠哪，心说八成儿是戏迷吧，只要不拆隔扇、拉供桌儿，就少理他。许老二叨唠完毕，总算出了出气儿，不由得心里发迷荡，好像犯了困似的。一想本来病儿刚好，接着大爷病了好几天，也没好生睡觉了，莫如先回店，到看一看这大圣把俺能怎样的处治。自己幌幌荡荡出了大圣祠，仍由旧路回归店房，进门也顾不得吃喝，一头躺在床上，昏昏沉沉睡了个挺香。

说书人代表，店中招揽这路载客货的客人，大半是常主顾，一年有在店里住半年的时候，不能像过路客随来随走，饭店钱多是按月算，比零住省价钱，可也不能那们应酬。故此许老二回来，也没人理他，由他性儿睡啵。许老二到了开晚饭的时候，店小二喊开饭也没听见，简直的说就连了夜啦。睡到约有定更天，做了一梦，梦见进来一个人，冲

① 高三上坟：歇后语"高三上坟——骂不绝声"。

定自己说："大圣命我前来唤你，快快同我前去！"许老二不知是梦，一听大圣来找自己，说："好哇，俺正要见他去，向他要俺哥哥。他既找了我来，没别的说词儿，非把俺哥治活了不行！"那人说："你到是走哇！"许老二说："那是，走哇！"两个一齐又说："如此走哇（又不是要唱那一出）！"转眼之间，到了大圣祠中，见那人先进了殿，自己也跟进去一瞧，大圣坐在神座上，鼓着腮帮子，好像装着许多的枣核儿相似，可惜不能拧眉毛，瞪着不长眼睫毛的两只赤小豆相仿的红眼儿，抓耳挠腮，一点老实劲儿没有，气哼哼的指着自己说："前次因你无□无□的在背地里谗毁我，我用菩萨刀割你的皮，挖你的肉。想不到你不知改悔，你还硬敢跑到祠中胡说乱道。按例应当将你送在拔舌地狱治你的罪。念你一辈子是刚正好人，暂饶尔不死。至于你兄得的病，本是浮灾，你不该请庸医误害他命，与俺无干。但只一节，俺若不少施法力，似你这狂妄之辈，更有得说了。"说着一转脸儿，说："来呀！"由后面转过一个青衣童子，说："伺候大圣，不知有何差遣？"大圣说："你速到阴司，去对阎罗说明，叫他把许成的生魂急速放回阳世！"

（十续）*1916年4月7日*

且说许老二本是别着一脑门子的气要同大圣分争，及至到了祠中，大圣一路虎头拍，气得许老二更火儿啦，听说到"宜送拔舌地狱"这一句，未免也有点儿胆怯，又听说"少施法力"，起心里可纳上闷儿啦。心中暗自掂夺起来，想着按他这们说，俺哥五行必然有救，但不知救在那里？立刻可就不敢发横啦。方要请圣神指引救法，一听人家派□去找阎王爷，心说罢了，他既能上阎王爷那个场儿去找俺哥去，俺哥一定能够复活，不用说他同阎王爷靠得住，有交情，决计不是他那儿的帐户儿。这们办，俺到得看他怎么个办法。

就见大圣吩咐已毕，这个青衣童子单腿打阡儿说："启禀大圣得知，许成由咽气到现在已然是三天的工夫了。鬼在阴司，阎罗不敢多迟延时刻，就得把名册报到城隍座下，转送天庭。我想若是昨天到阎罗殿可以要得回来，如今可怕不容易了！"大圣在座前一听，嘴里嗞嗞的，好像吹笛子哪，直挤两只红眼儿，又挠了挠头项，一伸手，由龙书案上抓起一块方版，好像虎头牌似的，瞧了瞧放在案上，抓起一支①笔来，在牌上横三竖四的画了个挺快。一来神座高，二来许老二站得远（近了怕他抓人），所以看不真切猴儿爪子写出来的字是什么体式。只好按评书套子说，刷刷刷如柳栽花（这句我可不会讲）。一会写完，把这方版付与青衣童子，双手捧着出殿而去。许老二半信半疑，自己不便再问，往后一退身儿，就是殿的西南角儿，自己在那儿一蹲，苦耗着啵，大圣也不理他。

---

① "支"，原文作"只"，据语义改。

等了约有一个多更次，见方才那个童子在前，自己的兄长在后，一齐进到殿中。童子先把方版放在书案，然后跪倒案前，说："交法旨！"许成一进门已经跪下了，大圣冲定青衣说："你等为何来迟？"青衣童子说："弟子遵旨去到幽冥地府，阎罗不敢擅专，命弟子持大圣的谕旨到南天门请示南北斗二位星君，星君关着大圣的面子答应下了。弟子二次又到冥司，才将许成的生魂带来，所以来迟了些。祈大圣详察！"大圣点了点头，说："你且起过了。"童子站起，转到后面。

此时许老二看见哥哥真回来了，可不敢再同大圣反对啦，由殿角儿爬着到了神案前面，说："弟子许盛，蒙你老人家救回我兄长，我真信服你老啦！俺这儿给你老磕头啦！"说着咕咚咕咚的就是几个响头。大圣说："你弟兄快快一同回去，从此若能向善，我还要保佑你们呢！"弟兄二人一齐磕头出殿，心中是悲喜交集，一同往回路走，可不顾得细述离情。

转眼之间到了店中，许老二一机灵，醒来原是一场噩梦，连忙揉了揉眼睛，坐起来一想，好像真事的一般，可就是没有哥哥。自己想着，莫如到马棚看个动静。于是点上一个灯笼，一出屋门儿，恰巧窗台上有一柄砍劈柴的斧子。二爷说："我拿上这斧子到了灵前，不免就是这一斧。"打定主意，一死儿的要唱《劈棺》。

（十一续） *1916年4月9日*

且说许老二打着灯笼，拿着斧子，直奔马棚，听了听店中静悄悄的，阖店客人全都睡熟，虽有打更的，反正店里住的没有生客，见许老二打灯笼奔马棚，以为不是出恭，就是去照应他哥哥的棺材去，所以也不问他。许老二拐弯抹角来到马棚，见墙上挂着个油灯，并不明亮，连忙把灯笼举起来，照了一照，见棺材盖钉子照旧没动，有心用斧子硬撬，一想使不得，万一他不活呢。虽说我是他胞弟，无缘无故的开棺见尸，也是盗墓的罪名，还是得细听一听。于是把斧子往腰里一掖，借灯光往四下一瞧，靠马棚犄角儿有一个破木头马槽，过去搬了一搬，到是不沉，可是剩了三条腿儿了，搬到棺材左边靠着交木，到也倒不下。忙把灯笼拿到手中，登着马槽爬上去，在棺材盖上一照，这才看见靠前面有个大窟窿。把耳朵爬在这木头疖子上往里一听，果然听里面有哼哼的声音，自己心中有底儿，所以也不害怕，叫了声："俺的哥，俺的亲哥，你是真活了么？"听里面喊了一声，说："你是弟儿的吗？你快把俺救出来吧！我这个场儿可闷的荒呕！多亏还有这们个救命星儿的疖子，不然所不透风，俺□就臭啦！"许老二一听，哥哥果然复活，这分儿喜欢就别提啦。嘴里念道着说："真是大圣有灵，这才真叫起死回生的好大圣哪！你别忙，等我给你揭盖子（不像官话，许老二喜欢的不知说什么好啦）。"

把灯笼顺槽帮一立，右□□腰中抽出这柄斧子来，举了个挺高，才要往下劈，一想，得，劲头儿一大，斧子脑袋一进去，脑髓也出来啦（还是那出），劈不得，劈不得。顺着棺材盖一瞧，不过是一寸厚的板子，转遭儿①钉着大料半□钉子。这才把斧刃往盖底下一砍，棺材帮也不厚，已经剁进去啦，使劲儿往起一撬，“拍”的一声，这个犄角儿的钉子已经拔出来。一想我先起后边儿的，然后转过那面儿，再一起，就掀开啦。把斧刃照旧入进去，匾着腕子，往后推斧柄儿，随推随撬，克崩克崩的山响，掀开约有三尺多了。许老二又一按劲，斧刃往后一出溜，马槽一活动，翻了过来啦（三条腿儿吗），把棺材也推翻啦。二爷也摔下来啦，灯笼也着啦。许大爷随着棺材大翻过儿（没遇见铁指甲②，活着磕了煤模儿啦），摔的大爷直铿吃。许老二也直嗳哟，腿上的疮痕又刚好，不大得力，扎挣爬起来，捡起斧子，口里叫着：“俺的哥呀，没摔着你老哇！”听大爷哼唧着说：“身上是棉衣服，到不怎么样，把脑门子撞□了。你别磨烦啦，我更闷荒啦！”许老二过来用斧子又一撬这一边儿，使劲一掀棺材，才把大爷露出来。大爷趁势一翻身，躺在就地。此时店中的更夫打着灯笼跑了过来，一瞧这个神情，说：“可了不得啦，这个许客人疯了！弟盗兄墓，已然开棺见尸，咱们急速报与掌柜的知晓，好把他送官治罪！”

（十二续）*1916年4月10日*

说书是假玩艺儿，可要揣摩情理，把他说得似乎真事才行。这段儿书的原文，大致是《谤阎》《醒梦》的关目，并不新鲜，惟独许成复活这件事，可透点儿离奇。按情理，许盛是个悌弟，兄长暴卒，又不至赤贫，必须买一口好棺木才对，况且又不用我花钱。无如真要说恰巧有一口金漆的套材把许大爷盛殓起来，别说是病人，就是欢蹦乱跳的活人也给闷死啦。再说许老二一个人儿怎么能打得开！故此由上文就得说是薄板儿、有疖子，方才近乎情理。这就是撒谎圆谎，假事儿真说的法子。闲话打住，还得接着造谣言。

但说这两个打更的一瞧许老二开棺见尸，吓得要去报官。那个说：“别忙，咱们先问问他！”说：“嘿，姓许的，你这是怎么啦？你不知开棺见尸是绞罪吗？”许老二故意的说：“俺不懂得！我这是自己家里的人来盗自己家的坟，有什么罪名啊（得，《蝴蝶梦》改了《紫霞宫》啦）？”那一个一眼看见许大爷坐着哪，吓得把灯笼撒手，抹头就跑，说：“可了不得喽，这□诈尸！”许大爷答了言儿，说：“你们不必害怕，我在阎王殿中挂了号，城隍庙内领牒文（刚活过来就唱《出箱》，没这们件事）。”许老二说：“你们不必害怕，俺哥活咧！”两个更夫一听，说：“当真？”二爷说：“当真！”更夫说：“果然？”大爷也说：“果然！”两个人这才凑近跟前，说：“咱们快把许客人搀回店房去吧！”四人齐

① 转遭儿：四周。
② 铁指甲：盗墓贼。

说："有理。"一个打着灯笼，那个同二爷搀起大爷，由马棚直奔住房。

这们一吵嚷，店主东同住客有醒着的，隔窗一问。更夫说："许大爷活啦！"那个都听着是件希罕事，忙着起来去瞧，还有把睡着的也给叫醒。此时弟兄已到房内，店主东同大家赶过来，有道喜的，有打听在棺材里躺两天是怎么滋味儿的，有问究竟怎么活了的，还有问二爷："你怎么会知道大爷没死，你去开棺的？"许盛说："众人别乱，容我慢慢儿的告诉众位。实在这个场儿的齐天大圣有灵应，比上医生强的多，真敢上阎王爷那儿找人去。不像俺家的大夫，竟给小鬼帮忙儿勾魂取命。像那路庸医，简直的不如孙……"大爷说："你又要说什么呀？"二爷连忙改嘴，说："简直的不如孙九①吗！"

大家都莫明其妙，还得往下问。许老二这才把自己怎怎么么样样的话，从头至尾述说了一遍。大家听着佩服大圣的了不得。许大爷此时才知道是这们一件事，更勾起他的迷信根子了，说："我说如何，我看你从今以后还信服大圣不信服了？"老二一听说："喊，俺的哥，从今以后，我是见天去烧三遍香。每逢朔望，脊背搭鞍的前去拜香。俺还要重修庙宇，再塑金身，那不给他老人家铸铜像呢，俺都悦意！"大家听明白是大圣有灵，居然能感化过这个倔山东儿来，夸赞着各回各屋散去，不提。屋中剩下弟兄二人，大爷说："你方才说修庙，可不想张口是愿，你焉知晓咱如今货已出手，现银所剩无多！"

（十三续） *1916* 年 *4* 月 *11* 日

且说许老二因为齐天大圣把他哥哥命救活，从这儿这才信服了。不但信他，比别人尤其迷信的厉害，真能遇到个耍猴儿的，跪在当街就磕头，称为大圣苗裔。这不过这们比喻着说。福建既供齐天大圣，大概不准耍猴进边界，外带戏□的武生都不唱这一工儿。在下这们说这位许盛，并非斗哏。大凡倔脾气的多有这路病，当初他不信那一样儿，谁若说可信，他就瞪眼抬杠；只要他信的，谁要不信，他也真能拼命。北省人多有这路性质，可不能算坏人，正是近于古愚之直，所谓斯民也，三代所以直道，行也。至于这点儿书，许大爷并非真死，原是伤寒病吃了反药，把经络闭住，及至停在院中，在透空气棺材里能够渐□呼吸，夙日身子坚壮，把药力排泄出去，又因别闷，急出一身透汗，才缓醒过来。恰巧许老二做完梦去瞧，从此归功大圣，这是实底儿的话。不过暂时还得照原文往下说，咱们连说带刨带泄底，您上眼吧，□道，没二分儿，能这们招说的！

闲话靠后，但说许老二信嘴儿这们一许愿，急的大爷直拦他，说："你也不想一想，咱弟兄两个贩来的货一共多少资本，出脱了几宗，多是没沽大两儿②，还剩点儿窝货③，

① 孙九：杨曼青的小说《杂碎录》中的大贪官孙九大人。

② 沽大两儿：卖高价。

③ 窝货：滞销货。

早晚要伤本。所卖的银子没能上回脚货，你就闹起病来，前后两个多月，耗费了多少？你别看我虽然没死，周身上下一点儿劲头儿没有，暂时想起身回家可不行，非将养个个月期程的不成。恐怕咱弟兄两个这一荡连回路盘费都没有，多少还要拉点儿饥荒哪，你就□胡□愿啦，俺的弟儿的！”许老二一想，对呀，连忙说：“俺说烧香，是一定必去。至于修庙，那只好等有□钱再办。反正说下放着，心到神知吧！”哥儿两个说到此处，彼此叹了口气。此时天光大亮，许老二见大爷穿的还是装老的衣服，明天大家来瞧见有多难看，这才脱下来换上。又把打更的叫来，告诉他们把棺材或卖或劈了烧火，赏给他们做为这两天的酒资了。吩咐已毕，又张罗做些稀粥烂饭的将养大爷的病体。又过了几天，耗费了些钱，可也没法子，暂且顾命要紧。

这一天，大爷透着见□□好，许老二心中急燥，想着俺不免出城散逛散逛，免得闷出病来。把话禀明兄长，一个人儿出离店门往清静地方儿走，越走越远，到了旷野，觉着稍有点儿累，慌了。抬头一看，前面像个村子，村头有个庙儿，靠墙有块石头，有几瞪树。自己想莫如到石头上坐坐，或再走，或回店，走了几步，见□墙角儿转过一个人来，也奔这树下。许老二一瞧，穿着件青布衣服，不像本处的村民，以为也是过路的，并不奇异。此时彼此已到这石头前面。

许老二刚要落坐，这人指着自己说：“客官，我看你脸□的神色不好，你□有什么难心的大事？你站住，我送你两句话，不跟你要什么！”许老二一听，是位相面的先生，听他说得有边儿，这才要诉诉苦情。

（十四续） *1916 年 4 月 12 日*

且说许老二被这位相面的先生用话一点，立刻信服的了不得，不打自招的全都说啦，说：“这位先生实在高明，你□好像跟着我似的，你怎么会知道俺有心事呀？你听俺对你细细的说说吧！”于是从头至尾，把□山东到福建这一套话述说了一遍，说着眼泪在眼圈儿里转。这位听完一笑儿，说：“那们你今天是抽空儿出来闲游散闷来啦，这儿没什么逛头儿，有一个极好的去处，我带你到那里瞻仰瞻仰，最足解闷消愁，不知你可愿去么？”许老二一听，未免犯□游疑，连忙说：“你老所说的什么地方儿呀？要是一会儿就能回得来，咱们就去一荡，要是得去几天，俺可不能奉陪。一来没带盘缠，再说俺哥也不放心！”这人一听，点了点头，说：“我所说的这个地方近在咫尺，并没多远的道路。”许老二说：“那就行啦！”这人说：“如□你随我来！”说着话，步履如飞的直奔旷野而走，许老二只好在后面紧紧相随。

走出约有半里地，这人站住了，说：“按你这们走，可得走会子。我有一个小小的法儿，能转眼就到，你看好不好？”许老二听着纳闷，说：“你老有什么好法术能快走哇？”

这人说："你把两只手紧紧的搂住我的腰，你一闭眼就到啦！"许老二说："就是啦！"心中暗想，试试搂着相面的先生什么滋味儿。于是张开胳膊，一抱这位。就见这个人点了点头儿，立刻忽悠忽悠离地很高，脚底下好像踏着云彩似的一般。许老二这下子可吓傻了，使劲抱着这人，把两只眼睛闭了个挺坚实，心说，了不得啦！这要功夫一大，胳膊一酸，就摔成肉饼子了。就听这人说："到啦，你睁眼睛吧！"

许老二这才微睁了一道缝儿，一瞧，好像进了玻璃罩里了似的（比坐马车强的多），□亮□新鲜，撒开这位，连忙说："这是什么地方儿呀？"这人说："此处乃是天宫！你跟我再走几步，一定有好去处。"说着往前走了个飞快，许老二后面跟随。道路可不平正，多是往上走的道路。好在许老二□山东人，走惯了山路了，所以跟得上。上了几层，方才平正了点儿。就见迎面来了一个老头儿，生得很福相，慈眉善目的，从对面走来。这位褐衣人脸上也笑容可掬的，回头冲着二爷说："这可是活该，今天遇着这个老头儿，你的造化不小！"转眼之间，走□切近，这位连忙给老儿拱手做揖。老头儿也拱手为礼，说："久违久违，少见的很！今天到我那里坐会子去吧！"这位褐衣人说："正要拜访！"说着话，二位携手揽腕往前行走，二爷只好在后面跟随。转了个湾儿，来至一所宫殿，但见院中奇花异草①，多不知名，惟不似王侯府第那样奢华艳丽。有几个小童儿迎接出来。老者到殿门，让这位先请。童儿高打帘栊，二爷也跟进殿内，在这位身后一站。一会儿童儿托出两盏茶来，宾主二□每人一碗，可没有许爷的。许爷是心中直渴，又不敢问，正自着急，听这位冲定老者有语开言。

（十五续） *1916年4月13日*

且说这位褐衣人冲定这个老头儿说："今天跟我来的是我一个徒儿，他从山东赴福建来做生意，我带他敬意叩拜仙署，求上仙慈悲慈悲，赏赐他点儿吧！"许老二在旁听着，不敢辩白说："我并不会哈盘，更没这们位师傅。"如今听说同老头要白寻什么，想必这位也是同道，一会儿可以沾光，只好干听着啵。就见老头儿微然一笑儿，回头对小童儿不知说了句什么。童儿领命，转入殿后，一会儿托出一个盘子来，里面满盛的都是白石头子儿，约有家雀蛋儿大小，颜色光明，像水晶的，又像冰的，托过来放在桌上。老头儿冲二爷说："你自己由性儿拿吧！"

许老二虽是买卖地儿，没见过这路玩艺儿，况且人家是白给，自己不好说不要，真要多拿，既没用处，也拉不下脸来。一想这路石子儿实在比家乡里的透亮，八成儿这位

① "奇花异草"，原文作"琪花异草"，据语义改。

是抓蓍草①，同带我的这位全是吃格念的，我拿多了，也没用处，人家明天也不好配。这们办，我拿他六个，将来回去同朋友喝酒儿的时候，或做酒筹，或做猜子儿，也到不错。盘算好了主意，这才凑到桌前，伸手抓了六个。一瞧全是一样，不必挑拣，拿起来方要道谢，就见带自己来的这位说："你过于拿少啦，这可不够！"说着一伸手，又抓了六个，说："你有手巾没有？你把他好好儿包上，带在腰里头。"许老二向袖口一摸，出来的慌疏，没带手巾。这位把石子全接过来，一掀他的衣襟说："我给你掖在裤腰带里头吧！"说完往里一塞，好在不大，并不觉怎样难过。转身向老者拱了拱手儿，说："足矣，足矣！"许老二傻头傻脑的也跟着做了个揖。老头儿无非点了点头儿。这位说："我们可要告辞了！"说着出离殿门。老者送在门内，并没出来（洋派儿）。

许老二后面相随，出了这所宫院。这人说："你还是照旧抱住我的腰，我送你回去！"许老二只得遵命，抱住这位又一闭眼，觉着略微一动掸，脚踏实地，睁眼再瞧，正是方才遇着此人的那个庙墙后身儿。心中纳闷儿，这可是活神仙，非江湖他辈耳（那是小云峰②），想不到一会儿的功夫带我上了荡天宫，比飞艇、气球强的多，连忙爬伏在地，说："你老人家一定是神仙！弟子愚昧，我是狗咬吕洞宾，不认识活神仙，请你老人家把仙封道号、那座名山修炼、何处洞府参修，告诉弟子我知道知道。以后我回到山东家，好替你老人家传名！"这人听着一笑儿，说："你方才怎么上的天，你可知道？"许老二说："俺不知道你老人家用的什么法术。这一手儿还是真鲜明，我要学会了，不用说上天，大概回家，横着一蹦高儿就可以到啦。不但省鞋、袜子，也不用带盘缠啦。就求你老人家教给我这一手儿法术吧！"这位点头一笑儿，说："你可知道，那就□俺筋③斗云的妙法！漫说你俗子凡夫，就是天罗神仙也难以学会！"许老二一听，这才恍然大悟，原来是大圣变化的幻像，这才跪倒磕头，求大圣多多保佑。

（十六续）*1916年4月15日*

且说许老二听见说适才上天的法术就是筋④斗云，这才晓得这位神仙正是齐天大圣，连忙跪倒磕头，说："既□你老人家，没别的说词儿，总得大发慈悲，可怜弟子！"就听大圣说："呆子（对，叫惯了八戒啦）！方才我带你去见的那个老头儿，乃是上方执掌财源主，人间福禄神，已蒙他赐你十二分利，你还再求什么？"许老二一听，心说，喊，早知道这样，俺连盘子一端有多好，岂不是一本万利吗？赶紧又磕头，说："俺给你老人家

---

① 蓍草：植物名，古人用此草茎作占卜之用。

② 小云峰：这里指江湖术士白云峰。

③ "筋"，原文作"斤"，据语义改。

④ 同上。

磕头啦!”又磕了三个头，再一抬头，大圣踪迹皆无，单剩自己在庙墙外头，好像睡着了，撒了会子呓症的一样。

一看红日已经平西，连忙往回路走，离店不过二三里路，觉着走的挺慢（不能一折腰十万八千里）。一会儿回到店内，把所遇的事对大爷一说，大爷也很喜欢，说：“既是大圣保佑，你把财星拿出来，我看上一看。”许老二一摸，敢则长到肉皮儿里头去了，好像一串儿瘰疬疙疸，连忙说：“哥呀，你不用看，这就是入了腰柜了。”

哥儿两个把剩货卖出去，凑了凑银子，又借了乡亲点儿资本，想着莫如载点儿洋庄货好，于是什么洋红颜色、洋针、报纸等等，在福建一收买，行市很贱。及至到了北省，赚头很大（这是《聊斋》吗？上月的真事）。从此时常弟兄二人赴福建，那一荡都先到大圣祠去进香。别人祷告有时候不灵验，唯独许盛是想什么得什么，想得儿子，可得耗十个月。

这段书的原文可是至此已完，原文后面有两段评，都说得很好。大意不过说，天下所称神灵，不必实有此人。只要人信服，便有鬼物借势凭之。若刚正人，不求也不能受害。别瞧这段书把大圣说到这们灵验，实在是许氏弟兄不当死，有命发财。许老二始而不迷信，本是正理，后来因兄复生，崇拜甚于流俗，正是许盛没念多少书，信道不笃的坏处。照这们评论，固是正理。在愚下想，则又不然。常观世界媚神者，多为自己升官发财，求病祷告，多为妻子，鲜有为父兄的。这位许老二已病不肯祷，因兄亡而谤神，是一腔子友爱之怀，只要兄能复生，便可称为弟子。恰巧许成药未致命，此等诚实人，出言必信，正是许盛的好处。若仍责其不当信大圣，是有理无情矣，不足见天性之笃。

至于福建是否有大圣祠，无凭查考。蒲先生必用此圣者，因邱翁《西游真诠》把此圣比作人心。但以“齐天大圣”四个字说，唯圣不可能，圣而齐天，尤为难能可贵者也。其实圣者何，非具有特别能力之谓，只在人心而已。充其好心之量，尽人以合天，便是圣人之心，便是大圣之心，无异议也，但不容有一毫私欲介乎其间。原文说许盛真诚处☐无私欲处，此等迷信人，正不易觏者也。这不过略说大概，再细说，这《聊斋》带讲《性理大全》，不是挨骂吗！统而言之，人要发财，须把心眼放正了，自有十二分利。书说至此，明天另换新题，照常的敬献。

毛 狐

（开篇）1916年8月12日

阳历已然八月，立秋才过几天。明朝节令是中元，释教盂兰普献。
鬼神之德盛矣，乡民借此想钱。济孤道场闹法船，隐喻同登觉岸。
有坟都应拜扫，俗礼幸勿拘迂。守先待后要心虔，烧纸献花随便。
冥资改良制造，站人①大块洋圆。鄙人瞧着眼睛馋，敢则阴司兑现。

几句流口辙的词儿念毕，接着还是《聊斋》。上段说的是《阿霞》，篇幅不长，一共说了十八天。今天更换目录，想不起来说那一段。诸位来函烦演的信件很多，全都存在馆中，鄙人这些天没能住馆，一时也捡不齐。莫如咱们用凭天转的法子，拿出一本来，信手一翻，翻出那篇说那篇。又一想这叫舍近求远。《阿霞》在六卷，何妨还用六卷，与其另翻一回，莫如就说《阿霞》之次的这段《毛狐》，而且与前段颇有相表里的意思。虽不花梢热闹，好在段子不大，几天可以演完。天气也凉爽啦，我再敬献热闹的，彼此免得捞汗（那位说，说书的说不好，急得出汗，许是有的事，瞧书做什么也出汗哪？您想不是热闹吗，热就出汗，再闹岂有不出汗的，再若越热越闹，越闹越热，还许要了命呢！这是瞧书吗？听喇儿②）。

闲话儿打住，咱们就说这段儿《毛狐》，我也不用瞒着，是段借狐讽世的假玩艺儿。原文可没载着地名儿，大概就是山东临淄县的事。说是有一个种庄稼的农夫，姓马名天荣，年纪就在二十多岁。自己有几亩子地，村里有两间草房，独门独院儿，娶了一房妻

① 站人：指银元图案上的站立之人。
② 听喇儿：死了的意思。

室，过了不到一年就暴病儿死啦。马天荣发丧出去，又掏了点账儿，一时还不清，故此不能张罗续弦。况且山东地方男多女少，所以多是幼小定亲。续娶这件事，非富家不容易。马天荣好在没有儿女，家还离得开，每天早起下地做庄稼活，把门锁上也就行啦。这天抗着把锄，耪①了几亩子高粱。自己心说，只要老天爷连下几场透雨，白天晒一晒，还许打个三斗两斗的（这是马天荣吗？我们少爷说的），身上的热汗直流，又乏又困，扶着锄柄儿，打了几个呵欠。

猛一抬头，见由小道边儿上远远儿的走来一个少妇，由小道儿绕着地陇儿往自己面前而来。虽是乡间打扮，穿戴的很齐整，不像家常打扮。脚底下挺快，一迈腿就能好几陇儿，转眼之间，身临切近。老马心里纳闷，暗想这个小娘儿们放着正道儿不走，故意儿踏青苗，比放小鹰子、拿蝈蝈儿的还讨厌，这是找什么哪！想到其间，用眼往少妇脸上一瞧，没擦胭脂粉，红膜膜儿的，乜斜着两只杏眼，以模样儿说，算不了画上的美人儿，可也不黑不麻。马爷登时心中一动，自言自语的说："八成儿他是多喝了点儿，才失迷路途。"

（续昨） *1916年8月13日*

这段儿书开篇前两个字，就是"农子马天荣"。在下因"农子"二字，很动感慨。因古人说农为四民之首，诚然不假；又说农之子恒为农，这话也近情理。惟说弓冶之子，仍为弓冶；箕裘之子，仍为箕裘，似乎误人不浅。因为农之一事，须仗天上的力量很多，故有靠天吃饭之说，又有人勤地不懒之谚。大凡农人，好在懒人少，而且终岁勤劳，自然晓得些物力维艰。又搭着农之一事，只要守定成法，不必一定求其日新月异，总可以饿不着。若学手艺则不然，必得天生有几分巧妙心思，随时改良研究才行。若是一定墨守成法，则有冻馁之虞。若以弓冶、箕裘为世传之业，父传子，师授徒，无论如何尽心，所谓大匠能与人以规矩，不能使人巧。况且有时连从前高手艺都有没饭吃的时候儿，虽坏在不知改良，仍因万物各有不能永久适用的时候，如近年造弓的就是此例。唯农之子仍为农，自然愈学愈精，孔子故有"吾不如老农"之语。此话虽对樊迟②有感而发，若果彼时无农，则吾夫子一车两马周游列国，到处皆成陈蔡之厄③，也就不用行道啦。这话并非斗哏儿，皆因民为邦本，食为民天，真是不假（那位说，你是讲演《聊斋》呀，还是做劝农的演说呀？人家马天荣还在日头地晒着哪！对，咱们还是说书要紧）。

且说马天荣抬头瞧见这位小堂客儿不走正道，迈着庄稼地陇儿往自己这们走，地下

---

① "耪"，原文作"镑"，据语义改。

② 樊迟：春秋时孔子的弟子。

③ 陈蔡之厄：原指孔子与弟子从陈国到蔡国途中断粮的故事，后比喻旅途中遇到食宿上的困难。

的浮土同锄下来的草直绊两只莲足，心说他八成儿是找不着家啦，要不就是扑什么事呢。又回头往自己身后头一瞧，四野无人。马天荣本是久鳏的旷夫，由不得引动一点儿邪念，心说，他许是奔我来的，不然就走这样的斜道儿啦（斜道儿同斜街可不一样，皆因本馆就在斜街，所以得分辩出来，免得邻居挑眼）！我得先给他个台基儿，连忙放下锄耙儿，笑眯嘻儿的冲着少妇做了个揖，说："大嫂，有礼了！"少妇一瞧，噗哧儿的一笑儿，说："那一君子，你施礼为何？"天荣说："这一大嫂，你莫非失迷路径？"少妇说："阳关大道，焉有失迷路径之理！"天荣一听，说："咱们一见面，你就占我的便宜，谁跟你反串哪！我瞧你这意思，八成儿是找不着家了，晕了场似的（脸上透紫吗）。你要想搭班儿，这到现成，那不烘完台一散儿呢（那位说，你做什么又斗戏哏哪？我也不愿意。原文说'欲与野合'。据我想，就是乡下邀野台子凑人的意思。那位说，不对。那您就爱怎么讲怎么讲吧）！"

妇人一听，伸出纤纤的嫩手摆了几摆，说："你还要说什么呀（我是挤兑的胡抓词儿）？你也不瞧一瞧，大晴白昼的，在庄稼地里胡做非为，万一被看青的看见，说我偷了棒子啦，带到会上，我们有口难分诉，连你都得罚香①。你要真心跟我好，你不是有家吗？咱们下午八点后，在你家准见好不好？"天荣一听，敢则他不是当时搭班儿，是前来递帖打知。

（再续） *1916年8月14日*

且说马天荣听少妇说"大晴白昼的不可胡为，你回家等我，我晚晌准到"的话，立刻直摇脑袋，说："你可不对，初次见面儿，你怎么就跟我开涮哪！你知道我有准窝吗？"少妇一听，说："谁都有个耳目昭彰，你是这方的老陈人儿，我怎么不知道！你今晚只管把门虚掩上，到时候我一准必到！"天荣说："要是冤人的哪？"少妇说："你也过于死心眼儿了，如今订合同、立字据的事，还有说了不算的呢！反正分人分事，你既不信，莫若我赌个誓你听！"天荣说："那也不必！既然你这们说，咱们晚晌准见就是啦！你可别找错了门儿，千万记准了！一进村口儿往西一拐，往北一稍头儿，绕过南边儿小大院儿，路东有个小庙儿，我住的是独门独院儿，我是一个人儿！"少妇说："你别告诉我啦，我越听越糊涂，比张才②的家还难找，晚晌见吧！"说着话奔了小道儿，穿树林而去。

剩下天荣一个人，扶着锄柄儿，直着两只眼睛想碴儿。心说这是那儿的事？究竟这个小娘儿们是谁家的呢？既是扑着我来的，大概不能冤我，莫如我这地也不用锄啦，回

---

① 罚香：出家人被惩罚。
② 张才：京剧《打面缸》中的人物。

家歇一歇儿去吧！想到其间，把锄往肩膀儿上一抗，笑嘻嘻的顺着小道儿往回路走。到了村头儿上，遇见本村的长工短工，人家刚起晌①。大家都说："瞧小马手底下有多马力快呀，这们半天儿就把活全做完啦！"天荣也顾不得答言儿，拐弯抹角早来到自己家门儿，把锄立在墙儿外，把篱笆门解开，再抗起锄来进了院子。到了屋门外头，又放下锄，掏出钥匙，铳开锁头，开开门儿（那位说，你这个费话，跟张别古一庙里排的），照旧把锄抗到屋中，立在里屋箱子后头。

自己一瞧，地下炕上很脏，不敢张罗吃饭的，立刻把炕席扫了扫，又扫了扫地，擦擦桌子。都收拾完毕，又一想，我还一脸的土哪，自己又洗了洗脸，换了一身裤褂。全都忙完，抬头再瞧，还有挺高的日头呢。老马此时肚中透饿，嘴里发干，才想起不但午饭没吃，连口水都没顾得喝，也不便再做饭了，有得是早晨剩的小米面儿饼子，抓起一个来，咬了一口，咽不下去（心火攻上来了吗），又舀了半瓢②凉水，喝一口水，送一口饼子。好容易才吃了半个，赶紧收拾起来，又跑到院子一瞧，太阳刚衔山，离黑还得好半天呢。又跑进屋子，往炕上一躺，心想先打个盹儿，翻来覆去又睡不着，急得直出汗。天荣每天下地做活，是日出而作，日入而息，也不显累，今天旷了半天儿，净摆忙子啦，反觉很受罪。好容易才耗到天黑，这才想起还没张罗打灯油哪。今天有约会儿，必得多预备点儿才好。赶紧跑到村子里小铺儿打了六斤灯油，半斤棉花（那是要唱影戏），打了点儿灯油，添了点儿灯草。收拾好啦，又出去瞧了瞧门，进屋子把屋门对好，从一黑盼到定更，由定更又到二鼓。正自着急，一会儿听有妇女行走的声音，果然是真不爽约。

（三续） *1916* 年 *8* 月 *15* 日

且说马天荣耗到半夜，居然把少妇耗来。至于两个人应当说什么话，办什么事，在下摸不清。皆因原文说"夜分，果至，遂相悦爱"，我既不身临切近，他们二位怎么悦怎么爱，你就另打听吧！二位说了会子话儿，吹灭灯又睡了一觉。天荣觉着这个少妇身上的肉皮儿细腻的很，好像豆腐肉儿似的，再摸自己身上，如同□草相仿。心说人都是一样儿的肌肉，虽说他不操劳吧，也不能这们嫩哪！

此时少妇睡的很香。自己爬起来，摸着火镰火石打了个火儿，把灯点着，掀开被子一瞧，这妇人周身上全是红的。心说白天我见他脸上是这样颜色，以为是太阳晒的，不然就是酒串皮。方才同他对脸儿睡觉，他一点儿酒味儿没有，也不张罗吸烟，八成儿他是一个天生的不动烟酒的人，怎么能是酒串皮呢？若说肉皮子红的人，都是皮糙肉老。

---

① 起晌：歇晌后上工。

② "瓢"，原文作"飘"，据语义改。

如今细瞧他真仿佛才生下来的小孩儿似的，他别是红孩儿妖吧？想到其间，又把灯举过来一照，不但红，而且一身□小嫩毛儿，比上人身上的寒毛密的多，分明是个野兽似的。又一想，他没名没姓，一个少年妇女跑到我这儿来寻休儿过夜，这件事荒唐的狠。不得，八成儿不是人，一定是个母狐狸精。又一想，不可讹赖好人，况且他找了我来，并没跟我胡闹，我要是待他没好心眼儿，他这路东西最灵，惹翻了他，不但犯骚，还许变着方法儿吃我狼我呢。莫若我把他唤醒，问一问他，他只要不冤我赚我，就许不害我。

这才用手顺后脊梁往下一摸，少妇已然醒来，说："你这是要做什么呀？"天荣说："我说话你可别恼。咱们两个人有交情，说不上没交情的话儿来（稿上交情啦）。我家的门冲那们开，炕冲那们搭，你是全知道了。你是怎么个出身？贵姓高名？原籍何处人氏？方才我也没顾得细问你。刚才我见你身上的寒毛很重，虽说毛女儿、毛女儿的，可没像你这们样儿的，你莫非是位狐仙变化的人形吧？是与不是，你只管告诉我，我敢说是个嘴严心不坏的好心眼儿，决不能告诉别人。你到底是怎们个人儿？那们个人儿呀？"少妇一听，说："你不是说我是狐仙吗？你就拿我当狐仙看待就是啦！反正我们是白尽义务，连黑杵不使的子弟，这你还不放心吗（这是毛狐说的吗？毛姜票友儿道叫哪）？"

马天荣一听，我说他是狐仙，想不到他居然自认不讳（那就画供吧），足见仙人是有求必应，真会心疼人。以我说并没求他老人家许什么愿心，居然能让我可心，这我再运动点儿别的差使，大概更不驳回，就怕不是他衙门的事（这是马天荣吗？钻营家苟图荣的心腹事），登时越发的欢喜，说："既这们说，你可真是狐仙喽！这就好咧，你的住处，不是深山古洞就是城门角楼。但是一节，我听人说，只要是个仙人，就能想什么有什么。若是肯遂你心的人，也能沾光。我有一事，不知可能如愿？"

（四续） *1916年8月16日*

且说马天荣一听少妇说是狐仙，惹动自已的贪心，说："我常听人说，仙家是有求必应，得教人升官发财，谁要烧股香儿，供三碗炉食饽饽，许块黄布匾，就保佑谁，这是对于没交情的。要说你跟我比别人近着一层，自然不用胡许愿。你瞧我自从我那家里的一死，发丧时候儿就掏了好些帐，种得几亩子地，从春季儿就旱起，所没见透雨，麦秋没收，大秋大概也没有指望啦。真要把我穷死，眼看着又该交钱粮咧，如今又按亩收捐，我是一个老钱没有。你老看，这可怎么好（这是马天荣吗？地户儿哭穷哪）？你既是真心跟我相好，你得想法子周济周济我。那不没多有少，三两五两哪，也可以救我个当时之急，不知你肯与不肯？"

少妇听说，点了点头儿，说："这到是小事一端，不过今天我身上可没带着！"天荣说："我也不敢立时就要，你不是晚晌还来吗，你想着顺便给带过来就是啦！"少妇答应。

两个人又说说笑笑，打打闹闹，睡了一觉（要唱《打皂》）。一会儿天光闪亮，少妇起身而去。

天荣起来，规着规着，又该下地做活去啦。自己一想，晚间就有银钱啦，今天不用抗锄去了。收拾做饭，饭后睡了个午觉。耗到晚晌，还是那个时候儿，这个小娘儿们果然又来啦。马天荣这分儿喜欢，不亚如财神奶奶下降光临的一样，殷勤服侍，说了几句话，笑嘻嘻的冲着少妇说："可是的，昨天夜里我求你的那件事，你给我办了没有哇?"妇人一怔儿，说："什么事呀？我一天忙到晚，谁说什么，我要不上日记本子，就忘啦！你再提个头儿吧！"天荣一听，八成儿是财主的脾气，你跟他提钱，他就装忘，连忙说："我说的是那个银子的碴儿，你给带来了没有?"少妇一听，故意的一拍巴掌，说："咳，你要不说，这件事我还是真忘死啦。你瞧这是怎么说的，到显着对不过你似的！"天荣说："不是别的，实在是目下柜上紧，东家有话，不敢应酬。若不然难道还不放心你老吗（敢说比存在银行放心，能够兑现）！谁让赶上这个年月，没别的，请您先替我们为为难，多少借给我们点儿，我回去也好交待（这是《聊斋》吗？跑外的伙计那套频口）。"少妇说："是啦，我惦记着你这件事就是咧！"说完二人照旧安歇睡觉。

次日天明，少妇起身要走。马天荣说："嘿，你可千万想着咱们两个人昨天晚晌的那个碴儿。我要紧说，又透絮烦啦，你在点儿心就是啦！"少妇一笑儿，出门而去。简断截说，又到了晚间，少妇又来啦，说了几句闲话儿，并没见他拿出真东西来，心说八成儿又黄啦，笑嘻嘻的说："你把我今天早晨嘱咐你的事情，多半儿你又给扔在脖子后头了吧?"妇人点了点头儿，说："可不是吗，简直的告诉你说吧，我这两天儿也是真拨兑不开（存款取不出来），反正早晚有你的就是啦！"天荣无法，不敢当帐要。一幌儿过了几天，天荣这才又要张嘴。

（五续） *1916年8月17日*

色、受、想、行、识，名为五蕴，又名五阴。色自色，诸位可知道色是怎么件事?那位说，我们不知道，想必你知道。实对诸位说，我也不懂，皆因前些天看见一本《佛教初学正轨》，那上面第十八课《诸法篇》上说，色则色，受、想、行、识，则统属于心，并没提色统属于什么地方儿。据我想，必定释教不肯轻易说。诸位要明白这件事，您只好请问大禅师们去吧。这话近于胡聊，您想佛说贪、嗔、痴、爱是人不能打破的四关。这段玩艺儿，所说的就是贪、爱两关。这个马天荣，由爱而生贪，好在不痴，所以终得好结果，狐也不肯蛊惑他（那位说，你是说书呀，是说法？对，咱们还是说《聊斋》）。

且说马天荣又耗了几天，少妇虽是每天准到，外带风雨勿阻，可是总不提这件事，天荣心里是真惦记着。这天趁着少妇喜欢，又答讪着说："前次我同你提得那一件事，当时你并没驳回就应下我啦。一幌儿这可是过了一个礼拜啦（新人物的口吻），你可总没给我办到。俗言说得许死人想死人，许死神想死神（还是要学张别古）。咱们男女说话，都要言而有信。要是说了不算，可透点儿不够格儿，未免于您狐界的名誉有碍。再说我要错非真过不去，决计不能跟您张嘴。还是那句话，那不没多有少哪，你只要先凑合我这一步儿，等底下缓通开啦，你再欠着（那位说，你怎么所没忘这套频口呀？我是见天听我们隔壁接房门口儿这们磨烦，所以学熟啦），你再不用给，再说还许你花我的哪！"少妇一听，他还是为银子的事，噗哧儿的一乐儿，说："我见你这几天没说，我还当是你用不着了呢。敢则你还惦记着这个老碴儿呢，合该你有时气就结咧！"说着话，往袖子里褪手儿，好在少妇穿的衣服并不像如今的时派衣服袖口儿这们瘦，一褪褪到里面，一会儿掏出两个小银颗子来。天荣偷眼瞧着，心说还是肥袖子有益处。瞧他这袖口儿约有一尺五六，不用说装银子，成斤的馒头，一个袖口儿都能装两个（这是毛狐吗？赶斋①的二师傅）。

就见少妇把这两个银锭儿放在炕头儿上，说："你说了会子，你先把这个拿起去就是啦！"天荣一瞧，连忙一把手抓在手内，借灯光一瞧，真是白花花耀眼增光，又掂了一掂，约有五六两，可不能问人成色分两，只好大概的一估量。又仔细的瞧了瞧，全是厘金锭儿②的样式，比上黑脸儿松江③好得多，不但能多换钱，就说拿着当玩艺儿都比别的有个趣儿。笑嘻嘻托在手中，说："这银子真是好物件，好宝贝（差点儿没叫了碰板儿④）。你是给我的，那们我就谢谢你啦！"连忙站起来，把地下放的钱柜开开，找了张纸包好，锁在柜内（怕是走了色儿）。还是照常说笑。天荣可从此总舍不得花他，少妇有时不来，自己偷偷儿的打开过一过风儿（怕搁馊啦）。光阴转瞬，又是半年。到了年底，天荣实在用钱，这才狠心把他拿出，才知上了一当。

（六续） *1916 年 8 月 19 日*

且说马天荣同毛狐一炕上睡了半年，永久是夜聚明散，不但酒饭不扰，连茶水都是自备，也不知是那儿定的规矩呀，还是老马的食物不合口味，天荣自是也拉不下脸来跟人提钱。一幌儿到了年底，天荣用银子，想起那次夜里他送我的银子，我先花一锭儿，省得同外人去借得花利息。打定主意，把钱柜开开，由柜底下把原包儿拿出来，用手掂

---

① 赶斋：佛寺布施斋饭时前去就食。

② 厘金锭儿：清朝时使用的一种用于缴纳税金的银锭。

③ 黑脸儿松江：块状白银，因松江制作的银锭表面灰黑，成色较差，故称黑脸儿松江。

④ 碰板儿：京剧唱腔的一种形式。

了掂，两锭儿分量差不多。又挑了一锭儿颜色透黑的带在腰中，把那锭儿包好，照旧收藏好啦，然后才锁门上街。自己心里盘算，大概这银子成色好，可别吃了亏，先到杂货铺找柜上的先生给瞧明白了，再平好了戥头①，然后再花。一面走着，自言自语的说："这东西还许是白金子呢！如果是白金，我听人传说，十两黄金化不出一两白金子来。我这一锭儿就可以置几顷地，从此就不必再抗锄啦！"叨叨念念，一会儿到了集镇上。一家大杂货铺同天荣从前交易，自己用钱或粮食不够吃的，都用杂货铺垫办，到了大麦二秋打了粮食清帐。天荣地亩不多，好在人口也少，所以不欠人多少。本年皆因妻子丧事，未免欠人家点儿，大秋又打的粮食不好，一半皆因年成不收，一半是老马欠人工，所以才只顾了还人家的，自己没有吃的花的了。再到明春，青黄不接，还是得拉饥荒，所以才想用这银子。

到了铺中，掌柜的说："马当家的，怎么总没见哪？"天荣说："可不是吗，没事我轻易不爱上集。今天我有件事，求求先生们，我这儿有祖遗的一点儿体已，总没舍得花。今年过不去，打算乘着行市换些银钱，好了了亏空，过一过年，再预备过年接济个前半季儿的过活。又怕别的钱鬼子奸商赌我的，所以累恳掌柜的，给看看成色，平平分量！"掌柜想着必是存的是老宝才这们犯频，又瞧他连个手巾包儿都没有，心说八成儿许是金条，连忙说："是了吧，马当家的，要说起来，咱们交易可不是一半年儿啦。有你父亲在着的时候儿就同柜上有交情（老米碓房②的死口③，好在永久说柜上，不提跑外了事的）。要说咱这柜上，真是公平交易，童叟无欺。你有几个银子，只管拿出来，柜上准得给你多合钱，比你上市还有相宜呢，又省用钱，又省车钱，才对得住你哪！"说着话，赶紧叫力笨儿沏茶去（还是碓房）。

马天荣一听，心说这们看起来，还是有银子的好，一面坐下，一面由腰里掏出这锭银錁子，轻轻儿的放在柜上，有心要问人家是白金子不是，又不好说，只好说："先生，你瞧这敢说是真正好成色的东西吧？"先生听声音就不像，连忙拿起来一掂，冲着掌柜的噗哧一笑儿，说："掌柜的你瞧吧！"掌柜的接过来也直乐，冲着天荣说："我只当什么好宝贝哪，你这样犯频！这锭儿成色到是不错，你说不是你们祖传的吗？可惜你们祖上就没见过银子！这是真正高碗焊锡。你如果不信，我试给你瞧！"

（七续）*1916年8月20日*

且说杂货铺掌柜的托着这锭锡錁儿，说："你说了半天，敢则是锭儿高锡呀？"天荣

---

① 戥头：戥子称得不够分量的差额。

② 老米碓房："老米碓房"，原文作"老米堆房"，据语义改。老米碓房，旧时在北京经营的专为旗人舂米的作坊。

③ 死口：指说书中的套话。

一怔儿，刚要说：“掌柜的你可别冤我呀！”这话没说出来，掌柜的看出天荣不信来，回头冲着里院儿说：“力笨儿呀，不用沏茶啦，有现成的白开水给他到碗吧！”说完又冲天荣说：“你没看过《学银总论》，大概银子比锡分量重，结实咬不动，非用夹剪才夹得开，你准听说过吧？你自己用牙试一试，这东西有多软和！”说着递在天荣手中。天荣接过来用牙一咬，立刻掉下一块来。自己一细瞧，可不是锡蜡吗，登时脸紫的比初次见毛狐还紫（也像酒串皮），顺着脑门子热汗直流，可直找不着调门儿啦（也是荤了场啦），赶紧掖到腰里，说：“这八成儿是谁给抵换了，回头见吧，我得回家想一想碴儿去！”说着抹头出离杂货铺。人家柜上的都抿嘴儿笑，也没人答理他，瘪眉瘪眼的往回路走。心说罢了，他真是好厉害的母狐精就结啦，那天晚晌，趁着黑灯影儿，一面跟我打牙犯嘴儿的，给我这们一手儿，怪不得当家的们都交派灯下不收首饰呢，其实白天也许输眼①［这是马天荣吧？马大（念待）捣鬼哪］。

沿路垂头丧气，一气儿跑回家来。开开门，又把这锭儿锡锞儿拿出来，用手一拧，随手而转。心说，这要别在后腰眼儿上，工夫大了，还许化了哪（穴海热气蒸的）。一堵气子扔在炕上，又用钥匙把钱柜开开，找出那一锭儿来，比了一比，分毫不差，也放在嘴里轻轻儿的用牙一试，立等就是一道牙印儿。又把蜡灯拿起来，上院子一比，性质一样，不过蜡灯的托儿透点儿发青。气愤愤的放下蜡灯，把这三块锡锭用纸包上，坐在炕沿儿上生气，说：“没别的，只要见着他，我们两个人得讲究讲究，这分明是憨蠢我吗！”此时日色方才平西，离毛狐来还早呢。自己头朝里往炕上一躺，连晚饭气得都不张罗做啦，一觉醒来，已然屋中漆黑，连忙张罗点灯铺炕。

天交二鼓，毛狐照旧又来啦。每天天荣见面儿总要周旋周旋，这天居然撂着脸子没理他。这毛狐到还照常又说又笑，见天荣不喜欢，说：“你今天是怎么啦，这们不高兴，同谁呕了气啦？”天荣说：“我问你一件事，前几个月你给我的那两锭儿是什么银子呀？”毛狐说：“是假银子呀，怎么啦？”天荣说：“你这可不对，当日给不给在你，你不给，莫非我还能跳到你眼睛里蹲着去吗！你决不该用假的当真的搪塞我，叫我出去栽跟头，我可该罚你！”毛狐听着抿嘴儿直乐，说：“你自己也不想一想，你有存银子的财命没有！我准知道你擎受不住。又因当日你屡次的魔我，我不愿跟你明说，所以给你这们两个锡锭儿，为你瞧着解穷。我准知道你舍不得花，想必你今天要花他。”说完一笑儿。天荣一听，说：“想不到，你还会瞧八字儿呢。既然这们说，我总算白喜欢啦，还是睡觉要紧！”

（八续） *1916年8月21日*

且说马天荣听少妇说自己没这个命，也不能甚为辩白，只好认命啵。见他又说又笑，

① 输眼：看事物不够准确。

张罗睡觉，人家是连台住客，虽说不破钞，好在不要什么，也不能不应酬，无如起心里不痛快，噘①着嘴自言自语的说："大概财主都是这路涮人的脾性儿！"少妇装听不见（能忍气自然能积财）。

这一程子，天荣同少妇彼此虽没犯过心，奈因天荣总存着他是野畜的心，不敢惹他（怕他犯性闹野蛮），并非真爱他。皆因毛狐是紫膛色脸皮儿，身上毛尾烘烘的，彼时是个夏令儿，毛头儿还不密，如今身上的毛越发比从前重了（长了底绒啦）。再说即便真美貌，也有个数见不鲜，何况一块儿腻了半年多呢。从前还有个发财的希望，不敢得罪财神爷，如今既然没想儿了，所以越瞧少妇越不像个人样儿啦。想到其间，说："莫若我得罪得罪他，大约不至立刻翻脸。他如果一炸，我就喊官人，说他是使假银子的高买②。"心里这们盘算，脸上未免透着不喜欢的神情。

少妇还是落落大方的做为没眼色儿，故意的问说："你想什么哪？八成儿你有什么心事吧？"天荣乘这一问，随口答应着说："我想我从幼小的时候就听人说过，狐仙变化人形，都变得是天上少有，地下绝无，国色天香的美人儿，这话敢则也不尽然啡！"少妇一听，说："你是不知道，我们这类仙子都奉过金花娘娘③的敕谕（要开《混元盒》），不许以越等色相现身示人。什么人什么待承，就如一路货物敬一路主道似的，不许错了行规。像尊驾这个样的人儿，你连一两银子都没命擎受，焉能有落雁沉鱼的美人儿来陪着你呀（所要开簪人词的书套子）？你这意思，我也猜着啦，八成儿你是瞧着我变的不好，你要爱瞧好的，你找快手卢、彩于④他们去吧（这是毛狐吗？变戏法儿傻程⑤刮钢⑥哪）。你瞧我蠢笨丑陋不是呀，夜夜儿陪伴着你，你还以为屈了你的材了！其实要比上两只大抹子脚，□锅着个腰儿，一脸的滋泥⑦，哑着一个咽喉（那位说，这是毛狐吗？前两天我在四海升平⑧见着这们一位，您要问，你上石头胡同打听去吧，别听我的。这点儿原文，就是'较之大足、驼背'，没提他不爱洗脸，什么夯头儿），我要同他比在一块儿，敢说鞭式的多（可惜嘴上的毛白了多一半儿）。"

天荣起初是试着劲儿说两句，如今听人家孩子沙锅的儿子——论套，说得挺脆。心里又一想，这些日子，人家没粘过我什么，就凭这们披星戴月的，一幌儿半年，连一个钱的车马费不提，我实在对不过人家，莫如我将就着点儿吧，倘或他犯了脾气儿，从此

① "噘"，原文作"撅"，据语义改。
② 高买：指假装顾客，到商店乘机行窃的贼。
③ 金花娘娘：京剧《混元盒》中的人物。
④ 快手卢、彩于：均为清末民初北京变戏法艺人。
⑤ 傻程：清末民初北京天桥变戏法艺人，人称程傻子。
⑥ 刮钢：江湖隐语，挖苦人。
⑦ 滋泥：泥垢。
⑧ 四海升平：民国初年北京石头胡同的一间茶社名。

不来啦，夜里我也闷得荒。心里这们思忖，自然就不敢再说什么啦，照旧吹灯睡觉。

简断截说，一幌儿过了残年，打罢新春，看看又到清明，二位还是过命不过财，一块儿搭帮。天荣一想，我今年可得把地下的庄稼勤做一做，白天下地做活。这天晚晌，少妇又来了，进门儿递给天荣一包银子，天荣好生纳罕。

（九续）*1916年8月22日*

且说马天荣是闲着没事儿锄上几亩子地儿，一锄两锄三锄儿，辍锄，歇一歇气儿。这是马天荣吗？干枝子①。您别瞧不起这个，比我能挣钱，足见近来的人没见过俗玩艺儿。闲话儿打住，但说马天荣照常的耕种锄刨。

这天晚晌，少妇又来啦，说了几句散言碎语（同我们行引场词入口似的），这才由腰里掏出一个纸包儿来，说："这是三两，给了你吧！"马天荣一听，说："怎么马甲实关了吗（马爷当过莫吉格②）？"吓得不敢伸手接，说："你说这是三两，刨去库亏剪伤③、堂官门的使费、折印房的办公，到底还剩两块零多少哇（这是马天荣吗？马甲诉穷哪）？"

少妇说："这是市平④松江三两，我送给你的。皆因你同我张了好几回嘴，我总没应酬过你。其实一个倘来之物，算不了什么，并不是我舍不得这三头二两的。皆因你的命中没有积攒银钱的财命儿，怕是把你折受坏啦，我到怪心疼的。俗语儿说，一两银子一只虎（二两银子就成了念昭⑤啦），别以为是假话。不信你瞧去，穷人发财，真能受罪，轻者害病，甚至还有丧命的，这路人我见多咧。上次你说用钱，我准知道你没有使项，故此跟你闹着玩儿，用锡锭儿冤你。你果然收了这们半年多。这要是真银子，都遇见尊驾这样儿的看财奴，中国焉能不亡！须知财之一物贵于流通，反正死物不必永远锁着，那才叫国宝源流哪！"

天荣一听，说："这到不错，你拿三两银子幌了幌我，替银行演说上了。"莫若接过来使着，说："这不是白给我的吗，那们我就谢谢你老！"说着笑嘻嘻的接在手内。少妇说："你这银子千万不可抛费啦！你今年也老大不小的啦，打会子鳏过儿不是常法。你不是要续弦了吗，这银子是我送给你做为娶媳妇用的。再说我也不能在此久待了，做为别敬⑥就是啦（早年外任官辞行的俗例儿，如今不但免了别敬，亲友反得凑路费，还得掏帐。足见中国穷乏，像这路背着许多帐上任的，焉能不贪）！"

---

① 干枝子：旧时的一种单人表演艺术。
② 莫吉格：满语，办事跑腿的人。
③ 剪伤：旧时指分割银子使用剪刀，会有银屑的损失。
④ 市平：银两的衡器之一，通行于市面。
⑤ 念昭：江湖隐语，盲人。
⑥ 别敬：清朝官员离京赴外任时给京官送的银两等物。

天荣听说妇人给了三两银子，说明就要告辞，更摸不清头脑啦，连忙说：“你八成儿是听了什么谣言，受了谁的蛊惑了吧？凭你待我这们好，我倾愿跟你过一辈子，我还张罗说媳妇做什么呀？不但没这件事，我直没起这个念头。银子我留着，你还是照常的来吧！”少妇说：“你是不知道，你虽无意说，架不住现在你命中的婚姻动咧。不信过一两天，准有媒人给你来提亲。”天荣一想，他这们说，八成儿许吃过金，不然张口就在行啦！连忙说：“那们你可晓得，媒人所说的这个姑娘生得容貌怎么样？”少妇一乐儿，说：“你不是惦记着说个天香国色的吗？这个人儿，自然就是国色。”天荣一听，想起必是他还记着前碴儿呢，赶紧说：“你别打哈哈呀，凭我这个嘴脸，焉能有那们大的福分！我自从常听你说我命苦，如今我贪心也小啦，是个人儿就好。但是一件，这点儿银子可怕不能敷用！”

（十续）*1916年8月23日*

且说马天荣听少妇说的真而且真的，是自己应该续弦的年头儿了，反发起愁来，说：“你说我有了这三两就能说媳妇儿？这话可是害人不浅！你必是听前一百多岁的老太太儿那们说的，什么大钱粮、大米啦，就该成家立业啦；什么库银打放定的首饰，破两季米，一包赏，就够棚轿子，剩两季米，还有十一石多，两口人吃不了；住的有官房，每月的饷，足够花的，这都是雄化年的事。这而今不是三两吗！每天准有十一二枚铜子儿的进项（今年五月还不到），硬叫大钱粮，若做点事总比这个强！就是再有两个空包儿养育兵①，一个人儿不过将就混两个饱，不打正经主意，还添吃货儿，岂不是找死吗！”那位说，你说的这是《聊斋》吗？旗籍的现像。在下这门说书，不过是游戏演说门类，诸位当玩艺儿瞧，有益无损。在下也不必当真事说，又不便与评书行的老先生雷同，只好随笔引喻，您诸位将就着瞧吧。闲话打住，还得替蒲先生造谣言。

但说天荣托着银子，绉着眉头，好像为难似的，说：“虽承你这番美意，也别管模样儿好歹，三两银子就娶媳妇儿，可怕不够吧（买大兔儿爷还得一块多哪）？”少妇看出他这意思必是嫌少，怕不够，连忙说：“你还游移的是什么呀（迷魂拍的条子）？这也是你前世前生月下老人给你注在婚姻册上的一段天作之合的良缘，并非人力所能为得到的。”天荣说：“既是如此，你跟我总是旧好儿，即便我续弦吧，一来不能半天就过门。方才你说你要掰我，你想我焉能舍得你呀！依我说莫如你不必走，做为是我的姐妹，咱们照常当亲戚走着不好吗？”少妇一听，直摇脑袋，说：“我这们披星戴月，早走晚来，这叫夜聚明散，终久算不了长法。从前你一个人儿的时候儿，我来没有口舌，如今你既有了正

---

① 养育兵：清朝时为解决八旗余丁生计而设立的预备兵。

室的夫人，我再来也无味了。况且我也晓得你并不是真心跟我好，你不过是明知不是伴，缓急且相随的意思。你如果娶着国色的美人儿，到那时候你也厌弃我啦，我还等找那个不是滋味儿吗？”天荣还要再留，想着人家也许另有高就，或者缘分满了，也就不便勉强啦，只好规着睡觉。这一夜大概是各有心事，与往日不同。

次日天光一亮，少妇起炕，一面穿着衣服，一面由衣服上小兜儿里往外掏，掏了会子，又掏了一个小包儿（可不是又兑出一包儿去），放在枕上。天荣瞧着，心说八成儿皆因我昨天说的可怜，还要帮凑我点儿，赶紧披衣坐起，说：“做什么又叫你费心哪！”少妇已经下地，重新又把纸包儿打开。天荣一瞧，黄澄澄①的一包黄面子药，刚然要问，就听少妇说：“我夜间想起来，你同我一处混了这些天，我走后恐怕你要闹病。再说这正是春起的月分儿，不得不防。你预先把药吃下去，真不在乐山氏清血搜毒丸以下。”天荣接过来，还要说话，少妇抹头而去，从此真不来啦。剩下天荣，净等媒婆前来提亲。

（十一续）*1916* 年 *8* 月 *24* 日

且说马天荣由毛狐走后，自己半信半疑，到时候还是抗锄出去做活，到晚晌回来，一个人儿冷冷清清，孤孤单单，好生寂寞。老早的规着吃了药睡觉，第二天照常起来张罗早饭，吃完收拾碗盏家伙。刚要下地，就听院子有人叫说：“马老兄弟在家里莫有？”天荣一听，语声儿很生，往院子里一瞧，正是邻村说媒拉纤的马大嫂儿。心说吓了我一跳，听这口锋儿，好像杀人的马妈儿（您当天荣净听过《聊斋》哪？《永庆升平》也不挡），连忙笑嘻嘻的迎接出来，说：“哟，原来是马嫂儿，家里坐着吧！”马媒进到屋里。天荣说：“马嫂儿你好哇？俗语儿说，夜猫子进宅没事不来，你滋毛儿②来了（这是马天荣吗？赵大③）？”马媒一面坐在炕上，说：“你怎么还是一个人儿吗？大妹子一幌儿死了也有小二年子啦。谁给你洗洗涮涮，缝缝缠缠的呀？你为什么不续上一个呢？”天荣一听，心说有边儿，多半他是为这件事来的，故意先叹了口气，说：“咳，你别提我这个难啦！自从我们那一口子死后，掏了点儿帐，总也没搜出来。况且家里没什么地亩，好的人家不给续弦，赖的我也不愿意要，因此才耽延到如今。我说马嫂儿，你今天想起什么来问这些呀？”马嫂儿一笑儿，说：“我今天是有件巧事，特意来对你说。你到晓得我们村里的刘老六哇？今年六十六岁啦，他跟前有个老生子女孩儿，今年一十八岁，也是高门不成，低门不就，又养活的娇惯点儿，非给单静人家儿不行。到是不讲什么初婚咧，填房咧，托我给说个相当的人家儿，因此我可就想起你来咧！你要愿意，我给你提一提，

① “黄澄澄”，原文作“黄登登”，据语义改。
② 滋毛儿：闹事。
③ 赵大：京剧《乌盆记》中的人物。

喝你这碗冬①瓜汤！”

天荣一听，虽然愿意，奈因不放心，连忙说：“既是嫂子美意，兄弟我很承情。但不知这个姑娘的容貌如何？”马媒一听，说：“呦，你要讲模样，嫂子要告诉你，这姑娘生的十分人材，我那是冤你。不过站在人群里不憨蠢，说不上十分体面来，可敢说不秃不瞎，够个对成②人材吧！”天荣一听，想起毛狐的话来，心中乱跳，心说也许真是国色，又一想，手里就是这三两银子，即便连坟带地都典了，也没多少钱，况且将来指着什么养活人家呀！我先打听打听行市吧，赶紧说：“那们他家使财礼不使呢？”马媒说：“咱们这儿的俗例儿，不是都讲红绿布匹吗，现在改成折干礼儿。人家刘家大概不在这个，你只要封个四五两银子的封儿，随礼单送过去就行啦！”天荣越听这话越合头，心说即便我再添个三两二两的，总还凑得出来。无如我还是不放心容貌如何，还得砸兑砸兑，连忙说：“嫂子你既这样分心，所说的这个数儿，我总还可以办得到。但有一节，我是父母双亡，我打算要偷着先相他一相，不知行与不行？”马媒说：“这件事可怕不好说。你想人家是坐家女儿③，轻易不出街门儿，可上那儿去相看呢？”说完话，怔了一怔，说：“你要没事，跟我一块儿去荡，试试你的机会如何？”

（十二续） *1916* 年 *8* 月 *26* 日

且说马媒听天荣说，是非要亲眼目睹的见一见不可，心说也好，后来到省得受懊怨，故意做难了半天才说：“这件事可不敢应你，这不同买姨奶奶、使唤丫头可以出相。只好咱们姐儿两个跑一荡，到我们村儿看机会行事。能成你别喜欢，不成可也别恼。再说今天如果不行，还许有明天呢。俗语儿说的没有十里地遇不见个戴小辫儿的（民国改良的俗语儿）。别紧自耽延着，咱们是就此前往！”

天荣一听，说：“你且别忙，我得穿上鞋、袜子，换换衣裳。”说着话，开开钱柜，一面拿粗毛蓝④大褂儿，一面把那包银子拿到手中，毛着腰在柜里打开一瞧，好在全是零块儿，捡了七块，掂了掂，大约是二两有零，用纸另包了个包儿，下剩的零件儿，还有点子碴儿，仍用原纸包好，全都掖在腰里。然后才把应穿的拿出来，照旧把柜锁好。又跑到里间儿把衣服换好，冲定马媒说：“马嫂儿，叫你有等！”马媒也没言语，心说你打扮死啦，也无非是个爬峪⑤不咧！这才一同出了屋门，还得等他把门锁上，又到篱笆墙儿

① “冬”，原文作“东”，据语义改。
② 对成：对半。
③ 坐家女儿：指谨守礼教的姑娘。
④ 毛蓝：比深蓝色稍浅的蓝色。
⑤ 爬峪：此处指山沟里的人。

门外，把门倒拴上。这才说："咱们走哇！"马媒说："你磨烦这们半天才出门儿，我可受不了！"天荣说："我听说我大哥出门儿还得使生发油，喷花露水，难为你都等得了！"马媒说："你这个小损兔子儿，莫不成这算给我道乏吗？你也没调查调查，俺们山东朋友多早晚爱那们销外货呀？"说着彼此哈哈一笑儿，这才出离村口儿。穿谷子地，过高粱地，绕糜黍陇儿，荡着地瓜地的边儿，直奔马家村儿来。那位说，为什么不走正道哇？他不是抄小道儿有吃的吗！

一会儿到了马家村马媒的家，就在村口外头一个小门儿。马媒说："你站住吧，进村可就到我家啦。并不是嫂子不往家里让你，皆因你哥哥酒性不好，万一话言话语得罪了兄弟你，到叫我两头儿为难！这们办，你在村口儿上小庙台基儿上等，给周仓①老爷做会子伴儿，嫂子我先进村子扫听扫听去，你老想好不好（那位说，怎么马嫂儿又天津口咧？大概是天津原籍）？"天荣一听，说："这是求你的事，你瞧着办就是啦！"马媒说："那们可就慢待你老啦（到了儿没改水音儿）！"说着笑嘻嘻的进村而去。

单剩下天荣一个人儿，心中打鼓，怕得是人家不许瞧，又怕周仓老爷显圣（那位说，这是什么话呀？马天荣听谢秋戏②，听过一出《南阳关》，故此把胆子吓破啦）。等了约有半工活的工夫儿，心里直着急，忽见他由村子里□将出来。天荣连忙迎上前去，说："大嫂子，怎么样啊？"但见马媒气喘嘘嘘的说："你真是有个小造化儿就结咧！想不到这样儿的巧事都会叫你碰上咧！他不是我刚进村儿吗？走了不远儿，遇见我个亲家姑舅两姨老妹子，一叙谈话儿，敢则他新搬到刘家院耳房去啦，让我家里坐着。我趁势串了个门子，敢情正由刘家上房门口儿过，这位姑娘正迎门坐着呢。你要偷相，必须急速前往！"

（十三续）*1916 年 8 月 27 日*

且说马天荣听马媒说可以能偷相，这荡总算没白来，连忙说："这可是巧极咧，如此嫂嫂带路！"说着话一前一后进了村口儿。走了半条街，见路西一家门口儿拴着一群牛（大概六十六只），望院子里一瞧，一片高楼（六十六间）。这是刘老六吗？福音堂隔壁的奶茶铺。

到了门前，马媒低声对天荣说："就是这个门儿，你可留神上眼，可是一过儿就得！"天荣点头。马媒头前走，进门一拐影壁，一溜三间上房，两边两间耳房。马媒故意的奔上房门口儿，天荣跟随身后，偷眼往屋里一瞧，迎门是张木床，床上爬着个十七八岁的

① 周仓：《三国演义》中的人物。
② 谢秋戏：旧时农村在秋后庆祝丰收举办的文艺活动。

大姑娘，可不知道脊梁上有什么毛病，有人给他用痒痒挠儿抓痒痒儿呢。此时马媒已经过了大房的房垛子，故意说："老妹子在家吗？我把马大兄弟给你同来啦！"此时天荣脚底下不敢定油儿①，只好使足劲往姑娘脸上一钉，虽说不上美貌来，五官端正，站在人面前不憨蠢，才信服马媒所说的不假。此时听耳房有人答话，说："来吧，没人儿！"天荣已到门口儿，见马媒同一个老头子说话儿哪，说："呦，敢则老妹子出去了吗？"老头子说："可不是吗，他托我们照应着点儿。大约上东村儿串门子去咧。"天荣一听，乘势说："既是老嫂子没在家，咱们再来吧！"说着话□身就往后退，打算瞧个重回儿。谁想姑娘已然不在床上，大概进了里间儿了，只好往门外走啵。马嫂跟随在后，出了刘家门儿。

走了几步儿，马媒说："马大兄弟，你瞧着怎么样啊？"天荣点了点头儿。马媒说："咱们可是摇头不算点头算，这大概你也放了心啦，足见嫂子不是冤人的人！"说着话，已到马媒门口儿，说："兄弟，你家里坐着，等一等儿我。嫂子是个急性子，外带很忙，没工夫紧跑，我就给你赶紧说去好不好？"天荣一听，说："那敢则好，我还是在村口儿小庙儿等你吧！怕你把我让到屋里，你在一边儿去打牙犯嘴儿，把我扔在屋里给你看屋子。一会儿再进来一件大褂儿，茶壶也长了腿啦，这块钱花的，直没有给周仓做伴儿去风凉！"马嫂儿说："你说的这是谁家呀？"天荣说："这不就是你亲家姑舅，两姨老妹子他们吗？"马媒一乐儿，说："好你个没良心儿的刻薄鬼儿！嫂子给你办正事呢，你拿我们亲戚打哈哈，算你会斗哏是怎么着？"天荣说："好嫂子，我说错啦！此时你是我的恩公，不可跟你犯贫嘴，况且我还得求你多替我美言哪！"马媒说："人家刘家知道你，并不用再相你啦。你只要愿意，还有什么美言的呀！"天荣说："没别的，就是咱们姐弟两个方才在我家里说得那一件聘礼的话，并不是我打算盘，实在没大量儿。你千万给我尽量儿往少里磨兑②，要真三千五千的，我可还是白喜欢啦！"马媒说："你这又求着我啦，这件事只管放心，人家不讹你。你就在这儿等我吧。我去问问，如果在那个数儿之内，我就回来做为定局。"

（十四续）*1916 年 8 月 28 日*

且说马天荣听马媒说了个挺脆，连忙说："那们嫂子你就多分心吧，事后我必有个人心，我就在这儿老等你就是啦！"马媒答应，去了工夫不大，笑嘻嘻的跑回来，说："真是俗语儿说的好，是婚姻谤拆不散。我去见着刘老六一提，人家也说得好，既是彼此愿意，谁也不般配谁。你放多少财礼，将来也是还得赔送回来，只要有个一头二两的做为

---

① 定油儿：停住，停下。

② 磨兑：磋商。

信息就是啦!”天荣一听，说：“想不到这个刘家这样通达时务，那们咱们是急不如快!”说着话，由腰里掏出一个纸包儿来，说：“马大嫂子，这包儿我可没平过，大概足够二两。你就送过去，把庚帖①开来，就算完事，你想好不好?”马媒接在手里，打开一瞧，说：“这是二两，大概不差什么的，我就送去。你还得在这儿等一等我，好把庚帖带回去。”说着抹头走去。一会儿又回来，手里拿着个红纸包儿，交给天荣，说：“这是人家姑娘的生辰八字儿，你打开瞧瞧呀!”天荣打开，见一张红纸，横着两个字，竖着一行，全不认识，一面笑着说：“我瞧着也是为难!”马媒说：“怎么你不识字吗?”天荣说：“谁说认识呢?”马媒说：“论理你把这庚帖拿回去，放在灶王板儿上三天，然后你也开写一张，再求先生合□婚。这如今你既不识字，再说定都放了，不必再费这些事啦！这本村儿有一位教书的先生，择日合婚、写通书，全分的能为，莫如我就带你去荡，求他就给你办一办，你想怎么样?”天荣说：“你这是疼顾我没人，这敢则好啦，那们咱们就走哇!”

马媒在前，天荣跟随，到了后街一家门口儿，贴着几张黄报子。马媒带进去，见着先生一说。先生当时把礼帖写完，天荣给捡了两块银子，约有三钱多，先生也不争竞。天荣举着礼帖，同马媒出离学馆街门，说：“没别的，我这儿还有这包儿银子，吃饭不饱，喝酒不醉，送给嫂子买点儿布，做鞋面儿吧!”马媒说：“你临完了损我脚大，按说我可罚你!”说着连礼帖接过来，说：“我就给你去下帖，你就回去吧！方才刘家说，你愿意多早晚娶就娶。”天荣一听，说：“方才不是先生说下月初十就是吉日吗，咱们是急不如快!”马媒说：“就是啦!”说完走去。天荣往回路走着，心想这到不错，三两银子满够啦，多一文都没花，总算狐仙真灵。

回家张罗一切，这天到了吉期，把新人迎娶过门，及至下轿一瞧，是个大罗锅腰儿，缩着脖子，如同乌龟似的，往脚底下一瞧，两只大脚，足有顶尺。这才想起狐言之有前因来，已然是生米做成熟饭，而且又是自己亲自相看的，不能懊怨媒人，又想狐仙说自己无福销受美人，也不敢逆天而行。夫妻到是彼此投缘。

这段书至此已完，论说原可以再拉着说一两天，把与前段的意思说一说。近日来函烦演的段子很多，据我想不如另换个目录，说着也透精神，诸位看着也新鲜。您要爱瞧我信笔胡批瞎议论，那段儿都可以加的上。书说这一来，明天另换新题，按日敬献。

---

① 庚帖：旧俗订婚时男女双方交换的写有姓名、籍贯、生辰八字等内容的帖子。

王 成

（开篇）1916年10月30日

可喜可贺可乐，中国金融复活。不见银元百日多，竟要纸片难过。

商民萧条困苦，损失无从计核。警察帮助苦忙合，各区附设一所。

自改某处办事，越发闹的不得。童叟便宜往前挪，孕妇将胎挤落。

一旦居然兑现，谁不以手加额。偏有伊人唤奈何，他说蜡行怎做。

几句流口的词儿念毕，说的是眼前的俗事，不用我细批细讲，诸位管保都明白。唯独末两句好像不甚好解，鄙人不能不略为解说。自从票子改为官制，钱蜡两行简直的要歇业。今年这一停止兑现，真有发老财的。五月间同洋人勾钢，每百元就落个十元八元的。到了八月节前后，又改吃兑换所，并且添了许多的新收子。腰柜的小蜡铺儿，只要有个十元八元的票，雇几个老头儿、小孩子，一天也闹几吊。被雇的虽然挨会子挤，可是死利儿，比拉洋车不赔车分儿，还轻松点儿。比打执事①，不用懂催押锣②，外带得算位过路财神，故此入蜡界的人日见其多。论到当这路把儿头③的并业主，好像暗吃（没门市又不能上捐），可不能说犯法。比如发觉了，人家有词儿，说："我皆因用钱，所以才雇人换。"但凡能兑现，谁肯花钱雇人，请问司法诸君能科个什么罪名？说到被雇的也是因贫起见，反正一句话，利之所在，人争趋之。不信再往下闹半年，管保连粥厂不用开

① 打执事：旧时婚丧嫁娶的仪式中，雇用一些无业者在仪仗队伍中举着灯笼、旗、锣、伞、扇等物列队行走，此种人称为打执事的。

② 催押锣：指挥仪仗队行走快慢的敲锣节奏。

③ 把儿头：指旧时社会各团体的头目。

啦。这一兑现，这行人不禁自绝，吃惯了这路饭的，只好另谋生计吧！

说到每日赴所兑换的同胞，可也真不容易。第一得勤，天不亮就得起来，还得不怕挤，也算不将辛苦易，难挣世间财。又道是一勤天下无难事，勤则有功，勤能补拙。这们看起来，这个勤字儿实为人养身要素。那位说，你这是《聊斋》吗？聊天儿。闲话靠后，今天说段与勤字反对的玩艺儿，可是到终篇仍以勤字儿结笔。也是前些日子，有位洪彦辰先生烦的，说得好不好，在两可之间。

这段目录是《王成》，就是这位不勤人的姓名。原籍是平原人，上辈也是诗书门第，礼乐人家，流寓在山东青州。幼年时候还有饭吃，皆因王成性情最懒，不能谋生。起初是当卖着过日子，自然越过越穷，只剩下几间破房子，拆了也没木料。好在就是夫妻两口人儿，终日在屋里苦熬着。王大奶奶也不能算会过日子，时常因丈夫弄不了钱来，就抬杠辩嘴（这点儿书，只可一表儿。您要爱听这路吵家，您听德寿山的《申氏》去）。王成闹得人贫志短，自然没多少词儿，又赶上正在五六月的天气，屋中炎热，王成想起本村中有个周家花园子，墙都塌了，还有个亭子，不如我一个人儿上亭子去睡觉，既乘凉又省得呕气。谁想这一来，遇着件意外的机缘。

（续昨）*1916年10月31日*

且说这位王大爷同大奶奶辩了几句嘴，又皆因天热，一堵气子，挟着汗褂，抓上一把破芭蕉扇儿的扇子，气愤愤的直奔周氏花园的这个亭子。到了亭子上一瞧，已经有了七八位啦，左不是本村儿的张哥、李哥、罗老哥、小辫儿刘六哥，也有躺下睡着了的，也有坐着说话儿的。大家见了王成，也欠欠身儿，说："王大爷才来吗？"此时皓月初升，好在还辨得出人模样儿来。王成说："可不是吗！你们几位早来啦？"说着靠柱子坐下。这块儿正靠窗台儿，恰巧放着两块筒瓦。王成心说，这到不错，现成儿有枕头啦。这才把汗褂儿铺开，仰颏儿一躺，用扇子扇着蚊子，闭上眼睛，同大家聊着天儿。说着说着，已经定更，大家都入了梦乡。王成一阵心血来潮，被凉风一吹，也睡了个挺香。这个月分儿，正是夜短昼长的时候儿，大家多是种庄稼、做小本经营的，睡到天光闪亮，爬起来就各做各事去了，所为乘着早凉儿多出点儿活，或是去赶早集，纷纷各散。

但说王成，夙日本爱自由，睡个早觉儿，起来也无事可做。大家都走了，他翻了个身，用破扇子一遮脑袋，又打上呼啦。这一觉足睡了约有两小时，红日三竿，由亭子的破窗户照进来，正照在王成的脊梁上。通俗说太阳晒屁股才起来，就由这位王大爷兴的，比上电灯亮了才起的那位王大爷，可早的多。王成觉着身上照的慌，朦胧着两眼，□头一瞧，心说，喝，敢则不早啦，一骨碌身子坐起来，靠小墙儿，揉了揉眼睛，又打了个呵欠，由地上把汗褂儿抓起来，抖了抖土儿，把破鞋提了提，披上汗褂儿，拿上扇子，这才站起身躯，下了亭子台阶儿。打算回家，再设法儿找饭落儿去。

低头走了几步，见远远儿草棵儿底下黄澄澄儿的，被日光一映，夺人双目。心说这是什么呀？往前凑了两步，毛腰一细瞧，原来是一只金钗，伸手捡起来，掂了掂约有五六钱重。王成自言自语的说：“八成儿是赤金的，要是包金，不能这们坠手。”又一翻背后，錾着几个小字儿，是“仪宾府造”。说书人代表，王成的祖父正是衡府的仪宾（仪宾就是王公的门婿，衡府是明朝时代的一位王爵）。王成幼小时候，家中的首饰多有錾着这宗款式的，不过都被他折卖尽了就是啦。心说这只金钗好像是我家的，什么人落在这园子来呢？若说是早年埋藏在土里的，不能这样干净，若是村姑邻妇，家常不能戴这样首饰，乡绅宦门小姐，又不能往这破花园子来，这只金钗可是什么人丢失的呢？有咧，我索兴耗会子，看有人来找寻没有。打定主意，复返又奔亭子。到了台阶儿上，用叶子掸了掸土，往上一坐，纳开闷儿啦。坐了不大的工夫，见远远的走来一位六十多岁的老太太，脸上很是慈善，年岁虽老，脚底下挺快，低着头顺着草棵儿好像找什么呢。王成一瞧，知道必是寻钗，一想我虽贫穷，既有原物主人，理当拾金不昧。

（再续） *1916 年 11 月 1 日*

俗语儿常说拾金不昧，这件事不在穷富，专能看人的性情心术。就以本文书的这位王成说，穷到跟饭现定约会儿了，捡拾一只金钗，并不拿走，肯在这儿等着，足见是不贪，所以终能得好结果，并非因懒受益。可是园子里露宿的人很多，都因起的早，所以看不见金钗。王成睡到日上三竿，好像形容他懒出理来似的，究竟其懒要不足以为法。

闲话打住，且说王成坐在亭子台阶儿上，见老妇毛腰顺草棵儿寻找，知道必是金钗的本主人。这才站起来，一手举着这股金钗，往前凑了几步，说：“老太太，八成儿你是找这个哪吧？”老妇低着脑袋，并没看见王成，听说话儿，猛一抬头，见迎面有个人手举金钗，连忙说：“可不是吗！”王成同老妇人彼此一对眼光儿，见妇人不俗，并不像本村的人，赶紧把金钗往前一递。老妇接过来，满面含春，说：“这到劳你老的驾啦，幸亏遇见你这不拾遗的君子！”一面说一面插在头上，跟着又说：“论说这只钗也值不了几何，皆因是从前我丈夫给我打的，如今成了贻念了，所以才这样寻找。”

王成正因上面款儿纳闷，一听“先夫”二字，赶紧问说：“老太太，你说你的丈夫怎么称呼？是做什么的呀？”老妇说：“就是本处的仪宾王柬之，是老身的先夫。”王成听着一机伶，说：“你说的这位王柬之，乃是我的祖父，去世约有七八十年了。你这个年岁即便赶上，也不过在几岁儿上，怎能说是你丈夫呢？”老妇听王成说出他是王柬之的后辈，用眼上下一打量，说：“你就是王柬之的孙子呀？老身不必隐瞒，我非凡人，乃一狐仙，在百年之前与你祖父约为婚姻，极蒙眷爱。他去世之后，我就隐于这座园亭后院，不现形于人间了。这只钗恰巧落在你的手中，也算天数呕！”

王成幼年时候，听家中人传说，自己的祖父有一位外遇的狐妻在花园居住，自己没有赶上见过，听老太太自述是狐仙，这才信以为真。心说这位老太太大概不定几千年了，连忙深施一礼，说：“孙儿年幼，没有同祖母见过，没别的，您到家去看一看吧！”老妇点头说：“可以吧！”

老太太同王成出离周氏花园子的破墙，走了不远儿，就到了王成住的这几间破房子的跟前。说：“祖母您就请吧！”一面说：“大奶奶，你出来见一见，这是咱们的太太①！”王大奶奶不知道是什么亲戚本族的长辈儿，从里间屋出来，冲定老妇深深的万福。老太太一瞧，王大奶奶破衣褴褛不堪，脸上好像逃荒挨饿的形像，绉着眉头，叹了口气，说：“咳，想不到王柬之的孙子怎么竟自会穷到这个样子了呢！”迎屋门儿有一张破桌子，旁边有个破凳子，老太太坐下。一进靠墙犄角儿砌着个灶火，大概好几天没烧火了，锅上一层陈土。老太太说：“你们两口子过到这个样儿，日不聊生，可怎么往下混哪？”王大奶奶本是一肚子的委屈，丈夫一夜没上家，头天晚饭就空了一顿儿。听这位老太太一说，勾起心事，呜呜儿的才哭诉情由。

（三续） *1916 年 11 月 2 日*

且说王大奶奶被这位太婆一问，勾起夙日的伤心，又想起头一天晚饭还没吃呢，焉能不委屈，于是就把自从嫁到王姓门中所受的苦楚，一条一款的都要说给这位太婆听听。越说越伤心，先是含着眼泪儿，到后来止不住的泪如雨下，放声哭起来了。老妇听到伤心处，也不由落了几滴眼泪，一面用袖子自己擦了擦，一面由头上拔下这只金钗来，说：“你就不用伤心啦，孩子，这也是你的命苦。今天我也没带银钱，你把这一只金钗暂且拿到当铺，当个三两二两的，量他二升小米子，你们两口子暂且充饥度日。我过三天再来瞧你们来。”

王大奶奶见老太太见面儿挺亲热，想着必然过得着，连忙把金钗接在手中，转递给丈夫，说：“那们我们就依实啦！”王成说：“只要我缓开，必给您老人家赎！”老太太说：“谁赎都不要紧，千万别把票儿丢了就得啦！”说完话站起身形就走。王成说：“老太太，你老人家别走哇！您容我当了当，回头给您打点儿酒、买点鱼肉，孝顺孝顺你老人家再走不迟！”老太太说：“总是多买柴米，少买鱼肉的为是。又道是常将有日思无日，莫道无时思有时（老太太对了工儿②，就要犯戏瘾）！”王成心说，我别往下巴结这路碎

① 太太：旧时旗人称祖母为太太，称母亲为奶奶。

② 工儿：戏剧用语，指随戏剧内容变化，角色也要改变。

催小花脸啦，连忙跟着说："我说老太太，你老人家如果不疵嫌这儿房屋狭窄，要不您简直的不必走啦。早早晚晚的让您孙子媳妇服侍你老人家，不也是该当的吗（瞧老太太可吃）！"老妇听到其间，说："你这孩子，说话有多们糊涂。你连一个媳妇儿都养活不了，你要把我留下，让我饿着肚子躺在床上数房梁，我可受不得，与你我有什么益处呀！莫如你快去办理你的早饭去吧，我也不坐着了。"说着话出离屋门。

王成夫妻都送出来，见老太太仍奔周家花园而去，看着没了影儿，这才一同进屋。大奶奶说："咱们家多早晚有这们一位祖母哇？是亲戚，是当族？我过了门这们几年，不但没有见过，怎么也没听你提过呢？"王成就把小时候听说祖父同位狐仙有外遇的话一说，又把当天早晨的事说了个大略。大奶奶一听，说："喝，敢则咱们今天跟狐仙捣了一早晨的乱哪，可吓死我啦，我的妈呀！"王成说："你瞧他虽不是人，到肯念其当年同咱们祖父有个好儿，周济怜恤咱们，比上那些就宽不就窄的势力鬼强的多唠。他不是说过三天还来吗，你就拿婆婆似的敬奉着他，他必然喜欢，决计不能祸害你我！"大奶奶只可点头，说："你先别说三天后的事啦，我们从昨天晚晌就没吃饭，你还不快张罗当当去呢。你可千万找熟当铺，告诉他急用钱，尽量儿写，搁不住（大奶奶是当当的行务，不像我们大奶奶，净会叫打鼓儿的①）。"王成说："是咧，我比你知道，你给我把口袋拿来，再给我一块手巾。"大奶奶递给王成，去了工夫不大，笑嘻嘻的回来，又是米面，又是肉菜，还有二斤烙饼。夫妻饱餐了一顿，晚饭自己起火，一幌儿三天，净盼老太太早来。

（四续）*1916年11月3日*

且说王成这个人不能算是坏人，不过同我们旗籍的同胞似的，从前专靠祖业，不知谋生计，坐吃山空，一旦花净，仍是倚赖性不改，所以连妻子都跟着受这样的罪。若说懒的缘故，也并不能算天性，不过起初没操劳过，成为习惯就是了。我愿旗籍同胞都以王成为前车之鉴，早打主意才好。

闲话少说，且说王成当了金钗，花了三天，手中还有几吊钱、几升米。这一天吃完晚饭，还不见老太太来，心说老爷子，别是他老人家也是财政支绌，借款没到手，又要展限吧（这是王成吗？我们旗下老哥儿们盼饷哪）！心里虽急，可又没有地方儿催请去。一会儿天黑，掌上油灯，两口子对坐着说闲话儿。忽见窗外有个人影儿，本来窗上没纸，早已看明，正是这位老太太。王成连忙迎出去，深深的做揖。大奶奶也万福行礼，把老太太迎到屋中，说："我的老奶奶，你老人家怎么这早晚才来呀？不知用过饭没有？"老太太说："老身不动烟火，不必你们张罗费事。"说完坐在迎门破椅子上。

---

① 打鼓儿的：旧时北京一种收购旧物的行当，收购者因手握一小鼓，走街串巷边走边敲而得名。

王成同大奶奶在两傍垂手侍立。就见这位老太太伸手从腰中掏出一个绢子包儿来，放在桌上，亲自打开。王成伸着脖子一瞧，白花花，绕眼增光，爱死人（这是王成吗？牛氏①)。原来是几块散碎的银块儿，大约足有六七两。就听老太太说："我给你又凑了这们几两银子来。明天你上一荡集，到粮食市上，籴他一石谷子，一石麦子，借个磨，自己磨着吃。虽说糙点儿，可没假，也能吃水，这是妇道人家都应当做的事。要说净买现成儿的吃，那不是过家之道。余剩下的钱，打点儿油，买点儿盐，每天净买几文钱的菜，可就省多啦。当的那一票当，先不用忙着赎，再过三十二天，也是一个月的利钱（那位说，老太太也是行务吗？您想俗语说精灵精灵，焉能不懂得顶五儿呀）。"王成同大奶奶连连答应。

又听老太太说："今天我也不走啦，不是别的，明天我好早早儿的催着你去上市，趁早凉儿买回来。你们早些儿到磨上放下筱帚，好早占下磨。"大奶奶也赶紧答应，不过心里很害怕，心说这位老妈妈今天说不走，回头只好同我在一铺睡啦，万一半夜他一犯馋，把我啃啦，可不是闹法儿，无奈又不敢推辞，只好说："那们咱们娘儿两个在这小床儿上，我给你老人家打扫打扫，可没什么铺的，好在天气不冷。"说着话，抓起筱帚扫了扫，说："你老人家要是乏了，先歇着吧！"老妇说："咱们都该睡啦。都是一家人，你不用这们立规矩！"说着上床睡去。王成把银子用纸包起来，掖在床沿上，自己也躺下了。单剩大奶奶一个人儿，一想这位太婆看着很是慈善，大概不会吃人，我也只好豁出命去干吧，即便把我吃了，总比饿死好受。想到其间，熄灭油灯，就在老太太脚底下一躺。一觉醒来，天光大亮。老太太早将王成唤起，催着上市。王成不敢怠慢，一会儿籴来，张罗做早饭。老太太容王成夫妻吃完，这才要代谋生计。

（五续） *1916年11月4日*

且说王成一清早被老太太催着上市籴来粟麦，到家约在巳牌时候，进门腰酸腿疼，直打呵欠，还是雇脚驮来的。脚夫帮着运到屋中，开发了脚钱，王大爷坐在椅子上直嚷累的慌。老太太一瞧，明知道大爷没有干惯这些事，心里未免怜惜，面子上可不能纵容着他，这才正颜厉色的说："你这孩子，从今以后要把你这路懒惰的毛病去掉了才好呢！你没听古人说'大富由天，小富由人'吗？你这们大的个子，也不想个营业，怎么算个爷们呢！依着我说，趁早儿想个小本经营，只要能破点儿辛苦，总可以养活一两口人。如其不然，坐着槽儿吃，就是这两石粮食，很吃不了多少日子呦！"

王成听老太太说完，把嘴一撇，说："喝，我的老奶奶，你老人家说得这不是现成儿

① 牛氏：子弟书《得钞傲妻》中的人物。

的话吗？您想世间无论做什么大小买卖儿，总得将本才能图利。我现在混到连饭都吃不上，拿什么当资本呢？”老妇说：“你说得这话也是实情。想当年你祖父在世的时节，有得是金银财宝。我要用多少，也都现成。我皆因是个世外之人，用不着这路东西，所以也不爱拿他。我零零碎碎的积攒下有四十两银子，是为买花儿戴、买粉擦的，没有用着，直在我手里存了这们些年也没什么用处。后半天没事，我给你取来。你赶紧到布行里，尽其所有的都买了葛布①，奔到北京去卖，一定可以赚些银子！”王成一听老太太肯其拿本儿，自己焉有不愿意的，说：“既承祖母这样疼顾我，孙儿情愿去贩布去！”老太太催着大奶奶做饭，看着夫妻吃完，又催着大奶奶去推碾子磨面。自己走了一会子，及至回来，见王大爷头朝里睡得很香。老太太把他叫醒，说：“此时天将过午，离黑还早着的呢，给你这包银子，这是四十两整，你就买货去。买来规着规着，明一天抓早儿就去你的。好在几百地的路程，来回脚儿，有半个多月儿也就行啦。再说分量也不大，就手儿买个被套装好，你也不至于扛不动，沿路也可以随便雇脚。”王大爷笑嘻嘻的接过银子，一直出门，去奔布行。

王大奶奶一会儿回来，老妇把这话对他一说，大奶奶也很高兴，张罗忙晚饭。到了日落衔山，王成果然把葛布买来，一共连粗的带细的五十多端，分装在一个大被套之中。还剩了二三两银子、两串制钱，所为留着做盘缠，把话回明祖母。老太太说：“你歇一歇儿，就吃饭睡觉，明一天好早些上路！”王大爷答应，忙着吃完晚饭，一夜无词。

次日天明，老太太把王成叫起来，又叫大奶奶给他烧水洗脸。老太太说：“我嘱咐你几句话，你只要能遵照着这话，发财不难。”王成说：“祖母分派孙儿，孙儿焉敢不听！”老太太说：“也不是什么难办的事，你就记着，宜勤勿懒，宜急勿缓，迟之一日，悔之已晚！”王成心说，这位老太太一死儿找前言辙说话，连忙说：“既然你老人家这样吩咐，孙儿谨遵就是了！”说完给老太太叩头辞行，扛起被套，出门前去求财。

（六续） *1916 年 11 月 6 日*

且说王成辞别祖母、妻子，趁早凉儿走了二十多里地才张罗打早尖。饭后雇了半站脚驴，这天分外的炎热，王成是谨遵老太太的话，不敢歇息。到了天黑，走了约有一百二十余里，打店住下。第二天还是如此。说书不可重絮，无非“饥餐渴饮，晓行夜宿”八个字的老套子。一幌儿三四天，走出五百多地，离京约有三百地。这一天，从半夜天就阴啦，次日天明，蒙淞着下起小雨儿来。王成有心等住雨再走，一想临出门的时候，祖母那样的嘱咐，不可不遵，不如冒着雨走啵，辞别店家，扛起被套，顺大路而行。谁

① 葛布：用葛麻的纤维制成的布，俗称夏布。

想这雨一阵比一阵急，走了十数里，不但身上的衣服湿了，被套也要淋透，再说脚底下泥泞的很，一步一滑。想要雇脚，人家也都不愿意驼了。王成从小儿娇生惯养，如何受得了这样罪，好容易到了一处镇市，找了个起火①的店，一面打早尖，就便借火烘烘衣服。

此时是六月中旬，这雨并不大下，可是紧一阵、慢一阵的，直没有住。王成一想，莫如今天就住在这个店里，明天一早走还不行吗，于是张罗吃晚饭。方才做熟，见院子的雨比前半天越发的大啦，房檐儿流的滴水好像一根线似的。王成心说，总还□我有主意，这要走在前不着村、后不着店儿的地方儿，还不把我淋死呀！今晚乘着凉快，早早儿的睡，明天好早些起身。打定主意，这才睡下。

一觉醒来，听外面的雨声音果然小了，翻身又一觉，天光大亮，连忙爬起来，想出门解一解手儿。到了店门外一抬头，见天上的云彩还是东一块西一块，还飞雨星儿呢，往大道上一瞧，比上昨天的道路泥泞的更厉害了。此处是个通衢，见道路上往来行人多是光着两条腿的，浅处没踝骨，深处有过磕膝盖②的。王成看着直绉眉，心说像这样道路，空行人儿都不受走，何况我还得抗着几十斤的分量呢，再说光脚也走不惯，穿着鞋一荡水，有多难过呀！不如在店中打个早尖，俟等道路干一干再走不迟。解完手儿，进了店房。店家说："客人今天走不了吧？"王成说："可不是吗，只好耗一会子再说啵！"说完从新躺下，又睡了一觉。

及至醒来，见同屋住的人已经都走净。到院外一瞧，地皮儿稍透干点儿，隐隐的微有太阳，可是越发的蒸热。自已心想起火吃点儿饭，大概就可以走啦，这才进来叫店家给烧火做饭。饭还没煮熟，就听四外雷声殷殷，黑云彩直往一块儿凑。忽然一阵凉风，立刻跟着就是大点儿，这雨来的又紧又大。及至王成吃完饭，店中院子里都成河啦。王成虽然心急，也没法子，只好不走。第二天又下了多半天儿，多亏打了个大霹雷，才露出蓝天儿。再瞧已然快落太阳了，王成只得又过了一夜。次日清晨，算还店帐，抗起被套，一天就赶了百余里。

到晚住店，店家说："客人贩什么货的呀？"王成说："贩得是葛布。"店家说："合该发财，今年好贵的行市啦！"王成一闻此言，不由暗暗的欢悦。

（七续） *1916年11月7日*

且说王成这一天离北京不过一两站的道路，这天晚晌打店，店中同住的有几位布客随便说起闲话儿，问王成贩的是什么货，王成告诉人是葛布。客人说："你老合该是财星

① 起火：供应伙食。
② 磕膝盖：膝盖。

照命，今年属着贩葛布的得利！”王成信口问了问行情，自己一听，凭这一荡，大概除盘缠资本，约可赚个百数两银子。心说罢了，这荡总算闹着啦，喜喜欢欢的收拾住了一夜。第二天雇了一个站驴，直奔彰仪门大道。次日晚间，赶到城外，天色已然昏黑。俗语儿常说，忙人是赶彰仪门似的，大概这门早先关的早，当天又没能进城。次日由城外雇车，拉着货直奔前门东布巷子。到了行里，开发车钱，自己抗着被套到了一家柜上，说是贩葛布的来了。布行掌柜的一听，说：“咳，这是那儿来的事情！你要早来三天，有多少我们都要。从昨天葛货来的很多，请你到别家交易去吧！”王成一听，好像掉在凉水盆儿相仿。又一想，这路行贩也许故意的拿我，不如就近打个店，慢慢的再出手吧。打定主意，就在大街东找店住下。

这店是专住贩布的，店主人一问王成的货，急的直跺脚，说：“客人，你好没时气，前半个月来北京贩葛布的，那个都有三两倍利，可惜没货。从前五六天，盘儿一天比一天的微，到了昨天行里都不收啦。你只好等大布庄存货的主儿预备明年的卖吧，可怕你这一荡要赔盘缠！”王成一听，心里越发着急，只好住下。次日拿上货样，又到各处一会，见贩葛布的人真不少，一商量价钱，与自己原来本钱差不多。王成一算，白赔盘缠，受了辛苦，莫如再耗个一两天吧。回到店中，咳声叹气，心说怪不得古人说“早知三日市，富贵一千年”呢，又什么“快□赶不上行市”“商家买起不买落”，诚然不错，只好在店中懊着吧。一幌儿十余天，所带的盘费已然花完，还欠下店钱饭帐约有七八两，这分儿懊心就不用问了。

这天店里掌柜的问起王成，才知道他是初次出来贩货的，说：“客人，我可是爱说话，大凡营商都得认赔认赚，看出不好来，就当早打主意，亏着本儿也得往外搡。你这不同坐庄，有等劲儿。你不想这路货是迎着伏季儿的货，如今用主儿都快不用啦，还有什么指望！依我劝，你把他发放出去，倒回现银子来，办点儿京货，回头脚儿，也可以找个盘缠。反正破辛苦的人儿，财神爷决计不亏负人。我这话可是为你好，你要再思呀再想！”王成住了这些天，见这位店主人是诚实的好人，说：“你老这话很是，那们只好求你给会个主儿，我认赔就是啦！”店主人答应，替他找了一家大资本存货的主儿，一商量倒出去，共合三十几两银子。王成一算，赔个十几两银子，莫若一狠心，去他的，当时点头。把货发去，把银子取来，放在被套里，开着门出去解了解手儿。及至回来，想着不如算清帐目，买点儿货，明天往回路走啵。及至打开被套，这银子竟自不翼而飞。

（八续）*1916年11月8日*

这一段书，原是勉励人以勤营商的玩艺儿，不可当做实事看。然而“宜勤勿懒，宜急勿缓，迟之一日，悔之已晚”这十六个字，不但商业应当奉为格言，即持家处世，均应奉为圭臬①。这几天的书，全是形容王成年轻，不善经商的毛病，究其病根，仍是一个懒字。此下即渡入“王成亡金任数”的原文，仍不脱懒字的毛病。闲话少说，还得接着往下说书。

且说王成把葛货减价出售，想着先把店帐算还，好买点儿京货回家，谁想打开被套要拿银子，连包儿被人偷去。这一下子，可把王大爷所吓傻了，连忙往柜房儿跑，说：“掌柜的，你看见我的银包儿了没有?”店主人说：“方才见你点明件数放在被套里了，我出来张罗别的事去了，你不是自己看着来着的吗?”王成说：“我就到门外解了解手儿，回来想算还欠你的店饭帐，一拿全没有啦，我这可怎么回家呦!”店主一听，心中纳闷儿，心说凭这位客人决计不能讹人，大概是有了溜门子②的了，开店这路买卖□都说“公文财物，交明柜上，如若不交，失物莫怪”，可没在墙上写着（那成了澡堂子啦），既然人家实丢，这可怎么办，只好说：“王客人，你先不用着急，容我替你访察访察!”王成急得满院子直打转儿。

单说同店住的一个跑合儿的，姓霍名芬，夙日跟掌柜的不对劲儿，一听王成丢了银子，心说这可是合该他妈妈，老合该咧，我要不叫他们两个人闹场观音寺儿③，我怎么对得起我这姓呢。打定主意，答讪着出了屋门，把王成一拉，说：“王大哥，你别着急，你上我屋里坐一坐儿来!”王成只得应酬应酬，跟到屋里。霍大说：“你坐下，听我告诉你，你大概是轻易没上过北京城来。俗语儿说‘车船店脚牙，无罪就该杀’，别处店家都好，唯独北京的店家势力眼。别处的店还都可恕，唯独咱们住的这座店，这个掌柜的出名的势力眼。不然人家就为他排了出《连升三级》的戏啦！要讲咱们哥儿们住在他店里，大小也算是他的财神爷，照顾主儿。你瞧他这宗劲儿味儿的，简直的没拿咱们当客吗！要说住店给店钱，是一家挨一家。又道是此处不留爷，还有留爷处!”

王成听这个霍大所说的话不伦不类，连忙说：“你也不用跟我说这些，我如今是火烧心呢!”霍大说：“可是的，我方才听见一耳朵。怎么着？你的银子放在屋里会没有啦?这简直的是欺负你老实脚儿吗！他们开店的最怕是说他店中勾串贼，你这银子丢失的形迹可疑，你为什么不跟他来上一牌④，我就敢替你当质！如其不然，丢了就丢了，那你还不如带银子进北京白送给他呢!”王成听霍大这一篇子话，是调唆着与店家打官司。自己一想，贩货失利，总是自己不会做事，如今已经赔折资本，再若闹场官司，俗言说“一字入公门，九牛拽不出”，况且未必能叫主人赔偿，连忙对霍大说：“这一件事是我的命该受穷，怨不上店主东来，我只好自己认背就是!”

---

① 圭臬：古时测日影的器具，比喻准则、法度。

② 溜门子：谓窃贼溜入人家行窃。

③ 观音寺儿：本是北京地名，后演变成北京俚语，“官司”的谐音。

④ 来一牌：来一手。

（九续）1916年11月9日

俗言说“劝人双有益，调唆两无功”，原是至理名方，即如这个或人（原文说“或劝”，在下硬给他改成姓，所为说着省事，并不是同这姓有嫌隙），比如王成听信了他的话，店主人也未必准能赔偿，可是两个人谁都得赔钱饶舌。王成以“此我数也，于主人何尤”九个字了结，话语虽透迷信，可是心中躁湿矜平，正是王成见识高的地方儿。

闲话靠后，但说这个或人一听王成这话，知道是白冒了些坏啦，反到羞恼成怒，说：“那是你有钱，那只好随你吧!”当时两个人说话的工夫，店中已然有人把这话告诉了主人。主人跑在门外，正听见王成这两句话，起心里感念王成是好人，连忙退回来。一会儿见王成由姓霍的单间儿出来，赶紧点手儿。王成过来，跟店东进了柜房儿。店东说：“王客人，你先坐下。你一幌儿在我店里住了也小一个月了，大概我也瞧出你这个人来，是个好人。若说你丢失的这银子，可得算你自不小心。你欠本柜的店钱，外叫的饭钱，合在一块儿也得个六七两，咱们两个人一句话，都算我候啦。你要怕是回路没盘费，我送你五两银子，大约你足够到家的了。如果不愿意走，你就再住几天，饭钱、房钱全是我的事儿，咱们两个人留这们个交情，你想好是不好?”

王成一听，起心里也很感念，说：“只要你不嫌疵我是穷命鬼，我焉有不愿意的呢!”店主人说：“你这话说远啦!”连忙叫先生给平了五两银子，包好了递给王成。王成说：“这到叫我受之有愧，却之不恭!”说着接过来给店主人做了个揖，说：“可有一节，我那银子丢的可疑，打算再住个三两天，查询查询，你想怎么样?”店主人说：“但凡能得着下落，也洗出我们的心迹来了。你不愿回家，或是愿在北京做个小本经营，这几两银子也够你做资本的了。”

王成拿着这包银子回到自己屋中，心中盘算，左右为难，有心往家走吧，到家见不起祖母；有心做买卖，这几两银子又怕再赔啦。此时正是七月初旬，屋里很热，坐也坐不住，想着莫如我上街溜一溜去。于是锁上屋门（这就叫贼走了关门），告诉明白店主人。出离店门，往南越走越远，已经到了天桥。见靠天坛墙儿围着一圈子人，王成凑过去一瞧，原来是斗鹌鹑的，彼此赌彩，也讲个三五吊钱的输赢。这件事王成在家的时候也看见过，可不兴赌钱。一会儿听旁人讲究什么字儿赢了几圈，什么字儿的鹌鹑总是欠了工夫，才糟蹋钱。又听有人说：“谁谁谁的鹌鹑不值三百钱，要到乡下，连二十老钱也用不了。”王成一瞧，鹌鹑场子很热闹。又往西走了会子，是个雀儿市，大笼的鹌鹑，有许多人抓着挑选。王成一听，大家讲价儿，都在三二百钱上下，心里一动，说：大买卖我做不起，要是下乡贩两笼这东西，大概有个三二两银子就够啦。连路上盘缠带食水，合上三二十文，利儿不小。不如回店与店主人商议，我就碰上一碰。想到其间，这才连忙回转店房。

（十续）1916年11月10日

且说王成看出卖鹌鹑的买卖有利儿，自己高高兴兴回转店房，恰巧掌柜的正在门口儿卖呆儿呢。王成一见，说："您没出门儿，好极啦，进来我同你商量一件事！"店主人跟进院中，说："什么话呀，你就请说吧！"王成就把今天看雀儿市、看卖鹌鹑这话学说了一遍，又说打算做这个小买卖儿。店主人一听，说："你这个主意不错，这路买卖是大商贩不做，小商贩又做不来。此时新交秋令，乡庙集场上正有这路雀鸟儿，整笼的数来不过几个制钱儿一个，除去脚价，每荡总可以找个三头二两的。外带还有一个巧机会，咱们这店里去年住了个贩百灵的，后来他出口做别的买卖去啦，把挑子大笼全存在这儿了。你要贩鹌鹑，你只管挑了去使，等他回来，再还他也不迟。你这们办，你明一天就贩一荡，试着瞧。那天回来，你只管住在这儿。后院儿有闲着的牲口棚，我借给你放笼子。你吃喝随便，敞开儿乐，全是我的事，你想怎么样？"

王成一听，越发的喜欢喽，说："那们我托你老的福，明天下乡就走一荡！"店主人一面吩咐小二给王成预备菜饭，一面亲身跑到后院儿，把雀儿笼子提溜过来，放在当院，又找出一条扁担来。王成见掌柜的累得周身是汗，很不过意，说："这到给你老添忙了，交我自己收拾吧！"说着脱了个光脊梁，找了一把筱帚，先把笼子四围的浮土扫净，又把上面的网绳儿打开抖晾抖晾，里面还有两个瓦蛐蛐罐儿，是盛水的，试了试绳扣儿很是结实，拴笼的大绳子也不糟，又把扁担拿过来，一齐拴好，挑在肩头上试了试，好在分量不沉，每头装上个四五十个也不过六七十斤。王成挑到自己住的屋门口儿，拿出钥匙，开开屋门，把担子放在屋中。此时小二已经把饭备齐，店主人又打了四两酒，做为给王成送行，让到柜房儿，陪着他喝了两盅儿，张罗着吃完饭。此时天色昏黑，各自收拾安歇睡觉，一夜无词。

次日天光一亮，王成起来打水洗了洗脸，同店主人告辞。把装布的被套存在店中，挑起担笼出离店门。自己也不知往那方去才好，信步游行的出离了彰仪门，过养济院、三庙义、五显财神庙、大井、小井、芦沟桥（得，要开跑大梁子①，我别招说啦）。反正原没说上什么地方去买，莫如我也不用指地名儿。王成第二天到了乡下的一处集场，果然有大笼抓鹌鹑的。王成挑着挑子，人家知道他是行贩儿，张罗着问他要多少。王成讲数一百，卖主儿同他要四两银子，王成给二两不卖，又添了一两讲妥。打开网绳儿，人家给他抓着往里数。王成本是力笨儿，自己不敢动手，怕是飞了，只好由人性儿给他抓。

① 开跑大梁子：江湖隐语，在相声段子里报地名儿。

一会儿满了一笼，又把那笼装上，给了银子。王成在集上吃了点儿便饭，挑起担笼，往回路走。当天没赶到，第三天晚晌又回到前门。店家一见，非常的欢喜，说：“你真是去的马力来的快，一定准要发财!”

（十一续） *1916* 年 *11* 月 *12* 日

这段儿书本是挺好的玩艺儿，可是说《聊斋》的主儿多不喜欢说他。从前德月川的门报儿①见过一两次，在下也没能去听。至于别位，我也没听过。推原其故，这段儿同《促织》《鸽异》相仿，好像得稍通点儿禽虫学才说的好。愚下既没当过鸟儿贩子、鹌鹑把式，说的一定不能在行。况且这路鸟儿，如今玩主儿很少，不同鹦鹉、八哥儿、鸽子养主儿多，容易讨教。记得前三十余年，我在沟沿一家剃头棚子里见过一位老者，进门坐下，由腰里掏出一个布口袋来，打开口袋嘴儿，就掏出这们一个鸟儿，用手把着。彼时在下是小学生儿，不敢多说话，心中纳闷儿。后来有别位座儿一问老者，这位老者大发议论，这们一讲演（我这《聊斋》可不是这们学的），在下才知道这叫鹌鹑，总得用手把着，才想起怪不得古人说把到了的鹌鹑、蹓到了的马呢，敢则就是这路把法儿。据我想，把到没什么要紧，唯独装在口袋里，掖在腰中，他要一犯性，可不大受用。有人说，你只管放心，好在这东西嘴不尖，养主儿不至受伤。愚下究竟慎的慌，所以不敢研究。如今北京直不晓得有谁养这路玩艺儿了，实在无从请教。然而既然说这段儿，只好强不知以为知，胡聊一气，未免贻笑方家。咱们这们办，如果有通这门学问的行家老师，请您来函赐教，写明怎样的把法儿。我可不是要学徒，我再替你述说出来，公诸司好。若是没有人指教，那您也别凭我说，您只好由着蒲先生原文造魔去就是啦。话说明白了，咱们谁也别再咬啃谁，还得接着说书。

且说王成第三天晚晌回到店中，店主人一瞧，他真贩了来啦，很是喜欢。一打听每个合二分银子，成本也算不小，好在卖这路玩艺儿，是专吃冤大脑袋，一个就许够本儿。这才张罗王成洗脸吃饭，又叫他把笼子放到后院儿去。王成说：“那可不行，谁给看着猫哇？只好就放在我这炕边儿上头吧!”店主人说：“你明一天挑到市上，给他个漫天要价。只要够对合子利儿就出手，先把本儿抓弄回来，然后剩多剩少就全是利儿了。只要东西销得快，勤跑几荡，就能多赚。千万别苦绷行市，这就是俗语儿说的‘淡薄利儿吃饱饭’吗！别像我那位相好的似的，出门就讲挣几两，老不想三年开一次张。”王成说：“你说得是谁呀?”店主人说：“你不认识，这一位又上了山啦（总不肯自居下山吗）。”

王成是又乏又累，也不顾得再问，吃了一碗水饭，张罗睡觉。无奈这天晚晌比起每

① 门报儿：旧时书馆门前贴出的节目预报。

天都非常的炎热。王成想着这路买卖不必老早的上市，早晨养主儿都在家，手不能闲着，故此不出门，莫如我在院子搭铺睡一夜，也省得闹得慌。于是把笼打开，添了点儿食水，从新压好，自己回院子张罗打铺。一抬头见云生西北，雾长东南，嘎啦啦一个霹雷，一阵凉风，霎时间一阵暴雨。王成连忙进屋，一会儿大雨倾盆，比上前次在路上的雨来的更暴。

（十二续） *1916* 年 *11* 月 *13* 日

且说王成把鹌鹑贩到店中，心想次日再上市去卖，谁想由天没亮就下起大雨，整下了一夜。到了天亮，出店门一瞧，街上的水成了河啦，雨虽然稍小了点儿，可是还不断的掉点儿。王成心里起急，有心要脱了鞋袜，荡着水挑出去卖，又怕没有买主儿，只可耗到晴了天再说吧。打开笼子，添好食水，张罗吃早饭。饭还没有吃完，天越发阴了个挺沉，密雨如丝，整下了一天。此时是连阴的秋雨，紧一阵，慢一阵，简断截说，一气儿下了三天。王成急得在屋中地下直转磨①。

每天早午晚按时候添食水，一打笼子，一瞧死了好几个。王成一想，常听人说，这路毛毛虫的玩艺儿，要是背了运，真能要命，又不知道有什么法儿，急得去找店主人讨教。店主人说："你不知道我不了毛货吗？你只好捡那欢势②的全提出来，另放在一个笼里，看着发蔫的，另放在一处，招呼传染上什么病！"王成一想也有理，自己笨手笨脚的又怕飞了，把屋门关上，打开笼子，一个一个的往外挑。这路鸟儿一经人手他就老实，倒腾了多半天儿，也看不出所以然来，一查点数目，剩了不到四十个了，连屋里不透空气，这一闷，一个个连水食都不吃啦。王成急得无法，只好照旧放好，自己出屋子，上门口儿站着去。到了第二天早起，打笼子一瞧，剩了不到十头了，并且笼子里的死鹌鹑都有了臭味儿。王成心说，这可怎么好，莫若把死的扔出去，把这个笼子收拾收拾，装在一笼里也挤不着。自己打定主意，又倒腾了会子，点了点一共八个。收拾已毕，上街一瞧，虽然雨是住了，可是道路泥泞，仍然没有什么人，只好再待一天啵。

到了第二天，见天光放晴，想要提出去卖，隔着网绳儿一瞧，全都东倒西歪了，唯有一头，还是挺欢势。王成一瞧，所吓傻啦。想着通共这五两银子，连贩鸟儿带喂食，并自己吃饭，现在手里剩不到一两银子了，这可那儿找本儿去呀，一面掉着眼泪，一面奔柜房儿去找店主东。

但说店主东从那天给王成出完主意，恰巧乡亲家有事，三天没回家，今天是刚进门

---

① 转磨：指遇到困难不知所措，走来走去，心里着急。

② 欢势：活泼。

儿。王成一见，好像遇着亲人啦，放声大哭。店主人说："怎么啦?"王成哭着说："坑了我喽，害了我喽，想不到呕，就剩了你一个儿喽!"店主人不知怎么件事，把他劝住一问，才知道是就剩了一头鹌鹑啦，由不得也叹了口气，说："这也是你的时运赶的，无奈急会子也是枉然!"王成说："我指着他还能卖多少钱，我怎么回家呀?"店家说："你不必着急，反正还能让你困在北京吗！全在我的身上就是啦!"王成说："那们我可就指着你这一个儿了!"店主东说："这倒不错，也不知你拿我当了鸟儿，还是当了你的儿子?"王成说："那我可没这们大的造化!"店主东一听，王成所要实受，连忙说："别往下稿啦！我闲着没事，咱们两个人瞧一瞧这头鹌鹑去!"说着话出离柜房，到了王成这间单间儿。店主人打开网笼，把鹌鹑抓出，才仔细留神正睛观瞧。

（十三续） *1916 年 11 月 14 日*

且说店主人听王成的鹌鹑死得很怪，所以要过来瞧一瞧，及至把到手里瞧了半天，冲定王成说："你瞧这头鹌鹑，瞧着与众不同，大概这东西必然厉害。我虽不甚懂行，你瞧他两只鹰眼，嘴头子亚赛钢锥，膀梢儿长，飞起必然利落。你把他放在那些鹌鹑一块儿，这些头安知不是被他斗死的呢！我劝你闲着也是闲着，你就用心把他几天，同人出去斗一斗。如果能赢，吃赌饭也可以谋生。你现在手里还有几个钱，垫办花着，店里有你的饭，你还着什么急呀?"王成一听这话也有理，只好说："那们咱们就试一试!"

于是上了荡街，买了一个钞袋，把鹌鹑装在里头，把网笼、扁担照旧挪到后院儿去。王成从这天起，除去吃饭、睡觉、出恭，就手不闲着，用心把这鹌鹑。早午晚上街蹓弯儿，遇着养鹌鹑的主儿就递嘻和，同人讨教。大凡好这路玩物的人多是逞能好高，总以自己多知多懂，遇着同道的人，都好讲究。王成此时是虚心受教，今天听这位的一套，明天又听那位的一套，自己捡那所说相合的话揣情度理的一试办，对于食水上也很用心，把了约有十余天，已经敢撒手儿啦。鹌鹑虽是扁毛畜类，好像也晓得王成是他主人。每天管吃管喝，就有一样儿，反正逃不出他手心儿去。无如这路鸟儿天性愿意人把着，还能不认命吗！比上吃饱了闹油的人还强哪，所以说可以人而不如鸟乎！

一幌儿一个多月，已然节届中秋，气爽秋高。王成每天上街，见有赌鹌鹑的，他也跟着。这天有个人说："你这头鹌鹑也养了这些天了，为什么不斗一斗呢?"王成一想，不如试一试，说："我可是初次玩这路玩艺儿，不懂局，咱们哥儿两个赌个酒儿怎么样?"那位说："莫如咱们赌个晚饭儿!"王成说："这们办，每人一壶酒，十个锅贴儿，怎么样（彼时前门还没兴这种食品呢，不过古事今说就是啦）?"那人欺负王成外行，说："可以吧!"于是当着大家，彼此撒放。

斗了一圈，王成的这头生虎子①还是真横，三扑两扑，那人的鹌鹑就算败咧。大家留神看王成的鹌鹑，也有夸好的，也有说这不过是暴劲儿的。当天赢了一顿晚饭，喜喜欢欢的回归店中，一进门儿，见着店主东就说："罢了，想不到我真没白指了他！"

店主东莫明其妙，说："你又指上谁啦？"王成才把斗鹌鹑赢了顿晚饭的话一说，店主东也很喜欢，说："你从此就好好儿的养着吧，大概你可该转运啦！这一程子，大约你的钱也花净啦，我劝你打算吃赌钱的饭，第一得有梢②，胆子壮，才能注大多赢呢。我今天索兴再借给你五两银子，都包成一两的包儿，你出去同他们赌的时候，就讲一两一圈，你想怎么样？"王成说："好虽好，要是输了呢？"店主东说："你只管放心，输了算我的，赢了还我，你自己不是就有梢了吗？"王成一想，眼看天也快冷了，也得穿棉衣裳了，除去这头鸟儿，也没别的法子，当时应允。从第二天带上梢根儿出去一斗，当天真就赢了三两。

（十四续） *1916 年 11 月 16 日*

且说王成自从有了赌本，出去同人一赌，果然连赢了三圈。从这一天起，见天去赌，除去每天花销，多少可以剩几个钱，凑合着添补棉衣服，为是好过冬。说书无话即短，一幌儿又是半年，王成手里也积攒了二十多两银子，把店主东的赌本也还完啦，不过从前欠的店饭帐可没得按数还清，心里稍微舒坦了一点儿，从此把这头鹌鹑看着同性命似的。

书说至此，另有一个倒笔。大凡各种玩艺儿，都是各兴一处，各兴一时。有时这一路玩艺儿某处相习成风，久而久之，能传到外省外国去。本处大家嫌俗了，没人爱学，渐渐就失传了，不定过多少年才能又兴回来。也有改得与从前大不相同的时候儿，这也是随俗进化、退化的理由。我说这话诸君不信，请想古人赌博的玩具，讲什么双陆、马吊，如今没人懂局了。前三四十年，纸牌专讲十湖，骨牌讲天九，后来就轻易听不见谁耍这路耍儿了，变成麻雀。近年又都讲什么扑克。赌钱的玩具如是，至于人养活的玩物也是如此。列国时代，齐国风俗说斗鸡走狗，鸡确是斗虫儿，后来大约断桩不兴了好些年。至前清可还有斗的，多半也在前二百年，京城有几处地名儿，俗呼斗鸡坑，如今看见过的人颇少。斗促织是宋朝盛兴，至明季成为贡品。前清至如今，尚还没有失传，不过玩主儿也日见其少了。还有一样儿的物品，赌法迥不相同的，即如从前北京讲究玩走马，不讲颠搂，可也不讲赌输赢，各国赛马则又不然。从前北京讲踢球，一脚也赢个百

① 生虎子：比喻刚参加某项工作而对一切都不熟悉的人。
② 梢：赌本。

八十吊的铜钱，如今打球上球房，人家可是干接血①。那位说，你说了半天，这是倒笔吗？诌笔。在下皆因什么说这些费话呢？还是那句话，斗鹌鹑我没见过，皆因没赶上盛兴的时代。

单说蒲先生著这段《聊斋》的时候，说是彼时有一位某王爷最好养鹌鹑，府中有许多位把式，每位每月也讲十两八两的挣银子。那位说，准有什么能为呀？您别较真儿，俗言说得好，把式把式，全凭架势，想必人家把得好。这一路事原不要紧，反正没君子不养艺人。承平时代，富家有些嗜好，也可以养许多的闲人，只要不伤风化，与正事无关，却也算不了什么。所最怕的，就是自己游手好闲，毫无正业的人，也要跟人苦学，虽然起早睡晚的不懒，也能倾家败产。闲话靠后，还得说书。

但说这位王爷，每年养活许多鹌鹑，平日同他赌斗的大约不是王孙，就是公子，除去富商，就是大贾，别的养主儿上不了前。这位王爷想着不如与民同乐，也免得埋没鹑才，于是定了个日期，每年灯节的这一天，凡是民间养鹌鹑的，那一天随意进府，愿斗的斗，愿看热闹儿的也可以去看。恰巧王成这头鹌鹑很是能斗。

过了残年几天就是快灯节儿了。店主东对王成说："现在有一步好机会，你可以发财，但不知你的命运如何！"王成不知所以，细一请教，店主东才把这件事从头至尾的学说了一遍。

（十五续）*1916* 年 *11* 月 *18* 日

且说店主东对王成一说某王府斗鹌鹑的事，王大爷此时是又喜又忧，喜得是可以发财，忧得是怕没财命，把老本儿捞出去，迟疑了会子，说："干，去东村！可有一节，我虽在北京住了这些日子，净跑了天桥儿啦，不知道王府的规矩，倘或走错了门儿，可不是闹着玩儿的。还得你指教明白了我才好哪！"店主东说："那是自然，我过节这两天也没有事儿，不如我破一天的工夫，就手儿②看一看热闹儿，我同了你去。"王成说："那更好喽！"商量妥当，王成是恨不能给鹌鹑磕头，叫他好给自己做脸。

一幌儿到了正月十五。王成老早的起来，洗脸穿衣，又把鹌鹑收拾干净，倒锁上门儿，来到柜房儿。一瞧店主东才坐起来。王成说："你不是说同我上某王府吗，你怎么还不早些儿起来呀？"店主东一笑儿，说："你这个人，究竟是乡下脑袋，老讲一清早做事。你不懂得北京城王派的规矩（比谭派稍早一点儿），此时不是在内廷没下来呢，就是刚回府用膳。而且这类事，是必得把人都聚齐了才能斗哪。不如咱们两个人吃饱了早饭，再

① 干接血：坐收渔利。
② 就手儿：顺手儿、顺便的意思。

慢慢儿的蹓达了去。”王成一听人家的话说得有理，说：“那们你就慢慢儿的穿着吧！”

店主东一面穿着衣服，一面对王成说：“我这个人说话你可别恼，咱们做的这件事总算涉险，叫作行险以侥幸。大凡行险的事，只得先虑退。好在这府中斗鹌鹑不讲输赢银钱，可以不必破钞。你这鹌鹑如果斗不过，只好是认个晦气一走儿。倘若万一能够斗胜啦，这位王爷一定不放你走，要买你的鹌鹑。你可别当时就点头，他也不能把你怎么样，给他个一死儿的不松手，他必然还是要买定啦。你绷足了分儿，再稍微露个肯卖的话口儿，大大儿的要个价儿，他必然驳回。你可用眼睛钉注我，我要不点头，你就老说不卖。到了那时候儿，你可千万要沉住了底气！”王成说：“你这是为我好的话，我焉有不听的！”

此时店主东已然起来，漱口洗脸已毕，换上衣服，叫伙计预备酒饭。王成说：“莫如咱们外面吃去，我今一天也该请一请儿你啦！”店主东还要推辞，王成一手拉着店主东，一手把着鹌鹑，往外就走，店主东推辞不脱。二人出离店门，到了前门大街一座饭铺儿，进门儿要酒要菜。这点儿书不能细说，皆因一细说，就成了《月明楼》啦。吃完饭，店主东是熟面儿，挂了帐。二人出来，又雇了一辆车，拉在某王府胡同。赶车的一听，就知道是□着发财去的，要了个大价儿。王成也顾不得驳价儿，讲明可得要快。赶车的点头，两个人上了车。车夫一摇鞭儿，刚进前门，就遇见插车。王成别提多急了，耗了半天儿，天色已经旁午，这才来到某王府的阿斯门①（那位说，你说的这是明朝的事，就没这个名儿。那只好说看见铁链②子围绕着门口儿吧）。到了府门口儿一瞧，真是人山人海，多有腰里掖着几个口袋的，到是随便任人出入。王成同店主东进了角门，见丹墀下的人更是十分拥挤。

（十六续） *1916年11月19日*

这点儿书虽是假玩艺儿，说到有实际的地方儿，也当略微把他当真事儿说一说。奈因在下真没这层学问，俗言说得好，宁在人前说不会，不在人前会不全。若是瞪眼硬朦事，有时被人指出来，反到可耻。莫若谨遵“知之为知之，不知为不知”的古训倒好。因此前些天，我就实话实说，我可并非藏拙。恰巧前两天，由本馆伙友转致来赵介臣君的一封来函，历述玩鹌鹑各法，在下深为感荷。有心要补叙在这几天的书中，不但近于掠人之美，而且前半段既没那样说，此时反觉自相矛盾。我到有个主意，俟等把这段说完，我把赵君的话做成个鹌鹑小谱，有好研究的主儿，您也好跟赵君讨教去，比着《花镜》书上说的细致好些。即便不喜爱这种玩物，也可以看着当个玩艺儿，方不辜负赵君

① 阿斯门：满语，王府的大门。
② “链”，原文作“练”，据语义改。

赐教鄙人的这番美意。今天这几句闲话儿，权当在下给赵君的谢教的覆函，恕不另柬。有愿学把鹌鹑着数儿的，您就等瞧末一篇。话不是交待明白了吗，您诸位暂且还得瞧我替蒲老先生编述谣言。

且说王成跟定店主东进了王府的角门儿，见院中丹墀两旁真是人山人海的一般，有把鹌鹑的，有穿着一身华丽衣服站在前面，身后跟定几个碎催把着鹌鹑，伺候着的。其余看热闹儿的人也都挨肩蹭背。丹墀上面全都是本府当差的兵丁人役。殿上静悄悄的，卷着帘子，上面有个座位，并无一人。王成晓得此时王爷并未登殿，这才悄步声儿的对店主东说："想不到咱们来得直会没误！"店主东点了点头。

一会儿的工夫，听殿后有靴底的声音。由围屏后转过许多的护卫，引着一位二十余岁的王爷，生得面如冠玉，穿着华丽的便服，身后跟着一群人，都是手中把定鹌鹑，还另有两个提笼的，把笼子放在殿内。王爷正中入了座位。见他对伺候的人说了句话，王成可听不见说的是什么。就见两名护卫答应了一声，迈出门槛，冲定丹墀下的人说："王爷有谕，有愿意斗鹌鹑的，上丹墀上来！"紧靠丹墀有一个人答应了一声"是"，一迈腿儿上了丹墀。高高兴兴的把着鹌鹑，跑近殿前，规规矩矩的一站。王爷回头冲定府中一个把鹌鹑的说："撒呀！"此人答应，把鹌鹑撒出。上来的这个人也就把鹌鹑撒开，然后一撤身儿，靠殿柱一站。

此时王府的鹌鹑仗着主人的势力，眼睛是红的，又搭着夙日的食水儿足，功夫好，如何能不当着主人逞能。这人的鹌鹑夙日虽然上过阵，今天一见这个势派儿大，先有点儿怵场。王府的鹌鹑略一飞腾，这鹌鹑有点胆歉，心说我别惹他们，一展翅儿，飞奔主人而去。王爷一瞧，头圈得胜，哈哈的大笑。这个叫阵的脸上可成了紫茄子了，连忙把着自己的鹌鹑退下丹墀。护卫又问还有愿斗的上来，登时又上来几个。简断截说，都被王府的鹌鹑咬败。店主东一瞧光景，冲定王成说："此时可以登台了。"但不知胜负如何。

（十七续）*1916年11月21日*

且说这些斗鹌鹑的，一连气儿上来几个，俱被王府的鹌鹑咬败。此时店主东看着是了分儿，向王成递了个眼色，低声说："该到咱们上阵的时候儿啦！"王成上了丹墀，店主东也跟随在后。到了殿外头，冲定王爷一立正。王爷两只眼睛不顾得看人，用眼往鹌鹑身上一钉，扭项回头对随从人说："这头鹌鹑眼睛里有怒脉，必然善斗，不可轻敌。将那铁喙的放出来斗一斗吧！"手下人将鹌鹑撒出，王成也把自己的鹌鹑撒出。两头鹌鹑一照面儿，好像各为其主、誓不两立的一般，上下翻飞，斗在一处。三嘴两嘴，王府的这头鹌鹑已被王成这头鹌鹑将大膀儿拧下一根来，飞了回去。王爷一见，连忙吩咐说："快换好的撒出去！"想不到没有几嘴，又被王成的鹌鹑咬败。王爷吩咐再换，依然不能得胜。此时王爷可透着有点儿挂火儿。王成自是心满意足，不但王成高兴，连店主东也跟着挺胸脯儿。再说一干瞧热闹儿的人，交头接耳的都夸赞王成的鹌鹑。

王爷一瞧，心说今天真要被人满数了去，我从此就算白捐弄啦！一回头，冲定手下人说："你们赶紧进宫去，把我夙日亲手把的那头玉鹌鹑取出来吧！"手下人答应，退入围屏后面。王成只好还把着自己的鹌鹑，静候王爷。一会儿见跑出一个人来，手中把着一头鹌鹑，周身上下都是白色翎毛，远瞧好像白鹭鸶，努着两眼，如同大鹰相似。王成此时吓得脸上颜色更变，自己怕是斗不过，赶紧双膝跪倒，冲定王爷说："小人不敢再撒了，我看大王这头鹌鹑，乃是天生的神物。恐怕伤了我的鹌鹑，就丧了我的产业了！"王爷一笑儿，说："你不用害怕，只管撒出来，即便你的鹌鹑被玉鹑咬死，本爵重赏你些银钱还不行吗？"王成一听，反正既有口话儿，还敢再违抗吗，怵怵怛怛的答应了声"是"，把鹌鹑撒手。

这头玉鹑一见，如何肯饶，一直的扑上前来。王鹑往下一蹲身儿，纹丝儿不动。玉鹑一伸脖子，照定王鹑就是一嘴。王鹑往起一飞，飞出圈儿来，打了几个盘儿，用翅子照定玉鹑一拍，这下子还是真给拍着啦，登时忽上忽下斗在一处。约有几个盘旋，玉鹑可就透出迟慢来了，心中纳闷儿，想着我混这碗王府的饭儿，没敢得罪过谁呀，这可是诚心赶捞我，足见夙日净指着皮毛儿朦事，怕遇见硬对儿呦（这是玉鹑说的吗？我替好虚名的叹息哪）！此时用尽周身的全力要同王鹑拼命，谁想王鹑是越斗越勇，一口紧似一口，扇、翻、扑、打、咬，把头玉鹑直闹得招架不住，大翅膀儿也给扑折啦，脖子上的毛也给扑下好些来，名为玉鹑，此时已经露出是地道花脖子了。自己一想，我可别再稿啦，乘早儿保命要紧，想到其间，振翅而逃。此时丹墀下的人约有上千，没有不夸王成鹌鹑的。王鹑见玉鹑既败，仍飞奔主人。王爷出离殿外，由王成手中把鹌鹑接过，亲手把着仔细观瞧。

（十八续）*1916 年 11 月 22 日*

且说这位王爷见本府中所有的鹌鹑都被人家的这头鹌鹑咬败，心中纳闷儿，说："怪不得古人说强中自有强中手，能人背后有能人呢。不但人如是，就连一个禽鸟也是一样呕！"当时由王成手中把鹌鹑接过来，一手把着，从嘴瞧到爪儿，其实与自己所养的也是一样。于是越瞧越爱，越爱就舍不得撒手（把高了兴了吗）。王成在旁垂手侍立，翻着眼皮儿瞧着王爷，心里盘算主意（跟我一样，当时现编词儿）。就见王爷把鹌鹑看够多时，这才冲定王成说："你这头鹌鹑，肯出手不肯呢？"说书人代表，王爷迟疑了这们半天，也是现想词儿。皆因养活玩物的主儿，都有个忌讳，不许人问卖不卖，王爷虽有爵位，既是爱玩物，也不能那样冒失，所以也得现编词儿。

闲话少说，但说王成一听王爷问的词儿活动，想起店主东嘱咐的话，莫如我先绷绷行市，赶紧和容悦色的说："小人家无恒产，现在就指着这头鹌鹑当作命根子，并不是鹌鹑贩子，小人不愿意卖他。"王爷一听，王成先说家中无钱的话，就知道是为要卖个大价儿，自己既舍得花钱，何妨递个话口儿呢！王爷打定主意，又冲王成说："我说要买，也并不是按照市上的价值，给你个三两五两的就算完事。你如果愿意把这头鹌鹑孝敬我，我赏你点儿银子，你拿了去，可以置个几十亩子地，岂不比指着玩毛毛虫混饭吃准成吗？"王成一听，王爷说几十亩地，大概就是要给几百银子，可是真凭爷赏，也未免太难，莫若还得编词儿，故意的低着脑袋，绉着眉头子，犹豫了半天，才迟迟疑疑的说："小人本不愿意出手，可是王爷既喜爱，您又说有格外的恩典，假若能叫小人从此有个准穿衣吃饭的准落子，小人还有个不愿意的吗！"

王爷一听王成总算吐了话口儿，赶紧跟着问价儿啵，说："那们你打算要多少银子才肯卖呢？"王成本拉不下脸来要价儿，事到如今，是指着这件事发财哪，只好一狠心，说："王爷如果愿意留下这头鹌鹑，您就赏我一千银子！"王爷一听王成要的价儿真大，噗哧的一笑儿，说："你这个傻人，你也不想一想，一头鸟儿算得了什么珍宝，张嘴儿就是一千银子，你想从那儿值呀！"王成此时是福至心灵，连忙冲定王爷说："这头鹌鹑在王爷看着固然算不了什么希奇的宝物，在小人看着比上赵国的和氏璧也不过如此！"王爷一听，说："你这话怎么讲呀？"王成说："小人适才已经回明王爷，我是个家无恒产的饥寒人，好容易得了这们一头鹌鹑，把了这些天，才敢出斗。从那天起，每天把到街市之上同人赌斗，每天总可以赢个三两五两的。把银子赢到手，买个一斗八升米，一家十几口人就可以不至于挨冷受饿，所以才把这鹌鹑看成活宝。"王爷一听，说："你这们办，我也不亏负你，我给你二百银子少不少？"王成一听，连连的摆手摇头。

（十九续） 1916 年 11 月 23 日

且说王成听王爷说给二百银子，心里说，怪不得人说北京城的钱容易挣，就凭这们一头鸟儿，就出二百银子价儿，实在得算不少，我莫若再绷绷试一试。想到其间，故意的摇了摇脑袋，说："小人不敢遵命。"王爷一瞧这个情形，知道他是争价儿呢，说："那们我再给你加一百，你大概就满了意了吧？"王成此时已经乐的要飞（跟鹌鹑一样）。又一想，方才店主东叫我看他的眼色儿行事，这半天的工夫，净顾了□坏主意冤人了，没留神瞧他。一面摇脑袋，一面用眼瞜着店主东，就见绷着个脸儿，直像没听见的一样。自己一想，方才我要的这个价儿，不能说言无二价，况且差得太多，自己不如凑合凑合。打定主意，这才笑嘻嘻的冲定王爷说："既承王爷之命，一定愿意留下，这头鹌鹑，小人方才说的一千，王爷既说不值，小人也不敢执拗，请王爷少给一百两银子也就是了！"王爷一听，说："你去你的吧！你也不想一想，谁肯花九百两银子买一头鹌鹑？"王成一听这话口儿透紧，莫若自己闹个假不指着，大约价儿也就争到分儿上啦。

趁王爷说出九百银子谁也不买的这句话口儿，故意由腰中把口袋掏出来，往里一装，掖起来装做要走的意思。王爷一瞧人家真不卖，连忙点着手儿，说："鹑人来，鹑人来，我实给你六百银子。你如果肯卖，就算我的，如果不卖，你就别处去卖吧！"王成听王爷叫，自己立住脚步儿，一听又添了一倍价儿，心说这个价儿大概总算到了家啦吧，赶紧用眼睛一觑瞜店主东，见他站在那儿，脸上一点儿活动气儿没有，由不得心中起急，暗想着据我想别再绷着了，六百银子，也是十二个元老宝呢！倘或不卖，王爷的脾气，回头一个不要，岂不失此机会吗！不如不必听他的了。这才赶紧冲定王爷说："要说这个价儿出手，小人实在有点儿抱委屈。我若是一定不卖，恐怕王爷怪罪。没法子，只好遵命办理就是了！"一面说，一面由腰里把口袋解下来，亲自打开，递与王爷。

王爷一面接过鹌鹑，一面回头向护卫们说："你们带他到内库，给他平六百现银子去！"护卫答应，把王成带下丹墀，奔了库房。好在这府里的规矩是不折不扣，门敬小费一概不准收受，给他平了京平①高银五十两一封，一共十二封，都叫他点明件数。王成笑嘻嘻的说："那还能有错儿吗？"于是一面往怀中揣，揣不了用兜兜着，又放在鹌鹑口袋里两包，复反上了丹墀，见了王爷。王爷说："银子你点对啦？"王成答应了一个"是"，双膝跪倒，恭恭敬敬给王爷叩了三个头，说："谢爷赏！"此时许多斗鹌鹑的并看热闹的人没有不看着王成眼儿热的。

天色已然下午，大家都往外走，王成一瞧店主东也跟出来了，说："喝，你来得正好，你帮助我拿着点儿银子吧，咱们雇车回店要紧！"店主人说："我说得话你如何不听，这样性急，再绷一绷儿，八百银子准能卖上！"王成是心满意足，同回店内。

（二十续）*1916* 年 *11* 月 *24* 日

且说王成同定店主东笑嘻嘻的出离王府，王成张罗着雇车回店。两个人沿路走着，店主东还直懊怨王成的性子太急，不然总还可以多卖他二百银子。王成心中明白店主东是向着自己，也不敢分辩，说："得咧，前次贩鹌鹑的时候儿，并没想到能得这笔外财呦！"一会儿到了店中，王成开发车钱，抱着十二封银子进了柜房儿。店中伙友们一瞧，知道是王成鹌鹑得了利，也有追着打听的，也有忙着问数儿的。王成略说了说，人家谁都听着羡慕。

王成把十二包银子往银柜上一摆，说："咱们哥儿两个不必套虚。要讲我这些银子，

① 京平：旧时北京地区银子成色的衡量标准。

全是你老成全的，不然我早已就做了外乡之鬼啦。况且当日贩鹌鹑的资本还是你帮的哪！没别得说的，你愿意留多少，你就留多少。即便你满都留下，我决不心疼！”店主东一听，说：“你这话说差了，你想养鹌鹑的人多着的哪，怎么单单儿这头鹌鹑会到在你的手中，足见你有这番财命。我若分了你的，便是不义之财，一定必要有祸患。我劝你明一天把银子带上，赶紧回家。你大可置上几顷地，你也不必再做这路商业了。银子全是你的，我一两也不能要！”王成一听，说：“那可不行，不亏你，我焉有今日！不用说当日贩鸟儿的本钱是你的，就凭这半年的工夫，不亏你不同我要店钱饭钱，我也不能有这一笔财。这银子还是咱们哥儿两个平分了的是！”店主东还是一定不肯，两个人越说越起急，吵嚷起来。

店中住的客人还当是两个人为分银子闹起来了呢，跑过来解劝，及至一听这个情理，才晓得二位是这们件事，大家都说怪不得古人说“争之不足，让之有余”呢。大家一路乱出主意，有的说应当派王成送店主东三十两银子，做为成三破二①的花销，归卖主儿一头儿认的；有的说既是店主东给跑了会子，应当送他六十两，做为九扣的；有的说二位既是情感情、义感义，莫若让王成出于本心，封个封儿，做为给店主东酬劳道乏的。登时七嘴八舌，闹得王成反不得主意了。店主东一瞧这些个人，名为了事为好，不定又出什么是②非，连忙说：“你们诸位不必分心，我到有个办法。若说姓王的客人，我们原是素③不相识，皆因他住在我店里丢了银子，内中有小人煽惑要调词架讼，他居然不听。所以我念其他这点儿好处，应许着不要他的房饭钱。他如果要回家，我还可以帮他个盘缠。这如今他不是发了财了吗？这们办，他住我的房子，让他按日给房钱。他所吃的饭，也全都有数儿，咱们来个有一得一，照数儿算给我还不行吗？”王成还要多给，店主东急得起誓发愿。王成没了法子，大家也全都说这是公平办法。于是叫管帐的先生糙打了一打，通共合八两银子。王成亲自打开包儿，拿出十两的一个锭子，下剩的做为赏给伙计，又请店主东吃了个饭儿。次日清晨，找出原来的被套，把行李收拾了收拾，这才要告辞回家。

（二十一续）*1916年11月25日*

且说王成把鹌鹑卖了六百银子，还有年前积攒下的二十多两，除去偿还店饭帐并这几天的花费，还有六百零几两银子，又添了两件衣服，装在被套之内，雇了一辆长车④，

---

① 成三破二：旧时牙行的规矩，即从买方（成）提取百分之三的佣金，从卖方（破）提取百分之二的佣金。

② “是”，原文作“事”，据语义改。

③ “素”，原文作“夙”，据语义改。

④ 长车：行远程的车。

回奔原籍。

这一天到家，搬进行李，开发了车钱，见王大奶奶身上穿的比每年透着齐整；又见着这位狐氏祖母，赶紧跪倒磕了六个头。那位说，做什么磕这们些个呀？找补着拜了个晚年儿。老太太因为他这半年多撇下一口人一去不回头，连封信没捎，还以为他把资本花光了，困在北京城里头了呢，及至见他衣服比从前整齐，又有大被套，必定是又做了别的营业，如今发财回家，所以也分外的喜欢（势力眼的狐老太太），笑嘻嘻的说：“你这一荡葛布贩的，赚了多少银子呀？”王成笑嘻嘻的打开被套，一包一包的拿出十一包来，下余还有一包散碎的零块儿。老太太说：“这都是卖葛布赚的吗？”王成这才从头至尾把这半年的事述说了个大概。老太太一面听着，笑一阵，恨一阵。

此时王大奶奶也在一旁都听傻啦。还是狐老太太说：“你丈夫大远的回来，你到是张罗给他打脸水、沏茶去呀！如今有了银子，莫非你倒不伺候他了么？”王大奶奶不敢违抗祖母的教训，张罗伺候丈夫。王成又问了问祖母，自己走后，家中怎样的过度。老太太说：“反正都是我的钱，你就不用不放心啦。这不是你回来了吗，现在有一个巧当口儿①。咱们这村子里周家现下因打官司，穷的不得了。他有一个庄子，零碎裁着卖出去的地不少了。眼下还有二顷多，全是旱涝得收的好地，要卖三千银子，大约有二千六七就可以置到手。咱这村儿里没有一个成总能拿得出来的。你明天就去见他。你说：‘这地我留下了。’赶紧写字儿过银子，开冻儿就种大庄稼。”王成一听，说：“老太太，你说得好听，我这儿通共不到六百银子，拿什么给人家呀？况且置地是一笔银子，还得农具、牲口、口种，不然置到手，不也是荒废着吗！”狐老太太说：“你只管去置地，用银子我给你预备！”王成一听，这才放心，心说您只要有地方去借，那不利息钱呢，都使得过儿。此时王大奶奶已经把饭做得，催着王成洗脸、喝茶。王成催着大奶奶打开炕上新做的箱子，把银子、衣服收好，祖、孙、孙媳三个人，这才同桌吃了饭。

王成歇了一夜，第二天出去拜了拜本村的街邻。大家都知道王成是进京做买卖去了，昨天见他坐车拉着大被套回家，知道必然发财回来。大家一问，王成可没敢实说是指着雀儿才转的运，只好说由贩布，改贩绸子，由贩绸子，改贩缎子。自己如今是位绸缎客人了，同大栅栏“祥”字号儿都有个穿换。大家听着都羡慕王成有经济。王成又把自己因见商业不准成，打算置几顷地、弃商为农的话一说。大家一听，就把周家卖地的事替他两家一穿插，果然当日写字，银地两交。

（二十二续）*1916 年 11 月 26 日*

说书是假玩艺儿，可也得说得下去才行。即如这段儿《王成》，鹌鹑能斗一阵胜一

① 当口儿：指时机，关头。

阵，这还在情理之内。若说某王府爱上这头鸟儿，花六百银子买下，阔家主儿也都是常有的事。唯独说到王成到家之后，这书我可真拉不下脸往下这们朦事了。您想通共王成就只有这六百有零的银子，除还店饭帐带置行李并路费，怎么省俭，也得几十两，到家后决计剩不到六百银子。原文说“妪命治良田三百亩，起屋作器，居然世家”，请问诸位，地合多少银子一亩呀？一两多银子一亩，好像多早晚儿也没有这样便宜价钱。北京从前四十年，好地每亩就得过十两，后来一年比一年涨价。各处地价虽不一样，大约北五省务农的人多，早先地价就比围京门子贵。即便王成赶上地贱的年分，据我想六百银子也办不到，何况还得盖房，置家俱呢！再者王成临走的时候儿没落子，这半年多，大奶奶应当吃谁？是每天打粥哇，还是要求巡警送贫民院（彼时也没立呢）？这一冬天怎么活着来？原文都没说。这件事王成不问，大家也要替问一问。所以我从没说到这点儿书的时候儿，就想法子造谣言。好在这位老太太自称为狐仙，狐仙这路玩艺儿，都说他会搬运（那位说，仙家吗，你怎么拿他老人家当玩艺儿呢？我们娘儿两个没什么好儿，不但我没沾过他老人家恩，而且也没会过，我净指着笔管搬运哪），莫若做为当日他就有银子，皆因怕王成懒惰，故意就拿出四十两叫他贩葛去，所为试试他成不成。如今他居然赚回十五倍来，这才放心，敢往外拿干货，并不是留着填还谁，防备后手儿呢。这们说着，似乎近点儿情理。诸位瞧我这谎圆的好不好？那位说好，好不是，咱们赶紧说完这段，再说新鲜的。

且说王成把地置妥，立刻又盖房，又置摆设，收拾的全然京派（新学来的吗），立刻雇了些长工、月工、仆妇、丫鬟。这位老太太见王成夫妇还是不懂勤俭，又要学浮华，每天老早的自己先起来，把王成叫醒，叫他带着长工下地，督催着耕种锄刨去；又栽了些桑，种了些棉花，养些蚕，置了些张布机，催着大奶奶带女工采桑，纺棉织绸布。两口子那一个少微的懒惰点儿，老太太指着头发根儿一数落。王成夫妻起初没受过这样的累，很觉受罪，过了一年，习惯下来，也就不理会啦。背前面后，不但不懊怨，还很感激。过了三年，家中米粮成仓，骡马成群，说句土新名词，王大爷所抖起来喽，宅内的房屋各有各所。

这一天，老太太对王成夫妻二人说：“这如今你们也懂得过家之道了，还是由勤才行哪，我也该走啦！”王成夫妻二人一听，如何舍得，跪在老太太眼前，衔着眼泪，拉着胳膊，这们一留。老太太说：“你们起来吧，我不走就是啦！”当日无话。第二天早晨一瞧，老太太没了影儿啦，王成也无处寻找。书说这一来，原文至此已完。

（附篇） *1916* 年 *11* 月 *27* 日

山左赵介臣、中州子忠氏合稿。

鹌鹑之鸟产于山东、河南、江苏、湖北襄阳一带。秋后时间，暇人均喜玩之。光绪念年①，河南南阳、归德等处盛兴斗鹑。此鸟性喜斗，而其所以斗者，纯为争食起见。玩此鸟者，工夫须纯，选择宜精。名目繁多，略志于下：双插花、单插花、反提炉、苏秦背剑、老虎带银铃、生铁牛、天略、地略、中略，均为入谱者，价值甚昂。购者分雌雄，俗称公母。公有须，母无须。须相其眉、眼、嘴、须、舌、身子、翅子，并方圆长扁。眉分长细宽，眉长细白分明者上品；眼分红、绿、黄、黑者上品；嘴宜大尖，或白，或黑，或青，色正者上品；须有黑、白、紫、花数种，亦必正色者上品；舌俗呼下颏，分黑、白、紫、花、麻，黑加白为麻颏，紫加白为花颏。所谓天略者，须上无顶线者是；中略者，嘴上无须；地略者，脚上只有前三爪，无后登小爪者是。相之之法，有歌诀云："长如蝇子团如鳖，软似棉花硬似铁。头要似蒜子，眼似椒子，鼻似麦子，目似锥子，颈似蛇子，毛似竹叶子，尾似钩子，腿似杠子，脚似片子。"具此数种，方为勇战上品。以上所论，纯系天然。

此下论人工讲，洗、空、吊、截、喂、把六字诀。洗者，捕得此鸟，用开水晾温，或红茶水，将周身洗透；空者，一日不喂食，去其外皮之油，则周身活动，气不喘，身体灵便，上圈咬斗时，彼咬身不疼，不败；吊者，如明日上圈，今夜内不喂食或少喂，次日上阵不喂，故两鸟见食争斗奋力，俟咬过数百嘴，则玩主将谷子洒在圈内，该鸟各得食即不斗矣；截者，每早喂萝卜、白菜心，令其泄肚，去内油，玩此鸟讲肥有油、瘦无力之忌，鹑肥有肉无油，则软如棉，分两且轻，若瘦则必重，有油亦然；喂则随时调养，此鸟除谷子外不食别物；把者，工夫最难，不论左右手，略如拉弓衔箭，左手口弓把相似，大二指掐头项，两腿下伸，由小指缝舒出，不令其弯。此物有单提蹈者，即伸一腿者；双提蹈者，把时圈住双脚，此鸟最上，唯今不多见。此六字诀外，亦分老幼。本年生者为雏，捕后玩过月余，由布袋中入笼，令其倒毛后再玩，名为当年雏。至次年则为笼鹑，亦讲几年者。斗者须笼鹑对笼鹑，雏对雏，亦秤分两。

赌彩讲谷子若干石，按市价合钱。斗时用罗圈为阵地，一人向圈内撒食，略用食一垫，两鸟同时撒手，则共决雌雄矣。

以上均系二君来函所述，鄙人摭拾录出，以供同好，兼代谢教。唯由此观之，则鹑之斗，非本性也，人主使之也。谚云："鸟为食亡。"信而有征矣。特人为万物之灵，能主鸟之战，甘于玩物丧志，游手好闲，不思以聪明才力为有用之学，其不流于泣牛衣②时之王成者几希。吁，亦大可悲矣。湛引铭附识。

---

① 念年：廿年。

② 泣牛衣：形容因家境贫寒而伤心悲泣。

九山王

（开篇）1917年4月27日

转瞬暮春三月，已然过了数天。踏青士女趁晴暄，喜得不寒不暖。
先赴蟠桃庙会，沿河能以乘船。马场争赛在东南，可没汽车裹乱①。
再到先农坛内，参观储蓄开签。彩球一滚十万元，谁不瞧着红眼。
愚下发财心盛，连朝东跑西颠。有心购票苦无钱，地道跟人帮喘。

几句即事的流口词儿念毕，接着还是讲演《聊斋》。诸位听我这末四句好像斗哏儿似的，其实这路人社会上所在多有。揣其心理，无非贪之一念支使的。即如开彩这件事，本发起于外国，前几年借公益为名浸及北京，后来秉政诸公以赌风为盗之源，始行禁止。不想过了没几年，又兴出这种“新华储蓄票”字样，所说的储蓄，也没分别出是为什么储蓄，储蓄又做什么用项，事过情迁，也不便再费话啦。若以“储蓄”两个字说，原是人人当办的。不过可以求息，不可做赌本观。但以购票的人说，多半是专为希望十万元的彩，并不在储蓄上注意，究竟也是贪心太盛。然而所费有限，即便不得，还有归本的日期，比从前彩票强。倘能幸中个小彩，也可以先保住原本了，也算将本图利，比之损人利己、设法害人的贪心，总还无伤阴骘。在下因此想起《聊斋》上几段戒贪的玩艺儿，其中属这段②《九山王》热闹，可惜不花梢（皆因没坤角儿），于世道人心颇有点益处。莫如我就说这段儿，也同前几段戒淫的玩艺儿换换笔路儿。不用紧说闲话儿，咱们就往热闹里赶着说。

---

① 裹乱：捣乱，添乱。
② “段”，原文作“叚”，据语义改。

且说山东曹州府有个姓李的，是个秀才，家里有几顷地，多种的是柿子树（所为卖耿饼①），又有几十亩旱地，家道虽不大富，也够个中一路的财主。家里虽有十数口人儿，可没多少间房子。房后有一个菜园子，皆因没人经理，早就荒废了。忽然这一天来了一个老头儿要面见李员外。李爷不知什么事，只好让进屋中，一问来意，说是听说你这儿有一所园子，打算让李爷租给他居住。论年包租，每年交一百银子，说着就从怀中掏出两个纸包儿，亲手打开，说："你点一点件数儿，再过过平②！"李爷一听，很是纳闷儿，说："先生，你别是听错了吧？舍下虽有这们几亩园子，院里没有房子，你可怎么住呀？即便现修盖，也不是一半天办得完的！"老头儿说："老朽并没找错，只要你肯把这所空园子租给我，我怎么住，自有主意。你就把银子留下就是啦。可是一节，我可就是这一分儿，什么杂钱、打扫钱都在其内（串房檐的老手）。你只要点头，就算成啦！"李爷不知怎么件事，说："既然你一定愿住，银子我留下就是啦！"老头儿告辞而去，剩下李爷好生纳闷，只好慢慢的看个水落石出。

（续昨）1917年4月28日

且说李爷把老头儿送走，自己进了屋子，把银子点了点，全是好白银子，上面号着件数，大概分两不短。心说这个老头子突如其来的，论年租这们块空院子可做什么呢？他要是打算安什么机关或做什么不法的营业呢？我可得同他另说。暂且无处侦缉，也只好容搬来再说吧。

李爷第二天并没出门，老头子也没有动静。又过了一天，这天饭后没事，李爷上邻居家去串门子。刚出街门儿，遇着房后头的一个陈二哥，见了李爷说："大兄弟，你上那儿呀？我正要找你去哪。你房后那块院子是租出去啦，还是典卖给谁啦？"李爷登时一怔儿，说："你怎么知道啦？二哥。"陈爷说："我并不知道，昨天见摇车大辆的行李，又有堂客，又有小孩子，很像往租界躲事的□老似的（这是陈二哥说的吗？我们接房陈二哥祟惑人哪），所以疑惑你租了住房儿的啦。不过那些人口，你那院子里住得开吗？况且连行李物件也没地方儿放呀！"李爷说："没有啊，我昨天没出门儿，也没人往我院子搬家，八成儿你瞧错了吧！"陈二爷说："不但我一个人儿看见了，就说咱们本村儿的街居都讲究这件事呢！"李爷一想，也许真有这件事，自己不便再辩白，也不好追问了，赶紧用话岔开，说："也许是我们孩子他丈人家借我后院园子，要盖几间房子堆东西。他们是新回来的，不在我这儿住，所以我不知道。你既这样说，我到得家去打听打听去！"说着话，

① 耿饼：柿饼，因产于山东菏泽耿庄而称为耿饼。
② 过平：过秤。

转身回家，也不去串门子去啦。

进了大门，往西另有一个小门儿通这后院园子，平时关着。这园子另有一个大门，也是锁着哪。李爷奔到小二门儿一瞧，见照旧没动，自己把插棍儿拉开，开门往院子里看了看，不但没什么车马行李，连个人影儿都没有。心中纳闷儿，进院子绕了个湾儿，奔到园门瞧了瞧，锁也没动，心里越发游疑起来，既然看不出什么形迹，只好照旧过来，从新把门关好，这些话也不便再问旁人啦。

一幌儿过了几天，这天刚要吃晚饭，长工进来说："前次那个老头儿又来拜访当家的来啦！"李爷赶紧迎出二门，见面彼此做揖施礼。李爷刚要往家里让，就听老头儿说："赖先生的福分，肯把园子让给我们居住，实在感情不尽。老朽搬过这们几天来啦，本应当早过来拜拜房主人。宗宗样样儿都得新收拾，至到锅儿灶儿的全得现安。大家苦忙了这们几天，才稍有眉目。今一天我特意过来请你过去，以报打搅之谊。可也没什么好的，左不是孩子们做的家常便饭，千万请你赏脸赐光，大概是料无推辞的了！"李爷本来正想查询查询哪，所以信口答言儿的说："不知你已然搬完了，实在短礼。既蒙先生赏饭吃，理当登堂拜谒！"老头儿用手一拉李爷，二人直奔西边这个小门儿。进门走了几步儿，李爷抬头一瞧，园中有许多的房子，盖造的很款式华好，真是焕然一新。

（再续）*1917年4月30日*

且说李爷本来疑惑了好几天了，忽然见老头儿来请吃饭，焉有不去的道理。主客二人携手揽腕刚进小门儿，李爷可就所傻啦，也不知什么时候会修盖成了一所大宅院，正中三间客庭，前廊后厦，高挂堂帘。老头儿亲打帘栊，让李爷屋里坐。李爷往里一迈腿，见迎面一座围屏，围屏前镶嵌大理石的紫檀桌椅，上铺古锦铺垫。老头儿把李爷让在上首，自己下首相陪。李爷再往四下里一瞧，所有的摆设全都不俗（咱们就这们一表儿，真要一样一样的说，那就成了骨董铺啦）。自己一想，怪不得陈二哥说呢，按这们款式，可真得搬些天，又不能再问老头儿，窗户全安着大玻璃，隔窗往外一瞧，廊子底下放着一个大行灶儿①，一个火壶②，行灶下烫着好几把酒素子，火壶开的山响。此时已有人倒上茶来，老头儿亲自接过，放在李爷的面前，然后回头对这个人说："你们就摆呀！"李爷再瞧，西面已然设下一副座位，酒盅、布碟、匙箸全有，可就是两分儿。

老头儿就请李爷入座，一主一宾，李爷自然也不必谦让，坐了首席，老头儿下首相陪。此时下人早把堂帘挂起，跟着这就敬酒上菜。老头儿把盏敬了三杯，布了几巡菜，

---

① 行灶儿：旧时一种能够移动的炉灶。

② 火壶：烧水壶。

李爷也有吃过的，也有没吃过的，还有吃过一两次叫不出名目来的，反正样样儿适口好吃（比上得地瓜称得鲜）。这要搁在瞽人词套子上说，就是“山中走兽云中雁，陆地牛羊海底鲜。虽无烹龙与宰凤，肉山酒海一样般”。真要这们说，诸位必说我犯频。其实就这前两句，就阔的多，比上《济公传》净吃茶馆差的远（连说带刨，别挨骂啦）。

李爷一面吃着，一面偷眼往院子里瞧，就见廊子前面有许多的少年男子来来往往，也有像老头儿少爷的，也有似乎下人的。人家既没叫进来给自己引见，也不能问，只好低头傻吃。正吃的高兴，听对面有嘻笑的声音，这才一抬头，原来靠东间另有个钻山门儿，门上挂着大红洋绉棉帘儿，有一个小孩掀起帘子往这们瞧哪，又听好像有妇人说“你别出去，招呼爷爷有气”，以后小声儿喁喁的说，又像乐似的，可听不明白说的是什么话。此时酒已八成，菜也吃了个十足（低头□傻吃了吗），肚子也透撑的慌了。心说八成儿是笑话我哪吧，我别再吃啦，撑死也是要紧的。老头儿还是让酒让菜。李爷说：“蒙老丈盛设，我已然酒足饭饱了！”老头儿见李爷坐下并不客气，大概是肚子没分儿了，这才吩咐上汤。李爷一想，没带汤封儿①赏钱，再说就见来来往往端菜的就有十个八个的，连上厨茶带本家的女仆，足有百八十口子的，全都来路不明，必然不是人类，也许这是狐精。别瞧这样款待我，倘若他要泛起瘙来，可不是闹着玩的。想到其间，赶紧起身告辞。老头儿也没强留，送到小门儿就回去了。李爷再回头一瞧，依然一块空院子，越发知道是狐狸窝了，由此顿起杀机。

（三续） *1917年5月1日*

吾人做事全在乍一动念头时，便当审详对得过良心去否，便能合乎天理。即如人一出街门，就有斜正两条道路，若往人路走去，自然平平坦坦；若由小路，则遍地荆棘，愈趋愈远于大路，甚至有身家性命之忧。所以邪念是时时不可不防的。在下今天说这几句腐谈，因为见社会人心日趋于邪，几于无处不是险恶可怕的杀机。及至转眼功夫，而报应不爽，比诸早年亦速。故此说这们几句，请明眼人留心考察，便知在下并非迷信之谈了。即如本文所说的李某，只因见老头儿家中这样的阔，而且来路不明，必然是狐精变化人形，大概他所使用的必是搬运来的喽，我若将他一害，既免将来搅害我，又可以白得他些财物，净死狐皮足够开个皮庄的了，有多们便宜呀。打定主意，也没对谁商量，自己是越想越有理。

第二天，正赶上就是本处集场。李爷上集看见有卖硫磺火硝的，乡间地方所为看庄稼用火枪造火药用的。李爷买了几斤，回到家放在后院空房。从这一天起，李爷每上集

① 汤封儿：旧时指给餐厅服务员的小费。

进城，就拿上口袋，回来的时候必装个十斤八斤的硝磺。家中人看见一问他，他说要研究化学配药用（彼时还不兴哪）。简断截说，一积攒，存了约有个四五百斤。每天总在晌午前后，自己用口袋装上些斤，偷偷儿的开开角门儿蹓到后院儿。后院原本遍地蒿草，李爷蹓着墙根儿蹑足潜踪的把硝磺撒开。您别瞧李爷抗的小口袋儿①（这可是曹州的事，不是通州），架不住见天抗几荡，没有三四天的功夫，一口袋一口袋的就都运到后院去啦。亲自动手，还是撒了个很均匀。

这一天晚晌，朦朦的月色，刮起南风，天就在定更多天，李爷预备了几个火折子②包儿，里面也包上些个硝磺，又点了几根鞭杆子香，出离大门，绕到后面。瞧了瞧好在路静人稀（遇见邻居，也怕问他是要送香火儿还是要学捡场），心也是突突的乱跳。又一想，嗳，本钱是撒在地下啦，难道罢了不成！于是把纸包儿裹在香上，用线拴好，爬住墙头儿，往里一探身儿，扔下一个。他往那儿放的药多，反正他心里记得。一会儿把香头儿放净，这才掸了掸身上的土儿，照旧蹓回家中，关好大门。自己也是害怕，怕是换了北风就连自己房子全烧啦。正在这个工夫，就见后窗纸一亮，已然火就着起来啦。自己登着桌子，把后窗纸撕了一个窟窿，爬着一瞧，满园中火焰冲天。此时他家的上下人等可也就都知道了，连忙飞跑进来，说："了不得喽，后园中没人，怎么会着了火喽？"李爷下了桌子，说："你们不用瞎乱，想必是荒草着了。好在是南风，千万别开小门儿！"下人们见主人这样说，乐得歇着去呢。李爷此时仍旧上了桌子，隔窗一瞧，一片火光直冲霄汉，黑气凝结，在当中好像一棵灵芝，一股子臭气薰人脑髓，飞起来的灰土眯人二目，耳边厢听得呜啼嗥动的声音，嘈杂聒耳。李爷满心欢喜，以为这一计必然斩草除根。

（四续） *1917* 年 *5* 月 *2* 日

且说李爷隔窗户看着，心里是喜欢的了不得。再说李爷这处房子没有紧邻，又在黑夜之间，也有睡熟了没听见的；也有看见窗纸发红，起来看了一看，是李家后园，离着既远，不便去管的；也有同李家虽有来往，及至跑来，见火势甚旺，又知道他这后园是空的，必然是柴禾垛着啦，没法子救，好在离他住房远着的哪。再瞧他家的街门关了个挺严，风趁火势，火借风威，再加上各种声音，即便打门，也未必听得见，只好回去，明天再来瞧看就是了的。

不提众人，但说李大。那位说，怎么改了李大啦？他这路心术，不能称爷，我叫他李大还是奉承于他（我要犯戏迷）。闲话少说，但说这火烧了约有两个多更次才自己落下

---

① 扛小口袋儿：指盗米贼。

② 火折子：古代使用的一种易燃点火工具。

去啦。李大家的众人一放心，早都蹓进屋中睡觉去啦。李大心说，这一阵儿没有动静了，我先看一看，明天再告述众人。想到其间，奔到西边这个小门儿，把门开开，往院子一迈腿儿，臭气难闻，满地上横躺竖卧的好像许多条死狗，也有把脑袋烧尽了的，有把腿烧折了的，大大小小足有百数多条，可没真玄色的。

正要再找一找那是窝门儿，就在这个当口儿，见从前租房的那个老头儿从小门儿往里飞跑，脸上现出一种忧戚惨淡的颜色，抬头见着李大，说："咱们远日无冤，近日无仇，你……你……你害的我好不苦也（狐仙老爷子也要犯戏迷）！可是你也不拍着良心想一想啊，谁待你薄来，谁又待你有点儿厚喽（那位说，这叫什么调儿呀？老狐的哭腔儿）。就凭你这一块荒园子，虽说开垦过的熟地，我认了一百银常年的地皮租，公道良心说，你想少是不少？即便你嫌少，那不你要压租也行！那一天咱们对说对讲（这叫两头儿山根儿），你点头，我愿意，你怎么要了我全家的性命哪？你呀，你……你就是你就结咧！呕、呕、呕（那位说，怎么这个味儿呀？狐仙没有正工老生的嗓筒儿）！你听我说，俗言说的好，敬人一尺，还人一丈，恨结一尺，报应十寸。像这样的奇惨之祸，焉有不报之理！"老头一说到"你、你、你"的三个字，李大已然是吓得骨软（当初就没长硬的）筋酥，后来老头儿所说的几句以怨报怨的话，他虽是听见了，可没词儿（那只好净拉四句吧）。

老头儿一转身形，照旧出了门儿。此时天光已然大亮，李宅的下人长工才也有起来的，听说后园失火，不能不应酬应酬当家的，都到□房一问候，敢则没有，找到后园，才见他一个人儿摆上皮货摊子啦（可不是大市），连忙凑过去，说："当家的受惊啦！"李大说："这到没什么的，反正过贯一的都没出去，在我手里抱拢着哪！"这又是那儿的事呀？您去问李大（念代）去，他老先生明白，大家全然不懂。再说这不过是面子上的事，大家照旧下地做活的做活。李大派了几个心腹人到后园一查点，除去死狐狸，没有别的物件，忽然想起老头子□行的时候所说"奇惨之祸，无不报者"的话来，由不得好生发愁。

（五续） *1917年5月3日*

且说李大被老头儿数落了几句，自己无法辩白。及至老头儿走后，再一想可也真是对不过人家。小人一念之差，及至把事情做出来以后，未尝不知道有人唾骂。人亦必要报怨，不过以诿①诸无法，而怨愈结而愈深，不至如数报应而不止，李大就是此类。

闲话少说，但说李大忽然想起老头儿说"奇惨之祸，无不报者"，自己也常听人说，

---

① 诿：推诿，推辞。

大凡得罪狐精，家宅多有不安，左不是扔砖撂瓦、毁害物件等事。既然老狐没死，想必总要闹一闹，事已至此，这也就无法喽，只好等他的就是了。次日天明，街邻道坊自然有人过来应酬瞧看，李大吩咐下人把所有的死狐皮挑好的剥下来卖钱，其余的挖了个坑儿一埋。再瞧园中并没值钱的财物，心里也有些后悔。这一来，想起明年的地租儿反到丢啦，也不便对众人说，无非说因知道园中有了狐狸窝，所以把他熏死，免得年久变化人形扰害邻居，与自己到没什么益处。大家信以为真，都很感念他。从这一天起，李大白天还舒服点儿，一到夜晚，不敢脱衣睡觉，总怕老狐来祸害自家（古人说“作德心逸日休，作伪心劳日拙”，人亦何苦做小人哉）。

一幌儿过了半年多，一点动静儿没有。自己心说，也许老狐因心疼子孙，连气带急也死啦；或是遇见猎户了；不然是我造化大，运气好，他不敢欺我。那天的话也无非气肚儿上吹着玩儿呢，于是渐渐的就不防备了。简断截说，又过了六七个月，还是照常平安无事。李大这年庄稼还是打的很多，仓房存不下了，该粜的粜，把银子凑齐，就都埋在自己炕厢里了。

这书说到这点儿有个补笔，说这本是前清顺治初年的事。彼时前清乍入关，追走闯王，一切都没布置妥协，张献忠、李自成的余党也不能一时杀净。山东、直隶一带，到处有流贼的余党啸聚山林，出没无常，也有扬言为明复仇的，其实皆为抢掳（同宗社党①一样），打家劫舍，绑票撕票。这些地方离官兵驻扎穹远②，虽说日有所闻，可是防不胜防，剿不胜剿。

再说李大也算曹州属一属二的个土财主，家口不少，一时又不能往都城省会迁移（彼时没有租界吗），心里未免有些个不放心。这一天，本村儿来了一个批八字算命的，举着个白布招幌儿，上写“南山翁，善断人吉凶祸福”，手里敲着告君知③，说着江浙半官话，可不说“男讲妻财子禄，女讲嫁娶合婚，算算贵人在那方，那年升官”的那套流口。到了李家这个村儿外头小庙儿，租了一间房子，就在庙门外摆了个摊子。当天就招惹得本村的人围着求他看命，问他多少钱礼金，南山翁说：“贫道是贫不计利，算对了，诸位随意布施，算不对，分文不取！”先有本庙住的闲汉求他推算了推算，果然说的不错，从小儿的事都如同亲眼得见似的（可怕自己不认帐）。本村的人一听，立刻这个也要算，那个也找他推，未来的不能说，过去的事全说得挺对，大家无不信服。第二天，这话传到李大耳中。

---

① 宗社党：民国初年，清朝皇族中的顽固分子结成集团，反对皇帝退位，企图维持清皇统治的组织。

② 穹远：遥远。

③ 告君知：响器。

（六续）1917年5月5日

且说这个南山翁在村头小庙儿住着，这们一摆命棚儿，所说的大家无不信服。乡间地方人民朴实，容易哄动，没有几天，轰扬到李大耳中。李大本来有心事着急，正要看看流年，瞧瞧命运呢，赶紧吩咐下人把这算命的老道给我请到家来。李大的长工遵主人之命到了庙门口儿一瞧，人围的风雨不透。细瞧了瞧，多是五里三村儿的熟人儿，连忙分开众人，说："道爷，你收了摊子跟我走吧，俺们老当家的也要找你给他推推哪！"老道一听，知道必然是个财主家的仆人，说："贫道看命是教人趋吉避凶，随缘乐善，本来不做外活（那是推头的①，没这们一句）。本来不赴外约，既然你奉主人之命来约，我不去，你回去也不好交待。你容我把东西收拾起来，咱们一同前往就是了！"此时围的人见老道要收摊子，没有问上的只好暂且回去，明天再来啵，大家纷纷散去。

长工帮着老道把东西包好，后面跟着，直奔李宅大门。长工把老道带到场院房儿，进去回禀李大，说："把老道请来啦！"李大正在庭房坐等着呢，赶紧说："快请进来就是了，做什么又回禀一回呢？"长工说："你老没吩咐这句，俺要冒冒失失的给你带进来，传扬出去，说李家前门接道士了，必然后门还走和尚咧！"李大说："休得胡说，快请去吧！"长工噘着嘴二番出来，到了场院房儿，说："道爷，你头里走啵！俺在后头给你看着狗，不然看撕了你的衣服，咬了你的手！"老道也没工夫理他，大踏步儿走进大门，就看见三间庭房。

李大隔帘儿见老道，真是仙风道骨，气像不俗，赶紧迎出来，说："道爷，请了！"老道一抬头，见主人迎出来，连忙打着稽首说："施主，老檀樾②，贫道稽首了。无量佛，无量！啊，寿啊！佛（这是南山翁吗？镇东侠老道吉甘，别名秧歌点儿）。"李大说："道爷请吧！"说着让到屋中，分宾主落坐。李大吩咐长工去沏茶，一面问老道姓名、年岁。老道说："贫道无名，浑号南山翁，取如南山之寿的意思。至于年岁，贫道记不清了！"李大这才想起道不言寿的俗语儿来，自己不便再说了，又听他说明取南山之寿的意思，才知道他并不是小新窑双柳树的山上（那是南山煤窑）。此时长工献上茶来。老道说："贫道不食烟火味，求赐一碗新凉水甚好。但不知施主呼唤贫道有何见教？"李大说："我听本村人传言，道爷善推八字，能断吉凶祸福，故此屈驾至舍下一叙！"老道说："贫道当得效劳！只是一节，喜直言前来问我，爱奉承另找他人，说的不顺耳，休怪！"李大说："愚下正因惧有凶险，求趋避之方，焉有恼直言的道理！"老道说："既如是，请将贵造③示

---

① 推头的：理发的。

② 檀樾：施主。

③ 贵造：称人生辰八字的敬语。

知，以便详参。”李大说：“我是卯年、卯月、卯日、卯时（同王龙江①一样的八字儿）。”老道听说，连忙站起身形，倒退了两步，“呀”了一声，从新冲定李大又打了个稽首，又一下腰，好像要行大参②似的，口中说：“真是踏破铁鞋无觅处，得来全不费工夫。贵造这个八字，乃是真龙天子之命，必有九五之尊。”

（七续）*1917年5月6日*

且说李大把自己的生辰八字对南山翁一说，南山翁掐着指头算了一算，赶紧重复行礼，说：“原来是真龙天子降世临凡，小臣不知，多有亵渎！”这一下子，把李大吓的站起来往后倒退了两三步，说：“老道，你是疯话吧？你想凭我一个乡下脑袋，现在有个秀才的功名，焉有那个造化呀！”老道说：“我主不必疑惑，请坐龙位，容臣慢慢的奏来！”李大说：“那们道爷也请坐请坐！”说完彼此落坐。李大定了定神儿，再瞧老道挺着腰板儿，规规矩矩的说：“小臣深知天下大势，治极则乱，乱极必治。有明二百余年气运已终，当有真命天子出世，造成太平世界使黎民蒙福。前些天夜间仰观天象，见紫气现于东方，又掐指一算，应在曹州地界，故尔云游来到贵庄，借看命为名访求真主，辅佐成功。阅人多矣，均非大贵。今我王乃四卯联珠的贵造，真龙天子之命，这是断不能错的（比蛇钻七窍还准）。”

李大听老道这片言词，说的是凿凿可据。况且孔夫子都说富与贵是人之所欲也，人没有不希望这两个字的，不过方才说的太离点格儿，所以自己发了毛。又转念一想，也许自己真有天子之分，如果一来一起毛，反被老道瞧不起了，容我再细盘问盘问他。心里这一犹豫，老道坐在对面好像知道自己的心意似的了，接着又说：“我主龙心不必游疑无定，我非江湖他辈耳（小云峰的派头儿）！”李大说：“方才我已说过，我这个功名比白丁儿只大一层（李大好拈升官图），简直的就同白人儿一样，那儿有一个白丁儿攥着两个拳头就做皇帝的哪？”老道一听，把脑袋微摇了一摇，说：“不然，我主请看历代史册，自古以来，帝王多起于匹夫。即如汉高祖初为泗上亭长，斩蛇起义，后来贵为天子；昭烈帝织履楼桑，后来偏安西蜀，尚传二代；这是前后汉的两位皇帝。论到我主，本是大唐后裔。其实高祖，也是因吊民伐罪，由起义师而创国基（老道念过三本小书儿）。至炎宋太祖与明太祖，均是草莽英雄。这不都是前朝的故事吗（要唱那出哇）？”老道绷着脸儿，这们一拉古典，真把个李大给朦住了。自己一想，既有后汉，也许我闹个后唐，况且唐朝驾坐长安，也许西方王气已尽，如今我闹个东唐，也许有的，再者的话，西唐的薛平贵③原不

① 王龙江：京剧《双铃记》中的人物。
② 大参：大礼参拜，叩头。
③ 薛平贵：民间传说唐朝名将，出身贫寒。

是正根儿，李克用①原不姓李，都能偏安，闹轰一气（李大除去瞽人词、戏词儿，没别的学问），我若比上他们，只要命大有福分，也许做得到。但只一节，究竟应当从那儿入手？以后还应有什么进行的手续？我样样儿大力（那位说，怎么名词搀土话呀？就学了这们两句吗），要是没个军师给我治略着，我一个人儿可有点儿不行。有咧，方才听老道话言话语的净说我们前辈的故事（所自居是唐朝的啦），我想高祖起义，全仗二主秦王，二主秦王全仗茂公②（没事净拉手儿），茂公是老道，他也是老道，他口出大言，必有大才，大才必有大用，我不免请他替孤家分担重任。

（八续） 1917年5月8日

且李大听南山翁所说的甚是有理，又愁没有军师辅佐，他既吐口话儿，也许下山是为我来的，莫若就请他。打定主意，连忙站起来，把自己的椅儿往前挪了挪。刚要说话，就见帘板一掀，长工提着个小木桶儿进到屋中，说："道爷，你就着桶喝呀，还是给你倒在个盆子里头？"李大一瞪眼睛，说："休得胡说！赶紧预备净碗去，吩咐你们打点儿水，为何去了这们半天？"长工说："当家的别恼，柳罐掉在井里头了么！"说着话，放下水桶，找了个大茶杯，倒了一碗，放在老道面前，往当地一站，是等他饮足了再走的意思。此时李大气往上撞，说："你不晓得这是有尺寸的地方儿？还不与我滚出去！"长工一听，当家的长了脾气了，只好不理他，气哼哼的一摔帘子走了出去。李大隔着门说："从今以后，孤不呼唤你们，勿得擅入！"长工也没听见，照旧到场院房儿抗锄去啦。

此时李大对老道说："适才先生见教之言甚是。但只一节，我孤缺少足智多谋的一位军师，先生如肯当此重任，孤方敢举义。不知先生肯为寡人效命否？"老道一听，连忙站起身躯，又打了个稽首，说："大王既肯应天顺人，不亚当年刘皇叔重兴汉室的一般。小可虽不敢比管仲、乐毅，愿学诸葛卧龙鞠躬尽瘁，以备驱策！"李大一听，老道是自己任了命啦，喜欢的了不得，说："先生既然肯辅佐寡人成王霸之业，此时没有什么诏旨命令，只好等将来造齐了再补发吧！但不知打算办这件事，应当先从那样儿办起？"老道说："大王欲举大事，须有兵将。虽说将在谋而不在勇，兵在精而不在多，但是几千人仗军威是不可再少的。又道是如欲善其事，必先利其器，军中没旗纛③，人没盔铠甲胄是不行的。大王赶紧派人赶造甲胄数千分，或收买旧的也可。刀矛器械，各将官多有随身自带的，暂时不必打造。唯独强弓硬弩是进可以战，退可以守，要紧的兵器必须多备几千分，这都是刻不容缓的物件！"

① 李克用：唐朝末年节度使。
② 茂公：唐朝初期名将徐茂公。
③ 纛：古代军队或仪仗队的大旗。

李大说："先生所说虽是，但是一件，几千分甲胄造出来，可给什么人穿戴呢？到了那时候儿，不用说别人，就以方才这长工说，他就许跟我反对。即便他们金钱主义，我也许给他们功名富贵，一个个穿戴起来，也不是样儿呀！但不知兵当怎么招？即便有法儿招，人家肯来吗？"老道说："大王言之差矣！若要现招募，应募的也不过是些短工笨汉、散勇流氓，一时焉能训练的成为劲旅，况且纪律也不能严，如何能成王者之师、真命天子的雄兵呢！臣从南山来的时节，云游四方，路过各处山寨，到处拜访各山的寨主，见一个个都是未遇时的英雄豪杰，只是无真王统率，不能成其大事。臣请亲自前往，面见诸山的头目，秘密结好党援，都异口同音的说曹州李大王乃是真龙天子。这些人一听，谁不愿意将来封侯拜相、荫子封妻，管保到处响应，而且事前不必聚到此处，不知大王意下如何？"李大一听，更是非常的欢悦。

（九续） *1917* 年 *5* 月 *10* 日

且说李大听南山翁所说的井井有条，不亚如鱼之得水（俨然以先主自命了），又好像已然推倒先朝，从此江山就万世一系，属了他们家似的了（顺治年间的事吗），乐得手舞足蹈，说："先生真乃活神仙了！你说联合各山寨主，那们你就偏劳吧！千万就早去早归！"南山翁说了声"领法旨"，这就出离李家村儿，驾起趁脚风，霎时踪迹不见（那位说，你还要怎么聊哇？你想这两个全不是正经东西，就不能说正经词儿。即如前两天南山翁同李大所说的创国立业的词儿，也不能用史书套子，这叫做相题做文，说玩艺儿也是一样的法门）。

李大打发南山翁走后，立刻就把家中所存的体己并前些日子粜粮食的银子，连老狐给的一百银子租价全都搜寻出来，亲手用天平平了半天儿，也有个三千多两银子，都放在银柜里。然后赶紧到集场上找来几名铁匠、几名裁缝，还有弓箭匠人等类，就在后院搭上席棚，这们一造衣甲器械，一气儿忙合了约有七八天。

这天大门上回进来，说："南山翁回来，在外面听宣！"李大一听，说："传孤旨意，就说快请快请！"长工出去，一会儿见南山翁已然跟随进来。见了李大，刚要行礼。李大说："免参免见（本处要学演焰口①）！"南山翁打了个稽首，李大连忙吩咐赐座，刚要问他所办的事怎么样了，还没张嘴儿，就听南山翁说："微臣奉我主之命，亲往各山联合。幸赖我主洪福虎威，再凭臣三寸不烂之舌（一烂不成了口条了吗！我也不愿这们说，评书套子老有这两个字吗），先到了二龙山，约上佛教中几位弟子；又到了红桃山，顺便走到百草山、董家山，又到了太行山、少华山。这些位寨主一听真主出现，都倾愿率领阖

① 焰口：一种佛事仪式。

寨偻㑩听从号令。唯有云蒙山、青石山二处的寨主同小臣是本教，应许先派些名得用的头目，率领能征惯战的兵丁随后启程，来助大王成此王霸之业。还有花果山，微臣因路远，盘缠不敷，未能亲去（该山当铺大概止当候赎①啦），已由青石山寨主代表意见，大约不久必有回音。微臣恐我主放心不下，是以星夜赶回！"

李大一听他所说的这些山名儿都很耳熟，可不知准都在什么省分，说："既如此说，现在已有这些人肯顺从寡人了，实在是先生莫大之功，请先生歇息歇息去吧！"南山翁说："臣启我主得知，大约云蒙山、青石山两处的兵卒不久必然前来。因为必须乔装改扮，方能偷过关津渡口，所来的兵卒，衣帽断不能一律。而且既打算为王者之师，倘无鲜明甲胄，也难以壮观。又况旗纛等事尤为军中之表面，不早为制办，临时断难措手。但不知这些物件，我主已然造办了没有？"李大说："先生不必多虑，你歇息一日，明天到后院替孤督催一切便了！"老道又打了个稽首出来。过了几天，果然陆续有说由各山来的，也有附近无业贫民愿来投麾下执鞭坠镫的，不到十天，所来的约有数千人。李大一见，要先行论功行赏。

（十续）1917年5月11日

且说李大自从见南山翁回来之后，果然陆续有投军的，不几天，聚集了好几千人，越发信服南山翁喽，赶紧造了一颗木头戳记，挑选吉日，亲自捧着交与南山翁，拜为军师。立刻把大纛旗扯起来，上面写着"九山总司令部"，一个大"李"字儿。又把许多五彩的小旗子按照有树林的地方儿悬挂起来，共分九种颜色。李家村后约有三五里地，原有一座小山，上面并无房舍，原是阖村长柴草的荒山。南山翁启奏李大，说："必须在这座山上立一座山寨，安设上栅栏门，以便敌兵前来。山上居高临下，好冲锋对敌，所谓置之死地而后生。"李大一听，南山翁真是一肚子兵书战策，实在称个军师（真有马谡挨揍的着数儿），连夸："妙计！"立刻分两千人上山砍木头做寨栅。山上只有荆棘棵子，不能应手。一问南山翁，南山翁说："你们看五里三村儿的，谁家坟茔有树，只管硬砍。如果拦阻，带来重办！"这一群全都是张献忠、李自成部下赶散了的余党，一听军师这样吩咐，还有不乐从的吗？真是人多好做活，不□几天，不但把就近坟茔的树株砍伐净尽，就连村口护庄柳树也都砍没啦。李家村的人一瞧，知道不好，这就有逃了的，有搬走的。粮食物件不用想带走，都被这群贼硬留下了，好拿的带在腰中，粗重的充公。又在山头上盖了三间大庭，大庭后也盖了五间房子，是李大的行营儿。草草收拾完毕，李大带着家小搬了上去。大庭两边又起几间草房，是军师同众头目住的。

① 止当候赎：旧时当铺因资金短缺，停止接收物品，只接待来赎当品的客户。

这一闹轰，本州都知道李家村李大占山为王、落草为寇了。该州的州官本是文官出身，手下只有两员千把的将弁，三千校刀手，五百守城兵。前些日子早接得李家村阖村的公禀，说李大家招聚许多的无业游民，必有不法行为。州官派官人调查，还没见回报，又接了各村庄控告李大纵人砍树的呈状，这才赶紧下签票，传李大到案。皂役们如何敢来，无非出衙绕个湾儿回头禀说“李大抗传不到”等语。没有几天，李大已然占了荒草山，扯了九色的花旗。州官关碍着自己的前程，这可不敢再因循了，一面备文书详省，一面点验守城兵。这些兵多是空额，只好现招募，左不是些乡间的庄稼汉同些卖苦力气的，并不晓得什么叫打仗，不过人多势众，好像打群架似的。一个个穿上号衣①，手里拿上柄铁片儿刀或一根柳杆子，上面安个铁枪头儿，这就算扎枪。留一员把总守城，州官带千总骑着马率领这些官兵直奔李家村。离村约有三五里，已然看见山中的大纛，各处的小彩旗子被风一刮很是好看。州官在马上已然心跳上了，回头对千总说：“本州在此处扎下野营，你带兵杀上前去!”千总明知州官害怕，自己是武弁，到这时候说不上不干来，说了声：“得令!”这才带兵又走了半里，离山还有一二里哪，吩咐兵卒呐②喊。大家一嚷：“杀呀！杀呀!”简直的是头拨儿老团。

（十一续） *1917年5月13日*

前天这点儿书，说的官兵这样无用，好像替公家泄气似的，其实我也不愿意这们说。您诸位听《落马湖》的酒保儿都说“提起官兵，更是稀松”。您想编戏的都说俗了，我夸会子那行吗！这还不过糙糙的一表儿，要再加上前些年马队、绿步营烟友儿的现像，比这个还稀松哪！闲话打住。上文的书只说了官兵一方面，没提到山寨，今天得补几句。

且说南山翁这天正同李大在山中大庭上聚议，早有伏路小偻罗禀上山来，说：“州官率领许多官兵出城奔山寨而来!”李大没答言儿，南山翁慢条斯理儿的说了个“再探”。偻罗下去功刻不大，又上来一名，说：“启禀军师，现在州官带兵已到李家村口扎住兵马，请令定夺!”南山翁长了点儿调门儿，又是一个“再探”。这才回头告诉手下头目聚集偻兵。正在这个当儿，又见头一次那个探子又上来说：“启禀军师，城中武官已然离山三二里地喊杀哪!”南山翁一听，又换了个调门儿，仅说了个“再探”两个字，又站起来一亮像儿，说：“曹州的官兵来的好快呀!”李大在旁一瞧，真不亚如诸葛复生（还是谭派哪），心里可有点儿紧毛。

又见军师不慌不忙的把偻兵头目叫过几个来，说：“你们分做两拨，前拨各拿自己得

① 号衣：也称号坎，旧时士兵与杂役等穿的带有编号或文字标识的坎肩。

② “呐”，原文作“纳”，据语义改。

用的机械，做为下山对敌的样子在前面走。后面的每人各拿短刀一柄跟随在后，沿路捡拾大小石子、石片儿。再派后路四十名弓弩手各带弓弩，前后顺山道往下走。到离官兵一箭多远的地方，前面拿器械的往两旁一□，前队绕回做为后队。石子兵冲定对面的官兵飞石乱打，弓弩手专射马上的兵弁。官兵如果往回路一跑，各执器械的随后追杀。不必远追，只要到州官扎的所在往上一冲，在后面追回去的必然急于逃命，就把州官的兵冲个五零四散。山人在后面预备呼风唤雨、六丁遁甲的法术助尔等的威风，必获全胜，回山各有重赏！”大家一听，说了个“领法旨”，这就排齐了。这些人虽然不是训练过的卒，一个个都是亡命徒，而且见过阵仗儿，本来没把官兵放在眼里，所以一鼓作气的奔了官兵而来。

再说这群官兵冲定山寨喊了会子，所为把他们招下山来，在平地还许打一气，谁□爬上去抄杀，谁也不肯。嚷了会子，嗓子都干得要冒烟儿了，这才见山坡上远远有几百人儿手执器械往这们奔来。千总说：“咱们山路不熟，恐有埋伏，容他们到了平地再往前攻，这叫以逸待劳之法，还是与我加劲儿的呐喊！”俗语儿说兵□将令，别说嚷“杀呀杀呀”的，就说骂贼也不能含糊呀（对，还有会唱得胜歌儿的哪）！大家正喊的高兴，猛然见拿长兵器的忽然往两下一分，露出一拨短刀手来。相隔约在半箭远，个个儿一扔石头子儿，以高打下。早有几个开了瓢儿①的抹头就跑。此时弓弩手照定马□的一路乱射。千总一瞧不好，撒马也往后退，有被马闯倒先睡了②的（还是老团），真果是互相残踏。

（十二续） *1917年5月14日*

且说南山翁指挥手下的倭兵从后面一路追杀，已到李家村口。此时知州见千总带兵败下来了，赶紧拨转马头，所带的官兵也真做脸，不等叫口号，都一齐来个向后转，跑步走。千总带的败残的前敌，一见人人互相懊怨，为什么不多长两条腿，也是尽命的往前追赶（可是追自己的队）。州官同千总总是官弁有马，自然比大众快些个喽（真明白），故此没受矢石之伤。好在南山翁吩咐的是追过村头就回来，沿路又有官兵抛下的刀矛、衣帽号坎，大家争着捡拾，这才把官兵放跑。查点倭兵中没有死亡带伤的，高高兴兴的回到山寨交令。南山翁说：“暂且记在功劳簿上，俟等夺取城池再加升赏！”李大一瞧，这些人真是人人精明，个个干练，将来都趁个侯伯的爵职，大排筵宴，与众头目饮酒贺功。

暂且提不着山寨的事，再说曹州的州官带领将弁兵卒逃到城中，赶紧吩咐关城。于

---

① 开瓢儿：此处指被打破了头。

② 睡了：躺下，躺倒。

是一查点兵卒，受伤的无非十数名，死的约有五六名，只□按照规矩抚恤。一面赶紧备文书详省，所有受伤的都算是奋勇，被贼兵势众受了伤已死的算做杀死的贼匪。这套文书走后，又修了一套赴兖州府告急的文书，无非说贼兵怎样势大，本州兵微将寡，千祈早发精兵，会同进剿等语。兖州府接到文书，赶紧点派了五千马步兵，一员守备，刻日赴曹州荒草山安营扎寨。将弁奉令，点齐兵马，按站启程。

早有李家的人探听着这个消息，报上山寨。李大一听，赶紧请军师发令。南山翁说："吾主请放宽心，这些官兵不足为惧。微臣略施一策，管教他片甲不归！虽不能全军尽没，也得死伤大半。"李大说："如此全仗军师！"南山翁说："我主的洪福（又要唱）！"说完，南山翁把手下的头目叫上来，命每一头目带五十名偻兵，不必穿号坎，都穿随身的衣服，收拾紧衬□勒，各带□手的短兵刃、干粮，用花布手巾缠头，埋伏在山凹有树木荒草的地方儿。俟等兖州兵一到，不容他们安营扎帐房，头目们一声胡哨，大家一涌而出，直奔官兵大队，口中呐喊"杀呀"。官兵远来，人没卸甲，马没停蹄，自无战心。追杀个三五里，听筛锣赶紧收兵。头目听明白了，转传谕各偻兵预备妥协，专等兖州兵来。

过了两天，有伏路小卒报上山来，说大队官兵离山寨不过四五十里了。南山翁这就传令，派大家赶紧埋伏。但说这队官兵，带兵的守备虽比曹州那位千总强些个，可是官兵都是一路的样子。况且想着这是曹州地面的土匪，自已替人打仗，即便胜了，也没多大的升赏，所以立意就是当荡差使，在曹州驻守些天，可以多领点儿军饷，真讲灭寇剿贼，从根儿就没这种想头。按站进兵，这天由午饭已后拔营儿到了李家村口，已然是日头要□的时候了，手下兵回禀说已到山下。守备吩咐安营，自已甩镫下马。有人给搬过个马扎子来，刚然落坐，猛听一声胡哨，山中的伏兵尽起，把官兵吓的魄散魂飞。

（十三续）*1917* 年 *5* 月 *15* 日

且说兖州守备以为曹州的几个草寇大兵一到还敢出山迎敌吗，所以毫不防备，按站而来。及至到了山下，刚要安营儿，不想山上一声胡哨，许多贼兵一齐呐喊，借着山风儿，声音很众，真不知有多少人马，守备赶紧上马。此时步队兵卒走了半天儿已然疲乏，无心交战，腿快的早开下去啦。马上兵弁一瞧前边的兵队已然败下去了，也往后倒退。山上的偻兵个个都是亡命徒，一瞧得手，奋着力往前的追杀。兖州官兵连帐房器械都没顾得收拾，落荒而逃。南山翁在山上督催着偻兵往上山搬运。兖州的兵远来不识道路，多有走单了被山上贼兵杀死的；也有降了贼的。守备逃了多半夜，贼兵才不追了，这才暂且歇息歇息。一查点兵卒，剩了一半，辎重粮食一概无存，只好退进曹州城去，再备文书告急，暂且不提。

但说南山翁见官兵大败，追杀了十余里，见天色昏黑，这才筛锣收兵。此时搬运军械的偻兵已然都运进山口，齐来交令。李大一见喜欢的了不得，先在大庭上摆设酒筵，与众头目贺功。南山翁把新降的官兵换上号衣，编在后寨。从这一天起，远近各处的土匪听说荒草山连胜官兵两阵，内中必有能人，这就多有归顺的。南山翁查点查点，偻兵已然过万，这天对李大说："臣想我主自起义以来，天与人归，山上日见起色，所有的兵卒多是天星下界辅佐我主来的。我主宜先进位为九山王，一来可以壮声势，二来使各山的寨主有侯伯的希望，方愿效命尽忠！"李大一听，说："军师言之有理！"第二天就赶紧制造旗纛，自称为"九山王"，手下的偻兵各加升赏。

南山翁说："臣启我主，现在山寨之中声势大振，大约官兵不敢轻来。臣一半日会合各山预备进取之策，先夺山东省城以为根据，然后再杀奔各省。但是一节，专用步队未免劳乏，臣想购买马匹，苦于款项无着。昨据探马报称，现在京都解着一批生马拨付江南去的，约计明后天可以到曹州地界。现在曹州的兵已是惊弓之鸟，不必防备。赶紧选派三千得力的兵，乔妆改扮，各带短器械，连夜下山。离此处五十多里是必由之路，大家一齐动手，杀死解马的官员，将马夺上山寨，以便训练马队。训练精熟，自然纵横无敌了。但不知我主以为何如?"李大一听有这机会，越发喜欢喽，连忙说："但凭军师主张，以后尽可不必启奏我孤（不是不用花钱，白得吗）!"

南山翁领了王谕，这才点派得力的偻兵下山，各授①密计。至于怎么下山夺马，原文没细说，况且也没大意思，莫如做为暗笔。就说偻兵下山去了几天，果然这天拿着套马杆子把马赶上山来，一查点约有七八百匹，暂且赶在后山，安□栅栏。此山有的是荒草，李大见连喂养都不用，净啃地皮，连夸："军师妙计，建此奇功，我孤不可不破格的优赏!"这才加封南山翁为护国大将军，行丞相事之职。

（十四续） *1917* 年 *5* 月 *16* 日

且说李大一瞧近日山寨之中称得起兵精粮足，又得了许多的马匹，全是南山翁军师的功劳，常听他自己说"也能出征打仗，无如是个文职，不便出马"，故此加封为护国大将军（比护国逍遥散禅师还负责任哪），行丞相事宜。俟等他将人马训练精熟，一显法力，必是人高马大，人够丈七八，马也够丈七八，兵刃也够丈七八，连人带马带兵刃，还是丈七八（这位护国大军师，成了人才驸马啦）。自己从此把一切的全权都付与大将军执掌，就在后山寨中，每日带着妃子饮酒取乐，想着等不了多少日子就可以黄袍加身，享四海升平的快乐（不像我，连升平书寓的伙计都没谋上）。暂且让他在山上自足着，返

① "授"，原文作"受"，据语义改。

回头来还得说官兵。

但说山东巡抚先接到曹州州官的土匪占山的文书，正要派兵。这天又有兵部差官到省，说“奉部文解马匹赴江南军营交纳，行至曹州境内，被荒草山的草寇全行夺去，无法销差，请专折代奏”等语。东抚一听，说：“这股草寇，他们简直的这是反啦，他眼里还有皇上吗！既没皇上，还有咱家吗（要唱《法门寺》）？”正在办官事的功夫，又接到兖州的文书，说“卑职据曹州知州的公文，据称该处土匪势众，请帮同协缉，所以遣精兵五千星夜驰赴该处。不想贼兵陡如蜂拥麇集（官事永久讲口气，总以敌人比昆虫草兽，不然怎么说高尚哪），一时猝不及防，以致寡不敌众，被贼匪杀败。又兼是日天时陡变，风雨交作，这也是出于天力，非人工所能补救的喽。现在贼势很大，务乞多发精兵，迅速抄灭”等语。巡抚一看，这无非是照例的官事套子，可是凭夺马这件事，足够个奏案儿，没法儿操①（巡抚是前明的吏员，不然就能有行话啦），只好官事官办啵。于是在本省挑选了三千精壮兵，又行文调取登、莱、青、泰、武、临，各发精兵数千，克日赴省城会齐，以便进攻荒草山。各道接得文书，见是省城调兵助剿的公事，焉敢怠慢，立刻挑选精兵开赴济南省城。各道虽是一齐的预备，不过站有远近，到有迟早，非止一日。这一天大兵聚集在省城以外，又加上本省的兵，共约有二万之多。各州有各州的旗纛号令，夜晚各有号灯，挑选吉日，由济南省兵发荒草山，按站缓缓而行。

这一天来到曹州所属李家村荒草山地面，各按一方都扎下营寨，然后各树一面大旗，按定乾、坎、艮、震、巽、离、坤、兑，正东正西、正南正北、东南东北、西南西北，前朱雀、后玄武、左青龙、右白虎（那位说，这是山东巡抚调兵吗？《阴魂阵》的快书。你为什么单说这个词儿哪？皆因是这路词儿最好记吗），各守汛地，各按方位，把营盘扎好，净等贼兵粮尽逃下山来再行剿灭。此时早有探马报上山寨，启奏九山王得知，说：“报报报！报与王爷你知道，山下来了许多兵，请旨定夺怎么了（这成了《双锁山》啦）！”李大一听此言，心中有点儿紧毛，连忙说：“你们快请护国大将军，咱们那位能用的军师！”

（十五续） *1917年5月17日*

且说李大一听探子报说省城发来的精兵约有数万，在山下四面八方全扎好营寨，请旨定夺。李大觉着有点儿不得，说：“你们快给我去请军师！”探子退去。一会儿派去的侍臣回奏，说：“奉旨去到前面护国大将军的营中，一瞧大将军没在营口。问了问他们营内的兵卒，说从今天一早就没出屋子，前后山找了一遍，踪迹不见。赶紧回报，还得请

① 操：掌握，承担。

我主亲自裁夺！”李大一听南山翁赵不肖①啦，这一惊非同小可，差点儿滚下龙床来，说：“你们一面派人分头寻找，一面严密防守，待我孤亲到前庭一望！”说着刚一出后寨门，往四下里一瞧，满山底下除去官兵旗纛就是帐房。心说这个南山翁他可上那儿去了呢？真要来个面儿不照，他简直的成了南山的窑主啦！我孤这个九山王就成了窑黑儿②啦！勉强扎挣着到了前庭，此时有头目回禀上来说：“某、某、某，下山潜逃了！”又是：“谁、谁、谁，反正降了官军啦！”再说：“山下的官军已然预备好大炮，大概是要攻山。况且山里的军粮也不过就够三两天吃的，请旨定夺！”李大一听才知道敢则朝廷的势力这样的大哪，可怜我枉自称为一朝的人王帝主，直会没反出这个李家村去，急得跺脚椎胸。正在这个当儿，就听山下一声大炮，把前庭的房子震得乱动，连忙跑进后山。

山下的官兵见贼占山寨，并不下来拒敌，只好是断绝粮道，然后调炮手三面攻打，单留南一面，所为贼逃下山来好拿活的。打到天色昏黑，传令暂且停炮。李大好容易闻不见火药味儿啦，这才带领得力的几个亲信人保着妻子、老婆、孩儿想蹓下山去，所有的偻兵愿降官军的降，愿逃的逃。这道谕还没传出来，再查点山上的人已然都暗散啦。无奈之何，自己保护着家眷偷偷儿的下山。

此时先下山的偻兵已然在山洼儿里等着他哪，刚下山坡，就被这几个人赶上前来，用脚踢倒，绳拴二背，绑下山来，交到军营献功。李大已然魄散魂飞，到了营务处，也不便狡展，只可画供，暂行监禁上。东抚一面撤兵，一面请旨。过几天接到回文，将李大全家处斩，其余该村同姓的或被株连的均从宽发落，东抚照例施行。李大此时才明白，什么叫南山翁啊，就是被烧的老狐吗！自己悔不该伤害他的子□孙□，如今也以灭族的方法报此冤仇。可是虽然后悔，也没法子了。可怜李大的妻儿老小，并没跟他享着多少幸福，都受了砍头之罪，到临行刑的时候儿，呕儿呕儿的一哭。李大一听，比当年烧狐狸的时候儿声音还难听。

这段事虽是假玩艺儿，言其人对于异类，彼若以礼义待自己，亦不可妄相伤害的意思。李大始而一念之贪而动杀机，狐即乘其贪而诱之以无穷之富贵，狐总算高喽。可惜当初错投到李大家，使子孙受此奇惨之祸，究竟也是狐之不智。书说这一来，明天另换新题，按日敬献。

---

① 赵不肖：意为走，原是繁体字“趙”的拆字谜语。

② 窑黑儿：旧时对煤矿工人的不敬称谓。

彭 海 秋

（开篇） *1917年6月30日*

幼读名贤语集，篇终四句俚词。当年嬉笑纵谈时，乐道宛如真事。
乖汉惯瞒痴汉，痴汉一概不知。忽然乖汉变成驴，却把痴汉驼去。
痴者吃亏常在，乖觉不肯吃亏。得便宜□失便宜，难脱神仙耍戏。
今天更换目录，权以此话为题。说来虽觉近离奇，管保醒脾有趣。

几句流口辙的《百字令儿》念毕，接连不断的还是说我的书。上回说了段《湘裙》，是劝人当孝友的玩艺儿，其中不断捣鬼的话，并非说人到做鬼时才当孝友，然其孝友一事须要死生莫渝，一世如斯，人当以晏氏弟兄做个榜样，一共说了二十六天，好不好的阅者自有定评，只不过不能十分热闹。今天更换目录，说这段《彭海秋》，可比上段不同了。这段没什么深意思，如同一出闹戏儿似的，看着颇可解闷消夏。书中大旨就是《名贤集》上的末四句，蒲先生也不是由那儿把这故事淘换来啦，著了这们一段《彭海秋》。咱们今天就说这段，您诸位当俗的听，我当新鲜的敬献。闲话打住，这回多说书，少说闲话儿。

且说山东莱州府地方有一个秀才，姓彭名叫好古。凭这个名字，就像编造的假玩艺儿，大致取信而好古，窃比于我老彭的意思。蒲先生不是代人隐讳着说，便是以彭好古自喻。既说有这们一位彭好古，咱们就得以他做个真人说。这个彭好古是个小康之家，有志读书上进，皆因嫌家里人多事烦，不得用功，离家三四十里地方儿有一处庄园。彭爷带上一个僮儿，就搬到这所庄院里住着，一来念书，二来可以避暑消夏。

一幌儿几个月的功夫，这天正赶上八月中秋佳节，彭爷起初打算后半天儿回家过节，谁想天气渐短，被些俗事一缠绵，已然天晚了，不能走啦，只好在庄园过节吧。这所庄园离着乡村不远，一会儿听村中庄农人家饮酒猜拳做乐，自己带着一个小僮儿未免闷倦不乐。有心约会几位人儿在庄园来喝会子酒，说会子话儿，无奈本村的人没有什么念书有学问的，同自己说不到一块儿。本村只有一个姓邱的，原文说邱生，没名字，好像取秋声之意，咱们不必较真儿，就当邱生是个姓名。这个邱生不但是这个乡村儿中有名的人儿，就以莱州一府说，都夸他是个名士，就是生平不做好事。虽同彭爷是同学同案的秀才，彭爷知道他的行为不好，不爱答理他。今天一个人儿闷坐了会子，一会一轮皓月涌将上来，越觉闷的难过。自己一想，莫如写个说帖儿，把邱生约来喝会子酒，这叫明知不是伴，缓急且相随。打定主意，找了一张信纸，写了个字柬，打发斋僮去请邱生，果然是一请就到。

（续昨） *1917 年 7 月 1 日*

昨天的书说邱生有“隐恶，彭常鄙之”。这段书说到篇末，并没提出他是有什么隐恶来。据我想，当时蒲先生必有所指，大约关于家庭中不道德的事，所以不肯明叙出来。那位说，这个邱生不是名士吗？诸位可不晓得，越是名士，才越敢做不道德的事哪！在我们只当以隐恶扬善对待之，不必替传说，方合孔子所谓“吾之于人也，谁毁谁誉”的道理。若是见人有过恶便纵口而谈，不但与人有损，得罪小人，与自己也没益处。

闲话少说，且说彭爷打发斋僮去了功夫不大，真把邱生给约来啦。彭爷一见，连忙让座，这就张罗摆上酒果，让邱生上坐。邱生同彭爷本是夙识，也不必做客，一主一宾的就喝起酒来。两个人每人都刚喝了一两盅酒，听门外有打门的声音。斋僮赶紧跑出去开门，一瞧是个书生打扮的人，不但不认识，而且听口音也不是这本处的。问了一问，他说要面会彭爷有□说。僮儿赶紧跑进来，把这件事一回禀主人。彭爷一听，连忙站起身形，说：“就说我亲自出迎！”此时僮儿先跑□前头把这位让进门来，照旧对上门。彭爷已到院中，就着很亮的月色，一瞧这位是儒生打扮，举止文雅。彼此对做了个揖，往屋里让。此时邱生自然也站起来，同这位也对做了个揖。人家是头次来，邱生赶紧挪到下首，彭爷是主人，只好拉过一个杌子，在下席打了横儿①，赶紧吩咐僮儿快拿杯筷，从新另烫热酒。僮儿答应，下去办理，不提。

这位并不推辞，彭爷这才请问姓□、住址。就听这位儒生说：“小生是江北扬州人，与君同姓，□叫海秋。出外游学做客，今天恰赶上中秋佳节，想起古诗上说的‘独在异乡为异客，每逢佳节倍思亲’来，实是先得我心。又说‘今夜月明人尽望，不知秋思在

① 打横儿：坐侧座。

谁家'的两句话，尤其一点不错。夙日闻君高雅，所以不必用人介绍，冒昧前来造访，千万休怪唐突！"彭爷在下首，听这位谈吐高雅，再瞧所穿的，虽是一套布糙衣衫，可是干干净净的，称得起一见投缘，也顾不得再问住什么地方儿，由那儿来的话了，登时喜之不尽，说："原来咱们是当家子①呀！实在的万想不到今天晚晌会遇着这样的佳客，咱们大家可要痛饮一番！"此时僮儿已然把酒烫好，又添上几样菜蔬。彭爷抓起酒壶来，先给海秋满斟了一杯，然后又让邱生。彼此喝着酒，二位彭爷可就又开□谈啦，越说越觉投缘对劲，大有恨相见之晚的意思，说了会子，都没理邱生。

彭爷偷眼看海秋，好像不爱理他似的。邱生在旁觉着也透点儿僵的慌，随便答几句言儿，拾个笑儿，答讪也跟海秋说句话儿。海秋带理不理的，绷着个脸儿，有时连哼一声都不哼，更不用提一答一和的说喽。彭爷一瞧这个意思，反到替邱生怪害臊的，只好乘着邱生的话头儿答个碴儿，所为替他遮羞儿，彼此又喝了几盅。彭爷说："俗语儿说的，主不吃客不饮，哑酒儿喝着太闷，不如我唱个曲做为侑酒！"

（续前）1917年7月3日

且说彭爷看出新来的这位当家子对于邱生带理不理儿的，心说必然他是在这方久处，老邱的道作行为一概尽知，故此瞧不起他也是有的。奈因都在我这儿，可得设法子疏通才好，所以说："在下好唱，今一天又是大节下的，咱们各尽所长，谁会什么，谁也不必藏私，从我这儿起，先唱一个俗曲儿，做为抛砖引玉！"说着话，抬起头来咿呀咿呀的调了调嗓子，跟着唱了个《扶风豪士之曲》。那位说，这曲子什么韵调儿呀？实不相瞒，在下没听见过，你□莱州府先生们打听去，反正得比门口儿吆喝"好肥肘子、香肢油"顺点儿耳，高亮大嗓门儿也到可听。唱完之后，三个人一齐大笑。海秋说："老兄所唱的词调甚是铿锵，不亚如阳春白雪的高雅。论理说，你老兄唱完了，小弟应当接续着敬献一枝半段儿的献献丑，可惜我嗓子难听，而且没好词儿，唱不好。莫如我找一个唱手来，替我敬献一曲，你想怎么样？"彭爷一听，连忙点头，说："你若是能请票友，雇做艺的，本地可没有。再说现约来得及吗？"海秋说："我的意思是不请□班，专约坤角儿，你想好不好？"彭爷未及答言，邱生一听，把脖子伸出多长来，说："好吗，我是专捧坤角儿的！"海秋并没理他，扭着身子问彭爷说："这莱州城里关外有什么出名红姑娘儿②、绝艺的歌妓没有？"彭爷连忙摇头，说："不但好的没有，就连串店的三路货都上北京唱落子③去啦！"海秋听到这句，脸上好像为难似的，一语不发，打了会子主意。

---

① 当家子：指本家、本族或同姓。

② 红姑娘儿：名妓。

③ 落子：原指曲艺莲花落等，后来泛指各种曲艺杂耍。

此时斋僮又烫热一壶酒，方要按位斟上。海秋冲斋僮说："我方才来的时候带来一个唱手，没同他一块儿进来，他在门外等的功夫也不小啦。你去把他带进来就是啦!"斋僮是小孩子的性情，听说带了唱曲儿的来了，焉有不喜欢的，答应了一声，放下酒壶，抹身形往院子飞跑。到了街门一瞧，门照旧对着呢，赶紧开开门，果然有一个姑娘儿在门洞儿站着，好像伺候着似的。听见门一响，已经凑了过来。斋僮说："你是彭先生邀来的不是?"这女子点了点头，说："不错!"斋僮说："你就快请啵!"说着转身儿头前引路，两个人到了屋门。斋僮给他打起帘子，这女子轻移莲步，慢款柳腰，进到屋中，冲着三个人点了点头儿。彭爷一瞧，这女子也就在十六七岁，生得模样儿美貌，不亚如仙子一般。自己连忙站起来，亲自拉过一个杌子座儿来，挨着海秋放下，连忙一拉姑娘儿，说："请坐请坐!"借灯光之下这才看明白了，他身上穿着是一件淡黄色的帔，大概不是罗绢，就是湖绸（真明白，要是粗布，那成了紫花一儿①啦），又觉着他□袖口儿、领窝□□喷出来的香味，胜似龙涎香，不亚芝兰水，实在好闻的很。此时见海秋冲着姑娘儿说："喝，这荡真把你累着了吧?大概的路程也过了一千里呢!"姑娘点点头儿，抿嘴一笑儿。彭爷听到此处，越觉着十分的诧异。

（三续）*1917年7月4日*

且说彭爷听海秋说论路程约一千多里的话，心中十分诧异，再瞧这个姑娘儿穿章打扮全是南派，所以更纳闷儿喽，连忙冲定海秋说："这位姑娘，你是从那儿接来的呀?怎么这们远哪?"海秋说："我因为贵乡缺少绝色的美人儿，适方才来的时候，坐船走在西湖，听他唱的不错，所以把他叫来替我敬献个一枝半段儿的。可不知宗兄爱听南曲儿不爱听?"彭爷说："南曲儿甚是可听，只是在下不懂得，况且口音不同，可怕听不明白。既蒙赏音，一定要洗耳静听的。只不知唱什么曲词，还求宗兄指点才好!"海秋知道彭爷是实在不懂得，并非怕开发赏钱，故此不能紧挤兑人家，回头冲着姑娘儿说："方才我坐在船里头听你所唱的'薄幸郎'的曲子实在太好，没别的，你□唱个重回儿怎么样?"姑娘儿并不拿乔，说："只是没有随手②，可不能唱!"海秋说："这件事你不必着急，也不用请师傅，我可以帮你个忙儿，你就唱你的啵!"此时不但邱生看呆了，就连彭爷也呆呆的看着姑娘儿。

就听姑娘儿唱得是："薄幸郎，牵马洗春沼；人声远，马声杳，江天高，山月小。掉头去不归，庭中空白晓；不怨别离多，但愁欢会少；眠何处，勿作随风絮；便是不归来，

① 紫花一儿：戏剧中对社会底层老人规定的服饰，称紫花老斗；"一儿"为作者针对紫花老斗调侃而言。

② 随手：伴奏者。

莫向临邛去。”姑娘一张嘴儿的时节，就见海秋一抬腿，由袜筒儿里抽出一只小笛儿来，随着姑娘的歌喉婉转，这们一谱□尺。及至曲子唱完，笛声也跟着止住。心说难得真齐。又听所唱的曲子虽是南方口音，好在全是官话，故此也听□明白，又一细想这个词句，实在填得也好，再说词出佳人口，真是一点儿不错，连忙给两个人满斟了一杯，说：“实在太好啦！但是一节，我想西湖至此不止一千里地，你一召就能当时召到这儿来，这话我听着实在的太玄虚。莫非你是什么地仙，有什么□地法子不成？”海秋一听，连忙摆手，说：“仙如何敢说，只不过我少习方术，能缩地登□的些个小技术（大技术上了天桥儿[1]啦）。故此万儿八千的道路，满没放在心上！”说完哈哈的大笑。

彭爷此时可透点儿信不及，心说这个人儿可透点儿神聊，可又不能刨人家，说话的神情所以透点儿迟疑。海秋□旁看出这个意思来，故意的装做不知，仍是饮酒纵谈，说：“以今天晚晌说，西湖的景色比上每年好看的许多，不可不去看一回。但不知你们二位有这路高兴没有？如果愿去，咱们一块儿游逛游逛去好不好？”彭爷一听说立刻□逛西湖，更是纳闷喽，说：“你要肯其携带我们去一荡，那敢则好啦！”海秋说：“如果肯去，咱们这就走。但不知是走水路乘船好哇，还是起旱骑牲口好呢？”彭爷一想，坐船比骑牲口舒坦，连忙说：“自然是乘船的好哇！”海秋说：“乘船却也容易。不过此离河路码头太远，谁耐烦先□会子。我想此时天河里有得是船，不如叫一只来。顺天河去，又近便又快！”说着话，掖上笛子，出到院内，向空中连连点手。

（四续）1917年7月5日

且说海秋问明彭爷愿意坐船，赶紧把玉笛掖在袜筒之中。邱生在旁瞧着，心说怪不得好穿高腰儿袜子呢，原来为是得装零碎儿（这点儿书，原文上没有，我若不找补上，海秋岂不折脱了吗）。就见彭海秋出到院中，冲定半悬空上点手儿说：“船来，船来！”此时彭爷、邱生连那个姑娘儿也都跟到院来，斋僮儿也站在屋门里头探头儿往院内瞧着。就见海秋一面点手儿一面说：“我等几个人要到西湖一游，该多少船价？余外的赏钱还要多给哪！”彭爷听他自言自语的捣鬼话，很是纳闷儿，不由得直着脖子抬头往上瞧。乘着月色，见果然有一个黑影儿由高处往下落，转眼之间已到院中，正是一只采莲的花船，四围有烟云缭绕。海秋说：“咱们是陆地乘飞船，可不用等搭挑板，大家请呀！”说着一迈腿儿已然上去。姑娘儿也一纵身儿跟着上去。彭爷让邱生也一齐登舟。

船上只有一个人，手中拿着一把特别的短棹，棹上密排许多的羽翎，瞧着又像大毛掸子，又像大鹅翎扇。四个人进了小舱儿一瞧，虽说不大点儿的地方儿，坐着很是宽绰。

---

[1] 天桥儿：旧时北京地名，是各种表演者的聚集地。

彭爷当时口瞧傻啦。就见这个水手把短棹一摇，立刻清风习习，刮起一小阵儿。此时船早飞在半空，一会儿比一会儿高。彭爷低头往下一瞧，别说房舍屋宇看不见，就连山河也没有哇，只有一片烟雾，抬头看月光很亮很大，船往月光处奔着走。此时天已三鼓，月在正南。彭爷心中明白，大概这船是往南飞呢，说起这分快来，直好比箭在弦上发的还快。走了约有一刻钟的功夫，就觉这船渐渐的往下落。隔着船窗已然看见水皮儿，并且往来的灯船画舫不少，船上各载着仕女游人，管弦嘈杂，又吹又打又唱，比上八大胡同儿半夜热闹的多。彭爷心说，八成儿这就到啦。起身出离舱门儿，在船头上一站，见月印烟波，船是一只顶一只。此时本船上这个拿短棹的把棹放下，任凭船在水中顺流而下。彭爷从前本逛过西湖，细一辨别方向，可不是真到了么。

有心要问怎么这们快，就见海秋也出了舱，奔到后面端出四个盘子放在舱中，又取了一壶酒并杯筷布碟四分，分放在各人面前。姑娘忙接过壶来全都斟满。海秋举起杯来冲着彭爷说："咱们喝呀！"并不答理邱生。邱生好在是到处白吃惯了人的，决没个僵，也不用等人让，端起酒杯也往嘴里招呼。彭爷喝了一口酒，就了几箸菜，真是酒是佳酿，菜是嘉肴，只觉到口香甜，全叫不上名目来。正在喝酒的功夫，见远远的来了一只船，比上别的船又高又大。一会儿凑近，才看出是一只楼船，听里面静悄悄的，并没弹唱歌舞的声音。及至大船儿临近，不先不后的并着行走。彭爷一面喝着酒，探头往那只大船上一瞧，原来两个人下围棋呢，旁边有个观阵的，说说笑笑的很透清雅。海秋举起一只大杯斟好，举到姑娘的面前。

（五续） *1917年7月6日*

且说彭爷见彭海秋另拿出一个大杯子，满斟了一杯，送到姑娘的面前，说："你过来这们半天的功夫了，招呼人家等急啦，你喝了这杯酒，我送你回去，省得别人说嫌话，你的跟人着急！"

彭爷一听，是要打发条子，自己同姑娘儿一见投缘，很想要巴结巴结，无如在自己书馆的时候只顾让酒让菜、听曲儿了，没顾的细谈，及至上了船，心里净纳闷儿，也没顾的问一问姑娘儿的芳名雅号。此时听说主人要送姑娘儿回去，起心里觉着舍不得似的。端着酒杯，直勾勾的两只眼睛看着姑娘，见姑娘一手端着酒杯，也用眼睛往自己身上注目。彭爷故意的一抬腿，用脚踢了姑娘一下儿，姑娘抿嘴儿一笑，乜斜杏眼。彭爷是久惯风月的风流人物，懂得这叫跟自己上劲哪，越发的忘其所以了，说："咱们多早晚见哪？你定一个日期，我好访你去！再说你在那儿住哇？你得告述明白了我住址才好呢！"姑娘说："你只要赏脸，那一天都可以来，你就打听娟娘名字，自然有人就告述你啦！"

海秋一瞧两个人彼此投缘对劲，哈哈大笑，说："这们办，我替你们两位做个大媒吧！”又冲着彭爷说：“你多少可得拿点儿物件做个定礼！”彭爷说：“我来的仓猝，什么也没带，这可怎么好呢？”海秋说：“你袖口儿里不是褪着一块绸巾儿吗？你拿出来就行啦！”说着话，一伸手掏了出来，交给姑娘儿，说：“日期我替你们预算，要想团圆，目前可怕办不到，大约三年□后总可以成就这段良缘！”两个人还要细问，海秋站起身形一张手，就见姑娘也站起香躯，一眨眼的功夫，海秋把姑娘托在手掌儿之上，口中念叨着说：“仙乎仙乎！”邱生同彭爷在旁瞧着越发纳闷儿，不晓得是要耍人儿，是要变戏法儿，又见海秋一探身儿，把小船的一扇窗户开开，冲定楼船的窗棂儿往上一放手。彭爷看的明白，船窗窗眼儿是□方格儿的，大小不过五六寸，就见姑娘一伏身儿，好像长虫进洞似的，觉着很是宽绰，转眼间已然进去。邱生在旁咂□嘴儿自言自语的说：“想不到这们红的姑娘儿，敢则是走窗户的发起员哧（比骑墙党还强点儿哪）！”彭爷在旁更瞧呆了。

又听那只船上观阵的那个人说：“你们快来瞧一瞧吧，娟娘醒了酒啦！”此时那只大船上有人答言儿，可听不真切。两只船差开，离着远了，远远见奔了码头。岸□有马有车有轿，船上的人多有纷纷登岸的。彭爷自从娟娘过了船，酒已饮够，再看邱生，还是左一杯，右一盏，赶着直这们一喝。自己不好拦他，一会儿如同风卷残云，酒菜俱已罄净，这才擦了擦嘴儿，打了两个饱嗝儿。海秋也不再让，彭爷见小船也渐渐的近了湖岸，心中觉着也逛够了似的，这才对海秋说：“咱们只顾在船上喝酒了，辜负岸上的风景。我意欲上岸一观，不知可使□否？”话没说完，就见船已拢岸，彭爷一涌身儿已然离舟。往前行了数十步，才知道原来是独自登岸，只□站住略等一等同来的二人。

（六续） *1917年7月7日*

且说彭爷足逛了多半夜儿的西湖，又有朋友给布了一个红姑娘儿，自己高兴的了不得。又想上岸游一游，没容商量，居然跳上湖岸，走了约有几十步远，再回头一瞧，原来把邱生落在后边，彭海秋也没跟上来。心□一急，只好等一等□啵。在这个当儿，听身后有马蹄儿的声音，一转脸儿，敢则正是海秋拉着一匹小川马，鞍韂俱全。彭爷方要问邱生的下落，海秋把扯手递与自己，说：“宗兄，你先拉着这一匹！”说着抹头就走。彭爷说：“你回来（要唱《背凳》），你做什么去呀？”海秋摆着手儿说：“等我再借两匹马来，咱们好一块儿骑着回去呀！”彭爷还要再说，海秋走入人群之内，已然看不见了。此时游湖的人多是前后下船，也有坐轿的，也有骑马的，也有步履的。彭爷只好紧揪住扯手，靠湖边一块石头上一站，又不敢离远了，怕海秋同邱生找不着。等了约有一个更次，岸上的游人越来越少，不但海秋不回来，邱生也不照面。

彭爷抬头一瞧，天上一轮残月已然衔山，远远的鸡声报晓，周身的衣服透湿，是露水浸的，酒也渐渐的醒啦，心里纳闷儿，暗暗盘算，说八成儿老邱是下船之后就追了娟娘□只船去了，他乘势要入腿。海秋借马的功夫见不着他了，只好满湖里找他，所以两个人全不见面儿了，只顾老邱一捣乱，我在这儿却成了马童儿了，又不知道这马那一时犯性撂蹶子，还真得好好儿的拉着点儿（所怕跑了吗），但凡□溜，有棵树我把他拴上，在石头上坐一坐也是好的呀。又耗了一会儿，天光已然大亮，自己拉着马，履顺旧路，奔到下船的处所一瞧，不但自己来时坐的那一只船踪迹不见，就连那只大楼船也没有了。靠湖虽有几只船，多是捕鱼的船，有挂着网的，有晾着罾①的，船上渔人还都在船舱里打头鼾睡觉哪。其余画舫灯船多拢□繁华码头上啦。

彭爷一想，自己虽说足□足乐，可是烟袋铺的铁丝——通杆□夜啦，此□离家约有□数站路程，人生面不熟的，可找谁去。再一想，不但没带银钱，就连个空钱褡裢儿都没有，一会儿人得吃饭，马得吃草料，这可找谁去呀？想起古人说的穷家富路的话，真是一点儿也不错。又想着如果实在彭海秋不来，这马可交给谁去呢？自己即便脱下大褂儿典当几个钱，骑马回家，一时也到不了。再说也没马鞭子呀。想到这儿，□马鞍桥下一瞧，敢□斜插着一根藤鞭，上面还搭着一个小钱褡裢儿，赶紧凑过去把鞭子连小钱褡裢儿扯出来，掂了掂，沉掂掂儿的②。伸进手一摸，底面装着四五块碎银块儿，约莫都在一两上下。自己一想，既是有银子，咱们就先兑换一块，买点儿什么，吃饱了再等他们就是了。想到此处，拉马奔了有铺面的所在，兑换了一块，买了几个馍馍胡乱吃了，在西湖岸苦这们一等，直至天□□□，还是没有踪影。□然想起我何不访一访娟娘的音耗。

（七续）*1917年7月8日*

且说彭爷有了银子，换了几贯钱，买了几个馍馍吃，胡乱吃饱，拉着马靠树底下一等。直到天色正午，浑身发倦，也透困了，忽然想起，到不如我访一访这个娟娘，只要见着他，彭海秋是个什么人儿，大概总可以得着下落，把马交还他，再托他访一访邱生的下落。得，我就是这个主意，拉着马只好够奔热闹所在。又一想不行，不行，我又不知那个妓馆那只花船③上有这个娟娘。我拉着马，好像跑驿站兵似的，可怎么打听呀！这一着急，登时又急出一个主意来，把银钱都装在小钱褡裢儿之内，带在腰中，拉马找了一座客店。

到了店门，小二迎接出来，心说这必是打午尖的，赶紧接过牲口，说：“请问客人，揭鞍喂蹓不喂呀？”彭爷说：“我有好大功夫的耽延，你们给牵到棚里去吧！”小二交给当

---

① 罾：用竿子支架的渔网。

② “掂了掂，沉掂掂儿的”，原文作“惦了惦，沉惦惦儿的”，据语义改。

③ 花船：载有歌妓招客的船。

槽儿的①，然后又问彭爷是打尖是住宿，是一个人儿，还是有约会儿，等谁请谁。彭爷说："我是同朋友昨晚来游湖的，走失散了，所以要等等他们!"小二说："那们我先给你老烹壶茶，打点儿脸水，你歇一歇儿好不好?"彭爷点了点头。小二才把他引到一间单屋儿。坐下一瞧，靠墙有一铺小床儿，彭爷脱下大衣服来，用掸子掸了掸身上的浮土。小二把脸水打来，又烹了一壶龙井茶来。彭爷洗了洗脸，喝了碗茶，说："我暂且先歇一歇儿!"小二转身出去，给放下单布帘儿。

此时天在未牌时分，店中静悄悄的。彭爷躺在小床儿上睡了一觉，觉着精神复旧，坐起来忙喊："来人哪（秀才老爷的派头儿吗）!"小二听见，跑了过来，赶紧切茶倒西瓜（那位说，八月还吃西瓜吗？这不是八月节第二天的事吗？人家小二把头天晚晌上供的打开啦，应酬他呢）。彭爷一瞧，只好连连摆手，说："这两天我可忌生冷，你别害我啦!"小二放下，抹头就□（反正是摆上来，你就得多加烧煤②），笑嘻嘻的冲着彭爷说："要不我给你老再泡一壶新茶吧（那位说，怎么又□了泡茶了？不是沏上水就一样的颜色儿了吗）!"

彭爷笑嘻嘻的说："这到不用，我同你打听一件事，咱们这一方有一个红姑娘儿，芳名叫娟娘的，你大概准知道吧?"小二一笑儿说："你老要是提起哪家的堂客名儿，或说谁家的花船船掌，我□可以说得上来。你要专打听姑娘儿，你老只要说得上是在谁家，或新由那个地方儿接来的，我们也可以给你老打听去。你老又说不清楚，你别听《都门纪略》上载着，说什么'老爷无事闲游好，下处堂客我尽知'，那是你老乍到此处，没见过堂客，我们所以顺嘴儿开涮③。你老要是真按着地儿一定的死抠儿，错非久在此处混老了的人，或者说□上来的。今天你冒冒失失的说出这个娟娘，到是久混哪，还是新迁移来的呢？你老还是他身上的熟客呀，还是慕名来访哪?"小二这几句话把位彭爷问的答不上言儿，说："我是替人打听，你既不知，只好把马匹存在店里，我再细细的打探一番!"

（八续） 1917年7月10日

且说彭爷先同店小二打听娟娘，人家回说不知道。彭爷心说，也许这个娟娘是新到的名花，并没上捐呢，所以不知道，只好把马匹寄放在店中，自己到各处一串游。靠西湖两岸大小明暗中，彭爷跑了会子馊腿，后来所串絮烦了，只好进门房儿道个辛苦，专打听娟娘，找到天晚，还是没有。此时一轮新月又复涌上，依然圆满光明。又在湖边留神往来的船只，心想只要看见娟娘，即便有包家儿，我跟着船跑，多早晚他下船，我再

① 当槽儿的：酒店、饭馆中的伙计。
② 烧煤：这里指小费。
③ "我们所以顺嘴儿开涮"，原文作"我以所们顺嘴儿开涮"，据语义改。

熬下去，到底儿总有个落脚儿的良房呀。打妥主意，又坐在湖边一块石头上，直着两只眼睛瞧了半夜。脖子也酸啦，眼系子也疼啦。虽有挟妓游湖的，船上的人儿总比不上娟娘。一会儿天又有二更多了，自己这才死了心，只好无精打采的回到店中。

小二一见，笑嘻嘻的迎接出来，说："客官怎么样，找着你的贵相知了没有？"彭爷摇了摇头。小二说："这两天也许接回家过节去啦！八成儿得过个三五天，等把夹衣衫做齐了才能摆出来（兔儿爷这两天可都钻了坛子①里头去啦）。"彭爷此时进了单间儿，小二又张罗沏茶、打脸水，问用什么消夜。彭爷要了点儿酒菜吃完，又叫小二给赁了两床被褥，问了问马匹，已然喂上夜料（怕他不肥吗），这才吹灯安歇。一觉睡醒，已然天光大亮，小二照常进来应酬。自己一面□着茶，一面想着这可不得，凭我在这店这们住着，那一天没个两数八钱的不够，统共我只有这几两银子，倘或花净，见不着彭海秋，那只好等单雄信吧（得唱《卖马》吗，外带连当锏都不带，做窝儿②没有），不如今天算还店帐，骑上马回我的山东，早晚海秋取马来的时节，或是见了老邱，再细访娟娘吧。我就是这个主意，哦，我就是这个主意呦（又要唱）！这才把小二叫到屋中来，说是自己有事得回家，让他算清酒饭、草料、房钱。这路店好在不像现在这两天租界旅馆似的，到是不讹人，通共也不过四五钱银子。彭爷捡了一小块，约有八钱，余下的做为给伙计并当槽儿的酒赀，让他给备好马，拉出店门，乘早凉儿奔③官道走了半站。

彭爷下马，找饭铺儿打尖。彼时年景丰阜，诸般食物都不贵，彭爷又是一个人儿，也不便做阔，每顿有个三四十文的制钱就可以够啦。当晚住的是起火小店儿，越发省钱，连人带马带房钱，就在一百多制钱。那位说，人家彭好古又没赶上这些天现洋落价，钞票不要，你做什么犯这路贫骨头呀？您别忘了原文说"小钱囊"，"白金三四两"，头一天已然连换带花一两多啦，离家还有一千多里哪，又是人，又是马，不这们说，回得来吗！闲话勾开，但说彭好古本是文人，档口儿不大在行，如今上长路骑马，自己真有点儿不了贺儿④，好在这匹马别提多听话啦，真是叫吾快走吾就快走，叫吾慢走吾就慢走，叫吾不走吾就站住，来，来，来，你背着吾走哉（这是《卖饽饽》）。半月之间，这天好容易来到家下。

（九续）*1917年7月11日*

昨天这点儿书，有说看着闲磨烦的，又说我把个彭好古形容成个呆子了，未免不大

① 钻了坛子：旧时北京人在中秋过后，兔儿爷塑像被搁置起来，俗称钻了坛子。
② 坐窝儿：根本，原先。
③ "奔"，原文作"病"，据语义改。
④ 不了贺儿：应付不了的意思。

合题。您想既说“暂访娟娘”“徐察音耗”，就得想出个说法儿来，不能不住店，既住店便当入口气，形容出个店小二来，这是不能不磨烦的原因。说到彭爷与娟娘一见倾心，又有海秋用绫巾代订三年之约的话，彭爷必是个风流人物，况且急欲要见才好，焉有不见着谁问谁的哪，所以也得表一表。话是交待明白了，接着还得补叙一个倒笔。

且说彭爷在前半月晚间同着邱生庆赏中秋佳节，忽然来了这们一位彭海秋，喝着喝着酒，叫了一只船来，从平地起到半空，那方的人也有听见了的，也有看见的，不亚如飞艇一样（□□往下扔什么），都不知是怎么件事情。唯有彭爷这个斋僮儿知道底细，可也说不出究竟是怎么个情形来，眼看男女杂座的一个包厢就这们飞着走啦，自己也不敢拦，也没顾得问，只好呆等了多半夜，好在有酒有菜，只好捡剩的吃了个酒足饭饱，困了和衣而卧。一觉醒来，已然天光大亮。

再说邱家因为他家相公一夜没回去，不知怎么件事，打发人来问彭爷的斋僮，斋僮就照实话一五一十的述说了一遍。此时半夜里飞船上高儿的话已然传遍这个村子，都晓得是由彭宅别业起来的。邱生正在那家，这话自然可信。斋僮说：“听三个人说是游西湖去了。”想着当晚回不来，第二天晚晌大概也就给送回来啦。到了第三天一早，仍然没有下落。这就又有人说，彭好古必是天罗神仙转世投胎，又来的这位姓彭的，一定是他前世的道友，特趁这个中秋佳节来度化他来啦，合该邱爷有仙缘，所以也跟着闹了个肉体飞空（比泥胎空空受供养，虽是一个日期，可差点儿），邱生必然也跟着得了好处，享享幸福啦。把话说得这们有鼻子有眼儿的，第三天后半天，把这话已然传到彭家。

本来彭爷大节下的没回家过节来，彭大奶奶就正不放心呢，一听有这路谣传，焉有不惦念□着急的，赶紧派家中下人赴别业去探听此事。见了斋僮一问，果然主人没有影儿了。这个下人说：“这件事你亲自去回禀主母去吧，我说不详细，再说也怕不信这套。”斋僮只好叫来的下人看守别业，亲自到了彭宅，把当夜的情形述说了一遍，又把阖村人所说成仙的话也说了。彭大奶奶一听，原本是恩爱的夫妻，难以割舍（要唱《红鸾禧》），先别管成什么仙、不成什么仙，究竟是生不见人，死不见尸，焉有不动心的，已然眼泪在眼圈里直转，又一盘问这个带他走的是个什么人。斋僮说：“就听他自称是当家子，必然是也姓彭喽，号叫海秋，举止到很斯文，一口的南方话。”大奶奶说：“呦，什么是仙人呀，多半是南京拐子吧！”说完放声恸哭。阖家都知道主人回不来了，焉有不哭的。

不想这天忽然彭爷骑马到家，下人们一见，赶紧把马接过来拴在马棚，然后都要细问原因。

（十续）*1917* 年 *7* 月 *12* 日

且说彭宅的下人看见主人回到家门，赶紧把马接过来，鞍鞯也没顾得揭，连忙牵入马棚，拴在槽边，又跑过来要细问主人这番奇遇。彭爷已然进了上房，大奶奶看见是又惊又喜，哆哩哆嗦的站在当地，说："你是人？是鬼？是仙？"彭爷说："你不用害怕着急，容我缓缓气儿，说给你们大家听！"此时阖宅的男女老少、仆妇丫鬟，直到做庄稼活的长工笨汉，都不顾起晌吃饭啦，一齐跑进来，又见房中已然没有地方儿了，只好站在当院侧耳细听。本宅的下人跑进来，也顾不得说问好道受惊的闲话儿，直站了一地。

大奶奶冲着彭爷说："你就快把这件事说给大家听一听吧（比前两天满街市专打听谣言的还心急）！"彭爷这才把八月十五日怎么因事没能回家，又怎么闷的很，才请了个姓邱的在一处喝酒，才端酒杯，又怎么有人打门，就是这个彭海秋。彭爷说到此处，大奶奶一听，同斋僮儿述说的一字不差，连忙摆手，说："你别紧跟我磨烦这些个了，以前的事，我早都知道了，全听斋僮并这一方的人说俗啦（到不是看过原文，也不是串书场儿蹭听过前半段儿）！你就由你们船飞起去之后接着说说吧！"彭爷这才又把到了西湖所遇的事，并彭海秋同邱生下船就没照面儿的事，又细述了一遍。彭大奶奶同众人听着，没有不纳罕儿的。

此时斋僮这才挤到彭爷跟前，又把邱生家中屡次到馆打听他家人下落的话回明了主人。彭爷点了点头，知道他没掰折儿、割靴腰子，总还懂得交朋友。但不知他此时是流落杭州了，还是落湖丧了命。当日是自己打发下人由家中把人请走的，如今自己走了十几天，虽然鞍马劳顿，受了些风霜之苦，好在决没受着凶险，也算一件幸事。只是邱家听说我回来，一定找来同我要他家的人，即便死了，也得有尸骨呀！我告诉人家下船就不见了，人家能答应吗？想到其间，虽然不害怕打人命官司，对于良心上未免说不下去，赶紧说："你们大家千万记着，这不是我回来了么，我在家歇个一半天儿，还得打点盘缠，带点儿行李，雇只船重赴杭州，沿途访察邱生的下落去。今天出去，这话不可传说，免得人家找上门来，无言答对。"下人们都护着主人，齐声答应。

大奶奶说："那们你同他们上船的时候儿，你带着银钱没有？"彭爷说："别说银钱，就连一张敷余中交票①都没有呕（这是彭爷吗？我的心腹事）！"大奶奶说："那们你就脚打地起旱走回来的，沿途还能化斋吗？"彭爷这才又把海秋送马赠银的事述说了述说。此时接马的下人正急的不知这马是怎么件事呢，听主人说这匹马是仙人所赠，方才接过的时候，一心记罣着打听新闻（那是访员），没留神细瞧皮毛、口齿，如今一听，大概必是出色的好马。想到此处，连忙够奔马圈牲口棚前去开眼，及至到了槽边一瞧，踪迹皆无，地下卧着一个人，好像名士邱生。

① 中交票：旧时由中国银行和交通银行发行的纸币。

（十一续）1917年7月14日

大凡天底下的人，谁都有好奇的毛病，外洋志士讲探险发明新理；咱们中国人多喜在无用的事迹上用这路心，比如看见一点稍诧①异的事，不求甚解，专好有枝添叶儿往离奇里编造，外带专拣合他私心的苦替吹嘘。请想前些年的义和拳匪说的有多们神乎其神，本年这些天所造的谣言还有边儿吗？若问造谣的人，准为生什么事，与自己有什么益处，连他本人儿也说不上来，赶到网儿里，轻者打几天一面儿的官司，罚几元钱，重者就许打个罪名。即如本文这段书，彭爷名为好古，并不真心求学问，专好这些奇事，所以才受这路苦，着这路急。

主人是有学问的人，既然如此，他的下人听见说这马是仙人所赠，焉有不忙着去瞧的。及至到了马棚，马早没啦，地下卧着一个人，好像睡觉似的。用眼一细瞧，好在还辨别得出模样儿来，原来正是邱生。头脑上戴着个草绳儿的笼头，身上搭着一块破蒲包子，登时吓的了不得，也顾不得叫醒了问他，抹身形往上房里飞跑。没到屋门口儿就嚷着说："邱相公在这儿哪！"彭爷还以为是前后脚儿回来的呢，连忙出院相迎，说："快请书房里坐！"下人说："现在马棚里哪！"彭爷说："你们接过来，替他拴在槽上还不行吗！"下人说："是我拴的呦！"彭爷说："那们他还在马棚做什么呢？多半是瞧我骑的这一匹哪！"下人说："不是他也骑着马来的，你老骑的就是邱老先生。邱老先生就是马！"

彭爷一听，说："那有这样怪事，待我亲目去看！"说着往马圈院儿里跑去。到了槽边一瞧，马是没有啦，就见邱生低着马脑袋，合着马目（睁着怕得迎风流泪），脸上焦黄，一层浮土，透着黑黯（八成儿喝上灰②啦）。彭爷说："原来你是邱兄，你受了屈了，吃了苦了！"问了两声，并不答言儿，但见他把眼皮儿抬了抬，重复闭上（灰都没喝足）。彭爷心说，马是牲口，说有横骨插心，怎么人变了马，难道说也是有这块骨头吗？好在即便哑巴了，有他本人儿，可以能写字（改吃念语子也混得住），夙日虽说他不行人事，如今作践的这个样子，看着也未免可怜。赶紧过去，把草绳儿替他解开，把蒲屉掀开，扔到一边儿，由地上搀扶起来。此时又有两个下人跑过来瞧稀奇罕儿。见主人搀他，赶紧过去，一个人架上一只胳肢窝，往起一站。彭爷说："你们快打书房帘子去！"下人有头前跑的，两个人搀着邱生，好像醉汉似的（俗语儿常说，喝了个马似的，大概这典就出在邱生），前仰后合，幌幌荡荡的勉强迈步。

彭爷在后面跟随，好容易才进了门□儿（书房门□儿）。这房内靠墙有一铺床。彭爷

---

① "诧"，原文作"岔"，据语义改。
② 喝灰：这里指喝了鸦片烟灰。

说：“你们把他服侍着躺好啦，把枕头垫高着点儿，让他仰着身子，好灌点儿汤水！”下人答应，把邱生放倒。此时已有人给沏进一碗白糖水来。彭爷接过来，试了试不大很热，这才亲自往下一灌，好在还能喝的下去。灌完，彭爷给他盖上床被子，自己就在书房看着他。到了半夜，才听他有哼哼的声音。

（十二续） *1917年7月16日*

且说彭爷把邱生搀到书房，赶紧预备汤水灌下，给他盖好被子，自己还不放心，就在书房守护着。深秋月分，一会儿天色昏黑，掌上灯烛。彭爷也顾不得进上房安眠，就在这屋陪伴着邱生。一觉睡醒，约莫也就在三更多天，听邱生有哼哼的声音，连忙剔亮了灯，刚要过去问他，见邱生爬将起来，揉着眼睛，是要下床的意思，两条腿可还直颤，几乎栽下床来。彭爷并不叫下人，亲自过去扶住，说：“邱兄，你要做什么呀？”邱生说：“我要上厕所，但不知道院里有没有？”彭爷说：“这房后就是。你要如果走不动，我搀你去还不行吗！”邱生一面点头，一面提上鞋，一手搭在彭爷肩膀儿上，一手捂着肚子，紧绉眉头，咬着牙根，口中还不住的哼哼。彭爷掀起帘子，搀他下了台基儿，勉强走到夹道儿。邱生一弯腰，褪下中衣。彭爷一闪身儿，就听一阵屁响，好在不臭（半个月的干草串的吗），转眼掉出几个马粪蛋儿来。拉完，幌幌荡荡的扶着墙往起站，连中衣没顾得系好，又好像要栽倒似的。彭爷赶过去，连忙搀住，说：“老兄，慢着，慢着！”仍旧搭扶肩头，把他搀进书房。

此时宅中下人们有听见院中走道路的声音，不知主人有什么事，赶紧过来伺候。彭爷说：“你们来的恰好，快吩咐厨房，给预备四巡菜，做碗汤面来！”邱生摆了摆手儿，用手指了指茶壶。彭爷会意，说：“那们你们还是先沏壶茶来吧，不然就还闹碗白糖水也好！”邱生点了点头儿。下人果然出去，一会儿把糖水沏来，说：“厨房还有现成的小米子粥，不知用不用？”邱生直点头。下人就给盛了一碗来，又给拿过一包红糖（那位说，这是做什么呀？所为配合方才上□厕的那个像儿）。邱生□完糖水，又喝了两口稀粥，这才挺了挺上腰板儿，长叹了一口气。下人们规着家伙出去，不提。

此时屋中只剩他们二人。彭爷这才凑近床沿儿，说：“邱兄呀，邱兄，你是怎么件事？为何这样的狼狈不堪？”邱生含着眼泪，又叹了口气，才说出话来，说：“罢了，罢了，真是罢了就结咧！你的事情我全明白，我的事情大概你是真不知道，你听我慢慢儿的告述你。不是那天夜里你先下了船啦吗，我想着咱们是旧日的朋友，你同海秋虽是当家子，可是初交儿，我也不便同他再乱什么，跟着也就下了船。他也下了船，用手一拉，把我拉到人群外头，说跟我有句话说。我不知什么话，又怕找不着你，故此四下里张望着。他乘我回头的功夫，他在我脖子后头拍了一把，我心中立刻就迷惑了，也不知什么缘故，就爬在地下了，心里迷糊了会子。再瞧我披毛带掌的变了匹马，你在我旁边站着呢。彭海秋可踪形皆无了。看你不走的意思，必是等我哪，奈因我一肚子的话不能对你说，只好跟你饿着，直耗到第二天住了店。店中给了我点儿干草，我有心不吃，是真饿，要吃实难下咽。没想到我唱了一出开场的《吃草》。”

（十三续）1917年7月17日

且说邱生把自己在西湖变马的事从头至尾的一说，彭爷才知道，敢则海秋是不拿他当人，当做畜类，把我驮回来了，起心里很觉着对不过，可又不能说海秋的不是，只好说：“如此说来，老兄你受了屈啦！”邱生说：“受屈不受屈的还在其次，你想我在这一方虽不敢说是个文豪家，总还有个虚名誉。这次被你当马骑了还不要紧，外带吃草，拉马粪蛋儿，传扬出去，有多们难听呀！不用说外人瞧不起我，就连我自己的妻子、老婆、孩儿也见不起呀，简直的是没有活路喽！”说着面红耳赤的要哭。彭爷赶紧用话开导解劝。邱生说：“没别的说的，只求你嘴犄角儿留德，是人别告述，就连我们家你都别说，那你就成全了我啦！”彭爷点头应允，说：“别的事不行，要讲嘴严心不坏，是决计办得到！依我说，你在我家再将养几天，我给你换换衣裳，你想好不好？”邱生说：“这一幌儿已然十数天了，家中必然是不放心。你把衣服借给我两件，换上我赶紧回去的为是！”彭爷亲自进了内院，拣了一件大夹袄并鞋袜等类，拿出来让邱生试了试，好在可体。彭爷又派人备了一匹马，打发人牵着把邱生送去。邱生是千叮咛万嘱咐的怕彭爷给他宣布，彭爷急的赌了个誓，邱生这才放心。又把下人叫来，嘱咐不许泄露一字，彭宅的下人也知道这件事近于怪诞，怕被官人拿获，按照造谣生事罪犯处治，所以也应许着同守秘密。邱生这才放心回家。至于到家后见了妻子，造什么谣言，原文没有，我也不敢乱编造，从此就再提不着邱生了。

但说彭爷自把邱生打发走后，时刻忘不下娟娘，有心带些银子赴杭州去访，又怕还是白跑道儿，只好见着由杭州来的就同人打听。问了些位，全都没人知道。又赶上家中有事，离不开身子，只得把娟娘的事暂行搁起。

一幌儿又是三年的功夫，彭爷有一位姊丈在扬州做通判，几年虽不断通信，可是总没会面了，寄来的信总让彭爷便中去看看姐姐去。这年彭爷家里没什么要紧的事，于是置办了点的物儿，带了几十两盘缠，备了一匹马，起早赴江北去探望姐丈。真是饥餐渴饮，夜住晓行，十几天□功夫到了扬州刺史衙门前下了马。衙中人回进去，立刻请到内宅。郎舅姊弟相逢，阔别已久，彼此都是悲喜交集。当□住在衙中。过了两日，彭爷想起本城中有一位梁公子，从前就有世谊，后来梁公子的父亲在莱州做过一任知府，彭爷同梁公子□时常一处谈诗做文。后来梁老爷升任南省数年，告老休致，回了扬州，时常给彭爷寄信，劝他到扬州逛一逛。扬州在当年本是极繁华的所在，彭爷很想去一荡，也因没有功夫，如今到了扬州，焉有不去拜望拜望的。第三天，备上马，同姊丈衙中借了个下人赴梁宅拜望。偏巧梁公子没在家，只得留下名片回来。当晚梁公子回家一瞧，赶紧预备酒席请彭爷饮宴，这才巧遇娟娘。

（十四续） *1917* 年 *7* 月 *18* 日

且说梁公子因为彭爷大远的来拜望自己，恰巧没在家，未免觉着对不过。故此第二天特意派人赴刺史衙门下帖去请，一面吩咐厨房预备上等的酒席。彭爷接着请帖，赶紧告述来人说随后就到，下人回去回覆公子，不提。但说彭爷同姊丈借了个跟人，备上自己的马匹□了梁宅，回进去，公子亲出迎接。见了面彼此行礼，然后让进客厅，各道数年渴想的话。此时下人献上茶来，跟着就张罗摆酒。公子说："你们不用忙，方才我吩咐你们接几个歌姬来，他们姊妹们来了没有哪？"下人说："春艳、秋香从今天一早就来，夏莲、冬梅是刚下车！"公子一听，说："快叫他们进来，伺候传杯把盏，我与彭老爷要痛饮一番！"下人传出话去，屋中的下人调摆桌椅、安放匙著的功夫，就听院中燕语莺声的有人说话儿。彭爷一瞧，原来是四个姑娘儿先给公子万福施礼。公子说："你们见过彭老爷！"大家也赶忙行礼。

彭爷瞧一个个的虽有几分姿色，可够不上美人资格，既是朋友唤来为应酬自己的，也不能不周旋几句，赶紧欠身含笑，说："众位美人免礼，请坐！"大家说了声："谢过彭老爷！"这才在下席挨次而坐。彭爷按位问了问芳名年岁，难得都在一十六七（真明白，要是六十一二，那还陪什么桌面儿啦，只好等重赴鹿鸣吧）。大家同梁公子原是相熟的，如今见公子这样应酬，猜着一定是位贵客，都乘势要巴结巴结姓彭的。这就有赶着给彭爷宽衣解带的，有张罗打扇的，有打手巾把儿的。

就听公子向一个名叫秋香的说："你们都来了，为何单单的不见娟娘？"秋香一听，一扭脑袋，说："我们又不是他的娘姨，我们不知道！"公子一笑儿，知道自己不该问秋香，人家是同行，俗语说同行是冤家，何况是丑业行呢，这才回头冲着自己的下人说："我今天早晨吩咐你们什么话来着，告述你们，先去叫娟娘去。如今他们姐妹们都来伺候了许久，为何单不见他？你们是去了没去？"下人见主人生气，赶紧说："小的奉公子之命，先到娟娘院中，他跟人说还没起床呢！及至把各家走遍，我又去了个重回儿。他家伙计说，他们姑娘这两天病啦，并不见客，也不赴外约，方才服下药去。已然把宅里传唤的话回进去。姑娘儿说：'少时只要能扎挣着梳得上头，必勉强着前来应候！'"公子听到这句，把桌子一拍，说："他们这项人多是犯这路病，只要你一给他脸儿，他就同你装腔做势。不是装病，就是反挑眼。这二年子，我见他也过于美得不像，今天我偏要拨治拨治他！你们叫两个人，拿上个锁链①子，带上根白绳子，去到他家，就提我不管他有病没病，一定叫他来。他如果不来，你们把他给我捆了来。那一个敢徇私卖放，我打折你们的狗腿！如敢扶同隐匿，一经查出，要你们的狗命！”下人一听，主人今天所犯狗性，连连答应，说：“小的们大胆不敢！”此时彭爷在旁，听见“娟娘”二字，好生的惊疑不止。

（十五续）*1917年7月20日*

且说彭爷这几年在家，虽说不忘娟娘，可并不胡嫖乱闯的瞎闹。今天在梁宅，见公子召来几枝名花，未免触动旧情，心中又想起娟娘来，因地方相差，所以也并不关心。忽然听公子同下人瞪眼直嚷，晓得他是又犯了知府少爷的旧习，自己不好深拦。奈因所说要拿的这个人名叫娟娘，未免诧异，故此借着这个话头儿，跟着追问，忙说：“兄台，为一个妓女，何必生这样的气。方才你说这个姑娘儿叫什么娟娘，但不知是怎样的一个名妓？”公子见彭爷问，赶紧□项回头，说：“提起这个娟娘，虽是一样的倡女，比上别个，少微文雅点儿。以本处的妓女说，总是花榜中的第一名，招引得绅襟富户都这们一捧他。不想近来，所给捧的不知他是做什么的了。对于条子，不是托故不到，就是先期告假。无论你怎么说，所有面子，他都告个来迟。小弟因他恶习太深，今天故此非叫他不行！”说完又冲下人说：“你们到是去了没有哇？”下人心说，狗子的狗党，还没听明下回分解哪，也不知车钱那儿开，就能去吗，嘴里可不敢说（那成了胡公子②下人啦），只好说：“公子不必动怒，小的吩咐他们务必给传来就是啦！”下人退了出去。

彭爷听娟娘名字相同，心里突突乱跳，恨不能立刻就见个明白才好，又不知他住的远近。此时客厅上酒席已然排好，好在一主一宾，并没外客。这席酒是为专应酬彭爷的，彼此又是旧日莫逆，故此不必闹客套，讲什么安席敬酒把盏的俗礼。这四个妓女早给二位斟好酒。公子让了让，也就喝起活儿来，彼此都是酒到杯干。各喝了几巡，公子方要叫四个歌妓献技侑觞，就见下人进来，说：“娟娘已到门前！”公子说：“叫他快快的进来，莫不成我还亲自去接他不成吗！”下人出去，一会引进一位如花似玉的美人儿来。

刚挑帘栊，彭爷两只眼睛加着劲儿一钉，同前三年中秋节船上见的那个娟娘不相上下。此时姑娘先给公子同彭爷行礼，然后又招呼同行的四位姊妹。公子气哼哼的说：“你为何这早晚才来？况且请了你三次才到（还有请五六次不来的哪！那位说，你说的是谁呀？我说的是我们村里的产婆。您当我说……我说大夫哪）！你这也是买卖生意，出局③

---

① “链”，原文作“练”，据语义改。

② 胡公子：京剧《金鸡岭》中的人物。

③ 出局：旧时指妓女被邀在本妓院以外的聚会上演唱或陪客。

就叫上买卖，你这们闹脾气，下得去吗？”此时娟娘并不分辩，低着头，眼泪在眼圈儿里直打转儿，一面擦，一面偷眼儿又瞧彭爷。彭爷越瞧越是那个娟娘，这才向公子说：“兄台不用生气，这娟娘同我也是熟人儿。我知道也不是那样好闹脾气的人，想必真病也是有的！”娟娘听彭爷说话的语声儿，又瞧了瞧，好像纳闷的了不得似的。公子原知道彭爷是初次到扬州来，听彭爷说是认识娟娘，也没顾得问从前在那里会过。此时宅中下人又换上热素儿①来。公子乘势对娟娘说：“你既来迟，还不多敬几巡？”娟娘执壶方要斟酒，彭爷忽然想起当年的曲词。

（十六续）*1917*年*7*月*21*日

且说彭爷当日与娟娘本是一面之缘，而且又在灯月之下，再说这位介绍大媒又遇于离奇，事隔三年，与如今差着省分，故此不敢说一定就是此人，又不好问娟娘有这们件事没有，急的了不得。忽然想起那年听他所唱的“薄幸郎”曲词很是新鲜可听，不免由曲词上追问追问。打定主意，只好装做假熟和，说：“咱们一幌儿好几年没见啦。前一次你所唱的那个掏心窝子的好曲儿叫什么‘薄幸郎’，你还记得不记得了？”娟娘一听彭爷所点的曲词儿，越发的纳起闷儿来，不住用两只眼睛上下打量了会子，说：“那是我从小儿学的玩艺儿，如何能不记得呢（本学儿的老排底）！”彭爷说：“既然记得，你先不用斟酒，就烦你赏音是幸吧！”娟娘说：“可有一节，今天我奉公子之命，传唤的紧急，随唱的家伙手儿不齐，我只好就这们敬献啦！”彭爷说：“说白清唱更对我的劲儿！”娟娘站在席前，用手自己拍着板，把那个曲词照旧唱了一遍。彭爷一听，喜的手舞足蹈。

梁公子一瞧，不知这个曲词怎么对彭爷的心病，既是彭爷直夸，自己也得跟着夸好。娟娘唱完，又给公子同彭爷各斟了几巡酒。此时先到的那四个唱手一瞧，知道巴结不上了，这才张罗告辞。梁公子见彭爷同娟娘是熟人儿，也不便再留他们了，吩咐到门房儿领局费，余外每人又赏了一两银子。四妓道谢告辞而去。公子又告述下人：“吩咐出去，就说娟娘今天不回去了，让他们明早来接吧！”彭爷同娟娘各有心事在怀，所以全不推辞。公子又命娟娘多多的敬酒。彭爷已然够了分量了，催着开饭。

这一闹哄，已然掌上灯烛，这才撤去残席。彭爷还不张罗告辞。下人进来，说：“回彭老爷，跟您来的下人在院外伺候着，问您回去不回去啦？”公子一听，说：“我与彭老爷是至厚的好友，好几年没见了。今天既来，务必留在家中住些日子。你出去对下人说，他爱把牲口留下走他的也可，或在下房儿住下也可！”彭爷听到这儿，说：“小弟由舍亲家而来，不如叫他骑马回去，明天来接就是啦！”公子点头，吩咐门房赏了刺史衙门跟人

---

① 热素儿：一壶热酒。

一两银子。下人传出去，一会儿听跟人隔窗儿说："谢爷赏，谢谢舅老爷（那位说，怎么这们称呼呀？您忘啦，这不是姑奶奶衙门的吗）！"并没进屋子（怕有什么秘密会议），说完到门房儿领了赏，由圈中拉上马，回转刺史衙门，不提。

但说公子把下人打发走后，告述自己宅中人把西花厅儿收拾收拾，安设床帐，请彭爷下榻，就命娟娘伺候。说话天已不早，彭爷一心惦记问娟娘同海秋怎么认识，此时还见得着见不着，□此任凭梁公子办理。一会儿下人进来说西花厅已然收拾齐啦。彭爷不好忙着去睡，到是公子说："老哥连日劳乏，也该歇息歇息了。"彭爷乘势说："兄台张罗了一天，咱们明天再谈也好！"说完彼此道了安置。下人掌着灯烛，娟娘搀起彭爷够奔西花厅。彭爷这才要细问当日的原因。

（十七续）*1917年7月24日*

且说梁宅的下人把彭爷、娟娘送到跨院西花厅儿之内，把应用的东西给预备齐毕，然后退出。此时屋中只剩下彭爷与娟娘。娟娘呆呆的站着，好像纳闷儿似的。彭爷过去一拉娟娘的手，说："想不到前三年的约会儿，今天才应验啦！"娟娘被彭爷指出当日的事迹，也正要调查个详细，免得传闻失实，以讹传讹（那是不好造谣言的报馆），赶紧乘势坐下，说："方才我空看着你老面善，可想不起来。皆因我们这个行业见的人忒多了，所以不容易全认识。方才你老单点'薄幸郎'的曲词，我才想起从前的梦境来。今天你老提出三年之约的话来，可不知当日你老怎么见的我？"彭爷说："你把你当日怎么到我家去的话，你先说给我听一听，行不行？"娟娘说："如此你且听了（又要叫板）。前三年八月节，我们这里有一位阔客，他们乘着中秋节要去游湖，包了一只楼船，逛了几天。中秋节的晚晌，我陪他们喝着酒，刚喝了没有几盅，也不知怎么糊里糊涂的心里一迷惑，就被一个不识姓名的人带我走下去啦。一转眼的功夫到了一个村子，这人就不见啦。我有心回船，也不认识了，正然着急，有一个僮儿开了街门，把我叫了进去。席上三位人，这内中有你老。后来你们商量说要游湖，也不知从那儿弄了只船来，好在功夫不大就到啦。陪你们喝了会子酒，后来带我去的那个人隔着楼窗把我送回原船。至于这位是仙是妖，是有什么邪法儿，我全不知道。内中惟咱们两个人投缘对劲儿。那天晚晌你拉着我说的话，如今闭上眼还想得起来。及至回到大船，我才明白过来，好像做了一场梦似的。也不好同船上这几个客说，也只好算醉了就是啦。后来觉着袖口儿里鼓鼓囊囊的，原来就是你那一条绸巾。这三年多的功夫，心中总解不开。若说是幻梦，绸巾从那儿来的？若说那天是真事，身子没离楼船，我又不会分身法。我所说的全都告述你啦，究竟那个姓彭的是怎么个人儿？你同他怎么熟识？你也得告述告述我呀。再说把我送走之后，你们几个人回什么地方儿去了？如今同姓彭的还常见不常见？你也得说给我听一听。"

彭爷听娟娘说原来在他就是做梦，又真能神魂脱离躯壳，心说八成儿催眠术就是这个理（这是彭爷说的吗？我这们胡猜的），而且能唱曲儿喝酒，把绢子带走，这要当个侦探或当高买有多们好哇（彭爷满不会这套，还是我造魔哪）！一面想一面出神儿。娟娘在旁是催着快说，千万别不说。彭爷说："你先别催我，我问你我的绢子还有没有啦？"娟娘说："我从那天醒后，留着这物件做为纪念，并没敢使用，在箱子里收着哪。不信明天你跟我回去，我找出来给你瞧哇。没别的，这你就快把你同那个姓彭的事告述我吧！"彭爷一笑儿，说："你别忙（要忙请看原文去），你容我歇一歇儿，我不能不说。"

（十八续）*1917* 年 *7* 月 *26* 日

且说彭爷听娟娘说绫巾还藏着的话，心里晓得人家孩子实在是跟自己是劲，这才把彭海秋并不认识，那天慕名来访的话从头至尾细述了一遍。娟娘才晓得他们二人并不同党，又问了问邱爷。彭爷只好说："那一天夜间，是我打发人约的朋友，后来白吃白喝白逛了一荡，这也是朋友相交的寻常事。"娟娘也不以为怪（应酬惯了蹭边儿了吗）。至于怎样变马被骑的话，此时不便宣布（可不是怕有谁干涉，怕是起誓应誓），只好说："我给同回家去了。彭海秋从那一天没有见面，邱生我们还不断往来。据这们想，海秋必是个得道的仙人喽！"娟娘听到这句，想起这些年所受的风尘之苦，当日神仙单管我这件事，这叫神仙不拉皮条纤，妄在人间吸鸦片（这是娟娘吗？《玉玲珑》的梁红玉）。既有神仙为媒，一定错不了。于是把脑袋往彭爷怀里一扎，勾起今天受梁公子的这分□拍熏来，越觉伤心，一面哭一面说："这们说彭海秋是仙家无疑喽！咱们两个人既是仙人做的大媒，勿论怎么样，你可别嫌我是败柳残花，当不了什么东西，千万您得特别优待才好！"

彭爷一听娟娘的话口儿是扑自己从良不混的意思，正可心眼儿，连忙说："那一夜里在船上所说的话，一时我也没有忘下。不过你太阔，不知有多少热客，有多少帐目。别的都是假事，现货是真的（彭爷也怕人家说不要中交票）。况且我是山东人，到此来探亲，就是一个人儿骑着匹牲口来的。你只要说出个大概齐来，那不我把马卖啦，所带的银子花净了呢，也不要紧。"娟娘一听，说："你也不用瞎愁这些个事，我这几年是久已混够啦，要讲我们领家儿的指着我身上已然挣了个家产业就。如今我要走，他也不敢怎么样。只不过这些年没有虐待我，你随便给个三百二百的，够买个孩子的也就行啦！但只一节，外省不同京师，我们这项人原为承差的，脱去乐籍①的差事，可非有大人情不终

① 乐籍：中国古代的一种官属乐人制度，对罪民、俘虏等的妻女及后代编入专门的名册，迫使他们从事表演行业。

用（不准随便辞职）。官场的是①非仗你预先运动好了不成。”彭爷一听这套，是从良的口头禅，当时也不便与他分辩，全都点头应允了。

第二天早起，见了梁公子，把自己当日怎怎么么认识娟娘的事说了一遍。公子一听，这里头还夹杂着个神仙，自己乐得给朋友成全上呢。脱籍的官事，公子满应许下了，又赠了五百两银子。彭爷又回到姊丈衙门，把梁公子的事一学说，同姊丈又借了五百两银子。还亏有梁公子托人同衙门说好，才准其娟娘入籍（比其阔大老想入外国籍难处差不了许多）。这天官事下来，公子打发人雇了轿子抬到梁宅，又雇了一辆车，彭爷骑马，起早按站回了莱州。这天到了家中住了两天，然后又搬到别业。娟娘不但记得门口儿的样式，就连当夜喝酒的时候儿谁怎么个坐位并说的话还能说得上来。这段《彭海秋》原文至此而终，明天另换新题。

① “是”，原文作“事”，据语义改。

张鸿渐

（开篇） 1917年9月14日

节过中秋白露，不久便见严霜。幽风九月授衣裳，便同阳历一样。
连日密云不雨，金风透体生凉。午晴暂可赤脊梁，早晚夹棉别当。
近畿复遭水患，被冲多少村庄。淹没禾稼并田房，粮价因之大涨。
铜子银元缺短，纸币怎能吃香。赴区兑换甚奔忙，生计谋求难想。

几句时事糟心的词儿念毕，余不多表。这些事其实不必我说，那位也都知道。况且今年这场灾荒可称普通灾荒，天灾人祸，人人逃不开的。推原其故，就坏在近年的人心术忒坏了。欲正人心，先求富国，再兴教育，这就是孔子适卫同冉有①说的那一套。诸位既看得下报纸来，那位还没念过《论语》吗？您还是听我替蒲留仙造谣言的这套倒可以散闷开心。上段《佟客》多是形容小人行为的玩艺儿，如同闹戏儿似的，不能紧自说那路的。今天更换一段《张鸿渐》，是这部书中著名的段子，与世道人心、家庭社会都有益的好故事儿。我别紧自说闲话儿，这就说书。

且说有个姓张名鸿渐的，是直隶永平府人氏，从小时候儿念书，文章做的很好，十八岁中了秀才，是本处出名的一把阔手②，家道并不丰富，不过衣食不缺就是了。又过了几年，永平府所属的卢龙县知县姓赵，贪赃暴虐，本县百姓没有不怨恨他的。有个姓范的秀才因案到县，被知县给刑毙杖下了。这件事惊动阖府的秀才，都说范生死的冤屈可怜，要给他鸣冤，商量着联名赴北京跪都察院，非将赵县台治罪不可。大家又都仰慕张

① 冉有：春秋时孔子的弟子冉求，字子有。
② 阔手：古代对写作能力很强的人的称赞。

鸿渐的手笔，公举他写这张呈状，并把他的名字也列在其内。同学的朋友对张鸿渐一商量，张爷迫于义愤，当时点头应允了，定的是过一半天把人名聚齐了再写呈子。

张爷回到家中同张大奶奶一说，这位大奶奶可比上段说的那个人格差的远。娘家姓方，过门三四年，头生儿添了个小子，不但模样儿美貌，而且性情贤淑，知书达礼，又有见识。夫妻平日很和睦，故此张爷才对夫人儿谈起这件事来，并不是不回堂不敢在外边做事。张大奶奶一听，说："夫哇，据妾拙见，这件事不可出头。大凡秀才们做事，可以共胜，不可以共败。胜了人人儿俱各贪功，不能满欲；若是一败，大家立时如同冰消瓦解，不能再成聚了。虽说这位范秀才无辜被赵县台刑毙，但如今势力世界，是非曲直难以理定（同现在官场差不多）。咱家又没人又没钱，你是一脉单传，上无三兄，下无四弟，孩子又小。倘若牵连上点儿罪名，谁能管你呀？这事总是不列名的才好！"张鸿渐一听，颇有悔意，说："娘子言之有理。明一天我去设法儿推脱！"

（续昨）*1917*年*9*月*15*日

吾人做事，都说别听枕头边言，这可专指妻妾说（黑籍烟友不在此限），好像妇人的话是万听不得的，这话未免近于一偏。一则得分什么事，二则得说什么样的妇人。只不过妇人的见识短浅，容易误男子竞争之心。若说保身免祸的道理，有见识的妇人心思周密，实有过于男子的时候儿。这就是通俗常说的"家有贤妻，男儿不做横事"的俗谚。就以姓张的说，他就坏在不听贤妇之言的当了（可是本文的张鸿渐，没提张勋）。有人说，你怎么所跟姓张的扎上不散啦？谁叫赶上这段又是这姓呢。闲话靠后，赶着往热闹说书要紧。

且说张爷听大奶奶所说的话，把秀才的行为给说尽啦。一想他的见解实在不错，况且这个年头儿，官场真正黑暗，多是贿赂公行，自己家道寒难，只有这们一个小功名儿，夙日空有个虚名，同这个姓范的又不沾亲带故。自己做代表，饶受了累，一个无效，还得受懊怨（这是《聊斋》的事吗？兑现团）。倘若真应了夫人儿的话，大家都有个闪展腾挪，唯独这呈状是我的手笔，真许闹个调词架讼的罪名，莫如多一事不如少一事，赶紧打退堂鼓吧。想到其间，说:"娘子言之有理，明天我设法自行取销去就是啦!"当日无书。

到了次日，张鸿渐又找了同学的朋友去，说："昨天咱们提议的那一件事，我可不能做代表。而且托你们几位把我的贱名撤下来才好！"学友们一听，说："张大哥，你昨天说的很勇，怎么又改变方针了呢？"张爷说："不是别的，皆因舍下人口太单，离不开身儿。一做代表，是得有闲功夫。小弟并非怕事！"学友儿说："既是这样，吾等也不能强人所难。只是大家一开议的时候儿就说这个呈子唯你老哥的手笔出名，关于大家的面子与范生同学的义气，你给写个呈状底子，吾等另举代表，不必你老哥一同上京，这点儿举笔之劳的事，大约是料无推辞的了！”张爷究竟却不开朋友的面子，说：“既是如此，咱们这们办，我打出一个草底儿来，诸位斟酌随便删改，不用我誊清就是了！”大家说：“凭你老哥的手笔，大家是极佩服的，谁能越得过你老哥呢。就请大笔一挥吧！”说完这就预备笔砚纸张。张爷到此也说不上不算来了，只好铺纸添笔。

评书论的套子有云，刷、刷、刷，笔走龙蛇，如柳栽花（您要问怎么个讲章儿，我可说不清）。简断截说，草底儿打完啦，大家接过一瞧，人人赞不绝声。有的说：“凭这几个字，赵县台就得剐的！”有的说：“凌迟办不到，还不欠枪毙吗！”有的说：“还不先抄他家吗！”那个就说：“咱们千万守秘密，不然他一入租界，再引渡可就费了劲啦（这是《聊斋》吗？茶馆酒肆的伏地军机）！”张爷谦恭了几句，告辞回家，不提。

但说这些人举定代表，按照鸿渐的呈词底子写好，把他名字给写个“代笔人”，大家约会齐了，奔赴京都去跪都察院。焉知晓这一来，众人是家败人亡，张鸿渐也险遭不测。

（再续）*1917年9月16日*

且说永平府的众秀才把呈状递到察院，以为一定能将赵县台革职，拿问治罪。谁想呈词递上后，把一干人全转交有司衙门，问了问草供并没判断，吩咐众人取保听传。过了几天，仍批回本府审讯。诸位请想，永平府许多秀才这一传扬，赵知县还能没个耳闻吗？赶紧派心腹人跟随上京，打点御史衙门，连刑部尚书、侍郎都用金银打点好啦，故此批回本府。及至公事批回，知府衙门更运动好啦，况且要是翻了案，连知府都有应得的处分。

这一群秀才觉着理直气壮，及至批文一到，心想必能替死者鸣冤。谁想传了去一问，知府大怒，说这些生员们都是夙不安分，结党私营，登时详文学台，褫革衣巾，钉肘收监，小名儿就叫□起来啦。这点儿书，要按公案套子说可是很絮烦，咱们不过大略一表儿。但是这些事，外州府县很多。从前乡间人在州县为点儿不要紧的词讼，酿成许多条人命的案子，指不胜屈，甚至阖族破产，一姓灭门，多由当时不服上控，或赴察院鸣冤，以为御史必给入奏，就可以昭雪奇冤。殊不知刑部都察院接了这路呈状，多是批回该省就近审讯。俗说“官向官，吏向吏”，况且还关乎着自己的考成，谁肯替老百姓管这路事。这才造出民变或叛反的事来，因而改朝换代，征诸历史，令人何胜浩叹。那位说，你就不用替史书犯牢骚啦！对，我还得说《聊斋》。

但说这群秀才是代表人都在府监被收。本府一瞧这原呈状上还有个代笔人张鸿渐的名字可没到案。按照老例，凡写呈状，衙门中有官代书房给写。若是自己写的呈状，问实了没什么罪名；如果问虚，应当追究写呈状的是否知情主谋，捏词架讼。这原为防范各处刁生讼棍的好意，使民无讼的法子，焉知晓越发替赃官污吏壮了胆子（又说到这上头来了）。这个张鸿渐是出名的秀才，没有到案，焉能不拿，故此知府派下衙役去传张生

（可不是红娘去请的那一个）。再说这些天的事张爷还能没有个耳风吗，听见各代表被收的信儿，自己怕是牵连在内，赶紧收拾了个小包裹儿，带了点儿路费，告明方氏，自己做为出外游学，一半躲躲这场官司，如果案子消停消停再回来，夫妻洒泪而别。

张鸿渐方才走后，果然传票就下来啦。这事早传遍阖府，张爷听见这个信儿，不敢在直隶地界了，于是往西苦这们一挠，真是饥餐渴饮，夜宿晓行。这天到了陕西凤翔府地面，打算谋个馆教书，也无人引荐，所带的盘费也花净了，身上的衣衫也破了，天气又渐渐的寒冷起来。张爷对敷着吃完早饭，腰里可就一个老钱没有了，也不敢打店，就在凤翔府城外头想串着乡村游学，混顿晚饭。偏巧是大秋时候，学馆没人。张爷白白绕了半天儿，还是没饭落儿。看看太阳压山，自己在旷野打着野盘儿，心说不知今夜宿谁家，猛抬头见前面影绰绰有个小村儿，只好前去投宿。

（三续）*1917* 年 *9* 月 *17* 日

古人说“在家千日好，出外一时难”，这两句形容旅客之苦况，诚然不错。在如今，有火车、轮船，真是速快的很，若是惹下什么乱子逃亡，别提多们容易啦，究竟得先把现洋预备到手才行呢。若在前些年没有的时候儿，也不断有逃亡的，若跑也未尝逃不脱。即如本文的张鸿渐，因为仗一时之义气，不听贤妇之言，代书呈状，惧祸逃难。要搁在现时，张鸿渐是个大律师，就便惹出乱子，带上谈话费一奔车站，有多好呀。张鸿渐是生不逢时，自己又是寒儒，才受尽苦难。

且说张爷一出门的时节，本是断线飘蓬的一样，并没准地方儿投奔。这天到了凤翔府地面，盘费花尽，一个人儿打了半天的野盘儿。自己一想，挨一两顿饿却还不至死，但只在这旷野荒郊，倘或遇着狼，可有性命之虞，遇着歹人，更有非常的危险，这便怎么处！猛一抬头，见远远的有一片房子，大约是个乡村儿。我不免到在那里找个大户人家，陪个小心，借宿一宵，明天再打主意，我还是就此快走哦！想到其间，真是三步当做两步走，两步当做一步行（这又是那一出哇），转眼之间，到咧。一瞧不是一村，是独独的一所小庄院，路北一个过道门儿，敞着双扇木板门。

自己方要上台基儿，问声门内那位在，恰巧由里面走出一个老婆子来，是个女仆打扮，在门里面用手把门往外一推，关好一扇（这叫临时的半掩门儿①）。张爷此时可就急啦，赶紧拱了拱手，说：“妈妈请了！”这老婆儿上下打量了张爷两眼，说：“呦，这位先生，登我家的门口儿有什么事呀？”张爷说：“小生乃直隶人氏，出外游学。今天行至贵庄，寻不出客店。天色已晚，意欲在贵庄借宿一宵，望乞行个方便！”老婆儿一听，把那

① 半掩门儿：指暗娼处所。

扇门又开开，说："行路人投宿，原是到处有的事。至于烧点儿水喝，吃碗现成的饭，也算不了什么。床榻铺盖，也有的是（不必现赁）。但只一节，我们这个门儿里没有男子在家，把客留下，没人应酬，不方便的很！"张爷方才听老婆儿说了个挺痛快，心中欢喜，听到末句，敢则要黄，自己连忙的央求着说："小生是无依之人，不敢望求怎么样的款待，只要容留我在你家街门儿里坐一夜，不致遭虎狼之害，也就足愿啦。千万求您方便方便，小生感恩非浅！"老婆儿听到这儿，把头点了点，说："既这们说，你就请进来吧！可有一节，慢待你可别挑眼！"说完一闪身儿，容张爷进了门，从新把门对好，关了上下插棍儿，说："你先在这儿等我一等！"说完抹身形进去。

功夫不大，从里面挟出一个草帘子来，放在门洞儿里头，说："方才我说的话你大概都听明白啦，这是我念你是个苦人，私自做了这们点儿主意，可别让我们主人知道。明天天不亮你开门可就走之。要是被我们家小娘子知道了，我可得担不是，还许立刻把你□走呢！"张爷连答应了两个"是、是"。老婆子进去，张鸿渐铺下草帘子，靠墙一坐，一阵困倦，猛见有个灯光一晃，不由好生的害怕。

（四续） *1917年9月18日*

且说张鸿渐听老婆儿适才嘱咐之言，明知他是背着主人徇私，把自己容留下的，心中十分感念，连大声儿的咳嗽都不敢。铺下草帘子，靠着山墙闭目养神，腹中是□□□的乱叫，自己睡不实着。无如连日劳乏，今天又白跑了半天儿，被寒风儿一吹，心里一迷瞪。方要睡着，猛然觉着远远有个灯亮儿一晃。抬头一瞧，正是方才那个老婆儿，手中提着个纱灯在前面行走，后边导引着一位二十多岁的妇女（离的甚远，可看不清是姑娘是妇人），一主一仆直奔大门而来。张爷一想，我这个地方儿有点儿不得，乘早儿回避回避的为是，赶紧蹓下台阶儿，往墙垛子后一隐身儿，颇可以藏得住。

女子行走究属迟慢，又待了会子，婆子方到台阶儿。往起一举灯，张爷借着灯光往外一探身儿，才看明白原来是个姑娘，长的十分美貌，虽然家常妆束，颇称美丽。此时姑娘慢款金莲上了台阶儿，张爷又看了个后影儿。此时老婆子好像要开街门，就听女子呖呖莺声问婆子说："这个草帘子放在这儿是做什么的呀？"张爷暗中跺脚，说："我方才是忙中有错，有其挟过来多们省话呀！"又听老婆子说："回禀姑娘的话，方才我婆子出来关门的时候儿，有一个行路客人正上台阶儿，说要投宿。我听口音是北省人，又听他说的怪可怜的，我婆子抖胆把他让进来，在门洞儿存一夜的身。不想姑娘这般时候行至此处看见，千万恕罪！"

张爷心说，这个老婆子实话实撂，这有多麻烦，有其说怕狗冷，为给他爬着的不就结了吗！此时再听姑娘的声音，比方才透着高了，大概是挂了气啦，说："你不知道咱们家中没有男子，你硬做主意容留匪人，况且这个人可往那儿去了呢?”张爷一听，心中后悔，暗说：“方才不藏起来也到罢了，如今被人搜着，还不送官治罪吗！奈因事到如今可就无法了，莫如闹个好汉做事好汉当，休要连累好人。再说自行投首，不是还能减等治罪吗（那位说，怎么张鸿渐懂得这套呢？不然就是写呈子的好手啦)!”

想到其间，赶紧由墙垛子旁边迈腿出来，心可还是直跳，腿也战战哆嗦，往台阶儿下一跪，说：“小生因恐冲撞姑娘，故尔躲避一旁。此事实是小生苦苦央求这位妈妈，始蒙怜恤收留的。又恐姑娘晓得见责于他，才暂行躲避的，千万不要见责于他!”这位姑娘听张爷说话儿柔和，连忙说：“那个人，你起来讲话!”张爷只好说：“如此谢谢姑娘不见罪之恩!”这才站起来，垂手侍立。姑娘说：“但不知你这人到陕西有何贵干？从前做何生理?”张爷可不敢说实话，只不过说了个真姓名，只说是因家寒出外游学，打算谋馆教书，来到此处。姑娘一听是个念书的人，脸上才有了点笑容儿，说：“幸尔是位风雅士，留你投宿，这还没有什么妨碍。可恨这老婆子为什么不早言语一声儿。此等草率，那是敬客的道理。来呀，头前带路，快把张先生送入书房!”

（五续） *1917* 年 *9* 月 *19* 日

且说张鸿渐一听姑娘说叫老婆子引入书房，自己不便推辞，又不好不说句周到话儿，怔了一怔，说：“姑娘若有贵干出门，小生在门洞儿等候着，俟等回来，再打搅不迟!”姑娘说：“焉有此理，奴在此略为稍候片时有何不可!”老婆子听主人吩咐，赶紧转身，打着灯笼，说：“张先生随我来!”张鸿渐说：“如此有劳妈妈了!”说着话，跟随老婆儿走了不远儿，见有座垂花门，进门是一所三合房儿。把张鸿渐引到西厢房，里面原有灯烛，静悄悄的并无一人。到了门前，老婆儿把帘子打开，说：“张先生，你就请啵!”张爷进了屋中，一瞧是两明一暗，收拾的很款式，自己在迎门椅子上落坐。老婆儿说：“你暂坐一坐儿，容我请示请示我家姑娘去!”张爷说了声：“请便!”老婆儿转身出去。一会儿见院中有灯光儿进来，张爷也不便往外看，听着是妇女行走的声音，奔了正房。又坐了会子，又见灯光一闪，还是那个老婆儿，一手提着灯，一手托着个小方盘儿，到了门口儿。把灯放下，掀帘进了屋子，把盘子放在迎门八仙桌儿上，一样一样的往上摆。

张爷赶紧站起来，说：“萍水相逢，打搅已觉不安，如何还赐盛馔!”老婆儿说：“现成儿有的，不是说‘有酒食，先生馔’吗（老婆儿还念过《论语》呢)?”说着把四巡菜摆在中间，又有一份杯箸，一壶酒，一小锅儿饭，并饭碗等项（那位说，做什么一荡儿都端来呢？省得老婆儿跑道儿，张爷等着，我得费笔，诸位看着嫌腻)，把酒饭摆齐，说：“可没人陪着，你老先生就依点儿实吧，不够只管言语!”张爷无非又说了几句不过意的谦虚话儿。老妈子出了屋子，打上灯笼又走下去了。

张爷的晚饭本是算准了打过站啦，如今有酒有菜，人家又是实意儿，还装什么假呢？而且看看菜蔬做的干净，闻着扑鼻清香。自己斟上一杯酒，呷了一口，又夹了箸子菜，很是得味儿，可都叫不出名儿来，真是酒到杯干，把酒喝完，又吃了两碗饭，登时酒足饭饱，不由的好生高兴，说：“哈哈、哈哈，啊，哈哈、哈哈（吃完了打上哈哈啦，同□稽一庙里排的）！”正在这个当口儿，又见灯光一闪，老妈子夹着一卷铺盖从院中走来。张爷赶紧掀帘子。老妈子夹着铺盖奔了西里间儿，张爷只得也跟随进来，一瞧靠南墙有一张木床，挂着帐子，老婆儿把灯放在桌上，然后把铺盖放在床上，一掀坐褥，有一把□帚，先扫了扫，跟着就给铺好。张爷此时是好生的过意不去，有心赏他几个钱，腰里又没有，只好说：“妈妈歇着去吧，容我自己收拾吧！”老婆子说：“这不是一就手儿省事吗！”张爷说：“实在叫我心里不安！可是的，小生还不曾请问贵姓，这本宅主人怎样的称呼？”老婆儿说：“我们主人姓施，我是奴随主姓。太老爷、太夫人都去世了，跟前就是三位姑娘。方才所见的是大姑娘，乳名舜华。”跟着又说：“天色已然不早，先生就请歇觉吧！”说完提灯走出外屋，收拾盘碗，抹身而去。

（六续） *1917年9月20日*

且说张鸿渐见这个施老婆儿真是应酬周到，十分不过意。人家收拾完毕，道了安置，告辞要走。张爷送到屋门外头，又说了声：“有劳妈妈，千万在姑娘面前替我道谢！”老婆儿答应而去。张爷复返进来，一想这屋门关上不好，不关又不好，只可虚掩上，万一人家来取什么物件，也免得现给开门。打定主意，把门对好，把灯移在里面，把帽子摘下来，放在靠窗一张茶几儿上。见茶几儿上原有一部书，张爷心说必然这位姑娘识字，若是从前家藏的书，还能收拾的这们整齐吗。自己从前半年出了家门，把这些事抛在九霄云外了，也不知我那方氏贤妻与孩儿近况如何？自己的官司销灭了没有？又一想即使没了事啦，相隔好几千里地，还能讨着饭往家乡走吗，只好谋个馆，俟等攒下路费，或遇着机会再说啵。咳，怪不得老人们常说“一字入公门，九牛拽不出”呢！写呈状的这件事实在不可学呕！《周易》为寡过①之书，所谓“讼终凶”，诚哉是言也（犯上书毒啦）。方才在门洞儿里眯了一个盹儿，此时酒足饭饱，反不困了。

听了听院中静悄无声，信手把茶几儿上的书拿起来借灯下一瞧，写着书签子，是“南华经注”四个字，字体秀婉，美女簪花，一定是闺门淑媛的笔体。自己心说，怪不得这姑娘们偌②大年纪了还不曾出阁，大约好道，故此肯行方便。《南华经》是庄子的寓

① 寡过：少犯错误。

② “偌”，原文作“若”，据语义改。

言，滋味深奥，乘此夜静，既睡不着，不如借灯下翻阅几篇。拿着书坐在床上，苦于灯在茶几儿上，看不清小注儿，这才把茶几儿移到床边儿上，自己把鞋脱下来，把衣钮解开，靠着枕头，爬伏着把书打开。信手一翻，正是《秋水篇》。

看了没有两行，听屋门槅扇一响，自己是一怔儿，抬头一瞧，原来是大姑娘舜华已然进了里间屋门儿。张爷此时把书放在枕头上，有心给人照旧套好再下床，已是来不及啦，只好放下书，一面扣钮子，坐在床沿儿上用脚摸鞋，又伸左胳膊抓帽子，这分儿抓头不是尾，别提多忙啦。谁想姑娘已然奔到床沿儿上，伸出纤纤玉腕，用手一拍自己，说："不用这们客气，就请随便，奴有几句话言！"张鸿渐因急于站起来，用脚摸鞋，碰到鞋脸儿上，脚上劲头大了一点儿，反给踢进床底下去了，越发的摸不着了。见姑娘这样说，说："如此我告罪了，但不知有何见教，就请明以示我！"

姑娘当下脸儿一红，低垂粉颈，扭着脖项，悄步声儿的说："妾以君是位风流才士，欲将我这家门事业托嘱于君，无人传话，是以讲不起瓜田李下的嫌疑，夤夜相见，但不知能不弃门第寒微否？"张爷一听人家姑娘说的是半文话儿，要来个自由结婚，凭人家这个家业，这个模样儿，居然瞧上自己啦，这不是梦想不到的俏事吗，焉有不愿意的。方要点头答应，想起自己的家中有妻有子，而且负罪潜逃至此，若不预先声明，何以对人这番美意，有心明说，又怕好事难成，急得张口结舌，反不知所对。

（七续） *1917年9月21日*

这段儿书虽是志异玩艺儿，可称有情有理。就以昨天所说的舜华愿嫁张鸿渐的这点儿书说，颇难着笔，仅用"欲以门户相托，遂犯瓜李之嫌"两句，不但心事说清，而且把觍觍的姿态好像形容尽了似的。这正是蒲先生文笔高超的地方儿。至于描画张鸿渐"皇然不知所对"的心事，原文没有，我可不能不替补叙出来。要以现在说，施舜华这路姑娘到处多有，京内尤甚。若说像张鸿渐这路有天良的男子实在很少。近几年南省朋友赴京谋事的很多，每月挣个三五十元薪金，住店住旅馆耗费太大，携眷租房更不够喽。多有托言在家没娶过妻室，或已经断弦，打算从此不回原籍，就在京中安家的。北京近几年人民生计艰窘（旗籍尤甚），妇女们多不开眼，见这位一身的文明衣服，一嘴的文明词儿，不是同那位总次长是亲戚，就同某科长是当族。若同这位结了亲，必可以给自己或子弟谋个事，或当时可以得点儿财礼，这是迫饥寒兼为减口起见，情犹可怜。另有老成之家女子，入了几天儿的学堂，看着门当户对的人家儿总嫌顽固。父兄们从前的压制已是行不开了，多有讲自由，同学友或邻居这路新人物成婚的，亦数见不鲜。相隔数省，不能打听，旅客安家，诸所从俭，这原不甚要紧。过门不到几个月，这位或因连带撤任，或因劣迹潜逃，把妻儿抛下的也有，带走卖了的也有。即便财运亨通，事情见好，家中抛下的妻妾听见此公在京安家，找上来争大争小，后来的未必居上，暗含着做分外家，每月给个十元八元的膳费，甚至有因此将男子挤兑死的。嫡妻回到家乡尚有田产，或族中公产可活。后嫁的这位，无论人家不肯携带，即带去，习俗不同，不虐待亦受不了。这路事坏在做父母的爱小便宜儿，轻听媒人的言语，才把女儿终身贻误，或送了性命的。鄙人近日听了许多件这路事，所以今天说到这点儿书，略说一说。这并非挑拨南北恶感（我也得配呀），破人婚姻，望做父母的遇着这宗情形，少贪便宜。有德行的人少管这路好事，能直言阻谏，功德尤为无量（这是《聊斋》吗？成了善书啦）。还是接着说我的，少操心吧！

且说张爷听人家姑娘扑着自己愿嫁，心里反闹上油啦，又一想，还是预先声说明白了，免得对不起人家的美意，这才说："我这个人，不敢撒谎。小生家中可是原有妻子的呀！"姑娘一笑儿，说："你肯实话实说，足见你是诚实好人喽（可没说'老爷一定要恩典你的'）。这也没什么要紧。有，不是在你原籍家中哪吗！听这个意思，你总是不疵嫌我们门第寒微喽！既然如此，你明一天就委托过一位大媒来，妾已默许，自然没人从中作梗（那位说，舜华做什么老说半文话儿呀？中了老庄的毒啦）！"说完站起香躯，说："君请安歇，妾要告辞！"张爷一探身儿，揪着姑娘的玉腕说："娘子何必固执，既肯赏光，不如提前成此好事！"

（八续）*1917年9月22日*

昨天的书拉杂着说了点儿时事，显着少说书似的。诸位不必着急，反正到中秋佳节，总让张爷夫妻、父子团圆，省得看着堵心。

闲话打住，且说舜华姑娘把心事说明，站起香躯告辞就走。方迈了两步，张爷是久旷男子，乍睹美色，焉能不动心，登时顾不得讲什么嫌疑了，往前一探身儿，揪住舜华的玉腕，说："既蒙见怜，何妨从权①一二。小生到此举目无亲，可托谁为媒呢？只不过仍是贵宅的仆妇等人。如今当面言明，莫若咱们来两句《诗经》，'求我庶士，迨其今兮'好不好？"姑娘听到其间，并不反对。张爷下了床，把书放好，从新展被铺床，放下帐子，一同安眠。诸位要问做什么，我说不清，常见书套子上说，左不是效什么鱼水之欢，又什么于飞之乐咧！说不尽千般的恩爱，万种的柔情。俗语儿有云"欢娱嫌夜短"，而且两位把事情表决，已过三更了，时在深秋，夜乃初长，转眼金鸡报晓，东方渐白。

舜华披衣而起。张爷说："做什么这们忙呀？"舜华说："此时不是'女曰鸡鸣，士曰昧旦'的时候儿了吗（也还他两句《诗经》）？妾背着家下的人做出私奔之行，少时被人

① 从权：指采用暂时、变通的办法。

看见，岂不贻羞！不但妾当赶紧回房，君在此仍旧贪眠，也未免令人生疑。据妾之见，君亦当出去游山玩景，随意遣怀方好！”张爷听到这句，打了一个嘘缕①，心说我是一文钱没有，还逛个什么劲呢！即便苦走，饿了还能不吃饭？渴了还能不喝茶吗？今天同人家又是初交儿，怎么好启齿寻钱借贷呢！又一想，也罢，我还是游学去，只当昨天晚晌在门洞儿里忍之来着，今天不是还得现扑吗！想到此处，说：“娘子言之有理，卑人谨遵台命！”登时提鞋戴帽子，说：“那们我就开门走我的啦！”舜华说完话，已经看出张爷为难的神情，知道是这们件事，赶紧由裙带儿上摘下一个小荷包儿来，一伸手从里面掏出一锭儿银子，说：“你把这锭银子带在身上，喜欢往那方逛，就奔那方走，看什么可吃，就吃些什么。午刻困倦，可以打店歇上一觉。你吃过晚饭再回来，千万晚着点儿才好，免得被人看见，彼此名誉不好听。”

张爷一听，心中十分感激，接过银子来掂了掂，约有四五两。又听舜华说：“看你原是俭朴之人，然而也不可十分打算盘。这银子还不够花三两天的吗，如果用净，尽管告述我！”张爷一听更喜欢喽，说：“是，是，咱们可称心交（前些年北京管着白拿人家物件叫心交，大概就是这个出处）。不叙套言啦，咱们掌灯已后见就是啦！”说着出离书房，直奔大门。一瞧早已开着呢，信步出村，一面走着，心中好生欢喜。心说莫如我今天进府城游逛游逛，大约赶城回来，再走到此处，也就是他们留客的时候儿啦。打定主意，往前够奔，十数里地道路进了城。至于怎么吃饭、歇午觉，不必细表。耗到天黑，出城缓步而行，又来到这个所在，已是初更。见昨天那个施妈妈正在门前张望，把自己引入书房，照旧用酒饭款待。

（九续） *1917年9月23日*

且说张鸿渐耗到定更多天仍回到施宅，还是头天那个施妈妈张罗一切。等张爷用完饭，把碗盏收去。一会儿舜华姑娘才过来，与自己同床共枕。又到方光发晓的时候儿把他催走。从此张鸿渐早出夜归，应换的衣服全是舜华给预备的，隔个十天八日，赠个三头五两的做为旅费。一幌儿转过一个年头儿，也没听说施家有什么亲友，也没见过另有别的男仆。张爷每日在这凤翔府左近游玩，老不过三四十里远近，日子一多，有些逛俗啦。这天是三月底的光景，春昼已长，自己进了城，吃完早饭，找个茶楼喝会子茶，想听书看戏，又不高兴（要有双厚坪②，听完了再往回路走，正是时候儿），老早的出了城，一面走一面想着，施家既没外人，只有这个妈妈，这些日期，难道他还看不透我同

① 打嘘缕：因吃惊或其他原因吸气。

② 双厚坪：艺名双文兴，清末民初北京著名的评书艺人。

他们姑娘有这们个秘密交情吗？与其说明了，就在他家温习起旧业来，更名改姓，从新考个秀才，岂不有个发达之日！让我见天这们早出夜归的海跑，将来只好倒分儿报道，挑个邮差当当吧（这是张鸿渐说的吗？我替他设法子谋生计哪）！今天走着脚底下发倦，早些儿回去也没什么要紧的。对，就这们办咧！心里这们想，抬头一瞧，太阳已经平西咧。往前走了几里，自己好生纳闷儿，心说这不是到了吗，怎么连一间房子也没有啦？从前远瞧着是个小村庄儿，可没见有邻居，怎么今天全改了样儿了呢？莫不成是我错走道路了？不能啊！月黑天，摸着黑儿都走熟了，大晴白昼的，焉能不认识家了哪！又一细想，记得这几棵树是在房后头的，上面的老鹳窝，他一叫就该我出门的时候儿了。树在这儿，怎么房子会变了呢？

低下头顺着树往前走，猛听有个老妈妈的声音说话儿，说："今天你怎么来的这们早呀？"听口音很熟，一抬头见正是施妈妈。再一转眼的工夫，不但院落如故，而且身子已在西书房中。心里越发的纳上闷儿了，可是又不敢问。施妈妈出去，大概是预备消夜去了。张爷坐在椅子上，辗转寻思，就见舜华一掀帘子从里屋走出来，笑嘻嘻的冲定自己说："你今一天大概起了疑迹了吧？妾也不必瞒你，实对你说，妾狐仙是也！前世与君有夙缘，所以同你成为夫妻。你要如果见怪，请从此别！"张爷一听，才知道他不让我白天在家并不是怕人看见，是白天的幻术不灵（那就净变灯彩吧）。自己同舜华过了多半年了，虽说是狐，模样儿真是美人儿似的，何必怕他，连忙说："卿家原来是仙姑，小生失敬了！"耗了一会儿，天光渐黑，施婆子进来掌上灯烛，照旧预备酒饭。张爷还是照常说笑。到了半夜，见舜华已然睡觉，自己心说，敢则不但老虎有打盹儿的，狐仙也有昼眠夕寐呀，想我离家已经小二年了，不知我那方氏贤妻在家怎生的盼想，他既是仙人，我何不要求他设法儿把我送回故里与妻子会上一面。

（十续） *1917* 年 *9* 月 *24* 日

昨天的这点儿书真正胡聊，焉有一片房舍，一到白天就没有啦，总得天晚方发现出来的。原文是这们说，在下不能不跟着造谣言。无如空这们说完了，若是辩别不出个理儿来，那有其诸位听瞽人词去好不好？在下说到此处，细体会蒲先生当日做这段书寓言的本意，通篇是言情小说，开篇说"方氏，美而贤"，情之正者也，言妇人必如方氏，始足为法。施舜华是美人的代名词，施氏者，即西施之意，舜者华，《诗经》所谓"颜如舜华"也。而施氏对于张鸿渐，爱情不可谓之不深，奈因一念之私，无媒苟合，则是淫奔之流，故以狐拟之。仙有情者也，故自居为狐仙，夫狐野兽也，施爱情私男子，白昼犹恐旁人所窥。若近今之搭姘头，明目张胆，招摇过市之妇女，则狗彘不若矣。这是蒲先生以狐讽世之义。既说狐仙，又系志异之书，故顺笔写到张鸿渐"一日，归颇早，至其处，村舍全无”以映衬之，自此以下，方渡言情正文。大意盖谓村舍可化灰烬，而张鸿渐与方氏夫妻之真情永久不能泯灭，眠思梦想，一日不团聚，一日不死心。虽有如舜华之美，亦只暂安之也。这书的大旨，言人必如鸿渐，方为义夫；必如方氏，方为节妇。彼舜华者，终不脱淫荡之狐媚耳。这段儿书，纯示人以情之正的玩艺儿。注重就是这三个角色，苦于不能甚往花梢里说，您可得包涵着瞧。咱们今天说到这儿，略略批演这们点儿，接着还得说书。

且说张鸿渐见舜华睡着，自己打定主意，一会儿乘他翻身醒来，这才答讪着说：“嘿，咱们混了这半年多，今天我才知道，卿乃得道的仙家。我常听人说，仙人有缩地之法，能千儿八百里地的道路转眼就到。小生目下离家有小三年子啦，也不知我家的妻子现在怎样的苦楚？那一时想起来，刀搅柔肠。你既是仙人，我求你施展点儿法术，送我回荡家看一看，行不行呀？”张爷说这话本是试探劲儿，一面说一面看着舜华的神色，打算他只要不恼，跟着往下苦磨。

舜华立刹把脸一整，透出有点儿不喜欢似的，一骨碌身子坐将起来。张爷也赶紧披衣而起。就见舜华叹了一口气，用指头一指自己，说：“据我想，咱们两个人虽非正式夫妻（半年多了，也不能叫做临时），然而好合恩情也不亚于如鼓瑟琴。我觉着待你的恩义已不能说不厚了，怎么你还时时刻刻的忘不下你家里的那口子他呀？你终日守着我，惦念着他，这们看起来，你这个人同我甜言蜜语说的怎么好的话，敢则都是涮我呀！今一天，我可瞧出你这小人儿的良心来咧！”张爷一听舜华这话口儿，透点儿醋劲，不由的着了慌。心说不得，这要一犯仙姑的小性儿，或咬我一口，或往山涧里一扔，我就没了命啦，即不然把我赶出去，明天还没准落儿呢，实在是我出言莽撞。又瞧他不是十分生气，还能用话解释，想至此站起来，做了个揖，说：“仙姑休怪，小生还有下情禀告！”

（十一续）1917年9月25日

且说张鸿渐见舜华虽透出不悦意的神情，好在不至变脸决裂，这才做了个揖，说：“你先别生气，怪我的不是。你没听俗语儿有云吗，一日的夫妻，百日的恩义。自从他嫁了我，一天的福没有享。这如今把他撇在家中形影孤单，焉有不惦念的。况且我这个人是待谁都是这个心，比如我将来回到家去，那一时想起现在咱们两个人的这个好儿来，也是一样的忘不下。就同我今天想他，将来想你，全是一样呕！假如我是个得新忘旧的人，你还何必同没良心的人终夜打交道呢？你要再思呀再想！”舜华听到这儿一笑儿，说：“你不知道，我是个小心眼儿的人，另有个护己怀私的偏见，就愿意你永久忘不下我。要是别人，我愿意你把他忘死啦！”张爷听他这是趣话儿，不便再往下说了，只好权且罢论，陪着拾了个笑儿，说：“咱们还是照旧睡觉，或是说点儿新鲜的吧！”舜华说：

“你方才不是说要到家看一看吗？并不是同我永久分离，这原无不可，也没有多大的难处。若说你家离此不远，不过是咫尺之间。你要走，我这就送你回去，你想怎么样？”

张爷一听，自然喜之不禁，连忙的站起来。舜华一拉他的胳膊，出离西房，到了街门，把门开开。张爷一瞧，这夜正是月黑天，又搭着阴云密布，称得起伸手不见掌，对面不见人，登时吓的不敢往前迈步儿。舜华一手拉着张爷，说：“你到是走哇！”张爷说：“这们黑暗的道路，我怕栽跟头！”舜华说：“你把眼睛闭上，我拉着你，管保你栽不了就是啦！”张爷是归家的心盛，把眼一闭，说：“干！”舜华拉着一只手，深一脚浅一脚的也辨不清是往东往西来，好在走了工夫不大。舜华说：“你睁眼吧，到咧！你家去你的，我暂且回去！”张爷听着一喜欢，方要问说：“咱们那块儿见呢？”睁开眼再找舜华，踪迹全无。

此时天色也不像方才那样的昏黑了。自己站住脚步，细一辨别方向，果是自己的村口儿，已然隐绰绰看见家门。往前走了几步儿，来到门口儿，此时约在四更多天，鸦雀无声。不但没有路行人，连巡更守夜梆铃声响都没有。张爷站在门口儿反到为上难啦，有心敲打门环，我出外这二年，招了邻居出来开门，人家不认识自己，不说明是谁不行，说①明了又怕官司没完，仍受牵连，岂非自投罗网。心说这可怎么好呢？顺门垛子往东一瞧，东边儿的土墙塌了一大块，自己叹了口气，暗想必是本年雨水大，有心修理苦于没钱，不然就是报了建筑还得候批呢（这是《聊斋》吗？我们村儿的真事，我聊到一块儿啦）！张爷看见塌墙，心说有咧，我何不闹个跳墙入院（比上撬门入户好打点儿。张爷所没忘吃刑名的行规），又一想有理，跳墙是我们姓张的家传（唐朝姓张②的），也不必现扒豁子，一爬足可过去了。打定主意，把衣襟掖了掖，扒住了往里迈腿，好在没有狗。进到院中，见自己卧房隐约有个灯光，大概方氏还未安眠。

（十二续） *1917* 年 *9* 月 *26* 日

这段儿书除去说舜华是狐仙近于虚幻，其中有情有理，并叙事离奇，文笔矫变，真得说是好玩艺儿。而所言之情又绝无艳情，写张鸿渐与方氏纯乎感情，与舜华爱情而兼感情，却不脱人之恒情，尤妙在以反笔出之。即如昨天所说的书，张爷解释新旧，这点儿意思说尽人情。盖喜新厌故，人人多有这种毛病，对于女色尤甚。古人就有“以色侍人，色衰宠绝”之说。鸿渐把卿为今日之新卿，即为他年之旧彼，两相比较，且以“设得新忘故，卿何取焉”反诘之，真乃词令妙品。而舜华所答“妾有偏心，于妾，愿君之不忘；于人，愿君忘之也”，更说尽世人不恕的私心，于淫狐口中自认不讳。比之满口爱国救民、

① “说”，原文作“谁”，据语义改。

② 张：这里指《西厢记》中的张生。

一肚子升官发财的伟人物还透诚实呢！闲话少说，张鸿渐还在院子哪，还是说书要紧。

且说张爷爬进院墙一瞧，各屋漆黑，唯自己的卧室隐约有个灯光。试着步儿到了门外，屋门已然关闭了，不便高声喊叫，用两个手指头在门板上弹了两下子。就听屋里间说："你是什么人？"鸿渐听语声儿正是方氏贤妻，连忙说："你快开门吧，我是你丈夫张鸿渐回来啦！"又听方氏说："你别忙，容奴剔亮了灯再给你开门！"说着话，见灯光一亮，由里面把门一开，原来方氏一手举着灯（大概怕是有假充字号的）。张爷借灯光一瞧，真是方氏。方氏看明果是丈夫，这才把灯放下，用手一拉张爷，说："想不到妾与君还有相见之期！"张爷一手拉着方氏，直奔里屋的床榻，见放着一半儿破帐子，床上睡着的正是自己的孩儿，身体已然长了许多。张爷此时顾不得说别的话儿了，叹了一口气，心中很透伤感，说："咳！我走的时候儿，这孩子才将到我磕膝盖高。二年多的工夫，已然暴长了这们些个了。无如他睡得正浓，不便惊醒他。"一转脸见方氏含着眼泪儿也叹息不已。夫妻久别，各有一腔子的心事，反不知由那儿说起好啦。

对怔了会子，张爷说："贤妻，你这二年受尽苦辛喽！"方氏说："但不知丈夫在外这些日子平安否？你一向在何处隐藏？今夜怎得脱身还家？"张爷只得把由那天从家中逃出说起，怎样逃到凤翔府，因投宿蒙施舜华收留下，成为夫妇，现因晓得他是狐仙，要求他把自己送回来的话述说了一遍。方氏默默听着，很透纳闷儿的了不得。张爷把话说完，说："我久有逃回来的心思，但不知从前的官司怎么样了？"方氏叹了口气，说："幸尔你逃到远方去了。从前联名上控的那些秀才，有因受刑不过监毙了的，也有逃了的。人证不齐，耽延了许多日期，先将为首代表的定地发配了几名，其余均缉获另结，案还悬着呢。"张爷听到这儿，才想起当日贤妻劝自己不可出头的话，并说秀才们的行为真真不错，连忙说："幸亏贤妻指教，我才没做代表，你真有先见之明就结咧，不然我也做了冤屈鬼了。但只一节，这案既没销，又没赦诏，我还是背案潜逃的罪犯。恐怕你我夫妻还是不能团圆，为夫的还是远扬避罪。"

（十三续）1917年9月27日

且说张鸿渐一听自己是案后访拿的人，说："既然如此，我还不可在家久待，怪不得我那施氏美人方才他说暂去呢，大约他仍在村口外头等我呢。莫如不必让他久候着，我还是跳墙一跑儿，容案子销灭了我再家来，你想怎么样？"说着话，方要站起身躯，就见方氏把嘴儿一撇，一拉自己的胳膊，眼泪早流下来啦，一斜身体，把脑袋往自己怀中一扎，抽抽答答的哭着说："咳，方才我听你这话也明白了，敢则你在外头另有了美人儿似的好媳妇儿啦！你可就全不想奴家我们为你守孤帷，耐寒宵，提心吊胆。又怕你在外乡受了困苦，又怕你有个灾儿病儿的，那一时那一刻想起你来，总是泪泡着心。谁想你贪图新婚美人，把我们敢则早忘下喽！”一面说着，用张爷的衣襟儿擦眼泪。张鸿渐方才所说要走的话，是怕天明有人看见，再说又怕再奔陕西道路奔驰不易，故此急于要走。如今见方氏这番情景，不由心中一酸，也掉下几滴眼泪，又看了看孩儿，越觉舍不得走喽。自己也擦着眼泪儿解劝方氏，说：“卿呀，我的妻，你平日是个明白人，你怎么今天屈枉起我来了呢！你想我从出门的那一天也是无时无刻不想你。皆因没有敷余盘缠，又不知官司怎么样，只好倚赖那舜华吃饭穿衣，也并不晓得他是狐仙。前天被我看破，他才对我说了实话，我才设法儿央求他送我回家探听探听。如果能不走没事，我焉能舍得你们母子！你说我不想你，你岂不是屈我的心吗！我不想你，我还不费这些话，黑更半夜的来呢！况且你方才说我有了嘉耦的话，我更不愿意听，我多早晚又是那路弃旧怜新的人呢？你别听我同他这样儿的好，究竟他同我不是同类，只不过待我的那点儿恩义令人难忘就是了！”

就见方氏听到这两句，一骨碌身子坐将起来，噗哧儿的一笑儿，用手一指自己的额角，说：“你说了半天的工夫，你当我是谁哪！”张爷一听这句话，吓的张口结舌，瞪眼一细瞧，那里是结发的贤妻方氏，敢则还是舜华，登时羞愧难当，一扭脖项，见孩子还在一边儿躺着呢，顾不得辩证前言，伸手一拉小被窝儿，原来是帐子后头扔着的那个竹夫人①唼。此时这分儿心中难过，不亚如受了枪的二张飞（那位说，蒲先生怎么也帮着造旱谣言哪，你可说砸啦，彼时有吗？我说的这个二张飞，是戏台上唱的那出《瓦口关》那个装草人儿的二张飞，多早晚也不张嘴儿）。简断截说，就是干瞪着眼睛，一句话儿没有了。就见舜华指着自己说：“你瞧你这小心眼儿有多们难惹，这可让我品透啦！”说完又一冷笑。张爷心说，八成儿要撵我吧，可又不好央求。就听舜华说：“论你这个两样心腹的人，本应该同你画道儿绝交。幸尔还知道我待你有恩义，总算天良未泯，情有可恕，这句话还能赎罪。你看天色黎明，还是去你的，晚晌见就是了！”张爷无法，只好照常出游，净等回来上夜。

（十四续） 1917年9月28日

前昨两天的书说舜华送张鸿渐是以幻术试真心，透点儿离奇。其实所为描写“君家固咫尺耳”，并是否“犹今日之念彼”两句书。从陕西到直隶，路途遥远，何以说君家咫尺呢？诗云“岂不尔思，室是远而”，孔子说“未之思也，夫何远之有”，就是这个意思。常见世人对于久不见面的亲友必说怎么惦念着，有心去瞧，苦于住的窎远，事情怎么忙，其实是嘴里说的热闹，心里满没这们件事。故孔子说人要真想谁，怎么远也去的了（忒远可得有盘缠），断没有嫌远的道理。此处这个“君家固咫尺”，又明明告述鸿渐，此处

① 竹夫人：圆柱形的竹编制品，可做抱枕之用。

亦是君家。不料张爷不醒悟，先示以道路黑暗，一经引道有人（可不是带师），便放光明，从此入门（走墙免得说有门□儿），便有室家相聚之乐。至原文中有“夫妇偎倚，恍如梦寐”之句，昨天可不能细说，方氏既为舜华之幻化，何必又用此句呢？蒲先生大意言夫妻百年偕老，亦不过一梦而已的意思。因为既说舜华为仙，且喜读《南华经注》，做书人不可不点缀点缀，我们说书，也不可不给补叙补叙。直到“独其恩义难忘”，始示以真面目，则假方氏即为真施氏，而张鸿渐对方氏云不忘施氏，“亦犹今日之念彼”，即“后日归而果念卿”之证。夫舜华一母狐有真恩义，能感动其心，比之人面兽心的人强的多。这书按这们说，得多早晚才团圆哪。闲言少叙，还得往下赶着说。

且说张鸿渐见舜华并没十分恼，仍叫他晚晌来，只得答应了声遵法旨（那位说，怎么这样词儿呀？大仙姑的碎催吗），笑嘻嘻的出门游逛一天，到晚晌回来，彼此都没再谈这件事。张爷总赶着舜华说话，怕他心里忌恨着自己，好在舜华不甩脸子，不犯嫌杂儿（那就不成仙家了）。

一幌儿又过了两三天，这天夜里，舜华忽然对张爷说：“常听人说，痴心女子负心汉大概是万难更改的。想我空自痴情，怜惜你会子，无非枉然。这如今想着很无意味，不信那一天你能回家，大概你就来个不辞而别啦！你这些天不是懊怨我不肯送你回家吗？恰巧我这两天有点儿要紧的事要进荡北京城，把你留在此处，你也没个着落儿，不如搭伴儿走着，我把你送回家去，你想好不好？”张爷一听，却到可心，只是不敢就答应，怕他又使什么坏荡儿①（老张不碰二次钉子，这算机伶），怔了一怔儿，说：“仙姑说好便好，但不知那一天起身？是写长车呀，还是雇驼轿？”舜华说：“要走咱们立刻就走，也不必费那些事，咱们骑马最好！”张爷说：“我可是鸡袦，从小儿没练过，可怕不行！”舜华说：“咱们两个人骑一匹。”张爷说：“怕街上走不了吧？”舜华说：“不是真马，是竹马儿！”张爷一怔儿，就见舜华把帐子后头那个竹夫人提溜起来，一手拉住张爷出离屋子，把竹夫人放在地下，自己迈腿儿先骑上，叫张爷在他身后头扶着肩膀儿，闭上眼睛，不用害怕，我可就要撒马啦。张爷此时只好是谨遵法旨。

（十五续） *1917* 年 *9* 月 *29* 日

且说张爷回家的心盛，只好听施舜华的话，连忙闭上眼睛，说：“老仙姑，我的亲人哪，我这条命可全在你手心儿里头哪。你可得准能保险才好哪！”舜华说：“你不必害怕，在我身后头扶住了我，没错儿（偌②大的保险家，原来身后头有人儿）！”张爷一手揪着

① 坏荡儿：坏主意。

② “偌”，原文作“若”，据语义改。

竹夫人，一手扒着舜华的肩膀儿，就觉着忽悠忽悠，这竹夫人真起来啦，离地并不甚高，耳边的风声飕飕的直响。张爷心说，这要一炮也许打不着我们，心是直跳，也不辨东西南北，觉着像风筝撒了线儿似的往前一飘，好在顺风，实在真快。工夫不大，觉着好像往下落呢。张爷心说要不得，这句话没说出来，已然脚踏实地。就听舜华说："你睁眼吧，到咧！"张爷心说敢则这们快呀（比起花①还强呢）。又听舜华说："咱们可就从此分首了！"张爷听到这句，未免有些舍不得，说："那们咱们两个人多早晚见哪？你可千万想着我点儿。你进京把事办完，回路的时候儿给我个信儿。或是在京有了准落脚儿的地方儿，千万也开个住址儿来，我想你的时候儿好瞧你去！"说了两句，并没人答言儿，睁开眼回头再找，舜华是踪迹皆无。自己说："咳，敢则他开②下去啦，我一个人捣鬼哪！"

此时夜静更深，见天上星斗繁密，残月西斜，自己在一个小庙儿后头站着呢，又听前面有犬吠的声音，离着不远，自言自语的说："也不知离家还有多们远？"一面说一面走，转过庙后墙，揉了揉眼睛，见庙前一棵大柳树，确系自己住的村头儿的五圣神祠。又往前走了几步儿，果然村中门户房舍同自己逃走时候没改样儿，同前天夜里更是不差喽。

张爷紧行了几步，到了自己门口儿一瞧，墙也是同前天夜里一样。张爷心说，我今天还是不叫门，跳墙啊。想到此处，照旧掖衣襟儿爬上去一瞧，各屋漆黑。张爷心说，大约舜华既送我回来，一定不至于有错儿，我就奔从前住的那间东里间儿听听去。于是蹑足潜踪的奔到窗户外头，把耳朵贴在窗纸上往屋里细听，有打鼾的声音，大约方氏睡的正酣。自己又往西奔到屋门口儿，一拉风门儿没拉动，由里面关了个挺严。自己这次还是不敢大声的叫，仍旧用手指甲轻轻儿弹了几弹，里面没人答言儿，大概是没醒。自己心说，好打鼾的人睡觉多半儿都沉唠（这句也是原文吗？我实地调查出来的）！只得改用巴掌在风门框上使劲拍了几下子，就听屋中"呀"的一声，说："深更半夜什么人敢敲打妾卧室之户？"张爷一听语声儿，果是方氏。此时不便大声嚷，又走了两步，凑到窗户外头，说："贤妻不要声张，快开门来，我是你丈夫回来了！"此时听屋中有披衣下地的声音，大约方氏起身下了床啦。张爷又说："我是你丈夫张鸿渐回来了。我那方氏贤妻，快些开门！"就听方氏说："我丈夫出外游学，一半年不能回家，即便真回来，焉能在昏夜！你是什么人，硬敢冒充奴夫，还不与奴走去！"

① 起花：旧时的一种烟花。
② 开：走，离开。

（十六续）*1917*年*9*月*30*日

且说张鸿渐听明屋中说话的是方氏，无如不肯开门，不由暗伸大指（比谁进来谁就进来强的多。那位说，那是谁家呀？小店儿），只得又说："妻呀，不要多疑，快些开门你看哪，实是拙夫！"又听方氏说："此话妾信不及，我夫如果黉夜回家，也必然先叫街门。街门关的甚严，院中又没邻居出入，你竟自到了窗前，你必是贼盗。再若不走，奴便喊嚷啦！"张爷一听方氏说得有理，才知道不愿人家不信，自己不该不由门走进来（好在不会走窗户），跳墙跳坏啦。这才赶紧凑近窗棂说："贤妻不必多疑，我不晓得官司完结了没有，所以深夜回家。到了门口儿，恰巧见院墙塌了一段，爬上去一试，居然进了院中，所以没叫街门。你不信我说说我遭事之先，你说的'大凡秀才们作事，可以共胜，不可以共败，胜则人人俱贪天功，一败则纷然瓦解，不能成聚。今势力世界，曲真难以理定，君又孤，脱有翻覆，急难者谁也（怕人说瞎聊，急的净数原文了。这是张鸿渐吗？张智兰）'。我因听你所言有理，次日才去辞退众人，你想是不是？"张爷说完这套，听方氏在屋中又"呀"的一声。

说书人代表，这些话当日夫妻说的时候儿没人听见，如今一字不差，所以才有些相信（我说的一字不差，可是照原文钞下来的），迟疑了迟疑，这才说："你说你是张鸿渐，你多大年岁？几月生人？什么日子？那个时辰？要说实话（这是方氏吗？念语子呛金）！"张爷听方氏问的细心，越发的敬重，这才背了背自己的生辰八字，又述了述三代存殁，娶妻年分，孩子的小名儿，差点儿没把方氏夙日有什么毛病的都给抖落出来（那位说，到底有什么毛病儿被你打听着啦？就是爱打鼾）。方氏越听越不假，说："既然说的样样儿全对，你不要忙，容我点上灯再开门！"张爷说："你就快着点儿啵，省得叫排字的抱①怨（这是那儿的事呀？我劝我们伙友哪！这叫三句话不离本行）。"此时就听方氏在屋里掀褥、挪枕头，找火链笸箩儿敲火石的声音。

我要一说越忙越坠手，张爷就不用进屋子啦，大节下的，让人夫妻早早的团圆，我就别损咧！简断截说，敲着了火煤子②，点上油灯，一手举着灯，来到外间屋开插棍，摘料吊儿，门分左右。此时张爷一拉风门儿，见方氏穿着件破布衣服，挽着发簪③，面黄肌瘦，脸上含着眼泪。自己心里一酸，说："妻呀，这二年苦坏了你了！"方氏并没撒手灯，举着一照，见丈夫身上的衣服华丽，气色红紫，知道不至落魄，想起自己境遇难过，由不得悲声凄惨，呜呜的哭起来。张爷迈步进了门口儿，把灯接过来，一手搀着方氏往里

---

① "抱"，原文作"报"，据语义改。

② 火煤子：火纸捻儿。

③ "簪"，原文作"纂"，据语义改。

屋走，一瞧所有的摆设同前晚俱是一样，而且床上帐子也是那样，孩子也是那样长大了。心里一动，说："不对，八成儿又是舜华跟我开玩笑哪，我得变个法儿试探试探!"想至此，噗哧儿的一笑儿，说："竹夫人你又拿进来啦?"方氏一听，登时颜色更变。诸位要问真假，容大家吃完月饼，愚下再接续着敬献。

（十七续）1917年10月2日

前日中秋佳节，新晴不热不寒。八旗兵饷略提前，所为维持市面。
果品鸡鱼肉菜，居然没有涨钱。钞票原数换铜元，幸福堪称不浅。

今天是阴历八月十七，过完中秋节，头天接续出版，不能一张嘴儿就说书，应当说几句吉祥话儿，做为给阅报诸君叩贺节禧，可不为跟您讨节赏。无如本年各省天灾人祸，兼之近日天津大水，实在无喜可贺。仅止中下户，有两张兑换证，每日可以少吃点儿亏（当团员①的同蜡行可少获许多的利）。然而又不能不敷衍几句喜歌儿，故此诌了半首《西江月》做为今天出版的颂词。诸位可想着俗语儿说，年过中秋月过半，天是一天比一天冷啦。本年雨水大，棉花被淹，并且冬天必有严寒。您别净顾了看报（想着瞧完了留着补窗户、打棚底儿），赶早打正经主意。到了下月一交霜降，再着急现找，一定白牌儿——无效（我还没忘下当兑现团）。闲话靠后，接着还得说《聊斋》。方才开篇儿这几句话，诸位千万别净当我说闲话儿，鄙人也是受过这路穷困，今天才说得出来。古人说"不经一事，不长一智"，不上当，不能学乖。

就以前天所说的这个张鸿渐说，好容易舜华解脱痴情，将自己送回家来同方氏贤妻阔别团聚，应当怎么样的喜极而泣。奈因前天夜间受了舜华一次幻弄，又搭着看屋中的景况并自己的孩儿同那天一般不二，登时又起了疑心，想用话炰②一下子，所以想起竹夫人，方才是骑着来着，不免就借竹夫人试探试探。张爷若没经那次幻弄，断想不到这们说。谁想张爷把话说完，方氏一听，脸上的颜色登时更变，气忿忿的说："自从郎君去后，妾望君如岁，一天比一年觉着还难过。妾是明盼到夜，夜盼到明，恐怕今生今世不能相见。又不知你在外乡能否不至冻饿，夜夜不断泪痕。郎如不信，你向枕头上看去呀!好容易今夜晚夫妻方才会面，你同奴家全无悲怜的情意，嬉皮笑脸的什么竹夫人、藤夫人的，你这样拿我开心，想来你在外边遇着俏事才有这路阔局面。你也不问一问这二年多的工夫，妾又得操持家务，又得谋生，又得替你抚养孩儿，还得支应官司，已然把心

① 团员：旧时指兑换纸币的人。
② 炰：用欺骗的办法迫使对方说出实话。

使尽了。进了门什么话儿不问，先问竹夫人，你想这是什么月分儿呀？我们母子抱着肩儿还冷呢，你八成儿热糊涂了吧？”

张爷听这套话，才知道这次确是真方氏，又听方才所诉的委曲确是实情，由不得眼眶子一酸，伸手拉住方氏，说：“妻呀，我的贤妻呀！这二年实是难为你支持，为夫的岂有不痛心的！我是前天被人耍笑怕了，不知你是真假，故此试探他呢！”方氏说：“但不知你说的这个他、他、他、他、他是何人？”张爷一想，方氏是本不知道吗，只好从新述说了一遍，又问了问本府的讼案，果然同前天听见的一样，心里未免害起怕来。

正要同方氏计议是藏在家中好，是躲到使馆界去好（不对，外乡界），就听屋门外有男子的履声，登时吓得颜色更变。

（十八续）*1917 年 10 月 3 日*

俗语儿说“为人不做亏心事，半夜敲门心不惊”，这话可说得是奉公守法的老实人。若是摸当家的，倘或一来一心惊，还许吓掉了魂儿呢！有人说，这是老话儿，你没见如今政界大伟人，把钱往足了一搂，看着风不顺，往外国或租界一挠儿，多早晚他也心不惊，这话也不可一例而论。如前几个月时候儿，有两个姓张的①，一个几天的议政大臣，攘了许多银子，要了多少条性命，如今却逍遥法外，一个几天的度支部②尚书，滥发二百万钞票，闹了个无期徒刑。一样的姓张的，有幸有不幸。以这两个姓张的比起本文书上说的这个张鸿渐（前后三张，搭点儿粥，我又够吃一天的啦），胆子大的多。

且说张鸿渐因案在逃，半夜到家，同方氏正彼此诉说前情，听院中有男子的声音，焉有不害怕的，吓得直冲方氏呶嘴儿。方氏也听见了，大声问说：“什么人，硬敢进我院来！岂不闻夤夜入人家非奸即盗么？”说了一句，并没人答言儿。这点儿书，说到此处有一个小倒笔儿，容我补叙着一说，诸位就了然啦。我要不说，您再没看过原文，管保不了然（真明白）。

但说自从张鸿渐逃走之后，本村儿新搬来一个无二鬼，不配给他起名号，就叫他恶少某甲，这小子惯在村邻中调戏妇女。方氏从来不站门子，有时出去在货郎挑儿上买个绒线，或给孩子买糖买馍馍，也不能不出门儿。被这小子看到眼里，同人一打听，知道是张鸿渐的妻室。这小子夙日空闻张爷之名，不曾会过面，看着方氏虽然羡慕，有心勾引，又打不进门子，无非空想会子罢咧。这天由邻村赌钱回来，走到村口儿上，见前面有个人影儿到了张家的破墙就爬进去了。这小子心里头一喜欢，非同小可，心说想不到

① 两个姓张的：一个是复辟帝制的张勋，一个是被复辟王朝任命为度支部尚书的张镇芳。
② 度支部：官署名，清末民初掌管财政事务的机构。

这样的俏事会撞到我手里头啦，大概跳墙的这个人儿必是张家那个小堂客儿的亲（念庆）大巴①，白天怕人看见，所以夜里跳墙来拿约会儿，怪不得他故意儿的不修理呢，这就是喽。我不免跟进他去，容他二人到了一处，我踹开门，捏着一对儿。男的的话，要什么他得给我留下什么；女的的话，我要怎么样他得由着我。活该，这也是祖上有德，我才走这步好运呀！自己蹑足潜踪，也顺着破墙爬将进来。

此时张爷已然进了屋子，某甲可不敢直入公堂的也奔过来，至于人家夫妻说的话也听不清楚，只听哭一阵，笑一阵的。好容易见灯光往里屋而去，这才凑合着往前走，摸着黑儿，直着眼睛，脚底下未免重了点儿，谁想里面果然听见问上啦。自己心说，由他问，我不答言儿，大概他问两句不疑心，也就该着上床安眠睡觉时候儿了，我再推门硬插杠不迟。自己心里这们打算，没想到方氏不放心，又大声问说："你到底是什么人?"这小子料想隐藏不住，说："你问我是谁，我来问问你，你屋里藏着的是你什么人?"张爷一听，冲方氏直摆手儿。方氏说："屋中只有我们母子，并没什么外人!"

（十九续） *1917* 年 *10* 月 *4* 日

且说方氏听门外问室中何人，赶紧连说没有。张鸿渐在一旁心惊肉跳，连大气儿不敢出了。某甲站在窗外一笑儿，说："嘿，你听我告述你，什么事儿你瞒旁人行咧，蒙不住我这两只眼睛！你说没人，我瞧见他跳墙进了院子，我就跟进来啦。你们在屋里又说又笑的，我都听着哪！你说我无故入人家，我没进你的屋子。你这个野汉子可是跟你都在一块儿哪。你们要打算好说好了的话，乘早儿开开屋门把我让进去，多一个人儿，你多一分儿照应，你想好不好？你要再抗头，可别说我要给你们全抖露出来，我看你们还怎么在这个村儿里混！你乖乖儿的说好的啵，老二呀!"

方氏本是正经妇女，多早晚听过这路匪言逆语，早气得身上哆嗦上啦，又听说话的人耳音很生，必是捕盗官人，若不然就是保甲里正之类巡更守夜，看见有人跳墙，才跟踪追进来要办案。自己丈夫从前在本村子并没得罪过人，不如实对他说明，听他是什么意思，如能不究情，再把他让进屋中，送他个三两五两的，大概他也就替隐瞒下了。事到如今，也只好是这个主意喽。

想到其间，战战兢兢的说："那位大爷，若问方才进来的男子，乃是拙夫张鸿渐，夤夜回家前来探望妻子来了，并非什么歹人。望乞怜念我们无辜被人牵连之冤，也不必声张。常言道得好，'但得一步地，何须不为人'，从先都是好街邻，你先请回，明天奴必有薄礼相谢!"某甲这小子一听，心说我没想到人家是本夫，倘或我早入进腿来，还许被

① 亲大巴：姘头之代名词。

他揍了呢，不免做个人情，暂且躲躲儿，明天再用水磨工夫，大概小堂客儿不至于不顺把。又一想不行，我走后他照旧一挠儿，明天不认帐，被官面儿访着，我知情故纵，反到跟着麻烦，不如趁势麻①住了他们的为是。打好主意，说："怎么着，张鸿渐回来咧！嘿，这可巧极啦！乘早儿叫他归案打官司吧！他要是朋友的话，不用我费事，把我让进去，咱们好说好了。只要许我常来常往，他就在家垛插②着，咱们敢说有个嘴严心不坏。不然的话，你可是要买贵的。我把他送到衙门，还领赏格儿哪！"

方氏一听这小子话口儿虽透点儿松放，只是近于狎亵，此时护庇丈夫的心急，只好仍用好话打点，连忙说："这位上差，俗言说，'公门之内正好修行'，又道是'何官无私，何水无鱼'，暂请回去。明一天奴必有薄礼相谢，千万周全才好！"某甲一听方氏所认成自己是官人啦，心说这可更好虎他了，说："娘子呀，我的好性儿娘子呀，你只要怜惜怜惜我，他的官事满在我身上还不行吗！"方氏听到这句话，登时气得一口痰壅了上来，还不出话来了。张爷本在帐子里影着身儿呢，一见方氏要闭过气去，又听院子这小子越说越没人话，登时怒从心上起，恶向胆边生，咬牙暗说："好个无礼的畜牲，我焉能容你！"一瞧桌上有一柄割丝的小刀子，抓将起来，开门要与某甲拼命。

（二十续） *1917 年 10 月 5 日*

且说张鸿渐气恼攻心，抓起刀来奔到外屋去开门。某甲这小子在窗外听方氏不答言儿了，又有男子行走的声音，心说八成儿弓长蔓儿③这小子打算要急溜儿扯乎，你那可是白说。想到其间，一迈脚儿，扑奔屋门，所为堵住门口，没留神台基儿一拌，这小子差点儿没摔个仰八叉，赶紧往前一合身儿。此时张爷一开屋门，举刀往下就剁。这小子是正往前递脑门子，及至看见白亮亮的刀，再躲也来不及啦，噗哧一声，红光崩现（那位说，怎么这个声音哪？小子的脑门子没有硬骨头）。这一刀砍了挺深的一道口子，他一仰身儿，栽下台阶儿，说："嗳呦，你硬敢亮青字儿④窥瓜儿⑤吗？"话没说清，疼的叫上爹妈啦。张爷听他喊叫，心说我一不做二不休，事已至此，结果他的性命，先出了这口恶气，一步追下台阶儿，举刀连着又是几刀。这小子也真糟，蹬了蹬腿儿，咧了咧嘴儿，说："我不得，我要上（至死没忘调坎儿）。"评书套子有云，一张嘴难说两下的事，又道是说时迟那时⑥快。

---

① 麻：吓，威慑。
② 垛插：躲，隐藏。
③ 弓长蔓儿：江湖隐语，姓张的。
④ 青字儿：江湖隐语，刀。
⑤ 窥瓜儿：江湖隐语，砍脑袋。
⑥ "时"，原文作"是"，据语义改。

再说屋中的张大奶奶被某甲气的要抽肝疯①，及至张爷抓刀奔屋门，心中一害怕，这口浊痰被这一吓，居然咽下去了，有心过去揪住丈夫，血脉没和过来，动掸不得。及至听见“嗳呦”“咕咚”，心里一解恨，叹了一口气，才□软过来。这叫无巧不成书。又听丈夫连砍几刀，没有叫骂哼咳的声音，知道必是登时殒命了（方氏也中了刑名套子的毒啦），这才战战兢兢一手举着灯到院子照了照。见丈夫周身微有血渍（不然就说红光崩现了，无如这路坏小子从来不能多出血，故此说他微有），站在台阶儿下头直勾勾的两只眼睛，脸上变成白中带青的颜色，两手是直哆嗦。方氏赶上前一拉他的左手，连腕子都冰凉，说：“你先进屋来，我有话对你说！”张爷被夫人儿一揪，这才明白过来（气糊涂了吗），右手把刀往当地一放，啱啷的一声。

方氏举着灯，把丈夫拉进屋中，说：“常言说祸福相倚，诚然不错。想不到好容易把你盼回来，又做出此事。但是事到临头不自由，我给你找一件旧衣服你换上，乘此天色未明，你还是远走高飞，逃命要紧。好在你这二年不在家，邻舍接房都是知道的，疑不到你是行凶杀人。明日天光一亮，我喊来保甲里正，就说这小子跳墙推门，非奸即盗，我因自卫，持刀抗拒，不料将他毙命。妾系一妇女，大约不至抵命。即便县官袒护尸亲，将奴问成谋杀与他抵偿对命，那也是前世的冤家，今生的对头，妾也死而无怨！夫哇，你就快换件衣服，或把外面的这件脱下来，你就快逃命去吧！”张爷一听，连连摆手，说：“贤妻此言差矣！大丈夫做事生而何欢，死而何惧。此事是我做出来的，焉有叫妻子受辱，我逃走的道理，贤妻不必多虑！”说至此又往床上一指，说：“只要你把这孩子抚养成人，不断书香，为夫的死也瞑目了！”方氏还要再劝，听鸡声报晓，门外有了行人，大约逃之不易了。张爷把话说完，开门赴官自首。

（二十一续） *1917 年 10 月 7 日*

原文开篇叙方氏美而贤，于谏夫时之言已略见一斑，然是其见识高超于丈夫处，尚未形容其贤其美。此次鸿渐到家，方氏自述“望君如岁，枕上啼痕固在也”二语，已将贤字写足。犹未描画美字，所以用“恶少久窥”以刻划之。至恶少隔窗调戏之秽语，本令人难堪，原文说“方不得已，以实告”，又曰“方苦哀之”，皆护庇丈夫之苦心。迨恶少词益狎逼，此时方氏颇难着笔，原文可没叙说应当怎么样儿，在下只好借痰壅咽喉造个谣言，好接写鸿渐忿火中烧，不可制止，把刀直出的景况。免得叫方氏拦阻不好，不拦又不好，这是我们说书人的规矩呦（一句书没说，又唱上《八大锤》啦）！那们说到这儿，这书应当怎么样呢？应当接着说张鸿渐见了村正村副，怎样锁上张爷去报案，见了

① 抽肝疯：指中医的肝风内动，表现为眩晕、抽搐等。

本县的知事赵大老爷（有人说，彼时县官怎么也称知事呢？诸位要问，您想知府、知县、知州，全称“知”字儿，即当知这职任所司的事情。如今称县知事，其实倒了个过儿，并不算新名词，不过廉俸化私为公，就不能再贪赃咧，这话您信不信，咱们心里分）。赵县台一见是上次主谋写呈状要毁自己的仇口儿①，应当带上堂，怎么要打要拷。张爷既然肚子里有律有例，焉有不争辩的。按戏场子说，好像《四进士》宋世杰见谷度②的场子，在下要按这们说，未尝不算演《聊斋》。无如前者我说这段书是言情小说，一叙公堂，全是论理，即使说好了，与原文情理不符，把一篇好玩艺儿就给叙夹杂了。莫如按原文一表儿，还是找有坤角的地方儿敬献。

闲话打住，原文说张鸿渐“见天渐明，赴县自首”。赵县台因张鸿渐是打了奏案，案后缉获另结的人，如今又做出谋杀人命的重案，想着反正他是活不了啦，而且他上了堂自认不讳，就不能再拷打他了，无非略问了问口供，又带到尸场验了尸。尸亲传到，见张鸿渐已认是他杀死的，知道自有罪而当行，也没什么争论的。赵县官因某甲被张鸿渐砍的刀数太多，未免有气，借着打煞的话打了鸿渐几个锅贴儿，原文说“姑薄惩之”吗。这件案子在本县里断不能了结，必得详府。本府是新升来的，日子不多，就知道这个案子是联名跪过察院的，也不负责任，赶紧备了文书移交省城审讯。张鸿渐由永平府一起解，如同打朝审③的一般，从前同学的朋友大半都获了罪啦，即便有没拿着的也不敢出头露面哪。方氏苦于手内没有钱，又相隔甚远，家中孩子又小，也不能亲自去送些盘缠、衣服。简断截说，张鸿渐这场官司一点照应儿没有。当堂点派二名长解，无非张千、李万，抗上水火棍，给张爷带上手镯脚镣（可不能背绳木枸子），从永平府提出来押解起程。张爷此时是犯了王法身无主，只好低头认命，出府城走了几十里，忽见有个骑马的女子，有老妈子牵着嚼头，马上女子好像施氏舜华。

（二十二续）*1917*年*10*月*8*日

昨天的书除去几行闲话儿，以后把公堂同起解一表儿，所为赶快勾出舜华来，这书才能往“情”字里描写。再说也省得叫张鸿渐受罪，大家堵心。咱们今天少说闲话儿，还是赶紧说书。

且说张鸿渐带着上下手儿刑具这一上路，又搭着没有钱打点，别提怎么样儿的苦啦。这天走在半路途中，见从对面儿来了一匹马，备着软鞍儿，马上是个年轻的女子，穿戴的很是华丽，脸上罩着一块白纺巾儿，看不清眉眼儿。张爷此时是待死的囚徒，还有闲

---

① 仇口儿：互有仇隙的人。

② 谷度：京剧《四进士》中的人物，即顾读。

③ 打朝审：审判死囚。

心端相人家过路的妇女吗？无非看见他穿的衣服好像施氏舜华，不由一阵伤心，甚悔自己不该回家，才遇此飞灾横祸。这匹马越走越近，见马前有个老妈子，一手提着鞭子，一手拉着辔头，这个老妈子正是施妈妈。张爷想着马上的一定必是舜华喽。此时走到一个三叉路口，老妈子把马领过叉道儿，一撒手，马可就走下去啦。张爷看明是施妈妈，不禁不由的叫将出来，说："暖呀，施呀，我的施、施哟！"眼泪往下直流，一口气噎的所叫不出"妈"字儿来了。施妈一怔儿，就见马上女子用纤纤的玉手一勒辔口，把马驳转，左手一启脸上的障纱，做出惊疑的样子，说："呀，原来是表兄吗？你因何事犯了这样大罪？"张爷一听，他同自己做为表兄妹，知道他必有怜恤的意思，自己这场官司大概不能死啦，心中暗暗的欢喜，这才举起两手，擦了擦眼泪（那位说，怎么用两手哇，不是带着手镯哪吗），委委曲曲的说："呀，贤妹呀，休要提起愚兄的苦楚了！"

单说两个差役一瞧张爷遇着的这位姑娘儿必是富贵人家的喽，人家既肯认亲，将来的官司也必能替他运动个特赦。我们何苦做这路恶人儿，所以并不催赶鸿渐。两人坐在地下，掏出烟袋打火吸上烟儿啦，所为容他们说话儿。不信张爷遇见的是个捡烂纸的妇女，大概早用棍子给赶散啦。俗语儿说"人敬富的，狗咬破的"，势力眼的人古今皆有，又何责于两个解差。

闲话少说，再说张鸿渐听舜华既这样问，也不能再掰证，说："你不是狐仙吗？还不会算算吗？"只好也装做他是表妹，就把逃回家来有某甲追进来的事说了个大略节儿。舜华一面听，一面点头赞叹，大约是赞叹张鸿渐同方氏够个义夫节妇的资格（不是爱瞧我这分儿苦聊）。容张鸿渐说完，才叹了一口气，说："表兄儿呀！"两个差役听见这句，一递眼色，低声说："八成儿他们是垛字儿提①吧！"

不言差役狐疑，又听姑娘说："要依着表兄你夙日的行为，简直的不宜可怜你，我就该掉脸儿一走儿（那只好净靠②为主的吧）。无奈我这个人是个心慈面软的性情，我又忍不得。你的官司是你自做的罪孽，谁也顾不了你啦。可是既走到我家门口儿，又遇见我，还能不周济周济你吗！你就同二位公役说一说，都多走几步儿，我多少帮你们三位点儿路费再走好不好？"此时两个解差不用通过，更不必表决，一齐鼓掌赞成。

（二十三续）*1917年10月9日*

说书唱戏通俗说是书文戏理，其实书也不能讲文，戏也不能讲理。书要讲文，《聊斋》的文法就不错，只有与秀才平等以上的程度才能够看得下来。要讲戏理，更如痴人

① 垛字儿提：朋友。
② 净靠：戏剧角色，花脸兼武将。

说梦。比如这出戏必得某角用什么词藻才合理，他也得做得到哇！只好多用暗场子，由正工儿补叙。无论排不好，即便排出来，前台听着也闹的慌。就便您有钱打个科班儿①，纯粹都够个料儿。按场细排成本子，前台听主儿反到听的糊涂了，只好脱碴露空的往热闹里演。演戏如此，演义书又何尝不然。不过另有个门路，可不能净顾文。蒲先生原文《聊斋》，既是顾文，不能细描情理，非有说书人替编造补叙不可，所以才给我们这路好瞧《聊斋》的留下了一碗饭。这可是由德月川发起，在下是间接碎催，反正各有所长。在下是个急性子（可不是指甲草儿的儿子②），说什么话都讲连发带卖带泄底。今天这点儿书应当接叙说两个差役听见人家给钱，怎么勾着狗着带够着，我准管能斗诸位一笑儿。因为说书唱戏要斗哏儿，多添花旦与丑角儿。我若把两个差役一入口气，能叫诸位乐得闭不上嘴儿（我亦如此。有人说，你也是乐的吗？我是喘的）。无如还是那句话，与原文冲突，即便说尽社会上小人爱财的情形儿，也失体裁。不如还是接叙张爷与舜华的爱情。话是交待明白了，不必紧自借差役斗哏儿，赶紧说书。

且说张鸿渐听舜华之言，明知他是有心搭救，只好装糊涂，一转身儿打算央求差役。就见两个人立刻变成和容悦色，笑嘻嘻的说："嘿，张先生，瞧你们这位老姑奶奶才称得起是好心眼儿呢！人家既有这番美意，你也就不必固执啦，多走几里算不了什么。若是有了路费，不是还能雇车哪吗！"张爷一听，明知两个人爱财起见，心说想不到我一路上没得着这两个小子的好气儿，这们会儿的工夫就改了称呼啦，赶紧说："既然你们二位肯担待，我更是求之不得喽！"此时舜华在马上说："如此你们跟随我慢慢的行走！"说着话一拨马，仍循大路缓缓而行。施老妈子给牵着嚼环。两个差役带好烟袋，一个扛着棍子并行李，一个搀着张爷，说："你耐点性儿吧，回头求求你这位老妹子，要能给疏通疏通，这官司也许花拉③了！仅多不过闹个无期徒刑（那是那个姓张的呀）！"张爷也只得点头答应，说："多蒙上差指教！"自己用手提着脚镣努④力跟随，也不知舜华又要把自己带到什么地方儿去，好在马走的不快。

约莫走了二三里，抬头看日头已然平西，眼前有一个山村，没有几户人家。虽是僻静，真是楼台殿阁修盖的整齐，不亚如外国人在山上盖的避暑的所在。见舜华的马进了村口路北一座大门，弃镫离鞍下了马，回头冲施老妈子说："你把马拴到东院去，赶紧开西院屏风门，请他们三位西院厅房坐吧！"说完进去。老妈子把马拉进去，复又出来，把三人让到西院，拿钥匙开开屋门。三人一看，书房陈设不俗。

---

① 科班儿：旧时培训戏曲艺人的教育机构。

② 指甲草儿的儿子：凤仙花的种子，中药材名称急性子。

③ 花拉：散。

④ "努"，原文作"弩"，据语义改。

（二十四续） 1917年10月10日

且说张鸿渐与两名差役跟随施老妈子进了书房，论说加个石韵①赞儿，那不是吃饭泡汤吗？据我想，不如干噎儿②，喝盒子菜卷饼。那位说，你所扣着食③哪吧？不是我这们饿，我替天津的苦同胞肚子打算哪！咱们别说废话，还是多说书。

单说两个差役见屋中的陈设真是古铜玩器俱有，样样儿好看，只是叫不上名儿来（就照顾过洋货庄）。张爷瞧着，全同在凤翔府那房子摆的一样，心说他这们搬家省事，要遇见水灾，怕什么的呀（这又是那儿的事）！

三个人落了座，就见施老妈子转身出去，先沏了一壶茶，端来净面水，一会儿托进一个大方盘，里面热气腾腾的四盘四碗，一大壶酒，连饭锅并酒盅、菜碟都在其内，摆在迎门八仙桌上，说："三位依点儿实，不够言语，要什么现成！"两个差役一瞧，全是上好的酒菜，心说他们这宅子里八成儿代卖南北碗菜，应时小卖，不然别说山村儿地方，就连小饭庄子也不能这们现成呀！三个人抢席而坐，张爷只好在下首，拿起酒壶来要给二人斟个盅儿。张千说："嘿，当家子，你带着家伙不得劲儿，就不用你动手咧！你喜欢吃什么，我给你夹。"

此时施老妈子又进去了，工夫不大，重新烫出一素子热酒来，放在桌上，笑嘻嘻的冲着三个人说："你们瞧今天这个巧劲儿，家中上下老爷儿们都没在家，这饭是我们姑娘带领丫鬟们做的，也不知可吃不可吃？好在张官人不是外人，你就算是半主之谊吧！人家二位是为你的事，你千万替我们多劝着喝几盅儿，沿路上还得求人家多照应你哪。我们姑娘还叫我告述你们三位，今天家里现银子不方便，让三位慢慢儿的喝着。方才打发我叫管事的去啦，让他到镇店上给你们措个百八十两的，好给官人做路费。俗语儿有云吗，衙门口儿冲南开，有理没理拿钱来，不是还得打点官司哪吗。再说这二位公差的话也是很不容易，什么杀人的凶犯，棍马强盗，都得在一块儿打交道。风里雨里，冷咧热咧，总得按着站不误。我们姑娘颇知道这些难处（施舜华成了玉堂春啦），打算送他们二位的路费还要从优哪！一会儿管事的回来，必要多给个十头八两的，大概也快回来啦。三位还是慢慢儿的滋润着，我给你们瞧瞧去，他回来了没有！"说完抹身又出去了。

再说张鸿渐听施老妈子捣的鬼话很是圆全，又瞧了瞧两个差役这分儿喜欢，从毛孔儿里都是乐的。心说怪不得俗语儿常说，人只要见了财就能看出什么变的来呢。又一瞧

---

① 石韵：清朝道光、咸丰年间，说唱演员石玉昆因其独特的演唱风格被后人模仿，其所唱之调被誉为石韵。

② 干噎儿：指吃馒头等，没有汤菜，只能干咽下去。

③ 扣着食：发生食滞。

窗户上日影已然没尽，这才又举起新烫的热素儿来，说："你们二位到是喝呀！"这两个人说："喝呀，谁要不喝，那算他没造化！咱们也不必忙咧，反正也够了一站咧，不早咱们就住下！"说着举起酒壶互相争饮。一会儿天色昏黑，张千、李万已然醉了，坐在那儿冲上盹儿啦。张爷也在半酣，忽听院中有金莲款动的声音，原来是舜华来到。

（二十五续） *1917年10月12日*

且说张鸿渐看两个差役的意思是有点儿舍不得走啦（吃喝儿好吗），自己也不知施仙姑有什么仙着儿。天色一会比一会儿渐晚，张千喝的脑袋都紫啦（成了老千儿①了），李万是幌幌悠悠爬在桌子上也要睡着。鸿渐有心进里院儿告诉舜华去，又怕锁镣一响惊醒二人，反为不美。此时屋中已然昏黑，并没见施老妈子进来点灯。正然纳闷儿，听院中有金莲行走的声音，掀帘子进来，正是舜华。张爷赶忙站起来，施舜华瞥了差役一眼，见他们已然醉得睡沉，伸出纤纤玉腕，十指尖尖一指鸿渐，只听唏哩哗啦，鸿渐所带的手镯、脚镣、项锁全部自行脱落下来。张爷悄步声儿的说："此乃朝廷王法，如何去得（那块肺，还反串《玉堂春》呢）？"舜华也不理他，一拉他的胳膊出离屋内。

张爷抬头一瞧，满天星斗，那有房舍，好像人家一座坟圈子，旁边拴着一匹马，舜华凑过去解开笼头，自己认镫上去，告诉张爷骑在自己身后我好撒马。张爷知道舜华的神通广大、法力无边，好生欢喜，连忙上了马，两手扶着舜华的肩膀儿，就见他一抖丝缰，这马就撒下去了。一来在旷野，二来在深更半夜，连个人儿没遇见。就觉耳旁风声响，张爷怕掉下去，只得紧闭双眸，走了约有一个更次，也不知到了什么地方儿，觉着马是站住了。就听舜华说："你也不用再逃了，你就在此处隐姓埋名，谋个生计，决计不能犯案。妾可不能陪你了，妾今日本与妹子有赴青海之约，皆因中途搭救你，耽延了半天半夜，大约我妹子盼得眼穿了，你就此下马去吧！"张爷一听，也不知他这妹子是几姑娘，青海在什么地方儿，自己也顾不得细问，无如前次蒙人家白养活了一二年，如今又蒙救命之恩，焉能舍得分手。可是人家既有约会儿，也不能拦阻，含着眼泪儿说："但不知咱们两个人多早晚才能再见面儿呢？你告述我个准日期，我到是有个盼望儿呀！"谁想舜华并不答言儿。张爷说："你定一个日期，那不过几年呢！"就见舜华褪进一只手，好像掏什么似的，掏完了一转脸儿，说："你忒唠叨了！"用手一推，张爷一闪身儿，被他推下马来，坐在就地。舜华一抖扯手，这匹马如飞而去，转眼连影儿都看不见了。

张爷是悲喜交集，想起舜华夙日恩爱，今夜一旦决裂，不由得涕泪交流。自己哭了会子，听远方鸡鸣，渐渐东方发晓。自己坐的是大道边儿上，又瞧了瞧周身许多的尘土，

---

① 老千儿：旧时纸牌的一张，这里比喻脸色通红的人。

只好擦干眼泪，站起身来，用袖子掸了掸土。猛一低头，见地下有一锭儿银子，连忙捡起来，掂了掂约有十两上下，自言自语的说："有了银子，我就可以不至于挨饿了！"心中越发的感激舜华。把银子掖在腰中，往四下里一瞧，远远有炊烟之处，隐约有座城池，也不过五六里，只好顺大路奔这座城啵。走了不远，见对面有两个人走来，张爷听说话是山西口音，赶紧一问前面这城是什么地方儿，原来正是太原府的府城。

（二十六续）*1917年10月13日*

昨天这点儿书很透离奇，据在下说，蒲先生也稍有隐喻。舜华"曳张共跨一马"，"少时，促下"，自己并不下马，即谚所谓"将军不下马，各自奔前程"之意。曰："君止此"，"此何地，乃太原"，"太原"二字，取太平平坦路途之意。前文从施老妈子口中述说施氏止遗三女，并未见场，此处由舜华表出，是回映前文的笔法。所说"青海之约"并不是赴山东青岛，同德人有什么交涉，"青海"即情天欲海，"赴"即浮海隐遁、苦海回头之意。因"君逗遛一晌"，终难脱却一"情"字耳。然既恐妹子"久劳盼注"，自不得不做悬崖撒手，不然为情丝束缚，恐无解脱时矣，故去得决裂。此后施舜华无后会之时，已可预知，但在张鸿渐则测摸不出。究竟我说的合蒲先生的意思不合，在下不敢说准对。反正前文既说是仙，我就得往这个"仙"字上面圆全。唯独赠金这个事原文可没有，是在下硬添的，反正没花我的，为什么让张爷着急，不如叫施仙姑做个整情，您想好不好？并非我擅改原文。闲话靠后，还是接着往热闹地方儿说。

且说张鸿渐同人一打听，自己来到太原，心说比陕西总近着许多，我这锭银子要是死吃死嚼可不终用，莫如进城换些零块儿，合点儿现钱，打个店，吃顿早饭，找个相当营业混饭儿吃，大约还不至不行。打好主意，这才进了城，下了店。同店中人说闲话儿，人家看着张爷是个念书的人儿，问了问是北直隶人，从陕西游学而来。恰巧店隔壁有个庙，庙中有个散学馆①，这位先生新近回了家，本处的阔先生不肯教这穷馆，店东家也有两个学生正旷废着呢。张爷一听很对式，赶紧托店家把房租妥，自己更名改姓，叫做宫子迁，又贴了一张"诗文并授"的学报子，旁边写上"词讼呈状概不代写"（官司打怕了吗！要搁在如今，张爷不必教馆了，闹个宫子迁大律师事务所有多吃香呀，谁叫他生不逢时呢），从前的学生多有回来的，又添招了几名开笔②的大学生。张爷不但够了嚼谷儿，日子一长，而且添了许多四季衣服，并且积攒了几十两银子，有心往家中寄封信，又怕泄露机关。那一时想起方氏贤妻同自己的孩子，虽是心中难过，可又没有法子，想

① 散学馆：一般称散馆，又称散学，区别于家塾，由先生设馆招收学生教授知识。
② 开笔：指学塾中蒙童开始学写文章。

起施舜华的好处来，更是寤寐难忘。

说书是无话即短。一幌儿过了十个年头儿，学生家的父兄多有纳闷儿的，说："这位宫先生怎么不张罗回家？也没听见说往家捎过一封信呢！"互相猜疑，也有询问的，张爷只是枝梧。这天隔壁店中住下一位直隶乡亲，谈起话来，提到永平府的县官已然换了两个了，又谈到当年有个在逃的张鸿渐的事，不知官司怎么样了。这位住客也知道个大略，说："先生你没听说过告示烂、官事散吗？这案好几年拿不着也就暗销了，况且还不定这人在不在了呢！"张爷听此话很是欢喜。这天对镜自照，见头上已有白发，面目迥不似前，心说我不免把馆辞了，回家看望一番。打定主意，辞了学馆，购买了一匹马，顺大道往东而行。

（二十七续） *1917 年 10 月 14 日*

俗言常说，行家瞧门道，力笨看热闹，要往热闹里说，只好多加丑工儿，既讨俏又省事。比如这两天的书，从张爷一打听道路说起，加两套《念西口》，诚心一打岔，问出是太原地方儿来，准够一回。有人说，山西口音纸笔上也能学说吗？只要一加土俗口头语儿就行，您再会念，就能形容的出来。不信您看印板的《小五义》上的徐良、《炎宋兴隆》的郑子明，就是这个门子。至于打尖住店，用个山西堂倌小二，用菜饭一吵，又够一篇。这再说到赁房子，设立学馆，咱们会全本串贯的《和先生教书》夹在这里头，准管保花梢热闹。按这们说法儿，今年就不用换新鲜目录了。这路死吃姓张的一口的事，我也行不出来。再说人家蒲先生的《聊斋》有的是书，我何苦替人家省着哪，故此全都一表儿过去。再告述诸位说，这段《张鸿渐》无论怎么往长里插着说，也到不了十月底（还是阳历）。今天免去闲话儿，让诸位好像花一枚铜子儿买一个水萝卜，咬一口准让您吃个嘎崩脆，要是又糠又辣，不是您扔不起这个铜子儿，未免心里不痛快（不说闲话儿了，改了彩上的漓口啦，我别招说啦）。

且说张鸿渐把学馆辞了，将积攒的脩金买了一匹马，将可穿的衣服挑选了几件装在被套之内，同学东告辞，大家送行不必细表。张爷顺大路按官站一直的往东，无非饥餐渴饮，夜宿晓行，非止一天。这天到了本县地方儿，天色不过正午，离家约有三二十里的程途。张爷一想，这要骑上马一加鞭儿，不到太阳平西，准能到家。究竟自己的官司没见特赦的明文，倘或再有个差错，岂非自投罗网，不如还是在外面僻静地方儿多耽延会子，耗到定更以后再回家不迟。打好主意，就在一处小镇店上打了午尖，睡了一觉。睡醒后天光已然渐晚，又吃了点儿晚饭，这才备马起身，还是缓辔而行。走了几里，此时是八月中秋节后，天色渐短，已然昏黑了。张爷虽说是熟道路，也多有改变了的（这叫做道路依然还照旧，时光更改不似先。闲着说话儿，晚晌喝茶儿，索兴说上对口相声儿了)。简直的说，天是黑啦，离自己的村儿还有个几里，张爷加上一鞭，转眼工夫到啦。又瞧自己的村子比上从前透着整齐了，家家有灯火之光，笑语之声。张爷心里复又突突的乱跳上啦，说："我还是来早哩，莫如再耗一会儿!"于是下了马，围着村子绕了几个弯儿，听了听已交二更，人声渐渐的才少了。张爷拉着马，炸着胆子进了村子。到了门口儿一瞧，此时天上月光方才上来，见门庭如旧，四围的院墙砌了个挺结实。张爷心说，这回可别跳墙啦，再说即便跳，我也得爬得上去呀！想到此处，用手推了推门，见由里面关的很紧，只好用马鞭子敲打门环。听见里面有人问："谁?"并没人出来。张爷又连敲了数下，才听见院中有妇人行走的声音，隔门问说："何人昏夜扣门?"张爷细辨语声儿，正是方氏，不由好生的欣喜。

(二十八续) *1917* 年 *10* 月 *15* 日

且说张鸿渐拉着马站在门口儿，敲了好半天工夫的门，才听见有人出来问了声"谁"。张爷听着是半老的妇人语声儿，细一辨别，正是方氏。此时是又喜又悲，喜的是贤妻别来无恙，悲的是离别了十几年，大约他操持家务，累的大半也老了。自己未从答言儿先退下台阶儿，往两旁瞧了瞧，并没过往行人，少微放了点儿心，复反上阶石，把嘴对着门缝儿悄步声儿的说："我是你丈夫张鸿渐回来了!"就听里面方氏说："原来是你！且喜又有团圆之日，妾当谢天谢地!"一面说一面开门，把上边的插棍开开，又开下边的，及至开开下面的，又把上边的扦上了，复又开开，没顾的开了吊就开门，怎么使劲也开不开，咕咚了半天，这才想起来开了了吊儿。哗啦，门分左右(这点儿书好像我借着开门又磨烦似的，您瞧原文上说"喜极，纳入"，夫妻二人隔着门，怎么形容这个"喜极"的神情儿呢？只好借开门忙乱，就叙出来了，这也是说书的苦心处)，一瞧张爷拉着马哪，连忙一闪身儿。张爷拉马进门。

方氏赶紧把门关上，故意的大声儿说："你们这些无用的东西，既是在京中把盘费花阙了，就该头两天寄封信来，或打发你回来，为什么闹得这样深更半夜的才回来呢?"张爷听这词儿所不清头，发上怔了。方氏向外一指，才明白必是使诈语呢！连忙把马拉下台阶儿，拴在一棵树上，把鞭子插在鞍子底下。方氏这才低声又说："郎君一向安康？快进屋来吧!"张爷在前，方氏随后，仍进上房，奔了东里间。彼此借灯光对一细看，全都有了白头发了。方氏问说："这官司怎么完结的？在什么地方儿住了这十几载?"张爷从起解又说了个重回儿，又问了问官司怎么完的案，方氏并不知道。张爷听到此处，怔了会子，想着大约是两名差役皆因疏脱了差使，不是死在山中，就是畏罪远逃了。本处已经解京，没见回批，即便再有文书，方氏不知道也许有的。自己一想，还是案后的罪人，未免又害起怕来。方氏说："你回家何必又买马匹，放在家中很不方便!"张爷说："我也不愿意呦，谁让蒲先生的原文说‘以鞭捶门’呢（这是张鸿渐说的吗？我为‘鞭’字为难的心腹事叙出来啦）！”

夫妻二人把这十年的事情大略说了说，并没顾得沏茶备饭。正在这个功夫，见屋门外头有一个年轻的少妇往帘子里一探头儿，把张爷又吓了一机灵，连忙说：“这是何人？”方氏说：“乃是你我的儿媳。来，来，来，快些参拜你的公爹（方氏要唱《黑风帕》）！”只听少妇答应了一声，掀帘进来，给张爷先万福了万福，然后大礼参拜。张爷一瞧，儿子已然成家，自是欢喜，连忙叫方氏替搀起来，说：“我回来这半天，怎么没见着你我的儿子，他往何处去了？”方氏说：“他从七月底就进京乡试去了，大约得九月中旬方能到家！”张爷听说儿子下了乡场，不由一阵的心酸落泪。

（二十九续） *1917* 年 *10* 月 *17* 日

且说张鸿渐离家十几年的功夫，想不到儿子不但娶了妻室，并且中了秀才，居然能进京乡试啦，应当怎么样儿的喜欢。奈因一回想自己原是永平府内一把名手，只因不干己事的讼案，漂流了十几年，几做他乡之鬼。到如今还是逃人，即便幸脱法网，再想建功立业、显姓扬名也不能了。想到其间，故尔一阵伤心，滴下几滴眼泪来。继而一想，幸尔得这位贤内助前番才能逃了活命。而且仗他这些年操持家务，方能教子成名，不由得十分感激。自己擦着眼泪，抽抽答答的说：“咳，想起为丈夫的我来，流离数年，你我的儿子已然能够成立了，并且能继书香。卿呀，卿，你这些年总算把心血都用尽喽，令我好生的感激！”方氏一听，勾起自己的伤心来，也陪着落下几点儿眼泪。彼此又对劝慰了几句。

正在这个功夫，听门外帘板一响，张爷往屋门外一探头儿，原来是少奶奶手里托着个方盘，里面有热气蒸腾的四盘菜，还有一素子酒，一小锅儿饭，端进来先把木盘放下，然后到里屋对婆母说：“娘呀，儿想公爹半夜回家，又受了些深秋金风，一定身上寒冷，腹中也必饥饿了。故此到厨下给预备了点家常便饭，热酒几杯，聊尽子妇之谊，请二老做为团圆喜酒，不知婆母意下如何？”方氏一听，点了点头，说：“媳妇想得周到，你就摆在外屋桌上吧！”媳妇答应个了“是”，这才放下两副杯箸，然后把酒菜摆好，亲自都给斟上。张爷一瞧这个儿妇，不但举止端庄，而且颇知礼路，必是有教育人家的女子，也仗着方氏贤妻善于调教。回思旧境，在山西当小孩儿王的时候，何曾想得到还得享这番家庭的幸福，再说比上凤翔府苦吃施家门子也强的多喽。连忙站起来，出离里屋，笑嘻嘻的对儿媳说：“这到生受你了！”

说着自己坐在上首，方氏下面相陪。张爷本是从未落太阳打了个晚站，此时已交四鼓，又拉马围村子绕了半夜，真是又冷又饿，有这点儿热酒，别提多可心啦，端起来一气饮干，又把盘中的菜尝了尝，虽是香油炒白菜、豆芽，样样儿干净好吃。媳妇又给斟满，又让婆母方氏也陪着喝了一盅，斟完酒在一旁垂手侍立。张爷越瞧心里越乐。一会儿酒足饭饱，儿媳已备好洗脸水、漱口水，上面放着牙签儿，另有一个小碟儿放着槟榔、□砂（那位说，做什么这们周到哇？人家张少奶奶有家规，并不是为多要烧煤），然后又给铺好床榻，这才把□俱撤去。张爷是又乏又困，上床安眠。方氏可不能就睡，院子还拴着一匹马哪，只好拉到东院牲口棚去，然后回来又照应了照应，天光已然发晓，婆媳都是一夜没合眼。张爷一觉睡醒，红日满窗，儿媳照常殷勤服侍。方氏究竟有些悬心丈夫的官司，嘱咐他千万别出屋门，张爷也谨遵阃教。

一幌儿藏了四五天，这天方才睡下，听门外人声腾沸，敲门甚急，把张爷吓的是魂飞天外。

（三十续） *1917年10月18日*

昨天这点儿书并非在下故意麻烦叙说张爷吃饭，这正是形容方氏之贤。因为家庭之内必有贤婆母，然后才能有贤良儿媳。如今时代却有贤婆母当年做媳妇的时节克尽妇道的，及至娶了儿妇不能步其后尘的。断没有做婆母的从前忤逆公婆，能教调出好子媳的。这件事并不关乎报应，无非是不善教诲。即便遇着好媳妇，他都能给支使的不守家教。这段书既说言情，所以略微借“子妇已温酒炊饭，罗列满几，张喜慰过望”点缀出来。以后纯写张爷得意的事，与方氏就不甚相干了。

闲言少叙。且说张爷在家藏了几天，连二门都不敢出去，好在没有亲友看见，又没闲杂人，真得说是严密。这天晚晌方才上床脱衣睡下，就听大门外人声鼎沸，有人使力敲打大门。张爷心说，不得，八成儿我的官司又发觉啦，吓得一骨碌身子爬起来，下地就往床底下钻，觉着周身很冷，才想起连裤子、袜子都没顾得穿。幸尔儿妇没在屋中，赶紧爬上床胡乱穿上。此时方氏同儿妇由后院中厕①回来，听打门的声音紧急，不由也哆嗦上啦。张爷穿好衣服，下地出屋门，想要找方氏商议，掀帘子往外一瞧，当街有灯笼、火把照的挺亮。就听有人吵嚷着说：“你们准认识是这个门儿呀？”就听有答言儿的说：“不错，不错！可不晓他们这房子有后门儿没有？也许平常走后门儿，不然怎么叫不开哪！”有的说：“何不绕到后街看看去呢！”一面说着，一面还是加着劲儿的打门。

方氏此时已听清楚了，料想是凶多吉少，赶紧上台阶儿一拉张爷，悄步声儿的说：“夫哇，你看必是有人知情报官了，你不可久待，还是逃命要紧！”张爷含着眼泪儿说：“势已到此，恐怕有些逃不脱吧！”方氏说：“你前次是跳墙进来的，此时不如你跳墙逃走吧！”张爷说：“我前次是借着墙豁子才进来的，如今现拆墙，人家岂有听不见的！”方氏

① 中厕：厕所的雅称。

说："你随我来，自有主意！"说完拉着丈夫奔了后院儿。东北犄角儿正是中厕，安着一个单扇门，方氏把门端下来，放在靠墙儿，低声告述丈夫说："你登着横带上去，爬上去看看外面有人没有。此处僻静，如果没人，你上墙跳出去，隐藏些日子，俟等消停再回家不迟！"

张爷点了点头，也无暇再叮咛什么话，急忙登住门板往上爬了一凳儿，脑袋已过墙儿，往外一瞧，漆漫乌黑。低头又往墙根下面瞧了瞧，也没动静，赶紧一骗腿儿骑在墙头儿上，冲着方氏指了指外边，摆了摆手儿，然后又指了指门板儿。方氏会意，是告述自己街上没人，让自己把门板撤去，免得有人跟踪追寻。方氏两手颤巍巍①的把门板挪开，也顾不得上好。张爷在墙头儿骑着，再听外面打门的声音，虽说隔着大房，越显加紧了。张爷心说，我还能当一辈的骑墙党吗，只好一顺这条腿儿，爬住墙头，慢慢的脚落实地。幸尔没摔着，这才转身向北而逃。诸位若问什么人打门，您是明天再瞧。

（三十一续）*1917年10月19日*

且说张大奶奶看着丈夫跳下墙去，自己好生心酸，连忙擦着眼泪绕到前院，刚到二门，就听外边人说："快开门啵！"方氏上台阶儿，隔着门缝儿，颤巍巍的声音说："什么人黿夜前来扣门？"外面听院中有人答言儿。这才说："这不是张宅吗？我们是报录的！恭贺贵府少老爷得中顺天乡试第一名解元啦！报录的头二三报喽！叩喜的来喽！"方氏一听，站在门口儿里头喜欢的直掉眼泪儿，怔了会子，这才把门开开，接过报条来。报录举着灯，方氏看了看名姓不错（原文没有名字，在下不敢胡编，您可得将就着点儿瞧），复又把报条交给报录的，嘱咐他们伺候着，自己转身进来。此时张少奶奶也听见是报喜的了，自然欢喜，忙着打了点儿褴糊。方氏送出去，报录的贴好，又在门口儿拉着长声儿"搂呀搂呀"的这们一苦嚎。那位说，为什么单喊这两个字儿呢？前些年这路人永久这们个腔儿。据我想他们是给新升的官儿提醒儿哪。

这点儿书当日蒲先生原用的是惊人笔，不能细合真事。您想从前报录的多是先来贴小报儿，唯独乡会报录的，抄一张黄纸的先送来，这可说的是京寓的举贡。论到外省外乡，听说是骑着马，一进村口儿就鸣锣。外带这种报录的极其势力，先打听这本县的新贵谁是第一等绅士，先报谁家，所为多讨赏。而且到了本宅，就讲管吃管喝管住处。按张鸿渐这个派头儿说，虽不能说有多少下人，断不能一个仆人没有。即便做为张少爷把男仆带走啦，也当有个女仆，半夜开门，一来一用张大奶奶，实在不合体统。我有心给圆全着说，原文不合，我只好连说带刨，您诸位将就点儿瞧吧。闲言少叙，论理应当接

① "颤巍巍"，原文作"颤微微"，据语义改。

着说方氏打发报录的喜钱，报录的苦争竞，那不像方氏，成了我们方字旁儿家的太太，因为老爷枪①来个笔帖式②，或得了个四校③似的，才有这分儿道叫哪！可又不便让方氏唱王有道（畜刻老爷）并金松，咱们含混着说，是重赏了报录的。

报录人走之后，方氏复返往里院走着，好生后悔，自己是忙中有错，丈夫是惊弓之鸟、漏网之鱼，这下子不定又逃到那一省去了呢！又一想俗话儿有云，一举成名天下知，他要晓得儿子中了解元，早晚或者也许回来，无如目下可算得美中不足，悲喜交加。回到上房，张少奶奶应当怎么叩头欢喜的礼节，咱们不必细表，好赶着叙说张鸿渐的正文。

单说张爷跳下墙来，心是突突的乱跳。幸尔听了听，一无人声，二无犬吠（又要入和字儿④的套子），才少微放了点儿心。站在墙根儿底下定了定神儿，踏着高粱碴（念乍）子，找着小道儿，往西一路苦挠。这一气儿跑了足有七八十里，已然天光发晓，也不知来到什么地方儿。自己靠着路旁一棵大柳树少微缓了缓气儿，心说我如今是有家难奔，何不仍回太原，再教我的学馆。谁想同人一打听，此处却是进北京的大道。

（三十二续）1917年10月20日

且说张爷昨天夜里由家中跳墙逃出是慌⑤不择路，及至次日天明，才想起要回山西太原应该往西，谁想走的是往北大道。自己有心上北京，虽说好混，又怕官司容易破案。况且昨天出来的匆忙，一个老钱没带，就是浑身的衣裳，肚子的干粮，跑了多半夜，其实已造成肥料啦。不过此时心火在上蓬着，故尔不觉饿，只觉口渴的很。往前走着，心里打算少时找个乡镇有典当铺的地方儿，把汗褂儿褪下来先当个三五百制钱儿买顿早饭吃。或有起火的小店做点儿饭，吃完了睡一觉，再打主意。抬头往四下里一瞧，见前面隐约有一个庄村，许多的房舍，也许就是集镇，只好往那方走啵。

三二里的路途，张爷顺小道儿抄着走，转眼到了村头。一瞧，村子很整齐，远远所看见的一片瓦房，原来是一所大宅子。真是八字门墙，黑漆门楼，还有两树大旗杆（那是葛登云的宅子），走马广梁大门，门口儿扫的很是干净。有一对板凳，并没仆人。门洞儿贴着一张黄纸，离着稍远，张爷看不清什么字。心说此处要是学馆我就进去，做为游学的，那不朦碗热水喝呢也是好的呀。若能资助几个钱儿，汗褂不必当啦，省得夜里冷。

① 枪：枪手，古时叫捉刀，指那些为别人写文章的人。
② 笔帖式：清朝官府中负责抄写和满汉文翻译的低级文官。
③ 四校：皇帝射猎时的四支扈从部队。
④ 和字儿：江湖隐语，自己人，朋友。
⑤ “慌”，原文作“荒”，据语义改。

于是迈着方步奔到大门洞儿，一瞧，这张纸所写的是“捷报贵府许老爷得中顺天乡试第八名举人”的报条。

张爷看着又勾起自己的心事来，不由眼眶子一酸，又要掉眼泪，自己腿也觉着乏啦，顺便奔到左边板凳上坐下，用袖子擦了擦脸，然后掸了掸身上脚下的浮土，掸完了直了直腰儿，长叹了一口气，自言自语的说：“这个姓许的必然是积善之家，必有余庆喽！但不知此人是个新少年还是老名宿。既未谋过面，也不敢冒昧的拜谒，只好歇过乏儿来，还是找当铺啵！”

正在自己胡叨念，见由门里面走出一个半老的富家翁来，家常打扮，全是旧丝绵的衣服，倒背着手儿，往面上一看，生得骨格端方，半白的胡须，满脸阴骘纹①，可称慈眉善目。张爷晓得必是主人翁，看这举止，也是位乡绅，不由肃然起敬，站将起来。老翁还是很和气，看张爷站起来，把手搭拉下来哈了个流水腰儿②，说：“请坐，请坐吧！”张爷一瞧老翁可称富而无骄，大概自己要哀求哀求告个帮，许不能碰钉子，无如俗言说开口告人难，有些拉不下脸来。但势已至此，也就无法了，只好豁出羞去，恭恭敬敬的凑到老翁跟前，深深的做了个揖，说：“学生宫子迁本是游学至此，盘费花尽，住店吃饭一概无着。因见贵宅有新科贵人，学生也是斯文一脉，故在此拱候。一来道喜，二来恳求少助一饭之资。幸遇着老前辈大人，不知可肯施惠否？”张爷说着已然面红耳赤。老翁一出门见张爷举止不俗，不像乞丐，又一听说话儿会撰文（不像我满嘴匪言逆语），十分欢喜，说：“这又何妨，四海之内皆为朋友！”说：“请随老朽到外书房一叙！”张爷连忙答应了个“是”字儿，知道早饭有了准落儿。

（三十三续）*1917*年*10*月*21*日

且说张鸿渐听老翁往书房里相让，心说，得，今天的早饭是有了准落儿啦，连忙说：“既蒙前辈老大人垂青，就请先行引导。只是萍水相逢，打搅有些不当！”老翁说：“这有何妨，正是在家不肯延宾客，出外焉能有主人。先生请哦（许爷要唱）！”说着把张爷一拉，进了大门。进门往西是五间南房，靠门两间是门房儿，里面一间是外书房，开着屋门，挂着棉帘子。有一个小僮儿在当院台阶儿上伺候着呢，看见老太爷让进客来，赶紧打帘子。二位进屋，在迎门椅子上分宾主落座。老翁说：“但不知宫先生是那一府的人氏？从前做什么事？又到故乡有何贵干？”

张爷一听，说：“咳，老前辈，一言难尽了（怎么张爷还顾得叫板哪？人家肚子没编

① 阴骘纹：古代相术指面相中位于两眼下卧蚕内的部位出现的纹路，推断是否行善积德、多子多福。

② 流水腰儿：指对与自己友谊不深厚的人行礼。

好谣言哪，拿这句做个话头，好往下辨别着说）！学生宫子迁，乃是永平府人氏，前十余年也曾忝列□宫。因家贫出外谋馆，在陕西住了二年，后来又在山西住了几年，由山西蒙朋友带赴北京，又教了三年的专馆，积攒了几十两银子，想要回家探望探望妻子。前天晚晌走在旷野，遇着三个骑马贼拦住去路，把银子包裹都夺抢去了，幸尔没要性命，没扒衣服。我腰中仅剩了几百制钱，昨天做了饭费。今天行到此处，幸遇老前辈见怜，不然真许有冻馁之忧呢！”

老头儿听到此处，点了点头。此时小僮儿已然献上茶来。老翁吩咐，叫他告述厨房给预备点儿便饭。张爷答言说：“千万不可费事，随便极好！”小僮退出。老翁又向张爷说：“宫先生既然处馆多年，必然循循善诱了。老朽有一事相商，不知可肯俯就否？”张爷说：“学生乃是落魄无依之人，老前辈有何事相商，何不讲在当面！”老翁说：“老朽家中原有一位西宾教着子侄，此公月前同舍侄赴京乡试去了。小儿一人在家学业正荒废着呢，先生如肯教诲，就请为舍下西宾，不知意下如何？”张爷一听，自己心说，我到是有吃小儿王的天禄①，赶紧站起身来，说：“既蒙老前辈抬爱，学生情愿遵命！但不知老前辈有几位令郎？本科的新贵是第几位令郎？”老翁一听，才晓得张爷没有听明白，赶紧说：“老朽从前在京做了几年的京官，得到郎中②。因性情固拙，懒于仕途，于前年告了休致。新科举人乃是胞侄。豚儿③现在方十岁，刚读经书。”张爷听明白，许老翁虽是京官，现在既为山林隐士，谅不至加害自己了，无如还不敢说真名姓。

少时，小僮端进酒饭，四盘四碗。老翁陪着执壶把盏，殷勤相劝。张爷也很谦逊，一会儿酒足饭饱。老翁把少爷叫出来参拜了老师，就用这书房做为学馆，当日又恰是黄道吉日，送了贽敬束脩，就算开了学。到了晚晌，连张爷的铺盖褥子并帐子全是许老头儿给预备的（不然怎么处馆叫做设帐哪）。张爷见人家如此其忠且敬，自然也要好好儿的教训。一幌儿过了一个多月，已是十月底光景。这天许孝廉由京回家，同着一位永平张姓举人，张爷好生纳闷。

（三十四续）*1917 年 10 月 22 日*

且说张鸿渐这天正在书馆教书，忽见家人往里搬行李。一会儿进来两位年轻的公子，许老翁也迎接出来，彼此引见。张爷才晓得一位是许宅大公子由京都乡试回来了，同着的那位十八九岁少年也是本科新贵，说是永平府张解元。张爷听见未免一机伶，说：“莫非我儿也中了么？”可又不敢冒冒失失的就问，况且永平府中姓张的很多，只好等他们消

---

① 天禄：天赐的福禄。
② 郎中：古代官职。
③ 豚儿：谦称自己的儿子。

停消停再细询问啵。许老翁就把这二人都同进书房，告述侄儿说：“这位宫先生也是永平府的人氏，如今与这位张年侄恰是同乡，何妨宽留几日，彼此盘桓盘桓。”张爷心中是求之不得。这位张解元始而推脱，可是今天也不能就走了，只好把行李放在书房。老翁张罗给二人备酒接风，就请宫老师做陪。至于怎么样的吃喝不必细表，一会儿用毕。老翁告述下人，赶紧预备一分床帐，请张解元就住在□屋与宫老师做伴，彼此省得寂寞。张解元虽是新解元，说话儿十分谦和，说了许多谦逊的话。

张爷心中有事，忽然想起他们既是新科举人，必有朱卷同年齿录①，上面有籍贯三代。我做为看一看各府的文风，岂不就知道他是那个张家的了吗！想到其间，这才冲张解元说：“今年顺天乡试总是你老先生拔了尊，但不知咱永平府一共中式几名？若有同年录，请借一观！”张解元说：“齿录么，晚生行李中却有一部，待我取来！”此时许宅仆人已给张解元把床帐备好，铺盖也打开啦。张解元过去由枕头箱儿里拿出一部齿录来，双手递与鸿渐。鸿渐接过来打开书套，一掀篇儿先看了看四位大主考，知贡举、监临②并十八房的同考官科分官衔，然后一翻篇儿，见张解元名下的三代注的是“父张鸿渐”，这才知道果然是自己的儿子中了解元。这一欢喜，不由得心里一酸，眼泪可就流下来了。

张解元在旁看着纳闷儿，说：“这位老前辈哭的是什么呀？”此时许家叔侄□坐在一旁也看见了。许老翁总是老于世故的人，以为宫先生必是看见录上有旧日的学友，勾起自己的心事来，故尔落泪，连忙凑近跟前说：“先生不必感慨，这科名的事是有定数的，你老兄年岁尚不至老，从此埋头用几年的苦功夫，焉知下科的解元不是你老兄的呢！也许联了科三元及弟，所谓龙头居老成，也是意中的事呦！”此时张、许二位顺着老翁宽慰宫先生的话头儿也说了几句“晚生们这不过一时侥幸”的话。鸿渐见人家许姓叔侄这番善意，谅不至有什么妨害，这才一面擦着眼泪，把齿录放在桌上，用手指着自己的名字对三人说：“这张鸿渐就是我的贱名！”许老翁说：“先生，你原来不是宫子迁，但不知因何隐姓埋名？”张爷听到此处，就把从前的事对三人叙说了个大概。许老翁一听，约略还记得这件事。

张解元一听，原来父亲在此教读，连忙跪在面前，说：“孩儿十数年的功夫，今天始会见天伦，望恕儿不孝之罪！”说着话，父子们抱头恸哭。

（三十五续）*1917* 年 *10* 月 *23* 日

这段儿书，鄙人一说的时节就说是言情小说体裁，与艳情不同，其中是喜、怒、忧、

① 齿录：古代科举时将同登一榜的人的姓名、年龄、籍贯、三代等汇刻成册，叫作齿录。
② 监临：清朝科举考试中乡试的监考官。

思、悲、恐、惊皆有。直到今天，已然是三十六天了，才把张家父子说到相认。这还是赶着说的。若是处处描写“情”字儿，那今年就不用换目录了，然而原文中应有的情理又不能不略说一说。即如昨天鸿渐的这段父子相会，在鸿渐逃亡半生，幸有贤妻用尽心血教子能继书香，是喜极之泣。在张解元（原文只说举人，在下因没名字，用解元所为好说）自幼不记父亲音容，前次到家，自已没睡醒，父亲便遭了人命官司。如今幸已成人，若无此血泪，不足以见天性纯厚，即不足以彰方氏之贤，故此用抱父大哭以描写平夙之孝思。这都是应当替蒲先生表白出来的。还有这篇的文法并“鸿渐”二字的取义，咱们把故事说完，我再另评讲评讲。

闲话打住，且说张解元这一哭，把鸿渐的伤心勾起来，也不由得恸哭。许老翁听鸿渐这些年受的苦楚，又见张解元这番情景，不由肃然起敬，赶紧凑近跟前，说：“老贤侄，快些不要如此！”许孝廉也赶过来苦苦的相劝，父子这才止住悲啼。爷儿两个又说了会子官司的事情恐不能了结，只好还是隐名埋姓，改为宫子迁，仍在许宅教读，只好等明年春闱张解元再点上状元，得了巡按，钦赐上方宝剑，斩了赵知县，把这件事奏闻圣上，奉旨特赦，再加封张鸿渐为养老太师，方氏为一品诰命夫人，解元为忠孝王的时节，鸿渐再改姓归宗吧（这是《聊斋》吗？瞽人词的套子。原文没这一套，我聊着玩儿哪）！只不过张解元要请父亲一同回家，张爷惧罪，不敢答应。

许老翁一听，说：“你们贤父子不必着急。赵县台已因另案革职，刑部大约没人追究此案了。唯杀某甲一案，不知他当日有尸亲没有？”鸿渐说：“当日他有个父亲，不知此时还在不在了！”问了问解元，说这案没有在县里补过呈状。许老翁说：“如此说来，这件案子也就不要紧了。况且当日是张先生自行投首到的案，连差役都没有下落，不知存亡，好像烂板文书了（许老翁也是官司油子）。若是预先支应好了，管保没事。这件事全在老朽的身上，明天我给刑部正堂写封信，再给直隶臬司并永平府的知府恳恳切切的也各写一封信。刑名先生们送他们点儿银子，嘱咐他们不要究情这一案，即便某甲家有人再告，批驳不理也就完了！”鸿渐一听，这才放了心，赶紧起身道谢。解元也给许老伯行礼叩谢。当晚各自安歇。

次日许老翁把信写好，把银子预备好了，派三名得力的家人分头前往，嘱咐鸿渐父子在此多住几天，俟等接了回信再起身回家不迟。父子重新又道了谢。过了几天，三名家人陆续回来，所答覆的信都答应下了。许老翁给张爷阅看完了，又留住了几天，送了些盘费，打发张爷父子一同回家。至于是否有祸，咱们明天再说。

（三十六续）*1917年10月24日*

且说张鸿渐父子向许老翁叔侄父子兄弟告辞（其实是爷儿三个，这们说着透热闹），一路感念人家爷儿们好心。原文说“许即以金帛函字，致告宪台，父子乃同归”，无非为回映开篇方氏所说的“势力世界，曲直难以理定”的数句，并没多大关系，咱们略微一表儿。

不提张爷父子，再说方氏自从那天打发报录的去后，虽然喜欢儿子已然成了人，奈因不知丈夫又逃向何方，还不定何年日月才能团圆。少奶奶时常解劝。这天听说儿子回家来了，又勾起跳墙时节的心事，越发难过，一会儿见丈夫在前，儿子在后，一同进来，这分儿喜欢，您就不用问啦（方氏可不能不问）。夫妻见面，彼此都是悲喜交集，母子、翁媳、小夫妻怎样见礼不必细表。从此张爷以为官司不要紧了，方氏是怕在心里了，总劝丈夫还是少出门的为是。张爷逃跑了十几年，旧日的亲友多有不在的了，也懒于出去应酬。

但说某甲之父，本来晓得他的孩子不是好人，所以鸿渐解省的那一天就买了口薄材把他儿子埋了。至于官司怎么样，既没下落，以为鸿渐是底案牵连的没有完结呢。一幌儿已经十年，今天听说张鸿渐的儿子中了举，张鸿渐也回到家来，想着必是新科解元有运动，自己的儿子又不成器，只好死了死了啵，到赶着给解元来道喜。鸿渐一听，赶紧请进来，酒席款待，又把当年他儿子怎样隔窗调戏方氏，逼迫自己的情形述说了一遍。甲父才知道确是自己的孩子缺教育，很惭愧的了不得。鸿渐又周济了点儿银子，从此反交上好儿啦。

这段书原文至此已终。在下随说随批，不过只讲情字儿，并没说及笔法。这段书蒲先生原是得意的文字，其中有合于《水浒传》笔路，就是全用的是两比文法。如鸿渐两遇舜华，两次见方氏，至到竹夫人都用两次。这路故犯的文法，要说到一次一样儿，真不容易，在下不必细说。有信我这话的，您自己由原文慢慢儿的寻绎着瞧。还有一个好处，这段书并不夹杂，纯是一线串成的，题目是《张鸿渐》，那一篇都有原人儿见场。

至于“鸿渐”这个名字，据在下看，隐用的是《周易》的《渐卦》。《渐卦》云“渐：女归，吉，利贞”，故有方氏之贤、舜华之恩义；以《渐》之初爻说，“鸿渐于干，小子厉，有言，无咎”，言虽写呈状，系因公愤，故能幸逃法网；六二“鸿渐于磐，饮食衎衎，吉”，赴陕以游学糊口，故曰不素饱；九三“鸿渐于陆，利御寇”，故用杀某甲以为写照；六四“鸿渐于木，或得其桷，无咎”，是以又得幸免；九五“鸿渐于陵，妇三岁不孕，终莫之胜，吉”，即鸿渐与方氏得遂所愿之义；上九“鸿渐于陆，其羽可用为仪，吉”，即张得有亢宗之子，终能脱祸之义；以六爻考之，大略均合。至于这段书，通篇不脱“讼、终、凶”三字。戒士子应守学规，不罗易为寡过之书的精义。在下随便写出来，据我的眼光儿见到的，并非我要改行吃劈柴（就是蓍草），对与不对，姑妄言之。您要看热闹的，明天另换新题。

申 氏

（开篇） 1918年6月25日

在下虽吃报馆，全凭说书挣钱。千数多字始成篇，邮寄按天别晚。
新闻另有访友，编辑选择从严。登否与我不相干，并且无暇细看。
若问告白价目，前柜挂着号单。论字计日讲长年，付资自然发刊。
赐顾诸君明理，有事休到舍间。照样跑腿与花钱，何苦多饶一面。

几句流口诌词念毕，却是经验过的实事，说出来，好像讨厌得罪人的嫌话，不说吧，也有真不晓得的。在下虽在报界混了十几年，担任的笔墨并不一样。初手儿是学做演说，后来在《京都日报》《北京新报》当了两任编辑员。自从接办《群强报》，专任这门《聊斋》。因家务多累，搬回家中住着，十天半月不能到馆。亲友中以为我做报，就得全管，这位送条新闻（还多是泄私愤的），那位送件告白，又要占好地位，又要省钱。在下不派专人，就得亲自替送去，甚至有赔刊资的时候儿，赔车钱不算。再说有地位没有，应合若干刊费，我也不晓得，这还说的是本馆，甚至有交在下一件告白，派登在他家报上的。在下与各家前柜先生们多不认识，托我也省不下钱。今天我诉诉吃这碗饭的苦情，就做为是个声明。以后再有这路亲友硬派这路差，可要恕在下置之不理之罪。闲话靠后，接着还得说《聊斋》。

今天的更换目录，说段《申氏》。此人住在泾河之侧，按泾河这道河是清水，蒲先生也似有隐义。这个姓申的，原文说是念书人家的后辈，没有名号，古人说穷儒，皆因人若念书，多不会做营业，而且脾气多左，不能圆通。前辈如是，生下子弟来也难免遗传性。这位申大爷就中了这路病，因此家业很穷。虽是夫妻二人度日月，架不住分文没有，又肩不能担担，手不能提篮，时常断顿儿没饭吃。夫人虽然贤德，俗语儿有云“柴米夫妻”，真若老婆呀老婆，你跟着汉子挨饿，见天唱《一匹布》，自然难免穷吵饿闹。

这天从清早就没吃早饭，对饿到后半天儿了，把位申大奶奶饿上了心火，气哼哼的瞪着眼睛说：“嘿，朋友！乘着没黑，不差什么，出去找找，净怕冷成吗？可别说我们半夜往出刻①呢，挖呢啦②（这是申大奶奶吗？想起我们小店掌柜的老词儿来咧，一犯牢骚写串辙啦）！”申大奶奶对丈夫说：“我说咱们净学会子伯夷、叔齐，袁安③卧雪可不是处常之道，你那不抬杠挟死孩子④去呢，也得想个营业才是！”申爷说：“但凡我能拿力气换饭吃，还用你说吗！我早就做去啦！”申大奶奶说：“你既不能卖力气，那不你做贼去哪！”申爷一听，说：“我是念书人家的子弟，即便不能光宗耀祖，也不能给老前辈摔牌现眼！你妇道人家晓得什么⑤，有两辈古人，你且听我慢慢的道来！”

（续昨） *1918* 年 *6* 月 *26* 日

且说申大奶奶饿的难过，堵气子说：“你那怕做贼当强盗去呢！”这也不过是句气愤话。申爷可受不了啦，于是把眼睛一瞪，泛起书毒来，说：“你老爷饿虽饿，心中尚还明白（这是书毒吗？戏迷）。妻呀，我的卿！你听我说，当日出名的大盗得属列国时代的展跖，孔夫子都叫他为盗跖。可不知他是打过明火路劫，还是拔过烟袋⑥。既是上了《四书》，想必圣贤不屈说他。记得孟子云：‘鸡鸣而起，孳孳为利者，跖之徒也。’大凡贪利忘义的人，都得算是盗。这个盗跖当称为牟利的鼻祖。他既有这手段，又能逍遥法外，自然得吃、得喝、得保养，还能不多活寿数吗。再说一辈古人是商末周初时代的人，孤竹国君的长子，名叫伯夷，无论国都大小，也是位守阙的太子喽，绝不至于没有饭吃。只因武王伐纣，伯夷叩马而谏，武王不听，这个伯夷同着兄弟叔齐一怒上了首阳山。起初采薇而食，自言不食周粟。偏巧有个多嘴的人说：‘你既说不食周粟，你想商朝的版图既属了大周，这座首阳山自然也得划在其内，不能算你的租界。山上的一草一木也得属人家姓姬的所有。依我相劝，你就不用犯这种固执啦！乘早儿闹几匹布，多做几个各国顺民旗子，将来划在某国界内，就来个某国大顺民当当，能够抓挠，还许发了老财呢（这是劝伯夷的话吗？庚子年我们接房告述我的）！’谁想伯夷听人这们一说，从这一天起，真是连薇菜都不采了，兄弟二人活活的饿死在这首阳山内（《蒲关》完了，又赶出

① 刻：去。
② 挖呢啦：说你呢。
③ 袁安：东汉名臣。
④ 抬杠夹死孩子：抬杠即抬棺，夹死孩子即收尸。
⑤ “你妇道人家晓得什么”，原文作“你妇人道家晓得什么”，据语义改。
⑥ 拔过烟袋：不得已而偷盗的意思。

《宝莲灯》，申爷这叫饿唱）。到后来孟子说：‘伯夷圣之清者也（真的不吃吗）。’所以才算真正清票。我们念书的人应当效法伯夷，不当学盗跖之为。你说做贼吗，我是办不了的！”

申大奶奶一听，把嘴一撇，说：“你说不肯为盗就是咧！何苦跟我拉这些《封神》《列国》典。你既要学伯夷，又舍不得死，打算活着，又全嫌憨蠢，这事可太难咧！我想世界之上，不种地就要吃饭的道路只有两途，你既不能做盗，那我可要自己打算我的主意了。奴只好乘着年轻，落水去为娼（这两口子，足够开档子丝调小曲，代清音桌子①的了）。”申爷一听大奶奶要自己上乐户②捐去，焉有不生气的，说：“你这个无耻无羞的妇人，实在欠家庭教育！岂不闻嫁乞随乞，嫁寇随寇么？我既没吃饭，你也得跟着我挨饿才是！”大奶奶说：“我偏不能，我偏不能！”嘴里虽然这样说，又怕丈夫在气头儿上再打自己一顿，于是头朝里，往破土炕上一躺，擦着眼泪儿忍着吧。

此时天色已然昏黑，申爷一个人儿在屋中闷着。自己一想，我是个男子汉大丈夫，连两顿饱饭弄不了来，招得这泼妇说出这样话来，惭愧呀，惭愧。又一想，妇道人家心肠儿窄，多是一个心眼儿。他既说得出来，也许行得出来。真要混上事③，把我申家门的牌匾就给砸咧！到那时我还怎么见人？莫如我先一死，口眼一闭，也就不管哩！打定主意，这才起意欲寻自尽。

（再续）*1918*年*6*月*27*日

这段儿书，有说不能花梢热闹的，有说近于离奇怪诞的。在下说这段的原故，我却是有感而发。皆因自从停止兑现，北京城人民的生计一天比一天紧。又兼北京土著多是我们旗籍满同胞，从前依赖钱粮米石为生活，近来由现银变成纸币，明说七成，不足五扣，现想谋生之法，除拉人力车尚还容易，也得有力气。至于四五十岁的人，从前只知当差使，现学拉车，也没人雇。又上知法而不盗，下知耻而不娼，甘心忍受，实在被逼无法，自己轻生的有之，寻仇相杀的有之，净说内右三区所属就出了两案，再说投河上吊的，那天报纸上都记载着。这些位为什么把性命等于鸿毛，就同这位申爷相仿。这段书，蒲先生立言大义，原重在昨天书上申氏所说的那几句话。因人无论穷到什么地位，必得有操守，然后或有转机，所谓“君子固穷”，这话是经常不易之论。可得分什么时代，若处于人心诈诡的时代，盗娼虽不可为，若稍可迁就的道路，不妨忍辱为之。倘一定必要顾全体面呢，无身家之累的尚可自为，否则真要遇着像申大奶奶这路说得出来、

① 清音桌子：旧时喜丧仪式中摆设桌凳，供演奏音乐以助行礼。

② 乐户：指妓院。

③ 混事：此处指成为娼妓。

行得出来的妇人，体面不能存，徒死亦何益哉！闲话少说，接着说书要紧。

且说申爷听夫人白天说莫若别活着的话，自己一想，也是实在没路儿，闹个早死早灭早投生到也不错。打定主意，听了听夫人儿是真睡着咧，轻手蹑脚的站起身形，到了院中一想，怎么死好呢？一抬头儿，看见当院一棵小柳树儿，横枝并不甚高。自己来到树下，天色已然昏黑，也无处去找绳子，从腰中把裤腰带解下来，往上一抛，揪住带子头儿，拴好了一个死扣儿。把心一横，揪住绳套儿，往起一纵身儿，一钻脑袋，就钻进去啦，撒手往下一搭拉胳膊，脚尖儿离地约有四五寸，绳勒咽喉，闭住气管儿，登时脸就别成紫茄子色咧，手脚立刻胡蹬乱踹起来。勒的难过，想抬手往外褪套儿可也就够不着啦，心中一糊涂，两眼一黑，又一亮，见去世的父亲站在面前，说："傻孩子，你何至于行这样的拙志？"伸手一揪绳套儿，登时这条破裤腰带儿就折啦。申爷两脚一沾地，可不能站住，闹了个大僵身儿①，咕咚栽倒地上，仰面朝天。就听父亲指着自己说："盗原可以为，但是不可常。你必须找禾黍庄稼茂深之处一藏，这一荡就可以发财，不必做第二次了！"说完一转身，踪影皆无。

申爷昏昏沉沉仿佛做梦的一般，自己照旧不能动转，暂且言讲不着。但说申大奶奶虽是堵气子忍着啦，究竟肚子里没食，不能睡沉，当院中一有响动，从睡梦中惊醒，坐起来揉了揉眼睛，屋中漆黑，任什么也看不见，心中有些害怕，忙着叫了声："夫哇，我的大爷，相公呀！"连叫两声，没人答言儿，这才知道八成儿是走出去了。赶紧打着火，又没有灯，只好点了一根□秸，照着来到院中，见树上有个绳套儿，丈夫死于树下。这下子吓的了不得，不知能否复活。

（三续）1918年6月28日

且说申大奶奶手中举着火亮儿走出院中，抬头看见树上有一条折裤腰带，自己的丈夫在地下横躺着。心里明白，丈夫是堵子气上了吊啦，心中一害怕，手一哆嗦，把黍秸棍儿撒了手。赶到跟前，坐在地上，用手摸了摸，口鼻微有气息，四肢尚未冰冷，连忙转到头前往起搀扶，好容易才□着坐起来，用手解开钮扣儿，抚摸胸口，口中连声呼唤"大爷"。叫了几声，才听申爷哼哼出来，吐了两口痰涎，睁眼看了看，叹了口气。大奶奶说："这地下湿潮的狠，我搀你上屋里坐着去吧！"申爷点了点头，往起一站，两条腿迈不开步儿，低头一瞧，原来裤子脱落下来（没系着吗），毛下腰把裤子用一手提着，一手扶着大奶奶肩头蹭进屋中。奔到炕沿儿，朝里一躺，一句话都没有。大奶奶见丈夫在气头儿上，也不敢多说少道的了，复又跑到院中，把破裤带抻下来，拿进屋子，放在炕

① 僵身儿：戏剧动作，角色身体向后倒下，表示昏厥或死去。

席底下，在傍边一坐，也不敢再睡咧。申爷躺在炕上，回思适才父亲所说的话，不可不信，奈因今晚可是不能去了，用手摸了摸下巴颏儿底下，已然勒得挺深的口儿，两边有些疼痛，只好翻了个身，仍照装睡，其实肚中没食也是睡不着。

此时正是夏末秋初的光景①，昼长夜短，一会儿功夫天光大亮。申爷一阵困倦，反到睡着。大奶奶把头拢了拢，走出屋门，自己一想，莫如舍个脸，求告邻居，寻点儿吃食，好将养丈夫身体。打定主意，复又进屋，拿上一个破碗出了街门。到了村中，家家儿都没生火呢。又到王老户场院房儿问了问，有做活的昨天晚晌吃剩下的半碗稀粥。申大奶奶央告说："丈夫病了，想吃点儿什么。"这个看场院房的把粥倒给他。自己端着往回路走，进屋中一瞧，丈夫还睡呢，赶紧抓了点儿柴禾把火生着，把剩粥倒在锅中，一会儿温热，盛在碗里，口手举着到了丈夫跟前，用手轻轻把申爷推醒，说："我寻来半碗稀粥，你喝一口助助气儿吧!"申爷扎挣坐起来，把碗接过，喝了两口。大奶奶说："你招呼烫!"申爷赶紧就吹（那块肺②，两口子饿着肚子还排《鸿鸾禧》哪），三口两口把碗粥喝完，还剩下两口，交给申大奶奶。大奶奶接过来也打扫了，把碗恬净，放在桌上。

此时申爷已然站起下了地，用眼往四下一瞧，见有半根晾衣裳的绳子，拿过来用刀剁开，系在腰间，把钮子扣好，出门而去。大奶奶以为丈夫必然是筹画什么生计去了，只好饿着肚子等着吧。耗了半天，天到正午，见申大爷从外面进来，肩头上抗着条口袋，里面鼓鼓囊囊，大约必然是米喽。大奶奶赶上前接了下来，放在炕上，说："怎么又开了仓啦吗（这是申大奶奶吗？我们旗籍大奶奶）?"说："呦，你这们些个米，是从那儿背来的呀?"申爷说："我父亲当年相好至厚的全是官宦人家儿，只因我不肯求人，所以不肯借。古人说'不遭者可不为'，我如今既想去做盗，还顾什么羞耻。你快快淘米煮饭，吃饱了我好去打劫!"

（四续） *1918年6月29日*

且说申大奶奶见丈夫真从外面背来多半口袋米，心里别提多喜欢喽。及至一问，才晓得丈夫原来有阔施主施舍（不对，那是僧道），有亲友家可以白寻。于是连忙打口袋，打出半碗米来，一面烧上水。就见申爷绷着脸儿坐在炕上，说："你快给我煮呀，我今天可要听你的话啦，出去当老抢儿去了!"大奶奶一听，想着还是昨天晚晌的那个碴儿，俗语儿说"一日夫妻百日恩，百日夫妻似水深"，既是妇道，就得知道夫是一层天，昨天本是自己说的不对，今天看在给米的情分上，也当容忍一步儿才是。仍旧低着脑袋做饭，

① "此时正是夏末秋初的光景"，原文作"此时正是夏末秋的初光景"，据语义改。
② 那块肺：什么心肠的意思，表示愤怒。

装没听见。一会儿把锅中水烧滚了，这就张罗淘米，下在锅中。好在有头年存下的干咸菜，切了一碟子，又把碗筷打点出来。此时饭已然煮熟，赶紧捞在盆中，放在院子窗台上晾了晾，先给丈夫盛了一碗。申爷也是真饿，三口两口，狼吞虎咽的吃完。大奶奶又盛二碗，二碗吃下去，申爷打了饱膈儿（通俗说一碗不饱两碗饱，这个故典就出在申宅），放下碗，用筷箸夹了一块咸菜。大奶奶说："你还吃不吃了?"申爷摇摇头，站起彪躯。大奶奶此时可顾不得倒漱口水，打手巾把儿（咸菜饭不给烧煤，故尔不伺候），自己满满的盛了一碗，也是三口两口吃完，连忙又盛，偷眼看丈夫，已然出院子去了。自己又忙着赶了一碗，所煮的饭，已然是老黄忠①下天荡山，一扫而平咧，站起来方要舀②水刷锅，见丈夫从院子进来，手中举着是一根半截旧门框，放在屋中当地，由柴灶傍边儿把劈劈柴的斧子拿在手中，先砍去四面的方楞儿，累得通身是汗，坐下喘了喘，又截了约有三尺长。

这天天气是非常的炎热，大奶奶也不敢问他，做什么修理这条短棒，只好搭讪着说："你瞧这天热的狠，做这有要无紧的木匠活，忙得是什么的！等下午落了太阳，院子修理去不得了吗!"申爷低着头并不答言儿，还是忙着做他的。一会儿修好，又拿菜刀刮了刮，靠一头儿，用火筷子烙了个窟窿儿，把系裤子剩下的洗衣裳绳子穿好，结了一个扣，再试试合手。大奶奶站在一傍瞧着，心说这可是胡闹，这路棍子若是没有绳套儿，打上官司算做劈柴，一有扣儿，就叫霸道棍儿，木棍殴伤，也是徒流的罪名□（这是申大奶奶说的话吗？坊里申先生告述打群架的混混儿呢）！眼中看着丈夫修的这根木头棍子，八成儿是要打杠子③去，又一想，也许为顶屋门的，莫如别问，少拈闲杂儿。

此时申大爷已把棍子修好，往院子看了看，日已昏暮，天上暴长乌云。申爷放下棍子，把衣钮从新扣了扣，把席底下的折裤腰带拿出来接好，系在大褂子上面，把前后襟掖好，挽了挽袖儿。诸事齐毕，提起木棍，雄赳赳④，气昂昂，往外就走。大奶奶一瞧，敢则是实意儿候要当强盗，焉能不拦，这才上前一把手拉住衣襟，说："嗳呀，我的夫哇，此事是断乎不可!"

（五续）*1918* 年 *6* 月 *30* 日

且说申大奶奶见丈夫收拾利落紧衬，拿起木棍要走，才晓得是真要去当强盗。自己虽穷，说起娘家来也是根本人家的女孩儿，而且既嫁的是念书的人，焉有不明白点儿律

---

① 黄忠：《三国演义》中的人物。
② "舀"，原文作"沓"，据语义改。
③ 打杠子：旧时指强盗劫路时，猛然用木杠击打行人而抢夺财物。
④ "赳赳"，原文作"纠纠"，据语义改。

例的，于是十分后悔，一伸手拉住丈夫的衣襟儿苦苦相拦。此时申爷是受了父亲的遗嘱，势在必为，可不便明告述妇人，故意把眼一瞪，气哼哼的说：“这件事，本是你教给我做的，傥或犯了案，休要后悔说我连累着你了！”说着一甩胳膊。申大奶奶是个妇道人家，没有多大的劲头儿，把衣襟撒了手。申爷迈大步出门而去。申大奶奶鞋弓袜小，想追是追不上的，有心后面跟出去，喊街邻给拦住，一想人家若是问起根由来，这不是没做贼先披上贼皮，不打自招吗。只好由他走去，再说别听他气肚儿上的话，万般不是力笨儿干的，也许半夜空手回来，到那时再劝他啵。赶紧把破坛子盖儿打开，把米倒出来，把口袋叠好，铺在炕上，提溜着心儿，捏着把汗儿，靠窗台儿一坐，净盼丈夫回来，暂且言讲不着。

但说申爷出了街门，自己往前行走，心中盘算，我是截道好哇，还是跳墙进院偷窃好呢，反正那一样儿全都不在行。可是常听人说，做贼不准偷本村儿，再说父亲嘱咐我，叫我找禾稼深处藏着去，总得走出个三里五里的才是。又一想，我从前出门儿总是长衣服，今天这们短打扮儿，手中又拿着木棍，这要遇见人盘问，应当怎么对答才好。一面走，信步出村儿，好在天色已然昏黑，辨不清人模样儿啦，再者满天密布乌云，远远隐隐雷声。

到了一座村庄之外，看见一片高粱地长得十分茂盛。自己跑的周身是汗，心说我先在这儿歇息歇息再打主意。于是钻进高粱地里，把木棍放在身底下一坐。喘息方定，忽觉一阵凉风，跟着一个闪，雷声大作，这雨可就下起来咧。申爷一着急，怕是发了大水把自己冲走，心说这地方儿不行，我得赶紧找避雨的地方儿。此时雨是飘瓢满罐，申爷周身衣服已然淋湿，往四外一瞧，白亮亮的是雨水，直辨别不出东西南北了。只见有一块黑影儿，约有两三丈高，心说这地方必是大树，那不我靠树根儿站着去呢，也比这高粱地强啊。试着步儿出了高粱地，够奔这块树林儿，脚底又是水又是泥，外带真滑，只好拄着这根木棍。好容易找着小道儿，往前紧行了几步，可就离树不到三五丈了。猛觉眼睛一幌，又是一个雳闪。申爷借电光一瞧，敢则树后头是一片矮墙，墙儿外栽的都是黍子，虽没秀穗儿，可也有三四尺高了。此时已到树下，扶住树本喘了喘气儿。又是一个闪，见履顺小道儿有个人也奔这棵树而来。申爷心说，这人必然也是被雨淋的要来避雨，傥或被他看见我有木棍，一定费话饶舌，我只好藏在墙根儿底下去吧。三步两步，蹚着进了黍子地，靠墙根儿一蹲。转眼之间，这人也进入黍地，原是个黑大个儿，极雄壮的大汉。

（六续） *1918年7月2日*

且说申爷虽说是手持木棍打算出来打劫，奈因自己没有武技功夫，而且是念书的人，从根儿没有听人讲究过都是什么行规，不像我全有个普通学。那位说，你会吗？您听什么话哪！要没学过，我敢吹吗！不信说给您听听，收拾利落紧衬，手持随手的家俱，单刀花枪均可，不必一定木棍，花布手巾罩头，在靠树林儿里面一藏，单等那南来北往客旅经商，打一棍子，可以落个千儿八百万的。可别等那妇道人家从娘家来，往婆家去，吃在肚内，穿在身上（这是路劫吗？打杠子的老词儿）。要说当路劫，得有同伙的，呰啷啷一棒锣，然后跳出树林儿，口念山歌："此山是我开，此树是我栽，有人从此过，留下买路财；牙蹦半个说不字，一刀一个用刀排，管杀不管埋。"这是路劫的行规吗？您听评书套子去呀，准都是这个谱儿，准对准不对，您自己打听去吧！我是书场儿席排子后头偷学来的。闲话少说，还得说书。

但说申爷在黍子地一蹲，周身全都湿透了，见来的这个黑大个儿的男子也奔这片黍子地前来。恰巧又打了一个闪，申爷怕被这人看见，自己一缩脖项，脑袋可就比黍子穗儿矮了许多。隔着空儿往外一瞧，这个人身穿蓝川绸裤褂，蛋青春罗套裤，足登青缎抓脚虎靴子，肩抗青洋绉大褂儿，头戴马兰坡草帽儿，手拿全棕白□折扇儿（这是《聊斋》吗？《施公案》。您别瞧不好，人家外带这个打扮是冬夏常青，永不换季。不然怎么说冻不死的《施公案》哪）。见这人走到黍子陇边儿上没有几步，斜插柳儿①奔北面墙犄角儿走去，脚底下并不甚快。申爷吓得大气儿不敢出，歪着脑袋，见他已到墙根儿，往起一长身儿，前手爬着墙头儿一骗身儿，并不费力，已然把腿倒过墙去。侧耳细听，一点儿声音没有。自己心说，敢则通俗都说到了墙根底下一纵身儿，用胳膊肘儿跨着墙头儿，听听一无人声，二无犬吠②，这才赶紧从百宝囊中取去问路石子往下一扔，听见是"吧哒"的声音，就知道没有翻板、梅花坑，才敢迈腿过去呢，那全是瞎聊哇（申爷也聊上评书套子咧）！见他跳墙十分省力，必是有真能为的大找家儿③。

自己闭眼再想，这片墙墙里是亢家庄儿，这庄儿首户，外号叫亢金龙，是有名财主。这个黑钱贼④必然白天踩⑤好了道来窃取来了，凭他这们形似狸猫，恰似猿猴，越过井字儿，一定水多鱼肥。俗语儿常说见一面儿分一半儿，一会儿他要得财出来，我过去道个辛苦，我就说在外边儿替你寻风扯旗瞭望来着，没别的，沾点光儿啵。他如果有拿不下的，分给我点子也就够咧，就是这个主意。又一想，不行，不行，俗说狠心贼，狠心贼的，他们这路黑脸儿是专吃白脸儿。我要好说，他必是善财难舍，得讲动点儿什么，凭他这个身子骨儿，我简直的不是对手。对巧了我这件大褂儿都得属他，还怕有性命之忧，

---

① 斜插柳儿：古代妇女在清明时折柳斜插在鬓角的风俗，这里指顺斜路行走。
② "犬吠"，原文作"太犬"，据语义改。
③ 找家儿：寻找偷窃或作案机会的人。
④ 黑钱贼：一种夜间行窃的贼。
⑤ "踩"，原文作"采"，据语义改。

我必须如此这般。诸位爱瞧，明天再说。

（七续）1918年7月3日

且说申爷自觉敌不了黑贼，莫若闹个乘其无备而颠之，打的他起不来，我抢起他的财物一跑儿，这就叫做明枪容易躲、暗箭最难防。即便事犯当官，他是现赃贼，我是替邻村捕盗的，虽得不着财，也不至于有什么罪名，这个主意，真称得起是一举两得喽。想到其间，抬头一瞧，天上的雨已然住了，跟着一阵西北风，刮下树上许多大雨点儿来，飕得身上很凉。站起身形，往四外看了看，真是路静人稀，侧耳再往墙里边听了听，一点动静儿没有，自转身朝里，想爬着墙头儿往院中看一看，无奈够不着，打算把棍子立在靠墙儿，一脚登着，不但地下的泥滑，而且自己的鞋底子上也净是泥，也是不行。又一想，我不用瞎费力了，常听人说，贼走熟路，他由那儿进去的，少时必然还从那儿出来，皆因晓得不至于再有消息埋伏了，我乘早儿顺墙根儿往北等着他去吧。于是一手提着木棍，拨着黍子，一手扶着墙，往北走了约有五六丈远，已到墙犄角儿。心说罢了，他真是干这个的，由墙犄角儿走，里外好登。况且即便人家追出来，两面儿都好跑。我想他是从东南方来的（真正老团），回路也不能奔西北，我就在这个墙北犄角儿一等，也好映身儿。一面打主意，一面往北瞧了瞧，见黑漫漫一片高庄稼，大约必是高粱。顺墙往北又瞧了瞧，这段墙很长。又一抬头，天下已有星斗，此时正是七月十几儿的光景，朦朦月色，正在西南，重新挽了挽袖子，把木棍双手举着，净等打这个黑贼。不大的功夫，膀子觉酸，一阵风儿把浮云吹净，露出清凉的新月，自己的影儿正照在东面儿。申爷自己也乐啦，心说这到不错，少时他往墙头儿一蹿，看见这个影儿，从里边先给我一砖头，我没算计成人家，反被他算计去咧，有多合不着哇，我别这儿瞎比画着啦，赶紧把手撤下来，靠墙根一站，侧耳往院中听着。

又过了约有一个更次，听院中好像有抽喘呼吸的声音。申爷心说，八成儿是出来啦，他这们哈哧哈哧的，必是沉重的金银，我成败生死就在此一举了，恶狠狠举着棍子，在北面映住身体。一会儿见墙头儿上往起一冒，露出脑袋来，照在地下，影儿还真是不小，肩膀儿虽宽，可透点儿溜肩膀儿。申爷心想，他必是爬住墙头儿往外一飘腿儿足踏实地喽，俟等站脚不稳的时候，我就是这一棍子，先把他腿打折了，大概也就不行咧。谁想这个跳墙的敢则另是个门路，不用飘身儿倒脚，把肚子放在墙头儿上往前一蹿，两只前手将要落地，两条腿可还没落平儿呢。此时申爷的木棍举起，用的是十成劲头儿，想照着左踝骨打下，敢则没想到，这个黑脸儿的是五短身材，四方个头儿。申爷又往前进了一步，正打在他的腰节骨上，登时震得虎口发麻。好在这一棍真给打爬下，不会动咧。再瞧已然变成了一个大龟，张着大嘴。申爷一害怕，加足劲儿又是两棍子，大概已然睡着。

（八续）1918年7月4日

且说申大爷耗了一夜的功夫，好容易把黑大个儿盼将出来，焉有不加足劲儿朝下打的，头一棍打在腰上就没翻身儿，立时现露原形。申爷一害怕，更不敢缓手喽，于是乎砰得儿砰得儿砰，扒得儿扒得儿扒，打劈了棍子头儿，袖口儿也麻了花（这是《聊斋》吗？改良的《打王八》吗）。见他所不动掸啦，才知道八成儿是死啦，还不放心，轻轻儿的绕在他的头里，用木棍照定他天灵盖又打了一棍子，果然见他金眼圈儿闭上了，只是这血盆大小的嘴还张着哪。心说罢了哇，罢了，你这路东西，至死没忘了白吃人，没别的，我请你一根死棍儿糖啵。于是用木棍把他下颏一抽，还是闭不上嘴。申爷诧异，揣摩这个理由儿，好容易才钻出个碴口儿来，自言自语的说："方才隔着墙儿就听哈哧的声音，我想做贼的断不能犯喘。是喽，这怪物跳墙进院也许是偷嘴吃来着，被便宜酒支使的。又一想不能，他是水怪，酒到他肚子里随便对花①，焉能醉的了（同眼下时道人儿喝啤酒加气水还就冰□□似的，不信您上东方饭店瞧去呀）！他必是因方才这阵西北风大的紧，他在本宅没吃出什么来，净喝了西北风咧。我看了他这们一夜，俗语儿常说，千里为官，自是为官，千里为财，只是为财。如今他不是没了命了吗，这可得乖乖儿的由着我的性儿啦。我搜一搜他的腰儿，瞧他有什么值钱的红绿货、金钢钻石，那不金磅儿哪（这是申爷说的吗？我穷疯啦，说梦话哪）。"

打定主意，把木棍放下，想往起挡他，如何挡得动。又一想，方才我见他来的时候是川绸裤褂、洋绉衫儿，怎么此时现露原形之后，净剩这条带膀花的大光脊梁了呢？哦，是喽，他就是指着洋绉褂儿朦事的那一派喽。到底精灵精灵，比人有能为，他这都是变化出来的，比顶、赁、借三法全都高明。别管怎么样，今天他既然死在我的木棍之下，也别管他有千年的道行、万载的修行，就是万年永寿，也算是一但无常万事休咧。我总算替这泾河一方面的人民除了一大害。我把他躯壳剖解开，卖给熟药店，熬炉火龟龄集，得说真是地道好材料，剩下碎的烂的，那不送到药行，大秤论斤卖龟板熬胶呢，也值若干银子哪。况且从前我看过《今古奇观》的小说儿，有一段叫《转运汉巧遇洞庭红》，就是一个人得了这们个宝贝，发了大财②，皆因他肚子有珠子，这话不尽是谣言（我这可全是谣言）。人若走时运，就许遇得着这路好事，怪不得我父亲说我不至寻死呢，敢则我命中还有这们一注财呢，我不免就此动起手来。想到其间，把腰中系的破裤腰带解下来，

---

① 对花：旧时卖酒的人往酒里掺水，叫对花。

② "财"，原文作"发"，据语义改。

把大褂脱下来，放在一旁，想要去掀龟盖，费尽气力，是怎么也揭不动，累得周身是汗。自己一想，莫如我用带子拴上他两条腿，把他拉到家再剖解吧。及至拴好，还是拉不动。此时天光发晓，申爷猛然想起一条特别新闻未经各报登载，不由好生的欢喜。

（九续）1918年7月5日

昨天的书说到申爷打死巨龟，想法子要往家中搬运，一个人是费尽气力，怎么也搬运不动，而且累得唏嘘直喘。猛然想起前两个多月自己到各处谋馆，遇见亢家庄儿的一个人说了一件新闻，是什么事呢？在原文是个倒笔，咱们串着说，所为您瞧着串贯①，并非在下擅改前贤的笔墨，话儿交待明白了，这就编谎。

且说申爷遇着亢家庄儿的这个人，彼此原没多大的交情，不过在申爷朋友家行喜事人情同过两次席，见了面彼此有个周旋。这天，这位正坐在一个小酒铺栏柜前面喝到半酣，申爷从此经过。这人起身让说："呦，那不是申先生吗？上那儿去咧？来吧，打一个喝好不好？"申爷是出来谋事，只好说："我刚吃过饭，有酒钱没有，一向少见哪！"说着话，做为让帐凑到跟前。这人说："酒铺儿都先给钱，早就给咧！申先生怎么这样闲在呀？"申爷说："在下近日无事可做，打算成个学馆，不知你老哥有相当的地方儿没有？"这人说："要讲成学馆，得在春秋儿。此时正在夏至节令，庄稼人家儿忙做活的饭都忙不过来，谁有闲功夫张罗孩子念书哇。到是有一件事，我同先生打听打听，你会教学，你会画符念咒，捉妖除邪不会？"申爷说："这些怪力乱神的事我没学过！"这人说："那们你认识这路法师不认识呀？"申爷说："我也不认识。但不知你打听这路人有什么用处？"这人说："你到晓得我们亢家庄儿出名的财主亢金龙哇？"申爷说："听说过这们一位，可没会过面，怎么样呢？"

这人说："他是这位亢老员外，夫妻二人就跟前一个女孩儿，今年十八岁，生得貌似天仙，老夫妻自然很疼爱。正月十几儿，有个肥壮的大汉，半夜进到香闺，要叫这姑娘同他成为夫妇。姑娘不肯，方才要喊叫婆子丫鬟们，聚集长工短汉拿采花淫贼，也不知怎么被这肥贼用舌头给堵上了嘴，一阵昏迷，就人事不知咧，只好由他性儿胡闹去啵。及至天光发晓，苏醒过来，也不知他是有薰香盒子呀，还是什么拍花②药儿。事已到此，也就不便声张了。况且想着他头天来，第二夜还能再来吗？到了晚半天，未免害怕，就告述他父母，说自己身体有病，神虚害怕，叫多给拨几个女仆看着自己点儿。亢老夫人赶紧派了四个婆子、四个丫鬟，分前后夜做伴执更，姑娘都叫在屋中，把门内外加闩上

① 串贯：连贯。
② 拍花：指拐带小孩。

锁。到了定更多天，姑娘刚睡下，也不知几道门怎么会无故自开了。一阵狂风，这八个人也俱都昏迷不醒了。不但姑娘受了他的害，这八个婆子、使女也都受了误伤。天光大亮方才明白过来，只好跑到亢老员外面前，要求抚恤赔偿去吧。老员外只好答应下，立刻把本庄的庄丁们聚齐，自己一调遣，派这些人预备合手的家俱，无非看家护院的单刀火枪、木棍铁锄之类。这些人团团把姑娘绣闺围住。刚到三更天，谁想屋里院中的男女全都一阵迷糊，及至醒来，所出的情形是越发的难说。”

（十续）*1918* 年 *7* 月 *6* 日

且说这人对申爷说：“你瞧亢老员外这样戒严不是吗，心想总可以防备住喽。不料天到半夜，这群人个个儿心中一迷糊，就好像睡了似的，及至醒来，手中的刀枪照旧拿着，门可全开咧。就听屋中的婆子丫头们说：‘呦，姑娘，这是什么月分儿呀？你即便贪凉快吧，也得穿上点儿随身的裤褂呀！不然着了凉，一则与你体育上的健康有碍，二则被外国人看见也引为国耻（这是亢宅女仆吗？我替警厅劝光脊梁的哪）！’这群庄丁们不敢细问，又听婆子们喊叫了半天，才听姑娘有了哼声儿。第二天一打听，才晓得敢则亢小姐赤身露体躺卧着，好像傻子似的。大家好容易才撅叫的明白过来，羞愧难当，急得直要寻死。这些仆人不敢隐瞒，把话据实回明了亢老员外。老员外一听，气得胡子都扎煞起来喽，说：‘这妖怪，他分明是憨蠢我，我定不与他干休。你们大家出去访问去，谁要能把这妖怪给制住，我不怕花钱。’这些仆人中有胆子大的，大家凑在一处商量，预备火枪火箭，用火攻计烧他。内中有一个说：‘你们别瞎出主意咧，这宅中女仆马大脚是我姑舅两姨二大妗子①，前天夜里他在姑娘屋里上夜，他爱吸旱烟打火链来着，首先就被这个黑大个儿妖精给按在底下啦！’大家说：‘按下怎么样哪？’这人说：‘大概把烟袋杆儿给他撅咧！我劝你们这火攻计可怕不中用，你们就是添练一个火器营，也架住到时候叫你使不上。’大家一听，只好把提议做废了。从这一天起，亢小姐白天是茶饭懒咽，一到晚半天就提心吊胆，怕妖精上他屋来起腻，忧愁的要死，一天比一天见瘦，时常对父亲说：‘重赏之下，必有勇夫。要打算不花大价儿，没人肯破死命当这路前敌。’亢老员外听女儿言之有理，当着众下人们说：‘谁要能把这妖精给打死或遣散了，谢银三百两，决不食言！介绍人另有酬赠。’这话这们说了一幌儿已经小半年子咧，就没有这路能人。我皆因你们念书的人多知多懂，并且三教九流都应有熟人儿。适才听说你谋馆，故此问一问（这片话，就是原文倒笔改做人口气串说的话）！”

申爷当时听着很不入耳，心说罢了，怪不得人说大酒缸前头没事惯爱编谣言呢（访

---

① “妗子”，原文作“矜子”，据语义改。

友通信社也差不多)，敢则真是胡咧咧。好容易盼他说完，自己才周旋了两句，告辞走开。从这天起，还是到处谋馆求生计，时常不断听人讲说亢家庄儿闹妖怪的话，申爷还常同人抬杠，说："妖不自作，妖由人兴。你们别听这们说，内中不定隐藏着怎么事件呢!"后来为这事连亢家庄儿都不走，时常绕道，或给他个不出街门。一幌儿又是两个月光景，今天夜里无意中打死了此怪，起先是想着把他弄走，及至所抗不起来咧，坐着想主意，蓦然想起，敢则祟①惑亢小姐的就是这个东西呀！我既弄不走他，何妨到亢宅前去求赏。

(十一续) 1918年7月7日

前昨两天的书，说的是亢宅这个倒笔，透着离奇。诸位不可认做龟真能成精作怪，只好当个坏人看就是啦。至于龟在占书上为四灵之一，因其能卜卦，且能息气吸风，据说虽有雌雄，而不能交，必与蛇交，雄龟见之遗溺，蛇履之则烂，雌龟负蛇而去，以之比娼妓之夫，即取此义。亦云龟善缩首，此等人得钱则缩首。又云乌龟与"污闺"二字音同字异，据这段《申氏》看，或即因其为污人闺女之坏人，蒲先生□用龟比之。咱们不必瞎考据这些，还得接着说书。

且说申大爷猛然想起这件事来，心说敢则亢金龙家闹的是王八精呀！我既把他打死，何不进庄儿告明白他们，不是听说还有谢礼哪吗，他如果不给银子，我烦他们帮我弄回家去，难道还不行吗。走哇，我就叫他家门去。打定主意，照旧把大褂穿好，破裤腰带可不便再系咧，一手提着木棍，拨着黍子，顺东墙根往南走。心中盘算，傥或人家问我，黑更半夜的手执木棍到人家庄儿做什么来了呢？我可别实话实说，只好说专为给贵庄儿除妖驱怪来的，破了好些天的工夫啦。再随机应变的一遮说，只要亢老员外一信，我这钱就朦到手哩，就是这们办。心中想到高兴之处，往前一迈大步，被泥一滑，几乎栽倒黍子地中，连忙扶住墙，定了定神儿。

此时天刚发晓，庄中没有行人往来，申爷已经绕进庄儿来。见家家关门闭户，东头路北广梁大门，门外有小板桥，一道护庄壕。申爷到了门前，见大门没开呢，自己用手中木棍打了几下子门，听里面有人答言儿，说："什么人这么早打门哪？"申爷说："我是与你们宅捉妖来的!"下人一听，说："如此说，你少候一候，千万别走!"申爷说："是啦!"自己坐在板凳上，约莫这个下人是现穿裤子。一会儿听脚步声音来到门洞，开锁下闩，撤去上下阡棍，吱吽吽门分左右(那位说，这套惜老怜②，其实我也不愿意这们费

① "祟"，原文作"崇"，据语义改。
② 惜老怜：原词"惜老怜贫"，使用前三字，扣住"贫"字。

话，皆因原文说“叩门求赏”，我既入小说行，就得会这套贫口，您将就着瞧吧）。

申爷见出来的这人是门房儿的门公，赶紧站起。这人用眼上下打量自己几眼，然后说：“方才叫门，说是会除妖，可是你么？”申爷说：“不错，烦劳动禀一声儿，就说我已给把妖怪给打死了，特来见你家员外！”这门公一听，直摇脑袋，说：“怎么说，你已然把妖怪打死了？但不知是什么怪妖？现在何处？”申爷说：“是个大龟。”这人听着透出越发不信的样子，说：“怎么我们宅会闹老龟？尊驾贵姓呀？你八成儿也是鼋党吧？”申爷说：“你先别玩笑，你要不信，你跟我瞧去呀！”门公说：“那到不必（想必怕被拉入党）！既有此事，你快请门房坐，我给你通禀去，你到是贵姓啊？”申爷说：“我是邻村生员，姓申。你见了你家员外去提，他自然知晓！”门公用手把申爷拉进门房儿，此时门房还有个打杂儿的也才起来。一听申爷说话儿，夙日有个耳闻，陪着说话儿。门公进去，不大工夫，亢老员外亲自迎出，这才细问捉妖的原委。

（十二续） *1918 年 7 月 8 日*

且说申爷在门房儿同打杂儿的说了没有几句话的工夫，见门公由里院跑出来，说：“我家员外爷出迎！”申爷只好起身出了门房儿。此时亢老员外已然出了重门，笑嘻嘻的说：“这位先生，敢莫就是申法师么？”申爷一听，心说不得，要拿我当申公豹①，连忙把木棍立在门房外边，赶过去身打一躬，说：“乡老前辈，晚生非僧非道，也没有什么术法，是个穷秀才！”亢老头儿说：“生员也罢，法师也罢，快请里院书房待茶！”说着话，用手就拉申爷。申爷仍旧提溜上木棍儿，随同主人进了重门，是一间客厅，手下仆人高挑竹帘，宾主进屋，在迎门椅子上落坐。

申爷放下木棍，员外看着纳闷儿，也不知这木棍有什么奥妙，以为必然有电气（那是耍马戏的那根棍儿），连忙吩咐下人们，告述厨房赶紧预备上好的酒席，一面问说：“但不知申先生怎样将这妖怪打死？适才听门上人说是个龟精。这路东西盖子最硬，请问先生是用什么兵刃打死的？此物现在何处？再者你怎么会知道他是龟精呢？”申爷心中暗说，瞧一瞧，是要刨根儿不是，幸尔没进门的时节我就把谎编好咧，不然一张口截舌，谁还能信哪，于是重新站起，说：“启禀员外得知，府上这个妖精，听说是由正月十三闹起，到了上两月越发的肆无忌惮了。这件事远近村人皆知，生员岂无耳闻！但是一件，我想捉妖驱邪这路事，原是出家人应会的，自然有人来给驱逐，所以也无此打算。后来又听说老员外标了三百银子的赏格，不但没人能捉妖，连准是个什么妖精都没调查着，我真有点儿气不平。恰巧五月间，有一天下雨，我在朋友处会文回家，走在我们村外头，

① 申公豹：《封神演义》中的人物。

就见由泾河起了一股黑风，内中隐藏着妖气迷漫。我赶紧闪在一旁，让过风头，抓住风尾，在鼻子上一闻，喝，真是腥气烘烘的，知道必是水怪，离不开虾兵蟹将之类。将我尾随黑风一追，见他进了贵宝庄贵宅了，这才晓得宅中的令爱是被他缠绕住了。从那天就起了替贵宝宅除妖的念头。常听人说，先天《周易》最能辟邪，我就赶紧温习，背了个烂熟，又没有合手的兵器。昨天乘着下雨，我想试一试，就在贵宝庄东墙外头一蹲，果然见他驾黑风真就来啦。来的时候儿离墙头儿很高，况且我的《易经》才背到"九二上"他就进了院子咧，只好等他出来啵。于是举着棍子，从"乾元亨利贞"背起，背了有五六个通本儿，果然他真出来了。我照定他后脊梁一棍子，他就爬下了，跟手儿一路乱打，嘴里可是没断背《易经》，居然就打死了！"亢老员外说："原来背《易经》有这样的灵验，我只当净能啃柴①呢（改良可用石子儿）。如此说，这孽畜现在庄外喽？来人哪，你等与我抬进院来！"书中代表，申爷进了书房，门公一传说，下人们有跑去看的，有在书房门外听捉妖法子的。此时员外一吩咐，齐声答应，这就预备绳杠，出庄门前去抬龟。

（十三续）*1918*年*7*月*9*日

大凡喜新好奇乃是人之常情。《聊斋》一书，既曰"志异"而做，自然非异不志，这是蒲先生当日喜新奇之心理。其中所志之事，或传闻失实，或穿凿附会，或假托鬼神以劝人，或描摹妖魅以讽世。后人喜其故事新奇，爱其笔墨古雅，故多喜谈之。只恐以假做真，并变本加厉，一加色泽，则真理愈失，近于诡诞无稽，岂蒲先生著书本意。鄙人因恐人误会，囿于迷信，故逐段总要讲演出来。虽以笔墨换钱，可不敢引人入于歧途，离经叛道。您爱看，我是这们说，您不爱看，我也这们敬献。

闲话蠲免，就以昨天本文书说，亢宅这群仆人们自从听见说有个姓申的把妖怪打死了，胆大的要去看看。及至到了墙外，老远的一站，硬说八成儿他是装死儿，别着吃人的，等人过去一给凑钱，好住店过瘾的（这是龟精吗？前些年讹铺子的老花子），议论纷纷。还有跑去时很勇，一探头儿，又往回路跑。有人问他看见什么啦？他说瞧见大脑袋可怕（连我也不敢瞧），反正人多嘴杂。再说另有一班长工短汉跑进重门来，为瞧捉妖申法师的，有说必有掌心雷的，有说他有斩仙剑的，交头接耳的议论。及至听申爷说背《易经》，这就有说："瞧瞧，还是圣人门户儿正不是！"就有说："别听他瞎聊，人家肚子里必有真言咒语，怕被人学了去，拿孔夫子盖面儿呢（这话倒是根儿上）！"唯有亢老员外听着喜欢，这叫别管真猫假猫，拿着耗子就是猫。既是把妖怪给打死了，他背《三

① 啃柴：江湖隐语，靠说书糊口。

字经》儿也许能行。于是吩咐下人们："快去与我抬来！"

此时众仆人有找绳子的，有拿杠子的，一齐出了大门，绕到庄外。有个当瓜①掌班儿的好出主意，说："老哥儿们别乱，咱们先拿杠子打他两下子试试，招呼没有死就哪！"大家都说有理，于是拿杠子的每人都打了几下子。内中有一个人出来的疏神，拿的是根大竹杆子，搂头就是一下子，见老鼋搭拉着脑袋纹丝儿不动咧，说："你们大家不用发毛咧，你瞧，我这一竹杠，他真认了头了不是（此公就是敲竹杠的发起人）！他既死了，你们就不用藏藏躲躲的啦，赶紧拴抬着肩儿呀！"这个一说，大家抖开绳子就把四条腿拴上，又把尾巴也给捆好，唯有脖子没有过去拴（被这路东西咬过）。大家说："咱们莫如四角儿上穿两根大杠，用小棍儿按八个人儿小抬的法子办。你们抬头的少吃点儿肩②，甩尾子的多吃点儿，保重要紧。"那位说，你说了个挺在行，八成儿你抬过杠。实不相瞒，我没那们大力气，从先当过小番丹听俗了（所为冬天白穿袍褂，那双大靴子，官样）。大家七手八脚的把绳杠拴好，这就叫起儿，说："咱们一齐着肩儿呀！"八个人往起一叫劲，每人都说："喝，好分量啦！"当头儿的说："老哥儿们，留神脚底下可滑呀！"又有说："留神别□了黍子的。"此时亢员外同申爷喝着茶，已然等急，派人来催。好容易大家把妖怪抬进大门，员外吩咐放在当院，叫厨役用□术与我将他解剖。

（十四续）1918年7月10日

且说亢宅这些长工笨汉把大龟抬进重门，放在当院。此时亢老员外同申爷全在客厅廊子底下站着呢。亢员外看着害怕，滴溜圆的肩膀儿永不吃肩儿；虽说五短的身材，只因脖项长短无定，故不能取贵；可惜眼睛太小，眼光看的必近，可并非近视（那怎么戴眼镜儿呀？况且人家有自来的金丝眼圈子，就是见谁也不能摘）；挺大的一张嘴，不知道有准舌头没有，衬着掀天的大鼻孔，这叫仓库不掩，一生一世，不能发财（这是《聊斋》吗？呛金的钢条子）。于是吩咐下人们，赶紧把厨役叫来。此时众抬头儿③们撤杠解绳，上外院净等讨酒钱去咧。厨役进来，请示员外呼唤有什么分派。员外说："你们把这东西给我解开，试一试，如果肉不老，咱们来顿大□甲鱼。一来请请这位申先生，二来犒劳犒劳你们大众！"厨役迟疑了会子，说："这件事，咱们可是活说着，甲鱼是甲鱼，乌龟是乌龟，这路东西，我们没做过，如果不得滋味儿，您可得多包涵！"员外点头，厨役方要动手，申爷在傍急的答了言儿了，说："有一件事得同员外说明。在下冒险出来做这件事，实是因饥寒所迫。一则听说宅中出了赏格，二则闻听人说大龟称宝，皆因他有珠子。

---

① 当瓜：看守瓜田。
② 吃肩：指承担重量或责任。
③ 抬头儿：一般指轿夫或抬重物者的头目。

少时剖开，如果有珍珠，可得是我的！”员外说：“先生替我家除此大害，所说谢礼一事，只要小女病好，决不食言！至于有多大的珠子，一定也是先生的，我决不贪这意外之财！”申爷一听，暗暗喜欢。

此时两名厨役由厨房把剔骨刀子预备在手底下，说：“那们我们就先揭盖儿啦？”员外：“你们可留神珠子！”厨役顺盖壳儿用刀剔开，想要揭盖儿，费尽气力揭不开（大概注沉①），从外面唤来几名长工，用杠子按着，好容易揭盖一瞧，一样的六格儿②，青黄二色，又按格把肉片下来，放在一边儿。申爷不放心，站在傍边儿看着。功夫不大，肉都切下来。厨役说：“员外，您问申先生，那儿有珠子呀？”申爷说：“我是《今古奇观》上那们瞧下来的，也不知准在那儿长着，你们留神就是啦！”

这时候太阳已然在巳正午初时刻了，暴雨之后，地气蒸热，再加上这股子腥味儿，别提多难闻啦！大家堵着鼻子，怕是有碍卫生。半天的功夫剖净，厨役说：“申先生，您瞧他可没有珠子呀！大概也许是兑换给揉儿铺啦！”亢老员外说：“这个东西，许是遇着过别宝的③，全被人给挤净了。先生死了心吧，咱们屋中喝酒用饭去吧！”申爷本来从头天吃了午饭出来的，熬了一夜，是又乏又饿，既然珠子没了想望，好在赏格准有，只好说：“如此就要叨扰了！员外，请哼（一乐就犯戏瘾）！”同定员外进了屋子，早有下人们把桌椅调开，员外请申爷上座，自己下席相陪。一会儿罗列杯盘，斟酒敬菜。申爷一面吃，一面纳闷儿没有珠子的这个原故。亢员外是怕申爷嫌自己不善应酬，变着法子找话儿说。申爷也只好随话答话，自己忽然悟出个理由来，这才与亢员外证明无珠的原理。

（十五续）*1918年7月11日*

且说申爷一面喝着酒，一面自己搜索枯肠，钻钻大龟没有珠子的情理，一时恍然大悟。方要同亢老员外提说，恰巧亢员外又亲自敬酒，并说：“我想先生既不通法术，一定练过武技功夫，不然焉能打得动此怪？再说也不能有这胆量！”申爷欠身回答，说：“晚生实对老前辈说吧，我家乃是世代书香，并没练习过武功。至于胆量虽有，也因迫于饥饿，才挤的冒险，图这意外之财。总而言之，府上是积善之家，必有余庆（一死儿不离《易经》）。这孽畜逆乎天道，跑到尊府上做这不道德的行为，天故假手于晚生为尊府除害。这是真理，晚生何功之有？”亢老头儿一听申爷直捧自己，连忙说：“小老儿家中也不敢说积善之家，可是越理的事情从不敢做。先生这样谦恭，不愧谦谦君子喽！谦受益，时乃天道（老头儿也透念过）。但是古人说龟腹有珠，据我想古人必不我欺，相许偶然有

---

① 注沉：赌博中下注的多，输赢结果也迟慢。

② 六格儿：指龟藏六，谓龟遇危险便将头尾和四足缩入壳中，故认为龟体内有六格儿。

③ 别宝的：旧时的一种职业，专门以采集野生、无主人的珍贵之物为生。

一二粒，未必是龟皆有！”申爷说：“晚生悟出一个理来，正要请教老前辈呢！”亢老头儿说：“先生既然悟出理由，何妨说出，以开茅塞！”申爷说：“我想龟秉纯阴之气，又能息气吸风，故能不死。其腹中之珠系阴精凝结而成，亦如人之有精气神三宝，傥能聚精养气会神，虽未必长生不老，无病多活岁数是一定的喽。如今此龟大约已有千年上下，无端不保其阴精，又做祸人之行，其在尊府上是咱邻村知道的，其余在沿河各处，尚不知祸害过多少妇女。阴精不足，自难结珠，亦如年轻好色之徒不能得坚壮身体一样。他的精已竭，气已虚，神已散，故尔经我一木棍，他就昏过去了，此等虚弱之龟，焉有宝珠！此是晚生愚陋之见，不知老前辈以为何如？”

亢老头儿听着连连点头，越发敬重申爷有悟性。此时菜已上齐，申爷是酒足饭饱。亢员外叫下人问厨房，大熬龟肉得了没有。一会儿厨役亲自过来，说：“回禀员外的话，厨子把这龟肉弄到厨房，心想捡精致的做一碗。用刀剔了半天，怎么也切不好，比滚刀筋还滚刀，只好把他下在大锅一块，放在蒸锅上一块。方才瞧了瞧，这东西是蒸不熟，煮不烂，您要等用可不行，只好用桑柘柴、文武火，慢慢的熬吧（这厨子是熟药铺的先生改行）！”申爷一听，乘此起席。此时已过申初，身体有些发倦，连打两个呵欠。亢老头儿说：“龟肉既没□熟，先生何妨在这屋睡上一觉，俟等晚间再用如何？”申爷听老员外这样让，又见人家厅房的罗汉床、竹席、凉枕俱都很讲究，比自己家的破席头强的多，顺口答言说：“晚生遵命就是！”说完漱口擦脸，亢员外告辞进里院去了。申爷就在床上睡了一觉，既没臭虫，又没蚊子，借酒劲儿睡了个挺香。及至醒来，厅房中灯烛辉煌，微一咳嗽，仆人进来伺候。一会儿员外又过来请用晚饭，并说：“龟已成胶，除去腥臊，到没别的味儿①，大约他是不愿人吃他。”说着话，摆上酒饭，请申爷入座。亢员外留申爷过夜，老头儿原来是另有心思。

（十六续）*1918* 年 *7* 月 *12* 日

昨朝话表亢老头儿款待申爷，真是敬如活神仙一般。劝申爷歇午觉之后，自己跑进内宅见了安人，问问女儿的病体如何，据说依然照旧，但是听婆子丫鬟们说，妖怪已被打死，心中一痛快，多吃了半碗儿饭，现在香闺中睡着了。亢员外听着也自欢喜，告述安人，快给平三百两纹银，不可亏平减色（别跟我们旗领催②学），用纸包好，放在里院，预备谢候申先生。

安人说：“既是预备好，何妨就送给人家呢！俗语有云‘许死人，想死人，许死神，

① “到没别的味儿”，原文作“没到别的味儿”，据语义改。

② 领催：清朝八旗中的职务，负责发放钱粮等事务。

想死神’（安人要唱张别古），你不给人家，误迟会子，还能省得下吗？”亢员外说：“安人有所不知，祟惑你我女儿的妖怪，不知是只有此龟，还是另有几个。即便只有此怪，我想人都说精灵精灵，一定必通灵性。这样妖怪，他大约也有党羽，倘若知道他的头目被咱庄中打死，也许找来替他报复①。再说若有龟灵圣母率水族兴波聚浪前来替夫报仇，咱这庄儿还怕要闹水灾呢！我想申先生既能用《周易》降龟，也许能按《禹贡》治水，有‘决汝汉、排淮泗’的妙手。故此借请他吃龟肉的法子，把他款留在厅房中，俟等过了今夜，若是真没动静，再把银子如数奉赠不迟！”

安人一听，说：“员外言之有理，据我想今夜还是真得防备一下子，闹个无形戒严才好！”员外一听，也连连点头，说：“安人所见甚是，如此我就吩咐他们就是啦！”说完把众男仆都唤进里院，员外站在廊檐底下一开演说，告述大家：“今夜大家不可贪睡，各预备下随手的家伙，不必明灯亮烛的喧哗，净听申先生的招呼。人家申先生是有能为的人，既一个人能打死一个，即便来个三五个龟党，有大家助他一膀之力，还怕什么的呀？今夜如果平安无恙，明天我先谢酬了申先生，你们每人都给二两银子。傥或今夜闹龟党，你等受了什么损失，明天我如数抚恤赔偿，决不食言（比洪宪皇帝②有信义）。你们傥若贪生怕死，打破亢家庄儿，你等虽无身家，也有性命，到那时玉石俱焚，岂不悔之晚矣（这是演说吗？大把儿抓的《浣花溪》）！”大家一听员外这样吩咐，只得齐声答应，说：“我等愿效死命！”亢员外吩咐完毕，大家散出院外。

一会儿天色昏黑，下人进来回禀，说：“申先生已然睡醒。”员外赶紧出来，陪着申爷用了顿晚饭带夜消儿。及至吃完，已交二更，喝酒中间，员外问了问申爷，说：“今夜妖怪可能重来否？”申爷只好乍着胆子说：“员外但请放心。据我想这路妖怪也轻易不多有的！”员外说：“但愿今夜平安无事。我已吩咐内人给先生连夜把银子备齐，明朝送先生回家不迟！”申爷听员外所说，喜欢的了不得，知道银子是不能化灰儿喽，只好起身道谢。员外道了安置进内去了。申爷被员外这一犯毛，也有点儿害怕，把木棍预备在一傍，所为闹个二本，一夜无词。次日天明，亢员外过来把银子赠给申爷。诸位要看申爷到家这段改良的《得钞傲妻》，只好后天再说。

（十七续） *1918* 年 *7* 月 *14* 日

前晚偶行廛市，彩牌国旗高悬。忽逢乡老向予言，何为恢复纪念③。

---

① “复”，原文作“负”，据语义改。

② 洪宪皇帝：指袁世凯。

③ 恢复纪念：恢复共和纪念。1917 年 7 月，段祺瑞马厂誓师，对张勋复辟帝制进行讨伐，提出再造共和。

农场谣传□逛，公园依旧收钱。兵营学校局所间，放假歇工消遣。

戏园多家停演，是否怕遭野蛮。请君对我细谈谈，以便庆祝欢忭。

我闻斯言欲泣，不禁长叹者三。回想年前此一天，军界同胞甚惨。

谬说大帅忠勇，其实意在争权。弹炸清帝险宾天，他却逍遥使馆。

几句流口词儿念毕，接着还说我的《聊斋》。前天借着恢复共和的国庆纪念歇了一天的工，偏巧感受暑湿，一天没出街门。到了晚半天，到街上散步游行，遇着这们位乡下老儿，多嘴问我，勾起我的陈痰（这是真话并非斗哏），拿这问答诌了几句流口词儿。您瞧着可不吉祥，当吊战场文看可，当周年往生咒瞧也可，要一定让我赞祝，回想去年，只是铺户未遭抢掠（东安市场还有微受损失的），乾清宫、天安门没烧是可喜的事。其余近畿水灾，币贱粮涨，都可做特别的纪念。因此轻生的，寻隙拼命的，所在多有。这些位就如同《聊斋》本段这位申氏，可惜没有申氏这番奇遇。闲话暂且少说。

但说亢员外次日天明因怪果绝，这才把三百银子如数赠给申爷，彼此都是千恩万谢。申爷提溜上他的木棍，告辞出了亢家庄儿往回路走。这一大包银子是五个元老宝、四个十足印儿，拿着挺沉。出村走了不远儿，累得满头是汗，来到树底下靠树根儿一坐，自言自语的说："这银子真是好宝贝，不到二十斤的分量，我居然会拿着费劲。有咧，不免把大褂儿脱将下来，把这银子包上，用绳子系好，使棍子穿上，往家里一抗，也到不错!"打定主意，自己这就解钮扣儿，把银子包起来。心说这位亢员外说到那儿应到那儿，总不失为善德好人，我呢，是被我那坏女人挤兑的寻死才得了这笔意外之财，怪不得俗语儿说若要富走险路呢！这个泼妇，虽说是挤兑我，可也亏了他成全了我哩！又一想，这话不可这样说，傥或前夜晚间我这一棍子没打着，此时我学生大概早变成龟粪咧！少时回到家中，这个妇人，还是别给他好气儿。况且我昨天没在家，还怕他起了外心呢。好在还有米吃，或者许不至于做那路下贱营业。我别紧自磨烦啦（对，我也快说吧），走哇，我就此打道回府，说着抗上银子往回路走，暂且不提。

再说申大奶奶前晚丈夫甩袖走出，自己提心吊胆一夜也没有睡。到了天光大亮，起来梳洗，盼丈夫回家。等到小晌午了，还是没有回来，自己饿的难过，只好把米淘了半升，煮了点儿干饭，吃了一半，给丈夫留了一半。耗到太阳平西，还是没照面儿。到晚间把剩饭吃了，又是一夜没有回来，越发不放心。心说莫非他头次出门就犯了案了么，还是撇下我出外去了哪？正在胡叨念，见申爷短打扮儿，肩抗木棍，挑着个蓝包袱，气哼哼从外面走来。大奶奶是喜从天降，这才赶上前要接。申爷把蓝包往炕上一扔，听咕咚一声，大奶奶吓得目定口呆。

（十八续）1918年7月15日

且说申大奶奶自从丈夫走后，心中甚不放心，直盼了两夜一天。好容易见他由外面进来，改了青面虎①下山，短打扮儿啦（也算初次下山），又见他肩头上抗的是自己的蓝布大褂，里面包的鼓鼓囊囊。大奶奶心说，八成儿耗了两夜，偷了几个生老玉米来（拿木棍手当了棒子手哩），赶紧递嘻和儿，说："呦，喝，你回来啦？"申爷并不答言儿，从肩头上把蓝布大褂包解下来，往炕砖上一放。大奶奶听咕咚一声，心说真是老宝哇，敢则真劫了银子来啦，业经吓得目定口呆，连忙又追问说："你八成儿是真抓了现银子来了吧？是合什么边儿②？是谁家兑的呀（申大奶奶没跑过银市，反正赶着追问就是啦）？"申爷也不理他，先把木棍立在炕犄角儿上，然后这就解绳扣儿，绳扣儿一开，用手一揪领窝儿，往外一抖，五个元宝，四锭十足印儿，在炕头子上乱转，真是白花花的耀眼增光。大奶奶瞧着，是又爱又怕（同《双沙河》大手上金镯子一样），立刻脸上颜色也青啦，眼睛也直啦，两只手十个指头往一块攥，两条腿发直，口泛白沫（这是申大奶奶见银子吓的吗？我们大奶奶为我攒不下银子急的抽起羊痫疯来啦），颤颤巍巍③，哆哩哆嗦的说："怎么说，莫不成你、你、你真做强盗去了么？"申爷故意的把眼睛一瞪，说："这条道路明明是你逼迫我去做的，你怎么又说这话呢？傥若不犯事便罢，如果犯了事，哈哈，跑不了你（这是申爷吗？申爷皆因丝调曲儿的《打王八》被禁止咧，一堵子气，改排上玩笑旦④啦，但同奎第老的⑤走的是一路门子）！"

大奶奶一听，信以为真，天灵顶上走真魂，不亚如万丈高楼失脚，扬子江翻船（上了评书套子啦，这两口子全是老合⑥），把小嘴儿一撇，往炕沿儿上一坐，两只手一拍磕膝盖，说："天呀，我的天儿呀！从前我说的不过是一句嗷呕⑦话儿，你怎么真就当了真事儿了呢？你可坑死了我啦，害死了我啦，我的天儿呀！怎么这们样儿的热呀（这也是申大奶奶哭词儿吗？我写着写着，顺脑袋直流汗，故此也帮他哭上啦）！我们虽是妇道人家，也敢说知道点儿礼义廉耻，虽不敢说是什么名门之女、读书的闺秀，更没在那处女学校毕过业，可是律例也听人讲究过，大凡持器械强夺人财物者，计赃逾贯，不分首从，皆斩立决。你头一次就抢了这们些整宝来，莫不成这饷银皇纲吗（申大奶奶要说《彭公

---

① 青面虎：京剧《白水滩》中的人物。
② 合什么边儿：如何兑换。
③ "巍巍"，原文作"微微"，据语义改。
④ 玩笑旦：传统戏剧角色行当，主要扮演轻浮或活泼的女子。
⑤ 奎第老的：清末民初"十不闲"演员奎星垣的俗名。
⑥ 老合：指闯荡江湖的人。
⑦ 嗷呕：玩笑。

案》，把丈夫当了黄三泰啦）？既是赃已入手，俗语儿常说，做贼没有庆八十的，你又是守家在地，在这儿久居的人，人家一个报了案，这是关乎县官考成的，立刻标签出票，少时门口儿就许挂上桩，即便三五天不能，日久天长，焉有不犯事的。你一犯事，就是强贼的罪名，我虽说没帮你去打抢，你先稿在头里啦，说是我与你同谋，与你主谋，打不上死罪，也得监禁。我不能跟你这样连累，到不如我先死在你头里吧！”说着话，站起身形往外就跑，大概是要去寻死。

（十九续）1918年7月16日

昨天的书说到申爷回家，好像我故意泛频口磨烦似的，其实不然，鄙人是有感而发，皆因看家庭中因细故而倾生殒命的男女所在多有，推原祸始，大半由于骤贫乍富两途。即如本文这位申爷，原文□“士人子，家窭贫”，此人必是及身而败的。何以见得呢？请想当日若是一点儿恒产没有，断不能娶妻，即欲娶亦无人肯嫁他。自是娶了申大奶奶之后，家业一天比一天萧条，才闹到“竟日恒不举火，夫妻相对”。做妇道的便应辅助他谋个生计才是，这位大奶奶计不及此，以盗娼相逼迫，在本人心里，明知丈夫不能为，至“娼”之一字，也不过随便说说，通俗说是气肚子上的愤话。申爷既没谋生能力，又不能容忍，故尔轻生投环。试想如果真死了，这位申大奶奶也未必能再活着（可是以这段书，综观前后看，若真有为娼做盗资格的，则不然矣）。幸而申老爷子救护申爷未死，出门求财，得了三百两银子。看书只宜放活动看，不可拘定准是打王八挣来的。申爷是一旦乍富，故要报复前言，反唇相讥，此等处故是人情之常，在申爷亦有错处。请想这位大奶奶说到“请先死”，乃是妇道人家心肠儿窄，这一来不是投河，便是觅井，不是抹脖子，就得上吊（得，我要唱《闹松林》，好在也没离打杠子的本题），果然死啦，申大爷如今是由贫陡富，想起来也未免亏心。不信申爷出去挣不了银子来，次日垂头丧气到家，决没这些词儿。这是乍富几乎酿命的道理，也由于不忍而起，故此古人说“百忍堂中有太和”（可不是要开药铺）。那位说，你聊了多半篇子啦，申大奶奶到是死没死呀？对，我还得接着说书。

且说申爷见大奶奶是实意儿候的真要玩儿命，可没敢绷着，赶紧追出屋门，一把手把大奶奶拉进屋中，说：“你别当我真做了贼了呢！你回来，我告述你这银子是怎么来的吧！”于是从头至尾把打死龟的事述说了一遍。大奶奶一听，别提多们喜欢啦，说：“没别的，赶到十三，我多给龙王老爷烧香吧（这是申大奶奶吗？我们井屋子①内掌柜②

① 井屋子：旧时经营卖水、送水生意之处。
② 内掌柜：旧时称店铺中掌柜之妻。

的)!”笑嘻嘻的说:“那们咱们如今是发了财了,你把银子换他几两,买些柴,籴些米,买几匹布,换换衣裳,好再谋事!”申爷说:“你把银子收好,我拿一锭儿,先买些柴米鱼肉,请一请你就是啦!”大奶奶说:“总是多买柴米,少买鱼肉。又道是常将有日思无日,莫待无时想有时。”申爷说:“你是开玩笑哇,你是犯戏迷?”大奶奶说:“这件事,不也是龟故事儿吗(蹭听过一次龚云甫①)。”书说简截,申爷到了街市把银子换碎块儿,买些柴米布匹,到大秋典了几十亩地,雇人种上麦子,第二年恰赶上丰收。过了几年,年年添置地亩,又同人合伙开了几座买卖,粮店、茶馆都有(东鸿泰可不一事,那是山东申家),说句外话,人家发了这笔龟财,能够看守着,从此真抖起来啦。这段书原是小段儿,说了二十天,原文已完。明天另换新题,照常接演。

① 龚云甫:清末民初著名京剧演员,工老生、老旦。

鸽 异

（开篇） 1918年11月26日

政府筹备庆典，全球偃武修文。欧洲协约胜德军，中华亦居一份。
举行提灯大会，升旗结彩连旬。总统阅操在天门，贺表国书互进。
四载枪林弹雨，健男化做青磷①。忽然止戈玉帛寻，宜乎欢欣无任。
惜哉我国南北，同胞不讲和群。侈言护法逞私心，致令民穷财尽。

几句即事流口辙的书词念毕，余不多表，我也不必苦谈国事，还是接着说我的《聊斋》。上段《巩仙》多斗了几个哏儿，未免透絮烦，这次更换个门道，改变个架式（可不是要变戏法儿），咱们多说书，而且说段新颖的，题目叫做《鸽异》，是段比体的玩艺儿，外带开篇有许多鸽子名儿，是先断后叙的笔法，必须把前几行原文数过去，才能讲演呢。

闲话靠后，您就请看我抄原文。“鸽类甚繁，晋有坤星，鲁有鹤秀，黔有腋蝶，梁有翻跳，越有诸尖，皆异种也。又有靴头、点子、大白、黑石、夫妇雀、花狗眼之类，名不可屈以指，惟好事者能辨之也。”这几行究竟是怎么件事呢？也得略说一说。说的就是咱们人家养活的家鸽子种类很多，就如某省出产那一种，都是异种，又有各样名色，也算不清，准是多少数目，惟好事者能辨之也。蒲先生当日也不过同我一样，只在各谱上看过这些名目，自己不便强不知以为知，所以说必须喜爱玩这种鸽子的，方能认的出来。这原是实话。天下事虽圣人亦有所不知，何况一件玩物。我再说句泄底的话，在下于养

① 青磷：人和动物尸体腐烂时，分解出的磷化氢会自燃，夜间看是青绿色光焰，俗称鬼火，这里喻指死者。

鸽子这门也是一窍儿不通。要让我瞧，就认识两种，一是地道花脖子①，一是楼鸽②（皆因听说他是白垫③，至于准是养济院的不是，我还没那路高眼）。先别开搅，还得接着说书。

且说山东邹平地方有一个姓张的，大号功量，不用说必是一个阔公子哥儿喽，天生的有一种毛病，就专好养活鸽子，只要看见谱上有那种，总要买几头。说起他的养法来，真比保养小孩儿还用心，冷了用粉草调治，热了用盐粒。鸽子生性好睡，睡过了度就得麻痹病死啦。这一年，张公子在扬州用十两银子买了一个特别的鸽子，个头儿最小，不好飞，好在地下走，若是把他放在地上，他连飞带跳，在地上绕湾儿，没结没完。公子怕他累死，于是当鹌鹑似的，白天雇人把着，到了夜晚，把这小鸽子撒在栅子里头，这鸽子连叫带飞，别的鸽子自然睡不沉，可以免痹败之症。因此给这鸽子起了个名目，叫做夜游。若说起山东全省，养鸽人家虽说不少，谁也赶不上他家的，公子也自觉得意（本来鸽子都有了打更的啦吗）。这一天晚间，把夜游撒开，自己坐在书房歇乏儿，忽听有人叩门，这才引入《鸽异》的本文。

（续昨）1918年11月27日

这段书，在下昨天说过是个比体，因赶着得把正题点出来，故尔未能细说，今天可要略叙一叙。诸君试想，好鸽子这位公子名唤功量，您可别当功德无量讲（那还是《巩仙》），是计功量材的意思。即如所养之鸽，不亚如君主求贤，但有一材一艺，无不网罗于幕府，弗得而不甘心似的。至于所说饲养诸法，何异孟尝君出车食鱼之食客。乃所得之异种，仅一夜游，其能仅止警诸鸽，比之鸡鸣狗盗，奚啻霄壤。乃仅因有鲁人，以其为最，公子即亦自诩，仍不脱公子派头儿者也。这是仅照昨天说过的原文略微评演出来，诸位要看《鸽异》，您从这儿上眼，再瞧我造魔。

且说这位公子撒出夜游，不敢就睡，一个人坐在书房中歇乏儿，听门外有人轻轻儿的扣打门板。公子出了书房，正要喊仆人们出去看是什么人，不想冒然进来一个人，借星月之下一瞧，这个人很是英勇，身穿银灰色大褂儿、白裤子、白鞋、白袜子，反扣着二钮儿，白头发、白眉毛、白胡子、白小辫儿（这是《聊斋》吗？《安良传》上的邱成，我说串了辙咧），没有白胡子，往脸上一瞧，也就在二十上下岁儿，天生的肉皮儿细腻，又搭着每天用白汤洗脸，擦的是云香阁的换容散、玉容丸，又有大药房买的花颜水、美

① 花脖子：这里指家鸽品种之一。
② 楼鸽：指栖在庙宇或宫殿檐下的野鸽子。
③ 白垫：指把养熟的鸽子放上天去引下天上飞的野鸽子来。

容香玉散等类（这也是《聊斋》吗？时兴的擦白党①中的党魁），反正脸上白净就是啦。公子夙日没有这种穿章打扮儿的朋友，又在昏夜，未免一怔儿，以为必是亲友家有了丧事来报丧的，赶紧往前紧凑了两步，细一辨认模样儿，敢则素②不相识，连忙说："嘿，你是谁呀？黑更半夜的，叫门进来，找谁？问谁？打听谁？谁给你开的门哪？你到底贵姓高名？尊字台甫哇？"

这少年听完一笑儿，说："我乃是个漂泊四海、无倚无靠的人。即便说了姓名，公子也未必听说过。皆因我在我们那省里听人传言，山东有一位姓张的公子，家中养活鸽子最多，最出名，所以不远千里而来，落太阳才到的。找好寓所，连夜特造宝宅而来，以开眼界。皆因我也是生平爱这路禽鸟儿，不知公子肯赐一观否？"公子一听，这位也是玩主儿，又听谈吐也很风雅，连忙答言，说："原来你也是喜爱鸽子的一分子呀！俗语儿说，同好为友（养鸟儿的决计同养猫的不在一块儿走），要看看我的鸽子，这有何难，你跟着我来！"说话之间，打开栅子，一窝一窝的指点给他瞧，然后又从跨院中取出几个来，一个个的又指点给他看。一面说，脸上露出一种得意的样子，说："你大远的跑了来，我都叫你见识见识。你瞧了半天，你瞧比你夙日所见识的怎么样？我夸句嘴说，真得说红黄蓝白黑（不对，青黄赤白黑）五样颜色，咱们都养活齐了吧？"这人听着一笑儿，说："论起公子所蓄养的，可称尽其能事了。但是颜色虽全，种类尚欠！"公子方要问，就听他说："仆亦携有一两头，不知公子可愿一观？"

（再续）1918年11月28日

大凡人之嗜好品，总愿自居超特，勿论费什么功夫，花若干的资财，无非为落人夸赞一句罢了，"真好"。至于求学问技术，反多不肯下真工夫。若是谈论起来，可也总愿人说好，这原是人一种普通好高的性质。即以本文这位张公子说，本来阖省养鸽子的都推他为第一。今天由远方来的这个少年，是特为看鸽子而来，焉肯不把上好的取给他看呢。这人看完，只说了句"人言果不虚""可谓尽养鸽之能事矣"两句话。公子看他意思，是不过口头应酬话儿，不是十分惊讶羡慕，甚不满意。忽然又听他说他也携带了一两头来，问自己可愿一见。自己心说，想必他的鸽子必然不错，登时高起兴来，说："但不知你的鸽子在什么地方儿放着哪？我到要瞻仰瞻仰！"少年说："敝寓离此不远，公子如果愿观，即请借步同往！"公子说："那们咱们就走哇！"这少年说了个"请"字儿，迈开脚步往外就走。公子也顾不得再嘱咐仆人们照应鸽子、关门的话，后面相随。

---

① 擦白党：指专以男色行骗妇女的流氓组织。
② "素"，原文作"夙"，据语义改。

好像出离大门过了村头儿，这少年一句话没有，腿底下还是真快。公子紧走，方才没落下，再瞧所走的道路，并不像走过的熟路。抬头一瞧，此时天上起了浮云，朦胧月色，星斗无光，所走的全是旷野荒郊，连穿过两块谷地。公子心说，这要一到高粱地，再进苇塘，我可怕上了他的当。这个人儿，别瞧他穿的这样文明（讲求卫生吗），也许是一个什么白，白吃猴吧？心里这一胡捣鬼，脚下未免迟慢了，可又不好说“要不，我不去啦”。这少年走着走着，一回头，见公子落了后，把脚步略站了一站，说：“公子想是不惯走路，请再勉强走几步儿，你来看！”说着话，用手往前一指，说：“敝寓就在眼前不远儿了！”公子见人家站住，紧行了几步，已然赶上。又听他说离着不远了，自然顺着他所指的地方儿往前一看，果然隐隐的好像一所小房子儿。公子此时心中略觉胆壮了些儿，暗想只要他有准窝巢，就不便怕他哩。此时少年又往前行，走了也不过十几步儿，果然是一所房子，看样式好像道士茅庵草舍，进深不大，而且仅止两个单间儿，有一个小门儿。

少年用手把门推开，一拉公子的右手，说声：“来此已是，公子请啵！”公子此时也只好跟进门中，见一个不大的院落，屋子并没门窗，也没有灯火，好在借着月色方才看得见。就见少年并没往屋中相让，站在院子当中，口中一打胡哨，跟着“骨都”“骨都”的，“骨都”了好几声。公子心说，这是什么口号吧！方要追问，就见忽然从屋中跳出两个鸽子来。公子自是要留神上眼喽，一瞧是一对白鸽子，与自己所养的白鸽子也是一样。心说就是这路鸽子，也未见得有什么奇特呀！就见两个鸽子不用人轰赶，就展翅舒翎自行飞起，可又不往高里飞，就同房檐一边儿高矮，不但叫唤，而且扑着引斗，每一扑，翻一个筋①斗，比树家雀儿、自自黑儿②还灵便。公子看着好生纳闷。

（三续） 1918年12月1日

且说张公子一瞧人家这对白鸽子，不但会噪，而且会折跟头，心中纳闷的了不得。暗想我养活了这些年的鸽子，就晓得会打盘儿，里人家的鸽子，没听说能教玩艺儿。按这鸽子，真比□雕鸡嘴都强的多喽！于是连连点头咂嘴儿的赞叹。两个鸽子对翻了半天筋③斗，就见这个少年把右胳膊一伸，横着一甩，两个鸽子不约而同一齐飞进屋去（真比演哑铃体操还齐整）。公子方要请教怎么教的，就见少年用手一捏自己的嘴唇儿，吱儿的一声，是个特别的胡哨，声音震耳。公子一怔儿，就见又从屋中跳出两个鸽子，一大一

---

① “筋”，原文作“斤”，据语义改。
② 自自黑儿：稍小于麻雀的一种鸟，学名沼泽山雀。
③ “筋”，原文作“斤”，据语义改。

小，形状与鸽子不同。这个大的，约有野鸭子大，小的同西嘴①似的，跳出来，都在台阶上一站，张开翅膀儿盘旋着绕起湾儿来，好像仙鹤似的，向左转三转，向右转三转，然后一齐站住。就见这大鸽子把脖颈儿一伸，把尾巴舒开，犹如孔雀开屏似的，虽是没有那种金翠的光华，毛羽丰满，不亚如一柄鹅翎扇相仿，登时盘旋跳舞，一面跳，一面叫噪的声音实在好听，说什么莺歌燕语，真比鸾凤和鸣还觉清脆（我可是这们瞎说着玩儿，我真没听过凤鸣）。大鸽子这一开噪，好像叫号带排似的。此时这小鸽子立刻也会接斗儿②、帮腔（莲花落带高腔，全滚到一块儿了），口中噪着，身子也不闲着，上下翻飞，好像按板眼都有准地方儿似的。飞着跳着，正在挺欢的工夫，忽然向大鸽子头顶上一落，只听大鸽子的脑门子有响声儿，声音虽然不大，仿佛小播浪鼓儿似的。再瞧小鸽子的双翅展开，好似紫燕双飞。大鸽子顶着小的，纹丝儿不动，口中叫唤的声音是一声紧似一声，换了换调门儿，起了嘎调，真比铜锤③老脸④可听。一上一下的，接着噪了几声。小的又飞起来，打了两个盘儿。大的转了转身儿，抬着头，好像又往下叫他。公子越听越爱听，越看越爱看，嘴里连声夸赞叫好儿，说："好，称得好，实在的好，实在实在的好家伙，喊尔他妈妈，这才似好家伙喽（那位说，你是说《聊斋》哪？这是张公子，做什么又串到《永庆升平》齐家庄上去啦？您没猜着，这是原文'嘉叹不已'四个字。公子是邹平人，一个看傻了，就难免带上韵水音儿⑤，您要嫌我造谣言，您上坤班听捧角儿的去，真是南腔北调，也有带妈的，那不也忘情吗）！"

他口中这样叫着好儿，人家两个鸽子还是照旧变换着样儿飞鸣和舞。自已跟着又想起自已所养的鸽子，那一个都是净会白吃，吃饱了就困，外带还有犯性的时候儿，稍不留神，就许被人家的鸽子勾引丢啦，那有这样文武带打的鸽子。自己一想，莫如我舍个脸，同他寻一对两对，他要肯卖，勿论多少银子，那不典房子卖地哪，我也都留下，不枉我捐弄了这们些年。打定主意，可就顾不得再瞧咧，连忙冲定少年深施一礼，说："罢了哇，罢了！小弟有一事相商，万望莫拒是幸！"

（四续） *1918* 年 *12* 月 *2* 日

《书经》上说"玩人丧德，玩物丧志"，这话一点儿不假。玩人还得分怎么个玩法，即如彼此开个小玩笑话儿都算丧德，若是混玩儿，真有性命之忧，不怎么《刑律》上有

---

① 西嘴：西嘴鸟，生活在北方的一种鸟，北京人称之为老西儿。
② 接斗儿：搭腔。
③ 铜锤：京剧角色，亦称铜锤花脸。
④ 老脸：京剧脸谱的一种，脸上有两条白眉，表示老年人。
⑤ 水音儿：指清亮而圆润的声音。

戏杀一条呢。玩物一事，不但丧志，而且丧品。前代君主巨宰甚至有因玩物丧国的，指不胜屈。就以本文书这位张公子说，本身是山左的富绅士，若是好文习武，必能有益家国，偏偏儿的好同扁毛畜生打交道，虚掷光阴，消耗金钱尚在其次，从此分神□玩物，再无暇想光宗耀祖、显扬姓名了，所以说丧志。再说人一有这些个偏好，便爱道助道，只要是所好相同，别管什么下三滥的坏人，就能一块儿走上，吃喝不分，交朋友，所以说是丧品。若是他不爱鸽子，焉能深更半夜的跟着个伏地丧种蹓达着串谷地哪！

在一出门儿时是十分得意，以为我养鸽子的也有个不亦乐乎（有朋自远方来吗），即至一瞧人家的鸽子所会的玩艺儿，漫说没开过这路眼界，连听人讲究过都没有，立刻好生惭愧，又不敢同人说买（玩毛毛虫的最忌讳这件事），只好高举手矮做揖，说："老哥，没什么说的，你老可把两种鸽子让给小弟，那不雏儿呢，就是鸽蛋，我也可以自己孵。"少年一听，张嘴儿白寻，立刻把脸子一撂，这分儿难瞧，成了吊客①啦，把头摇了两摇，把手摆了几摆（这一身的毛病儿）。公子一瞧人家不认可，赶紧又连连的做揖，说："好大哥，您别拘。怎么样也得赏小弟这个脸儿。你要不给俺，可就给你磕头啦（原文说'又固求之'吗）！"这个少年并不点头，也不答言儿，先冲着鸽子哈哧了一声，说："哇，给我退去！"两个鸽子一转身儿，真就进屋子去了，照旧又捏着嘴唇儿，打了个哨子，"特儿"的一声，从屋中又飞出两个白鸽子来。少年一张手，两个鸽子一齐飞奔他的手上。他一手把着一个，冲着自己说："你说了会子，我不好驳你的面子，你若果不疵嫌，我送你这一对圆上这个场儿吧！"

公子见这两个鸽子没练什么玩艺儿，又在昏夜，怕是任什么能为没有，连花脖子都跟不上（就知道《安良儿传》），可是人家既说送，自是不能不接过来，一伸手接过一只，猛一抬头，恰巧此时天上浮云散净，露出皓月当空（这们个工夫加句《武家坡》，虽是唐朝的，可也算是一位老鸽子巴式）。公子乘着月明之下，轻轻儿的举起看看公母儿。一瞧瞪着两只眼睛，而且是琥珀颜色，心说原来是公的，可真有眼珠儿（谁要瞎鸽子呀）。方要再接那一只，细一端相，原来这只鸽子的眼睛从这一面儿看得见那一面儿，好像照像的镜头，当中有个黑眼珠儿，如同一个花椒粒儿似的，看着十分纳罕。顺手一理翅膀儿，见胁下挺肥的肉，没长毛儿，好像玻璃似的，举起来对着月亮一照，脏腑肠胃都看得很真（好杂碎都摆在外头啦），登时喜欢的了不得。又一想，究竟不如前两对，还得苦苦的哀求。

（五续）1918年12月3日

且说张公子见少年所愿送给的这对鸽子，若是在未看见前两对的时候儿，便如获珍

① 吊客：吊丧的人。

宝了，因为既看过好的，所以想着不如原先那两对都会飞舞的新奇。于是顾不得地上脏净，自己什么身分，闹了个羊羔儿吃奶，双膝跪倒，说：“你老哥既要是肯赏我一对，莫如做个整人情，赏个全分儿，每样儿赏我一对。若是让我有这样儿没那样儿，我可怎么算个玩主儿呢！”这少年一听，脸上透着不悦的神情，说：“公子这个人，你好生的贪得无厌！我的鸽子种类很多，方才给你看的那两对是头等的，尚有超特两种没叫出来。你这样爱人家的便宜，我可不敢再献给你瞧了！”公子一听，自己后悔启齿早了，赶紧把手中的鸽子放在地上，连连磕头，说：“那可不行！你既说是有，总得让我们瞧全啦，将来见着我们本乡本土养鸽子的主儿，也说得讲得呀！”少年说：“看完你更该磨烦我了，改日再看吧！”说着话，把他手上的鸽子往地上一撒，并没伸手搀公子。公子还是直挺挺的跪着不起来，说：“你只要肯把鸽子送给我全分，你叫我怎么样，我就怎么样；叫我干什么，我干什么；要我那样儿，我应许你那样儿。那不你要山东全省呢，我都肯签押（只有青岛可没准主儿呢）！”少年仍旧摆手摇头，说：“不心交①，不心交！”

正在这个工夫，忽然有个火亮儿从公子身后照来。公子一回头，见一个人手中举着一根火把照着道路往这儿走来。公子一见有人来咧，自己矮着半截儿未免害臊，顾不得再央求，站起身躯，转身再瞧，原来打着亮子的是自己家中把夜游的那个家人。方要问“你怎么会找到我这儿来了呢”，话未说出，就见这个白衣少年往下一湾腰，身子一幌，变成一只白鸽子，约有十斤白的大公鸡大小，一展双翅，腾空而起，飞了个很高。公子抬着头，心想借月光找寻找寻，已然踪影皆无。

此时这个仆人也来到切近，说：“喝，我的大爷呀，你深更半夜从家中溜出来，跑到这坟圈子里同大白鸡做什么来咧？”公子一怔儿，再瞧这个地方儿，离本村约有三二里地远了，地名双柏树儿，是一座衣冠葬的坟墓，石工嵌的很细，既然辨别出来，心说怪不得看着像老道庙呢，连忙问下人，说：“你看见方才这个大鸽子了没有？大概是鸽神，是他把我引到此处来，请我瞧他的鸽子，你瞧这不是还送给我一对哪！”说着一湾腰，就地上把这对白鸽子拿在手中，说：“咱们爷儿们不枉冤了这们些年，真会惊动了鸽神下界，都来见见咱们！”这仆人说：“半夜三更的，大门还开着呢，咱们赶紧回去吧！”公子说：“你到底怎么样找来的呢？”仆人说：“我皆因去圈夜游，一见主人没在，故尔点这个火亮儿追赶出来。出村远远儿的，见这儿影影绰绰好像人影儿。幸尔找着你老，没被鸽子裹了去，还算万幸！”说着话，主仆到家，公子要试验这对白鸽。

（六续） *1918 年 12 月 4 日*

且说张公子两手把着鸽子，这个下人打着火把往回路走。公子一面走着，一面夸赞

① 心交：作者在《张鸿渐》篇中说，旧时北京管白拿人家物件叫心交。

鸽神的鸽子是神乎其神，怎么能会玩艺儿呢。这个仆人口中虽然答应着，心里很不以为然，暗想道，据我想，很不算新奇，人为万物之灵，各种禽兽都能随人意调遣，只不过有拙巧之分，难易之别，只因中国人狃①有积习，没人换着样儿用心教养，从此各禽兽也好像各有专科咧。比如有人死求白赖的硬教给鸽子衔弹儿，也未必准教不出来，一定比□雕，得另设法子。话虽如此，究竟也得近乎点儿，要一定教老鹳开箱子，他那大嘴岔儿可怕办不来。我说这话诸位不信，前些年护国寺有个白钱，惯使胡伯劳②衔堂客的耳挖子。又如前几年有黄雀叼篇儿、小鸡儿算卦，又何尝不是由于人工教出来的呢。只苦于能设法的未必喜爱这路玩物，爱养这路的苦于拘守成法无人教养，非物之不灵也。再不信试看各国马戏中的食人野兽，即中国狗熊、猴儿、耗子之类变化出来的。以禽鸟说，外国用鸽传信，并不新奇。早先钱粮行人上市都带鸽子，如今有了电话，才不费这路事咧。就以本部《聊斋志异》说，什么《豢蛇》《蛙曲》《鼠戏》，均不足为异，是不过罕见而已。那位说，你这篇子话是《聊斋》鸽奴说的吗？我研究物理学，说串了辙啦。评书行有云，海下去咧。

闲话打住，还得说张公子主仆循旧路回到家中，此时东方发晓，仆人的火把早已着完。其余管鸽子的下人们也都打栅子，张罗撒盘儿了。一瞧公子进来，都赶奔过来，说："喝，大爷，你老人家这们早，从那儿得来这们对白鸽子呀？"公子又把这件事从头述说了一遍，谁听着都纳罕。内中有行家子，从公子手中把这对白鸽子接过来，说："乘早儿捆上点儿膀子吧！"公子说："咱们都进栅子来，我让你们细细瞧瞧！"说着都进了栅子，关好栅门。公子说："你瞧这鸽子是什么眼珠儿？"这仆人一瞧，说："呦，真果怪事，怎么透亮儿呀？这才算高眼呢！"公子说："不但眼珠儿特别，你们再瞧这个！"说着接过来一理翅膀儿。众人赶着往前伸脑袋，一瞧这鸽子，说："怎么没有毛儿，又不长肋条哇？"公子说："你们别瞧他没毛，可是好杂碎，好心眼儿，都露在外头咧！"大家一瞧果然不假，都说："这鸽子可真称得起没有对儿！"公子把鸽子撒开，又故意一张手，两个鸽子好像过架的雀鸟儿，"特儿"的一声，飞起来落在公子的手掌之上。公子说："你们瞧这样的熟和，大概不必拴膀子足以行咧！"大家异口同音，说："古人说一物必有一主，这鸽子是应运而生的，所以才有鸽神。也知道非公子不能养活，故尔特来呈献，也是不埋没人材的意思。总而言之，我家公子洪福齐天，应当享名就是啦！"公子一听，哈哈大笑，重赏各鸽奴。从此众养鸽子的人家听说，无不前来贺喜。公子自觉虽非特等，人世已经无匹，从此爱惜臻至，只盼早早的下蛋孵雏。

---

① 狃：因袭，拘泥。
② 胡伯劳：伯劳鸟。

（七续）1918年12月5日

且说张公子自从得了这对白鸽子之后，把平日所养的那些种类都交与下人，唯这一对自己亲自喂养，一样的高粱，恨不得要给退皮儿，就在书房廊檐底下另盖了一个磨砖对缝的鸽子窝。没事遍查各《鸽经》上，也没载着这种名色。后来听人传说，有一种名唤“鞑靼”的，近于这个样子，从此就说这鸽子是地道鞑靼。亲友家有打算寻个蛋儿的，一说一碰钉子。一幌儿过了二年，抱了几窝，公子亲自看护着，比守月子还用心，幸尔孵出雌雄三对儿。亲友家有托姑太太人情的，想用鸽子换一对，那不再贴给一所房子呢，公子一概回绝。

但说本邹平地方，有张公子父亲当年一位窗友，人家是少年科甲，在京供职十几年，升授阁学，这年回籍修墓，本县的县绅亲友自然都去拜望。张公子同这位先生既是通家至好，自是也得前去拜望。这位阁学因公子是故人之子，立刻让进来，彼此客套的话不必细表。这位先生在京的时节就听本族人讲究，张公子不好读书，也无意功名，专好养活鸽子，心中颇不以为然。今天爷儿两个是多年阔别，乍见面儿，不便劝阻他的偏好，只在因话提话儿中间信口问了公子一句，说：“听说公子你好养鸽子，想必养的得法，可不知共有多少种，若干头？”公子登时又喜又惊，喜的是这路贵人都耳闻我的鸽子多，足见自己可称天下第一家喽，惊的是想必是北京城王公巨卿要托他物色自己的新样种类，那可是件难事。我究竟怎么对答才好呢？自己一想，莫如就便问问北京中都是那家鸽子出名，方才要问，门上执帖的跑进来，说：“知府某老爷来拜会！”公子一听，赶紧打躬告辞。阁学也不强留，说：“闲时可以来谈！”此时院中家人已然喊了“送客”，公子只好退出。到了门外，自己的车马早赶到墙犄角儿候着去了，本宅下人都应候着知府太爷呢。

公子上车回家，一路走着，心想这位老世伯多年没见，怎么单问我的鸽子呢？莫非他老人家在京也玩这样玩艺儿吗？可惜今天没能细谈。一会儿到了自己家门，下车进院，没进屋子，先到廊檐下看看鸽子，然后进屋子换了便服。此时众下人都来伺候，问公子见着阁学，有什么特别的宠荣。公子说：“谈了几句话，就有人前来，大人还问及咱家的鸽子来着呢！”众人一听，说：“罢了，足见咱们爷儿们名不虚传，将来还许入奏，赏金牌呢！但是大人既问，想必这位夙日也有同好，那一时公子再去，如果谈起来，要找鸽子巴式的时节，千万请公子美言一句，把小的举荐出去才好！”公子点头，众人退去。公子越想越高兴，越以为大人必是要同自己寻鸽子，未能启齿，所以先问种类、数目。我不免乘着他有这个话头儿，送他老先生一两对，谁让人家同父亲至交呢，究竟应送那一样儿的好，思想起来，好不为难。

（八续）1918年12月6日

且说张公子听下人们撺掇着给荐事，越以为这位阁学大人必然也爱鸽子。这要送他一对，傥或他带到京中，不但他做脸，自己也可以显姓扬名。可是究竟应送他什么样儿的好呢，自己进了栅子，拿起这对，看了看凤头虽然新鲜，又想北京的凤头还不定又兴出什么样儿的来了呢，又拿起一对点子，一想北京的点子，听说有甜咸两种、大中之分（那是饽饽铺），这也不足为奇，其余的看着什么也不新鲜。倒背着手儿往书房走，正走在廊檐底下，一抬头看见这大小四对白鸽子，正抖搂着翅膀儿寻食儿吃呢。公子走在跟前，看着一喜欢，一张手八个鸽子不约而同“特儿”的一声，都飞了起来，要往公子手掌儿上落，急得公子赶紧把两手张开，一手怎么也托不住四对（没有那们大的手），只接住一对，那三对或落在胳膊上，或落在肩头之上。公子看了看，一抖手，这对儿飞下地去，肩头上的一对已然展起翅儿来，往前一挤，前面胳膊上的这对躲闪不及，只好一转身儿，几乎掉在胳膊底下（鸽子都顺他胳膊往下掉，称得起是个向家子）。公子又托着这对端相了端相，一抖手也飞将下去，又把那两对都看了一遍，只有顺胳膊掉下去的这一对眼珠儿十分透亮，再打开的膀儿瞧了瞧，虽不能说看不见杂碎心，可是透着有点儿又歪又偏，并且不似别的那样鲜红。公子心说，什么工夫没留神，想必这对被楼鸽给串了秧儿①咧！又把这对把在手里，翻来覆去的细一找寻，果然脖颈底下有芝麻粒儿大小的几个灰色点儿。公子自言自语的说：“你这点儿污点，被真行家一摘毛儿，也得说你是花脖子，不过力笨头未必看得透。”看完一抖手，这对也飞落地上。

自己进到书房，一想这末对鸽子虽说不十分出奇，可是没见谁家有这种类。我想阁学老伯，他即便经多见广，大概他也没见识过，好在我现有六个好的，就把这两个串儿做个人情送给他吧！真得说他破个千数八百银子都买不着，阖山东全省的礼物，得属我姓张的头分儿。干哪，就是这们办。打定主意，这才把养鸽子巴式叫上来，对他们一说。这群人听说应酬中堂大人，都说：“公子这是有主意的，将来过个三年五载，不是咱家越孵越多吗！”公子说：“既然你们赞成，赶紧就把咱家那个黑漆画金花儿的竹跨刷洗刷洗，现油饰是赶不及咧。只要擦抹干净了，底上铺上红毯子，再用五色花丝线带子把跨梁缠好，放在里面，自然另差一瞧！”大家一听，说：“公子说的是，那我们就去收拾去！”说着笑嘻嘻的到下房儿，把竹跨收拾齐整，拿来放在廊下。公子出去看了一遍，又把两个花脖子白鸽子张手叫上来，亲自放在跨中。鸽子心中也觉得意，心说你们不用□我，敢说我是地道清门儿。公子又命四个下人用杠子抬着送往阁学大人宅中，可不知这大人是

① 串秧儿：指动植物品种杂交而产生的变种。

否肯收。

（九续） *1918年12月7日*

昨天的书，说张公子送与阎学鸽子，今天若是接着说四个鸽子巴式怎么送、怎么收，足够说两天的，无如与原文无关，莫如做个暗笔。话儿交待明白了，还是接着从张公子这一面说。但说公子从巴式走后，自己坐在书房，非常得意。到了晚半天，四个人抗着竹杠回来（没敲成人家，白送了礼啦），公子问他们怎样收的。这四个人说：“我们到了大人宅，把公子的话求门公细细替回了进去。一会儿打发出个打杂儿的出来，连跨提了进去。一会儿又从内账房开了个收条儿，赏了我们一吊钱，并没说什么，就□我们打发回来咧！”公子一听，说：“想是我那老伯没有在家！”巴式说：“据门公说，正开饭呢！”公子不便再问，又每人赏了一串钱，当日无书。

过了两天，公子总想着阎学老伯一半天即便不亲身来道谢，总也要写封信来的。谁想又过了几天，还是没有音信。这天公子所耗急了，心想前次老伯原嘱咐我过日再去，今天乘着没事，不免再去一荡，就便问问他老先生，见识过这路好鸽子没有。想到其间，立刻派人套车，不带下人，自己坐上车直奔阎学宅而来。

一会儿到门口儿下车，进到门房，告述门公回了进去。一会儿传出话来，说：“请内书房坐！”公子不敢怠慢，随着执帖的穿宅过院，直奔内书房。到屋门口，下人高打帘栊，公子进去。见这位老伯随身便服，套着八字领衣儿，拖拉着一双大皂鞋，高腰儿袜子，口中衔着一根大铜嘴乌木长杆烟袋（那位说，阎学怎么这样打扮儿呀？他老先生在京净串老米碓房。再说都是乡亲，故此随乡入乡）。

公子一见，赶忙深打一躬。大人点点头儿，说：“你来了吗，坐下，力笨儿，装烟（阎学说串了辙啦，这可不算我砸词儿）！”下人都抿着嘴儿暗笑，照例是装烟倒茶。公子坐在下首，无非问问京中有什么维新的好政治。大人说：“嘁，除去中交票总涨不上五折去，其余都算平安（这也阎学说的吗？我学生的心腹话）！”公子问完官场的公事，想着这位大人必然就要夸赞我那对鸽子了，总有些感情不尽的话儿。谁想这位大人说完这些，又问公子念什么文章，看什么讲书。公子最怕人问这些，自己好不耐烦，只好欠身说：“小侄于考试一道夙未研究，闲时只好养个禽鸟儿，悦兴怡情。可是的，前次小侄打发小价们孝敬老伯那一对鸽子，幸蒙老伯笑纳，不知老伯看小侄的玩物好不好？”

阎学正吸了一口关东烟，听他问起鸽子来，把下颏巴儿一抬，底胡儿撅了个挺高，顺嘴把关东烟喷了个挺冲，眯缝着两只眼睛，大概自己也怕呛，好像寻思似的，半天的工夫才说了句：“可不似，可到不离，肉儿到是称得肥，比街上买的实在香的多！”公子一听，说：“莫非老伯当菜烹吃了么？”大人说：“你送给我，不是知道我好吃这口荤食吗

(飞禽中五荤之一)?”公子听到这句，急得跺脚，才晓得自己所赠非人。

(十续) 1918年12月8日

且说张公子听这位阁学大人说是把鸽子给烹着吃了，登时颜色更变，暗暗咬牙切齿，恨不得要同老世伯拼命。又转念一想，不可，不可，本来鸽子是一种食品，听说北京熏鱼①柜子都带卖，这鸽子是我自己往人嘴里送的，因此再得罪老乡亲，将来有什么事情反到不好求人家了，况且既然是吃咧，即便吐出来，也活不了咧。只好纳着性儿，咳了一声，长叹了一口气，说：“老伯有所不知，前次小侄送来的那对鸽子，并非市街上所轻易见得着的。按《图经》载的注解说，称为‘鞑靼’者也。”阁学听他这样夸赞，这才把眼睛略微睁了睁，低下头打了一嘘喽儿，说：“那一天厨子上来，回说是你给送来的。俺也似就苦清吃的，同大笼抓的一样的滋味儿，并不叫强，不过肉儿嫩点儿似的。他们常行也买的着这路雏的，到是不怎么样!”公子听到此处，心中实在的不耐烦了，只好站起身来，说：“小侄告辞!”这位阁学大人也看出公子的神色有多大的不悦意似的，只好淡淡的说句话：“你得过夜饭再去啵！一会儿就好啦！不用外道，我同你爸爸有交情(所没忘了碓房那一套)!”公子气哼哼的连言儿没答，站起身躯，自己掀帘出去。大人没张罗往外送。

此时院中下人看见，说：“怎么公子要回去?”公子点了点头，垂头丧气的往外就走。下人送到门外，见公子连头儿没回，下人冲赶车的喊声：“下来啦!”赶车的打帘儿。公子跳了上去，也没理这个下人。赶车的摇鞭，如飞而去。这个下人自言自语的说：“八成儿公子被老官儿给得罪了，瞧他老是这种甩客的脾气儿，要是按这们一杓儿一个②，混到白了毛，拿得住谁呀?”那位说，怎么这下人这们说老爷呀？书中代表，这位长随是大茶壶③改行，故此忘不了这套。

不提阁学宅的下人，但说这位公子坐在车厢儿里越想越堵心，直催快走。赶车的不知什么事，只好苦揍骡子。一会儿到了家门口儿，公子跳下车，赶车的以为公子必然有事，问了句：“请示大爷，卸不卸呀?”公子说：“你赶进圈去就是了，何必费话!”赶车的说：“你一道儿上这们咳声叹气的，闹了我一身的毛病。”公子说：“谁跟你唱《恶虎村》哪，乘早儿给我滚下去!”赶车的不敢再分辩，只好答应了声：“哦，喝喝，得令(唱上高来④啦)!”公子下了车，气哼哼的直奔内书房。

---

① 熏鱼：此处称“鱼”而非鱼，实则熏制的熟猪肉，以猪头肉为主。

② 一杓儿一个：比喻与人交往是一次性的，以后没有任何联系。

③ 大茶壶：指妓院中干杂活儿的男人。

④ 高来：京剧《牧虎关》中的人物。

这些鸽子巴式因公子赴阁学宅，想着一时不能回来，又恰巧本日是鸽子集市，都提上跨喝茶去了，全没在家。公子见院中静悄悄的，也没顾得问谁，直奔书房，到廊檐下，看见这三对白鸽子，一阵心酸，暗滴几点眼泪。进到屋中，另有下人过去伺候换衣服，问茶不喝，问饭不吃。下人们以为公子累着了，也就不敢再说咧。公子连内宅没进，就倒在床上，和衣而卧，昏沉沉的睡了个挺香，天交半夜，才得了一场怪梦。

（十一续）*1918 年 12 月 9 日*

上文书说张公子听说鸽子被老世伯烹吃，自己心里这分儿难受，是人人有同情的。究竟人家山左的地方儿出圣人，又是有家教的孩子，所以心中虽不悦意，还没说出嫌话来。不像北京城，专有一种鸟奴，他父母要吃点儿什么，舍不得钱给买，只要养个鸟儿，应该喂什么，可不怕费钱，连句“可以人而不如鸟乎”的话都不记得。有人说，你说话未免太刻！诸位不信，前十几年有为鸟杀母的一案，诸位总有记得的。若是两相比较，便知这位张功量还是有涵养的人呢！闲话靠后，还是接着说书要紧。

且说张公子回到家中，连晚饭都没顾得吃，闹了个头朝里和衣而卧，这就叫人逢喜事精神爽，闷入愁肠困睡多。这一睡简直的就连了夜哩。文话常说，日有所思，夜有所梦，俗语儿就叫梦是心头想。睡到半夜，忽然做了一梦，梦见当年赠鸽子的那位白衣少年又进到屋中，站在床前，气哼哼的指着自己说：“我皆因你爱鸽子无微不至，故以子孙相托。你为何明珠暗投，把我好好儿的子孙送到汤锅去了呢？我如今告述你说吧，我可要带着我的孩子们跟你告辞咧！”但说公子从一见少年心中自是愧悔，如今听人问了这句话，真得说干张着大嘴，百话儿没有。听到人说了句告辞的话，赶紧从床上爬起来，想要赔罪，一转脸儿的功夫，少年一抖袖子，又变成白鸽，一展翅儿飞在院中，嘴里一“骨都”，就见家中所养的白鸽子都腾空而起，飞入云霄。公子急得出了一身冷汗，爬将起来，才知道是一场怪梦。坐起来看屋中蜡花儿挺长，喊来下人一问，并没什么动静。次日天光一亮，出院子一查点，不但那对老的不见，连新孵的两对也没有咧，再打栅子一看，果然白鸽子全都丢啦。公子一跺脚，立刻把巴式也辞啦，所剩的鸽子给亲友一分散，几天的功夫，连一只都没有啦。

《鸽异》原文至此而止，后面有段评语，说《鸽异》为何①而作。就如圣主之得贤臣，志士之遇良友，既得之便当引为心腹，死生相顾，患难相恤，不可因势力薰心，夤缘枉己，明珠暗投。自己以为千金之重，在人视为不值半文，是自己双目不明，不如所赠之白鸽尚能两目通透，中无隔阂，肝胆照人，脏腑可数。是则这位张功量，名为功量，

① “为何”，原文作“何为”，据语义改。

实则无此好眼力，无此好肺肠，谓之盲于目又盲于心者可也。若白衣少年，举凡所蓄能清歌妙舞之佳种，幸仅令公子一开眼界，未忍割爱，是已信不及公子为真好之者，仅断送两只貌似神飞种类，从此白种绝迹，鸽神可谓神乎其神矣。这是在下于原批之外，略为蛇足之语。吾愿用人者，如果求贤若渴，便当以国士遇之。若朝令夕更，随便弃置闲地，上焉者绝迹，已至者相率远去，必为他处培植人材矣。大则一国，小则一家，莫不皆然。有养士之责者，岂可忽诸。书说至此，明天另换新题，照常按日敬献。

张 诚

（开篇）1919年3月2日

阴历二月朔日，节令已届惊蛰。老羊皮袄破毛窝①，穿着好生难过。
屋中多撒煤火，晴天日影融和。臭虫虱蚤已全活，钉上汤烧火热。
平夙好游妓馆，花柳险证繁多。顶薰倒发见阎罗，连累妻儿挨饿。
先年断净烟瘾，周身骨节要脱。杂痨老叟笑哈哈，说你还不及我。

几句即景儿的流口书词儿念毕，余不多表，接连还是我说这门《聊斋》。上段《红玉》本是最出名的目录，在下自觉说的不好，皆因没讲没演就胡乱的赶完，很觉对不过阅报诸君。今天更换这段，目录是《张诚》，是一篇孝友文字。可没有花衫子，您别瞧不热闹，也能另警一路人看。这段是去岁冬令有位交通部邮政总局杨兆鼒先生烦的。彼时因两个年节歇两次工，这路玩艺儿在下可得细说，诸位也得细看才有个意思，所以先说了段《红玉》。现在天是昼长了，这路书正好解闷儿，免得少年同胞看别种香艳小说儿生狎邪心（请参看本日书词），且能培植天性，一举而数善备焉，您瞧有多好，就怕我说不好。闲话打住，就说这段。

且说明朝国初年间，河南地面有位姓张的，原文没有名号，咱们这们说未免透绕嘴，我送他一个台甫，叫他少炳。并非我好逞聪明，您看到后文就晓得他是炳之的少爷了。现在老人家台甫如果有个什么字，后辈便有跟着的用一个字，再加少小幼等一个字，便为台甫的，甚至相沿三代。再者丙火是刚烈之性，男子不应没有这股子劲儿，这位惧内，

① 毛窝：棉鞋。

是缺少丙火，我送他这个台甫，敢说是名副其实。但说这位张少炳先生他的老家可不是河南人，本是山东东昌府人氏。皆因建文年间，燕王在北京自称起兵靖难，其实为争权利，搅扰得生民涂炭，各处盗贼蜂起，官兵比贼匪闹得更凶。这位张少炳的夫人身怀有孕，这天官兵过境，也有逃走的，也有被杀的，这张少炳幸而逃得性命。这张夫人可就被乱兵掳去，不知去向，所有的家财是被人抢净啦，房子是给烧啦。这位张先生回到家一瞧，重整旧业是不容易的事，自己从先常赴河南贸易，彼处有些熟人儿，不如弃了山东，直奔河南另谋生路（可不是闻着项城①的味儿投了去的）。到了河南，仍是操做旧日营业。幸尔积攒了几个钱，这就有人劝他安家。张少炳也因为不孝有三，无后为大，于是有人一穿插，说妥一位本处人。过了二年，生了一个少爷，取名张讷。又过了几年，这位夫人疾终内寝。少炳的事由儿很好，这一断弦，又有个未及岁的孩子，未免连累着不能分身，又有朋友劝着再续一房。少炳点头，谁想这一来，才几乎闹成家败人亡。

（续昨） *1919年3月3日*

且说这位张少炳，好容易续娶上一位夫人，生下一位少爷，谁想没到三年竟自死去。张爷的事由儿近日很好，带着个未及岁的孩子未免难过。于是朋友一怂恿，这才又娶了一个继室。娘家姓牛，是个后婚②，生性嫉妒。过门之后，起初待张讷还好。又过了一年多，牛氏也生了个小子，张爷仍以言字傍儿为名，取名张诚，生得很是聪明福相。这牛氏自从自己生子之后，对于张讷可就一天比一天的施出毒辣手段，待张讷同家中雇的小做活儿的一样，什么剩菜剩饭，馊的臭的，都给张讷留着吃。又说：“你这们大的小子了，不能在家白吃闲饭，你那不出去拾□柴禾呢，也省得钱买呀！”张讷不敢违拗，只好找了一柄砍刀、两条绳子、一条扁担，上山采樵。

头天出门，是深秋月分，柴草茂盛，不到半天打了满满的一担青柴。回到家中，牛氏一瞧，说：“今天这柴禾忒湿，你明天捡干的打，担着岂不轻松吗。咱们就以今天这个数儿算个起马，只许多，不许少，你打算偷着出去玩儿去可不行！”张讷敢怒不敢言，答应下了。砍柴这件事是秋天容易些，皆因庄稼多的主儿活忙，没功夫做这路事，山上柴草是多的，而且八九月的天，白昼长些个，若是一到十月底，打柴的人是多的，靠近处早都净了，先得走出个一二十里路，又多是不好走的地方儿方才有柴草。张讷是个十岁上下的孩子，没有多大力气，即便打着，也担不动许多，因此时常因为柴草少受牛氏的打骂，这分儿虐待，在下耳闻目睹是看俗了的。若是一一形容，反觉着絮烦，照原文是

① 项城：河南地名，这里指袁世凯，因袁世凯的家乡是河南项城，故称。
② 后婚：指妇女再嫁者。

“无则挞楚诟诅，不可堪”。这“不可堪”三字，已经形容到头儿了，不必我再唱《芦花计》《春秋配》《三世修》了。习以为常，张讷也就惯下来了。

又过了两个年头儿，张诚六七岁了，牛氏偷偷儿的买些好吃的背地给张诚吃，又□他送在本村的学房教他念书。张诚虽是年岁幼小，天生的性情孝友，又念了几本书，明白些圣贤道理。看着哥哥这样受苦，自己这样的享福，心中着实难过，时常对他母亲说：“娘啊，我瞧我哥哥也同我是一样的人，母亲为什么不叫他也上学念书呢?”牛氏说：“你不懂得，那孩子不配念书!”张诚说：“呕，这就是咧，那们请问母亲为什么不叫我上山砍柴去呢?”牛氏说：“咳，孩子，你不懂，你是幼稚时代，他是老大无成，就够个扁担料儿（就不用巴结武扇咧，可不知有嗓子没有）。你好好儿的念书，将来长大成人，增光耀祖，妈妈全指着你哪（我可净指着蒲留仙啦）!”张诚听这话有些不大入耳，把小脑袋儿摇了两摇，说：“我同我哥哥不是同种吗？不是同族吗？不是同胞吗?”牛氏说：“咳，傻孩子，那是嘴边儿上的惠气，你怎么听到心里当真事儿呢？简直的我对你说吧！你有妈妈你享福，他没照应他受罪，这就叫天演公理，又叫有强权无公理，谁让他不会自强有妈妈呢?”张诚听到这句，还是绝对的否认。

（再续）*1919* 年 *3* 月 *4* 日

且说张诚见母亲看待哥哥与自己并不一样，心中很纳闷儿，说：“母亲，如果上山砍柴，我们弟兄应当都去砍柴，若是上学念书，我哥哥也该上学，为什么一定让他砍柴去呢？据孩儿想，柴是有烧的了，明天也让他上学吧!”牛氏一听，把眼睛瞪得包子大小（牛眼儿包子吗），说：“你小孩子人家知道什么，晓得什么（这牛氏成了《空城计》的司马懿啦）？叫你念书，为你学好。你哥哥那孩子天生的砍柴的材料儿，不配念书!”张诚听母亲这样儿说，自己也不敢多言了，心里总觉着这个事于理不合。再说老张是在家日子少，出外日子多（成了《摇会》的陈相公啦），所以也顾不过这些事来。

说书的日期没准考据，一幌儿到了这年新秋，张讷吃完早饭仍旧上山采樵，砍了刚到半担儿，忽然从西北起了一阵狂风，狂风过去，阴云密布，雷电交加，一阵粗风暴雨。登山这件事最怕刮风，一个立脚不稳，就许坠了涧，久登山的都如是，何况张讷是个未成丁的孩子呢。从一起风就跑到一个山石岩下一蹲，耗等风过去再砍柴。一会儿下起雨来，把周身的衣服都淋湿了，外带是寒冷的很，不由得直打寒颤。这雨下过一阵大的，仍是淋淋沥沥的不住，直到山上的黑影儿都下来，才住了点儿。张讷把打的这半担山柴用绳子捆好，把斧子掖在腰中，用扁担穿上山柴，背在身后，顺山道一步一步的往下走。石头被雨水冲去浮土，别提有多滑啦。肚中十分饥饿，不敢快走，好容易挨下山来，此时天晴露出疏星，张讷往家走着，道路是一步比一步干松，才知这暴雨大半山底下小的多。

一会儿到了家，牛氏已然带着张诚吃完晚饭，又上夜学去了，一见张讷进来，气哼哼的说："你还回来了哪！怎么天到这早晚才打了这们一点儿柴草来呀？想必你净贪玩儿去了？"张讷说："母亲有所不知，今天山上风雨交加，立不住脚儿，故尔少砍了半担！"牛氏说："你不用冤我，咱这村儿里只阴了一会儿天，起了一阵风，连一个雨点儿没有，你抬头瞧，这不是星斗吗！你造谣言想搪塞我那可不成！我方才吃了饭，不跟你呕气。今天又是我持斋的日子，我也不打你，你不是只打了一半柴来吗，你今天将就着就吃一顿早饭吧！"说完进了屋子。

张讷见母亲生气，不敢辩白，只好把柴草背到草棚底下，傍边一间小西房儿就是自己住的。进到屋中，摸了摸身上的衣服已然吹干，只是肚中饿的难受，叹了口气，含着眼泪儿往土炕上一躺，心想只好睡到天亮再吃早饭吧，翻来覆去偏睡不着，肚中骨碌碌的山响，阵阵耳鸣。

正在这个功夫儿，皓月已然东升，照得屋中大亮。一会儿听院中走道的声音，心说如果父亲回家就好央求央求了，又侧耳听说话儿，原来是二弟下学回来了。又一会儿，听房门一响，张诚过来，看见自己，说："你怎么躺着呀？你敢莫是累病了吧！"张讷见问，心一酸，流着眼泪说是没吃晚饭。

（三续）1919年3月5日

且说张讷听兄弟问，连忙说："我不曾有病，我是肚中饿的难过。"张诚说："你有什么好好儿的一个人不张罗吃饭呢？"张讷说："傻兄弟，也得有饭哪！"张诚说："我同母亲吃完饭，我看见还有好些饺子哪，怎么你说没有呢？"张讷说："不是没有，是母亲生气，不许我吃饭！"张诚说："你怎么招母亲生了气啦？"张讷就把因下雨打柴少啦的话从头至尾的学说了一遍。张诚听着，绉着眉头子，叹了两口气，一抹身儿走出屋去。张讷以为不是睡觉便是玩耍去啦，也顾不得再问他，朦上脑袋，心想忍着睡了就好啦。一会儿的功夫，闷了一身汗，要起来坐坐，眼睛好像冒金花儿，赶紧又躺下。

就听院中有人走道儿，二次屋门一响，抬头一瞧，是张诚进来，站在炕边儿前面，从怀中往外掏东西。掏了会子，是一块手巾，把手巾打开，是一张锅烧大饼，约有一斤上下，递给自己，说："哥哥，你吃吧。天这早晚，我可没有地方儿给你找咸菜去！"张讷一闻麦子味儿挺香，连忙接在手中，说："这张饼是那里来的呀？"张诚往前凑近一步，说："这是我偷偷儿的兜了一手巾白面，拿到对门，托张二婶子给烙的，你就乘热儿吃吧，不必告述母亲！"张讷见兄弟是美意，况且肚中饿的难过，连忙拿起来咬了一大口。张诚说："你慢着点儿，招呼烫！"张讷要答言儿，说："不至烫嘴。"话没说出来，一口饼噎在嗓子里头啦，直瞪着两只眼睛好半天。张诚一瞧，赶紧又跑到院子给他舀来半瓢凉水。张讷喝了一口，这才把饼顺下去，长出了一口气，跟着又打起揪心咯儿来。张诚又把瓢递给他，说："你再喝一口就好啦!"张讷一面吃饼，一面悄默声儿的问他，说："你拿面，母亲没在房中吗?"张诚说："母亲在西院斗牌去啦，我拿面出去，等二婶子给烙着的功夫，我过去看了看，大概得好一会子才能过来呢!"张讷说："你托二婶子替烙饼，莫非人家没问你吗?"张诚说："我说为的是明早我上学当点心儿吃的!"张讷一听，心说，别瞧他岁数不大，比我能说，无怪我名叫张讷喽!

兄弟二人说着话儿，已然把一张烙饼吃完，又喝了一口凉水。张诚把瓢送到柴草棚水缸盖上去，照旧进屋子，问哥哥饼是饱了么?张讷说："足以够了，我嘱咐你一件事，下次你可别做这样事啦。傥或被母亲晓得了，不但打我，连你也得跟着受气。况且我早晨吃过一顿饭了，一天吃一顿决不至于饿死，你听见了没有?"张诚说："母亲晓得也不要紧，我就说我吃啦。本来你比我虽然大着几岁，你身子骨儿并不足壮。母亲让你打柴，每天勒令要一担子，你一个人如何砍得了那些呢!"张讷说："天已不早，你也该睡觉去啦，大约母亲也快回家了!"张诚笑嘻嘻的答应着跑回上房，张讷从新睡下。次日早晨，吃过早饭，张讷仍然上山砍柴，方砍了没有几束儿，见张诚从后面跑来，张讷一怔儿，说："你不上学念书，来此做甚?"张诚说："我特来帮你砍柴!"

（四续） *1919* 年 *3* 月 *6* 日

且说张讷正在山中砍柴，猛抬头见兄弟张诚从后面跑来，张讷心中纳闷儿，放下斧子，迎上前去，说："你做什么来啦?"张诚说："昨天不是我说了么，你一个人儿焉能砍一担柴，我今天特意帮你砍柴来啦，省得砍不足数，母亲又不给你饭吃!"张讷一听，说："那们谁打发你来的呢?"张诚说："是我自已要来的，母亲并不晓得!"张讷一听，说："姑无论你不能砍柴，即便你能砍，你也不可帮着我呀!况且你焉有这样气力，你赶快回学塾念书去吧，招呼背不上书来，老师责打罚跪。"张诚并不答言，把袖子挽了挽，伸出小手儿就往下扯路傍的蒿草，说："这不是什么难事，哥哥既能砍得了，我焉有不能的!"说着又拔了几棵蒿草，登时累得小脸儿通红，脑门子上往下流汗，自言自语的说："今天我来的时候忘记带柄斧子来啦，所以有些费劲!"说着手不暂停，还是往下硬扯。张讷说："你快撒手吧，倘若荆棘针扎了手，可是要流血的!"一面说，凑近跟前一瞧，小手儿上已然划了好几个口子，并且流出许多鲜血，再瞧两只小裤腿儿上沾了好些湿泥，一双新鞋已然被蓁棘撕飞。自已心中一难过，流着眼泪说："好兄弟，你快别胡来啦，你快快回学馆或回家去吧!"张诚仍然不理。张讷可真急啦，用手举着斧子说："你要不听我的话，我可就用斧子抹脖子啦!"说着往脖颈上一比。张诚一瞧，有些害怕，说："哥哥，你不用着急，我听你的话就是了！”张讷说：“你既听我的话，快快的下山！”张诚噘着小嘴儿，低着头，一面揉擦手上的血渍往回路走，走三步两回头，好像舍不得似的。张讷把斧子掖在腰带上，顾不得扁担绳子，跟随张诚后面走来。张诚说：“你放着柴不砍，你做什么也下山呀？”张讷说：“一则你初次上山，怕你错走了道路，二则山坡儿滑，怕你跌倒了。”张诚一听，故意的逞能，跳跳蹿蹿的往下飞跑，已然跑下山口。张讷见以下都是平坦大路了，这才在身后大声嘱咐着说：“你可千万快家去吧！”张诚没有答言儿，顺路如飞而去。

张讷仍旧到了山上，把斧子取出，尽力一砍柴，连一会儿也没敢歇息。天到日平西的时候儿，已然砍足了一担子了，连张诚拔的全都打成捆儿，用绳捆好，用扁担挑起来，往山下走。今天这柴看着同前两天一样，可是分外分量透沉，忽然想起，是昨天的雨淋湿了的缘故。一气儿挑出山口，已然累得力尽筋疲，把柴担放下，找了一块平坦石头坐在上面喘了喘气儿，被凉风儿一吹，身上的汗已然落下去了。抬头一瞧，红日已然压山，站起身来，挑担顺路走着，心想古人说弟兄友爱出于天性，实在的不错。又想到他方才说明天带斧子来，小孩儿心性多是一宠性儿，说得出行得到，明天若果再来，傥被母亲闻知，岂不又是一场吵闹。自己又不敢回禀母亲，偏巧父亲连日又没回家，这、这、这、这便怎么处？心中一急，这才急中生巧，想出一条妙策。

（五续） *1919年3月7日*

且说张讷一面挑柴担走着，一面打主意，怕是拦不住兄弟。忽然想起个主意来，有咧，小学生儿没有不怕老师的，今天我挑柴担子多绕几步儿，见见他的老师，嘱咐嘱咐，千万不可让他上山跑着玩儿去。老师明天一吓吓他，自然他就不敢再去啦。有理呀，有理！想到其间，故意的绕到村头儿上小庙儿。此时天色将黑，众学生都回家去吃饭去咧，就近有念夜书的还都没有来呢。张讷把柴担放在庙台儿上，进了角门儿，咳嗽了一声，说：“老师在馆么？”这位老塾师是方才吃过饭，正在院子走蹓儿，连忙答言儿说：“那位呀？”张讷紧行两步，凑近面前，说：“小侄张讷拜揖！”说完身打一躬。老师一瞧，认识是张诚的胞兄，说：“原来是张大爷，屋中坐吧，你有什么事呀？”张讷说：“小侄因我胞弟张诚年齿最幼，不免有些淘气，今天他跟我上山瞎跑去了，小侄在上山砍柴，好容易把他驱逐回来。小侄在山采樵，不能照顾他，怕遇着狼虫虎豹野兽的伤了他。况且又旷功课，故此小侄前来托附老师，千万替我劝阻着些儿，我们父子感恩匪浅！”说着又做了个揖。

这位先生说：“你还提哪，你兄弟资质不错，也肯念书，从来也不逃学。今天早晨忽然没上学，到了后午上馆。我问他为什么无故旷课，又不告假，他不说真话，已然打了他五板子。如今你说我才晓得，他是上山跑着玩儿去了。如此说来，我打的他不屈喽！”张讷听见这样说，想兄弟是为自己受责挨打，比打了自己还觉着难过（这叫手足），可又不敢对先生明说，赶紧说：“总求老师多费神，严加管束才好，小侄要告辞回家咧！”先生也没往外送，说：“闲着来，渴了来，沏点你喝（这是教书匠吗？这先生从前在茶馆儿写过帐）！”

张讷出了角门儿，挑起山柴，一气儿跑到家中。把柴担放下，此时牛氏是吃完饭，又要赴隔壁上梁山①去（彼时不兴麻雀扑克吗），看见张讷挑进柴来，看了一眼，说：“今天打的也不算多，这路湿柴一晒就剩一半儿，还总得耗到这样黑天没日头的回家。早些儿回来，倒是把柴草棚里的湿柴乘晴天晒晒也好哇！”张讷说：“孩儿明早柴晾就是！”牛氏说：“得咧，小老爷子儿，你吃饭去吧，两个饼子一碗粥，早都给你伺候得啦！”说着话走出街门。此时张诚原来正在屋中，温完功课，打理书包又要上夜学去，一出屋门看见哥哥。张讷说：“你不听我的话，挨了打，吃了苦哩！”张诚小脸儿一红，一□头儿，说：“不曾挨打！”张讷说：“休得哄我，你脸上的泪道道子还没擦干哩（这是张讷吗？《岳家庄》的牛皋）！”说的张诚一笑儿，挟着书包飞跑着上学去了。张讷一个人儿把柴担放好，自己舀了点儿水，洗洗手脸，点上灯才张罗吃饭，到时候睡觉。一夜无书。

次日果然早起，先把湿柴晒上，这才吃早饭，吃完仍旧上山。刚砍了少半捆柴草，见张诚又从山下走来，手中拿着一物，自己迎过来一看，原来是一柄小斧子头儿。

（六续）*1919年3月8日*

且说张讷正然砍柴，猛见兄弟走来，手中拿着一柄小斧子儿，不由惊骇起来，说：“昨天我不是拦阻你，不叫你来么，你今日做什么又跑来了呢？”张诚一语不发，拣着柴草茂盛的地方连拔带割。别瞧他年岁小，手底下还是真马力，此时刚交秋令，日头是毒的，一用气力，累得周身是汗，又被太阳一晒，脑袋上的汗直往下流，连擦抹都顾不得，还是尽着力儿的苦割。张讷看着好生不忍，说是：“你歇歇儿吧！”他照旧还是割他的，一会儿就是多半担子了。他看了看，是话不说，把小斧子儿提溜着跑出山口而去。张讷见他是一片好心，也不敢再拦阻他了，自己只好仍捡柴草多处再砍割啵。

书中不提张讷，但说张诚一气儿跑出山口，抬头看了看日色已经平西，不敢耽搁，一直的跑到学馆。一进角门儿，就听众学友一个个都把书念（这们个功夫，来句娃娃生②），晓得是自己来晚咧，偷偷儿的先把斧子藏在房山后头。进了学馆，先给孔圣人做

① 上梁山：指打马吊，因纸牌的十字门、万字门绘有水浒人物，故名。
② 娃娃生：京戏行当，扮演儿童或少年。

揖，然后又给先生做揖。先生戴着大眼圈正给学生们判仿呢。一见张诚进来，把朱笔放下，摘下镜子，说："你可来了（倒没写正要拿你），昨天我没责罚你吗？你这孩子近日顽皮的狠哩！昨天晚晌，你哥哥还来嘱咐我来着，不许你上山胡跑着玩儿去，你不遵吾的学规，不听你兄长的教训，你就是不孝不弟的孩子，吾是不能宽容你的。昨天责打五板，今天是要加倍的。你到底做什么去了？还不与我实说！"张诚一见老师发怒，又因昨天受的掌责，疼痛是小，在众学友面前被老师这样数说，羞愧难当，登时一急，可就哭咧，一面哭，一面跪在老师膝前，说："学生并非贪玩耍去了，实在我心里另有一点儿苦情，求老师宽恩饶恕！"

这位塾师平夙也晓得他不甚贪玩，如今见此情形，自然也下不去狠手打他了，故意一拍桌子，说："你分明是巧言搪塞吾！你既不是跑着玩耍去了，你看你这一脸的汗道道子，两腿的土，莫非你哥哥叫你送报去了么（教书匠也要往我们这行里巴结）？"张诚一听，不敢隐瞒，说："学生回禀老师，我是帮着我兄长砍柴去了！"先生听到这句，把眉头一绉，说："据我想，你兄长原可以不必砍柴的。他既砍柴，为什么又要你帮助呢？"张诚说："学生不敢说，他是奉我母之命要他砍柴。学生从前不晓得道理，近日蒙老师教训，说兄弟如手足，做弟的应当尊敬哥哥，兄宽弟忍，兄友弟恭，方才算得个人。我想我哥哥打柴，一个人受累，有些于理不合，故此昨天跑到山上帮助于他。今天我又是帮他砍柴去了，到学稍迟，望老师免责！"书中代表，这位塾师虽是三家村儿的冬烘先生①，以念背打为专门，可还晓得教学当以孝弟为本，不能净讲革命流血。再说当了许多年的小孩儿王，也会察言观色，听张诚所说的这篇子话，不敢信为有，不能认为无，于是又把桌子一拍，说："你说了半天，究竟以何为凭，什么做个证物？"张诚一听，连说："有，有！"

（七续）1919年3月9日

且说塾师听张诚之言似乎可信，又故意吓吓他，说："以何为证？"张诚说："有板斧为证！"先生说："拿来我看（要唱《洪洋洞》）！"张诚站起来，跑到院中，□斧子拿了进来。先生接过一瞧，果然是一柄砍柴用的，说："既如此说，你兄长昨天的意思是不要你帮助，你又不忍他一人受累。似你们这兄不肯扳弟，弟不肯扳兄，恰合古人了。难得呀，难得！少有哇，少有（这是教书匠吗？《宝莲灯》的刘彦昌）！你既这样，今天权且记下这次责打，上位去好生的念书，明天我调查详确，再□详志（谁说不是要当编辑呢）。如果有不实之处，我还要加倍□责罚你呢！"

① 冬烘先生：指迂腐、头脑糊涂的文人。

张诚答应了个“是”字儿，这才坐到自己位上，把斧子放在桌子底下，取出书来高声朗诵。念了几遍，此时各学生也有已经背书的，还有没读熟的，张诚已然把书念熟了，□上□背。先生留心细听，字字不错。这些地方，并非我好说废话，皆因原文以“诚”为名。《中庸》说“自诚明，谓之性；自明诚，谓之教。诚则无不明矣，明则无不诚矣”，就是这个道理。您别当我净会啃《聊》哪，讲性理也略□一二（不过换不出饭吃来）。

闲话少说，但说这位先生容张诚把书背完，又奖励了他几句，说：“据你背的功课，倒是个肯用功的孩子。况且读书原为明理，大学问要从五伦①做起。你果有这种孝友天性，从今已后，还须加□的培植。至于每日的功课也不可抛弃，岂不知少小须勤学，文章可立身么！断不可今日不学，待于来日；今年不学，以待来年。到了四十五十，斯□乡人以没世已耳（得，索兴背上《明文》咧）。从明日起，你每天能读十行书，还给你上十行，可要午前读得烂熟的，午后你要上山帮助你兄长，吾么也不拦阻你就是了！”张诚一听，说：“多蒙老师宽容！”说着上位。此时已到放晚学的时候了，先生把各生功课考完，陆续放走。

不提众生，但说张诚同着众学生出了庙门，唯独他腰中多一柄小斧子，自言自语的说：“怀抱着圣贤书，转回家园（所跟薛乙哥②扎上咧）。”心里很是高兴。到家一看，哥哥已然先回家了，正在院中往草棚里收柴草呢（早晨晾上的，不能忘下）。一见兄弟回来，脸上透着有喜容儿，不敢明问，见他给自己做了个揖，直奔柴草棚，把斧子藏起来，然后才进房去见母亲。牛氏容张讷收好柴草，方给他端出饭来，又把张诚唤入屋中。母子吃完，恰巧这天张少炳也回来了，这一闹哄，张讷顾不得问兄弟师父追问了没有。一会儿张诚又上夜学，张讷总替兄弟捏着一把汗儿。及至下学，仍是分房安眠。

次日照旧上山砍柴。功夫不大，张诚依旧掖着斧子来哩。张讷一见，说：“呦，你怎么今天又上山来了呢？”张诚说：“今天我可是奉了师父之命来的（要唱《马上缘》）！”张讷说：“你怎么会奉师命来的呢？”张诚就把昨晚的情形一说（可没叫到跟前说与薛丁山有姻缘之分）。张讷一听，不敢打他的兴头。谁□过了不多日子，竟闹出性命之忧。

（八续）*1919* 年 *3* 月 *11* 日

俗语儿常说，习惯成自然，这话一点儿不假。就以张诚砍柴说，头一两次，在张讷以为稀奇，日子一久，拦阻几次不听，也只好由他来吧。此时的月分已是秋末冬初了，河南地方庄稼忙完，家家的闲在人儿多有上山砍柴去的。本年张讷又长了一岁年纪，力

---

① 五伦：君臣、父子、兄弟、夫妇、朋友五种人伦关系。

② 薛乙哥：京剧《三娘教子》中的人物。

气大了些儿，又有张诚每天帮着打半捆，所以永久足数儿。这些远村近邻来打柴的人都以为牛氏派两个孩子全都上山呢，时常说："你们这打柴不是打柴，是王小二拔麦子（俩算一个儿吗）。"弟兄们无非一笑儿。

这天早晨，张氏弟兄照旧上了山，此时前山的柴草已然全净咧，总得绕过两道小岭儿才能有呢。打柴这路事，可不能一个跟着一个，是各人拣柴草茂盛的地方儿砍去。天在午后，忽然起了一阵狂风，立刻飞砂走石。上文我说过，登山的人遇着风，就得寻找宽坦平正的地方儿，或蹲下，或坐下，等风过去才敢走呢。这阵风好像一个大旋风，陡然刮起来，是彼此不能相顾，风过处又听呜呜儿的吼了几声。大家一听，说："了不得咧，有了山猫咧！"有的说："快爬下，招呼让老头子给填补了去！"张氏弟兄都在年幼，没有经过。张讷一见，连忙也高声喊嚷，告述张诚留神。张诚一听，吓得"嗳呀"了一声，斧子撒手，想要同兄长凑近些儿，忙往这边跑来。

老虎这种野兽并不是专讲白吃人（那是狼崽子），什么獐、狍、野鹿、狐、兔等类遇着他，他是一概全吃。可有一样，若是遇着大豹、狮子，他也许白喂了野兽，纯乎是有强权无公理的大畜类，生来骨重力大，其实是个笨兽。但说这天在后山找不着野食儿了，于是三蹿两跳越过几个山头。这东西跑起来带风，及至风一定，可就快看见哩。若是机灵人儿找个山沟儿一孤堆①，他没看见，就不至被他吞吃了去（若是没有人味儿的更能保险）。最忌的是一害怕，连哭带喊，又滚又爬。他看见是动物，他便扑过来给人一嘴。都说虎能役鬼，这路鬼，名为伥，是被虎吃的人魂魄不敢离虎，再遇着人，他能爬人的衣服伺候虎吃。这话据我想，不敢深信。人为万物之灵，活人怕虎，死后莫非还怕虎吗？焉肯作那自残同类不是东西的鬼呢！若说虎为山君，一个虎吃一次人便有一个伥，这老虎再遇人便容易吃了，他便应当肆行无忌找人多的地方儿蹓达，虎前虎后全是鬼，他这伥比民国的账还许多呢。闲话靠后，我别拉虎典，还是说《聊斋》。

却说张讷看见南山上出了猛虎，"虎、虎、虎"（要唱《除三害》），一喊二弟。张诚往哥哥这边儿一跑，一个小孩子，吓得腿儿是哆嗦上咧。那些采樵的人谁也不敢出声儿。这虎听见有声音，瞪开虎眼往四下里一瞧，见有个小动物儿，喜欢的了不得，前爪一按劲，后腿一登，尾巴直竖起来，如同一条杠子（这招儿就叫老虎大撅尾，吃人的毒着儿），向张诚扑来。张诚一害怕，早吓爬下了。这虎把张诚衔在口中，大转身儿要回后山。

（九续）1919年3月12日

且说张诚被老虎衔在口中，张诚身上穿的挺厚的棉袄（亲娘絮肩，后娘絮边吗），真

① 孤堆：屈腿下蹲，缩成一团。

是身穿绸缎，内絮丝棉（索兴唱上《芦花记》咧），脚底下是挺厚的毡鞋。老虎的牙被这棉袄垫住，不至伤及胸背。虎心中也觉着与披毛带掌的不同，况且看见有了人，他也不敢明声大卖的用嘴吃，想拉到后山洞里吃去（要暗吃是怕分肥的，并非专怕上捐）。以张诚此时说，约有七十余斤的重量了，再加上周身的衣服，不足八十斤也差不多，既然身入虎口，一定是要挣命的，腿脚连蹬带踹，口中不住的哭喊。那些采樵的一个个都闭眼不忍的观瞧，可不敢前去打虎①（怕人找媒人）。张讷一见，不由得眼是红咧，举着斧子恶狠狠追赶过来。若是虎空行走，三跳两越早过山岭去了，皆因嘴里衔着人，舍不得撒嘴，又怕跳丢了，故此腿步儿也迟了。张讷是拼命劲儿跑过半个山坡儿，真把虎追上咧，举着斧子照定虎的肚腹就是这们一斧（这是张讷吗？《丁甲山》的李逵）。老虎不同傻人专等砍上才开跑步呢，及至斧头落下，就中在后骨胯上咧。书中代表，恰巧是只母老虎，已然怀着临月的虎孕，受了张讷这一斧子，可就顾不得再慢走咧，还是舍不得口中之食（这叫叼住不撒嘴儿，是暗吃界的老手），把牙关一紧，连蹿带跳的飞跑。张讷一斧子砍上老虎，见他并不理论，方要再砍，母老虎机灵，不托人见见，人家会躲一躲你（这是老虎吗？暗娼与访员）。简断截说，开了外学子咧！蹿山跳涧越过几个山头，可就看不见了。张讷没救下兄弟，眼睁睁的看着被他给叼跑了，想着往下追赶。俗语儿说，两条腿万赶不上四条腿（六条腿可任甚么事不能干），人力车不如马车快，是个比较。

再说张讷也是未成丁的小孩儿，追了会子，不但老虎的踪迹全无（一边儿委窝去了），风定尘息，日光照常复明，不由放声恸哭起来。一面往回路走，走着走着几乎跌倒，低头一瞧，原来是张诚的一只鞋，用手托起，坐在路傍放起声来，说："我可没想到哇，你会喂了老虎咧，我的亲手足哇，好老二呀，我那有情有义的亲兄弟呀，你可恸死了我啦，我的兄弟呀！咦，啊哈哈哈！"再说那些砍柴的人见老虎走远，胆子大的才敢站起来，见张讷十分悲恸，也有陪着落泪的，也有想着一个隔山的弟兄不咧，何必这们动心，这才凑近跟前，说："张老大，你少恸吧！这是他命该如此。你哭会子，还能哭得老虎心软了，给你送回来吗！他是入了老虎嘴儿咧，你想开着点儿吧。将来分家产不是少一股儿吗，倘或令堂是秤砣儿生②，你还有个独十成的希望哪，想开着点儿吧，嘿，我的张老大！"张讷听这些不入耳之言，是又恸又气，更哭了个前仰后合，说："众位有所不知，我这兄弟不同别人的弟兄，他是为我送了命，我还活个什么劲儿呀？"说着话，把鞋撒手，抓起斧子向脖项一横，只听"噗哧"一响，不知性命如何？

---

① 打虎：旧时一种女骗子，以嫁人为手段，骗取到财物即逃之夭夭。

② 秤砣儿生：作者在《邵女》篇中说，夫妻只生一胎即不再生育的称为秤砣儿生。

（十续）1919年3月13日

且说张讷痛弟情殷，自觉对不过兄弟，一面数落着一面哭，忽然一横心，把斧子抓起来，照定脖项上一横。皆因右手若抹脖子，必须刀尖儿冲里方能抹断气嗓。斧子这路铁器不同切菜薄，既说是砍山柴的斧子，刃子是厚的，斧背是沉的，抓起来举着斧柄往外一推，斧刃是偏在右边食管儿上了，割不着气管儿，就不至登时殒命（在下可没实验过，常听检验吏这们讲究）。再说这些乡亲们正劝着他，忽然见他抓斧子抹脖子，焉有不夺的，这个拉胳膊，那个往下夺。斧子后刃儿已然扎入脖项，约有一寸余深的一个大口子，鲜红的血喷了出来。张讷一疼，早把斧子撒了手，往后一仰身儿，幸而身后有人，若是倒下，骨碌到山沟里，也许摔死。这几个人一路撅救，都说："张老大，快别想不开呀，招呼你父母着急！"也有叫兄弟的，也有说快抱住别撒手的。张讷心忙意乱，头眩眼昏，往后直挺身儿。内中有机灵人儿怕他受了山风，赶紧一伸手，把他身穿的破单布褂儿的大襟扯下一条子来，使劲往脖项一围，绕了两遭儿。那个说："快快掖好啦，如果不中用，用绳子系上点儿也好！"那个说："不行，不行，抹脖子没死，招呼给勒死！"七嘴八舌反正全是好意。这鲜血经粗布一裹，粘在一处。这书不必我细交代，那位都晓得张讷是元身的童男，气力是足壮的，缓了一缓，已然不至十分疼痛了。

睁开眼睛看了看大家，说："诸位叔叔伯父兄长，你们救活我的性命，反是害了我咧！无论我回到家中父母责备于我，即便不责备我，一个人活在世上有何意味！"说着又淌下泪来。内中有晓得他是受继母气的，赶紧用话开导他说："这件事怨老虎不睁眼，你母亲懊怨不上你来。你但放宽心，我们送你回去，替你诉说明白了。即便你母亲不是亲的，说两句嫌言儿，你父亲总是护庇你的。咱们大家都去，人多说得明白些儿，咱们走哇！"有两个年长的说："一同去自是正理，咱们今天砍的柴草不多，打总打成两担子，也不必分咧，都送给张老大吧。还有他们弟兄两个的斧子、绳子都攒凑在一处，我们两个人搀着张老大慢慢的下山，你们归着齐毕了，换替挑下山吧，不知众位愿意不愿意？"众人都是一样的乡邻，谁也不肯驳回，说："周伯伯说的有理，谁不愿意，叫他一个人儿走单了的时候遇见急狼，叼了去，吃不净再喂野狗！"有的说："咱们只当此时风雨不住，不是也得空手儿回家吗？你们送张大的搀着先走，我们各自收拾各人的绳子、扁担、斧子。他们弟兄们的家伙并你们二位的，也都是我们的事儿咧！"两个年长这才叫声："张老大，你起来吧！"张讷感激大家都有热心，不能再固执，点点头擦着眼泪儿站起身形。往前一迈步，脖子擎不住劲儿，疼的哼咳起来，赶紧用手托着下巴颏儿，两个人搀胳肢窝缓缓而行。那些人把家具收齐毕，连张诚的那只鞋也掖在柴草捆中，直奔张家而来。

（十一续） *1919年3月14日*

昨天的书说到众位乡邻义气的地方儿，这可不是我说的，乡村的人实在比都城省会强的多。最没团体是北京，近年人心尤其大坏，言之令人可胜浩叹。我不用瞎说人心风俗，还是接着说书。要按这路地方儿，一则乡间人心朴实，庄农人亦发忠厚。况且张氏兄弟夙日有个人缘儿，内中也有知道他们家务的，怕是张讷回家受气，也有赞叹张诚可怜见儿的，各人心理不同。总而言之，人心都是肉长的（就怕颜色不一样），被张诚的一番真诚感格于无形，人人反说不出了。

此时天方过午，大家缓缓儿走着，挑柴的在后面，一会儿追上了。两个年长的说："你们或是歇歇儿再走，或是头前给他老两口子报个信儿去也使得！"挑柴的说："那们不歇着，我们头里走咧！"说着挑着担子越过众人走了个飞快。此时山下的村邻都听说方才这阵山风是出了猛虎咧，又叼走一个人，个个儿不放心，都出门儿打听这件事，家中有上山的更是盼问明伤了人没有。一会儿看见众人走来，又有一个围裹脖项的，两人搀扶着。妇女们也有认识叫张讷的，截住问说："张老大的脖子是被虎咬了么？"有个多嘴的把这事儿一讲究，老堂客中同缺少儿女的都叹惜张诚，又怜惜张讷，真是纷纷议论。另有知根的暗骂牛氏，说他孩子被虎吞吃，是他遭了恶报的。

书中言讲不着众人，但说两个挑柴的一会儿到了张家门口儿，高声喊叫："张大哥在家么？"牛氏正在家中凑了一场儿小梭儿胡，起了一牌扣叫儿，一听门口儿有人喊老头子，把牌扣好，用一张做个记号，说："咱们可不许玩儿不局气①，偷瞧我的牌，要安那路坏心眼儿，他是山老虎下的！"一面说，放下牌□出上场门儿（这是牛氏吗？《紫霞庄》婆子），说："什么事呀？"挑柴的原是本村儿的熟人儿，同牛氏叔嫂相称，虽有个小玩笑儿，今天可不能开搅（婆子见场，我可该撒撒欢儿咧），说："张大嫂，不好了，你的儿子被虎咬，特地前来报与你知晓（说话找辙，简直的是□子吗）！"

牛氏一听，把嘴一撇，说："张讷这孩子喂了老虎咧？好，先省一个吃饭的！"挑柴的说："张大嫂，你听错了，小张诚，被虎叼，吓得大家真不了；张老大，重同胞，手持柄斧当朴刀；一下子砍在虎后腰，老虎撅尾把你学，蹿山跳涧加着劲儿的挠，霎时踪迹见不着。张老大，哭号啕，斧横脖项好难瞧，幸而人多揪住了，险些儿没把脑□掉，大家护送少时就到。我们两个把柴挑，先来把信报、报、报、报、报与你知道！"牛氏只晓得张诚上学去了，如今听说被虎吃了，登时坐在地上放声嗥起来，说："我的儿呀，肉哇，你可坑死了你妈妈咧！你叫我可怎么受哇？"

---

① 局气：守规矩，讲公道。

此时送张讷的人已进村口，恰巧张少炳也回来。牛氏一见老头子，不由得眼睛红咧，赶上前一把没揪着胡子。少炳一闪身儿，牛氏一低头，闹了个绝妙的着数儿，一名黑狗掏裆，一名摘茄包儿，通俗说是真正的小取。

（十二续） 1919年3月15日

且说牛氏看见众人把张讷送回家来，恰巧张老头子也跟随进门，这一肚子的气登时发泄出来，抓住老张要讲打架。那位说原文可没这点儿事，我并非节外生枝的好添色泽儿，皆因这段书一说的时候儿先从张氏弟兄叙起，并没细形容牛氏怎么刁恶，此时若不说，后文硬插杠儿说张少炳惧内就不是玩艺儿了。况且惧内多是屡次续弦，男子年岁又比妇人大几岁。再若指身为业，回到家中，即便妇人多说个一半句，精神顾不过来，便不想呕气，只可由他闹啵。这路无教育的妇女得步进步，得理不让人，非闹到国破家亡掉了底儿决不让步（这是《聊斋》吗？南北的情形也大同小异）。所以一见张氏父子，先给老头子个下马威，这也是迁怒的常情。不迁怒，孔子独称颜回，足见是不容易的事（说《聊斋》带拉《四书》典，您要还嫌不好，我可实没法子敬献了）。

此时送张讷的人是多的，赶紧跑过两个去连拉带劝，说："撒开，撒开！"张少炳自是不能再近身儿了。牛氏见打不着老头子，有心打张讷，当着这些人，明知也是不行。于是坐在地上指着张氏父子说："你的儿子把我的儿子送入老虎嘴儿去了，你们就是赔我的儿子。你也不想想，我开肠破肚，刀山油锅，口捣磨研的受了那样大罪（要唱《大十万金》），好容易才养活的身长树大咧，书也会念，饭也会吃了，你给喂了老虎啦，你可坑死了我啦，我也不活着喽！"说着站起来，又要奔着张讷撞，大家急忙拉住。

张讷这一路走的已然力尽筋疲，而且在山中恸哭的气也微了，更不用说还带着重伤，一进门儿就受了这阵擂头风，不由气喘唏嘘，衔着眼泪儿说："母亲不必烦恼，我二弟生死存亡尚在两可，如果看见他的尸身，我一定不能再活着！"牛氏咬着牙说："你给我孩子抵偿，你简直的还不配哪！"再说搀张讷的二位老人家（可不为劝架来的）连忙对老张说："你告述我们张讷在那屋住，搀他上炕歇歇儿吧！有什么话暂且别吵，过一半天，得着确信再说，我们可是为你好！"少炳一指柴草棚边的小屋儿，说："他平日就住那一间！"此时早有人过去给他开了门，大家簇拥着进了屋子，把他放在炕边儿上。有人给打开破铺盖，放好枕头，说："老大，你躺下歇歇儿吧，我们也该回家吃晚饭去了！"张讷有气无力的爬伏枕头上，冲定大家说："我给诸位伯叔兄长们磕头啦！若有晓得我弟下落的，千万赏我个准信！"大家说："是啦，你好好儿的养济着你的伤吧，过日我们来看你来！"说着大家出屋，到了院中，把柴草、绳、担、斧子，还有一只鞋交明少炳，少炳每人做了个揖。众人见牛氏已然被斗牌的老娘儿们给拉进上房屋，谁也没功夫开导劝解他，出街门各归各家。斗牌自然也吵了，众妇人也走了。少炳到了小屋儿想细问问张讷，进屋听他哼咳不止，爬起来靠着山墙放声恸哭。忽然脸上颜色更变，不知性命如何。

（十三续） *1919 年 3 月 17 日*

且说张老头子进到西小屋儿看看张讷，见他哼咳不止，爬起卧倒的，大概是脖项疼睡不着，只可凑近跟前，说："你饿不饿呀，我给你做点儿什么吃呀？"张讷摇了摇头，说："父亲不必管我，孩儿是吃不下去的！"说着爬起来，把脊梁往后墙上一靠，放声恸哭。哭的张老头子也陪他直掉眼泪，只好又到上房看了看，见牛氏头朝里和衣而卧，大概是哭乏了已然睡着。也不敢叫他起来做饭，肚腹中觉着透饿，只好进了里屋，一瞧天色已黑，点上灯烛，找了个面盆，打开面坛子胡乱抓些面和了一块。有心烙张饼，一想张讷也没吃晚饭呢，他脖子带伤，吃干的是不能行的，不如做一锅白面片儿汤，爷儿两个都可以吃些。想到其间，把面和好，然后到院中抱进一捆儿柴草来，把柴灶点着，锅中舀上水，一会儿烧开，把面□成片儿，撕成一锅片儿，煮熟了盛为两碗。一想还忘记着盐了，又从新倒入锅中放些盐粒儿，重新见了□开儿，再盛出来，找着香油，每碗滴上一滴，拿上筷箸并两碗面托到西屋。

一进门，见屋内漆黑，只得先放下碗筷，又到上房找来一个火种儿，把西屋灯点着，再瞧张讷仍是咳声叹气。张老头子端起面碗，说："儿呀，我做了饭来了，你用些儿吧！"张讷抬头瞧了瞧，说："见不着我那仁义的兄弟，我是一点儿也用不下去的（这是张讷吗？《铜网阵》的颜查散）。"张老头子说："你想一个人要是不吃饭，岂不饿死了吗？你不吃，我也不吃□（这是老外①的白口儿②吗？张占福③的蒋泽长准是这套）。"张讷恐怕父亲着急，又见热气腾腾的片儿汤，说："既如此，孩儿用些就是！"说着扎挣往前凑了凑，想要拿碗，胳膊一动，牵动脖筋，立刻又嗳呦起来，说："孩儿不能举碗，父亲请独自用吧！"

老头子因为挺好的两个儿子忽然丢了一个，剩下一个头大的倘若死了，岂不绝了后代了么，心中一急，眼泪早淌下来了，说："你既不能自己吃，待为父的喂你些儿就是了！"张讷爬伏在枕上，老头子蹲□炕边儿前头，一手举碗，一手拿筷箸送到嘴边儿上，说："你张嘴呀！"张讷闻着打鼻子的香油白面味儿（高调货吗），又难却父亲的慈爱之心，这才张嘴先呷了一口汤，好在不凉不热的。老张又夹了一片儿面，说："你吃些吧！"

---

① 老外：京剧行当，老生。
② 白口儿：戏剧术语，即戏剧中的道白。
③ 张占福：清末著名京剧演员，工武丑，艺名张黑儿。

张讷吞到嘴内（送到嘴边儿上还不吃，那未免假撇清①咧），用牙一嚼，嗓子疼的难过，又好像顺伤口要流面汤儿，连忙摇头，说："孩儿还是不能吃，父亲请自用吧！"老张见他不吃，放下碗，说："你少时饿着了言语！"自己拿起那一碗，连吃带喝，一会儿吃完，把这一碗也捡着吃咧，又对张讷说："你不愿吃面，我给你熬些粥喝，你想好不好？"张讷说："天色已然半夜了，明天早晨再说吧，父亲也请安眠去吧！"老张说："你如果有事，我可以在这屋看着你！"张讷方要答言儿，就听上房大嚷大哭起来，说："好老帮子，你们分明伙通一气，打算要气死老娘！"

（十四续）*1919年3月18日*

昨天所说的书，您按原文对着瞧，只是"父恐其亦死，时就榻少哺之"，统共几个字，我说了一篇，约在二千四百上下。您以为不要紧，您只管也用一张纸，按这些字数儿说回试试，就晓得"事非经过不知难"的道理咧。一则得合着张家的家当儿，并河南普通人家办得到的（比如说项城袁宅所用的燕菜席，我决计说不好，真没吃过见过吗）。再说别瞧做碗素片儿汤是小事，不信您没伸过手，就许吃了白斋②啦！昨天说到着盐粒儿就是个榜样。

闲话靠后，再说张氏父子听上房牛氏又哭又喊的直骂，这是什么缘故呢？因为牛氏这几天赌运不济，好像他们姐儿们的头（那位说，八成儿是一来一输？您没猜着，偏是要光梢），好容易今天三班儿直起好牌，赶上这路事，大家一轰散去，又在院中累乏咧，经人劝入屋中，这才躺下歇个盹儿。本来心里疼儿子，困劲儿一过去就思想起来，又搭着老头子从不磨锅上灶的，今天冒猛做顿面，是抓头不是尾。就以烧火说，都不晓得柴干柴湿，只好多往灶里填，及至煮熟，屋中的烟已然弥漫了，把个牛氏呛醒。坐起来揉揉眼睛，下地一瞧，满桌子上都是白干面，可称瓢朝天、碗朝地，又听西屋说话儿，想着必是老头子背着自己给张讷做饭来着。心说好哇，俗语儿有云"满堂儿女不如半路夫妻"，敢则却不尽然，还是他只懂疼他的儿子。又听父子说话儿呢，所以一生气才破口大骂。张少炳气得端起两个大碗，气哼哼的要往上房跑。张讷急得摆手，说："爹爹息怒，不要为我伤了你二老的和气！"少炳说："你不用多管我的闲事，我一定不与他干休！"说完直奔上房。

张讷急的了不得，有心追过去，又怕牛氏打自己，再说往起一爬直打幌儿，眼前一阵发黑，头一晕，栽倒枕头上，窝了脖子一下儿，别提有多们疼咧。哼咳了会子，好容

① 假撇清：指喜欢而故意说不喜欢者。
② 白斋：指不吃荤腥、盐酱等的持斋法。

易缓过这口气儿来，侧耳往上房听了听，并没喊骂的声音。心说只要准和咧，还可以少微享点儿幸福。书中代表，您别听老张这们横，敢则一离窝儿比谁都乏，此时在上房不是练合碗①哄太太儿呢，就是刷上锅②咧，您诸位做个疑笔看吧！

这书翻回头来还是说张讷听上房没有声息，心中稍安静些儿。再说远远梆锣之声已交三更，自己哭一阵发一阵晕，只好还是坐起来，靠墙闭目合睛的养息精神。一会儿天光大亮，父亲也没过来，耗到每天上山砍柴的时候儿了，又听牛氏在屋中说："你还按照抚养病人似的伺候他哪！你瞧你熬粥吧，灌水儿吧，这个磨烦，还不说到外面打听打听二小子的下落去哪！"又听父亲说："既是被虎吞吃，一定凶多吉少。据我说你想开着些儿吧，但得张讷不死，不是咱们两个都有儿子吗！"牛氏又吵了几句也没听清楚。功夫不大，见父亲托了一碗粥来，说："这是我亲手给你熬的，你呷一口儿吧，你母亲并没在家！"张讷说："孩儿不饿，爹爹不必费事！"原来已经立志要绝粒而亡。

（十五续） *1919* 年 *3* 月 *19* 日

且说张讷一夜之间回想胞弟的好处，自己不愿独自活着。又因为父母为自己的饮食吵闹，真是生不如死，并非同老人家呕气，要故意的饿死。那位说，你怎么见得呢？这是蒲先生原文这们写的，您不信，若是张讷为同继母呕气不吃饭，便说"讷忿不食"，按这两句原文是"牛辄诟责，讷遂不食"。一个"遂"字，我们体会此义，就当替人表明心迹。这路地方，因题目是《张诚》，张诚是悌弟，张讷也是友兄，而且便是孝子，若做官便是忠臣。这个道理是此人天性纯厚的原故。比如张诚这路人没有弟兄，明眼人也能晓得他是能悌的人。怎么看呢？于其孝处便看得出，或曰如张诚父母早亡，还怎么看呢？只看他交友有真血性，便知其能为悌弟，更能为孝子，为忠臣。所谓观人必于其微，若有人对于弟兄无情，这路朋友大可不必理他，因他断无信义（这可是论心迹，不必以财物小节苛求），即《大学》所谓"其所厚者薄，而其所薄者厚，未之有也"的两句圣经。得，索兴讲上《大学》咧，这要再接着三纲领、八条目传文一说，这段《聊斋》就演过五月节去咧。不喜读《四书》的愣说我肚子过了惊蛰，书虫子启户攻了嗓子咧，莫如还是说书。

但说张讷既是有心绝粒，断不会斗经济③（那是小堂客儿拿捏男人的文明着数儿），从此父亲让自己吃，仍是和颜悦色的回答吞吃不下。及至到了第二天，饿上心火来反不觉饿了，靠墙儿盘膝一坐，闭目合睛，低着头，心中是非常的清静。再说脖项上的伤痕

① 合碗：旧时河南、山西等地方过节时的一道菜。
② 刷锅：特指饭后舌头在口中转动，舔食牙上饭粒菜屑的动作。
③ 斗经济：斗心眼。

虽然微疼，也不甚厉害了。老张过来两次，看了看，以为他既睡着，也不必经动问他了。书说简截，张讷打坐又过了一昼夜，忽然心血往上一攻，眼珠儿往上一翻，耳鼓一鸣，心里一昏沉，好像做梦似的，神魂已离躯壳。在自己莫明其妙，就如同已然能起身出门了，心说这可能打听打听我二弟的生死存亡下落了，打算出村仍就顺山坡跟踪觅迹，或遇着那天送自己回家的叔伯兄长也好问问，恰巧一个人没有。又走了不远儿，见迎面来了一位老太太，抬头一瞧，认得是本村前街的巫二大妈（原文没姓，皆因百家姓上有此姓，咱就以业为姓）。从前听街邻传说，这巫大妈会瞧香、跳神、过阴的能为。自己也没有留心，今天蓦然遇着是非常的高兴，想着我二弟若是死了，他准晓得，问他一声儿比跑山后找去还准成哪。想到其间，三步两步赶到跟前，恭恭敬敬的做了个揖，说："二大妈，您老好哇？"巫婆一瞧，说："呦，你不是张讷吗，你怎么也来啦？"说着点头赞叹不止。张讷说："我要寻找我那二弟，老大妈，你老人家可知他是死是生？"巫婆说："呦，怎么张诚丢啦？想是被匪人诱拐走咧！怪不得这两天《群强报》上嘱咐大家留心小孩儿呢（这是巫婆吗？我们胡同乌老大爷）！"张讷说："莫非二大妈不知我兄弟遇虎么？"巫婆说："我这两天没下班儿，什么缘故，你与我细讲□一番！"

（十六续） *1919* 年 *3* 月 *20* 日

且说张纳心想胞弟被虎衔走，自己抹脖子的事必然巫二大妈听说了，故此冒猛这们问。谁想巫婆是一字不知，说："咳，孩儿呀，你可是不知道呕，我这一程子，白天得支白，晚晌得过夜，该班儿、替班、帮班儿来回跑，没地方雇车去，莫如我就不回家，一幌儿小一个月咧，我那儿听这些事呀（班虎子的巫婆）？是怎么段缘故，你细说我听听！"张讷只得从头至尾的述说前言。巫婆听着点头赞叹，说："张老大，你不必着急，白天我的现班，可没见这件官事，也许他们路上的伙计知道。我本要抓功夫到家歇一夜（巫婆是班逃），既然遇见老大你这样懊头的事，我能不管吗？没别的，我带你跑一荡吧。老大，你快随我来！"说着抹身形往回就走，好像脚不沾尘似的，别提有多快咧。张讷只得也随着，自己还怕追不上，敢则不禁不由随风飘荡的一般。

转眼之间，远远儿的看见有个城池，大概门上横额必是酆都城喽。张讷低着脑袋净顾追巫二大妈咧，并没细瞧。方才过了窎桥，就见从城门里头走出一个人来，头戴一顶黑毡帽，身穿一件青布棉袍子，足登两只青布抓地虎的快靴。往脸上一瞧，黑脸膛儿，一脸烟气，微有几根小黑胡子，简直的块活硬煤①。巫婆一瞧，回头对张讷说："这可巧极咧，没想到遇着他咧！"此时这人身临切近，巫婆儿把两只胳膊一扎煞，说："嘿，皂

① 硬煤：开采出来的煤块。

老大，跟你打听件事（原文也没姓，皆因旗人有姓皂的，不如以服色为姓，说着热闹）！”这人一听，止住脚步，说：“什么事呀，巫二嫂子！”巫婆说：“咱们衙门有新勾到一个叫张诚的吗？”老皂一听，翻了翻黑眼珠儿，喝儿喽的一声一纵鼻子，说：“我得查帐（这是皂老大吗？成了明善功咧）。”说话之间一掀袍襟儿，从青布夹裤上抽出一个黑布口袋，从里面掏出一个黑油皮折子来，一个个的从头至尾的察了一遍，说：“别说没有叫张诚的，连个姓张的也没有哇！”巫婆一听，心中迟疑了会子，说：“你就这们一本帐吗？还是另有黑帐呀？”老皂一听，说：“这是那儿的事，安黑心得分谁跟谁。咱们全是黑门口儿的伙计，水马不离槽，焉能瞒你！”巫婆说：“不是说你安黑心，怕是你不留神，有人打着你的旗号出黑票，办黑差，要使黑钱（可不叫杵）！”老皂说：“你是怎么啦，你不知道我是这路的总稽察吗？你只管打听，我要冤了你，日后我认罚！”说完把折子掖好过桥而去。

巫婆回头对张讷说：“老大，你听见了没有，人家既说没见，你兄弟想是没来，你快回去吧！”张讷是个死心眼的人，说：“巫大妈，你老人家既把我带到此处了，我总得访察个准下落才能回去呢，不然我是一定在这儿等他！”说着又给巫婆做了个揖。巫婆说：“你这孩子既这们说，你跟我进城！”说着话，进到城中，真是阴风惨惨，来来往往大鬼小鬼都有。张讷也有认识的，见面就打听可曾看见张诚没有，都说没看见。正往前走，忽然鬼语喧哗，说是菩萨过阴来了。

（十七续） *1919* 年 *3* 月 *21* 日

且说张讷跟定巫婆进了酆都城，真是黄沙迷目，日色无光，来往不断的想必全是鬼喽。这样忙，大约是上鬼市。张讷逢人便问，都说没看见张诚。自已正在迟疑，忽听大家说：“菩萨到咧！”张讷抬头向四下里寻找，觉着金光射目，仰面抬头一看，原来是半悬空中站立着一个真正大伟人（可不是挑拨南北的那些位），法身约有丈余，周身上下遍体生光，比如今大水月电灯畅人眼睛，要再呜儿呜儿的一响，简直是汽车电灯（伟人吗），登时把方才黑暗之处照得丝毫毕见。正要同巫二大妈打听这是那位菩萨，怎么不骑狮象吼，也不坐莲花托儿呀，话没说出来呢，巫婆先说了话咧，说：“张老大呀，你大喜啦，这可是合该你有造化。菩萨好几千年才到阴司来一荡，稽察阴间的善恶，救苦救难。不论你有什么样的冤屈，做了什么样罪孽，只要哀求，他老人家心一软，就能把人特赦了。你快跪下吧！”说着一拉自己的底襟（那位说，怎么不掀大襟呀？也得有哇！不是扯下来当了围脖儿了吗）。张讷不敢口劲，只得随着巫二大妈一同跪倒。再瞧沿路上的鬼全都跪倒当街，一个个合掌当胸，都念起南无、救苦、救难、大慈、大悲，不许说的五字真言哪（那位说，怎么不许说呀？您上大胡同儿问当家的去吧）。大众抬夯儿这们一喊慈悲、救苦，连一个准字音都听不真咧，没什么不许说。张讷一肚子的委屈，被大家一挤，也不敢出声儿咧，只好呆呆的抬头观看。

就见这位大伟人左手托着一个瓷瓶，右手两个指头拈着一个柳条儿，同香菜梗儿相仿，醮上水往下一潲。张讷心说，大概这就是三才对儿的上联“净水瓶杨柳枝普渡世界”喽（张讷摆过对子摊儿）。就见顺柳条儿往下直滴细水花儿，及至落下来，比蒙淞雨还细。心说这八成儿就是无遮甘露法水，这们一点儿解得过渴来吗？心中这们想，可不敢问巫二大妈。自己觉着围脖子衣襟一松，这个伤口上好像落上了点儿似的。此时眼睛一黑，一眨眼珠儿的功夫，敢则毫光收殓，依旧又是来时景况。大家纷纷站起，巫二大妈也立起身来，说：“张老大呀，你觉着怎么样？”张讷一面摸着脖项上的伤痕一面说：“我这儿好咧（真比医院快的多）！”巫二大妈一瞧，大喊顺序，一伸手，把脱落地下的这条破布替捡起来，递与自己，说：“你拿上，咱们回家吧！”张讷说：“我还要访明我兄弟下落呢！”巫婆说：“孩子，你怎么这样糊涂哇，你兄弟决计死不了咧！即便真死也能还阳了。你听人说有死而复苏的人就是这们件事。”张讷说：“死而复活的事我不曾经过！”巫婆说：“呦，方才我没说吗，几千年才有这们一回，通共你才多大年岁呀，快跟我走吧！”说着拉起自己，顺旧路出城，转眼回到自己家门，说：“你好好儿的家去吧，我也家去咧！”张讷进门，心中一迷糊，如同大梦初醒的一般。

（十八续）*1919*年*3*月*23*日

且说张讷被巫二大妈强送回家，进门直奔西屋，见靠墙犄角儿坐着一个人，心中一迷惑，往前一扑，已然魂归躯壳，登时哼哼出来，揉揉眼睛，好似一场大梦。此时张少炳听见儿子出了声儿，连忙飞跑进来，说：“张讷，吾儿，你、你、你、你是还阳了么？”张讷说：“孩儿并不曾死，爹爹何出此言？”老张说：“原来吾儿不知，你于前夜靠墙呆坐，微有气息，呼之不应，唤之不允，怎说是并不曾死呢？”张讷说：“孩儿但知做了一梦！”就把遇着巫婆口话从头至尾述说了一遍。少炳一听，不但大儿子活啦，又遇着菩萨点化给治好项伤，小儿既没在阴司，想必还在阳世，这一喜欢非同小可，说：“照这样说来，咱家门有德，张门中不能乏嗣绝后了。哈哈，哈哈，哦哈哈哈！”

老张这一乐，就听上房牛氏又骂上咧，说：“那块肺还打哈哈哪！”把个老张吓得才不敢言语咧。就听牛氏一面骂着老张，又哭张诚。老张赶紧跑到上房，说：“你不用哭咧，你我的儿子并不曾死。”牛氏说：“那是你的好儿子，我不希罕！”老张说：“你我的儿子张诚他也活着呢！”牛氏说：“生不见人，死不见尸，别说入了老虎嘴儿吃了，没有指望了，即便没吃，把他放在山沟儿里，这几天，饿也给活活儿的饿死了。你可疼死了我咧，想死了我哩，我那狠心的张少炳儿子呀！”老张说：“你别胡思乱想，这张讷是听菩萨说的！”牛氏一听，说：“你听这个撒谎掉皮的小狼羔子瞎聊，你就信以为真，菩萨管这些闲事？这些话只好哄你，赚不了他妈妈！”说着气哼哼的跑出上房，追到西屋，站在当地，用手指着张讷，说：“你这孩子，简直的成了谎皮流儿①咧！怎么指着菩萨说事，你是也要来柴呀？”

少炳听他直嚷直骂，恐怕牛氏打张讷，有心追过去解劝，也算白饶，急□站在当院转磨。就听张讷说：“嗳呀，母亲，孩儿平日不会扯谎，何况对于父母。实是被巫大妈带到阴司，遇着勾魂使者替察点了一遍，并没张诚之名，孩儿就不肯信，进到城中访问熟人，都说不晓得，故此才敢据实的回禀！”牛氏一听，“呸”的啐了一口，说：“罢了，罢了，真罢了就结咧！我当你有什么准见证呢，敢则是巫老帮子教给你的高着儿呀！他指着鬼话为吃饭，怪不得你说的这们圆全呢！你说张诚不死，你带来□我，咱们万事俱休。如其不然，我是不信这些鬼话的！”说完又放声哭起张诚“我那苦命的儿”来。张讷听母亲这们说，只好说：“既是母亲不信孩儿之言，也罢，我就去寻找我那兄弟去就是了！”说完，一站身下了炕，登时觉着脖项上的伤痕不但不觉疼痛，已然是结疤掉落下来，只因好几天没有吃饭，未免头晕眼眩，直打幌儿。也不敢再同牛氏辩白，出了屋子，见父亲在当院转湾儿呢，衔着眼泪，一横心，跪在当地，给父亲叩了三个头。少炳不知这孩子要做什么，吓得倒退了两步，说：“我儿，此礼为何？你要从实的讲来！”

（十九续） *1919年3月24日*

且说张讷出到院中给父亲磕了三个头，磕罢三头忙站起，起来跪下又磕头（要唱《万仙阵》）。老张刚要问：“你做什么这样演礼呀？”就听张讷说：“孩儿今天拜别父亲，儿要寻找我那胞弟去了，归期不能预定，无论什么样的高山峻岭、大海长江，孩儿那怕穿云入海，也要将我二弟寻了回家。如果终身寻觅不着，孩儿这一生是决计不回家的了。望父亲休怪孩儿不孝，不能侍奉晨昏，只因孩儿处的这境遇是孝弟不能两全的地位。从今以后，只当孩儿并没活转过来也就是了！”说着话，眼泪已然流得满脸。老张心里一难过，眼眶子一酸，也要哭，又怕牛氏不答应，用手拉着张讷往外就走。出离街门，靠墙有个场院，把他拉在碾台子以右，抽抽答答的说：“你既要走，我也不敢留你，你有盘缠吗？”张讷说：“这个……”老张说：“瞧瞧，年轻的人儿好挂火不是（这是老张吗？成了潘老丈咧）！”原来老张做买卖那天恰巧挣了五两银子，回家的时候就赶上这件事。牛氏的内柜虽紧，因为儿子没咧，所以也没顾得追问。今天老张因张讷要走，这才问他。张讷说：“嗳呀，父亲，儿常听人说，父母在，不有私财，孩儿那有钱呢？”老张从身傍

① 谎皮流儿：指爱说谎的人。

把这银子取出（好在不用现开裤），递与张讷，说：“儿呀，你平日谨慎，自然不必我嘱咐于你。你把这银子换了钱文，到镇店之上，要买一件搪穿的好服、一双合脚的鞋袜，剩下的可以做饭店钱，我也不留你了！”说着抽抽答答的又哭起来。

张讷接过银子，又磕了三个头。老张说：“你做什么磕三次头呀？”张讷说：“先在院中一则拜别辞行，二则叩谢养育之恩。这次是谢父亲赠给路费，你我父子就此分别了罢！”说着也流下眼泪来。老张说：“你那天如果寻着张诚，千万一同回来。如寻不着，见着家乡的熟人，也可给我寄封信或带个口信来，说明在外的情形，我好放心！”张讷说：“孩儿晓得！”说完硬着心肠出村而去。老张直到看不见踪影了，这才进来对牛氏说：“你从此放心吧，大约张诚不死，张讷必能将他寻来的。”牛氏此时也就无话了。

暂时提不着这老两口子，但说张讷拜别父亲，打着幌儿到了市镇之上，把银子换成零件，换了一串钱，喝了点儿稀粥，然后又遵父之命，买了一件旧蓝布褂，把身上穿的这件缺襟欠钮的折卖与人，又看了看鞋袜尚还整齐，可以不必买，俟等挂不住脚的时候再说啵。从此履顺大路，按照河南省的地方儿冲要之处，就寻问有个叫张诚的没有。书说简断，一幌十个多月杳无下落。这几两银子，到冷天添买了件棉袄，已然花尽，只好沿途讨饭吃。河南走遍没有，往南而行到了江苏。此时天气已暖，这件布褂已然破成大窟窿了，也不会缝补，只好捡些绳儿系着，裤子破的露着大腿。这天到了金陵，见从对面来了十几匹马。前面顶马说：“花子，快些躲开，留神踢着你！”张讷只好躲在一傍，谁想居然弟兄相逢。

（二十续） *1919 年 3 月 25 日*

且说张讷看见迎面一群人马，打算要躲，鞋脚不利便，未免迟慢些儿。前面打顶马的仆人已然轰上了，说：“里耶①（这是顶马吗？四轮马车）！闪开，闪开，招呼撞了你！”张讷不敢答言儿，三步两步躲在一傍，自然不能不看看马上是什么样的人。抬头一瞧，这顶马后面另有一骑膘满肉肥的高头大马，鞍韂鲜明。马上一位穿靴戴帽儿的老爷，往面上一看，约在四十多岁，暴长燕尾髭须，衣帽整齐，气宇轩昂。另有两个亲丁在地下走着，扯着马嚼环子。马行的并不甚快，这位一定是个官员喽。这骑马方才过去，后面又是一匹枣骝小川马儿，衬着银什件儿，越觉着精神。马上是一位年轻的阔少，衣服比前面那位官员还透华丽，也有两个人给拉着嚼环。这位阔少在马上用眼直钉自己。张讷心说，大约马上这位贵公子从来不出府门儿，所看见的都是洋绉、宁绸、摹本缎，连件穿布衣服的没见过。如今我这样破衣落索的，他看着纳罕。这要招人家生了气，把我

① 里耶：车夫吆喝牲口的声音。

送到卫生局，说我有碍卫生，岂不是一面儿官司吗！想到其间，把头一低，本来就弯着腰儿（张讷这是裤子破不敢直腰，可并非要假充德寿山①），只盼这位大哥儿过去，自己好走路。

谁想这位贵公子钉了两眼，又上下周身都打量了打量，把丝缰一扯，“喻”了一声，拉嚼环子的跟着往后一排身儿，马是一步不走咧。后面还有好几名护兵打扮儿也骑着马，见公子的马喻住，立刻一齐张嘴儿，说：“打住，打住，打住（如今拉人力车的这句口号，就从当年金陵护兵传授下来的）！”两个扯嚼环的以为公子是要下马小解呢。张讷在傍未免胆怯，怕他错认了自己是什么党，越发连眼睛都闭上了。这位少年一转身儿，甩镫离鞍，说：“莫非你是我的兄长么？”张讷一听口音，不是苏口，同自己一样的中州韵，而且听着极熟。再说人家既然这样问，决计不能有什么歹意，这才敢睁眼瞧瞧。原来不是别人，正是自己穿云入海，破了一年多功夫没寻着的胞弟张诚，连忙一伸手拉住他的手（这可不是手拉手儿来的，也不是要讲价儿②），刚要叫兄弟没叫出来，眼泪早流下来咧，呜儿呜儿的放声大哭。

此时张诚小手儿紧紧揪住哥哥，也顾不得说话了，陪着兄长也这们一放声。好容易这个恸劲儿过去点儿了，张诚一面擦眼泪，一面还直抽答着，说：“哥哥呀，你为何落在这、这、这乞讨之中（要唱《状元谱》）？缘何这等的狼狈？”张讷见他问，先顾不得说别的话，只说了是“我出来就为寻你来咧，才混到这样的穷”。张诚一听，又放声重哭起来。此时跟随的人早都下了马咧，有过来劝的，就有出主意的，说：“咱们赶到前面给老爷送过信儿去吧！”此时马上那位官员已然走出半里之遥了，听下人一回这们件事，自己一想，不便回马在街市上问这原故，只说：“你们匀出一骑马给此人骑上，与少爷一同回家，我再细问详情！”

（二十一续） *1919* 年 *3* 月 *26* 日

这段书说到昨天，好容易才说得兄弟重逢。论理说今天应当接着说这些仆人奉了主人之命，大家争着献马，把世界上蝇营狗苟的情形描写描写，然后再说张讷怎样儿的固辞（露着大腿骑马有多憨蠢）。内中又有会巴结差使的，这个就脱下件衣服来，那个就匀出一条敷余裤子来。然后张诚又怎么同着兄长并辔而行，再到家说话，直到见那位官员。这书足够说四五续的，方合演书的规矩，在文法中就是急脉缓受。无如看书的人多半着急，说我这是诚心起腻。况且赶上戏单告白多，因此多停了几天，咱们莫如把我刚才所

① 德寿山：清末民初著名的八角鼓艺人。

② 讲价儿：旧时一些行业交易不公开谈价，而采取交易双方在袖子里拉手议价的方式。

说的那套全行蠲免，紧接着说张诚的倒笔，倒笔说完，好赶着说两个意外的奇逢。在我做为补付大家少说两续，在诸位只当我不会说这点地方儿。

闲话勾开，究竟张诚怎么会到了金陵了呢，他哥哥一定要问，我是他哥哥也得问。原文其实没有，只是“初，虎衔诚去，不知何时，置路侧，卧途中，竟宿”。这书准□蒲先生这们说，在我们应当说个情理给诸位听，不然断没有这样叼到嘴里又不吃的傻老虎，只得接着□续的书往圆全里说说。那天这只母老虎胯骨上受了一斧子，张讷是个尽命劲儿，虎□已经砍破，这虎挣命往前一蹿，蹿过两个山头，后腿是瘸咧，肚腹中一疼，牙一松劲，恰巧是个荒草地山坡，把张诚就撒了嘴儿啦。张诚少微一□劲，荒草是滑的，立刻往下一滚，滚下山去了。老虎因腿、肚腹疼的难过，吼了一声，身子一幌已然栽倒。这座山头外一面通江苏官道，里一面是个极深的大涧沟，老虎怀着临月的崽，肚大身沉，又受了斧伤，想往起爬是不能行的，一直滚到涧中。里面极深的水，虎崽子在肚中□□，带蹬带踹。简断截说，这样利害的母老虎，居然死在深涧之内。诸位听俗语儿常说，老虎掉在山涧里，伤人太众，这个老话就从这儿留下来的。老虎一死，没什么可说的。

翻回头来说张诚滚下山坡，已然面部、两手都蹭破咧，不但连这只鞋也挂在荆棘上了，就带袜子、裤子也都扯破。到了山底下，已同死人一样了。过了半夜，被露水一搭，凉风一吹，才渐渐的缓过这口气儿来了，仍是不能动转。此处虽是官道，可也没有人走，直到红日东升，太阳光一晒，张诚又觉着暖和了些个。

本处有位张千户，是从省中回家，带着两个仆人。主仆三骑马行至此处，张千户也是个有地面责任的官员，行至此处，见路傍躺着个小孩儿，焉有不管的，亲自下马凑近一看，是个小学生似的。又看了看，周身没多少重伤，用手摸摸口鼻，尚有呼吸。于是叫过一个仆人，轻轻儿将他扶起来，坐在地上。自己蹲在面前，说：“小孩儿醒来，小孩醒来！”一个仆人拉马站在道傍，那个也跟着呼唤，说：“学生醒醒儿吧！”拉马的说：“咱马上□着有皮胡卢，灌他口水儿就好咧！”如法一办，不到一刻，张诚果然哼哼出来。

（二十二续） *1919* 年 *3* 月 *27* 日

昨天的书说到救活张诚已满一版，故此做个结束。今天论理也应细说，据我想也透絮烦，不如干脆一表儿。就说张诚苏醒过来睁眼一看，不但兄长与众樵夫都不见了，就连猛虎也是踪迹全无，又抬头一看，是红日初升的时候儿，傍边有三个人、三匹马，自己素①不相识，说：“嗳呀，这位长官，此处叫做什么地方？我为何来到此处？莫非你们

① “素”，原文作“夙”，据语义改。

三位是打虎的壮士么？”张千户一听，口音不是此地人氏，这才说：“原来你是被虎衔来的。我们不会打虎，是从此路过。是你躺在此处，只当你是被人劫盗了，或是在山上失足滚坡摔伤了的呢。既然如此，你可晓得你是何方人氏。”张诚说：“我是河南人，名唤张诚。”千户一听，绉着眉说：“此处离河南很远了。方才我本打算问明你家乡住处，派人将你送回家去。如今相隔甚远，你只好暂且随我回家，俟等我进京路过河南，或有人便中再送你回去，你可愿意么？”张诚说：“蒙老爷救命之恩，又肯携带回家，焉有不愿意之理！”说完想扎挣站起身来，周身的伤痕疼痛，再低头一瞧，裤子也撕了好几块，光着两只脚，说：“嗳呀，这便怎么办？”

傍边戗①着他的这个仆人一听主人有心行好，再说看这小孩儿也颇有人缘儿，说：“你光着脚不能走路，不必着急，我把袜子脱给你。”张诚说：“这位好心大爷，你扒下袜子怎么回去呀？”这仆人说：“你瞧我脚底下登的是快靴，我里面又有包脚布，足可行咧！”那个拉马的说：“我里面套着有条单裤子，我脱给你，罩在外面省得露肉，只是没有敷余衣服。”千户说：“你把马上稍的我那一件箭袖袍子给他穿上，如果身长，用带子勒高着些儿也就行咧。况且虽有袜子没鞋，不能地上行走，只好你把我那匹老实的马给他骑了。你们两个倒换着扶着他些儿，到前面镇市之上，那不再雇个车轿脚驴呢！”两个人一齐答言儿，说：“只要这个小哥儿骑上马不害怕，我们就脚踏地回去也都使得。没别的，老爷，你老请到那一边儿站站儿，我们好褪裤子、拉袜子！”千户一听也乐了，只好站开些儿（怕是薰的慌）。两个人把马拴在一块尖石头上，地下有的是草，这马是官座儿，夙日老实。两个人脸儿朝里，一个解开钮扣，好解裤腰带，一会褪下一件中衣递给张诚，说：“学生，你将就穿吧！”那个扒靴脱袜子的也把袜子脱下，说：“我里面还有一副腿带子，你也系上点儿，省得认马上镫不得劲！”张诚说：“这倒有劳二位尊管大爷咧！”接过来登好薰筒儿②（汗脚八鸭儿吗），套上登空儿（不是连脚裤），扎挣站起来，可是直打幌儿，好在腰中裤带又长又结实。方才穿好，迈步试了试，袜子可是大得多。那个仆人已从马鞍上把衣包取下，将一件新箭袖丝鸾带都送了过来，帮着张诚穿好。张诚低头一瞧，真正火□（那位说，张诚懂得这些侃儿吗？我替扬哪）。此时千户先上了马，把他扶在马上，顺官道直奔张千户家中而来。

（二十三续） *1919 年 3 月 28 日*

昨天的书所说千户的仆人应着主人心眼儿借给张诚裤袜，好像还是前天我刨完的那

① 戗：支撑。

② 薰筒儿：江湖隐语，袜子。

些话，昨天又故意找补上似的（谁说不是哪）。然内中另有个情理，从这路地方儿便能晓得张千户是个好人。怎么见得呢，从来善主方有义仆，豪门定有恶奴。您走在街上，看见顶马马车好像闯死人不偿命似的，马夫、车夫他那主人一定是任性阔少。至于这位千户，原是武职中的小官儿，见路傍躺着个人，便下马斟问，一则关心民瘼，二则这种仁慈隐恻之怀是从天性发现出来的。两个仆人受了无形的感化，故尔也动了恻隐。在千户即孟子所谓“先王有不忍人之心，斯有不忍人之政”，“人之有四端，犹如有四体”，其仆人自能发其恻隐了（又要犯书毒）。闲话少说，还得接着说《聊斋》。

且说主仆三人用马驼着张诚走了几里，到了市镇之上，已是打午尖的时候儿了，找了个饭铺儿，把张诚搀扶下来，给他做些汤面。主仆饱餐已毕，千户命仆人雇了一辆车，让张诚坐上，后半天的功夫方才到家（那位说，为什么你必得又说雇车呢？其实说搭船也使得。因为原文说“载与俱归”。这个“载”字是统车船的字。以江苏省说，自然搭船近情理，若是那样又得交待这马匹，未免费话，故此说车省笔）。

到家之后，把他带在书房，从新给他找出几件合体的衣服来。这路小孩儿衣服，原是张千户有位小公子死去日子不多，做成没穿着的。及至脱下破衣服一看，身上有许多青紫伤，头部、手足有见血的鳞次伤。千户是武官，家中有的是专治跌打损伤的膏药、面子药，可没有五福化毒膏（那是胜家寨①），无非金伤铁扇散、三黄宝蜡、九分散等类。千户见他骨节尚嫩，怕他做了残疾，立刻把这些好药亲自寻出来给的周身上好。咱们这是一表儿，不能同我从先说《娇娜》等段那样细说。

张诚越觉感激的了不得，只是心中思念父母兄长，可不敢对千户说。前文已然说过，张诚没有重伤，又是童身气壮，不到十天已然复元。张诚小孩口嘴儿乖滑，称千户为老爷。及至伤好，要求千户带进内宅给太太请请安，并听说还有一位老太夫人。千户带进去，他见了都磕头行礼。书中代表，这婆媳一见张诚，全都眼泪在眼圈儿直打转儿，婆媳们对嘀咕了几句。张诚心说，八成儿要给拜见礼，自己又不敢偷听。一会儿又听老夫人对千户说了几句，千户点头，冲定自己说：“张诚，方才老夫人怜你孤苦，又因我无有子嗣，有意将你认在我的名下，不知你可愿意？况且原是同姓，不必更名，将来我这世职也是你的了！”张诚双膝跪倒，说：“爹爹。”千户说：“喊（要唱《朱砂痣》）！”说：“爹爹在上，受孩儿一拜！”拜罢按位又都行礼。老太太把家人唤上来告诉大家，这些人都叩头贺喜，与少主人行礼，千户按名赏钱。从此住在内宅，千户时常带出游玩。这天爷儿两个正是游山玩景而回，巧遇张讷，说明一切。这个倒笔说完，明天另有意外的团圆。

---

① 胜家寨：《彭公案》中胜家寨有五福化毒膏。

（二十四续）*1919* 年 *3* 月 *29* 日

前昨天的这书全在倒笔之内。张诚把这些话一一对兄长说明，又问问家乡父母身体康泰，何必千行百里的来到江苏。张讷自然也得把那天遇虎之后抹脖子，并过阴见菩萨的话述说一遍。张诚一面听一面掉眼泪，又看了看兄长的脖颈底下已然被滋泥糊满了，方要喊下人打脸水。正在这个当口儿，张千户从外面进来。书中代表，皆因张诚夙日孝友，入山帮助采樵的事，已听他自己说过一遍，今天人家弟兄重逢，自己虽不必避忌，究竟躲开些儿（我说着也省点儿心），故此到了家，把弟兄让到书房，自己进到内院换衣服，就便把今日的事回明母亲。容了这会功夫，更衣已毕，这才出来。

张讷一见，不用等张诚给引见，赶紧跪倒行礼，说："这位老伯，方才听我胞弟所说，他这条小性命儿全凭伯父搭救。又蒙将他认为义子，得能饱食暖衣，这恩德不亚重生父母、再造的爹娘（那位说，做什么这们贫哪？您想人家孩子是冻饿怕咧，再说从小儿打柴，没念过书，不能之乎也的，有两句古人词的套子就算不错）！"说着磕头如鸡啄碎米。千户不便还礼，连忙说："快些请起！快些请起！"一面说，赶紧往起相搀，说："有话坐下讲！"只听"哧儿"的一声，左袖子又撕了一块（成了莫基的富贵衣了）。张讷不敢□劲，只得站起（再磕头就穿上大坎肩儿咧）。千户一拉，说："千万不要客气，我攀个大说，老贤侄，你是不晓得，咱们江省、豫省虽有南北之分，相隔只是这条长江。我夙日没有南北意见的。至于你们的家务我也听张诚略略说过。你能不远千里途程出来寻觅，更是难得的了，可称全是好兄弟！"张讷连忙站起，说："多蒙老伯抬爱！"方要跟着往下说，自己刚要说"要把兄弟带回家去见母一面，那不再送回来呢"，又一想透着冒失。

正在这个功夫，见仆人端进浴盆、脸盆，打来热水，大、中、小三块新毛巾，法国皂、香水俱全（这是张千户宅吗？西升平园同小沧浪①）。原来千户同张讷说话的功夫，张诚跑出去叫仆人给预备的，全放在书房里间之内。一会儿见张诚笑嘻嘻的从外面进来，两手捧着个大包袱，放在一个凳子上，说："启禀父亲，这是孩儿对我母亲说明，我母将父亲家常穿的衣服拿出一套来，给我兄长用的！"千户点点头，说："这是应给他换的，只怕不能合体。老大，你将就穿着，不合式再叫裁缝给你做新的！"张讷说："伯父不必费心，有衣但能遮体足矣！"千户说："你乘水热快洗去吧，洗完了穿起来再说话儿（可不为让个箱口儿）！"张讷答应，张诚把兄长带到里屋，放下布帘，张讷脱去破衣服，张诚把这包袱提了进去。张讷打开一瞧，喝，真是湖绉、扣绉、花洋绉，哈喇②、哔叽③、

① 西升平园、小沧浪：旧时北京两间澡堂名。
② 哈喇：旧时的一种毛织物。
③ 哔叽：一种质地较密的斜纹毛织物。

鹅缎绸（那位说，这个贫，人家孩子真没穿过吗），外有缎子袜子、缎子鞋一双（那是靴子）。一会儿梳洗完毕，换好衣服出来，又要道谢。见桌上大排酒宴，原来千户要与自己接风掸尘。

（二十五续）1919年3月30日

且说张讷穿好衣服，由里屋出来，方要拜谢，只见迎面桌椅已然调好，是三个座位。下人们有进去收拾澡盆往外提水的，就有往屋中端酒盅、布碟碎件儿的，一会儿全都齐毕。千户说："今天你弟兄相逢，实是可喜可贺的一桩大事。张老大远路风尘来到此处，我略尽地主之谊，也该备一杯水酒与你接风掸尘。今天论理应该老大上座！"张讷一听，说："小侄焉敢，只得请老伯上坐吧！"千户又让了会子，张讷执意不肯，只好自坐首席，张讷次坐，张诚下面打横。方才坐好，登时下人端上菜来，左不是金华火腿、风干板鸭、糟醉鱼虾、酱汁红肉、绍兴名酒、宋公腐乳俱全（这是《聊斋》吗？稻香村的告白）。为什么我不说番菜呢？实不相瞒，我叫不上名儿来，皆因这是江苏故事，所以随笔写几样儿。千户首先举箸让张讷，张讷是吃什么什么新鲜，尝什么什么合口味，只是碍着千户在座，不好问都叫什么名色，又怕给人脏了衣服，只饮了一盅酒就不歛哩。张诚叫下人们盛饭上汤。

千户酒量很好，见他弟兄不饮，自己也不强让，浅斟低酌，一面喝一面对张讷说："我问你一件事，你们在这河南想来必是一大户喽？但不知亲族中有什么样的京外官？共有多少丁户？"张讷一听，规规矩矩的站起身来，说："启禀伯父，河南姓张的有多少家，小侄说不清，但是全都与我家同姓不同宗。我这张家，只是我父一人生我弟兄二人，叫做是个孤户，并没远近本家！"千户说："这也孤的可怜！"张讷说："皆因我父亲本不是河南原籍，自幼是山东原籍，中年流寓迁在河南地方。"千户一听，脸上透出喜悦，说："老贤侄你坐下，不要客气。这们说起来，咱们不但同姓，还是老乡亲呢！我也是山东原籍，只是山东地势甚广，你可晓得你们是那府所管？"张讷又站起来，说："小侄曾听我父亲说过，我们老家属东昌府管辖，什么村、什么疃我可说不上来咧！"千户一听，登时好像纳闷似的，说："这样说起来咱更近乎咧！我的老家也是东昌府所管。咱不但同姓同省还是真同乡呢！请问你家令尊既在山东，因为什么又要往河南迁徙呢？"张讷听问到这句，脸微一红，说："家丑不可外扬，这件事是普通的国耻，又在长者面前，小侄不敢不说，不得不讲。小侄的父亲在山东娶有嫡母，因遭兵乱，被兵抢掠去了。我父因遭兵燹，家产净绝，虽有几亩地，也无力耕种。皆因我父亲从先赴河南做买卖，常来常往认识许多朋友，大家劝着在河南落户。又娶我母，方才又成立了是家子人家儿！"千户听到此处，站起身来，说："你的父亲他叫什么名字？"张讷见千户这样毛，只得说："小侄本不敢直呼父名，长者问，不能不说，上一字少，下一字炳。”千户一听，翻着眼珠发了会子怔，又低头寻思了半天，起身出席直奔内堂而去。张讷、张诚没有不纳闷儿的。一会儿听拐杖声响，原来千户将太君搀出。

（二十六续）*1919* 年 *3* 月 *31* 日

且说张讷、张诚弟兄二人见千户问了半天，是话也没说就进里院去了，不但张讷纳闷儿，连张诚也都怔怔儿的，弟兄又不敢胡猜疑。一会儿功夫，听院中有拐杖声音，张诚方要出去观看，见帘板一掀，千户一手打帘子，一手搀着老太夫人进到屋中。张讷一瞧，这位老太太生得慈眉善目，满头白发，扣着一个珠冠儿，身穿古铜色缎子披，内系湖绸单裙，手中拄着龙头拐杖（《探母》的佘太君）。自己虽不认识，已然猜着是太夫人了，张诚笑嘻嘻的站起身来，说：“呀，祖母出堂来了，孙儿拜揖（要串《岳家庄》）!”张讷不必等引见，放下筷箸，出离座位，连忙上前行礼，说：“孙儿张讷也参拜祖母!”

老太太□着头儿用眼细端相了会子，并没顾得叫他免礼平身，说：“我且问你，你可是张炳之的孙儿么?”张讷跪在地上连忙答言，说：“祖母所说正是我先祖的名号。”还要问老太太怎么认识，是否沾亲有故。老太太把手中拐棍子一顿，不由撒了手咧。千户一瞧，赶紧扶住。张诚机灵，一伸手拉过□椅子来，老太太一斜身儿坐下，一咧瘪嘴儿放声恸哭起来。张诚、张讷弟兄二人莫名其妙，也不敢劝。还是千户说：“母亲休要悲恸!”老太太掏出一块小手绢儿来，一面擦擦眼泪，一面说：“张讷，吾儿，你、你、你且起来，你二人一傍坐下!”张讷本来僵的难过，趁此说：“孙儿遵命!”老太太可真急咧，用手指着千户说：“他是你的胞兄!”又对千户指了指张讷，说：“他是你的胞弟，从今以后再不要说什么祖孙父子了!”千户说：“儿遵母命，改过就是!”

张讷同张诚心里别提多闹油了。就见老太太把眼泪擦干，千户赶紧给老太太倒过一杯茶。老太太呷了一口，说：“你等不知，待我慢慢的告述于你。老身十九岁出阁，嫁到张门三载，你父时常出外贸易，撇下我一人在家度日。这年燕王攻破南京，托言靖难。彼时南北各省民不聊生，兵多是匪，匪亦称兵，官弁之中也是良莠不齐。有一伙军人到了山东地面，是强掠银钱，奸淫妇女。老身吾么，被一个军官掳到营中，咳，也同此被污了。当时有意殉节，无奈他们防闲周到，彼时又怀有四个月的身孕，只得忍辱苟活。这军官将我带到北京，他升授指挥使之职，在京半载，生下你这哥哥。指挥官儿大喜，待如亲生。转眼过了半年，他就与世长辞了。京中有些同寅念他有汗马功劳，代为奏请议恤，奉旨荫一子为百户。原籍本是江苏，娘只得将计就计扶柩回来安葬。葬埋之后，幸有他抢掠的金银可以供给你兄长读书习武。至二十岁投标入营，后又升授千户之职。娶了妻室，在任十余年。老身时刻思念家乡，是我把这些话对他说明，他方晓得指挥不是亲父，将千户之职告退，出了江苏籍，改为山左张氏，也曾屡次派家人赴东昌访问你父的下落，踪迹全无。谁知他、他、他竟在河南落户，又生了你们弟兄们二人了啊!”诸位爱听老旦白，咱们明天接演。

（二十七续）*1919* 年 *4* 月 *1* 日

且说张老太太把话对三人说明，三人方晓得是同父异母的弟兄。又听老太太指着张千户说：“儿呀，你将胞弟做了儿子一载有余，苍天在默默之中一定要减折你的福禄的，从今已后必须多疼爱两个兄弟，以赎此罪!”千户说：“孩儿遵命，但是不知者不怪罪。孩儿从前也曾问过张诚的籍贯，他并不曾说是齐人，想是年轻幼小还不记忆呢!”老太太说：“如今你们三人当着为娘的认明了吧!”千户对张讷说：“愚兄今年四十一岁了，张诚十六岁，你想大概不错吧？二弟，你今年多大了?”张讷说：“小弟齐头二十岁了!”千户说：“咱三人既分明长幼，再一同拜见老娘吧!”张讷说：“使得。”说完三人都给母亲磕了头。张诚、张讷说：“兄长在上，小弟也应从新见礼!”千户站着受了礼，又把二人带进去给嫂嫂行礼。然后把下人叫上来，重新吩咐将“少爷”两字取销，都改称三爷（可不是师爷、姑父、舅爷），再拜见这位二爷（可也不是稿案门①）。许多下人又都叩喜，千户照旧放赏。然后都随同老太太入了内宅。

此时天已昏黑，张讷对于嫂子有些拘泥，张罗要同张诚上外院书房来。千户说：“愚兄从前念到《论语》‘人皆有兄弟，我独无’的这句书么就有些感触，如今幸喜得了两个兄弟，实在是天伦乐事，我岂肯抛下你们外厢去住。就命婆子丫鬟将西厢房大床打扫洁净，咱三人同榻而眠吧!”张讷一听，大哥也是友爱的天性（要是初次拜盟的把兄可要留神。那位说，留神什么呀？留神把嫂离间造谣言），很是喜欢。张诚心中虽然愿意，只是叫惯了父亲咧，乍改平行，有些绕嘴，真得多留神。女仆答应，将西厢房收拾妥贴。老太太已然欠伸乏困了，大奶奶服侍婆母安眠。

哥儿三位同到西屋。张诚说：“嗳呀，我的父!”千户一听老三要砸词儿②，赶紧把眼睛一瞪，说：“三弟，父什么呀?”张诚赶紧改嘴，说：“你是我们两个人父母般大的老哥哥。天色不早，你先上床安眠，我弟兄还要出去解解手儿去呢!”千户一听，老三真是嘴儿乖巧，自已心里说，我从此也得留神奔瓜。诚、讷出去了一荡，一会儿进来，见迎面大罗汉床上放好三分闪缎褥被、绣花枕头。大哥靠上首已然解了钮扣儿，坐着等他二人呢。见他们进来，说：“我的儿!”张诚刚要答应，一想使不得，说：“兄长，儿什么

---

① 稿案门：清朝衙门中做公文案牍工作的人。

② 砸词儿：指当众出丑。

呀?”千户也赶紧改口说:“我没同三弟说话,我说我的儿,兄弟,你身量儿大,你把槅扇的闩上上吧!”张讷连忙答应,一会儿三人俱都上床安歇。张讷是今天访着兄弟,又乍得着饱食暖衣,放倒头睡了个挺沉。张诚别家一年多了,幸喜兄弟相逢,又不知家中的父母怎么样盼想,有心要问又不好搅二哥,翻来覆去会子。千户见他这样,自己是人逢喜事精神爽(比过足鸦片瘾还合不上眼睛),这才细问,说:“但不知家中继母夙日待你二哥如何?”张诚见问,说:“你既是我的哥哥了,不妨对你实说,他老人家是两样心肠,才将我送入虎口!”

(二十八续) *1919年4月2日*

昨天的书,有人说:“你这回可说砸咧!你想张诚蒙千户救命之恩,又住了一年多的功夫,为什么并没说他母亲牛氏待张诚不好呢?”要照您这样说,张诚比您会撒谎,与“诚”字可就名实不符了。我说您这疵指得不对,要知天下真悌方能真孝。张诚对于母亲之行为,心中以为不合理,无奈屡谏不从,万不得已才入山助樵。若是见了千户,便把家务和盘托出,不但彰母之过,且自显其悌。你不信对原文去,也是“与同卧处,尽悉离散端由”。这个“同”字是指诚、讷二人说的,皆因诚遇虎后的事他便不知道了。张讷好在也是据实报告,说完之后便说自己当日出门的时节,父亲怎样嘱咐自己的,并对于继母都是怎么个词儿。张诚听二哥这样说,坐在一傍落泪。千户一瞧,心中老大不忍,说:“两位兄弟不必悲伤,咱三人禀明母亲,回乡就是!”讷诚二人都喜欢咧。

到了次日,进到上房,千户首先对母亲说:“孩儿自从晓得我是东昌张门之后,就起意认祖归宗,连功名都不要了。几年的功夫没得着确实消息,如今天遣两个兄弟来至苏州,既证明父亲现在河南,儿意欲奉母亲并全家回乡,使你们老夫妇晚年团聚,以免两处孤凄!”张老太太一怔,心中犯了犹豫,说:“从前我也不晓得,前日听张诚大略言说,你这继母牛氏么乃是个不贤良的妇人。千里迢迢奔到那里,倘若他不肯相容,一定是朝吵暮闹,为娘的上了几岁年纪,焉能呕得了许多闲气。到那时致令你父亲两面为难,如何是好?”张讷听母亲之言颇合情理,低下脑袋发上愁哩,张诚也不敢辩白。

千户连忙站起身形,说:“嗳呀,母亲,娘啊,这一层,据为儿的想来,不须多虑。到了河南,投到家中,我们父子相会,你们老夫妻团聚。三弟么,是父母俱庆了。倘若这位继母娘能容咱们,就一同过活,又道是分居不如同居好,大家捧柴火焰高(这是张千户吗?《打皂》的田大爷)。倘若实不能容,以不能保我子孙黎民(千户所透点儿《四书》熟),咱只好将这上等家财平分一半,二弟张讷随儿过活,免得受气,三弟随同继母,儿的父亲两下任凭往来,是我三人都有天伦之乐。如其不然,我将二位兄弟送回去终不放心。若将父亲接到苏州来,有伤三弟母子之情,若是都不回去,是我们三人都成为有父无父之人，岂不可耻！儿虽不比晋之申生①，然无父之国天下岂有（扔下《四书》，啃上《列国》典咧）!”老太太一听，只可点头，张讷、张诚也合了心。张诚说：“既然大哥这样讲，怎么是要走的了!”千户、张讷都说是要走的。张诚说：“如此咱们就走哇!”千户说：“老三你先别性急，走虽是走，这苏州可是决计不打算回来的了。这所房子原是我那恩父遗留下的，无人可归。还有这些家俱焉能都带去，不如咱们赶紧找人把房子出手，连粗重家伙全都卖完，将来到家添钱再置，你们想好不好?”张诚点头，只好还得等卖房再走。

（二十九续）1919年4月3日

这段书说到昨天，并没叙这个指挥千户应该怎么称呼，究竟也要有个称道（我要唱《玉堂春》)。论说应为继父，这在三父八母②之内的，若此人尚存，则千户似乎也应孝顺。无如这书不能那们说，什么缘故呢？皆因他这妻子都是硬劫掳来的，与只有抚养恩义者不同，即便千户把他揍咧，也都不为之过。您没听过《白良关》的小黑儿吗！昨天说到这地方儿，故意让千户说出这句来，所为今天再借这句话讲演讲演。比如这位张老太太身怀有孕，丈夫死去无养赡，这指挥凭媒说和，娶过门来半年生子，抚养成人，方算恩父。若果忤逆不孝，方能按三父例科断。究竟重于平人，轻于本身父。那位说，让你说《聊斋》，没约你订《刑律》。我也知道我今天所说的这个理，是为劝人不可强占他人妻子的意思。况乘乱倚仗官家势力做此行为，您按原文究求，又半年指挥死，这样算起来，做此伤天害理的勾当刚刚一年，连家业都属人家咧。何如到京之后另说家小或纳妾呢。如果生子方是自己的真正后代根苗，这如今把他抛下，仍是无主孤坟，有何意味?闲话打住，咱们还得说书。

且说千户商量妥协了，立刻找纤手卖房子，又找人估价卖木器（彼时要有拍卖公司可就省事多咧)。弟兄三位都是急于启程，有人给价就卖东村，左不是白来的绝户家产不咧！大家听出便宜，不到几天已然卖完。这天把家中下人都叫上来，说谁愿跟去谁说话，不去的赏些银子另投门路。张老太太夙日待下人恩宽，都舍不得，说：“我们即便再找事，也要把老太夫人送到河南，那不再回来呢!”千户见众人都不走，于是写了两只大船，从水路启程，绕道而行。男女分带下人各乘一船，按水路站走，也别管多少日子，这天到了本县。下船打了店，用完饭菜已昏黑，不能走咧，住了一宿。

次日清晨，千户把诚、讷弟兄二人叫过来，说：“你们哥儿两个用点儿早饭头前走

---

① 申生：春秋时期晋国太子。

② 三父八母：旧指同居继父、不同居继父、从继母改嫁之继父，合称三父；嫡母、继母、养母、慈母、嫁母、出母、庶母、乳母，合称八母。

着，带上两个家人认准门户，好回来接大家。本当我随同你们一块儿走，母亲这里无人服侍，我还得另派下人给老太太并你嫂子雇轿雇车运行李哪！”张讷说：“如此兄长偏劳了。论理说我与三弟是本方生人，三弟年幼不知事务，我么比他大着几岁，理应于风土人情都了然咧。只是我只晓采樵，至于雇车轿的事儿么……”千户说：“怎么样？”张讷说：“小弟是全然不晓，啊哈，哈哈哈！”千户说：“你既不明白就不用费话咧，乘早儿找爸爸去吧（那位说，千户怎么换了称呼咧？一则随乡入乡，二则天性攸关吗）！”诚、讷两个人都说：“任凭兄长吩咐！”千户说：“两位兄弟既然同意，待愚兄与你派人就是！”心中一掂对，只有当日跟自己赴省救张诚的两个人是老陈人，嘴严心不坏，于是把两个人叫上来，派他跟随二爷、三爷回家寻父。二人答应，如今可没有车马轿，主仆四人走着，不多时进村，到了家门。诸位要瞧，只好明朝再叙。

（三十续）*1919*年4月4日

且说张氏弟兄带着两个下人，一会儿早来到自家门儿外（高腔的张别古）。张讷抬头一瞧，门庭如旧，说：“你们站着，容我进去回禀老太爷去！”两个下人说：“我们两个可不能都候着参拜，不如让张三门口儿等着，我回去接太夫人去！”张三一听，说：“四弟你该歇歇儿咧，我腿脚儿灵便，还是我回去送信，你在这儿听差吧！”张诚说：“你二人斟酌去一个吧，我也不及分派啦！”说完往院子就走，进门直奔上房，叫声：“爹爹。”没人答言儿。这点儿书原文有两句倒笔，是张讷走了日子不多，这个牛氏因想儿子，每日同村中妇女懊心耍儿，越懊越输，又想儿子，又心疼银子，刚转过年来就死咧。老张只好预备衣衾棺木将他发丧出去。从此剩下老鳏过一个人儿，不但不能出去做营业，连上荡集买些柴米都得求人看家，心里别提多后悔不该让张讷走咧，每天做点儿饭，吃完头朝里一睡。今天是刚推饭碗就着咧，忽听有人叫爹，从睡梦中惊醒，说：“莫非张讷儿，你、你、你回来了么？”

此时张讷已然进屋。见父亲愣眼扒睁的从床上起来，脸上又黑又瘦，须发比去岁白了多一半儿了，不由心中一酸，扑将过去，双膝跪倒，说：“父亲，你老还康健么？”老张不由的说：“儿呀，你、你、你可回来了！你从今以后不要撇下我出去找你那兄弟去了。我有一个儿子也就足以够了！”张讷说：“回禀父亲，我那兄弟张诚他、他、他也一同来咧！”老张一听，说：“怎么说，他竟不曾死？你又把他寻来了，现在何处？为何不进来见我？”此时听张诚一面嚷着说：“两个混帐东西，少时我替你们说就是咧！”说完才跑了进来，见了父亲也双膝跪倒，说：“父亲在上，孩儿与爹爹叩头！”老张一瞧，张诚果然来咧，直不知自己此时是做梦，是见鬼了，一句话反没有了，用手一拉两个儿子，怔了足有一顿饭的功夫，方抽抽答答的掉下眼泪来，说：“你们是真回家了么？如此说，咱们父子团圆了，不是做梦！”弟兄二人一齐回答说：“青天白日焉有做梦之理！”老张一听，复又哈哈大笑，说：“不是做梦更好了，就是做梦，这场梦我是情愿不醒的，啊哈哈、哈哈哈、哈哈、哈哈哈！我可没想到呕，还又见着我的乖乖宝贝儿肉了哦（索兴学上堂客探丧咧）！”弟兄见父亲是喜极而泣，好像疯子、傻子的一样，一动真情，也咧着嘴陪着直哭。

哭了会子，张讷说：“嗳呀，爹爹，且住！想咱父子奇巧相逢，应当不哭才是。并且孩儿还有话回禀父亲呢！”老张说：“想是你要述说你们弟兄是怎样相见的。是呀，为父的也正要问你，快些起来讲！”弟兄这才起来。张讷说：“孩儿回禀父亲，是我大哥也来了，我母亲、嫂子也一同来了！”老张一听，说：“打鬼打鬼！你母已死，如何能来？想必还是你死了又来缠我，而且又那里来的兄长？”张讷才知道自己说冒了场，方要细细解说，只听门外人喊马嘶，男女声音吵嚷一处，可不知出了什么意外的情形。

（三十一续）1919年4月5日

昨天的书说到末几句，谁都明白必是千户来咧，这叫惊人笔。至于张讷进门见父，张诚不同进来，又在外面直嚷，是什么缘故呢？这点儿书有些费解，我不说诸位不明白，我一说诸位就晓得咧，究竟我是说明白了好哇，还是让诸位猜儿迷哪（这叫诚心起腻）？我既编谣言就有个理由，可是一人一个心理。张讷不派定谁回去，以为是张三、李四虽是异姓弟兄，也都有个尽让，回去送信不是累差吗？自己又在哥哥家日子不多，不便分派，故此进来咧。张诚也是急于面见父母，也要往院子走。谁想张三、李四一把手把自己拉住，说：“三爷，你先别进去，我们两个人既送你弟兄来咧，谁应该回去给大爷报信去，谁应伺候你们二位少主人，请你分派明白了，我们好办！”张诚的心理同兄长一样，摸不清两个人谁大谁小（大约都小不了），说：“你们斟酌就是了，这样小事何必问我！”张三说：“您要讲岁数可是我大，皆因老四他心眼忒尖咧。他硬差派我门口儿等着，您晓得是什么主意？”张诚说：“不过因他比你小几岁，应该多受累，这也是好心眼儿呀！”张三把嘴一撇，说：“您只当全像你们弟兄们哪，那不早真共和了吗！他知道这儿的老太爷手里没多少钱，少时他先参拜了，讨不下赏来，故此抓碴儿走着。少时见了大爷一献勤儿，一分赏。及至同来，再给老太爷一磕头，大爷是财主脾气，每人赏几两，单没我这分儿。这些事瞒得了你们老弟兄，瞒不了我！”李四一听，说：“三哥，你把话说远咧！多早晚的下钱底子不是均摊匀散哪？”张三说：“你少报数儿不就有咧吗！”张诚一听，登时上了气，说：“你们全都去，此处不必留人伺候！”这两个人说：“既是三爷这样分派，我们可就一同回去了。少时若是大爷怪罪，您可千万替我们美言，别给我们豁事。”皆因这一磨烦，招的张诚生了气，所以骂了句“混帐东西，少时替说”，就是这件事。说完进来，父子三个人对哭了会子。哭完没容细说，原来张三、李四已然跑了回去，见了千户，说是奉二爷、三爷吩咐派了来的。

此时车轿已然备齐，一家子全都起身，几里的路程转眼就到。男仆早就走进来，女仆丫鬟门外下小轿儿，把大轿抬进街门，大家一路嚷嚷。张讷这才回禀父亲，不想说冒了场，把个老张支使糊涂了，说："你那里又有母亲、哥哥？"此时千户也追进屋来，见床头上坐的老头儿，不用打听必是大东西喽，赶紧跪倒磕头，说："父亲在上，孩儿有失晨昏侍奉，望父亲恕儿不孝之罪！"老张一瞧，是个小胡子嘴儿，素①不相识，不敢受礼，连忙跳下床来要问贵姓。自己一想，人家称呼的过于亲热，不好再问咧，呆呆的受了三个头。又见有位白发苍颜的诰命夫人进来，抬头细一端相，方认出是初婚的嫡配。这位老夫人同丈夫相别四十余年，受了无限苦楚，今天一见，不由心中一痛，眼眶子一酸，拉住老张，彼此放声恸哭。

（三十二续）*1919* 年 *4* 月 *6* 日

且说张老太太一把手拉住老张放声恸哭，说："我的老头子！"老张说："俺的老婆子（得，开了清口干枝子咧），没想到咱有团圆之一日咧！"老张还要细问这些年都是什么人照应你来着？此时千户把少夫人叫了进来参拜公爹，许多仆妇丫鬟搀扶着。老张一瞧，擦着眼泪儿对张老太太说："这是何人？"老太太说："这是你我的儿媳（要唱《牧虎关》）。"少夫人连忙跪倒行礼。老张从来没享过这种乐境，登时觉着坐着也不是，站着也不是，还礼不对，不还礼直受儿也觉不对，怔了会子，容人把头磕完，这才对老太太说："妈妈，快些替我搀扶起来！"此时众女仆早把少夫人搀起来奔了外屋。一个个都给老太爷行礼，女仆拜毕跟着进来一群男仆，由张三、李四带领着，至到马牢子、圈头都进来行礼。老张喜欢的也辨不清谁是做什么的了。

千户见大众行完礼，说："少时你们外面领赏吧！"大家答应出去。千户一瞧，屋中只剩张讷，说："二弟，你替我打发打发他们吧！今夜晚间这屋子不够住的可怎么办？"张讷说："这三间上屋让与父母安歇是一定的了。有一间小西房儿是小弟从前居住的，请兄嫂暂住，那间柴草棚可以安置女仆，男仆们只好在院中暂打窝铺吧！"千户说："你同三弟在那屋住啊？"张讷说："我们好办，这外屋也可以搭铺，只是这半天张诚可往那里去了呢？"千户说："只顾见礼了，一转眼见他出去咧，你看看他去！"张讷答应，刚往院子走，见他从外面进来。进屋问老张说："孩儿回家半日，为何不见我那娘亲（要学朱春

① "素"，原文作"夙"，据语义改。

登①)?”老张说:“你还提哪,你被老虎吞了,你哥哥抹脖子活咧,又找下你去啦。你那母亲他朝思暮想,染成一病而亡了。啊,哦喝喝(老张串到《马鞍山》去咧)!”张诚一听,说:“爹爹怎么说,儿的母亲死去了么?”说着往后一仰身儿。千户机灵,赶紧戗住。立刻小脸儿也别紫咧,痰堵咽喉,摇着脑袋,没有眼泪,口中直流吐白沫(那位说,这不成了醉汉了么?您没猜对,要犯羊角疯)。千户明白,他是动了真心恸的,连忙叫:“三弟醒来!三弟醒来!”张讷也赶着直喊:“老三,想开着点儿吧,别叫爹爹、大哥着急!”连叫了几声,张诚哇的一声方哭出来,跟着吐了一口浊痰,跺足捶胸的一路哭妈。足有一顿饭的工夫,大家才将他劝住。

千户放完赏,派人到集镇上叫来酒饭,上下人等用毕,凑和着安歇。当夜没人,老太太才把生千户的事细说了一遍。老张一听,事隔多年也不便生气咧。次日一早,千户派人找来瓦木匠,把这院子盖了许多新式楼房,连夜兴修。有钱办得趁心事,不到两月已然修齐。又添置家俱,请了一位老师教给张诚、张讷念书;照旧买骡马、盖马棚。原文说“马腾于槽,人喧于室,居然大家矣”。弟兄三人继父做营业,都没入宦途。

这段书至此而终,必说不入仕途的原故,即孔子所说“惟孝,友于兄弟,是亦为政之义”。明天另换新目录,我再按日敬献。

① 朱春登:京剧《牧羊圈》中的人物。

狐 嫁 女

（开篇）1919年6月5日

连日游行鏖市，学生结队成群。倡言爱国御强邻①，不惜声嘶力尽。

一个白旗高挑，兵警荷枪梭巡。可怜喝走傻贫民，讹说传单放赈。

予亦国民分子，赞成原有同心。果然土货等他人，航海谁来贩运。

空自临渊鱼羡，退而结网须勤。挹彼注此换金银，能使中华再振。

几句时事流口辙的词儿念毕，接着还是说《聊斋》。要说我这门玩艺儿，可是地道国货，报纸、油墨可就不敢说咧！那位说，你们为什么用洋纸、油墨呢？皆因中国纸货劣价贵，再者还赶做不敷中国用的。报纸又增不上价钱去，银圆又直涨价，断不能因噎废食，故此不能抵制。不但我们一家如此，家家都是一样。比如我们要真讲抵制外货，就当先从自造纸墨然后出版，那才是正当解决办法呢。我又没那样大赀本，只好还是跟着蒲留仙混着吧。闲话靠后，今天这段目录叫做《狐嫁女》，照字面儿一瞧，那位都了然，是段狐仙出聘姑娘的故事。您要问用多少抬嫁妆？是坐花轿、彩舆、新式花车？原文可没有。再说这是明朝山东的事，比诸今日自是不同。可是亲迎礼，还有一说，娶去入洞房，我想必然名符其实，狐精不是真住洞吗？一句书没说，先别斗哏。

但说山东有个历城，有个寒士本姓殷（可不是好汉叫秦琼），按大明嘉靖乡会同年录上说，这口殷先生榜名士儋，字棠川，庚子的举人，丁未的进士，官至吏部尚书，殁后予谥文庄。在蒲先生认为乡前辈，不便提名讳，以殁后爵职说称为殷天官（诸位别错会

① 强邻：此处指日本。

意，说人家纣王那一头儿的）。幼年时候家道贫寒，生来是个大胆子，可不敢杀人放火，无非气壮，不畏狐鬼。

再说历城县某村中有一所老房子，从前必是一家阔绅士喽，净说地势约有好几十亩大，院中楼台房舍是很多的，虽然年久，可还不至坍塌倒坏。这本房主人因人口渐少，闲着许多。乡间地方，租房住的少，即便有，也只在村中，这路高大房屋也租不出去。过了几年，主人势力越衰败，渐渐儿的闹起怪异来。有说是鬼的，有说是妖，闹得本主人自己不敢住咧，也不懂卖拆货，雇人看着，谁都不敢，只好闹个倒销门，空旷了又有几年。院中蓬蒿渐都长满，其实是极好的柴草咧，奈因都不敢进内割去。

这一年是个秋景天儿，这位殷先生同着几位学友、同案的秀才，一处款酒，内中就有这所房的本主人。饮酒中间闲聊天儿，可就提到这所房子来了。有的说是从前进去过一次，院中扔砖撂瓦；有的说看见有青脸红发、绿蒜头鼻子、紫花屁股沟子、月白护胸毛的丑鬼（那是《马上缘》的杨姑老爷），到如今，想着碴儿都可怕，谁要敢在这房子住一夜，我请请□他。内中就有攒公议□的，这位殷先生听到此处，好不以为然。

（续昨） 1919年6月6日

谈奇说怪，大半是人以耳代目，只要有一点儿，就有添枝叶的说一大篇子。就以本文书说，历城县中这所房子地势辽阔，本宅的人气脉微弱，顶立不起来，心一忐忑，自己一传说，从此便说闹妖闹鬼。第二个人心中有这鬼话印入脑筋，更是看见点儿什么就造起谣言来了。唯独这位殷先生平夙胆壮，是由于有见识，听大家说的话，很不以然，可也不便辩白。直到大家说到“谁有胆子，咱们公共凑办一桌酒席请请儿他”，老先生这才站起身形，答了言儿（听见有饭才往前伸脑袋哪），说：“就是这件事有什么难处？今夜晚间我就去睡一夜，你们看看！好在夜里不冷，只是露水大些，遍地蒿草，坐着可得垫上点儿，蛇蝎倒可怕！”说着一伸手，把坐着的一块小凉席儿卷了卷，往胳肢窝底下一挟，说：“你们谁把大门给开开就得，咱们明天早晨这儿见！”本房主人说：“那门上虽然有锁，并没卡严，我会开！”这些学友都知道殷棠川的胆子大，就说他许敢去。就有说：“你要去，可是讲在院中屋内待着，要是蹓着墙根儿转影壁回家，明天可不能请你！”殷先生哈哈大笑，说：“你们不信，何妨把我送□大门，你们从外面锁上，□明再去开呢！”大家说：“对，咱们得送他进去，还得防备他跳墙爬房哪，咱们走哇！”

殷先生挟着席子出了这座馆门，走了个飞快。大众跟随，一会出了村儿，见远远的一片树，隐着这所宅院。此时天色已然昏黑，看不清门户，不到半里，已至墙外，顺墙又走了约有一箭多远，才到大门之前。本房主人跑在前头，把锁头转开。推开一扇门，殷先生就往里迈腿。内中有同殷先生对劲儿的，说：“棠川，你进去，试着步儿瞧，我们几个人也都不走。你要看见什么害了怕，你就赶紧嚷一声儿，我们在门儿外头替你一叫号儿，有鬼也给吓跑咧！俗语儿常说，人多不怕鬼，就是这一着儿吗！”殷先生微然一笑，说：“如果真有鬼狐，我一定捉住他，叫你们也见识见识！”说完往里面走去。大众说：“咱们真得在这儿等一等儿他，倘或他吓得迷了门子，讲不得大家进去救他一救。真要吓死他，越发得闹鬼咧！”大众堵街门一坐，暂且言讲不着。

但说殷先生本来没进过这所宅院，只好顺着当中甬□往里而走，无如砖石已然被绿草长满，好像铺着地毯似的，深一脚，浅一脚，坑坷不平。往四围一瞧，蓬蒿茂盛，亚赛高粱地。抬头一瞧，新月一钩已在西南，偏巧有一层薄云朦住点儿，不大光明，好在可以照见门户。殷先生怕被苍苔滑倒，试着步儿进了二门。见正中大庭房门窗对锁着，不能进屋，走穿堂儿，只□顺东边找着一个穿堂儿过去，另是一座院落，也□□廊檐三合房儿。又从角门儿穿过去，才到后院儿。正中一溜七间大楼，两傍拐角盖的也是楼房，正楼前面有□□月台，墁着极光滑的方砖。殷先生也觉着乏咧，放下□子坐在就地，到要看看有什么怪异。

（再续） *1919* 年 *6* 月 *7* 日

且说殷先生一个人儿坐□月台□十分得意，抬头往西边儿一瞧，这新月已然将坠，压入远山，仅有一线光明，往四围听了听，人声寂静，只有蟋蟀寒蛰的声音聒耳，连本村中的梆锣犬吠之声都听不真切。自己约莫天有二三更了，一点儿动静没有，漫说狐鬼，就连一根狐狸毛都没有，不由心中好笑，这群人都是听人传言，便信以为真，这就叫盲听盲从喽。坐的功夫一大，腰有些儿发酸，欠起身儿把席子拉了拉，头朝里仰颏一躺，头杓子枕着石台基，看天上银河耿□，牵牛织女二星被河汉星宿光芒欺得狠黯淡。身上的衣服已被露气浸透，凉风吹得遍体生凉，心中微一迷糊，好像要睡着似的。

正在这个当儿，猛听□檐底下有“格登格登”木屐的声音，从西拐角□□楼下走来。殷先生心说，有边儿，自己轻轻儿的翻身冲西，眯缝着眼睛瞧着，恍□像有两个人影儿。前面走的身量不高，像个十四五岁的小丫环，穿着件青衣衫，手中提着一个莲瓣纱灯，脸上的模样看不真切，脚底下走得挺快。离自己所躺的地方儿还有七八步远，大概是看见自己了，连忙倒退了两三步，□项回头向身后说：“有生人在这儿哪！”此时后面的人还在月台底下呢。问这丫环说：“你没有看看是谁吗？”□丫环说：“不认识吗！”殷先生此时把两眼闭了闭，假装熟睡，侧耳听着。一□□听月台下边好像走上一个人来，脚底下声音很重，约莫是个男子。偷偷儿的睁开眼睛一瞧，原来是个湾着腰儿的老头儿，须发苍白，手里拄着一根拐杖（大概不为打拉车用的），凑近自己面前，毛着腰，看了看。殷先生紧闭二目，装□鼾声。就听老头儿直起腰儿说：“这是殷尚书，听他老先生睡得挺沉，咱们不可惊动。你们应该做什么，只管做什么。即便相公醒来，夙日为人慷慨，也不至于嗔怪咱们!”说着听拐杖声响，随□灯光奔□楼门□去了。

殷先生听二人走开，这才睁眼瞧瞧，只见□影儿。心说他们说我是生人，可□知道我姓殷，又说我是尚书，我□那儿关俸去呀！看这意思，虽非人类，也与人无异，我到底看个水落石出。想到其间，翻转身躯，往正楼门口儿一瞧，只听楼□吱喽的乱响，一会楼窗也都打开咧，顺楼檐儿上挂起灯来。再听楼梯咚咚乱响，好像人是很多似的。灯烛一会儿是比一会明朗，此时新月已落，楼上灯光照的满院通明。院中可没□有人。殷先生身底下觉着冰的难过，微然翻了翻身，故意儿沉住底气，先闹了个□喷（我可要□喷)，又打了三个嚏喷，三个饱□儿，放了三个响屁，□□清气上升，浊气下降（这是《聊斋》吗？谝①安儿带保养，刚入上口的斗哏)。殷先生故意儿的一使声儿，敢则人家楼里头早听见咧。功夫不大，就见方才那个老头从楼门走出，拐杖也没拄，走的飞快，来到自己面前，双膝跪倒，把个殷先生闹得连忙坐将起来。

（三续） *1919年6月8日*

且说殷先生见老头儿跑到自己面前双膝跪倒，自然不能再躺着咧，连忙坐在就地，说："老头儿，有什么话，只管请说，何必行此大礼!”老头儿说："小人有个小女，今夜于归之期。没想到触犯贵人歇觉，千万你老爷不要见罪!”殷先生一听，原来正赶上他们出聘女儿，大概用这样楼房，这们大的事派儿，席面儿一定错不了，我借光儿做为赶分赀，足吃他一顿再说。打定主意，连忙站立身形，用手将老头儿搀扶起来，说："这是怎么说的，我不晓得你今夜晚间嘉礼告成，仓猝而来，没备什么贺礼，实在惭愧呀，惭愧!”老翁说："贵人说那里话来，我们事情办的不像样儿。又赶上这样年月，我们姑爷从南京新回来，只告了十天的假，娶过门过三天就得回去销假当差，故尔诸事办得潦草。没敢知会亲友，想不到您这样赏脸（这是狐翁吗？学我们街坊胡二大妈犯贫哪)！你既然肯赏脸，不在赏什么，你老爷是大贵人，可算得一位福星禄神。俗言说，一福压百祸，什么凶星恶煞有你老爷在座，全给锁压得住，真是殷天官在此，诸神退位（那是姜太公)。没别的，请您替陪陪新亲。我们亲戚家知道连你老先生都来赶人情，别提我多做脸咧，但不知肯赏全脸不肯?”殷先生本是寒士，听人家“贵人贵人”的称呼，又把自己夸赞的了不得，从心坎儿里喜欢起来（官僚派的人最喜奉承，老狐精真得诀窍儿)，连连点头，说："蒙你这样优待，一定要叨扰的!”老翁说："如此说，贵人请入楼中!”殷爷说："还请主人先走!”老翁连说："不敢!”对谦让了几句，殷爷说："如此你我挽手而

① 谝：炫耀。

行！”一拉老翁进了楼门儿。

往四围一瞧，摆设的多是硬木桌椅、古铜玩器，殷爷全叫不出名目来，更难辨真赝咧。老翁把殷爷引到楼梯边儿上，说：“贵人这可请先行吧！”殷爷倒退了三步，一望，两望，三望，一抖双袍袖，走六个半碎步儿（这也是原文吗？戏场子的老套子）。老翁毛着腰儿，手扶栏杆往上行，慢登楼板儿一十三层（索兴唱上莲花落咧），一会儿上来，已然唏嘘气喘了。再瞧殷先生，在楼口那儿僵着哪，只好从新做揖让坐。殷爷一瞧，正中设摆八仙座位，锦缎铺垫，借灯光儿下一瞧，全是簇新，连忙答揖，方才坐下，见靠东头里间的软帘儿一掀，走出一位半老的妇人，奔到自己面前深深万福。老头儿说：“此乃拙荆、贱内、敝房下（全是一个人儿，大约为将来老翁死后好吃三分儿孀妇钱粮①）。”殷爷一瞧，穿戴的不俗，举止也很端庄。自己不敢坐着受礼，站起来做了个揖。老翁说：“贵人答礼，愧不敢当，请坐，请坐！”妇人没什么可说的，又退回东里间儿。殷爷想乘着这个功夫儿问问老翁贵姓，究竟是怎么个人儿（比莫基和气），还没容张嘴儿哪，就听楼房前院“笛笛答、笛笛答、喊喊哇、喊喊哇（这是什么乐器穿？狐精队吗）”，又有笙管笛箫、金鼓大号，吹吹打打的由远及近而来。

（四续） *1919年6月9日*

且说殷棠川心中疑惑，老头儿一定是狐仙之流，既是很恭维自己，贵人长、贵人短的，又且妻子不避，只得也得拿人当朋友看待，所以要问问贵姓高名，仙乡何处。还没张嘴儿问呢，楼前头鼓乐喧□，吹打的震人耳鼓，想再问也怕听不见了。听楼板儿登登乱响，跑上一个人来，头戴青罗帽②，身穿青褶子③，腰系丝鸾带，足登青缎皂靴（那位说，这是家人吗？秦琼。其实《翠屏山》石秀是卖柴改行当屠户的人，这路打扮儿也说不下去），单腿打阡儿，跪在老翁面前，说：“起禀家爷，新郎官、姑老爷到咧！”老翁点头，站起身形，顾不得再应酬自己了，听见新姑爷来咧，自然得叫未授职的穷秀才让一步儿。跟随家人奔了楼口，一齐下去。

殷先生此时一个人儿默坐着也无味，站起身来做为迎候，一面看楼墙上的名人字画。只听下面靴声乱响，顺楼梯先上来两个俊俏的男仆，各举绛纱宫灯，到了楼上，分列在楼口两傍。跟着上来一个十七八岁的男子，头戴软翅乌纱，上面双插金花，身穿红袍，钉着金补服，腰横玉带，足登粉底皂靴（那位说，这不是《祭塔》的徐是林吗？戏台上新郎永久这样扮像儿，不信您问大衣箱去）。殷爷往脸上一瞧，生得姿容秀美，粉团儿似

① 孀妇钱粮：清朝八旗粮饷制度，官兵死后，寡妻可以照旧领取一份钱粮。
② 罗帽：戏剧服装，下圆，上六角形，顶有圆球。
③ 褶子：传统戏剧中一般平民穿的便服。

的，不是一脸的烟灰，用彩苦往白里扑的样子（那还是零碎儿小生）。老头儿跟随着也就上来，后面又跟上一对打宫灯的男仆，合上先上来的四名，排齐在楼口上一站。老头儿冲着少年指了指殷先生，说："请先与贵客为礼！"这位新郎听老丈人这样吩嘱，不知是什么样儿的贵客，连忙瞧了两眼。殷先生虽是书呆子，在本村儿中常给人当傧相赞礼，今天只好还用这手儿活吧，连忙冲着新郎搭了一躬，做为迎接似的。少年心中明白，也赶紧做揖施礼。老翁一瞧，这位烦情儿的傧相很开窍儿，总算约着咧。

此时新郎见完傧相，殷爷赶紧往傍边一撤身儿，拿着韵调儿说："新郎官就宾位，老岳翁就主位，行参见泰山礼！鞠躬（不对），一揖，再揖，三揖！岳翁答一揖！新郎官跪，一叩首，再叩首，三叩首！兴，翁婿合一揖！礼毕，退班！"翁婿交拜已毕，老头重新凑到殷爷面前，说："没别的，一事不烦二主，请贵人再受点儿累，我把拙荆唤出来，您再替赞赞吧！"殷先生点头。此时那位半老的妇人原来已然穿戴齐毕，在帘子里头等着呢，一听老头子说，掀帘□了出来。殷爷上眼一瞧，头上梳着个苏州纂儿，身穿红青女汗褂子，也钉着金补服，下面系着裙子，底下露出两只残莲，约有八寸，穿的还是里高底儿的坤鞋，圆着肩膀儿，捂着小肚子，走着碎步儿，笑嘻嘻的□到楼板当中（那位说，这是狐岳母吗？我们看着好像打牙帮鼓①的彩旦②，谁说不是《谢亲演礼》哪）。殷先生又沉住底气，说："新郎官行参见泰水礼！岳母就主位！"老妇人往前一探身儿，说："呦，傧相，我说什么呀（还是那一出）？"诸位爱瞧，明天我再接演。

（五续）1919年6月10日

说书是供人遣兴的一种玩艺儿，必须有兴趣，所谓说书不斗哏，说来一定不警人。这段书，虽是狐精故事儿，是以庄重之笔写礼节之文，几个角色，没有小花脸工儿，挤到万没法子，昨天才把《演礼》拉上一段。今天若是接着没结没完，未免离题太远了。这点儿书，马前着说，是新郎官参见岳父母已毕，这就要让坐上席咧。老翁仍请殷爷坐首席。殷先生说："那可不能，得让姑老爷首座！"老翁说："还是贵人请上座！"殷爷说："不，不，不，这酒席是为新夫妇预备的，自然新人为主体！"新郎一听，说："不然，小婿到了岳家，有半子之谊，应当替丈人应酬亲友，还是贵客上座！"殷爷说："姑老爷是头荡来，是娇客（可不知怎么撒娇儿，通俗都这们说，有什么深义，我还没调查明白哪），今天我是特来奉陪的，宾主礼不可不知！"老翁见殷先生执意谦让，说："既然贵人如此赏光，莫如闹个恭敬不如从命就是！"按这们稿交情，这报谁还爱瞧哇（这是

---

① 打牙帮鼓：戏谑语，即改善饭食，吃一顿美食。

② 彩旦：传统戏曲角色行当，扮演丑婆子。

《聊斋》吗？我们总理嘱咐我哪）。新郎官只得向座上一揖，老翁还要执杯安席。殷爷说："既来的都不是外人（可也只有一个内人），大家应该把这些俗套免去！"新郎官首席，殷先生次座相陪，老翁闹个三座儿，狐太太坐在对面。

方才坐好，就见从东里间屋出来几个美貌的丫环、干净力罗的婆子，托着方盘凑到席前。丫环执壶把盏，按位斟酒，另有两个年老的女仆往桌子上摆碗端盘子。殷爷闹哄了多半夜，肚中已然发空，一见上来的菜热气腾腾，扑鼻儿香，连忙举起筷箸来，说："姑爷，我给你布块鱼！你富贵有余的（这是殷天官吗？杨二大妈陪回门犯贫哪）！"跟着又说："咱们可是这一轮儿别布，够不着的言语！"说着自己也捡着可口儿的尝了尝，不但香而且稀烂，又瞧了瞧，菜头儿丰满，家伙齐整。原文说"玉碗金瓯，光映几案"（以我说，只在玉器行、金珠店看见过，真没使用过。这位殷爷大概也同我一样）。心说，古人说美食不如美器，既有这样好家俱，自然透着好吃。老翁见殷爷并不客气，越发欢喜，殷勤相劝。少时酒过三巡，菜过五味，老翁说："既然贵客拿咱们不当外人，今天这酒席，一做亲迎敬新郎的，二做会亲酒，并做为给傧相酬劳的，真是一举三得。不如将小女唤出来，做完席，好送他们新夫妇回家，不知贵客以为何如？"殷先生正吃得高兴，说："我极端赞成！"老翁回着头儿对一个机灵丫环说："你们快把小姐请来一同入席！"丫环答应着飞跑进了东里屋中而去。殷爷依旧是连吃带喝，低着脑袋，并不说话。那位说，你为什么把殷天官形容得这样下做呢？原文说"女奴诺而入，良久不出"。要是大家都默坐着，未免不合情理，要说话，殷先生只得同新郎扳谈，问问念什么书，做什么营业。狐姑爷的事，我也不清头，故此不说的为妙。但说老翁见女儿不肯出来，这才站起来，到了东屋门儿，手打帘子，说："姑奶奶，快请出来见客！"

（六续）*1919年6月11日*

且说老头子打着东间儿的帘子，说："姑娘，你到外头赴席来吧！"说完仍旧回到本位。一会儿的功夫，见两个老妈儿、两个丫头搀扶着一位如花似玉的小娘子。殷先生一瞧，头上的首饰真是金碧辉煌，穿着大红衫儿，下系石榴宫裙，□□捏捏的奔到席前。相隔约有五六步远近，就闻见一股子香味儿，扑鼻馨香。殷爷也不好打听是花汉冲、云香阁①买的胭粉呀，还是大药房的饰妆品（认不透那是国货）。到了席前，老头儿说："你冲上给贵人行礼！"殷先生连忙站起。老翁说："一个小孩子，贵人何必这样客气！"此时新娘子已然磕完了头，婆子丫环往起搀扶，没等人嘱咐，挨着他母亲坐下，低着头儿，大概是羞涩的意思。殷爷闹了个借灯光暗地里观看娇娘，一瞧头上戴的是翠凤冠，

① 花汉冲、云香阁：旧时北京两家有名的专卖妇女化妆品的香货店。

上面镶嵌着许多颗明珠，再往脸上一瞧，模样儿别提有多好看咧。殷爷本是道学先生，人家又以长辈对待，自己不好夸赞，一想莫如我还是借酒解馋吧，想到其间，端起酒杯，冲着新郎说："姑老爷，这是喜酒儿，你可总得多喝，我这儿敬陪！"新郎尚未答言儿，老头儿说："贵人是福大量海，这样小杯，吃不爽快，你们看大杯伺候。待老夫亲自把盏，代小女谢客！"

丫环答应了一声，走去不大一会儿，拿来一套大金爵，按位摆上一只，从新又烫了一壶酒来，交给老翁。老头儿先从殷爷这儿斟起，说："没别的，您先喝我三大杯啵（要唱《取洛阳》）！"殷爷说："我本为劝新姑爷多喝几杯，怎么反张罗起我来了呢？"老翁说："贵客不饮，他小孩子家焉敢先吃！"殷爷是酒量真大，一想莫如我豁出醉去同他们犒犒酒，倘能把他们灌醉，一现露原形，个个儿是什么变的，我也好看得出来（怪不得好犒酒的主儿，多有在理儿去了的呢）。打定主意，说："既如此我就从命！"说完接过金爵，咕嘟咕嘟一气儿饮干，一杯喝完，老翁又斟二盏，喝完二盏，又进三爵，统共三杯，大约足有四五斤酒，并且没就菜。虽说量大，也有点儿心跳口跳起来，有心张罗再劝新郎，回敬本主人，又一想，倘或人家再一犒拳行令，我也怕是现露原形。如果有个失仪，说句错话，人家瞧不起我这贵人咧。再说他们并非善类，变了脸，莫不成就不敢大揍贵人了么！低头一寻思，一眼看见这个金杯凿的是五爪龙，胎儿极薄，花纹高凸，用手拿起来掂了掂分量，每只约有二两多重。偷眼看了看，老翁举着杯子正让新郎呢，主妇也劝女儿快赶几盅，新郎也回敬丈人。殷爷心说，有咧，乘他们乱犒酒的功夫儿，我把这酒杯藏起一只来，回去见了众人，说给他们听，免得不信，我就是这个主意呀。顺手把金杯往袖口儿里一褪，袖子虽说肥大，又怕露出来，或掉在楼板上。况且酒已够量，乘人没理自己，爬在桌子上，似醉非醉，装做睡着，侧耳留神静听人家说话儿。老少两对夫妇连吃带喝一路抢饱，还要再让贵人。

（七续） *1919 年 6 月 12 日*

自古以来就说士为四民之首，皆因世人读书才能明理，明理方能替大家谋幸福。生意场儿有话，您明理，我们沾光。要说这路士，可专讲有学问有经济，不是专操举业便足为士。从汉唐以诗文取士，直到前清废弃制艺，只要会做这种手艺，就大家敬重的如同天神一样，再能早朦着盲主司，就算平步登云。其中致君泽民的固然不无其人，而误国病民者所在正复多有。吁！亦可慨矣（那位说，你这是怎么咧？八股儿的虫子又在肚子里蠢动，好像乱党心理似的）！就以本文书说，这位殷天官也就是这一路人。狐翁是一双势力眼，苦巴结好差使似的这们一应酬。谁想敢则也是左手拾金不昧，右手得偷就偷，别提有多给吏部全体泄气咧！无怪首先被裁喽（这位殷天官，可是大明嘉靖年间的，清季原任的少挑眼)！闲话靠后，咱们莫谈国事，还得说我的书。

且说殷先生，打就了醉咧不算的高着儿，往桌案上一爬，侧耳听人家翁婿母女们对周旋了会子。就听新郎说："天色不早，小婿不胜酒力，就此告辞！"老翁说："果然三星在户，莫误吉时。老夫也不强留了！"此时听执灯的顺楼梯跑下一两名去。一会儿楼底下笙乐暴作，楼板登登乱响，行走的声音很重。殷先生心里有病，不敢抬头观瞧，少时听见有下楼的声音，还另有端盘子、捡家俱的声音。殷先生知道必是婆子丫环们当跑堂儿的哪，越发装做打鼾的声儿，真是呶噜呶噜的带上嘟噜儿咧，那成了猫念佛咧（那位说，殷天官这是做什么呀？怕开发烧煤）。

一会儿又听顺楼梯往上走人，一面走一面说："嗳，这就是养女儿的下场头啊！"又听妇人说："员外爷，想开着点儿吧，当初你说我的时节，不是也跟你一走儿来的吗？我逢年按节的要回娘家住几天，你就装病闹气说有差使。如今你我的女儿出门子，你怎么也晓得想哩！"老翁说："你娘家人多，你我二老只有这一个女儿，焉能抛得下。你何必揭调我幼年的事（原来老狐是小时候儿的事情不算）！"一面说着，又走到楼当中，说："你们归着齐毕了没有？"就听有个女子声音说："大席都捡净咧，就剩碎件儿没捡呢，一齐捡下去，也送不了去。堆在里间，婆子们一失手，怎么赔人家呀？"老翁说："还是真得小心点儿！"就听这丫环说："有一件事，回禀员外爷，这副大套杯，您瞧怎么只剩五只咧！我只当他们顺手给放在那儿了呢，里里外外找了两个过儿，全都没有，问谁谁都说没见，您可得赶紧查点查点哪！"老翁说："你们再细细的查点一个过儿！"一会儿又听有两个婆子站在老翁面前，说："回禀员外的话，金杯我们可全都没看见。您要么把醉咧困咧睡咧的那位推醒啦，问问他没褪起来呀？"殷爷被人道着心病，心中好生着急，暗想我要拿点儿什么，不该动要紧值钱的呀！少时被人由袖口儿搜出杯来，有多们憨蠢。刚想到此，听老翁说："休惊贵客，留神他听见此言！"

（八续） *1919* 年 *6* 月 *13* 日

且说老翁听婆子说这只金爵八成儿是被这位生客给褪起来咧，连忙低声说："你们别胡猜，这要叫人听见，那还了得！"殷爷从听人找杯，心就要跳出嗓子眼儿来，及至听老头儿这们说，才略微把心放下，仍是装做打鼾的声音，侧耳细听，楼上的人一会儿比一会儿清静。又待了约有一顿饭的功夫，听楼下也静悄悄的了。殷爷酒劲儿是散开咧，脑袋蒙的有些闷热难过，轻轻儿的装做翻身，一歪脖项打算偷眼儿瞧瞧动静。微一睁眼，反把自己吓了一跳，不但没有人了，连个灯光儿也都没有了，真是伸手不见掌的漆黑。自己乍着胆子站将起来，难辨南北东西，也不知窗户在那一面儿哪。按照如今比喻着说，如同半夜里电灯齐灭的光景。殷爷心说，我快坐下吧，头闷的好生难过，况且摔着也不是玩儿的，照旧坐下，就觉着胭脂粉头油的香味儿仍是打鼻子。自己心说，他们这香料不定加了多少冰片麝香呢，要是化学药水，决不能这样耐长（这是殷先生说的吗？我学生也替提倡国货的帮喘哪）。再说脂粉香味之外，另有一股似腥不腥、似臭不臭的滋味儿，心说这又是什么味儿呀？我得用格物致知的法子参详参详（阅报诸君都可以替参详参详）。从新闭上眼睛，定住心神，一辨别呼吸的气儿，这才明白过来，点了点头，自言自语的说："呕，是喽，这是方才桌面儿上撒的酒，滴搭在鸡头鱼刺上头感化出来的，并不是人家孩子泛出来的瘰臭。再说人家□样薰，八成儿也是怕泛味儿，索兴连骨头都染香了，有多们好闻哪！"于是一面想，一面用鼻子往四围找着吸气儿，撰句文说，真乃其味无穷。苦于不知什么时候儿了，还得等多大时刻天方能亮呢。

又盼了半天，听远处金鸡报晓，心说这可快熬出来咧。可是的，我坐的这桌椅上面，还有铺垫围桌来着，不知还有是无有了。伸手一摸，桌子敢则是一张破木头的，自己所坐的是楼上一个破木床，上面尘土多厚，此时由窗棂透进曙光，窗上并没窗纸。心中又明白，原来老狐精这样架弄，全是障眼法儿变幻出来，为做虚脸蒙人的呕。我在这破空楼房待到多会儿也没什么意思，莫如我慢慢儿的寻找楼梯下楼去吧。打妥主意，挽了挽袖子，想起那只金杯，八成儿也许是假的，由袖中掏出，掂了掂分量，仍是很沉，照旧还装在袖口之内。辨别方向，想着楼口是在西南来着，奔到那儿一瞧，果然不错，只是上面的梯板已有糟朽的了，皆因轻易没人上来，此处有些渗漏，被雨水泡的。自己扶着栏杆，一步一步的蹭下楼梯，来到楼下一瞧，俱是空的，几扇破槅扇也没糊纸，当中四扇全都开着哪。赶紧走出楼来，往东方看了看，已是天色黎明，尚有数点残星，月台上面露水极大，把砖石上浸的滑人。殷爷低头一瞧自己，一身的尘土，这才用袖子掸了掸，拨着蒿艾往前院而行，走了不远，说："呀，我忘了大事一桩！"

（九续） *1919年6月14日*

且说殷先生下了月台，打算奔前院儿，忽然想起昨天夜里我进门的时候儿，不是还带进一块席头儿来着吗（不丢零碎儿，可褪人家的金杯，称得起机灵手儿）。想到其间，复又上了月台，来到头天晚晌坐的地方儿一找，不知怎么会没有咧。顺台阶儿来回走蹓儿，细一寻找，原来已然碎咧，只有许多席篾儿。自己心中明白，昨晚跟着老翁进楼之后，没人理会，必是被吹鼓手、灯夫、轿夫一路乱□，给碎到这个样儿，再拿也没用处了。想到其间，从月台下来，仍奔角门儿，一层层的走到大门，见两扇门掩着呢。

用左手拉开一扇，见昨晚赌东道的几位学友有在台阶上坐着的，有在草地上蹲着的，也有倒背手儿走着蹓儿背《明文》的。一见棠川出来，就有说："哈哈，你好大胆子（这是《聊斋》上的诸生吗？《双钉记》的阴阳生）！"殷爷说："你瞧，胆子小咧闹不到这儿来（索兴串上相声儿咧）！”内中有个机灵鬼儿，说：“嘿，老殷，咱们可不过这个，真罢了，有你的，你别当我不知道哪。这些腥架子朦得住他们弟兄，朦不住我！”殷爷说：“你说了半天，我多早晚朦人来着？”这个机灵诸生说：“昨夜晚间，他们见你进了大门，都信以为真，回家睡觉去咧。我故意儿的不走，在这墙犄角儿装做出大恭，闹痢疾，蹲了会子，看见你偷偷儿的开了一扇门，蹓了出来，一溜烟儿似的你就跑回去咧，我也跟着回去了。不用说，你是天亮才又回来了，你说是不是？”殷爷刚要辩白，又有一个淘气的童生说：“你还提哪，昨天你们散了，我晓得这宅子有个后门儿，我怕你开后门子蹓回去，复又跑来，在后门儿上给你留了个记号儿。”殷爷当做真话，说：“什么记号儿呀？”淘气生说：“是白土子画个圈儿，为是省得闹狼！”房主的本家说：“你别说咧，这是我们的后门儿，你留记号不终用。钥匙在我们族长手里存着哪，他从里面开不开！”又有说：“你不知道，你别瞧他夙日长袍短褂一步三摇的走道儿，他练过黑门儿①的夜叉行②，能够飞檐走壁，一垫步拧身就上房，他是跳墙家去的，昨晚我把这个碴儿疏忽咧，你们方才一说，才提了我的醒儿！”内中有老成的说：“说了半天，棠川你看，众人言之凿凿，你这也是君子可欺以其方喽！无庸辩白，究竟你是会跳墙，是会什么土遁的法术，请道其详。你要说实话，不准屈心！”

殷爷本来别着同大家开嗙夸胆子呢，乍一见面儿，被你一言我一语的一路连朦带猜的瞎议论。容大家说完，说：“你们还有辞儿没有咧？”大家说：“你就快说吧，别招说咧！”殷先生故意的把袖口挽了挽，轻轻儿的从袖口儿之中把金杯取出，左手交到右手，说：“你们诸位察清楚了，看明白咧！”大家一瞧，说：“他敢则不是净学过巴式，他还会变空中取酒的手彩儿③吧！”殷先生说：“我不会托活④，你们拿去看看，此杯是从那里来得？”大家接杯在手，一见是雅制足金，分两极重，大家才纳闷起来。

（十续）*1919* 年 *6* 月 *16* 日

前天的书因为原文有两句是“则诸生先俟，疑其夜出而早入者”的话，我借着“出入”两个字，信笔一聊，写了一版。今天再要接着从大家“骇问”的“骇”字说，又够说一篇的，好像我专会拉丝似的，莫如咱们赶着往热闹里说，今天管保一气说十几年的事情。闲话少交待，主道们您就上眼。

且说大家接过金杯，连忙问说：“你是从何处得来的？”殷爷就把昨夜晚间的事述说

① 黑门儿：指盗贼的组织。
② 夜叉行：指靠表演武艺为生的人。
③ 手彩儿：本指魔术师敏捷的手法，此处指弄虚作假、欺骗别人的手段。
④ 托活：变戏法的手法。

了一遍，内中还有不信的，说："我又明白咧，这只杯子是他家的，昨天不定什么时候儿他藏在身傍，今天故意儿的用这话冤人！"此公一说，立刻又有赞成的，说："我也明白咧！这杯，昨天他并没带着，他还是复反回家取了来的，不信我有证见！"大家说："什么证见呢？"这人说："你瞧他昨晚不是挟来一块席子吗，果然在这院中过夜，今早他焉肯撇下不拿，必是昨晚挟到家去，今天清早只顾拿杯出门，把席子忘在家中了。你们诸位想对不对？"大家一听，说："你所见甚是，棠川，你到底把席子是落在家里了不是？"殷爷一听，又把席子剩了席篾儿的事述说了一遍。内中这位房主人究竟是自己的产业，幼年间时常出入，又从新问了这楼上都是什么迹址儿，听到楼上破床的话，连连点头，又把这只金杯翻来覆去的瞧了一个过儿，这才说："你们诸位别混猜棠川咧，你们细细儿的瞧，这只金杯分量极重，成色是十足喽。以现在行情二十多换核计，约值四五百银子。我可不是小瞧姓殷的，凭他家要有这们一副金杯，他早凑着加捐个州县咧。再说你们瞧这金杯，不但金子成色好，你们再瞧这金龙，亚赛真的一样，活的一般，合着咱们山东省的工匠也打造不出来这路手工，八成儿还许是内廷监制的呢？"

众人听到此处，都立刻一上眼，真是没见过这样高手艺。有的说①："这宗物品，若是运到巴拿马赛会，管保能得最优等奖牌，大概是宝华楼监制的（这是《聊斋》吗？我替安厚斋②鼓吹哪）！"殷爷说："没别的说得，你们大家这可信了吧？"大家细一参酌，都说："这们看起来，我真服你了，你真没被狐精给掐死！"殷爷说："你们既然信服我，咱们那家馆子吃去呀？"大家一听，说："你不是溜溜儿的③白吃白喝了半夜了吗？怎么还这们扣着食似的哪？咱们回去先歇歇儿，反正还能说了不算吗？"说的殷爷也一笑儿。又低头一瞧，两只鞋、袜子上被露水和泥都湿出花纹儿来了，说："既如此，咱们晚晌再照昨天聚会一次吧！"大家点头各散。殷爷到家，把金杯收藏在箱子之中。当晚怎样吃东道，不必细表。

光阴荏苒，日月穿梭，到了次年庚子年，殷爷赴本省乡试，中了举人；又过八年，中了丁未进士，钦点三甲，留部学习，补了吏部主事；过了三年，得了员外，升任郎中，京察一等，以府台用，恰巧安徽庐州府知府缺出，选到该府。这一说，可就有十五六年的光景。领凭到任之后，有合肥世家一位同年姓朱的，首先与殷棠川摆酒接风。

（十一续）*1919* 年 *6* 月 *17* 日

且说殷棠川升任知府，是甲班出身，该省同寅同年都要套拉拢，请一请。首先有一

① "有的说"，原文作"有说的"，据语义改。
② 安厚斋：又名安迪生，清末民初北京宝华楼的老板。
③ 溜溜儿的：整整的，从始至终。

位姓朱的，本是大财主，家中的正主人做过吏部侍郎，从前二十年就告了终养，退归林下咧。既是世代书香，又是宗室（那位说，你怎么晓得呢？不是同嘉靖一姓吗），晚辈也都念书赴考。大少爷是庚子的举人（人家可不是庚子的财主），同殷棠川在京会试见过几次，又打过一次连号，还同住过一回小寓，谈起话儿来投缘对劲，彼此对送朱卷。殷棠川看见人家三代不错，一打听，小人儿又不荒唐（这是会试场吗？北京聘女孩儿的妈妈大全），故此结了口盟把兄弟，时常有书信往来。恰巧放了本府的知府，殷爷有这么个朋友，正想去拜望，就便可以询问风土人情。这位朱先生从殷爷放缺的谕旨一下来，就写信去贺喜，应许下打公馆，派人预备好了车船轿马在码头迎接，应用的家俱早给置办好咧，直到殷爷的便壶都一样儿不缺（讲究会巴结交朋友吗）。殷爷既有这们一位好盟弟做东道主人，心里是非常高兴，赶紧写回信致谢。

这天一到码头，就蒙朱宅的下人照料行李，小心伺候，比接议员下车还从优，安置在公馆之中，送了上等酒席，朱举人亲自来拜，并请明后天到家中赏光候叙。殷爷说："虽蒙贤弟盛情，也得容我拜了上司，才能请安去哪！"朱举人一听，连说："是的，如果兄台衙门缺人，小弟家中的小价□可以随便唤来支使，稿案、执贴，小弟都有可靠的朋友（怪不得这们殷勤应酬哪，别着当三行来手①哪）！"殷爷一听，赶紧说："小兄初放外任，南北省的风气不同，全仗亲友指教。只是京中同乡同寅同年、世谊至亲都荐了几名，小兄不敢固执，每处只留一名，已然有五六十名了，但不知能否得力，正要求贤弟替选几名通晓风俗、熟习官事的幕友呢，只恐缺分瘠苦，养不起许多人！"朱举人当时告辞回去。第二天殷棠川忙着去参谒巡抚、藩臬两司、首府各人，又把求来的八行②送到上司处。过了几天，挂出牌来，上写"仰该府迅赴任所"（可不是奉警厅考取准其行医）。殷棠川又叩禀了上司，这才到了肥邱。

一到任，自然是得先拜会朱贤弟去，况且人家又有老亲，赶紧预备好几匹捻线合股茧绸（山东土物吗），又把京中亲友送的礼物配了三色，送到朱宅，跟着坐轿来到朱宅门前下了轿子。朱宅因为本府府台来拜，预先把本省乡绅耆老约来几位相陪。殷爷进到大厅，先把朱老太爷请出来行拜谒礼，呼为世伯，并说："小侄将来诸事还要讨教呢！"朱京卿又说："蒙大人在京教导小儿，老朽当面谢过！"闹完客套，朱举人又给众乡绅耆老一引见，都要行大礼。殷棠川极力拦阻，彼此以朋友礼相见。行礼完毕，朱举人吩咐下人们："摆酒哇（想起从前在京时堂名儿③的腔儿来咧）！"下人答应，大家坐了席。下人上菜，朱京卿让过一巡，告述下人去取大杯。殷爷才犯了底案。

---

① 三行来手：这里指为衙门的稿案、执帖、钱漕的职位安插人员。

② 八行：古代书信一般使用印有八行竖条的信纸，这里指说情信函。

③ 堂名儿：指专门从事唱曲的艺人。

（十二续）1919年6月18日

且说朱宅父子把殷棠川待如上宾，敬过三巡酒，又上了几道菜。朱举人因见殷爷是个大酒量儿，连忙吩咐下人到里面将套杯取将出来。下人说："请示少老爷，钥匙在那屋里哪？"朱举人说："不是在三姨太太手里头哪吗，何必问我？"下人连忙跑进里院。此时各乡绅耆老都乘着这功夫同殷棠川说闲话儿，所说的全是应酬颂扬之语，在下不会学说，也有跟着就托人情的。殷爷虽然初到外任，在京阅历了这些年，可称干员，颇能随机应变，可应的乐得做个风流人情，万办不到的也能敷衍答应着，真得说研究《官场现形记》的老前辈。朱举人派进去取杯的下人是一等也不来，二等也不来（要唱《月影照花台》），三等三不来，四等四不来，左等左不来，右等右不来（开了黄篇子①咧），等得无奈心烦，有心再用小杯敬酒吧，又不好说咧，幸而众人说着闲话儿，无如菜端上来都透凉咧。朱举人心说，八成儿三姨太太带着钥匙逛夜花园去咧，这可怎么办？正自为难，见派去的下人满头是汗进到屋中，凑在主人身傍，爬在耳根台子一边儿，用手挡着自己的嘴唇儿（怕透了风闹牙疼），嘀咕了半天。殷爷是初次到人家宅里来，坐在首席是贵客，不能侧耳偷听（怕人疑惑是访员），只好故意儿的用话探听几位乡绅，谁是安福系，谁是已未派②（这是殷天官吗？现在的时道人儿），嘴里所谈的，全是关于本省民生乐利（就怕肚子里全是升官发财）。这几位越发得捧殷知府老大人、老青天咧！

殷爷一面说，一面偷眼看着，主人听见下人回的私话，立刻脑筋也紫咧，眼珠儿也蓝咧，气哼哼的冲着这个下人也不知说了句什么，下人连连答应了两个"是"字儿，从新跑出房去。主人怔怔儿的，一语不发。在座的宾客都看着情形可疑，谁也不好领头儿问主人生什么气（怕人有窝心气不好说）。又待了不大的功夫，见这下人又复进到房中，怀里抱着个大锦匣，进屋放在桌案之上，打开匣盖儿，从里面取出六只金杯，按位放好。然后另有下人烫来一壶酒。厨役们上了几巡菜，把凉的重新端下去，大概是温去咧（比包庄子③强，管添管换）。

主人接过酒壶，亲自斟了一盏，双手举到殷知府座前，说："棠川兄，小弟久知你的酒量宽洪，用小杯子饮不透，来，来，来，你满饮三杯！"殷棠川赶紧站起来，说："这样大家伙，俺可得不了（殷大人被大家伙吓的土话都说出来咧）！咱只好棋着酒量吧！"朱举人又一定相劝，众乡绅也只得陪着催劝。殷爷被推无法，只好一气饮干，又张罗回

---

① 黄篇子：指说唱艺人黄辅臣始创的双簧，篇子是双簧的别称。

② 安福系、已未派：民国时期，袁世凯称帝未果去世后，再造共和，出现了以安福俱乐部、已未俱乐部为名义的依附于军阀或国会要员的强硬政治团体。

③ 包庄子：庄子即饭庄，指由饭庄定制的家宴。

敬大家。除朱举人无法陪了一盏，另四位都只好慢慢陪着喝了两口。此时菜又上来，大家一路乱敬菜，殷爷已然半饱了，乘势看这金杯，十分可爱，用手举着反覆瞧了瞧，凿的也是金龙，翻过来看了看底下的款式，同当日狐仙用的那副金杯都是一样的大篆（到底儿不认识），看罢不觉好生的惊疑。

（十三续）*1919* 年 *6* 月 *19* 日

且说殷知府乘着主人劝几位乡绅耆老饮酒的功夫，自己细看这只大杯，与从先在家中同众学友赌东儿，所遇狐仙嫁女用的那副金杯是一般无二。心说，莫非这朱宅同狐宅有什么瓜葛吗？心中这们疑惑，可说不出来，只好信口夸这金杯，说："请问朱贤弟，这副金杯是什么银楼打造的？还是购买现成的呢？"朱举人连忙欠身回答，说："老年兄，老府台大人，若是不问，小弟今天不好诉说。既承见问，小弟只好据实回明，还请府台大人替小弟设法办理办理此事呢！"殷爷说："那们贤弟就快些赐教吧。但能为力，小兄何敢推辞！"朱举人说："这副金爵一共是八只，是当年家严做京官的时候儿正值开捐，家严同正阳门外各金柜都是极熟的，恰巧那年金子的行情大落，家严所分的印结①银子又比每年多好几倍。这天在金店内柜闲谈，看见有一副大金杯是某邸定制，送给某内官②家的。家严因花样款式可爱，仿照式样打造了这们八只。后来卸任，带回家中，先祖八旬大庆寿用过一次，小弟娶亲的时候儿用过一次，平常日子总在家中箱里封锁着。后来听说某太监的几只抄没入官，某年宝库失火已然烧毁无存，改造宣德炉咧。家严因这样工匠不易寻觅，漫说咱外州府县的工匠们打造不了，就是京师的手艺也是越打越糙，故此轻易不肯用。再说这杯容量极大，非海量人不能用。适才小弟想起吾兄的酒量极洪，故此命小价将此杯取出，聊以酬敬的意思。谁想到了后堂，打开箱锁，取出匣子一看，单单剩了七只。小价没敢拿过来，方才来对我嘀咕了半天，就为的是这件事。小弟问问情形，据说箱上的尘土多厚，上面的封条并没撕毁痕迹，这箱子的钥匙虽是三庶母掌管着，箱子却在家慈套间儿屋里放着。家严治家严正，少时晓得，一定要追究家内众人。若是朦蔽着不禀告，小弟有亏人子之职。这叫做，说了使不得，不说，又了不得（要唱《独木关》）。我想别叫他使不得，也别了不得，只好配着打造一只，又恐怕决计配不了。小弟对于这些金子原不心疼，只是牵掣上许多家下人，十分为难。若说有什么梁上君子、绿林盗贼偷取去了，我想为什么仅取一只，焉有不全数取去的？况且也总要有些痕迹！因此怀疑，无以自解。既承年兄下问，这是以前的实情，从此还请老年兄你在外面访，

① 印结：清朝京官为同乡捐官者做担保，所收的手续费在结算后，按月发给京官，作为京官的额外收入。

② 内官：指太监。

我在里边访，访查着此人，定不与他干休！”

殷爷一听，朱年弟唱上《开山府》咧（明朝还没排这出戏哪）！连忙一笑儿，说：“你说访查着又当怎么样呢？”朱举人说：“这件事关于家庭，内中怕是另有暧昧。如果访查着是三庶母赠给何人的，也只好罢论。若是别的家人抵盗了去，那小弟好加意严防。若是特别手段的高人，只好加倍送些金银，赎回来也就是咧！”殷爷笑嘻嘻的说：“你家这只杯子么，是羽化了，你不必着急，我却有个办法！”

（十四续） *1919* 年 *6* 月 *20* 日

且说殷知府听朱举人所说为金爵为难之事，不由一笑儿，说：“你这只金爵八成儿羽化咧！”朱爷说：“听说老道死咧称为羽化，金杯怎么也能死呢？”殷知府说：“原来贤弟你没读过《柳公权传》，当年柳公存有一箱子杯盂，这天打开一瞧，没咧，许多家人对推诿。柳公一笑儿，说：‘金杯羽化矣！’从此不再追问了。这是唐朝的一个典故。”朱爷一听，人家是进士，总得说比自己高明，连忙谢教。殷爷说：“你这一副金杯，单缺一个，未免心中总要不痛快。我有一个单只儿的杯子，同你这杯好像不差什么，等我回家找了出来，送给你就是咧！”朱举人执意推辞。殷爷说：“一只金杯所值几何？”说完又喝了会子酒，这才上大菜，起饭上汤。大众酒足饭饱，殷爷首先告辞。朱爷同众乡绅耆老送出大门，看着殷爷打道回衙，这才各自散去。

但说殷爷回到衙门内宅，把箱子打开，取出这只金杯，用包袱包好。唤过得力的小跟班儿的来，叫他到圈里备一匹马骑上，去到朱宅，将包袱中的金杯交明朱老爷，领个收到的回条再来销差。跟班儿的答应，备上马如飞而去。一会儿到了朱宅门房，叫下人回进去，说是知府大人派来有事面见。朱举人正同父亲讲说丢杯的事呢。一听殷知府派人前来，心说必是送杯的喽，赶紧吩咐将来人唤进书房。小跟班儿的把马拴在门口儿，托着包袱，跟随门公进到书房，打开包袱将杯呈上。朱举人接杯在手，睁眼一瞧，说：“怪道呀怪道！我且问你，你主人这只杯子是那里来的？”跟班儿的说：“俺可不晓得，听说是从山东家带到北京城，上任的时候儿一并带来的。究竟是多早晚打造的，彼时小的还没听提呢！”朱举人说：“你既不晓得，我先赏你二两银子，你回去吧！”跟班儿的说：“那可不行，家主爷有谕，让你老爷给写个回条儿呢！”朱举人说：“既如此说，容我进内换上衣服送你回去，亲自给你主人道谢去好不好？”跟班儿的说：“若果如此，那就更好咧！”说完跟随门公到了门房儿。

朱举人进去，吩咐备两骑马，带上一个下人。朱爷出到外院，跟班的谢过赏，一同到了门前，主仆三人上马加鞭而行。一会儿到了殷知府玉石阶前下了马（要唱《黄金台》），跟班儿的预先跑进去报信，殷爷迎了出来。朱爷说：“有劳大人远迎咱（到了找补上这句腿儿咧）！”彼此携手揽腕进了内衙。朱举人先道完谢，然后追问殷年兄这杯是几时有的。殷爷就把当日的事述说了一遍。朱举人这才明白，说：“敢则这杯是被狐仙摄去了，别瞧他一千里多地的道路，能搬运去，可不敢留下，比上赊借如白捡的人讲情理！”

这段书原文至此而止，后来殷先生怎么任满，升授吏部尚书，可也没有载着。狐仙能前知，总算高眼（好在不是假高眼）。据我想，狐仙万没想到殷天官硬留下金杯。这段书是友人烦演的，十五天赶完，明天另换新题，我再照常敬献。

任 秀

（开篇）1919年6月21日

《聊斋》四百余段，宗旨所为劝人。托以鬼狐写邪淫，仍恐形容未尽。

讵料数朝而后，养赡许多贫民。月川敬之假清门，黑杵首先一份。

鸣九①照本撂地，智兰善背原文。画锅②福久③近单春④，挣钱吃饭过瘾。

士字⑤徒从师艺，借道云岚⑥诸君。殿成⑦杂抓寿卿⑧云，都比愚下带劲。

几句叹《聊斋》时事词儿念毕，余不多表，敢说都是实话。回想当年，蒲留仙做《聊斋志异》的时候儿，万想不到，替评书行造了这们一个饭锅。更想不到，另有德寿山、耀亭、尹箴明、愚下这们几个人也换了饭。推原其故，一言以蔽之，都为饭锅问题。至于谁好谁歹，不能有定评，对眼光、入耳鼓就说好。说到多好，听书看报的不能解饿，我们张嘴儿动笔管儿的要得挣饭吃。既然如是，在下为什么末句说世、松二位是抓云呢？并非说二位说的不好，皆因我殿成大哥不是专吃《聊斋》，本学儿是《隋唐》，还有吃大小黑脸儿（就是《三侠五义》《小五义》。您别错疑惑，他会狠谁），也能说戏迷传、单春（即一个人的相声）。故此，我说他杂抓。至于松寿卿先生，我们没接过谈，论其口锋

① 鸣九：周鸣九：清末民初的说书艺人。
② 画锅：指在街头献艺的人。
③ 福久：邹福久，清末民初的说书艺人。
④ 单春：单口相声。
⑤ 士字：指“士”字辈的说书艺人，如陈士和。
⑥ 云岚：指“云”“岚”字辈的说书艺人，如董云坡、田岚云。
⑦ 殿成：世殿成，清末民初的说书艺人。
⑧ 寿卿：松寿卿，清末民初的说书艺人。

灵变、肚腹渊博，实比愚下强。因为什么我说人家云呢？皆因有件不检点的地方儿，时常见报签子上是《聊斋》，另飞耳子①，是报纸登过小说儿，揣度这种情形，必是书座朋友烦的喽。奈因《聊斋》目录上没有，未免骇人听闻，必须换换大报子，如达彦清因果小说最普通，即说《聊斋》，亦无不可。这不过在下信笔偶及，并非为什么意见。闲话打住，我也不用替人家评书行造春聊一览表，还得我干我的。

上段说的《狐嫁女》，据我想当日蒲先生捧殷乡宦，是劝人不必惊疑鬼狐，原批也是那样说的。在下另有一种见解，皆因昨天写不下了，又值不得再说一天，故尔收束住，今天补叙着说说。我想殷天官虽是贵人，有胆子，恰巧遇着的老狐也是守法度的好妖狐，才怕念书的人。不然人家办喜事，殷先生硬在月台上睡觉，人家不理他就算不错。遇着淘气的小妖狐，轻轻儿的用丹一喷他，殷爷也得吓个跑儿（只当炸弹哪）。再说这个老狐还是顽固党，不然聘女儿就一点儿维新的派头儿没有咧。既顽固，必迷信凶星恶煞，又看出殷爷有造化，才借杯款客，万想不到天官闹不局气，唱上杨骧武②咧。谓之狐精，精而不精可也。

今天更换的这段题目《任秀》，是篇孝子的名姓。若果说好了，能当新小说儿《万里寻亲记》看（在下可说不好），是于人有益的好段子，迷信之中，却不迷信。出在山东兖州府鱼台县地方儿，有个姓任的，大号建之，是专吃羊毛③为生。原文说“贩毡裘为业”（不是二黄票训）。这年出去贩货，可怜做了外乡之鬼。

（续前） 1919年6月23日

且说任建之从前贩皮袄绒毡是惯走西口一带，每年只做一荡买卖，多是趁五六月出行，赶八月底到北京出卖，到年底把些货发脱净咧，一回山东家。彼时不兴轮船，总是由临清搭船，按官站走，沿途受尽辛苦。这一年把赀本凑齐，辞别亲友，把家务托嘱妻子，嘱咐儿子任秀好生读书，将来如能做官，为父的便可以不做这受罪的事业了。彼时少爷任秀年方十五，颇知孝道，父子洒泪而别。家中仅有十几亩田地，也有一个长工，一个老家人，净指田土不够吃的，全仗任建之每年买卖可以赚个百八十两银子，添补过活。这是任建之的一段历史，不能不略为表出。

但说任建之这年仍是赴陕办货，走到山西地方，遇着一个人，同住在一个店内，也有小小的一个行李卷儿。谈起话来，说是要到陕西谋生去的，一嘴京话，稍带南省口音，真是未从说话先乐，别提多和气咧。任爷头天同走了一路，晚间住在一处，彼此一扳谈。

① 飞耳子：指贴上临时性的字条。
② 杨骧武：《彭公案》中的人物，即杨香武。
③ 羊毛：这里指皮毛行业。

这人说："小弟姓申，草字竹亭，是徐州宿迁县人氏，与老哥虽然隔着省分，小弟也是江北人喽。至于山东、直隶等几省，小弟也跑了些荡，只是财命不济，又搭着没有雄厚的赀本，故此弃了商业。打算到陕西寻个乡亲，或教个馆，或在衙门谋个幕友，小弟也来得及，总不过依人生活，混碗现成饭吃。那里赶得上老哥你这独本独利的客商呢！"任爷这个人心地朴厚，有点受架弄，一听申竹亭这样说，心里很喜欢，嘴里也故意谦辞着说："嘁，申先生，说的那里的话呢！俗言说的好，走遍天下端个碗，又道是雁飞不到处，人被利名牵，但是登途者俱都福薄人。俺若是有大赀本，不是早在北京开个谦祥益、瑞林祥了么！"申竹亭说："老哥说的虽是，只是营运商业也是口渐而入。若是年年获利，再过十年八载，你老哥既有经济，又安知不能在北京开几个皮货庄呢！再带上绸缎，包做成衣，发卖山东大布茧绸，那一样不许卖呀（还是祥字号儿一类）！"任爷说："那只可凭财神老爷照应吧！"说完各自安歇。

次日老早的申竹亭先起来，赶着替任爷喊店小子打脸水、舀漱口水，替任爷沏茶，装关东烟（讲究和气吗）。任爷很不过意。申竹亭又说："老哥，如不疵嫌小弟，咱弟兄们一路搭伴而行好不好？"任爷说："彼此有照应，这是最妙的喽！"说着唤过小二，算清店账，一同出门。到了镇店上一同打尖，讲明是同席吃饭，各自会钱，若是走到荒僻地方，住了起火小店，二人做饭搭伙吃，分着给钱。一幌儿走了五六天，申竹亭小心服事任爷，不叫老哥不说话。任爷越发喜欢。这天问起年岁来，他比自己小两岁，问了问人口，他说娶过妻室亡故了，只剩孤身一人，上无父母，下无兄弟，故此不愿在家乡了。任爷听他说的可怜，又同自己语言投机，这天晚间又住在店中。任爷酒后对申竹亭说："老贤弟，我看你我既然意味相投，有心与你结为金兰之好，不知你意下如何？"

（再续）*1919*年*6*月*24*日

且说任建之与申竹亭一同走了几天，说话投缘对劲，从此行则挨肩，坐则并膝（这是朋友吗？唐明皇与杨贵妃）。这天晚间，任爷对申竹亭说："我说竹亭，我打算同你商量一件事，但不知你可肯其听从？"申爷说："老哥有什么事只管言语，小弟都可遵命的，但凭兄长吩咐就是！"任爷说："我想咱们弟兄虽是相见日子不多，可称是一见如故，好像前世前生有宿缘似的。再说我家是一脉单传，上无兄，下无弟。前天听你说得怪可怜的，可称是同病相怜。咱彼此又都是出门在外的人，打算同你结为金兰之好，拜做一盟，不知你可愿意？"竹亭说："咦，老哥肯不疵嫌小弟，吾是巴不得能够的呢！若讲拜把子，总是彼此先交下心来，然后再举香，一个头磕在地下，神仙证盟，从此自然又另近乎许多哩！如此说来，老哥请上，受小弟一礼！"任爷说："劣兄也有一拜（唱上黑脸咧）！"竹亭说："老哥，这就不是咧，小弟说拜老哥，是谢老哥的栽培，谢老哥的厚义，从今你就是我的亲哥哥，父母似的哥哥一般一样的了。你若是拜我，折受死小弟，莫非你不心疼吗！你若一定要拜，咱弟兄一同叩谢天地神祇到是应该的。况且咱只是两个人，彼此把生辰八字一说，三代籍贯也对一告述，谁也不至忘记了，连兰谱都有没有均可的，这方是君子结交的真义气呢！不知哥哥以为何如?”任爷一听，很是喜欢，说：“既如此，咱兄弟明天一早吩咐小二预备一分香蜡，请一分关帝马儿①，置办点儿供献，耽误一早晨的功夫，安坛设驾，呈献当年云马钱粮，各了心愿，然后启程（任建之在茶棚当过都管），不知二弟你说好不好?”

申竹亭把头摇了两摇，说：“哥哥说的虽是有理，小弟本当从命。奈因一节，这件事据小弟想似乎不要这们办。怎么说呢，在店里一设驾，店小子给咱置办供献，一定是要赚咱钱的，而且帮着忙合完了，一定又要道喜讨赏钱的。老哥虽比小弟年长，这神前了愿的事是要各尽其心的。小弟应与老哥平分着花，老哥虽不在这些零花儿上打算盘，小弟虽是手头儿艰窘，若说这几个钱，小弟也还巴结得了。只是咱既然是亲弟兄一样了，必须情不外溢，利不外迁（要卖爱国烟卷）。从此你的钱如同吾的钱，你的钱吾使，吾使吾的钱，那个看见谁多花了钱，是要替心疼的，才是好同胞呢（劝上购国货咧）！似乎这在店中结盟么，据小弟思之，似乎小题大做了！”任爷听到此处，说：“如此说，难道就罢了不成?”申竹亭说：“小弟有个拙见，比上这个还透诚敬。咱明天一早出店上路，看见那里有关帝庙，咱弟兄各购一束香草，进到庙中，一齐跪倒神前，磕头行礼，口中默默的一盟誓，叩完头一走儿，岂不简便！老哥请想，这叫心到神知，上供人吃，并非小弟啬吝！”任爷听竹亭说得尽情尽理，说：“老弟之见果然胜似劣兄，你我一路劳乏，安歇一夜，明日早行便了！”

（三续）*1919*年*6*月*25*日

且说任建之同着申竹亭出离店门往前而行，行走不到五六里，见一座大庙盖的整齐，斜阑调角琉璃瓦，两树旗杆是朱漆，匾额上书关帝庙（只顾一找一七辙，差点儿串到游武庙大鼓上头去）。这天恰巧是月望，开开山门，烧香的善士很多。任爷冲着竹亭说：“咱们弟兄就在这庙里举股香吧！”竹亭说：“兄长说好便好！”进庙一瞧，香火虽盛，没有香摊子。这先生转过云堂扑大殿，老道躬身把施主来迎（不唱倒听哄②，改了响快③咧），笑嘻嘻的说：“二位施主，敢莫是烧香了愿么?”任爷说：“正是要瞻礼关圣帝君而来！”老道说：“施主随我来！”竹亭说：“观主，吾们要烧股香，只是没有处请去，可怎

---

① 关帝马儿：印有关公像的神纸。

② 倒听哄：子弟书的一种。作者在《贾儿》篇里解释为用倒辙儿说话。

③ 响快：曲艺节目快书称响快。

么办呢？”老道说：“此庙各殿都预备着各种名香，请施主随便焚烧！”竹亭说：“少时吾们把你香资就是了！”老道说：“庙中的香原是众施主布施的，十方来，十方去，十方共成十方事，施主何必这样计较！”说着任、申二人跟随老道进到殿中。老道划开一股香，竹亭早接将过来，在海灯上点着，捻开了递给任爷。老道赶紧又划开一股，竹亭自己点着举了举。任爷已将香插在炉中，竹亭也把香上好。老道站在桌边一打铁磬，二人一同跪在神前，先各叩了三个头，然后冲着神像口中默默祷告，左不过是不愿同日生，但愿同日死（那是要拼命，您瞧不通不是。多数说拜盟的书都有这们两句，不知谁留下的口头语儿）。

闲话靠后，但说二人祷告完毕，从新又叩了三个头，这才站起身来。老道说：“请二位施主寮中献茶！”任爷说：“观主不劳费心！”说着一抬头，见神像塑的庄严，就连上首周二爷①都凛凛如生，一手拄刀，一手伸着五指，可不知是怎么件事。书中代表，正是嘱咐任爷，这路拜弟，你可多留神。竹亭从囊中掏出一百制钱往钱柜里一扔。任爷这才想起来，也从兜囊之中掏出一块银子，约有三四钱，双手举着递与老道，说：“请观主替我们请封香吧！”老道笑嘻嘻的接在手中，打了个稽首，说：“多谢施主功德，无量寿佛！”竹亭在傍瞧着，心说真是银子是白的，眼珠儿是红的，心是黑的就结咧，连忙拉着任爷，说：“咱弟兄上路要紧，不用瞎烦絮了！”老道见二位连个空茶没喝，连忙送出殿外，说：“闲着来，慢待（这是老道吗？康熙年山西老道都这们和气）！”二人出了殿门，老道可就不送咧。

走出庙外，又走了几里，来到一个镇店上，无非照例打尖。从此竹亭不叫哥哥不说话。住在店中，连任爷的铺盖都是他管铺管叠，管装被套，称得是好小把弟子咧。从山西奔陕西，按站多是旱路。这年天气亢旱，炎热的很。任建之本年虽刚过五旬，幼年操心过度，两眼昏花，写着写着字，就起朦，故此这一程子，时常间断（这是任建之吗？湛引铭自述）。这天方到陕西地界，任爷受了点儿暑瘟，扶头不起，只好住在店中。竹亭是延医撮药，殷勤服侍，一幌儿十几天不见功效，大约性命有些难保。

（四续）*1919 年 6 月 26 日*

且说任建之病倒店中，一幌儿几天不思饮食，病是一天比一天加增。为人做客最苦的就是害病，若果手里有钱，得的是明白病，还自己能调度着调治将养，也有人服侍。若是神智昏瞀，即便有钱，也无非能促其寿算。如此说来，那们人就所别一个人远行了么？那话未免因噎废食。在下也在外面做过事，就没受过这路罪。有什么好法子呢？第

① 周二爷：指关帝庙里周仓的塑像。

一得别胡闹，先把三宝对付好咧（就是精气神，不是做了古的路玉珊）。虽不敢说寒暑不侵，即便有些感冒，也不至十分沉重。再于饮食起居上多加些小心，自然可保无事（说《聊斋》带讲卫生，您瞧这分报有多可瞧）。说到本文这位任建之，从前出外经商是年力精壮时代，如今上了几岁年纪，又赶上本年天时不正，无缘无故的又拜了这们一个得用的小把弟。那位说，怎么有了把弟会出毛病呢？皆因这位把弟服侍的殷勤，任爷受不着劳累，才有碍了卫生。好在有两样儿好处，一则任爷手里有银子，可以延医买药，二则申竹亭服侍病人又耐烦儿（原文说“申善视之”，我不能不替细述述，辜负了人家把弟好心眼儿，与我们评书匠无益）。

店小二见人家有这样知疼着热的小把弟，样样不敢怠慢。无奈一节，古人说一饮一啄莫非前定，何况生死关头呢，若是此公前世命中注定应是外丧鬼，轻易不出门或永久坐车，这天出门绕湾儿，能一个跟头栽死在街上（前任评书研究社双社长①，这不是还没过百日哪吗），又道是阎王注定三更死，谁敢留人到五更。任爷在陕西地方，与本处医生无缘，越吃药越添病，自己有先见之明，知道要治不得，干咧！这天晚间，阖店的人都安歇了觉，这才对申竹亭说：“我说老弟，咱哥儿两个混了这些天，你是没到过我山东家，不知道我有多大财主哪！实对你说，咱家没有多少地土，七八口子人的浇裹，全仗我一个人儿在外边这们跑海才够混的。你侄子任秀年纪太小，也不能帮助我挣钱养家。本打算这荡买卖好，再赶两荡，我就手儿带他出来学着点儿。没料想天老爷不肯由人算，我做了外乡之鬼。幸而交着你这们一个好朋友，真如同一个妈妈养的亲手足一样。你看，知心的人儿就是你，除了你还有谁（那块肺，还唱丝绸小曲儿呢）！从此计算，离山东家约有两千里开外的路程，想回老家是万也不得能够的了。我这褥套里有个皮包，里面连现银带汇票大约二百两出头。咱哥儿两个一句话，我送你一半！”竹亭一听，说：“唔呀，吾的哥，那如何使得的。你老哥不要胡想，吉人自有天相，还是明天另请高明医生调治的为是！”任爷说：“扎裹是不终用的了。你既说一半嫌多，我还有个主意，你从这一半之中给我买身合体的装殓衣服，再买一口行材②，虽不必阴沉建昌花板，杉木十三圆也就行咧！你把我停放妥协，你用下剩的做为路费，你好自去谋生，不知你意下如何？”

（五续）*1919*年*6*月*27*日

昨天的书说申竹亭听任建之的遗言，心中自然也要酸恸的，故此推辞，说不肯要把兄的银子。谁想任建之错会了意，以为他嫌多呢，于是跟着一开单子，置办什么衣衾、

---

① 双社长：评书艺人双厚坪。

② 行材：便于运送的较轻薄的棺木。

棺木等项，这是任爷临危贪心之处。竹亭听到此处，心里可有点儿不大悦意咧，心说按你这们说，我还剩得下钱咧，再加上找停灵庙宇，雇抬杠的夫役，还许不够开发儿呢。想到其间，又不好驳他，只可胡乱答应着，给他个到了算。再说任爷说到此处，眼睛一阵发黑，喘了喘气，又想起家中的妻子来，一阵心酸，流下眼泪，说："不是我这银子还有一百多两哪吗！你把这些全都给汇寄回去，告述他们，好打发人来此接灵。千万不要把我这把尸灵骨给撇陕西。老弟，你是没听人说过呀，这路无主的孤魂外乡鬼那个滋味儿，比当上亡国奴还不好受哪（两件事，我全没尝过）！"说到这句，又打了一个嘘喽儿，想起自己的孩子从没出过门儿，家中的近族本家也没靠近的，谁能来接灵呢，莫如栽培在把弟身上啵。想到其间，复又跟话，说："老弟，我这些天看你人很诚实，你往陕西来，原没一定的准营业，到了那里，也未必谋得上事情。即使谋上个事，还不定能长久不能长久，也怕不够你开销的。你要如果不愿再往省城去，你要能把我这个尸骨送回去，那才是我的好兄弟哪。或者你暂且停放在一个妥实地方儿，俟等你把你的准着落办理好咧，你将来回乡的时候儿路过我们山东家，你再把棺木给运回去也都可以。你要如果办到了，我所有的这点儿银子，你给你嫂子不给，我就全不管喽，你想怎么样好，我就静听你一句话咧！"

竹亭一听，把眼珠儿转了两转，说："嗳呀，我的哥，嗳呀，我的哥（唱上《烧山》咧）！你老人家不要这们胡思乱想。俗言说的好，人吃五谷杂粮没有不生病的，焉有一病就死的事情。以小弟我说，并不断闹病，就没死过一回（一回就结咧）。你把心放得敞敞宽宽的，这叫有命不怕家乡远。你也歇歇儿，我也歇歇儿，明天若是见好，就不用说咧。若是不见效，咱们另请高明先生，总是要治痊愈的为是！"任爷听到此处，叹了一口气，说："虽蒙老弟宽慰劝我，我觉着是万好不了的咧。你看天色已然发晓，你若是乏困，你只管歇着你的。你把前天请医生开方子的那副笔砚给我挪在枕头上边，待愚兄的写一封家信，你将来也有个交代儿。但不知我方才托嘱你的事，你肯点头不肯?"竹亭说："老哥你这是怎么咧？咱们两个人既是拜兄弟，你的话我焉有不听的！你爱写信你就写，我不拦你，不过怕你劳神伤心。至于所说的话，我必由着你，决不含糊！"说着话，把纸笔交在任爷手里，自己走出店房而去。任爷伸出两只手，颤颤巍巍的，含着眼泪，写几行歇一歇儿，写完放在桌上。竹亭还没回来，心中一阵难过，竟自发起昏来。

（六续） *1919* 年 *6* 月 *29* 日

前天的书说到任建之病到不得了局，做个回头儿，昨天应接着说。谁想昨日清早起来，我学生差点儿没成了任建之第二，这叫人有旦夕祸福，天有不测风云。这几天净刮旱风，不下雨，所以把我给刮病了，一天没起炕儿，还能写《聊斋》吗？话可是这们说，在我们以身为业的人，偶然有个天灾病业，无论多严恶的铺掌，不能不准歇工告病假，在花一枚铜元的主道们，人家就许不买不瞧。所以今天即是凑合着吃人饭咧，还得赶紧说人话，还得接着说书。

且说任建之把书信写完，放在一傍，抬头瞧了瞧，申竹亭是没回来呢。自己一会儿比一会儿不得劲儿，天有快晌午咧，见他从外面走进来，脸上喝得红扑扑儿的。进了门儿，向自己说："老哥，你这一阵儿觉着怎么样？你想什么吃的，告诉连二嫂（店中内掌柜的姓连，不是要唱《探病》）。"任爷爬在桌子上，抬起头来，说："嗳，越发沉重了（唱上《洪洋洞》咧）！此处有书信一封，你看明之后封起来，照我昨夜的言语行事便了！"竹亭把信取过来，自己大略看了看。任爷可就说不上话来咧，倒在床上，有出气儿没入气儿，嗓子眼儿里的痰一会儿比一会儿多。店中伙计看见，悄默声儿的对竹亭说："我说申先生，你这位朋友可得乘早儿打主意呀！"竹亭说："这有什么法子，我们既是同行来的，少不得得给他料理一切！"

但说这座连家老店的铺掌同任爷从前是熟主顾，与申竹亭并不认识，这几天时常在一处说话儿，才知道人家是新结盟的把弟，好在晓得贩货客人不至没钱，所以极力的应酬。这天听说任爷病重，也赶过来讯问竹亭打算怎么办法。竹亭说："彼此既走在一处，少不得是得先把他盛殓起来再商量后事。他已然写了家信，吾们也只得遵他的遗嘱喽！"

正说到此处，见任建之嗓子眼里"咯儿"的一声，两腿一登，呜呼哀哉，身归那世去了。连掌柜的说："申先生，你瞧怎么办？"竹亭说："乘此时天色尚早，你替看着点儿，我先到隔壁棺材铺买口棺材，把他盛殓起来！"连掌柜的说："棺材铺是我们一个当家子，打发小二叫他挑一副好板来，决计不能多算钱！"竹亭说："你不知道，我哥哥有遗言，总得我去买去。这样挺远的道路，要是买副掏勾儿①的薄板儿棺材，将来可不好往家里运！"连掌柜的说："那们你就自己买去吧！"竹亭点头，出了店门。这点儿书，我要按规矩说，这买棺材的事足够两篇子，人家死丧在地的，未免不情。简断截说，申爷到了棺材铺，挑了一副周身二寸厚的杨柳木行材，讲明连送到店中的脚价，一共五两六钱银子，说妥之后，棺材铺叫了两个人，用绳杠给抬起来，跟随申爷进到店中。连铺掌一瞧，直绉眉，说："这口材，可薄点儿呀！"竹亭说："所为下车上船方便，那不到家再换套材呢！"店小二看着都不以为然。大家帮着七手八脚将位任建之抬入棺中，钉上棺盖。连铺掌面向竹亭复又开言。

（七续） *1919* 年 *6* 月 *30* 日

且说店房主人并小二帮助着申竹亭把任建之盛殓起来。店主东说："申先生，请到柜

① 掏勾儿：一种薄板棺材，在棺盖的头尾部和凸出位置加厚以迷惑人。

房儿，我有句话说！”竹亭方要跟过去，抬棺材的两个人说：“嘿，申先生，这不是你这位朋友黄金入了柜①了吗？没别的，您把棺材银子给平出来，我们好回去交柜去！”竹亭说：“你们等我拿去！”说着把任爷被褥中的皮包取了出来，打开一瞧，是两张蔚泰号的汇票，另有两个十足印儿，还有四个松江锭儿。拿了一锭，其余的连皮包都掖在腰中。到了柜房，托连掌柜的给平了平，五两二钱，拿出去对抬棺材一说，两个人不但让他找补银子，还要酒钱。连掌柜的从中说合着，又从柜上借了一串制钱，才算了结。二次进到柜房对掌柜的说：“你请我做什么呀？”掌柜的说：“申先生，没您不圣明的。这店房是来往行人住的地方儿，出外做事的人谁都忌讳棺材。您要打算在店中停几天可不行，乘早儿是找个庙，或是能运走更好！”竹亭一听，说：“这件事，不用你说，只不过今天可是晚咧。我到各处先打听打听，暂且你替照应着点儿行不行？”连店主说：“那们你就乘着天没黑快去就是咧！”

此时将落太阳，店门口儿的行人往来不断，多是投宿的。小二同当槽儿的在门口儿张罗买卖，连掌柜带内掌柜的都不得闲儿。申竹亭乘这个当儿蹓出店门。一会儿店中宿客住满，天交初鼓，申竹亭一去没回头。及至店中封火，大家才想起来。小二说：“掌柜的，那屋还停着一口棺材哪，可怎么办呀？”掌柜的说：“少不得晚着点儿上门，大家多照应些儿！”小二们懊懊怨怨的耗到天亮，申竹亭还是没有信儿。连掌柜的跑到申竹亭住的这单间屋子一查点，行李没动，一点银子没有咧，才知道八成儿这小子是起了黑票咧。有心要找，也不知到他往那方去了，算了算房饭钱所欠无多，只是这口棺材可怎么办呢。只好找到本处一个山东义地，对地主一说，花了几个钱，抬到那□暂丘起来，又托人寻问任爷的同乡人。好容易转过一个年头儿，才有一个贩皮货的客人晓得任建之的家乡住处。连掌柜的把申竹亭这行为对此人一说，这人说：“出外行远路，要搭伴儿，总是从家乡一齐出来的才妥当呢。此时我可不能回去，只好等我年底到家后，再把这信捎去就是了。”

这书暂且不提连店主并寄信的这位，单说任大奶奶到了年底并没见丈夫回家，而且连封信也没给往家里捎，好在这年秋季丰收，同人伙种的地亩分的粮食很多，只是丈夫一去无消耗，思想起来魂魄销（任大奶奶成了赵五娘②咧）。少爷任秀此时已然开笔做文章了，转过年来报了童考，只是父亲仍无下落，时常问母亲说：“为何我父一去不返？莫非在外面发了财了么？”任大奶奶求签问卜，都说不祥之兆。直到次年年底，这带信的人才把这件口信给捎到鱼台。任秀听说放声恸哭，这才要去搬运父亲的灵柩。

---

① 黄金入柜：指死人下葬。

② 赵五娘：京剧《琵琶记》中的人物。

（八续） *1919年7月1日*

且说任秀得着父亲死在陕西的确耗，登时大放悲声，遂对母亲说："孩儿对于父亲，生不能养，死不能葬，枉自读书何益？禀明母亲，再辞了塾师，奔赴陕西，将父亲灵柩搬运回来，安葬祖茔之内，方趁儿心！"任大奶奶一听，说："嗳呀，儿呀，你今年方才十七岁。平日未曾出门，万万的去不得！"任秀一听，跳着脚儿越发放声大哭起来，说："母亲若不放儿去，孩儿恸不欲生，那时母亲岂不后悔？若说孩儿年幼，如今饭也会吃，书也会念。走路的事，只要有盘费，便能遇旱雇脚，遇水搭船，还有不能行的么？"任大奶奶听儿子说得有理，说："如此说来，你的去意已定了，只是一节，俗语儿有云，穷家富路。家中的积蓄被你父亲带走做赀本去了，他死在外乡，大略是不能再有的了。现在咱家只有几石糙粮，即便粜净，也换不出多少银子来。搬灵的事是最费钱的，不能打算盘。你即有这样孝心，为娘的也不能拦你，把咱家的地典出几亩，再把为娘的簪环首饰、四季衣服全行变价（倒不留着买会），你带在身傍，搬运灵柩去就是咧。只是我儿你日后若是受了穷，可休怨为娘的不是！"任秀说："母亲说那里话来？钱财乃是倘来之物，孩儿俟□将父亲埋葬之后，再奋志读书。倘能成名，焉知不能重整家业？"任大奶奶说："究竟你年岁太小，一个人前去，为娘的放心不下。咱家老仆人任重夙日很可靠，待为娘的嘱托他跟随你前去，岂不更好？"任秀说："孩儿意欲将他留在家中替母亲照料门户，既是母亲不放孩儿一个人去，只好谨遵母命就是！"任大奶奶说："我儿不必惦念为娘，家中尚有几门老亲老友都可照应我的，但不知你打算几时起身？"任秀说："孩儿听见此信，恨不能立刻飞到陕西寻着灵柩，总是以速为妙！"任大奶奶说："如此我先把任重唤来，问他可肯破这荡辛苦，如果肯去，明天先典地，后当当，只要盘费凑齐了，你们主仆就起身便了！"任秀说："母亲说的是。"

说话到了外面把老仆任重叫进来，任大奶奶对他一说，任重慨然应允，说："主母但请放心，老仆受主人平日恩待，不幸遭此大难。又蒙主母这样委托，千山万水岂敢辞劳！"任大奶奶说："你既是肯应允，你就先给借钱去，以咱们房产田地做抵押品。只要有人肯借，不怕利息大。你的回扣，总要少用些儿才是义仆呢（这是任大奶奶说的吗？我替现在的旧家子弟托嘱管事的哪）！"

书说简断，这老仆第二天出去一托本处的乡邻，给任宅这们一借钱。乡间地方都愿意多添几亩子土，登时立了借约，钱到归赎。任大奶奶又把家中所有值钱的物件寻找出来，该用的当了，不用的做价拍卖，不到十天的功夫，把一切的全行折做现银，不过一百一二十两，又给主仆们置办好行李。任秀身穿素服，拜辞母亲，任大奶奶嘱咐他主仆二人许多话语，这才出门上路，直奔陕西而来，可不知有无险阻。

（九续）1919年7月2日

昨朝话表任秀带着老仆直奔山陕大路而来，这要按謦人词一加路途段，左不是“过去三里桃花店，又过五里杏花村，桃花店中出美酒，杏花村中出美人，虽然有花又有酒，花酒难留孝子的心”。再说到了陕西，寻着连家老店，足够一版。再若加上半路途中遇着贼寇、赶上发大水等事，这段书足吃半年，不能不算正文。无如原文说“半年始还”，照这样海聊，未免透点絮烦，莫若把任秀怎么到陕西，如何寻到店中，连店主如何告述任秀，全做暗场子。干脆说，连搭船带雇车轿，半年的功夫把灵柩运回，所带的银两还有敷余。到了本处，停放村口的庙中，母子相见，都是悲喜交加。亲友听说任秀年轻轻的真有孝心，大家无不敬重。任大奶奶又把家中的家俱折变了些个，凑上钱，办理丧事。知会亲友，开吊念经，破土安葬，这路白棚细说也没意味。简直的说，把个任建之给埋咧。

此时家中的地亩是典出去了，还得拿钱租房住，自然长工是辞咧，这个老仆人也告辞回家去了。家中只剩母子二人，穷得只住一间小房儿。任秀从此还是念书做文字，任大奶奶给本村富户洗洗做做，娘儿两个凑合着过活。一幌儿又是一年多的光景，任秀的孝服已满，又赶上文宗案临，任秀报考赴试，幸喜文章得意，居然中了秀才。任大奶奶别提多高兴咧，以为从此可以改换门庭，不至再吃羊毛咧。

谁想任秀自从进学之后，学的有些不老成，外有一种毛病，是专好赌钱，心里总以为准能赢钱，赢多了也许买房子置地。俗语说得好，久赌无胜家。况且任秀是个窝囊要儿，好在彼处没有吃反喜①、拿秧子②的，所以任秀尚不至输的没了裤子。起初任大奶奶不晓得，日久天长还有不透风的吗？这件事传到耳中，这天把任秀嘱说了一顿，拿起家法来要打要擂的。任秀并不敢口嘴，做母亲的自然也就舍不得咧。任秀在外面时常遇着赌友，还是偷着赌钱，自己虽以为必是能为不如人，如果能把做文章的心放在赌俱里加意研究，必定能常操胜算，于是把求学的功夫可就渐渐的荒废了。

这年正是岁考的年分，新任的学台是位老手，喜爱的是道学一路文字，又最讲品行。任秀的手笔本不合这位学台的眼光儿，又皆因自从一赴考，凑上许多学友住在寓所他就张罗赌钱，虽然赢了几场，未免荒废精神。外州府县每遇宗师案临，专有赶考棚的赌场儿，任秀抽功夫儿也去要去，简直说，要得入了迷咧。及至进到考棚，题纸下来，嘴里还哼哼“中发白”哪（任秀没打过麻雀）！草草完卷，内中还有犯规矩的地方儿。文宗阅

---

① 吃反喜：赌博中哄骗冤大头。

② 拿秧子：赌博中要挟阅历浅的青年。

卷，把他列入四等，秀才例应记革，还应责罚。好在教官晓得任秀是个孝子，不过近日荒唐些儿，从宽发落。任秀回到家，自觉脸上无光，又有人把他在外只好赌钱才误了学业的事对任大奶奶一提说，气得任大奶奶恸哭了一场，要想绝粒而亡。

（十续）*1919*年*7*月*3*日

且说任秀赴学岁考考列四等，这类事在前二三十年的学生们全都晓得。从唐宋以文艺取士，都互相沿习，至前清多沿习明例，凡各府县的童生中了秀才方准乡试。每年都有岁考，考列一等的补廪生，每年官家给几石粟米；二等的算是平平；三等的交教谕申斥；四等的记革。这路办法，同如今学堂画分数一样，只不过如今是统各门功课，按学期班次记算。彼时但凭学院看当日文字对眼光便为优等，若不合眼光儿，那只好茶室①混去吧（二三等吗）。话可是这们说，究竟功夫不亏负人，果然勤学不辙，头等虽无把握，二等是掉不下来的。以本文这个任秀说，本是聪明手笔的秀才，一则年轻，二则又荒废了许多日子，侥幸中了秀才，彼此有些自满，又一贪赌钱，自然是不能再有进境咧。这固然是任秀的不是处。然而细想任秀好赌钱，又有两个原因。以近因说，见家中贫寒，唯赌钱发家最快；以远因说，任建之是商贩出身，商人贪利心重，任秀有遗传贪性，故好赌博。此即古人所谓父因报仇杀人，子必为强盗之理。那位说，你说书做什么瞎批评这些个理呀？任大奶奶不是还饿着哪吗？这另有个原故，皆因这段书是用特别因果劝人的玩艺儿，只是从原文第二行“任病不起”直到这两天的书，都是苦条子。若是细细的述说形容出来，能让人掉眼泪，心里堵的吃不下饭去。都学任大奶奶，这叫苦条子（可不是出局赔车钱），我皆因怕看书的不痛快，故此懒得形容，说说理由儿，然后一表儿，就不用唱这出改良的任大奶奶教子咧！底是泄给诸位啦，咱们这就说书。

但说任秀见母亲直生气，不肯吃饭，自己不知什么缘故，赶紧凑近膝前，说：“母亲，莫非有了什么病了么?”任大奶奶说：“我没病，你想人家同你是一样的人，为什么人家都列在前茅，单单的你坐红椅子②，抗榜，想是你又在外面赌钱去咧！不如我自行饿死，省得日后跟你受罪!”任秀一听，赶紧跪在当地，说：“母亲不必生气，孩儿从今以后不但不赌钱，从此我连这街门不出，好好儿的求学便了。母亲如果不信，孩儿在神前设誓，叫孩儿终身不发迹，一世贫寒！”这句就是原文上“对母自矢”四个字，“矢”就当赌誓讲，可不能说：“我要再耍钱，是什么狗娘养的，养汉老婆下的。”那简直的是骂母亲哪！也不能说什么“叫我促死促灭，蹦蹦儿死，跳跳儿死，出门遇见欢车烈马、火

① 茶室：民国时期公娼需按等次纳捐，一等曰清吟小班，二等曰茶室，三等曰下处，四等曰次下处。
② 坐红椅子：科举考试录取名录榜的最后一名，在名后勾上红笔，表示名单到此为止。

车头撞死”。如果那们说，伤母亲之心，可就不合秀才孝子的口吻咧。闲话打住，再说任秀这一起誓，做母亲的也就不能再抗头咧（不像话），只好就坡儿下，别斗经济，叫人说透点儿难买难卖，说真个的，嚼嚼①要紧（更不像话了），这才面对任秀说：“吾儿若果好好的读书，为娘的用饭就是！”书说简捷，任秀果然从此不出门，一个人在屋中写做念。到了第二年，又去赴考，居然考取第一名案首，照例补廪，只是苦于没法子挣钱，任大奶奶才劝他教书为业。

（十一续） *1919* 年 *7* 月 *5* 日

且说任秀这一补廪生，任大奶奶心里别提多高兴啦，只是赶上年成儿不济，任秀虽说不输钱咧，可是也不能赢人家的了（您瞧我有多明白），净指着母亲给人洗做，渐渐儿的有些糊口费事了。所以这天任大奶奶把儿子叫到面前，说：“嗳呀，吾的儿，你想士为四民之首，就是不能谋生。你我母子家无恒产，我儿也须要自谋个生计才好！”任秀说：“孩儿启禀母亲，我们秀才这一行人，只有谋干功名是生计，其余的事只有教馆一途还算正业。若是出笔单②、写呈状、当书启③等事，还须另有专门学呢！”任大奶奶说：“为娘的岂愿你做那些事业，我想你不如谋个专馆，或在村中立个学馆，每年既可进些束脩④，添补你的膏火。古人说教学相长，与你的学业也有许多益处呢！”

任秀一听，说：“母亲言之有理！”于是立刻找了一张黄毛边纸，自己竞业的写了一张学报子，写的是“清汉书屋”（那位说，你这书不用说咧，即便任秀是前清国初年的人，他还能学过满文吗？您这眼挑得似是而非，人家皆因明末已有洋文，还有满蒙藏回各文字，这学报子所写的就是我这学房只能清清楚楚的教给人认汉字的意思，并没说管教兀朮头儿），把报子贴出去。过了几天，恰巧遇着一阵暴雨粗风，报子又没贴结实，单单儿的把个“清”字给刮下去咧（也算天意排满）。任秀一眼看见，不大像话，而且门面一旧，不能招徕学生了。于是又把从前剩下的黄毛边纸从新要再写一张。自己一想，我既是个秀才，必须表明我有学问，莫如用《易经》上说的“蒙以养正圣功也”的典故，就写个“养正学堂”吧。打好主意，这就写起活儿来，傍边还有两行小字，什么“诗文并授，贫不计利，溺爱免送，信我者来”的四字言儿。这张学报子贴出去第二天，有跟着任秀沾光的一个宝魔，从前吃过金批医生各行，皆因挣不上饭吃咧，才改吃反喜，前二年任秀很是拉扯着他吃碗饱饭，如今他戒了赌，他也混不整咧。这天恰巧走在任秀门

---

① 嚼嚼：絮叨。
② 笔单：旧时指供展销的书画等作品。
③ 书启：旧时官府里专管信件文书事务的人。
④ 束脩：给教师的报酬。

前，恍惚惚的记得他从前学报子是那们四个字来着，如今硬说改了良，究竟我要兜兜底儿，信手把新帖的学报子从上往下一撕，没想到头一个字粘得很结实，第二个“正”字儿没刷上糨子，又被雨水一淋软咧，故此一撕，就掉下来了，偏偏露出底下的一个“汉”字儿。这人一瞧，无心中有了讲义，一吐舌头儿，连忙飞跑而去。任秀每天还是不出街门儿，好像锁在家里似的，也没看见。

但说本村有一位新从外省发财回家来的人，到家之后，打算请位先生，不知那位高明，听说任秀是优等秀才，必然有什么特别的教授法。这天撰择黄道吉日，恭恭敬敬的预备好执敬束脩，叫孩子挟着书包，举着一股高香，直奔任秀才家门而来。到了门口儿，自然要先看一看学报子喽，谁想抬头看见这四个字，吓得吐舌摇头，说：“呀，原来新秀才也有这样程度，我不敢领教！”拉着孩子往回飞跑。可不知任秀这学堂是否能够成立的起来。

（十二续） *1919* 年 *7* 月 *6* 日

且说任秀的学报子被淘气儿一开玩笑，好几天没上学生。这天任秀上街买菜回头，才看见这学报子，赶紧连撕带扯全都弄净，进到房中，十分生气。任大奶奶看着纳闷儿，一问少爷。任秀说：“孩儿这碗学界饭是吃不成的了！”任大奶奶说：“想必你是不懂教育规则，人家才将你勒令解散了吧！”任秀说：“是他们把持的厉害，故意设法陷害孩儿！”于是把这件事一学说。任大奶奶说：“既然如是，从此你就不必再贴报子了，在家教个私塾，做为专馆外附，或有人家请，自然就行咧！”任秀说：“只怕没人请！”任大奶奶说：“你不会托托本村的老街坊给吹嘘着点儿吗？”任秀点头。

到了次日，一托亲友，说明自己在家设帐教读，求大家给张罗学生。大家答应下，对有小孩儿的人家一说，都说：“就是那个新秀才任秀哇，统共不到二十岁，听说他夙日好赌钱，跟他念不成书，能把赌学卒了业，乘早儿别送去才好！”内中有的说：“前些天我走在他家门口儿，见他贴的报子特别，还以为他打着秀才的门面改吃水饭①了呢（这两天儿可正应时）。”原文说“而人终以其荡无检束，咸诮薄之”。这点儿书，并非我好说废话，皆因早先求学寻师不能只讲学术，必以道德品行为重，还得上了年岁的老前辈方能当先生。山左齐鲁之邦，出孔圣人的地方儿，尤其讲究这一层，故尔人咸薄之。不像如今新教习，从卒业之后就出来当教习。问年岁二十上下，不用说入过专门大学，除所读过教科书之外，别的书从没看过。正在嗜好无定的时候儿，自然看见什么爱什么，每逢星期六末堂，换好衣服上堂，只要一振铃，立刻出门坐上车，飞跑到八大胡同儿报效

① 水饭：这里借水饭指水钱，即抽头。

去。这是在中小学，还好些儿，若在中学大学，更可笑咧。教习不是去嫖吗，敢则学生们也是当仁不让，师徒二人并走一条道路，令人好笑哇，哈哈好笑（又泛上戏瘾咧）。这些情形是在下耳闻目睹的，并非诮薄学界。请质诸教育家悉心调察，便知我不是故意斗哏咧。

闲话少说，还得说任秀，一幌儿又过了几个月，还是没谋上个营业。恰巧这年棉花贱，任大奶奶在家连夜纺线织布，卖出去很得利，母子的嚼用全仗一人手头儿的力量，就劝着任秀好生念书，不必管日用。任秀是个孝子，看着母亲这样操劳，心中十分不安，有心仍继父业，苦于真没学过，况且也没赀本，急得终日愁眉不展。

这天来了位乡亲，此人姓张，排行在三（可不是张广泰①），从幼年久在京都做有栏柜②的买卖，同任建之拉拢着说是亲戚，是姑舅两姨亲家的一位表兄弟，比任爷小两岁。二位从小儿投缘对劲，后来一个出外贩货，一个在京坐庄，彼此可就不能长相聚首咧。春天回到家中，到秋天又要上京去做买卖。临行之时，来看看任大嫂子同任秀侄子，就算辞行，一进门儿见任秀咳声叹气的，只当他有什么心事，一追问原因，任秀这才陡然而富。

（十三续）1919年7月7日

且说这位张三掌柜的从前在北京皮货店里当伙计，后来一年比一年挣钱多，搭上伙计，开了一座皮货庄，包做成衣，早晨也赶大市，贩卖绸缎估衣。同任建之是亲戚，又算联行的商友，每年任爷到京，张三掌柜的也必请吃个饭、听天戏。这二年没见，及至回到山东，才晓得建之做了古咧，自然有一番叹惜。已然出了殡，无非打些钱纸到坟上哭了一场。又看着任秀颇有起色。在家住了半年，这天又想上京做买卖，到任家看看表嫂、表侄做为辞行。一进门儿，见任大奶奶一个人唱上《纺棉花》咧，任秀拿着本《四书》背“朱注儿”哪。见面之后，彼此自有一番寒暄，任大奶奶张罗烧茶做饭。拿出几个钱，叫任秀打些酒来，一面喝着，谈起话儿来。

说到时局如何艰难，财政怎样的困难，大政客再闹意见，恐怕亡国之祸就在目前（这是张三同任秀说的吗？我们做报的口头禅）。既是亲戚，自然不必隐瞒，因话提话，任秀说到自己立不上学馆的话来。张三一听，说：“嘁，老贤侄，我看你书儿虽然念的不糙，但是教馆这件事也是物离乡贵的买卖。你看咱山东家的秀才，多是进京谋馆的，一则束脩论月是银庄，二来供馔下榻，还赚个好吃喝儿哪。北京城请先生还是专做情山东

① 张广泰：《永庆升平》中的人物。
② 栏柜：商店的柜台。

人，都说山东出圣人的地场儿，其实孔老圣人，多早晚见过八股儿文章、五言八韵试帖呢！”任秀说：“表叔你老人家就别刨咧。侄儿出了一荡外，却也看出谋生之道是换个地方儿容易些。北京是人文荟萃，富足的地方，若说谋个馆，一定比咱家容易喽。只是一则，侄儿年轻，家中人口少，撇下母亲，未免于孝道有亏，故此不敢远游。再说进京得用盘费，到了北京，不能当时就有馆，住在店里或会馆中，耗费多少钱哪，所以并没敢对我母亲提到这层。”张三掌柜的听到这儿，哈哈一笑，说：“老贤侄，我既然说出来，我就有个办法呀。咱这把儿头不是外人，是我的二大舅子，可以不要你的钱。至于你一个人的饭店钱，用不了两吊老钱，再加船钱，更抡不着多少啊！我既出主意，就是我个人儿的事儿。只要你母亲肯放你走，你就赶紧打点行李就是咧！”

此时任大奶奶在傍听见，也就答了言儿咧，说：“既是你三叔要带你进京谋馆去，自然很好喽。为娘的很是放心，只是到了北京，若是有馆更好，倘若无馆，你也可以学做买卖，也算继续父业。没别得说的，三弟，你就多操心吧！”张三爷说：“大嫂子，提不到客套的话，咱是老亲戚。这件事咱这们活说着，到京之后，暂住在我的柜上，有他的饭吃。一面托人找馆，如果找着更好，如果没有，悦意在我们柜上学买卖，给写写账，他不是也不算白吃吗！”任大奶奶说：“三叔看着办就是啦！”一会儿酒足饭饱，张三告辞回家，定明过三天在家中等候任秀。任大奶奶给少爷打点行李，又把零碎攒的几串制钱给他带在身傍做为路费。第三日，任秀拜别母亲，跟表叔要进北京。

（十四续）*1919年7月8日*

且说任秀把行李备齐，任大奶奶把积攒的几串制钱给了任秀，所为自己添补着花，又叮咛嘱咐许多话，无非“少吃酒，别要钱，好好儿的读书，诸事留心”的话。任秀一一答应，拜别母亲，直奔张三表叔家而来。到了那里，把儿头同着许多上京的京官儿①都在那儿等着呢。任秀先给三叔行礼。张三爷指着把儿头说：“给你见见，这是你二舅！”任秀赶紧做揖，说：“有了二舅，沿路上可就有照应哩！”张三爷又指着大家说：“这都是你叔叔、大爷！”任秀冲定大众做了个罗圈儿揖，说：“叔叔、大爷有礼！”大家一听，说：“这到不错，一荡北京没到，先唱上《鸿鸾禧》咧！”等大家到齐，就由二舅先替大家把行李发到码头店里，然后大众起身。彼时可不讲坐车雇脚，都是搭伴儿走着，晓行夜宿，也别管是几十天，都得如此。

这天到了河边儿，搭上船只，顺水路行走。书说简捷，到了临清州地面，恰赶上进口的船，多而且多。凡是货船到税关上报税，卡员总得验完行李方才放行。任秀搭的这

---

① 京官儿：本指在京做官者，这里泛指进京谋事者。

个船是后到的，客货又都杂项，当天晚咧，赶不及上务了，只好在远远的泊住船，抛锚系缆。贩货的客人，自然得照料各人的货物。张三爷随身也带些鲁山茧绸，自己也得照应看着枕头（那位说，怎么看枕头呀？早先偷运茧绸多装在枕头里）。把儿头二舅得照应一切的客人。唯独任秀是一点夹带藏掖没有，只有一分被套，铺在舱板上一坐，看着大家忙合的很热闹。往眼前一瞧，多是整纲的盐船，全都立着大桅杆，天色傍晚的时候儿，已都落了篷①帆，还有掌上灯火的。再往海面上一看，更有后来的船只，各河汉子中另有许多小渔舟，也有来来往往赶着打鱼的，也有拢了岸晾着网的。舱中隐隐冒出炊烟，正是做夜饭的时候儿。任秀回思旧景，自己这次上北京，比着上次赴陕西寻觅父亲灵柩的时候儿总算清闲多咧。再说同行的伙伴也有忙着下船购买食物的、打酒喝的，内中还有荒唐鬼儿，约会着上岸冶游胡跑去的。任秀虽非少年老成，皆因手里没钱，自是不敢混闹，又没人同自己说话儿，只得把铺盖从被褥中取出来，找条帚扫了扫，铺在舱板上和衣而卧，想闹个一睡解千愁。

方才一闭眼睛，就听邻船上吵嚷之声，不是这个船挤了那只船咧，就是谁又挡住去路，驶不出港咧。任秀心说，俗语儿说船多不碍港，这句话敢则不然，究竟挤的慌。再说本船上的人上来下去，跳得船板乱颤，摇得自己头晕，不到十分困极了，万不能睡。只好从新坐起身来，往后面一靠，闭目合睛坐着养神，虽然睡不香酣，比躺在大摇车儿里折饼②却强的多。此时忽然起了一阵小风儿，吹得岸边芦苇乱响，流水的声音越发大咧，好在这船泊在当中，尚不至十分摇摆。又待了约有一个多时辰，各船上人已多安歇，本船的人也多睡卧了，任秀还是睡不着。正在这个功夫，听隔船有骨头碰瓷的声音，大概是搂骰子赌钱。

（十五续）1919年7月9日

昨朝话表任秀听见隔船之上是掷骰子的声音，入耳好听，不由越发的睡不着了，一骨碌身子坐将起来，侧耳留神越听的真咧，还听影影绰绰有笑语声音，可听不明白说的是什么，心中连猜带揣度，必是叫么呢。又听说的是：“赶呀，赶呀！满搂哇！搂足了，好上租界里忍着去呀（这是任秀听见的吗？我想起前清大老来咧）！”若是任秀不好赌钱，只嫌吵的难过，决不关心。上文书说过，任秀是钻头觅缝儿③的好耍，这如今投其所好，焉有不爱听的。心说即便不耍，到底看看他们是什么注，也解闷儿呀，可惜不知在那个船上，倘或有熟人儿，那不跟个注，凑个酒钱儿也好哇。想到其间，抬头往内外舱瞧了

① “篷”，原文作“蓬”，据语义改。
② 折饼：意为不能安睡，在床上翻来覆去。
③ 钻头觅缝儿：谓寻找一切可乘之机。

瞧，本船上的有打鼾声的，也有说话儿的，好像人不甚全。自己心说，常听人说这路临时的赌局是专赌现钱，谁也不用谁引荐入局，只有现梢就许下注，我不免拿上一串制钱凑了过去，如果有同船的，那更好咧；即或没熟人儿，只要人家让我入局，我就搂他几下子，那不沾光儿就回来呢，即便赢不了多少，过过瘾解解闷，岂不强似在船上苦翻腾呀。

打好主意，一伸手从被套之中抽出一串制钱来，自言自语的说："咱们给他个多带时运少带梢，只要手指头冲，就许赢个十串八串的！"提溜着钱，站起身形，方要迈步，恰巧二舅一翻身。自己一想，嗳呀，不可，我临出门的时节，母亲怎么样儿的嘱咐我来着，说少喝酒，别耍钱；况且我在母亲面前是赌过誓的，倘或违背誓词，也许老天爷睁眼按我的脑袋，不然为什么单单儿的二舅会醒了呢（比妹丈反对差的多），别管人家是赶老羊，是吊猴儿，人家干人家的，我睡我的觉。想到其间，把钱从新装入被套之中，把钮扣儿解开，脱了鞋，复又坐在舱板之上，说："我睡呀，谁要不睡，他是个花驴儿贾亮①他们的乡亲！"咕咚往舱板上一躺，把大襟往头上一蒙，使劲一闭眼，心想必然睡着啦。谁想一蒙脑袋，闹的十分难过。此时同舱的又进来两个人，说说笑笑。任秀被这一吵，又睡不着咧，心是突突的乱跳，再听二舅，是咬牙、放屁、说梦话，又巴答嘴，又哼哼。任秀又复坐起来，说："我别受这云南罪咧，还是穿起来坐着吧！"于是把钮扣儿重新扣好，提上鞋子，再侧耳一听，骰子的声音紧的多咧，可听不见有人说话吵嚷咧。自己一想，我还是过去瞧瞧去，那不别下注呢。又想不行，同人家不定认识不认识，倘或上到人家船上，问我做什么的，只好说要碰碰彩气儿，凑巴会子，还像句人话，还是得带上钱的为是。想着把钱又从被套掏将出来，往肩头上一抗，起身出到舱门。驶船的水手说："客人，要解手儿吗？可留神船板滑！"任秀经水手一说，自己说："我正要解手儿。"于是转到舱后溺了泡尿，回舱又要睡，还是心痒难熬，一跺脚又出舱，拿上钱，顺骰子声音寻到邻船。隔窗看见，原来并没多人，只是二人对局。

（十六续）*1919年7月10日*

且说任秀手中提溜着一串制钱下了搭板，侧耳顺骰子的声音往前寻找，一会儿走到。原来是一只小河泊船儿泊在岸傍，中舱开着船窗，点着蜡灯，有两个人靠窗坐着掷骰子呢。任秀一脚跨上船去，后舱的船主、水手们也没人问，信步进了舱门，往桌子上一瞧，虽是两个人对赌，桌子上的现钱可真不少，也有整串的，也有散着的。

这两个人见任秀进来，连忙站起身形，说："客人请坐！"那一个手中抓起骰子，说：

① 贾亮：《彭公案》中的人物，绰号花驴儿。

“我这注满搂!”说完往盆中一放，原来掷了一个顺，彼此哈哈大笑。二人掷完这骰儿，才问说：“客人来到船上，莫非也喜爱这种玩艺儿吗?”任秀看见靠舱门有一个小木几儿，先把自己这串钱放下，冲着二人抱拳拱手说：“长夜无聊，客中寂寞，隔船听相思豆儿的声音，很是耳馋，故尔寻声而来，怎么你们就是二位吗?俗语儿说，一人不吃酒，二人不耍钱，净掷这路来回盆儿有什么意思呀?”上首坐的这人说：“方才有好几位凑着玩儿来着。此时夜深，有输净梢的，有回船睡觉去的，只剩我们两个人，打算凑到多早晚开船才散呢。客人既问，莫非你也会掷骰子吗?”任秀说：“要讲赌钱的玩艺儿，我可敢说有个普通学。第一是铜宝木宝，说纸牌是十湖、梭湖、拉岔、开赏、斗对儿、打老词，说骨牌是顶由吾、拉大车、吃醋、别棍、挤黄儿、清天九、浑天九、推牌九。麻雀、打扑克这两样儿虽然听说过，没处找去。这些玩艺儿，我都没瘾，唯独骰子是痛快玩艺儿。一个骰子，猜点儿；两个骰子，掷对儿；三个骰子，吊猴儿、摇摊；四个骰子，抓会；六个骰子，赶老羊。你说那样儿，我都会耍（那位说，这是任秀吗?我想起前些年黑灯的《闹江州》来咧，如今老梆子不兴时，没地方儿听去了，我一泛戏瘾，顺笔全抄上啦)!”任秀不会这套词儿，只好说听二人问说会掷骰子，连忙回答说：“这路玩艺儿是最有趣儿的，只是一样，咱们是小解闷儿，可别胡抡海抡。你们二位怎么掷，我听听，陪的起陪不起!”

这二人一听，说：“我们两个人是随意赌，可是现梢下注，不打不折，钱净了再取去。既没筹码儿，又没笸箩儿，更不用讲什么下炕充账，他不这是船板上吗?”任秀一听，说：“那们我先下三百钱的注，掷两骰儿，瞧瞧骰花儿。实对二位说，我们船上是耍骰子么，没有（要唱《双摇会》)，不然也就早凑上咧!”说着把钱串儿解开，把注下好，三个人这就掷起活儿来。真是撒手不由人儿，任秀一掷是四五六，别人一掷么二三，下首坐的这个人一会儿把现钱输净。任秀低头一瞧，自己一家儿赢，自言自语的说：“瞧这骰花儿，就瞧出我们小人儿的良心来咧!”方要商议是换对盆儿掷呀，是散局，就见输光的这个人说：“我这一阵手头儿怎么这们背呀，我非捞捞不可！你们歇歇儿，等我换现钱去!”说着话，进了内舱，功夫不大，挟出一个老元宝来，到后舱去换现钱。

（十七续） *1919* 年 *7* 月 *11* 日

且说任秀看见这位拿出一个老元宝、老亲人来（您听这个贫)，登时是又爱又怕（好像《双沙河》的大手)，爱的是如果几骰子赢到手里，合上已得的这堆现钱，足够两泡①多咧，倘或连掷几个臭的，真怕连老本拐出去还不够呢，人家说是换现钱，自己还能说

① 泡：量词，堆，摊。

不赌了吗，只好冲上首坐的这位说："这位老先生既换银子去咧，咱们稍歇歇儿好不好？"这人点点头，说声："使得。"任秀把整串的钱往身子四围理了理，散的堆在当中。方才整理完毕，就听笑语声音，说着话儿，走进两个人。一个是同赌的客人，肩头上抗着二三十串制钱，后面的那个人也抗着钱进到舱中，说："唔呀，今天你们这注大的多哩！少时吾可是要多沾光，吃三位喜酒的。怎么方上灯的时候那几位不见面了呢？"换钱的客人说："大家全输跑咧，想不到后来的这位变成赢家！"这人说："赌钱的事是拿不定的，这钱我给你们放在这里哉！"说着放在靠舱门木几之上。换钱的客人把钱放在自己身傍，说："有劳船主，你给挪过来放在一处，下注省得耽延功夫儿！"任秀才晓得，这江苏口音的人是船主。

三个人眼睛全注在骰盆之中，也顾不得谈话问名姓了。只听这换钱的对上首坐的说："小弟有个毛病儿，是越输越加注。这个兄弟他是赢家儿，万不能拦你我捞梢。我想咱们两个人专下注，让他赶咱们，你以为如何？"上首这人说："这也使得！"又对任秀说："并非我们两个不当庄家，皆因见你老是三五百钱的下注，有多小气呀。咱们从此不准打串儿，永久论串下注，你想好不好？"任秀说："这也使得，那们咱们就掷呀！"三个人从新掷起活儿来。这人先是五串一注，掷过两三轮，还是任秀一家儿赢。那人透着急咧，又改为十串一注，十骰不过赢一两骰儿。任秀身边的钱已有一尺多高咧。船主站在舱门口儿，口中连嚷："唔呀，好冲手头子，好痛快的骰子呀！"正说到这儿，听船板一响，从舱外进来一个人，肩头上抗着一个捎马子，进了舱，对船主点点头儿，这二位并没周旋。任秀全副的精神都灌在骰盆之内，又得照应钱，微然看了这人一眼，并非夙识，自然更不便周旋喽。

恰巧人家是十七点儿，自己得十八才赶得上，只差一点儿，心里别提多动心咧（这是任秀吗？夺头彩），反正人家是直加注，好在自己的骰花儿是想什么有什么，净六红一色就掷了好几骰儿（这又是谁呀？我们庄耀臣大哥说的《李珠屏》）。但说后上船的这个人叉腰儿在当中一站，看见骰子正转的欢，他高声的帮着叫起点儿来，只要任秀掷的是一叫就出来，那二位掷的永久是得算底才是哪，不然好容易叫对咧，把傍边儿的六给碰成么，一面瞧，一面说："实在这骰子可出的邪行呀！我看着眼馋，有心要替二位挡挡赢家儿，不知可容我入局不肯？"任秀一听，冲定此人有语开言，说："是要要钱，得照现梢。"

（十八续） *1919* 年 *7* 月 *12* 日

且说后上船的这个人对任秀说："我看着眼馋，打算同三位一块儿凑巴会子，不知你们肯容外人入局不肯？"任秀说："在下也是从邻船上过来搭局的，这二位是原主人，你老先生只要高兴，我想他们二位必是最乐意的。只是一件，咱们可得稿在头里，这不是赌局，彼此凑着玩儿，只用现钱注。你老先生带着现梢没有哇？”这人一听，说：“你说的这叫什么话呀？没带梢，我敢张罗赌吗！”说着把梢码子从肩膀上取下来，从里面掏出两个元宝来，放在桌上，说：“咱们一骰儿一个，你们三位想，痛快不痛快？”任秀不容二人答言儿，连忙摆手，说：“这位先生，你虽然赌得起，我们方才讲的是钱庄，你不如也换了现钱，省得我们赔注的时候儿彼此费话！”

这人一回头，对船主说：“我说船主人，你要能按行情给我兑换了更好，如果不愿意，我把这两锭银子做为暂存在你手里，你拨给我些串现钱，不知你可肯办么？”船主一听，说：“论理说，我们驾船的可没吃过蜡行。皆因吾这船是专载做小买卖的商贩，他们每天都愿把现钱存放在我的船上，随便支银子，再贩货去，故尔我存的现钱不少。但只一件，这银钱兑换是照例应剩一分底子的，你如果要愿换钱，这不是两锭么，咱们按大规矩说，只算五十两一个。并非我压你的平头，皆因这整宝实不如零锭儿松江好使。”这人一听，说：“你说一百两就一百两，不知应合多少钱？”船主绉绉眉头，说：“吾们白天在镇市上买的松江，是一吊零一百老净钱一两，你这银子，咱们也不用细核计，吾给你盘出一百吊老钱，做为两清，你想怎么样？”这人说：“不是还应有一百个，一百钱哪吗（要讨屁钱）？”船主说：“咦，我的老客，你是怎么咧？不是我方才对你说明要沾光一分底子么？如果明天落到五几折，我们还许赔关了张了咧（这是船主吗？小蜡铺儿的蜡主受了中交票伤，急得说疯话哪）！”任秀同那二位说：“你要再磨烦这些个，我们可就不等你咧！”这人说：“驾掌，随你算去就是了，你可快给我运现钱来！”船主说：“你这不痛快了吗！少时你只要多赢些注，岂不比争这些强的多么！”说着话，托起两锭元宝出舱而去。

功夫不大，带着两个人，每人肩头上抗着整串的现钱，船主一手提着五串，先把这十串放在这人的面前，说：“你可要点明白了，这是十串。”说着又从这二人肩头上五串、五串的往下取，嘴说着“十五、二十”的数儿。一会儿把钱都放在此人面前，说：“你看这是头路原串净，不是本地钱，管保通行的。吾们的伙计又都过了手的，决计不短底子，亦没有转过龙①的，你们四位请掷吧！还有一节，今天这赌局是吾船上头一次豪赌，少时吾们的头儿②可要从丰的！”任秀说：“赌钱不能苦你的局家儿，你只管放心，别耽延着我们的彩兴儿咧（我也少叫瞧书的懊怨吧）！”三位从新下好注，同任秀又掷起活儿来，可不知胜负如何③。

---

① 转过龙：转过手。

② 头儿：抽头儿。

③ “可不知胜负如何”，原文作“可不胜负如何”，据语义改。

（十九续） 1919年7月14日

这两天的书净说得是任秀掷骰子，在诸位一想，必以为我是螃蟹拿顶——要家子喽。实不相瞒，我是冒充童二，可不与二奶奶脚后跟①相干，朦事大吉。在下生性不爱赌钱，从小儿走在街上，看见有十点儿三会的骰盆子，我真能不走这条胡同儿（那也犯不上啊），所以是真说不好。这次既赶上这路段子，又不能不说，说的一个不对，诚恐贻讥大雅。今天先把话交待明白了，免得诸位挑眼。咱们闲话少叙，即刻说书。这不是把话说知了吗，咱们先不便再说掷骰子。

但说张三睡到半夜，被二大舅子的梦话、鼾声吵醒，抬头瞧了瞧，船中的残灯半明半暗，大家睡了个挺香，唯有任秀这分儿铺盖上是空着没人儿，赶紧坐起来，揉着眼睛，说："这孩子他可往那儿克了呢（唱上《黄金台》咧）？莫非是出舱解手儿去咧？他从来不曾出门，一个水面儿上，倘或失脚滑下去，叫我怎对他死去的父亲（那位说，怎么所要唱呀？上文不是说常请任建之听戏吗。况且跑大市，离精忠庙不远，时常听蹭儿，所以张三掌柜的戏瘾不小），我得出去望望他去（又想起乡谈来咧）！"打定主意，这才现找皂鞋，脱落着没提上，就听隔船之上有掷骰子的声音，心中一机灵，自言自语的说："嘁，可了不得咧。介孩子，他似旧病复发咧！从前听人说过，介孩子书儿念的不糙，就是好耍钱。倘或他输急了，充不起人家的账，一头碰在河里，叫我怎对他在家的母亲。俺是事不宜迟，得赶快的把他叫回来。若是输个三千两吊的，我也得替他充上。年轻轻儿的，头一荡上北京城，还能让他栽跟头擦脸吗？"于是站起身来，出离舱门，听听水手们都睡得正香呢。满天星斗，约莫也就在三更多天，不到四更天。

顺着骰子的声音一找，离本船隔着不远，也不必招呼船主，下了跳板，顺岸往东行走，就见一只船开着舱窗，里面明灯朗烛，四个人围着桌子掷了个挺欢。张三爷一步跨上船，整着就走进舱来（关心吗！俗语儿说是亲三分向就在这些地方儿）。一瞧果然任秀坐在三第位上，四面儿全是现钱，每面约有一尺多高，都是没打串儿的，里面散的堆着也不少。任秀见张三叔上来，自己微然脸一红，说："表叔，你老人家也掷两注哇，我可站不起来咧！你老人家望一望，这全是咱赢的！"张三一瞧，心说："嘁，没想到，介孩子真有个赌运儿，少半夜的功夫，怎么赢这些个呢！"想到其间，自然不便再拦他咧，说："我看你被钱围的都动掸不得咧，我先替你往咱船上运些串去，你看好不好？"任秀说："表叔肯其帮忙，那我是求之不得的喽！只是你老人家上了几岁年纪，登舟过渡，侄儿么，有些放心不下！"张三说："呀，侄男说那里话来，为叔父的虽然年迈，身体到也

---

① 二奶奶脚后跟：指歇后语"董二奶奶的脚后跟——多知多懂"。

康健。往自己家中抗钱么，我是不嫌受累的呀，哈哈，啊，哈哈，哈哈（那位说，怎么又犯戏迷呀？任秀勾上的瘾）！”说着话，抗上五六串出舱下船而去。

（二十续）1919年7月16日

七月十二号是恢复共和纪念日，我们同人借着光歇了一天的工，这得说实享共和幸福喽！我们这路手艺工人，只要掌柜的放工，谁肯在馆中白闲着，自然要各处溜达着逛逛。所以我吃完早饭，先跑到十刹海荷花市场，看了看尚未上人；我就进地安门，跑到东安市场逛了会子，仍然是很清净；从新打道往北，奔了东四牌楼，履顺齐化门大街出城，看看菱角坑，人家的玩艺儿尚未开通儿；我又往东，上了一荡东岳庙，原来平常的初一、十五香火也稀少咧，没的可瞧；这才一直的往西，到了鸾桥，搭坐杂船，到了东便门儿一瞧，天不过刚交一点钟；又想起不如闹荡二闸，于是登岸过桥上船，好容易等齐座位，开船到了二闸，也没敢喝茶，下船绕了个湾儿，又赶回头船，依旧奔东便门下船；进城一直往西，到了正阳门一瞧，天色尚早；顺道往南，直奔天桥，在各玩艺场子招了会子说（白听不给钱吗）；又出了荡永定门，围着各茶馆儿打了会子巡儿，从新进城；顺坛墙到了水心亭，围着濠沟转了个周遭儿，好像替沟帮队查工的一样；绕到西北，虽然听着耳馋，到底没肯进去（没钱买票吗）；于是又往西而行，到了城南游艺场，打算找个熟人儿寻张免票，细一打听，敢则人家一律取消咧；既然进不去，您想我还能在北门外头守望吗（巡警也得准站着呀），一堵气子往北，想到新明大戏院闹出蹭戏，到了门口儿一听，锣鼓声音没有，一猜必是停演，这才转到该院后面，调查了一番二里沟（即平康、兴华二里）；又循路西行，到了五层楼房正东，隔墙听锣鼓齐鸣，丝弦迭奏，很是不错，无如古人云“我闻其声，不见其人”，也是毫无趣味；只好顺南面转到西南角，看着八埠名花①下胶皮②，又被尽职的警士给驱逐开咧；我又一想，我们本馆杨先生也曾说过大火塔，人家孩子们是招徕生意，我犯不上当这路许状元③哪，一堵气子，取路东北，进粮食店南口，过云居寺、湿井、干井、施家、蔡家、王皮、齐家各胡同口儿，到了中和园，挤进去一瞧，是男班，也没看明是那一出，又挤出来；顺大棚栏往西，到三庆园一瞧，也没响动儿；只好跑到广德楼，刚到门口儿，人家已然散了戏，只好回馆吃晚饭去啵。到了本馆，沏茶打脸水，馆中同人多是回家或没回来的，好在肚中尚然不饿，只好等到齐再跟着开饭吧。饭罢细一盘算，除去坐船花了几枚铜圆，而且混了个肚儿圆，连一文茶钱没花。皆因除暑汤茶水之外，各井都是我临时茶馆，走到冰窖更得饱餐一顿

---

① 八埠名花：旧时北京八大胡同的妓女。

② 胶皮：洋车。

③ 许状元：京剧《祭塔》中的人物。

喽。吃完晚饭，这就张罗安寝。谁想睡到半夜，我可就跑开肚咧！十三号应发的稿子，好在已然写出。到了前天，还是写不了字，故此昨天我又歇了一天工。今天把我享共和幸福的乐境叙明，跟着好开书。又一瞧，原来写至此已满一版。您要爱瞧任秀掷骰子的故事儿，咱们是明天再说。

（二十一续） *1919* 年 *7* 月 *17* 日

昨天一句书没说，居然也是一版，字没少写，话没少说，其实比说《聊斋》不省事。那位说，你为什么舍不得说书呢？皆因做报总求有益于社会，带些惩劝方合宗旨。鄙人昨天所说的，我是心里那们想，并没敢亲身实验。好几天没出门还跑肚呢，如果真按所说的那样瞎跑，相许霍乱在永定门外头，闹个无名男子。我因什么说是劝人呢？您不信每逢节年，五行八作的工人学徒们真能赶档子跑着苦逛。若在端阳节，真有受病的，故此我昨天借本报歇工给大家提个醒儿，要知游逛是为遣兴，自己可也得顾性命要紧。

闲话靠后，且说张三掌柜的下船走后，船上这三个人一瞧，人家孩子有了接手啦，把真钱嘀咕走咧，连忙说："咱们可得多加注掷呀！"任秀只好奉陪。暂且言讲不着这船上的四人，再说张三抗着钱上了自己船上的跳板，究竟上了些年岁，脚底下一颤，连忙一扶舱门，船自然一摇撼，惊动水手，说："那位这们莽撞呀？深更半夜的这可不是玩儿的！"张三说："我下船找俺表侄去咧！"说着进了舱，把几串制钱往任秀铺盖上一放，咕咚一声。把儿头是久惯江湖的人，别听睡的挺沉，一有动静儿就醒，听见响动儿，一骨碌身子坐将起来，揉揉眼睛一瞧，说："喊，老亲戚，这样三更半夜，你放着觉儿不睡（又是《双摇会》），你跑在那儿抗来的这些现钱？"张三一听，就把不放心任秀的话从头至尾一学说。把儿头一听，说："喊，介个事儿险的很哪！水旱马头上多有这路吃喜儿①的，咱们事不宜迟，得把梢给运过来，不然早晚还得被他们算计了去！"张三一听，忙说："有理，那们咱何妨把咱家同来的一齐唤醒，大约每人抗个七八串也就净咧！"把儿头说："这也使得，那们□给你们看作儿，你带他们过去就似咧！"

张三平日和气，同众人对劲儿，此时也有睡够了的。把儿头把睡着的几个拍醒，大家坐将起来一听，任秀赢了钱，往船上抗，谁都乐意（亲不亲故乡人吗）。把自己行李托嘱把儿头照管着，说："张三掌柜的，咱们走哇！"张三说："你们先别发急，我想起一件事来，他还有一大堆散钱呢。我拿一条小口袋儿，带上几根钱串子，能串上拿来更好，如果赶不及，往口袋一装，也就运过来咧！"大家都说："有理呀有理！"张三把装干粮的小口袋儿同麻绳儿拿好，笑嘻嘻的在前引路，一会儿到了这船上。张三说："我怕你发

---

① 喜儿：对赌博中冤大头的称呼。

急，把咱船上的人又烦来几位，好往回运钱！”任秀说：“有劳诸位乡邻，你们尽力的抗吧！”大家七手八脚，各抗七八串，抗齐了对张三说：“你看净剩散的咧，你慢慢儿的串着，少时用人，我们再来！”张三说：“你们几位听招呼儿吧！”大家答应着笑嘻嘻的出舱。此时任秀同三人还是照旧掷着。张三抓钱上串儿，可顾不得细数，一会儿串成十几串，下剩的不到一千文咧。正在这个当口儿，就听那三人说：“嗳呀，我们的现钱已净，有件事情要同你相商！”

（二十二续） *1919年7月18日*

且说张三掌柜的正然穿钱，就听上首坐的这个人对那两个人说：“今天这骰子实在邪行，你瞧咱三个人的现梢全叫一家儿络赢净咧。那不有一两个捞回原本儿来的呢，也转转脸儿呀！”下首的那个人说：“谁说不是的呢！据我想，这路赌现钱的耍儿，不过瞎起哄解闷儿。要讲真耍钱，还是银庄痛快！”说完便冲着任秀说：“我说咱们改赌现银子，你想好不好？”任秀心里一掂①夺，自己从家中出来的时候儿连一两银子没有，此时改做赌银子，既不能上市，又不能到银店钱庄公平交易去，只好由性儿让船主宰脖子啵。俗语儿说车船店脚牙，无事就喝茶（好张罗买卖呀），七折八扣，明吃一成亏，亏平减色，又吃一成亏，库亏剪伤，又差几分（那是旗籍的月饷，任秀不懂这件事）。我好好儿的现钱这一倒腾，即便赢个十两八两的，还补不足我的伤耗。况且耍钱的这件事我是知道的，一换庄换手，就许倒出去，若莫这钱我不是赢净了吗，抓这个落子一散，他们没钱，也就不能再挤我咧。这是任秀的心理。

再说张三掌柜的听人家要同表侄赌银子，怕他年轻的人儿贪得无厌，再从船上又往外抗钱，就不吉祥咧，也要劝他得好儿就收才好，无如不好明说，只好递个眼色，用手指头比做大圈儿的样式。任秀看了一眼，心中已然编就词儿，站起身来，冲着三个人说：“你们三位愿意赌银子，我要有银子自然是奉陪的喽！俗说金赌金还，银赌银还。实不相瞒，小弟本是个小本经营，从家中带些银子出门，已然都置办货物，付给船价用尽了，只剩些串零钱做为零花的，比不得三位行装富足。你们三位如果高兴赌银庄，三位请便，小弟我可就歇歇儿咧！”张三一听，正合自己的心眼儿，跟着也就答了言儿咧，说：“介话不错，咱船上的客人都归着行李预备开船呢，皆因我看你是个赢家儿，又在热局难散的劲节儿上，不好搅局。既是注净咧，你看天也快发晓咧，不如我们先回船。你们三位随便赌着，咱们闹个后会有期。倘若明天再遇缘，彼此再局不是一样吗！”

任秀听表叔答腔儿，也很喜欢，说：“表叔说的是，你老人家不必穿这钱咧！咱把船

---

① “掂”，原文作“惦”，据语义改。

主请过来，问问应开发多少抽头儿钱，开发完毕，剩多剩少往小口袋儿里一装，累恳表叔给抗回去吧（怪不得方才比钱样子呢，八成儿张三抗小口袋儿的事任秀托底）。”张三说：“老侄子，你说的对，我替你请船主去！”说着站起来。方才要出舱，见船主由外面进来，笑嘻嘻的说：“唔呀，四位客官赌的正欢，为什么骰子住了这许久的功夫呢？”任秀尚未答言儿，就听这三个人一齐说：“驾掌有所不知，我们的现梢全被这位小客儿赢净咧。我们同他商量赌银庄，他不愿意，抓这落子张罗散局，我们正磋商这件事呢。驾掌来得正好，就求你再替我们兑换几锭现钱，我们好做本儿捞梢！”

（二十三续）1919年7月17日

且说三个掷骰子的因为任秀不赌银子要借端散局，心中十分急躁。恰巧船主进舱，所以要求他给换现钱。这船主一听，紧绉眉头，说：“唔呀，这件事可有些难办。方才我船上的现钱是换给这位先生咧，那里还有许多现钱。如其不然，吾把方才换下的两大锭元宝，照旧兑换给你□赢家儿吧。吾么，只取你半分底子，你想好不好？”任秀一听，哈哈大笑，说：“驾掌，我若肯换，早折合给他们三位了，还能让你白赚一分儿钱去吗！实对你说，在下皆因急于回船睡觉去，故此将现钱已都运走，只剩这些，是后几盆儿赢的。你算算我应出多少头儿，听你一句话，开发完了，我好告辞！”船主一听，心说年轻轻的人儿真有杀手，俗语儿说，赌奸不赌赖，这孩子真奸得过儿。正想到这里，又听任秀对三位同局的说：“你们三位听明白驾掌说的咧，他既是没有现钱，我又没银子，并非我要的不局面，咱们只可是改日再聚吧！”

三个人一听，对船主说：“你船上既没有现钱，你在这水面儿上以船为家，一定比我们熟识，你到别的船上给我们转换几两银子，不知可否能行？”船主一听，说：“若说这件事尚勉强办得到，只是一件，方才那两锭银子是吾按白昼行情合的，若到邻船去匀人家的现钱，可怕那个价值人家不肯。你们三位如果看破着些儿，少换几文，吾可以替跑一跑。还有一节，可要预先说明，我白替你三位辛苦，少时我的盆头①亦要从丰些儿。还有船上伙计的酒资亦要多讨的！”这三位说：“只要你找来现钱，我们能捞捞梢，这些小费一概不打算盘！”说着话，上首坐的这人从被套中取出一锭大宝放在桌上，下首也拿出一锭元宝来，后上船的这人一见，也从捎马子里掏出一锭来，都放在桌上，说：“这里共是三大锭，还按照你方才的办法，做为一百五十两，价值由人合去，只要快运现钱来方好！”船主笑嘻嘻的托起一个元宝来，蹲在凳子上仔细观瞧（这是船主吗？毡帽铺的商标，黑猴儿），说：“你们三位只管掷着，我少时就来！”说着把三个元宝挟入后舱，放在

---

① 盆头：抽头。

箱中，这才叫来两个水手，到了邻船上，说是有笔急用现钱的事，请先挪借一步儿，明日五鼓天明，要银有银，要钱有钱（好像要学黄桂香①）。各船上的船主谁都愿意存银子。这个说："我这船上只有三十串。"那个就说："我这儿有二十串，是预备明天买银子的，你明天按市价给充银子就是咧！"船主说："是的，是的，你们请放心吧，决计不能叫你们吃了亏的！"说完派水手把这八十串钱先送回本船，又到别家船上凑来四十几串，都运到船上。三个人一瞧，都喜欢的了不得，齐说："有劳了，多累咧！"

唯有任秀同张三爷有些不悦意，无奈人家又有了现钱，不能说是不赌了，只好重新入局。四家儿轮庄，讲明以十吊一骰子起码儿。这三人呼么喝六的一路大掷，谁知掷了不过三四圈，一百余吊现钱又尽归于任秀之手。

（二十四续） *1919年7月20日*

且说任秀同着这三人仍旧入局，掷了四五圈，新换的一百二十余串钱又都被任秀赢去。耳傍只听邻船有鸣锣的声音，把任秀吓了一跳。方才要问，张三掌柜的早答了言儿咧，说："喊，你们几位听，官船开锣，介是要启锚咧，大概水关已然放行，少时官船过去，各货船就该开咧，咱得赶紧回船咧！"这三个人不能再拦，冲定任秀说："既然我们的钱都输净了，船主的头儿钱、伙计们的酒资，可要你一个人替开发的了！"任秀这些钱本是白得的，登时慨然应允，说："蒙三位相让，小弟愧领了，多谢了，这就不敢当了。哦，哈哈！啊，哈哈哈！"三个人一齐说："被你赢净了，还跟我们打什么哈哈呀！"后上船的这位抗上捎马子，说："我的事忙，要先走一步，晚晌见哪！短张罗（那位说，那儿这们两句谦虚话儿呀？这位是山东馆儿的茶头，输急了，想起行话来咧）！"任秀说："请便吧！"原成局的那两个人也站起身来，把骰子带上，将舱内行李抗上，冲定大家说："咱们再会吧！"说完出舱而去。

船主站在任秀身傍，刚要问头儿钱，任秀机灵，把这后赢的钱留下一百串，下剩约有三十五六串。冲定船主说："小弟在宝船上沾光，多蒙驾长照顾成全，我也不晓应拿多少头儿钱。这三十串我送给船主，这几串零的送给伙计们喝盅酒吧！"船主的本意以为任秀尽多给个三千五吊的，如今一听，他说话开通，不好再争论，并且连兑换所赚的钱约有一个多元宝咧，真是始愿所不及，赶紧笑脸儿迎合，说："唔呀，这位小客官、大相公，你老是好福气，好造化，好冲的手头哉！想是招财童子转世，利市仙官复生。既蒙慨赠，吾么只好拜领了！"说着拱了拱手，把三十多串钱往木几儿上挪了挪。

张三掌柜的见任秀一给就是三十多串的头儿钱，心中很不悦意。心说，喊，介孩子

① 黄桂香：京剧《三世修》中的人物。

敢则是穷大手哇（同我一样毛病）！无如钱是人家赢的，物随主便，不能拦人家开发，干瞧着眼红，对船主说："你介一夜的局总算局着咧！比俺抛家舍业的当一荡京官儿还强呢，称得起发福生财哩！"说完冲着任秀递着眼色儿，说："咱们赶紧回船吧，别叫把儿头你二舅着急！"任秀说："侄男晓得，遵命就是（刚赢些现钱，就闹上戏瘾咧）！"说着把方才赢的一百吊钱往肩头上就抄。张三爷说："老贤侄，你一个人儿可抗不了，我还可以替你抗一半儿！"任秀冒着劲儿，放在肩上六十串。船主在傍说："小客儿，你如果抗不了，只管言语，吾派水手给你送去如何？"任秀说了声："不必劳驾。"已然出了舱门。张三掌柜的把那四十串分抗在肩上，手中提溜上小口袋儿，说："多承驾长美意成全！"说着也出了舱，上了跳板。船主送出舱门，说："老哥慢着些儿吧！"张三说："不送，不送！"往前一看，任秀已到自己的船了，连忙一开跑步追上任秀，爷儿两个上了船。方才张罗要开船，只见船主追了过来，同任秀要他的原钱。

（二十五续）*1919 年 7 月 21 日*

昨朝话表，任秀回到船上，见自己的铺盖上堆着一百多吊现钱，又加上新抗回来的，不足三百吊，也差不了多少，不过后换的是二路、沙板、原串净都有，自己也没功夫细掐，同船的人都替任秀欢喜。正在这个功夫，听跳板一响，从外面喊着进来一人，说："唔呀，方才赢钱的小客官在船上没有？"任秀一听，是方才赌钱时船上的那个船主，连忙迎了出来，说："驾长，什么事，请舱中坐！"船主直勾勾的两只眼睛，进舱一瞧，许多现钱都在铺上堆着，舱中坐着站着的都有，自己只认识张、任二位，先把手放在任秀脊梁上摸了一把。任秀说："你做什么呀？"船主说："吾且问你，你是一人哪，还是一鬼？"任秀说："我明明是一人，怎说是鬼（唱上《红梅阁》咧）？"船主说："吾方才摸了你一把，倒是有骨头（人吗，没骨头），只是吾还不放心，你必须往前走三步，往后退三步，咳嗽一声，张嘴我瞧瞧，有舌头没有？"任秀说："我没功夫跟你唱《阴阳河》，你快说吧，我们还等着开船哪！"

此时张三在傍，气的了不得，说："驾长，你介可就不似啦！要讲水路行程，俺这大侄子虽没走过多少荡，介些个故故由儿①可瞒不了我。你们介些人，都是伙通一气设局聚赌骗财的人，不过是加腥带棒②各使加一。昨夜晚间，俺这侄子背着阖船的人前去赌钱，及至我晓得了，你们同伙的手头儿背，已然被他揍咧！我把钱帮着抗过来，打算让他少赢点，不想两次三番非要秃落③了不死心。后来现钱净咧，你又从中给撮合替找现钱，直

① 故故由儿：花招、花样的意思。
② 加腥带棒：做手脚，哄骗。
③ 秃落：消费完，消耗完。

到又输净咧，那三个吃喜儿的没吃上，反赔了本钱，这才抓落子蹓咧！要讲抽头儿，不过几百老钱的事儿，俺大侄子外行，给了你三十多串，你怎么还不甘心！又赶过船来，什么人咧鬼咧的胡说乱道，你乘早儿给我滚下船去！如其不然，俺先揍你两个嘴巴子，管教管教你！”

船主一听，气得打起蹦儿，说：“呀，好混账，你个抗小口袋儿的，吾找的是赌钱的，你为煞替他挡横？”说着扑了张三去要撞头。把儿头一见他欺负自己的亲戚，而且与本身营业有干系，焉敢怠慢，赶过去一把扯住船主，说：“你可别在俺船上撒野，你不晓得俺们老山东，这一程子为青岛问题在生死存亡的分绩上哪吗（这是《聊斋》任秀的把儿头吗？山东请愿团代表说梦话哪）？”又用手揪住张三，说：“喊，老妹丈，老乡亲，你老了老了的，怎么这们大的气头子呀？有什么事，问明白了，比胡打乱掀毛强。况且他找的是任秀外甥，有什么事，容他说明白啦，到底听听谁是谁非，三个人抬不过个‘理’字儿去！”张三说：“二大舅，你莫怨我发急，你看他上了船，人咧鬼咧的这路胡说，咱出门在外的人，谁不忌讳介句话。况且他是俺劝他上的京，人家孩子是寡母孤儿，就是这们一个儿呀！”二舅说：“你空急会子当不了完事，究竟让他说说问鬼的原故！”瞧书诸位也别发急，内中有段倒笔，咱们是明天接演。

（二十六续）*1919 年 7 月 23 日*

前天的书稍说说船主追到任秀船上索要原钱，究竟是为什么来的，前天并未能细说，今天应该做个倒笔。按照原文上说，是天明“主人视所质二百余金，尽箔灰耳”的那两句。在原文说是箔灰，必是金箔儿的纸元宝，烧化过了的喽，无如分两、颜色差的多，谁也不能看不出来。据在下说，只好说是假银子。这三个人都是久惯吃腥赌的，又带使假银子，一掷现钱的时候，本是棒赌，打算随赌随换，那时候不留神，就使上活儿哩，别名儿叫两个点儿的（可不是庚子后新发明的那个名词），一名吃反喜。恰巧任秀手头儿真硬，一上场是只赢不输，及至要换骰子咧，也不知怎么会把门子弄左咧，越掷不好咧（这就叫迷了门子了吗），这才想法子用假银子往回路抵换现钱。谁想任秀不赌银子，只好兑换给船主，闹到归齐，所有的现钱全属了任秀，怕是天明船主看出来不答应，故尔顾不得细算找零儿，三家儿都蹓场儿下咧。这件事，不但任秀不晓得，连船主也没开窍儿。这是三个耍家儿匆匆下船而去的原故。

至于船主追过来的事，在原文上虽没细说，我也得略替形容形容，诸位您就上眼。且说船主看着任秀与张三都下了船，自己重复进舱，自言自语的说：“唔呀，今天这场赌实在痛快，亦不晓这四家都是做什么的。倘然他们这几个人能常来常往，在吾船上赌钱，吾就永久不开船亦是极妙的咧！即便不给盆头，吾就在这小船上开个兑换银两的生意，亦是发财的好生涯哉！妙哇，咦，妙得紧！”又一想，吾不要这样捣鬼，吾想那小客临行之时说把这几串赏给水手，好在他们不晓得，吾不免把几十文钱零儿取下来，给他们放在这里，下剩的，吾归还邻船，做为没有用着，原钱退还原主。那一家如果一定要现银，这样宝银，吾是舍不得给他们的。只好俟等天明，拿下船去，兑些九八兑的松江，按照市价，核放钱数。如其肯要么，吾亦不至吃亏。如其不肯，吾再换他一锭现钱，给他个原钱奉还，亦说得下理去。况且先换的才合十吊老，后换的连九吊老钱都合不到。可笑这三个输的浑了心，每人应找的都没顾得提，实在是吾合该发财。

想到其间，见前面官船已然开驶了，偏巧这天盐船、粮船布满港中，正好拿上银子，上岸走走。于是把零钱取下来放在桌上，叫过水手，说：“这是赢家儿给的酒资！”水手一瞧，有三四十文，而且人已下船，驾长必然克扣起一半来，不能争竞，绉着眉头子说：“我们操一夜的心，每人分几文钱，未免少些儿。而且我们又帮着抗钱，又帮下船找钱去，没别的，你老得另外看破着点儿才好！”船主说：“今晚咱再算吧！”说着话，把三十几串老钱抗进内舱，把银子取上要下船，这才看出是假银子。再一瞧，一锭真的也没有，故此才追到任秀船上，又受了一肚子窝心气，料想硬要是不行的，这才改用柔软手段，仍想叫任秀替偿邻船。

（二十七续） *1919 年 7 月 24 日*

且说船主自知理屈，又被张三、二大舅一路虎头拍，立刻改变方针，换了一副笑脸，望着任秀说：“这位小客官，你是弗晓哉，吾么，手中并没亲钱，只不过对敷着借渡船生活。昨夜晚间的事，你亦是晓得的，前所换的那些钱都是各客人的，后来兑换的全是我从邻船上摘借来的。如今归还不上人家，吾是一定活不了的喽。吾今一死不至紧要，可怜吾的老婆孩子在家倚门悬望。若是听见此信，妇人家心肠窄，不是投河，便是觅井，不是上吊，就是抹脖子，害吾一条性命，便是害吾全家喽！”说完捂着脸放声大哭。任秀年轻，信以为真，他是果然受了人家的诈骗，又想起当年自己的家务来，有些同病相怜，打算把后来赢的如数奉赠于他，遂信口说了句：“这们说起来，这位驾长，你是真遭了拐骗了。不必哭，咱有话相商！”张三一听，早已急了，说：“你介个船主，好不晓事。任秀，你不用管他，有甚么话，俺合他讲理！”船主听到“任秀”两个字，止住哭声，说：“这位小客官姓任，大号叫任秀？请问贵处是那里人氏？”任秀说：“我是鱼台人！”船主说：“但不知父母是否俱庆？”任秀听到此处，心中一酸，说：“先严任建之出外经商，做了异乡之鬼了。是我亲赴陕西，始将父柩寻回，安葬祖茔。”船主听到这句，把脖颈一缩，登时脑袋上的汗珠子约有黄豆粒大小，说：“呀，原来你就是任建之的少爷么？那就不消再说的了，吾就此告退！”

再说任秀看他听见“任建之”三个字，说是不消再提了，还要跟话追问是怎么认识，见他站起身来，下船而去，心中纳闷儿的了不得。这人没容往外送，慌忙下船走去。任秀转脸对张三说：“我说表叔，你看他是什么缘故呀？”张三说：“想似同你父亲有交情不咧！你在他船上赌了半夜，你莫问问他姓字名谁，何方人氏吗？”任秀说：“侄男疏忽了，此时咱的船既暂不能开，待我下船寻问寻问去！”说着下了船。走了不远，恰巧遇见昨夜抗钱的水手。任秀说：“我且问你，你们船主贵姓呀？”这水手看见是昨天赢钱的那个小客人，说：“贵客你原来不晓得，他是刻薄鬼儿申竹亭吗！”任秀说：“他可是江北人么？”水手点头答应走去。任秀这才明白，是父亲有灵，假手使假银子的得报此仇。于是欢欢喜喜的回船，把这话对张三叔一说，阖船之人没有不说申竹亭这小子是遭了报的。

任秀也不必再追究前事咧，把这钱换成银子，交给张三表叔，在北京又开了一座估衣铺，当年赶上行市好，赙了个对合子利儿。自己有人给荐了一个学馆，任秀受过困苦，一点旷为没有。第二年援例捐了个监生，在北闱①乡试，下了几场，也没中举人。把母亲接上京来，娶了妻室，在京一当这估衣铺的东家掌柜的，一幌儿过了十年，家中置了许多地亩，在鱼台县中是位首户的财主咧。至于申竹亭怎样穷饿而死，原文没有，不必画蛇添足。明天改换目录，我再按日敬献。

① 北闱：明清时对顺天府乡试的通称。

贾 儿

（开篇） 1919年7月25日

说书虽云小道，学时必下深功。生旦净末善形容，不说褒忠贬佞。
夹杂散言闲话，要当语不离宗。信口开河近颠疯，游骥无归诟病。
有时斗哏招笑，动须机趣横生。骂人惹乱祸非轻，更休刺讥朝政。
在下就事论理，行之贤智弗能。质诸前明柳敬亭①，换饭挣钱度命。

几句评书难的流口词儿念毕，余不多表，接连不断还是讲演《聊斋》。您也别管讲演吧、评讲吧，说真的，是变着法子巧取民财，好在不能横征暴敛，也不敢强派苛求。诸位爱瞧，不能立刻涨行市；诸位不瞧，也不能立刻落价，央求您替销报。纸价涨过十元一领，洋元换到三十吊现钱，我们还是卖一枚铜子儿一分，不是别的，一涨价就有本行人从中破坏。好在本报赔累虽大，究竟告白多，还补助的过来，左不是当经理的不好受。论到我们当编辑做小说儿的，是卖胳膊派，说文话是依人做嫁。就如同《群强报》是个要出嫁的大姑娘，我们馆中这些人如同陪送过去的木匠、成衣等，所为帮着安妆的，内中没有丫头婆子，皆因报馆是文明买卖，怕阴人冲，所以是光棍堂儿（一句书没说，先别犯贫）。

上段《任秀》是段孝子寻亲的故事，按原文近于鬼故事。在下变换着说的似鬼非鬼，所为让诸位夸我会改良。其实这些天被病把②我改透咧，说得好赖，诸位多包涵。今天更换目录，说段《贾儿》，是段狐精祟人的故事，也是以人制狐的玩艺儿，也近于孝子的故

① 柳敬亭：明朝末年说书艺人。
② “把”，原文作“被”，据语义改。

事。论起这个贾儿可比任秀难能可贵，诸位不必认为真是狐祟人，您就在这贾儿身上注意，您瞧人家小孩儿这点儿韬略，称得起有智不在年高，无智空活百岁。闲言少叙，咱们这就说书。

且说湖北地方有个坐柜的大掌柜的（古人说行商坐贾，故此与上文任建之不同），原文没名姓，咱就以贾为姓。这位贾掌柜的离乡在外做生意，家中只有一位夫人，跟前有一个少爷，本年十岁。母子娘儿两个使唤着一个做饭的女仆，不愁吃穿，是个小康之家。这位贾大奶奶也在三十上下岁数，丈夫不在家，带着孩子操持这分日子是井井有条。到了南省地方，天气热，地势潮湿，都讲睡床。孩子既大了，不便在一床上挤着，这位小哥儿另住里间屋，贾大奶奶在外屋自睡一床。这天睡到半夜，觉着床上有个男子似的，心中惊异，正在这个功夫，忽然醒来，伸手一摸，挺长的胡子，不高的身量，再听直咳嗽，而且周身气味狐骚。心中明白，一定狐精做祟，这才吓得要喊叫贾儿。

（续昨） *1917 年 7 月 27 日*

且说这位贾大奶奶梦醒之后，见这个小老头儿不像人类，方要喊叫女仆并自己的孩子，还没嚷出来呢，这个小老头儿一骨碌身子爬将起来，身上原穿着衣服，连鞋不用提，摇身一幌，登时间踪迹皆无。贾大奶奶心中害起怕来，赶紧披上衣服，打了个火把灯点着，睁眼往屋门一瞧，原旧插棍未动。于是把衣服穿好，下了地，举着灯细细儿的一照，家中的财帛物件是一点儿没丢，走到靠门，看见靠窗台儿的猫洞儿上布帘儿张开。心说大概□东西是从此走的喽，走窗户不走门，一定不是人类。想到其间，又坐在床榻上，越想越后怕。心说，常听评书上说有一种采花淫贼，不但毁人名节，临行之时还将人杀死，盗取金银财宝，还留下记号，左不是花蝴蝶、采花蜂①之类（贾大奶奶不但评书熟，还听过几出武戏），如今既没加害于我，又没盗取什么，大约不是采花淫贼，一定是妖魔鬼怪幻化人形了。他今天走后，难免不来重回儿，这可怎么好呢？抬头往窗上看了看，已是东方发晓，听远远儿的金鸡唱晓，于是下了床，先把房门开开，上了一荡厕所。

家中雇用的女仆听主母起身开门，自己也就起来开开下房门，问说："大奶奶，做什么今天起的这们早呀？"大奶奶见问，要把这件事告述他，自己有些害口羞，只好说："天气暑热，我又直闹肚子，故此起的甚早（那是我这两天的毛病儿）！"贾大奶奶说："我是急于出恭，故此早起了一会儿！"女仆也不能再问，张罗烧火做水，收拾屋子。

但说贾大奶奶由厕所回来，进到里屋看了看，孩子睡的很香，离上学的时间尚早，

---

① 花蝴蝶、采花蜂：花蝴蝶为《三侠五义》中的采花淫贼花冲；采花蜂为《彭公案》中的采花淫贼尹亮。

不便惊动他。看完出到外屋，把自己的床榻收拾干净。功夫不大，这位少爷也起床出来。大奶奶因他尚未通人事，更不便对他说喽，张罗给他梳头洗脸，好往村塾念书去，梳净完毕，给他拿上点心。这贾儿挟上书包，跳跳蹿蹿上学念书去了。

白昼一天，大奶奶觉着周身酸软，四肢无力，鼻涕、眼泪直流（那位说，八成儿又是你闹烟底子哪？您没猜着，偏是新入黑籍的赶上打吗啡的犯了案，卖龙涎丸的没敢□货支使的），胡乱吃了些儿早饭，头朝里睡了半天儿，直到太阳平西才起床。到了晚晌，索兴连晚饭没吃。女仆以为主母病了呢，问了问大奶奶，只说从昨天夜间心中惊恐，所以不思饮食。一会儿贾儿下学，听说母亲没吃饭①，自己又让了半天，大奶奶被缠不过，陪他吃了半碗饭。一会儿天黑，掌上灯烛，大奶奶告述女仆说："我昨夜惊悸不宁，觉着这屋里很空。今夜晚间，你把铺盖挪到上房，咱们娘儿几个都在一间屋里住宿吧！"女仆是事随主办，说："只要您不嫌我们肮脏，怎么办都可以！"说着话，另在床傍安了一分铺板。收拾完备，又把少爷的铺盖从里屋给挪出来，铺在大奶奶床上。主仆三人安歇睡下，女仆同贾儿放倒头就着。大奶奶翻来覆去，仍然没睡，忽然闻见一阵骚风，原来是狐精复来。

（再续） *1919年7月28日*

且说贾大奶奶因为心虚胆怯，才把女仆、儿子都叫在自己屋中。两个人一个是白昼累了一天，乏乏的咧，躺下就着；一个小孩子正在血气充足，心里没思虑，放倒头便睡了个挺香。大奶奶是恐怕狐精复来，翻腾了会子，尚未睡着，就听窗纸一响，果然昨夜那个小老头儿又进到房中。大奶奶刚要喊叫女仆，心中一阵迷惑，可就失了知觉咧，立刻嘴里喃喃的说起梦话来。

但说这个女仆一觉醒来，听主母又说又笑的，爬起来揉了揉眼睛，见屋中漆黑，灯烛已灭，顾不得打火点灯，大声叫了声："大奶奶，醒醒儿，您八成儿是做梦哪吧？"女仆叫了两声，也觉窗纸一动，好像跑出一个狸猫似的。自己心中也觉胆怯，又喊了两声，才听主母哼哼一声，答了言儿，说："你可看见什么了没有？"女仆把情形略微说说，这才点上灯烛，满屋照了一遍，还是看不出什么踪迹。主仆这一吵嚷，贾儿也从睡梦中醒来，抬头看了看，母亲在床上坐着，问了一声，说："娘呀，您为什么还不睡觉呀？"大奶奶直勾勾的两只眼睛，也不答言儿。女仆就把方才的事对少爷略说了说。贾儿听了，怔了会子，也没说什么。主仆三人坐了会子，见没什么动静，这才复又躺下，一夜无词。

次日天明，女仆起床照旧做事，贾儿还是上学。这一天，大奶奶还是不思饮食，绉

① "没吃饭"，原文作"没饭吃"，据语义改。

着眉头子呆呆①的发怔。女仆也不敢细问，主仆可都提溜着心，怕到黄昏。白昼一天没有动静，一幌儿贾儿下学，吃毕晚饭。女仆对少爷说："今天夜间咱睡觉可要警醒着些儿!"大奶奶这一阵心中清楚，也答了言儿，说："咱们房中多点两支蜡灯，你们两个人不许脱衣睡觉。只要有响动，就赶紧使声儿把他惊走，大概也就行咧!"女仆答应，如法办理齐备，这就张罗关门，真是上闩加锁，可惜没有千斤闸，要有早就放下来咧。关好屋门，就把屋中所有的蜡仟、把儿灯全都点好。又嘱咐少爷："千万别睡，你要如果犯困，我说《聊斋》给你听。"不对，彼时没出版呢，只好说个笑话吧。贾儿究竟是小孩子的性质，说："你要说，可拣那母狐精的故事儿说呀（所为捞梢②）!"女仆答应，于是信口开合的说了回《贾儿》（还是《聊斋》），把个小孩子引斗的十分高兴，连贾大奶奶也听着有了笑容。

说完一段，女仆已然泛上困来，一面打呵欠，说："要不咱们明天再说吧!"贾儿说："那可不行，你总得再说给我听!"女仆无法，只好瞎诌胡咧的又造了一段谣言（我可有原文管着哪），一面说，一面冲盹儿，说着说着可就打上呛噜咧（那成了猫咧）。贾儿始而还往下直追问，问来问去，听女仆巴答上嘴咧，也只好做为罢论。自己打了一个呵欠，既有女仆嘱咐，又奉母亲慈命，不敢倒头而睡，身子往后一仰，靠在墙□也睡着咧。两个人睡到半夜，还是女仆先醒咧，睁眼一瞧，见桌子上蜡花儿挺长，再往床上一瞧，主母踪迹皆无。这一惊非同小可。

（三续）1919 年 7 月 29 日

且说贾宅这个女仆把屋门关好，坐在床边儿上跟少爷随便聊天儿。始而贾儿爱听，催着紧说，一面又爬根问底儿，及至听过两段儿也就有些烦絮了。这女仆越说越没精神，渐渐打上呵欠，把眼一闭，身子往墙上一靠，嘴里虽是说□，声音可就小咧。贾儿也闭着眼睛，心中盘算白天自己念的书。两个人心中一安静，可就都睡熟咧。女仆是坐着打盹儿，究竟不能睡沉，及至一觉醒来，睁眼一瞧，桌上蜡花儿挺长，房门大开，主母没在床上。心说晚间只顾了关门上锁的忙乱，忘了给主母预备马桶咧，八成儿他是上厕所出恭去咧。想到其间，自己咳嗽了两声，不敢再闭眼复睡。于③是下了床，剪了剪蜡花儿，再看少爷，□然睡浓，又侧耳往后院中听了听，一点儿动静没有。心说如果出恭，这们半天也该回来咧，莫非是厕所塌咧，大奶奶找不着厕所，走远了去咧（这是贾大奶

① "呆呆"，原文作"呆呆呆"，据语义改。
② 捞梢：赌博用语，捞本。
③ "于"，原文作"如"，据语义改。

奶吗？天津卫的梅先生①）。又一想不能，他一个人儿在房中睡觉都害怕，焉敢一个人儿上厕所呢？不是的，多半儿有什么变动，这们看起来，一定是妖魔鬼怪开了房门把大奶奶给摄走咧。心中一思忖，这妖精不定多厉害呢，幸尔他不吃人，若是嘴头子一馋，连我带我们少爷都许被他吃咧。这样一想，复又后怕起来，凑到贾儿身傍，用手推了一把，说："少爷醒醒儿吧！"

贾儿原是靠床栏杆坐着睡熟，被女仆一推，从睡梦中惊醒，揉揉眼睛，见母亲没在床上，连忙问女仆说："我妈往那儿去咧？"女仆说："我方才一迷糊，睁眼就见没在房中，等了这半天也没回来，所以我才叫你。你问我，我那里晓得呢！"贾儿噘②着小嘴儿说："你既不见了，你为什么不出去找找去呢？"女仆说："我一个人心里发怵，况且天色漆黑，不拿个灯亮儿看不见。拿上灯，还得开门关门，倒不开手，所以将你唤醒。一则两个人可以仗胆子，二则你举着灯，我手里也得拿上个家伙才好哪！"贾儿说："你言之有理，咱们就走哇！"

说着下了床，将把儿灯举起来。女仆用眼一瞧，门闩在槅扇傍立着呢，抄在手里，跟着少爷出到院中。贾儿一瞧，女仆要打杠子，自己一想，我也拿上件兵器才好，恰巧院墙犄角儿立着一根竹棍儿，用手抄起来，说："我如果看见他，我就给他一下！"女仆说："你这们点儿的岁数儿，怎么也要学着敲竹杠呀（这是贾宅女仆说的吗？我劝我们本界中小兄弟儿们哪）！"贾儿并不理他，一手举着把儿灯，一手耍着竹棍儿，先往厕所跑去。女仆后面跟随，绕到后院，开了厕所门一瞧，是踪迹皆无，回头对少爷说："既没在厕所，莫非昨晚没吃饱，自己上厨房做夜消儿去咧？"贾儿说："那也有的，咱们就下厨房瞧瞧去！"说着又跑回前院。到了厨房门口儿，女仆把门开开，先用棍子探了探，进去一瞧，也是没有。这才满空房里一路寻找，找到一间柴草棚里，见贾大奶奶赤身露体，在稻草堆上睡了个很香。

（四续） *1917年7月30日*

且说贾儿跟随女仆找至柴草棚里，见主母赤着身体在地上躺着呢，随身衣服堆在一傍。贾儿一瞧，几乎把灯撒手。女仆用门闩拨打了草垛两下子，口中喊叫说："打妖精呀，打妖精！"贾儿赶紧把灯放在当地，把竹棍子也扔咧，说："你先不要瞎毛，救我母亲性命要紧！"说着话，蹲在当地，叫声："母亲，娘啊娘（要唱那出）！"一面说转到头直上，用小胳膊儿往起搀扶。女仆一听也把门闩立在一边儿，转过身儿来，连拉带挡把

① 梅先生：指歇后语"梅先生出恭——远了去啦"。
② "噘"，原文作"撅"，据语义改。

大奶奶□起来坐在就地，见他直勾勾的两只眼睛，好像中了邪祟似的，连忙说："主母醒来，主母醒来（还是戏场子）！"连叫数声，见贾大奶奶微然点点头。贾儿说："娘啊，你老人家怎么跑到这空房里冰凉的地上坐着呀？"女仆说："你凉快完咧，可是穿起来坐着（净短说好让个箱口儿咧）！"贾大奶奶低下头瞧了瞧，并不以为然，说："你们不必管我，我喜欢这们洒脱吗！你当我是有衣裳舍不得穿哪？"女仆一听，主母言语反常，连忙说："你老人家一百岁是个坤道（别当是老道），虽说咱们是妇道对妇道，不用避忌，这是您亲生自养的儿子，也不怕什么，无如也没有这们精儿光儿的满院子乱跑的。那成了澡堂着火咧（那位说，澡堂子着火也没有跑堂客的。我说的是南方女澡堂子）！你还是乘早儿穿上，回上房坐着去吧！"

贾大奶奶一听，把眼一瞪，说："我在我自己家里，又不上街，莫非你们还能处我五元以下罚金吗（这是贾大奶奶吗？不懂警章的醉鬼放肆哪）？"女仆一瞧，主母好像疯狂了，赶紧把中衣抓过来，说："你老人家还是蹬上腿儿，得走道儿！"说着把两条裤腿给认好，又转在脊梁后头拦腰往起一抱。贾儿揪着裤腰给往上一提，顺手拉过裤腰带胡乱给系上。原是散裤腿儿（贾大奶奶是老南方堂客派，所为衬合着脚小，又得垫里高底儿，并非常练体操），不必再系。女仆又把汗褂抓起来给披在身上，嘴里说："主母回房去吧！"贾大奶奶也不答理他。女仆冲贾儿一努嘴儿，贾儿一搀左胳膊，女仆一搀右胳膊，才把贾大奶奶架弄起来。贾儿又从地上举起把儿灯来，说："娘啊，咱回房去吧！"贾大奶奶此时心中透着有些儿清楚，说："搀扶了（刚好了点儿，又要唱《洪洋洞》）！"主仆三人这才出了柴草棚，绕到上房前头一瞧，屋里漆黑。贾儿说："呦，怎么灯不亮了呢？"女仆说："想是被风吹灭，好在有这只灯就行咧！"说着进到屋中。贾儿把灯放在桌上，女仆把主母扶到床边儿上，说："你老人家躺下歇歇儿吧！喝水不喝，我给你老烧点儿去！"贾大奶奶心中又一迷糊，说："不渴！"女仆说："八成儿你老人家是饿咧，我给您做饭去！"贾大奶奶说："不饿！"女仆说："您要怎么样呢（再说就成了《翠屏山》咧）？"贾大奶奶说："哈哈，哈哈，啊，哈哈哈！我要上天（得，串到《宇宙锋》上咧）！"书说简断，从这一晚晌起，贾大奶奶是歌哭叫詈，什么毛病都有，把个贾儿急的十分焦躁。

（五续） *1919* 年 *7* 月 *31* 日

前天因为本馆戴先生得了头生儿孙少爷，办弥月，把我约去当总催，当日没能动笔，故尔把《聊斋》误了一天。并非在下有意滑懒偷油，借此又可以替本报疏通疏通告白。话儿声说明白了，咱们赶紧说书。从此才入本题正文，您诸位上眼瞧，敢说这书一天比一天好。上文的书，说到贾大奶奶亚赛疯颠，原文只说"自是遂狂，歌哭叫詈，日万状”。您要让我形容，我虽说不了一万样儿，足够说个百八十样子（在下在疯人院当过看护），无如得磨烦百八十天，那谁还瞧哇！简断截说，因此闹了一夜。

到了次日清晨，贾儿也不能上学咧，这就张罗请医生抓药。灌了下去，还是一阵糊涂，一阵明白，好在不打人。贾儿是个小孩子，家中只有这个女仆，没有主事的人。请来几家至近亲友，给贾掌柜的寄了信去，原文没说离家多远，既在外面给人做营业，接到家信，也得托嘱好了才能回家呢。况且彼时没有邮政电报，万不能一半天接到信就回来。暂且不提贾大爷，但说大奶奶白天是一阵糊涂，一阵明白。到了晚晌，告述女仆说：“今晚我这屋不要人，你还搬到下房儿住去吧。你把少爷的铺盖还给搬到里屋去，让我安安静静儿的养几天就好咧！”女仆一听，乐得自己歇息去呢，只可遵命办理，把屋中规着完毕，自己回房去了。贾儿张罗要关屋门，一瞧门闩丢咧，这才想起是头天夜里落在柴草棚里咧，连忙跑到草棚里，连竹杠一并拿回。说书不能丢零碎儿。把门上好，把竹杠拿到里屋，偷偷儿的预备下火纸媒子、鞭杆子香，把灯放在一边，躺在床上假装打鼾。贾大奶奶也把灯吹灭。

约莫过了一个更次，只听半空中一阵风声，觉着窗纸一动。贾儿偷偷儿的在里屋坐起，侧耳细听，是一点儿声音没有，心说八成儿也许不是妖精。自己还是窃听，又听了会子，就听母亲嘿嘿儿的傻笑，又嘀咕了几句，可听不出说的是什么话。赶紧把火纸媒子往香头儿上一引，点着纸媒子轻轻儿的摸着下了床，溜到外间，把火媒子一幌，幌出火苗儿。刚要点外屋灯，就听母亲口中喊叫起来，说：“深更半夜的，你放着觉不睡，做什么点灯呀？你要爱玩儿火，可招呼睡觉溺炕（这是贾大奶奶说的吗？我们村儿的贾大妈拦孙子哪）！你要不吹灭了，我下床打你去！”贾儿说：“母亲不必生气，我要拿拿臭虫！”贾大奶奶说：“咱这屋里多早晚也不生臭虫，快睡觉去吧！”贾儿不敢拗别，只好仍回里屋，把引火物件还是预备在一傍，只要母亲一有动静，自己就幌火纸媒子，母子二人捣了一夜的乱。次日天明，女仆过来悄悄儿的问少爷夜晚的情形，贾儿一述说，又有亲友前来探病，并给荐了个男仆，所为壮胆子。女仆把这话一学说，亲友都夸赞贾少年岁虽小，颇有胆子。闹了几夜，虽不见贾大奶奶病好，好在没被妖精给运走。从此贾儿不上学念书，终日在家改做搬砖运瓦。

（六续）*1919* 年 *8* 月 *1* 日

且说贾大奶奶这一闹病，贾儿是没拘没管儿，在家淘气，故意的扒高下低，前院后院的乱跑，虽有长辈亲友见面拦阻，他也不听。书中代表，这贾宅后院儿有修理墙垣用剩下的一堆碎石头、烂砖，贾儿看着是很好的玩艺儿，吃完早饭，就跑到后院捡那大块儿的就搬运两块，搬进自己住的里屋，放在窗台上面，搬运到晚间才肯收工，把屋里摆严，到第二天，又往外屋搬。女仆说：“少爷，你是要学山子作①呀，是要学泥瓦匠呢？你母亲这们闹，把上房糟踏的很不干净咧，你再满屋一摆破烂石头，这房还怎么住哇？”贾儿并不答言儿，还是照旧的搬运，一气儿搬了三天，把大些块儿的全都搬净了，把两只小手儿磨的都有了泡咧。

女仆早晨过来扫地，见少爷不在屋中，往四围一瞧，窗台儿差不多都挡严咧。又见地上还堆着些碎石头片儿，把地扫完，心想把这碎石头给他用簸箕撮到后院儿去，无如可不能用筱帚扫，只好一块一块的往里捡。好容易把碎块捡净，又把靠窗台上的一大块搬将下来，正往簸箕中放呢，见少爷从外面又端进一小筐儿来，全是零块儿的。进屋见女仆动了他的石头，说：“呦，你这是怎么咧，我不是容易垒上去的，你怎么混动我的呀！我这儿建设，你给破坏，你这不是诚心反对吗！你再给我动，我可要免你的职咧（这是贾儿吗？现在政客说梦话哪）！”女仆说：“你要学做苦工，也不犯在上房中试手儿呀！”贾儿见他不服拦阻，登时气的小脸儿通红，把端筐放在堵□儿，说：“叫你退让，你要一□不肯，可别怨我以最后强硬手段对待你咧！”说着话，躺在当地，撒泼打滚的哭了个挺欢。女仆一听，说：“得，我别拦你高兴，你也别哭，我照旧给你放下就是咧！”说着把石头照旧给他堆在一边。贾儿这才不哭咧，又把新捡来的堆在一傍。

女仆收拾屋子，又照应照应主母，见他脸上渐觉消瘦，乜斜两眼，好似失了知觉，问了问用什么茶饭，也不言语，只摇摇头儿。女仆出了上房，叫男仆帮着料理早饭去了，心中只盼主人早些回来，好有个主心骨儿。及至把饭做熟，主母不吃，只好给少爷盛了一分儿。又到下房同男仆用毕，到上房来收家伙。见少爷在院中当地筛了一堆土，又跑到厨房舀了半桶水来，用铁锹和开了泥咧，一会儿和得，找了一把破刀，撮进些泥来，一点儿一点儿的按照所堆的石头□往□硬抹。虽说自己没手艺，好在砖石是干摆上的，外有窗棂，不至倒咧，用泥抹着，见有不结实的，捡碎石片儿、小砖头儿都给塞严。半天儿的功夫，才抹得一扇儿，往上越砌越高，登上凳子先运泥，然后上去抹。一个人儿做工，连夫带匠，别提多累咧。人家孩子不以为苦，这要在这两天儿活忙的月分儿，决计闲不住。一幌儿又三四天，把窗台砌严，只有门透亮儿，好在房间量儿大，不像黑屋子。贾儿把瓦匠活做完，又要改学磨刀。

（七续） *1919年8月2日*

且说贾儿破费了好几天的工夫才把上房各窗台子砌好，从院中看不出来，只不过进屋漆黑，白天就得点灯。彼时贾掌柜的要是改行开照像馆，洗板是很宽绰了。这天贾儿

① 山子作：堆垒假山石的行当。

又跑到厨房，找出一把切菜薄来，就着厨房门口外的石头，哧楞楞的可就磨开咧。一会儿的功夫，累得周身是汗，用汗褂儿袖子擦了擦，照旧的又磨。新雇的这个男仆是打杂儿带买菜，从外面把菜买回，一瞧少爷磨上刀咧，说："喝，你招呼碰在手上，手指头可就掉咧。乘早儿搁下，别动咧！"贾儿也不理他，直磨到吃早饭才把刀放下，看了看真是争光挺亮，锋霜儿快。女仆说："少爷，你把刀拿来吧，咱宅中虽说是两把刀，这一把只能切青菜。本来就倒不开，你再拿走一把，剩这把杀和尚不出血的钝铁片子，倘或你母亲要想做点儿什么吃的，我可伺候不来！"贾儿笑嘻嘻的说："这刀我有用处。你嫌刀钝，你们两个人另来出《打刀》吧！"男仆一听，说："吴业能，我还是真应工（得，遇见知音的咧）！"女仆不知这是开玩笑，冲着少主人说："我说的是正经过日子的事，你又嘻皮笑脸的胡搅。若是你母亲不闹邪祟，大概早打在你身上咧。可惜你这们大的个子，还念书呢，怎么活来着？"

贾儿仍不理他，找了一块蘸布，把刀一包，笑嘻嘻的挟着刀包儿飞跑到自己房中而去（好像走沙子①的厨子），到了房中把刀收好，又跑到厨房。女仆还同打杂儿的正懊怨呢，说："自从主母一闹邪祟，这孩子所成了无笼头的马咧，你瞧这分儿祸害人！"正说得高兴，见他复又进来，自然不能再说咧。贾儿装做没听见，找了个小板凳儿登着，扒在水缸边儿，把舀水的瓢拿在手中，下了板凳儿往外就走。女仆说："嘿，少爷，你做什么拿水瓢呀？少时舀水怎么办哪？"贾儿说："你们把这瓢给我用用，今天你们将就着使瓦罐吧！"说着又跑回房去。女仆还是嘴里直懊怨。

一会儿天晚，还是照常吃完晚饭，女仆把里间少爷的铺盖给铺好，不必点灯（白天就没吹吗）。贾大奶奶下了床，把门对上，吹了灯，催着贾儿吹灯快睡。贾儿答应了一声，转眼之间灯光已灭。暗中交待，贾儿并没吹灯，白天早预备好了一盏灯，用瓢扣上，一面儿用几本旧账（做买卖的人家儿吗）垫上，自己的书包把里面支好，所为怕他闷灭，然后轻轻儿下了床，把随身衣服收拾利勒紧衬（可没有夜行衣靠同丝鸾带、百宝兜囊、薰香盒子，那成了采花淫贼了），用带子把腰煞紧，解开二钮儿，把新磨的这把刀刀刃冲下，用蘸布垫好，不然怕一弯腰豁了肚子。揣好之后，试试合适②，又把两只鞋提了提，和衣往铺盖上一躺，闭目养神，侧耳静听外间屋有什么声响。

一会儿，天交二鼓，只听母亲在外屋床上又说上梦话咧，连忙爬起来把瓢一掀，立刻挺亮，三步两步跑到外屋。见屋门开着一扇，晓得是妖物已来，这才故意的口中喊叫："好妖怪，那里走，管叫你死在今朝！"

---

① 走沙子：作者在《小翠》篇里解释为偷米。

② "适"，原文作"试"，据语义改。

（八续）1919年8月3日

且说贾儿把灯光放出，赶紧从怀中把刀掏出来，口中高声喊叫，说："好妖精崽子呀，你往那里走（这是《聊斋》上的贾儿吗？《青石山》的□老道）！"喊了好几声，一点儿动静没有。贾儿心说，这叫堵门儿拿贼，贼急了可许拼命，有咧，我得躲开妖精的去路，只要见着他，然后动手不迟。打定主意，说："你在我家床底下藏着，你当我不知道哪，你乘早儿给我走出来！要容我把你揪住，那时你的脸面何存，体面何在（钻到人家愣睡觉去，还顾什么脸面哪，故此原文说这东西决非人类）！"嘴里说着，把刀往身后一映，故意一闪身儿，近前一步，用脚一登椅子，说："咱家我就要搜（得，唱上《黄金台》咧）！"说完撤下脚，假装做四下里一望，说："这东西，莫非他上了天啦吗（那位说，怎么还是《黄金台》呀？人家孩子八成儿就会这一出）？"又一转脸儿，就见从母亲床上蹿下一物，比野猫大着一倍，周身草黄毛，好像狸子，两只眼睛鸾铃相似，四条腿儿跑得飞快，看那意思，是要夺门逃走。贾儿看明，一转身儿，举着菜刀往下就剁。此时孽畜的前爪已然出了门口儿。贾儿是小孩子，气力又弱，这一刀下去，正剁在后尾子上。贾儿是尽命劲儿，只听"噗"的一声，割下一个带毛的尾巴尖儿来，约有二寸多长，再找妖物是踪迹皆无。贾儿把小脚儿一跺，咳了一声。

此时下房中的女仆自从少爷一喊早就听见咧，吓得抖衣而战，连忙爬起，坐在床上侧耳闻听。不但少爷直喊，主母嘴里也骂上咧，说："好孩子，你真不听话呦，做什么点灯呀？"骂了两声，可就不嚷咧，再听少爷喊嚷要搜，不知什么，只好起来点上灯。开了房门，到院中一瞧，上房门开着，隔门露着一条儿灯光，赶紧跑过来，见少爷一手提着刀，手中拿着一段黄毛，在当院站着，说："惜乎，击之不中（拿妖狐当了秦始皇咧）！"女仆说："少爷，你敢莫是砍了妖精了吗？"贾儿也不答言儿，只说了声："你睡你的觉去吧，何必多管我家闲事！"女仆到屋中看了看，主母在床上躺着，似睡不睡的，也不好再问，只得溜回下房去。贾儿照旧进上房，把门关好，放下刀，把灯息灭，连叹了几口气，说："万没想到，费了这些天的心，受了这些天的累，才闹他个尾巴尖儿（连蝎子都没白吃上）。"又一想，这东西总算受了伤，下次也许不敢来咧，只好天亮再说吧，一夜无词。

次日天光一亮，起身开门，出院子往台阶上一瞧，有一汪子血渍，顺踪迹往前寻找，点点滴滴，直滴到西墙根儿底下，心中晓得，必是跳墙跑的。自已可跳不过去，转身绕到前院，见大门已开，男仆正扫门口儿呢，连忙出来，绕到墙外，再找还有血迹，一直往西有一段墙，墙头子上也有血（那位说，一个野狐精，怎么这们出血呀？他不是为小堂客儿吗。不信交亲走友，一定是一毛儿不拔）。贾儿是从小儿生在此处，一见这墙，正是何宅的一个破花园子，必然妖精在此处存身，才设法要歼灭丑类。

（九续） *1917年8月4日*

且说贾儿围着何宅后花园子的墙绕了个周遭，看了一遍，自言自语的说：“只要认准他的老巢，丑类不难歼除！”走到何宅前门儿，有心要叫门进去见见何大爷，一则天色甚早，未免费话，二则倘被妖精闻知，有了准备，往后想拿他，到费了劲咧，莫若暂且回家，过一半天，看光景再打算。想到其间，从新回来，到了自己院中，见两个仆人手中拿着刀并狐狸尾巴，正讲究这件事呢。一见少爷进来，两个人一齐说：“喝，我的大爷呀，万想不到你有这样韬略儿。常听人说狐狸会放瘰，人要一打他，他急了就会放屁，故尔有打不成狐狸惹一身瘰的俗语儿。你夜里同他动刀，莫非他没跟你放瘰吗?”贾儿说：“你们说的那是母淫狐，人若引斗他，或者许有这路情形。我是真动刀杀他，他还顾得放屁吗?”说得两个人都笑了。贾儿进到房中，见母亲躺在床上沉睡如雷，自己上前叫了声：“母亲。”大奶奶睁开眼看了看，也不言语，好似傻了的一样，少时菜饭做得，让他吃喝，他也胡乱吃些儿，不给他，他也不要。

一日无书。到了晚间，女仆怕狐精来报剁尾之仇，把男仆也叫到里院儿下房儿，不敢吹灯。贾儿仍然用瓢把灯盖上，虚掩房门，把刀也放在枕头一傍，躺在床上也不敢大睡。书说简截，妖精果然当晚没来。到了天亮，两个仆人这才放心。

天交午后，门口外头来了一辆车，贾儿正在门口儿站着，一眼看见，原来是父亲回来，赶紧跑上前去行礼。贾掌柜的下了车，车上还有许多行李布匹。贾掌柜的方要自己往下搬运，贾儿说：“父亲请到里面歇息歇息吧，咱家现在添了个男仆。”贾爷说：“既然有人，你就叫出来接接我吧!”贾儿一面往院中飞跑，说：“李二呀，你快出去接老爷子下车去吧（大半是歇伏回家的）!”女仆先听见了，说：“这可好哩，咱正饭东回来咧!”连忙往外相迎。打杂儿的李二也追出来给主人做揖行礼，说：“有什么我给你老抗去!”贾掌柜的说：“所有车上的行李东西，你一齐抗进来吧!”女仆也万福行礼，说：“呦，老爷来咧！我给您打帘子!”贾掌柜的说：“贾妈，你好哇?”说着到了上房门外，老妈儿打起帘①子，贾爷迈腿进屋一瞧，说：“我一年多没在家，为什么把房子改成半洋式咧？只是你们不多留窗户，空气不流通，未免有碍卫生（文明买卖地儿的口吻）!”女仆一笑儿，说：“少时你老人家问少爷吧！我给你老人家沏茶，打手巾把儿，开汽水儿，拿中国烟卷儿。我晓得你老人家是首先抵制洋货的一分子!”贾掌柜的说：“你别胡聊咧，真抵制，我怎么发财呀（贾掌柜的原是假爱国)!”说着坐在迎面椅子上。此时男仆先抗进一只皮箱，里面挺沉（大约是包销外货赚的银子），抗进来放在屋中，又出去抗进铺盖卷儿，然

① “帘”，原文作“廉”，据语义改。

后又抗进好几卷布来，放在台阶上，说："车上没什么咧！"贾掌柜的说："给赶车的一吊酒钱！"李二答应着出去。贾掌柜的凑到大奶奶床前，才细问中祟的情形。

（十续）1919年8月5日

且说这位贾掌柜的，从前在本省城中做的是绸缎布匹生理，自从接到家信，晓得夫人儿是被妖精缠绕中了邪祟，孩子幼小无知，着急的了不得，赶紧跟正掌柜的告假。谁想这位正铺掌不准告假，说："咱们出外替人做事，没有离不开家的！"贾爷把家中情形略略述说了一遍。正铺掌说："你要是再贪恋妻子，那只好辞工吧！"贾爷一堵气子真告了辞，好在平日安分，并没长支短欠，立刻按工码算账。柜上存个百十两银子，贾掌柜的把银子算到手中，又把经手未完的事件对明白了，交待清楚，登了"以后与鄙人无涉"的告白（那位说，彼时有报纸吗？我替本馆招徕生意哪），当日下工，将铺盖行李拉到相熟的布行里。自己一想，手中虽有这些银子，若是拿回家去坐吃山空，可不是长久之道，同布行一商议，赊了许多布，说明是卖出货去归本，再写信要货。布行从前很做情贾爷，应许着供给他布匹。贾掌柜的把事办妥，这才连布并行李收拾齐毕，先搭船后雇车脚，这天才回到家中。

到家一瞧，住的屋子成了当铺号房咧。孩子虽见出长，只是大奶奶躺在床上，好像不省人事似的，于是凑近床沿，说："你是怎么咧？我回来咧，你八成儿是想我了吧？"大奶奶把眼睛一瞪，说："你姐姐想你，你妈妈想你，你们大家瞧呕，活脱儿的个活忘八吗（贾大奶奶跟狐精学了出《乌龙院》）！你乘早儿给我两个山字垛在一块儿，请出（又改了《鸿鸾禧》啦）！"贾掌柜的一听，发小儿夫妻见了面儿仇人似的，必是有了外心咧，又一想，这别怨他，必是妖狐孽畜支使的他这们胡说乱道（我是被诸位一枚铜子支使的），这不能怪他，只好离开床，出到院中，照料照料运来的货物。

此时贾儿看着李二把车开发走啦，然后又跑进院中。贾掌柜的把少爷叫到面前，把他母亲得病的原由问了一问。这孩子不慌不忙，从头至尾述说了一遍。贾爷听到他砌窗户、剁狐尾的事，心中是又惊又喜，喜的是孩子虽小，能替父作事，惊的是狐精被了伤，恐怕他再来报仇，不容易防范，当时不好明说，只说："这些妖妖异异的事，都是做小说儿的人造的谣言，乡愚迷信，穿凿附会，才以讹传讹。总而言之，还是神经病，不必妄信这些，总是赶紧请明医调治的为是。无如中医失传，要讲治这路病证，总得西医新法才能有效（贾掌柜的文明过火，偏遇着这路腻事）！"贾儿说："父亲说得是，只是真有能为的西医能上中国来吗！若是中国人在医院学的，只不过些须手术并药水、药末儿的配兑法。至于药是什么原质、病人的脉理体质，他一概不会，焉能见效（这是贾儿说的吗？我给假洋大夫豁事哪），况且这地方也没有哇！"贾掌柜的说："那只好还请中医吧!”父子商量明白，立刻派下人请来一位医生，诊了诊脉，立了个安神镇惊的方子，撮了来煎得，劝大奶奶服药。大奶奶接过药碗，往地上一泼，破口大骂老贾。

（十一续） 1919年8月6日

且说贾大奶奶见丈夫回到家中就张罗请医生、吃药，满心里不悦意（这叫讳疾忌医）。及至将药煎浓送到床前，大奶奶接过药盅子，往地上一泼，可就骂起来咧。贾爷一瞧，他这疯病是蛮不讲理，只好忍气吞声，说:“你不吃药使得，也犯不上骂人哪!”大奶奶说:“我要吃下药去，不是就没了命了吗（大奶奶被庸医给治怕咧)!”贾爷也不便替大夫分争，溜出院子，嘱咐女仆二煎药千万别倒，少时他要吃饭喝汤的时候儿，偷偷儿的给他兑上点儿，如果不见效，咱们再另请明医。

女仆答应，如法办理好咧，又到上房，说:“大奶奶，您不愿意吃药，大概心里是饿咧，我给您做碗汤面，熬点儿稀粥喝，您想好不好?”大奶奶这一阵心中清楚，说:“你说的这话倒合我的心，你们也不想想，我这几天没正经吃饭咧，不说给我点儿解饿的，净拿苦水子灌我，你们安着什么心吧?”女仆一听，大奶奶是找寻饭落儿呢，赶紧说:“您既想吃的，我给您做去。本来医补不如食补，食补不如气补，正气一壮起来，百病自然全消了!”说着跑到厨房把面做得，兑上药，端了过来，说:“大奶奶，吃面哪!”大奶奶接过来呷了一口，绉着眉头子说:“你做的这汤比药还难吃呢，你端开吧!”女仆说:“呦，我的大奶奶，你老是病的胃弱了，睡倒了脾经咧!又好些天没正经饮食，自然到嘴不是味儿。不信您喝口汤，冲开胃口，自然就爱吃咧!”大奶奶信以为真，果然又喝了两口，这才放下碗，倒在床上又睡了一觉，果然安静了好些。

到了第二天，贾爷一瞧，说:“这药既然见效，咱给他个效不更方!”照方儿又抓来一剂，仍是搀在汤里，大奶奶喝茶也兑上点儿。又过了一天，大奶奶想吃荤的，女仆给炒了一碟子肉，也加上药水，大奶奶吃顺了口味，晚间还要吃炒肉（那位说，你怎么叫贾大奶奶吃两个炒肉呀?这是俗语说的照方儿吃炒肉的发起人)。简断截说，一幌儿过了五六天，大奶奶虽没大痊愈，可也不闹咧，贾爷心里也安定了。贾儿想着妖精大概是不敢再闹咧，于是同父亲一商议，把李二叫进来，把窗户上的砖石全都拆了去，将床铺打扫干净。

贾爷见夫人儿病有转机，自己一想，事情是散啦，又贩来好些布，还能尽在手里蹲着吗?白天到了镇市上一发卖，偏巧人不贪着买。自己一算，除去脚价，没有利儿，贾爷不肯出手，打算过一半天，自己赶集上市摆布摊子去。打好主意，这就回家做案子，修短尺，又同李二一商议，白天让他帮着挑担子，晚间在家里打杂儿，卖出货去，分给他些零钱。李二从前跟人做过买卖，一听从跟主儿改当伙计，也很乐意，一两天的功夫，把卖布应用的物件备办齐毕。恰巧本处开乡庙，贾爷在摊子上一动生意口，果然赚了许多钱，晚间收摊回家，喜欢的了不得。贾儿听父亲明天还要赶庙，自己也要跟去。吃毕晚饭，算账安歇，贾爷一觉睡醒，见门窗大开，大奶奶踪迹皆无。

（十二续）*1919* 年 *8* 月 *7* 日

昨天的书，说到贾爷摆布摊子，在原文虽说没有，在当年可不能没卖零布的。您按原文说，贾爷“贾于外”，自是吃人工钱的事，后文又说“贸易廛中”，他老先生多早晚又变做一个人儿独本独利的掌柜的，在下不能不设法诌出个道儿来。近二年集庙等处摆布摊子的很多，并且真下钱①，其实多是生意②，不但货次尺小，买到家不够裁做的时候儿多。听着便宜，您不信一样花钱，上大字号布铺买些尺，再花那些钱在摊子上买些尺，一块儿做两件，您替换着穿，您就考较出来咧。俗语儿说，贵的不贵，贱的不贱，不贪便宜不上当。况且他是专卖零块儿，不能插当儿裁，颜色深浅都得将就，即便不够，再配或找补都不能合心。一样花钱，为什么不找有柜台儿的买去呢！那位说，你这是《聊斋》吗？成了前几年报上的《燕市积弊》咧。这话不错，我并非要学庄耀亭，皆因布摊子永久不登告白，故此我给他们泄底。

闲话少说，且说贾掌柜的做了几天买卖，真赚钱，别提多高兴咧。本意打算再多上些货，往大里扩充，不想这天夜里，一觉醒来，见房门大开，再找大奶奶是踪迹皆无。这一惊非同小可，连忙坐起来，说：“你们都快快儿的醒醒儿啵！大奶奶往那儿去喽？莫不成为赶城隍庙，他先给占地方儿去了么（湖北城隍庙，不是南下洼子江南城隍庙）？”贾儿被父亲这一路嚷，也从梦中惊醒，说：“父亲不必着急，想是又被妖精给搬运到别的房屋去了，咱们先到院中找找去吧！”贾掌柜的说：“如此快快掌灯带路！”贾儿赶紧点上灯烛，贾爷拿上匾担，父子爷儿两个出了上房，先奔到街门一瞧，闩锁未动，必定是没上街。从新回来，又往门房照起，找到柴草棚，也是没有。

此时李二同老妈子也都起来，找到西北犄角儿一间堆破家俱的房中，见房门开着，进去一瞧，果然大奶奶赤着身体，在一块破板子上躺着呢。李二一瞧不像事，赶紧回避躲开。贾掌柜的说：“天气不热，你跑在这儿搭铺不是喂蚊子吗？”大奶奶两眼又发上直咧。贾儿同女仆照那天似的，将大奶奶搀起来。大奶奶说：“我自己的房子，想那屋睡那屋睡，横竖我不跟你们一个床上滚！”贾掌柜的一听，大奶奶是又装疯，要求入隔离室哪，也不便同他分辩，说：“你们不用听他的，强迫执行，把他带回上房，看他有什么法

---

① 下钱：挣钱。

② 生意：庄耀亭在《燕市积弊》中明确阐述买卖与生意是两个概念：货真价实，言无二价的叫买卖；漫天要价，就地还钱的叫生意。

子！”贾儿同女仆一听，果然连拉带拽的搀回上房。贾掌柜的也不敢再睡咧，又点上两个灯，同贾儿爷儿两个换替看守，一夜无词。

次日贾爷也顾不得再赶庙去咧。一幌儿到了晚间，贾爷吩咐把这房门都加闩锁，李二答应办理完毕。贾爷又嘱咐大家都警醒着点儿，昨夜没睡好，今天自己要早睡。仆人们谁都愿意歇着去，听主人的话，把应用的都给预备齐了，回归了下房儿。贾爷起身要关屋门，见大奶奶又站起身来，说：“你打算拘留我，那可不行！”说着夺门而出，往院中就跑。贾爷用手一拉，大奶奶破口大骂。

（十三续） *1919年8月8日*

且说贾大奶奶到了晚间撒脚往院中就跑。贾爷心想把他拉住，谁想一把没揪住，大奶奶一推，夺门而出，口中不干不净的大骂起来。老贾是布铺生理，对于堂客有耐性儿，而且讲得是规矩，不能还言儿，只好说：“你即便跑到那屋去，架不住我把门都锁着哪，你还能有什么巧妙法子（防漏柜①行咧）？”虽是这们说，也不能不跟出院中。贾儿怕是父亲动气，两口子打上架，也连忙的往院中飞跑。此时大奶奶已然又跑到那间耳房门口儿，用手一推，见关得很结实，就听他口中念念有词，说：“忽然自开，忽然自开！”把脚一跺，门真开咧（这是《聊斋》吗？二起楼子带鬼门关的焰口座），跑了进去。贾爷也跟进房中，大奶奶直着两只眼睛，还是大骂陈友谅②（那成了康茂才③咧，通俗都这们说吗）。贾爷一瞧，说：“他这是旧病复发，邪祟支使的，只好等他醒过来再问他吧。同对待醉鬼一个主意，不如由他性儿在这□房子住吧，明天再打主意。”想到其间，说：“你既愿意在这屋睡，你好好儿的别骂人，我给你关上门！”说完把门倒带上，带着贾儿回房。

父子爷儿两个商量着，还是得请医调治方好。此时李二也追到上房，说：“据我想，内掌柜的这路病，不是妖魔定是鬼怪。也许是自不小心，冲撞了什么凶星恶煞、游魂怨鬼。这路邪魔妖祟，光指着吃药不行，总是请几位高僧高道超度超度，许个愿心。或是请请张天师，派个法官捉捉妖，驱遣驱遣，自然就好啦！”贾爷一听，说：“这路有道术的人，咱们此处有吗？”李二说：“你老听□，没有我敢说吗？不但有，而且听说最有灵验。咱村东灵官庙有个劳山道士，同金和尚番僧是师兄弟，专门捉狐射鬼、驱怪、伏虎、役鬼、跳神，比紫花和尚□僧术强的多！”贾爷说：“你说的这是《聊斋》吧（不，这叫志目）？”李二说：“你老别不信服鬼神呀，连孔夫子都说‘鬼神之为德，其盛矣乎’，况且祷告也古来就有的。我说的这位，人家也不为生财挣饭吃，是自己有这们一门能为，

---

① 漏柜：商家出货差错或被偷盗，造成损失。

② 陈友谅：元末起义军将领。

③ 康茂才：明朝初期名将。

行好积德，救苦救难，不要马钱，病好受谢。你老人家或许点愿心，或送些香赀、香头方才收呢。若是明说给钱，老神一恼，可就不管咧！”李二这一段话，真把位贾掌柜的给说活了心咧，说：“你既这样说，明天你就给请请去吧，不然我耽误一天的买卖，也得少挣多花！”李二说：“你老这不打开了算盘了吗！反正是钱出急家门，只要你能拿外货顶国货，管保赚出这点儿钱来。”

当夜表决，次日李二把这个老道请来，先捉妖，后请神，在家中烧香供凉水（那是义和团），一路混闹。在原文说“驱禳备至”，是这们治不好，赶紧又换一个，反正得破财，闹的家宅不安。其实全是生意派，您别听贾爷能赚人的，也得受人的冤，这就是悖入悖出的至理。简断截说，贾爷动主意来的财，全供给大奶奶住了小房子儿咧。贾儿见驱禳毫无灵验，这天晚间，蹓到何氏园中，要探妖精的来踪去路。

（十四续）*1919年8月10日*

前天鄙人因为上坟烧纸，清早起来没顾得写稿子就出城而去，及至回到家，已经昏暮，再写也赶不及了。恰巧本馆告白多，正发愁排不下呢，两搭就一的歇了一天工，并非我白玩耍去了，谁叫我有坟呢，别位还是忌恨不来。闲话少说，今天赶紧接着往热闹里说。

且说贾儿见这些捉妖、许愿、烧香的事毫无灵验，还得自己设法，上次既见他逃到何家花园而去，还得再探他的来踪去路。打定主意，乘着天色将昏的时候溜出街门，顺着院墙绕着瞧了一遍，见西北角塌了两块砖，自己用手爬住墙，往上一蹿，居然跨上墙头儿，往下一看，靠墙有个土堆儿，心中欢喜，不至骑上下不来咧，把胳膊一掉，转到脸儿朝里，轻轻儿的往下一顺腿儿，站在就地。转过身儿往四下里一瞧，几处亭台俱都倒塌，仅剩破座儿，当中有三间花厅儿，门窗尚还齐全，从外面倒锁着，也像久已没人住的样子。大略看了看，绕到亭子后面，把青草按倒，靠石头往后一仰身儿，闭上眼睛，侧耳静听，一点儿动静没有，只有竹叶被风吹的在亭角乱摇声响。

这天正是七月中旬，一会儿月影东升，照得满院光明，抬头往天上看了看，星斗明朗，听远远儿有人说话声音。自己心说，这院没人住，八成儿是妖吐人言了，顺声音一找，在庭房前面，恰巧眼前有一片蓬蒿，把自己身体遮挡了个很严，连忙蹲在当地，用手分开蒿子，往外一瞧，见庭房台阶上面有三个人，两个人盘膝对坐。在台阶上摆着有几样菜肴，有一个酒瓶子，两分杯箸。台阶下站着一个，是个口胡子，穿着件棕色大褂，手里捧着一把长脖儿的执壶①给两个人斟酒，斟一盅歃一盅，上首坐的歃了个挺快，一面

① 执壶：酒器，壶的肚大颈长。

款一面说："满上，满上！"彼此款过三五巡，停杯不饮，可就开了秘密会议咧，所定的是什么协约，一句听不清楚。自己侧耳细听，人家语声儿忒小，还是听不明白。又不敢进身儿，怕他有手枪、炸弹。一会儿见两个嘀咕完了，又端起酒杯来对喝，喝完了又说又笑。约莫耗了一个多更次，一会儿见这长胡子从瓶中又往外倒酒，两个人又都饮干，这才听下首座的说："满了哇，满了！"那个说："透了哇，透了（喝酒的人永不准说喝没了，大概都是从这儿学来的）！"只听下首坐的问说："你够了不够，我可是足咧！"那个说："我也将就了，咱们明天晚间还得足喝一气！"那个说："那是自然！"说着冲着长胡子的说："你明天务必取一瓶白酒来，可要真正南路老白干，不要加四六的①，也不要私料子②！"长胡子的点头答应了个"是"字儿。两个坐着的站起来，转到竹林后面，可就看不见咧。就见这长胡子的把杯中剩的酒底儿呷了呷，把杯碟敛起来，放在槅扇外面，就在台阶石上一倒头，又爬起来，把棕色大褂脱下来铺在身底下（怕遇见打睡虎子的），倒头睡着。自己看明，悄悄凑到根前，要细看这长胡子的是怎么个形像。

（十五续）*1919*年*8*月*11*日

且说贾儿耗到定更多天，看着两个喝酒的走后，这个长胡子的躺在庭前石头上也睡咧，于是轻手蹑脚儿的从蒿草之中爬将出来，轻轻儿走过去一瞧，脸上的模样儿同人差不多，挺长的胡子都□下巴颏底下，好像山羊相似，睡了个挺沉，口中酒气喷人（便宜酒底儿喝的吗）。看到其间，心中稍微放了心，又转到身后头一瞧，虽然一样的胳膊、腿儿，当中露着一条长尾巴。自己蹲下身儿看了看，到是挺尖的尾巴尖儿，一点儿也不干（大概不至绝后）。自己还要再瞧，见他巴答着嘴儿哼了一声，自己怕惊醒了他，连忙撤身，仍奔西墙，意思是要跳墙回家。走了两步，脚底下一滑，几乎栽倒。低头一瞧，借月光看得明白，原来是一块石头，上面有许多青苔。虽然没跌倒，心中吓得乱跳，连忙溜到墙根儿底下一蹲，回头爬着蒿子空儿瞧了瞧，胡子没醒。又一想，我要再跳墙，可招呼被他知觉了，反为不美，况且此时约莫有二更多了，再回家去也许叫不开门，莫如在这儿耗到天亮再说吧。打定主意，靠墙儿一蹲。蒿草之中露水很重，一会儿的功夫将一件单褂儿已然湿透，好在尚不觉冷。抱着磕膝盖半蹲半坐，被凉风一吹，心中一阵发迷，已然沉沉睡去。

一觉醒来，听远远鸡鸣报晓，再瞧睡觉的那个没了影儿咧（八成儿刷锅洗碗儿去咧）。自己站起身躯，想跳墙回家，刚然往起一长身儿，听有说话的声音，赶紧又蹲在草

① 加四六的：作者在《湘裙》篇里解释为冒充原封的酒。
② 私料子：指私酒。

地上，仍然顺蒿子空儿往外偷眼儿观瞧。原来正是昨夜那两个喝酒的少年，笑嘻嘻的嘴里说着话，依然奔了庭房后面那个竹塘而去。又耗了会子，天光已然大亮，自己这才敢站起来，登着砖石往墙上一蹿，爬住墙头儿往上倒腿。虽说墙儿不高，皆因人家孩子身量儿尚未长成，故此有些费力。骑在墙头儿上缓了缓气，这才仍旧转脸儿跳下墙来，再瞧衣服已然被风吹干，于是顺小道儿往自己家中奔来。

到了街门，见大门已开，连忙跑进上房，见父亲在堂屋椅子坐着，打算盘写账呢，一眼看见儿子进来，说："你这孩子，并没言语，你这一夜上那儿去咧?"贾儿眼珠一转，说："父亲原来不晓得，咱这近邻何家的何德尚同孩儿是同学，夙日我们小哥儿两个投缘对劲，何老伯也最喜欢我，我就上他家附学。这一程子，自从我母亲闹病，所没上学，也没过那院说话儿去。昨天吃完晚饭，我在门口儿遇见何师弟儿，他说想我咧，一定让我上他家玩儿去。到了书房，何老伯把我叫进去，给我瓜果梨桃，还有好多饽饽点心，不想我说住了的话，及至要回来，我师弟不肯放我家来。何老伯说：'你从前没短在我家过夜，你父母不能不放心!'孩儿见人家是一分美意，不好拒绝，故此今早方才回来!"老贾同何爷本是世交，当时信以为真，再说不常在家的人也顾不了许多，忙着吃了早饭，贾爷带着孩子上街，贾儿才设法装狐。

（十六续） *1919 年 8 月 12 日*

且说贾掌柜的在家住了这些天，做惯生意的人闲着自是难过。这天对少爷说："你母亲的病是不能渐时就好，我想净在家坐吃山空，究竟不是件事。今天我打算上集上看看光景，还是做我的买卖。"贾儿说："父亲言之有理，孩儿这一程子总也没到集上逛逛去了，父亲将我带去，不知可肯么?"贾爷因这孩子扔在家中也有些不放心，说："既如此，你随我前往就是!"说完用毕早饭，带上些钱钞，嘱咐女仆照应门户。爷儿两个步行到了镇店上，见市肆林列，商贾云集。贾爷的意思原为看看光景，找个相当的地方儿好摆布摊子，看了几处都不甚好，又走到街心，见路傍有个大帽铺，字号是"马聚源"，挂着牌子，写的左不是"本客自置貂骚海龙水獭，时式朝冠，万丝纬帽，庄浪羽缨"等字（苇笠可不上纸笔），门口儿很宽绰，足够摆摊子的，而且与自己的生意也合格（要摆在棺材铺门口儿，那只好净卖白布吧），不如递个嘻和儿，占个台阶儿，摆设布摊子很好。打定主意往铺中就走，贾儿跟在身后跳跳蹿蹿的。

贾爷一进门儿，柜台上坐着的人站起身来，说："用什么帽子，戴几大的?"贾爷满脸陪笑，说："借光掌柜的，我不是买帽子，打算借光在贵宝号门口儿外头摆个小布摊子，不知行不行?"铺伙一听，说："这路摆设浮摊儿的事，只要不碍交通，我们是不干涉的。况且我们这宗商业是专做字号，柜上永久不见忙的，随便摆就是咧!"贾爷一听有成儿，心里自是喜悦，彼此这才通问名姓。

但说贾儿站在一傍，听父亲同铺中人说闲话儿，自己不敢答言儿，抬头往柜里一瞧，挂着好几条狐狸尾巴，心中一动，计上心来，连忙凑近父亲身傍，悄默声音的问说："请问爹爹，他这铺中挂的这狐尾巴是做什么用的呀？"贾爷说："那路白色成对的，是戏台上用的，名叫狐裘。这路草狐是为北方骑牲口挡袖口儿的。"贾儿说："父亲给我买一条，我拿着玩耍！"贾爷说："你这孩子，怎么这样混开单子呀？那不是玩物，买到手无用！"说完又同铺伙说了几句谦辞话儿，抹身要走。贾儿用小手儿扯住父亲的衣襟儿，说："孩儿一心爱这狐尾，我想过两天围在脖子上有多好呀（贾儿跟外国堂客学的文明派头儿）！"此时柜上的这位伙计善于拉拢买卖，顺嘴答了言儿，说："这是您的少掌柜的吧？既爱狐裘，买一对吧，配上雉尾，唱《探母》去倒也不错！"贾儿说："我不置私行头①，就为置条围脖儿！"铺伙说："本来时兴吗！即便不围脖子，冬天绕在手上，写字时省得冻手，所以学生们都爱买！"贾儿说："父亲听见了没有？"老贾只是这们一个儿子，养的娇惯，又听铺伙直替圆全着说，只得问问价值，是二两一条，言不二价。于是挑了一条，又定明按集市的日子来摆摊子。父子回到家中，贾儿把狐尾藏在腰中。次日便是集市的日期，老贾带着李二将布挑在该铺门口儿。贾儿饭后也追随前来，为是好乘隙捉狐。

（十七续） *1919* 年 *8* 月 *13* 日

且说贾儿见父亲带着李二上镇店上做买卖去了，自己饭后也追到集上，到了帽铺门口儿一瞧，真是里三层外三层的围了个风雨不透。皆因这是新摆的摊子，人人都要问问价值，打听打听行市。此时正是新秋，家家添补夹棉衣服的月分儿，又搭着老贾是久惯做生意的人，话头儿甜甘，能够对待主顾，真能买一尺让二寸，外带抹钱零儿（那位说，那不赔钱了吗？人家价儿上取齐儿，底儿来的轻，讨小便宜的人多，故此才上当）。

贾儿挤进去一瞧，李二是连拿货带收钱，父亲拿尺量布，忙的一点空闲没有。自己笑嘻嘻的凑过去，说："孩儿算计着你们二位忙不过来，特地赶来帮着来咧！"老贾一听，心里喜悦，说："这路买卖，小孩人家做不来，你专管收钱吧！"李二心说："八成儿掌柜的怕我有毛病，这才故意的把少爷带来咧！"贾儿说："收钱我会，算账可不能行。不是别的，你们永远老是银庄合钱，几百几十几个一尺，再遇着买鞋面子的净讲零寸，我算不清账！"老贾说："我报出数儿来，你数钱还不能吗？"说话之间，天已过午，赶早集的都陆续着回去咧。李二借着出恭，也蹓到一边儿歇着去了。贾儿没事可做，顺手儿将昨天买的狐尾拿了出来，先围脖子后当腰带系着玩儿。老贾说："这节令方才立秋，你就往

① 行头：原指戏剧演员演出服饰，后泛指演出用具。

身上巴结直毛儿的皮货，简直是没穿过吗（这是老贾说孩子哪吗？我想起庚子当铺前敌的财主，还想碴儿可笑哪）！”贾儿也不辩论，仍旧掖在腰中。

老贾方才坐下歇歇儿，来了一位照顾主儿。书中代表，是个乡财主，本年粮食打的多，特意起五更赶早集来买布的，平日好喝一盅儿，刚到关厢就钻进酒铺儿去了，喝了几壶酒，又遇着本庄儿的邻居，两个人一路稿拳，喝大发了，出离酒铺儿，跑在松林里睡了一觉，及至醒来，天已正午，集是散咧，只好晚集再买啵（通俗相传，起五更赶晚集就是此公）。打定主意，信步进城，走到老贾布摊子前面，见堆着大卷的布，顺手拿起来一问价儿。老贾一瞧是乡贩儿，特意一动生意口，把个买布的给支使迷糊咧，样样儿都量几尺。贾儿乘父亲同醉鬼捣乱的功夫，偷偷儿把一串老钱裹在腰中，此时李二也回来咧。贾儿说：“你好好儿的帮着卖这号儿，我也要出荡恭去！”老贾说：“你可别混跑去！”贾儿答应了个“是”字儿，飞跑而去，走了不远儿，听有猜拳的声音，往铺中一瞧，是一座大酒缸，笑嘻嘻的进去，说：“掌柜的，你卖瓶子不卖呀？”掌柜的听小孩儿说话讨厌，可又不好挑字眼儿，说：“我们这酒连瓶五斤到是有的。你这们问，莫非你要打酒么？”贾儿说：“我最爱挡瓶子，你们是瓶子白饶哇，还是算钱呢？”掌柜的说：“连酒算在其内，一共五百六十钱！”贾儿说：“你给我来一瓶子！”说着从腰中将钱掏出，付给酒店。掌柜的见他真花钱，说：“你如果喝着好，下次再打，我还让价儿哪！”贾儿提起酒瓶，奔帽店而来，可不知有何做用。

（十八续）1919年8月14日

且说贾儿付给酒钱，提溜起酒瓶子方要出酒肆，又一想，不得，我们摊子上现有个醉鬼，我父亲又最恼喝酒的，我若被他老人家看见，给一脚他可就爬下啦咧（是怕酒瓶有了罃①，道亲们别多心），我还是暂且寄存在这铺中吧。打好主意，又冲酒店掌柜的说：“我想起来咧，我还得买些酒菜儿去呢，这瓶子分量太沉，你先给我寄存起来，我少时再取行不行？”酒行人做买卖最和气（卖热酒要好打架，那就早拆咧），况且见小孩儿说话和气，连忙说：“是咧，你放在这闷头排子②底下，那时回来再取就是咧！”贾儿把酒放下，方才要走。掌柜的说：“你回来（要唱《背凳》）！”贾儿说：“做什么呀？”酒店伙计说：“不是别的，方才是现钱交易，两手交换，没有请问你贵姓。如今你存货，我们这里瓶子多，倘或抓错了，彼此犯口舌。你说清名姓，我们给你留个记号（报挡瓶子的仇哪）。”贾儿说：“怎么叫留记号儿呀？”酒铺人说：“写个纸条子拴在瓶耳子上，少时你

① 罃：古代盛灯油的壶。
② 闷头排子：指没有橱窗的小门面房。

说对了拿走，好不好？”贾儿说：“我姓贾，就在帽店门口儿摆布摊子！”酒铺人说：“得，那就是咧，你请吧！”贾儿这才离了酒铺，仍旧跑回布摊子，见那个醉鬼还在摊子上咧咧呢（真正醉咧咧，比我这瞎咧咧强的多），故意的在父亲面前打了个转儿，又走开了咧。

书说至此，有几句小倒笔儿可得补叙出来。这位贾大奶奶娘家有个哥哥，就住在这本城里头，平日打猎为生，终日爬山越岭，不能常瞧姑奶奶，贾大奶奶家中没有人，也不能时常住娘家，离此帽店只隔三两条巷子。贾儿打酒的时节，早就想出一条计策来，所以乘父亲同李二忙乱之际，离开帽店，直奔舅舅家中而来。到了门口儿，不用叫门，往院里就走，嘴里说：“舅舅瞧狗，招呼咬了我的手，腿上要是给一口，立刻我可怎么走（说话找倒辙儿，八成儿研究倒听烘哪）！”书中代表，他这位舅舅姓何，这几天正上山下药线打野兽，卖皮子的月分儿，一气儿好几天没回家来咧，家中只剩夫人一个人儿。听院中这们喊，从屋中出来，一瞧是贾外甥来咧，连忙笑脸儿迎和，说：“呦，你来咧，进屋来吧，我这儿不养狗，你这一程子好哇？”贾儿赶紧做揖，说：“仙姑在上（不对，那是我舅母），甥男拜揖！”何氏夫人赶过来拉住小手儿说：“呦，甥男免礼吧！你好哇？你父亲好？前日听说你母亲欠安，我们实在缺情短礼，你今天一个人来的吗？”

说着话，娘儿两个进到屋中，连忙让坐，又问说：“你父亲近日做什么呢？你母亲病体如何？”贾儿说：“这几天比那几天强多咧。偏偏昨夜晚间房中闹耗子，把大衣给撕了一块。我妈说怕得鼠疫，半夜又生气又哭，怎么劝着也不听。我父亲现在进城做买卖呢，特意带了我来。晓得我舅父配药料，离不开砒霜、巴豆、六百零六、信精之类，所以叫我同舅舅寻给些儿，免得鼠疫传染！”何夫人说：“毒耗子的药咱家仅有，外带真灵！”说话打开药匣，取出个瓶子，用纸包了约有一钱有余。

（十九续）1919年8月16日

前日蝎螫右手，霎时火燎汤烧。想抬胳膊不能高，早饭都没吃饱。
小说岂容间断，狠心写稿难熬。有误诸公把报瞧，只是万说不好。

几句实事词儿念毕，接着还是说《聊斋》。这是鄙人的真事，足见我们动笔管挣饭吃的难处。在下被蝎先生搭了一勾子，总怨我自不小心，敢则人家放了毒，拖着尾巴挠咧。当时我一路混治，先用济生堂万应锭，用醋研开上上，立时止疼，又往手心里倒了许多广生行的花露水，越觉轻松。我一面治一面想着，昨天必定要歇工，所以信口诌了半只《西江月》。谁想到了晚半天，已然凑合着能划拉的上字儿来咧，只好赶紧接着敬献。

且说何大舅妈听说贾外甥要寻耗子药，这才打开描金箱，取出一个洋漆匣子，又找出一张纸，倒出半包药末儿，说："这宗药专治耗子搬家，外带不必他吃下去，只要闻见味儿，他就得跑。称得起祖传三代、独门秘方。棚上头的，卖三枚铜子儿一包，地下的两枚铜元，铜葫芦为记（那位说，这是何舅妈说的吗？我替东西庙卖耗子药的传名哪）。"

贾儿在傍瞧着包的太少，无奈不敢拧秤（怕是度量衡定造的），只好一捣肚子，说："舅妈呀，我这一阵儿怎么心里发空，肚子直响，眼睛冒金花儿。八成儿我这是鼠疫传染吧？"何大奶奶一听，说："你这孩子，又说废话，你这是饿出来的见识（谁说不是哪，不然，我不挨这路骂）。要讲做上等酒饭，一则没调货，再说也赶不及（大舅妈造厨，是专会拿笊篱，别名二把刀）。这们办，咱家有的是现成儿的干白面，我给你做一碗素片儿汤吃，你想好不好？"贾儿本来不饿，听舅母说做片儿汤，说："舅母赏什么，我吃什么。你老人家可想着真买面哪（让米汤涮怕咧）！"何大奶奶说："你舅舅上山专讲带干粮，咱家不断白面。只有一节，你舅舅这一程子没存柴草，我得现找去。你多等一会儿吧！"说完出了上房，够奔厨下而去。暂且言讲不着。

但说贾儿原为乘空儿支开舅母，好得偷药，所以并不答言，容舅母出去，往四下一瞧，有一张糊窗纸，连忙撕下一块，从新把那药匣子打开，顺手一倒，倒出约有一半儿，小手儿已然搿不下咧，这才把瓶口塞好，仍给放在匣中，照旧收好。再瞧舅母，还没把汤面做得，不便久待，这才寻到厨下一瞧，舅母方才把面合得，找来柴禾，正要敲火燃点，连忙上前说："舅母你老人家不必费事咧，我想起来咧，我父亲少时还有约会儿哪，叫我急去快来。你老人家千万别举火，我等不及了！"一面说，往门外就走。何大奶奶见外甥不扰，一面往外送着，嘴里说："你瞧大远的跑来就走，真是慢待咧！你可想着来，回家都问好！"说着送在门外。再瞧贾外甥，已然走远，从新回去，不提。

但说贾儿拿着耗子药，照旧回奔布摊子，看了看父亲的买卖，还是兴旺。自己也不便打扰，又跑到酒铺廊檐底下。酒铺人也没理会，这才打开酒瓶子，大装毒药。

（二十续）*1919* 年 *8* 月 *17* 日

且说贾儿见何大舅母把药包好，递在自己手中，连忙接过来掂了一掂，说："这药可怕不够吧？"何大奶奶把嘴一撇，说："你年轻的人儿不懂事务，要讲你舅舅打虎套白狼的手段，全是半空儿的事，惟独这毒老鼠的药，可称百发百中。你拿回家去，分做大小两包儿，大包儿放在棚顶儿，小包儿放在床底下，老鼠闻着药味儿自然就得搬家，并不是真把他毒死。如果他吃死，腐烂老鼠在窝里掏不出来，可就酿成鼠疫。况且老鼠也是一条生命，用毒药害他，也与人损德呀！你不信回家问你父亲去，北京东西庙卖耗子药的大铜葫芦，就是包管把老鼠薰走，没讲毒死的。你小孩子人家性子急，若是药搁多咧，把耗子薰的走不开，登时气绝，死在墙洞儿里，你们阖村的人传染上耗子瘟，岂不与卫生有碍吗!”贾儿一听，何舅母说话文明中又搀杂着迷信，不便辩白，说：“舅母说的是，甥男拿回家去，照方儿办理便了!”说完有心要走，究竟舍不得，嫌药少。何舅母把话说完，跟着又说：“你来的时候既然你父亲晓得，你可就不用忙咧，大概你也饿咧。要讲外甥男来到老老家，应当给你做几样儿好菜。无奈你舅舅没在家，我又不能上街买去，只好你将就着些儿吧。别的不现成，我给你做一碗香油素汤面片儿，你想好不好?”贾儿说：“舅母不必费事，厨下有剩饭我吃点儿都行!”何大奶奶说：“呦，那如何使得?”说着话走向厨房而去。

贾儿一瞧，这可得下手咧，把药匣子打开，又抓了一张纸，把药往手中一倒，倒了一大把，连忙包好，把瓶子仍旧给收起来。把手擦了擦，将药揣在怀中，跳跳蹿蹿的跑到厨房一瞧，舅母已然和好白面，刚要烧火做汤，连忙赶过去，说：“舅母您不必费事咧，你看天色不早，我父亲还在集上等着我哪，我要走咧!”何大奶奶一听，说：“呦，你做什么这们外道哇，你少微等一会儿就得!”贾儿说：“舅母不用费事，甥男还不饿呢!”何大奶奶说：“那们你可想着来，回家都问好，再来的时候儿告述明白你父亲，住个五天六日的!”贾儿嘴里答应着往门外而去。

一会跑到酒店门口儿，此时喝酒的人甚多，柜上的人忙不过来，并没看见自己，一蹓烟儿蹓到排子底下，将两包药都掏出来，将纸打开，把药全都放在酒瓶之中，还用手摇了几摇，仍然把瓶盖塞严。抬头一看，柜上人还没看见，自己也不便提走，乘忙劲儿又溜出来。到了布摊子上一瞧，已然收市了。心说既然父亲走咧，我不便忙着回去，索兴逛逛，倘或遇见他们三个，我设法子把酒送他，俗语儿有云“将酒敬人，并无恶意”，能报冤仇也未可知。想到其间，顺帽铺门口又走了几条大街，并没看见何家花园的那三个，抬头观看日已衔山，这才飞跑往家中而来，到家见父亲正串柜①哪。贾爷说：“你往那里去了？这早晚才回来。”贾儿说：“我上我舅舅家去咧!”老贾次日仍做买卖，贾儿终日上街市寻找妖精。

（二十一续） *1919* 年 *8* 月 *18* 日

且说贾掌柜的自从布摊子开张，生意还是日见起色。别瞧买卖儿小，嚼谷儿轻松，独本独利，又没漏柜的毛病（除去少掌柜的偷过一串钱之后，没丢过第二次），比上挺大的字号，伙计搭□窝，整卷儿运尺头，反能多赚钱，因此日夜很忙。大奶奶的病还是时发时愈，日子一长也就疲下来咧。

但说贾儿每天跟到布摊子上打个转儿，就随便在街市上闲游，一幌儿好几天。酒店

---

① 串柜：清点货物。

皆因他存下酒总没来取，也不知所以，很是纳闷，有时看见他从门口儿过，也不能叫住问他。这一天，贾儿逛到日色平西的时候，见一群人，多是赶集的，内中有个长胡子的，很是面善。心说八成儿是那天那个拿卮壶的，可不是在白棚帮忙的那一位。皆因只看见过一次，又在月光之下，不敢冒认，虽有尾巴为记，也不能过去拉下人家裤子瞧瞧。自己为了会子难，只得在后面跟随。一面走着，再细瞧他两条腿走的不甚得力，多半是鞋不合脚，又看他手上脸上的肉皮儿发红，外带有挺长的黄寒毛（不是地道黄种人），又往嘴上一瞧，下颏胡子都往前卷着，上嘴唇儿很稀，穿的也是棕色衣服，再瞧眼珠子是焦黄，眉毛一簇簇往起立着，越端相越不像人。

此时走了约有半里之遥咧，过路人已渐稀少，自己一想，非跟他搭簧①套话不行。于是紧走了三步，绕到他跟前，大声儿说；“二大爷，你上街来了吗?”长胡子一怔儿，看看没有傍人，又听小孩儿说话谦恭，也就答了言儿咧，说：“哦，可不是么，这位小哥儿，你也上街来了么?”老帮子实受咧，足见野畜也爱攀大。贾儿一听，说话声音透着柔细，字眼儿也有些含混，是人话还不十分纯熟呢，越发的不错咧，跟着又说：“二大爷，你老是居城呀，还是居乡呢?”长胡子的说：“我是乡间人，离城可不远，就在北边那个村子住。你这学生八成儿是住在本城吧?”贾儿一瞧，靠近一个人没有，凑进一步，低了个调门儿，说：“我住的是山洞!”这人听了，脸上微然一怔，说：“你怎么住洞呢?”贾儿说：“我们是祖居住洞府，你老人家是不知道，没见识过呦!”这人一听，说：“那们你贵姓呀?”贾儿说：“我是老胡的后人，不用现贯老姓，都说姓胡。我记得前些日子好像在那个花园之中，见你老人家同着两位少年公子打扮儿的人，莫非你老人家就忘记了吗?”这人听到这句，两只眼睛往上直翻，一手理着下颏儿上的长胡子，好像犯了疑心似的，又用眼细钉自己几眼，又摇摇头儿（好像贩私土的，遇见人就疑为侦探似的），大概是怕被小伙子赚了的意思。贾儿看到这里，故意儿的一掉屁股，把后衣襟儿一掀，露出那个狐尾巴尖儿来，又悄悄儿的说：“我辈溷迹人间，样样儿都朦得住人，不致露出本像来，唯有这件讨厌的东西去不掉，实在令人可恨、可恨、可恨唏（使上黄篇子了）!”长胡子的见他露出尾巴，这才有些信为胡儿，立刻认为同党，要问他上市来的缘故。

（二十二续） *1919年8月19日*

昨天的末句书，我说长胡子的看见贾儿的尾巴，这才认为同党。大伟人、政客千万别挑眼，彼时中国人不讲党派，唯独俗语儿上才有“狐朋狗党”的字样。彼时人顽固，都遵着孔子“群而不党”的话，故以有党为可耻。宋王安石立“党人碑”，路人皆代三

① 搭簧：搭上话。

苏、司马报不平，甚至以性命争之。这要处在而今时代，党魁重要分子要是同乡同盟同年，管保谈起话来，自己都要扬眉吐气，何况自己再能跨上这“党”呢！由此观之，古今字义都有更改的时候儿，何况别的事呢？那位说，你是讲字义儿呀，还是说《聊斋》呀？对，我还得接着造狐狸谣言。

且说长胡子的听小孩儿说自恨尾大不掉，立刻喜形于色，说：“那们老贤侄，你出洞来做什么来咧？”贾儿说：“我父亲叫我上街打酒来咧。我们洞外村子里的酒鸽子粪多，又是煤烧的，喝下去上脑袋，所以永久得上字号铺儿来灌酒，但不知老大爷上市做什么来咧？”长胡子的听了一笑儿，说：“这倒巧咧，我也是上市来沽酒来咧！”贾儿一听，正中心怀，说：“老大爷，你老人家是喝白干儿呀，还是喝陈绍哇？要喝白兰地、啤酒可怕不准有（彼时航海费事吗）！你老人家还是是酒都喝呢？你连个酒瓶子没带着，莫非闹个拦柜碗儿酒解解馋就算了事吗？还是没有酒钱呢？”长胡子的听到问他这句，脸上一红，凑近一步说：“嗐，我虽有酒瘾，不至十分烈害（还没生虫子哪），不喝也吃的了饭。你既见过我那两个主人，别瞧他们年纪小，可全是大酒量儿，并且他们是借酒生风，满堂客队儿里当擦白党去。天天派我给他们预备酒，一位位的可又不拿亲钱，叫我出来当高买。不瞒你说，我上了几岁年纪，心眼儿也迟慢咧，腿脚儿也不灵便咧，怕被人认准了，拉到后院儿给拉下裤子来打屁股，不但受伤，而且也露出本相来咧。你说不给他们出来偷，他们又不答应！”说着长叹了一口气。

贾儿一听，假装绉眉叹气，说：“本来白拿人家的东西不是常事吗！请问老大爷，你老人家吃过苦子没有？”长胡子的一听，直摇脑袋，说：“好在我机灵，没在酒铺儿栽过跟头。”贾儿说：“俗语儿有云，做贼没有庆八十的。这们说起来，我都替你老人家担惊害怕，此后总是少下手的为是！”长胡子的说：“老贤侄，你说的倒好听，你是不懂我们当世仆的苦楚呦，永久是不能自由的！家主吩咐给他预备什么，就得遵命办理。这叫穿青衣抱黑柱（可不是使黑杵），得晓得服从命令！”

贾儿听到这里，心说敢则畜生中不讲革命，又怕错认了，故意问说：“请问老大爷的贵上人是那一位呀？”长胡子的说：“你不是说看见过吗！就是那次你见过的那位少年公子，两个人本是亲弟兄，全不务正，各有一个外家。一个同北郭王家娘儿们靠着，一个在吃买卖地儿人家，同人家堂客捣乱。这家老帮子倒好办，他的儿子很恶烈，前次尾巴受了伤，十天才好！”说着抬头看天已不早，说：“有什么话咱们明天再说！”

（二十三续） *1919* 年 *8* 月 *20* 日

且说这个长胡子的把话说完，转身要走。贾儿破了这些天的功夫方才见着，焉能肯放他走，赶上前一把手扯住衣襟，说：“老大爷，你老不要这们忙，咱们再多说吧会子好不好哇?”长胡子的说:“我可实在不能奉陪了。再聊天儿,就误了我的事咧!”贾儿说:“不是就为沽酒的事吗?我劝你老不用偷人家的咧。一则自己得悬心,二则人家是贩本儿来的,生吃白拿,有多不文明呀。你何妨也沽他一瓶子呢!”长胡子的绉绉眉,好像没带钱,又不肯明说的样子。贾儿一笑儿,说:“实对老大爷说,我方才已然沽下了一瓶,存在酒店的廊檐底下咧,说明回头去取。你老人家要如果手里现钱不方便,我把这瓶送你老人家。我腰里带的敷余钱很多,我回头另打一瓶拿回洞去也就行咧!”长胡子的听到此处,脸上很是喜欢,说:“那如何使得!无故的蒙你这样相赠,我可怎么报答你呀?”贾儿说:“老爷儿们,你老人家这话说远咧,透外道咧!方才不是稿明白了么,咱们都是同类,不隔心,总得说过的多的多,这几斤酒满算不了一回。俟等一半天有了闲工夫,咱们还得一块儿喝吧会子哪,你随我来!”

说着话,抹头往回路走,走了个挺快。一会儿来到酒店门口儿,说:“你老人家在这儿等等儿,我就出来!”说着话跑到柜前头,说:“掌柜的,我存的这瓶子酒,我带回去咧!”恰巧正是那天打酒的人在柜上坐着,认准是本人儿,不必再问名姓,说:“是咧,我还当你忘了哪。如果喝着好,想着□这儿灌来!”贾儿点头答应,顺手把纸条子撕掉,提着瓶子出来,递给长胡子的。这人说了几句谦词话儿。贾儿说:“天不早咧,咱们明天见吧!”彼此分途。

但说贾儿又到帽店门口儿,一瞧布摊子已然收市,于是回到家中。老贾算计买卖的心盛,也没追问。用毕晚饭,各自安寝。贾儿脱衣,先把狐尾挂在墙上,然后躺下,心中有事,翻来覆去总睡不着。一会儿听外屋父母都打上鼾咧,自己左躺下又起来的。书说简断,直到天光大亮,贾大奶奶并没往空屋子跑,心说想必昨晚这法子灵验咧,有心要跑去瞧瞧,反到有些胆怯。

此时老贾也起床了,贾儿说:“父亲请跟我到隔壁何家花园子看看去,八成儿妖精死啦!”老贾听着诧异,又因大奶奶一夜没闹,也半信半疑,跟随贾儿出了自己家门,要奔何家大门。贾儿说:“父亲不必费话,咱隔破墙看看也就行咧!”说着到了塌墙的地方儿,自己往上一蹿,往花厅儿上瞧了瞧,什么都没有,又往亭子上一瞧,躺着两条死狗似的,这一喜欢非同小可。此时老贾也看见咧,说:“果然是狐狸死咧!”贾儿早跳入园中,老贾一抓墙头儿也跳了进来。贾儿走了不远,见草地上还死了一条狐狸,低下头一瞧,顺嘴往外直流紫血。酒瓶在一傍放着,用手拿起来摇了摇,哗啦儿乱响,还有少半瓶呢,不由哈哈大笑。老贾莫明其妙,这才追问说:“你既有此妙法,为何不早对我说?”

(二十四续) *1919年8月21日*

且说老贾一瞧,挺大的三条狐狸都死在何家花园子咧,说:“我没想到你这们点儿的孩子，会有这样韬略，能把这做怪的妖精用酒毒死，你为什么不早告述明白我呢？”贾儿说：“父亲有所不知，俗语儿有云，精灵精灵，他的耳音最快。真得说听见什么就能学什么，更不用说吃本子咧（那是容活□票友儿）。咱要预先开两次会议，恐怕被他闻着风儿，在机关报上一鼓吹，就给破坏咧（这是妖狐吗？妖狐中的破坏党）。□此任凭父亲责备，一味搪塞支吾。这如今大仇已报，你老人家自然就放了心咧！”老贾一听，说：“我从前在铺子做买卖，没事的时候儿爱瞧《西汉》，见陈平①六出奇计很是新鲜，你这孩子可称讨狐的陈平喽（老掌柜的一喜欢，拉上《汉典》咧）！”贾儿听老人家夸赞，说：“父亲过奖了，从此有一样儿好处，大概妖狐不能再上咱家来咧！”老贾说：“咱们不必告述何家，把这狐狸扛回家去可使得么？”贾儿说：“那有什么不行的呢！”说着把三个死狐隔墙扔出来，爷儿两个仍从破墙跳出。

老贾忙着往肩上放，又提溜起那个一瞧，说：“呦，你瞧这条是短一截尾巴尖儿的，他的毛还没再长出来呢！”贾儿说：“这就是被我剁了一刀的那个畜类！”老贾说：“这三个凑在一处，没别的，今年冬天我好好儿的穿他三个一件皮袄吧！”爷儿两个连拉带扛，把狐狸运回家去，往房檐上一挂。此时女仆、李二也听说咧，都赞美少爷能替父母增光。老贾喜欢的当日也没去做买卖。到了晚间，大奶奶安安静静的睡了一夜。次日老贾一瞧，透着心中明白，只是骨瘦如柴，说话有声无气的，一阵阵的干嗽无痰，有心给他请医调治，又怕大夫认为痨病，反治坏了，只好调换着将养。

这天大奶奶一阵犯恶心，顺嘴往外一吐痰，流了半地。父子都以为这浊痰吐净必然就好咧，谁想把痰吐尽，也就断了气咧。贾儿放声大哭，老贾忙着发丧办白事，知会亲友。大家来吊丧，有晓得这件事的，都夸赞贾儿聪明。内中有位乡邻，住在北郊，说他家对门有一家姓王的，从前也被狐祟惑的要死，这一程子狐不来咧，病也好咧。贾儿刚要说就是他毒死的那一条，老贾冲他直摆手儿，贾儿这才没说（怕王家要分皮袄）。

从此老贾也不张罗续娶了，买卖日见发达，又问了问贾儿的志向，是喜武不喜文。老贾一听也很高兴，从此请教师教他骑马射箭，练弓刀石，不几年中了武秀才、武举、武进士，当了几年侍卫，放了外任，到后来做到总兵之职。

原文至此而止，据蒲先生这样说，好像确有其事。在我们说玩艺儿，当遵“子不语怪”的宗旨，不能准认为狐精，当做偷奸的坏人被小孩子设法毒死也无不可。总而言之，狐精虽精，也因贪于酒色才至于殒命，还连累上一个真奴隶性质的狐仆。大概这长胡子的老狐，也必年轻时另有伤天害理之处。书说至此，明天另换新题。

---

① 陈平：汉朝初期谋士。

汪 士 秀

（开篇） 1919年11月13日

富贵荣华瞎闹，妻财子禄徒劳。死后铜像丈余高，迹近毁销国宝。

何不从心所欲，游山玩景逍遥。赏花著棋饮醇醪，或是观书阅报。

引铭笔耕为业，其实本是胡聊。加添趣语算白饶，偶斗诸君一笑。

谬蒙大家夸赞，我就叨住马杓①。那位爱瞧不爱瞧，原没自居说好。

几句流口辙的词儿念毕，余不多表。今天这几句词儿，可当在下篇行述，并非同谁有意见，套谦词。皆因本报较比别家报每天多销些分，同行小心眼儿的朋友就有看着不痛快的。其实并非我有能为，实是前几年机会凑巧，总理的财缘儿，在下也有个人缘儿，方能跟着沾光。这就是有爱孙猴儿的，有爱八戒的，好比百人吃百味一样，叫做麻木凉香，各有所长，有好吃酸的主顾，就有好吃辣的主道（与酸儿辣女可两经）。又道是好走东的不走西的，好吃萝卜不吃梨，好养活胡伯劳的万不养活猫，要是一手架鸟儿，一只胳肢窝挟着猫，见了朋友一招呼，胡伯劳的脑袋被猫咬下去，算玩儿那道雀腔儿的哪（这是《聊斋》吗？唱大鼓书的频口）。闲话打住，还是在下敬献这门《聊斋》。

上段《连琐》是几位朋友烦的，是段言情体裁的小说，一生一旦，不能花梢热闹。再说我们是用笔当嘴，便不能像评书台面儿上可以要神儿，亮像儿，更不能像文明戏，扮出脚色来说。我们本馆杨先生如果扮上杨于畏，恐怕连琐不敢理他。我要扮上连琐，真比鬼还丑哪。所以有瞧着嫌闷的，今天咱们改换一个冷段子，目录是《汪士秀》，是段

① 马杓：旧时舀水用的木勺。

武孝子的故事儿，可也不能混加哏儿，好在不甚长，十几天就可说完。好比一出小武戏儿，暂且占个场面儿，新鲜新鲜大家耳目。若是还说一个小生、一个女鬼狐的段子，岂不同坤班戏《红梅阁》接《梅降雪》《桃山洞》的样子了吗？话儿交待完咧，赶着说书要紧。

且说安徽庐州府地方住着一个姓汪名士秀的（大概同茶叶汪①不是一家子）。这个汪大爷，为人刚强好武，膂力过人，一毛腰能把石头臼子端得起来，粮店碾房儿搬家，此公常帮着煞车。生在前明时代，早先宋朝盛兴踢皮球，高俅就因此得的宠。相沿至明季，各省还多有好这种玩具的。这路皮球，同现在学堂游戏踢操用的虽是一样，玩法可不同。学堂专讲踢高儿远儿，彼时不甚讲高远，讲得是随身滚，一着有一着的名色。这位汪士秀的父亲老汪就踢得出名，士秀是从小儿家传，到了十几岁上，这年老汪不过四十多岁，因事故同人出外有事，行至钱塘江，翻船落水，尸骨无存了。汪士秀接着噩耗，只好空设灵位，开吊遥祭一场而已。过了八九年，汪士秀因有事故要上湖南，才有个父子相逢。

（续昨）1919 年 11 月 14 日

且说汪大爷这年打算赴湖南谋事，带上盘缠，沿路雇脚搭船。这天走到洞庭湖边界，应该由水路走着近便，搭了一只满江红的商船。这船没有坐客，只有船家、水手，人家是以船为家，有客没客，反正一样的行程吃饭，沿路随便招揽买卖，按马头寻觅泊船所在。赶上逆风，三五天不能开船，雇船的怎么起急也算白饶，足见前些年交通不便利的难处。此时正是个八月中秋节前后，船家到了日落已后，将船泊在湖边，抛锚系缆收拾完毕，人家在后舱歇息去了，梢公水手们都在一边儿说闲话儿。剩下汪士秀一个人儿，与这些人没什么可谈的，在中舱躺了一会儿，觉着闷倦，起身出了舱门，站在船头上往东方一看，一轮明月方从东方涌出，照得满江面都是亮的。水皮儿上微起秋风，吹出的浪波滔滔，就好像万道金蛇，又像一匹白练。汪爷靠桅杆玩赏江景，可称心旷神怡，猛一低头，见桅杆傍放着两个大石鼓。自己常乘船，晓得是为拴篷②帆绳子用的，大约看看，分量不过百斤以上。自己有心搬起来试试，一想使不得，脚上一按劲，船一摇撼，恐怕船主说嫌言，不可乱动手。看完了，倒背着手儿又往船头走了两步，想要再看看湖景儿，进舱也就安眠咧。

正在这个当口儿，见湖心中的水忽然涌起波涛，砰的一声，从水中涌出五个人来。

① 茶叶汪：指旧时北京的汪元昌茶庄。
② “篷”，原文作“蓬”，据语义改。

有一个人挟着一领芦席，踏住水面，把席子往水上一放。这块席子还是真大，足有七八丈见方，铺平之后，五个人都站在席上①。有一个人，手中提着一个食盒放在上面，把盒盖儿掀开，从盒子中一样一样的往外拿杯碟壶碗等类。汪爷看着诧异，心中晓得，这必定不是水中正神，多半是水怪精灵在水里混得够了分儿，发了财，也要假充高人隐士，赏月饮酒，容他们喝够了分量，倘或一唱，就能听出都是什么变的来咧（大概就会一个《水斗》），不可惊动他们，这到有个看头儿（汪爷别着蹭听呢）。此时席上的酒盅、布碟、匙箸全都放好，果碟子尚未摆齐，两个人还直往外端。忽听两件家伙碰在一处，是软和声音，不像瓷器的响声儿。汪爷心说，敢则家伙都与众不同，可称真阔喽。一会儿把菜摆齐，有三个在席上而坐，那个放席的同提食盒的站起一傍斟酒伺候。汪爷心说，一个水怪都懂得有主仆的规矩，看起来这种奴隶人的专制派，是古今上下中外都却不掉的喽。

正在看得出神儿，就见正坐儿这个人穿的是一件黄袍子（可不是方丈的道袍），两旁一边一个陪座的，穿的是浅银灰的大褂儿，白骨头钮子，皆因盘腿坐着，看不见是白鞋、白袜、白腿带子不是。汪爷心说，如果再戴一顶白帽子，简直的成了白种的白丁儿咧。顺着肩膀儿再往上瞧，三个人全戴的是黑颜色的软头巾。正坐的在自己对面儿，看不清楚，只见两旁的这两个的帽子，顺脖颈直搭过后腰，如同和尚大风领一样。这种不中不外的扮像儿，足见定是妖邪。

（再续） 1919年11月15日

昨天的书说到末两行，因为找不着扣子，故此用衣服、帽子奇怪，便可断为妖孽的话做个结束。这话并非在下杜撰，古人云"服之不衷，服之妖也"，此等服色原不以裁料颜色美恶论，但也得合时称体为宜。即如古制，某朝尚何色，应以何色为吉服、凶服，是公共所遵守的。各国制度不一，也略有一定的，并且有迥异的。如欧西尚白，韩人以□布衣为奴隶，是其不一者也。吾国私衣向不以黑白为尊卑，但夏多服白，冬则不宜。近年维新好奇的人，不但冬月穿浅灰色衣服，而且真穿白鞋，不知是那家的伏地丧种。至于女子之服，袖口一天比一短，恨不要成背心，莫非女子也有断袖之癖吗？裤腿更是方过磕膝盖，可用极高的袜腰儿，又不是油墩粗布。若是白布或穿双白口单脸儿鞋，便成僧家了。换双皂鞋，便近于我们送报的伙友了。如今山左的朋友，一堵气子倒不如是打扮咧。论起这种妆束，实在令人看着扎眼，据说是取法外国跳舞样式。其实泰西女子跳舞时用此服，若出门则永穿长衣，下面亦系裙子。说到男女的帽子，更是千奇百怪的

① "站在席上"，原文作"站席在上"，据语义改。

式样颜色，不说仿自外洋，便说运自上海，令人不能指其名。若以本文书说，汪士秀在海上看见的这三个，一定必是从水族中学了来的喽。

闲话少说，且说汪士秀虽然看着纳罕，可也不能过去同人打听这叫什么帽子，偷眼再瞧，站着的两个人全都穿着黑色衣服，同常人却差不多。此时月照江心，白露横江，登时露气弥漫，反不如方才那样光华了，几个人的眉眼分辨不清。只见方才铺席的那个人腿脚便利，跳跳蹿蹿的像个小僮儿。那个提食盒的有些归了腰①，有时转身侧过脸儿去，看颏下已然有须，大约是个老苍头的样子。唯举止态度好像是时常在一处的熟人儿，一时间又想不出是那一位来。正在纳闷儿，就见坐席的三个人端起酒杯来，先都各自饮了几杯，又把摆的菜蔬大嚼了一阵。三个人随喝，这两个随给斟满。

数杯之后，见当中穿黄衣服的把酒杯放下，对两边的两个人说："今夜的月色实在甚好，你我弟兄不可辜负这良宵美景，必须要痛饮一番。来呀，二位贤弟请呀！"左边坐的这个也将杯子举起来，说："仁兄请呀，请！"说完又各自一饮而尽。汪爷在船头上看着，心说也不知这三个是真海量啊，还是得着便宜酒，这们拚着命的招呼。三个又各自赶完一杯，彼此哈哈的大笑。左边坐的这个对正座儿的说："呀，仁兄，小弟想起来了，今夜这个江景，好像前次广利老王爷大宴梨花岛的时节风景，只不过月分儿不一样就是了！"右边的这个也答了言儿啦，说："还是仁兄记性好，脑筋足壮。不错，那天的酒，小弟不曾尽量，皆因在上司面前究竟拘泥些个。今夜咱三人可要尽兴的喝酒了！"说着三人又喝起来。喝完又说话儿，因离的远，声音略小，汪爷便听不清楚了。这三个互相问答，好像来在租界中开什么秘密会议。

（三续） *1919 年 11 月 16 日*

且说汪士秀既是好武有胆量的人，看着虽然诧异，并不惧怕这些个事。论到驶船的同船户，别瞧终日在水面儿上混饭吃，因为以船为家，生命财产都在这上边呢，而且又没受过高等教育，多是一腔子的迷信，万不敢得罪龙王，不但遇着风浪要烧香许愿，连说话都有好多的忌讳。比如看书，要说翻篇儿，"翻"字嫌忌讳，改为转过来；管着漏杓叫碎嘴子瓢；翻回头行船叫做掉过去；睡觉翻身叫爬下或打个滚儿。那位说，要是爬着睡醒起来呢，您到庆丰闸同船户打听去吧，我没扛过小口袋儿。

闲话少说，但说方才汪爷出舱的时节，水手、船主虽然看见，以为他是出舱接手儿去，即便看看江景儿，一会儿也就回来咧，所以并没问他。偏巧遇着这样异事，他瞧上瘾，所舍不得回舱咧。功夫大了，驾掌亲自出了后舱，一瞧水神做乐呢，不敢大惊小叫

① 归了腰：佝偻腰，即腰有些弯曲。

的往回喊汪先生，连忙褪头回去，嘱咐大家吹灯，别咳嗽，招呼龙王爷醉了抓碴儿挑眼。有的说："中舱那个搭客可在船头看热闹儿没回来呢，怎么办哪？"驾掌说："他一害怕，必然也就蹓回来咧。他若一定不来，咱们也顾不了他。只要咱们不惊动，龙王看见生了气，不过罪坐一人，还能怪罪咱们吗！"水手们一听，自然是谨遵船主的话喽，暂且言讲不着船家。

再说汪爷，始而是见水怪坐席新奇，要瞧个水落石出。继而因为看着老苍头态度熟得紧，要看明到底是谁，怎么认识，故此一面侧耳听说话儿，一面蹲在靠桅杆石鼓之傍注目定睛的细细辨别模样儿。忽然想起来，好像死去的先父，虽然死在江中做了水鬼，也断不能吃上腥饭儿呀。心说，我到要细听听语声儿，偏巧老头儿同小僮儿不爱说话。听正座儿的又说当初广利王待自己怎么有恩典，三日小宴，五日大宴，比上曹操待汉寿亭侯不在以下（改行要啃《三国》）。汪爷心说，记得人说四海龙王都是"广"字的王号，唯有广泽王爷好管闲事，遇有急难大事，向东南方叩三个头，大呼三声"广泽王爷"，就能救苦救难，但不知没有吃穿并没钱花，能管不能管（那上广泽当通融几个钱到可以凑合过去）？广泽王世居是北海，这个广利耳生一点儿，凝神一想，想起是《宋典会要》① 上有宋仁宗②康定元年诏加四海龙王为四圣（可不知四圣庙供的是否龙王）。南海广利王加封"洪圣"二字，皆因这位王爷不大爱理民词，所以没人提得起来。如今听此妖这们说，八成儿好吃好喝，好跟水怪打联恋喽。据这们一听，别听称为南海圣人，敢则也是徒有虚名呕。

想到其间，忽听那个老头儿低声问小僮儿说："你把纸片放在那儿啊?"汪爷心中一机灵，心说莫非他们还要叫条子吗？还是预备写账呢？小僮儿从衣兜掏出一打儿来，问老头儿够不够。老头儿说："不过预备着罢咧！"汪爷细听语声，虽是老人说话带水音儿，可不像徽州语，不要混认死爹。

（四续）1919年11月17日

大凡人对于熟人，须由声音笑貌辨别方认得出来。人唯耳音最灵，譬如隔着窗儿听人的语声儿，生人便知是男女老少；若是熟人，立刻就可以答话，比看见貌像还准呢。所以古人把"聪""明"两个字分做先后。即如本文的汪士秀，看不清海上的老人模样，想听语声儿也是这个理由。偏巧老人不爱说话，所以一定要听个明白。好容易才听见了两句，细一辨别，比先父语声苍老，而且近于苏口，自己方知不是，不可错认。有心要

---

① "《宋典会要》"，原文作"《唐典会要》"，据语义改。
② "宋仁宗"，原文作"宋真宗"，据语义改。

进舱睡觉去，年轻的人好奇，听他们说拿纸片儿，到要看看什么用处，所以越不肯走了。又耗了约有一个多更次，此时明月转在正南，汪爷在北面儿，五个人在南面儿，更看不清楚了。一转身儿，坐在石鼓之上，摸了摸身上的衣服，已被露水浸湿。再瞧这三个，酒喝的不似方一落座一盅赶一盅的了，不但声音低微，而且透出乜斜的醉态。

正座的这个冲着两个陪坐的说："咱们哥儿们的话，歀的总是尽兴咧。要比较起来，我歀的比你们哥儿两个总多个百八十盅的，我可没醉吧?"下首的说："大哥原本是海量，凭这一壶酒，即便一人饮尽，也万不能醉的!"黄衣服的说："那是呀，要是一喝现原形，那酒还喝个什么大劲儿呀，你说对不对，我的小把弟子?"上首陪座的看出大爷喝得有些过量，连忙岔话，说："兄长，小弟看今夜月明如昼，咱三人空喝会子酒，还不算十分遣兴，你我弟兄踢会子皮球，舒畅舒畅筋骨，不知老哥有此兴致否?"黄衣服的一听，哈哈大笑，说："你提起球来，正可我的心眼儿咧！我一生一世，盘球、地球、踢石球，我是全不好喜，要讲踢皮球的话，我是那时玩儿那时高兴。你说的这个主意真高，来，你们快拿球去!"就听挟席的那个小僮儿答应了一声"领法旨"，往席边儿上紧走了几步，将身一纵，噗通一声，跳下江去。

汪士秀平日既好这种玩艺儿，跟着也往起抖精神，心说到要看看水怪的球有什么特别的高着儿。方想到此处，就见水皮儿一裂，这个小僮儿已然钻了上来，两只手抱着一个大圆球，与尘世所用的大不相同，好像一个猪尿泡里面装着水银，光亮耀目，直如同洋货店中迎门挂的玻璃料球，说如今的话，简直的头号电灯泡子。汪爷真没见识过这宗洋货。再瞧小僮儿已然上了席子，双手捧着奔到三个的面前，单腿打仟儿，说："启禀三位爷，球已取到!"黄衣的一见，说："闪开了!"白衣的告述老苍头把酒具暂且收起来，少时再喝。老头子答应着，一样一样的往食盒里捡。三个全都站起身躯，各自挽□袖面儿，系上腰带。小僮儿把皮球顶着，净等三个接，远远儿一瞧，活像烟卷儿的商标。谁想三个都不肯先踢。黄衣的一扭头对老苍头说："你赶快收拾完咧过来，还是四家儿有个意思!"老人答应了个"是"，把食盒放在席边儿上，掖好衣襟，站在下首。黄衣的接过球来，小僮儿闪在一旁，四人逞精神要演游戏体操。

（五续）*1919* 年 *11* 月 *18* 日

且说汪士秀坐在石鼓上面，看对面席上四个人踢皮行头。就见穿黄衣这个接过球来踢了两着儿，腿抬的既不高，一溜歪斜，好像脚底下没根儿，□着云彩似的。汪爷心说，八成儿这东西是喝醉咧，凭这路能为，还逞能要在运动场上露脸哪。踢过三四脚，先喘做一堆（同我一样，这两天儿要犯节气），使了个花着儿，把球送到白衣的跟前。就见这个踢了几脚，虽比头先的强点儿，究竟不能夸好，再瞧脚底下也是没根儿。汪爷心说，对呀，他们踏着水皮儿，想来是不容易呦。见他踢过三五着儿，又送到那个白衣的面前。这个虽然踢的不高，可是腰串、腿串、背剑等名色全都有个门路，再加上这个水晶似的大球衬着他一身白衣服，在月光之下实在好瞧。心中纳闷儿，不知这球是软是硬？有多大分量？里面装的是水银是水？自己如果能过去踢几脚方可心哪。就见这个踢完三四着儿，并没再新鲜的咧，翻回头仍是那几手，又踢上个重回儿，才推送给这个老苍头面前。

但见老头儿接过球来，把左腿往席上一站，纹丝儿不动，两手一叉腰儿，这个球随着他身子上下翻滚，称得起是速小绵软巧，肩肘腕胯膝全有功夫，周身骨节儿都是活的（胯骨轴儿可是死的，不然早打了“什不闲儿”咧）。再往此人脸上一瞧，两只眼睛圆铃相仿，虽离的远，听不见出入气息，由这不慌不忙的样式揣度起来，必然是气不涌出，面不更色，更不能撅着胡子直噗嗤（成了刺猬精咧）。半天的功夫把各样的着数踢完，然后把球送给黄衣的面前。两个白衣的一齐说：“还是老帮子有两下子！”此时汪爷看得入了彀，可就坐不住咧，站将起来，丁字步儿，也把手叉在腰带子上，两只眼全副精神都灌注在这个球与老人的身上，看不出一些破绽来，不但比自已玩的熟，而且同自己所学的都是一个门路，一样的派头儿（可不能混算那一派）。正看在高兴，人家把球推出去咧，也没人鼓掌叫好儿（不像坤角儿有人捧），仅止这两个夸了这们一句，幸而没挑眼，足见拿玩艺儿伺候人换饭吃的难处喽（这是汪士秀说的吗？湛引铭诉委曲哪）。

此时这个穿黄衣的见球到跟前，从新接过来，还是方才那几个俗着儿，玩了两三手儿，饶了好几手儿的狮子滚绣球（那位说，什么叫滚绣球哇？就是掉在席上，用爪子拿起来再练），踢的不高兴，三五着后，又推送在两个白衣的面前了。两个又按照从前的套子各踢了个重回儿，还是一点样儿没改。汪爷心说，这路轮子玩艺儿实在讨厌（不然怎么我好□腾冷段子哪）。好容易盼他们两个玩乏了，才推送在老人面前。老头儿正然抬头望月，好像心有所思，移神似的，冷不防人家把球推送过来，不能不接，只好把右腿一抬，离的远些儿，脚尖儿上多加了点儿劲，谁想用力过猛，飞起一丈余高，正冲定汪士秀的面门落下。

（六续） *1919 年 11 月 19 日*

昨天的书，说汪士秀看四个踢皮行头的越看越有精神。这件事，通俗说就是行家瞧门道，力笨看热闹；行家伸把手，便知有没有（白潜贼也是一样）。又如我这段书一开篇说的闲话儿，好什么近乎什么。譬如总要不爱瞧报，永久说这是替洋人劝您随鬼子的玩艺儿，上边有药水儿，看一遍回家拆家堂佛的人焉肯花一枚铜子儿跟白话报呕气呀！从前这路人，真能为有贴报牌搬家的，不走阅报处门口儿的，说怕染了洋习，中了洋毒，几年没在家，在顽固党中当党魁来着。及至到家一瞧，夫人文明，把房子改为洋楼房，妆束是洋式。老先生一打听，敢则人家把他早给入了外国籍咧，所为保险。好在爱看《群强报》的主顾决计没这路人，都是爱道助道、认识字的文明同胞。所以我才敢撒野说话，散酒儿当不了正筵席。

还得说汪士秀站在船头，见老头儿的球踢了一个冒高儿，别名是走高了脚咧（怪不得不理熟人了呢），这球正扑奔自己面门而来。方才我说爱道助道，就是救场如救火的心理。汪爷别了这半夜的功夫了，还能不显一手儿吗？原文说“汪技痒”，在下不会武技工夫，不晓得怎么闹的荒，归根儿一句话，还是学过什么以什么为至重，决不肯不搭把手儿，故此不禁不由，有个爱道助道。汪爷见老人的球走了脚，奔了自己面门而来，汪爷是个冷不防，打算要把球给人还回去，焉有不用十分力的，故此别足了劲儿要往起踢。敢则这种软皮球同自己本学儿的不同，是溜光发滑，一沾脚面，早滚下去咧，如同单五儿的皮子①似的（汪爷摆过私酒摊儿）。汪爷既是抬了脚，焉肯栽跟头，赶紧一拧磕膝盖，右踝子骨一按劲，往外一抓，把个球照旧托在脚面上，五个脚指头一齐按劲，往起一踢，□的一声，这球可就真还回去咧。

前文书说过，汪爷本没见过这种软球，又是二股劲儿，分外要讨好，脚尖儿上的力量自然加重，又搭着所穿的这双鞋是钉着帽儿钉子，这几天被船板把前头挂起个尖儿来。简断截说，把个皮球给扎了一个小窟窿儿，球在半空往下直漏白光儿，不知是水是酒，好像吃私酒的遇见远便知要放货的样子。汪爷此时只觉这球比寻常轻软着许多，既是自己用力猛了，给人踢坏，后悔也就无及了。就见这球飞起一丈余高，从上往下流出的这股白气儿，好像天上出的虹，又像一个大白扫帚星坠落江中，而且还有响声儿，如同暴雨一样，眨眼之间，全坠落江内，踪迹皆无。此时汪爷觉着没有趣味，也不好回舱，只好叉着腰儿，靠桅杆听动静儿啵。

再瞧对面三个人，瞪了眼睛。黄衣的说：“船上那里来的生人，硬敢败我等的清兴，可恼哇，可恼！”两傍两个白衣服的也跟着答言儿，说：“实在的可恨哪！可恨、可恨、可恨（要学黄辅臣②）！”又听那个老头儿呵呵大笑，说：“三位爷台不要生气，看船上这个踢球的，一定必是行家！”

（七续）*1919年11月20日*

且说席上的三个人方才喝酒的时节，本没看见汪爷在对面船上瞧嘴，及至踢行头的时节，酒已半酣，一味的自骄自傲，又搭着天生长来的眼皮子好往上翻，而且全是近视

① 单五儿的皮子：作者在《黄英》篇中解释说，此是灌在猪尿泡中的五斤私酒。

② 黄辅臣：清朝咸丰、同治年间著名说唱艺人，双簧的创始人。

眼，故此看不见人。及至皮球被人踢破啦，这才怒恼发威，说：“那里来的生人，这般的可恶!”谁想老苍头信口夸赞起来，说：“三位爷，不要生气，船上这个人踢法巧妙，必是个高手。方才他这着数儿，是我们本门中一个绝技，这名目叫做流星拐，不然早把球落在江中咧!”这三个人听老头子的话明明是讥诮自己不懂局，登时更老羞变怒。穿黄衣的火儿更大（净当狮子滚吗），把大嘴一咧，用手理着几根小胡子儿，说：“好混账的畜生，硬敢损坏吾的宝贝球，实在该死!”穿白衣的听老人卖弄是他们门中的绝技，分明拿自己当外行，也就生了气，说：“损坏球，是这个畜类多脚，本就可气。你这个老奴才不说向着主人翁，赶过去把他治死，反到赞成那一方面，想必你两个是一党同谋！有什么秘密协约的机关，乘势要替他疏通意见，或钻营门路喽！我等焉能受你的圈套，赶快带上小乌皮，到那只船上，将这个狂小子抓来，待你家三位大王问话。问明不是你主使还则罢了，若是你的余党，一定从严惩治！傥阳奉阴违，故意将这畜生放走，一定打折你的狗腿！看你还敢吃里爬外不敢了。来呀，与我快滚过去!”那个站在一傍，也说：“浑蛋，混账，不是东西!”

但说汪爷在船头上一听，明知是凶多吉少，好武的人在外做事，讲得是敢做敢当，死而无怨，方是铁血男儿，就凭这三个净会撒酒疯①、骂人的水怪，再搭上这一老一小，即便一齐过来，也不放在自己的心上，奈因一件，赤手空拳，可未免差劲。想到其间，才想起铺盖卷里有一柄防身的腰刀，乘这空儿取出来，少时他们过船来，给他们个先下手的为强，后下手的遭殃，我要杀他个干干净净（那块肺，还唱《捉放》哪）。于是抽身跑回中舱。

此时水手们都晓得这事了，吓的抖衣而战，说：“汪先生，你惹下这样大乱子，你打算下船往租界一藏，那可不行，你老!”汪爷说：“好汉做事好汉当，焉能连累你等！休要多管老夫闲事，闪开了（一死儿巴结这出老脸工儿)!”三步两步进了舱，从被套中抽出刀来，出舱往前一纵身儿，仍站在船头之上。此时那老的在前，小的在后，全都掳胳膊挽袖的，把前衣襟儿掖好，手执兵刃，往前飞跑。这船头同席子相隔好几丈，跑过席子，都踏着水皮儿仍是开跑步。汪爷心说，凭这手儿我可不行，今天大概性命难保，我要容他们欺近身儿，一把拉着，带下江去，我可就演了《水擒》咧，不如把脚站稳，用刀等着他们，他们往船上一蹿，我扁腕子用刀尖儿一扎，不能容他近身儿，或者可以得胜。打定主意，丁字步儿一站，瞪眼看着敌人。说书套子有云，说时迟，那时快，老头儿在前，已到船傍。汪爷一看，正是死去的先父。

① “疯”，原文作“风”，据语义改。

（八续） 1919年11月21日

且说汪爷横刀别着要扎老头子，及至凑近一瞧，才知正是自己的本生先父，此时无论是人是鬼，也万不能推护手盘儿往前进刀咧。登时就把掏心窝子，八九年没说过，又甜又面，说着可口儿，听着入耳，想当当不上、当上就着急的那句大家伙说了出来咧。那位说，你说了半天，到底是叫出什么来啦？在下没到过安徽，不知该省土语，只好按照蒲先生的原文说啵，就是“阿翁”。上一字念峨，可不是旗籍满洲人，指姓为名的阿爷（蒲先生没当过山东拨什户①），紧接“儿在此”三字，这们一说，大概诸位也就了然咧。那位又说咧（也不是那一位），你这叫诚心吵螺蛳②，一个纸篇儿上写字，难道还怕有人跟你玩笑，抓了便宜去吗？我说非也，皆因说书唱戏，要是如身历其境，必须由自己处到这件事应当怎么样，体会到合试的地方儿才能说得好。这路事我没经验过，故此老怕说砸咧。再说说书得分什么脚色、什么口吻，汪士秀是个正武生，比如我硬写上赵旺③演习的词儿，说“那傍来的，敢是老爹爹么”，您想多叫汪士秀给汪家门儿泄气（那我也就饿的叫了赵旺咧）？我说到此处，因为为难，才斗了几句哏儿，虽是趣话，敢说关乎世道人心，并且不伤风化。闲言少叙，还得接着说正文。

但说这个老头子是奉命差遣，盖不繇己（天生的奴隶性吗），又道是既在矮檐下，怎敢不低头（又饶一出《白龙关》），拿着家伙跑过来，又有主人一个亲随监督着，还能不是拼命的劲儿吗？及至听见语声儿，又有“儿在此”三个字，老头子手早哆嗦上咧，把胳膊一搭拉，把脚一跺，说：“孩儿呀，孩儿呀，敢则是你呀？想不到，你我父子竟有相逢之日！我要早知道是你，我方才还敢多说话吗！我闹了个挑拨恶感，两面不是人，这是何苦哇，何苦？”说着话，一咧别嘴儿，鼻涕顺胡子流出多长，二目之中不由滔滔落泪（那位说，你做什么又上大鼓套子？您想人家老头子五十老高高咧，遇着这样动心事，焉有不如此的）。汪爷对于这个老头子是天性攸关，从前是生不见人，死不见尸，如今站在面前，不差分毫（那就本来不错，别拧秤④咧），一肚子的心腹话，反不知先说那句好咧（我这书可得由着我调换），不禁不由，心坎儿一难受，眼框子一酸，见老头儿撇啦，自己也跟着酥啦⑤（我可是红名子⑥的马甲）。爷儿两个这一哭，自然是万不能再动手喽。老头子身后那个小僮儿听到“阿翁，儿在此”五个大字，心说这还打什么呀，爹爹也在

---

① 拨什户：满语，八旗里较下层的官员，汉语为领催。

② 吵螺蛳：指众人喧闹争吵。

③ 赵旺：原系京剧《荷珠配》中的乞丐，后引申为失业的人、没饭碗的人。

④ 拧秤：错，相反。

⑤ 撇啦、酥啦：撇酥儿，流泪，哭泣。

⑥ 红名子：有成绩，出了名。

这儿哪，儿子也在这儿哪，他们两头儿一对耗着斗经纪，少时嫌我给他们坏事，先一刀把我杀咧，我上那儿请恤典去呀！我也别紧耗着，乘他们两个商量议和条件的时刻，我急蹓儿扯乎，回禀我家大王爷去，不但脱了干系，碰巧还许禄位高升哪。我就是这个主意咧，嘿，我就是这个主意。想到这里，一转身儿，踏水面跑到席前，单腿打阡儿说："启禀大王，他们都是同党，现在已经成了和局！"

（九续） 1919年11月22日

昨天的书，说到小僮儿返身逃回去报信。今天不必接着叙说那三个听见怎么生气，如何商议拒敌的主意①。但就汪氏父子这一方面儿说着，倒透简便。但说汪士秀对于父亲有好多应问的话，彼此一对落泪，反不顾得问咧。老头子擦着眼泪回头一瞧，小乌皮溜回去咧，自知失事，冲着汪士秀说："儿呀，你我父子杀身大祸到了，你乘早儿或藏在舱中，或上岸逃奔远方去吧，不然眼前就要灭门绝户了！"汪士秀不知此话何来，不能细问，只说："父亲，何不一同逃走呢？"老汪把手一摆，说："儿呀，你不知三个恶怪神通广大，若是同逃，他们追到岸上，漫说你我父子性命难保，就连江中的船只同岸边的居民，恐怕都同遭水灾。为父的破出这条老命，或者能救下无数生灵。儿呀，你就快些逃生去吧！"

汪士秀还要再问那三个都是什么样儿的水怪，就见这三个顺水皮儿如飞而至，一纵身儿，都上了船。汪士秀这才看真三个水怪的模样儿，全都面如锅底，别提多们黑咧，漆黑的大脑袋，瞪着两只大红圆眼睛，没有眉毛、眼睫毛，净说眼珠子真有河南大缸口大小。汪爷方要拼命动手，那个穿白的一伸手，早把父亲揪住，往后就拉，可叹父亲也不敢还手，把手中的兵刃早撒了手咧。汪士秀见妖怪要把父亲揪走，自己如何能袖手傍观，伸左手，把老头子的胳膊揪住，往回里夺。水怪的膂力真大，船头上冒猛加上三个黑大个儿，分量很重，彼此又一动手揪夺，船还有个不摇恍的么。湖边儿上虽有缆绳儿，船一摇早给摇断咧。汪士秀是个急劲儿，左手揪老头儿，右手举起利刃，照定这个白衣的胳膊上就是一刀，只听喀叉一声，这个妖精的左胳膊被汪爷给砍折啦，咕咚一声，掉在船板上。妖怪疼痛难忍，右手撒开老汪，甩着单胳膊闹了个"哇呀呀"，一转身儿，咕咚跳下水去。

这个穿黄的妖怪一瞧，把弟成了《后水浒传》的武松咧（没擒成方腊，成了半只腊鸭咧），晓得船上这个小伙子手底下真黑，自己别买贵的，给他个三十六策走为上策吧。于是不顾这一个，噗通一声跳下水去。那个穿白的一瞧，心说这到不错，哥儿三个来打

---

① "主意"，原文作"主义"，据语义改。

群架，二爷受了伤，大爷不叫横，反到蹓了边儿啦，这简直的是瞧我一谱儿吗！凭这小子，虽说手底下马力，可不知他水性怎么样，我把他拉下去涮涮他，他要净是旱地的英雄，我们岂不报仇了么？想到其间，一矬身儿，一伸胳膊，就要抓挠汪爷。

汪士秀见穿黄的一蹓，自己越发放了大胆子咧，一转身儿，举刀正要砍这个穿白爱素的黑大个儿，恰巧他低头递脑门子，这下儿别提多得手咧，举刀照定天灵盖往下就剁。这个黑脸儿的一瞧，不得，赶紧使了个乌龟褪头缩颈的高着儿（那还高什么呀），无如脖颈不灵便，缩不回多少去，汪爷的刀早着到脑门子上面了，只听砼磞一声，如同劈猪头相仿，大约老黑性命难逃。

（十续）*1919年11月23日*

且说汪士秀这一刀砍将下去，是十足劲儿，再瞧黑大个儿的脑门子，不冒鲜血，净流白浆儿。心说，这小子这们足的脑子，为什么不出血呢（多半是一脑门子净豆腐脑儿）？还要用刀再剁，这妖怪疼的直打蹦儿，也不知是死是活，一滚身儿，早骨碌到水里头去咧。汪士秀见三个妖怪都死走逃亡，再看父亲，钻在靠舱门儿里头，爬在舱窗儿傍边，吓得那儿哦哆哆的打战呢。汪爷正要进舱去救护父亲，问明为什么这样的怕这三个妖精。

再说船上的驾掌水手们从汪爷把球踢回去已然都看见了，都知道这乱子惹得不小，想过去拦阻已是赶不及咧。转眼三个妖怪追到船头动起手来，把船摇得要翻，众水手看见缆绳儿已断，顾不得启锚，只好跑到船尾将舵把住，内中有抄篙桨的，有支棹的，手忙脚乱，慌成一处，及至见三个妖怪被汪爷全都赶跑，才放了点儿心。此时满天星斗，残月西斜，岸边的船，谁都因为汪爷打大老妖吓得不敢睡觉。有张罗要早开的，汪爷这船上的船主早跑到汪爷面前，说：“先生，你老可站稳了，咱们可得开船咧！”汪爷说：“我是一时逞能，不想连累众位受惊。此处不是吉地，必须要速离此处方好！你们开船是正合我意，咱是越快越好，我还要进舱看我的老人家去呢！”说完自己转身儿，刚要进舱，水手们荡桨摇橹，调转船头，就见水皮儿往上直泛白泡儿，从水中冒出一个大嘴来。水手一见，齐都害怕，喊叫起来，说：“汪先生，可了不得啦，水怪出头，张开老嘴要白吃人喽！你惹的乱子，你想法子挡他们吧！”

汪爷看大家吵嚷，自然顾不得进舱喽，往水里一瞧，什么是鱼头满看不清楚，就见有个大黑的井筒子，比水皮儿高出有三五尺来，从里面往上冒水，直好像自来水的大机器水楼坏了似的。汪爷这船头上已被喷得湿透，船板都滑咧。再瞧湖中的水，四周围都往一处聚，聚一阵，喷一阵，一回比一回浪花儿打得高。湖边的各船俱都乱摇，好似遭了飓风，又如同天降倾盆大雨的一样波涛汹涌，吓的邻船上男女老少哭嚎的声音震耳，乱成一处。有些迷信家主持赶紧烧香祷告的；有跪在船头上直着脖子大叫广泽王爷的；还有跪在船头上秘密默念五字真言的。另有几个船上的油滑水手说："你们同龙王爷许愿，可不能空口说白话。再说你瞧他老人家的嗓子眼儿有多大呀，既是那只船上踢球的人惹的乱子，没别的，咱们叫他许愿，就在这儿唱三天神戏。他如果拿不出来，那可讲不起，各船上的搭客按人头分儿均摊，谁要不拿，谁乘早儿跳下船去，让他当龙王爷的头口菜！"大家听这话，谁都惜命，都说只要普庆安澜，咱就唱戏，可别唱《水战杨么》（也是大闹洞庭湖吗）。这几个水手就要过船来挤兑汪爷拿钱。汪爷一瞧，果然应了父亲之言，连累一方的生命，急的满头是汗，忽然一低头，看见石鼓，不由好生的欢悦。

（十一续）1919年11月24日

这段书前两天我说汪爷看见石鼓，有心要举，没肯动手，小名儿就是垫笔。今天一低头看见石鼓，心中欢喜，说是："有咧，这妖精张开大嘴，不是想要白吃人吗？我索兴给他送点儿礼，请请他，不知他克化的动，克化不动？"想到其间，把刀放下，三步两步奔到船头，一毛腰把石鼓掇了起来，觉着并不甚沉（举惯了头号了吗），脚底下被水一滑，身子有些摇幌，幸亏鞋底子上的钉子助力，而且腿上有根，才不至于滑倒（那位说，你瞧这个巧，不是钉子惹的乱子，还不至伤了人的球呢），定睛向水皮儿上观瞧，恰巧妖精正张嘴往里吸气儿。汪爷两手把石鼓举过头顶，冲定妖怪的大嘴扔将下去。此时老妖不知什么好吃的食品送进口中，门牙都被砸掉，到了嗓子眼儿，大概可下不去咧。老妖连砸带噎，直摇脑袋，想往外吐，可就费了事咧。这一摇脑袋，浪花儿比从前还打的高，水声儿好像移山倒海相似，响完这一阵，浪头居然小了许多。汪爷一瞧，这手儿真灵，从新毛腰把那一只石鼓也举将起来，对准水中高凸的地方儿使力往下一砸，这个大水飘儿打的别提多大响声儿咧，震动得大小船只一齐乱幌。各船上的人都说："这个客人可称神力，大概老妖不能再闹咧！"登时间果然风平浪静。

汪爷这才跑进舱中，请问父亲，因何做了水鬼，这般的怕妖精。老汪听说已将妖怪打死，这才不打战儿咧，说："儿呀，你不要疑我是鬼。那年在钱塘江翻船，一共是十九个人，都被妖精吞吃了。也不知怎么晓得我会踢皮行头，请我当体操教习，可又不以宾礼相待，永久把我以奴隶看待。既入了水族籍贯，比当上亡国奴还苦（这是老汪说的吗？我这们咂摸这个滋味儿瞎说哪）。跟随他们在钱塘住了六七年，皆因他们无故就爱涂炭生灵，钱塘君要除此三妖，他们得着风儿逃出钱塘，托柳姑老爷①的人情来了。钱塘君关乎着面子，没肯勒令引渡，这件事才算暗消咧！"

---

① 柳姑老爷：指《柳毅传书》中的柳毅。

此时各船的人多过来打听这件新闻，一听老汪不是水鬼，更都放了心，又问那三个都是什么精灵。老汪说："两个穿白的是白鱼，穿黄的是黄花鱼（怪不得会溜边儿哪），所踢的就是鱼泡儿。"大家听明，各回各船，天已发晓，张罗开船，恰巧赶上顺风，挂上布帆，行了一程，天光大亮。汪爷站在船头上观玩湖景，闻着前舱底下气味很腥，告知船主打发水手下去，一会儿挟上一个大鱼翅来，足有四五尺大小，这才想起正是夜间砍折的那条胳膊。汪爷把这翅子送给船主做为酒资。爷儿两个到马头，另搭别的船回转安徽原籍，做了个还乡团圆大父子会。

这段书虽近谣言，也没多大深义，可是言人有一技之长便能免死。老汪若不会这分能为，早已葬于鱼腹。汪士秀不亏有膂力，而且纯孝，也未必能保全性命，从水里把爹爹捞出来（不像官话）。书说至此，明天另换新题，我再按日的敬献。

王　者

（开篇）1919年11月25日

自从共和成立，朝朝甘雨和风。五星连珠并景星，有云均可称庆。

麒麟游于郊薮，凤凰遇宝飞腾。连理枝头比翼鸣，齐都颂扬总统。

田间谷皆双穗，嘉禾芝草同生。人语中含乐岁声，莜麦能结馅饼。

不久天钱雨至，小民何患金融。那管中钞与交通，弃诸泥涂无用。

几句流口辙儿的吉祥话儿念毕，接着还是说《聊斋》。因为什么今天单说这些句贫词儿呢？皆因我老湛也是大中华大国民中的一分子，不但具有天良，而且热诚爱国，总盼着我们这大中华国文运昌明，富强甲于全球，我也好跟着享几年的幸福。前些日子，见报纸上登载着有五星联珠的吉兆，乐的我肚肠子都□啦（念着啃，没咬儿吗）。我就一夜没睡，净等四更多天，好仰观天象，好容易耗到三更多天，跑到当院子一瞧，偏巧是个阴天。五星联珠，既是跟我挡驾，只好第二天再说啵。次日就见各报上的演说，多有不以此事为然的。我想堂堂教育部所属的观象台还能造谣生事、淆惑听闻吗？先别管应验不应验，我还得瞻仰什么样儿叫五星联珠。到了第二夜，从落太阳我就往院子跑，好在是晴天，一会儿满天星斗，不知那是五星联珠。又一想，五星是超等名脚儿，总得天快亮才露面儿哪，只可耗到四更多天再瞧啵。盼得心都烦咧，再到院子一瞧，喝，岂但五星联珠呢，简直的九星献瑞吗！不但九星献瑞，简直的二十八宿闹中华吗！各分野的星光□曜，乱飞苗儿，通俗说那叫贼星，按正名儿说可是流火，又说星陨。瞧的我两眼直冒金星儿（还是饿），没找着联珠星。又一想，我不通天文学，也没给星神殿烧过香，肉眼凡胎的俗人，故尔认不清那五星。于是拿笔在手，信口编了这们几句词儿，为是教人知道我是真爱国，愿意中华富强的好人。话是交待明白了，咱们还得说《聊斋》。这段目录是《王者》，可不是又有皇帝出了世，也不是有个姓王的占据了那一方，是个侠客强盗的故事，说出来离奇诡怪，诸位主道们，您就上眼吧。

且说湖南省有一位巡抚，原文没名姓，只说某公，又没年号，据我揣测着说，一定是前清国初时代。这位某公，多半是满洲旗籍的人，家住北京城喽，升到任所之后，便设着法子往手内搂钱，不到二三年，已经挣了几百万两。这年春天，应解赴北京的一批饷银，总数六十万两，装好银鞘①，备齐文书，派了一名州佐押着车辆，赴北京户部当堂交纳。这路差使虽是优差，可是得按限计程不误。出省走了几天，忽然天降大雨，路途中好不泥泞难行。

（续昨）*1919 年 11 月 26 日*

昨天的书，因为引场词儿上的五星联珠，我信口儿胡诌，多说了几句闲话儿，占了半版多的地□。按评行的行话，小名儿就叫海下去咧。好在本报说的是讲演《聊斋》，还不离“聊”字的本义。今天还不能赶紧接着说书，皆因有个原故，这位解饷官，原文只说州佐，不过是个候补州县的职衔，八九品的前程，所以不提名姓。这位先生在这段书上是个要紧的人物，而且通篇的人都没名姓，诸位看着未免太乱的慌，我到有个小主意儿，咱们让这位老先生以官为姓名，把他叫作周佐，以后往下说您也好记，我说着也顺嘴。咱们一言为定，您可记住咧，我接着这就说书。

且说这位州佐周爷，押解着二十多辆三套车（六十万两哪吗），上面都插着黄旗子，按官站往北京进发。这一天，走至中途路上，恰巧遇着下雨。俗语儿说春雨贵如油，皆因滴点入地，外带最容易滑人。这路官车，是按日发给工钱，不能不走，只不过早到晚到的分别（所以古有早晚三十里的俗语儿），再说久惯走远路的车，也不理论这些个。外带还有一样新鲜事，遇着打劫的强盗一喊“站住”，他就圈住牲口，人往道傍一蹲，车上有保镖②的□官跳下车来，两家动起手来，见了胜负输赢，人家才摇鞭儿哪。别听强盗厉害，也分陇儿，怕的是他们传扬出去，说某山某树林有打抢人的，凡过路官客都不走这荡道了，或都结队用镖③行的朋友保送，那还做什么买卖呀。管白抢人的财物名为做买卖，似乎不合理，其实是牺牲生命夺来的，还算下过本钱，比诸要人性命，破人财产，反得徽章的还透着讲理哪。

闲话少说，但说这位周爷是初登仕版一位少年，不会沿途勒索，自己跟随车辆，所

① 银鞘：古代专门用于押运饷银的包装物。

② “镖”，原文作“标”，据语义改。

③ 同上。

骑是驿站官马，胆子既小，又没有袑口儿，遇着这种泥泞道路先不敢走咧，又加着这雨大一阵小一阵，本来没带雨衣、帽罩子，只好下起雨来就找地方儿避避。这一耽延，从清早起身，走了不到三十里的路程，黑影已然下来咧。这往四下一看，俱是峻岭高山，不知那条路径可通吴国（要唱《文昭关》），心里发起慌咧，同车把式说："你们看，咱走的前不着村，后不着店，这可怎么办哪？"赶车的说："你老这是官差，论理说官事官办，我们可不能出主意。你老要打算不按站走，明天咱多赶点儿道路也可以行。不过明天你老可得破费些赏钱！"周爷说："那原是小事，只是咱连牲口带人这们一大群，难道说打野盘儿吗？"赶车的说："你老只要肯破站走，往前三五里，还能没个乡村镇店吗！"周爷一听，说："就依你们，咱走到有住所的地方儿，咱就住了，明天起五更再按站而行就是了！"赶车的说："你老爷请看，顺大道往西南绕个半里多地，远远一片树林，隐隐露出红墙，不是尼庵定是道观。咱把车赶到庙中，借宿一宵，不知你老意下如何？"周爷点头认可，及至到了切近，方知是并无住持的一座破庙。

（再续） *1919 年 11 月 27 日*

且说周爷听赶车的之言，骑着马头前引路，直奔这所古庙而来。及至穿过树林儿，到了红墙外边一瞧，原来山门已然砌死，角门儿已都坍塌，只有三间大殿，门窗已经不全了。周爷回头对跟随的护兵说："这样破庙，怎么住宿呀？既到了这里，可又再往那里去呢？"此时头车也到了门前，摇鞭赶进破墙，一会儿全都赶进来，问周爷说："咱们今夜只可在这儿将就到天亮再说啵！"周爷点头，说："也只好如此喽！"把马交给官兵，自己走上大殿，见迎面的佛像，也看不清是什么神圣咧。官兵把马拴在殿角儿一棵死树上，也追进殿中。再说这些赶车的都用支车棍子把辕子支好，把牲口卸下套来，摘下草簸箩，把牲口拴在车辕子上，头朝里喂上，又把灯笼摘下来，敲火点上几个灯。内中有带干粮的①，奔上殿来，各找不漏的地方儿坐好。此时周爷肚中也饥饿了，只是口中干燥的难过，身上也有些寒冷，心想若能找些柴草烘烘衣服才好，再若有些热水更好，此处没有人家，也只好忍着吧，口中不住咳声叹气。

但说这些车夫们有吃干粮的，有从车底下取出皮酒葫芦的。这内中会应酬官儿老爷的把酒送到周爷面前，说："你老若是害冷，也闹口酒喝好不好哇？"周爷平夙也好喝一盅儿，见车夫让酒，说："可惜我没带酒，你们既让，我倒要扰你们一气！"说着接过皮酒葫芦，打开木塞挡了一口，觉着这酒醇厚得很，咂着嘴夸了一句，说："好酒哇，好酒！"车夫说："多年的老白干儿啦吗（唱上《落马湖》啦）！这酒是上荡从直隶北乡我

① "带干粮的"，原文作"带的干粮"，据语义改。

灌的，你老喜欢喝，多喝不要紧，荡箩底儿里还拴着两个单五儿的哪（赶官车带贩私料子，比吃官饭放私骆驼差不多）！”周爷果然又挡了一口，这才把葫芦递给车夫，又告述官兵把自己带的干粮从捎马子中取出来，也让众车夫并护兵们全吃，众人谁也不肯吃。周爷自己用了些个，再瞧这雨还是照旧的下，吩咐护兵把马上的皮韂揭了下来，铺在靠后墙犄角儿上，盘膝打坐。此时各车夫们各自过去照料照料牲口，把灯笼拴好，又都上了佛殿，东倒西歪，有说话儿的，有唱的，有睡着了的。护兵们见老官歇息下了，也各自找靠墙避风雨的地方儿躺躺坐坐，可不敢胡说混唱。

周爷是南方老，夙日喝惯大米酒、陈绍等类了，轻易不喝烧刀子，今天没有酒菜儿，而且又是冷喝的，俗语儿说冷酒后犯（可是酒的后劲儿，不是周爷有什么毛病），一会儿功夫，天旋①地转起来，心好像要跳出嗓子眼儿来，连忙把后脊梁骨使劲往后靠住墙，所为保险（怕摔倒咧），把眼睛闭上，静听出入的气息。再说此时约在二更多天，忽然刮起西北风来，雨可就渐渐的住咧。周爷被这凉风儿一吹，把酒劲少微解了点儿，一阵心血来潮，沉沉睡去。车夫、护兵也都睡去。春天夜短亮得快，周爷一觉醒来，天光大亮，睁眼一瞧，满院中净剩空车，饷银荡然无存。

（三续） *1919 年 11 月 28 日*

且说周爷一觉睡醒，天光一亮，见车夫、护兵全都东倒西歪的睡得很香，车上的银鞘可都没咧。这一惊非同小可，连忙站起来，揉着眼睛说：“莫非我是做梦么？你们都醒醒儿啵！”众兵丁车夫被周爷一喊，个个儿从梦中惊醒，爬了起来，都说：“敢则雨过天晴，天已大亮，咱们该赶路咧！”内中有看见只剩空车的，早喊叫起来，说：“了不得喽！咱们解的官款怎么没有咧？”大家这才一齐往院子跑。有跑到庙外头绕着庙墙搜寻踪迹的，有互相懊怨的，虽然都晓得这个乱子不小，究竟都是从犯。

但说周爷，此时吓的是颜色更变，哆嗦成了一团。众兵丁们说：“这件事实在太怪，这些银子，这样泥泞的道路，每人抗一个也跑不了多远哪。这必是咱们得罪了财神爷，冲撞了庙中的神圣，他老人家一恼，给搬运开，特意跟咱们开玩笑哪！你老爷恭恭敬敬的在老佛爷面前磕个头儿许个愿心，少时也许给咱们还回来！”周爷一听这话有理，立刻跪在糟朽的偶像前头一路大磕响头，左不是“如将原物送回，情愿谢银五十两，概不追究”等语（这是周爷许愿说的吗？我替人起告白底子，写串了辙咧），无非“如果将原银送回，弟子情愿重修庙宇，再塑金身”的些话。这叫闲时不烧香，急时抱佛脚。跪了会子，把脑门子也都碰破了，再往院子瞧，还是空车。众兵丁内中有稍明白点儿官事的，

---

① “旋”，原文作“眩”，据语义改。

说："我劝老爷别净犯这种迷信咧！这也相许是绿林侠客、世外的仙家，用大搬运的魔术，借去救什么急难事去咧！虽说不能不还，究竟多早晚、怎么还，可没一定。咱大家空在这破庙耗着不终用，此处有该管的有司官，咱赶紧赴衙门报了案，着落该管官给咱们拿贼寻赃。即或拿不着，咱们到底有个站脚梁儿呀！"

周爷听官兵的话有理，这才站起身来，说："简直的要了我的贺斯温①喽，命吗（那位说，湖南州佐怎么说上清语咧？久跟旗官当差，自然懂得几句。早年山东老米堆房掌柜的，不差什么都会说清语，就是嘟噜儿难听）。你们所说的这是官事官办的好主意，方才我是连急带怕，吓迷了头咧，幸亏你们提了我的醒儿。你们赶紧备马，我带两名兵赴县报案。你们这些车辆暂且别动，容该县派人来验过行迹，再听候办法！"众兵丁同赶车的一齐答应声"嗻"（又来了不是）。此时有兵把周爷的马备好，两个人给牵着，周爷上马，两名兵丁跟随出了破庙，找着本处地方保甲，带到本县。

这段书原文没说是什么地方丢失的，咱也不必瞎添。就说该县听见这件事也吓糊涂咧，把周爷请到衙中，照例应该验看公文，然后亲自乘轿，到庙中察看踪迹，又把车夫遣散，回到衙门出签，派捕快翻役上紧拿贼。就请周爷住在本衙。过了几天，一点儿踪迹没有。县官替出了个主意，请周爷暂且回省，请示巡台有何办法，并给备了套公文。周爷一听也有理，于是乘马带兵仍回湘省。府台一听大怒，登时要出斩州佐。

（四续） *1919年11月29日*

且说这位州佐周爷回到抚台衙门一禀见请罪，这要按古时年间戏场子上打扮，总得披散甩发，报门后，哆嗦成发疟疾似的，然后抚台怎么发威，绑上就要开刀，跟着得有讲情的喊嚷刀下留人，不然就是三军跪帐等套子。这书既说是前清的事，咱们不能那们信口造魔，先把这场辕门问斩免去，好赶着说银子的下落，并非我不开眼，六十万民脂民膏，数目真不在少处哪！

且说这位巡抚听说六十万饷银尽数失落，自己也有应得的处分，焉有不生气的，所以先把州佐先行革职，严行审讯，当日就给下在监牢中咧。到了晚间，自己一想，这些银子，凭这们一个小官儿，十余名兵丁，断不敢昧起来伙分了，必是实被强盗打劫咧。俗语儿说究情问事，设法拿贼，州佐虽系粗心，惩治了他也不能算是销案完事呀。到了次日，把州佐所带的护兵全都拿来，亲自坐堂，隔别讯问，全都异口同音是这们丢的，再说察言观色也不像谣言。又把州佐提上来，罗列上刑具，威吓了会子，也是没有破绽。自己又想，还有该县的文书可凭呢，不如暂行将州佐放了，给他一个月的期限，着落他

① 贺斯温：满语，性命。

仍回原失盗的地方追寻下落，并备一套公文，仰该县严缉巨盗，勿任漏网。打定主意，把这意思对州佐一说，这位周爷自是直磕头，说是："抚台大人的恩典，卑职赶着回去踩访就是咧！"抚台当堂备好了札饬该县的文书，交与州佐。

周爷下来，回到自己寓所，备好盘缠，也不必多带护兵，只带一半，如果用人，该县有衙役捕快自然都可调动喽。于是挑选精明干练的六名做为伴当，仍骑着马，穿着官服，背上文书，向原处进发。这次没有饷银车辆自然走的快，三天就回到该县，把文书投递与本县，并问有什么消耗没有。县官说："贵上差走后，卑县差派得力的捕快阖境踩访，毫无下落。大约这贼盗必是藏匿在邻境了。既是巡台有这样赏限的恩典，只好由本县多派捕役上紧缉捕，贵上差如果自行踩访着点儿下落，也请知会鄙县。即便贼盗势大，赶紧详文上宪，好请派武职官弁带兵痛剿！"州佐说："总是以速为妙！"

当日仍住在县衙，次日辞别县官，带上六名亲兵，县官又给派了几名捕快。周爷一想，自己一个人骑马反觉累赘，把马寄在县衙，十数个人沿途走着全都无精打采①，周爷更是咳声叹气（可不能吓了哥哥一身的毛病）。出了县城，自是本处捕快头前引路，不必顺大道，抄着庄稼地稻田就近便多咧。天光不到正午，早来到这座破庙前头的树林之外，从远远儿的就看见红墙那傍围着几个本处人，墙上贴着一张黄纸报子，离得远些看不真切。周爷一瞧，此地今天有人就容易咧，赶行了几步，先挤进人群中，一瞧，当地坐着一个瞽目的乞丐，貌相生得奇怪，招得路行人围着观瞧，再瞧黄纸上写着四个大字，是"能知心事"。周爷一瞧，这才问说："先生，莫非你会占卦？"

（五续） *1919年11月30日*

且说州佐周爷看见这位瞽目先生，自称能知心事，正碰着自己心眼儿了，所以连忙请问。再说这些看热闹的老乡民，前几天就听说本庙中有失脱饷银的一案，今天冒猛儿②的来了这们个瞎子，所以都围随着瞧看。不料由身后来了一群官人，领头的像个官员，这必是拿贼办案来的。这样重案正没头绪哪，傥或被这些衙门中人拿去搪差使，这场屈枉官司可不好摘捞，这路热闹少瞧的为是。大家看见周爷，都不约而同的蔫蹓儿躲开咧。周爷也不理论这些闲事，对瞽者问说："先生，你莫非是能掐会算么？"这先生见问，把两只白眼珠儿往上翻了两翻，一咧嘴儿，微然一笑，说："可不是么，在下虽无离娄③之明、公输子④之巧，确敢自夸有师旷⑤之聪（对儿念昭吗）。自幼儿得异人传授，经名师

① "无精打采"，原文作"无精打彩"，据语义改。
② 冒猛儿：猛然。
③ 离娄：传说中视力特别强的人。
④ 公输子：春秋时期鲁国人，有观点认为即鲁班。
⑤ 师旷：春秋时期晋国盲乐师。

指点，学过《渊海子平》《后天周易》《六壬神课》《奇门遁甲》，能知生人的过去、未来（死人还占什么呀），少中老三步大运，非江湖他辈耳（小云峰的钢条子也来咧）。善断眼前的吉凶祸福，提醒指路，行道救世，算不对分文不取，毫厘不要。我说这位先生，你问我，莫非你打算占算占算吗？”说着把两只白眼珠儿又一翻，吐着舌头一笑儿。

周爷心说，无怪眼皮往上翻，肚子真有书底儿，连忙问说：“先生，你既如此的高明，你可知道我有什么心事？还是得抽一根签儿呀，还是写个字呢？”瞽目先生摇摇头儿，说：“我是胎里带来的双失目，没入过盲瞽学堂，不认识字。你抽签儿，我这儿也没有筒子（怕巡警带了去罚钱），即便抽出来，也得你念给我听，这不是多费一道手吗！你就信口报一个‘子午卯酉’的字儿，我一掐中指，月将①加死时，那就得了吗（那是殃榜）。掐指寻纹，按天干地支我就断卦！”周爷说：“那们我就用你的‘子’字。”先生把脸儿一沉，说：“那是我抠你一对儿造泡儿，你这是怎么说话哪？欺负我没眼没目的呀！”周爷自知话的虚字儿加错了，赶紧改口，说：“先生，我报的是你的‘子’字儿。”先生更恼咧，说：“你等我做你的细活儿②吧！你怎么要当刽子手哇？”周爷一想，自己这句更砸到家咧，连忙说：“先生不要生气，我因为心里有急事，说话多有得罪，千万莫要见怪！”先生又一笑儿，说：“我说话爱打哈哈，咱方才的话全都不算，你至至诚诚一秉虔心的再另报个字儿，不可游疑。至诚之道，可以前知，事到这晚儿咧，你还游移个麻劲儿呀（得，大铜盘子③的迷魂掌也了出来咧）？”周爷一听，赶紧连说：“是，是，先生就是‘卯’吧！”一想又不得，赶紧说：“我就是个‘卯’字儿吧！”先生一笑儿，说：“咱们心里分，你这不是有了准字儿了吗（我可没门儿）？你的心事何用我三猜两猜，不猜便罢，一猜一个羊眼儿④（瞎着两只眼睛，混巴结什么正角儿）。你的心事是在此处丢失了许多的银子，你说对不对？”周爷一听，他既真算着心事，一定他能指出贼盗的巢穴在那方，这才用话追问。先生说：“你不用着急，这件事我略知下落！”

（六续） *1919年12月1日*

且说瞽目先生说出晓得银子的下落，此时跟随周爷的捕快们一听案有着落，立刻有两个一努嘴儿，从袖口儿中就往外掏铁链⑤儿。周爷机灵，冲着众人摆手使眼色儿，一面低声下气的说：“罢了，先生，你真有能为！你到怎么会知道了呢？”瞽目人一笑儿，说：

① 月将：古代天文学用语，古人想象十二个月有十二个护法神相对应。
② 细活儿：旧时指刽子手需要极高的技艺。
③ 大铜盘子：算卦占卜者使用的道具。
④ 羊眼儿：形容准确，因为羊的眼珠不会转动。
⑤ “链”，原文作“练”，据语义改。

"我是算出来的呦（唱上《逛灯》咧）！"周爷是个文官儿，到底有些个阅历，说："先生你就凭我报了个'卯'字儿，你就掐算得出来心事，我可要盘问盘问，你怎么①就晓得我是失盗，你大略说个理由儿，就算你占出来的，成不成啊？"先生一乐儿，说："我自然叫你问不秃噜！方才你先来报的来时是个'子'，子属夜，为阴，为鼠，鼠性善盗，你必是遇着阴险的人咧！你先说的话什么'子子'咧，分明你是输眼失了事。跟着又说到'抱子子'的话，你目下犯着死刑哪！你说对不对，老兄？"周爷一听直点头儿，官兵同衙役也觉得有理。周爷说："那们你又叫我另报时辰，为什么不就以'子'字断卦呢？"先生又摇摇头儿，说："那不终用哇！我既占算出你是因失金犯了死刑，得察照你有救无救。再说你占卦不为是解疑问失物的下落吗？我若断出你是失物，又不指出你一条明路来，你何苦占这卦哪！若要你的失物能否寻回，只好另起一课，我们这叫一卦不问二事呀，老兄！"

周爷说："那们你这个'卯'，究竟又怎么断卦呀？"瞽者说："卯哇，你到听着啊！你第二字说得是'卯'，子卯有连带的关系。你所失之物不至失落，但是卯属木，金能克木。你即便寻着下落，能够寻回原物来，可不敢断，木在东方，属春，春为发生之象，你这条性命断不至死。再者说子虽属阴，后半乃是属阳，紧接你这个'卯'字，此时又是卯月，双卯当令是三阳，三阳乃开泰之兆，你所遇着的应有三层阳贵人扶助。一个是子卯相生，无非一个引线，第二层是你口中说出的，做为用神，定是一个有力量的男子把此金盗去，而且此金已受过木的克制方能被盗，你想是不是呀，老兄？"周爷一想，银鞘可不是木头的么，连忙说："先生，你实在高明！你说了半天，我这银子究竟得那天寻得回来？"先生把眼睛一翻，说："你这话问得不对咧！你是位过路财神，不是正财主，寻着寻不着反正有贵人，没你的死罪就是咧！你还游疑又做麻呀（那位说，怎么单学大铜盘子呀？他不是每天准六十四毛哪吗）？"

周爷一听，说："据你老先生按卦象这们断，我所丢失的银子能寻得回来么？"瞽者说："什么话哪，断断的不至落空！"周爷说："但不知那一天才能寻回来，或有准信儿？"瞽者摇摇头儿，说："寻回来，我不敢断，见准信，可别着急。得节交夏至，午火当令，火克木，火炼金，你本身又是一个卯，自然你就脱离干系咧！"周爷说："究竟那里去找，这、这、这岂不难杀我也！"瞽者说："你先不用犯戏迷，你要问我方向，说出来你也找不了去，告述你地名儿也不认识。若见原物，还得另找一位贵人！"

（七续） *1919* 年 *12* 月 *2* 日

且说周爷听瞽者说了半天，还是没准地方儿，不由心中起急，心说你这不是用八面

① "怎么"，原文作"么怎"，据语义改。

锋儿的干支字儿朦事玩儿吗（谁说不是呢！再告述诸位说，这点儿书原文没有。别瞧我给人豁鼻子①薰事，这要想不出个词儿来，还是说不好）。及至听他说另有一位贵人，好像方抓着一点线头儿，说："先生，请问你说的这位贵人到底是在那一方？是那一位呢？"瞽者一笑儿，说："我这卦是遵书理断的，你要一定叫我指出名姓、住址，我可说不清，只有方向可以指引。你从此奔东北方，离此不出六百里，寻着这位贵人。只要一栽培，他老人家点头肯管，必能让你大事化小，小事化无。事成之后，你也不必给我什么，我也不要你的卦礼！"周爷说："但得寻着下落，我是情愿重谢，决不食言！"瞽者说："我这卦是要钱就不灵咧（比放下爪儿就忘高的多）！"周爷说："但是一件，还求你老得详细指个山名村名才好！"瞽者一听，说："这件事，也有你这们一问，比如我空说东北方，你们也许找不着，日后反瞒怨我瞎子口，无量斗，瞎人说瞎话。咱们这们办，我闲着也是闲着，我把你们领了去，你愿意不愿意？"

周爷一听，说："那敢则好了，只是劳累不当！再说你是瞽目先生，如何走得了？"瞽者说："外带还告述你说，这荡道虽是旱路，可不能按驿站官道走，车马有不通行的地方儿。你若请我带道，讲不起你得给我预备一乘二人肩舆，你舍得花钱雇轿子呀？"周爷说："劳累先生受风尘之苦，我很过意不去，这点儿小费，我焉敢吝惜钱钞！"瞽者说："你要找轿子，可得有人换班儿。若是按官站走一站歇一站，那可怕误了你的正事！"周爷连说："是，是。"瞽者又说："还有一节，咱可得讲在前头，我人是官的，肚子是私的，沿途路上打尖住宿，我可不能花盘费。比如说晚晌到了店里，你把你的亲钱拿出来，请先生喝个酒儿，你舍得舍不得呀？"周爷说："岂但喝酒，你想吃什么山珍海味，我都管请！"瞽者一笑儿，说："我呕着你玩儿呀，你当先生真嘴馋哪（卖野药的窥杵的门子）！不过人在人心上，你瞧我一手拄马杆儿，还能背着锅跟你满世界找贵人去吗？既是为你的事，也只好扰你，我还是不择食，吃好吃歹都不拘。话是稿明白了，你就赶快去雇小轿儿，咱是即刻登程！"

周爷一听，回头对自己兵丁们说："先生吩咐我的话，你们也都听见咧？你们赶快在就近的地方去雇一乘肩舆，按日我开工饭钱。不许你们倚仗官差勒索小民！"兵丁们答应。内中捕快们说："周老爷不必另雇小轿，我们县太爷有一乘山轿，是为下乡查验民风的，何妨抬来，请先生坐。轿夫也是我们衙役，你老爷请想好不好？"周爷说："那更好咧！事完我另赏你们酒钱。你们赶紧回衙门，替我在你们老官面前美言致意！"衙役点头，如飞而去。

周爷又同瞽目说了会子闲话儿。天刚正午，衙役把肩舆抬来，请瞽者坐上，捎上马杆儿，周爷率众跟随。就听瞽者说："从此直奔正东！"

---

① 豁鼻子：指揭发秘密。

（八续）*1919年12月3日*

且说周爷容瞽者上了小轿儿，又问说："先生你老还有什么行李没有？"瞽者说："没有没有，你们把墙上贴的那张黄报子撕了，咱们就走东村！"兵丁们遵命，替他揭了这个招贴。此时抬轿的衙役们说："先生你可坐稳咧！"瞽者说："摔不了就得活！"衙役们说："请老爷看看！"周爷说："我瞧什么，先生说走就走你们的！"抬头儿说："不是别的，伙计辛辛苦苦的，请您赏俩酒钱儿（这是衙役吗？花轿头儿犯频哪！我这几天被喜事人情赶掳的全搀了大堆咧）。"没说要钱，就听说了"吉祥"两个字（还是要《娶瞎子》），说："那们我们一直往东，你老先生不说拐湾儿，那我们就直奔东海（八威儿也要面见总统请愿去），过了东海，可就快到东洋咧！"瞽者说："你们这叫诚心费话吵着玩儿！打算一天不走哇是怎么着（我不说走，诸位就不能让他走）？"抬夫们说："不是，咱得预先问明白了，省得一来一打杵①！"瞽者说："我拄明杖②走着，算腿步数儿，就晓得拐湾儿抹角儿了。这如今离地三尺，不能明白。你们顺大道到某村某镇店，你们报告给我，我再分派你们。若是坐在轿子上，嘴里东东东、北北北的，直数落夸德胜的点儿，那不成了《娶瞎子》了么？"说得众兵丁衙役们都一齐大笑。周爷后面跟随，此时已离庙墙走出一里多远了，认上大道走了半天儿，当晚住在店中。这书要按照《济公传》《永庆升平》住店吃饭的套子，再一使马四远③的念昭，咱就不用说书咧。莫如简断截说，一共五天功夫，到了一座高山，不但周爷没走过，连本县的衙役捕快也摸不清是什么地名儿，属何处管辖咧。

这天清早，顺山沟走进来约有五六里地，往东北转过一个山环儿。众衙役们说："前面这座城池可属那省管哪？"轿子上瞽者说："你们进城可就到咧！"周爷一听，心说这可有了盼望儿啦。转眼进了城，来来往往的人很不少，都看着周爷带的这群人好生不伦不类。进城走了不远儿，说了句"站住"，轿夫们赶紧打杵。先生说："那不终用，我得下轿！"两个抬夫连忙把轿落平。瞽者拿上明杖儿，站起来一倒脚，迈过轿杆子，冲定周爷说："周老爷，你顺着我手儿往南瞧，瞧见那边有个坐东向西的大门没有哇？"周爷往前一瞧，果然不错，赶紧问说："我看见了便怎么样？"瞽者说："不是别的，我没眼没目的，倘或指错了地方儿，出了交涉，那岂不是我害了你了么！你既看明白了，你就过去亲自叩门，你可别说我是要银子来咧，你自通姓名，求见主人，管保准有下落。这几天

---

① 打杵：杵是一种用以支撑轿子抬杆的棍棒工具，轿子停下来，用杵杆上月牙形的横头顶住抬杆曰打杵。

② 明杖：盲人用于探路的竹竿或拐杖，也叫马杆儿。

③ 马四远：京剧《双铃记》中的人物。

的功夫，叫你花钱受累，张心费神，我这儿谢谢你老花钱咧！”说完一拱手儿。周爷还礼不迭，刚要问：“先生你老人家上那儿去呀？还用轿子把你老送到寓所吧！”瞽者并未答言儿，一拄明杖儿，进了一条小巷口。周爷紧走了两步，再瞧瞽者，踪迹全无。兵丁衙役无不纳罕。周爷说：“咱不必追寻指路瞽人，赶紧找银子拿人要紧！”

（九续）*1919年12月4日*

且说周爷转眼之间见瞽者没有了影儿。众衙役们都说：“这可真怪，每天晚晌住在店中，他出去解手儿，一手拄明杖，一面扶着墙，每步走不了一尺。怎么今天转眼没有踪影，莫非他是一位神仙么？”周爷说：“这位先生不是神仙也是侠义，既肯指引道路，一定不能哄我。咱此时不必追先生，我就谨遵他老人家的话，拜望那家主人去也就是咧！”众衙役们说：“我们还是跟着你老爷好哇，还是你老爷自己前去呢？”周爷怔了一怔儿，说：“我想此处既不知属何处所管，看他地势好像外国风景。即便看见贼寇，凭你们几个人，动起手来没有接应，恐怕也不终用。再说我带着官兵，人家一看见，生了疑心，反为不美。我到有个主意，你们大家都一齐回衙门，容我访出准着落，我再赴县去调你们去，你们大家以为如何？”众衙役兵丁说：“我们跟随你老爷出来这们远，焉有先回去的道理。不如叫轿夫们在此巷口少待，我们跟你老爷前去。到了门外，你老人家一人进去，看明水落石出，有用我们的地方儿，我们也好给你帮个忙儿。如果能把事办成，你老爷坐轿回去岂不更好！”周爷一听，连连点头，说：“这个办法也好，倒不如你们这些人统通都在此处相等，我探个大略再出来，给你们大众送信就是咧！”兵丁衙役们都说有理，于是把轿放在路傍，大众靠墙，有坐着的，有蹲着的，都揣测这先生定是位仙家。

暂且言讲不着众人，但说州佐周爷一个人放开胆量，迈开大步一直往南，走了约有一箭多地，果然有一个坐东朝西的大门，两面门垛子是整砖砌就，当中开着两扇大铁栅栏。再往院里一瞧，有两个白石狮子，许多树木花草，院中打扫的十分干净。周爷心说，既没门环子，也没信铃，我可怎么叫门哪？既到此处，我只可硬往里走，那时见着人，我再问就是了。打定主意，上台基进了大门，顺着细草铺的甬路一直往东。过了石狮子，又走了不远儿，再看见另有一道重门，两扇红油漆的大门全都开着，右面开着一扇，另挖出一个小门儿，上面有个铜牌子，上面的字可惜周爷不认识。心说八成儿这是古篆，揣度那个样子，好像从右往左念，跟满洲伊其差不多。又抬头一瞧，当院中立着一根大旗杆，杆上挂着一面旗子，是各种颜色都有，反正离不开青红紫绿蓝，被风儿一吹，很是好看。周爷也不知道这内中有什么奥妙，有心要叫门，一想看这样式，□家门里出来个人，不容分说，先抓我去当苦力，给人当苦工，我算那道义务爱国奴哪。不过是既到此处，大丈夫只有上前，焉能退后，不能看见门就给虎回去，总得见着门里的人把话说明，那怕杀剐存留，也就任凭他们喽。我还是叫门找人。正在这个当口儿，不想这扇小门儿一开，从里面走出一个人来，不但貌像特别，就连所穿的衣服都好像中国没见过，无以名之，只好叫做“中国汉奸”。

（十续）1919年12月5日

昨天的书说到门里面走出一个人来，周爷不懂人家穿的衣服，只见好像戏台上的一位官儿，头戴软翅纱帽，身穿绛紫罗袍，胸前玉带紧勒腰，不用罗圈现套，足登粉底官皂，方头靴腰很高，穿章打扮异清朝，好似前明遗老。周爷也不知是位前明的旧官僚，还是高丽使臣，自己既来求人，不敢怠慢，赶紧毛腰施礼。这位也到很和气，说：“请问远客何来？有何事故？”周爷说：“卑职名叫周佐，是从湖南省赴京公干，中途路上惹出杀身大祸，蒙神仙指点，说此处有一位贵人能救我的性命，故此前来，叩求本府主人翁。不知本宅贵姓？你老先生何名？是否就是此宅的主人么？”这人听罢，微然一笑，说：“老朽隐居此处，与尘世隔绝不通，不必问我名姓。请问周先生你惹了什么杀身之祸？说来我听，如能为力，必定效劳！”周爷一听有边儿，这是贵人肯管自己的事，赶紧跪在台阶儿上，就把失落饷银的事从头至尾述说了一遍。这人一面听，一面毛着腰往起搀周爷，说：“老朽所问你的祸事，是自己惹下的呢，还是因公罣误①。既如此说，是你失于觉察呦！虽非寻常疏忽，因属咎有应得。可是你这们一员文官，率领几名兵丁，也防范不了这样大事。既有人指引，我是愿助你一膀之力的。不必紧跪着叩头，起来，起来，咱有话慢慢的商量！”

周爷一听，这位官儿虽是说官话，好用文章套子，话语尽情尽理，只好又磕了一个头，说：“全仗大恩公救我的命咧！”说着站起身形，说：“请问大恩公还有什么商议的事？”这个老官儿说：“老朽是个退隐林下的人，久已不预闻国事，轻易也不到公府去，现在又请着病假，不便为你的事特别进府。你若如果肯在我这儿住几天，容我派人替你打探明白，是何人经手办的这件事，我再给你在本王爷台前疏通好了才能行哪！不知你能等待几天不能？”周爷说：“卑职冒犯死刑，既蒙大恩人恳为设法，焉有不肯待等期限的道理。就求大恩公积德行好吧！”说着话，又要跪下。老官儿拉住周爷，说：“不要闹你们外省官僚的套习，既是肯等候，老朽此处时常有人来往，你异方人不便居留，你随我到花园中暂居数日，你想好不好？”周爷说：“卑职还有几名随来的伴当，我既在此等候，容我把他们先遣回去如何？”老官儿点头，说：“那是极方便的喽！来，你随我同到门前，吩咐他们去就是！”周爷连说：“是，是。”老官儿在前，自己后面跟随，照旧出了

① 罣误：牵连，连累。

大门，一直往北走，直奔十字路口。众兵丁衙役们远远儿的一瞧，周老爷给加官儿当上跟包的了，大约这位必是阳贵①。此时两个人已到巷口，周爷冲定众人说："我这位恩公有谕，命你等顺旧路回县，我得在此处候几天哪！"众兵丁衙役都答应一声"嗻"（又来了不是），不敢细问。老官儿带着周爷进了一条巷口，见路南有个小门儿，顺手一拧，门上锁簧已然开开，让周爷先走，自己随着进去。另有一个小门儿，是一所小房儿，收拾的十分幽雅。

（十一续）1919年12月6日

且说老官儿把周爷让进这个单院儿，进了上房，分宾主落坐，又问说："这位贵客，你今天用过饭了没有?"周爷一想，这必是怕我饿，我也不便装假做客，只好说："酒饭在前途用过（老官儿要唱《忠孝全》，周爷唱上《捉放宿店》咧），此时肚中尚不饥饿呢!"老官儿说："可有一节，老朽不能在此相陪，请你老先生宽心住几天，酒饭我按时派小价送来，你无事不必出门。倘或敝处人看出你形迹可疑，为难于你，与我这地主之谊未免抱歉。老朽那时把你的事打听明白，再来相约，恕我失陪咧!"说着起身告辞，出了这个单院儿。周爷送在门外。老官儿说："焉有反劳步之理，请回房中去吧!"周爷不敢违拗贵人之言，只得说："恭敬不如从命，卑职遵谕就是!"老官儿自己带上门。周爷站在院内听老官儿的脚步儿，并没开门，大概是从此往南通着他那正所儿的院子，只好从新进到屋中，细看了看桌椅床榻，都同自己家乡的差个样式，墙上挂的有大瓷盘子，几张西洋妆的美人画儿，桌案上摆设很少。

正在纳闷，听角门儿一响，自己往院子一瞧，进来一个二十多岁的男子，脸上漆黑，穿的也是黑衣服，胸前系着一个白围裙，手中提着一个蓝瓷壶，走进屋中把壶放下，从里屋抽屉桌内取出一分杯碟，倒了一碗红茶，放在自己面前。周爷看着这个黑大个儿形容可怕，赶紧说："多有劳累，改日我一块儿道谢吧!"这人并不答言儿，扭头出去。周爷心说，也许他主人有谕，不准他多说少道，自己从清早进山水米没进，称得起饥是饥，渴是渴，摸不着一点儿凉水儿喝，如今人家既送了茶来，只好先喝着啵。端起茶杯喝了一口，也倒香酽可口。喝完，自己又斟了一碗，方呷了一口，听角门儿一响，还是那个黑大汉，又进来了，手中托着个大瓷盘子，进到屋中，放在案上。又进屋□抽屉中取出一块白布来，铺在迎门桌上，然后把盘中各碟、菜蔬、面包摆好，外有刀子、叉子、玻璃酒杯，只是没有酒壶，有个黑酒瓶子。黑大汉当面把酒瓶塞打开，给斟上一杯，冲着周爷用手一指，说了个"喊"字儿，一哈腰儿，又出门去了。周爷会意，这必是请自己

① 阳贵：中国古代预测学中的贵神，有阳贵与阴贵之分。

用的意思，心中纳闷儿，八成儿这黑大汉是个哑叭，不然就不说话啦。自己是既来之则安之，不便客气，把酒喝了一口，虽然香甜，可惜是冷的，好在此时是夏季节令，还不甚难喝。心想就些菜，低头一瞧，没有筷箸，只好把叉子拿起来，照盘中一叉，原来只是一块肉，这才明白，必是自己用刀切着吃的，赶紧用叉子按住，拿起刀子切了几刀，放下刀，再用叉子一片片儿往嘴里吃，尝滋味儿大概是牛肉。周爷前次因酒误事，今天不敢贪酒，把盘中的烤馒首就肉胡乱的吃了些个。一会儿黑大汉又送进一碗汤菜，还有几样水果。周爷纳闷儿，不晓得这叫什么吃法儿，又就汤吃些面食。黑大汉容用完，把盘子端走。周爷是又乏又困，到在床上和衣而卧。

（十二续） *1919 年 12 月 7 日*

昨天的书说到周爷吃饭喝酒的琐事，好像我故意磨烦似的，按照原文，可就是“给以食饮”。您想这个地方儿既是特别区域，这家主人翁服色也不同，自然所用的仆人也当特别，食品、器皿也不能不另有一种习尚。在周爷看着以为人家新奇，其实人家如果到周爷宅中，也是一样的纳罕。吾人处世，总以随乡入乡为妙，不可争论谁是谁非，习俗礼节都是如此，何况日用的琐事呢。昨天演到此处，信笔既写出来，就有个劝人的宗旨，并非我想吃洋饭咧。闲话打住，还得接着造谣言。

且说周爷倒在床上，一觉睡醒，天光已然大亮，把铺盖收拾起来。一会儿的功夫，还是头天那个黑大汉送来茶水、点心、饭菜，咱也不必一顿一说，反正是特别，不但周爷没吃过，简直的叫不出名目来（连我也不清头，那位要让我细说，我只好上六国、东方各饭店现学徒去）。此时是夏季天气，这所房子虽不热，究竟一个人坐在房中未免寂寞无聊，只好出屋子在小院儿里来回走蹓会子，从新进屋，躺躺坐坐。耗到晚半天，还是照常送饭，有心要同他攀谈几句，他是语言不通，其余连条猫狗都见不着，别提有多闷咧。周爷闹了个两吃一睡三舒服，好像入了文明监狱。过了两三天，这天也惯下点儿来咧，饭后硬把角门儿开开，往外院观瞧了会子，心中敞快了些个，渐渐儿的出了角门儿去站了会子，或围着自己这所小院儿绕会子。好在这院子除去这个送饭的黑大汉之外，没见过第二个人。书说简截为妙，一恍儿的功夫就是七天。

这天天气暴热，周爷用毕早饭，躺在床上自己纳闷儿，不知怎么七天还没有点儿音信，想起当年伍子胥过昭关遇着东皋公，也是如此喽，信口儿悄默声儿的唱了会子，还是坐不住。仍旧出了这个小院儿，又哼哼唧唧的唱了几支①昆曲儿（人家是南方老吗），走着走着，心有所思，可就把老官儿嘱咐的话忘咧。信步往前而行，见有一个大土坡子，

① “支”，原文作“只”，据语义改。

坡上的松树真有三两丈高，上面绕着许多藤萝，已然结角。再往前面一瞧，遍地都是绿草，好像绿绒毯子，难得怎么会长得一般儿齐（大剪子绞的吗）。周爷是一幌儿别闷了七八天，今天看这花园子的景致甚好，而且又没人拦阻，信步游行，自是越舍不得回去喽。抬头往前一看，迎面一带假山，都是太湖石堆成的，玲珑剔透①。转过山石，另有一个大竹林，竹池后面，有一座小桥。过桥有一段绿竹花杖的院落，中间八方门，进门再瞧，是一带游廊。周爷上了台阶，顺着廊檐走过十数间，当中是一座台榭，前面有一个月牙河，里面已长新荷。周爷靠栏杆站了一会儿，觉着十分爽快，信步又往前行，见有一座八方亭子，外面俱是槅扇，很高的台阶。周爷心说，这亭子好像碑亭，既然开着门，何不进去瞻仰瞻仰呢。想到其间，上了台阶，用手推开槅扇，迈步进去一瞧，把位周爷吓得是魄散魂飞。

（十三续） *1919 年 12 月 8 日*

且说周爷上了亭子台阶，用手把门推开，就闻着一股子腥臭气味，好像进了马肝铺咧。心说这们好的亭子，莫非是晾大粪的厕所么？及至往槅扇上一瞧，上面挂着几张没毛儿的红牛皮，又细往上面一瞧，敢则是五官俱全的人脸，再往四肢一看，手脚全是人的，这才晓得，并非刮毛的牛皮。再闻这气味，腥气流熏，不觉毛骨悚然，可就不敢再待着咧，赶紧蹓出剥皮亭，东张西望，幸尔没有人看见。照旧把槅扇给带好，下了台阶儿，连头也不敢回，仍跑到这个小院子来。进到房中，坐着定了定神儿，心还是一个劲儿乱跳。暗想这位文明的大老官，原来是杀人不眨②眼的一个恶魔王呕！那个瞽目先生，必是给他出去诱拐领人儿的，把人冤了来，他好剥皮剔骨。常听人说，有采生割折的拍花贼，原来此处就是老巢。又一想，既把我赚到这里，为什么六七天的功夫，用好吃好喝儿供养着我，怎么不动手呢？呕，是喽，八成儿是摆大棋的讲话，这叫养大吃肥。此时我既入了龙潭虎穴，要想逃走，恐怕是不得能够的了。再说纵然逃出这个是非地，回到原籍，也难免一死，离活剥皮的罪过差不了什么，不如闹个上坟的羊③——豁出去咧！该死活不了，何必单得把人皮交官咧！想到此处，把心一横，反到不害怕咧，呆呆的坐着。

一会儿又是那个黑大汉给端来菜饭。今天不但加了四盘冷冻子的鸡鱼，外有一大盘子炖牛肉，两大瓶酒，送进来仍然摆好。黑大汉走出去，周爷心说，多半儿这顿饭就叫永绝饭、长别酒，逆囚的晚宴喽，大概今天晚晌就该动手咧！又一想，俗语儿说“武大

---

① “玲珑剔透”，原文作“玲珑体透”，据语义改。
② “眨”，原文作“眩”，据语义改。
③ 上坟的羊：北京回族旧俗，赶着羊去墓地祭拜先人，在坟前宰杀羊。

郎服毒，吃也死，不吃也死”，莫如闹个饱死鬼，这不是有的是便宜酒吗，我喝他个酩酊大醉，已后杀剐存留就任凭他们喽，干，喝东村哪！于是打开酒瓶塞子，咕噜咕噜的一气捣了多半瓶子，然后把肉用刀子、叉子切着一路大嚼。自己心说，想不到我为官一场，跑到这儿大瓶酒、大块的肉，没山没水的当上山大王咧！越喝越得滋味儿（几天的功夫，居然吃进味儿去了，总算有口头福儿），把两瓶酒全都喝尽，把菜吃了多一半儿，连面食也不想吃咧。用凉水漱漱口，一个人躺在床上净等剥皮。一会儿黑大汉又来，把家伙捡走。

每天周爷还到晚间起来关门，今天酒已过量，躺在床上，就像失了知觉似的，昏沉沉睡去（醉了不算，就是州佐的高着儿）。一觉醒来，已然有四更多天了，坐起来点上灯，出到院子解解手儿，仍进屋子，就听院中有人走动的声音。心说这八成儿可就是要动手咧，只好束手被擒，等上绑绳儿啵。一会儿进来一个人，手中拿着一个字柬，说：“我们家爷请周老爷过那院去，好一同前往！”周爷赶紧答应，就灯下一看，原来是中国字写的，无非也是那几句话。周爷随着这人出了角门，顺巷口仍到那个栅栏门前，见有一骥大马，那位老官儿已是换了一身的朝服。

（十四续） *1919* 年 *12* 月 *9* 日

且说周爷跟随来人到了路东这座铁栅栏门前，看着前次那个老官儿正当门站着哪。今日这打扮可又不是纱帽圆领咧，头上戴的是一顶黑漆的盔，上面嵌镶着许多的金什件，身上穿的好像一件箭袖，上面不曾绣花，上罩锁子连环甲，勒着绊中丝绦，足登一双皮战靴，手中并拿兵刃，肋下佩着腰刀。看见周爷，从老远的就笑容可掬，抱拳相迎，说：“连日多有简慢，恰巧赶上敝国这两天有喜庆大典，又是纪念日，各署不理事，老朽极力替你在各处询听，始知此银确贮存在敝国库上。唯应如何办理之处，他人不得擅专。昨晨已代你面禀国王，国王有谕，着你今日赴朝面见。到在殿上，你苦苦哀求发还于你也未可知，那只可凭你造化。你千万要小心了，要仔细了！”周爷一听，赶紧跪倒，说：“多蒙大恩公指示，卑职谨遵谕旨就是了！”

此时已有人将马牵过来，老官儿并不谦逊，飞身上马，接过马鞭子，向周爷一拱手，说：“老朽舍下只有此马，恕我不恭，我头前引路，你要来呀，你要随我来呀！”周爷说：“恩公请便，卑职理当步从！”此时老官儿马上加鞭，这匹马十分高大，又搭着这老官儿身体雄壮，精神矍铄，真透着十分英勇。周爷心说，这马像是久历戎行的战马，不像官座儿，大约必是大走儿喽，谁想鞭梢一幌，登时颠起多高，好像下道的三纵儿，已然跑出多远了。周爷怕把自己落下，连忙把前衣襟掖了掖，一哈腰跟定马后头一路飞跑。州佐本是文官儿，此时成了将官儿了（马后喘吗）。这一轡头，跑了约有五六里道路，把位周爷跑的几乎血奔了心。心说，八成儿是累死才剥皮哪，可又不能不跟着。前面老官儿跑着跑着，渐渐的才慢了些儿咧，扭项回头看看周爷，相离不到半箭远，仍就又加了一鞭子，周爷又加劲儿一追。又走了二三里，见前面有一所高大房屋，好像一座大庙，就是没有旗杆戏台，两边有东西辕门。老官儿马到辕门之外，甩镫离鞍下马。辕门中出来几个穿号坎的兵卒，向老官儿单腿打仟行礼，然后把马接过来。老官儿站在辕门外面，正了正盔。此时周爷可就追到咧。老官儿说："这马老朽不大常骑，所以脚疾，贵官多有受累!"周爷一面喘，一面说："岂敢岂敢！不因卑职的事，大恩公还不至受此鞍马劳顿呢!"说着话，用袖子擦擦脸上的汗泥。

此时红日东升，老官儿说："大概敝国王正在殿中理事呢，我带你进见就是了!"周爷连连答应。老官儿在前走进辕门。周爷跟进来一瞧，正中三间大门，月台两边摆列刀枪架子，还有鹿角栅栏木，看府门的样子，有些像制台①的衙署，又见门内两傍站立许多穿皂衣的人，头上戴的是大高的红毡帽，手执军棍。周爷此时心中又害起怕来，心说倘或一句话说错，大概打死再剥皮喽！就见老官儿冲定自己一拱手，说："贵官随我来!"再进一重门，便是国王的前殿。

（十五续） 1919年12月10日

且说周爷被这位老官儿带进正门，又过了一道仪门，转过仪门，就看见迎面五间大殿，后有围屏，围屏以前有一座龙床，床前放着一张龙书案，上面也有文房四宝。周爷偷眼往床上一瞧，看不清什么模样儿，大约必是个龙长脸儿，但见头戴一顶金冠，上有许多的道道子，道儿上满都镶嵌珍珠，大概就是避水珠，身穿一件绣闹龙的蟒袍，满是平金，离着殿门远，看不清是什么颜色的裁料，两手抱着七星圭璧，面向正南，端然而坐（大概喜神在正南）。此时周爷不知应行什么礼节（头天没演过礼吗），又不敢大呼小叫的请示老官儿去，只好呆呆的瞧着。这位老官儿看周爷的情形是有点儿发怵，凑近一步，一拉衣襟儿，悄默声儿的说："上面坐的那就是敝国国王。你上前自己要求，但看你的外交手段如何咧!"周爷连连点头，上了丹墀，不敢进门儿，就在堂帘外面双膝跪倒，不知应该怎样的报名，净等王爷看见问话，自己再设法央求。

刚一跪倒，这位王爷在座上已然看见，说："下面跪的就是湖南的解饷官吗?"周爷说了个"是"字儿，可不敢问"我们的银子怎么你派人偷走咧"，正着急抓不着准词儿（跟我一样的抓瞎），就见王爷把圭璧放在龙案上，用手拈着小胡子儿，说："你那几车银子，倒是都在这儿哪。据我想，有限的几个钱儿，你们本省抚军就做个人情慨然相赠送

① 制台：清朝官名，即总督。

给我，也不算什么大事，何必又打发你来追问呢？”周爷一听，分明这是要心交，赶紧跪爬了半步，脑袋可就快够着门口儿咧，咕咚磕了一个响头，说：“王爷天恩，并非敝上司打发卑职来向王爷索讨，皆因前次是卑职疏神失脱的，敝上司就要将卑职明正典刑。经卑职苦苦的哀求，方才赏了二十天的期限，如能在限内将银寻回，或可从宽发落。卑职只得仍回到原失银的地方儿。恰巧蒙贵人指引得在此处，面见王爷。银子虽算有了着落了，卑职若照王爷的这谕旨回去销差，敝上司恐怕不能相信，说卑职并未上紧寻觅。期限已过，卑职的性命恐怕仍然难以保全。与其死于敝国的刑下，莫如就请王爷施行，卑职是情屈命不屈，做个异乡之鬼也就完喽！”说到此处，心中一酸，眼泪早流下来咧。

王爷在座上微然一笑儿，说：“你先不用哭堂，你这话我也听明白咧。你想是同我要个收到的凭据，方能回去销差哪，这有何难，我业经预备下了。来呀，你们把这个口交给这个解饷官儿，打发仍回去啵！”就见王爷从龙案上拿起一个官护封的封筒来，递给殿中一个侍臣，侍臣送在帘外，递给周爷。周爷接过来一瞧，封了个很严，不敢当面开拆。就听这王爷在座上说：“你把这封公文交给你们抚台，保你无事，这件事不也就完了吗（要唱《黄金台》）！”周爷不敢分辩，还是跪着。王爷说：“哦，想是你一个人回去不认识路途，这有何难，你们替选四名精壮的力士，送他还乡！”

（十六续） *1919 年 12 月 11 日*

且说周爷听王爷吩咐，命力士送自己回去，还要叩头哀求赏还原银，或派人在本抚台的面前搭上句话，方保自己无事。话还没说出来呢，就见王爷站起身形，离了龙床，一抖袍袖，转入围屏后面而去，大概不是找龙神圣母，就是找王奶奶说体己话儿去咧（说《聊斋》带最新的《神仙通鉴》，这分儿小说还要怎么热闹）。此时从殿中出来一个头戴大叶巾、身穿箭袖、上穿黄马褂的武弁，到了周爷面前，说：“王爷有谕，命我等送你出山，你还不快走吗？”周爷只好答应了一声“嗻”（又想起那个前碴儿来咧）。把这封大公函拿在手中，一摸，里面有一物，鼓鼓囊囊，并没分量，不知是什么，也不敢打开瞧，只得说：“既蒙相送，卑职这里先当面谢过就是了！”这人说：“不敢当谢，咱两家都是公事，你随我来！”周爷这才起来，随着这人过了仪门。另有一所房子，这人将周爷让到房中，略坐了一坐，嘱咐：“把文书带好，容我派上伴当，带些盘费，好赶紧上路。”周爷只好答应“遵命”，从腰中解下一根带子，把这封文书背在脊梁后头，用带子捆好，又把腿带子系了系，把靴子蹬了蹬。这位武弁出去功夫不大，唤来四个头戴老虎头帽子，身穿黄衣小褂儿、红裤口鞋的武行，手中各执一杆花枪，一齐站在这院中。这个戴大叶巾的说：“周老爷，你收拾齐毕，咱们就此前往啊！”周爷说：“走哇，走、走、走（这又不是那一出）！”

四个老虎兵举枪在前，力士同周爷紧随着出了两重门。周爷心说，这必是到辕门外就有马喽。及至到门外一瞧，别说马，地上连个马鞭子也没有哇。此时四名老虎兵举着枪往外飞跑，周爷只得紧紧相随。一会儿出了城门，进了一道山口，从此是多见树木，少见人烟。当日走到午后，有一个小村落，里面有一座小酒店儿，四个老虎兵都坐在门口儿条桌上，力士让周爷进了店。店主人好像预备官差似的，从里面托出两大盘牛肉，两瓶子酒，还有一盘面食饽饽，放在桌上，然后又送在门外条桌上，也是照样的四分。这人举着酒瓶子让周爷说："请啊，咱早些用完，赶路要紧！"周爷昨晚虽说吃了个酒足饭饱，这一路跑山，也早就饿咧，于是也端起酒瓶子足喝一气，又把肉同面包都吃了许多。一会儿大家用饱，力士付给一锭银子，并不算账。过卖①同店主都说："谢爷赏！"此时四名老虎兵又都站齐。力士说："周老爷，咱们走哇！"周爷只好遵命，从此上路。又走了一天，到了晚间，住在一个村店之内。周爷有心细问这五位究竟这座山什么名目，这位王爷贵姓，刚一提话头儿，人家就说："咱们这是官事，莫谈国事，小心公文，各自留神！"周爷见人不肯说，再说一天山道也跑乏了，只好安歇睡觉。次日天光没亮，人家又催着起身，又走了一天。次日一早，顺山道全是下坡路了。这人说："此处离山口不远，已是两国交界，周老爷你自己请吧！"周爷还要道道谢，人家一哈腰儿，仍旧入山而去。

（十七续） *1919 年 12 月 12 日*

这两天的书，说的这个《王者》，不伦不类，又像戏台上的场子，又像从前某□□□头儿，还夹杂着有山寨水泊的形式，无非我信口胡诌。皆因这版既在小说门类，俗言说"前头有车，后头有辙"，也得按着人家的路数儿走，故此我把这几样儿套子全掺杂在一处。您既是瞧小说门类，可就万别挑眼，如果一定不答应，您上山东临淄找蒲松龄先生问去。他原文上说的比我还不讲理哪。闲话勾开，您还得将就着瞧。

且说周爷辞别五位力士，自行下山，一路上饥餐渴饮，夜宿晓行，五六天的功夫行抵长沙。这点儿书，咱这是马前着说的，比如我按照书套子，可以说周爷出了山，见着路行人，一询问此处是某州县所管，这山究竟内中有什么村镇，也未为不可。那位说，你没到过湘省，想必你说不好，故此马前所为藏拙呦，我的瞧书的傻主道，有本《搢绅》或《事类统编》，我还不会查查吗！原文既不指明，咱还是别当真事，您还得将就着当瞽人词听。但说周爷这天到了长沙省城地方，自己一想，去时尚有几名亲兵，如今单独回来面见抚台大人，倘或不信，连个见证没有，这可怎么办？又屈指一算，从赏限那天算

① 过卖：餐馆跑堂的。

起，到面见王爷，共是二十天。那天我故意少报十天，所为有十天的途程，不想人家带我走小路，近了三天，好在没有狼虫虎豹（那是《天门走雪》）。到今天算起来，总算没逾限，但不知这封公函是否有效。又回想那位龙王扮像儿王爷，话儿说了个挺大方，也许人家有这交情，过的多，见了这封秘密照会，定然能保我无事，我给他个事不宜迟，就此前去销差。

一路上盘算着，不知不觉到了抚台的辕门，自己走了进去，见了守门的中军。中军一瞧，说："喝，周老爷，你老人家回来咧！饷银想是有了下落，怎么跟随的兵丁没带回来？你老爷还是车来船来轿来马来？"周爷说："我那儿有车船轿马呀，简直的下了一次活地狱吗！好容易才又投生阳世似的。实对你说，我是乘胶皮车来的（周爷没懂得过这句话）。护兵同马全寄在县中咧，盗银的主儿已然寻着，烦劳你替通禀一声儿，就说周佐回来销差！"中军听周爷说的词儿闪闪烁烁，以为必是这贼盗耳目众多，若是说明，他们就闻风远扬了，故尔用话搪塞枝梧，反正官事办出来，才能大家晓得呢，不便再问，说："既然如此，周老爷先在公事房儿候候儿，我替你老爷回禀就是咧！"说着二人进了大门。周爷掸掸尘土，把文书揣在怀中，把马褂儿套好，不敢在公事房中久坐，恭恭敬敬的就在大门以里、二门以外，垂手侍立的听传唤。再说中军官转过大堂围屏后面，敲动云板，里面有听差的出来，问明有何禀报。中军把周爷的事一提，内听差的代禀于女仆丫鬟。

这位抚台方才起床，一听周佐回来，想必案有头绪，吩咐外厢各项差役喊了站堂，自己换上公服从内宅咳声叹气、愁眉不展的出来，要追问周佐饷银的下落。

（十八续） *1919* 年 *12* 月 *13* 日

且说周爷站在二门外面，听里面喊了声"站堂"，一会儿中军官从里面出来，说："周老爷，抚台立刻升堂，必是先要询问你这件事。少时你可千万小心，不是别的，这几天抚台大人并没出堂理事，连内签押房儿都没到，大概有什么心事！"周爷说："多承指教，想是因卑职这件公事急的！"二人方才说完，听门内"喊哦"，喊了堂威。中军官不能久待，仍旧进去。周爷一个人在门外偷眼儿往里张望，隔着仪门，见抚台转过围屏，入了公座，向中军官吩咐了一句。中军官传谕下来，说："命解官周佐报门而进！"周爷是熟习外官制套子的干员，知道这是官事官办，于是答应了个"有"字儿，东门施礼，西门打躬，一路忙合，来到丹墀前面。自己现在是犯官，不用等说话，先把官帽儿摘下来，跪在堂外，碰头行礼。抚台在座上，见周佐好像把银子的下落访着，有所恃而无恐的样子，心中稍微欢悦。容周爷报完名，这才问说："你将饷银失去，我赏你的限去寻找，你今天空手回来，想必银子寻回来了，还是暂存在某县库中了呢？"周爷说："启禀抚台大人，饷银虽有着落，只是尚未追还，还请抚台大人施恩！"

抚台一听，把眉头一绉，说："按你这们说，不过是访着什么样的盗寇将银盗去，贼党势大，你回来请兵来咧，你说是不是呀？但是一节，咱国方才定鼎，总以抚绥百姓为先。况且此时青苗在地，如果实不得已，方可调动大队，免得马踏青苗有妨民食。再说饷银是否被这股贼匪盗走，也必须确有证据。你若是轻事重报，连累无辜，你不要脑袋，本院还要我的前程哪。那一来，我不就辜负主子的天恩了吗？你与从实的讲来！"说着一拍惊堂木。周爷听抚台说的这套话是要八面儿见光，只得战战兢兢的说："大人容禀（又要叫板）！"于是从头至尾把见着瞽目人占算，引进山中，见了这位汉妆打扮的老官儿（可不是缠足），细细的学说了一遍，并没敢说偷看剥皮亭一节，皆因怕人家官官相护，日后传回去，自己得担处分。方说到见了这位王爷，抚台在座上已然气得三尸神暴跳，五内豪气冲空了，把惊堂木使力的一拍，说："本院以为你有什么准下落，闹了归齐，你敢则这些天编了这们一套谎言搪塞我来咧！你再往下说，就成了《封神榜》《西游记》上妖魔现世了。你想想这成了什么官事，尔就该掌嘴（要唱《审刺》）！"

周爷说的本是句句实言，只不过抚台没容说到公文这一段，大人就动起怒来，只好跪爬了半步，说："请抚台少息雷霆之威，犯官本是句句实言，请大人详察！"抚台大人一听，这气越发大咧，说："你这分明是装疯卖傻，玩戏公事，藐视王章。本院断难姑息！听你这瞽人词演义套子，大约饷银并非真丢失，是你入了私囊，要吞没起来。不动严刑，谅尔也不说实话。左右与我用锁子，将周佐吊起来，本院亲自监刑审讯！"抚台衙门中的刀斧手、军棍手一声答应，赶过来要捆绑周爷。

（十九续） *1919 年 12 月 14 日*

且说抚台吩咐一声："动刑！"巡抚衙门的举动可不同州县，皆因有兵符印信、王命旗牌、刀斧手、刽子手、军棍手，有拿锁链①子的，有提着绑绳儿的（净短半副儿銮驾），这些人都齐奔了周爷而来。周爷是官犯，晓得法度，还能等人扒衣服吗？先将马褂儿脱下来，从怀内取出这封公函，双手捧着，口称："抚台大人，少息雷霆之威，犯官尚有一节事未曾禀明！"抚台一瞧，他托着一个大信封儿，心说敢则这些日子功夫，他不定跑到那儿运动了八行来咧，想必是管辖着我的，不然他就敢这样大咧咧的啦，冲定左右一摆手，说："尔等先将他捆绑好了，待本院看完公函再行发落！"此时中军□跑过来，先把这封公函接过去，呈递于抚台。这几名提绑绳儿的奔过去，把周爷二臂一拧，用绳子捆上两个手腕子。周爷听过《牧羊圈》，立刻脸儿朝外，在丹墀上一跪，心中是突突的乱跳。心说我周佐来至此湖南抚院，两边的刀斧手吓得我胆战心寒，我今日此一来好有

① "链"，原文作"练"，据语义改。

一比，比做那羊入虎口，有去无还（脑袋跟腔子都快分家咧，那块肺还研究反串哪。那位说，现在国事日亟，为什么当轴①诸公还花天酒地，提倡戏剧呢？那我们做白话小报的不晓得，想必人家有诸葛安居平五路的妙法，咱们还是莫谈国事）。周爷这一阵是吓糊涂咧。

但说这位抚台从中军手接过公函，见上面所印的字儿不知是大楷小楷、大草小草，横横竖竖，七长八短。抚台是满洲文的一把好手，汉文无非粗通，看了会子封筒，并不知是那处的公函。坐在大堂上，又不好请书吏念给我听（那成了《打面缸》咧），翻阅了两个过儿，才看见有几个汉字，是“湘抚某公亲拆，漾电②”。心中纳闷，不知是那位的别号（没看过《诗韵》吗），既看不明白，也不便打这闷胡卢，莫如拆皮儿看瓤子，可行可止，再打主意。想到此处，用手一撕封口儿，原来黏了个挺坚实。往公案上一瞧，没有刀子、剪子（不像我们主笔房儿，除去这两样，再加上我这一肚子糨子，没有别的咧），只好撤出一只令箭。此时伺候抚台的官弁兵卒一瞧，都替周爷捏着把汗儿，以为先把周爷插箭游营，然后棍责发落呢。

周爷绑在月台上面，见这封信没有动静，低着头□项往座上观瞧，一眼看见抚台请了大令③，自言自语的说：“得，结咧，完咧，活不了咧，你的卦是白灵咧！活活儿的要了我的命咧！啊嘿（那位说，这末两个字是怎么件事呀？这也叫哭头的尾声儿）！”心里虽是害怕，越怕越偷眼儿往上瞧。就见这位抚台，用令箭箭头儿把护封背面的三角封挑开，先将令箭安了位，然后用手将封皮撕开，从里面往出一撤，撤出一个大白纸包儿来，上面□着一个字帖儿，周爷并看不清是什么。再说抚台一见纸包儿上面有许多油渍，而且桂花香味扑鼻，窜入鼻髓，已然纳罕的了不得，顺手放下这个纸包儿，把字帖拿在手中，看了不到两三行，已竟面如土色。

（二十续） *1919年12月15日*

且说抚台把字帖儿看了几行，登时脸上颜色更变，又把纸包儿撕开看了看，赶紧揣在怀中，冲着中军官说：“你吩咐下去，快将周佐松绑！”中军官一听，连忙跑出去，一声吩咐。此时动刑的差役都替老周喜欢，过去把绳子解开。周爷转身奔到大堂门□儿外面，双膝跪倒，说：“谢大人不斩之恩！”就听抚台颤巍巍的声音，说：“这笔饷银本来是件小事，你先暂且出去，本院自有办法！”周爷一听，果真应了那位王爷的话咧，六十万两，抚台横起来了，想必人家过得多，既没自己的事，就算万幸，赶紧冲上磕头，说：

---

① 当轴：当政的要员，官居要职者。
② 漾电：民国以后，军阀使用电报的时髦称呼。
③ 大令：国家的重要法令。

“谢大人恩施格外!”抚台并没再吩咐什么话，周爷挟上马褂，托着帽子，蹓下丹墀，奔了辕门外而去。

再说抚台把这个信封儿连纸包裹在一块，往怀里一揣，摆手吩咐退堂。中军代为分派，众人各归各处，不提。但说抚台下了公座，转过围屏，先奔了签押房儿坐下，怔了一怔，赶紧叫跟班的把师爷请来。师爷不知什么事，赶紧跟来，请示东翁有何吩咐。抚台说：“前次解京的六十万饷银不料被州佐在中途路上遗失，但这件事虽非寻常疏忽可比，咎有应得。但是事关国课，权其缓急，度其轻重，总以保全阖省的面子是件最要紧的。若必待这银子追缴回来，岂不误了大事。据我想，请师爷赶紧做一道檄文知照藩司，勿论本省财政如何支绌，库款如何拮据，勉凑六十万两饷银，另派干员星夜赴户部交纳!”师爷一听，连连答应，立刻做了一篇照例的公文，请抚台看完，用了钤记。师爷告退出去，抚台吩咐跟班的交出去，令人速送布政司，立候回文。跟班的答应出去，抚台咳声叹气，退入内宅去了。不大的功夫，送檄文的回来，拿回一个回投的收据来，并有一封私函，说：“藩台少时到辕面禀抚台大人!”这文书信函递进去，不大的功夫，藩司大人果然乘轿而来。禀帖传进去，抚台听说是便服来的，只好请在内书房，彼此见面的客套不必细述。

但说藩台见了抚院，说：“库款无着，全仗银行垫付。现在人家连纸币都不肯发咧(这是湖南藩司说的吗？我替中国财政部转告述老旗人哪)，藩库万垫付不了。若是向各国财政团借，又非有真正抵押品，人家也不肯借（这又是那儿的事呀？还是我那档子心腹事)。再说即便有人肯垫，将来归还应当怎么报销呢？况且路途遥远，交通不便，上次既然丢失，这次又该如何防范呢?”抚台说：“按贵司这们说，那们罢了不成？可是究竟怎么办呢?”藩台说：“大人京中的宦囊饶余，莫如从票庄寄出一封信，从京中暂拨六十万，俟等秋季农忙，加倍的征税，再余外添些名目，样样增税，还愁捞不回这点儿来吗!”抚台说：“既承贵司指示，我写信给票庄就是咧!”藩台告辞。抚台给票庄写去对条，进到内宅，又害怕，又心疼银子，忽然一阵难受，“哇”的一声，吐了一汪鲜血，立刻昏迷，不省人事。不到三天，居然殁于任所。

（二十一续）1919年12月16日

这段儿书一幌儿说过二十多天，已经是两万多字了。按照原文，今天一表儿，明后就可以换新题。近日本馆屡接来函，说这段书说得花梢热闹，可以警世，唯原文说得离奇诡怪，烦我把真理解释出来，免得人以《聊斋》一书为谣言无稽。在下对于这来函很是为难，不说吧，好像这两天七百儿的白面——怕抻；说吧，又怕大家嫌絮烦，又怕说不好。为难了两天，才想出个折中的办法，把原文这个暗笔做个倒笔，明叙出来，虽是节外生枝，也得说有个情理，合乎评书演义的套子。咱们把斗哏、点染、色泽删开，纯巧脆快的说书，不过三五天就完。还有一节，人名、地名咱是信口编谎，可不管您查湖南全省的舆志有这座山没有。您要一定犯死凿儿，您就替指个地名，我过日再更正着说个重回儿（打算要吃一辈子的《王者》）。话儿交待明白了，这就说书。

且说前清康熙初年，满族乍入关，明季有许多能人，只因不能一心，所以不但不能敌清兵，就连闯献①、流寇、倭寇也任其蹂躏于全境。有兵权的四镇，且因闹意见，互相争斗，置大局不顾，有如今日之各省，卒至双手奉送外人，令人曷胜浩叹（我别瞎替古人发牢骚咧，还得说书）。论到深山大泽之间，有武技功夫，善能飞檐走壁的能人是那一时各处都有，无非枪械愈精，真能为人越缺少就是了。但说湖南、湖北两省交界的地方，有一座山，山中有些荒地。本处有一个姓王的，在前明历代做武官职，自流寇延蔓，举家逃在山中，家中有的是粮米、金银、牲畜，原有些长工下人，逃在山中，一看这荒地肥饶，先由自己长工们开垦起来。恰巧赶上丰收，忙不过来，便到山外去招工，不大几年，成了个大山村。房舍是由性儿建筑，墙垣越砌越高。明末官场，腐败甚于晚清，两省州县只知这是荒山，又是三不管的地方儿，所以没人察询照管。到了清初定鼎，所有公事都沿袭明制居多，故此也不晓得这山中有这座村子，彼时已然成了一座大山寨了。

这王姓家中的人仍是文武兼学，而且新旧学都求实用，也有会摄空搬运法的，也有会改头换面化妆学的。彼时各处绿林江湖盗多有被了案，逃在这王家寨中去住的。这位王者是好赖人儿全交，吃喝随便，大有孟尝君好客之风。这些人先称呼王寨主，后来改称王爷。这山中的熟地已然都垦净咧，人口越聚越多，可就未免得仰仗山外的粮米咧。王家虽然有金钱，究竟死数儿。他家住的这些人原有绿林江湖盗，就不免出去打劫，内中最有能为的是王爷的教师，此人姓古，名穆，善能化妆（可不是拧楼子②贴片③），出外做案，永久扮做算命占课的瞽目先生，本寨中人都称叫他假先生，一身一口，在此养老，颇有侠义之风。这年听说清朝新放的湖南巡抚是北京旗官，很是有能为搂银子。古先生一怒，背着王者出山，要到湖南施展盗库的手段。

（二十二续）*1919* 年 *12* 月 *17* 日

且说这位古先生这天出了山，手中拄的一根明杖儿原是空竹子的，内中灌着铅铁，从外面看不出来，若是走到没人的地方儿，挟在胳肢窝底下，一哈腰就是十里八里，路上遇着乡村市镇，拿着明杖儿当遮隐身子的玩艺儿。好在是吃饭住店都给现钱，因此临

---

① 闯献：明末起义军将领李自成（闯王）、张献忠。

② 拧楼子：找麻烦。

③ 贴片：戏剧中旦角的一种装饰，用于额头与脸颊。

近州县多有晓得古先生是卖卜的高人，人以真古怪、古铁嘴称之。这天下山，走了几天，恰巧赶上下雨，就在这座破庙中避雨。方才进去不大的功夫，就赶上周爷解着饷银，也奔庙前来避雨。古先生一转身儿，早藏在佛爷的身后。此时这些人急于避雨，天又已经昏黑，谁也不曾留神。一会儿，古先生见这个解饷官跟着赶车的一喝这便宜酒，并不以公事为重，心里就很不痛快。及至众人醉倒，古先生从佛像后身转出来，看着大家，连一个经心的没有，足见大清国的公事依样的腐败。自己本是要到湘省盗库去，如今现成成的送到半路，莫如给他们运走。于是用了个大搬运术，全给摄进山去。这点儿书您可得将就着瞧。皆因从雄化年间就有一部《万法归宗》，这路书灵验不灵验，我可没研究过。再说谁都听说有一路人，但能晓得银子的数目，就能用方术学给你运走，在下可也没丢过（永久是☐褡裢儿吗）。又说大搬运移山倒海，小搬运是借银运粮，若说真有这样人，我没见过，如果没有，焉能这老谣言永久存在。况且彗星撞地球他不也是说着玩儿哪吗！咱们还是以事所必无、理所固有为解释开脱的不二法门，就算古先生有这门学问。您要一死较真儿，还是问蒲先生这银怎么会跑到王者手里去咧！闲话勾开，还得我造谣言。

但说老古（那位说，怎么又说老古了呢？他不是贼大［念代］吗。我们不同道，犯不上替他吹嘘。替医生药房夸张不在此例，皆因我们没有没病的人，吹嘘点儿好白治病）既把现银运走，自己也不便久待咧，冲着这群人点了点头儿，暗说："心交，心交（其实人家假瞎子有心，这群人连心都早丢咧，还交什么劲儿呀）！"拿着明杖儿走出庙去，一直的顺原路回山。到了山寨，面见王爷，把盗银子的事情述说了一番。王爷说："老师虽是为咱山寨筹款，但是事关国课。清朝的兵精粮足，傥若被他寻踪踩访前来，大兵云集，打入山寨，岂非玉石俱焚！"古先生一听，这位王爷别听夙日练武，好像有万人难敌的英勇，敢则听见点儿事也是害怕，连忙带笑说："哈哈，我的爷！休提官兵，提起官兵，更加稀松（老古要唱《落马湖》）！每名兵丁每月饷银有限，而且还时常欠发好些日子（那是现在的旗饷），即便发放下来，也是七折八扣，兵丁领到手不到四成（那是现在的纸币），派出来临阵对敌，焉能舍命。况且咱这座山，大队人马进不来。若有探子前来窥探，咱先制其死命，大概再也就不敢来咧！王爷如果不放心，待我二次出山（要学白云峰①）。"说完告辞王者，重到古庙，才有个卜卦引路。

（二十三续）*1919年12月18日*

且说古先生下山之后，自己一想，还得奔到湖南省城细细探听探听这件案子究竟怎

---

① 白云峰：民国初年寓居北京的一位江湖术士，广告中说他相法如神。

么样咧，再说这位巡抚还有什么可取的地方儿没有。打定主意①，取路直奔长沙而来。到了北门外，找了一家客店，租了一个单院儿三间房子，要酒要菜，全都讲究上等酒席。这个店小二说："先生您是一个人儿呀，还是有搭伴儿同行的呢？"古先生说："我们同道的师兄弟很多，出了门可是各走各道。我不爱同人搭伙，皆因我走路腿脚迟慢，夜里睡觉最怕人吵。"小二心说，敢则这个人又瞎又独。

吃喝已毕，古先生说："咱可说明白咧，你到夜里可不准上我这院来。要是搅了我的觉，明天我可不给店钱！"小二一听，说："是了吧。那时候您用人，叫我就是咧！此时天还没黑，给您沏一壶茶来，大概不用给您预备灯烛了吧？"古先生把嘴一撇，说："你瞧这叫什么话呀！怪不得人说，车船店脚牙，无罪就该喝茶哪！你这话分明欺负我没眼没目的，拿话打趣我。我照顾一文钱是财神爷！"店小二说："先生您别挑眼，皆因您用不着灯，所以顺嘴儿问一问。您只要不嫌白费蜡，我就给您点去！"古先生说："点不点的你得给预备下。不是别的，傥若半夜里闹臭虫，我叫你过来给拿一拿，要没灯，你难道说摸臭虫吗！摸着个蝎子螫了你，也不好拿呀！"店小二说："先生您只管放心，我们这店没臭虫、蝎子！"古先生说："你们店家都这们说，如果没臭虫、蝎子，为什么人家都说你们除了吃客就是搭客呢？你想这话是我编的吗？我的小儿呀！"小二一听，说："先生您别跟我们玩笑，是我的错，我给您预备蜡台去！"古先生说："那我还是不要，你到你们柜房儿里对你们掌柜的说，总得让他把柄儿灯让给我才行哪！外带还得要准斤六支头的干碗蜡两只才行哪！"小二一听，心说这先生八成儿是醉咧，我别跟他费话，乘早儿给他要蜡去，说："先生，你不用再细批②咧，我这就给您办去！"古先生说："什么，细批？细批可是八两呀！"小二早一溜烟跑到柜房儿，把蜡跟蜡灯都给取来，进屋问先生说："给您先点一支呀，是怎么着？"古先生说："不，两支一齐点！挺短的夜，要是点一支，那支你賰下，打算做什么用啊！"店小二只得又找了一个蜡灯，把两支点齐，放在迎门八仙桌上，远远儿一瞧，活像灵桌儿。又问："先生，还用什么？"古先生说："没什么事咧。记准了，我不叫可不许来。我若是再听见这院子有动静儿，可别说我抡马杆儿抽你们！"小二答应，出了单院儿。

古先生跟出院来，把小门儿关好，进到屋中，听了听天刚定更，坐在里间盘膝打坐，养养精神。上文书说过，此时夜短，一会儿交了三鼓。古先生不用夜行衣靠，掖掖大衣前后襟，挟上明杖，吹灭灯烛，倒带上屋门，到了院中，撤步倒腰，拧身上房。用手一拄明杖，跳在街心，一下腰跑到城墙外边，用蝎子爬夜行术的功夫爬上城墙，进城直奔巡抚衙门，要探听此事。

---

① "主意"，原文作"注意"，据语义改。

② 细批：指算命先生详细讲解。

（二十四续）*1919年12月19日*

昨天的书说得是假瞎子住店，称得起节外生枝的瞎咧咧。实对诸位主道们说，我要从一进店挑房子说起，同小二一要话，就够一回；再一要菜，也够一回；连赁被褥、摸枕头，又能说一回，说到用蜡（我可不会）。按这们说，反正得算是书中应有的情节，不是闲篇儿。一则我们一个铜子儿，不能卖那们好几回；二则怕人嫌絮烦，故此略按演书派稍微学说一点儿。真要按这们说，在下敢说能这们敬献，不过我拉不下这个长脸儿来就是了。您爱瞧不爱瞧，反正我是调换着样儿敬献。今天若是再说古先生怎样跳墙到巡抚衙窃听，不出衙门，又够五回。皆因我是急脾气儿，以己度人，怕人说是絮烦。要是真说这路套子，我敢说能说几天。咱们不必瞎磨烦，还是赶紧一表儿，就说到卜卦引路了。

且说古先生进了城，穿街越巷，一会儿到了巡抚衙门的后身儿，听了听院中梆锣之声不断，有的是巡更守夜的更夫、兵丁。古先生虽说不怕他们，也犯不上惊动他们。少微候了一候儿，听更夫们顺更道走过去，自已一纵身儿跨住墙头，一涮腰骑上墙，往前一瞧，是一所大房。古先生不用跳下院子，更不用投石问路，往前一蹿，正落在大房脊上，扎煞左胳膊往四下张望（那位说，为什么你不说扎煞臂膀呢？他不是右边挟着明杖儿哪吗）。原来这所正房子①是二堂，院中漆黑，并没人声儿。另有一个东跨院，院中灯烛辉煌，凭先生蹿纵跳越的功夫，还能一越就到跨院儿的大房。这次可不敢那们越，恐怕人家院中有人，无论怎么轻巧，也有一条黑影儿。比如巡抚正站在当院看五星联珠呢，倏的一个黑影，人家还不说夜猫子搬家呀。故此总得跳下平地，挟明杖进东屏风门。进去一瞧，另有一个垂花门尚然未关。古先生上台阶进门一瞧，是一所三合房儿，东房、正房有灯，西房漆黑，院中没人。

古先生到了正房外面，侧耳往里窃听，东房有人声音，方要用手抠窗户纸，听屋中说："陞儿呀，你告述姨奶奶，叫他把奶子给我筛开着点儿！"堂屋有个小孩儿答应一声"嗻"。古先生晓得必定有人出来，一纵身儿，提溜往重檐的椽子头儿，把明杖儿一别，一拧腰，这叫卧看巧云式。屋里没有行家，也不用口衔大指。此时这跑上房的小孩儿早出了院子，心想必是上东房请姨奶奶去，敢则不是奔到西房南间，用手一拍窗户，悄不声儿的说："喜哥呀，老官儿醒咧，叫姨奶奶温奶子哪！"就听有个女子哼唧的声音，答应说："知道了（也是官事套子）。你们不拘怎么给他弄股子灌送下去不得了吗？巴巴儿的还得叫我！"窗外小孩儿说："您要不去，大概不行，你们快穿好衣服出来吧！"又听女

---

① "这所正房子"，原文作"这正所房子"，据语义改。

子答应说："是咧，你说我就去！"陞儿这才上了东屋。西屋门一响，先蹓出一个男子，一溜烟儿跑出垂花门。又待了一会儿，出来一个盘着辫子的女子，拖落着鞋奔了上房。古先生一瞧，早猜着这位抚台必然帷薄不修①。

（二十五续）*1919* 年 *12* 月 *20* 日

且说古先生横绷在房檐底下，看出这位抚台的姨奶奶一定不是正经人。心说做官贪赃，搂了钱敢则为这们花的。一会儿见从东厢房出来一个婆子，端着一个碗，走进上房，说："姨太太，老爷的奶子温得咧！"就听这少妇答应，接进东里间儿。这个老官儿说："你把饽饽盒子端来，我还没吃晚饭哪！"古先生心说，大夏季天的，达子饽饽就奶茶，也不怕上火！又听全是说笑的声音，古先生听得好不耐烦，一拧身儿，把窗纸撕了一点儿，往屋中看了看。这个抚台约有五十多岁，脸上黑瘦，一定是个酒色之徒。再听外面梆锣已交□鼓，自己回店要紧，于是一飘腿儿，左手仍提溜着椽头儿，腰往起一拧，这叫珍珠倒卷帘，两脚找着瓦陇儿，撒手椽子，跟着就站起来咧。往正西一纵身儿，早纵在二堂后坡上。又一蹿，蹿出巡抚衙外，顺旧路奔城根儿回店。

一会到了店墙外头，往起一纵身儿，脚刚落在房脊上，就听房山外头说："嗳呦，我的妈呀，怎么满房上跑人哪？"古先生一听是店小二的声音，说："小儿，你不用害怕，我是你们这儿的阔客，我出去解手儿去咧！你跟我进屋来，我有话告述你！"小二说："我进屋子，你到是给开开门哪！"古先生说："你不说，我还是差点儿忘咧！"说着跳在院中，把小门开开。小二进来，此时天光已然闪亮，不必再点灯烛。小二说："先生，您怎么跑到房上出恭去咧？"古先生说："老小呀，你是不懂得，像你们有眼睛的可以上厕所，蹬得了坑子，像我这没眼目的，一进厕所，明杖儿入在茅坑里有多丧气呀。所以我出恭，永久是找宽绰地方儿。我方才睡醒，拄明杖出来，劲头儿用猛了点儿，就走到房上去咧。你没听俗语儿说走高了脚咧，这话就应在我的身上咧！"小二儿说："请问先生，你觉着脚底下平正吗？"古先生说："呦，傻伙计，大凡走高了脚的人，谁不是深一脚浅一脚的胡荡呀！"小二说："你这话有理，那们您到底上那儿出恭去咧？"古先生说："城墙上头呀。你不知道，咱们是真高眼吗？"

小二听他说话离奇，开店的买卖是什么客人都遇得见，早已猜透这位必是假充瞽目的高人，不便再往下问，说："先生，我是给您打脸水、沏茶、开饭哪，还是等您再歇个觉儿哪？"古先生说："你也不想想，外面刚住了梆子，你就往外掌②我，你们这叫什么

① "帷薄不修"，原文作"帷簿不修"，据语义改。帷薄不修，指家庭生活淫乱。
② 掌：这里指轰、赶。

买卖生意呀？莫非你还预备着来赶早儿的吗？”小二说：“上店里赶什么早儿呀？”古先生说：“赶早儿打早尖的呀！我告述你说，我今天不走咧。我得睡觉，醒了还进城有事，那天办完事我再回去。这院子我按日给钱，你不用不放心！”说着话，从兜囊之中摸出一锭银子，说：“这也不是饭钱、店钱，是我赏给你的酒钱。你可要嘴严着点儿，别说我会上房。临行的时候儿我还再给你哪！”小二一见银子，越发猜透是个夜行术的高人，反后悔方才不该说破，于是说：“我谢谢你老赏银子，您只管住在我们这店中吧，管保没人看得出你老的痕迹！”

（二十六续） *1919 年 12 月 21 日*

且说古先生当日就在这店中一住，饭后拄上明杖儿，进城装做卜卦算命的先生，没有两三天的功夫，就听说丢失饷银的州佐，抚台命他向原失盗处所搜寻去。自己一想，这项银子万不能给他送还，可是非让这个巡抚赔出来不可，于是算清店饭账，又赏了小二二两多银子。小二千恩万谢，说：“这位老先生，您那时再到长沙，千万可照顾我们这儿！”古先生说：“老小，你放心吧，你这们会应酬，还能挂不上回头客吗！”小二说：“您怎么一死儿拿我们这店当二等呢？”古先生说：“多早晚你们改称旅馆，那就升到头等咧（头等铺捐）！你不知道我爱斗哏儿吗（不斗哏怕没人瞧）？”说完笑嘻嘻的告辞出门。小二送出来，不提小二回店怎么称颂。

古先生从此直奔那座破庙，先在左近的小村店买了一张黄纸，托铺中掌柜的给写好“能知心事”的招牌，来到破庙粘在墙上，每天净等周爷。恰巧周爷真来咧！这才坐上小轿，率领兵丁差役进山。所走的这股道路可是进山的大道，这些年王家寨按站开设买卖，凡进山的人到是公平交易，从不祸害人。但是上文书过，这座山不是通行的大路，所以轻易也没有进山的外人，真要有十名八名官兵捕役进山窥探，可也逃不出人家手心儿去。这天把周佐带到自己住的小巷口儿上，故意施展能为，一拄明杖，就蹿进院中去了。又派了两个机灵的壮丁从巷中出去，尾随着抬轿的官兵们，听他们有什么议论。自己这才改换衣装，戴上假面具，坐在正院儿，净等周爷叫门，然后把他带进傍门儿一住。这都是上文书说过的，如今表出来，所为前言搭上后语。

到了晚间，据庄丁回报说：“这几个抬轿的并捕役兵丁住在店里，同店中打听这城中是否歹人的贼巢，又商量着回去禀知抚台，调动官兵前来抄灭。探听明白，特来回报教师爷！”古先生一听，说：“怪不得俗语儿有云，宁交贼，不交番子官人哪。我好心好意放他们回去，他们安这路心，这可是活该他妈妈——老活该咧！”立刻包了一包蒙汗药，写了一封秘书，连夜派人抄小道儿送在次日他们打早尖的地方儿，容他们进去喝酒吃饭的功夫，用药把他们麻倒，捆进寨来，听候发落。庄丁领命而去。这点儿书，要是一加贼店套子，今年就不用换目录了，莫若免去。就说次日夜里，把几名捕役官兵捆回，古先生也不伤害他们，锁在空房里，打算先把周佐的事办完，再行释放。不想这几个人因药酒的力量大还没醒过来，连害怕带中暑，死在空房中了。古先生吩咐剥了皮，预备做改头换面的材料儿，这就是周爷看见的那几张人皮。古先生把这些事办理完毕，又去面见王寨主，说明自己还得再下一次山，非让两湖的官兵不敢小觑咱这王家寨不可。王寨主是古先生的徒弟，言听计从，说："任凭老师调度就是了!"古先生这才连夜下山，又奔长沙，才有个大闹巡抚私宅。

（二十七续） *1919 年 12 月 22 日*

这点儿书本是我节外生枝的造魔，比如真再说闹巡抚私宅，怎样的割头发，还离不开公案书套子。上文我略学说了一点儿，不过是个意思儿，再要接着细说，未免妨碍人家评书行道亲们的饭。况且报纸上玩艺儿得变着法子，求与社会有益的地方儿多说，不能提倡绿林江湖盗（我们分不着赃），咱还是把这些免去。

但说周佐那一天呈献给巡抚的那个纸包儿，内中包的就是那个姨奶奶的头发。抚台皆因姨奶奶无端遇着剪发队，闹的他是说不出来，道不出来，只可说他维新过火，自己一拦他，他一堵气子要当尼姑去（潘巧云①第二），把这些个假话告述家中的上下人等。今天周佐忽然把头发送还，而且另外还有一个字柬，上面写的是："汝自起家守令，位极人臣，赇赂贪婪，不可悉数。前银六十万，业已验收在库。当自发贪囊，补充旧额。解官无罪，不得妄加谴责。前取姬发，略示微警。如复不遵教令，旦晚取汝首领。姬发附还，以作明信。"这封信也是古先生做的，王者所说的也是古先生教的。诸位请想，这位巡抚被人揭着真病，又心疼银子，故此不到四五天就殁于任所了。死了之后，才有下人把这封信传扬出来。后来藩臬首府听州佐说，当日王者这个地方儿离奇，派官兵寻找这座山。据派去的人禀称，是座重岩绝壑的枯山，无路可以进去。官场的事，也没有人一定追究，就算暗销咧。

这段书的原文至此而止。按异史氏所评的，不过夸这个王家寨怎么神乎其神，先拉了几个古典，又说假如真有这样高人、这样地势，天下含冤的人都去告状，恐怕王者也办不了许多。推求此意，仍是满腔子的气愤不平，把这路贼寇当做高人。若按真理说，侠义英雄字义虽好，其实那位都是拣好听的说，连本字义未必明白。即如"侠"字，是自居为大人，确信有保护二三人的能力；说到"义"字，上面从"羊"，取其能爱群，以下"我"字，即以羊自居，牺牲自己一切的意思。请想这两个字，实不易办到，错非有

① 潘巧云：京剧《翠屏山》中的人物。

真能为、真见解，尚能勉为。不然徒托虚名，自行其合自己私心手段，何足为侠，何足为义。话是这们说，侠义的字义还狭窄的多呢！

本段目录写的是《王者》，自是以州佐所见之“珠冠绣绂”，南面坐的这人说喽。诸位请想，除去这套行头，再能打两句拍人的官话，余外毫无长处，却呼之为“王”。按“王”字以一竖贯三才，又说上合天，下合地，中间“十”字，即孟子所谓“自西自东，自南自北，无人不服”之义，无论称帝的办不到，即三王亦所难能，故孔子有“尧舜其犹病诸”的话。但是既在其位，稍尽一分心，人民受一分惠，若是徒慕居高位之名，且随便攘夺小民之脂膏，则王者与巡抚大可同画一个等号儿，民贼强盗而已。当日蒲先生用此二字做目录，是否同心，我可不敢断。据拙见如此，愿质诸真赞成共和、反对帝制者，以为何如？书说至此，明天我再另换一篇。

莲花公主

（开篇）1920年4月15日

鄙人爱花成癖，终年灌溉习劳。迎春红杏碧夭桃，绿萼梅香味好。
架上藤萝吐蕊，石榴红似火烧。盆中新荷已堪瞧，薜荔墙阴映照。
草花随时逞艳，秋深桂□香飘。向日黄葵长得高，菊种求全难找。
转眼秋分霜降，梧桐叶落先凋。唯独松竹有节操，岁寒依然不老。

几句自夸其得的流口辙词儿念毕，余不多表，敢说一句谣言没造。那位不信，按照我写出来的，您到舍下来瞧，自有我□说出来的，绝没以无为有虚报的情形（实人的都快不放咧，还报什么空头①）。一句书没说，又替旗营豁事。咱们闲话少说，接着还是说《聊斋》。上段说的□《荷花三娘子》，是蒲先生以莲花比人咏物笔墨，又是两截文法，稍近艳情体裁。在下因前次的目录，想起这段《莲花公主》我还没敬献过，今天咱就接着说这段，诸位先把目录记清了。莲花与荷花原是一种物品，这两段故事却迥不相同。皆因这莲花不是花妖，另□描写一种动物，处处写物，处处是人，而且写□雍容华贵，比上段那个女的都不同，因为那位是有排行的娘子，这段是公主，自然有公主身分。说到后文，还有一个折奏，也是双关文字，还真合官事调儿，不怎么说蒲先生这部书高呢！夸了半天，还算费话，不过我预先指点出来，所为阅者注意，咱这就赶着说书。

且说山东胶州地方有一位姓窦名旭，字表晓晖的，是个秀才，虽非富户，本身还有一所小房儿，另有两间书斋。有什么人口，原文没载着，也用不着，咱就做为是鳏□儿。

① 实人的都快不放咧，还报什么空头：指民国后优待旗人的钱粮政策将要取消了，虚报名额也没用了。

这天因为昼长无聊，一时烦闷，倒在书斋床上合衣而卧，睡了个很香。忽然见当地站着一个人，穿着一件黑色衣服，头戴黑帽子，足登薄皮底青缎快皂靴，往脸上瞧，是个□黑颜色，微有几根小黑胡髭。窦爷看着是个长随打扮，可辨不清是那位朋友家中的，见他围着自己的床榻来回走溜儿，两只眼睛看着自己，好像因为自己躺着睡觉，要有事回禀，又不敢惊动似的。窦爷看明这意思，在枕上把头略抬起点儿来，说："你是那里来的，找谁呀？"这块硬煤似的仆人见本房主人问，赶紧凑近床前，单腿一跪，说："我们相公派小的来请先生屈劳玉趾，过宅一叙！"窦爷说："你家相公是谁？高名上姓，你说与我听听！"这个黑衣仆人说："先生不必细问，咱是最近的邻居。敝上人实是仰慕先生，特派小的前来表示亲善之意，请先生不要猜疑！"窦爷听到此处，也不便再推辞，起身下床，连衣服没换，说："既如此，就烦引路便了！"仆人答应，出了门，拐过房山，到了一座门前，说："此处便是！"窦爷抬头一瞧，叠阁重楼，万椽相接，好大的一座府第。

（续昨）1920年4月16日

且说窦晓晖跟随这个黑仆人走到一座府第门外，一瞧真是画栋雕梁，高楼大厦，自己在这村中住了这些年，简直的不晓有这们一所府第。到了门前，黑奴说："不必通禀，请先生随我走进去就是咧！"窦爷点头应允，一面走一面偷眼儿看这所宅院，房屋盖□整齐，只是一样，没有院落，除去房子，四围净是穿廊游廊。左进一个月样门，右过一个钻山的瓶门，又有屏风，又有垂花门，曲曲折折也不知穿了多少道门。窦爷心说，八成儿这是按阿房宫修的，自己有生以来真没经过这样房子。而且各门中有宫妆的妇女往来奔走，有追出门外来看自己的，也有探头看看又回去的，内中有几个笑嘻嘻的凑近黑奴跟前，问说："窦郎请来了么？"黑奴说："我请到咧，你们看这不是吗！你们就替回进去吧，就说窦先生久候多时了！"两个宫女答应一声，飞跑进一个垂花门内而去。黑奴说："请先生少停玉趾，家爷这就出迎！"窦爷止住脚步，刚要问贵主人官居何职，这是衙署还是私宅，话还未曾出口，见仪门大闪①，从里面走出一位贵官，是古妆打扮，头戴相貂，身穿黑蟒，猛一瞧好像戏台上打扮的包孝肃②。见了窦爷，躬身施礼，说："下官接待来迟，望先生恕罪！"窦爷虽不相识，暂且也不便问，只□赶紧答礼。

彼此周旋了会子，把窦爷让进仪门。虽有甬路，上面满搭着铅板棚，还是不见天日，顺甬道过丹墀走了不远，当中五间大堂。这位贵官把窦爷让进堂中，见迎门是一张公座，左右另有两张桌子，后面全是一把太师椅，搭着绣花的袷帔③。贵官请窦爷上座，窦爷一

---

① "见仪门大闪"，原文作"见仪大闪"，据语义改。
② 孝肃：包拯的谥号。
③ 袷帔：古代妇女披在肩上的无领对襟服饰。

瞧这个局面，桌上再有印匣令箭、王命旗牌，简直的成了察院咧。自己一个穷秀才，多早晚排过《三堂会审》的三公子呀，不敢就座，自得冲定这位贵官说："平夙并未会过面，实在少来问候拜谒。如今蒙贵官这样优礼相待，使学生颇怀疑念。请将见召的原故说明，学生方敢僭坐！"

就见贵官一笑儿，说："先生不必多疑。今天是寡君有谕，差派我等请先生一叙，坐坐何妨（窦旭成了石秀咧）！"此时早有两个宫娥捧上茶来献在窦爷的桌上。窦爷一见这种情景，不便紧立规矩，而且人家也陪着侍立，只好坐了正位，又问说："贵君相召，有何见谕?"贵官欠身离座，说："寡君以先生清族世德，倾风结慕，深愿与先生一会，别无他意！"窦爷听到此处，大略明白，这是邻邦的领土，这位国王不定打算要侵占自己某种利权，特意打发这位全权代表欢迎自己，所为笼络，如果不问明白了，我可别照面儿，不是别的，将来土地是我姓窦的送给外人了，这骂可挨不起。想到其间，心中越发惊骇，说："请问贵国是什么国名？贵国王是那一位呀?"贵官欠身答说："先生不必细问，少时自然明白。请①先生饮杯清茶，国王在殿上拱候大驾呢！"窦爷还要再问，就见大堂后面走出两个宫娥，打着一对干旌②，排列整齐。贵官说："请先生就此上□殿！"

（再续） *1920* 年 *4* 月 *17* 日

且说窦晓晖见一对干旌排列整齐（口中可不用嚷"瞧对儿"），而且打执事的是两个女宫（如今打执事的女人很多，可是饿出来的见识）。这位贵官说："请先生随我上殿吧！"窦爷说："既然如是，烦劳大人导引便了！"贵官在前，窦爷后面跟随，转过围屏，仍顺甬路往前行走，两傍有许多穿龙套、戴大巾的，手中持戟，排班站立，不用说，必是御林军喽。走了不远，已到丹墀，明三暗九的三间大殿，高卷堂帘。这位贵官紧行三两步进到殿中，大概是启奏国王去咧。窦爷闻着香味扑鼻，心说这必是御制香喽。此时殿中王爷早已迎接出来，赶下殿阶搭躬施礼。

窦爷见这国王头戴金翅王帽，身穿杏黄袍，满绣金龙，足登朝靴，往面上一看，面如重枣，微有胡须。自己见国王先行主人礼，也不便跪拜称臣（本来还不晓得是那一国哪吗？何必过于媚外），连忙答礼。这位国王用手一拉窦爷，迈门槛进到殿中。窦爷一瞧，迎面是一张龙书案，后有龙床，床后有九龙围屏，案左右放着两张桌子，各有座位。国王举手请窦爷客位就坐，窦爷也不便过谦，只好坐了左首上席。再瞧两傍，有八大朝臣东西分列，大约四文四武，方才引进自己的那位大臣已列在东边第一位上，才晓得必

① "请"，原文作"说"，据语义改。
② 干旌：旌旗的一种。

是首相喽。有心细问国王相召的缘故，又不知他通中国语言不通，正找不着话头儿，就听国王吩咐一声“摆宴”，立刻听围屏后“咦”的一声，走出四名内侍臣，抬着桌面子，上面是高摆酒席，先放在窦爷这张桌上。另有四名搭了一桌，放在右边国王桌上。国王下位要安席敬酒，窦爷连连的做揖，辞不敢当，国王只得派首相恭代。

敬酒已毕，国王吩咐八大臣陪侍筵宴。窦爷一瞧这桌筵宴，不但丰满，而且香甜好闻，再闻这酒，好似百花香味。此时国王举着酒杯，说：“请先生畅饮三大杯！”八大臣也端起酒杯相让。窦爷闻着酒味喷香，又见大家这样殷勤劝敬，心说俗言说得好，将酒敬人并无歹意，何况人家是一国之君，难道还能暗害我这穷秀才吗！想到其间，把酒杯也端起来一气饮干，喝到口中，真是比餐酒还甜。此时内侍臣又按位斟满，窦爷是酒到杯干，一气喝了三杯。此时内侍臣又敬上菜来，尝了尝，虽叫不出名目来，只觉好吃。国王同八大臣也是随便吃喝。窦爷猛一抬头，见围屏上面正楹上悬着一块匾，写着两个大字是“桂府”，这下子未免犯了犹豫。心说，不得，按“桂府”好像是月宫中的殿名儿，莫不成这位国王就是兔儿爷吗？这八大臣也是月宫大臣？我跑到这里饮宴，将来怎么见同学同案的朋友哇！这要一时失仪，国王一恼，用捣药的玉杵一路乱捣，我就成了碓米咧！心中这一嘀咕，登时坐不住、站不住，吃喝不好，不拿杯箸不好，简直的说，所没了词儿咧。国王在主席看窦爷起了忙头①，说：“忝近芳邻，缘即致深，便当畅怀，勿致疑畏！”窦爷一听国王满嘴的文话，只得唯□答应，端起酒杯再赶三盅。

（三续） *1920年4月18日*

且说窦爷听国王所说的十六个字干脆简截，心中略放了点儿心，说的是“咱们是最亲切的好邻居，有缘的很，既肯吃酒，就当开怀畅饮，不必犯疑惑害怕”。自己一想，即便不吃不喝，该死也活不了，不如闹个武大郎服毒——吃也死，不吃也死，乐得先賘个肚儿肥哪。因此端起酒杯，又赶了几盅。此时只听殿外奏起音乐，笙管笛箫都有，只是一样儿，连个怀鼓、手锣儿都没有，更不用说堂鼓、大锣、铙钹、四扇儿喽。声音幽雅，十分好听，并且看不见人（隔着窗户哪吗）。吹了一阵，大概是乐阕曲终了，悠然而止。此时国王在座上理着胡须，看着八大臣，面带笑容，说：“朕方才饮酒中间想起一联即事的对联，烦劳卿等配成一个下联。”八大臣起身答应，说：“请国王将上联说出，好容臣等构思！”国王说：“今天难得窦先生是位当今的才人，辱临桂府，不可无一纪念。上联就是‘才人登桂府’五字。”八大臣一听，一齐答应了个“是”字，位位坐在位上闭目合睛，低下头，脑袋画着圈儿，口中哼哼唧唧的拉着长声儿低声吟哦，说：“才人登桂府

① 忙头：慌张，不镇定。

咧，登桂府咧（文习太深，比窦爷还酸）！”窦爷在座上这半天所没对工的词儿，如今听到对对联，这下子可碰到本学儿的玩艺儿上咧。又一想，这对联并不难对，这群大臣这样费劲，八成全是捐班①运动来的功名，不大识字（也许外交有能为）。不用苦搜索，想起古文周茂叔《爱莲说》来，莲花有君子之称，而且画谱上也有四爱，以君子对才人，以爱对登，以莲花对桂府，岂不现成！于是脱口而出，说：“外臣草拟五字，是‘君子爱莲花’，不知可用得么？”国王一听，点头称赞，说：“怪呀，莲花乃公主的小字，窦先生未必晓得。忽然说口，岂不是天缘巧合，其中有前生的夙分！”

窦爷一听，心说要糟，我把人家姑娘小名儿给说出来，可怕要降罪，只求别动口棰子才好。就见国王冲着内侍臣说：“你等快到后宫传语公主，既蒙君子见爱，不可不出宫一见君子，拜谢称赞之惠！”侍臣答应，转围屏向后面去了。窦爷此时放了心，心说，想不到这叫歪打正着儿。再一想，我这对子对的除平仄不倒外，原不十分工稳，才人、君子已然合掌，桂府的“府”字不能对“花”，若是改“莲台”才工稳，假如人家上联是“才人攀桂萼”，对“君子爱莲花”那才不牵强呢（这是窦爷说的吗？我替蒲先生摘毛儿哪）。窦爷见国王不恼，心里反觉坐立不安，只好还是喝酒。

此时又听围屏后面玉佩的声音夹杂金铃声音，丁东哗啷由远而近。恰巧一阵捧场的南风儿从围屏后面刮过来，直比兰花、麝香搀在一块儿还好闻。转眼间有四名宫娥才女搀扶着一位如花似玉的美女，头戴凤冠，身穿霞帔，不用问必是公主喽（千万别当做荷珠②）。看年岁也不过十六七岁，模样儿美丽，身材苗条。到了酒宴之前，请问：“父王宣召女儿有何国事议论？”国王说：“上席坐的是窦君子，吾儿你要③大礼参拜！”

（四续）*1920年4月19日*

且说这位公主听国王吩咐之言，赶紧冲着窦晓晖深深万福。两傍的宫娥早给铺好红毡子，公主跪倒行了个三叩首礼。把位窦爷僵的别提多难过咧，直受儿使不得，陪礼也使不得（那成了拜天地咧），只得欠身离位，脸儿冲着殿壁一躬到地。座上的大臣也都离席回避。公主拜罢起来，转身向围屏后面去了，大家这才重复入座。国王对窦爷说：“此即小女莲花！”窦爷不敢夸赞，只得答应“是、是、是”。方才公主一转过围屏来的时节，窦爷就看了个逼真，真是天上少有、地下绝无的一位绝色美人（要唱《浣花溪》）。及至拜罢向后走着，窦爷又看了个后影儿，更觉风流。人家是回了后宫咧，窦爷好像自己的魂灵儿被公主摄走了的一样，登时面红耳热，轰的一声，酒也涌上来咧，直勾勾的两只

① 捐班：清朝的选官制度，不通过科举考试而向官府捐纳钱财得到的职衔，称捐班。
② 荷珠：京剧《荷珠配》中的人物。
③ “你要”，原文作“要你”，据语义改。

眼睛呆呆的看着。窦爷心说，想不到这们个朱砂头的脑袋会有这样美貌的女儿。再者俗言说得好，人是衣帽、马是鞍，三分人材得仗七分打扮，这路宫妆打扮的人，除去戏台上轻易看不见，无怪自己入迷喽（捧坤角的多是这种心理）。心中一路胡思乱想，未免移了神。

国王同八大臣已然看出情形，忙吩咐内侍臣快快的斟酒。方才一入座，窦爷闻见酒香，如今被公主身上、脸上的脂粉、头油香味儿和上花露水、麝香水、芝兰香水、香球香袋的各种香味一薰，把酒香闭住。窦爷并没看见人家又敬酒，还是直着脖子出神儿。国王端起酒杯说："先生请呀，请酒哇！"窦爷木雕泥塑的一般，好像中了催眠术一样。国王哈哈大笑，冲窦爷一拱手，说："据朕观之，息女与才人似可匹配为夫妇。但只一节，自惭非君同种同类，有心仰攀，又有所不敢，这却如何是好？"此时窦爷若是跟话，包管立刻有成效，无如移了神，真乃听而不闻，故此国王这们说，自己居然没听见，把位国王也给僵在主席上咧。

引窦爷进殿的这位首相紧挨窦爷身傍坐着，一瞧太不像咧，用朝靴一踢窦爷的磕膝盖，有围桌挡着，别人都没理会。窦爷觉着有人碰了自己一下子，这才一低头。这位首相探近身儿，悄默声音的说："方才国王给先生做揖，君没看见吗？国王所说的话，君也没有听见吗？"窦爷一听，才晓得自己心中胡捣鬼，失了仪咧，又不能说醉了不算，立刻害羞的了不得，结结巴巴的说了句："实是学生疏神！"有心再吃再喝，也真用不下去咧，只得欠身离席，冲定国王深搭一躬，说："外臣过蒙圣宠优渥，赐酒赐宴。平夙量窄，多贪了几杯，不觉过醉，仪节之间多有失了次序之处，幸蒙老王宽恕！"说着又搭了一躬。跟着又说："我君宵旰①勤劳，外臣恐君过劳，就此告辞！"此时国王一面答礼，一面离席出位，说："既见君子，实惬心好，何仓卒而便言别也！卿既不住，亦无敢于强。若烦萦念，更当再邀！"窦爷听国王还有再会的话，略微放心，也不便预订，只得诺诺连声，走出殿门。国王吩咐内侍臣："送先生回寓！"

（五续）*1920 年 4 月 20 日*

且说窦晓晖听见国王派人送自己，赶紧回身，恐怕国王远送。敢则这国风俗与山东不同，国王站在门槛以内，八大臣东西分列，宫娥、太监在后面排班一站，就算极恭敬的大礼咧。窦爷见人家不出殿门，也不便再行礼，说什么谦词话语，来了个向后转，跟定内侍臣照旧过大堂、走仪门、穿廊游廊。一面走着，这位内官到是很和气，细声细气儿的说："窦老先生，方才咱家的主子说可为匹敌，虽是句文话，内中深文大义咱家虽然

① 宵旰：古代称颂帝王勤于政事。

不懂，大约不是要以武力解决①。据咱家猜度着想，好像要招赘你老做为东床驸马的意思。据咱家想，这是人人求之不得的好事，请问窦老先为什么不言不语，莫非这样的好事你老先生还不乐意吗？”窦爷听到此处，才晓得方才首相说的“王言君未闻耶”的话，敢则是这样的好事，可惜一时疏神，把好机会错过，立刻把脚一跺，说：“嗐，这是那里的事？但凡我要听见，还不赶紧碰头谢恩吗！你们众位不敢越班提醒我一声儿，怎么八位大臣之中也没有肯做点儿好事，暗通给我一个消息的呢？可恼哇可恼，可恨哪可恨！”一面说，一面顿足捶胸，一路上嗐声叹气（要唱《恶虎村》）。

这位内官家一瞧，也不便再往下说咧，转眼走出这座大门。内官家说：“窦先生，你老顺旧路回府，大约就可以认识啦！”窦爷说：“从此回家，学生可以认得了，不必再劳动公公了！”内官家说：“既是如此，咱家可就要回朝缴旨去咧，恕我不送咧，怠慢了！”窦爷说：“岂敢哪，岂敢（二位排上《黄金台》咧）！有劳的很，容日再谢！”内官家说：“窦老先生说那里的话来，咱家是奉君命承差，老先生何必过谦。将来你老先生招为敝国驸马，咱家还当以奴婢礼伺候大驾呢！到那时千万多垂青睐，咱家还要叨沐深恩的哪（见缝儿就钻，可称善于运动）！”说着话，止住脚步。窦爷跟这位行了个握手礼，人家抹身形进门回去咧。

窦爷辨别方向，顺旧路往回里走，越想越懊心。心说，我这酒以后还得少喝的为是，抬头看见自己的家门，回想方才那座宫殿，比上自己家相差真有天渊之别，不由又叹了一口气。猛然一睁眼，原来是一场大梦，坐起来揉揉眼睛，往窗户上一瞧，日影西斜，才知道这一觉睡了足有三四小时。坐着定了定神思，自言自语的说：“好梦呀，好梦！”说着打了一个饱嗝儿，口中的酒味儿还是很香，闭上眼再回思旧景，真是历历如在目前。就只一节，这位国王是那一国还是没处打听去，只得出到院中绕了个湾儿，肚中毫不觉饿，因此连晚饭没吃。一会儿天色昏黑，自己掌上灯烛，坐在床上照旧咂摸白昼的梦境，自己越想越难过。心说，有咧，我还是吹灯睡觉，接着好再做二本。打妥主意，这就吹了灯，不脱衣服倒在床上，翻来覆去，越想睡越睡不着，用被蒙上头，一会儿一身的透汗，更不能睡了，足折腾了一夜。次日虽然睡着，可惜偏偏无梦。又过了十余天，这天有位朋友来借宿，窦爷留下同榻而眠，头方沾枕，那位内官又来相邀。

（六续） *1920* 年 *4* 月 *21* 日

天下的事都可用人力求，唯独做梦这件事，别瞧不要紧，也上不了纸笔，可是不易强求。都说至人无梦，为什么文王梦飞熊，孔子又梦周公呢？通俗说梦是心头想，这话

① “解决”，原文作“决解”，据语义改。

也是想像之词。北京的穷苦同胞谁不想杂合面落落价钱，凑合着少挨饿是真的，位位偏连这路梦都做不上，您说有多们不够享幸福的资格。越是不好的事，虽一辈子不想，偏时常入梦，足见梦神都势力。就以本文窦晓晖说，自从梦见白吃、白喝、白招驸马之后，总算梦中得了甜头儿咧，当晚巴不得闹个连台二本。原文说“邯郸路渺，悔叹而已”，就是再想做梦都做不着咧，无论怎样着急，也由不了自己。反不如人事，只要循分进行，尚可以走一步进一步。既是不能由人，日子一久，也就渐渐的冷淡下点来了，仍是没事在书斋用功。

这天有个同窗的旧友前来探望，弟兄多日未见，彼此住的又相隔二三十里，见了面不能吃杯茶就走，预备酒饭。乡间来了朋友原是常事，哥儿两个一吃一喝，越喝越高兴，不觉天色已晚。这所书斋每天只是窦爷一个人住，如今来了朋友，不必拘泥，大可以抵足安眠，同榻睡卧（可别共枕，招呼酒气喷人）。这位朋友是个火茸子脑袋，沾枕头就着，外带鼾声振耳，借着酒劲儿，睡得比往日还香。窦爷是一个人清静惯了，被这位一吵，翻来覆去到不困咧，有心起床下地，又怕朋友挑眼。

正在这个当口儿，猛然抬头，忽见那天送自己的那位内侍臣走进书斋。窦爷连忙起床，做揖行礼，说：“不知公公驾到，未曾远迎，当面恕罪（又想起那一出来咧）!”就见内侍臣笑嘻嘻的说：“窦老先生，咱家奉大王之命特来相召，大概你是决不推辞的了!”窦爷说：“我学生眠思梦想，求之不得的，既蒙相召，焉有推辞之理。烦劳公公带路，你我是就此前往!”内侍臣说：“如此走哇!”窦爷说：“走，走，走（那位说，这是《捉放》吧？您没猜对，偏是《断密涧》)!”内侍臣说完，早已出离书斋，窦爷是紧紧相随，一前一后出了街门，照旧又进了那座大门，所走的是否前番旧路，一则门户都差不多，再说窦爷心里打鼓，暗暗嘱咐自己千万少喝，所以并没留神。一会儿又走过这座大堂，也没人周旋，也没前次那一对干旌执事咧。转过围屏，进了重门，来至大殿之外，依然高卷堂帘。内侍臣说：“大王有谕，窦先生早来早见，晚来晚见（成了严爷①的心腹人咧)，不必通禀，请先生自己进去就是了!”窦爷一瞧，今天礼节从简，更对自己的劲儿，连忙说：“公公赐教，学生铭感不忘!”说着话，迈进门槛，见国王正靠着龙床上看书呢，两傍只有几名宫娥内监。窦爷这次不敢以客卿而自居（别着当养老女婿来的吗)，赶紧跪倒磕头。刚要报名谢恩（那是挑马甲缺)，国王已然看见，放下书本儿，亲自下了龙床，将窦爷拉起来，说：“瞧座呀（这是那一国呀)!”内侍臣搬过一张椅子，放在龙书案傍。国王说：“窦先生，请坐下细谈!”

---

① 严爷：这里指京剧《开山府》中的严嵩。

（七续）1920年4月22日

且说窦晓晖见国王让座，有心推辞。又一想，今天虽是把自己列在傍听席，好在是自己爷儿们的劲儿，反越觉高兴，说："大王面前焉有小臣僭坐的道理？"国王用手一推，说："赐座便坐（成了胡狗子咧）！"窦爷只好道了个"扰座"（不对，谢坐），这才坐好。方要自己述说想念的苦情，就听国王又说咧："自从分别之后，知道你是朝思暮念，足见你情深眷恋。前次朕曾谬将小女许为箕帚，奉侍裳衣，虽未经先生许可，据朕揣度你的心思，谅来不至弃嫌的了？"窦爷这一程子为这件事忘寝废餐，今天好容易重见国王，正要说自己的心事，又碍难启齿呢！今天国王又上赶着自己重申前议，这件事有多可心。听到这儿，不必说什么感恩戴德的话，连忙出离座位，跪在龙书案前连连碰头，说："多蒙老大王栽培，不啻恩同天地。小婿这里叩谢老丈人，老父王，老恩公（那位说，这是怎么称呼哪？窦爷喜欢的不知叫国王什么咧）！"国王一见，赶紧下位相搀，说："何劳施此大礼，有话咱还是坐下说！"说着拉住窦爷仍旧入座。此时有内侍臣献上香茗，国王吩咐将文职学士大臣们都宣上殿来，大排筵宴。内官飞跑出殿，另有几名太监调摆桌椅。方才摆好，许多大臣已经进殿，向国王前行礼，并请示宣召的意旨。国王把公主许与窦郎的话对大臣等一宣布，大家重复跪倒，给国王贺得乘龙佳婿之喜，然后又向窦晓晖道贺。窦爷一一见过礼，这才入座。窦爷自是宾甥席，国王同大臣都是主席喽。方才坐定，内侍臣排上酒宴，国王同大臣劝窦爷畅饮三杯。

窦爷今天可不敢同前次那们痛饮了，心中又犯起嘀咕，不知几时方能下嫁，又不敢请问，所以酒到面前呆呆的看着国王同大臣们的眼色，侧耳听说些什么。酒过三巡，菜过五篮，就听国王对那位首相说："黑卿，朕闻列国之君女儿下嫁，不便自己主婚，例遣公爵代为主婚，故尔称为公主。咱国没有世袭爵职，前番窦驸马由卿代宣召来的，就烦黑卿代做主婚大媒便了！"这位首相赶紧欠身答应，说："臣当效奔走微劳，但不知择定那一天是吉日良辰？"国王说："据朕想，不必再派钦天监另选良辰，今日便行合卺大礼，就以公主所住的宫殿做为宾馆！"窦爷一听，才知道敢则今晚夫妻便能成亲，越发喜欢喽。又听国王对诸位大臣说："既然黑大学士主婚，众卿等各敬三杯，少时一切交拜赞礼等事只得有劳众卿了！"大家齐称遵旨，各自下位与首相斟酒，然后又各敬窦爷三杯，并给国王敬酒。窦爷也只得下位与首相众大臣回敬三杯，做为谢大媒并诸位落忙的①。众人力辞，仍命内臣恭代。大家这一路痛饮，直喝到蜡尽烛残，大约总在三更以后，位位面带春色，大学士分外紫中透亮。就在这个功夫，由围屏后出来四名宫女跪倒国王面前，

① 落忙的：特指旧时在别人办红白事时帮助料理各种事务的人。

说："公主梳妆整齐，敬候成礼！"首相一听，吩咐撤去筵宴，请公主与驸马拜罢天地，好即入洞房。

（八续）1920年4月23日

昨天的书，说到末行找不着回头儿，只好用《大劈棺》的戏词儿斗个哏儿，做为结笔，并非我爱犯戏迷。今天的书，应当接着说新夫妇的婚礼，傧相怎样忙乱，国王怎么教导女儿的言词，原文既没有，我也不必强加杜保①的戏词儿，干脆说这位首相吩咐之后，众内臣宫娥也收拾完毕，众大臣各按部②就班，窦爷蒙首相指给地位，内臣们把殿中满□好红毡子。再听围屏后面环佩丁东之声一会儿比一会儿渐近，先转过四名宫娥打着宫灯，有四名宫娥搀着公主。窦爷偷眼一瞧，头上蒙着一方红锦，后面另有四名宫娥给提着裙子角儿。殿中四角放着矮脚莲炬，照如白昼。窦爷由人丛儿里看见公主两只小金莲是又瘦又小，绕过围屏转了正，奔到驸马的下首红毡子上一站。傧相赞礼说："请驸马、公主就位，行叩拜天地礼！跪！"两个人一齐跪倒，左不是"叩首，再叩首，三叩首，兴"。容二人立定，跟着又说："请新夫妇行叩拜宗亲礼！礼毕，转身向外，行叩拜外族宗亲礼！然后行新夫妇交拜礼！礼毕退班，送新人入洞房，饮合卺交杯！"这些礼节全由宫娥才女代为赞礼，傧相不便跟随入后宫。前殿国王同大臣们如何饮宴，散朝还宫，不必细表。反正国王把女儿给了人家儿，一辈子的大事就算完咧（前殿唱上《红门寺》咧）！

但说窦驸马与公主到了洞房，亲自过去，伸手揭了红锦。通俗揭盖头多有用秤勾子挑的，据我想莲花宫内不能有秤，即便从度量衡取杆官秤来，也怕公主□秤，不如用手揭说着省事。闲话靠后，再说窦爷揭开红锦细看公主，体态温柔，姿容艳丽，又搭着这座洞房不冷不热，连点儿尘土没有，满墙上都是香味扑鼻，也不知是用什么绫锦裱糊的。夫妻们对坐，饮完琼浆，宫娥退下，只剩新夫妇二人。公主低头含笑，似有羞涩之意（好像新闯台的票友儿，又盼着登场，又不敢看人的神情）。窦爷怕公主僵着难受，笑嘻嘻的说："本宫蒙老大王招为驸马，你我夫妻从此百年偕老。不知前世怎样修下这样艳福，今日芳卿在我的眼前，真令我乐而忘死。但只一节，恐怕我今日这番遭逢不是真事，是一场梦境吧！"公主听窦爷这样说，用手捂着嘴一笑儿，说："明明是妾与君，焉有是梦之理？"窦爷说："是梦不是梦，咱们不用紧自辩论。公主你看，莲漏③已残，虽看不见斜月残星，大约天总有四更多咧。趁此三星在户，你我安眠了吧！"公主不好说赞同，也不能反对，慢吐莺声，吩咐宫娥卸妆，安排床枕，驸马爷困倦了。宫娥们齐声答应，

---

① 杜保：京剧《金钱豹》中的人物。
② "部"，原文作"步"，据语义改。
③ 莲漏：古代的一种计时器。

进来十余名，各有专司。虽说事情多，俗语儿常说，人多好做活，况且各抱一角儿（可不是宝案子①），伸手就是地方儿。给公主卸妆的摘下凤冠，脱去霞帔，解了宫裙，只留随身的短衣服。管床帐的早把衾枕安好，二位新人携手登床，放下锦帐，众宫娥退出外间。床中的新夫妇称得起郎才女貌，彼此情投意合。诸位爱瞧，咱们是明天再表。

（九续）*1920 年 4 月 24 日*

且说窦晓晖与莲花公主拜了天地，入了洞房，吃了子孙饽饽、长寿面（成了梁红玉跟韩世忠咧），入了寝床，宫娥退出。俗语儿有云，寂②寞恨更长，欢娱嫌夜短，要是一个人儿清清冷冷的熬夜，怎么盼天亮天也不亮。窦爷是怕天亮，偏不能由自己，何况这是个长至节③的事情。再说从晚间宣召窦爷至殿中赐宴，又行了会子结婚礼，故此转眼天光大亮。公主恐怕宫娥们笑话，先起身下床，轻轻儿一咳嗽。宫女们在外屋是轮班伺候，按时换更，一听有声音，自然连忙跑进来替公主系带扣钮，服侍梳妆。窦爷虽是招赘东床驸马，破题儿第一夜不便惹人憎嫌苦委窝子④，只好也随着穿衣下地（怕取被褥的紧催）。此时公主坐在梳妆台前，方净完面，要调脂弄粉，理发裁鬓，见窦爷起床，连忙说："天色尚早，驸马爷何妨多躺一会儿，少时听见喊开饭再起来不迟（从这儿就要掏混混儿心）！"窦爷说："不，不，我今天城里头有人情，等我当支客，我到澡堂子洗洗脸，就该去咧，晚晌见吧（那位说，这又那儿的事呀）！"公主对窦爷说："驸马爷容妾梳妆完毕，进宫与父王行问安礼毕，再起床不迟！"窦爷说："公主说那里话来，父王乃一国之君，本宫蒙老大王抬爱，女婿是半子之劳，应当随同公主一并前去问安，庶可酬答高厚于万一！"公主听到此处，不便再拦（别辜负人家孝顺丈人的美意），连忙吩咐宫女们给驸马爷打脸水。窦爷说："不忙，不忙！"扣好钮子要出去一蹚。

见公主手心的粉欠点儿胭脂，连忙凑近梳妆台前，说："公主，据本宫看，你的面皮儿本来天生的白净、细腻，再擦上极厚的一层白香水粉，未免不甚美观，总以加些胭脂方显十分鲜艳（没肯说成了曹操咧）！"公主说："谨遵驸马指教！"于是对了些胭脂水，把两颊擦匀，然后宫女们替描眉打鬓。这点儿书，原文说"为公主匀铅黄"，铅是粉，黄是古妆额上题黄，这路打扮儿久已失传，如今那位美人如果这样涂抹上，大家一瞧还当窝窝头成了精了呢，故此我怕骇人听闻，只好用脂粉改着说。其实如今理发的少年有时擦多了板油，一出汗，脑门子流松香黄蜡，未尝不是黄额呦！窦爷见有宫女代为整容，

---

① 宝案子：赌博的牌桌。
② "寂"，原文作"寐"，据语义改。
③ 长至节：冬至。
④ 委窝子：指久留在被子里不起床。

自己忙着也擦过脸。公主已然梳妆齐毕，起身坐在床边儿上要系裙子，换睡鞋。窦爷在傍瞧着，公主的腰儿真细，大约不足一尺，忙凑过去把带子向腰中一围，然后一瞧，足比新尺还小二寸。公主自己系好裙带，脱下鞋子。窦爷又过去用手量量，真是二寸七八。公主见驸马样样儿测量，不知什么意思（八成儿不为让交通），笑嘻嘻的说："驸马爷，你敢莫是疯颠了吧？"窦爷说："臣屡为梦误，故细志之。倘是梦时，亦足动悬想耳！"夫妻正然调笑，见从外面进来一个宫女，惶张失色，说是大祸临头。

（十续）*1920年4月25日*

且说公主的衣裳尚未穿齐，见从外面慌慌张张跑进一个宫女，对公主说："启禀公主，大事不好了！现在妖精已然入宫，老王自己保重，躲入偏殿暂避。大祸临头，请贵人早做准备方好！"公主一听，吓得目定口呆，紧蹙双眉。窦爷不知什么事，对宫女说："老王现在何处？你等引路，待本宫前往观看动静，以便画策！"宫女说："既然驸马爷有好主意，请随奴婢见驾便了！"说着话，走出洞房。窦爷在后紧紧相随，穿宫过院，不多时到了一个小院落，有三间偏殿。宫女说："老王现在殿内，不必奴婢代奏，请驸马自行见驾去吧！"窦爷点点头，宫女仍旧回去。

窦爷步上殿阶，自己挑起帘栊，进到殿中一瞧，老丈人坐在一张床上愁眉不展，傍边只有一个内监，也擦眼泪呢。窦爷跪倒行礼，说："小婿窦旭见驾，愿老王千岁千千岁！"此时国王顾不得再说什么"卿家免礼，平身看座"的客套，下了床，一把手拉起窦爷，抽抽答答掉着眼泪说："蒙君子不以异类见弃，结为秦晋之好。本打算天长地久，谁想敝国妖物做乱，此乃天降的大祸，非人力所能挽回。据朕看来，不但国祚难保，就连全国人民的生命也怕难以保存。卿呀，我的卿，你……你……你……你看这便如何是好？"窦爷一瞧，王老丈人（原文没写姓，窦爷意中只有句"朝廷莫如爵"理由，姓王的别挑眼）这样着急害怕，不知什么妖怪，连忙请教，说："老大王，老岳父，不要着急，请问宫中出了什么妖物？难道咱全国人民就没有一位爱国血性男儿、文武全才的大臣抗敌他吗？请王驾细细说与小婿，但能效命，虽万死不辞！"老王听到其间，连忙摆手，说："卿家你来看，本国臣民向来没有什么党见，都是同力合做，自食其力。只有一节，除自修内政之外，并无敌御外侮的方术。处在闭关自守的时代尚可以自治自修，若是海禁大开，日□文化，相形之下，可怕难免人家侵权攘利（这是国王说的吗？演说员的口头禅。没这几句，我瞎聊哪）。皆因妖物的法力无边，敝国臣民不是他的对手，谁肯前去拒敌？即便舍命前去，到不了跟前也就被他吞食了。故此万没法子抵①抗，只好另做别

---

① "抵"，原文作"敌"，据语义改。

图！”窦爷听老王这样说，心里也害起怕来，说：“请王老岳父（一死论定了亲戚咧）把是何妖怪说明，究竟有何妖术？”国王叹了一口气，从桌子上取出一本奏折来，说：“卿不必细问，你看这奏折便晓得了！”

窦爷接折在手，打开从头至尾高声朗诵的念了一遍，上边写得是：“含香殿大学士，臣黑翼，为非常妖异，祈早迁都，以存国脉事。据黄门报称，自五月初六日，来一千丈巨蟒，盘踞宫外，吞食内外臣民一万三千八百余口，所过宫殿尽成邱墟等因。臣奋勇前窥，确见妖蟒，头如山岳，目等江海。昂首则殿阁齐吞，伸腰则楼垣尽覆，真千古未见之凶，百代不遭之祸。社稷宗庙危在旦夕，乞皇上早率官眷速迁乐土云云。”老窦看罢，吓得也要拉稀。

（十一续）*1920年4月26日*

昨天的书，按照本文奏折钞写下来，内中并没什么典故，大凡当过差使，看过几天黄皮报①的都可以看得明白，仅可不必批讲。无如本报既说讲演，又不得不略为注解注解。诸位千万别嫌烦絮，皆因这白话体裁是为对多数稍识字的同胞看的，通文的只可将就点儿。原文上说“含香殿大学士，臣黑翼”，就是递奏折的大臣的官衔同名字，皆因现在国中出了特别的妖异，所以劝国王早些迁移都城，好保存全国的性命。这件事自己原不晓得，是因黄门奏事官报告来的。本年五月初六日，不知从何处来了一条大蟒，身子有一千丈多长，盘踞在宫外，见人就吞食，被他吞食的到如今已经有一万三千八百多人口了。这妖蟒从那里一经过，这地方就变成一块荒凉的景象（可没说是烧是抢）。皆因黄门官这样奏上来的，臣不敢深信，所以舍命前去窥探，的确看见这条大蟒，脑袋真大（就是不花冤钱），真像一座山似的，两只眼睛直仿佛江海一般，一抬头真能把咱这宫殿都吞在肚腹之内，一伸腰能把这楼墙闯倒。这样妖怪，称得起是千古没经过的凶灾，万代没遇着的奇祸。社稷宗庙危亡就在这早晚了，望乞皇上趁早儿率领宫中眷属寻找安乐地方逃命要紧。下面另有联名陈请的职衔，窦爷也就不必细看了。既说这样大蟒，自己也没有法子，所以登时也吓得面如土色，体似筛糠。

刚要请示国王往那里巡幸迁都才好，就见从殿外跑进一名宫人，跪倒国王面前，说：“启禀大王，妖物已然奔这宫殿来咧，祈我主早做准备！”一面说着，已然泪流满面。国王一听也放声大哭，傍边那个内侍臣也放声恸哭，登时来了出《三哭殿》。窦爷不便接腔儿，坐在一傍说：“启禀岳父老王爷，明哭到夜，夜哭到明，还能哭死妖物不成？”国王长叹了一声，说：“事到如今，朕是茫然无策，只好听天由命罢了！”说着话，抽抽答答

① 黄皮报：清末在民间发行的一种用黄色纸张印制的报纸。

的哭着说："小女既累及先生，望你们夫妻们早些逃命去吧！"

窦爷听到这里，才想起不知妖物离莲花宫还有多远，只好出殿照旧路往洞房而来，刚到宫门外面，就听后宫院大放悲声（还是那出），哭得是凄凄惨惨。自己连忙进去一看，原来公主同五六个得宠的宫女搂抱一处，在那儿恸哭呢。几个美貌的女子此时都好像带雨的梨花，一见驸马进来，这才撒开。公主一把手拉住窦爷的衣裳襟儿，说："郎呀，郎，奴有句话儿来问你（那道心肠唱《小下棋儿》），妾与你既成为夫妻，你有什么好主意救我的性命？"窦爷一瞧公主这个怪可怜的样子，起心里别提多疼咧，定了定神思，说："小生是个贫寒人，自己惭愧，没有金屋以贮阿娇。家下只有几间破草房，公主不疵嫌，暂且跟我回去躲藏几天，你可肯受委屈么？"公主含着眼泪，说："俗语说'慌①不择路'，只要有地方儿逃命就好，咱就快走吧！"窦爷搀着公主出离莲花宫，顺昨日旧路来到自己家门。公主一见，又要求举国相从。

（十二续）*1920 年 4 月 27 日*

且说窦爷搀着公主往自己家门而来，有两个忠心的宫女不放心，在后面紧紧跟随，一会儿到了窦爷街门外头。窦爷说："这就是我的寒舍，只有里外两层院子，里院三正两耳，外院三间是我的书房，可比不上你们国里，楼台宫殿处处款式。再说今天书房我还留下一位朋友，你们主仆只好将就上里院坐吧！"公主慢款莲步，走进门儿，抬头一瞧，说："这所房舍是最吉祥的安宅，宫卦相生，门灶相宜（这是莲花公主吗？地理先生犯频哪），比起故国胜强百倍。咱先不用商量那屋坐，妾有一事相求于你。你想我抛下父母跟随你来，妾与双亲都心悬两地。不如你就在这外院添盖一间小房子，令我父母并文武大臣们都迁移在这所宅内，使妾同族均沾你的恩惠，大概你决不至吝惜这点空地吧？"窦爷一听，急得直跺脚，说："公主此言差矣！想你我夫妻虽然一夜恩情，真可称如鱼似水，相亲相爱。无奈你国中的户大丁多，漫说连诸大臣并黎民百姓都迁移过来，我这院中敢留不下，就是你的几口亲丁、许多奴婢，这所院子满盖房间，也安插不了呀！公主你岁数小、年纪轻，实在不晓一间房都容几口人呀！"公主一听驸马不认殖民，急得跳着脚儿号咷痛哭，说："你好狠心呀！人在外面交朋友，还要讲究救人之难，济人之急，悯人之孤，容人之过呢（公主急的背上《阴骘文》咧）！何况奴与你成为夫妻，妾的父母与你也是有关系的至亲，你竟自见死儿不救，你可太狠心，我的窦郎呀！"

窦爷见公主哭得可怜，不便细辩论国境土地的利权，只可用话解劝，说："公主不可这样悲伤，你的身体瘦弱骄纵惯咧，有什么办法，你先到房中歇息歇息，但能办得了，

① "慌"，原文作"荒"，据语义改。

我必然依从着你！”说着话，强把公主搀进自己的房中，说：“公主请坐！”公主仍是不言不语，爬伏在床上呕呕儿的放声恸哭。窦爷连忙凑了过去，说：“你就别哭咧，你瞧脸上的粉都成了黄道子咧！再待一会儿眼睛也哭肿咧，嗓子也哑咧，有多们憨蠢！听我的话快住声，再哭我可不跟你好咧！”窦爷按照哄孩子似的百般劝解，谁想公主犯上□性脾气，越哭越有劲儿。窦爷急得满头是汗，说：“你这简直的叫我着急，要我的命呦！”大声一嚷，顿然苏醒，才晓得又是一场大梦。再瞧同床的那位朋友已然被自己惊醒，红日满窗，原来仍在书斋。一面揉着眼睛要坐起来，听公主悲恸的声音依然还在耳边。自己抬起头来细听，虽是哭韵，可不像人的声音，顺音声一找，才看见有三个小蜜蜂儿在枕头上来回飞绕。窦爷忍不住信口大叫，说：“怪道哇，怪道（要唱《六部大审》）！”这位朋友见窦晓晖睡醒这们犯毛姜，不知道是怎么一件事，说：“你怎么咧？莫非被蝎子螫了吗？还是那里犯了痒痒哩？”窦爷连忙摆手，说：“没有没有！不对不对！我是做了一个接演前文的怪梦，又有这几头蜜蜂在我枕边，故此诧异！”这朋友一听，自然要细问根由。

（十三续）*1920* 年 *4* 月 *28* 日

且说窦晓晖这个朋友听他说做了怪梦，自然要问问喽。窦爷躺在床上就把愚下这十几天的《聊斋》述说了一遍。这位朋友听到招为驸马与公主入了洞房，很是羡慕，说：“你真是有造化，我连这路梦都没做过。你如今醒来，又说公主大概就是这蜜蜂儿，我又替你害起怕来。倘或一不留神，给你一勾子，也得挨疼。咱两个人别紧自聊咧，天色不早，也该起床了！”说着先坐起来，窦爷也陪着起来，披上衣裳想要下地，又瞧几个蜜蜂儿从枕头上飞到自己衣襟儿上往里就钻。窦爷有点儿怕螫，用指甲轻轻儿的往下弹，蜜蜂儿一死儿的不肯下去，再看这蜜蜂儿周身绿绒儿，甚是可爱，又不忍得将他打死。这位朋友说：“方才公主不是说要叫你盖一间房子，人家便举国相从吗！我想养蜂是件雅事，而且有利可图，你何妨信个邪儿，就在这外院儿糙糙儿的盖一间小房儿，满用不了许多钱！”窦爷说：“按照这们说，原可以办得到，现在我家有现成木料、砖瓦，只要叫几名瓦匠就能行咧！”这位朋友说：“如果没人，我家有会瓦匠手艺的人，我替叫来好不好？”窦爷说：“咱们人越多越快越好！”说完话，蜜蜂才飞上窗台。

窦爷出了书斋，到里院叫来长工笨汉搬砖和泥。这位也回自己家去叫了人来，大家七手八脚筛土和泥，不用竖柱，按硬山搁檩的做法，天未正午，已然把两堵山墙砌好。就见有一大团蜜蜂儿从隔壁院墙飞了进来，落在墙上。众工人都说：“这窝蜜蜂儿可真不少！”谁想络绎不断，一会儿比一会儿多，都往这院飞。此时工人们才晓得这房是养蜂用的，不必细做，忙着上箔封顶子。再瞧这团蜜蜂约有一斗大小，滚团一处，并不追人。

众工人午后歇着，窦爷同朋友也用完早饭，站在院中闲谈，说："但不知这蜜蜂儿是从那里迁移来的?"内中有个长工说："咱这隔壁菜园子老头儿养着几窝蜜蜂，听说每年收蜜不少。八成儿又出了蜂王分到咱院来啦!"窦爷说："既然如此，咱也不必问去了!"

过两天将房收拾妥当，窦爷仍住书斋，可就再梦不见公主、国王了。后来有人把这件事传到菜园子老翁的耳中，老翁亲自到蜂窝一调查，连一个蜜蜂儿都没有咧，一堵气子，叫来长工们把这房子拆毁，把墙推倒。墙内有一条大长虫，约有一丈多长，众人用铁锹将蛇打死。后来这事又传到窦爷耳内，方知巨蟒正是这个蛇。蜜蜂从迁到窦家，一年比一年滋生的繁盛。

这段书原文至此而止，后面也没有评语。据在下想，是蒲先生卖弄笔墨，咏物的玩艺儿。其中劝人的宗旨，言其男女恩爱不过一梦而已，即便贵为驸马，一夜恩情，生出许多烦恼，有何乐趣之可言。窦晓晖前因偶梦，惹出种种惊惧、焦思、疑怪，无非一念贪心，即果能如愿，仍不过幻梦一场。故吾人若能不贪心，自无妄念，即梦寐亦可安适，何必多求。蒲先生是有才不得意的人，晚年自应有此笔墨，我聊的对不对不敢自信。咱们明天换题，再敬献别段。

娇 娜

（开篇）*1920年8月18日*

自从皖直宣战，京师布告戒严。兵队警士不得闲，昼夜巡逻地段。

原为民心镇定，绅商各界相安。伟人政□有金钱，依然直奔车站。

偏巧停售客票，转向交民巷搬。寄存财物付二元，饭店楼房装满。

鄙人才疏学浅，念过《大学》十篇。悖出悖入圣贤言，大□□认□险。

几句流口辙时事□□念毕，接着还是我说这门《聊斋》。上段《胡大姑》原是一篇小段子，看着好像没什么深思大义。其实妖由人兴，岳家三年前不请紫姑，胡大姑也许不至做祟。再说原文就没载岳于九是务农是经商，有何营业，却也够个中人之产。若是本人挣的，离不开刻薄成家。古人说，刻薄成家，理无久享。古书上这样说，诸位不信，您用冷眼调察，近年所知道的，财来得容易的阔人儿，转□灯消火灭的有多少，忠厚传家能保存到几辈有多少，便知古人之言不欺人喽！故此上段说《胡大姑》，我拿岳家斗了几个哏儿，谁想招了朋友许多闲言。有的说："你这门讲的《聊斋》，近日大失宗旨，一则添加俗哏，二则好骂世讥刺人，在评书行中是双厚坪派，不足为法，再若一铺张，就成万人迷①咧。如果只为混饭吃，何如到书馆打地说评，或在天桥卖场单□，管保比这们以笔说既能多挣钱，又免失办报的宗旨。"朋友见教之言，本是爱惜报纸并鄙人生计起见，我是极感激的。但是所批评我是相声派的这句话，我却有个辩护。皆因我这路小说儿的说法也是从有名小说脱胎出来的。诸位不信，您看李松石的《镜花缘》，他老先生用

---

① 万人迷：清末民初著名相声演员李德钖（李佩亭）的艺名。

笔骂人，比我这《聊斋》骂的狠，只是人家纯乎官话。若说我这门是白话夹杂北京土语，您若挑剔，请看“五才子第一奇书”都是山东土语，为什么也能刊木版。从这书印在报余上，是一说一了儿，同新闻仿佛，境过情迁，便彼此两忘咧。您要较真儿，您只好看原文，或看《三列》去吧。话虽如此，究竟承人指教，我也可以改改笔调儿，按正经评□规矩说一段，咱们这次少斗哏，说段《娇娜》。

是明末清初时代，有位姓孔的，号叫雪笠。俗说天下无二孔，都是山东曲阜孔夫子的后辈。这路事，只不过也是趋附圣贤，人人好名心盛。就如同这几天遇着位姓徐的，您问现在的总统，他便愿认本族，要是问他像篇上那位姓徐的①是他子侄不是，管保能打起来，就是这个道理。闲话靠后，但说这位孔雪笠学问优长，而且为人典雅温柔，诗才敏捷，只是在家赋闲，以教读糊口，未免自觉屈材。这天有位学友在天台县做县令，寄来一信，请孔生去做幕友。孔生大喜，打点行李前去，不料困在该处。

（续昨）1920年8月19日

且说这位孔雪笠接到同学砚友请自己前去做幕的书信，很是高兴，并不带多少行李，也没钱雇觅车船，只打了一个小包裹儿，既没家口，别提有多省心咧。一直够奔天台县，左不是饥餐渴饮，夜宿晓行。这天到了天台县，直进县城，一打听，这位县台是新署任的，到任没有几天，并非自己那位乡亲。孔爷又询问前任的那位，原来在上月间染患暴病殁于任所。这位县台平日两袖清风，爱民如子，当日没携眷来，及至一死，只凭同僚并衙属官役们给发丧出去，暂厝在城外庙中。俗言说官满如花卸，做一任清官，落了这们个结果，还算不错。孔先生一听，赞叹了会子，又一想，自己是投奔这位朋友来咧，只有来时盘费，没有回去的川赀，如今只落得千里迢迢无处投奔。足见早年交通不便，步行耽搁日期，又没有电报、新闻纸的苦处喽！大远的来到此地，大丈夫处事只有进前没有退后的道理，还能乞讨着往回路走吗！只好把随身衣服脱下，当了一件，打了一陌②纸钱，同人访问前任县台的葬处，有人指点说是城西单家庄菩陀寺墙外。孔先生到了此处一寻，果然有一座浮厝着的丘子，前面立着石碣，上镌“清故天台县正堂，山左某公之墓”几个字。孔生看见，怎么哭拜祭奠不必细表。痛哭了一场，把纸焚化，自己一想，有心进城赁房或住店，腰中缺少盘费。再瞧这座菩陀寺庙中殿宇整齐，群房很多，出入僧人不少。信步走进山门，奔到知客寮寻找僧人，商量租一间房舍，或暂住个三五日，不知贵宝刹可肯容留远方闲人么？

---

① 姓徐的：这里指被通缉的安福系首领徐树铮。

② 一陌：旧时指一百纸钱。

这位知客僧见孔雪笠举止儒雅，一问从何方前来，来此有何贵干。孔先生是实话实说，毫不隐瞒。这位知客僧一听，说："本庙闲房尽有，只是不租赁房金，居士如其愿住，拣合意的尽管住宿。每日三餐，居士如不嫌粗糙，只管食用，僧家的斋饭是抄化来的，全是施主慈悲施舍庙中的，这是十方来十方去，十方共成十方事。居士将来发迹，多行方便，不必拘定在本庙还愿助善。况且听你老先生是山左孔圣人后裔，又是前任县台的好友，一定品学兼优，将来不可限量。在本寺住些天，不必罣怀膳宿之费！"孔雪笠听到此处，赶紧起身致谢，说："虽蒙老法师这等慈悲，大开方便之门，但是俗语有云，无功受禄寝食不安，区区不才我学生还能吃到十一方吗？既蒙法师慨然应允，只借某一间闲房暂住，俟我稍有寸进，加倍再拜奉香资，我也不敢说给房租咧！"知客僧听孔先生不肯叨扰素斋，翻翻眼皮说："居士过于拘泥了。只是先生一个人起火不便，外面买饭吃也不洁净。先生既然来做幕，书法一定是好的喽。贫僧有一个愿心，本庙藏有一部《法华经》，年久纸张朽烂不堪。居士若肯代抄录一部，功德无量，不知先生肯否？如果愿意，按日敬备斋饭，写完还可少赠赆仪！"孔先生一听，登时不胜欣悦，从此在寺抄经，耐得个苦尽甘来。

（再续）*1920年8月20日*

且说孔雪笠住在菩陀寺给和尚抄写经卷，三五天的功夫已经把一部《法华经》抄完。知客僧同方丈一商议，一则孔先生人品好，再说写的字十分恭楷，庙中不缺他一碗饭吃，不如把所存的旧经卷都抄写一个副本，若是常念的经卷，更可多抄录几部喽。老方丈一听，极力赞成，就派徒弟把佛橱中收藏的经卷都寻找出来，左不是《华严经》《楞严经》等类，还有《瑜伽》《焰口》本子堆了一堆。同孔雪笠一商量，孔生是既有口管饭，还能不应吗，从此按日抄写，每天早起僧人上殿的时候，天色刚亮看不清字，只好出庙绕个湾儿，晚饭后也是如此。这天是一天比一天冷，老和尚晓得孔生缺衣服，送给孔生几吊制钱，孔生不便固辞，把当的一件夹袍儿赎出来，买些棉花雇人给絮好。

有天无事，同寺僧闲谈，说："请问大法师，离咱这庙往西不远儿，那一所大庄院是什么人家的呀？"和尚说："先生你在此住了这些日子，你不晓得本处是有名的单家庄吗？那就是单家的，不但庄院是单家的，就连庄前庄后的地亩也多是人家的。这庙也是人家建盖的，是本庙一位大檀樾功德主，可惜也败落喽！"孔雪笠说："这个财主怎么也败落了呢？"老和尚说："天道靡常，无百年不变的贫富。这位单姓公子虽承祖荫，家道饶余，只因少年性傲，前几年因为一点儿不值当的小事，同城中一个财主打起官司，两不相下，一场官司直打了二年多，钱也花的空虚了，地亩也典出许多去，自然用不开那些下人了。本家眷又少，现在迁移到别处亲戚村中去了，房产一时不易出手。况且虽说败落，仍然是个财主，只要丰收几年，依然还可以过活。以现在说，仍在中人以上呕！”孔生一听，点头赞叹，说：“无怪大《易》有言‘讼终凶’喽！”这不过偶尔闲谈，孔生并没放在心上，有时走在单宅门外，永久儿关着门。

又过了几天，这天大雪，南省天气虽然下雪，并不甚冷。孔生一时高兴，踏着雪要看天台山的风景。出庙往西走了几里，踏着琼瑶碎，虽是有意思，只是往前一看白茫茫，杳无人迹。一个人走了会子，自然也就败兴了。自己一想，还是回庙抄经写字去的为是，于是掉头往回路走。正从单家这个大门前经过，离门不远，只听“吱”的一声，大门开了一扇，从门里走出一个十六七岁的少年公子，穿戴华丽。往面上一看，五官端正，天庭饱满，地阁方圆，举止儒雅。孔雪笠这一程子从来没有见过这样出众的人材，自然停住脚步略微注注意。谁想这位少年笑容可掬，紧行了几步，扑到自己面前打躬施礼，说：“先生请停□趾，学生拜见！”孔生见人家与自己施礼，赶紧也答礼相还，说：“不敢当，不敢当！”这位少年说：“先生是否寓居萧寺的□一位么？”孔生说：“不错。”少年说：“既然是，请到敝居一谈，不知肯赏光否？”孔生听人往家让，自己正闷□无聊，何必推辞，说：“正要趋聆大教，只是冒昧不恭，希恕！”说着话，宾主进门，才知原来别有洞天。

（三续） 1920年8月21日

古诗说，他乡遇故知为人生一件喜事。人若处在困难之处，又在他乡，不必故知，但□有人肯垂青眼，上赶着你说句闲话儿都是起心里喜欢的。但□一节，可得自己志向拿□定，眼睛认得真，不然也能身败名裂，加重一点，便有性命之忧。并非愚下故甚其词，以现在说，大而陷入党派，小而扯入盗贼的指不胜屈。鄙人今天并非好说闲话儿，实是有慨而□，劝处危境的同胞几句良言。

就以本文书说，这位孔雪笠被困异乡，寄居萧寺，除卖字之外，没有一点出头之日（同我们做报的差不多）。今天忽然有得本处贵公子上赶着周旋自己，往家里面请，焉有不爱悦之理，故此欣然说：“正要登堂畅聆大教，只嫌冒昧不恭，希恕！”这位公子说：“既肯赏光，三生有幸！”说着一宾一主进了□门，照旧关严。头前引路，孔生抬头一瞧，院中虽然不□丽，又在冬令，好在浙省地面天气暖和，尚有许多花木，并不十分冷落，迎面一座山石做为照壁，转过去另有一座屏□。进了重门，是□间花厅儿，两边有东西配房，花厅出廊檐，两旁有钻山砖门，必然另通内宅。上了阶台，公子抢行了一步，高挑帘栊，请孔生入内。孔生不必过谦，进到屋中一看，虽没花□、紫檀木器，桌椅、床榻都十分洁净，铺垫也都绵软。往墙壁上一看，这房子透点讲究，四面的墙同槅断都挂着白绸子的绵壁衣，也有挑着帐钩上的地方儿悬挂着都是名人字画。孔生虽不辨真赝，没学过古玩行，款识总还见过，上至汉唐，下至元宋，名人墨迹法书、写意条幅都有。孔生不大懂行，不敢胡批评，初次造谒，也不便细问（不是逛画室哪）。

再往案上一看，有几件古铜玩器，名窑瓷器，孔生更不敢打听咧。靠案头有一部书，上面题着书签，写的是《琅环琐记》。自己虽没读过这部书，却晓琅环是有名的福地。记得汉朝建安年间，有个张华遇着一位不识名姓的仙人，引他游逛一座洞府，在石洞中有石室，陈书满架，仙人指点给张华看，说："此乃历代史书。"又一石室，说："是万国志。"张先生亚赛到了藏书楼，只是无暇翻阅。又到一座石室，比别的石室另外高大，门外蹲着两条犬。张爷请问仙人："为何用犬守门?"仙人说："这室中所藏的是玉京、紫微、金真、七瑛、丹书、紫字诸秘籍，不许凡人偷看，故用双龙守护，并非凡犬。"又带至各处参观了参观，都是秦汉以前的秘书，漫说没有读过，连书名并古篆多有没见识过的，起心里爱慕的很，赶紧同这位仙家量商，要租赁着住几天。这位神仙一笑儿，说："我们这里不留闲人，更不藏外国祸首，你别混贪心咧!"说完命童子把张华送出石门。张华一问地名，说"此乃琅环福地"。这书统共只有一部，既名《琐记》，定是拾遗备考之类。原文既未窥读，此时暂且也不能细读，翻阅两篇，真是目所未睹。此时那位公子在傍让坐，并有童仆献上香茗。

（四续） *1920年8月22日*

昨天末两行书，说到孔雪笠看见书签子上题着《琅环琐记》，本报既以讲演自称，遇着这路典故，势不得不略略说出来。无奈真按批典说法儿，一则多占数，二则令人能越看越糊涂，求个两全之法，只好从孔生眼中看出，心里一追思，连着叙出为省笔。奈因又有一点不近人情的地方，譬如咱初次到朋友家，人家一味周旋，自己一面看书，一面心中捣鬼话，那位本主人在一傍有多僵的慌。不过另有一个情理，孔生心里一面想，眼、耳、鼻、舌、身、意依然要酬酢①着主人，这些地方既非笔墨所能形容，只好先尽省事故述说。即便用口讲演，也得或先或后把话垫好。如评书套子有云，花开两朵，各长一枝，一张嘴难说两下事，一支②笔不能写两边的话，只能叙完一面，再叙一面，占行数费话是无法的事。若不稿明白了，就有假高眼挑疵儿的，说某人的书能说三天不出屋子。殊不知彼时孔生心思快，若写出来自是一大篇，说评书的一个倒笔时常说几天，把许多人能僵在战场上，另叙某人是谁，从何处而来，这路笔法是书多有，能算这一仗打了多少日子吗？今天我替评书道亲们把话交待明白了，咱还是紧接着说我的《聊斋》。

---

① 酬酢：互相敬酒。

② "支"，原文作"只"，据语义改。

且说孔雪笠把书略翻阅了两篇，书中大旨目所未睹，也难以瞭然。本宅这位少公子殷勤让座，只好放下书，分宾主落坐，手下人献上香茗，茶罢搁盏（那位说，这句又是费话。又叫没有法子，如果不说，孔雪笠喝茶偷茶碗，成了马四远的□杓了，有多给孔家门子泄气呀）。论理说，孔生既进了人家房屋，应当先请问本主人贵姓高名，尊字台甫，什么前程，万一要在十七位像篇①之内，岂不发笔外财（这是《聊斋》吗？我犯财迷哪）！不问的缘故，因为听和尚说的明白，这是单家庄，必是单员外的后辈（可不是《隋唐传》谬天别地左青龙），何必多说费话呢。所以吃完茶，还是心里盘算这些书画。

此时这位少年主人可就盘问上自己咧，无非贵姓贵籍贯，到此有何贵干的话。孔生听人问，就把自己这些日子遭的境遇述说了大略（可不能这就哭穷告帮）。这位公子听到孔生是流落异乡，脸上现出惜怜的神色，说："既然困于此地，先生又是满腹高才，何不在此设帐教读，岂不比在僧寺中代抄经卷、卖字糊口清高些么？"孔雪笠一听，先叹了一口气，说："这位公子把事看得太容易啦！外乡人初到贵省，举目无亲，即便有馆，谁给俺介绍？谁有学生肯送到俺住的庙中去呀！介不似咱山东家，本村本疃容易哟（急得孔先生山东口音都出来咧）！"公子一笑，说："老夫子如果不嫌我学生资质愚拙，不堪造就，情愿拜在门下，执弟子礼，尊为受业师！"孔生一听，心说还是口音吃香，姓又好，才有便益，只是这路阔公子哥儿不可不溜哄着点儿，赶紧说："孽可不敢当，如果不疵嫌，你做为俺的师弟，一墩儿用功，不知你意下如何？"

（五续） *1920 年 8 月 23 日*

且说这位孔雪笠听本宅主人要当自己徒弟，心中一想，教书匠没有多大起色，处处得守规矩，束脩又不能争多论少，不如同他交朋友，可以换手使钱，不分彼此，将来借他面上可以筹凑回家的旅费到是正经的（孔家门子的也会狼师弟）。想到此处，所以故做谦逊，说："当为师道一事，俺实在不敢。你没听咱家孟老夫子有云吗，'人之患，在好为人师'，况且这二年我学□荒疏，□高□生，这一程子连之乎者也都没用着，净跟舍利、□波罗密、南无、□斯拉、唵嘛呢叭□□打开了交道咧（倒不是改学白话哪）。要学文法，咱们还得从头儿往回路找，如果不记得□，咱们还□现查呢！"公子一笑儿，说："先生说话太谦，既然如此，小弟遵命就是！"

孔生一听，本家认可当师弟，喜欢的很，□□□说："老弟呀，我这一程子时常不断从你门前经过，总没见开着门。这是一所大庄院，怎么老像没人住似的，这是什么缘故

① 十七位像篇：1920 年，国民政府中的安福党被勒令解散，北京街头悬挂的十七位被通缉的安福党首要分子的照片。

呢?”这位公子一笑儿，说：“老兄原来不知，这所宅子是单公子的，现在单公子迁移到乡庄去了，空闲许多日子，小弟阖家是新迁徙来的!”孔生一听，才知道方才自己落场，没问名姓，幸尔没叫出单贤弟来（那成了秦叔宝□）。刚要请问姓氏，又听公子说：“弟皇甫氏，祖居陕西地面，□中房舍被野火焚烧的片瓦无存。举家投奔到浙省，一时置不着好宅舍，暂向单公子借房居住。搬进来没有几天，故此连个寄庐牌子都没钉呢!”孔生听人说至此处，越觉方才是自己疏神，不该不问，连忙答话说：“陕省可是好地方儿呀!秦、汉、唐历代廷都的所在。再说老弟你是□姓，更是老世家咧。离俺老家虽说相隔两千多地，好在全算北省，又都是旱路，说起来也算对□适户的老街坊哩（讲究说话拉近吗）!”公子说：“四海之内皆为朋友，只不过方以类聚、物以群分，气味相投便可为友喽!”说着话，唤进一名□僮儿来，吩咐他到厨下预备几样便菜来。

孔生说：“不必费事，此时庙里没敲上晚殿的钟，俺回去得去也不迟（一死儿要打山东乡谈）。”公子说：“既蒙错爱，何必这样外道。老兄不但不必回去赶斋，依小弟愚见，今晚就在此下榻，免得道途难行。”孔生一听这阔馆敢则是下榻供馔，更喜欢喽，说：“俺山东人向例不怕泞，皆因性情直率，赴汤投火敢踏泥（不然怎么送报的乡亲们多呢）。既是老弟你有这分子美意，早晚也得搬过来，不回去也可以使得（这叫就坡儿下），是不要耗费，随便才好!”公子说：“仓猝之间也无处现办盛馔去，所为弟兄们多盘桓会子，赏雪饮酒是最妙的事。今天咱弟兄必须尽量一醉，醉后小弟么还要与兄长抵足而眠。”孔生一听，心说无怪他这房中摆设多是汉代的物件，连说话都要学汉光武、周公瑾，你拿我当严子陵①，我当不起，连蒋干②我也不配比。刚要致谢，小僮已将酒席送来，一宾一主，开怀畅饮，当晚果真就与师弟同榻安眠。

（六续） *1920年8月24日*

且说孔雪笠同这位皇甫公子喝到掌灯已后，孔生这一程子在庙里净吃素的，又不准喝酒，今天菜又适口，酒又醇厚，无意中得此良朋益友，别提多喜欢喽。一面喝一面说说笑笑，只吃到夜静更深。小僮儿撤去残肴，烹了一壶茶来，又从内宅给抱出一分铺盖，同公子的铺盖都给铺好，倒带上门，这才走开。二位又谈了会子，还是孔生打了呵欠，公子才劝着师兄安寝，一夜无词。两个鳏过汉睡觉没什么可叙的，左不是咬牙、放屁、说梦话。

孔生一觉睡醒，正是菩陀寺上早殿敲钟的时候儿（跟和尚睡惯了吗），窗纸微然发

① 严子陵：东汉时著名隐士。
② 蒋干：蒋子翼，东汉末名士。

白，心说怎么今天亮□这样早呀？又一想昨天的雪不小，八成兴许是雪照的。正要翻身再睡，只听外面有人推门，抬头一瞧，正是昨天伺候书房的那个小僮儿。心说莫非这们早就取被褥吗（孔生住惯了小店儿咧）？见他推门进来，然后又搬进一个筐来，从筐内取出火种在灯上引着，然后找出一张油纸，引好了放在大铜盆之内，又放上些劈柴，并许多□炭。偏巧外面风不顺，往里冒烟，手底下又没有扇子（本是冬令天气吗），只好爬伏在地，鼓起腮帮尽力一吹，才吹出点火苗儿来。早年画片儿上画着的，如今捏成泥人的，至到新华街南头某□楼打造的，都是从这段《聊斋》发明出来的（这回可叫做成心挨骂）。孔生看着可爱，不由□一乐儿。敢则本宅这位皇甫公子也醒咧，连忙披衣坐起，忙着系钮扣儿、提鞋，一句话没说，撒腿就往外跑。孔生怕他是闹肚子，不敢追问。自己也不好再躺着装睡，只好披衣坐起，心说你无论怎么催，反正得等出了太阳（那还是取被褥的老碴儿），坐在床上看着小僮。

此时炭火虽未升着，屋中已然没什么烟咧，把帘子放下也溜着出去。孔生心说，只要皇甫再回屋子，大概就该喊开饭咧（孔生由小店总算住了公寓咧），初次住下不要惹人厌烦，说这位先生好扎窝子（那成了什么生咧），别容火上来，我也穿起来坐着吧（孔生又想上澡堂子了）。正在这个当项儿，就见生火的那个小僮儿慌慌张张从院外跑将进来，说："我家老太公出庭（可不要出庭费）特意拜会先生！"孔生才知道，敢则皇甫公子把老人家嘀咕出来咧，赶紧系腿带、提鞋、扣钮子、下床，还没戴好帽子，就见皇甫公子一手掀门帘，一手搀扶着一位须鬓皆白□老叟。这老翁一手拄着拐杖迈进门□儿，将拐杖交与小僮儿，立在靠门槅扇一傍。此时皇甫公子也跟随进屋，对孔生说："这是家严，特来拜望先生！"孔生一听，赶紧深搭一躬，说："小侄昨日冒昧而来，蒙公子不弃，认为道义交。因天色已晚，未曾登堂拜谒长者。今早反蒙老伯出庭，实在失礼之至，请老伯转上受小侄参拜！"老头儿抱拳拱手，笑嘻嘻的说："不敢当，不敢当！免礼吧，等转年你考上应封翎①，一块儿再磕吧（这是皇甫太公吗？前清皇族的老族长）！"说着话，拉住孔生，分宾主落座，抖擞精神，带笑开言。

（七续） *1920* 年 *8* 月 *25* 日

且说这位皇甫老翁扯着孔生雪笠分宾主落座，此时皇甫公子在一傍垂手侍立。孔生一瞧，这单宅家规极严，必是书香门第，这馆有些难处。刚要让公子侧坐，就见老头儿苍颜堆欢，说："蒙你老先生不弃顽儿愚鲁，肯其赐教，又不以师位自居，足见是谦谦有

① 应封翎：清朝皇室成员官帽上佩戴的翎子按等级、身份有所不同，有资格佩戴翎子的王公贵族要在十岁时通过骑射考试才能佩戴。

德的一位君子喽！但只一节，小儿初学写字，不亚涂鸦，至于文法，更是欠通的很，千万别因为弟兄相称，不肯详细指驳才好哪！”孔生一听，连忙站起，说：“老伯说那里话来，学问之道，本是教学相长，小侄何敢藏奸。既蒙见委，俺是知无不言，言无不尽，日久天长，老伯便品出小侄是直爽人咧。但是公子在傍侍立，小侄未免不安，祈老伯吩咐一声，准其侍坐，才好畅谈！”老翁冲定公子说：“既是先生这样吩咐，你也坐了就是！”公子答应了个“是”字儿，方拉过一个小凳儿，坐在一傍。老翁又叫小僮，小僮方把铺盖收拾完毕，扫净床榻，要去烹茶，听老主人叫，赶紧跑到近前。老翁悄默声音的说：“你到房内把方才打点出来的那一包给取出来，再打洗脸水、漱口水、沏白糖水（这三水①就成了半旧儿的咧）！”小僮答应了个“是”字儿，往里院而去。

此时老太公又略问问孔生的年齿，是孔夫子多少代裔孙。孔生按照族谱排的字儿回明太公（这点儿书在下不敢混替编造，据我拙见，这个雪笠好像是字，是台甫，一定另有正名。皆因男子取名用这个字的很少，又不能因这点小事上荡曲阜调查去，您诸位将就着瞧吧）。正说到热闹中间，见小僮抱着个大包袱放在床头，然后又跑进去，去打脸水。孔生一瞧，心说方才听说一包，我只当是贽敬束脩呢，敢则是一包估衣，八成要现当当去（那是我们家请先生呢），又不好问。只听太公对自己说：“小儿今早说先生的衣裳单寒，又有些肮脏，把他新做的一件棉袍、一顶貂帽孝敬先生穿戴。只是袜履小些，老朽上了几岁年纪，脚不受屈，比他的肥大，大约将就用的，所以一并取出，请先生千万休弃粗糙。少时换上，暖和不暖和的总算与卫生有益。”孔生一听，这馆不但下榻供馔，还管穿戴，即便不给束脩都是好的，赶紧起身给太公做了个揖，说：“既蒙老伯赏赐衣帽，所谓长者赐，少者贱者不敢辞，只得愧领了！”说着又向公子拱拱手儿，说：“俺再谢谢师弟！”公子连说：“不成敬意，请兄台暂且换换就是了！”说完，亲自过去把包袱打开。

此时小僮已将脸水打来，外有一分梳头的家伙，放在一傍。孔生一瞧，八成儿这小僮儿是飘行徒弟改跑上房。太公说：“先生不必拘束，愚父子在此坐候，就请先生盥栉完毕，好派他们摆酒开饭（那位说，为什么不说开果子呢？皆因是冬令早晨，怕先生忌生冷）。”孔生只好说声：“不恭。”凑近床前，胡乱擦了把脸，然后把鞋袜换好，脱下自己棉袍，将这件新袍穿好，真是轻而透暖，戴上貂帽，一试合头，再一瞧，立刻变作一位好漂亮的小山东儿。

（八续） *1920* 年 *8* 月 *26* 日

且说孔雪笠把棉袍鞋袜换好，彼是明朝的服制，束发簪冠，自己用木梳把发略理了

① 三水：调侃衣服洗过三次就成为旧的了。

理，将貂帽戴好（那位说，你做什么这们细表呀？原文说，“视生盥栉已”，要不这们说，“栉”字没着落，那真得小僮儿替编小辫儿）。好在皇甫父子清早也没事，坐在一傍看着孔生自己整容。孔生也不敢故做迟延，真是三梳子两栊子，长大了戴个红顶子（说评书代饶洗三①，错非我，谁学得这们全）。一会儿完事，皇甫太公一瞧，是个极漂亮的小伙儿，就是口音差点儿，好在齐鲁之邦全是官话正韵。孔生赶紧又给太公做揖致谢。小僮已由里院烹了茶来，按位斟上，把壶放在火盆一傍。太公说：“你给我们摆桌呀！”小僮答应。不用现调桌椅，孔生在上首，太公下首相陪，皇甫公子搭横凳儿。孔生要请太公首座，太公说：“老夫子今天是头一顿客饭，主客不可不分！”孔生也只得遵命。小僮儿把酒杯摆齐，跟手儿从里面端出一个方盘，里面放着各样菜蔬。浙省地面鱼虾当先，孔生是沿海生人，闻着分外香，又搭着酒是上好的南酒。太公举起筷箸，夹了一口鱼，说：“先生，你来个富贵有余（要给孔生摆圆饭②）！”孔生赶紧起身，用布碟接过来，也拣软和的回敬太公。此时小僮又跑了进去，从里院取出些铺垫铺在榻上，书桌上也铺上锦毯，至到床衣子都另给换了新的。

恰巧这天快雪时晴，日色将午，日影照进窗内，把这些裁料映射的曜眼争光。彼此酒过三巡，菜上五簋，太公大概牙齿不灵便，便放下筷箸。孔生正吃得兴浓，见太公这样古板，自己也不好大喝大吃，公子更是不敢下箸。太公一瞧这个神情，自知两个人都是拘泥着自己，莫如告退的为是，于是扶桌站起，笑嘻嘻的冲着孔生说：“老朽早晨不惯饮酒，恕我少陪。吾儿，你劝着先生宽饮几杯！”孔生见老人知趣，正合心意，也连忙起身，说：“老伯既不高兴吃酒，请随便散座，或在床榻上歇卧，将养精神最好！”太公说：“你们弟兄欢饮，老朽进里院还另有俗冗呢！”说着拉着拐杖，又吩嘱小僮把菜蔬添换些样，小僮答应“晓得”，太公这才拉拐杖掀帘出门而去。孔生目送，见老头儿脚步抬了个挺高，又没声音，心说这样坚壮的老人故意还拄拐杖，这叫诚心装着玩儿，心里这们想，可不能对公子说（一说就许滚起来）。

公子见太公走开，自己又劝了孔生几巡酒。孔生因为自己年长，又有师友之责，也不敢多贪便益酒，只拣鱼虾往嘴里送，一面吃一面说：“这江鱼比起海鱼称得鲜，实实在在的真好得（念歹。又想起乡谈来咧）！”把鱼吃净，又用鱼汤泡了一碗大米饭。公子也用些汤饭，这才彼此起席。孔生擦擦嘴，连口都舍不得漱（怕走了腥味儿）。小僮撤去残肴，烹上新茶，搭讪走开。公子又进了荡里院，大概是请午安去了。一会儿回来，自己拉书桌抽屉，取出平日所做的课本，呈与孔生，请加笔削。孔生翻开一瞧，全是古文，并无八股试帖求科名的时艺，不由好生异诧。

---

① 洗三：民间习俗，婴儿出生后的第三天举行的沐浴仪式。
② 圆饭：指新婚次日，夫妻同席宴饮。

（九续） *1920*年*8*月*27*日

且说孔雪笠接过皇甫公子课本一瞧，并没破承题、起讲、领题、初比、后比、中比、束比、落下之类，心中别提多纳闷儿咧，说：“你这文法是从那位老师学的？一点做文的规矩没有。无论怎么外行也得从破题、起讲教起，而且又没有《四书》题，这要报考童口，岂不是笑卷吗？你所做的这文字虽说不是没讲儿，全是典谟训诰体裁，细一看又不像。老弟呀，你这可走错了门路儿咧！你没听人讲说过吗，做文章要揣度风气，才能算敲门砖。你这们学，到多早晚也不得进学！”

皇甫公子听到此处，说：“你老哥说了半天，都是为求取科名的主义。小弟岂不知现在盛兴的是墨卷、臭八股儿呢！那路文字，即便学好，无非剪纸成花，有何生趣！唐宋六朝时代的制艺虽然有些骨气，仍就近于造做，何如秦汉以前的文字，是自抒性灵，古色古香。老兄以为小弟学文是为弋取功名，殊不知我家历代不做官，不为禄蠹①，何必以有用的功夫学那无用的文字呢！”

孔生一听，心里凉了半截儿，心说幸尔昨天的话我没敢说满，再说古文我虽不深通，还见过些篇，他究竟又是初学，我还可以给他改得动。我若是就从“六也堂”小题拆字入手学的，即便熟读“仁在堂”，这馆也处不了（那位说，你说的这些本头，蒲先生都没见过。您没细打听，这路本头现在书坊还没有存版呢。现在准由时艺引阶下过真功夫的，得说是高手。今天我说到此处，替八股匠犯犯牢骚）。

闲话靠后，但说孔生一面看着，心中一面盘算。一会儿看完，把课本放下，只好顺话答话，说：“老弟你既不想求功名，是要求真学问，这也容易。你没听说大文章自六经得来吗？既求实学，便得研究经史，不必急于开笔。只要勤念细讲，用心体贴古人心性，一旦豁然贯通，下笔自能与古人吻合，勤读这层功夫，不知老弟你肯用不肯用?”公子说：“小弟也曾听人说过，书读十遍其义自见。只是没人指点门径，也不终用。老兄既说以读书为入手，小弟遵命，明日请老兄指示出来，小弟好按次序学起，古书我家都是有的！”孔生一听，连忙说：“你只要肯念书可就好了。俺这几年只顾求时艺，把经史学也抛荒了。明天你把‘十三经’‘二十一史’各部头找出来，咱兄弟两个一墩儿念，可得眼到、口到、心到才行，若是净唱唱儿那可不终用！”公子听师兄的话，连连点头。弟兄二人又盘桓了会子篆隶文体。冬令天气短，一会儿夕阳西下。小僮来预备灯烛，问问二位开饭不开。孔生说：“暂时不饥困。”小僮儿答应走开。

一会儿天色昏黑，公子进里院回来，说：“老兄你看上灯时候了，你我弟兄饮酒吧！”

---

① 禄蠹：追求功名利禄的人。

孔生说："哈，咱就哈呀！"公子吩咐小僮备办，一会儿摆齐，弟兄二人剪烛对酌。公子说："咱今晚尽量一醉，明天一开读，可得戒酒！"孔生说："那是自然，不然这书房成了酒馆儿咧！"公子一笑儿，又叫过小僮，原来是要吃花酒。

（十续） *1920 年 8 月 28 日*

且说孔雪笠一面喝酒一面纳闷儿，心说这样年程儿，就凭这吃喝儿，错非是安福部的重要分子，真有点儿架弄不住（这是孔生说的吗？馋痨犯饿嗝哪）。就听公子说："咱哥儿两个今晚尽量一醉，明天可就是随茶随饭了！"孔生说："俺在家是永久地瓜当饭，除非来客或节年才得麦子干粮、割猪肉呢！近日在庙中吃素斋都是好的，何况府上茶饭呢！"皇甫公子一笑儿，又把小僮叫进跟前，说："你到里院看看太公睡熟了没有，千万慢慢儿的，别惊动他老人家。如果睡熟，你把香奴叫出来，就说我叫他弹一只曲词，给我们弟兄们侑酒！"小僮答应，出门而去。孔生心说，敢则这皇甫宅真是世家，不然焉能养得起女乐，又不好打听，只好耐着性儿净等蹭听。公子又让了一巡酒。就见小僮儿一掀帘子，从外面进来，抱着一个绣花的口袋，上面露着如意云头儿紫檀轴子，孔生认得是一面琵琶。小僮放在案上，向公子说："香奴姐少刻就到！"公子点点头儿，说："你赶紧再换些热酒来！"小僮从火盆沿上取过一壶来，给二位斟满。

孔生方端起酒杯，就见门帘一启，从外面进来一个十三四岁的小姑娘，生得十分美貌，刚然留满了头，前面扎着个正抓髻，身后搭拉着一条辫子，穿着窄袖的小棉袄，上套对襟镶沿的绣花背心，上面系着绣花汗巾，下穿散裤脚儿绸裤，不系裙子，露出两只窄窄的莲足。走进公子身傍，一扶公子肩膀儿，说："公子呼唤，不知你想听什么玩艺儿？"公子说："你见见孔先生，这是我师兄！"小婢连忙给孔生万福。礼毕，悄默声儿的向公子说："听说你今天请了师傅了，敢则还得叫我替你应酬。究竟听什么，还得听分派，有题目的文章好做。孝敬完了，赏什么不赏，不在乎一时（这是香奴吗？靠扇儿①的老和）。"公子说："你把你平日下过功夫的那套《湘妃》曲子弹给我们弟兄们听听，可不许潦草！"香奴答应了个"是"字儿，把琵琶囊上的绸带解开。此时小僮另靠桌案给安排一个小凳儿，香奴坐下。先从钮扣儿上取下一条绸巾儿，把琵琶抽掸了一个过儿；又把四根轴子用绸巾都裹了一个过儿；然后把绸巾掖好，将琵琶放在桌案上，把丝弦一根一根的都缕了一个过儿；又把绸巾取下来，按着各品擦了个过儿，绸巾褪入袖口儿；这才抱起琵琶，一手拧轴子，要试试丝弦儿的高矮；又把琵琶放下，从衣兜儿里取出指甲盒儿，取出指甲，用线捆好。孔生一瞧，这指甲中微带黄色，必然是象牙的喽。然后一

① 靠扇儿：江湖隐语，乞丐。

根一根的弹了一个过儿，又来回拧了半天的轴子（那位说，你磨烦了这半天，连个工尺没说，香奴那儿学的这们大票习呀？你别挑眼，我这们说，总没闲着笔。当日西城老票友儿，净定弦每人五六分钟，一场五音大鼓①，定弦得二刻，果然弹到一处还算不错，第四手真许闹个天王，无怪人家不听喽)，这才用牙拨动丝弦，声音十分清越。孔雪笠真是闻所未闻，口中连嚷："好家伙，实实在在的似好家伙！"

（十一续） *1920* 年 *8* 月 *29* 日

昨天的书，说到香奴定弦儿，好像我故意祟惑票友。早年西城这几位老哥，实在把我腻烦极了。后来听东城票友，才知道人家有鉴于此，力求改良，永久是在后台定准丝弦，上场就弹。至于堂号儿的道亲，更是不许在场上腻烦。如今东西城多是在场下定弦儿。至于这段《聊斋》说到香奴弹琵琶，未必有此情形，可是即便再磨烦会子，管保听主不嫌厌烦。什么话呢？坤角不是脸子好吗，再说通共一场单弦儿，又没头场，亚赛当年王玉峰②。真要坐下就弹，也没有那们些玩艺儿呀！原文说"命弹《湘妃》"一曲，这个工尺我是满不懂，既说"激扬哀烈"，必是惨切的玩艺儿。"节拍不类夙闻"，想是同孔生所拍的板眼不合，自己没听过，不敢混摘毛儿，只好连连夸好，虽然带出土音，好在把"他妈妈"留在嗓子里咧！

香奴是得好儿就收，立刻放下琵琶，站起香躯，笑嘻嘻的冲着孔生说："弹得不好，我们是才学乍练，再说轻易不动，手生骨节硬，先生多包涵点儿。你老先生若是学过，请您多指教指教！"孔生说："好，称得好！"香奴说："到底那点儿好呢？"孔生说："俺是听有响动儿就爱听，实在怎么好，俺是说不清！"公子听他们两个人对刨，不由一笑儿，说："你们不用瞎抬，酒都凉咧，快取大杯！香奴，罚你劝先生满饮三大杯！"香奴听到此处，一转身儿，从书阁上取下两个大杯来，放在二人面前，伸出纤纤玉手，把壶取在手中，满满斟上两杯，冲着孔生说："头上末下的你可得赏我个脸儿！"孔生说："你叫俺哈，俺是就哈！"说着端起酒杯来，一气饮干。香奴又斟上二盏，孔生又喝咧。再瞧公子的酒，一点儿没喝，说："老弟呀，俺这可得罚你，你打算把俺灌醉了，是什么主意呀？"公子说："小弟量浅。方才见老兄喜欢饮酒，故尔奉敬，弟不敢强陪（也怕喝醉了输事)！"此时香奴又将三盏斟满。孔生说："俺再哈下这盏也就该散咧！"公子说："此时已有三更，既然如是，香奴你也回去歇着去吧！"孔生说："劳音，受张罗，俺这谢谢！"说着起身做了个揖。香奴连说："不敢当！"此时小僮已把琵琶套在囊中。香奴说：

---

① 五音大鼓：指五音连弹，一种传统说唱艺术。此处调侃西城票友的舞台作风。

② 王玉峰：清末北京的一位盲艺人，以唱和弹弦而闻名。

"既是公子这们吩咐，我们可就告假咧！"说完轻移莲步，掀帘而去。

小僮先把琵琶送进去，然后出来，撤去酒席，一瞧桌上有满满的两大杯酒，问问二位，全说喝够了。小僮倒在壶中，端了出去，复又进来，给二位铺床放帐。孔生是又醉又困，不管公子，先和衣而卧的睡着。一觉醒来，天光大亮，公子早进里院去了。一会儿小僮出来伺候孔生梳洗。梳洗已毕，公子从里院挟出几部古文，求先生讲解。孔生尽心指教，自己也拣生疏的书用心攻读。公子是绝顶聪明，过目成诵。过了两三个月，孔生又教文法，公子笔下十分高超，比从前所做的大有规模。公子也高兴，每到五天晚间必预备一次酒，每次都把香奴叫来，有时弹唱，有时只喝哑酒。又过了一个来月，这天酒酣气热，孔生目注香奴，笑嘻嘻的要对公子有所要求。

（十二续）*1920 年 8 月 30 日*

且说孔雪笠这天晚间又同皇甫公子喝酒，喝到半酣，呆呆的看着香奴傻笑。把香奴看的有些不好意思起来，起身告假，说："今天我有些头疼，手指头上要长疖子，嗓子又哑，既不能弹又不能唱，何苦占着场面，莫如我先告假进去吧！"孔生一听，香奴又要闹票习，不好苦留（本来不是自己请来的吗），转过脸儿对着公子使眼色，意思是不让香奴走。公子看出意思，并不挽留，说："你如果不精爽，只管先去吧，我们弟兄自斟自饮也可以使得！"香奴一听，喜之不尽，收起乐器交与小僮，出门而去。

这下子把孔先生闹得好不得劲，怕是公子一错想了自己，不但酒帐头儿取销，碰巧还要在这块儿混不住，登时脸也紫咧，顺脑门子出汗（酒攻上脑袋来吗），默默无言，也不碰酒杯咧。就听公子说："香奴这个婢女乃是老父自幼豢养起来的，伺候他老人家很迎心。本来也真机伶，一时舍不得放走。老兄今年二十多岁尚未定亲，小弟并非没想到这一层，我早已夙夜替你筹画好了，必然给你说一房美丽的佳偶！"孔生一听，不但公子晓得自己的心腹事，而且人家还真给下上心了，立刻喜欢的比每月增加十两束脩还可心，说："既蒙老贤弟这样费心，但只一节，虽然说娶妻休论丑和俊，只要知三从、晓四德就是大贤人（孔生唱上《出塞》咧），究竟站在人前是体面的好。你如果做大媒，可得赶得上香奴模样儿的才好哪！"公子听到此处一笑儿，说："要照老兄这样眼光儿，可就容易迎合咧！你这真是少所见多所怪，若说香奴，并不美丽，你这就以为是好的，你也忒好□点咧！"说完哈哈大笑。孔生不便再辩白，也只好陪着一笑儿。

二人酒已尽量，仍命小僮收拾开，安歇睡觉，不提。次日还是照常用功。说书这玩艺儿是无话即短。孔生上馆是冬令下雪的天气，一幌儿半年，节交夏至，天气一天比一天炎热。这天公子对孔生说："咱这书房虽然不大十分热，究竟不如跨院花厅子里凉爽，我有心挪在花厅里或亭子里去念书，不知师兄以为何如？"孔生说："夏天是越空气多的地方儿越好，既然花园子好，咱何妨就搬过去呢！”公子说：“既然老兄认可，少时小弟督催他们收拾收拾，咱等搬过去再念书吧，今天旷一天功！”孔生点头说：“就是吧！”说完公子自去。剩下孔生一个人坐在书房，有些闷倦，一阵阵的心里发燥，自言自语的说：“俺自从就了这座学馆，不但一天功课没间断，早晚连荡街门没有出去。今天这是学生放先生，再说少时搬东西我也插不下手，莫如乘今天到村外游逛一番。”想到其间，信步出离书斋，来到外院，绕过假山石的影壁一瞧，原来关着门呢。自己步行上了台阶，打算开门，再一瞧这门从外面倒锁着呢。心中纳闷儿，敢则这们阔的皇甫太公，八成儿是查封被抵，不然就是同祸首有牵连，门既开不开，莫如我再回书房问个明白，究竟倒锁门所因何故。

（十三续） *1920* 年 *8* 月 *31* 日

且说孔雪笠来到大门一瞧，见里面上锁加闩，外面也关了挺结实，不便使力开，仍然回到书房，见皇甫公子带着小僮并几个有力气的男仆正搬运桌椅床帐。孔生笑嘻嘻的说：“老弟，俺问你一件事。俺方才打算出门游玩游玩，到了门口儿才知道大天□昼的倒锁门，这是什么缘故？莫非怕侦探把我拿获了去么（还是安福祸首）？”公子说：“非也，家君因为你我弟兄俱在年轻，未免好交朋友，如今的年程儿，朋友多是酒肉征逐，即便不荒唐留恋，彼此互相往来也旷废光阴，不如将门倒锁上，有人来到门前一看，以为小弟出外游学去了，下蹚也就不来咧。这是为□范□弟的意思，并不专为限制老兄的自由！”孔生说：“这们说，请问你家仆人出门买菜购物件还能跳墙出去吗？”公子说：“后院通厨房另有个傍门儿可以出入。我家在此侨居，无多亲友，不通庆吊，所以用不着开着大门！”孔生一听，说：“俗语说关门过日子，倒是不糙。只是一件，厨房另有门儿，岂不怕厨役偷盗米粮吗？”公子说：“我家向例是包菜，上吃下搭，连点汤水不剩，还有什么可偷的呀（比啬刻九老爷还啬刻）？”孔生一听，才知道皇甫太公是过日子的好手（搁在这个年分，就怕没人伺候）。此时仆人已将应用的物件、书籍挪到花园，公子请先生过去看了一看，孔生才晓得花园虽不甚大，树木却不少，有一座小亭子，一带长廊直通花厅。进房一看，四面有窗，糊的都是碧纱，坐下歇息歇息，十分凉爽，二次起来又往外绕着看，一遍遍从游廊绕回来。另有三间小房儿，从外倒锁着。孔生从窗眼儿爬着往里看了看，裱糊的很干净，不过多日没有人住，尘土多厚。看完，同公子又回花厅，当晚就在这花厅里间下榻。

第二天，公子依旧过来用功。天气是一天比一天的透热，孔生是两吃一睡，可惜如坐软监。这一程子，香奴也不照面咧，又有点想家。这花厅虽然凉爽，只是过于阴凉。孔生心中一团急火，这天忽然茶饭懒餐，胸前红肿起一大块来，又疼又痒，起初以为是被蚊子咬的，信手抓搔，半天儿的功夫肿成桃儿一样，疼的哼哼嗳哟。好容易睡了半夜，次日清晨，自己低头一瞧，居然有个中碗大小。公子过来一瞧，也不敢再念书求先生改课咧，不过问问想吃什么不想。孔生摇摇脑袋，公子无法，只好进里院而去。过了午后，又出来看了一遍，打发小僮送过些稀粥来。一会公子又来，劝着先生喝了半碗。到了晚间，孔生连晚饭也没吃。书说简截，公子虽同孔先生是师友名称，这分儿恭维，不亚如父兄一般，也给敷了几次药，无如疮痕红肿，敷上药毫不见效，疼的孔生饮食不进。

这天早饭后，太公拄着拐棍儿前来探病，孔生想扎起床都起不来咧。太公说："先生请便，老朽□非不罣怀，□怕先生拘泥，故此有失问候！"说着进前看了看，说："这个症候实在不轻，非有真正外科医生，恐怕不易奏效！"

（十四续）*1920*年*9*月*1*日

且说孔雪笠胸前的疮痕虽然疼的难过，心中尚还明白，听太公这们说，眼含痛泪，说："俺的老世伯，这是俺天灾病孽，合该遭罪，俺岂不知这个疙疸得请专门外科方能扎裹得好。只是离乡在外，称得是举目无亲。家中只有一位老母，即便捎封信去，也无非空着急。俺在介个地场儿，若非遇着贤父子肯周全，大概早做了异乡之鬼了。喊！呀（那位说，这两个字怎么讲呀？山东哭腔儿吗）！"太公是年高有德的人，听到此处，紧绉寿眉，也帮着叹气。公子悄默声音的对太公说："孩儿前夜睡不着觉，想起先生的清恙，若请外科庸医，恐怕越调治毒气越发往里攻，必须深明医理，内外两科都有功夫，还得有手术的明医方能奏效！"太公听到此处，点点头，说："你说的虽好，只是往那里去请呢？"公子说："孩儿已然想起一个明医来，非我娇娜妹子调治不好！孩儿昨日清晨没禀父亲，已然打发人接他去了，为何今天还不见到来？"太公一听，倒没嗔怪，说："吾儿想得虽然不差，只是你妹子在你外祖家，你外祖母不爱清静，总说游山玩景是人生第一乐趣，时常带着这些女孩子们遨游五洲三岛（比住西山北戴河还远的多）。若果在家，听说你往家中接，自然让他回来。若是跟随他们远游去了，可怕没有准家来的期限。究竟你派去的人他回来了没有呢？"公子说："连苍头也没回来，莫非道路梗塞，交通上有什么滞碍了么（那是前些日子的火车）？"太公说："此时又没电报、无线电，只好等一半天再设法啵！"父子们对谈，孔生虽然听见，也不好追问，只好忍着哼声装做睡觉。

人家父子见先生眯着，说话声音越低，孔生便更听不清咧。心中略一安定，就听院外有脚步声音，不像那个小僮，皆因脚步儿重，抬不起腿似的。掀帘进来，口中唏嘘气喘，八成儿这两天乍换金风，又要犯喘（那是我的贱恙）。孔生微然□脸一瞧，是个苍颜白发的老家人，凑到老主人身傍，说："启禀太公，咱家娇姑家来咧！并且同着松姑一齐来家的，已然下车进内宅了，要给太公行礼。老太夫人打发老奴出来回一声儿！"太公一听，说：“我那女儿果然来了，我这一程子也有些想念他哩！”说着拉起拐杖，对公子说：“你替先生请的明医，你也该当快去接待才是！”公子说：“孩儿遵命就去！”此时苍头已然打起竹帘，太公头前走，公子后面跟随。孔生也不能相送，方要扎挣抬头说“老伯恕侄无礼”，听拐杖脚步声音已然去远，也就不便再周旋了。无非心中干纳闷儿，既然他家女公子精通内外两科，为什么不挂个女医的牌子呢？八成儿是从外洋新到，还未经警厅考取呢，不然另在别处医院实习还没毕业呢！心中正在胡捣论（孔生连一套满没听提过，简直的是我捣鬼话呢），就听院中有人说话。一个是公子，一个燕语莺声，有说有笑到了门前。公子说：“我给老妹子打帘儿，谁叫是我请的哪！”孔生抬头一瞧，原来是个绝色的美女。

（十五续） *1920年9月2日*

且说孔雪笠听公子说着话儿带进一位姑娘儿来，抬头一瞧，年约在十三四岁，刚留满头，往脸上一瞧，两只水铃铛儿似的眼睛，黑白分明，透出十分的聪明（可不能说是放贼光），往下一看，细高挑儿身子，腰肢极瘦，抬手动脚儿都很灵便（不能像德寿山似的，弯着腰，迈不开步儿），穿着大肥袖儿的衣服，下面系着长裙，看不出缠足、天足（反正不能穿厚底皮靴子）。自已既坐不起来给人行礼，只好在枕上略微点点头儿。这位姑娘儿同孔生是初会，究竟是在他的家中，不好不理，也不便万福，微然一笑，也点点头儿。此时孔生立刻精神陡长，把哼哼嗳哟全部忘咧，真比打了吗啡针、上了电气匣子还精爽，抬头呆呆的看着姑娘，也不觉脖子乏了。姑娘并不说话，坐在靠窗一个小椅子上，故意扭粉颈隔帘看院中的景致。公子见此情形，连忙对姑娘说：“这位就是我的好朋友，真跟同胞亲弟兄一样，不然我也不给你胡引荐。孔大哥这病非你不能治，没别得说的，你既回来，冲着我的面子，千万好好的用心替医治医治啵！”孔生借这个话头才答上言儿，说：“姑奶奶行好啵！你有什么高着儿、洋法子，快给我治治啵！”姑娘听到此处，站起香躯，把袖子挽了挽，冲着公子一使眼色。公子会意，赶紧把小凳儿搬在床边儿一傍，又拿过一套书来，放在床沿儿上。孔生不用等公子说话，晓得这是要诊脉，连忙把左腕子放在书上。

这位姑娘坐在凳儿上，伸出纤纤玉指，掐①住寸、关、尺，按了三按，又放了三放，并没闭眼睛摇头（那成了刘高子咧）。孔生同姑娘接近一步，就觉着从他袖口儿之内一阵一阵的往外泛香味儿，这股子香味真比芝兰水还香。姑娘诊完左腕，往起一抬胳膊，冲着公子一笑儿，说：“无怪老先生得这种症候了，原来心脉已动！”孔生一听，吓的了不

---

① “掐”，原文作“掏”，据语义改。

得，心说我的心没敢挪窝儿呀（心真挪窝，那成了加割刀数凌迟罪犯咧）！他这们说，可不知他管调治不管，看公子的神情一绉眉，好像也怕妹子动拿捏①，好赶紧许愿。话还没说出来，又听姑娘儿说："心为君象，乃人一身之主，血脉不宜妄动，妄动必有险症。然而症候虽危，竭力挽救，吉人自有天相，千万不要着急。若是因急气伤心，再一变生别种恶症，再调治可就费了手咧！"孔生同公子听姑娘说完脉案，并没十分推（所为好拿马钱），刚要问说这症候应当用什么药，怎样的调治。又见姑娘指着孔生胸口说："这块疮痕近于无名肿毒，便是心脉热淤血攻上来的。若是方才发现，可用药化解内消之法。如今肤块已盈，非伐皮削肉不能奏效。俗语常说疖子必须出脓②就是这个理。既然先生约我诊治，不知先生肯忍疼受割不肯？"孔生一听，连忙答言儿，说："这是身上肉，不同土地权，你既肯割，你就快动手救命啵！"姑娘听到其间，从右手褪出一只赤金镯子，说："先生不必害怕，你闭眼吧！"孔生才知姑娘儿要硬上圈子。

（十六续）1920年9月3日

且说这位娇娜姑娘把金镯子套在孔生胸前疮口上，用力往下一按，又嘱咐说："你可得忍疼闭眼，千万不可害怕！"孔生此时口中答应，说："不怕，不怕！"有心闭眼，居然会合不上眼皮咧（眼皮子浅，被金镯子幌的），抬脖颈看了看疮口，登时缩小了底盘儿，一会儿比一会儿往起高凸，可着镯子大小尽是腐肉，好像扣着一个茶盅，不像从前像大碗似的了。姑娘用右手二指按了一按，就见一掀自己的罗衫大襟，从裙腰儿兜子中拳出一柄裁纸的刀子，锋刃极薄，不但亮而且带着电光，左手按住镯子，右手一扁玉腕，照定镯子下边就往里刺。孔生一见刀子真到咧，吓得一闭眼（方才是见钱眼开，此时胆小惜命，这路人到处多有，不必专笑话姓孔的）。自己觉着虽然肉皮儿疼，反倒松宽似的。再说这一程子昼夜都受疼，此时另换了一种疼法，反倒比前得劲（那位说，究竟怎么个疼法儿呀？我长疙疸向例只贴拔毒膏，没经过外科先生，所以说不好。您要打听滋味儿，您上病院询听去吧）。再说越怕越瞧是人之常情，孔生觉着不甚难过，便将双目微睁，弯着颈往下偷瞧，就觉胸口左边精湿淋漓，好像流出血水。人家姑娘都不怕脏衣服，自己的褥子、衣服都是人家的，还顾得心疼物件吗！翻眼皮再瞧姑娘，两手一齐用力，立刻累得香汗津津，粉面微红，比乍见面儿时节另有一种英武的姿态。

此时刀刃方入进一半儿，孔生心说，凭这点儿神情态度，真是难画难描，就盼你慢慢儿的往下杀，多耽延一会儿，我好多瞧一会儿美人狠态，有这一想，把疼痛二字早抛

---

① 拿捏：指自恃有特殊才艺而摆架子。
② "脓"，原文作"浓"，据语义改。

到九霄云外去了。虽然姑娘的刀子不同削瓜片果皮儿，究竟镯子圈口不过三寸见圆，按径一周三说，这疮口只在一寸上下，刀刃又快，里面坏透了，脓①血都比肉软，所以不到五六秒②钟的时刻，已然把这疙疸顺肉皮儿整整齐齐的给片将下来。这血水同花红脓③往四下一流，姑娘轻轻举起镯子，这块烂肉套在上面直会掉不下来。就见他站起香躯，一转身儿抓过一张绵纸，往下一甩，才把这坏疮放在纸上，就纸边儿略微擦擦镯子，将刀子同镯子放在一傍，先把烂疮包好，八成儿防备再冒坏去。又听姑娘说："快打净水，带药棉花！"公子在一傍说："有，早预备齐咧！"说着端将过来，外有一个汲水的小□桶儿，一块新白布。孔生心说，这些日子没提到这节，敢则我这师弟还学过看护呢。姑娘接过水盆儿，重新挽挽袖子，先用棉花把疮口四围搌了搌，然后提汲水器汲水，冲了几个过儿，又把割开的伤口也都洗净，用药棉花擦了一遍。冲公子一努嘴儿，公子把水盆端在一傍，替他洗镯子、擦刀去了。又见姑娘重新坐在床沿儿上，左手一按疮口，右手从香口中取出一丸子红颜色的药来，好像变戏法儿拈的□儿一样，轻轻儿向疮口外转了一遍，立刻觉着肉皮儿上汤烧火烤的一般。

（十七续） *1920 年 9 月 4 日*

且说孔雪笠见娜姑娘割下来的疖子好像树皮上长的疖子，人家哥哥用纸包上，可不知是怕下蛆有碍卫生，还是另炮制什么药，抑或送在某处当摆设去。自己前身许多脓④血，也不便坐起来瞧。心想姑娘既能动刀（不像官话），必然还有好药，也会扎裹，这要加入外国红十字会，都得算头把交椅。此时姑娘擦净血水，就从口中吐出一个药丸子来，比红色补丸略大些（孔生没进过大药房，这是我瞎猜着造的谣言），放在疮口周围转了一个圆圈儿，立刻就觉四围好肉皮儿如同火烧的一般，登时周身见了一身透汗。姑娘把药丸子跟手儿又转了个周遭儿，连疮口里面也都滚到，不但不疼，立刻有些痒痒。无如与被蚊虫咬的痒痒劲儿两经，又不敢伸手去抓，只好呲呀嘴的强忍着。自己心说，怪不得听人讲究痒痒的滋味儿比疼上难过呢（那位说，孔生听谁说的呀？我不晓得，我听疥哥哥们这们讲究，随便写在这段上咧）！此时姑娘把药丸子又按照疮口这一片儿统通的转了一个过儿，立刻不但不痒痒咧，周身的汗也都落下去了，遍体生凉，连骨髓里都是痛快的，这分儿舒服简直的都叫我没法子用笔形容咧！原文只说"遍体生凉，沁入骨髓"，您要爱研究，您就请在这八个字中揣摩吧！孔生心说，这药擦完，必是捣烂或用水研化敷

① "脓"，原文作"浓"，据语义改。
② "秒"，原文作"杪"，据语义改。
③ "脓"，原文作"浓"，据语义改。
④ 同上。

上，一定就除根儿咧。不想姑娘把这药丸子连转三遭，用手掌儿托着往自己嘴里一送，只听嗓子眼儿里咯儿个一声，小名就叫咽了底□儿咧（决不能再打犯赃）。站起香躯，从桌案上拿起小刀儿，看了看已然擦得洁净，一掀罗襟，照旧掖起来，又把镯子褪入袖口，一回头，说："得，这病好啦！"说完抹身形往外就走。

此时孔生如何还能再在床上躺着，一骨碌身子坐起来，连衣服、鞋、袜子都顾不得再穿，只穿一条单裤，站在姑娘脊梁后头做了个大揖，说："女先生慢走，俺介场儿有礼啦！"姑娘脚底下挺快，虽是裙儿衫儿的穿着，决不用人搀搀架架，一掀竹帘，已到院中。孔生的揖就叫做走到面儿后头啦，从心坎儿里不过意，不但不要药赀，而且连车马费不收，一蹚除根儿，焉有不感激人家的。于是追出院子，紧赶了两步，跪在地下就磕了个大头，说："姑娘您真是行好喽！我忘不了您的好处呕（这是孔雪笠吗？追洋车赶蛋①的花子）！"此时姑娘可不好直受，只好轻轻万福，说："先生请起，奴家不敢当。再说这是我们行道的应尽的天职。先生贵体初愈，在这光天烈日之下赤臂跣足，也有碍卫生（并非专为观瞻）！"姑娘话没说完，公子一手提着两只鞋，一手挟着一件小褂儿，追出屋子，把鞋扔在当地，用手往起搀师兄，说："既是知己弟兄，不该这样折受小妹，快些穿上鞋吧！"孔生站起来，果然觉着脚心湿热难过，脊梁也晒的很，忙着穿上鞋，披上汗褂儿，未扣钮子，低头一瞧，一点疤□没落，肉皮微黑了一块。刚要问姑娘忌什么发物，抬头再瞧，已然出了重门。

（十八续）1920年9月5日

且说孔雪笠见娇娜姑娘已然走入重门，从后影儿一瞧，活像画儿上画的美人，身材苗条，真是杨柳细腰，只是前身没有高乳，头上不是金丝发，不是碧睛，站在当院，呆呆站着。偏巧天上起了一块乌云遮着太阳，登时一个霹闪，把孔先生吓了一个冷战，又听殷殷雷声，天要降暴雨。听有人在一傍说："兄长还不快进厅中去吗？"孔生一转脸儿，才看见公子敢则还在一傍伺候着哪。自己直②着脖子只顾看人家的妹子了，把荐医生的师弟给僵在那儿咧，这一阵比方才受割的时候脸上反觉难瞧，好在公子没带怒容。又听公子说："老兄贵恙初愈，方才舍妹也嘱咐过，总是保重为是！"孔雪笠借着这个话头儿才找着调门儿，说："介位老妹子真称得有手艺！俺此时那个贱病被他这一扎裹，简直的如官如府，熨熨贴贴，一点儿病根儿都没留！"公子说："虽则病好，你没听天上打雷吗？再说病既好咧，咱兄弟们今天又该畅饮一番咧！"孔生说："老弟说得对，有话咱弟兄两

① 赶蛋：乞讨。
② "直"，原文作"值"，据语义改。

个屋中坐着说去！”说完二人同入厅房。

此时小僮已把床榻打扫干净，重新换些铺垫。公子吩咐：“快给我们预备酒饭，好与先生祛病致贺！”小僮答应，奔厨房而去。孔雪笠说：“介一程子把老弟你实在累着咧！又蒙太公老伯屡次过来探望，愚兄已觉心中不安。又多亏这位老妹子起死回生的妙手，给我医治的大病全消，叫俺这一介寒儒何以答报？”公子说：“知己弟兄，原当患难相扶，空说感谢的话反到疏远了！”孔生说：“老弟说得是，只是这位老妹子在那个地场儿学的这宗手术？老弟你怎么不跟着研究研究呢？”公子说：“医卜星相，各随性之所近。此等巫医小道，弟性不喜为，便不能有恒心，一定强学，也不能见长！”孔生说：“对，你说的正是咱家老圣人所说的‘人而无恒，不可以作巫医’的那句道理喽！可怪的是士、农、工、商四民不知改良，一定遵着工冶箕裘的老话，以至贻误多少青年子弟，实在令人可叹！”公子说：“若以农之子恒为农说，尚还可以，因农系劳动一类事，人人可以做得到。若说到箕裘陶冶各种工艺，愚拙子弟仅知承守先业，多不能善继善述，这便是大匠诲人能与人以规矩，不能使人巧的道理！”孔生听公子犯上书毒的演说，一想自己再套着说更没完咧（您就不用瞧《聊斋》咧），不如用话岔开，问问这位老妹子年纪多大、有婆家没有到不离（不离原文）。

话还没说出来，就见竹帘子一挑，小僮儿提着酒壶，有个男仆托着一块方盘跟着进来放在案上。两个人调摆桌椅，预备酒具。孔生当着人家仆人，不便再追问人家的家务，只好说：“俺还不曾给阖府道谢呢！又蒙老弟费心，咱弟兄两个不必周旋，哈，就哈，可是俺今天得先给你斟个盅儿！”公子也不必过于谦逊，弟兄对敬三杯，然后用毕饭，公子仍进里院安眠。花厅中只剩孔生一个人儿，躺在床上，闭眼就想起娇娜姑娘儿来，从此外患虽轻，内伤愈重。

（十九续） *1920*年*9*月*6*日

昨天的书，说到孔生与公子谈话，在下信笔夹杂上几句《论语》，原文中虽没有，可是与人有益的好话。不信您瞧，这个“恒”字，《易经》是个吉卦。一部《论语》屡次论“恒”，开篇《时习》即是“恒”字的注脚，迨至篇中《述而》又说“善人吾不得而见之矣，得见有恒者斯可矣”，足征“恒”之一字不易当之。我们这分小报接办七八年，涨起来没有大落过，别家我可不敢说，若说准怎么好，这门《聊斋》怎么出奇，那全是自夸其得。据我追思，就是一个没换人，不改门类，比之今天增添小说，明天又加一门科学，后天又添词曲，令阅者眼光无定，才有忽起忽落之势，这种病，就坏在一个不恒喽！闲话打住，还得接着说书。《聊斋》上的孔生，这个人从始至终一看，虽无特长，只有一个“恒”字算是做到极处。不信您想，初遇公子，在下雪月分，得病已是溽暑①，半年之久，才知道皇甫宅是倒锁门，这分儿纯工夫实在难得，故皇甫父子方敢以身命相托，这是后文书，暂且言讲不着。

但说孔生一个人睡在花厅，回想娇娜容辉，恨不能与他成为百年之好，方才趁愿，可不是为贪图再得疮疡有自家便宜外科，皆因人家真生得有人缘儿。再说前番因香奴侑酒，公子也曾许过给自己谋一佳偶，如今他不提了，莫非意在此人。当初上馆是对说对讲，这路事不好自己启齿，那不香奴能来呢，也可以探个话口儿呀。想到其间，心中别提多难过了。

次日公子照常过来上课，孔雪笠从前恐怕公子学问锐进，把自己比下去，所以永久是书本子不离手。这天公子念古文，孔生坐在一傍闭目合睛的冲盹儿。公子以为是大病初愈，精神不曾复元，所以没心思（倒不是欠两口烟），也不好问。过了几天，孔先生每天净呆坐着，有时长吁短叹，真比我们老旗人愁钱粮米还愁的烈害（那位说，那是怎么个原故呀？您想月饷、俸档、米册按期行文财政部，该部总应着“俟有款项，再行发放”，这是没说不给的事）。孔生想娇娜，是人家没有口话儿，但只自己一方面想想着合心，其愁思自然甚于钱粮。

一幌儿几天，公子做的课卷孔先生也顾不得细批评讲解，草草的稍加圈点。公子看出先生是有了心病，大略一猜，已然猜透他的心事，是被外科女医迷住了，这路病更得乘早儿替他医治，医治心病，自得用心药，真材料办不到，只可用话先开导着他喽。

这天公子又见师兄冲盹儿出神儿，说：“老兄，不要这样没精神。弟有件喜信儿告述你。前次小弟不是亲口许过，说替你物色一个美貌的佳人做为夫妇吗？这一程子，我好容易替你操持的有几成咧，不知兄台肯俯就否？”孔生一听这话，恰中心病，起心中高起兴来，只是不能问“莫非就是你妹子么”，只好说：“承老弟美意，怜我无家，但不知是谁家之女？”公子说：“不是外人，也是小弟的眷属，如果事成，咱们也算表亲了！”孔生一听不是娇娜，不由好生为难。

（二十续）*1920年9月7日*

且说孔雪笠听公子说要给自己说媳妇儿，别提多可心咧（大概不用自己养活，而且管娶管聘），赶紧一追问，才知不是娇娜，另是他一家亲戚，起心里好不痛快，又不好细打听姑娘年纪多大，模样儿生的如何，但凡要好，为什么单给我这远方孤身客儿呢？必是本处没主儿要的赖货。心中这一辗转寻思，立刻一句话没有，呆呆的看着公子，为难了许久的功夫，说：“既是令亲家的闺媛，也就可以不必啦！”公子一听，很是纳闷儿。

① 溽暑：夏天潮湿而闷热的天气。

心说，怪呀！你从前看见我们家香奴都想给做家小，如何这样好姑娘你又不要呢？八成儿因为这两天米粮涨价的缘故吧（那是我们街坊那位孔先生）？人家师兄既推托了，又不好追问，也默默无言看着孔生。孔爷一想，莫如我借着吟诗，索兴把心腹事表明，大约成败在此一举了。想到其间，掉转脸儿，冲着墙，拉着细长的声儿念诵了两句，是“曾经沧海难为水，除却巫山不是云”。心想公子要问这两句怎么讲，自己就好把《西厢记》张珙看见崔莺莺那段故事，从头至尾的说一个过儿，大略他就晓得我的心腹事咧。谁想皇甫公子听见这两句诗并不细问，已明白孔先生所指的沧海巫山是自己的妹子娇娜了。按这两句诗，原不仅见于《西厢记》，在下也不必细批，原是《会真记》唐元稹妻韦氏有才思，可惜死的早，元稹作遣悲怀诗中的句子，言其人若见过上高的，便不再羡慕次等的了。咱这不过大略一表，您打算听《聊斋》带饶《西厢》，您听世殿成去，我不会带摹仿神情。

闲话靠后，但说公子听完诗句，说：“老兄不必同我背唐诗，你的意思，我这一程子也看出来咧。你是不晓得我家中的家务事。要以尊驾这个人说，我的家君是钦佩的狠的（要念苏白），仰慕鸿才，常想咱两家做上一门至亲。无如我只有一个小妹，今年年岁太小，养活的有些娇纵，我母也舍不得给外省人。现有我姨家这位表姊名唤阿松，今年十七岁，正是标梅待嫁之年。我姨家人口少，把女儿之事前曾推嘱于我的父母，故此家父才想起兄长来，嘱小弟便中提说提说。凭小弟这个为人，兄长还有什么不放心吗？你要是怕模样丑陋，我告述你放心的话，生得颇有几分姿色。你如果不信我的话，我这位表姊现在我家住着呢，没事的时候儿总要过这花园子来散步游行。皆因晓得咱弟兄在花厅中用功，不敢往这后边来。今天晚饭后，你悄悄儿的溜到前边那间小屋儿里一蹲，听见有人走道儿，你揭破窗纸偷眼儿瞧瞧，你就放了心咧！”

孔雪笠听到此处，站起来深深的给公子做了个揖，说：“介可似你给俺出的主意呀，俺先谢谢你咧！只是俺若吃毕饭，人家姑娘恐怕早回去了，俺也不饥困呢。莫若晚着点儿得（念歹）饭，俺就过去候着，这路事应当俺早去伺候！”说着拉着公子出花厅，顺穿廊直奔那间小房儿。到了门前，公子一跺脚，可不知是何原故。

（二十一续） *1920* 年 *9* 月 *8* 日

且说皇甫公子同定孔雪笠到了这所小房子的门前，刚要推门，一瞧上面锁着呢，故此跺脚着急。这并非我故作惊人笔，皆因来的时候儿并没想到孔先生真要偷相。及至说到“如不见信”，这才指引这个地方儿，所为证实自己之言。即便孔先生果然偷瞧，或定个日期，或换个时候儿，公子早派下人把这屋先给收拾好啦。谁想孔先生急战斋①，立刻

① 急战斋：此处指要求很快实现。

拉着自已而来，到了才看见有锁。再说这间房的钥匙不定在那儿放着，在谁手里存着呢，找不着投簧的钥匙真就开不开。倘或阿松姐姐溜达到此，彼此对了面儿，这事倒有些难办咧，还怎么两头儿挤花销呀（这是皇甫公子说媒吗？姓黄的跑房纤哪）？彼此都有些拘泥害羞。想到此处，故尔跺脚。书说简截，这还简截哪，您听什么话呢？我要再让皇甫公子一找不着合式钥匙，撒开了一路用砖砸，连迷眼睛带掩手，到开门就算一回，那才是诚心磨烦哪。还是那句话，怎么说也是一样写字，故此咱把找钥匙免去。

但说公子一见上着锁，忙着要回去找钥匙。孔先生说："老弟，你不必费这个事，你递给俺一根柳条儿，撅得长短合式，往锁门儿里一转，再用鞋底子一拍打，锁簧被柳枝儿缠住，自然就开开咧！"公子一听，说："这种解锁法，小弟可没试验过。我只好为长者折枝，姑且试试，如果不行，还是我得找钥匙去！"孔生说："你就别加《四书》句儿咧，赶快与俺撅起活儿来（不像师兄的官话）！"皇甫公子顺穿廊下了台阶儿，找了一棵垂荫柳，撅折三四条儿，用手拿着，笑嘻嘻的跑到先生面前，说："长短粗细老兄拣合式的用吧（那位说，更不像师弟对师兄说的。皆因心忙，落下'拣锁门儿合式的用'，您听着就有些岔耳，不怎么张口说话处处得留神呢）！"孔先生接过柳枝儿，先用手抻了抻，拣活条结实的撅了一截，就在三寸多长，放在门牙上咬一遍，然后凑近锁头跟前，从嘴里取出柳枝。一瞧是工字锁门，把柳枝先用手指头绕成一个圆圈儿，轻轻儿捻进去。又另撅了一条儿也放在锁门儿里面，转了两三个过儿，又往地上啐了两口吐沫（那位说，这是做什么呀？您别忘了柳汁儿是苦的呀）。又抬起胳膊来，用手拈着锁头摇幌了几下子，这才二返撒手，脱下一只鞋来，右手拈住锁头，左手使足劲头儿在锁门儿上往下一铳，嘴里没嚷"开"（那是楞米三①开石头），只听哗啦的一声，这锁簧直褪出好些个来。孔先生把鞋撒手，用脚找着蹬上，这才用手一撤，轻轻儿的把锁簧抽出来，顾不得开搭掉儿，先把柳条儿从簧上摘下来递给公子，说："老弟，你放在一个地场儿，少时完事好照旧锁上。"皇甫公子一面接锁，一面说："罢了，还是出圣人的地方儿人聪明，难为老兄，你怎么研究出来的？"孔先生一笑儿，说："俺多早晚学过介档子，常听唱唱儿的说，柳条儿打开三簧锁，俺要不替这们圆全，谁都说编曲儿的不讲理！"说着打开搭掉，推门进屋，可不知能否得见佳人。

（二十二续）1920年9月9日

昨天的书，原打算不说开门琐事，谁想我信笔一聊，仍然把孔生偷相媳妇儿的事给支了一天。我这可并不同各宗款项，支一天是一天，皆因说小说是话理套话的一种玩艺

① 楞米三：民国初年北京天桥艺人，以用臂断石而闻名。

儿。我一天说一段，忙着赶完，莫非算我舍得扬吗？只要事在情理之内，又是书中应有的事故，就可以铺张着说说。所难的是在不贫不厌，不使陈套子，就能令人爱看。在下不是自夸，这路说法从前得属哈辅源①、马凤芸②，后来只有一位双厚坪，可惜带相声派。因为若不把假事当做真事，设身处地的研究出来，决不能像真事。那位不信，您就自己拿笔也学一段，就晓得我比说本文的故事费心思咧。闲话打住，还是说《聊斋》。

且说孔雪笠进了小屋儿一瞧，靠墙堆积着些个破桌子、烂板凳、铜炉、炭盆之类，上面尘土多厚。自己掇过一条板凳，吹了吹浮土，放在靠窗根儿，说："老弟，你不必在这个场儿跟着俺受热，你上里院用晚饭去吧！"公子说："只是屈尊老兄，恕我少陪咧！"说完抹头要走。孔雪笠说："老弟，你还得把门从外面倒带上，照旧卡上锁。"公子说："那可不行，回头我得现找钥匙！"孔生说："你虚搭上呀！可是这们说，倘若人家姑娘不高兴逛花园儿，到黑了天，你可千万想着来开门，不然俺就成了牢固监禁的囚犯咧！"公子点头出门，照从前假锁上，这才顺穿廊直奔里院而去，暂且言讲不着。

再说孔雪笠这一程子住在花厅儿还不断出汗，今天坐在这个小房子儿里，抬头一瞧，窗纸漆黑，地上潮湿，恰巧又是夕阳斜照的时候儿，太阳热度满在屋里蒸着，又不知道人家逛主儿准到不准到，急得嗐声叹气，自言自语的说："他若是肯来，便早身离贵宅，他若是不来，似石沉大海（那位说，怎么背上《西厢》咧？还是那两句诗的老碴儿吗）！俺为看媳妇，今天可遭了大罪了，喊！"自己一想，我这是偷瞧，若是被人听见，还肯往这里来吗。想到其间，只好是屏气息声，坐在凳子上，连大声儿咳嗽都不敢啦。正在这个功夫，听远远有人笑语之声。自己心说，罢了，实在有缘，连忙把窗纸撕了一块，往外一瞧，就见从东屏门走出两个女子，太阳在西面，正恍人家脸，都用纨扇遮着，一前一后下了台阶，直奔正西，走到院中，放下扇子。孔生正看傍影儿，前边的身量微高一点儿，后面的瘦些儿，身量稍矮点儿正是娇娜。孔生心说，不用问，这一定是那位高明外科的妹子给同来咧，可惜怎么不往南边儿走，奔正西可有什么看头儿。两个人站在当院往北一转身儿，孔生正瞧后影儿，自己一急，说："嗐，你怎么不回过脸儿来（还是那一套上的）？"就见人家姊妹两个信着步儿，说说笑笑上了花厅台阶儿。此处距离更远，看不清模样儿，论身材是一样的苗条，自己心说，不离，师弟儿不冤我。正然想念，两个人下了台阶，往这边儿走来。孔生一瞧娇娜落了后，这位高些的画黛湾蛾，莲钩蹴凤，果是一位绝色的丽人。

---

① 哈辅源：清末民初著名的说书艺人，专说《永庆升平》。

② 马凤芸：清末民初著名的说书艺人。

（二十三续） 1920年9月10日

且说孔雪笠原是坐在小房子儿的板凳上，及至人家妞子有了响动儿，立刻坐不安、站不稳，恨不能爬在板凳上，拿起把大顶来。那位说，你瞧见了吗？我蹭听坤角戏，真见过这种现像。那还是人家有准主儿的人，自己又万巴结不上。如今孔生是自己一方没承认，如今看清楚了，您想乐何如之，可惜不敢叫好儿鼓掌。此时两位美人越走越近，正往南走。孔生一瞧阿松这两道眉毛真是漆黑乌亮，细而且长，虽不能看明白是用什么打的，反正要是短粗儿，那只好画个三角儿吧。人家的两道眉称得起眉儿湾湾如新月喽，有这两道画眉一衬合，别说还有脑袋（没脑袋怎么活着呀），有好脑袋，又加上有这们两道好眉毛，不寒不散，细而且长，配上芙蓉粉面，越显出红、白、黑三色分明（身上的肉皮儿大概还是黄的，不过是显不出来）。又顺着下巴颏儿往下一钉，是两只小金莲儿，在裙边微露着一半儿，端端正正，俏俏生生，甚可怜，穿的是里高底儿的小鞋子，前头一个尖儿，后头一个塞儿（垫着的那点儿杉木），鞋尖儿上扎着许多花儿，看不清花朵颜色，沿的是什么边儿（那位说，这是那出吗？石玉昆①大战瞽人词），这两只小脚儿真是好看，可惜不知道准有几个脚指头着地儿。

此时娇娜用手一指柳梢儿，悄默声儿的说了一句话，自己在屋中听不清楚。就见这位姑娘儿一抬头，自然微一□身儿。娇娜说："哟，姐姐，你留神脚底下的凤仙花都被你□折啦，我们可怎么配白凤丸哪（这叫三句话不离本行）！"再说原文是"莲钩蹴凤"，我怕"凤"字号儿的挑眼，又不能不说，这们一讲，免得人家不愿意。就见阿松姑娘一低头，笑嘻嘻的说："好个丫头片子，又扎针又治外科，再配丸药卖钱，这财不够你发的咧！将来出了阁，倒不是迟累丈夫的笨货！"娇娜推了他一把，说："你要看着便宜，你何妨开个药房请我主方去呢！"人家姊妹二人闹着玩儿，孔生顾不得细听（怕托讲常年告白），乘着这个当口儿，直着脖子，瞪圆了一只眼（那位说，怎么孔先生单□吗？那一只被窗纸挡着，孔生赌气子闭结实了，故此说一只），放加两倍大的眼光儿这们一瞧人家姑娘。从头看到脚，风流往下跑，从脚看到头，风流往上流，足足盘了四五个来回儿（要是拉人力车，除车分儿能剩几块）。打扮的不时不古，脸上一派沉重，不像娇娜有些孩子气，但讲模样儿，与娇娜比起来，分言之各称绝色，合言之可谓双美，共相伯仲，不能定出优劣来。娇娜还往南走，阿松说："你回来吧，你看那边儿的苍苔阴滑，乍落太阳的时候暑气是烈害的，咱们也该回去喝茶洗脸去咧！"说着抹身形往东而去，娇娜也随着追去，嘴里说："站站儿吧，姐姐，我的裤带儿开咧！"说完，把纨扇递给阿松，低头裹了

① 石玉昆：清朝道光、咸丰年间的说唱演员。

裹，照原路同进屏门而去。孔生在屋里差点儿没喊出“他妈妈的好家伙”来，此时心中大悦，只是闷①的有些头疼，净盼师弟快来开门，好托他做这大媒。

（二十四续） *1920* 年 *9* 月 *11* 日

且说孔雪笠见美人走后，自己腰也酸啦，腿也疼啦。再说这小屋子儿又闷②又热，只好把板凳放在屋子当地，净等师弟来给开门。太阳一落，屋中有了黑影儿，虫子抱着脑袋直咬。自己心说，怎么我这师弟把我忘了吗？又耗了约有半顿饭的功夫，才听见院子有人脚步声音。孔生又不敢叫，好容易听走到门前，这才悄默声音的说：“老弟呀，你赶快把我放出来吧！”就听公子在门外答言儿，说：“老师兄，我只当你已经回转花厅儿去了呢，怎么你还在这屋等什么呢？”说着卸锁，打开搿掉儿，开了门。孔生出来，说：“老弟，你不来给俺开门，莫非让俺走窗户吗？”公子说：“我在里院伺候家君安寝，心想你既有解锁法，难道不会从里面解吗？”孔生说：“那回原是朦事，在屋里隔门缝可办不到！”说着用大褂袖子一面擦汗往院子跑，到了方才两位姑娘站的地方儿，低头看看脚印儿，果然绿苔上比方才添了许多圆点儿。心说人家孩子一步一个脚印儿，走到那儿也得有人做情，又闭眼寻思阿松的神情姿态（这叫影儿迷③）。此时公子胡乱把小房儿锁好，也赶了过来，说：“老兄，小弟的话不假吧？没冤你吧？”孔生深深的做了个大揖，说：“贤弟，你实实在在的是俺的好朋友，俺真服气你咧！既然你能管，就请你替俺成全成全吧！”公子说：“有什么话，咱弟兄上花厅儿说去。再说你老兄不是还没用晚饭哪吗！”孔生说：“俺望见佳人把饥饿都忘咧，这就似古人说的秀色可餐吗！你要不提醒儿，俺几乎忘了这件事（我上次既说没吃饭，我可不能给忘下）！那们你叫书僮不拘什么现成的，给弄点子得了，就算完事。厨房封了火，凉饭也是好的哟（媳妇儿还没到手呢，就巴结就剩饭，小山东儿真急劲儿）！”公子哈哈大笑，说：“有话还是进屋再细说吧！”说着二人进了花厅。

小僮正在房中预备灯烛，见主人同着先生进来，忙问是先切茶、倒西瓜好，先铺脸水、打被褥枕头好？公子说：“你这是怎么说话哪？”小僮儿说：“我见天不早咧，忙得把话都搀了堆咧！”公子说：“先生的晚饭还没开，你莫非不晓得么？”孔生说：“俺到不饥困，你沏些脸水、打些茶，也到不糙，俺弟兄们哈完脸水，洗着茶，再张罗饭也好！”书僮儿说：“我方才把话说颠倒了，怎么你老先生也跟我学呀？”孔生说：“俺是热心（为媳妇热心）热过火，才同你似的，这叫一误再误！”

---

① “闷”，原文作“焖”，据语义改。

② 同上。

③ 影儿迷：作者在《香玉》篇中解释说，心中回味迷恋对象的情形称“影儿迷”。

小僮儿笑嘻嘻的跑了进去，一会儿先把茶水预备出来，然后又进去端出半锅荷叶粥、荷叶蒸饼等类，放在桌上。孔生对小僮说："你歇着去吧，容俺得完了，再叫你过来端！"公子说："你快走开吧，先生今天所说什么不像什么了，八成儿是受了热咧（我可是因关了旗饷急的）！"书僮走开，孔生擦了把脸，喝了一杯茶，又托公子为媒。公子一笑儿，说："这路事，都是问妥了男家，然后才对女家去提。小弟与家君虽有此意，皆因未得先生同意，故未向姨家去说。老兄既然认可，只好您明天听信。"

（二十五续）1920年9月12日

且说孔雪笠自从看见阿松，恨不能立刻到手，央求公子快快给说成。公子一笑儿，说："老兄，你不可性急，说亲不同纳妾，纳妾讲得是朝种树晚乘凉，说亲讲三媒六证。两家家长都听着合式，然后彼此换门户帖儿，各托有交情的亲友打听，打听的都合式，这才换八字帖儿，两家各供在灶王板儿压三天，然后才找合婚的给合。分上中下三等，若在中上又要大相不犯，方算合得上；若是五鬼绝命，无论男女年貌怎么相当，也得做为罢论；若合得天医福德，虽名为上等，还得讲内三堂、外三堂①。既然合上了，这再定日期相看。男家要请至近的亲友，左不是七姨、八老老、六舅母，那位一说姑娘怎么不好，立刻就许散咧。幸尔亲友都不破坏，这才算定局。也有当时放个小定儿，过些日子另请全福堂客给放大定的，然后再请行嫁月。前三月通信，有了月分，媒人又得到女家问上半月、下半月，女家告明准半月的月规，这再找命馆高明先生选择黄道吉日，讲阴阳不将天恩上吉之日，这才算是准了。如今你这一方面是一个人，虽然省手续，我的姨家也没这些猫儿溺，姑娘又在我家住着，也不能我立刻进去就办成了，反正你老哥哥过日听信！"

孔先生听公子这套，直摇脑袋，说："说个媳妇这们费事，无怪自由结婚的多咧！咱弟兄两个这们办，早成也在你，晚成也在你，反正俺是光身一个人，要什么没什么！"公子说："这节你老兄不必多交待，家严既是肯为，全在我父子身上，管保你干出人儿做新郎，你想好不好？"孔先生连忙做揖道谢。此时天已半夜，公子仍进内宅。孔生住在花厅，十分高兴，一夜无词。次日公子过来照旧用功，并没提到婚姻一事，孔先生也不好催。

又过了两天，这天公子从里院出来，先给师兄做揖道贺，说："老兄大喜咧！前天我家打发人向我姨母家去说亲事，我姨母早将表姊托嘱过家君，说明□相看不用，就在我家替聘！"孔雪笠一听，说："虽然省事，只是往那儿娶呀？没别的，老弟还得求你替找

① 内三堂、外三堂：内三堂指祖父母、父母、兄弟姊妹；外三堂指外祖父母、舅父、姨母等亲人。

一两间房子！”公子一笑儿，说：“何用别处另寻房子，这大厅东院另有一所单院儿，三间大房，从里外院都通着，可以过得去。只是没人住，明天派人打扫出来，再略为裱糊，就可以做为洞房。咱既都在一个大门里头，家慈同我姨母说妥，简直的连轿子不用雇。唤一分鼓手，预备几桌酒席，把正厅做为礼堂。到了吉时，派几名仆妇丫鬟搀扶新人，过去交拜天地与两家祖先，然后坐帐合卺，次日会亲也在我家，老兄你想这样办简截不简截？”孔生说：“前天你一提说亲这套，直要把我急死。如今说简截，就真马力快。罢了，俺管么话不说咧，只好心感而已。但只一节，咱弟兄两个，从前你是俺的师弟，如今你可成了俺小舅子的咧！”公子心说，这倒不错，花钱受累，巴结上了一个内亲，可又不能不承认，说：“彼此是亲戚就是了！”说话过了几天，已到吉日良辰。

（二十六续）*1920年9月13日*

且说孔雪笠好容易这天盼到吉日良辰。从头天，公子就由里院给先生预备出来合体的礼服，连里面小衣服、鞋袜都是没上过身儿的。次早清晨，又派小僮预备香汤沐浴净身体，请孔生全都换好，从花厅屏门穿正房前院，绕到东院重门之外。孔生抬头一瞧，悬灯结绿，进了重门，早有皇甫宅的仆人各各也都是崭新的衣帽，垂手侍立。公子将师兄引进院中，见当院地上满铺棕毯，三间大厅挂着红绿彩绸，堂帘高挑，廊檐下也挂着各种细巧宫灯。孔生刚上台阶，早见皇甫太公笑嘻嘻的拄①着龙头拐，也换了一身礼服，迎接出来。孔生一瞧，赶紧抢行了一步，深施一礼，说：“蒙老伯代备一切，晚生心感无涯，又劳迎接，愧不敢当！”太公说：“老朽与先生同是侨居此地，诸所简略，又无许多亲友代为操持。老朽上了几岁年纪，小儿不懂礼节，先生希恕！”孔生连说“不敢”，这才让进中堂。

孔生见地上已铺好毡毯，连忙请太公正座，自己叩谢做媒的恩德。太公说：“老朽承令岳母委托，代为主婚，咱彼此又是夙好，只行常礼就是！”孔生说：“那可不能！容小侄先拜谢大媒之后，然后再论新亲。你老人家是长亲，又是署缺②的老丈人，俺得行三次礼才是。俺穷秀才没别的孝敬老丈人的，随身口物儿直磕一天的头也是应当的呀（那成了丧种咧）！”太公极力相拦，孔生才磕了两分头，一分谢媒，一分做为认丈人同道乏代娶的厚仪。行毕礼，又请公子将皇甫太夫人并岳母请出来，行了拜谒礼。又同公子彼此对行了礼，女眷等仍回正院后堂，太公命仆人大摆筵宴。没有别位亲友，只好请新郎正席，太公主席，仍是公子打横儿，同吃上馆饭那次一样。那位说，你这书何必这样磨烦

---

① “拄”，原文作“挂”，据语义改。

② 署缺：本官出缺，由他官暂代其职。

呀？你看《红楼梦》一部书，说一次用饭就得好几篇，所为形容世家的派头儿。这点儿书，若要按那们说，更得几篇咧！皆因原文是“为生成礼”，皇甫宅既是富家，富而好礼，又说礼仪出于便家，要真让孔雪笠与阿松跑到一间破场院房子里成为夫妇，皇甫父子还怎么对得过老少两辈内亲呀！故此大略一表，赶紧再接着原文敬献。

闲话打住，少时酒足饭饱，天色已然过午，太公进了内宅，仍是孔生与公子闲谈，今天不便再谈文字。若按理说，彼此应有几首催妆诗，原文既没有，我也不必替人做枪手，只好说闲谈。到了日色平西，是合巹吉时，吩咐奏起鼓乐，又有全福女仆从正院将新娘子搀扶出来。太公做为寿星代傧相一赞礼，公子做为伴郎伺候孔生，新娘子有女仆代老蛮，皇甫太夫人扶持一切，行了对拜礼，将新夫妻搀入洞房。揭去盖头，孔生一瞧，新娘子体态端庄、宜男之相，此时听院中鼓乐喧阗，把房上的尘土都震得的乱落，几乎迷了孔生的眼睛（这句原文所为形容是没人住的老房儿）。坐帐交杯已毕，诸人退去，孔生一瞧，真是“望中仙人，忽同衾幄，遂疑广寒宫殿未必在云霄矣”。小山东儿此时好像上了天的快乐。

（二十七续）*1920* 年 *9* 月 *14* 日

昨天末行书，说到孔雪笠忽然得了这样一位美貌的夫人儿，是意想不到俏事，所以原文无法形容，只好用“遂疑广寒宫殿未必在云霄矣”。这广寒宫就是月宫，要细批这个典故，简直的比《聊斋》还聊得没边儿。况且与孔生这段书无关系，莫如欠说这个典故，您就当孔山东儿自觉钻进月宫里似的一般，可是把嫦娥架弄到手咧，不是在月宫里卖细老米哪！

闲话少说，但说孔雪笠与阿松娘子是郎才女貌，彼此称心如意。过了一夜，次日皇甫公子过来重新见礼，仍是各亲各论，管着孔生仍称师兄，唤阿松为表姊。孔生谢了成全美事之恩，又致谢赠妆奁之惠，又问说：“这些鼓乐都是那里来的?”公子说：“这些人全是我家的仆人，昨天已然赏了他们喜钱咧，师兄不劳罣怀!”孔生一听，越发感激之至，想着难为皇甫父子想得实在周到。夫妻就在新房用毕早饭，阿松带着丈夫进蹚里院，拜见太公、太夫人并自己母亲一次。孔生一一行礼，把两位老太太喜欢的了不得。孔生又要见娇娜。公子说：“小妹今天被舍亲约去治证候去了!”孔生一听，说：“既然令妹出马，将来我遇着亲友，必替举荐!”公子说：“这倒不必，小妹出马是自己行道，与搂局卖档不同（同小妾出马拜客更是两路），专医治有缘女眷，男子向不调治!”孔生说：“既是如此，俺就不必张罗送匾咧（到没提登告白，谁让孔生没赶上哪）!”说完彼此一笑儿。孔生不便久坐，告辞出来，仍奔花厅。

阿松白昼在里院与姨母、母亲、娜姑在一处，晚间自回东院陪伴孔郎。孔生原先就不出门，这一娶媳妇，索兴连二门都不到咧。只因皇甫父子待自己的恩德甚厚，没别的酬报，只好尽心教授，又搭着公子天资颖悟，又学了三两个月，孔先生所会的，公子无不精通。天气渐凉，又搬回书斋，一幌儿到了中秋节，皇甫宅中都饮团圆家宴，孔生与阿松自是分在东院，将岳母接在一处饮宴。酒席中间，孔生忽动思家之念，想起老母，偷滴几点眼泪。阿松虽然看见，也不好解劝，闹了个不欢而散。次日阿松的母亲告别回家。

又过了两天，这天晚半天，公子对孔生说："今夕小弟备有小酌，与兄长畅饮一番，并有要事相商！"孔生一听，说："有话老弟只管说，何必先摆酒呢！"公子说："既然如此，小弟只好实说了。自蒙你老兄指点文法，尽心讲解，称得是如切如磋、如琢如磨。弟资格愚鲁，有如一块顽石。现虽不敢自居是古文家大手，总算略知门径了。老兄这番恩德，小弟时常感念，终身不敢有忘。前次与家君商议，本打算将师伯母接来，使老兄母子有天伦之乐。这话还不曾对先生提说，谁想前天单宅打发人来，言说他家公子与人涉讼，现已了结，大略将别处产业出脱，仍要移回此宅居住，嘱咐我家急速给他誊房。家君又因年迈，思乡念切，打算弃去此地，仍回西安原籍，你我弟兄不久便要分离了！"孔生说："老弟不便如此，何妨你我一同西行！"

（二十八续） 1920年9月15日

且说皇甫公子与孔先生说到要别离的话，脸上露出一种凄惨神情，好像要哭似的。孔雪笠一听，连忙摆手，说："这件事，老弟你不必为难，你割舍不得俺，俺也舍不得你。咱这们办，你走到那个地场儿，俺夫妻们也跟随你上那个地场儿。今天我写一封家信，捎回家去，先告明老娘放心，俟等咱有了准住址能接，把他老人家接在一堆儿。如其不行，好在家中尚有几亩田地，俺本家本族的人是多的，可以照料俺的家务，老母亦不至冻饿。俺若是带着你姨姊在这个地方儿住闲，可怕混不了。若说将他带回俺山东家，一则怕他不悦意，二则到咱老家只好仍以教穷学为生，连累母亲、妻子都跟俺遭罪，愚兄于心何忍！"公子一听，说："老兄此言差矣！古人说梁园虽好，不是久恋之家。姑无论我兄家中尚有伯母在堂，不可久疏定省。即便仅剩孤身一人，田产坟茔都是祖遗的，也当然亲自照管。至于说随我全家回到西安，再迎接老伯母的话，更是不妙的一件事。山东离陕西相隔好几千的旱路，上了年纪的人，如何禁得起那种风霜之苦。况且老兄到了陕西，依然依人做计，有何发迹之日。据小弟看，你老兄将来还是宦途中人，若从我至陕西冒籍报考，是很费周折的，总以还乡里的为是！"孔雪笠听公子这番议论正大，不能驳人家。再说谁要出外做客，都愿意隔三二年回家看一看。只是如今浑身衣服都是人家送的，携眷回家盘缠是要多花的，一个老钱没有，怎好再跟人说，若是折变阿松的嫁妆，既是人家给的，在人家门儿里拍卖，未免说不下去。虽然同公子又亲又友，奈因这些真话实在说不出口来，所以干着急，绉着眉头子嗐声叹气。

公子是聪明绝顶的人，早已看出师兄是为难路费的意思，连忙解劝，说："老兄不必愁缺少路费，小弟亲身送你们登程！"孔生一听，路费既然不用，可就省事多啦，连忙说："蒙老弟这样费心，况且你家也忙着迁移，只要你能给俺夫妻二人写辆长车，或雇一只搭船，我们就能自行回乡，何必劳老弟亲身相送？"公子说："这水旱路行程又迟慢，人又受苦，小弟另有妙计，不用车船，当日可到！"孔生说："莫非你会土遁么？"皇甫公子说："小弟幼得异人传授，有飞行之术，能驾风驭云！"孔雪笠说："老弟你从前为何不对俺提说提说？俺要早晓得你有这样能为，告你个发财的秘诀。你到北京交民巷日本兵营，把徐、段①拉起来一使风，送交卫戍司令部，管保比中彩票还准成哪（这是孔雪笠说的吗？我穷疯了做梦哪）！只是不知几时可走？"公子说："既然说明，不必再定日期。我表姐已然知晓此事，少时你们夫妻们收拾收拾就可启程！"说话中间，就听院中有拐杖声音，脚步儿很杂乱。公子忙启帘栊，太公在前，阿松在后，小僮儿跟着，两手掇着一个金漆木盘，下面铺着包袱，上面摆着黄澄澄②、耀眼增光十个金锭。

（二十九续）1920年9月16日

且说孔雪笠见皇甫太公带着阿松进了花厅，小僮儿后面跟随，双手掇着一个朱漆方盘，里面铺着锦袱，上面放着黄澄澄③、金煌煌十个大赤十足的金元宝（那位说，你这个贫劲儿的。实不相瞒，我别说没使过，连蹲在鲜鱼口儿④里看看成色都没那们大的命，所以说上带劲）。孔雪笠心说，这要是送俺们夫妻的，这注财可真不小，不好遽问，先给太公深深做了个揖，说："参见老丈人，老岳父，老泰山！"一想怕太公不爱听，把金锭减成折给，连忙改嘴，说："老岳伯父，简直的好你个老丈人咧（更不像话咧，真正是被金子支使的）！"老头儿答以半礼，说："老朽匆忙迁移，谅小儿已对先生说明了吧？"孔生说："是，只是道路遥远些儿，将来俺夫妻们去探望长亲去，可实在费了事啦！"太公说："人生聚散无常，后会自有定期。现在老朽备有前存的黄金百金，赠与先生，难做经年的束脩，只算为你夫妻做个回乡安家之费便了！"孔生一听，这金子真是给自己的，喜欢的更不知怎么好咧！说："这们说起来，老丈人你称得是好勾调金子的咧！这必似从正金行里新提出来的吧（康熙年间，浙省有个正金杂货行，同皇甫宅交买卖，不然孔生不会说

① 徐、段：这里指民国时期被通缉的安福党人徐树铮、段芝贵。
② "黄澄澄"，原文作"黄登登"，据语义改。
③ 同上。
④ 鲜鱼口儿：旧时北京前门外一胡同名。

这句)？既是老丈人赏赐俺，《礼记》有云‘长者赐，少者贱者不敢辞’，没别的，俺先给你老人家磕三个头道谢，再给磕三个头做为拜别辞行，然后烦劳老丈人把俺夫妻带进后厅，再给姨岳母并俺老泰水行礼去!”说着不等找拜垫，跪在当地就磕了三个。

太公还以半揖，又叫公子快些搀起来，说：“老朽尚有话说!”孔生一听，太公另有分派，说：“既是老丈人有话说，咱只好多说话，少磕头就是咧（这句俗语儿就从那年遗留下的)！但不知老丈人有何金言（真有金子吗)？当面请讲何妨!”太公说：“只因昨夜定准西迁，阖家女眷均已由小儿送走，仅有老朽与豚儿尚须等单公子前来交待房产。此时内宅已然无人，令岳母方才与夫人母女话别已后，想着多留恋一刻，反会一番惆怅，故此不即面辞贤婿，已从后门乘车回故乡去了，俟我等见面代为道达便了。还有一件不情之处，老朽内院还有些俗冗，天色已然不早，你夫妻不必久留，将盘缠带好，就命小儿送你们登程吧!”孔生一听，老丈人这是催上自己了，连忙说：“既然你老人家有事，就请尊便！只是俺还得磕三个头，做为给你老丈人预祝永寿才对!”太公说：“千万不要多礼，你这磨烦，你来看，又快一版了（这是太公说孔雪笠哪吗？急性子听书的说我哪)！又快二更了!”说完彼此对做了个揖，拄①上拐杖，先走出去。

公子对孔生夫妇说：“这十锭黄金，现有两方包袱，你们二人各携带一半，或围在腰中，或跨在胳膊上，千万系坚实了，小弟好送你们启程!”孔生一听，赶紧扯出了锦袱，包了四个，替松娘系在裙腰之内，自己包好六个，斜肩带背系好。小僮托空盘自去。公子将夫妻二人拉至当院，可不知是怎样的走法。

（三十续） *1920年9月17日*

且说皇甫公子把孔雪笠夫妻带至院中，此时正是三更多天的光景，恰巧满天星斗光华，东南方涌出微缺的朗月。公子说：“你们夫妻们身上的金子可要系结实了，若是小弟一做起法术，转眼就是十里八里，开了扣儿落在地上，可就不好寻找啦!”孔生说：“没错儿，俺自己看的比存在外人手里放心，决计被人抵换不了去。不是别的，一倍差十几倍呢（这还是早年的行情)!”公子又嘱咐表姊千万把鞋脚裙带儿都收拾得利落谨衬。阿松听到此处，只好又都系了一扣。此时听远远钟声，正是菩提寺的僧人上子时殿了。公子说：“咱不可紧耽延咧，虽说走得快，究竟也得几小时。倘若天光一亮，半空中跑人，遇见猎户一枪，也是危险!”说着话，把两手伸直，告述孔生站在自己的左边，脸儿向北，用右手攥住自己的手，告述阿松站在自己右边儿，用左手也拉住自己。两个人如法攥好。彼时的人都穿的是阔袖儿衣服，拉扯在一块儿，谁也看不见谁的手。公子说：“咱

① “拄”，原文作“挂”，据语义改。

们可是这们说，出手儿不算（那成了跑合儿的咧），出手儿就到，你们不必害怕，千万把眼睛闭紧！”孔生说：“俺这个时候儿早闭了眼咧（金子、媳妇儿都架弄到手了吗）！”阿松说：“表弟不必多说，愚姊是晓得你这法术的。从前你初学乍练的时候，不是我同娜妹试过一次吗？”公子说：“你既晓得，我就更放心了！”说话间，就听他口中念念有词，可惜听不出什么字儿来。孔生心说：“人都说真言不出口，敢则俺这师弟念上咒语，果然吐字不真哢！”想到其间，可不敢明说（怕人不送自己来咧），提心吊胆，咬牙闭眼。

就听公子念了三五句咒语，又一跺脚，说声“敕令”二字，立刻觉着好像平步登空，耳中风声做响，好在没有飞砂走石，只是立刻身上觉着有些寒冷。又一想，今天节令已然过了秋分了，可怜俺身上还没穿口的呢，再说只顾同公子、太公一捣乱，今天的晚饭还忘了得啦呢，好在身上有金子坠着，还不至上幌，唯独脸上一阵比一阵透着风吹的难过。走了约摸一个多更次，一会的功夫，觉着好像不往前行，往下坠落似的。孔生心说：“八成儿这似到了咱曲阜县边界啦！但只一节，往下落可得躲着海，若是一个落歪咧，三条命可就治不得干咧（又急出土音儿来咧。这是孔先生吗？我替航空飞行家耽心哪）！”就觉着渐渐儿脚踏实地。就听公子说：“到咧，你们撒开我的手吧！”孔生一听，将公子手撒开，说：“介是那个场儿呀？”公子说：“师兄你出外将将一年多，怎么连自己家都不认识咧？你到是睁眼看看哪！”孔先生说：“你莫有叫俺睁眼，俺是不敢睁的，所以没有看清，那们这俺可就睁眼咧！”说话睁眼一看，不但是自己住的那个疃儿，而且正来在自己门前。阿松站在一傍，用绢子自掸身上的尘土。此时天色微明，急行了三两步，上了台阶，用手扣打门环。耗了约有半刻钟，方听院中有人答言儿，说：“天色这般早，何人前来叩门？”孔生一听，正是母亲语声儿，不由十分高兴。

（三十一续）*1920年9月18日*

昨天的书，说到皇甫宅迁居与送孔雪笠还乡，不但诸位听着玄虚，就连我说着都有些拉不下脸来。好在是玩艺儿书，又不是人类的事故，还可以凑合着造谣言。其实按现在的真事，您看街上悬挂的这些张像篇儿，那位搬家都比皇甫宅还简截。至于走法儿虽不知怎么个办法，真同借土遁飞行差不多。由此观之，足征这几位真比妖精还灵通呢！

闲话靠后，还得说孔雪笠到了门前，用手扣打门环，耗了好半天的功夫，才听见里面有人答言儿，正是母亲的语声儿。孔雪笠连忙说：“母亲快开门吧，俺是你儿回来了！”孔老太太喜之不尽，把拐棍儿撒手，忙开上下插棍儿，下去横闩，开开一扇，扶着门框一瞧，说：“果然是吾儿回来了，你想杀为娘的了！”孔雪笠跪倒门前磕了三个头（按山东派书说，这叫纳头便拜。现在这路礼节还适用不适用，在下可说不上来，不过在前四十年，我从山东老夫子念书，见从家乡来的师兄们都还行这样大礼）。老太太说：“吾儿，你这般匆忙而归，莫非你在外面惹下什么乱子，连夜逃回家中么？若果如此，你不必进门，乘早儿搭船往东洋去吧（这是说孔雪笠哪吗？替祸首开道儿哪）！”孔雪笠此时拜罢，站起身来，说：“母亲不必耽惊，你儿教了一个阔馆，不但发财回来，而且还在那个场儿招了亲，娶了女人哩！”说完回头对阿松说：“俺说家里的，你上前见过咱的母亲！”孔雪笠同老太太见礼说话的功夫，都没留神，原来阿松早凑过来，站在丈夫身后，静等给婆母行礼呢。一听丈夫吩咐，连忙进行一步，先深深万福，跟着跪倒门前，大礼参拜。

老太太这下子所要乐飞啦，说：“怎么讲，你就是我的儿媳？快些起来，不要脏染了你的裙子衫儿！”阿松不能一拦就散，仍就行了三叩礼，往起一站，腰里鼓鼓囊囊不得力，用手扶着地往起爬。老太太心疼的了不得，赶紧弯腰儿往起搀，见头上戴的满头珠翠、金银首饰，身上华华丽丽，叫不出名色的上好绸缎衣服。书中代表，俗语儿说丑媳妇怕见公婆，阿松虽不丑陋，而且嫁了孔生已经两个月的光景了，究竟没见过婆母，初次会面，按晚辈礼节说，也得低着头，不能仰面视人。老太太用手拉着，笑嘻嘻的说：“你是老身的儿媳，便同老身的女儿一般，你为何不抬起头来？你快些随我家里来！”阿松听婆母分派，只好微一正面，老太太一瞧，还是那一句原文“画黛弯蛾”，其余的鼻子、眼睛都生得是地方儿（谁也差不了多远儿），再说肉皮儿细腻，在家不出门，今天又没受风霜，只不过连夜奔波劳累，脸上发红，越显得可爱。老太太说：“吾儿，你天仙一般的美貌，你们是从何处而来？为何不见有车辆、轿子？莫非你们步行而来么？”一句话提醒了孔雪笠，才想起还有个送亲带送行来的师弟、两姨小舅子呢，赶紧说：“母亲，俺们是他表弟送来的！”老太太说：“既有新亲到门，快些请进来！”孔生回头一瞧，皇甫公子是踪影皆无。

（三十二续） *1920* 年 *9* 月 *19* 日

且说孔雪笠因母亲问说：“你们夫妻怎么来的？”自己一想，我是跨空来的，可是多亏两姨小舅子的能为，于是这才说出有个皇甫公子送来的。老太太既是亲家母的资格，自然得告述孩儿快往家里让，这都是情理中应有的事。无如我一支①笔不能一齐写出两个字，就如同一张嘴不能说两下事的一样，并非我爱说费话（这几句可算地道费话）。孔雪笠听母亲这样分派，于是一口身儿，原来皇甫公子已然踪迹皆无。此时是天光刚亮，孔家疃儿的念书的人多，家家尚未开门，又是僻静地方儿，连个路行人没有。孔生这才知道，公子绝非人类，赶紧追问阿松，说：“你那表弟为何不见？莫非他有什么党证牵连，逃跑了么（那里头没有覆姓的好朋友）？”阿松一笑儿，说：“人家迁移的事情很忙，送

① “支”，原文作“只”，据语义改。

咱们还乡，是奴苦苦相求，他才肯点头（与祸首央求外国一样），如其不然，谁愿意连夜往返，受这个累呢。所以乘咱们见礼的功夫，他早一纵身儿回了天台县咧！你即便把九门紧闭，也不过徒碍交通，当得了拿住祸首吗（这是阿松说的吗？赶大车的醉阿子泛闲杂儿呢）？你此时不用细问，大约人家早到了老家啦！”

孔雪笠一想，都说神仙是来无踪去无影，伸手无时，回头不见（那是大案贼），来时既能携带两个人，回头脚儿自然更省事喽。于是对母亲说：“俺的老妈子，你老人家不用费心咧，俺介个小舅子的，他又蹦了几千尺高儿的，回老家去啦！”老太太一听，吓的了不得，说：“莫非你与蝗虫混了这一程子么？不然为何说他蹦高而去？”孔生一想，才想起母亲不知自己回来时的事迹，只好说：“母亲不要把俺师弟当做蚂蚱一类。他是受①过异人传授，善于飞行，一纵身儿就能驾趁脚风，一个筋②斗云就是十万八千里（孔先生要说《醉菩提》饶《西游》）。他大概是真忙，咱彼此是至亲，日后再见着时候儿款待不迟！母亲请看，东方已然上了太阳，咱们不必在当街说闲话了！”老太太一听，赶紧把那扇门也开开，一手捡起拐杖，头前引路，孔生与阿松在后相随。

进了大门，只有三间草厅，原有一个上锅的老妈子，此时方才起来。母子三人进到屋中，阿松要重新行拜谒礼。老太太见儿媳妇腰中鼓鼓囊囊的，心中暗喜，用手一指肚腹，说：“吾儿莫非你身体已然不方便了么？”阿松并不懂这句是北省问有孕的隐语，赶紧答言儿，说：“这都是我姨夫的美意。表弟嘱咐你老人家的孩儿，叫③我才受这样的累坠！”老太太一听，说：“但不知几个月了？”阿松说：“昨夜带上的，不想一夜的功夫受这累坠。当初却不过美意，为圆方便，谁想上了大当！”孔雪笠一听，婆媳娘儿两个是所问非所答，而且关乎二人的名誉，自己赶紧伸手，向阿松裙腰儿下把锦袱解开，把金宝取出。自己也将身上的包袱解下来，把金宝放在一处，说：“母亲请看，这是俺老姨丈送行的赆仪④。”老太太一见，是惊疑不止，手指孔生，说：“莫非你收什么乱党的非义之财？”

（三十三续）*1920 年 9 月 20 日*

且说孔老太太虽然看见儿媳美丽，又有金煌煌的元老宝，自是喜悦，无如送亲的舅爷转眼就飞回家去了，不是妖魔鬼怪，定是大案飞贼，登时害起怕来，说：“吾儿，你这一载有余的光景，凭教读能挣这些金子么？若果有这样阔馆，我也教书去，不说这门《聊斋》了（这是孔老夫人吗？我的心腹话）！世界之上，谁肯这样优待师爷！你必是与

① “受”，原文作“授”，据语义改。
② “筋”，原文作“金”，据语义改。
③ “叫”，原文作“交”，据语义改。
④ 赆仪：临别时赠给远行者的路费或礼物。

什么匪人做了歹事，挣来这不义之财。你要对老身说了实言，不然老身偌大年纪，终日忧心，反不如你在外谋食，娘在家安贫，到能多活几年！”孔雪笠一听，心说不怪老娘疑心，本来是来历不明么，听到此处，连忙跪在母亲膝前，说：“老娘不必疑心，容孩儿细细回明您老人家。这金子实实是我的姨丈赠的赆仪！”老太太见孩儿这们说，又见他脸上神色安详，略微放心，说：“你且起来，坐在一傍细细说与我听就是了！”孔雪笠连忙起来，坐在一个小凳儿上，就把初到天台，县令已死，自己住在菩提寺抄经，至到路遇公子认师弟的话，都说了个大略，只不过言其师兄弟投缘，公子上赶着给保的亲。至于香奴、娇娜的事可没对母亲提说。然后说到太公父子美意，自己本要寄信禀明母亲，再行聘礼，无奈道路遥远，故此不告而娶，望母亲恕罪，说完又跪倒给母亲叩头。

阿松在一傍看着肃然起敬，心说怪不得古人说东鲁为礼义之邦，足见周公、孔子之德泽，于今仍未艾也。阿松也撰上文咧，可见常挨着山东念书的好处。人家母子述说前事，自己在傍僵的难过，一瞧丈夫家这个局面，不是使奴唤婢，到谁家就当随谁家，立刻脱下长衫，解下裙子，挽挽袖面就张罗给婆母收拾床铺，跟着就要扫地。老太太一瞧，儿媳妇虽是生得美貌，又有阔亲戚，敢则能操劳服苦，连忙拦阻，说：“吾儿，你们连夜奔驰，今天又是新来乍到，诸事摸不清头绪，不必受累。你二人上里间屋歇息歇息去吧！”阿松听婆母这样说，连忙陪笑说：“做儿妇的应当替丈夫侍奉翁姑，焉敢因初来脱懒。若是不晓得的，尽可请教娘亲！”老太太说：“吾儿你既明大义，为娘的从今就省心了，不必在此一天。你们看天色已然不早，快些张罗用些早饭吧！”孔生一听，说：“回禀老娘，儿昨天的晚顿儿就忘记了得咧！”老太太一听，赶紧到厨下告知上锅的老妈子烧水，又从自己桌子抽屉里找出几个麦子干粮儿、硬面饽饽等类，让儿子、儿妇当点心吃。一会儿烧了水来，孔生哈口锅烧的白开水，吃了两个干饽饽。阿松因婆母未曾吃，自己言说不饿。老太太以为他是吃不下去，又给另做了几碗素汤面。母子三人用毕，老太太把孔雪笠叫来，说：“你现在既有这些金子，不宜存在家中，招呼被溃兵抢走（那是前月的事），赶紧兑换银钱，多余的存在妥实铺中生些利息。”孔雪笠遵母训办理，又添盖几间房子，多雇用了一名男仆，一名女婢。从此安心温习旧业，静等乡试求取功名，好显亲扬名。

（三十四续） 1920年9月21日

且说孔雪笠到家之后，修盖房屋，添置家俱。俗言说得好，有钱办得趁心事，真是陡然而富，谁也不肯故意装穷。孔家人丁茂盛，老亲老友是多的，听说孔雪笠由南方发财回来，也有真同孔生投缘对劲的前来探望，也有羡慕声势投奔来的，孔雪笠自好一一应酬。还有过女眷的，听说从外面娶了一大奶奶来，都应给老太太登门贺喜。及至一见面，都夸赞这位新妇美貌。内中有多嘴的，一追问老太太新妇是什么人家的娘家，老太太张口结舌，听说是阿什么什么家的姑娘。大家以为不是旗籍就是蒙藏的人流寓外省的呢，也就不便再苦刨咧。原文没姓，只有名“阿松”二字，故此我也不能愣给人家冠姓，您要不乐意瞧，那只好您给他做主意吧。再瞧新妇不但有人缘儿，而且对于婆母颇知孝顺，对于来的亲友，长幼尊卑一点礼节不错，人人称为贤淑，暂且言讲不着孔氏婆媳。

但说孔雪笠本是文场中一把名手，又陪着皇甫公子苦一用功。古人说，教学相长，这话诚然不假。自己在书房把从前做的课卷找出来再瞧，见稚弱的很，于是到教官处撤销游学的假，当年岁考，居然列为案首；次年赴省乡试，孔雪笠照例进场，又高中了乡魁；转年春闱进京，赴礼部报考，又中了进士。按理说，孔生这路手笔若在前清末季，真许名落孙山，皆因不合时派，故这路古文派的时艺多不合试官的眼光。这段书虽没年号朝代，总得算明末清初的事迹，彼时去古未远，故此还略有古文语气。孔雪笠文章虽好，奈因不甚时派，只中在中路。及至殿试，孔生的大卷子可写不好，至于行款规矩，尚不至如同、光以后讲究的厉害，故此老先生殿试勉强还在三甲，赐同进士出身，应以知县分发，签□陕西延安府。孔生带凭不能即赴任所，告了两个月的假，先回山东，打算携带老娘一同上任。老太太上了年岁，一听道路遥远，不愿意去，嘱咐孩儿教他们夫妻去吧。孔生有心把阿松留在家侍奉老娘，无如到陕西举目无亲，而且阿松过门已经三四年了，尚未怀孕，老太太盼孙子的念切，一定叫儿子将媳妇带去，也是为这番大事，孔雪笠体贴亲心，只好遵命。好在现在家道饶裕，仅可托嘱本族并亲友们暂为照料，俟任满后再设法告近。

安置妥当，这就派人雇车，打点行李，夫妻拜别老娘，登程赴任。左不是饥餐渴饮，夜宿晓行，按官站这天到了西安。报到之后，该省因为分发该县的人员很多，又因孔生是榜下即用人员，文理优长，于政治未必有实验，恰巧臬司衙门缺乏才能干练人材，就把孔雪笠试署为延安司李，如同司狱推官等职任，反正是个理刑名的差使。孔雪笠除念过《周礼·秋官》《书经·皋陶谟》之外，律例一概不通，既是挂出牌来，不能不赴任，况且将来做到知府臬司，转到京职，也许升任大司寇①，故此从新研追法政。谁想宦海风潮险恶，才落了个罢职丢官。

（三十五续） *1920年9月22日*

昨天的书，说到孔雪笠由举进士授延安司李，彼时官缺怎么办法，在下没赶上，也许有的，我既不敢断定，所以只好说以知县用，分发到了西安，由两司这样调用试署，对不对的您凑合着瞧，无关出入，咱不犯用大清吏部则例彼此捣乱。至于我说孔雪笠初

① 司寇：古代官职，掌管刑狱、纠察等事。

入宦途，于刑名一道是茫无头绪，确是实事。姑无论彼时以科名取士，所用非所学，及至办上事，不能一看就会。即以如今学堂人员说，虽人人有个普通知识，其实教习按教科书学来的，再按教科书教学生，除书本之外，未必能另有新知识。再若资格笨的，或从心不喜这门，若请他按书本子做去，一定办不好。孔雪笠不能长于刑名，也是一理，所以到任之后，不过按例行的公事办理。又搭着新放的这位巡按御史是富家子弟出身，年轻任性，最喜奉承，虽然一样甲班出身，若论起手笔，比上孔雪笠可差着许多。

这一天，有一桩不要紧的案子，外县详上来。据孔生想，尽可从宽批回。谁知这位巡按与原告有交情，打算从严惩办，将孔雪笠唤到院中一授意。孔生本来看不起这位巡按，又遇着这等事，用言语顶撞了几句。巡按生了气，一申饬孔生，孔生不受，二位越套越深，生了意见，从此时时寻找孔生错处。孔生本系外行，不上几天的功夫，有一件盗案，由狱中疏脱了一名从犯，巡按大怒，立刻具折将孔雪笠奏参。过了几天，折本批回，将孔雪笠革职。在孔雪笠此时已无意功名，乐得携眷回家奉母终养呢，于是赶紧办交代。奈因经手的案卷一时不易清理，并有赃罚杂款数目不敷，约在千两以上，案卷自然需时日办理，款项非着落孔雪笠缴足不准回籍。孔生自到任以来，除所领这些廉俸之外，一个外钱不会使，前次备的路费业已花用干净。若是在邻近地方，还可以写信从家中捎带，或同乡官与同年多的省分也可以告告帮，或借贷些儿。孔生此处是一个熟人儿没有，又遇着这样做对的上司，只好讨了期限，给家中写信，派下人赶紧取银子来赎老爷啵。

此时缺是开了，移在省城一所公馆闲住着，闷闷无聊。阿松用话解劝丈夫，说："如其到限取不来银子，妾身尚有些金珠首饰，仅可折变，丈夫不必忧心。只是这一程子身体沉重，所怀身孕大约不久就要临盆了！"孔生一听，到是一件可喜之事。书说简截，过了两天，果然产生一男。孔生因受宦途之累，想起宦途中小官难做，取名小宦，好在母子平安。转眼过了满月，孔生是卸任的官，又在侨居，也没有亲友，又赶上是个夏令，天气很热。孔生见本城中人多出城打猎打鸟，孔生虽是念书的人，山东地方都会赶山（就是打野猫）。自己这几年总无此闲心，一时高兴，同寓中主人借了一件猎具，跟随众猎户出城。人家走得快，到了郊外，把孔生落在后面好远。孔生仍是缓缓而行，猛抬头见对面来了一骥骏马，马上一位美少年，看着好生面熟。

（三十六续） *1920 年 9 月 23 日*

且说孔雪笠罢官之后，又罣碍在陕省，抑郁无聊，所以才想起出城打猎。人家猎户依此为生，勿论什么月分都可以打野兽。孔先生本是外行，再说穿着长大衣服、两只厚底官靴，走道儿一步三摇，同寓中主人借了一杆火枪，往肩膀儿上一扛，远远儿一瞧，好像前清末年穷秀才乍挑入虎神营①的累兵一样，人人看着没有不乐的。孔先生意不在得禽兽，也不管这些个。及至出了城，人家久打猎的都找山沟儿树林茂盛的地方儿走，孔生依然顺着官道慢慢儿的口，这些人一堵气子可就把老先生扔下咧。孔爷低着脑袋，嘴里念诵着“东皋薄暮望”的唐诗，越背越高兴，正念到“相顾无相识”这一句，猛然抬头，见从对面来了一骥马，是一匹枣骝骊驹，鞍鞯鲜明。马上骑着一位二十上下年岁的美少年，穿着一件官纱大褂，薄底缎鞋，并未随带仆人，手举马鞭，缓辔而行，从对面走来。孔生心说，介不定那家随任的阔官少也出城耍景来的。及至越走越近，越看越是个熟人儿，只是称呼不上名姓来，抬着头自然是越看越出神儿。

这位美少年见这个扛枪的是个外行，又直勾勾的眼睛端相自己，自然也要注目。四目相窥，各自凝眸。孔雪笠这才认出是皇甫师弟来，不由得脱口而出，说：“好哇，好你个小舅子的！你骑上马咧，敢则不认亲戚咧！”书中代表，人家公子并不是那样人，因为万想不到孔先生架弄上大枪杆儿咧。及至听见语声儿，才认出是两姨姐丈来，连忙勒住辔头，这匹小走马儿还是真不老实，打了三四个旋儿，公子方才勒住，赶紧滚鞍下马，说：“呀，原来却是师兄，实在意想不到你弃文学武！”说着话，把鞭子往马鞍桥下一插，深深做了个揖。孔先生一瞧，没有地方儿放火枪，只好扔在当地，这一下子几乎把公子吓跑。不是别的，皆因火药撒了一地（这们阔的官少，敢则不了火药味儿）。连忙说：“老兄不要放下枪，你还是扛着的为是！”孔生此时也答礼相还。公子一手拉马，说：“兄长一向安康？不知你因何有此高兴，莫非要出来打野鸡么？”孔生说：“俺多早晚也莫那能为，今天是遣闷，同众猎户一堆儿出的城！”公子心说，敢则我这师兄别听是孔夫子的后辈，现在也替人扛着哪（可是火枪），不便细问，赶紧又问：“阿松姐姐可好？”孔生说：“现时也在介个场儿住着呢。但不知贤弟你在那个场儿住？俺要早知道，早探望你去咧！”公子用手一指，说：“离此三二里之遥。兄长请看，眼前黑漫漫的那片树林就是敝村。今日邂逅相逢，何不同到我家！”孔生说：“正要去给老岳丈磕头去！”说着话，从地上把火枪拾起来。公子说：“兄长不必费力，待小弟捎在马上，你我弟兄款款而行！”孔生一想，公子万不肯一个人乘马，只好递给他。公子接枪，略微用镫绳拢上，自己牵着马，说：“兄长请呀！”孔生说：“那们咱们走哇！”说完直奔皇甫公子的家中而来。真是他乡遇故，焉知晓要有性命之忧。

（三十七续） *1920* 年 *9* 月 *24* 日

且说孔雪笠同定公子拉马直奔树林儿，走在半道儿上，公子略问问孔生别后的景况，

① 虎神营：清末时政府在北京编募的一支禁卫军。

孔生是毫无隐讳。孔生刚要细问公子，此时已然穿进树林，见林木森森，乔松遮天蔽日。正北有一道小溪，两岸都栽着杨柳，中间小桥一座，雕凿白玉栏杆（孔雪笠真念过《六言杂字》），好大一所庄院。正中一座大栅栏门，门口儿可没有仆人，也没有拴马桩。过了小桥，公子说："此处就是敝居，请师兄先行！"孔生说："还是你头前引路。"说话间到了门前。从院中走出一名仆人，一瞧认得孔生，说："呀，原来是贵客到了！"赶紧接过马匹要往东院牵。孔生说："马上的火枪你可留神，那似俺借人家的，回去的时候儿得给人送还，不然就把你家姑奶奶做了押帐咧！"仆人不知什么事，只好拴上马，替孔先生扛着火枪，后面跟随。

孔生再瞧，这才到大门，两扇朱红漆门，上面钉着金钉，可没有铜兽面环子。心说敢则俺这老丈人住上府啦，真比俺从前的臬司衙门差不多。宾主进了大门，越过垂花门，一所大厅高挑堂帘，同进堂中，见古玩陈设多叫不出名目来。仆人把枪放下走开，公子重新要给孔生行礼。孔生说："咱弟兄两个不必闹这些客套，你把老岳翁请出来，俺也该给他老人家行个礼才对！"公子说："请兄台少坐，吃杯茶，小弟同进去参谒，请想好不好？"孔生说："这也可以。俺同你打听一件事，但不知俺那岳母老泰水是在此同居，还是另居别处？"公子见问，叹了一口气，说："嗐，我那姨母已然去世。他家原是孤户，就算灭绝门户了！"孔生也叹息了会子。然后又问娇娜妹子可曾出阁。公子说："前岁已然嫁在前村吴家了！"孔生说："但不知他现在医道撂下了没有？若果肯行道，立所□皇甫女医院也到不糙！"说完，弟兄一笑儿。手下人献上香茗，又打来一盆净面水，孔生胡乱擦了把脸，告述公子到内堂先通禀一声。公子说："兄长是骨肉至亲，何必多礼，要见家严，就可随小弟来！"说着弟兄们由正厅围屏绕过去，另进一座门，门内又是一所三合房。

太公夫妇正在堂上坐着，隔帘看见孔先生来到，赶紧命女仆打帘栊，降阶相迎。孔生也紧行两步，给太公行礼。太公搀起来，携手揽腕进到房中，太夫人也起身问好。孔生自是一样的叩拜，然后让座，略谈些别后的事迹，孔生一一对答。又见太公虽然康健，好像比前数年精神差了，不便久坐，使老人家应酬，仍同公子回到前厅。此时下人已然备好酒宴，弟兄们对坐畅饮谈心。公子又问："师兄既然官场不得意，因何不还乡里？莫非还想运动着从新再上台吗？"孔生说："做官这一途，愚兄实在够咧。俺官儿没做几天，饥荒累的了不得。再运动，恐怕连老坟都得赔上。但凡手里有钱，早回了山东老家咧！"公子一听，问问数目，微然一笑，说："请兄台宽住一二日，带小价进城将官款缴清，就便将表姊接到我家住些天，然后小弟送你们还乡，不知兄台意下如何？"

（三十八续）1920年9月26日

且说孔雪笠听公子说要接夫人住家，自是喜欢的很，而且官款也应起来了，连忙起身道谢。此时天色已然旁晚，二人酒足饭饱，不能再进城了，仍旧是师兄弟在这花厅抵足而眠，畅谈了半夜宦海恶潮之危险。夏令夜短，及至睡醒，已近辰牌时分，天上阴云密布，细雨蒙蒙。公子说："今天咱弟兄正好赏雨谈心，兄台不必回去了，即便骑马进城，表姊也来不了！"孔生一听，说："贤弟言之□理，咱弟兄还是喝酒儿要紧！"漱洗已毕，由仆人摆上酒宴，弟兄们喝着。孔生又问问香奴，已然配与家内小僮，做了夫妇，都生下一个大小子啦。当日无书。

次日天晴，用毕早饭，公子由里院给孔生预备出一千二百两银子，又命一名精细的男仆备了两匹马，跟随孔生进城，就便将阿松表姊同外甥一齐接来，同住些天。孔生说："你可别忘下俺那杆火枪，别像上次菩提寺似的，俺一去没回头，好在我还没欠人家的笔债（并非我说书刨书，按照原文就这们不讲理吗）！"说完弟兄大笑。公子吩咐下人将枪扛上，跟随孔生，拿上银子，出门上马。公子送至门外，嘱咐急去快来。孔生答应，骑马在前，这仆人扛着枪，随在马后，穿树林儿认上官道，不过数里，进城到了寓所下马。孔生命仆人把马拴好，自己接枪进门。寓中主人一瞧，说："孔老爷回来了，你这荡打着什么飞禽走兽了吗？"孔生说："俺连个野猫没看见，遇着个舅子，在他家住了两天！"寓中人说："你家尊夫人甚不放心，才刚还打发盛价打听你来着呢！"孔生交待完猎具，把银子拿到自己院中，见了夫人，就将遇着皇甫公子的事述说了一遍。阿松本是举目无亲，一听说，自是也愿去探望。孔生叫他将细软物件略收拾收拾，就派自己仆人看守着，不必带去。自己先到衙门把官款缴上，少时雇车辆一同前往，阿松点头。孔生带皇甫宅下人到衙交款，不必细述。不过只能给个实收的凭据，不能立刻领公事，孔生也不便立等。从衙门出来，就在街上雇了车子，一会儿来到寓所，托嘱明白寓中主人，阿松抱小宦上了车。孔生乘马在前，仆人后面跟车，仍旧出城，顺官道奔树林儿。虽说天长，往返不远，这一耽延，已是太阳衔山。

及至到了皇甫宅前，远远儿就见公子带几名仆人在门前站着呢。孔生老远的弃鞍下马，说："自己弟兄何劳远迎！"公子说："小弟并非专接兄长，是奉父命在此等候，接姑奶奶下车哪（接下车有奉亲命的，您听有多新鲜）！再说我母亲方才还派人套车，上吴家接老妹子去啦，许久功夫怎么尚还未到？"孔生说："老妹子介个碴儿俺晓得，大概不到出马的时刻早来，人说没价值，他又犯了外科习气了！"此时车已到门，公子打帘接下孩子，搀扶表姊下车，不过暂行了个一揖礼。仆人将马牵住，方往二门里相让，听栅栏门外又有仆人喊说："请少老爷快出来哝！老姑奶奶也露了面儿啦！"阿松一听表妹亦至，真是多年姊妹异地重逢，越发喜之不尽。

（三十九续）1920年9月28日

人逢喜事精神爽，月到中秋分外光。今天开篇为何道此两句（并非我要学吕伯奢，死乞白赖的跟姓曹的稿交情，才惹出灭门之祸）？皆因前天是旧中秋节。新秋节，京城地方蒙诸大善士提倡添设许多减价售米处，再说万想不到又补放了一拨前欠的旗饷。从十三日晚半天，我到街市上一瞧，人是拥挤不动。可惜卖货的人多，买食物的人少。至到十五日晚间，又到街市参观，亦复如是，只是当铺赎物的人稍见多些。推原其故，好像一则纸币只值八十多枚铜元，每人多领无几，有如杯水车薪，无济于事。再说米价太贵，这些老旗籍同胞八成儿把浮费节俭下，好预备次日一早仍然赴售米处，零星购小米度日也是有的。恰巧十五日从后半日阴起，到了赏月饮酒的时节，连广寒仙子都嫌没人欢迎，老早的用云彩一遮金面，假装着滴了几点慈悲泪，把庆赏中秋这番佳境居然给搅散啦。虽说稍透杀风景，恰好似天教人以勤俭为本的意思。我因这们一喜欢，乘着过节歇工后头天出版，说了这们几句闲话儿。

至于本文的这段书，书中主要人物自然是孔雪笠喽。回想这位孔生这几年的事迹，也是不如意事常八九，足见人生吉凶祸福永久是迭为消长的。说到前天节目，重会娇娜，称得起是件极可意的事喽，便合着我说的人逢喜事精神爽了。骨肉至亲一旦异地重逢，彼此都是喜悦的，不便在门儿外头苦叙交情，公子将三位让入内宅，彼此见礼叙坐，然后将太公老夫妇也请出来见礼。见礼已毕，孔生此时是甥婿两当的辈分，不必回避，也同座畅谈，偷眼再瞧娇娜，比上未出阁以前另是一个大方不拘的形态。恰巧阿松抱着小宦吃完乳食扣钮子，娇娜一伸手接过来，抱在自己怀中，用手按按小脸儿，笑嘻嘻的冲着阿松说："姊姊乱吾种矣！"这句话把孔生说的一愣，心中纳闷儿，暗说怎么他这个模样儿的也讲种族革命呀？又一想，不对，八成儿因为人家是不求仕进的人，嫌我们入了宦途，便学坏了心术，这是拿我孩子比坏种呢，俺还是得装糊涂，不似别的，招呼他那柄刀子烈害。想到其间，故意站起来，给娇娜做了个揖，说："老妹子，你的手术称得高，俺到如今想起从前疮口那样疼，恐怕命在旦夕。你不用三荡两荡就手到病除，俺此后有生之年，皆老妹子之所赐也！"

娇娜一听，加上官事调儿咧，抿嘴儿一笑，说："哟，姐夫，你如今是贵人了，莫非你的疮口还没长严哪吗？"孔生说："喊，早好咧！若是老不收口儿，那不成了疮痨了吗！"正说到此处，外面仆人进来，回话吴姑老爷已在门外下马。公子一听，起身出迎，孔生乘这空儿也跟了出来。方到前厅，吴生已然进门。孔生一瞧，是个彬彬大雅的公子。彼此见礼，同住此前厅，开怀畅饮。过了两夜，吴郎见不能同娇娜一处住（皇甫宅不留跟姑老爷），告辞回去。这天公子从里院出来，面带忧容。孔生一问，才知阖宅大难临头。

（四十续） *1920* 年 *9* 月 *29* 日

且说孔雪笠同夫人在皇甫宅中一幌儿住了四五天的功夫，每日仍是公子陪伴着饮酒论文。这天公子从里院出来，愁眉不展，嗐声叹气。孔生从来没见公子这们为过难，焉有不问之理。公子说："现在天降凶殃，我阖家有大祸临头，不知师兄肯搭救我等性命不肯？"孔生这个人心性直爽，不等斟问甚么样大难，一横鼻梁儿，说："老弟，你有急难大事只管对我说明，全有俺一面承管！"公子也晓得孔师兄是言行相顾的好人，也不能再叮问，一转身儿走出客厅。孔生心说，到底什么事我方才也没问明，要救阖家性命，总要彼此商量个万全之策才对呢。正在这个功夫，就见公子从里院搀出太公夫妇，连阿松、娇娜也随在身后，家中仆人们挤不进门的都在台阶下听信儿。太公夫妇在前，进了门，冲着孔雪笠双膝跪倒，公子、娇娜等也是一样，这下子反把孔生吓得没了主意，说："你们这是怎么啦？莫不成要叫俺造反当皇上么？快些起来讲话！"太公要说，喘成一团儿。公子只好代表，说："一向不曾明告贵人，我等阖家全非人类，乃多年狐精变化人形。今天应遭雷霆之劫，得大贵人保护，劫数也能趋避。君若肯以身赴难，一门老幼可望生全。君如其不肯，我等也不敢勉强。小官是你的骨血，便是人种，又在年幼无知，不在劫数之内，你抱他赶紧逃走，你父子可以不遭连累！"孔生听到此处，说："老弟，你这话说远咧！俺这个人敢说有民胞物与之怀。你是异类，既以人道主义待我，我便以同类视之。若是听你有急难就赶紧躲避，那俺就不是人类了。咱们要死，死在一处！你说怎么能救你全家？那怕俺一个人替你们死呢，俺也甘心瞑目。快些请起，打算主意！"

太公一听，先站起来，然后陆续站起，家人们都挤进厅中。公子一转身儿，从墙上取下一柄宝剑，将剑摯出，双手举着，冲孔生说："雷霆一物，不敢妄击好人。君系天榜有名之人，雷部正神亦当远避。君肯手执宝剑把守住此门，勿论雷霆怎样轰击，但能立定脚跟不动，雷神无法，过时自然退去，这便是相救之处！"孔生一听，说："俺当什么难事呢？敢则似教我同雷对垒呀。俺是不怕雷的，你把宝剑交给我，瞧我的就是咧！"公子将剑递在孔生手中，孔生接剑看了看，把袖面挽了挽，丁字步儿一站，说："老弟，你看行不行？"公子点点头，转在自己身后。孔生心说，雷这个物儿可在那个场儿呢？猛一抬头，见天上阴云密布，一阵狂风，霎时天昏地暗。孔生心说，有方向，又一回头，敢则不但这群人看不见了，就连这们阔的一座府第都没有咧（好像按私产拍卖了）。就见脊梁后有一座大坟头子，上面生长许多青草，靠下面已然塌陷了好几个大窟窿，孔生明白是狐狸窝（到不是白长虫钻的）。孔生心说，敢则闹了这些天，俺净在坟里住着呢。这是坟里的事，一定不非轻。正在惊疑，忽然一个雳闪，随着一声霹雷，震得地动山摇。

（四十一续）*1920* 年 *9* 月 *30* 日

且说孔雪笠手执宝剑站在坟圈子之内，登时粗风暴雨，电闪霹雷，身上的衣服也都湿透了。虽说有几棵大树，自己又不敢躲到靠树根儿站着去。正自为难，又刮起一阵怪风，把眼前一棵树连根拔出，扔出多远，雷声是一声比一声大，猛然间眼睛一黑，赶紧用左手揉了揉，借电光看见从黑云之内飞下一桩怪物，似人非人，似鸟飞鸟，挺尖的一张嘴，好像小鸡子，大鹰两只前爪伸着，照定自己脊梁后面扑来。说时迟，那时快，孔生一纳闷儿，自是微一闪身儿。这个怪物可就一伸长爪，从坟窟窿中抓出一人来，随着烟云就往上一起，离地约有数尺。孔生一瞧，下面的裙子并两只小鞋子是娇娜穿的，心说不得，怎么这们有能为的女医会被鹰给抓走了呢？人家待俺有救命之恩，知恩不报非君子，忘恩负义小人行，我不搭救谁搭救，我不见疼谁见疼（那位说，孔生那儿来的这些瞽人词套子呀？这是我写到此处心里不痛快，找词儿哪）！想到其间，顾不得高声吓喊“好妖精呀，雷公崽子呀，休走，看剑”的俗词儿（那是《封神榜》），使了个十成劲儿，往上一蹿，照定妖鸟爪子就是一剑，可巧正砍在他的筋上，妖精最护爪子，一疼，才将娇娜撒手。孔生还要再砍，就听半空中一响，好像山崩地裂。孔生被这一震，宝剑撒手，栽倒在地，昏迷过去。这雨可就下起来咧。

这段书说到此处，在下想起从前见道庙之中或戏台上都说有雷公电母，自然以为是谣言，无足凭信喽！后有朋友多讲说，南省人有吃雷公崽子的，说的真而切真，万不像撒谎。我向人讨教，又都说不出个理由来。据在下臆断，这种雷公崽子，近湖海之处必是确有此物，不过如蛟蟒、蝙蝠之类，性喜湿潮，自具电气，并非他自称为是雷公，有什么特别的法力。每遇狂风暴雨的时候，乘势展翅，随便出来乱抓，万不会抓人，遇着多年虫兽，其身上电气也是最足的，两气不能化合（抓将万不能有团体），忽然一爆裂，便说某妖物被雷公殛死，其实都是被电气所吸引的，两处皆无自动之能力。后人借神道设教，劝人为善，附会穿凿，凑在一处，人触电而死的也讹在姓雷的身上。您别听雷公厉害，万不敢满城镇乡抓人。这是我个人理想，今天随笔写出来，那位不以为然，您就拿我这话当醉雷公就是咧。

闲话靠后，还得说孔雪笠被雷一震，登时神魂飘荡，死过去了。此时这雨可就更大咧，下过一阵，云彩被风一吹，登时雨过天晴。娇娜被雨一淋，渐渐苏醒过来，微然抬起头，见那傍扔着一口宝剑，赶紧坐起来，用手揉了揉眼睛。看孔雪笠死在一傍，又低头看自己裙子扯下了一块，心中这才明白过来，不由放声大哭，说：“原来孔郎为我而死，我还活个什么大劲儿呀。我那有情有义好心眼儿的姐夫哇！啊哈哈哈（没这一句，这是我们村儿里白棚探丧的）！”阿松一听娇娜放声哭孔郎，自己顾不得避雷，钻出坟穴，要求娇娜搭救孔生，但不知能否见效。

（四十二续） *1920 年 10 月 1 日*

且说娇娜见孔雪笠被雷震得昏迷不醒，大约是魂游墟墓的样子，急得放声恸哭。阿松听见，追出来一瞧，也是悲哀不止。一会儿，公子同太公夫妇众人才陆续出来，真是重庆更生。无如看孔生为自家的事而死，也都互相叹息，没有法子，只好仍请问娇娜。娇娜对表姊说："要救姐丈性命，妹子尚可勉为其难。但有一节，他此时纯被电气感触，失于知觉，千万不可再着阳气，就连小宦都不可令其上前，只好你我二人先将他搭回原处，妹子方能尽力呢！"阿松说："只要妹子能救活他的性命，愚姐受累是分所应当！"娇娜说："既如是，你先取一块木板来！"阿松跑进坟穴，取来一块木板。娇娜教他放在平地，自己脱衣挽袖，重新换了一双旧鞋，出来对阿松说："你我二人先把姊丈搭在木板上，你搭前头，我搭脚！"阿松一听，心说，对，谁叫我是亲丁呢，连忙把小宦交与女仆抱好。掖起裙子，挽起袖面儿，一毛腰，搭住丈夫的头颅。娇娜站在中间，拦腰往起一抱，放在板子上。孔生四肢柔软，好像剔去骨头的一样。娇娜又将他的带子解下来，连木板缠在一处，然后转至足下，说声："起呀！"阿松抬起来，娇娜倒退着走，一步步的下了地穴，仍旧放在他这几天所睡卧的地方儿，又嘱咐公子也忙着在傍帮忙儿。

公子说："你们方才说不许男子近身儿，我当是忌我的属相呢！"娇娜说："此时两个人断忙不过来，况且已下地宫，阳气便微多咧！"说话间，又告述阿松："千万抱住了姊丈的脑袋，按住发际，好撬他的牙关。若是脑袋略微一动，豁了嘴唇儿，那也晚咧（本来差了好几天了吗）！"阿松不知他用什么家俱，只好说："你只管放心，我周身的力量都运在两只胳膊上呢，你就快调治吧！"娇娜一骗腿儿，骑在孔生胸口以下，肚腹以上（那位说，你做什么这们费话呀？我也不愿意，皆因这点儿不说明白了怕人挑眼），半蹲半坐，弯下腰儿，轻伸右腕，在自己头上把金簪取下来，递给公子，说："你站在傍边拨开他的牙，我好喂药！"公子接过簪子，说："怕是牙关紧，拨不动吧！"娇娜说："我自有法子！"说话间，把两只手都放在孔生两个孤拐上，用力连揉带撮，立刻果然牙齿微张。公子一瞧，赶紧把金簪放进去，顺门牙往两下一拨，居然张开大嘴，外带好像镶着金牙。娇娜一摆手儿，公子将簪撤开，娇娜往下一弯腰，一运丹田气，从口中吐出一个红丸子，用舌尖儿托着，轻轻儿放入孔生喉中。您别听孔生嘴张了个挺大，可惜嗓子眼不大，居然下不去。娇娜一急，只好又往下凑了凑，张开自己的樱桃小口，运动肚腹中三昧真火，使力往下一呵。阿松、公子在傍看着纳闷儿，三两口的功夫，只听孔生咽喉之内格格做响，好像赶下浊痰，暗暗夸赞他这种红色补丸真有效力。娇娜听肚中有了动静，不便再在姊丈身上骑着，迈腿下来，站在地上直直腰。阿松不敢转动，又耗了一会儿，孔生果然复苏。

（四十三续）1920年10月2日

昨天的书，说到娇娜从口中吐出红丸子来（可是药丸子，您别当人家孩子没出过分赀，整吞肉丸子哪），好像离奇怪诞，无如说书的玩艺儿，只要有狐精就都说肚中有丹。

据在下想，既是一种精灵，自然同人一样，有精、气、神三宝。动物虽披毛带掌，向上之心亦与人同，总想巴结成人，故此每乘风清月朗，运气呼吸吐纳，久而成丹，似在情理之中。若说修炼能变人形，只可说事所或有而已。

这段书既说皇甫公子与娇娜皆是狐精，阿松同孔生又是恩爱夫妻，个个都有此丹，何必单单娇娜舍丹救孔郎呢？这点儿地方就是前天娇娜所说的“孔郎为我而死，我何生焉”的那句话。因为人应以恩报恩，孔郎因皇甫公子有赠金授室之德，娇娜有挖胸敷药之惠，所以仗剑守穴不肯少避。不幸娇娜被妖物攫去，自然不能漠视，用剑击之，正所以报娇娜与公子阖家。如今娇娜既苏，虽复死亦所不辞，故不惜舍此宝丹。诸位要知狐果然有丹没有，不必辩论，狐狸有心是真的，心总是红的，所吐之丹，即当做他的丹心看。野兽有此丹心，是畜而人者也，若忘恩负义之人，则反不如此畜。蒲先生意在言外，勖人之义深矣。那位说，你别泛文话余毒咧，还得赶紧接着原文往下说。对，咱们就这们办。

且说孔雪笠苏醒过来，睁眼一瞧，依然是自己住了几天的那座大厅。阿松站在自己脑袋前头，公子同娇娜都在傍边儿围着。自己长叹了一口气，回想方才之事，恍如一场大梦，只不知什么时候儿又进了这所宅院。至于娇娜给自己丹吃，心中茫然不知，此时不能细问，扎挣要坐起来，谁想两只胳膊被腰带子还捆在木板上呢，动转不得。公子一瞧，赶紧给他解开。孔雪笠往起一坐，阿松不放心，过来搀扶。孔雪笠不但周身毫不酸软，而且精神陡增，比烟友儿吃下龙涎丸去还得劲，跳在当地，说：“你们的劫数可逃出了么？”公子说：“幸蒙仁兄舍死相救！”孔生又看了娇娜一眼，说：“老妹子，你没吓着呀？”娇娜小脸儿一红，说：“多亏姊丈舍身仗剑，不然早就没命了！”阿松晓得丈夫只知自己仗剑夺下表妹，娇娜妹子救他复生的事大概他不了然，于是又把娇娜施舍仙丹救他的话略说了一遍。孔雪笠一听，连忙说：“如此说来，俺是两世为人了。妹子既救了我两回生命，俺此后遇着你有急难之处，还是万死不辞！说话言不应典，俺是个吊……”一想说话要走嘴，赶紧说：“俺是个吊半三儿钱雇的小工子活！”说得大家都笑了。

孔雪笠自己整理好衣襟鞋袜，又叫公子同进内宅问候太公夫妇。老夫妇也说了许多感激的言词，阖宅下人都称呼孔姑老爷为大恩人。太公吩咐预备酒宴，庆贺战败劈雷之喜。也无须再分男女，就在内堂摆设齐毕，叙坐吃酒。孔雪笠酒过数巡，这才对太公说：“小侄有一事不明，要在老岳父台前领教！”太公说：“恩公有话请讲何妨！”孔生这才追问此宅是否幽圹①。

（四十四续）*1920年10月3日*

且说皇甫父子陪着孔雪笠庆贺重生，吃压惊酒。酒过数巡，孔生对太公请问：“此处

① 幽圹：墓穴。

是否幽圹？”太公微然一笑，说：“先生乃是达人，从来宫室原为栖身之所，要贵自己合宜。我等既系异类，自应以地宫为居室，恰与古人穴居相类！”孔生这才晓得，此处果然是古时的坟墓，连忙问太公说：“既如此说，此处必系前代陵寝喽？”太公说：“先生岂不知‘已归三尺土，难保百年坟’的古语么？大约不是唐陵，便是汉寝。别看当年修盖的穷工极巧，转眼变成异种殖民地的了。无怪乎前辈老圣人说死欲速朽喽！”孔生一听老丈人讲上《檀弓》了，赶紧用话岔，说：“这块地场儿既然无主人，咱暂且居住原无不可，只是阴气太甚，恐与卫生有碍吧！”公子在傍答了言儿，说：“仁兄，怎么忘却我等的皮肉是极耐冷的呀？若仁兄居于此处，恐一交九月也得要穿狐皮的了（孔雪笠成了庚子财主咧）！”孔生说：“俺看这陕西地面近于西口，不如俺山东地面在温带之中。寒舍这两年新修盖了一所房子，颇够你们阖家居住的。如果不疵嫌，何妨随俺同回曲阜，咱彼此都有照应，岂不甚妙！”太公听到此处，略微点头，说：“老朽原无成见，拙荆到是时常想念甥女。你们大家如果愿意一同前去，也是一件好事！”太公刚说到此处，公子首先起立发言，说：“山东乃礼义之邦，又有泰山诸名胜，儿久欲一游。若姊丈肯借给寓所，大家同去住些时，也是好事！”阿松听见姨父肯随着回山东，多一门至亲，也跟着赞成。

内中唯有娇娜坐在一边，默然无语。孔雪笠一瞧，知道两姨小姨子离不开新嫁的两姨妹夫儿（要让亲戚谱把我绕死），连忙说：“老妹子，俺看出你介个意思来了，八成儿你怕老岳丈全家一走，把你撇下，你没了老娘家，受了气，无处诉说去，对不对？”娇娜一听姐丈明知自己心腹事，不肯直说，借这话说着冠冕，也随班唱喏，说：“姐丈高见极是，虽然小妹在吴家不受虐待，究竟生父生母是舍不得远离的。再说还有我们那个他，恐怕也舍不得岳父岳母呀！”孔生说：“既然如此，你们夫妻都一齐随俺到山东游历一次，不知意下如何？”娇娜听孔生让他们夫妻同去，有些乐意，说：“这件事，俟等明天我回去对他私自计较计较，如果他肯点头，随去住几时也无不可！”孔生同娇娜说到此处，皇甫太夫人才想起真把女儿撇下也未免舍不得，有心自己归在女儿家去，又怕太公不愿意，这才答言儿，说：“如果要上山东，自然是你同吴郎小夫妻们同去的才是！”太公说：“这些话只是咱家这样议论，我想吴亲家那里虽然人丁不少，只属咱门婿年幼，他家父母若是舍不得放他同去，他也不好违背‘父母在，不远游’的古训！”娇娜听父亲说的是情理话，两下里都舍不得，又想不出两全之法，挺好的酒席，为这件事都没用好，撤下去散座着，仍是会议怎么对吴宅说去。

天色旁晚，见一小僮从外面惊惶而来，原来吴家已然遭了灭门之祸。

（四十五续）*1920年10月4日*

且说皇甫全家与孔雪笠正商议同赴山东，唯吴家的事难办之际，忽然从院中跑进一个小僮，气喘唏嘘，满面哭痕，对太公说：“启禀老太爷，大事不好了，吴宅阖家今午全被了雷劫！”太公尚未答言儿，娇娜一听，放声恸哭起来。皇甫夫人与阿松赶忙上前拦劝。孔生不便久坐，仍回外头厅房，心说这可就好办咧，此处没有惦念的，他还不跟俺回山东么。孔生心事暂不必提。娇娜哭了会子，明知天数难以挽回，只好忍住眼泪，又问问小僮。原来小僮因出外有事未同被殛，这才又同公子商议首邱①之事，公子派自己下人前去帮助。次日孔生一个人进城，把官事料理料理，好在欠款交足，上司也没什么可挑剔的了，照例的官事办完，又回到皇甫宅中，问问公子，埋葬吴家的事也办理完竣。于是在城中雇好车辆，把两处的行李都装好，赶站而行，往曲阜而来，非止一日，到了山东。

孔生见母亲身体康健，自是喜欢。老太太因为取银两的下人没见同来，一问孔生，孔生一计算日期，晓得不过这两天才到，大约是中途走差了道，没有遇着。好在如今有了阔丈人，这点儿银子即便丢失，也是小事一端。阿松抱着小宦参拜婆母，两位亲家也见过孔太夫人，然后公子与娇娜一同拜见亲家娘。孔老夫人说了许多感激的话，当日在孔宅大排筵宴，暂且分内外住下。次日孔生同公子到闲院中看了看房舍，虽没有当日单公子宅中款式，也将就够住的了，于是把行李搬过来。太公嘱咐孔生：“此处不必开门，你从外面锁上，我等出入自有法术。你同甥女等可以时常过来，其余你家下人不必使他们晓得。”孔生答应，遵命办理。

孔生自经这番宦海风潮之后，不但绝口不谈政治，就连文章词赋也一概不提，没事过来，或同公子饮酒赋诗，或同娇娜下上一盘子棋（可不手拿棋子儿笑儿又嘻嘻），直如同亲弟兄姊妹一样。太公又赀助孔生许多金银，孔生添置地亩，日月一天比一天盛旺。过了十几年，小宦也长成大人，模样儿比孔生秀气，虽微有山东口音，脸上可像南边老，温柔典雅，只是有些媚态。孔生怕人欺负他，每遇上街，总有下人跟着。孔生这些家事渐渐有人知底，小宦走在街市之中，有说是某宅公子哥儿的，有说是私寓唱旦脚儿的，经知根人指证出他是狐种，这才不敢胡说了，怕得罪财神爷。

这段书既说是孔宅的事，与蒲先生又是同乡，未必全是老谣，无非假借狐精形容孔生是好色不淫的君子。至于雪笠名字，也隐寓着如同笠上之雪，一抖便落，即一尘不染之义。大致近于言情的段子，书中几个有名脚色，难得全不失为好人，可当家庭小说看。在下信笔说了四十几天，可惜还有说不到的地方儿。虽极力代为补阙拾遗，往圆全里说，也还有欠斟酌之处，尚希阅者谅之。书说至此，原文已完，明天另换新题，按日敬献。

---

① 首邱：归葬故乡。

云翠仙

（开篇）1921年5月30日

屈指已经首夏，诗云月尚和清。今年京内旱风多，而且忽寒忽热。

各处山坛庙季，听说毂集肩摩。妙高峰势甚巍峨，了愿焚香缺我。

本想游山玩景，苦于步履难挪。再说粥茶净白歆，问心又对不过。

布施随缘资助，善财无力怎舍。《聊斋》假事当真说，管保我先治饿。

几句流口辙的书词儿念毕，接着还是我讲演《聊斋》。上回说的《白莲教》，因其不足称教，故此可以斗哏。这回更换《云翠仙》目录，是烧香念佛的故事，就如同北京妙峰山朝顶进香似的。本不应打哈哈，无如烧香还愿信士的弟子虽多，其中有贤有愚。较真理说，都是一个贪心，叫做妄希幸福，比盼享幸福差不了多少。在下从前借烧香为名，为是逛山，这二年笔墨债离不开身儿，再说也没有这路高兴了，故此在老娘娘驾前缺情短礼，没能拜望各茶棚的各把①老都管们去，也实出于我财政困难，并非善财难舍。今天说的这段玩艺儿，并非给结善缘的豁事。就说的是香客中真有坏小子冒充善人的，到后来造因结果，必有恶报，仍不失惩淫的宗旨。闲话打住，这就开书。

且说有个姓梁，大号叫有才的，原本是个山西人，家中没有财产，从小儿赴各处学买卖，皆因性情不稳，一艺无成。后来流落到山东济南地面，做些小本经营糊口。彼时年□丰□，米粮也贱，挣几百老制钱就能混两顿饱饭，一身一口，到处为家，也是个乐境。这年手里积攒下几串钱，换换衣服鞋袜，想歇几天的工散逛散逛。听人说山东泰安

① 各把：这里指旧时北京朝山进香期间，沿途的各香会组织。

州娘娘庙香火最旺，景致也好。恰巧正是四月开山的月分，自己一想，我在山东住了这些天，没上过泰山娘娘庙，未免缺典，趁这两天富余几个钱，逛逛泰山娘娘顶有何不可。到了山脚下，见香客接连不断，也有施舍粥茶的席棚，也有各样进香的会，反正各处乡风大同小异。

梁有才跟随众人往山上行走，沿路渴了白喝茶，饿了白喝粥，还有舍馒头、缘豆儿的。梁有才往饱里吃，乘着都管们张罗阔施主的功夫，揣到怀里两个。自己心说，要是一年到头的老开庙，我就老住茶棚，有多省嚼谷儿呀。人家设茶棚的是大众愿心，十方来十方去，十方共成十方事，谁也不是亲钱，所以也不拿香客当贼看着。其实真有偷茶碗的，梁有才好在不当小绺①。进了几座茶棚，居然一文钱没花，闹了个肚儿圆，也就知足的狠啦。不多一时进了庙中，见烧香的人真多。自己空手进庙，连股草香没拿，未免觉着下不去。刚要出山门请香，见从庙外进来许多尼僧，带着男女老少不等，杂跪神前，不由好生纳闷。

（续昨） *1921* 年 *5* 月 *31* 日

且说梁有才正要出山门，见从外面进来几个尼僧，带领着老少男女约有好几十名，每人手中各持一股草香，往里行走，直奔大殿。有才心说，莫非这□要拜把子的吗？又一想，不能，即便把弟把嫂一块儿来，犯不上用尼僧带排呀，这必然另有举动，我倒要看个明白。想到其间，自己也就随在人群后面跟进大殿。见几个尼僧在驾前合掌当胸，先下大参，然后起来，口中念诵经文。另有一位老翁烧上一股香，方才跪下，有旁人递给一张黄表②，老翁托着也念诵起来。虽然听不清说的什么，大约离不开求财求子、保佑平安的词儿。此时各位善男信女也都跪在当地，各人叨念各人的词儿。惟有年轻妇女声音极小，听不清祷告的是些什么。猛一低头，见那旁跪着一个十六七岁的大姑娘，生得十分美貌，比座上塑的娘娘像还好看，脸上肉皮儿一样的白，可不那们没有血色；梳着两个大□髻，头发黑而且亮；两道柳叶眉，一双杏核眼，樱桃小口一点点，别提多好看咧。有才心说，这些位跪香的全都是至诚顶礼，要讲两只小脚儿，凭走这山路已然累的狠啦，怎么说进庙还讲跪着呀。我虽不烧香，瞧□□大妞子实在好看，我挨着他跪一会儿，也算前世有缘呀。想到其间，顺着大殿槅扇绕在姑娘脊梁后头一瞧，不但没人儿③，外带挺宽绰的地方儿。

再瞧众香客，一位位合掌打着问心，多是低头闭目，好像怕泥娘娘见怪似的，所以

---

① 小绺：旧时对扒手的称呼。

② 黄表：黄表纸，用来敬神或祭祀死者的黄纸。

③ “不但没人儿”，原文作“不没但人儿”，据语义改。

没人留神有个满屋串□混孙①。自己冲着姑娘的后影儿咕咚跪倒，真要摸□一把，又怕人家孩子一嚷，把自己轰出去。再说殿中的人都是安安详详的，唯有自己眼似銮铃东张西望的，太不像事了，只好也低下头。恰巧姑娘跪的功夫久了，两只小金莲一动，往后一伸。有才一瞧，喝，真是周周正正，说三寸不到三寸，是一双红缎子鞋面儿，上面扎着花儿，真仿佛两个红秦椒②摆在眼前的一般（好吃辣的对了劲儿啦）。自己一想，莫若我假装乏人，弯下腰儿，两手伏地，慢慢儿的往前伸胳膊，够着的时候，用两个指头轻轻儿的捏捏脚尖儿。坏心眼儿一动，右□早够着姑娘的脚尖儿咧，不敢使劲，轻轻儿的捏了一下儿。姑娘没留神，小子越发胆子大了，张开五个手指头一攥。姑娘才觉着身后有人，□转粉颈回头一瞧，登时小脸儿一红，恶狠狠的瞪了一眼，嘴唇一动没说什么，八成儿心里骂哪。有才赶紧往后退退手，心说，敢则他生了气另有一番□□，无怪说宜嗔宜喜春风面喽（小子也不是多早晚学了一句《西厢》来）。此时姑娘回过脸儿去，跪着往前挪了半步。有才心说，反正是这殿里，你会挪，我也会往前爬，赶紧也跟了半步。稍等了一会儿，姑娘站起香□往殿外就走。有才心说，既然不跪咧，我也不陪啦，你走，我也跟着，倒要看看你奔往何方而去。

（再续） 1921年6月1日

且说梁有才见姑娘站起香躯出离佛殿，自己本来不是虔心烧香，焉肯还跪着，也就跟着站起身形，往外就追。庙中人甚多，称得是磕头撞脑（只不过不能真撞上，对面来人，彼此也得对躲着走）。有才一下佛殿台阶儿，恰巧又进来一拨儿香客，及至开过去，姑娘早走出山门去了。自己三步两步追到庙门口儿一瞧，只有从对面进庙的人，姑娘的踪迹皆无，不知道进了什么地方儿去啦。有才一跺脚，自言自语的说："哼，这可坏了醋咧（老西跺脚这句俗语儿就从这年留下的）！"又不知道人家的名姓，可往那里找去呢？虽有来的人，也不能截住人问一声儿，立刻垂头丧气，低下脑袋，顺着旧路往山下走啵。来的时候儿是一团高兴，此时腿也觉乏了，磕膝盖也疼啦，走一个山湾就想坐下歇歇儿。抬头一瞧，天已过午，心说只顾耽延着，少时山风儿一下来，我穿的衣裳少，怕是冻着，不如抓早儿下山吧。打定主意，站起来顺山道往下走，见来往行人不少，大半多是回香的，自己听人说话儿也到解闷。

正在这个当口儿，恰巧见方才跪香的那位姑娘也从后面走来，前面是一位老太太，看那意思好像母女的样子。有才一瞧，慌忙走了几步，凑③到姑娘身旁，听老太太说些什

---

① 混孙：滥竽充数的人。
② 秦椒：辣椒的别称。
③ "凑"，原文作"揍"，据语义改。

么。心中暗暗欢喜，想着只要能把这位老妈妈溜哄①的合了式，进身可就不难咧。

就听老太太一面走着，一面对姑娘说：“嗳，孩子，你能够至至诚诚的参拜娘娘圣驾是一件大好的事。咱这本处这庙中香火最盛，老娘娘也真灵应。你又没个兄弟姊妹的，就求老娘娘默地保佑你得个好女婿吧！”说得姑娘小脸一红，并没答言儿。有才心里说，这样的好姑娘，不知老太太要给个什么主儿？使财礼不使？又听老太太说：“只要能够帮着你孝顺我就是好的，也不必什么做官为宦的人家、富商大贾的后人。那路人家的子弟多半骄傲无知，眼睛里连父母都没有，还懂得孝顺丈母娘吗？”

有才越听越欢喜，赶紧递嘻和，说：“老太太，你老人家真虔诚的狠咧，这样年岁还走这样道路，脚底下可千万多留神，怎么也不拄上一根拐棍儿呀！”老太太听小伙说话和气，也就信口答言儿，说：“烧香还愿，讲不起受辛苦。要讲年岁，比我老的多着的呢！”有才说：“老太太，你老人家贵姓呀？”老太太说：“老身姓云，我膝下无儿，就生了这们一个姑娘，他名叫翠仙。我们家住在这山西边儿，也是山村，离此处约有四十里远呢！”有才一听，故意一绉眉，说：“我的妈呀，这个样儿的山路有多们难走，你老人家又腿脚这样迟慢，这位大妹子又这样儿单弱。剩了不高的日影儿了，按这们一步步儿的磨蹭四十里山路，得多早晚走得到哇！”有才心说，我背着你老人家，抱着姑娘，一想不像话，没敢说，只好装做着急，说：“要不租个民房住下吧！”老太太见有才着急，这才说：“香客不必多虑，此处幸有亲戚！”

（三续） *1921* 年 *6* 月 *2* 日

且说云老太太听有才同自己认成晚辈，又替发愁走不动，心里十分喜悦，微然一笑，说：“要论今天回香就讲到家，那如何到得了。本山有我一家至亲，离此不过十余里，今晚住在他家，不至甚晚！”有才说：“哦，这就是咧。这们说起来，你老人家这门亲戚必定不是外人喽？”老太太说：“这是我的老娘家，有我们姑娘的母舅、妗子、姨娘。”有才说：“这们说起来，你老人家当年必是财主喽？”老太太说：“怎么见得呢？”有才说：“你老人家既能背《六言杂字》，莫非不记得《名贤集》上的‘富在深山有远亲’么？”老太太一听，说：“这是娘家，不能以贫富论。俗言说得好，人活九十九，留下娘家做后手。再说这是姑表亲辈辈亲，折了胳膊连着筋。”

有才听老妈妈儿泛上贫口，心说我别招老人家岔话了，赶紧说正经的吧（我也怕海下去找不着老老家），赶紧说：“方才我是句笑谈，听老妈妈说给姑娘说婆家，既不嫌穷，又不讲有官儿没官儿，足见老年人不势利眼喽。咱娘儿两个，白商量商量，你老人家可

① 溜哄：花言巧语讨人欢心。

别说我冒失，这叫一家女儿百家求，说说不买，不算打落（念涝。拦住老妈妈了，自己又犯上贫嘴啦）。我可是一身一口一个人儿，从小儿没说上家小，不晓得妈妈你老人家喜欢我不喜欢我？”

老太太听到此处，并没答言儿，□项回头对翠仙说：“孩子，你自己看着怎么样？好在这个地方儿僻静，有什么话只管明说！你也老大不小的啦，耗到多早晚也是人家家里的人。这样年头儿，我也别净动压力，将来受你的玷言！你即便拉不下脸来说，咱们闹个摇头不算点头算，一百岁留胡子，大主意自己个儿拿（虽不用要求内柜同意，也怕长不出来）！”老太太问了好几句，姑娘直仿佛没听见。老太太说：“你到底是怎么个主意呀？你总得说！”翠仙把脸一整，说：“这个人不但福薄，而且荒唐。他做事没有定见，反覆无常，孩儿不愿给这种人做家小！”

有才本是一团高兴，心想只要老太太做主，是手拿把稳的好事喽，没想到本人否认，还把自己薄贬的一个小钱儿不值，心里所急啦，说：“妈妈你老人家不要听他的话，他简直的是假高眼。咱娘儿三个走了这们一道儿，你老看我那点儿不老诚？也不是我自夸其德，要说我，是个地道朴实好人。我若是一点坏心眼儿，冤过人，叫我促死促灭，太阳落我就死（明天一早再复活）！”

老太太见小伙子脑筋也绷起来啦，脸也紫啦（舌头再一短，就成了公道处出来的啦），以为年轻的人被人说屈着了急，连忙解劝，说：“年纪轻轻儿的不可起这样重誓！”有才好像要哭，揉着眼睛撇着下嘴唇儿，说：“妈妈你老人家不晓得，他真屈我的心吗！”老太太见有才是一个小孩子似的样子，立刻好笑，又听自己女儿这片话，也许故意拿乔（真崩老了，下次就没人问咧），又一想，莫如我替他硬做主意吧，说：“你们也不必再说了，老身应许这头亲事便了！”可不知翠仙又复如何。

（四续）*1921*年*6*月*3*日

且说云老太太听女儿口中直薄贬这个小伙子，一面又用眼睛上下打量，其实是要细瞧有才是什么变的，有骨头没有。老人家错会了意，以为大凡做女孩儿的，只要一提婆家脸就绯红，满嘴说不认可，心里是巴不能够的呢（也许想起自己幼年老碴儿来了），所以说：“得，我也不用再紧同你商量咧，我瞧他委①屈了心，直着急。再说人口又单静，不至受别人的气，我硬做了主意咧。咱们就这们办，这叫千里姻缘一线牵。那们这位香客，你可就是我的门婿了。可是的，你贵姓呀？原籍何方人氏？到济南几载？住在什么地方？有何职业呀（那位说，已然将女儿许配人家了，这才问姓名、住址，云老太太未

① “委”，原文作“为”，据语义改。

免透点儿瞎摸海吧！您别挑眼，原文上简直的没有，还是我看着太荒唐了，所以替造了这们几句。问得晚点儿，您只好包涵着瞧吧)？”

有才一听，说：“是呀，你老人家把姓氏、住处都对我说啦，我还没告诉你老人家呢。我姓梁，名叫有才。”姑娘听到此处，从鼻孔中哼了一声，把头一囗，说：“这还有财哪，有财还不借人家的哪！”老太太说：“休要拿姓名胡说！何方人氏呢？”有才说：“咱们是紧对着的省分，我是山西省太原府人氏。从小儿出门，到处为家，那儿的钱好挣我往那方奔，到了这济南五六年了。要讲挣的钱实在不少，打算回家说亲去。此地住熟了，听我们乡亲们的土音反有些不顺耳了，所以没回家。现在就在这泰安州山脚下镇店住着呢！”

姑娘气哼哼的对母亲说：“你老听，是个没准窝巢的飞来喜雀不是！”老太太说：“如今既然安上家，自然就有准住处了。只要有志气、有能为，立家原不是难事！”有才听母女捣乱，怕老太太反悔，越发卖弄殷勤。老太太过步略大一点儿，就说：“妈呀，你老人家留神石头碴子、活沙子！”姑娘用眼直瞪他，他会装做没看见，好像见了新客的姑娘儿。

三人走过一个山环儿，恰巧有两个送香客回头的山兜子①在路旁歇着呢。有才一见，连忙招手儿，说：“你们搭个回头脚儿的买卖好不好？”抬头儿说：“若讲下山，我们可不去，香客雇什么地方儿呀？”有才说不出地名儿，回头问老太太，说：“哦，我大舅他是什么村儿呀？”老太太说：“就是山后鹧鸪村。”有才说：“你们听见了没有？鹧鸪村儿要多少钱？”抬头儿说：“喝，还有十几里哪。好在我们奔鹞鹰庄，相离不远。你既要雇，每人你给二百老钱，我们共总五个人，着肩儿的四位，挣你八百钱，我是揽头儿，家伙是我的，抬得功夫大啦，我还得替换肩儿，你得给我三百老钱！”有才一听，心说不多，自己又卖弄不啬吝，说：“你一共要一吊一百不是，我也不还价儿。烧香是修好，不能拿你们卖苦力气人打算盘！”说着从身上取出一个钞囊来，先撤出一串老制钱，又掏出二百零儿来，说：“头儿们，你们瞧，这共总一吊二（定兴口音要说着可难听），全给你们，多的做为酒钱。可有一样，千万沿途保重，休要颠坏了我的老娘！”

（五续） *1921* 年 *6* 月 *4* 日

且说梁有才把兜子雇妥，给了钱之后，对五个人说：“咱们可得讲在头里，你们几位沿路上多加小心。我丈母娘这个年岁，背着我都不放心，你们要是抬起来一路大颠儿，那可不中！”抬头儿说：“香客只管放心，我们历年做这营生，什么样儿的娇弱堂客也都

① 山兜子：行走于山区的一种简易轿子。

抬过，决没危险，何必你多嘱咐！”有才说：“哼，敢则你们摔了一跑儿不心疼，你们不用夸嘴，我可得招呼①着点儿！”

此时抬夫已把山兜放下，撒开绳杠，有才搀着老太太，说：“你老人家慢着点儿，千万坐稳了，揪住绳子！”嘴里说着话，眼睛又看着姑娘。姑娘气哼哼的并不瞧他。抬夫们以为这不是两口子，多半是小姨子同姐夫为什么生了意见，才这样淡淡儿的，也不便打听人家家务事。放下兜子，也让姑娘坐好，抬夫也嘱咐两句，左右别往下瞧，眼皮子多往上翻，准能保险。姑娘无非点点头，说话中间抬将起来，往鹧鸪村而来。反正走山道不能净是上坡路，都是上几层下几层，道路宽窄也不能一律。有才在老太太身后、翠仙前边儿来回乱幌，嘴里所不闲着，什么左跨、右跨、左照、右照、左脚空、右脚空（那就滚下山去咧），惹得抬头儿直生气。越走到狭窄地方儿，他越出主意，反正离不开别颠别摇别动（那还怎么走呀）。书说简断，好容易磨蹭到舅舅村中，抬夫们累得满头是汗。有才腰也疼啦，胭帮子也酸啦。

日色已然衔山，老太太用手指着②一个柴门，说：“此门便是！”抬夫往下放兜子。有才说：“你们可找平地儿，不要格了老人家！”抬夫说：“你过于小心啦。按这路买卖，再走这们远，就把我们支使死咧！”后面兜子也都落平，有才搀下老太太，姑娘自己出了兜子，抬头儿气哼哼的归弄家伙走开，不提。

但说既是山居，多没有甚么高院墙，无非半截碎山石堆起来，在屋中也看得见门外。院中是三间石板儿正房，两间西草棚。正房开着门，就见从房中走出一个老头儿，说：“原来姑奶奶来咧！”房内有个老婆儿答言儿，说：“快接快接！”云老太太哈哈一笑，回头对有才说：“我刚要叫门，他们老两口子听见了，不用等请，咱们进去吧！”有才说：“大半门口着呢！”说话间老头儿已然开开柴门。云老太太说：“兄长，一向可好？”翠仙也赶着给舅舅万福行礼。此时老婆儿也追出来，说：“妹子、甥女，今年怎么回香早呀？”云老太太说：“嫂嫂不晓得，我们是雇了脚力来的！”老头儿刚要问这位何人。云老太太对有才说：“姑爷，你过来见见，这是你舅丈！”有才赶紧做揖。老头儿也回了一礼，说：“既然是姑奶奶同甥女贵客到来，不可在门口儿外头叙家常，快请房中坐，歇息歇息吧！”云老太太带着翠仙头口走，有才让老头儿先走，老两口子一定不肯，五个人同进房中。有才一瞧，三间房，一明两暗，堂屋供着佛爷。有才说：“舅岳父母在上，甥婿初次造府，理③当参拜！”说着跪下，闹了六个枣木狼④，老两口子一瞧，十分喜悦，这才问云老太太几时与甥女完成的良姻。

---

① “呼”，原文作“护”，据语义改。

② “用手指着”，原文作“用指着”，据语义改。

③ “理”，原文作“礼”，据语义改。

④ 枣木狼：对磕头的调侃。

（六续）1921年6月5日

且说云老太太听娘家哥哥问说几时与甥女成就的婚姻。姑娘一抹身儿早进了东里间屋中去了，他舅母自然也跟随进去。云老太太说："你甥女尚未过门，今天我在娘娘驾前焚香祷告，为的就是他这件终身大事。恰巧回香，路遇这位香客，我们娘儿两个一见投缘。彼此说闲话儿，听说他一身一口，故把女儿许给于他。我前天听人说，今天是天恩、不将①吉日，我想与其再找人择日合婚的，也很烦难，打算借你这个地方，就叫他们小两口儿成就百年好事，不知兄长可肯借给他们房屋做洞房一用么？"

老头儿一听，说："妹子想的这个主意实在简便，这们一办，彼此都免得许多要求。至于房屋一层，别听俗语儿说'宁借人停丧，不借人成双'，据我想还是成双是吉祥事，这不过有房不肯借人的推辞话儿。咱们既是至亲，借房一用又有何妨。但只一节，天色已晚，要预备什么上等酒席，这山村之内，有钱也无处去买呀！"有才在旁赶紧答言儿，说："老舅这话可说远了去咧。别说还有随常茶饭，就是干咬儿得地瓜都是好的呦！"老头儿说："你到能随乡入乡！"说话进入里屋，同老伴儿嘀咕了几句，然后又到西里间房中取出酒瓶子并许多现成菜蔬。

堂屋中只剩有才同云老太太谈些家常琐事。本家老妈妈出到院中，拾柴烧火忙成一处。有才不好帮助着，见老头儿从东间取出酒盅、菜碟、筷子等类要奔西间，自己连忙抢过来，说："让老舅这样受累，小婿实在于心不安。你老打算怎么摆，分派明白了，我也会摆呀！"老头儿说："贵客初次到此，简慢已然讨愧，那有劳累之理！"说着把家伙送进屋中，又让云老太太，说："妹□你同姑爷西房坐吧。少时酒饭齐毕，咱一桌同食，就做为他们夫妻们合卺交杯，不知意下如何？"云老太太说："咱既说从俭，诸事只好将就些儿吧，贤婿你就请呀！"又到院中对嫂子说："你是位老全福人，你把饭做熟，请你给翠仙梳梳头，咱们就算一棚大事全完，一个小钱儿没花（这是云老太太说的吗？《龙凤配》普胡子的词儿，我写串了辙啦）！"老婆儿连忙答应。云老太太进屋，让有才进西里间。

有才进屋一瞧，见前檐一铺大炕，上面放着炕桌儿。老头儿追进来，说："没别的，姑爷上座吧！"有才还要谦逊。老兄妹二人都说："今天既是你们小夫妻头顿团圆饭，吃好吃歹也得按这个规矩！"此时本家老太太已然把菜饭摆齐，擦擦手进入东间，把翠仙搀出来坐了次座。三位老人家殷勤劝让，有才心里这分儿喜欢就不用问咧，偷眼瞧翠仙，还是淡淡儿的。

---

① 天恩、不将：旧时民间办事择日以黄历为依据，天恩系吉日，不将日宜嫁娶。

一会儿大家用饱，云老太太又同兄嫂一商量，让他们新夫妻住那屋子。老头儿说："莫如就住这屋，你们姑嫂住东里间，我在西厢房还有许多该照应的事呢！"云老太太点头说好，立刻从箱子取出两个新被褥来给他们铺好，又给点上灯烛，三位老人家出到外屋。有才一瞧，只剩翠仙，这才说："娘子，你看天色不早，不如早早安眠！"

（七续）1921年6月6日

且说梁有才见三位老人家走开，自己赶紧同新娘子递着嘻和，说："娘子，你看天色不早，咱早早安眠了吧！"翠仙长叹了一口气，说："我原本看出你不是个有情义的才郎，因此不愿嫁你。谁想我那母亲硬做主张，将奴许配于你。既然迫于母命，也只好听天由命便了。咱今日预先说明，你要打算往人道里走，吃喝一层不用你为难！"有才听到这句，越发喜之不尽，说："娘子说的是，我从此是言听计从，你说什么，我都由着你，决不反对！"翠仙有心再往下说，因为尚无证据，自己再说，人家又说假高眼，故此只好睡觉啵（我可皆因原文没记载什么，才不编谣言啦）。一夜无书。

次日天光一亮，有才听外间屋老太太咳嗽起来，初次在人家寻休儿，不好委窝子，连忙起床，再瞧翠仙香梦正浓，想必跪香累乏咧，不便惊动。出了屋子，见舅丈已在院中打扫院子呢。见了有才，总当说几句抱歉的话，有才也得道谢感情。一会儿听岳母已然出了外屋，自己赶忙进来，从新拜见丈母娘（从前是蒙提拔，如今实行任事，所以又得谢恩）。云老太太见他懂礼，老太太笑嘻嘻的说："贤婿免礼，平身，请座！"有才说："有座，有座（老娘儿两个研究上戏场子咧）！"有才坐在下首，才要问："咱今天是否回家，还是在此多住些天（有人管饭，打算吃一辈子才好哪）？"

老太太乘兄嫂都不在房中，对自己说："贤婿，此处是亲戚家，你我都不宜久留。有心把你带回西山住上一半日，究竟也不是长法。莫如你将住址说明，你自己先行下山，老身将女儿携回我家，他尚有些须妆奁一齐送去，不知你意下如何？"有才心说，这到巧极咧，我昨天本没告述老太太我在□处住闲①，今天要一同下山，带着岳母、媳妇儿现租店赁房，有多泄气呀。恰巧原住小店后院另有两间房子招租呢，自己先去赁妥，家伙没有，借着也容易，人要走好运，什么事都是巧的。想到其间，说："老娘言之有理。孩儿孤身一人，所住的房屋很是肮脏。时常在房东家一块聊天儿，倒锁门就不回去了。如今我先回去打扫干净，该添置什么添些个，免得新娘子看着不放心！"云老太太说："既然如此，你就乘早去吧，咱晚间准见。你的门户可要说清！"有才说："就是山根儿底下泰山居起火店店后院儿。你老人家少时去打听梁老西儿，没有不认识哦的！"老太太说：

---

① 住闲：谓待业者暂居某处、某人之家。

“老身记下了！”

有才有心要进房同翠仙再说几句，自己听他还打鼾声，要将他唤醒，又怕他护觉闹气（那是我们那一口子），莫如别惹他，也免得他刨根问底儿。打好主意，说：“既如此，你老人家少时替我在舅母跟前美言，我就先走哩！”说完出离上房。老头儿说：“贤婿不要忙，少时酒饭便得！”有才赶紧做揖，说：“谢谢老舅，多有叨扰了。你老改□下山，想着找哦去！”老舅见他一定赶早儿走（想必有约会儿），不必再拦，送出门外。诸位要瞧夫妻正式过日子，咱是明天接演。

（八续）*1921年6月7日*

且说梁有才辞别舅丈出离鹧鸪村，直奔山下而来，沿路走着，心里别提多乐啦，自言自语的说：“还是老太太好哄。再说人都说信佛没有好处，我错非进庙烧香，焉能得此俏事！”心中叨念着，脚步儿越加快。不到巳牌时分，已然到了泰山居小店儿了。

掌柜的见有才回来，先道“虔诚”，又说：“你回香这们晚，我还只当你掉在山涧里头喂了山猫了呢！”有才说：“你这丧气嘴，你不晓得，我昨在山上成了家啦！”掌柜的说：“同老虎成了家啦？那可真虔诚！”有才说：“你今天做什么这们找寻①我呀？”掌柜的说：“这两天咱店里香客多，你成天在店中起腻。这两天不说帮我们个忙儿，想借烧香为名，不定跑到什么地方儿爬宿儿去了，我故此祟惑你！”有才就把烧香遇着云老太太，喜爱上自己，把女儿许给，当夜借舅丈家成亲的事述说了一遍。掌柜的听他这是真话，才不敢打哈哈了。伙计在旁说：“上山烧香带挑女婿缺，无怪娘娘顶上香火这们兴旺呢。早知有这样俏事，我也早烧香去呀！”

有才又把要租后院闲房的话对掌柜的一说。掌柜的点头应允，也别提多少租价，当时一说就成啦。有才付给租价，然后买些现成的吃食做为早饭，这才来到后院儿。开屋门一瞧，除去一铺土炕之外，别无所有②，跑到前面借来一把笤帚，先喷上水，连炕上带地下打扫了一个过儿。又把院子也都扫净，将笤帚送去。自己又到外面买了一领席子，把自己的铺盖从店中取过来铺在炕上，说：“这我可该歇一歇儿咧！”方才坐下，一抬头，说：“还是不中。窗户上的纸不定多少日子没换了，还得从新糊糊，不然多黑呀！”于是又跑出去买了纸来，打些糨糊，将旧纸撕去，胡乱糊上。自己心说，敢则自己租房儿住这们难呢，幸而手中还有钱，这要窦四烟馆（山东窦四），一个大没有，更是难喽。书说简截，溜溜儿的忙了一天。又想起虽说这院另有个门儿，我还没开开呢，少时岳母送新

---

① 找寻：故意挑毛病。

② “所有”，原文作“有所”，据语义改。

娘子前来，从小店打穿儿有多泄气呀，赶紧把小门开了，又到铺中寻了一张红纸，写了个“梁寓”字条儿贴好。

刚要进门，见远远儿的有一辆车，车边儿上坐的正是自己岳母。有才赶紧跑过去，说：“妈呀，你老人家来了吗？我这儿净等接你老人家下车哪！”此时赶车的把车赶至门前，云老太太先下车，有才搀着，嘴里还直说：“慢着慢着！”将老太太搀下来，翠仙在车中扭身搬出一个金漆小皮箱儿递给有才。有才一接，心说这要净干货，我可真有财咧。刚要放在地上，往下搀媳妇儿。翠仙说：“你们娘儿两个先进去就是，我不用人搀架！”云老太太已进街门，有才只可搬箱子跟随进来。老太太见只有两间房，不用再问那屋喽，奔进来一瞧，真干净（穷了个干净）。翠仙也随着进来。有才说：“你们娘儿两个都上炕吧！”老太太冲着自己叹了口气，说：“嗐，像这个样子怎生度日？老身不必久坐，乘早儿回去，明天遣人替你安家就是！”

（九续）1921年6月8日

且说云老太太到了有才房中一瞧，真叫做爱亲儿做亲，一个杏核儿砸两半儿，既然生米做成熟饭，还能登着窗台儿够椽子吗（一句书没说，净跟巧谚扎上啦），说：“你们这日子往后可怎么过呀？莫如我赶紧回去，拣着有用儿的给你送些来。要讲现置，别说得花好些钱，有钱一时都有买不着的。不然怎么俗语儿常说，穷家值万贯呢！”有才听岳母之言，笑嘻嘻的说：“既然老娘疼顾我，我也不敢套虚。你老人家容我到前边店里借把茶壶沏碗茶，你老喝完再走不迟！”老太太一听，连个茶壶、茶碗、茶盘子都没有，更不用问被褥、枕头、门帘子咧，别瞧炕上铺着一分，还许是刚赁的呢，越发坐不住了，说：“我不渴，别沏，明天见吧！”说着已经走到街门。有才赶出去，搀扶老太太上了车，又闹了几句白花蛇①的客套。老太太吩咐赶车的快走，别让他穷说了（本来又少半版咧）。

有才见车走远，自己觉着对不过人家姑娘儿，绕到店前门儿，借了把茶壶，酽酽儿的沏上一壶，连碗拿着回到房中。见翠仙脸上淡淡儿的，默默无言，有才笑嘻嘻的说：“走了多远的道路，你大概渴□很了？你先自斟自饮的喝着，我上外边叫饭去！”翠仙只好点点头，说：“随你自便就是！”有才一想，不够面子，忙斟了一碗茶，说：“你趁热儿喝吧。你别瞧咱这山根儿底下，真有高调货。这茶叶还是北京前门西月墙白鹤儿家定捎来的呢！”说着双手奉上。翠仙难却情面，只好接在手中。有才自己也斟了一碗，陪着坐下，没话找话儿，瞎抓词儿（我要不会抓词儿，可怎么吃这碗子饭），说：“娘子，哦的

---

① 白花蛇：指只说空话而不做事。

贤妻，古人常言道得好，这男儿无妻家无主，女子无夫房无梁（本村谢秋戏偷了两句《秋胡戏妻》来）。我从前初到贵省，也置了许多的家俱，只因一身一口，不能随身带着，被街坊邻舍借的借，偷得偷，如今才缺了手啦。从今以后，你我夫妻要谨防这路人才好！”翠仙依然默默，脸儿冲窗户一坐，低头喝了一口茶，把碗放在窗台上。

有才说：“你等着我叫饭去！”说着仍奔前面。见了店中人，说：“嘿！你们大家不信，过一半日，容他熟和了，你们瞧咱这堂客，敢说有一眼，你们今天可得捧我一场！”掌柜的说：“帮什么忙儿全都可以，就有一句话可得稿在头里，赊帐借钱免开尊口。小铺本短，君子莫怪！”有才一听急咧，说：“你们真把我姓梁的瞧小咧。我有银子有钱，如今又有了阔丈人家咧，何至于赊借你们的。不过我是新安家，诸所置办不齐，你们先把居家应用的暂借我用几天，伤损了那一样儿，我赔新的，万也不能含糊！”掌柜的说：“桌凳闲家伙可以行得了，锅、灶、刀、杓可没有敷余。”有才说：“那我也晓得，再说我们房中也不能现起火，想吃什么，你们柜上包办，我如数开钱行不行？”掌柜的说：“那还有不行的吗！不过有一句话不好说，你这两天既手中宽绰，先借我几两，吃完算帐怎么样？”有才一听，从腰中取出一两银子交在柜上，立刻出主意要请翠仙晚宴。

（十续）*1921 年 6 月 9 日*

且说梁有才把银子交给泰山居铺掌，叫他包饭，乡下山村儿地方不能吃什么有什么，但凡有点儿猪肉就是阔镇店，做什么不但不能得味儿，而且还不是样儿，什么丝儿炒、片儿炒，先没有合手的刀，反正是轂辘块儿，只要吃惯了，决不挑眼（在下下乡永久吃斋，没有那们好的口福）。铺掌受了有才的嘱托，赶紧打发伙计买了半斤生肉，店中有陈存的咸鱼、新鲜鸡子儿，配合两盘，把肉切碎，有心做一盘肉片、一盘肉丝，既没新样配头分别，做出来□瞧，无非两个炒肉。又烙了两张大饼，一会齐毕。一瞧没汤菜，不款式，又做了一碗豆腐汤。做齐了放在一个方盘里，叫伙计托着给有才送过屋里去。又怕有才不愿意，打穿堂儿出了铺门，绕到小门外头，一喊“送饭”。

有才正坐在炕檐边儿上，没话找话的应酬新人呢，听见喊，说：“你端进来就是咧！”伙计心说，只要你有话，我就敢进屋子，一面答应着，端着进了街门。见风门子关着，两手端盘子不能开门，站在窗外，说：“你到是打帘儿呀！”有才连忙开了风门子，说：“你交给我就是啦，家伙可是明天再取吧！”伙计说：“是咧！”嘴里说着，偷眼儿从门缝儿往炕上瞜，只看了个旁影儿，果然是个堂客。有才接□方盘，见伙计贼眉鼠眼的，心里有点恼意，说：“我现在不是你们店里的客了，是好照顾主儿。送下不走，你满处瞧什么呀？”伙计说：“我瞧你这窗户呢。纸虽糊了个很严，可惜闷的慌。再安上块小玻璃儿，里面挂个布帘儿就方便咧！”（一死儿往三等①里给凑合）。有才装做不懂，怕菜凉了，说：“你少出主意，快回柜做买卖去吧！”伙计抹身就走。有才一低头，见盘中只有饼菜，不但没酒盅、布碟、小菜碟，连筷箸、汤碗、调羹也没有，一转脸儿，说：“你回来！”伙计说：“你瞧你这不是成心磨烦吗？有话不一块儿说！”有才说：“你问问你们掌灶的，谁吃饭下把②抓呀！”伙计才想起是自己忘记预备啦（我方才就没提这几样儿吗），连忙说：“梁先生，你老别放闲杂儿。我们拿你这屋子当了过日子人家儿了，送菜不带话，不敢预备零件儿，怕挑眼说是打发祭席。既缺零件，我赶紧回去再取不迟！”有才说：“你就便再打半斤老清酒来！”伙计说：“这到使得。你老把菜放在房中，到是给我誊方盘哪！”有才气哼哼的说：“不能由着你，你不晓得，我这儿没有桌子吗！要誊油盘，你先给我放上桌子！”伙计一想有理，这才说：“你老带盘儿吃也使得。不过柜上油盘倒不开，所以问一声儿！”说着扭身往回路走，自言自语的说：“我又挣不着放桌子的钱，伺候你们这些个呢（店中这个伙计的夫人大半随活③）！”

书说简截（这还简截哪！不过按这们加着花头说，更得用心就是咧）。回到柜上，把应用的预备过来，送到屋门口儿。回到柜上，把有才这位夫人儿怎么体面对大家一说。大家都纳闷儿，不知他怎么朦了来的。内中唯有掌柜的暗暗叫苦，后悔不该租给他房，早晚要打捞带窝藏。

（十一续） *1921 年 6 月 10 日*

且说泰山居铺掌因听伙计说梁有才这个媳妇儿生得十分人材，又且一夜的功夫就说来的，恐怕来路不明。这如今房子是租给人家了，还能退钱撵人就搬吗？只好出了什么乱子再说啵，暂且言讲不着。

但说有才见酒饭齐毕，连忙亲给翠仙满斟了一杯，说：“你看一个外人没有，你先干这一盅吧！”翠仙见他殷勤劝让，再说又在轻年，是母亲相中了的，不能一定抗头，只好也把盏回敬。从此两个人吃喝不分，总算有了真感情咧。一会儿酒足饭饱，有才把家俱端在地上，见里面有些剩汤剩菜，自言自语的说：“这要一闹耗子，可怕传染瘟疫，不如我给他们送过去就是！”于是把茶壶也放在盘子之内端到前面，从新又泡了一壶茶，又同店中借了一个木墩子的蜡台，买了两支④蜡，连引火之物都一齐备办过来。先把蜡台往窗台上一放，把蜡安好。此时天尚未黑，一面说着话，一面劝翠仙喝茶，不过说些山西省

---

① 三等：此处指低级妓女。
② 下把：下手。
③ 随活：伴随主人身边的下人、仆人。
④ “支”，原文作“只”，据语义改。

分有什么好景致、土产民风。有才工于媚内（比甘心送给外国人强得多），翠仙一答一和的只好陪着聊啵。天色昏黑，点上灯蜡，四月季，夜已渐短，有才催着翠仙摘头睡觉。自己把小门关好，再回到房，见翠仙不但将铺盖收拾妥协，连自己首饰、衣服也都锁在皮箱之内。又到院中去了一蹚，然后回来要洗洗手，可惜连个瓦盆儿都没有，只好吹灯安眠吧。一夜无书。

次日，有才起来一想，应添置的物件实在太多，昨日岳母说送点儿什么，不免多耗会子吧。于是出门又到店中借了一个洗脸的木盆，打上水给端将过来，又拿壶沏茶，问翠仙早饭喜欢用什么。正在这们个功夫儿，听门外有男女声音，吵嚷着说："到啦，就是这个门儿。院里没接坊，只管往里抬吧！"有才赶紧出屋子一瞧，约有七八个男女，有抬着柜橱儿的，有挑着食盒、网篮、箱子的。内中有个年轻的说："梁姑爷早起来啦？你老指点怎么摆，安设完了，我们还得赶紧回去哪！"有才一瞧，这个人正是昨天赶车的那个小伙子，连忙说："喝，这可受累啦！俺那岳母老娘他老人家昨夜可好？"旁边有个婆子，同着个刚留头的小丫鬟，说："这就是新姑老哇，我们有礼啦！"说着一齐万福。有才赶忙还揖，说："不要拜节，我没洋饼子①（这是梁有才吗？窑皮②受热哪）。不要见礼，快屋里坐，同你们姑奶奶说话儿去吧！"婆子带丫鬟进到房中。有才说："门外有车没有？"赶车的说："昨天切了轴③了，所以没套车，我们是连抬带握给架弄来的。你老快开了屋门，我们好安排！"有才说："不用我帮着呀？"大家说："这到不必，你老指定地方儿，我们就给摆好了！"有才说："我也没有准稿子，你们看着摆，不合式等没事我再自己调换！"大家一听，搭起木器，胡乱放在屋中，转眼已然摆满。这才说："我们老太太有话，留下春香服侍姑娘，我们要回去啦！"有才要给大家叫饭，都说不饿哪。有才送走众人，进房一瞧，居家应用的应有尽有，外带还有陪房，这一乐非同小可。

（十二续）*1921* 年 *6* 月 *12* 日

旧历端阳佳节，京城国泰民安。七成旗饷满数关，所为维持市面。

银元连朝涨价，猪肉更多卖钱。询诸何以裕财源，敢则又能借款。

前天是中华民国的夏节，即旧历的五月端阳佳节，我们借着印刊工人歇工，一天没动笔（好在照旧有薪金），今天接着招这门说。既有这个节令儿，普通又有贺节之礼，故

① 洋饼子：洋钱，清末流入中国的外币银元，又称番钱、番饼。

② 窑皮：指经常出入妓院的流氓地痞。

③ 切轴：车轴断折。

此不便张嘴就说①书，先要说几句找辙的吉祥话儿，如同给本柜上放一挂利市鞭似的。话儿虽不吉祥，却是实话。因人若退一步想，平安即是福。但得能混个饱暖，无论受什么累都是好的。就怕人心不足，即便有吃有喝，总觉着受委屈，这路人所在多有，咱一时也不便指出谁谁谁来。就以本文书上这个梁有才就是个标样。诸位不信，您就接着往下瞧。

且说梁有才正愁安家一时不能齐，丈母娘打发人送来吃的使的无不俱全，外带还有使唤丫头，这个乐子实在不小，赶紧把头天同店中借的物件凑齐送还人家（我要不赶紧说出来，也怕给人忘下）。店中掌柜的问说："今天预备什么饭哪？"有才说："今天不必你包啦！"掌柜的说："怎么说，莫非另有包家儿了么？"有才摇着脑袋说："不是外人，是我老泰水包啦！"掌柜的说："你这泰水还越得过我这泰山居去吗？"有才听他不懂文话，说："泰水是我岳母，你别拿他老当做买卖人，比如你这字号是泰山居，我说你这儿住的都是老丈人，谁不揍呀？"掌柜的自知失言，赶紧说："那们既不用我们柜上包饭，只好给你算清帐吧！"有才说："这到不必。你替给我存在水牌上，我用个零钱儿方便！"掌柜的说："那们也好。你要手中宽裕，多存些银子好不好（许进不许出，买卖人普通心理）？"有才说："等我有钱还能不存在你柜上吗？"说完仍回后院，一瞧，这个春香丫头已把行灶生着火，跟着用水筲出门汲水，沏上茶，跟着煮饭。翠仙脱去大衣服也帮着收拾菜饭。一会儿做熟，放上炕桌，让有才上座，自己下面相陪，春香殷勤服侍，容夫妻用毕，这才端下去，一面自吃一面归着零碎儿。有才说："有什么忙不过来的，我也会办。应买什么你们言语，我上街买去！"翠仙说："米粮现在都有，只有肉食菜蔬可得现买。再说我见你好喝一盅儿，我母亲生来酒点不闻（可不是二众②），大概这网篮之内没有瓶子，必然没给你预备酒。你如果喜欢吃酒，你自己打去，喝黄喝烧随你自便。酒菜也可以拣自己合口味的买下些个！"有才说："我有我的好酒菜，你就不用分心了！"说完问明买什么，翠仙交给他一串制钱。有才去到集镇买了许多菜，又灌了两瓶绍酒，见钱还有敷余，有心要上酒铺儿喝会子，一想俗说一人不喝酒，二人不要钱，放着有这们好的新堂客陪着，不回家去，一个人有什么意味，于是往回路走。进到家中一瞧，翠仙同春香已用木器把房子截成里外屋，从新安设床帐。见丈夫买物回来，连忙接过来，预备给他摆酒。

（十三续） *1921年6月13日*

且说梁有才回到家中，见翠仙率领春香把房屋收拾得十分干净，虽没有特别装修，

① "就说"，原文作"说就"，据语义改。
② 二众：佛教信徒。

用柜橱把屋子截成里外间，把行灶、水缸放在院中。春香见姑老爷回来，先把买□菜蔬接过去，然后给沏茶、打脸水，又请问这酒菜应该怎样的预备。有才呷了一口茶，说："哦，不喝茶，快快看酸黄菜，酸黄酒（这是梁有才吗？说《铁冠图》的形容闯贼哪），张罗用酒用饭！"少时三口儿都吃饱，天已昏黑，春香收拾床帐，安排衾枕。没什么新鲜事，睡觉而已。次日天光大亮，还是过日子的俗事，不用细说。

但说有才刚吃了三天的舒心饭，觉着闷的难过，有心同翠仙说说凑凑打闹着玩儿。偏□这位新人虽说模样长的标致，可是一脸的正气，静默寡言，当着春香丫鬟越发连个笑容儿没有。有才饭后没事，只好上泰山居找掌柜的说闲话儿去。人家做买卖赶上忙劲儿，没功夫陪他。他坐不住，又到别的茶馆酒肆儿闲聊天儿去。

本处有些无赖子弟，从先虽都熟识，有才既是终日奔驰挣饭吃，便陪伴不起这些人。大家又因他是个外乡穷小子，也不爱答理他。自从云老太太送翠仙那天，大家都听说他说了个阔媳妇，都直纳闷儿，打算去拜望，夙日又不过来往。恰巧今天在酒肆儿遇见，赶过来给有才道喜，都说："梁大哥，你可不对，我们该挑你眼。你成家，为什么不知会大家一声儿？我们大家没别得替你的，跑跑颠颠的出个人力儿还不行吗！"有才一笑儿，说："但凡我要办事，还能不累你们老哥儿几位吗？皆因我用的是节俭婚礼，连说带过门才半天的功夫，还用人做什么呀！"大家都说："怎么这们快呀，八成儿你们是凑①合上的吧？"有才就把烧香遇着云老太太，一见喜爱自己，当晚就在舅丈家成亲的事述说了一遍。这些人半信半疑，有的心说，不定是那儿找不着主儿的剩货许给他了；有的心想，不定有什么恶疾（七出②之条指石女③而言）。不过谁也不好追问，只好说："这位老太太总算有眼力儿，梁大哥你老好造化，好福气呀。既是没知会人，我们也就难怪了。今天我们本当各具一分贺礼，给你补着道道喜。奈因咱们是路遇，朋友们不敢说腰里都方便。我到有个主意，今天就在酒肆里公请梁大哥一个酒儿，你可别不扰。你要怕回家受气，一驳大家的面子，那可不是交情！"有才说："那有叫众位弟兄破钞之理。今天我请你们几位就是了！"大家说："那可不行，无论怎么说，别管怎么说，拍布的怎么说，你今天也得扰我们哥儿几个。不怕你不过意，那不明天你再还席呢，全都使得！"有才说："既然众位弟兄们一定赏脸，我领命就是！"说着同到酒肆后院儿，七八个人挑了一副宽大的座位，要了些酒菜鱼肉等类。大家把有才让在首坐，每人给他斟个盅儿，然后举起筷箸，大家风卷云一路抢着吃喝。酒过数巡④，内中有说："怎么今天这早晚解闷儿的哥儿们还不见到来呢？"有才一听，此铺有赌局，不由得好生欢悦。

① "凑"，原文作"凌"，据语义改。
② 七出：封建社会规定的休、弃妻子的七条理由。
③ 石女：旧时一般指先天无法进行性行为的女性。
④ "巡"，原文作"寻"，据语义改。

（十四续）1921年6月14日

且说梁有才听大家说起这酒肆后院现在设立着赌局，借着酒兴说：“哦，我从前最爱赌个钱儿，后来到了贵处总凑不上手，所以老没有耍钱。但不知你们这里都耍什么玩艺儿？”领头请有才的这个人昨天没说姓名，左不是大张、二李，此人就叫大张，原先在各处给人抗长活，只因好耍钱，没人肯用，回到家乡一点儿正业没有，仍以聚赌为生，这叫羊群里丢了羊群里找（进了礼拜寺可就拉不出来啦）。听有才打听赌什么耍儿，说：“咱这山东地方的朋友多是性子急，玩钱讲个痛快。左不是杠个小宝儿，抡个大骰儿的时候多。要讲纸牌摇滩，铺家掌柜的们闲着解闷儿有赌的，咱们谁有那些耐性儿呀。梁大哥你从前都喜欢赌什么玩艺儿呀？”有才说：“我们家乡讲究骨牌玩艺儿的人多，什么挤黄儿、别棍儿咧，都是人人会的。轮到天九，可就不常见了。要讲痛快，都爱推牌九。人少的时候，也有顶由吾的，俗名叫顶牛儿。真要凑上手，大家对别很有个意思。但不知这些玩艺儿，咱这里兴不兴？”大张一听，说：“你说的前几样儿本地人多不会，唯独牌九兴的最宽。一翻两瞪眼①，比掷骰子押宝不在以下。梁大哥既然喜爱，咱几个人少时吃饱喝足，推几桩好不好？”

有才因为身上带的钱少，刚要推辞改日见。内中有个二李，是北京久吃反喜的，什么活都会使，反正是腥的（不是评书行管着说什么书叫使什么活），听大张架弄老梁，赶紧摆手，说：“依我说你们不要跟梁大哥一块儿赌，你们不晓得，他新近得着这样俏事，一定气儿正。你们不信考考去，红棚赌钱新郎多是赢家儿，皆因人家正走这步②运（这运可不知叫什么部位）。梁大哥眼看着是妻财子禄俱全的人了，咱们跟人比什么？”说着话笑嘻嘻的，又瞧了有才一眼。有才脸上果然露出一种骄满的样子，说：“一个解闷儿，有什么准稿子。再说还能有多大冷注吗？”大张说：“梁大哥说的是，二李□赌，你瞧着，或同别人另局。好在牌九同宝一样，四门人没足数儿，那时你喜欢你再加入！”二李说：“依我说，不如这们办，我同梁大哥勾着，你们谁的桩家我一概不管。但不知梁大哥你肯借我点儿福气儿不肯？”

有才本来喜捧，听二李这话，说：“你要肯同我勾着敢则更好咧。可有一样，今天我可不能替你垫梢！”二李说：“只要你肯勾着我，借你的造化，你一文钱不用拿，管保咱弟兄两个净擎赢钱，这叫多带时运少带梢！”有才说：“不是这们说，咱弟兄们初次坐下，怕你们信不及我！”大张说：“这话梁大哥说远了去咧。赌钱赌的是个人品、名儿姓儿。

---

① 一翻两瞪眼：推牌九的俗名。

② “步”，原文作“部”，据语义改。

我们要不看你金山似的重，还不往里局你呢。可有一节，咱今天既说初次，不宜大玩，每人赌个一千二吊的，所为细水儿长流，大家想好不好？”大家一齐点头，说话酒饭已毕，喝了碗水，取出赌俱，大家拿出现钱，打好桩家，推起活儿来。不到太阳落，众人的现钱都赢在有才手内。

（十五续）*1921年6月15日*

且说梁有才推了半天的牌九，把众人的钱全都赢在手内，天色不早，都张罗散局。二李冲大家说：“你们不听我的话，你瞧怎么样？”大家说：“这也没有法子，只可明天再捞啵！”二李说：“你们明天还敢再要吗？梁大哥，你怎么样？”有才说：“今天既然我赢了，明天就不照面儿，那有多没根基呀！”二李说：“既然如此，咱们大家必须早到，可得多带现梢①！”大家说：“那是自然！”二李帮着有才把钱数好，除去给酒肆抽头儿钱，自己分了一半。有才白捡了五吊制钱，说：“这们沉的现钱，我不愿意往回路抗，你们那位给存一存，明天再赌好不好？”大张说：“那可不好！梁大哥嫌抗着压的慌，就在本铺儿买他几两银子腰里带着，不就轻松了吗？”有才果然就托大张给换了三两多银子，辞别众人，欢欢喜喜的回家。

到家天已昏黑，翠仙同春香已然用过晚饭，见他这早晚才回来，以为必是吃过饭了。及至一问，有才说：“同着朋友用了一顿，此时又饿咧，有什么剩饭，我再找补点儿也就饱啦（天生的剩饭手吗），好归着睡觉。”翠仙以为他必然要自谋什么生计，也没问他在外边做什么去了，当天无书。

次日有才用了早饭又上酒肆，接着又一聚会，从此每天必到。虽说赌钱互有胜负，究竟是有才输的时候儿居多。您要问这些人用的都是什么手艺，在下于赌博这们夙欠研究，即便有个道听涂说的记问之学，也不便给人坏事，反正一句俗语儿，久赌无胜家。再说老梁虽是机伶，他是外省人，混在大家一处，如同独行客，所以赌了不到几天，把从前赢的全倒出去，余外连本身攒的几两体已、在泰山居存的钱也全输光，还欠大张、二李好几十吊制钱。自己一想，这两天气儿不好，再说拿不出亲钱来，也拉不下脸来再去了，于是两天没照面儿。

这天刚吃完早饭，听门外有人喊，说：“梁大哥在家吗？”有才出门一瞧，正是大张同着二李，说：“你这几天怎么不照面儿啦？该欠输了几个钱，算得了什么！”有才说：“我皆因这两天身上有些不爽快，所以没去。二位家里坐呀！”两个人一齐答言儿，说：“正要到你家里坐。”有才只好带路，进到院中。

---

① “梢”，原文作“捎”，据语义改。

翠仙听丈夫让进两个朋友来，隔窗一瞧，不像什么正经人，不便见他，连忙躲入里间，藏在炕上，放下帐子一坐。此时二人已同进到屋中，两个人往里一打量，屋中摆设满满当当。心说，这个堂客手中一定有财，有才即便多输些儿，也不至坑谁。有才说："你们二位喝点儿茶呀！"两个人说："正要喝茶！"翠仙心说，敢则是一对儿嘎杂子（翠仙多早晚听过这出呀）。有才赶紧叫春香烧水烹茶，春香不敢不遵，一会儿沏过来，各斟一碗。三个人一面喝着，一面谈起赌钱的事来，有才心痒难挠，说："你们哥儿两个一不忙，在我这儿喝个酒儿，吃完了咱们一块凑会子去！"大张说："据我想，梁大哥有心请客，何不同到酒馆，喝完再见个输赢呢？"有才手中没财，这一急非同小可。

（十六续）*1921* 年 *6* 月 *16* 日

且说有才同大张说到高兴之处，应许着一同前往，又一想，挺大个子的人，不带一文钱，可怎么去呀。刚一迟疑，用眼往里屋桌子上一瞜，见翠仙的摘头盘儿里放着一对金钗，暗暗欢喜，冲二人说："你们二位暂且坐一坐，容我换双鞋！"说着进了里屋。见翠仙在帐子里藏着呢，一伸手，把一对金钗褪入袖内，答讪着奔到炕沿边儿上，把两只新鞋换上。又瞧了一眼，不但翠仙没看见自己偷首饰，连春香也没在屋内，二次出来，说："你们哥儿两个既说外头喝，必是嫌家中拘泥，那们我也不套虚口，咱们走吧！"两个人一齐起身，说："说走就走！"

三人陆续出了屋子。有才见春香还在院中烧水，故意对他说："少时你们娘儿两个用你们的饭吧。我有约会儿，今天回来早晚不定！"春香只好答应了个"是"。大张乘这功夫隔窗又往里屋瞧了一眼，看见翠仙一个后影儿，身材苗条，准有几分人才，不敢紧自再钉，也怕老西吃醋，又答讪说："梁大哥，我看你这院子很宽绰，可惜房子少，再说也窄小点儿。"有才说："这还瞒得了你们两位吗？这不是因为成家，忙着现赁的吗，俟等消停消停，还得挪动挪动！"说话走出街门。

有才一想，把人同到酒肆，现当卖首饰喝酒、做赌本未免泄气，冲着两个人说："你们二位不肯在我家，咱们就在这泰山居吃个酒儿，你们想好不好？"大张说："这也可以。既然梁大哥实意儿候，彼此不是外人，咱就扰你个酒儿！"有才见他二人应允，于是转到泰山居前门，把二人让进去。

掌柜的晓得有才手里有钱，见他同进朋友来，立刻抖起精神，说："喝，梁先生，这一程子少见哪。你老净往那一方游历哪？想必公忙，咱们紧邻都有七八天没见面儿啦，我还只当你又上了外洋了呢！"有才说："我做什么跑那们远哪？不过我们哥儿几个在一块儿赌了几天的钱，所以没顾得来串门子。"掌柜的说："哦，这就是咧，那们赌的必是扑克喽！"有才说："什么叫扑克，我满不懂，我们推牌九呢！"掌柜的说："玩杠宝也到痛快，早晚没事咱们这屋里也局两天。今天没别的，你先照顾照顾我们吧！咱们这儿新添的应时小卖。”有才说：“你们想起什么预备这样高调货来啦？”掌柜说：“有你老这们位阔人物了，我们还能不想着沾光吗！”有才听掌柜的直替自己吹嘘，登时乐的了不得，说：“既然这样，我们今天总得尝尝杓口儿（别着往杓里巴结哪吗），那们给我们三个人摆一桌呀！”掌柜的说：“要整桌的今天可赶不及，你们三位还是随便要菜吧！”有才一听，敢则一要就脱落，只好叫先打三壶酒，劝大张、二李每人要两个菜，名目虽有区别，反正全是炒肉味儿。有才要了个醋溜肉片加酸菜，皆因有高醋，味还稍微特别了一点儿。一会儿吃完，有才叫掌柜的算了算，一共吊半零三儿钱，一横鼻梁儿写在帐上，一同出门去奔赌局。诸位要问金钗怎么折变，并如何吵家，这段热闹节目咱明天接演。

（十七续） *1921 年 6 月 17 日*

前昨这两天的书，无非略微形容赌博害人的损处。恰巧本报前天有位谦善君来稿，演说的也是赌害，说的十分透澈，比在下这们瞎聊议论正大。无如谦君所说的还是□赌，并没说到吃反喜的腥赌。论到腥赌，别瞧耍儿不大，专倾害的可是苦人，左不是中等铺户伙计、做坊头儿、手艺人。一个输急了，不是在柜上崩①骗偷窃，就是逃跑。回想前清末季，齐家胡同一带毁人炉有多少座。北京如此，论到乡村镇店更没王法，所捺的除去小本经营并做庄稼活的外乡人，就是种地的少当家的，不然怎么说乡下有块赌局，能穷十里地去呢！尽说这些与原文无干，即如梁有才就是个标样。

且说有才同张、李两个人又到前次所去的那个酒肆，大家都等急了，说：“梁大哥是这一方的财神爷，你老人家这一程子不来，净剩点子零碎注，耍的叫人不耐烦。咱们今天既要赌，就痛痛快快的大见个输赢，老哥你们想好不好？”有才还没答言儿，二李在一旁说：“你们晓得梁大哥为什么不来不晓得？”大家说：“想必是嫌不解气！”二李说：“这不结了吗？莫若咱们今天赌银子？”大家说：“那有多费事呀！”二李说：“咱们拿钱当银子，一文钱算一钱，十文算一两，赌完彼此一打，谁输谁赢一总清算，不是一样吗！”大张说：“好虽好，但只一节，银子所差的是早晚市价不同。比如今天赢一吊，合银子八钱，明天行市一个改盘儿，两家总有吃亏的。既然改赌银庄，可得预先说明白了，咱大家无论谁胜谁负，一律下地充帐，不知你们几位以为如何？”

有才听到这儿，稍有些胆怯，刚要说“咱们还是小解闷儿的为是”，大家没容他张嘴，说：“张大哥，你瞧你这小气劲儿，别说三两五两，就是谁输个三头五十两的谁也不

① 崩：旧时诈骗钱财的一种伎俩，托词某事向人借钱或代买某物，然后不再露面。

致坑谁。你要不放心，咱们索兴大家闹个倒水的回家——亮上梢①，怎么样？”大张说：“这们办，做个信息儿也好。”说着从腰中掏出一张银票，说：“我这是北京四大恒②的，一张五十两整票。你们那位无多有少不要拘泥。至于赌完了，过得着的，还许不提了呢！”二李一听，也从腰中掏出两个十足印儿的锞子来，说：“我这两锭暂算二十两！”其余有取出现银的，有现票的，立刻摆了一桌子。

有才一瞧，共总约在百两以上（可不知有一半儿真的没有），回想前次所欠大张的不足十两，这要都一齐下注，自己桩家，起一个对尊，不是全是自己的了吗（就忘了闭十③啦）！干！俗言说得好，舍不得孩子套不着狼，我也别叫朋友瞧不起我。想到其间，把袖中这对金钗取了出来，说：“今天咱们只顾忙着出来喝酒，银袱子④忘带了。我这对金钗是我们内人嫌花样老，交我贴换去的。你们瞧能合几十两？”大张伸手接了过来，略微一掂，约有一两一只，果然是赤纹□金，还嵌着两块宝石，说：“此时不必合数儿，赌完如果梁大哥下注，再找行家合去就是！”说着大家搭桌子打桩，正□有才，少时一翻骨牌，敢则是一身合体的袍褂。

（十八续） *1921 年 6 月 18 日*

且说有才是牌九桩家，开门起了一对闭十，各门都得赔钱，这一桩就输了个十几两。跟着又推，简直的没□赢的时候。天到日色平西，自己一算，约摸总输了个五六十两。

大张在一旁冲二李说：“你瞧今天梁大哥的彩兴儿也不知往那儿去了？”二李说：“他那天走的那步⑤运一辈子走不了几回，这已后可就□手法儿吧！”有才此时输的上了火，说：“要讲手法儿，吾也不含糊。不知今天怎么起不着好牌？”大张说：“你看天色不早，咱们今天赌的功夫虽小，可是见的输赢不小，不如清算清算再赌吧！”有才只可就坡儿下，说：“今天我本打算出门，皆因精神不足，明天咱可还得痛痛快快的赌几场儿！”二李说：“那是自然。谁明天不到，那算他没根基！”说着把牌收起来，把帐一算，大张、二李每人都输三五两，唯独有才整输了五十二两五。张、李二人先把自已输的给了赢家儿。大张把有才调到一边儿，说：“梁大哥，你打算怎么办？实对你说，我本应当替你搭一搭，无奈我这一程子手头儿窘的难过。本指望你今天赢了，大大的帮我个忙儿。谁想你气儿也不顺。既然你指的是这对金首饰，只可托人折合了吧！”

---

① “梢”，原文作“捎”，据语义改。
② 四大恒：清末北京四个著名的钱庄，即恒兴、恒和、恒利、恒源。
③ 闭十：原是赌博用语，指倒霉、走厄运。
④ 银袱子：钱包，荷包。
⑤ “步”，原文作“部”，据语义改。

有才一想，反正不能说了不算，只好说："就求张大哥你给分分心吧！"大张把自己的原票带起来，又将金钗拿在手中，说："不知梁大哥你当初怎么换的？"有才从根儿也没打过金首饰，如何说得上来，结结巴巴的说："实对你说，这是我岳母陪送我们内人的，应当什么行市我可说不清！"大张说："既然你没定价儿，咱们一块儿到银楼，叫他给按市价折合了就是！"有才说："事到如今，也只好如此喽！"大张又对几位赢家儿嘀咕了会子，叫二李暂且陪伴众人，把这对首饰拿上，同有才出离酒肆。

泰安州山脚下只有一座银楼，大张把有才同进内柜，说："我们这位相好的有这们点儿金首饰，要折变现银，求掌柜的给公公道道的做个准价钱！"这位掌柜接过来瞧了瞧，又用石头试了试，然后上戥子一平，说："连这两块石头，京平二两。这两天行市是十二换①，首饰只有八成金子，连石头卖成物，共总合二十两银子就不少！"有才知物不知价，不会争竞。大张说："掌柜的，那们这石头呢？"掌柜的说："你们如果嫌少，可以起下来再上戥子，这们按金价合，我们隔行还怕吃亏呢！"有才怕是少合银子，冲大张说："张大哥，谁叫我急用银子呢！一总算给他也就是啦！"大张见本人点头，也不问二成成色合在其内了没有，这才说："掌柜的，咱们可是按行市合的呀，别叫人说我的闲话！"掌柜的说："二位如果不凭信，可以另到别家再打打去！"大张说："那就不必啦！"掌柜说："还有一节，这位我们可不熟识，如果有错儿，张爷可是你的保人哪！"大张说："你只管放心，是人家自己的东西！"掌柜的这才平了二十两松江银子，交与二人。

回到赌局一充帐，下欠三十余两，由二李并赌友担任起来，明天打总充帐。有才垂头丧气的回转家门。

（十九续） *1921* 年 *6* 月 *19* 日

且说梁有才白白的把一对金钗输给人家，余外还欠人好几十两银子，只有垂头丧气的回家啵，越走越腻越不到。及至到了家门，已是掌灯时候了，见街门关闭，用手推了推，原来里面已经上好。有才一面用手拍门板，嘴里喊着："春香还不快来！"春香听见，连忙出来给他开了门。有才迈门槛往进走着，说："天这们早，你就张罗掩门，成什么过日子人家儿啦！"春香说："这是我们姑奶奶这们分派的，说是怕闹贼。院中人少，傥或踏进一个白潜贼来，偷走那样儿不是钱呢！"有才戳着自己心病，不便往下再说。春香将门照旧关好，跟随进房。

有才见翠仙在灯下做针黹，已然将首饰摘下。自己情知理亏，假做和气，说："娘子可曾用过饭了么？"翠仙依然低头做活，说："方才与春香胡乱吃了些儿，郎君如用什么，

① 十二换：这里指一两金可以兑换十二两银。

请自随便！”有才说：“方才我那两个朋友一定约我在外边吃酒，我们是多年旧交，难却情面，只好在一处用了些个。做男子的还能不交朋友吗?”翠仙说：“人不能离群而孤立。但只一节，交友一层，务须掌住了眼睛。名贤有云，莫贪意外之财，休交无益之友。若是每天凑在一处，除去讲些吃喝嫖赌之外，不谈一点儿国计民生，这路朋友实在无益有损!”有才说：“娘子你说的话虽然不错，但是男人终日在外边不能不交往，遇有什么事也不能不随喜。你别净听说某人荒唐，好嫖好赌，错非仗这两宗事联络感情，还未必挣得出钱来呢!”翠仙说：“你说的是运动政界的时道人儿或者有的，至尊驾从前做个小本经营，如今倚赖妾身吃碗舒心茶饭，也要这们胡稿，有什么益处? 再说赌博场中没有好人，谁都为钱争红了眼睛。要从赌局中交结朋友，恐怕一个儿也交不着，还不如酒肉吃喝，彼此还留个当时交情呢!”

有才听他说了半天，好在没肯说明丢了首饰，心中虽不耐烦，也只好信口答应着，说：“娘子见教极是，从此我少出去同他打连恋去就是!”翠仙说：“妾身本应出嫁从夫，不过见到的地方随便说说，听与不听，任凭郎君便了!”有才说：“我多早晚也没不听你的话呀。你看天色不早，咱们安歇了吧!”翠仙说：“既是郎君劳累了，你先睡就是。我这针线活得做完才能睡呢!”有才说：“我到不累，也不困。不过见你已然摘了首饰，只当你要忙着睡觉呢!”翠仙说：“郎君有所不知，妾身听人常说，朝朝防火，夜夜防贼。咱住的房屋无多，难免被□人看在眼里。从今以后，妾这些首饰要严密收藏起来，不必戴了!”有才一听，说：“娘子你这话可差些个，你是新出阁的娘子，既然有这首饰，又不戴，可做什么用呢?”翠仙说：“所为省心，免得劳神（到不是怕亲友借当)!”有才不敢往下再钉，只好安歇睡觉。

从第二天起，翠仙果然不戴首饰，把小皮箱儿锁了个挺结实（不戴首饰，熬上带钥匙啦)。有心要对他说明，自己还欠人家款呢，又不好启齿。用毕早饭，只急得出来进去，如□热灶上蚂蚁一般。

（二十续） *1921* 年 *6* 月 *20* 日

且说梁有才原同大家定的是次日准赴赌局再去捞梢①，不想翠仙虽不明说丢了首饰，可是全锁藏起来，财物到不了手，还欠着人的赌债，焉敢再去。这一急非同小可，再说头天输钱急的上了心火，晚饭又没吃好，今天看这情形，还怕有口舌是非，更是急上加急。自己一想，莫如借这个为由装做害病，即便谁找上门来，也有得推辞。翠仙如果看着自己害病着急，一个疏神，给他个什么得手拿什么，存在前面店里，再重赴赌局大大

① “梢”，原文作“捎”，据语义改。

的捞一下子，只要把昨天损失的捞回来，那不再戒赌呢（好耍的多有这种心理），有理呀，有理。打定主意，春香让他吃饭，他说不饿，让他喝茶，他说不喝，就张罗铺床睡觉（梁有才学上杨雄①啦）。

翠仙早猜透他是装着玩儿，故意说："大郎，我看你八成儿有什么心事吧（挺好的坤角儿也要巴结这个角色儿）？"有才说："我没有什么心事，不知怎么起心里不痛快，嘴里发苦，心里发堵，多半儿中了鼠疫了。你给我预备个百八十块的，我上医院住几天，免得你们受了我的传染（这是梁有才吗？新人物借卫生说事哪。梁有才没有这一套，无非要同翠仙手里挤几两好做梢②，往别处扎去）。"翠仙说："大郎既然身体不爽快，总是吃两服药或烧香许愿都可以，千万不要再劳神受累了！"有才说："我有心到外边游玩游玩，现在天气暑热，无处可去，所以才同几个朋友赌钱解闷，并不算什么劳神！"翠仙说："昨晚妾劝你的话，原是金石良言，奈因你不肯听，这叫良言难劝易性人。你既好赌，你请赌你的去！"有才说："前天我欠人家几两银子，今天不爽快，不愿去了！"翠仙说："去与不去任凭于你，只是想拿我钱财去做赌本是万不能的！"有才一听，只好死心啵，仍旧③装病，倒在床上哼哼嗳呦，翠仙并不理他。

一幌儿闹了两三天，自己也有些不好意思的起来，只是不能再去赌博。这天午后，自己在床上唧唧哝哝的唱着玩儿，翠仙听着不顺耳，出到院中去做针凿。忽见门口儿有个人往里一探头儿，看见自己，复又退回身去，咳嗽了一声，跟着问说："梁大哥在家么？"翠仙听见，连忙跑回房去，说："门外有人唤你！"有才猜着必是张、李赌友来讨帐的，悄步声儿的说："你回说我没在家就是了！"翠仙说："这可不对。既然有人寻找，总是觌面见着问明什么事，不见会子难免人家二次再来！"有才一听，只好起身，出离屋门，一面走着，说："我看看是谁找我，是谁找我（梁有才唱上《马思远》啦）？"

此时门外又喊了一声："梁大哥！"有才听语声儿正是二李，连忙答言说："李二哥，少见少见，快家里坐吧！"二李已然进到院中，说："要不咱哥儿两个还上前边店里说话儿去吧！"有才一想，不当着夫人儿说也好（搪帐怕内柜知道的都是梁爷一流人物），赶紧说："二哥嫌家中拘泥，咱们就上前边儿去！"说着又到泰山居。二李说："嘿，梁大哥，你怎么又不照面儿了？"有才脸一红，这才设法编谎搪帐。

（二十一续）*1921*年*6*月*21*日

且说梁有才听二李问说为何好几天又不照面儿，莫非打算输钱不认帐了么？登时觉

---

① 杨雄：京剧《翠屏山》中的人物。
② "梢"，原文作"捎"，据语义改。
③ "旧"，原文作"就"，据语义改。

着对不过，只好编谎啵，说："李二哥，你有所不知，从打那天回到家内，第二天就没吃饭。又怕你们几位不放心我该欠的这两个钱，赶紧托亲友借贷了三十多两银子。谁想没能送去，半夜闹贼，不但把这银子丢了，连衣服、首饰简直的丢了个一家儿净。这一破财，我这病越发的沉重了。我们内人也因为财政支绌，急气交加，也闹起病来。赶紧请医吃药，求神许愿，昨天才见轻松了点儿。今天李二哥来，敢莫是为讨债而来么?"二李一听，明知梁有才是借病支帐，因为大家勾着吃，不可性急把他拿钻①了，只好顺口答音的说："原来梁大哥你在家害病来着！据我说说，几十两银子很不必着这们大急，你命中还有一注大财哪！"有才听到这儿一愣，说："李二哥是会看相呀，还是会算命呢?你怎见得我命中有财?"二李一乐儿，说："我又没瞧你的手，也没问过你生辰八字，即便会相面批八字，也不能就断。反正你这笔财准有，你只要自己愿意发财，就能到手！"

有才被二李没头没尾的几句话说得越发发了怔，说："你是怎么见得?你总得说个明白，要不然咱们两个人没完。你想世界上的人谁又不愿意发财呢?"二李说："这件事我可不能白告述你，你得好好儿的请我喝个酒儿，再说你这笔财。如果得到手，你怎么酬谢我也得预先说明。不然你自己想去，横竖我这话准有把握！"有才一听，立刻也顾不得再装病了，说："李二哥，你要喝酒，我一定请你喝酒。我这笔财准能到手，给你二成回扣，你这就快告述我吧！"二李说："你要真肯请我，咱们就要菜吧！"有才说不上不算。再说自己还欠着人的赌债，不然真许瞪眼要钱，连忙把伙计叫到跟前，要两壶酒，又让二李要了几样菜，一会儿做齐。二李说："咱们不客气，一人一壶，自斟自饮，喝呀！"说话斟满，一盅赶一盅，嘴到杯干。有才一盅还没喝完，二李已然亮了壶底。有才又喊伙计从新再打两壶。二李又把两壶喝净，菜也吃到够了数儿。有才无非勉强陪着，见他稍有歇气儿的功夫了，这才说："李二哥，你这可该指教我发财道路了吧?"二李说："我说出来，听不听在你，你可别恼！"有才说："你说什么我都不恼，你就只管说吧！"

二李说："那天我同张大哥来探望你，临走的时候儿，隔窗看见你屋里坐着一位大仙似的美人儿，不过看了个大概。今天到你门口儿，刚要打门，院中站着一位堂客，真称得起天上少有、地下绝无的一位绝色美人。见我一喊你，跑进房去，大约必是你那令正尊夫人喽?可不是我说，俗言说穿衣吃饭量家当儿，何况娶妻，岂不知妻者齐也。要是同自己不般配，反与自己有祸。就以你方才说你害病的事，据我瞧，就是你们这位堂客妨②的你。君子问祸不问福，我是概不奉承。你肯信我话才能发财！"

---

① 拿钻：戳穿。

② 妨：旧时迷信的人讲究命数，常说因某人而影响某事，称为"妨"。

（二十二续） *1921年6月22日*

昨天的书说到二李不肯简直的给有才出主意，让人把夫人儿出手，所以才略用迷魂掌法。想着有才如果急了，先跟他认做玩笑。他如果一死儿不答应，再跟他要帐，反正得把钱弄到手中。所以夸说夫人好像天仙，有才并没生嗔，直勾勾的两只眼睛看着二李，真好比蹭戏听入了神似的。二李说到“准保”这句，故意略微迟钝了会儿，抓起筷箸又吃了两箸子残肴。有才不好往下问，可不住点头咂嘴儿。二李心说，有边儿，他既不炸，我就愣给他断个价儿，说：“我方才说你家这位夫人称得起是个千金美人。比如你肯出手，要是送给官宦人家做个偏房，苦到家也能使一百银子的财礼，还可以闹个活门儿①。过去几天你去瞧看，只要你们二位感情好，他给你美言两句儿，能提拔你得个一官半职的。你要怕不稳当，索兴一狠心，把他送入乐户籍，手拿把稳的能使一千银子的身价。像你这个身量儿，假如有一千银子你在手里拿着，爱喝酒，能开个清酒缸，你爱弄耍儿，足可以开个宝局，你这个乐子，可就大了去咧！”说完又冲有才一乐儿。有才听到此处，不好答言儿，仍是默默的看着二李点头儿。二李心说，八成儿这叫默许，我别钉紧了。想到其间，又说：“梁大哥，你的酒怎么样了？”有才说：“我听你说的热闹，忘了喝啦。这儿还有半壶哪，你不够，再来一壶？”二李摇摇头，说：“不，我足以够啦。你既不上酒肆儿，那天高兴，咱们可还得凑凑。还有一节，你上次欠的那点儿银子，千万可得早凑齐了充上帐，才算做脸哪！”有才说：“李二哥，你只管放心，赌奸不赌赖。我要不是被贼偷了这一通儿，早就充了账咧！你见着众位千万替我美言！”二李说：“那是自然！那们我也不说什么了，今天让你破钞花钱，咱们哥儿两个到底那一天见？”有才说：“三五天。”二李绉绉眉。有才说：“要不一半日（又串到《翠屏山》上去啦）？”二李说：“不用定准日子啦，反正你赶紧设法凑银子吧，我也该回去了！”

有才把二李送出泰山居，自己又叫过伙计一算，不过四五百制钱，依旧记了帐，往家中而来。进到房中，见翠仙已同春香用过晚饭。见他回来，仍做针黹。有才坐在一旁，答讪着对翠仙说：“嗳呀娘子，可了不得啦！方才我听人传说，今□北省处处亢旱，连河南的麦子都颗粒没收，大庄稼也种不上。南省的大米都被奸商运出口去了，粮价是一个劲儿飞涨，早晚有人吃人的行市。想咱家这三口人，我一点儿正事没有，恐怕要活活儿的饿死，你看这可怎么好？”说完假装着急，绉着眉头子，嗐声叹气。

翠仙起初听说荒旱还有些像人话，及至听他说得十分厉害，反不信了。心说这又不定借这旱灾说事，别着什么高着儿呢（八成儿要吃赈灾）。扭过头去，竟自不理他。有才

① 活门儿：旧时贩卖人口分活门儿与死门儿，活门儿即被出卖后，仍与卖者保持联系。

见夫人儿不答言儿，故意的一跺脚，说："娘子，你看这可怎么过，这可怎么活着?"抽抽答答的装掉眼泪。谁想翠仙依然不理。

（二十三续）1921年6月23日

且说梁有才回到家中，对着翠仙撒开了一诉苦穷儿。翠仙给他个任凭你花说柳说，满叫白说，到了时候叫丫鬟："掌银灯，你把那红绫子被儿与我安排定。哼，嗳哟!"那位说，翠仙不是山西人，怎么也唱上《酸五更儿》咧？你没猜着，被有才气得犯了肝气，故此忙着要睡觉。闲话少说，从这一晚晌起，有才一点笑容儿也没有。到了次日早晨，翠仙命春香预备好菜饭，给有才盛上一碗。有才抓起筷箸，气忿忿的往桌上一摔，说："你看这个菜不加醋，怎么吃呀?"春香忙着给他到了一碗醋来。他把筷箸一扔，说："虽说我们山西人好吃醋，也不能用醋泡饭喝呀！春香呀春香，你这丫头片子简直的是坏了良心咧!"春香噘①着小嘴儿也不理他，心说，反正咱两头儿有个坏了良心的。翠仙看不过眼儿，叫春香拿饭院子吃去。有才不敢反对，胡乱吃了一碗，倒在炕上横挑鼻子竖挑眼，变着方法儿找斜碴儿，一连气闹了三天。见翠仙还是不理，只好到外边溜达溜达，可又得躲着赌友地方儿走。一会儿天黑，才往回路走。

到家一瞧，今天晚间特别明灯朗烛，把酒盅擦的光亮，桌上摆着四碟小菜，都是自己合口味的。翠仙见自己回来，赶忙起身让座，说："郎君回来了，你今天为何这样昏黑回家？奴家久候多时，要与你痛饮一醉!"有才心说，今天我们娘子请我喝酒，不知什么事？此时肚中又渴又饿，连忙说："多蒙娘子款待，怎么今天你也犯了酒瘾了么?"翠仙说："奴家原不喝酒，皆因连日见你着急，故此特备些酒菜与你解闷消烦。春香你就快摆呀!"春香答应，一会儿做了几盘熟菜，摆在桌上。有才赶紧把壶抓过来，说："你今天也喝一盅!"翠仙说："既蒙郎君相劝，奴家少不得也陪你一盏就是!"有才说："这也叫喝酒的人架不住一让。"连忙斟满，自己也斟上一杯，说："你猜怎么着，我还是正想喝酒咧！不过一个人喝酒没什么意思，今天咱们两个人总得喝喝!"说着端起酒盅，呷了一口，说："今天这酒比往日酒好，这大约得四十多子儿一斤吧（这是有才说的吗？我的心腹事)?"有才口中夸着酒好，早赶②了四五盅啦，忽然想起心腹事，又绉上眉头。

翠仙说："我见你这一程子为穷着急，脸上透着瘦了许多。我又没法子替你搪帐挡穷，分忧代劳，我的心里也自觉讨愧。昨天我细细盘算，除去几样簪环首饰、衣服之外，一点儿值钱的也没有。即便折卖，也不值多少钱!"说到此处，见春香没在房中，悄步声

① "噘"，原文作"撅"，据语义改。
② 赶：喝。

儿的往院中一指，说："要不咱把这个丫头卖出去？一则省分儿嚼谷儿，二则也少招你生气。卖上几两银子，你做为资本，做个营业，你想好不好？"有才听夫人说到这儿，心说有方向，顺这口话儿往下订，也许二李的主意有成儿。想到其间，把眼睛一眯缝，说："娘子虽是好意，为我谋求生计，无如一个小毛丫头子，又值上几何？再说出了手，你也缺手。不如咱先喝酒，谋生的法子暂且缓议！"

（二十四续） *1921 年 6 月 24 日*

且说梁有才听翠仙有将丫头春香出手的话口儿，心中暗暗欢喜，摇着脑袋说："值不了许多银子，不如不卖！"嘴里说着，眼睛故意的看着翠仙，说："得咧，咱们今天既然喝酒，就先喝酒，不要提这些烦事。俗言说得好，今朝有酒今朝醉，明日无钱明日愁啵！"说着端起酒盅儿又连赶了两盅，脸上微露醉态。翠仙看出他这一程子同自己有外心似的，想着今天索兴试探试探他。想到其间，又用话往下勾引他，说："奴家既然嫁了你，你是我的夫主。夫乃一层天，无论什么事，都得由着你做主，奴所有的财物、衣饰也全应属你。但只一节，本来没有多余财物，过了这些天，已就垫补着花完，从此咱再往下过，一天紧似一天，早晚有断炊之日。我若一定守着从一而终之义，即便咱一同饿死，还能像伯夷、叔齐以饿成名吗！无非白受些罪，将来葬于沟壑。要想发迹，彼此断没什么指望。假如你若肯把我出手，卖在个官宦人家为奴做妾，大约总比春香多值几两银子。奴既不至饿死，你有这笔钱做点儿事业，或者够你用度的了吧？"说完两眼看着有才。

有才虽然满心愿意，无奈拉不下脸来立刻点头，摇着脑袋说："嗳呀，娘子，我与你是恩爱夫妻，难以割舍（要唱《鸿鸾禧》，小子的行为本同莫稽差不多吗）。再说咱们穷虽穷，只要你设个法子就能有吃有喝，何至必讲独立呢！"翠仙说："但凡我能回娘家运动些钱财，或在别处能借出款来，我断不说这辞职的话。明明舍不得你，势出无法，也不能不下台。别瞧奴是个女流之辈，处上事得分得出缓急轻重来。你是个堂堂男子，也得有决断才行哪。这叫做现放着两全其美的一条逃生路，莫非你藕断丝连像女人不成？"翠仙说到这儿，背了两句"子弟书"，而且整颜厉色，好像真起心里真愿意似的。

有才看着登时喜欢的拍手打掌，说："罢了罢了，你真是我的好伙计。你既有此心，拙夫听从你的妙策就是了。再说这不能像别的货物说卖就有主儿，容过一半天，我到外边吹嘘去。一来得人家合式，价码也得大。事成之后，那不多给人家的回扣呢，那到使得（梁有才是借债的熟手）！"说着话，笑嘻嘻的抓起酒壶，说："娘子，你既肯这样成全我，没别的，我先给你斟个盅儿，做为道谢啦！"翠仙假意殷勤，接在手中喝了下去。有才又连喝几杯，真是酒入欢肠，说："娘子，我虽是一时答应你的主意，可断不能忘了你的恩情。将来若能常来常往，还求你多提拔我哪！”翠仙说：“那是自然。你看天色不早，既然今夜不能表决，咱们睡觉吧！”有才说：“娘子说好便好！”

翠仙唤进春香收拾床帐，先自己睡下。有才瞧壶中还有许多酒，对春香说：“你如果困，你也只管睡你的。我把酒喝完，我吹灯就是了！”春香答应躲开。有才一面喝，一面心里盘算，明天找二李去，把今夜情形说明，不管什么人，只要出的价钱大，立刻人财两交。

（二十五续） 1921年6月25日

且说梁有才一听翠仙认可自行卖身，这一乐非同小可，揣度那个滋味儿，比得着头等奖券的彩票还高兴，一夜无词。

次日老早的起来，奔到集场去找二李。二李正打算约会各赌友去找有才催取前债去，今见有才来找自己，笑嘻嘻的说：“梁大哥来得恰巧，不然早半晌儿我还给你请安去呢。想必你把银子奔出来了，你多借给我几两方好。我这两天时运不济，手头也丧，输得要死，你快救命啵！”有才说：“你立刻要银子，我可是一分一厘没有，找你来另有话说！”二李一吐舌头，说：“喝，我的爹，你没有银子，找我莫非打算向我遣求借贷么？这个年月，这件事可万办不到！”有才说：“并非借贷。此处人多，不便细说。大略说给你个略节儿，就是你上次给我出的那个主意，我那一口子现在有了同意了！”二李有些不信，说：“真的吗？”有才说：“我多早晚冤过你呀？”二李说：“既然当真，咱们找个僻静地方吧。你说给我听听，好替你帮忙！”有才说：“那儿清静就上那儿说去！”二李说：“这是机密大事，茶馆酒肆万说不得。这群赌友平日最好拉纤，被他听了去，这个一言，那个一语，见天要领人去相。若是一个把事情闹糟了，岂不可惜！”有才听着直点头，说：“李二哥说得是。那们咱们到底上那儿去好？”二李说：“咱们得出村，找没人的地方儿去。你把情形说给我，我再给你转托人。”说着两个人出离二李家门。

穿过了大道，村外有个五道庙儿，四周无靠，庙后有个石台儿。二李说：“这儿很僻静，咱就这儿说吧。梁大哥，你坐下！”有才挨着二李坐下，就把昨夜翠仙的话述说了一遍。二李心说，这位堂客八成儿是看出小子没起色，所口要自投生路，但不知娘家都是做什么的，虽没有多大的势派儿，可也不得不防。容有才说完，说：“据你这们说，这位嫂子可真是要成全你喽？但只一节，老娘儿们的见解多是游移无定，说了兴许不算。这事可得加紧办，迟了恐有翻悔。你瞧这件事还是十分凑巧，错非你财命儿好真赶不上这个机会。”有才说：“什么好机会呢？”二李说：“你这一程子总没上赌场儿。新近来了一位内官家，从北京新到，说是到老家来有事。每天离不开赌钱，人家注大，又是松心赌儿，咱这一方的人被他赢的不轻。好在该该欠欠的人家不当回事，听说过三五天要回京当差去了。到人走的那一天，还能不充帐吗。要跟人家讲赖，二指大的纸条儿就能把咱们发啦。昨天我同他一块喝酒，问他京里有什么产业。他说大小明暗中都有挂钱儿①，自己贴身还有几个孩子。”有才说：“你说内官不是太监吗？他们要家小做什么呀？”二李说：“你敢则外行，内官方称中贵人，原是男子性质，净身不能改天性，所以有妻妾，为服侍自己，有时逛下处也是如此。”有才说：“人家有钱又怎么样呢？”二李说：“他说喜爱本乡堂客，打算办一位带到北京。只要人材好，不怕多花钱。一见令夫人，还管必能中意！”

（二十六续） *1921年6月26日*

且说有才听二李说到这位中贵人怎么有钱，自己心里喜欢的了不得，说：“请问李二哥，这位内官家，你能亲自对他说呀，还是得另经别人呢？”二李说：“你这个人敢则这们不开窍儿。这路事若是一经许多人，便不能有成儿。这件事我紧靠你□卖主儿这一头儿，那位买主儿，人家爱隔几道手全不用你管。少时我就找他去。只要看中意，人财两交。不然出了钻纤②的，可就难免有口舌是非咧！”有才说：“那们咱们哥儿两个那儿见面儿呢？”二李说：“据我想，你赶紧回家，先把话对嫂子说明白了，你就在泰山居店中等我。今天后半天，我领中贵人前去相看。他们那路人的秉性，只要中意，不怕多花钱。可有一节，他出到了价儿，你要再争，他可就许不要了！”有才说：“那们少时全仗二哥帮衬，我看你眼色行事！”二李说：“少时看势做事就是了。事不宜迟，咱这就分首。你回去想着催你们那一口子梳洗好着点儿！”有才点头答应，二人离开五道庙。

有才回到家中，见翠仙果然光梳头净洗脸，称得起是刷干撢净。见有才回来，说：“你往那里去了这们半天？”有才未从说话先递嘻和，说：“呀，娘子，昨天夜里你说的那个碴儿我越听越有理。今早到了集上，寻找一位朋友，你瞧别提有多巧咧。有个北京新到的贵人正来说亲，只要模样儿好，不怕多花财礼，带回京去做夫人。少时本人亲自来相看，咱们可是前言后不改，别到时候儿让中人为难！”翠仙把眼一翻，说：“那是自然。但有一节，究竟是什么样的买主儿？你可得别冤人！”有才说：“少时人家来相，我用话砸对准了二李，反正不能叫你受委屈！”说完出离家门，奔到泰山居门口儿一等。

天到日色平西，见二李同着一位四十上下岁的太监，穿戴的很阔，从远远儿的走来，说：“二李，怎么还不到哇？这山根儿底下还有什么好人材吗？”二李说：“老爷你别着急，你瞧就是那个茶馆儿后身儿那个小门儿。”有才一听，说：“李二哥，我在这儿等你

① 挂钱儿：旧时开赌场的人给地方官等的若干抽头。
② 钻纤：旧时介绍生意称拉纤，被别人抢去生意，抢者的行为称钻纤。

哪！”二李说：“你过来见见老爷！”又对这宦官说：“这位姓梁，就是本主儿！”有才赶紧凑过去，深深的给太监做了个揖，说：“我给老爷行礼啦！”太监略微点点头儿，说：“罢啦！你姓麻儿呀？”有才说：“方才李二哥不是告述你老我姓梁吗！”太监说：“早晨我没听明白。不错，他方才还说过了一遍呢！这们功夫，我又忘咧！”二李说：“你老人家这就叫贵人多忘事吗！”说得太监也乐了，回头说：“小李子，咱们那儿坐呀？”有才说：“老爷既来了，就请上我家去吧！”太监说：“也好，你头里走，看着狗！”有才说：“我家没怕丢的，不养活狗，你老请啵！”说着进巷口儿，到了小门儿，说：“请呀！”自己先进来，二李随着太监也进到院中。有才紧跑了一步，说：“我替你们二位打帘儿！”太监迈进门□儿，见里间屋床上坐着一个如花似玉的美人儿，站起来看了自己一眼，没问贵姓，□过身儿去，低头坐下。太监又一瞧后影儿，身材苗条，不由十分喜悦。

（二十七续）*1921年6月27日*

且说翠仙一见二李同来的这个人是个内监，而且一嘴的南腔北调，撇唇咧嘴。心说看这神情决不是奉公守法当差的好人。正在这个当儿，就听二李笑嘻嘻的说：“老爷你看怎么样？”又听太监答言儿说：“只要脾气不抗头，凑合着□得出去！”二李怕翠仙懂得这话，连忙冲太监挤眉弄眼摇头儿（孩子上了毛病儿啦），又一拉有才的衣襟儿，冲前边努嘴儿。太监也自知失言，说：“咱们在这屋里说话不方便，要不上茶馆儿说话儿去吧！”

有才刚要叫春香看茶，一听太监这们说，也信口答言儿，说：“老爷既嫌房屋窄小，拘泥的慌，咱就前边借个地方儿说去也可以使得！”太监站起身来，又瞟了翠仙两眼。对二李说：“那们我先走咧！”二李也跟着站起来，说：“一块儿走！”此时有才跟着出离屋子，要奔泰山居后门儿。太监同二李腿快，早到了街门儿。两个人一面走，嘀咕了两句。有才不便往回叫人家，也跟着出来。二李说：“前边茶馆有清静地方儿吗？可别被破坏党听了去，给咱们坏事呀！”有才说：“那到不能。而且我同掌柜的有交情，可以借他柜房儿坐着去。那不将来事情办成给他几两呢！”二李说：“这更好咧。记得这位掌柜的给人家写过卖契，就便拉上他做个代笔中人，也可以使得呀！”说着三人进了泰山居。

掌柜的正在柜上算帐，见有才同进两个人来，认识一个是二李，那一个太监不知名姓。心说有才这小子真是能钻，八成儿要拉官纤，赶紧推开算盘，站起来笑嘻嘻的说：“梁先生今天请客吗？”有才说：“不，我同这位宫中太爷有两句话。在我家嫌不方便，打算借你柜房儿坐一坐儿，大约没人吧？”掌柜的说：“我们都在外边儿忙，屋里清静的多，请吧，请吧！”有才说：“老爷你就走吧！”掌柜的忙着叫伙计沏茶，自己追进来抓掸子掸桌子，抓笤帚扫了扫炕，说：“这位老爷可多有屈尊。贵姓呀，你老？”太监说：“这到叫你忙合了。我姓宫，你忙你的去吧！”掌柜的说：“我们柜上本就缺人，昨天又病了一位先生，不然我倒没多少事。宫老爷肯赏脸赐光，少时我孝敬你老人家一杯水酒。即便天晚了住下，有的是闲地方儿，咱们再说话儿。我瞧你老人家很随和，不是好闹脾气的老爷们！”说完刚要出去，伙计已经送进茶来。掌柜的忙着要斟，二李抢过来，说：“你去治你的事，我们也得说会子。这事成了，还有求你的事哪！”掌柜的说：“李二爷肯拉扯我，敢情好极了。没别的，咱跟他老人家上京，领他老爷的东，大大的闹个买卖才好哪！那们你们三位说话儿，我就失陪了，用着我只管言语！”说完走出套间，给放下单布帘儿。

二李倒上茶，有才抢过来又倒了两碗。二李说：“梁大哥，这不是给你们两造拉了面儿啦吗！你们对说对讲，给我什么我擎着，不给什么我净手拈香，也决不红眼！老爷你老听听我像人话不像（可惜就是不行人事）？”有才同太监一齐答言儿，说：“李二哥真说得爽快，焉有叫你白落忙之理！”太监这才要问身价若干。

（二十八续） *1921* 年 *6* 月 *28* 日

且说宫太监对二李说：“既是这个姓梁的肯把家里的出手，但不知他要多少钱？”二李说：“梁大哥，这不是宫老爷问你哪吗？你就说个数儿啵！”有才说：“宫老爷，他话是这们说，我是被穷所挤，万分无法才想这各自投生路的法子。我们两口子平日感情原本不错，若是你老爷带回家去，跟你老享福呢，我可以少使几两。方才你老人家说什么摆得出去咧，这话，想必你老也要在堂客身上生财。我要一定说不卖，未免招你老爷生气。既然卖，就得头朝外，咱们干干脆脆，你老给个整数儿！”说话伸出一个手指头来。太监说：“你跟我打手式干麻儿呀？是银子是钱，是一千是一万，你乘早儿说明。这们呕腻①人，我可受不了！”

书中代表，梁有才原不是贩卖人口的主儿，不过那天听二李说为妓可得千的话，所以才伸一个指头。如今见太监有些生气，吓得了不得，用眼瞧着二李，意思想叫他帮衬几句好话。二李做为没看见，并不答言儿。有才急得拍了二李一下子，说：“早晨咱哥儿两个不是计较了一回了吗？你怎么没把底泄给宫老爷吗？”二李噗哧儿的一笑，说：“人家没有看见货头儿，我能替你要价儿吗？再说银庄钱庄有许多分别，你愿意要那样儿，你只管明说，宫老爷看着不值，也许还个价儿。不怕你们两下里上下差点儿，我可以替凑合凑合。你不说银钱数儿，我怎么答言儿呢？”宫太监此时答了言儿，说：“还是二李子是久惯办事的衙役。梁老大，依我说，银子、钱都是各使个地道。北京各省平头成色又不一样，简直的你就说咱本地的老钱，你净擎多少不就完了吗？”有才一想，真要动干

① 呕腻：旧时指用嬉笑的态度，故意使人着急、生气。

要银子，又怕把老爷要炸了，只好顺着口锋儿说："既是宫老爷喜欢说本地老钱，咱就说钱也使得，你老爷给一千吊老就是啦！"

太监说："你说了半天，同一千银子也差不多。要是坐家女儿，我就不驳你的回了，无如开了脸①。再说还不知道生养过孩子没有，这不过隔山买老牛②。你要的这个价值，忒多一点儿，我也不留添口，给你八百吊老钱，愿意呢就算着，不愿意你再卖，我再买！"有才一听，怕是错过机会，赶紧说："老爷你既还出价儿，我也不敢嫌少，不过我原本没敢多要！"

二李在旁答了言儿，说："梁大哥，可不是我相着一头儿，你原要的价值本来大些个。再说你瞧宫老爷，人真爽快。况且人家往京里带，一路得花许多车脚。比如说人家给你一千，要叫你送到北京，货到钱回，我不怕你恼，你沿路张多少心，再说你垫办的了吗？我既替买主儿说了会子话，不替你说两句，也透着有点儿一头儿沉（可不是皆因不满一版）。这们办，所有的花销同代笔人的笔资都出在宫老爷身上，你干擎八百钱好不好？"有才说："你别把'吊'字儿去掉了哇！"两个人说话忘情，宫太监一拍桌子，说："你们两个忘八小子，分明拿我开心！"吓得两个人做揖认错。掌柜的也听明这些话，赶紧进来解劝，立刻要写立卖身文契。

（二十九续）*1921年6月29日*

且说梁有才同宫太监争论价值，这些话早被泰山居掌柜的听了个明白。心说好没良心的小子啦，就是媳妇来得容易吧，也不该这们撒手哇，早知道他是这路货，我还早架弄到我手里头呢。又一想，我又拿不出动千的银子来，人家既是都成了，我凑进去，先闹分花销。打定主意，这才追进里屋门，装做续开水，进门先打壶盖儿，说："你们三位茶凉了吧？"太监说："我们还没喝呢！"掌柜的冲有才说："梁大哥，怎么你嫌家口累赘，打算要离婚吗？这个年头儿，这样贵的吃喝，到是正经主意（就怕找不出主儿来）！"二李知道泰山居掌柜的已然听了去了，好在事情已然办妥，即便破坏也霍弄③不动了，笑嘻嘻答了言儿，说："这不是你已经听明白了吗！方才我说求你的话就为这件事。上次张三卖地，我见你笔底下挺在行。没别的，他这个代笔就不用另找外人咧！"掌柜的把嘴一咧，说："李二哥，你别胡拉扯我咧。要讲买房置地，给人做个中人代笔，反正是老乡对老乡。再说无论典卖，谁有钱谁置，是常经的俗事。至于买卖人口，本就犯着律条。而且方才我听见一耳朵，这位老爷也是替人办的事。这路代笔，可不能伸手就动笔！"

---

① 开脸：旧时习俗，女子出嫁时，要修齐鬓角，并将脸和颈部的汗毛去除。

② 隔山买老牛：比喻人办事冒失，没有弄清情况就轻易决定。

③ 霍弄：活弄，搅和的意思。

二李一听，晓得掌柜的是要动拿捏，连忙说："掌柜的这话说得极是！好在你同梁大哥你们是陈相好，而且又是近邻，你又是土地爷玩枸杞。"太监说："枸杞有什么玩头儿呀？再说那个村儿里有这们不开眼的土地爷呀？"二李说："你们老爷们是陪王伴驾的人，不懂我们这土语，这是一句俏皮话儿，就是知根儿。"太监把眼珠儿一翻，说："不像话！要讲土地爷，玩什么花草都得知根儿，做什么单说枸杞呢？"登时把二李问得没了词儿。掌柜的心说，二李还是不行，连忙在旁拾着笑儿说："老爷，这个毛儿摘得有理。不过这路老俗语儿内中也另有个意思。皆因枸杞的根子扎得深，跑得远，年代久了，能成精迹，又名地骨灵，人轻易挖不着。若是土地爷喜爱地骨灵，不是一挖一个准儿吗？"说得三个人全都乐了。宫太监说："罢了，你不但会开带小店儿的茶铺儿，还外带会批巧言儿哪（彼时要是有报，足够做一门小说儿的）。我别打搅，二李，你们还是说你们正经的吧！"

二李接着又对掌柜的说："方才我说的是，你既跟梁爷有交情，讲不起就得帮个忙儿。而况且你瞧这位老爷也不是一拳打不透的人。既然用你，还能白支使你吗？"宫太监说："掌柜的，你要做个代笔，常口儿①都是二两，唯独你，我加倍给你四两还不行吗？"掌柜的听到这句，连连摆手，说："别说加一倍，这件事加五倍，外带还得有妥实铺保。不然先生请照顾别家去吧（这是泰山居掌柜的吗？我们馆里掌柜的往外支鸣冤忿告白哪）！"掌柜的听说写字多给钱，说："那们就写吗？"宫太监说："咱们这们说，把字据写成，归我拿着。我现时钱可带的不多，先付些定钱，明日一早，人钱两交，不知意下如何？"

（三十续）1921年6月30日

且说梁有才听宫太监说先放定钱，次日人财两交，心里虽不愿意，好在人家没拿了自己什么去，笑嘻嘻的对二李说："既然宫老爷手底下钱不够，那们索兴明天再办好不好？"宫太监听到此处，把眼一瞪，说："梁老大，你这话说得太透外行。要讲动成千的现钱，出门买货的人，谁也不能老抗着这些现钱。我腰里虽说有银票，不是小瞧咱们这山村地方，给谁家，谁家未必能找得出这些现银子来。即便到镇店上，也要多吃亏。我在杂货铺存着一笔现钱，少时我去了，叫他给你开成帖子，可非我亲自去不行。此时你点头认卖，若是不写个字据，明天你翻悔了，中人得陪你打官司。我要净空口说白话，比如我明天不要，你敢把我怎么样！我怕你不放心，所以说先给你们定银。如果我不要你的人，这银子你算是白使了，你想这不是好事吗？"有才见太监犯了脾气，说："既然老爷这们说，请问你老，先付给我多少两银子呢？"太监说："零的我没有，除去五十两

① 常口儿：通常的话。

二两五的一锭整宝，下余都是一百两一张的京票，给你们，你也没处兑去。再说合的价儿小了，谁应吃这亏。我先给你这锭整宝，不怕你不乐意要。明天再换给你，你想怎么样？”有才一听，心说，喝，白花花一个老亲人，我焉有不愿意要的呢，赶紧说：“那们就依老爷把定银取出来就是！”宫太监从腰中掏出一个大钞包来，里面有几个零包儿，还有一卷票子，余外有一锭整宝，用手拿着，往桌子上一扔，真是响了一声□，白花花耀眼增光，爱死个人（这是梁有才吗？泼牛氏）。伸手要拿起来看看成色，又怕太监瞪眼。

此时二李在旁答了言儿，冲大家说：“你们就别紧磨烦了。天色不早，梁大哥，你快取张毛头纸来，好让掌柜的写呀！”有才冲掌柜的说：“我家中也没有现成纸，你柜上借给我一张，我明天给钱还不行吗？”掌柜的说：“这到凑巧，昨天我买了一刀①，为是钉帐本子、糊窗户用的，没有使完，送你一张原不要紧，无奈这路纸不能白使，明天你多少给几个钱就是！”说完从柜中取出纸来，研得墨浓，添得笔饱，坐在靠窗台儿，对有才说：“那们就写‘出卖嫡妻人梁有才’喽！”有才没答言儿。太监说：“你既常办这些事，你还问他做麻呀？”掌柜的说：“不然，要不问明白了，他不画押，我不是白费笔墨吗！”有才说：“既然托你，你按规矩替写就是了！”掌柜的写完前文，又问卖与何人。有才说：“自然是宫老爷身旁为妻喽！”太监一拍桌子，说：“我们不应奉明文娶家小，再说很不必提名道姓。就写卖与过路客官为妻为婢的老文儿有多简截！”掌柜的一听，顺笔写好，写到“□钱笔下交足”的这句，冲太监说：“若是这样写，你老爷又得写‘倒字儿②’，不如空着钱数儿，与‘人财两交’的下文好不好？”宫太监说：“就这们办！再说我也不必拿这张白纸，将这银子同字据都存在你的柜上，我明天拿钱再取货好不好？”大家一听，都说：“宫老爷真爽快！”彼此分首。有才回到家中，要用话去冤翠仙。

（三十一续）*1921 年 7 月 1 日*

□说梁有才在泰山居与宫太监、二李分首，回转自己家门。心中盘算，见了翠仙得变着方法夸赞宫太监怎样富贵，明天好让他乐意前往，只要进了北京，爱怎么样就与自己无干了。打定主意，掀帘进□，见翠仙已然光梳头净洗脸，把簪环首饰全都戴好，而且穿的衣服比往日齐整，只是没系裙子。有才心说，八成儿他当这就跟人上路呢，所以打扮的这样高兴，有心把同宫太监怎么讲的实说一遍，究□心虚胆怯，怵惕忐忑了半天，陪着笑脸儿说：“娘子，可曾用过饭了么？”翠仙说：“也得有米呀！”有才一听，翠仙透点儿要说闲杂儿（倒没唱《王小二过年》），连忙装愁眉苦脸，说：“嗳呀，我的妻，你

---

① 一刀：量词，一百张。

② 倒字儿：旧时买卖房屋、人口等交易，买方收到实物后，要出具“倒字儿”给卖方，证明物品已经倒到买方手中。

想不是为丈夫的□得难过么?”翠仙说:“是呀,那们你同那两位说成了没有哇?”有才缩脖儿一笑,说:“幸蒙娘子施恩,慨然□成独立,已经定了草约,明天人财两交。并非我姓梁的负心,为德不终,实是因穷所迫,娘子千万□多原谅!”

翠仙把头一□,说:“谁又说什么来着!你这分穷是人人皆知,就连我母亲也晓得的。丈母娘□女婿是天下通行,并非与女婿有什么特别血统关系,皆因是怕女儿跟着受罪。我母亲生我一个儿,□且甚于别位老太太。有心顾赡你,奈因也是自顾不暇。即便给你几个钱,好比杯水车薪,无济于事,□叫棒棰接不起幡杆来(连讲《孟子》带《□声谚语》都被他偷学了去咧。翠仙若有其人,当推为白话报后起之□彦)!”有才怕夫人儿揭根子,低着脑袋长叹了一口气,说:“娘子说得是极。我没说岳母老泰水咱的那□娘没疼顾过我呀!”翠仙说:“你别当我母亲不来瞧看,要闹个眼不见心不烦呢。实在因我跟你受穷,母女联心,时不常儿的闹病。这如今,我既改就别家,你也有了过度了,咱们当日恩爱是他老人家给撮□上的,现在既然恩义断绝,不是你梁门中的人了,不可以不去告述他老人家一声儿。我收拾好了,□等你回来。没别的,跟你暂且告一会儿的假,我回娘家去上一蹚!”

有才一听翠仙这片话,登时吓的颜□儿都变啦。心说他这一着儿真损,他闹个一去不回头,明天宫太监答应我吗!有心瞪眼不许人回娘家,当日又没讲下死门儿,况且人家的话都在情理之内,如何敢拦,为难了半天,说:“娘子,据我想,总□不让他老人家晓得的为是。你没听过《回荆州》吗?孙夫人跟刘皇叔走,只能告述国太随儿夫长江一祭□先。若是说明,就怕国太舍不得。你我分离与回荆州大同小异(有才词穷,拉上《三国》典咧,可不是□《聊斋》带演《三国》),娘子不宜固执。母女见面儿,彼此伤心,不如一狠百狠,暂且不回去。那不到了北京,享受荣华富贵之时,再给他老人家写信,或专人来接,一同快乐去呢,岂不两便。娘子,我这是为你们母女的好意,你要再思再想!”翠仙听到此处,把脸一沉,说:“你今天无论怎么说,我是一定的要去。你要不放心,何妨一同前往!”

(三十二续) *1921年7月2日*

且说翠仙听有才不准自己往娘家去,登时怒形于色,说:“怎么你今天让去我也去,你不让去我也要去!你如果不放心,怕我不回来,你只管跟了我去!”有才碍难再往下推脱,只好陪着笑脸儿说:“我并非不放你去,怕的是你们母女见面把话说明,岳母舍不得你远行出外,一定拦阻于你,岂不耽误你我的好机会,从此再想享福恐不易得。我这话实在出于肺腑,多半为你起见,你要子细想想!”翠仙一笑儿,说:“你这分好心眼儿我岂不知,况且是我自己出的主意,乐于跟人到京享福去。母亲如果拦阻,我把话对老人家说明，老母自然也就无法了。这件事我管保没错儿!”有才说：“那们你可得急去快来呀!”翠仙说：“好在道路不远，天亮准可以回来。你不必游疑，咱们就乘早儿走哇!”有才说：“你我都去，这家可交给谁呢?”翠仙说：“既有春香，而且前面铺子都有照应，大可放心!”说完叫过春香，当面嘱咐明白，叫他跟着关好街门。有才有心到泰山居托嘱托嘱，一想倘然人家听着不放心，又得费唇舌。再一耽延，翠仙带春香走下去，自己可上那方找去呀，所以不敢言语，跟着翠仙出离大门。

此时已是黄昏时候，好在是个新秋中旬，月色渐明，顺道往西行走。翠仙在前面，别瞧窄窄金莲，走的飞快，自己得步下加劲儿，亚赛开跑步才跟随得上。转眼进了山口，自己虽在泰安地面住了这几年，并没到过西山，不但山高岭峻，而且怪石嵯峨，大约不必说夜晚，白昼间都没有多少路行人。走了约有两个更次，这一程子白吃白喝，吃饱了蹲膘，身上长了许多肉，这一通儿跑，累得筋疲力尽，热汗直流，追上翠仙一瞧，人家孩子一点儿不喘。心说，敢则没领教过我这位内人这们好的脚程儿哪，结结巴巴的说：“嗳呀，我的妈呀！怎么还不到哇?”翠仙说：“再走几里就是!”有才说：“不是别的，这么远的道路，明天还赶得回来呀?”翠仙说：“如果嫌远，你为什么不坐飞艇、轮船、火车呢（彼时一概没有，翠仙大概有未卜先知的能为)?”有才不敢再追问。再说一说话的功夫，翠仙又走出半里远去咧。

上文书说过，走山道是高一段，矮一段。又绕过一个山环，见远远有一片树林，好像是个村落。有才说：“大概这个村儿就是吧?”翠仙说：“不错，正是此处!”说完仍往前行。约摸又走了三四里，见路西是一座梢门，都是虎皮石砌成的，虽然有门洞儿，已经没有门了。有才跟着翠仙进了门，又往西走，见路北有一座大栅栏门，双门紧闭。前面有护庄濠沟，沟内有栽着许多柳树，中间有一块石条，天然的小桥。翠仙奔过桥去，款金莲上了石台基儿。有才紧跟了几步也越过小桥，就见翠仙用手敲打门环，敲了两下。听里面有人问说：“昏夜之间，何人击户?”说着下了闩，撤去上下插根儿，吱□□门分左右。有才借月色一看，是个年老苍头，给翠仙深深做揖，说：“原来是姑奶奶到来，老安人现在后楼，尚然未寝!”

（三十三续）*1921* 年 *7* 月 *3* 日

且说苍头开了大门，对翠仙说：“原来姑奶奶到此，老安人正在后楼，尚然未寝。”翠仙点点头，往院里就走。有才只好后面跟随。苍头用眼上下打量了打量，说：“但不知尊驾贵姓？是我们姑奶奶家的什么人?”有才说：“原来你不认识我，我本姓梁，大号有才，是你们家的姑爷!”苍头说：“哦，原来你就是姑老爷！老奴没到过尊府，你老也没走过亲戚。今天错非我们姑奶奶回家，你老大概还不登门儿呢（真正脚尖儿不离脚后跟，可称跟姑爷中的老手)!”有才不敢分争，怕是翠仙进去，自己找不着门儿，连忙赶着往里行走。

见外院有门房、客厅，大众听说姑奶奶回家，都要赶着吃个面儿，明天好讨赏钱，追出来做揖请安鞠躬，一路乱行礼招呼，翠仙只好应酬几句，脚下未免迟慢些个。有才看着有几个眼熟的，自己一想，是上次送奁妆去的，不知名姓，而且既没人管理，也不好递嘻和，先同人说话儿，只好抬着脑袋满院里胡瞧。见客厅对着一座垂花门，两边随着抄手游廊。隔门往里一瞧，五间大厅，高挂绛纱宫灯。正厅后面有一片高楼，真是“画栋朝飞南浦云，珠帘暮卷西山雨”，心说到不是“日夕文光冲北斗，朝来爽气挹西山”(别瞧姓梁的品行有限，记得的对子不少，足够使对春①的哪)。

此时男仆见完翠仙，有两个机灵俊俏的小僮儿往里飞跑。有才心说，这八成儿是给安人送信去了，小名儿叫做跑上房的喽。心中胡叨念，翠仙已然进垂花门直奔大厅。刚上台阶儿，见厅房中灯烛辉煌。先出来四个婆子，高挑帘笼，嘴里说：“给姑奶奶请安!”又有四个刚留头的小丫鬟跑出来给翠仙行礼。翠仙略一迟延，有才不能跟着往前进步，只好站在院中发愣，暗暗的吐了吐舌头，说：“喝，凭这个派头儿，别说是个山村人家，就是省城的抚院也无非如此吧（好在没说明是山左山右)!凭这们阔人家儿的姑娘，别说摆出去混事，就说给人当个偏房都怕不认可!细想起来，总是当初我的疏忽，不该不一死儿的往丈人家勤跑着点儿。再说岳母送物件之后，我同我们这口子虽说过几回要给岳母来道个谢，可恨他永久是用话支我，不是说房舍狭窄，就说道路遥远，没人看家。我又怕说紧了，有朋友议论我专走一面儿亲戚，故此这们一年多没来一蹚，真称得起六亲不认咧!今天他带了我来，嗳呀，不定葫芦里装的是什么药哪。”想到其间，热汗直流。

此时丫鬟已然给翠仙行完礼，两个提着手灯子（可没有大灯子）头前引路，两个大些的搀扶着翠仙，进了正厅。刚迈进门槛儿，婆子要放帘子，有才三步两步也追上台阶。翠仙冲着自己点手儿，婆子只得暂擎住手。有才毛腰跑进正厅一瞧，敢则当中有围屏，是一间穿堂儿。翠仙已然绕过去，有才紧跟随由后面穿出，见后院五间大楼。翠仙回着头儿，说：“我母亲在楼中，你我要前去见礼!”有才此时直闹得是进退两难。

（三十四续）*1921年7月5日*

且说梁有才跟定翠仙到了后院，见他回着头儿往楼上一指，说：“老娘现在楼上，你要随我上楼来哟!”有才说：“还请娘子带路!”此时婆子们打起帘子，翠仙仍由小丫鬟搀扶着够奔西北间楼梯。一个跑在前面，大约是给老安人报信去了。翠仙没系裙子，并不

---

① 对春：对春联。

用人服侍，手扶楼梯走了上去。有才容小丫鬟上去三五步，自己才往上走，见梯子宽大，好像石磴似的，可惜此处稍觉黑暗。走了约有二十余层，出离楼口，见翠仙在那里站着。五间大楼摆设齐整，当中是一座罗汉床。老安人坐在当中，有两个丫鬟侍立着。前面有张条案，两边有凳子座位。翠仙往前到了案前，说："老娘在上，女儿前来参见！"有才看见丈母娘坐在床上，好像一位老娘娘，不由肃然起敬，连忙跪倒磕头（可不能起倒板，唱"二梓童搀扶着待孤拜见"）。

老太太在位上并没理自己，也没什么"免礼、平身、赐坐"的客套，冲着翠仙说："你们夫妻夤夜前来，令老身好不纳闷，但不知有何事故？"翠仙给老太太行完礼，站起来坐在上首凳子上。有才没人吩咐，不敢起来，趁桌上灯烛明亮，偷眼瞧翠仙，见他满脸怒容，气忿忿的指自己，对老太太说："嗳呀，娘啊，我前次说过他这个人无情无义，母亲不信孩儿的话，如今果然真赃实犯，母亲不待信，女儿当面与他质对一番！"

有才一听，自知今夜这祸一定不小，既处到这个地步，只得低下头，闭眼认命啵。就见翠仙一掀衣襟儿，从裤腰带上抽出一物，是个绸巾包儿，里面包着长圆的物件。有才心说，莫非是炸弹吗？见他在桌案上一抖，绸巾散开，露出金黄黄的两个赤金锭儿，大约足有五十两一个，往当中推了推，冲着老太太说："幸尔未被这坏小子冤去花费了，特意送还母亲！"有才一瞧，起心里别提多后悔咧。心说凭这两个赤金锭儿，怎么说也值个千数来两银子呀！别听他见天同我哭穷，敢则手里有值钱的干货，早要知道，我焉能舍得把他出手，自己暗暗捣鬼。见老太太在座上慢闪慈眉，轻开善口，说："老身怕你跟他受穷，所以留给你们防荒用度的。既然还有，何必前来？莫非你们夫妻因什么吵闹了不成？说与老身听明，以便从公判断。女儿你要从实的讲来呦。如果不够用的，也不妨明说！"

翠仙冲老太太一摆手儿，又一指自己，说："他已然将我卖与人家了，女儿要这金子有什么用处！"老太太听到这句，一绉眉。翠仙把桌子一拍，指着有才，立刻长了个调门儿，气哼哼的说："你这个没良心的狼崽子！想当初我乍跟你的那天，你是挑八条绳儿①出身，脸上油泥多厚，不亚如鬼也似的。乍一挨着我，这股子臭汗味儿实在难闻。再说浑身多们瘦的难看，手脚上的皴足有一寸厚，到而今想起来就犯恶心。自从娶了我，你才有饱饭吃，脱去饿鬼皮。当着老母，我决不是说瞎话吧？"有才跪在当地，大气不敢出，低着脑袋挨骂，净盼老太太替说句好话劝解。

（三十五续） *1921* 年 *7* 月 *6* 日

且说梁有才被翠仙数落的一句话没有，净盼老岳母替讲个情儿。谁想这位老太太此

---

① 挑八条绳儿：指挑担子的劳动者。

时是老惠尼达的弓，一个劲儿死鱼不张嘴儿，死树干听儿（那位说，那儿来的这些外快呀？我又想起官太监那天的老碴儿来咧）。翠仙越说越生气，说："本来我自己晓得，没有倾城倾国的姿色，要讲做个王妃命妇①，进宫入府去侍奉贵人，不够资格。若像你这样的男人，我自居很配合的过儿了。再说过了这些日子，我那一点儿亏负于你？你怎么半点情义没有？当初那天咱们一个头磕在地下，这股草香我算跟你白举咧（这是云翠仙说的吗？要撅香头儿②的把兄弟犯心斗牙钳子哪）！再说你要真肯听我的话，一心一意儿的过日子，不喝酒不耍钱，不用你满市街胡扑去，我也能给你盖楼房，置良田肥地。皆因我早瞧透了你这骨头是儇薄③之骨（比净脆骨强点儿有限），乞丐之相，混到多早晚也决不能白头到老。故此我才另留了个心眼儿，你听明白了没有？"

翠仙方说了两句，丫鬟中有凑过来要解劝的，因为翠仙越说越加劲儿，所以没敢插嘴。此时楼上的仆妇越聚越多，把个有才团团围住。有才再想哀求老岳母，连面儿看不见，大概乘乱劲儿溜场儿下啦。这些仆妇们听姑奶奶所说的，才知道有才实在不是人行。内中有口直性快的，也上了气，苦一帮喘，说："姓梁的，你听着！"有一个小丫鬟"呸"的一声啐了有才一口吐沫。小丫鬟□们正在淘气时代，一个跟一个学，这个也啐，那个也啐，吐津没有了改做甩鼻涕。此时梁有才成了精忠庙门口儿的铁摆设儿④咧（大约皆因有碍交通，警界给取消的，决不是受了姓秦的运动）。内中有个年轻的小老妈儿，说："你们小姐儿们不用跟他费吐沫了，姑奶奶你也招呼累着，气坏自己身子骨儿！"有才心说，这们半天，好容易有个替我说句好话的咧，借这口锋儿，也说："娘子，你真该歇歇气儿了！"

此时人多口杂，自己虽这们说，大概没人听得见。就听内中有替翠仙出主意的，说："既是能待姑奶奶一点恩情没有，这种丧尽天良的坏小子留□世界⑤上早晚不定又祸害谁，咱们简直的结果了他的性命，往山沟儿里一扔，老虎都许不爱吃，嫌没人味儿，请请狼崽子也是好的呀！他□什么，直没那么大的功夫理他！"有才心说，敢则更给加上言儿啦，吓□屁滚尿流，一路磕响头，嘴里说："姑奶奶们饶了我啵，下次我决不敢喽，不信你们瞧下回！"翠仙听有才告饶儿，依然不理，又一拍桌案，说："你把妻子卖给人已经是可恶了，要论这路事还算不了新奇，是世界上有的。你卖给大户人家为奴做妾也还好哇，怎么你竟自与二李勾上手，要把我卖给娼家。你别当我真傻，没听出来哪！"翠仙方说到这一句，围绕的仆妇丫鬟们一听，不容翠仙分派，有从头上拔下簪子来的，有从

---

① 命妇：古代被授予封号的妇女。
② 撅香头儿：也称拔香头，谓结盟兄弟绝交。
③ 儇薄：巧佞轻佻。
④ 铁摆设儿：岳飞庙门口铁制的秦桧跪像。
⑤ "世界"，原文作"界世"，据语义改。

衣襟儿底下抽出锥子来的，有从衣兜中掏出刀子、剪子来的，照定有才一路乱扎。但不知有才性命如何。

（三十六续） *1921* 年 *7* 月 *7* 日

昨天的书，说到翠仙家中这些仆妇丫鬟，听到有才要把姑娘卖与娼门，登时大怒，不容翠仙吩咐，一个个顺手掏出家伙，照定有才连扎带钻。这路妇女，若是讲起动手打群架，可比男人厉害的多。皆因男人打架，除非定约为去打架的事才有家伙，故此早年外场混混儿讲究三车霸道棍儿、五车劈柴，别听吵嚷得欢，其实是虎口麻事。只要有人出头调解，相许就打不起来啦。再说一动群殴，彼此必然都有个名儿姓儿，所约的人不差什么，两面都有个熟脸儿。虽然说打架不恼助拳的，光棍打光棍，一顿还一顿，真为旁人的事得罪苦了人，走单了，也是苦子①。故此即便动上手也是一打二吓唬②，挨打的气儿一馁，口中一说软活话儿，喝令的即便不出气，助拳的也就不管咧，这叫杀人不过头点地。再说彼此既有一头怕事，所争的也如愿以偿了，莫非谁还真愿意打人命官司吗？这是早年野蛮打群架。如今军警林立，两个人苦吵，就带区罚金，打群架更轻易不好约人了，每人五元以下谁会帐呀！所以无形取消。至于妇女打架，可实在可怕。别瞧没有多大的气力，位位都有阴着儿。再说身上、头上都有致③命的利器，不用说善用刀剪，外带鬼门十三针④（那是女医），就便赤手空拳，胡掏混掳，这分儿小取⑤你就搪不了。再若人多口杂，有一个领头儿的，彼此一逞能，多大能为的男子也不是敌手。诸位常听《五女七贞》，那们横的黄天霸，只要遇着女的就被获遭擒。再说《安良传》上的九花娘，多大能为的英雄都拿不着。您想这不是比样吗？那位说，你是说《聊斋》呀，还是要吃公案套子呢？对呀，我还得接着说我的《云翠仙》。

且说大家这一个攒盘儿⑥，每人一下子，有才身上早就干了十几个窟窿，登时鲜血直流。有才虽是从山西混到山东，北五省总算走遍了的混混儿，真没吃过这苦子，立刻疼的山嚷怪叫，用手挡那块儿，那块儿也挡不住。上文书说的明白，好在他原本是在地上爬伏跪着呢，要是站在楼上，早就滚下楼啦。急得他杀猪似的，一面哭着一面喊叫：“姑奶奶，姑祖宗们，饶了我啵，我再也不敢喽！”翠仙在凳子上冲大家一摆手，说：“你们大家慢动手，听我有话说。论起他的行为来，本来口死不多。不过他虽不仁，我也不必

① 苦子：苦头。
② “唬”，原文作“虎”，据语义改。
③ “致”，原文作“制”，据语义改。
④ 鬼门十三针：民间流传下来的中医针疗与巫术相结合的一种疗法，专门用于治疗邪病。
⑤ 小取：非大打出手，而使用阴招、狠招。
⑥ 攒盘儿：谓多人一起动手打一个人。

再以恩义待他喽。你们听他喊的声音都差了，直同要宰的牛马一样的觳觫①。俗语儿说人心都是肉长的，我最怕瞧这种稀胎子②的样子。你们暂且停手，别招他这们嚎的难听咧！”这些仆妇丫鬟一听翠仙这们吩咐，这才不连□动针了。有一个小丫鬟举着个锥子，恶狠狠的又在有才屁股蛋□上饶了一下儿，笑嘻嘻的说：“我们姑娘想起齐宣王来了，我偏叫你学回苏秦③！”这一下子好在不甚疼，有才没敢出声儿。

此时翠仙站起来够奔楼口，丫鬟们有追着搀扶的，婆子们后面紧紧相随，一会儿全都散净。有才这才□起身躯，哼唶不止，不知少时还要如何发落。

（三十七续）*1921* 年 *7* 月 *8* 日

且说梁有才容翠仙率领众人下楼之后，自己扎挣坐起来，不敢抬头，偷眼往桌案上看了看，灯烛惨淡。再瞧方才翠仙④放下的那锭金子也没有影儿啦。又侧耳往楼下听了听，万籁无声。心想只好耗到天光大亮，再设法央求老岳母，替讲个人情，那不我给翠仙磕头赔礼呢，全都使得。既而一想，怕是不行，方才翠仙虽没肯懊怨母亲，老太太必然也正在气头儿上哪，万一一个不管，或勒令怎么处治我，我一点儿照应没有，更是苦子。再说听他方才的话口儿很紧，一定同我绝情断义，莫如闹个三十六着走为上策，乘早儿一溜儿，另奔他方谋求生路啵。心中盘算到这儿，想站起来隔楼窗往下瞧瞧，那方没灯亮儿好往那方奔。刚一抬头，看见上面许多星辰，银河耿耿。心说怪呀，方才明明是楼房，怎么楼会没有上顶儿了呢？不对，八成儿我眼离⑤了，吓糊涂咧。闭上眼定定神思再瞧吧，于是把眼一闭，净想碴儿，定了约有一两刻钟的功夫，又一睁眼，见东方已然发白。往下一瞧，那里有什么雕梁画栋，黑糊糊一片全是树木山石。而且桌案也没有了，灯光也灭啦，自己所坐的是一个山尖儿上的一个峭壁，低头往下再瞧，下面是无底的深涧，吓得哆嗦成了一团，自言自语的说：“怎么糊里糊涂的会被人架弄到极峰地位上来了呢？这要一个头朝下滚了涧，一定粉身碎骨。我别动身才好。”又一瞧，好在石头块儿大。往当中瞧，比自己坐的这点地方稍然平坦些儿。心说，有咧，我往那边儿蹭一蹭还牢稳点儿。

稍一动转，只听塌□一声，震得两耳乱鸣，自己所坐的石头居然脱落下一大块来。幸尔是在石头上面爬着，身子一滑，随石往下坠落。有才一闭眼，心说，得，这下子一

① 觳觫：恐惧颤抖的样子。
② 稀胎子：指软弱的人。
③ 学回苏秦：指学一学苏秦的“锥刺股”。
④ “仙”，原文作“位”，据语义改。
⑤ 眼离：谓眼睛迷离，产生幻觉。

定摔死喽。谁想落下几尺，被山崖上的枯藤条罣住前衣襟儿，没掉下去。但只一件，两手两脚全都悬空着，想揪那儿又够不着，只是肚子下面好像有个网络。再往下瞧，还是瞧不见坑底。心说，嗳呀，我这是腰朝上，外号儿就是眼儿猴啦，大略性命仍然难保。若是再一翻过儿，即或变成腰朝上，就怕再配两个么，也是干瞪眼（还没顾过命儿来呢，又想起掷骰子来咧，好赌的人确有这样的人）。此时有才虽说不得劲儿，总算暂且有点儿络子，无如控的功夫一大，头闷眼晕，不禁不由的喊叫起来，说："那位行□点儿好儿啵！救救我啵！"嚷了半天，一个人影儿没有，已然嗓子哑的一字不出了（那只好告辞吧）。再说人的身子悬得功夫一大，而且又有许多金刃伤，被风儿一吹，早晨露水一浸，登时肿起来，受得新鲜轻空气越多，眼、耳、鼻、舌、身，自是一点儿劲头儿没有了。

又待了半天，天光已在巳牌时分，有两个打山柴的一面砍着柴，一面说着闲话儿，有一个猛一抬头，说："大哥，你瞧今天这西山怎么半中腰里悬着一个动物哇，可不知是死是活。咱何不叫他一声，如果是活人，好设法将他搭救下来！"

（三十八续） *1921* 年 *7* 月 *9* 日

且说西山两个①打山柴的原是姑表弟兄，原文没多少用处，咱也不必给人编造姓名，只好说一个是姑子的儿子，一个是看水表的少爷。这个姑家门子的年岁大些，有点罗锅腰儿，见天背山柴累出来的毛病，走上山道，永久低头儿来低头儿去，常说的罗锅子上山——前短，就是此公。走上道儿，自然不爱东张西望。这位表行的老二年纪小，自然是跳跳蹿蹿。饭后弟兄们又上山砍柴②，老二一眼看见半山腰里悬挂着好像个活人，所以叫大哥，说："你瞧，那边是个人不是呀?"姑老大歪着脖子满处一找，看见有才，说："可不是个人吗？可有一节，不知什么时候罣在这儿的，现在还有气儿没有了？你大声喊叫他两声，如果没死，咱们设法把他搭救下来。有道是救人一命，胜造七级浮屠。咱这危险行当儿，多行点儿好事，管保有好处！"老二说："大哥说得是。况且你瞧这个人的穿章儿虽说不阔，决不像咱山沟儿里住户。不是被人诱进来要害他，就是被妖精迷住滚下山来的。"老大说："你先别猜闷儿，你到是叫他两声呀！"老二腿脚灵便，往山坡紧跑了几步，说："罣住的那位，你是怎么啦?"

有才已然发上昏了，听有人喊叫，扎挣着睁开眼睛，一见是个樵夫，赶紧□足了气力说："樵哥，行点儿好，救救我啵！"还怕樵夫听不见，悬着胳膊又点了点手儿。老二说："你别忙，等我找帮手去！"说完要往下跑。有才这一动转，连说的话姑老大也听见

---

① "西山两个"，原文作"西两山个"，据语义改。
② "柴"，原文作"紫"，据语义改。

了，说："你不用往下跑了，你赶紧往上爬几步，等我绕上山头，把绳子递给你，你把他拦腰拴好，或往上提溜，或往下放，才能终用哪！"老二说："那们你就快着点儿吧。功夫大了，一起风，我这儿站不稳。"老大说："那们你问一问他，能自己揪住绳头儿往上爬不能？"两个人说话声音高，有才求救的心急，说："樵哥，我周身□伤，两膀子没有力气，可怕不终用！"老二说："大哥你就别耽延着啦！况且他周身葛条藤蔓儿好像被蜘蛛网缠上的飞虫，他自已也解脱不开，只好□我受点儿累，爬上去替他摘解摘解吧！"老大点头，把两个人的绳子找齐，爬上山头，结在一块，系将下来，好在绳□长。

此时老二连爬带登着葛藤凑近有才身旁，拉住绳头，把有才的腰拴好，抬着头说："大哥你试试，提得动提不动？"老大说："不行，我一个人气力小。傥或拉到半截□绳扣儿一开，再掉下来，就怕没有这们可巧的藤条咧。依我说，往下放又省气力又保险。"老二说："你既这们说，你就往下放绳子吧！"老大说："你不把葛藤条断折了，我怎么能往下放呢！"老二一听有理，连忙□腰中取下板斧，把葛根砍断，又用斧柄儿连推带拨，才把有才所牵挂的衣服撕掳开，嘴里直嚷说："你留神撞脑袋！"

有才被绳子□□提溜，连吓带周身伤痕疼，已经说不上话来了，只是点头儿。幸亏老二随着绳往下跟着走，一面抬着头，说："大哥撒线儿，多往外崩劲，招呼①二次再挂上！"说话间，有才已落平地。老二解开绳扣儿，翻过来一摸，已然成了死人。

（三十九续） 1921年7月10日

且说两个樵夫费了好大半天事，才把个梁有才架弄到平坡儿上。老二替他翻过身来，伸手一摸鼻孔，原来已经不出气儿了，抬起头来，冲上边罗锅儿说："大哥，咱们哥儿两个白落了忙啦。你瞧，敢则死咧！"大爷听说，把绳子撒手跑将下来，用手摸摸胸口，觉有才胸头乱跳，再说四肢也都软和，这才告述老二说："不碍事，他是被冷露凉风吹得功夫大了，所以冰凉。咱们把他扶起来，给他盘上腿，让他坐好，千万堵住他粪门，要是一放屁可就泄了气，不容易活啦！"老二说："你说了半天，敢则他这也同上吊一样吗？"大爷说："一样不一样的，总是防着点儿好！"说话二人一齐动手，把有才扶起来，靠山根儿一坐。老二在后面戗着，大爷解开钮扣，摩摩他的胸口，嘴里不住说："客官醒来，客官醒来！"

有才经二人这一撅救，渐渐上气接上下气，口中哼哼了两声。老二在身后头看不见，一听出了声儿，心里一高兴，磕膝盖一加劲儿，正顶在针眼上，把个有才疼的叫出"妈"来。两个人说："可惜没有地方找姜汤热水去，若有通关散或半□末，吹入鼻孔内，还好

① "呼"，原文作"护"，据语义改。

得快呢（这是聊斋吗？《洗冤录》救自缢的老方子，说书带饶偏方儿，也算半积阴功半养生）！”大爷在前面说：“这位客官，你贵姓高名？家住那里？因何吊挂山上？你说与我们听听！”

有才刚活过来，万不能从头至尾的细细述说，无非说出名姓、住址，已然又接不上气儿了。两个人又问他因何到此，自己又怕这两个人是丈母娘家的什么人，若是说明了，自己又得吃苦子，不肯直说，连连摇手，说：“是我一时昏迷，也不知怎么行至此处。”两个人说：“你八成儿是被什么妖怪迷进来的吧？”有才一听，是挺好的词儿，说：“二位樵哥见得不差。但不知此处离泰安东山根儿有多远道路？虽蒙二位搭救于我，我自己回不去家也是枉然。没别的，二位救人救到底，我姓梁的但得活命，不敢有忘大恩！”说着话，扎挣跪下，给两个人磕头。

两个人见事已至此，不能中道而废，说：“你先免礼起来。按你说的这个地方儿，若顺大道走，足有四五十里。若是咱们抄小道儿，不过二十余里。这们办，索兴你再缓一缓儿，我们哥儿两个也歇一歇儿。把绳子结到一块儿，把我们的衣服给你垫上，用扁担把你抬回家去，你想好不好？”有才一听，说：“二位樵哥，那可积了大德喽！”说着复又磕头道谢。

您别瞧山沟儿里乡下人，除去财上黑点儿，最喜奉承，见有才这们和气，豁出白耽误一天的功夫，称得起是任劳任怨，实比满口的利国福民，变法子剥削小民的大老好惹。闲话打住，两个人略坐了一坐儿，立刻把绳子结成一个网络样子，将夹袄垫好，找齐板斧，掖在腰中，又把两条扁担并在一块儿，让有才坐在络子里。老大说：“你可揪住绳子，不用害怕！”有才点头坐好。老大说：“二弟呀，咱们着肩儿呀！下坡路多，你抬头合式。不然压爬下我，你们就砸了我咧！”说完抬起来，直奔有才的旧寓而来。

（四十续）*1921 年 7 月 11 日*

且说两个樵夫嘱咐明白有才，穿上扁担，搭起有才，往下坡路飞跑。有才两手揪住绳子，好在离地不高，所以不觉眩晕。走到日色平西时分，已然到了。老大说：“梁爷，你在那个门儿住哇？”有才睁眼辨别方向，说：“前面那个茶馆儿带小店的房子，我就在他那后院儿住。”两个人抬起来，到了泰山居门口一瞧，一个人没有，好像前些日子宜昌城外遭了兵变被抢一空的样子。这才问有才说：“你瞧是这儿不是？”有才一瞧不错，无如怎么一夜半天的功夫拆毁成这个样子，可没处讯问去，只好说：“昨天还挺热闹的来着，今天也不是怎么咧！”两个樵夫落下扁担，把绳扣解开，搀扶有才起来。周身的伤痕全都肿起来了，身子疼的直打幌儿，有气无力的说：“二位樵哥既然行好，索兴把我送进后面去吧！”两个人连搀带架，□到后院再瞧，房子已然空了，连门窗都好像被人拆去了，所有翠仙床帐桌椅一样儿也不见了。有才此时如同掉在凉水盆里一样，说："二位樵哥，我这家原不是这个样子，谁想被抢一空，大概一时不容易恢复原状了。"说到此处，咧开大嘴放声恸哭。两个人说："只要你有命就可以再重整家业。既是把你送到了，我们抓早儿也该回去啦！"有才衔着眼泪，爬伏就地，又给两个人磕头，说："本打算请你们二位喝酒吃饭，住一夜再回去。现在我一文钱没有，赊借无门，不能款待两位恩公，实是对不过，对不过！"两个樵夫原本有贪图，现在见这情形，也无法了，只好说："不用客气，咱们后会有期就是！"说话收拾扁担、绳子，把衣服穿在身上，回西山村自去，不提。

但说有才进到自己房中一瞧，除去当日连借带买的几件破烂家伙还都存在，其余一概无存。回想前些天还有春香使唤着，现在也不知落于何方，是被人抢去，还是由翠仙派人接回去了，只好俟等养好伤痕再打听啵。想到其间，爬上土炕，饿着肚子睡了一夜。

次日清晨爬起来，找了一根棍子拄着，稍然能够行走，想到集镇上打听打听泰山居被什么人砸的这样土平，扎挣着走到村子，遇着几个熟人，看见自己，老远的躲开，好容易揪住一位问了问。这个人说："敢则这案没有你总算便宜！"有才问："什么事呀？"据这位说："是宫太监来到山东地面，不但贩卖人口，还有勾结土匪往北京谋为不轨的情事。不想风声走漏，有山东省城的马快①探访着，连夜将他抄获去了。泰山居是因为同官兵要饭帐，被官兵拆毁，连铺中人也绑走了。"有才听说宫太监犯了案，心中略放点儿心。又到集镇上，见酒肆已然关张。原来捉拿宫太监的时候连赌局一齐被抄，大张、二李等人此时已然遭了官司。有才心说，这还算我姓梁的不幸中之大幸，肚中饿的难过，只好向各村乞讨饭吃。内中有知根底的，不但不给他，反用话奚落他，有才甘心忍受，一天得不着两顿饱饭，周身伤痕变成疥癞。自己一想，这房子现在没有主人，不免拆了卖两个钱，暂时度命要紧。

（四十一续）*1921年7月12日*

云里深山雪里烟，看时容易做时难。在下今天为什么先说这们两句《名贤集》呢？皆因《聊斋》一书，多半借神道设教，以鬼狐讽世，寓言体裁十之八九。咱们讲演当小说儿说，只好把理由分晰明白了，不能囿于迷信。但内中有一种难处，鬼狐神仙不能自相交接，其中必夹杂些人事，说狐鬼等处看着玄虚，可以说事虽本无，理所固有。若说到人事，可不能没个起结。就以本文书说，云翠仙既以仙称，怎样能变化□房，惩戒有才，都可以不较真儿。唯独原文既有"遂缘中贵人，货隶弃籍"，"立券八百缗"，若是不

① 马快：旧时官府里侦办案件、逮捕罪犯的差役。

把这个碴儿设法给弥缝上，有才到家，不但中贵人不答应，这群人贩子拉纤的就有一场伙连热闹官司。万分无法，叫他这群恶人一夜的功夫全遭了事。虽说过于快点儿，也算不巧不成书。至于云翠仙这一方面，俟等篇终，在下另有个见解，今天暂且打住。

且说梁有才既然家中被抢一空，又长了一身的疥癞，沿街乞讨着吃，饥一顿饱一顿。再赶上下雨阴天不能出去，无非在空房中挨饿。自己一想，这房虽不是自己置的，泰山居铺掌遭了官司，早晚官人也许查封入官，莫如给他个先下手的为强。清早，扎挣着扒下一根房檩，扛到集上，卖个三百五百的，第二天又挟□两个椽子，卖个三十文五十文的，□个拆着卖就不用提多们快了。不到一个月，连前带后，木料全净，只剩碎石头、破砖（那位说，这不成了近□外火圆明园的营房了吗？这都是跟梁有才学的吗），临完只剩几架□柁，一个人扛不动，几根好□。这天卖净，除去吃花，剩了几百老钱，自言自语的说："这一程子，我总没剩下钱。今天这房梁多卖几百，怪不得我叫梁有才呢（此次一应验，可怕如同犯地名的大将，不久就该归位咧）。又听人说泰山居掌柜的官司有信完结。再说此房既是连上盖都没了，同旷野也差不多，不如把这钱买一柄夹把儿的刀带在身旁，傥若赶上机会，我如此这般，那不然后再死呢！"心中这们想，嘴里可不能告述谁。打定主意，真花了四五百制钱定打了一把钢刀，又置了一件破棉袄，用破衣服把刀包好。白天仍然在街市讨饭吃，到了晚晌找到西山口内，见有个山洞，约有七八尺深，钻进去试了试，除去湿点儿黑点儿，到是不能透风（可惜怕塌陷了砸死），居然睡了一夜。

从这一天起，就以□山为家，到白天，挟着刀又到集镇去讨要。遇着当日□熟人儿，胆子小的，一见老远的跑开，有才跪下苦苦的哀求，胆大些的，凑近几步，说："梁老大，你混到这们累了，做什么还弄□把刀呀？再□我告述你一件事，现在本处明堂局都叠起来了，你打算跳案子①，剁手指头，全兴不开啦！你早晚被官人缚了去。凭你这刀就得是个苦子。据我劝你，可是好话，你把这刀卖个三百二百的，先混两天的肚儿圆。再遇着熟人儿，大家不怕你了，你也往下好混，你想对不对？"有才一听，连连摆手摇头。

（四十二续） 1921年7月13日

且说梁有才听人劝他把刀卖了换饭吃，连忙摆手说："这件事可万使不得。你老哥没在山洞儿里跟狼虫虎豹打过连恋。如今我混到狼窝儿里，要没有一把合手的家伙，早晚总得喂狼！"劝他的这位听到此处，自然也就不能往下紧说了。又过了几天，听说大张打

① 跳案子：在赌场里寻衅闹事。

了局头，发遣出去了；二李枷号①了一个月，限满释放，暂且不能在集场口重整旧业，故此轻易见不着。

有一天，二李在外边赶宝棚回家，正从西山根儿底下路过，肩膀儿上扛着几吊钱，走道儿幌里幌荡，嘴里唱口“姐口南园拔大葱”（山东老玩艺儿吗）。有才一眼看见，往前就追，说：“李二哥，站口儿！”二李自知有才开腿跑了，并不知道他这细情，万想不到他现在下野，自己惹了祸（倒不是被谁排挤的），猛一回头，见是有才，说：“呦喝，我当是谁呢，敢则口梁老大口，你怎么混到这步田地了呢？”有才往前凑了两步，说：“李二哥，我的事没你不晓得的。屡次我要找你诉委屈，听说你也遭了事咧。没别的，你回口旧日的好处，你周济我个三千五吊的，我好换件衣裳。”二李一听，把嘴一撇，说：“怎么说，要跟我白寻钱，新鲜！你使我的，我还没向你要哪！”有才又往前凑近一步，说：“李二哥，周济周济，有你的好处！”二李越发高扬着脸儿，竟自不理，抹头要走。冷不防有才从身旁掣出尖刀，恶很很的照着二李的肋下扎将进去。二李“嗳呦”一声，爬倒在地。有才两脚踏住，两手把刀柄一霍翻，二李把腿登了两登，全魂气断。

此处虽是山根儿地方，总也有乡约地保，听见二李喊嚷，赶紧跑过来要解劝。再瞧二李已然挺口尸啦。地保说：“嘿，姓梁的，你打算要拦路打劫吗？”有才一想，大略自己也走不脱，口：“我同二李有仇，都是被他害的我这样。如今大仇已报，情愿打官司！”地保一听，说：“好朋友，你只管放心，决计没多大乱儿。那们你就跟我上衙门啵！”有才点头。地保把钱扛起来，回到下处，叫来伙计，用席头儿盖上死尸，带有才赴泰安州呈报。次日，委派典吏下乡查验，验得委系生前一刀杀死。二李的家小奔赴尸场认尸。既有梁有才供认不讳，案无遁饰，原行凶一口不错，也只好凭官判断啵。一干人证到了州衙，州官把梁有才提上堂来一问，有才是实话实说。按例谋杀无非斩监候，秋后处决，也就不必再用刑拷问了。二李尸首准其抬埋。梁有才自从入狱，就不思饮食，又没人照应他，不到一月死了。牢眼拉出去，由官赏给棺木抬埋，这一案从此全完。原文也至此而止。

这段书，蒲先生说得闪闪烁烁。若据愚下看，必口确有这件事，无非有代为隐讳之处。翠仙虽奉母命，究竟入庙烧香，近于迷信。偏巧这位瞎摸海的老太太输眼，才误其终身，足见父母主婚亦不可不留心。再说，抑或翠仙已被卖于娼寮，蒲先生气不平，故有棒打一段故事，所以以“云翠”命名，隐寓既是老坑菠菜绿②，究非无瑕美玉也。书说至此，明天另换新题。

---

① 枷号：指将犯人上枷示众。

② 老坑菠菜绿：上等美玉。

夜 叉 国

（开篇） *1921年11月23日*

连日前门热闹，多因兑现风潮。你拥我挤乱吵吵，实在庸人自扰。

若果平心论事，实由匪类造谣。诸君少待莫心焦，何必纷纷胡闹。

现在各处整顿，转眼谣诼①全消。不信中交两行瞧，近日兑现人少。

只有小本经纪，就把钱财看高。存在手中两三朝，别像鸡心胆小。

几句流口辙挤银行新词儿念毕，咱们说说中交票。若论做报的人，便当知道爱国。连日取现洋的捣乱，究竟什么原因，言人人殊。做小报、说小说的人，不配晓得那样大局的事。但据愚下所经见实事的，记得十七那天，到护国寺闲游，中交票钱摊不收。十八可有换钱的，合十五吊余。可是央求您别多换票才好，皆因成本太小，周转不开。次日到中交两行门口儿一瞧，果然是真挤不动。内中有被白钱偷去票子的，你说他不做买卖吧，就得挨饿，做买卖是看着这景况为难。幸各大商家热心维持，买卖交易还吃不了多大亏。次日又赴前门大街并东安市场，见许多家贴着欢迎中交票的国货店。细一调查，亦是各铺商所为维持金融起见，所为引起人民同心爱国。说到小本经营，虽有心爱国，力量办不到。若一定责备他没有爱国心，请问爱国与爱身家，究竟孰轻孰重？那位说，你这是《聊斋》吗？对，只顾谈时局，差点儿忘了我的正工儿。闲话靠后，今天更换目录，说回《夜叉国》。事之有无，不必较真儿，反正我当真事说，您当玩艺瞧，茶前酒后，可以解个当时之闷。

---

① 谣诼：造谣，毁谤。

但说交州地面有个姓徐的，此人是个泛海飘洋的人。论真为这行商业的人，一则不能没伙伴，二则也未必自己又会使船。这段书原文既说是一个人，只好算做一个驾小船儿，在海洋面上趁钱做些零星买卖的小商家，才略觉圆全些个。家中娶下妻室，没生育儿女，住家离海边不远，说文话，就是滨海而居。徐爷一个人，时常不回家，就在船上住着。大凡这路人，就都是以船为家，船上有一应使用的家俱，米面干粮无不俱全。这天做完买卖，把船泊在海边儿上，系好了缆，用毕晚饭，又乏又困，躺在舱中睡着。睡到半夜，听耳旁风声直响，吹得透体寒凉。自己也不敢出来瞧，只好凭命由天，只要船不翻，反正飘到那儿也是一样挣钱吃饭。这风直刮了一夜半天，次日午后方才稍微息住点儿。徐爷出舱一瞧，原来飘至一座荒岛，不知属于某省某国。

（续昨） *1921 年 11 月 24 日*

且说徐爷等到风平浪静之后，睁眼一瞧，这只小船儿飘到一个海岛之内，眼前一座高山，上面树木荫森。自己既不认识这座高山，也不知离家有多远道路。看这方向，山内一定也有居民，若是在船上等人下来，此地没有船只，可不定得到那一天。靠岸有一棵大柳树，不免把船缆在这树上，带些干粮，进山寻觅本乡土的人问明道路，再设法回家啵。打定主意，跳下船来，把铁锁练子扯足①了，拴在树根儿上，复又上船，把干粮口袋取出来，里面有些干面饼子并牛肉干等类，掖在腰内。上了岸顺路而行，尚不至十分难走。

约莫走了一里之遥，见两旁有许多天然石洞，一个挨着一个，好像蜂窝似的，内中有用石板挡着洞口的。自己心说，看这样子一定有人居住的喽。又走了几步，见一个大洞口之内隐约似有人说话的语声儿，只不过听不清字眼儿。停住脚步，咳嗽了一声，心想若果有人，自然就许出洞来喽。正自叨念，已至洞外，往里探头一瞧，原来不是人样儿，有两个野兽，巨齿獠牙生在唇外，头上蓬着毛发，赤着身子，腰内围着一张带毛的兽皮，下面赤着熊掌似的两只大脚。再往脸上一瞧，两只眼睛放电光，好像一对灯，滴溜溜的乱转。徐爷虽久在洋面上，见过些各岛的生番②，还不至这样恶劣。听人传说，海中有一种夜叉，平日没有见过，只听说这路夜叉是给龙王巡海用的（可不是海巡），身子同鱼类相仿，口生顶上，下面有腮能喷水。如今这两个并不一样，也许另是一种山夜叉，只好楞叫他夜叉就是了。再瞧两只手同鸟爪差不多，把着半只生鹿，劈开了往嘴里送呢，连皮带骨嚼了个很香。看到此处，早已吓得魄散魂飞，嗳呀了一声，说："这种野人，大概许会白吃人吧，我要不快跑，还愁着不是他嘴里的食吗?"一抹身形，顺旧路要想

① 扯足：拉紧。
② 生番：比喻凶残野蛮的人。

逃跑。

夜叉方才只顾吃肉，没有留神洞外头有人，及至听见徐爷出了声儿，又开了跑步，这才一抬头，赶紧把鹿腿撒手，迈开大步跑出洞来。徐爷身体小，腿脚迟慢，夜叉三五步早已被他赶上，一伸大爪，揪住一只胳膊，往肋下一挟就给挟进洞中。徐爷不敢支撑，只得认命啵。夜叉转身进来，冲定那个“啾儿啾儿”的怪叫了几声，大概是说人话呢。在徐爷耳中听着同鸟兽的声音相似，就见未出洞的那个夜叉答了两句言儿，点点头儿，大概是赞成抓徐爷的意思。徐爷心里越发害怕，暗说：“你们若全都同意，我命休矣!”那个夜叉把徐爷撒了手，用爪子就撕衣裳。徐爷一急，心说可不是要啃我么，我乘此时要不给他进点儿贡献，打点好了他们，大料性命难逃今晚（那块肺还唱《琼林宴》呢）。急中生智，一伸手把腰中的干取了出来，冲他一抖，夜叉一怔儿。徐爷倒出多半口袋来，低头捡起来，一手拿了一个面包，送给二夜叉。两个接过来，好在不择食，往嘴里就放，大略嚼了嚼，吞咽下去。徐爷一瞧有边儿，二次又呈进牛脯。

（再续）1921年11月25日

且说徐爷一见夜叉肯用自己的面包，微然放了点儿心。心说只要肯受贿赂，就可以保得住我的性命，莫如索兴讨他个喜欢，给他吃点儿得滋味儿的，也许感动他好心眼儿，放我逃生。打妥主意，拣出一块牛肉干儿，一手举着，一手拿着面包，往夜叉嘴边儿上送，告诉他是就菜吃的意思。

别瞧夜叉生得不像人形儿，既是天灵盖朝上，比上横骨插心的野畜敢则灵得多。果然接在手中，一样一口的往嘴里送。对面站的那一个大概是个母夜叉，见徐爷先孝敬这个，心中有点气忿，外带闻着吃食真香，把两眼一瞪，伸爪要抓老徐。徐爷会意，也照样儿各取一块，递在这个的手中。此时那个已然将肉干儿吃了，剩下多半个面包，一下子全塞了进去。徐爷心说，招□噎死。大概此物天生的大嗓筒儿（可就是没有亮音儿），不大理会，已经咽了下去，又巴答巴答了大嘴岔儿，复又冲定老徐伸出极大的爪子，好像还要吃个重回儿。徐爷心里透亮，赶紧又捡了一样儿一块，虽然说面包小，肉干儿不□致，总算赶上什么都得算着，照旧双手奉上。敢则夜叉不择食，欢欢喜喜的接过来，依样儿的往嘴里吞食。徐爷乘这个功夫，心说我乘此时溜溜乎也也倒不错。谁想刚一转脸儿，那个母夜叉早把徐爷的脑门子一按，吓得徐爷一缩脖子（足见徐爷必是个长脖挺儿①），扭脸儿一瞧，敢则这位母夜叉公一手指着地上的干粮肉干儿，好像自己没满意似的。徐爷机灵，赶紧又一样儿捡起一块来，双手奉上。母夜叉接过来，好在不挑不拣，

---

① 脖挺儿：脖颈。

也送入口中。

书说简截，两个夜叉倒换着吃（别名也叫伙吃），已然全都吃净。皆因徐爷是乡下堂客的扁簪儿——两头儿忙，喂完一位，又喂一位。诸位请想，徐爷原是只管个人的自了汉，所带的干粮只为自己用的，并没想着请客养众。如今遇着两个大肚量儿的怪物，不到三四轮儿，二位已然吃光。看那意思，即便再宰两只牛，煮熟了现晾，做一口袋面包，也未必能饱餐一顿，何况所带来的只有此数呢。及至吃完，两个夜叉依旧对徐爷伸手。徐爷一瞧，嘴里急得直嚷："妙已齐，念啃①喽（徐爷敢则原是老和）。"人家二位也好，闹了个天津卫讲话，满没听提，还是照旧要吃。徐爷直摆手，谁想那个母夜叉更是个急性子，伸出爪来，冲着他们公的，一指徐爷带来的口袋，意思是必定带的不止此数（那位说，你怎么晓得呢？他不是我是蒲松龄的圆谎代表吗）。您别瞧夜叉性劣貌恶，敢则耳软，一见夫人示意，这才抓起徐爷带来的那条口袋来，要细细搜寻，直不亚如今拿获着野土败子②的一般。徐爷急的直嚷："不够本，没、没、没有！"夜叉不理他，翻脸无情，只怕老徐的性命难存。

（三续） *1921* 年 *11* 月 *26* 日

且说徐爷被夜叉挟住，又向腰里重翻口袋，徐爷吓得又摆手又说（直仿佛庚子年的口袋会遇着印度咧）。夜叉搜寻了一个过儿，因为没有，一堵气子，把徐爷□地上一扔，老徐闹了个高掉儿③，扎挣着刚要往起爬，那个母夜叉一抬大脚，早把徐爷的脊梁踏住。徐爷急得无法，只好连连磕头，说："你们二位若肯其把我放啦，我船里头有锅灶家俱，喜欢吃熟的，我给二位现做，比吃这剩的胜强百倍！"夜叉听徐爷直磕头，说人话，不知是哀求是骂，依然怒气不息。那个母的稍微好像通点儿情理，晓得磕头是哀求的意思，把脚一抬。徐爷爬起来，一面说，一面指指自己的鼻梁儿，又往山下指了指，用手比了比锅笼。两个夜叉这才透着略微明白点儿，两个对"啾啾"了两声，又冲徐爷点点头，也伸出长爪来往山下指了一指。徐爷心说有边儿，扭转身躯往回路行走。

那个劈鹿的夜叉还有些不放心，在身后紧紧相随。徐爷一想，自己还是千万不可快走，若要一开跑步，他一犯疑心，追上自己，依然得死。所以一面走，反一面回着头，冲夜叉指指掇掇，嘴里又说："我决不逃跑，你只管放心！"夜叉也随着点头。一会儿的功夫，到了山根儿底下，徐爷用手一指船，夜叉点点头。徐爷跳上船去，进后舱掀起船板取出铁锅、蒸笼、刀杓等类。自己先把锅笼运到船头，复又回来，取上刀杓，及至出

---

① 念啃：江湖隐语，挨饿、没饭吃。
② 土败子：地痞，恶霸。
③ 高掉儿：重重跌倒。

舱再瞧，敢则夜叉早把锅笼替端到岸上，两个大爪子举着，反覆端详，好似看希罕物件呢（端锅这件事大概是夜叉的发起）。见徐爷出来，胳肢窝挟着刀杓，连忙把锅笼分开，一手提着一样儿，冲老徐努嘴儿，好像他帮拿的意思。徐爷不敢由他手中往下夺，也连连点头，跳到岸上。

夜叉喊了一声，冲山上一努嘴儿。徐爷心说，这必是让我头里走（虽说应酬子弟厨师傅，其实怕走调货），乐得拿他当个上锅□头行的碎催呢，迈开大步，在头前走了个飞快。夜叉提着锅笼，一面走一面瞧，又顶在脑袋上试试，好像要巴结个铁帽子①似的。徐爷看着要乐，又不敢乐。一会儿又把笼屉帽子落在锅上，往脑袋一顶，真正特别的高帽儿。夜叉这一捣鼓，脚下未免到迟慢了。徐爷走在半路儿上，东张西望的往四下观瞧。心说我今天虽说溜不开，将来我得寻着逃跑的道路才好呢，要不然，这两个怪物那天要是犯了性，还是照旧得吃我。心中正自叨念，不知不觉的已然到了洞口。在徐爷并没看清，皆因那个夜叉正站在外面往下山路瞧呢。一见徐爷先来了，“啾啾”的又怪叫了两声。那位离着很远，早就答了言儿了，彼此一问一答，乱叫了一阵，好像前清洋枪队叫的口号。说话间进了洞口，夜叉放下锅笼，还是向姓徐的要求吃饭的问题。

（四续）*1921 年 11 月 27 日*

且说徐爷跟随夜叉同到洞中，自己把刀杓放下。那个夜叉也把锅笼放在就地，用手指定徐爷“啾啾”的乱叫，大概是问他怎么办的意思。徐爷心说，这下子还是要糟，虽然说有锅，俗言说得好，巧媳妇做不了没米儿的粥来，锅上没有，锅下没有，可怎么办呢？猛然一低头，见有夜叉方才吃剩下的两条鹿的后腿，外带还是极大的鹿儿，徐爷可就得了主意啦，遂把撕破了的大衣服脱将下来，只穿一件贴身的小褂儿，把袖子挽将起来，掇过四五块石头，把锅支好，要往锅中舀水，一想连个盆儿罐儿都没有，这可怎么办哪？只好从新端起锅来，要往外面去取水去。

夜叉蹲在一旁，见他端着锅要走，立刻站起来，冲徐爷瞪着眼睛，好像又生了气似的。徐爷用手指指锅里头，说：“一则得用水②刷制，再说没有水可怎么煮呀？”夜叉依然不听，伸出大爪来又揪住徐爷的腕子。徐爷说：“你不用不放心，我姓徐的断不能刷完了锅就偷跑。既然你不晓得脏净，只好不刷，咱们就煮东村！”于是把鹿腿拉过来，夜叉这才略微明白些个。徐爷略试了一试，连一条也放不下去。徐爷从新放在石头上，把刀拿过来，按照卸猪肘子的办法连砍带劈，好容易分开一半，又试了试，凑和着可以放得

① 铁帽子：指清时世袭罔替的王爷，比一般亲王享有更优厚的待遇和特权，被称为铁帽子王爷。
② “得用水”，原文作“用得水”，据语义改。

下去了，复又端起，扭头冲夜叉往山下指了指，夜叉点点头。徐爷端着出了山口，奔至河岸，毛下腰舀了一锅水，一会儿端了回来，从新放在石头上，又向洞外拔了些个乱柴草，好在腰里带着火镰，连忙取将下来，撕了块火茸子放在火石上。刚敲出火星儿来，两个夜叉站在一边看着拍手打掌，嘴里“呕呕”的怪嚎起来（比捧坤角儿怪声叫好的不在以下）。徐爷把火茸子引着，放在柴草之上，用嘴加着力儿的一吹，好在柴草不湿，借着山风儿居然引着。徐爷连忙往锅底下塞了塞，一会儿把锅烧热，一想带着毛的还怕夜叉挑眼，不如等水开之后用力一刮，大约也就将就咧，一低头见柴草已然烧净，只好又奔到外边拔了些过来，陆续的往里填送。

那个夜叉见柴草冒出火苗儿来，起初心中有些个害怕，及至见徐爷蹲在旁边儿并没动身，也没受什么损伤，于是跳跳蹿蹿的跑到洞外，扒上半山腰去，抱住一棵小树儿硬往下搬，只听“咯吧、咕咚”的一响（我替徐爷代表，先是树杈子折下来的声音，第二次是夜叉挨摔的声音，通俗叫做熊跌膘。这如今换做夜叉又叫夜叉行。这就算我们改良得能之处），倒把姓徐的吓得一机灵。一会儿见他乐乐嘻嘻连扛带拉跑了回来。徐爷心说，敢则他也懂得帮忙儿呀，说句新名词，这就叫做维持喽，只好赶过去接过来，好容易拉到跟前，谁知撅也撅不动。这一来，急得徐爷又要动刀。

（五续） *1921 年 11 月 28 日*

且说徐爷见夜叉拉进一棵树来，心中虽然感激，奈因锅小，码的石头洞儿太大，放不进去。心说，你们别听搬倒大树有柴烧，炉灶的资心不够也是白闹。既然人家是好心眼儿，我也不敢别拗人家，只好用刀劈开，趁着火旺，放在口边格，登时裂焰飞腾，烧开了锅。徐爷把鹿腿用杓子搭了出来，放在石头上，稍然晾了一晾，然后用刀子往下一刮，虽说不甚干净，总比连毛吃强多喽，刮完也没管再脱靴子①（大概妙已齐咧），重新放入锅内，把笼屉帽子盖上，复又看火。两个夜叉见徐爷顾了烧火，顾不了取柴，到是直替出去搬运。徐爷一手指着柴草，一手伸大拇指头指细茸的。夜叉明白是让照那样的捡，于是专捡柴草往里搬运。书说简断，一会儿见了几个开儿，徐爷用杓子捞到靠近②锅边儿，用手指甲微掐了掐③，已然有八成熟啦。两个夜叉前蹿后跳，好像闻香不到口似的，嘴里头直往外流吐沫。徐爷心说，他们既敢生吃，口儿必然是好的，只要稍微一熟，就是不十分烂，大概不至挑剔咧。想到其间，连忙用杓子搭将出来，没有盘碗，只好放在石头上，被山风儿一吹，已然不见冒热气儿了，一手用杓子按住，一手用刀划开，大

① 脱靴子：这里指将鹿蹄壳剥下来。
② “近”，原文作“进”，据语义改。
③ “掐了掐”，原文作“掏了掏”，据语义改。

略分做七八块。两个夜叉瞪着眼睛看着徐爷，好像干馋不到嘴似的。徐爷不敢绷老咧，拣凉些的拿了两块，一齐递了上去。两个怪物接将过去，各自往自己口中送，大嘴一嚼，越嚼好像越香，立刻唧唧嘎嘎的好像傻乐起来。两个夜叉吃完，徐爷又从新敬献上各位一块。两个原有生肉垫底儿，又吃了徐爷许多面包、牛肉干，如今又各吃了两块，已然略饱，对“啾啾”了两声，先跑出一个去。徐爷偷眼儿一瞧，敢则是奔海边儿上找水喝去了。

徐爷忙乱了多半天，肚中也有些饥饿，乘他们不留神，拣了一块精致烂糊的，用刀子轻轻儿的切将下来，藏在石头底下，又看了看锅下的火已然将灭。心说那时他们吃足，那不我喝点鹿肉汤儿呢，也可以不至于饿死。此时那个喝水的夜叉笑嘻嘻跑了回来，向洞内这个嚎了两声，又连连点点爪子。这个果然听话，也就追了出去。徐爷心说，俗语儿有云，人有人言，兽有兽语，果真一点儿不假，他们不是都走了吗？我也得足啃一顿，但只一节，没有咸盐，白嘴儿吃肉可怕不得滋味儿。势处无法，从石头下把偷下的那块鹿肉撕下一块来，放到嘴里一尝，不但不淡，而且透着很咸，这才想起是海水煮肉，不用再加盐，自来是咸的。自己胡乱吃了几块，又用杓子舀了一杓子汤，用嘴吹凉一喝，除咸之外，真是美味香甜。一块肉不曾吃完，抬头一看，见天色已然傍晚。两个夜叉又跑回洞来，搬了一块大石头堵住洞门，这下子可把徐爷几乎吓死。

（六续）*1921年11月29日*

且说徐爷乘着两个夜叉没在眼前，偷偷儿的啃了点儿带汤的鹿肉脯儿，自言自语的说：“这叫厨子不偷，五谷不收。什么叫得味儿不得味儿的，先混个肚儿圆。”正在这个功夫，两个夜叉走了进来，抬来一块大石头，把洞门堵严。徐爷心说不好，大概做完票活还要揍厨子，这下子大概我又有性命之忧，不用说，你们两个是在外边议和好喽！谁想这两个夜叉没奔到自己跟前，另往后洞而去。徐爷心说，这必然是怕我逃跑的意思。又偷眼看看两个夜叉，找了个大石头窟窿，蹲身进去，挤着一蹲，俨如夫妻一样。

自己再瞧，衣裳已被撕破，暂时虽不甚冷，可怕睡到后半夜儿，山风儿一起，招呼①我再冻着，又往方才烧锅的地方看了看，火种已灭。于是把锅端在靠石头边儿放好，把支锅的石头推了推，底下的余炭还是很热呢。心说有咧，我今夜晚间在这夜叉洞中愣睡上一回霸王炕②（可那儿找霸王去呀）也倒不错。刚往下一坐，烫得十分难过，只好把支锅的石头往四外推了推。有夜叉给拔了来的乱柴草铺在当中，二次坐下，又试了试，不但温和，而且软和。可惜石槽小些，伸不开腿，一歪身子，头枕石头倒下。自己心说，

---

① “呼”，原文作“护”，据语义改。

② 霸王炕：旧时北方游牧民族曾有“炙地”的做法，即将地面烧热，坐卧其上以取暖，称为霸王炕。

不定那一时两个怪物一犯野性，准同今天这鹿是一样呕。俗言说，伴君如伴虎，我姓徐的现在比伴君犹且危险的多，思想起来，好不愁杀人也。想到其间，掉了几滴眼泪。

再瞧天色已然昏黑，两个夜叉大概是睡啦。徐爷是事到头不自由，只好凭天由命啵。再说白天又拾柴又煮肉，辛苦了一天，又受了惊恐，乘着肚中有食，闭闭眼睛，养息精神要紧。刚才一合眼，一阵心血来潮，居然沉沉睡熟。

自已也不知有多大的功夫，猛然间听见一声响，好像山崩了似的，吓得徐爷一骨碌身子坐将起来，揉着眼睛一瞧，天光已然大亮。再瞧两个夜叉，已然不在昨晚蹲的那个地方儿了。又一瞧，原来堵洞门的石头改变了样儿。徐爷这才明白，方才这一响，是夜叉搬石头的声音，如今照旧堵着门儿，大概是怕我逃跑的意思。自已坐将起来，从新系了系身上的带子，收拾收拾鞋袜。心说莫若揣上些鹿肉，慢慢儿的登着石头爬到上面，再顺路往海岸儿上一溜。到了那里，赶紧解缆开船，逃窜性命要紧。但只一节，一个要是跑不脱，或是另落在别的怪物手中，罪孽比这个还许大呢。心中正自叨念，猛见石头往里一倒，果然那两个野畜从外面回来咧。一个推石头，那一个抗着一条大鹿，比昨日生吃的那条透着又肥又大，跳上石头，蹿了进来，向徐爷眼前一放，指指锅，比了又比。徐爷心说，想不到我这临时的厨役到拉下主顾，变成了长活咧，只好冲这两个夜叉点了点头。夜叉又跑到洞门口，把石头抬开，在外边替他取了些柴草，看那意思是催着老徐给他们快快的煮鹿。

（七续） *1921 年 11 月 30 日*

且说徐爷见两个夜叉扛来一只大鹿，比昨日的又肥又大，用手指指锅，徐爷心中明白，大概是照方儿吃鹿肉（比吃炒肉强。皆因照方儿，就是两分儿啦）。无如整只的死鹿，谁家也没有那们大锅，有心要把鹿腿卸掉，一齐退毛，一想挺好的鹿皮，莫如剥下来，一则不糟蹋东西，二则煮着也省事。虽说自已是外行，好在常在羊肉铺门口儿看热闹儿。于是将鹿放在平地上，用刀挑开四蹄，又把肚腹划开，放下刀，轻轻儿的往下解剖，并不费力，一会儿居然脱下一张鹿皮，放在石头上晒晾起来。还有头天剩下的那半锅鹿肉汤，只好一倒儿。有心再往海边儿上取水，一想煮出来一定是照样儿的咸，本家吃着虽不挑眼，自已有些不了。昨天见夜叉跑到洞后，大概是另有山泉，取着也近便。于是把锅端下来，先把石头按好，这才端着锅往后走。

夜叉见徐爷不出山取水，自是也放心喽。两个忙着把堵洞门的石头拨开，又忙着替徐爷拔来许多柴草。徐爷坐好了锅①，把鹿卸成数块，只放得下两块，照旧敲石取火，将

---

① 坐锅：指做饭时，将锅安放在火炉上，准备蒸煮。

草然着，盖上笼屉帽子。自己肚中有些饥饿，心说我不如把昨天的剩鹿肉放在上面，底下煮生的，上面蒸熟的，更许好吃。打定主意，立刻把剩的蒸上，夜叉看着喜欢的了不得。一会儿的工夫，锅上了气，自己取出一块来尝了一尝，分外比头天的香烂。夜叉见徐爷吃剩的，赶过来也各撕了一块，放在口中一尝，喜欢的直打蹦儿。此时锅内煮的也开了半天啦，徐爷用杓子搭了出来，用指甲掐了掐①，已然熟烂，只好捞将出来，放在石头上，冲夜叉指了指，是告述他们熟了的意思。夜叉连连摆手，又指指地上的生肉，又向锅中指了指。徐爷心说，这一定是还要煮二锅喽，只好又端锅舀水，从新又煮。

书说简断，一会儿分数锅煮熟，都晾在石头上。就见两个夜叉一会儿跑到洞外，往四下里瞭望似的，那个跳在高埠之处“呕呕”的一路鬼嗥。正在这个功夫，见跳跳蹿蹿的从外边来了好几个夜叉，同本洞的这两个见了面儿，互相握爪，“啾啾儿”的叫唤起来。进洞各从石头上抓起一块来往嘴里乱塞，一个个吃得美味香甜（本来有生以来头一次吃熟食吗）。大家真是风卷残云一样，一路大吃，把一只鹿全都啃了个整净，这才又说起话儿来，都看着徐爷咧嘴儿，一呲白牙，分外令人惊怕。徐爷心说，这倒不错，吃饱了冲着姓徐的呲牙，大概这是给我道乏哪吧。又有一个跑过来，蹲在地上，看了看徐爷的刀杓家俱，点点头儿，又冲大众一啾啾，登时都跑进前来，用爪子拿起来试了试，又一指徐爷带来的铁锅，伸出爪子一比，大家跟随着绉眉。徐爷心说不好，八成儿要叫我砸锅。

（八续） *1921年12月1日*

且说徐爷见众夜叉用手指了指自己的锅，又伸出长爪来比画了会子。徐爷心说，莫非嫌这锅不好？一个砸了，别说我，大众都不用想再吃咧。细看他们的意思，好像嫌小。看完，大家又对“啾啾”了会子，才各自散去。徐爷忙了多半天儿，好在鹿肉耐饥，吃了半块，并不再饿。只是泛口渴，无可奈何跑到后洞，爬在石头窟窿儿上用嘴吸水喝。两个夜叉仍用石头堵上洞门儿出去。到了晚间回来，还是照旧同徐爷要肉吃。

一幌儿三四天的功夫，徐爷虽不至挨饿，可是想走是不用打算的。这天又来了一个夜叉，徐爷远远儿的一瞧，好像个大螺蛳□。心说怎么夜叉里头也有有盖子的吗？一会儿进到洞中，徐爷才看明白，原来肩膀儿上扛着一口大铁锅，走进来放在平地，先用手指指徐爷，又指指锅。徐爷心说，这个背锅来的八成儿是叫我替他刷吧，低头一瞧，这口锅真是出号②的大广锅③，还像人家使用过的。心说这东西可从那儿搬运来的呢？只好

① “掐了掐”，原文作“掏了掏”，据语义改。

② 出号：指特大号。

③ 广锅：明清时期，广东佛山铸造的铁锅。

也指了指。这夜叉“啾啾”叫唤起来。徐爷说：“你打算要做什么用呀？”夜叉还是照旧的“啾啾”乱叫。彼此对捣了半天的乱，谁也不懂谁是什么心思。还是徐爷机灵，说：“你多半叫我换大锅吧？”于是另掇了几块大些的石头把锅支好，又指给夜叉一看，夜叉喜欢的直拍巴掌。徐爷说：“虽说有这大锅，究竟锅里没东西也不是干瞧着吗！”此时本洞的两个也从外面进来，一见送锅的，彼此又对“啾啾”起来。正在这个功夫，见远远的又走来几个，肩头上各扛着野兽，在远处看着，直仿佛肉铺里伙计下市似的。徐爷心说，呕，这大概是送货来的。果然一会儿进到洞内，把所有的野兽都放在徐爷面前，又往锅里指了指。

徐爷一瞧，这些野兽也有大马鹿，也有狼，暗想着这鹿我是吃过的，但不知狼肉什么味儿。我只知狼吃人，想不到我今天也闹点狼肉尝一尝。于是把小锅端到洞后，做为舀水的家伙，一锅一锅的取了几蹚，已然将满。本洞两个夜叉仍旧帮着拔取柴草。徐爷这两天怕是火茸子用完没处找去，每天总留些烧剩下的树枝子放在石洞里头，做为火种儿。于是拨了些过来，用嘴吹着，把新采来的柴草放进去，登时烈焰飞腾，着了个挺旺。徐爷把这只狼放在地上，用刀剁下狼头，自言自语的说：“常听人说狼心究竟什么样子，我今天也开开眼界。”于是把膛开开，将五脏取出，细细的找寻，并没看出那点儿像心。心说莫非狼不长心么？后来又卸四肢，在胳肢窝里找出一块黑血，包着一个大枣核儿，这才明白，说：“呕，是喽，怪不得说狼人的人心在胳肢窝里长着，又黑又尖呢！原来此话不为无因。”正然低头胡想，谁知夜叉在旁乱嗥起来。

（九续） *1921 年 12 月 2 日*

且说徐爷虽说有些经济①，并不趁调羹大手，如今既应了夜叉这工儿活，只可是极力的维持啵。

好容易把狼剖开，分做数段，下在锅内。夜叉在旁看着十分喜悦。另有一个指着那只麋鹿，又拿起徐爷的刀子比试了比试，徐爷会意，晓得是叫自己也给剥皮开膛。此时锅中的水已然滚开，徐爷又得忙着烧火，又要宰鹿，未免忙合不过来，捡了一根短树枝子放在手边儿底下，一面用刀挑鹿筋，一面用棍子烧火，可惜略有点儿够不着。徐爷心说，这就叫火棍儿虽短，强如手拨拉喽。本洞的夜叉搬来的柴草已然不少，徐爷冲他连连摆手，说：“一个放了荒，联着着起来，咱们这儿就改了《火云洞》咧（老徐虽懂高腔，可惜夜叉一窍儿不通）！”见他摆手，晓得是不用的意思（八成儿碰过周元丰②的钉

① 经济：这里指经验。

② 周元丰：《三国演义》中周仓的别号。

子），又见他忙不过来，有心帮他烧火，又怕燎了毛。如今见徐爷用棍儿拨弄，一样的有旺苗儿，登时乐得了不得。把棍儿从徐爷手中夺过来，蹲在一边替徐爷烧火，一面烧，一面耍（夜叉新排的演火棍有多难瞧呀）。徐爷低头剥鹿，忽然一阵烟气弥漫。夜叉被烟一熏，没了主意，扔下火棍，撒腿就跑。徐爷赶紧放下刀，拿棍把火拨了拨，才知道他只顾多塞柴草，将火苗儿压灭，赶紧爬在地上，鼓起腮帮子一路苦吹（徐爷原来也是牛皮匠，大法螺①手），好容易将余焰吹得又着起来。这些夜叉在一旁拍手打掌，好像佩服的了不得似的，硬说这叫死灰复燃。

徐爷把火重新生着，又往锅里看了看，见狼肉剩下少半锅，心说原来这狼见生不见熟，不禁火候儿呀。用杓子搭起来，用指头一掐②，依旧生硬，只好照旧放入锅中。又用小锅到后洞取些水来（这狼闹了个二回开），把笼屉盖上，自己依旧剥鹿皮、卸鹿腿。夜叉远远儿的见老徐不慌不忙，又把炉中火烧起来，才知道炸烟原来不要紧，渐渐儿的又往前凑，又用棍子来塞柴草。徐爷看着，容他塞些儿，冲他摆摆手。夜叉会意，蹲在一旁，真不再放了。容这柴草有些不旺，徐爷冲他一比，夜叉从新又往里放。徐爷自言自语的说："想不到，我跑到这儿当上火夫头儿啦！"又看了看锅中狼肉，还是不烂。

那个夜叉已然急的了不得，用爪子比着要吃。徐爷心说，既然狼这东西蒸不熟、煮不烂，大概白费我的火候儿，莫如给他捞出来，赶紧换汤煮鹿吧。于是用杓子拨在锅边儿上，拉住骨头，揪出来，放在石头上，用手一摸，敢则肉虽□柴似的，骨头却软和得很。夜叉见狼肉已熟，立刻冲徐爷"啾啾"了两声。徐爷说："是味儿不是味儿，你就吃个热和劲儿吧！"夜叉不懂，又冲大家点手儿，然后把狼用爪撕做数分，先举起一块送到徐爷的面前。徐爷只好捏着鼻子跟着同吃狼。

（十续）*1921 年 12 月 3 日*

且说徐爷见背狼的夜叉举起一块狼肉来送在自己面前，不敢不接（怕说与狼党同系），连忙接将过来，放在嘴内尝了一尝，可不同别的野兽一个味道（大概透柴③）。此时众夜叉都跑过来欢迎狼肉。徐爷乘夜叉不留神，把这块狼肉塞在石洞缝中，忙着把那支大麋鹿分开下锅，又端起小锅儿来要奔后洞取水去。本洞的母夜叉机灵，把锅接将过来，跳蹿蹿的向后洞跑去，一会儿满满的舀了一锅来，倒在大锅之内，又取第二次。徐爷心说，我要在这儿留住三年，还当上夜叉洞的厨行头儿了呢。既然他替跑，乐得自己先省力，往锅下看了看，火势未炽，连忙把草塞进一把子去。那个夜叉见他又烧火，立

① 法螺：佛教仪式中吹奏的用法螺壳制作的乐器。
② "掐"，原文作"掏"，据语义改。
③ 柴：形容肉食干瘦无味。

刻又出洞帮着去拔柴草，取回来又忙替他烧。取水的跑了三四蹚，已然上满了锅。徐爷把笼屉盖上，里面还有吃剩下的鹿肉，依旧蒸着，等到热了自己当点心用。一会儿锅中麞鹿煮熟，徐爷打开屉，把肉捞将出来，放在石头上。这个扛鹿的也拣一块肉多的先送给徐爷。徐爷见夜叉虽系野兽，颇近人情（比上白拿人当奴才的主人讲理的多）。自己既然走不脱，只好在这儿苦耐着啵。这叫明知不是伴，缓急且相随。

一幌儿又过了六七天，居然同夜叉混得不分彼此了。本洞两个夜叉有时出洞去寻找野兽，也不用石头顶门了。徐爷出洞，也不跟随着了。这天徐爷又回到岸边，见船虽尚在，有心逃走，一则船上没有干粮，虽有些粮米，锅笼都在洞内，也不能取来。再说此时已近冬令，风是大的，一个走不脱，反为不美。游移了会子，只好把船上所有应用的物件取了些样儿来，仍回石洞。半路上遇着夜叉，见徐爷拿来好些物件，都争着过来替他搬运。

这点儿书，在原文可没有，并非我替徐爷捧夜叉。皆因要过七八年，除野兽之外，既没食品，还能将就，若一切使用物件缺手，不但徐爷难过，连我说着也嫌绕嘴，随便垫这们几句。从此海岸边上只有一只空船，徐爷的全分家私就算都搬运在洞中，用什么有什么。虽说牵强点儿，免得我费脑力，时时留神砸锅。闲话靠后，一会儿回到洞中。本洞的夜叉见徐爷又取来许多家俱，晓得他是实意儿要在此入籍，越发不当外人看待喽。徐爷每天除煮肉之外，有时爬到山上，见也有地土，把带的米麦种上些个。又见本地上的野菜，拣鲜嫩的取下些来，用水洗净，取海水一泡，也有酸咸味儿（这就是新发明的泡菜吗）。有时听夜叉“啾啾”，特意学着答□儿，夜叉听着，就能领悟，彼此越说越能代表出意见来，阖洞的夜叉都夸徐爷聪明。

这一天，本洞的那个雄夜叉从外面又带进一头母夜叉来，先把来意悄悄儿的对这个雌的说明，然后又告述徐爷，是因为徐爷鳏居无偶，特寻此雌，要与他匹配成双。这下子，可把徐爷闹得好生的为难。

（十一续） *1921 年 12 月 4 日*

且说徐爷见雄夜叉带了一头母夜叉来，要配与自己，成为夫妇，心里别提多着急啦。一则是家中尚有妻室，虽不怕打个停妻另娶，可是凭自己这分儿能力，实在养活不起。况且这位不与同中国的性情，倘①或一个犯了他的野蛮性质，自己又真惹不起，甚至还有性命之忧。为难了半天，这才对本洞公夜叉说：“虽蒙洞主优待，无如这件事可得两厢情

① “倘”，原文作“倚”，据语义改。

愿①。再说听说贵国匹配婚姻向例主持自由，你老硬给带来，我要立刻点头，这不如同指婚的旧例了么！这件事，据我想，总是徐图后议！”徐爷说了半天，敢则夜叉满没听提（大概许是诚心装傻），好在并没用什么强硬手段，交给徐爷就算没他们的事咧。这个雌夜叉看着自己，嘻嘻的傻笑，错非徐爷已经见惯真能吓死。

一幌儿到了夜晚，徐爷照旧按时歇觉。这个雌夜叉俟等本洞两个夜叉睡熟之后，把徐爷叫醒，用软语温存。徐爷是久旷思欲，也只好闹个慌②不择路，饥不择食，点头认可。那位要问彼此都说些什么，在下没给徐爷当过翻译，那位愿意打听，您找夜叉国通事③打听去吧！

简断截说，一夜之间，不但事已成熟，而且夜叉颇知以顺为正的道理。再说徐爷混了这们几天，也有些习惯下来，这就是随乡入乡。

次日一早，雌夜叉出洞猎取野兽，依旧交与徐爷煮熟，分送本洞中的两个夜叉（给大媒道谢哪），然后又跟徐爷同洞而食，拣上好的留下了几块，徐爷不知什么意思。又到次日清晨，老早的起来，把头天留的好肉给徐爷放在一旁，告述徐爷说：“这两天野兽稀少，总得往多远的道儿才能寻找的着呢。自己出门没有时候回来，你要饿了，拣这肉尽量而食。”徐爷连连答应，雌夜叉才出洞而去。这天到晚间，果然扛回一只极大的母鹿。本洞的两个也抬回一只来，全都放在洞中。徐爷见有许多熟肉，好在天已渐冷，不至臭坏，那天得便再宰了煮都可以行咧。

徐爷从进洞之后，起初还记得过了三天五天咧，如今日期一多，渐渐忘却。约莫过了有一个多月，这天一清早，各洞夜叉都老早起身出洞，彼此各找各人相熟的。徐爷一瞧，今天与往日不同，各夜叉脖项底下都挂上一串珠子，长短大小不等。一个个挂好珠子，都跑出洞去，伸着脖项往远处瞭望，又跑进洞内告述徐爷，快快的多煮上好的鹿肉。徐爷点头，忙着安锅取水。自己这个夜叉老伴儿也帮着忙成一处，又替抱柴，又给收拾刀杓、笼屉。徐爷说：“今天大家都挂珠子，可不知是什么缘故?”雌夜叉说：“今天是咱本国的天寿佳节，挂上珠子，好朝见国王。你没珠子如何是好?”徐爷说：“那只好我就不朝见吧！”雌夜叉说：“那如何使得，等我设法替你向大家心交心交！”

（十二续） *1921 年 12 月 5 日*

且说徐爷听说要朝见国王总得挂珠子，自己没有，自然也就不敢强巴结喽，说：“我□好暂且当这黑差吧！”雌夜叉说：“那可不行！你不用着急，等我替你心交去！”徐爷也

---

① “两厢情愿”，原文作“两相倾愿”，据语义改。
② “慌”，原文作“荒”，据语义改。
③ 通事：翻译。

不知怎么叫做心交。就见他跑到洞外，冲着大家一点手儿。大家只当徐爷把肉煮好了呢，都乐嘻嘻的跑过八位来，问说："煮好了么？"雌夜叉说："咱们大家既然用他做肉，少时献上国王，国王如果要面见徐郎，他脖项之下没有骨突子，有多们不恭敬呀！"大家一听，都对点了点头，个个从脖项上把自己的珠子摘将下来，解开草绳扣儿，褪下五个来交与雌夜叉，从新系好绳扣儿带上。这位雌夜叉也把自己的珠子摘下来，解开扣儿取下十个来，照旧系好带上，又爬到石洞上，用爪使力一揪，揪下一根细葛条，放在石头上用脚踏了踏，然后一颗一颗的穿将起来。这点儿书原文这们说的，您要问这珠子是在那儿得来的，什么人打的眼，可说不清。我也没法子替圆这路谎，您包涵着瞧吧。

闲话少说，但说雌夜叉蹲在洞外，一会儿把珠子串成一挂，提溜着进洞。徐爷正蹲着烧火，见他双手举着往徐爷脖项上一比，徐爷方明白，敢则大家一凑就叫心交，赶紧一低头，把脖子递了过去，居然带好。徐爷低头一数，整整的五十枚（五八四十，又加十枚吗）。徐爷既是贩货的客人，对于珠宝红货自然有些半开的眼力儿，低头一瞧，真是紧皮光亮滴溜圆，按现在本交州地方的行情，那颗都值百十两银子。这一下子，把位徐爷乐的不知说什么好咧，冲大众点头鞠躬。

大家一同指指锅，连说："快快，快快！"说完一齐走去。徐爷要叫住夜叉夫人儿，问问大家上那儿去，个的个儿腿快过步大，已然走远。

徐爷低下头又瞧珠子，又得赶紧看锅烧火，别提多忙啦。把这锅煮熟，捞出来晾上，又煮了一锅。此时天色已然午后，见夜叉夫人儿跑了回来，进洞问说："齐了没有？"徐爷说："微等一等，把这锅搭出来就完事咧！"夜叉说："快快搭出来，咱们好去接见天王去！"徐爷心说，不知此处天王共有几位？是否魔家四将①？只好少时看见再说吧（徐爷一肚子的《封神榜》），赶紧打开锅笼，把新肉捞出来，又把蒸的剩鹿肉递给夫人一块，自己也略吃了些个，说："咱们要是走了，扔下这些肉，丢不了哇（徐爷怕闹个狼叨来的喂了狗）？"夜叉说："除你之外，没有不是我们同种的。你别瞧我们模样儿差点儿，却是晓得爱种保种，同群和群。你看天已将晚，咱伺候天王应当早去，你只管放心，乘早儿跟我走着。到了那里，不会说话，总以少说的为是！"徐爷连连点头，说："谨遵夫人指教！"说话间，自己跟随着夜叉夫人出离本洞。雌夜叉在头前引路，慢慢儿的走着，徐爷直开跑步方能追②随得上。一会儿另来到一座洞府，徐爷一瞧，果然另有一种宽绰的气象。

（十三续） *1921 年 12 月 6 日*

且说徐爷跟随夜叉夫人另来至一座大石洞，见这洞与自己所住的□不相同。四围见

① 魔家四将：小说《封神演义》中的神话人物，又称魔家四兄弟。

② "追"，原文作"退"，据语义改。

方，约有一亩地大小，高约三四丈，上面顶棚天然石头生就，四围同墙壁似的，光滑极亮，如同玻璃一般。当中放着一块见方的石头，好像一座洋式的饭台。周遭列摆着许多石头墩儿，当中间儿的这个又高又大，上面铺着一张豹皮，其余两旁的石墩儿蒙的全是鹿皮，上面坐着许多的夜叉。徐爷也有看着眼熟的，本洞给自己为媒的那两位也在此处列坐。徐爷大约数了数，共总有二十多位，不足三十位。座位既满，自己只好靠下首一蹲。

正在这们个功夫，洞外忽然怪风大做，称得起是飞沙走石，对面看不见夜叉了。徐爷紧闭双睛，就听这些座位上的一齐跳下石墩儿跑了出去。自己不敢动窝儿，照旧靠墙立定。转眼间，从外面进来一个大高个儿的，似人非人，虽似夜叉，又比这一群夜叉透着尤其凶猛，驾着风，迈着大脚步鸭子①进到洞中，直奔正中，在那个蒙着豹皮的石墩儿上坐下。两条腿可是登着石墩，说不出是蹲着坐着。

这些方才坐着的夜叉也都跟随进入洞内，不敢就坐，都在两边儿排好，抬起脑袋，伸出两只胳膊一抱肩头。

上座的这位好像点名似的，对大众注目□神看了一遍，然后才说："卧眉山众，尽于此乎?"就听这些夜叉一齐应声，"呕呕"了一声，大概是答应呢。这个又用眼一瞧自己，伸出长爪，指了一指，说："这个异族的是那里来的?"徐爷不敢答言儿。就见自己的夫人儿往近凑了一步，说："回禀大王，此是我新招的女婿!"此时大众一齐答言儿，说："启禀大王，此人有一分特别的绝技，能用火将肉煮熟，十分好吃!"大夜叉在座上说："但不知现在何处?"徐爷本洞的夜叉听大王打听，立刻跳蹿蹿的跑出洞去，一会儿搬了些块来，放在石台之上。这位并不谦逊，伸出长爪来抓起一块，放在口中，一面吃，一面巴达着大嘴岔儿，连连夸赞，说："真是赛狠的②好吃!"一块吃完，又吃一块，说："这样好食品，你等如能常常供献才好!"众夜叉一齐应声，说："理应按日敬献大王。但恐野兽缺短，如何是好?"大夜叉说："你们各洞得轮流着供献就是了!"

说着又看了看徐爷，一指脖项，说："他的骨突子因何太短?"大家一齐答言，说："启禀大王，徐郎因初到我国日期不久，诸事多不齐备。今因天寿佳节，礼应叩见大王，故暂由大家公摊，分赠些骨突子，故尔甚短，望大王详察!"夜叉王一听，微楞了一楞，只好也把自己项上带的骨突子取将下来，将绳扣儿解开，摘下十枚来，放在石头桌子上。徐爷一瞧，这珠子比上方才大家所赠的是又大又圆。心说七厘为珠，八厘为宝，这们大个儿，可称希世之珍了。夜叉夫人真机灵，早凑过去接在手中，又把徐爷带的摘下来串在一处，把位徐爷乐的要飞。

---

① 脚步鸭子：脚步丫子，脚丫子。

② 赛狠的：满语，真，太。

（十四续）*1921年12月7日*

且说徐爷见国王所赐的这十颗珠子比上前五十颗成色高着许多，自己有心行个三跪九叩之礼，又怕夜叉挑眼，说是骂他们呢，若是敞开儿不理，未免又觉着不下去。此时夫人已将珠子串好带在脖项上，心说有咧，方才他们行得是挨冻礼（两手抱肩儿吗），我闹个随乡入乡，也照样儿，大概许不至挑眼，即便手脚生疏，抬落不灵，谁让该部没预先传我演礼哪。打定主意，往前近行了几步，站立当中，先把两手往直一伸，然后往回一拳，两手一抱肩头，冲夜叉王一点头儿。这位夜叉看着十分喜欢。

再说本洞的众夜叉见徐爷居然不透外行，也都暗暗夸赞，自己的夫人更分外得意。国王在座上，虽不会说什么“免礼、平身、赐座”的话头儿（没学过戏场子上金殿客套），也不能长虫吃扁担——直受儿，立刻也欠了欠身儿，点了点头，又对众夜叉“啾啾”了几句，徐爷可不能都听的清楚。众夜叉一齐起立排班。

这夜叉站起身躯，离了石座，大踏步出离洞口。这些夜叉都追随送出洞来。徐爷不敢僭越抢行，只得紧跟着夫人身后也溜了出来。见夜叉王并不回头，一纵身形，照旧驾起黑风，转眼不见踪影。

这些夜叉见国王去远，这才扭转身躯仍回洞内，各按本位坐定，把国王所剩的那些鹿肉用大爪一路乱撕，分做许多分，也给了徐爷夫妇各人一分儿。徐爷累了多半天的功夫，肚中正然饥饿，接到手中，还要谦让大众。原来这些位并不客气，每位往嘴里乱塞，一会儿全都吃净，站起来一摇大爪，分先后各自出洞。到了洞外，彼此不再周旋，各奔各洞而去。徐爷同定本洞几位并自己夫人往回路行走，沿路观看，处处另有景致。

书说简断，一幌儿就是三四年的光景。徐爷在洞外所种的麦豆等类渐渐的也都留下籽种，徐爷交给大众种法。本洞的夜叉也有要跟徐爷学习宰鹿煮肉的法子的，可惜没有铁家俱，好在各洞都有膂力，举着一块长条儿的石子就能当锄犁使唤。徐爷的这位夫人儿渐渐肚大腰圆，周身倦懒，徐爷莫明其妙。这天忽然产生了三个夜叉，虽然微似其母，到还有七八成像个人形。徐爷抱起来细细的一端详，原来是两雄一雌，徐爷喜欢的了不得，暗想这路品胎①，若是在我们内地，州县官据情上详，就算熙朝人瑞②，可就怕老谣，硬说得杀一个。徐爷自己这们想，也不便对夫人说。本洞的夜叉晓得徐爷生了子女，也都替夫妻喜欢，有送生熟鹿肉的，每天没事都常跑过来，抱着这三个小夜叉哄着玩耍。徐爷身上原穿的衣服已然破碎无存，只好用鹿皮围体，唯独这挂珠子，当做宝物紧紧收

---

① 品胎：三胞胎。

② 熙朝人瑞：指人已经活过百岁，引申为社会繁荣，人民幸福。

存。这一天，大众出去猎食，剩徐爷看洞，谁知有拿徐爷当拆白党的一个夜叉前来，要强行无理。但不知徐爷的性命如何。

（十五续）1921年12月8日

且说徐爷这天坐在洞中□看着三个孩子，夫人预先述说明白，是随着本洞同类上山猎取野兽去了。走了约有多半天的功夫，徐爷把孩子哄得全都睡熟，自己出洞想着要活动活动筋骨。刚出洞门，见迎面走来一个夜叉，徐爷并不认识，也辨不清是雌是雄。看见徐爷，先递嘻和，说："徐郎，徐郎，剩你一个人在洞中，连看孩子带做饭，有多们累的狠哪！"徐爷说："人家能猎取野兽，我既没这能力，难道说连看家还不会吗！"这个夜叉说："我正要到你们洞中看看你们的子女可都见长了没有？"徐爷一听这话，想着必是个雌的喽，不是沾亲就是带故，不好不让，说："如此说来，大嫂请啊（徐爷不知道要唱那一出）！"这个夜叉不再谦让，迈开大步先跑进洞来，徐爷只好也随着回来。

这个夜叉进到洞中，并不看徐爷的子女，笑嘻嘻的冲徐爷说："你们两口子生长这样小孩儿，十分可爱，不知怎么有的？今天乘洞中没人，咱们两个照样演习一番，不知你可乐从？"徐爷夙日虽不惧内，可是真怵夫人儿。再说一瞧这个夜叉比自己伙过的那位，面貌尤透恶劣，登时吓得不敢答言，不知用什么话语推辞才好，急得摆手摇头。谁知这位是个一宠子的脾气，说到那儿要办到那儿，伸出两只大长的胳膊，揪住徐爷两只手腕子，紧往自己这边叫劲。徐爷连躲①带闪，连说："不可，不可，断断乎而不可！"母夜叉见徐爷不认可，登时气往上撞，把徐爷用胳肢窝挟起来。徐爷心说，他要按照请财神、抢库兵②、绑票儿的法子把我弄到他洞内去，我命可就休已啦，一面用手支撑，一面嘴里喊嚷："妈呦，快来救命啵！"三个孩子被徐爷一嚷全都惊醒，"呕呕儿"的啼哭起来。母夜叉本打算把徐爷架弄走，奈因徐爷两手苦抓自己的肋条，两只脚连蹬带踹。再说徐爷这几年专用野兽肉当饭，膂力比从前长了几倍。母夜叉有点扶持不住，一堵气子，把胳肢窝一张，噗通的一声，徐爷闹了个干摺儿。

正在这个功夫，恰巧徐爷的夫人儿从洞外走将进来，听见徐爷直喊救命，孩子又哭又号，立刻把得来的一只大鹿也顾不得要了，撒手扔在洞外。跑进来一瞧，母夜叉见正头箱主③回来了，不敢久恋，扭转身躯想要逃走。徐夫人焉肯容让，伸出长爪来把母夜叉两只腕子揪住，两个在洞中就演上□跤咧。别瞧这个母夜叉来得勇猛，敢则也觉着有些

---

① "躲"，原文作"夺"，据语义改。

② 抢库兵：清时守卫朝廷金银等库的兵丁因偷窃而富有，其时有一帮对库兵进行讹诈、抢掠的地痞，称抢库兵。

③ 箱主：管箱人，旧时剧团后台负责管理戏剧服装的人，此处为主人的意思。

理亏，别着夺出胳膊逃跑，只顾一扭头儿，徐氏夫人一低头，张开血盆似的大嘴，照定母夜叉的右耳根子上就是一口。母夜叉躲闪不及，这下子正咬在大耳朵梢儿上，真给咬下一大块来。徐爷见救命星儿到了，顾不得身体疼痛，从石地上爬将起来，胳膊也戳伤了，呲牙咧嘴的扎挣着进到洞中，看顾三个孩子去了。母夜叉耳朵疼痛难忍，被徐夫人一脚踢倒，抓起一根葛条，将母夜叉竟自捆绑起来。

（十六续） *1921 年 12 月 9 日*

且说徐夫人把这个母夜叉按倒□翻，摔在就地，从旁边揪过一根葛条来就给捆好，放在洞内，又问了问徐爷，幸尔伤痕不重。这□从新到了洞外，把鹿拉了进来。此时本洞的诸位夜叉有陆续回来的，进洞一瞧，徐爷这洞口绑着一个，不知为了何事，自然都争着询问。内中有同这母夜叉男人熟识的，悄悄儿的给送了个信儿。这个听说，连忙找到徐爷洞中，同徐爷一稿交情。徐爷满不懂他的话，全推在夫人儿身上。徐夫人因为既没被他讨了什么便宜去，现在白白儿的啃了他一块双皮①，也不便再得理不让人，说：“既然他的不是，你把他带回本洞，以后严行看管，别叫他再来此骚扰就是啦!”这位夜叉公见徐氏夫妻宽洪大量，十分感谢。又问了问徐爷情形，徐爷大略一说，这位夜叉也知道幸尔未曾乱种（那们一来，可就晋封王爵啦），也颇知羞惭，亲自给母夜叉挑开绑绳儿，回洞而去。

从此徐氏夫人因为怕他们不死心，依旧再来，每天永不出洞。好在徐爷在洞外所种的粮食渐渐存储了许多，煮成饭食，同本洞的夜叉们换些肉食。徐爷身上的衣服烂净，只好用野苎葛藤造成绳儿，把野兽皮缝成一块儿，也颇像衣裤之类了。徐爷时常没事就把自己这挂珠子取出来看看。

一幌儿的功夫又是三年。这三个孩子全都会走啦，徐爷闲着没事儿的时候，就教给他们说些句中国话，这三个孩子究竟通人性，一学就会，至于跟随他母亲所学的本洞语言更是普通喽。在众夜叉之中看着有些不像同种，好在也没有仇视的。在徐爷听他们说起中国话来，虽依然带着“啁啾”的口音，可是比上夜叉话语有几分人气。再说这个大男孩尤其生得雄壮，统共方才七岁，两只脚底下登山涉岭如履平地，与徐爷□性攸关，还是颇知孝顺。

老徐这三年的功夫，既没人再找寻徐爷，而且孩子已然长到这们大了，徐夫人也渐渐的放了心。这天告明徐爷，说自己要携带上一子一女，到山前山后游玩一番（老东皋公师傅的）。徐爷说：“你们要早去早归。”徐夫人说：“如今你们父子二人一同看守洞

① 双皮：指耳朵，猪耳用来制作菜肴时的雅称。

口，莫非还有什么可怕的么?”徐爷点头答应。

母子三人出离洞府，剩下父子闲谈天儿，说起当年一夜大南风刮到此地，又说到中国怎样繁华。这位大夜叉少听父亲说起乘船飘海的话来，说：“孩儿要想到海岸看看，这船是什么样子，不知使得否?”徐爷在此七八年，原本时刻想家，如今一听，说：“可以吧!”于是偷偷儿的把那串骨突子带上，说：“吾儿，你要随为父的来哟（要唱全本《朱砂痣》)!”父子二人一同出洞，往前走了几步，恰巧正是北风大作。一会儿到了海岸，见故舟犹存，这一来，徐爷才想要设法引渡回国。

（十七续） *1921* 年 *12* 月 *10* 日

昨朝话表徐爷带着大儿子来到海岸一瞧，故舟犹存，又搭着北风大作，登时顿起回乡之念，不由的滴下几点眼泪。这位徐大少一瞧，不知父亲为什么伤心，连忙请问。徐爷长叹了一口气，说：“要讲我在内地，风俗人情，样样儿的比起这本处来实在强的多。我屡次想回故乡，一则赶不上顺风，有时虽遇顺风，又恐怕走不脱，不敢离洞。再说又被你母亲严行看守，寸步不离。今天实是天假的好机会。你我父子，不如乘此时回国去吧!”徐大少听父亲之言，虽然愿意，奈因舍不得母亲、弟、妹，又恐日后相逢母亲见责，绉着眉头子说：“嗳呀，爹爹，常听父亲教训，说大丈夫处事总要来得明、去得白，何妨回到洞中，将此话对我母说明，若能一同回国，岂不更妙?”徐爷说：“吾儿之言虽然有理，奈因一节，你有所不知①，若是回洞一商议，你母未必愿意。因故土难离乃是人之常情，即便认可，本洞的许多亲戚故旧一定必要拦阻。即或你母深明大义，去志已决，大家都要周旋祖饯②，这一耽延时刻，再想得这样北风可怕不容易了。莫如咱父子登舟试一试，如果风顺船疾，明天便可到家看看。那时想来，再多备干粮，换只大船，还可以再来接你母亲、弟、妹呢。吾儿你若不遵吾言，便为不孝了!”

徐大少听父亲有重回的口话，一则年纪尚幼，二则好奇的心胜，说：“父亲，但不知这船怎么便能移动?”徐爷说：“你先上去，容我解开铁链③，用篙一点便能离岸。”徐大少没见识过，笑嘻嘻跳上小船儿，钻进舱中，瞧着希奇罕儿。徐爷此时混得脚底下连鞋都没有咧，不怕潮水，连忙走在那棵柳树根旁一看，铁链④上铁锈许多，同树根好像连⑤在一块儿似的了。徐爷现在手头上有劲，用手一揪，居然弄折，立刻跳在上面，顺船舱

---

① “有所不知”，原文作“所有不知”，据语义改。
② 祖饯：设宴送行。
③ “链”，原文作“练”，据语义改。
④ 同上。
⑤ “连”，原文作“练”，据语义改。

旁边取出旧篙，使力往岸边上一点。此时正涨午潮，又遇着顺风，已然飘离海岸。

徐大少正在舱中，觉着脚底乱幌起来，赶紧跑出来，见船已离海。父亲将篙放下，说："这样好风，不必费力了，你我父子稳坐船中，明天便可到故乡。"徐大少是悲喜交集，悲的是母亲、弟、妹不知何日重逢，喜的是自己既是中华种族，居然能回祖国。

书说简截，一幌儿到了天黑，北风比白昼更大。徐爷觉着身上寒冷，自己也不知共走了多少路程，说："你我父子进舱安眠了吧！"徐大少说："父亲肚中可饥饿么？"一句话提醒徐爷，说："嗳呀儿，咱来时荒疏，一些干粮没带。此时不能泊船，无论怎么饿，也得忍饥而行。到明天风止，再上岸寻些食物才能充饥呢。飘海的营生，这是常有的事，多早晚有临时窝窝头会驾船跟随着，那才算享上幸福了呢（这是徐爷说的吗？我替水面上的朋友犯贪心哪）！"徐大少无可奈何，只可随着父亲进舱安歇，一夜无词。次日果然回到故乡。

（十八续） *1921* 年 *12* 月 *11* 日

且说徐爷到了天明，肚中也觉着饥饿，再听孩子的肚子里骨碌碌的乱响，出舱一瞧，风比夜间小的多了，远远有些树木人烟。徐爷心说，大约此处是中国境内了吧。自己低头一瞧，不由也笑了，说："我这一身皮子，连根布丝儿没有，到了岸上，大家还不拿我当汉①奸哪！"有心不登岸，自己也辨不清来到什么地面了。于是把皮衣扣儿解开，把这串珠子摘下来，拣了一颗极小的取下来，放在船板上，把这串系好，围在腰间，嘱咐孩子说："我儿你在船舱里坐着别动，等我上岸看看有什么好吃食，给你换些儿来，你好充饥。就便打听打听交州离此多远，便能计算出离家多远，几日可到咧！"徐大少说："这船如果不动可以能行。若是再一换风，把孩儿刮走，孩儿没学过驾船，性命恐怕难保。到那时不但难与母亲、弟、妹重逢，咱父子也恐怕没有见面之日了！"徐爷一听，说："吾儿不必多虑，我把缆给你系好，今天的风势已息，断不至飘流到远方去！"此时徐爷说话间已然出舱，用篙往靠岸地方拢。

恰巧那旁有依样的一只小船儿，徐爷一瞧，便把自己的船往一处靠。舱中出来一个人，上下打量徐爷，说："嘿，船上的这位毛朋友，你是从那里来的呀？"徐爷一瞧，不但是自己本乡的土音，而且耳音极熟，好像从前常在一处打连恋的熟人，不顾的问名姓，连忙说："请问这位驾长，此地可是交州湾么？"这位说："不错呀！听你口音，有几分像本地人氏。奈因一节，咱这江西省分没有多高大的山，山上也没多少獐、狍、野鹿，好

① "汉"，原文作"汗"，据语义改。

容易得着一件皮货，谁肯自家拿着打糙儿①用呢（这位八成儿是估衣住儿）。你莫非是个野达子②？谁主使你跑到内地要扰害什么治安吧？”

徐爷此时已然听出语声儿来，是当年同师学艺的一个朋友，后来都吃水面儿的饭。此人姓商，有个外号儿叫做水商（可不贩卖人口、买良为贱），又因为他好喝水，也有管他叫伤水的（跟我一样，多喝了水，早晚犯了痰，还得多照顾乐山氏润肺止咳化痰丸。那位说，这药管化痰，还管消水吗？这件事据在下自己研究，大凡喜吃肉品的人，多不喜运动行走消化，多以酽茶为消化品，只顾消化，可不顾水与痰究系同质。况水懦民争玩之，在饮水□觉之中，已然多贪了。在下近年对于别项嗜好渐少，唯吃肉、喝水两事每日不能离。有时胸满膈脏，服乐山化痰丸可见功效。这是我的肠胃。有同病者，曷妨一试。那位又说咧，你是说《聊斋》哪，是替做告白底子哪？做告白我没学过，说评书行讲话，我又海下去咧）。徐爷登时喜之不尽，说：“你、你、你莫非是伤、伤、伤、伤水商爷吗？我的伤、伤、伤、伤、伤大兄弟呀（那位说，那儿来的这些个伤呀？呦！您不知道呕，徐爷敢则全伤透啦）！”这人一听，道出自己姓氏，立刻分外留神，到底要瞧他是怎么一个毛人。

（十九续）1921年12月12日

且说这位姓商的听徐爷叫出自己的名姓，自然一机灵，说：“你到底是谁呀？”徐爷说：“你怎么把我姓徐的给忘了呢，前几年不是咱哥儿两个时常在一处贸易吗？”商爷一听，说：“原来是徐大哥，一幌儿小十年子没看见你。有说你在外埠发了财的，有说你连船遭险存亡未卜的。如今幸喜重逢。你这们几年脸上透着黑胖，身子也好像比从前坚壮了，你究竟在什么地方儿混来着？怎么连本国的服制你全改换了呢？若说为发财，也犯不上连两只鞋都不穿哪！”徐爷说：“好兄弟，你别提啦，愚兄这次真是九死一生。但凡有处买衣服，我何苦顶皮子呢！你过我船上来，我细细的告述你。”商爷说：“你上我船上来不是一样吗？”徐爷说：“也好。只是我船上还有个生番似的大小子哪，怕他害怕，不放心！”商爷说：“既如此，我就到你船上见识见识也无不可。”于是搭上小跳板儿过船，彼此重新见礼。

徐爷让进舱中，指着商爷对大少说：“给你见见，这是你商叔父！”这孩子虽不知怎么称呼，大约必是长辈，连忙站起来，两只手一抱肩头，冲商爷呲呲牙。这下子把这位商爷吓得要开腿，乍着胆子说：“这是你的令公郎么？”徐爷说：“正是大犬子！”商爷绉

---

① 打糙儿：谓衣物等不甚精美，只供家常使用。

② 野达子：旧时对北方游牧民族的称呼。

着眉头子说："但不知你在外边几年，娶了几位嫂夫人？共生了几位令郎令媛？"徐爷说："只娶了一房贱内，一胎产了三个，是二子一女。"商爷说："那么都在后面走着哪？没别得说的，我可少陪啦，有话过日再谈吧！"站起来就往舱外走。徐爷说："故人相逢，如何这等薄情！"商爷说："不是别的，就这一位，我看着心里发怵，就要出恭。你们亲丁五位少时到齐，一犯野蛮，我就变成商鞅啦，还不赶紧告辞等什么呀！"徐爷说："你不必害怕，我只带他一个儿来，其余都在他们本国哪！"商爷这才重复坐下。

徐爷从头至尾把夜叉国的事说了一遍。商爷听着绉眉，说："既如此说，此处既然茹毛饮血，大有上古之风喽。既如此，你这一蹚不用问，是仅只逃得性命回来，一文钱也没弄到手中喽！"徐爷一想，自已这个样子不好登岸，商爷既是旧日弟兄，不免托他将珠子换了银子，给置备两身衣服鞋袜，再购买些肉食等类，父子好暂行充饥。打定主意，笑嘻嘻的对商爷说："愚兄虽说没挣回钱来，好在得了几粒珠子。"说着取出来，递在商爷手中。商家第一讲珠宝，商爷也有几分眼力，接在手中一瞧，说："徐大哥，你有这颗珠子，大约值个三五百两，置分中人之产用不清，无怪人说你发□了呢！"徐爷说："还有几粒，你既懂行，就烦你上岸替我兑换了，置些衣服，我父子从昨天就没用食品，一并买些酒肉来，做为愚兄与你酬劳。"商爷说："既是没用饭，请到我船上，衣服吃食我全现成。徐老哥千万不可外道。小弟今朝定要与你父子摆酒接风！"

（二十续）*1921* 年 *12* 月 *13* 日

且说这位伤水商爷，看见徐爷有大颗的珍珠，立刻跟着就套交情，说："徐大哥，你要早说没吃饭，我早把你父子们请到我船上置酒款待咧。您千万可别外道，您请到我船上，我有什么，请你父子吃什么，可别挑拣！"徐爷说："既有现成的食物，暂赐我们一些，更感激不尽的了！"商爷说："你这儿是空船，没什么可丢的，我的船上样样儿全都现成，还是上我舱里去。你们老爷儿两个一面吃着酒饭，我把我随身的衣服全行拿出来，您拣着合身儿的穿上，岂不比顶着皮子好看吗？"徐爷说："既蒙老弟这样的成全，愚父子只好遵命就是！"说着又对大少说了句夜叉话，这孩子欢欢喜喜的站将起来，往舱外就走。

徐爷同定商爷也一齐出离舱门，登跳过船。大少跟随着也进了船舱。商爷从船板下取出一瓶酒来，又取出几尾干咸鱼，都放在舱板上，说："你这几年大约也没喝着酒了吧？"徐爷说："岂但酒，连茶也没听说过呀！"商爷取出三个杯子，说："可惜没有什么好酒菜！"说着斟满三盅。徐爷说："这孩子从来没尝过酒是甚么滋味，可留神他醉，不给他喝也到罢了！"商爷说："何妨少给他一点儿，让他尝尝呢！"徐爷端起盅子，先喝了一口。商爷说："主不吃，客不饮。"也端起来一口饮干。徐大少见父亲同这位都往嘴里喝，想必是好东西喽，也往嘴里一倒，灌下去，觉着不甚得味儿。商爷赶紧递给他一大块鱼。徐大少接在手中，翻来覆去的细瞧。徐爷此时也自取了一块放在口中。徐大少见父亲这样吃，把这块鱼放到口中并不知上面有刺，觉着没有自己洞中的鹿肉顺溜，使力的一吧达嘴，才把鱼刺按折，噎下去了。心说常听父亲夸赞中国食品好吃，怎么到我嘴里，变成不得味儿了呢？商爷不敢再让大少喝酒（怕醉夜又闹起来比醉鬼难缠），于是从笸箩中取出些干面馍馍来递给于他。大少接过来，两三嘴一个，到吃了个美味香甜。徐爷几年没喝酒，也不敢多贪。商爷又苦劝了三杯，就咸鱼彼此吃这个干馍馍。

徐爷说："承老弟盛情，我们已然得了饱餐。还是求兄弟你上岸辛苦一蹚，把这珠子兑换些银钱，替置几件衣服鞋袜，我们父子穿起来上岸，免得惊吓着乡邻！"商爷说："徐大哥，你怎么又这么外道起来了呢，方才不是说明白了吗？容你们老爷儿两个吃喝完毕，我把我的衣服送给你们穿上。你想这半天的功夫，我也得倒得下手来呀！"说着从舱板下取出一只小竹箱儿，打开盖儿，取出小褂、裤子等类，交给徐爷，又取出鞋袜，说："咱哥儿两个脚大小差不了多少，你这位少爷可怕不合式！"徐爷说："大约大不了许多。"说着自己穿好，又教给大少也照自己穿起来，说："愚兄此时套言不叙，过日我给你做新的送过来就是了。我要下船回去，探探我的妻室！"商爷说："据我说，你不去也罢！"徐爷说："这是什么缘故？莫非你晓得么？"商爷说："小弟说出来，千万你可别恼！"

（二十一续）*1921年12月14日*

且说徐爷刚说到要回家探望妻室的话，商爷可就答了言儿啦，说："这件事，老哥不问，小弟不敢冒猛告述于你。你如今既然提到嫂夫人的话，我实对你说吧，人家现在可不姓徐咧！"徐爷一听，说："但不知现在姓了什么？"商爷说："依我劝，你就不必打听了。你想咱这苦省分，水多田地少，再说咱都没有多少地亩，所以才弄这们一只船做个商业，所为养妻赡子。你想你一幌儿离家多少日子啦，又赶上前几年米珠薪桂①，嫂夫人跟前又没儿没女，本村乡邻见他可怜，你又音信皆无，故此劝着他另走了一家。听说现在生得小孩儿差不多也有五六岁了。"徐爷听到此处，思忖了半晌，说："既然如此，也就由他去吧。但不知我家几亩薄田同家俱等物归于何人之手？"商爷说："你老哥既没近族当户，大半也是你们那口子带过去了！"徐爷说："如此说来，我如今到是一点儿惦记的没有了。还是求你老兄替我把珠子兑换些银钱。我们父子下船，暂寻一座旅馆，住上几日，再设法找房安家就是！"商爷说："那们你们老爷儿两个给看着船，我就替你去

① "桂"，原文作"贵"，据语义改。

蹚!"说着跑下船去。

剩下徐爷在船上，自己生起火来，烹了一壶茶，一面喝着，又嘱咐大少许多话，又说："你在夜叉国这几年有姓无名，如今到了家乡，我给你取个名字。你身体魁伟，就单名一个'彪'字就是!"大少点头记清。

一会儿商爷从集镇回来，说："这颗珠子，本处没有金珠店，没人敢买。恰巧有位贩珠宝的客人在店中住了许多日子，总没□买着好的，见这珠子，愿出一百银子。我皆因价值过低，没肯给你卖，特意回来问你怎么样。这位客人说，如果另有好的，他还要出重价呢!"徐爷说："俗语儿说，买金遇不着卖金的。要讲再大的，我尚有数颗，只要他肯出大价钱，我管保能让他如愿!"商爷一听，说："但不知这颗小的，你还卖不卖咧?"徐爷说："也罢，这颗小的，愚兄赠与你，做我愚父子衣食之费。此后就烦你做个中人，我与珠子客人再行交易。所有花销全出在他的身上，不知你可肯么?"

书中代表，这颗珠子，商爷本来同客人讲好是一百五十两，花销在外，特意回来问问。徐爷如果不点头，还可以多圆全个三二十两。如今人家慨然相赠，闹得自己反有些不好意思起来，说："徐大哥，这是那里说起，你破出死命挣了来的，如何白白的送我。至于我替你两造成全买卖，原是咱商业分内之事。珠子我管替你卖，你这颗小的，要不，我不要吧!"徐爷说："岂有此理！我既说出来，还能说了不算么?"商爷说："既如此，小弟我谢谢你。你若用现钱，我船上现在还有几串。这们办，事不宜迟，咱哥儿两个一同上岸。到店中见着这位客人，把珠子买妥，银物两交，不知你意下如何?"徐爷说："如果赶着他去，是串店营业，未免被他看轻。况且船上剩你侄子一人，甚不放心。不如你把他约到舟中，与他当面成交，不知可能办到?"

（二十二续） *1921* 年 *12* 月 *15* 日

且说徐爷把珠子慨然赠与水商，皆因既是白得来的，而且处处还要仰仗水商帮衬。自己若是一面儿黑，怕水商勾串上外人把自己图谋了。那位说，你把水商说成水贼啦，未免太甚。您可不晓得，徐爷因为自己发的是横财，再说离乡日久，又带着个人不人、畜不畜的儿子，傥或吃独了，水商虽不会图财害命，要是报了官，说自己是受外国唆使，前来潜伏内地的奸细，真有点儿克化不开。故此才重用水商，好做为自己的亲人。虽是徐爷的好①心眼儿，处在无倚无靠的地步，自然不能没个党援。今天这书，要是再接着水商拉珠子纤，一形容揉儿行跑合儿的弊病（倒不是倒把做行市买空卖空），未免又得多说个三五版。一则与原题无干，再说人家夜叉徐氏在洞里受着苦呢，苦一磨烦，图什么招

---

① "好"，原文作"奸"，据语义改。

人家恶心。而况且我也说不好，莫若做个暗场子，就算由水商给引荐来了一位金珠客人，同徐爷当面交易。徐爷先卖了两颗，卖了好几百万银子。那位说，你做什么替姓徐的这们鼓吹呀？莫不成你也是夜叉党吗？您想按原文说“出珠二枚，售金盈兆”，十万为亿，十亿为兆，人家老徐既有这步运气，我何苦少说。况且这还是照旧算盘说，若按西法数学说，从个亿说到个兆，银子该有多少，我简直的都说不上来咧！闲话蠲免。

简断截说，徐爷陡然而富，又买房子又置地，雇了些仆妇丫鬟，把只小船儿也不要了，在家看着少爷徐彪念书认字。乡亲中有劝徐爷续弦的，徐爷一概拒绝（怕夜叉太太找来不答应）。有当年旧同行同业的晓得徐爷手里有财，劝着徐爷搭伙做买卖。徐爷说：“现在家中没人，离不开身子，只好等徐彪成人之后再商量吧！”

一幌儿就是十年，徐彪已然十四五岁，不但身体坚壮，而且力大无比，三二百斤的石头，端起来一举过顶，就只一样儿，性情粗暴，好跟人打架。乡邻中明知他是小孩子，又是外番种族，谁也不敢惹他。

这一年，广西一位元帅，虽不定名为镇守使、节度使，反正是知兵的大员，看见徐彪将来一定是个将材，把他叫到营中，留营效力当差，暂授以千总之职，俟立有功勋，再行拔升。人家孩子也真做脸，当上差，一点儿也不滑懒。再说家里有钱供给，彼时俸饷充足，所有手下的马步兵弁，徐爷不但一分一厘不克扣，而且时常把自己的俸银给大家充赏。恰巧正赶上边省地方烟尘四起，大帅派徐彪带兵征剿，所到之处，真是战无不胜，攻无不取，并非徐彪有什么特别技术，皆因待兵如同亲手足，上下一心。再说自己胆子壮，气正。到了十八岁这年，居然实授为副将，可不是钻营运动来的。说到此处，暂且让徐家父子在任所享福。再说当年那位水商，把卖珠子的银子花净，依然泛海为生，这天遇着狂风，性命不知能否保全。

（二十三续） *1921* 年 *12* 月 *16* 日

昨天的书，粗枝大叶的一说，已然是十余年的事情。徐爷父子暂且不表，但说这位水商把徐爷所赠的珠子卖了一百多银子，垫补着做买卖。虽是见利就钻，可惜财命有限，时常赔本儿。这年泛海，也赶上大南风，把这只商船也飘到一座海岛，自己可叫不上什么地名。书中代表，正是徐爷发福生财的吉地，卧眉山下。商爷既不认识路径，风定尘息，自然要携带上些银钱干粮等物，上岸找本处居民询问询问喽。上岸走了不远，就见远远站着一个少年，高大个子，像貌甚是丑陋，而且不穿衣履，腰中缠着些豹皮。商爷心中明白，说：“八成儿这就是徐爷到的这个地方儿吧！”凑近这人想要问问，谁想这位一见自己，步履如飞，跑到自己面前，上下一打量，透着惊讶的了不得，说：“来的这位，你莫非是什么大中华的中国人吗？你是某省分的人哪？家住那州并那县？那个村庄有家门（夜叉要唱《荣归》）？”商爷一听，口音虽夸，好在还听得出来，连忙回答说：“在下姓商，是中国广西省分，地名交州人氏，泛海为商。昨天偶遭怪风，飘到贵地。既然问中国，想必此地不在中国版图之内喽！”这位少年点了点头，说：“此处不是讲话之所，快快随我来。你若被本地人看见，你的性命难保！”商爷一听，吓得两腿哆嗦起来，想走都不会动掸咧。这位一瞧，伸出两只大手，把商爷的腕子一攥，说：“来，来，来，随我来！”商爷此时也只好闭眼认命，幌里幌当的跟着小跑儿。

一会儿来到一处山洞，进了大窟洞，见两边还有好些小窟洞。这位找到西北犄角儿上有一座极小的石洞，外边荆棘甚多，拉着商爷往里就走。荆棘棵子把商爷的衣裳罣住，只听“哧儿”的一声。商爷说：“嗳呀！又撕了一块（《状元谱》改了《鸿鸾禧》啦）！”少年也看见了，用大光脚鸭子把荆棘一路乱□，一会儿果然平坦好走（这叫光脚不怕穿鞋的）。少年拉住商爷仍不撒手（离开商界大概没饭）。一会儿走到尽里边儿，又拐一个湾儿，另有一个小石洞儿，这才撒开手，说：“你先在这儿少微等等儿，我去去就来！”说完一扭身儿，迈开大步，又顺旧道儿跑咧。

商爷心说，得，想必他也约会他的同党去啦，大半凶多吉少。可是想走，也不敢出洞，又想到当日徐爷是本处著名的穷徐，如今虽无妻禄，却有子财。又道是人逢绝处可重生，有命不怕家乡远，或者我老商也有一步珠子命。想到其间，反到转忧为喜。正然瞎叨念，猛见少年从外面跑了进来，胳膊下挟着一物，远瞧好像金华火腿。及至来到自己跟前，放在石头上，说：“我晓得中国人口味高，吃肉都讲熟的。幸亏我洞中有块煮熟的，得味儿不得味儿请你将就些儿。这还是我特别优待呢！”商爷此时吓的把饿都忘了。无奈这是人家的美意，只好做揖道谢。这才要细问此人，既是中国种族，缘何流落在此。

（二十四续）*1921年12月17日*

且说商爷藏在石洞之中，一会儿见少年回来，而且挟来一条熟鹿腿放在石上，说：“这是我特意敬献你老的！”商爷连忙做揖道谢，这位少年还是以抱肩礼相还。商爷说：“看你这样子，必是此地人氏喽，想必是到①过中国，不然怎么会说我们中国话呢？”少年说：“我并不曾到过中国。我母亲是本地人氏，我父亲却是中国人，从小儿教给过我中国语言。可惜这几年的功夫忘了许多。再说彼时年纪幼小，不懂留心习学，如今有心再学，又没人指教了。”商爷一听，说：“你父亲既是中国人，想必是我的同乡，但不知你可晓得姓名？”少年说：“名字我不懂，只听我父亲当年对我们弟兄们说，我们全都姓徐！”商爷一听，乐得拍手打掌，说：“你要提别位，我不认识，要讲姓徐的，可同我有

---

① “到”，原文作“道”，据语义改。

交情。我们哥儿两个早年吃喝不分，一处做买卖。不错，我晓得他前十余年航海遭风，到过贵国，后来回转家乡，还带去一位少爷，同你年岁相仿，模样也差不多。不知你说的这位徐公，就是此人么？”

这少年一听，滴下几滴眼泪，一咧血瓢似的大嘴，把商爷几乎吓死。说：“你究竟有无弟兄，要说实话（水商急的要啃哑金①）！”少年说：“我有一个哥哥，一个妹子。那年我兄妹二人跟随我母出洞有事，及至回来，父亲与哥哥踪迹不见，不知生死。方才听你所说，才晓得父兄是逃回国去了。既然同你熟识，你必然晓得我父亲身体可还康健么？兄长现在中国做些什么事没有？”商爷一听，二爷颇知孝友之义，赶紧跟着套交情，说：“从前我同令尊是发小儿的朋友。这次重逢，也多蒙他赠我珠宝。只皆因现在你令兄做了官，我一个商业人，不便常去。再说他已然升到副总戎②，是极大的武官，时常带兵，不在本处，故此有二年没见面儿了。”二徐说：“但不知什么叫做副总戎？”商爷说：“这是中国的官名儿。”二徐还是不懂，说：“但不知什么叫官？做他有什么好处？”商爷说：“嗳呀！我的老贤侄（从这儿就拍上老腔儿咧），你听我告诉你说吧！要讲中国做官，是头一个好行当儿。出门不是坐轿车、马车、摩托车（彼时早点儿），就是骑马。回到衙门，在大堂上一坐，一叫‘来人哪’，立刻跑来许多下人。像我辈这路老百姓，买卖地儿，谁都不敢正眼看他。走在街上，赶紧得规规矩矩的站起来垂手侍立。你哥哥现在又是武职，这个年头儿，犹其可发财，这就叫做官。”二徐一听，说：“但不知我哥哥怎么就能做了官。似这路官，我若能到中国，不知也能做官不能？”商爷说：“有什么不能的。中国古人说得好，将相本无种，男儿当自强。再若会运动，多大的官不能做，就在乎自己手腕灵敏不灵敏了。老贤侄，你既听着高兴，况且父兄又在内地，为何不早些同我一同回国？”

（二十五续）*1921* 年 *12* 月 *18* 日

且说商爷听明这位少年确是徐老哥的二少爷，不免用些言语打动他的心眼儿，好把自己送回本国，不但重还故乡，对于徐家爷儿们也算首功一件。万一徐彪再升腾起来，自己还许跟着也闹个官儿做做呢。想到此处，所以问说：“你父亲既是中国人，你为什么不回交州呢？”二徐听到此处，绉绉眉头，说：“这件事，我前二年偶到海岸，见我父船只没有了，而且远近没有尸骸，想着或者也许回转了本国。本打算我到交州访问姓徐的，皆因我同我妹子会说几句中国话，生的也有几分还像中国人。若说我母亲舌根生硬，貌

---

① 哑金：旧时相面者坐地上装哑巴，用写有对方父母、妻室、兄弟情况的纸条询问对方，称哑金。
② 总戎：主将，统帅。

相与中国人大差，怕是中国种族不能相容，受了人的残害，所以心里总犯游移不定。今天既遇着你老，容我慢慢儿的同我母相商，如能一同回去，岂不更好。但只还有一件可虑的事，你别瞧我们敝国种族异于中国，却都晓得爱种。有人到我国来，大都九死一生，想逃走可是费劲（待猪仔的法子）。当年我父皆因有烹调煮肉的法子，方能不死。若是我国的人私离国境，被大王查知，就许给活活的制死，故尔不敢妄动。话我是全告述明白了你咧，你一半天也不能回国。俟等那天赶上风顺，我再设法送你回国。你先把遇着我的这件事对我父说明，问他有什么主意没有。你老没事，千万不可私离此地。若是被别人擒了去，再想引渡，可就费了事咧（二徐不会新名词。再说此地也没有保生命险的公司，二徐更不懂这件事）！所以劝你老总以少出门的为是。至于吃喝等事，全有我一人担任！”商爷一听，又连忙道谢。

二徐说：“话不是说完了吗，我可就要回归我的本洞去了。今天这条鹿腿大概你老总够吃的了吧？”商爷说：“论当饭，三五天也吃不清。但只一节，要是口渴了，我怎么办呢？”二徐绉绉眉，说：“你老跟我往里走。”商爷果然跟到后洞一瞧，顺石头缝儿有冒水的地方儿。商爷说：“这可怎么往口里喝呢？有个什么家伙才好。”二徐说：“少时我回洞给你找寻找寻，如果有，岂不更好？”商爷说：“今日天色已晚，胡乱将就用手捧两口喝也凑合了。到明天，贵洞如果没有，烦你到我船上，应用的物件大概全有。”二徐一听，点头应允，回洞而去。

到了次日，凡是徐爷剩下的，二徐全给搬运到商洞，实在没有的，又到商爷船上取了些件来。商爷好在连铺盖都搬了过来，隔三五天，二徐必给他送些肉来，有时是生的，问商爷自己会煮不会。商爷说：“烹饪而食，乃是中国人的习惯，岂但能煮肉，什么叫丝儿炒、片儿炒、溜丸子改刀，我全有个普通学。就是一样儿，做菜全凭调和，要是没有高白酱油、香料、料酒、鸡鸭汤，天大本领的厨师傅也做不好，那只好净刷杓啦（还管剥葱蒜哪）！”商爷这套，二徐一概不懂。

商爷这天坐在洞中，探头儿一瞧，只吓得魂不附体。

（二十六续） *1921年12月19日*

且说二徐嘱咐明白商爷才自行回洞。次日怎么给商爷找家伙，按日送些肉食，都不必细表。但说商爷一个人住在洞中，饿了吃肉，渴了喝山泉水，困了睡觉，别提多着急，闷的难过了，只好蹲在洞中，从荆棘棵子的空儿偷眼往外瞧看这些夜叉，有差点儿样儿的没有。谁想一个比一个透着狰狞恶劣，嘴头子比二徐大着一倍。心说按这宗样式，不一定专吃野兽，八成儿更爱白吃人。我若被他一眼瞧见，大约皮骨无存，再想回故国，怕得是势必登天难还。想到其间，吓得动也不敢动。

书说简截，一幌儿就是五个多月的功夫。这天正在洞中睡醒，听外面起了一阵怪风，跟着走石飞砂，探头出洞一瞧，恰巧是北风（商爷总算没转了向儿）。心说前次二徐说过“待北风起，我来送汝行”，这场风也许苍天助我。正自瞎叨念，果然二徐从洞外跑了进来，说：“今天好顺风，你此时不快走，更待何时！”说着拉起商爷的胳膊往洞外飞跑。商爷逃窜性命的心急，也顾不得再拿什么行李，有一件比老徐机灵，有吃剩下的一块鹿肉，抓起来揣在怀中，跟随二徐往外行走，顾不得荆棘扎足罣衣裳，一气儿跑到海岸边儿上。

商爷一瞧，也是故舟犹存，自己给二徐也行了个抱肩礼，说：“这半年功夫蒙你看护，赐我肉食，我也不必说什么客套话，就盼着你回国之后，也同你哥哥似的一样升官发财！”二徐一听，登时喜欢的了不得（比他哥哥□心还重），连忙说：“前次我嘱咐你的话，你可千万别忘才好！”商爷说：“那是自然！”说话自己上船解缆鼓棹。二徐站在岸上，看船已开走，自己这才回本洞，暂且言讲不着。

但说商爷亏得一阵北风，约莫走出三五百里，天已昏黑，腹中也觉着有些饥饿，往舱板底下一瞧，好在破锅行灶都还尚在。把船靠了岸，取些芦苇，敲石生火。用锅舀些海水放在灶上，把鹿肉放在锅内，半蒸半煮。一会儿煮热，取出来，筷碗已然寻不着了，用手撕肉，饱餐了一顿，连汤舍不得倒，放在舱中，安歇睡下。

次日天明，鼓棹前行。到了一座集镇，把船拢岸，好在还有从前没花的一锭银子，找了个杂货铺换了二两，买些粮米。一打听，此处已是广西边界，离交州还有三二百里路程。商爷略微放心，赶紧回船做饭，吃饱了开船，又赶上逆风，当晚来到交州。因天色已晚，再说自己衣履不齐，不好直奔副总戎府，暂在家中住了一夜。妻子重逢，喜之不尽。

次日换了衣服，直奔副总戎府。到了辕门一瞧，喝，这个威风实在不小。自己又没功名，见府门外许多兵丁如狼似虎，商爷只好陪个小心，对一位守门的兵丁说：“烦劳老总给我言语一声儿，就说商人求见贵上的老太爷！”这兵丁一听，说：“你既是商人，要想见我们大帅，可不能一说就行！”

（二十七续） *1921* 年 *12* 月 *20* 日

且说商爷到了副将辕门之外，对兵丁说要求见老太爷。这兵丁说：“你老贵姓呀？”商爷说：“在下姓商。”兵丁说：“我不必替你回咧，我们老官儿有谕，凡商界的人概不接见！”商爷说：“我姓商，我不是商界的人！”兵丁说：“你是姓商，不是商人，那们请问做什么官职？”商爷说：“我也不做官，我同你们贵上是老乡。烦你进去通禀，就说乡里人求见（商爷唱上《行路》啦）！”兵丁说：“那们你到底有什么事哪？你听我告述你，我们老官儿的老太爷从前原是商界的人，后来发了财，才把我们老官巴结的做了官。每逢乡里乡亲有事请求，从先是有求必应，样样儿的事情尽力而为。不想商界中人贪心不足，打着我们官儿的旗号招摇起来。我们老太爷怕与官儿的名誉有碍，故此对于商界的亲友一概挡驾。你老若是乡农，或者可以见得了，若是商界，我可不敢替你通禀，才同你费这许多话。你只要说出是何行业，我立刻通禀，决不刁难!”商爷这才明白，说:“蒙老总指教，我这才明白。不是你们贵上爷儿们一步□高，不认识老乡亲的苦处。你只管进去回禀，你就说有个叫水商的新从卧眉回国，有好音献上!”

这个兵丁听商爷是外洋新到，立刻换了一副笑容儿，说:“你老若是早说是外国回来的，我早给你通禀进去咧。快随我进来，我棚里待茶!”说着就拉商爷进了辕门府门，把商爷安置在一间屋中，往里飞跑。

商爷心说，敢则提起外国就能吃香，将来我发了财，雇两个夜叉站门，大概文武官儿看见还许下车马呢。心里正在胡叨念，猛听院中奏起鼓乐，传出话来，大闪仪门。通禀的兵丁跑了出来，说:“我们老太爷迎接商老太爷（要唱《恶虎村》)!”水商一听，连忙出离屋门。到院中一瞧，有许多兵丁，两旁带刀站班。正在这个功夫，听门外□□□□□□连响了三炮。商爷悄步声儿的问兵丁说:“这是做什么呀?”兵丁说:“这是迎接你老哪!”商爷说:“迎接俺？开炮？这要迎接你哥哥，大概就得用过山鸟①喽（这是《聊斋》吗？《背娃子入府》)!”兵丁不敢回言儿（怕表大太爷②)，用手一指仪门，说:“商老太爷快请吧！你老请看，我们官儿同老太爷全迎接出来了!”水商抢行了几步，见老徐在前，徐彪在后，不但徐彪透着比从前见出长，连老徐也变成满面红光，脸上反觉少壮了。自己凑近老徐，赶紧深深做揖，说:“老兄一向久违!”

此时徐大少看见商老叔，跪倒行礼。商爷这下子不知怎么好啦，抱着肩头，也跪倒在地上给老徐磕头。老徐刚然还揖，一见商爷行得是夜叉国礼，又带跪拜，也忙成一阵。徐大少磕完头，将商爷拉起来，说:“适才兵丁报道，老叔从卧眉新回。愚父子有失远迎，老叔休要见怪。请到书房，小侄正要请教现在夜叉国一切情形，好叫我如同重还故乡!”说着话，拉着水商直进二堂。可不知商爷怎样的回答一切。

（二十八续） *1921* 年 *12* 月 *21* 日

且说商爷进到书房，与老徐分宾主落座，徐彪在下首相陪。商爷就把自己遭风到了卧眉，遇着徐二爷的事，从头至尾述说了一遍。徐彪听到此处，咧着血瓢似的大嘴放声

① 过山鸟：旧时一种炮的名称。

② 表大太爷：父亲的大表兄。

恸哭起来，一面哭着，对商爷说："小侄自从到中国以来，无日不思念母亲、弟、妹。只因入了军营，对于老帅知遇之恩，又兼各处盗贼蜂起，终日南征北剿，东挡西除，幸尔稍见平定。本欲同老帅陈情，告假数月，重回故里，把母亲接到任所，同享天朝乐境，苦于尚未办到。既蒙商老叔带来口信，叔父此次遇险，安知非小侄负亲之罪所牵连的。侄儿明天要面见老帅，告假半年，大约老帅不至驳回。即便不准，那怕把这功名弃掉，也无非是倘来之物!"

商爷刚要答言儿。老徐说："孩儿，你不可任性，犯你旧日脾气。一则这股海道不是人所常往来的，强要前去，恐遭不测。再说你如今是官场中人物了，虽不能算国家柱石，也得算老帅的心腹。你这一告假，恐怕怒恼老帅，说你有意逃回本国，图谋什么不轨，扰害治安。轻轻儿的几个字的考语，你我父子的性命都恐怕难保，千万还是不要去的为是!"徐彪听父亲一拦阻，说："父亲言之差矣！天下知有母而不知有父，是禽兽也。若连母亲不认，不但不足以为官，简直的不能算人。孩儿去志已决，一定要去!"说着又哭了起来。

老商在旁，怕是父子闹起来，连忙说："依我相劝，老兄不要固执。既然老贤侄有这等孝心，掌兵的元帅也必极力赞成的。虽说风波险恶，想咱二人都打了一个来回儿，安然无恙。况且老贤侄有功名的人，不比咱一介草民。再说又有这番孝心，焉知此一去不一帆风顺，旬月之间，成全你们阖家团圆呢!"老徐一听自己的儿子执意要去，况且理由充足，商爷从中又一破说，自然不能再拦，说："但只一节，我总是不放心，必须禀明老帅，请只大船，派些兵丁，沿海保护才好!"徐彪说："父亲所言，虽是要计出万全，但国家养兵，乃为保阖境人民的，并非为一人一家而设。况且船只乃是官家之物，如何擅自出境。父亲不必多虑，孩儿仍乘商船，向老帅处讨两名长于驾船的官兵，三人轻骑减从的，往返到觉省事。至于父亲之处，孩儿此去一年半载归期难定，倒有些放心不下。商叔父既是故交，家中人口无多，从此也不必做①这海上的生意了，就请住在衙中，与父亲朝夕盘桓，彼此都不寂寞，不知父亲意下如何?"老徐说："只要你商叔父肯为，我何乐不为呢?"商爷说："我此时把发财的心已然看淡，只愿得饱暖足矣。既蒙老贤侄委托，我从此就替你照应衙门就是了!"徐彪说："叔父如愿将家眷接来同住也可，或所有用度由侄儿供给也可。"商爷点头认可，当日无书。

次日徐彪要面见交帅，不知肯否放他前往。

（二十九续） *1921 年 12 月 22 日*

且说徐彪把商爷留在衙中给父亲做伴儿，次日老早到了帅府，递上禀贴，一定要谒

① "也不必做"，原文作"也必做"，据语义改。

见老帅。这位交州带兵的元帅从一见面的时节就十分爱惜，又见他屡立战功，忠勇双全，故此不次擢升，每次到辕请安，永久是早来早见，晚来晚见（同邹应龙①一样）。今天见他老早的前来，不知是催粮是请饷，还是有什么紧急的军务，立刻派中军官把徐彪唤到内书房。

徐彪不能念“随令进帐”，只好跟中军进来，跪倒给元帅磕头行礼。元帅吩咐起来，赐了一个座位。元帅问说：“你今天到辕有什么公事，快些禀上来！”徐彪就把自己要赴卧眉迎养母亲、妹子、二弟的话述说了一遍。元帅听着绉绉眉头，说：“这件事，是你为人子的应尽的孝道，本帅不能拦阻于你。但只一节，卧眉究竟离此多少站道路，本帅向未到过，你自己可说得准往返应须若干日期么？”徐彪说：“启禀元帅，当日我父子回国是赶上顺风，听说一昼夜从卧眉就来到交州。彼时彪才三四岁，焉能晓得程途。本年有我父的一位故友，泛海也飘到卧眉，候了半年的北风，新近回来的，听说也只走了两天多。卑职此去，若赶上来回顺风，大约十天便可以回来。只是天有不测风云，又岂人所能料乎（得，刚做了几年的官，也会说《三国志》了）。卑职打算暂请三个月的假，如能早回来，赶紧销假当差。如果赶不上顺风，可怕要耽延日期，还望大帅得格外施恩！”

元帅一听，说：“我所以要同你计议的就是这件。如在半年之内，可以不必派员署缺。你若一去一年，可非派署不可！”徐彪说：“只要元帅肯放我去，即便将我功名革去，卑职也是无怨的！”元帅说：“赏罚自有定例。既如此，暂赏你三月省亲的假。只是卧眉非中国版图之内，不好行公文，你早去早归就是。但不知你带多少兵丁，几名跟随？”徐彪说：“卑职正要叩求大帅施恩。皆因卑职不谙水性，也不会驾船，若雇觅船只，又怕无人愿往。好在我□□原有一只小船儿，请大帅选派两名惯驾舟船的兵丁做为水手伴我前往，不知大帅肯施恩否？”元帅说：“你自己回衙问明兵丁谁善于驾船，你自己酌量。愿带几名，你开上花名册来，本帅还要当面嘱咐他们几句话。回来另有重赏，还要尽先拔升呢！”徐彪一听，这位老帅真是听信自己的话，说甚么是甚么，赶紧起身，又给元帅叩头谢恩。

告别回衙，把话对父亲、商爷说明，又把所有的兵丁唤上来一说差，问谁愿去。大家一听，都巴结这分美差。徐彪又问谁会驶船。这些兵丁们内中只有十个能当水手的，全都要去。徐彪挑选两名□力精壮的，次日带见元帅。元帅赏了徐彪二百两银子，每兵五十两。徐爷回衙，把公事托嘱参将暂替执掌，收拾好旧日船只，带上干粮家俱，沿海直奔卧眉山，可不知有无颠险。

---

① 邹应龙：京剧《开山府》中的人物。

（三十续）1921年12月23日

昨天的书，末一句本应说出徐彪航海遭风来，在下存了个心眼儿。皆因徐大少是忠孝双全的好人，要把他说到死生不定，怕看书的人替徐大少悬心，故此没用惊人笔。至于徐大少此次泛海，虽是涉险，论礼说，既有父亲在世，又且已是带兵的大员，不当如是。所谓孝子不登高、不临深，何况是极大的重洋呢！奈因为人子的对于父母不应分别轻重，即无商爷寄信前来，自己也一时不能忘。何况既然听说母、弟日盼回国，故此急不能待，这正是徐彪纯孝的地方儿。

按原文虽没载着月分儿，据我理想，一定是个冬末春初的月分，正刮羊角风。甚么叫羊角风呢？您每到春天就看见城外起个旋风，并不甚大，可是转着湾儿能起个挺高，好像羚羊角似的。这路风，要在海面上，别说一叶扁舟，就是极大的太平舢板满江红，也是不能前进。

徐彪思亲心切，迫不及待，及至船已开行，头天对敷着走了一天。从第二天起，就闹起顶头风儿来。船想往北，偏给你往后倒，走出五百□能倒回一千去。徐少爷好像上了花船咧。两个水手是兵丁，在内地驾只小船可以凑合，真遇着这个风，也是没拿手。徐彪又怕耽误期限，日日催舟前进，索兴这船行至海面，想拢岸都靠不住边儿咧，每天净在海中间转。徐大少同两名兵丁摇得头昏眼晕，只好在舱里躲着。

风是一天比一天大，有时出舱一瞧，四面是水，心中虽晓得应当往北，漫说辨认不出北来，连东西方向也找不着呀。这天屈指一算，离交州□经半月光景，也不知走了多少里，到了什么地方儿。这天午后，忽然起了一阵大怪风，这只小船被风一顶，闹了个船底朝天。徐彪同两名兵丁穿的全套的衣服，就洗了大池汤①咧。此时谁也顾不了谁。但说徐大少扎煞着两只手顺水飘流，好在自己气壮力足，不曾灌入口中水去。自己心里明白凶多吉少，悔不听父亲之言。再说两名兵丁，大概也葬于鱼腹了，自己也只好闭眼任命啵。待了不大的功夫，忽然觉着被一个水怪拉住自己的手，扯上水皮儿，踏波而行。徐爷吓得发了昏，连眼睛不敢睁，一会儿被他拉到旱岸。

徐彪离开水皮儿，方睁眼睛一瞧，好在不是鱼兵虾将，与自己的母亲模样儿相仿，大约也是夜叉喽，外带靠山根儿有两间小石板房子。徐彪一想，既然是我母族同种，我同他打几句乡谈，或者能全性命也未□知。想到其间，用夜叉话一问此公。这位原来满懂，连忙问说："你既是中国种族，怎么会我的语言呢？"徐彪就把自己是夜叉所生，如今因想念老母，故此乘船带兵航海前去迎接的事述说了一遍。这个夜叉一听，说："嗳

---

① 大池汤：供多人同时泡澡的公共浴池。

呀，险哪，几乎我□个自残同种的罪过。但不知你生在什么地方?”徐彪说:“我生在卧眉山。”这夜叉一听，说:“原来咱们是老乡，适才不知，多有得罪!”

（三十一续） *1921年12月24日*

且说这个夜叉一听徐大少是要奔卧眉山去的，连忙说:“我也是卧眉山的人氏。既然咱是同乡，多有得罪!”徐大少连说“岂敢”，心中后怕的了不得，暗想若非我能通语言，大概早就变成夜叉粪咧。刚要哀求夜叉设法搭救自己性命，就见这夜叉说:“你既要奔卧眉，为什么会走到此处而来?此地离正道远了七八千里路程，是奔毒龙国大路。若要奔卧眉，还得绕道而行!”徐爷说:“但不知由毒龙国奔夜叉国走旱路过得去过不去?”夜叉摇了摇头，说:“此地各岛自成为国，全都由水路方能通行!”徐大少一听，长叹了一声，说:“按这们说，我从此不用说回卧眉山，只怕想重返交州也是不得能够的了!”这个夜叉一听，横打鼻梁①说:“你既是我的同类，不用着急，全都在我的身上。你既不谙水性，你在此少待，我先给你把船只寻找回来，有话然后再说!”说话间，噗嗵一声跳下海去。徐大少说:“他既有这样水性，如果同龙王有联属，问问我那两名兵丁能否复活也是好的呀!”奈因夜叉已□□下海去，不能再往回里喊叫，只好面对大海，巴眼儿看着啵。

功夫不大，猛见水皮儿往起一涨，□□一声，自己所乘的那只小船被夜叉从海底下捞将上来，微控了控水，一手拉着船帮，飞也似的直奔自己面前而来。徐爷这才明白，无怪方才他说“唐突可罪”呢!八成儿我这船是他给翻的过儿，大概是先把我两名兵丁白嘴儿生吃了，又要拿回我去零碎享用。幸亏我说的出本族的话来方逃活命。我若一提兵丁是否被他吞食，他一翻脸，□许闹个一不做，二不休，先吃兵后吃官的主意，我命仍恐难保。正胡猜疑，夜叉把船已然拉到岸边，说:“你既想回卧眉，你就下船，乘早儿前往啵!”徐爷连忙行了个夜叉礼，说:“多蒙活命之恩，又把原船替我寻回，自是感恩匪浅。奈有一节，实不相瞒，水路的事我是一窍不通，再说篙棹都没有了，如何是好?”夜叉一听，点点头，说:“既然说是□管，自然给你办理得了。你快些上船，你把周身衣服脱下来，放在船头晾干了，少时好穿，我好替你推船!”徐爷一听，说:“如此说，还得有劳老乡前辈，晚生遵命就是!”这位也不回答。

徐大少上船一瞧，舱中的物件已然一件无存，顾不得这些，进舱脱去湿衣，放在船板上晒晾着。原穿一件大褂，顺手挂在樯杆上，赤着身体，低头一瞧，喝，这位在水里可就落上忙啦。先到船头把船一拉，定准方向，然后大踏步绕到船尾，用大手掌儿向船舵一推，这船比箭在弦上还快。夜叉一纵身儿，蹿到船尾上，抱膝而坐。走了会子，见

① 横打鼻梁：保证办到所说的事。

他又跳下海去，再推一次，船又照旧前行。徐大少心说，常听人说，做人情要如顺水推舟，果然容易的多（就怕遇见而今的火轮船，那可就没主意了）。一夜之间，居然□□北岸，抬头见远远站着一个少年，好像是自己的胞弟。

（三十二续） 1921年12月25日

且说徐彪坐在船上，看见这位夜叉顺水推舟毫不费力，也就不用自己帮助喽。后半天，衣服裤袜全都晾干，急忙穿好，进舱忍了一个盹儿。及至醒来，天光已然大亮，连忙出舱一瞧，面前一座山，看着眼熟，仔细辨认，正是卧眉山。扭项回头要想问问夜叉大爷是否已到，就见前面山头上站立着一个夜叉扮相儿的少年，直着脖子，正往海边儿上眺望呢。徐彪心说，我生长此山，从没见过有像这种模样儿的，莫非就是我的二弟么？想到其间，不顾再问推舟的夜叉，迈开大步，顺山路往上飞跑。

那个少年看见奔自己来，也顺道迎下来。走至切近，彼此一瞧，果然不错。徐彪伸手拉住兄弟恸哭起来。徐二少连忙说："兄长不必悲恸。你既然到此，想必有阖家团圆的喜音了！"徐彪说："你在此做些甚么？母亲、妹子可好？"徐二少说："母亲、妹子均各安健，现仍在洞。小弟因前次托商君寄去口信之后，恐怕兄长前来找不着旧日洞府，遭人暗害，所以不时登山瞭望来往有船只没有，已经好几天的功夫了。幸喜弟兄重逢，不知兄长途路上有无危险？"徐彪说："同行的两个①兵丁已然落在海内，为兄的业经落了水。幸亏有咱同种搭救我的性命，又送我来此。少不得咱弟兄们一同回洞，禀明母亲，要报答这位老乡方是！"徐二少一听，说："兄长说得是。但只一节，千万你不可回洞。一则惊动洞邻，必□有些纠葛。再若被大王查知，说你潜回本洞必有隐谋，那时阖家恐难以逃走。你不如在此少待，俟小弟将母亲请来，商议个万全之策方好！"说完□转身躯，顺山路飞跑而去。

徐彪一想，此时回船，把我救命的恩公请入舱中致谢一番才是道理。转身奔到船上一瞧，原来人家把绳缆系好，闹了个不辞而别，再瞧不知由那儿□给寻来一只棹，又往舱里一瞧，还有些食物。徐大少十分感激，自己不便苦寻，依然登岸，顺山道往上走，远远见二弟同妹子搀扶着母亲奔海岸而来。徐彪撒腿跑过去，说："母亲，想杀为儿的了！"这位可还说的是夜叉话，说："我儿，你果然回来了么？想煞你妈妈咧！"说话母子二人抱头恸哭了一场。徐二少同姑娘连拉带劝，好容易才止住悲啼。老太太抽抽答答的说："我且问你，你那狠心的老子一向可好？你如何不□他在天朝吃好的穿好的，到此做甚来了？"徐彪说："我父尚还康健，孩儿屡次要来接母亲、弟、妹，皆因一向在军营做

① "个"，原文作"各"，据语义改。

官，故不能离身。前次蒙商君寄去二弟口信，晓得全家幸都平安。二弟甚盼回国，故此向老帅告假数月，带领兵丁，乘船前来，已是死里逃生。母亲不必犹豫，就趁此登舟，早离国境的为是！”老太太一听，摆手摇头说：“嗳呀，儿呀，你所言差矣！沿途总然无事，到了中国，我们娘儿三个像貌不同，还怕人不相容，岂非白白送了性命！”

（三十三续）*1921 年 12 月 27 日*

且说这位徐老太太听说儿子要接母子三人一同回国，心中虽说悦意，可未免有些害怕，说：“孩儿呀，孩儿呀（这是母夜叉吗？母乌鸦）！从前我觉着天朝上邦人物必然都是好心眼儿的，所以跟随你父一心一意的过活。谁想生下你们三个，都三四岁了，他竟会变了心肠，给我个小砖头儿打水，把我们大扔大撂咧（这也是母夜叉说的吗？我们村儿的母老虎骂男人哪）！这们看起来，大概没有什么好心眼儿的人。我们娘儿三个貌相与中国人不一样，到了那里，倘或被人暗算了，反不如不去的为妙！”徐彪说：“母亲不必多虑。孩儿从前乍到中国，不是也同母亲一样么。谁知大家并不惧怕，反有人喜爱，所以才做了官职。”老太太说：“这们说起来，做官的人必然都是好心眼儿的喽！但不知做官有什么好处？”徐彪说：“做官一事，乃是中国第一等荣耀的人。只许咱欺负人，决没人敢欺负咱。况且孩儿舍着死命前来，原为接母亲回国受享荣华富贵，焉有不去的道理！”徐老太太说：“既然如此，咱们就一同回去吧。只是暂且回洞好，还是就上船好呢？”徐彪说：“洞中也没有什么用得着的物件，就请母亲上船，舱中暂且歇息歇息。那时有了顺风，我弟兄二人解缆开船也就是了！”老太太点点头，拉着女儿复又回头往山上看了看，大约也是故土难离的意思。

徐彪猛一抬头，才看见自己昨天把蓝袍马褂挂在樯杆上晒晾，晚间忘记收了。此时海边起了一阵大怪风，刮得两件衣服飒飒乱响。徐彪现时既为知兵大员，福至心灵，虽不会驾船，总算认得这是北风啦，立刻乐得拍手打掌，说：“母亲不可再耽延时候了。你看天上已然转了北风，乘此不走，更待何时（北风也有转南时）？”母子三人一听，都说：“既如此，咱快快上船就是了！”说话间，姑娘搀着母亲迈步上船。好在都是大脚片儿，母女上了船，大低头方才进舱。

此时徐彪举手打着问讯，说：“此乃天助我也！”说完把缆绳儿解开。自己嘱咐二弟说：“你在后面使力把住那个立着的木板儿，我用棹点离岸边，只好任凭他自由行动吧！”二徐听兄长之言，赶紧过去把住舵。徐彪按照水手的规矩，将棹使力往岸边石头上一点，谁想用力过猛，船来回乱摆起来，徐彪差点儿把棹撒手。自己随着摇动了一会儿，将棹轻轻放下，坐在船头。

此时北风大做，已然飘出有数十里之遥。船从北海往南行，正时下水船，其快似弩箭乍离弦（徐彪要学张生），直刮了一天，当晚风定，飘在一处荒岛。徐彪不敢连夜行船，将船拢好，进舱，母子四人坐定。好在有那位夜叉公给预备点儿肉食，大家胡乱用了些，在船安眠。次日天光已亮，照旧开船。虽然没有大北风，好在渐入内地，不至有危险。一幌儿三天，已抵交州。

岸上有人看见二徐，说是海外来了大老妖，都撒腿就跑。

（三十四续）*1921 年 12 月 28 日*

且说徐彪带领母亲、弟、妹乘船行了三天的功夫，这天来到交州。刚要将船拢岸，自己一想，如今既是带兵的军官了，穿着这样短衣服未免有失国体，自己的袍子马褂挂在船樯上当了布帆。如今要上岸，解将下来穿上，回到衙署，赶紧取些衣服来，好再接这娘儿三个来。于是向舱后用夜叉话叫了声："二弟，你过前边来，帮我把船缆系好，我好登岸！"二徐因哥哥打乡谈，自己"呕"了一声，迈步往前走。恰巧岸上有两个行路的，一眼看见二徐赤着膀子，光着两条毛腿，腰中围着一块带毛的皮子，口中"呕呕"的乱叫，不知什么怪物，连忙撒腿飞跑，口中喊叫，说："船上来了怪物喽！快快逃命要紧！"对面过来两个人截住要问，这人顾不得答话，一面摆手，又往船上用手指。这两个听说，不知什么缘故，往这们一探头儿，见二徐这个样子，也接声喊嚷起来，说："可了不得喽，八成儿船上出了水鬼了吧！"抹头也跑了回去。

此时徐彪才明白过来。先把船缆系好，从樯杆上把衣服取将下来。自己一想，我若把官服穿好回到衙门，此时船上没人照管，可不是闹着玩儿的，不如把这些衣服分做四人穿上，步行回衙。打定主意，赶紧坐在船头上，好在原来穿的是两条单裤，还有一双肥套裤，把裤角口解开，脱了下来，自己只留一条单裤，把这条敷余裤子同套裤拿进船舱。一瞧，幸而妹子所穿的皮围裙很长，上身可是满露着。再瞧母亲的毛围裙方过磕膝盖，连忙把这双套裤送在面前，说："请你老穿上，咱好上岸！"徐老太太不认识，伸出粗胳膊来往里一伸。徐爷说："这是往腿上穿的！"老太太伸开大爪又往下褪，胳膊上挺长的黑毛，手又不得力，褪也褪不下来（俗语儿常说，人拿不出套裤来，就应了这位太太啦）。徐彪一急，伸手替老太太将套裤褪下来，重新给穿在腿上，又把上身衣服给老太太穿了一件背心，露着两只胳膊。把小褂给妹子穿上，到是又肥又大。自己只穿一件缺襟的袍子，前后打着过堂儿①。又把单裤马褂儿拿出舱来，给二弟穿好，二徐没脱虎皮围裙，裤腰套不下去，上身马褂儿身肥袖短。

徐彪看着，都晓得不合式样，可又没有法子。于是自己又复进船，告诉妹子搀扶着

① 过堂儿：这里形容没穿贴身衣服。

母亲。自己也跳上岸来，然后等母子三位都下了船，嘱咐兄弟在后跟随，顺海岸直奔副将衙门而来。沿路遇着的人全都见面儿就跑，还有胆子大些的，也老远的站住瞭望。穿过几道街巷，远远看见衙门辕门。自己一想，若奔辕门，守卫的兵丁看见，一泛毛姜，相许点炮，不如从后门儿蹓回家去，给大家换好衣服，再晓谕大家，免得胡疑。打定主意，顺小道儿奔后门儿。刚到墙犄角儿，有两个抗枪的兵一眼看见，说："来的是什么人？快快答话！"徐彪说："我乃本衙的官员接眷回来。你怎么不认识了？"这兵一听，赶紧抗枪立正行礼。

（三十五续） *1921 年 12 月 29 日*

且说衙外兵丁听本官一说，方辨认出是自己的长官，连忙行礼，又往身后一瞧，说："这三位是什么人呀？请问接的宝眷现在何处？"徐彪说："这就是我的母亲同我兄弟妹子。"两名兵丁一听，吓得也要开腿，只好也举了举枪。徐老太太只当要打自己呢，用夜叉话一问徐彪。徐彪也学着夜叉话一回答，老太太不害怕了。两名兵丁心说，这真是人有人言，兽有兽语就结咧，赶紧问说："既是老爷回衙，我们去晓谕大众，开仪门点炮，迎接太夫人好不好？"徐彪刚同母亲说完话，听兵丁这话，说是"不必"，忘记兵丁是中国人，还说的是夜叉话。兵丁说："你老爷这官话，只好等我们赴贵国留学几年，回来的时节，再回答你老爷吧！"说得徐彪也有些不好意思起来，连忙说："你们不必声张，头前引路，从后门我蹓回去就是咧！"

兵丁遵谕，撒开大步跑向前去。一会儿到了后门，一边儿一个，对面儿一站。徐彪到门，往外一撤身儿，是请母亲先□的意思。老太太看着两个兵丁有点儿害怕，说："要不，你还把我们送回去吧！"徐彪看出母亲害怕，赶紧说："母亲不必害怕，这是武官衙门应有的威风，母亲只管先走！"老太太这才同定姑娘迈步进去。二徐胆量壮，随着兄长也进了门槛儿。两个兵丁说："原来咱们老官儿还有两个胞弟呢，这要都掌上兵权，一齐造起反来，谁能平定的了哇！"

言不着兵丁议论，但说徐彪从后门绕□大庭后檐，另有一个角门儿，有一个小□儿名叫小三儿，是兵丁的孩子，徐彪留下伺候父亲的，正蹲在门外玩儿。徐彪一眼看见，说："你快去回禀老太爷，就说我把太夫人接了来咧！"这孩子猛一抬头，见是家主带来三个妖怪似的人，吓得哭着往院里跑，嘴里可说是："大妖人到了！"此时徐老头儿正同商爷在房中说闲话儿，见小三儿又哭又嚷，刚□叫"来人，出去看什么妖人"，徐老太太已然走进角门儿。商爷正在迎门坐着，一眼儿看见，说："老兄不要害怕，多半是嫂夫人到了！"老徐心说，想不到来的这样快，赶紧迎出屋子。商爷在后相随。

此时母子四人都陆续从角门儿走进。徐彪弟兄三人赶紧给父亲行礼。商爷虽没人引见，也冲着老太太一抱肩儿。老太太一还礼，把衣衫袖子也撕啦，露出两只毛胳膊，好像要跳舞（就是脸□太难点儿）。徐彪弟兄也忙着给商爷磕头，二徐爬的力气猛点儿，把裤腿也登折了一只。大家一路乱，小三儿早跑到前院儿一嚷，说："妖怪老爷回来□!"前院都是男仆（本来一衙门全是鳏过儿吗），大家都赶忙跑进来参见老官儿，就手儿看看大老妖是什么样儿。刚绕过大堂围屏，一眼看见好像四个妖怪，胆小□撤身儿往外跑。老徐见着太太虽不顺眼，究竟是夫妻，离别十数余载了，赶紧用话招呼，要赶过去握手。老太太把手一甩，一咬刚牙，把个商爷吓得也要开步逃命。

（三十六续） *1921 年 12 月 30 日*

且说夜叉夫人看见老徐招呼自己，想起他从先不辞而别的心狠来，登时大怒，咬着牙一路大骂，好在外人全都不懂。商爷虽然会意，可也不能解劝，只好乘势说要上厕所，溜到□堂外面去了。徐彪连忙解劝。老徐见没有外人，急□给夫人又做揖，又请安，抱着肩儿下了一跪，这才把这位夜叉太太哄得不骂了。

徐彪把母亲请进正庭，自己忙着开了箱子，找出几套衣服来，一瞧□没一件女衣，只好暂且将就着。自己先□好一套，然后给娘儿三个各拿出一套来，全都换好。又嘱咐明白，自己上前面去，少时阖署人等若要参见，尽管坐在位上昂□□动，千万可别惊吓他们。老太太点头答应。徐彪这才出了大堂。

本宅仆人同本署大小兵弁给徐副帅上堂行礼，问候完毕，徐彪又叩谢商爷帮助看□的劳累。商爷告辞回家，徐彪送了一百银子。此时本宅仆人都要参拜太老夫人同二爷、姑娘，徐爷只好把众人带进后院。这些仆人都不敢进门□儿，跪在廊檐下排班叩头，有方才没看明白的，偷眼儿一瞧，吓得都直哆嗦。徐彪每人赏二两银子，又带到前面，挑选几个胆量大的在内宅伺候这娘□三个。

自己次日赴大帅府谒见元□销差。元帅唤进来，一问带去的两名兵丁。徐彪把船翻遇险的事述说了一遍。两名兵算是因公殒命，问明他家属，从优给与恤典。徐爷回衙，有大小文武衙门都赶来送礼。徐彪每天教给娘儿三个学说中国话。二徐同姑娘岁数小，记性最灵，一学就会。这个老太太舌头根生硬，净一句话就学了半月，好在足吃足喝，吃什么什么香。

徐彪买了许多绫罗绸缎，叫来成衣匠，合着娘儿三个的身体做了几套时式衣服。老太太看见花红柳绿的裁料，喜欢的了不得，伸出大手来一摸就八成破。又皆因裙子系上，总嫌截气①，再说两只大脚实在没地方儿买这种改良坤履去，只好穿着老徐的鞋或换上徐

① 截气：喘不过气。

彪的官靴。母女一商量，与其打扮的这们男不男女不女的，莫如简截，全改为男子装束，倒还遮丑。

一幌又是半年光景，二徐同姑娘普通的官话都说得很清楚了。唯独这位老太太忒笨，好在耳朵还灵，下人们所说的话自己虽不能对答，□是听得出什么事来了。徐彪照旧当差。此时本省平静，除按期赴辕参见元帅，步操练兵之外，在家受享天伦之乐。这兄妹二人脸上出息□白净了，徐彪又从戴春林□花□中买了许多□见胰皂，不□几天，居然变成黄种。

这天徐彪同父亲一商量，说："儿的二弟、妹子现在既能通语言，不能不与人交接，必须取个名字，日后也好求取功名。"老徐说："你既名彪，你二弟不如取名徐豹。你妹子生于夜叉国，名□夜儿，夜有安静温柔之义，不知吾儿意下如何?"徐彪说："理当父亲赐名，何必与儿身商议。孩儿意欲给我二弟请位先生习学文字，不知父亲可否同意?"

（三十七续） *1921 年 12 月 31 日*

且说徐彪同父亲商议，要叫二弟习学文字，日后好光耀门户，比自己做武官体面，老徐焉有不乐意的，说："只要他有天分肯学，为父岂有不悦意的?"次日，徐彪托同寅朋友请西宾教授。不多几天，有人给荐来一位饱学的老秀才。徐豹天生的聪敏，真能过目成诵，走马观碑（同我一样。有人说，你也有这们好的天分吗？我就看得明白"泰山石敢当"）。从《四书》念起，连《十三经》带《纲鉴》，不到半年，全都念得纯熟。及至教他做八股制艺，自己一瞧，从心里不爱。这才对父兄说明，愿意习武，又搭着天生的膂力过人，能开金背铁胎弓（这是徐豹吗?《豪杰居》的妞儿），最爱骑高头大马，勿论什么样烈性牲口，不备鞍韂，一揪脖鬃就能骑得上（那成了大马猴啦）。至于头号大刀，出号石头，更是小玩艺儿。当年考取武童，中了武举。次年秋天，晋京会试，中了武进士。在京有位阿游击（八成儿是旗籍），一见投缘，托主考为媒，把女儿许给徐豹。在京完婚之后，回家祭祖，然后仍赴京供职。

再说这位姑娘夜儿，虽然很见出息，皆因生得究竟蠢笨，本宅下人一传扬是夜叉夫人所生，官场中人都不肯说异种女子。一幌儿二十多岁了，徐彪十分着急，真要给个穷小子，又怕失了自己身分。恰巧手下属员中有一位姓袁的守备，中年丧偶，徐彪看着到还配得过儿，除年岁大点儿。于是这天托老帅把袁爷叫了去说这头亲事。袁爷心里虽不甚乐意，奈因这也是上人见喜，贵人提拔，不敢不依从着，点头答应，立刻过门。用什么礼节，原文没载着，咱就说用本地礼节娶过门来。

夜儿也好习武技功夫，比两位兄长膂力还大（想必袁宅的饭食好），能开百石之弓，在一百步之外射天上飞的小鸟儿，应弦而落。袁爷带在任上，遇着有打仗出兵的时节，总是夫妻一同前往。袁爷在前面，夜儿埋伏山后，使贼首尾不能相顾（这是夜儿吗？梁红玉①）。这位袁守府亏得夫人帮助，历任边省同知将军。

再说徐豹，到三十四岁上挂了帅印。本来书念的多，足称得起文武全材，时常带兵出征，所到之处，战无不胜，攻无不取。这年派徐豹出征交趾越南南洋群岛，徐老太太很不放心，跟着儿子随在军营，驰赴前敌，依样身披铁甲，手执长矛，给儿子打接应。贼不甚惧怕徐大帅，都怕遇着徐太老夫人（又道是阴能克阳）。

圣上见徐氏一门屡次战功，特旨封徐豹一等男爵。徐豹因为自己的功勋都仰仗母亲辅助成功，自己递了一个奏折，叙说母亲出身历史，国家为爱惜人才起见，有功必赏，特旨封为夫人。

这段书按原文至此而止。据老前辈传说，某府确②有一位夫人，当年曾帮助某公屡立战功，究竟是否此位不是，蒲先生既没指实，诸位不必较真儿，您当大笑话瞧吧。明天是阳历新年，照例停刊四天。您等贺完新禧，我再拣热闹的节目按日敬献。

---

① 梁红玉：京剧《玉玲珑》中的人物。

② “确”，原文作“却”，据语义改。